हैरी पॉटर

और आग का प्याला

मंजुल पब्लिशिंग हाउस द्वारा हिन्दी में प्रकाशित
जे. के रोलिंग की अन्य पुस्तकें

हैरी पॉटर और पारस पत्थर
हॉगवर्ट्स में पहला वर्ष

हैरी पॉटर और रहस्यमयी तहख़ाना
हॉगवर्ट्स में दूसरा वर्ष

हैरी पॉटर और अज़्काबान का क़ैदी
हॉगवर्ट्स में तीसरा वर्ष

हैरी पॉटर और मायापंछी का समूह
हॉगवर्ट्स में पाँचवाँ वर्ष

हैरी पॉटर और हाफ़-ब्लड प्रिंस
हॉगवर्ट्स में छटवाँ वर्ष

हैरी पॉटर और मौत के तोहफ़े
हॉगवर्ट्स में सातवाँ वर्ष

हैरी पॉटर

और आग का प्याला

जे.के. रोलिंग

अनुवाद : डॉ. सुधीर दीक्षित

MANJUL
मंजुल पब्लिशिंग हाउस

MANJUL

मंजुल पब्लिशिंग हाउस

कॉरपोरेट एवं संपादकीय कार्यालय

• द्वितीय तल, उषा प्रीत कॉम्प्लेक्स, 42 मालवीय नगर, भोपाल-462 003

विक्रय एवं विपणन कार्यालय

• सी-16, सेक्टर 3, नोएडा, उत्तर प्रदेश, 201301

वेबसाइट : www.manjulindia.com

वितरण केन्द्र

अहमदाबाद, बेंगलुरू, कोच्चि, कोलकाता, चेन्नई,
हैदराबाद, मुम्बई, नई दिल्ली, पुणे

जे.के. रोलिंग द्वारा लिखित मूल अंग्रेजी पुस्तक
हैरी पॉटर ऐंड द गॉब्लेट ऑफ़ फ़ायर का हिन्दी अनुवाद

Harry Potter and the Goblet of Fire by J. K. Rowling – Hindi edition

यह हिन्दी संस्करण 2006 में पहली बार प्रकाशित
10वीं आवृत्ति 2025

ISBN 978-81-8322-052-1

अनुवाद : डॉ. सुधीर दीक्षित

मुद्रण व जिल्दसाज़ी : थॉमसन प्रेस (इंडिया) लिमिटेड

पीटर रोलिंग को,
मिस्टर रिडले की स्मृति में
और सूज़न स्लेडन को,
जिन्होंने हैरी को उसकी अलमारी से
बाहर निकालने में मदद की।

अध्याय एक

रिडल भवन

लिटिल हैंगलटन गाँव के लोग अब भी उस मकान को रिडल भवन ही कहते थे, हालाँकि उसमें बरसों से रिडल परिवार का कोई सदस्य नहीं रहता था। पहाड़ी पर बना यह मकान गाँव से साफ़ नज़र आता था। इसकी कुछ खिड़कियों पर पटिए लगे थे, छत के कई कवेलू ग़ायब हो चुके थे और सामने वाले हिस्से में आइवी की बेल बेरोकटोक फैल रही थी। कभी यह एक ख़ूबसूरत हवेली हुआ करती थी और मीलों तक इससे बड़ी तथा भव्य इमारत नहीं थी, लेकिन अब रिडल भवन सीलन भरा, परित्यक्त और वीरान था। अब यहाँ कोई नहीं रहता था।

लिटिल हैंगलटन गाँव के सभी लोगों की राय में इस पुराने मकान का माहौल 'डरावना' था। पचास साल पहले वहाँ एक अजीबोग़रीब और भयानक घटना हुई थी। गपशप के मुद्दे कम पड़ने पर आज भी गाँव के बड़े-बूढ़े उस घटना के बारे में बातें करने लगते थे। कहानी को इतनी बार नमक-मिर्च लगाकर दोहराया जा चुका था कि कोई भी यक़ीन के साथ यह नहीं कह सकता था कि सच्चाई क्या थी। बहरहाल, कहानी का हर संस्करण एक ही जगह से शुरू होता था : पचास साल पहले जब रिडल भवन अच्छी और शानदार हालत में था, तब गर्मियों की एक सुहानी सुबह एक नौकरानी ड्रॉइंग रूम में दाख़िल हुई और उसने देखा कि वहाँ रिडल परिवार के तीनों सदस्य मरे पड़े थे।

नौकरानी पहाड़ी से नीचे भागी, चिल्लाती हुई गाँव में गई और उसने बहुत सारे लोगों को नींद से जगा दिया।

'वे वहाँ पड़े थे, उनकी आँखें खुली थीं! उनके शरीर बर्फ़ की तरह ठंडे थे! उन्होंने रात को कपड़े भी नहीं बदले थे!'

पुलिस को ख़बर कर दी गई और पूरा लिटिल हैंगलटन सदमे भरी उत्सुकता तथा रोमांच से सुलगने लगा। किसी ने भी रिडल परिवार के बारे में अफ़सोस जताने का नाटक तक नहीं किया, क्योंकि रिडल परिवार को कोई पसंद नहीं करता था। बूढ़े रिडल दंपति अमीर, घमंडी तथा बदमिज़ाज थे और उनका लड़का टॉम तो उनसे भी बुरा था। गाँव वाले तो बस यह जानने के लिए उतावले थे कि उनकी हत्या किसने की है। आख़िर तीन स्वस्थ लोग अचानक एक ही रात को सामान्य कारणों से तो नहीं मर सकते हैं।

उस रात को गाँव के शराबख़ाने *फाँसी का तख़्ता* में शराब की बिक्री के पुराने रिकॉर्ड टूट गए। गाँव के सभी लोग वहाँ पर इन हत्याओं के बारे में बातचीत करने के लिए पहुँच गए थे। उन्हें अपने गर्म घरों से बाहर निकलने का इनाम भी मिला, जब रिडल परिवार की कुक वहाँ नाटकीय तरीक़े से आ गई। उसे देखते ही शराबख़ाने में सन्नाटा छा गया। कुक ने ख़ामोशी तोड़ते हुए सबको बताया कि पुलिस ने अभी-अभी फ्रैंक ब्राइस को गिरफ़्तार कर लिया है।

'फ्रैंक!' कई लोग चीख़ पड़े। 'कभी नहीं!'

फ्रैंक ब्राइस रिडल परिवार का माली था। वह रिडल भवन के मैदान में बनी टूटी-फूटी झोपड़ी में अकेला रहता था। फ्रैंक युद्ध से लौटा हुआ सैनिक था। उसका एक पैर बहुत अकड़ा हुआ था और वह भीड़ तथा तेज़ आवाज़ों से बहुत चिढ़ता था। युद्ध से लौटने के बाद से ही वह रिडल परिवार के यहाँ काम कर रहा था।

कुक से ज़्यादा से ज़्यादा जानकारी उगलवाने के लिए उसे शराब पिलाने की होड़ मच गई।

'हमेशा सोचती थी कि वह थोड़ा अजीब है,' कुक ने शेरी का चौथा गिलास पीने के बाद उत्सुक गाँव वालों को बताया, 'उसकी किसी से भी दोस्ती नहीं थी। उसे एक कप चाय पिलाने के लिए मुझे उससे सौ बार मिन्नतें करनी पड़ती थीं। वह किसी से दोस्ती ही नहीं रखना चाहता था।'

'यह बात तो ठीक है,' शराबख़ाने में मौजूद एक औरत बोली, 'लेकिन फ़्रैंक युद्ध में घायल हो गया था और उसे शांत जीवन पसंद है; सिर्फ़ इसी बात के चलते तो उसे दोष देना ठीक नहीं -'

'तो फिर यह बताओ कि पीछे वाले दरवाज़े की चाबी और किसके पास थी?' कुक ने तेज़ आवाज़ में पूछा। 'जहाँ तक मुझे याद है, माली की झोपड़ी में उस दरवाज़े की एक चाबी काफ़ी समय से लटकी रहती थी! कल रात को किसी ने भी दरवाज़े से छेड़छाड़ नहीं की थी! एक भी खिड़की नहीं

खुली थी! फ्रैंक को तो बस इतना करना था कि हम सबके सो जाने के बाद वह चुपचाप मकान में घुस आए ...'

गाँव वालों ने एक-दूसरे को रहस्य भरी निगाहों से देखा।

बार में बैठा एक आदमी बुदबुदाया, 'उसका चेहरा हमेशा से ख़तरनाक दिखता था।'

शराबख़ाने का मालिक बोला, 'मेरी राय तो यह है कि युद्ध के कारण उसका दिमाग़ सरक गया था।'

कोने में बैठी एक महिला रोमांचित होकर बोली, 'डॉट, मैंने तुमसे कहा था ना कि मैं फ्रैंक से पंगा लेना पसंद नहीं करूँगी, है ना?'

'उसका ग़ुस्सा बहुत तेज़ था,' डॉट ने सिर हिलाते हुए कहा, 'मुझे याद है, जब वह छोटा था, तो ...'

अगली सुबह तक पूरे लिटिल हैंगलटन को यक़ीन हो चुका था कि फ्रैंक ब्राइस ने ही रिडल परिवार की हत्या की थी।

लेकिन पड़ोसी क़स्बे ग्रेट हैंगलटन के अँधेरे और छोटे पुलिस स्टेशन में फ्रैंक दृढ़ता से बार-बार कह रहा था कि वह बेगुनाह है। उसका कहना था कि रिडल परिवार की मौत वाले दिन उसे घर के पास काले बालों और पीले चेहरे वाला एक अजनबी किशोर दिखा था। किसी और गाँव वाले ने ऐसे किसी किशोर को नहीं देखा था और पुलिस को पूरा यक़ीन था कि फ्रैंक मनगढ़ंत कहानी सुना रहा है।

फ्रैंक के ख़िलाफ़ मामला बहुत गंभीर दिख रहा था, लेकिन तभी रिडल परिवार के सदस्यों के पोस्टमॉर्टम की रिपोर्ट आई, जिससे सब कुछ बदल गया।

पुलिस वालों ने इतनी अजीब रिपोर्ट पहले कभी नहीं देखी थी। उनके मुर्दा शरीरों की जाँच-पड़ताल के बाद डॉक्टरों की टीम इस नतीजे पर पहुँची थी कि रिडल परिवार के किसी भी सदस्य को न तो ज़हर दिया गया था, न चाकू या गोली से मारा गया था, न ही उनका गला दबाया गया था। डॉक्टरों के अनुसार जहाँ तक वे देख सकते थे, रिडल परिवार के सदस्यों को किसी तरह का नुक़सान नहीं पहुँचाया गया था। रिपोर्ट में यह आश्चर्यजनक तथ्य बताया गया था कि रिडल परिवार के तीनों सदस्य बिलकुल स्वस्थ नज़र आ रहे थे - गड़बड़ सिर्फ़ इतनी थी कि वे सभी मर चुके थे। डॉक्टरों ने यह भी ज़िक्र किया (जैसे वे मुर्दा शरीरों के साथ कोई न कोई गड़बड़ खोजने का संकल्प कर चुके हों) कि रिडल परिवार के तीनों मृत सदस्यों के चेहरे पर दहशत का भाव था - लेकिन जैसा कि निराश पुलिस वालों ने कहा, इस बात

पर कौन यक़ीन करेगा कि तीन लोग *दहशत के कारण* मर गए थे?

चूँकि इस बात का कोई सबूत नहीं था कि रिडल परिवार की हत्या हुई थी, इसलिए पुलिस को मजबूरन फ्रैंक को छोड़ना पड़ा। रिडल परिवार के सदस्यों को लिटिल हैंगलटन के क़ब्रिस्तान में दफ़ना दिया गया। कुछ समय तक उनकी क़ब्रें उत्सुकता का विषय बनी रहीं। बहरहाल, जब फ्रैंक ब्राइस रिडल भवन के मैदान में बनी अपनी झोपड़ी में वापस लौट आया, तो सभी गाँव वाले हैरान हो गए और शक भी करने लगे।

'पुलिस चाहे जो कहे, पर मैं तो अब भी यही मानती हूँ कि उसी ने उन लोगों की हत्या की है,' डॉट ने *फाँसी का तख़्ता* नामक शराबख़ाने में कहा। 'अगर उसमें ज़रा भी शराफ़त होती, तो वह यहाँ से चला गया होता। आख़िर वह जानता है कि हम सभी उसे ही अपराधी मानते हैं।'

लेकिन फ्रैंक वहाँ से कहीं नहीं गया। वह रिडल भवन में रहने आने वाले अगले परिवार के लिए भी माली का काम करता रहा और फिर अगले परिवार के लिए भी - क्योंकि कोई भी परिवार वहाँ ज़्यादा समय तक नहीं टिका। हर नए मालिक को वहाँ डरावना एहसास हुआ; शायद कुछ हद तक फ्रैंक के कारण। मालिकों के नहीं रहने के कारण रिडल भवन ख़ाली पड़ा रहा और उसकी हालत ख़राब होने लगी।

*

रिडल भवन का वर्तमान मालिक इसमें नहीं रहता था और इसका कोई अन्य इस्तेमाल भी नहीं करता था। गाँव वाले कहते थे कि उसने इस भवन को 'टैक्स बचाने के लिए' रखा हुआ है, हालाँकि किसी को भी यह स्पष्ट मालूम नहीं था कि इससे टैक्स कैसे बच सकता है। अमीर मालिक फ्रैंक को बगीचे की देख-रेख करने की तनख़्वाह देता रहा। बहरहाल, अब फ्रैंक सतहत्तर साल का होने वाला था, वह बहुत ऊँचा सुनने लगा था, उसका अकड़ा हुआ पैर अब और ज़्यादा अकड़ चुका था, लेकिन इसके बावजूद अच्छे मौसम में वह फूलों की क्यारियों में अनमनेपन से काम करते हुए घूमता रहता था, हालाँकि उसे झाड़-झंखाड़ों से जमकर जूझना पड़ता था।

फ्रैंक को सिर्फ़ झाड़-झंखाड़ों से ही नहीं जूझना पड़ता था। गाँव के लड़के अक्सर रिडल भवन की खिड़कियों पर पत्थर फेंकते रहते थे। यही नहीं, वे उस लॉन पर अपनी साइकलें भी चलाते थे, जिसे सुंदर बनाए रखने के लिए फ्रैंक कड़ी मेहनत करता था। एक-दो बार लड़के दिलेरी दिखाकर पुराने मकान में घुस भी गए। वे जानते थे कि बूढ़े फ्रैंक को मकान और बगीचे से प्यार था। जब वह अपनी छड़ी हिलाता हुआ बगीचे में लँगड़ाकर

आता था और भर्राई आवाज़ में उन पर चिल्लाता था, तो लड़कों को बड़ा मज़ा आता था। फ्रैंक का मानना था कि लड़के उसे इसलिए सताते हैं, क्योंकि अपने माता-पिता और दादा-दादियों की तरह वे भी उसे ख़ूनी मानते हैं। इसलिए जब फ्रैंक अगस्त की एक रात को जागा और उसने पुराने मकान में ऊपर की तरफ़ एक बहुत अजीब चीज़ देखी, तो सोचा कि लड़के उसे सताने की कोशिशों में एक क़दम और आगे बढ़ गए हैं।

फ्रैंक के अकड़े हुए पैर में तेज़ दर्द हो रहा था। इसी कारण उसकी नींद खुली थी। पहले कभी इस पैर में इतना दर्द नहीं हुआ था, जितना कि अब बुढ़ापे में हो रहा था। वह उठा और लँगड़ाते हुए किचन में गया। वह गर्म पानी की बोतल दोबारा भरकर अपने घुटने की सिंकाई करना चाहता था। सिंक के पास खड़े होकर उसने पानी गर्म करने के लिए केतली भरी और रिडल भवन की तरफ़ देखा। उसे ऊपर की खिड़कियों में रोशनी दिखी। फ्रैंक तत्काल समझ गया कि क्या हो रहा होगा। लड़के फिर मकान में घुस गए होंगे। चूँकि रोशनी हिल रही थी, इसलिए यह साफ़ ज़ाहिर था कि उन्होंने आग भी जला ली थी।

फ्रैंक के पास फ़ोन नहीं था और वैसे भी जब से पुलिस ने रिडल परिवार के सदस्यों की मृत्यु के बारे में उससे पूछताछ की थी, तब से वह पुलिस पर भरोसा नहीं करता था। उसने तत्काल केतली नीचे रखी और अपनी झोपड़ी में जल्दी-जल्दी ऊपर गया। पैर के दर्द के बावजूद वह जितनी तेज़ी से हो सकता था चलने की कोशिश कर रहा था। वह फटाफट पूरे कपड़े पहनकर किचन में लौट आया। किचन के दरवाज़े के पास लगे हुक पर ज़ंग लगी पुरानी चाबी टँगी थी। चाबी उठाने के बाद उसने दीवार से टिकी अपनी टहलने वाली छड़ी भी उठा ली। इसके बाद वह अँधेरे में बाहर आ गया।

रिडल भवन के सामने वाले दरवाज़े या खिड़कियों पर घुसपैठ का कोई निशान नहीं था। फ्रैंक लँगड़ाता हुआ मकान के पीछे वाले हिस्से की तरफ़ गया। वह पीछे वाले दरवाज़े की तरफ़ जा रहा था, जो पूरी तरह से आइवी की बेलों के पीछे छिपा था। उसने पुरानी चाबी से ताला खोला; दरवाज़ा बिना आवाज़ किए हुए खुल गया।

वह गुफा जैसे किचन में पहुँच गया। फ्रैंक कई सालों से वहाँ नहीं आया था और हालाँकि वहाँ पर घुप्प अँधेरा था, लेकिन उसे अच्छी तरह याद था कि हॉल की तरफ़ जाने वाला दरवाज़ा किधर है। वह टटोलते हुए उसी तरफ़ बढ़ा। उसके नथुनों में सीलन की बदबू भर गई। उसके कान ऊपर से आने वाली आवाज़ों या क़दमों की आहटों को सुनने के लिए चौकन्ने थे। वह हॉल में पहुँच गया। दरवाज़े के दोनों तरफ़ वाली खिड़कियों पर मोटे पर्दे लगे थे, इसलिए यहाँ भी अँधेरा था। वह सीढ़ियों पर चढ़ने लगा। चढ़ते समय वह

सीढ़ियों पर जमी धूल की मोटी परत को धन्यवाद देता जा रहा था, क्योंकि इससे उसके पैरों और छड़ी की आवाज़ दब गई थी।

ऊपर पहुँचकर फ्रैंक जैसे ही दाईं तरफ़ मुड़ा, उसे तत्काल पता चल गया कि घुसपैठिए कहाँ थे। गलियारे के बिलकुल आख़िरी छोर पर एक दरवाज़ा आधा खुला था। उसकी दरार में से हिलती हुई रोशनी दिख रही थी, जिससे काले फ़र्श पर लंबी सी सुनहरी लकीर पड़ रही थी। फ्रैंक और पास गया। उसने अपनी छड़ी कसकर पकड़ रखी थी। वह दरवाज़े से कुछ क़दम दूर पहुँच गया। यहाँ से वह दरवाज़े की दरार में से कमरे के अंदर की झलक देख सकता था।

उसने देखा कि अँगीठी में आग जल रही थी। इससे उसे हैरानी हुई। उसने चलना बंद कर दिया और ध्यान से सुनने लगा, क्योंकि अंदर से किसी आदमी की आवाज़ आ रही थी, जो सहमी और डरी हुई सी थी।

'मालिक, अगर आपको अब भी भूख लग रही हो, तो बोतल में थोड़ा दूध और बचा है।'

'बाद में लूँगा,' दूसरी आवाज़ आई। यह आवाज़ भी एक आदमी की ही थी - लेकिन यह बड़ी अजीब आवाज़ थी। यह काफ़ी तीखी और बर्फ़ीली हवा के झोंके की तरह ठंडी थी। इस आवाज़ में ऐसा कुछ था, जिससे फ्रैंक की गर्दन के पीछे के बचे-खुचे बाल भी खड़े हो गए। 'वर्मटेल, मुझे आग के थोड़ा क़रीब खिसकाओ।'

ज़्यादा अच्छी तरह सुनने के लिए फ्रैंक ने अपना दायाँ कान दरवाज़े की तरफ़ घुमाया। अंदर सख़्त फ़र्श पर बोतल रखने और फिर भारी कुर्सी को घसीटने की आवाज़ें आईं। फ्रैंक को कुर्सी धकाने वाले नाटे आदमी की झलक दिख गई, जिसकी पीठ दरवाज़े की तरफ़ थी। वह एक लंबा काला चोगा पहने था और उसके सिर का पिछला हिस्सा गंजा था। फिर वह दिखाई देना बंद हो गया।

ठंडी आवाज़ ने पूछा, 'नागिनी कहाँ है?'

'मुझे - मुझे नहीं पता, मालिक,' पहली आवाज़ घबराकर बोली। 'मुझे लगता है, वह मकान की जाँच-पड़ताल करने गई होगी ...'

'हमारे सोने से पहले तुम उसका दूध निकाल लेना, वर्मटेल,' दूसरी आवाज़ ने कहा। 'मुझे रात को भूख लगेगी। सफ़र के कारण मैं बहुत थक चुका हूँ।'

भौंहें सिकोड़कर फ्रैंक ने अपने अच्छे कान को दरवाज़े से सटा लिया और पूरा ध्यान लगाकर सुनने लगा। थोड़ी देर ख़ामोशी छाई रही और फिर

वर्मटेल नाम का आदमी दोबारा बोला।

'मालिक, क्या मैं पूछ सकता हूँ कि हम लोग यहाँ कितने समय तक रुकेंगे?'

'एक हफ़्ते,' ठंडी आवाज़ ने कहा। 'शायद उससे भी ज़्यादा। यह जगह काफ़ी आरामदेह है और हम अभी अपनी योजना पर अमल नहीं कर सकते। क्विडिच वर्ल्ड कप ख़त्म होने तक कोई भी क़दम उठाना मूर्खता होगी।'

फ्रैंक ने अपने कान में गाँठदार उँगली डालकर घुमाई। उसे विश्वास था कि कान के मैल के कारण वह ठीक से नहीं सुन पाया था, क्योंकि उसने 'क्विडिच' सुना था, जो कोई शब्द ही नहीं होता है।

'क्विडिच वर्ल्ड कप, मालिक?' वर्मटेल ने पूछा। (फ्रैंक ने अपने कान में और ज़ोर से उँगली घुमाई।) 'माफ़ कीजिए, लेकिन - मैं समझा नहीं - हम वर्ल्ड कप ख़त्म होने तक कुछ क्यों नहीं कर सकते?'

'मूर्ख, क्योंकि इस समय दुनिया भर के जादूगर इस देश में आ रहे हैं। जादू मंत्रालय का हर अड़ंगेबाज़ ड्यूटी पर तैनात रहेगा और असामान्य गतिविधियों पर कड़ी नज़र रखेगा। लोगों के परिचय-पत्रों और प्रामाणिकता की बार-बार जाँच की जाएगी। सुरक्षा बहुत तगड़ी होगी, ताकि मगलुओं को कुछ भी पता न चल पाए। इसलिए हमें इंतज़ार करना होगा।'

फ्रैंक ने अपने कान साफ़ करने की कोशिश छोड़ दी। उसने साफ़-साफ़ 'जादू मंत्रालय,' 'जादूगर' और 'मगलुओं' शब्द सुने थे। वह समझ चुका था कि इन शब्दों का कोई ख़ुफ़िया मतलब होगा। फ्रैंक अच्छी तरह जानता था कि सिर्फ़ दो ही लोग ख़ुफ़िया शब्दों में बातें करते हैं - जासूस और अपराधी। फ्रैंक ने एक बार फिर अपनी छड़ी कसकर पकड़ ली और ज़्यादा ध्यान से सुनने लगा।

वर्मटेल ने धीरे से पूछा, 'तो मालिक ने फ़ैसला कर लिया है?'

'निश्चित रूप से मैंने फ़ैसला कर लिया है, वर्मटेल।' ठंडी आवाज़ में अब चेतावनी का भाव था।

थोड़ी देर ख़ामोशी छाई रही - और फिर वर्मटेल बोला। उसके मुँह से शब्द तेज़ी से निकले, जैसे वह अपनी हिम्मत के जवाब देने से पहले ही उन्हें बोल देना चाहता हो।

'मालिक, यह काम हैरी पॉटर के बिना भी तो किया जा सकता है।'

एक बार फिर ख़ामोशी छाई रही, जो थोड़ी ज़्यादा लंबी थी, और फिर -

'हैरी पॉटर के बिना?' दूसरी आवाज़ ने धीरे से कहा। 'अच्छा ...'

'मालिक, मैं ऐसा इसलिए नहीं कह रहा हूँ, कि मुझे उस लड़के की परवाह है!' वर्मटेल ने ऊँची आवाज़ में कहा। 'लड़के की मुझे क़तई परवाह नहीं है, क़तई नहीं है! मैं तो ऐसा इसलिए कह रहा हूँ क्योंकि अगर हम किसी और जादूगरनी या जादूगर का - किसी भी जादूगर का - इस्तेमाल करें, तो यह काम बहुत जल्दी हो जाएगा! अगर आप इज़ाज़त दें, तो मैं कुछ समय के लिए आपको छोड़कर चला जाऊँ - आप तो जानते ही हैं कि मैं बहुत अच्छी तरह अपना भेस बदल सकता हूँ - मैं दो ही दिन में किसी उपयुक्त जादूगर को लेकर यहाँ लौट आऊँगा -'

दूसरी आवाज़ धीरे से बोली, 'यह ठीक है कि मैं किसी दूसरे जादूगर का इस्तेमाल कर सकता हूँ ...'

'मालिक, इसी में समझदारी होगी,' वर्मटेल अब बहुत राहत भरी आवाज़ में बोल रहा था, 'हैरी पॉटर पर हाथ डालना बहुत मुश्किल होगा, क्योंकि उसकी सुरक्षा बहुत तगड़ी होगी -'

'इसलिए तुम मेरी मदद करना चाहते हो और उसका विकल्प खोजना चाहते हो? मुझे लगता है ... शायद अब तुम मेरी देखभाल करते-करते उकता गए हो, वर्मटेल? कहीं ऐसा तो नहीं है कि कुछ समय के बजाय तुम मुझे हमेशा के लिए छोड़कर चले जाना चाहते हो?'

'मालिक! मैं-मैं आपको छोड़कर नहीं जाना चाहता हूँ, बिलकुल भी नहीं -'

'मुझसे झूठ मत बोलो!' दूसरी आवाज़ ने फुफकारते हुए कहा। 'वर्मटेल, मुझे हमेशा सच्चाई का पता चल जाता है! तुम इस बात पर पछता रहे हो कि तुम मेरे पास क्यों आए। तुम मुझे बड़ी हिक़ारत से देखते हो। मैं देखता हूँ मेरी तरफ़ देखते समय तुम्हारी नाक सिकुड़ जाती है और मुझे छूते समय तुम काँपने लगते हो ...'

'नहीं! मालिक के प्रति मेरी निष्ठा ...'

'निष्ठा नहीं, कायरता। अगर तुम्हारे पास जाने के लिए कोई और जगह होती, तो तुम यहाँ एक पल भी नहीं ठहरते। मुझे दिन में कई बार दूध पीना पड़ता है! मैं तुम्हारे बिना ज़िंदा कैसे रह सकता हूँ? नागिनी का दूध कौन निकालेगा?'

'लेकिन मालिक, अब तो आप काफ़ी स्वस्थ दिख रहे हैं -'

'झूठे कहीं के,' दूसरी आवाज़ बोली। 'मैं ज़रा भी स्वस्थ नहीं हूँ। तुम्हारी लापरवाह देखभाल की बदौलत मैंने जो थोड़ी-बहुत सेहत हासिल की है, वह कुछ ही दिनों में जा सकती है। *ख़ामोश!*'

वर्मटेल ने बुदबुदाना बंद कर दिया और फ़ौरन चुप हो गया। कुछ पल तक फ्रैंक को आग में लकड़ियों के तड़कने की आवाज़ के अलावा कुछ सुनाई नहीं दिया। फिर दूसरा आदमी दोबारा बोला। वह फुफकारने जैसी धीमी आवाज़ में बोल रहा था।

'मेरे पास उस लड़के का इस्तेमाल करने के कई कारण हैं, जो मैं तुम्हें पहले भी बता चुका हूँ। इसीलिए मैं किसी दूसरे का इस्तेमाल नहीं करूँगा। मैंने तेरह साल तक इंतज़ार किया है। कुछ और महीनों के इंतज़ार से कोई फ़र्क़ नहीं पड़ेगा। जहाँ तक लड़के की सुरक्षा का सवाल है, मुझे यक़ीन है कि मेरी योजना सफल होगी। बस तुम्हें थोड़ी हिम्मत दिखानी पड़ेगी, वर्मटेल - और तुम हिम्मत ज़रूर दिखाओगे, क्योंकि तुम लॉर्ड वोल्डेमॉर्ट के ग़ुस्से का शिकार नहीं बनना चाहोगे -'

'मालिक, मेरी बात तो सुनें!' वर्मटेल की आवाज़ में एक बार फिर दहशत झलक रही थी। 'हमारे पूरे सफ़र में मैं उसी योजना के बारे में विचार कर रहा था - मालिक, जल्दी ही लोगों को यह पता चल जाएगा कि बर्था जोरकिन्स लापता है। इसलिए अगर हम अपनी योजना पर चलते हैं और अगर मैं शाप देता हूँ -'

'अगर ?' दूसरी आवाज़ ने फुसफुसाकर कहा। '*अगर ?* वर्मटेल, अगर तुम योजना पर चलोगे, तो मंत्रालय को यह पता ही नहीं चल पाएगा कि कोई और ग़ायब हुआ है। तुम यह काम चुपचाप और बिना शोर-शराबे के करोगे। काश मैं यह काम ख़ुद कर पाता, लेकिन मेरी हालत इतनी ख़राब है ... चलो वर्मटेल, हमें अपने रास्ते से एक और बाधा को हटाना है, फिर हैरी पॉटर तक पहुँचने का रास्ता साफ़ हो जाएगा। मैं तुम्हें यह काम अकेले करने के लिए नहीं कह रहा हूँ। तब तक मेरा *वफ़ादार* सेवक भी दोबारा हमारे साथ होगा -'

वर्मटेल ने थोड़ा चिढ़ते हुए कहा, '*मैं* भी तो आपका वफ़ादार सेवक हूँ!'

'वर्मटेल, मुझे ऐसे सेवक की ज़रूरत है, जिसके पास दिमाग़ हो और जिसकी निष्ठा कभी न डगमगाई हो। और दुर्भाग्य से, तुममें ये दोनों बातें नहीं हैं।'

'मैंने आपको खोजा था,' वर्मटेल ने शिकायती अंदाज़ में कहा। 'मैंने ही तो आपको खोजा था। मैं ही तो बर्था जोरकिन्स को आपके पास लाया था।'

'तुम्हारी बात सही है,' दूसरे आदमी ने मज़े लेते हुए कहा। 'वर्मटेल, मुझे तुमसे इतने बढ़िया काम की उम्मीद नहीं थी - वैसे सच कहा जाए तो उसे लाते समय तुम्हें इस बात का एहसास भी नहीं था कि वह कितने काम

की होगी। है ना?'

'मालिक, मैंने – मैंने सोचा था कि वह हमारे काम आ सकती है –'

'झूठे कहीं के,' दूसरी आवाज़ ने कहा। अब उसमें क्रूर आनंद की पहले से कहीं ज़्यादा स्पष्ट झलक थी। 'बहरहाल मैं इस बात से इंकार नहीं करूँगा कि उसने हमें जो जानकारी दी, वह बहुत क़ीमती थी। उसके बिना मैं अपनी योजना नहीं बना सकता था। तुम्हें इस काम का इनाम मिलेगा, वर्मटेल। मैं तुम्हें अपना एक बहुत महत्वपूर्ण काम करने का मौक़ा दूँगा, जिसे करने के लिए मेरे कई समर्थक अपना दायाँ हाथ कटवाने को तैयार होंगे ...'

वर्मटेल एक बार फिर दहशत में आ गया, 'स-सचमुच, मालिक? कौन सा काम –'

'आह वर्मटेल, अगर वह रहस्य मैं तुम्हें अभी बता दूँगा, तो तुम्हें उस वक़्त आनंद नहीं आएगा। तुम्हारा वह काम सबसे आख़िर में आएगा ... लेकिन मैं तुमसे वादा करता हूँ कि तुम्हें भी बर्था जोरकिन्स जितने ही उपयोगी होने का सम्मान मिलेगा।'

'आप ... आप ...' वर्मटेल की आवाज़ अचानक बहुत भर्रा गई, जैसे उसका मुँह बिलकुल सूख गया हो। 'आप ... मुझे भी ... मार डालेंगे?'

'वर्मटेल, वर्मटेल,' ठंडी आवाज़ ने चिकने-चुपड़े अंदाज़ में कहा, 'मैं तुम्हें भला क्यों मारूँगा? बर्था को तो मुझे इसलिए मारना पड़ा, क्योंकि उसके अलावा और कोई रास्ता ही नहीं था। मेरे सवालों के जवाब देने के बाद वह किसी काम की नहीं बची थी। वह बिलकुल बेकार हो चुकी थी। वैसे भी, अगर वह मंत्रालय में लौटकर यह बताती कि वह छुट्टियाँ मनाते समय तुमसे मिली थी, तो बहुत से अजीब सवाल पूछे जाते। दुनिया जिन जादूगरों को मरा हुआ मानती है, उन्हें किसी सराय में जादू मंत्रालय की जादूगरनी से नहीं टकराना चाहिए ...'

वर्मटेल इतने धीमे से कुछ बुदबुदाया कि फ्रैंक उसकी बात नहीं सुन पाया, लेकिन उसे सुनकर दूसरे आदमी को हँसी आ गई – आनंदविहीन हँसी, जो उसकी आवाज़ की तरह ही ठंडी थी।

'*हम उसकी याददाश्त मिटा सकते थे*? तुम्हारी बात तो सही है, लेकिन शक्तिशाली जादूगर याददाश्त मिटाने के मंत्रों के ताले को खोल सकते हैं, जैसा मैंने उससे सवाल पूछते समय साबित किया था। मैंने उससे जो जानकारी उगलवाई है, उसका इस्तेमाल न करना उसकी *याददाश्त* का अपमान होगा, वर्मटेल।'

बाहर गलियारे में फ्रैंक को अचानक इस बात का एहसास हुआ कि

छड़ी पर रखा उसका हाथ पसीना-पसीना हो चुका था। ठंडी आवाज़ वाला आदमी एक औरत को मार चुका था। वह बिना किसी पश्चाताप के इस बारे में बात कर रहा था, बल्कि उसे तो *मज़ा आ रहा था।* वह ख़तरनाक था - पागल था। यही नहीं, वह एक और हत्या करने की योजना बना रहा था - हैरी पॉटर नाम का लड़का, चाहे वह जो भी हो, ख़तरे में था -

फ्रैंक जानता था कि उसे क्या करना चाहिए। अब पुलिस के पास जाने का वक़्त आ चुका था। वह मकान से चुपचाप बाहर निकलेगा और सीधे गाँव के टेलीफ़ोन बूथ तक जाएगा ... लेकिन ठंडी आवाज़ वाला आदमी दोबारा बोलने लगा और फ्रैंक अपनी जगह पर खड़े-खड़े पूरे ध्यान से सुनने लगा।

'एक और शाप देना होगा ... मेरा वफ़ादार सेवक हॉगवर्ट्स में होगा ... हैरी पॉटर मेरे क़ब्ज़े में होगा, वर्मटेल। सब कुछ तय हो चुका है। अब आगे बहस मत करना। लेकिन शांत ... मुझे नागिनी की आवाज़ सुनाई दे रही है ...'

और फिर दूसरे आदमी की आवाज़ बदल गई। वह ऐसी आवाज़ें निकालने लगा, जो फ्रैंक ने पहले कभी नहीं सुनी थीं। वह फुफकार रहा था और बिना साँस खींचे थूक रहा था। फ्रैंक को लगा कि उसे दौरा पड़ गया था।

तभी उसे अँधेरे गलियारे में अपने पीछे आहट सुनाई दी। जब उसने पलटकर देखा, तो दहशत के मारे उसे जैसे लक़वा मार गया।

अँधेरे गलियारे के फ़र्श पर कोई चीज़ रेंगती हुई उसकी तरफ़ आ रही थी और जब वह चीज़ दरवाज़े की दरार से ज़मीन पर पड़ती आग की रोशनी में आई, तो उसने आतंकित होकर देखा कि वह एक बहुत बड़ी नागिन थी, जो कम से कम बारह फ़ुट लंबी थी। स्तब्ध फ्रैंक दहशत से नागिन के लहराते शरीर को फ़र्श पर जमी धूल की मोटी परत में लहरदार निशान बनाते हुए पास आते देखता रहा। नागिन बहुत पास आ चुकी थी - अब वह क्या करे? बचने का इकलौता रास्ता उसी कमरे में जाना था, जहाँ दोनों आदमी हत्या की योजना बना रहे थे। अगर वह यहीं खड़ा रहेगा, तो नागिन उसे निश्चित रूप से काट लेगी -

लेकिन इससे पहले कि वह कोई फ़ैसला कर पाए, नागिन उसकी बराबरी पर आ गई और फिर, अविश्वसनीय तथा चमत्कारिक रूप से उसके पास से होती हुई अंदर चली गई। वह दरवाज़े के पीछे से आ रही ठंडी आवाज़ की फुफकारों की तरफ़ जा रही थी और कुछ ही सेकंड में इसकी हीरे जैसे आकार की पूँछ दरवाज़े की झिरी में से ग़ायब हो गई।

अब तक फ्रैंक के माथे पर पसीना आ चुका था और छड़ी पर रखा

उसका हाथ काँपने लगा था। कमरे के अंदर से ठंडी आवाज़ अब भी लगातार फुफकार रही थी और फ्रैंक के मन में एक अजीब सा, एक असंभव सा विचार आया ... *वह आदमी नागिन से बात कर रहा था।*

फ्रैंक को समझ में नहीं आ रहा था कि क्या हो रहा था। वह जल्दी से अपने पलंग पर रखी गर्म पानी की बोतल के पास पहुँचना चाहता था। दिक्क़त यह थी कि उसके पैर हिलना भी नहीं चाहते थे। जब वह काँपता हुआ वहीं खड़ा रहा और ख़ुद को सँभालने की कोशिश करने लगा, तो ठंडी आवाज़ फुफकारने की जगह अचानक एक बार फिर बोलने लगी।

उसने कहा, 'वर्मटेल, नागिनी बड़ी रोचक ख़बर लाई है।'

वर्मटेल बोला, 'सच - सचमुच, मालिक ?'

'हाँ,' ठंडी आवाज़ ने कहा। 'नागिनी का कहना है कि एक बूढ़ा मगलू इस कमरे के बाहर खड़ा-खड़ा हमारी सारी बातें सुन रहा है।'

फ्रैंक के पास छिपने का कोई मौक़ा नहीं था। क़दमों की आहट आई और कमरे का दरवाज़ा पूरा खुल गया।

वहाँ पर उसे एक नाटा और गंजा होता आदमी दिखाई दिया, जिसके बाल सफ़ेद हो रहे थे। उसकी नाक नुकीली थी और उसकी छोटी, पनीली आँखें फ्रैंक पर जम गईं। उसके चेहरे पर डर और दहशत का भाव था।

'वर्मटेल, उसे अंदर बुला लो। तुम्हारी तहज़ीब कहाँ चली गई ?'

ठंडी आवाज़ आग के सामने वाली पुरानी कुर्सी से आ रही थी, लेकिन फ्रैंक को ठंडी आवाज़ वाला दिख नहीं पाया। दूसरी ओर नागिन अँगीठी के पास की ख़स्ताहाल दरी पर कुंडली मारकर पालतू कुत्ते की तरह बैठी थी।

वर्मटेल ने फ्रैंक को कमरे के अंदर आने का इशारा किया। हालाँकि फ्रैंक अब भी बुरी तरह से दहला हुआ था, लेकिन उसने अपनी छड़ी कसकर पकड़ ली और लँगड़ाते हुए दहलीज़ पार की।

कमरे में सिर्फ़ आग की ही रोशनी थी। इसके कारण दीवारों पर लंबी, मकड़ी जैसी छायाएँ पड़ रही थीं। फ्रैंक ने कुर्सी के पिछले हिस्से को घूरा। उस पर बैठा आदमी निश्चित रूप से अपने सेवक से भी नाटा होगा, क्योंकि फ्रैंक को उसके सिर का पिछला हिस्सा नहीं दिख रहा था।

ठंडी आवाज़ ने फ्रैंक से पूछा, 'तुमने सब कुछ सुन लिया, मगलू ?'

'तुम मुझे किस नाम से बुला रहे हो ?' फ्रैंक ने बहादुरी से कहा, क्योंकि कमरे के अंदर आ जाने के बाद उसका डर चला गया था। मुक़ाबला शुरू हो जाने के बाद वह बहादुरी से लड़ने लगा। युद्ध में भी हमेशा ऐसा ही होता था।

'मैं तुम्हें मगलू कह रहा हूँ,' ठंडी आवाज़ ने कहा। 'इसका मतलब यह है कि तुम जादूगर नहीं हो।'

'मैं नहीं जानता कि जादूगर से तुम्हारा क्या मतलब है,' फ्रैंक ने कहा, जिसकी आवाज़ अब सामान्य होती जा रही थी। 'मैं तो बस इतना जानता हूँ कि मैंने आज रात को जो बातें सुनी हैं, उन्हें जानने में पुलिस की दिलचस्पी होगी। तुमने हत्या की है तथा तुम किसी और की भी हत्या की योजना बना रहे हो! मैं तुम्हें यह बात भी बता दूँ,' उसने चालाकी से आगे जोड़ दिया, 'मेरी पत्नी जानती है कि मैं यहाँ आया हूँ, इसलिए अगर मैं वापस नहीं लौटा -'

'तुम्हारी कोई पत्नी नहीं है,' ठंडी आवाज़ ने बहुत धीमे से कहा। 'कोई भी नहीं जानता कि तुम यहाँ आए हो। तुम किसी को भी बताकर नहीं आए हो कि तुम यहाँ आ रहे हो। मगलू, लॉर्ड वोल्डेमॉर्ट से झूठ मत बोलो, क्योंकि उन्हें सब कुछ पता रहता है ... वे हमेशा सब कुछ जानते हैं ...'

'अच्छा?' फ्रैंक ने रूखेपन से कहा। 'लॉर्ड हो क्या? देखिए *लॉर्ड साहब*, मुझे आपकी तहज़ीब कोई ज़्यादा पसंद नहीं आई। ज़रा अपना चेहरा तो दिखाइए। मर्द की तरह मेरे सामने आएँ।'

'लेकिन मैं मर्द नहीं हूँ, मगलू,' ठंडी आवाज़ आई, जो लकड़ियों के तड़कने की आवाज़ों के कारण अब मुश्किल से सुनाई दे रही थी। 'मैं तो मर्द से बहुत ज़्यादा महान हूँ। फिर भी ... क्यों नहीं? मैं तुम्हें अपना चेहरा दिखाता हूँ ... वर्मटेल, ज़रा आकर मेरी कुर्सी तो घुमाओ।'

वर्मटेल रिरियाने लगा।

'तुमने सुना नहीं, वर्मटेल।'

नाटा आदमी अपना चेहरा ऊपर करके धीरे-धीरे आगे बढ़ा। ऐसा लग रहा था, जैसे वह अपने मालिक और अँगीठी के पास वाली दरी पर बैठी नागिन की दिशा में नहीं जाना चाहता था। फिर वह कुर्सी को सरकाने लगा। जब कुर्सी के पाए नागिन की दरी पर आए, तो वह अपना बदसूरत तिकोना सिर उठाकर धीरे-धीरे फुफकारने लगी।

और फिर जब कुर्सी घूमी, तो फ्रैंक को दिख गया कि उस पर कौन बैठा था। उसकी छड़ी खट्ट की आवाज़ के साथ फ़र्श पर गिर गई। उसका मुँह खुल गया और वह जमकर चीख़ने लगा। वह इतनी ज़ोर से चीख़ रहा था कि उसे कुर्सी पर बैठे व्यक्ति के शब्द भी सुनाई नहीं दिए, जो उसने अपनी छड़ी उठाकर बोले थे। हरी रोशनी चमकी और फ्रैंक ब्राइस ज़मीन पर ढेर हो गया। वह फ़र्श पर गिरने से पहले ही मर चुका था।

दो सौ मील दूर हैरी पॉटर नाम का लड़का चौंककर जाग गया।

अध्याय दो

शाप का निशान

हैरी पीठ के बल लेटकर तेज़-तेज़ साँसें लेता रहा, जैसे वह बहुत दूर से दौड़ लगाकर आ रहा हो। एक भयानक सपने के कारण उसकी नींद खुल गई थी। हैरी के हाथ उसके माथे को अब भी कसकर पकड़े हुए थे। उसके माथे पर बिजली गिरने जैसा जो पुराना निशान था, वह उसकी उँगलियों के नीचे इस तरह जल रहा था, मानो किसी ने वहाँ पर कोई दहकती हुई सलाख रख दी हो।

वह उठकर बैठ गया। उसका एक हाथ घाव वाले निशान पर अब भी रखा हुआ था। दूसरे हाथ से उसने अँधेरे में अपने बिस्तर के पास वाली टेबल पर रखे चश्मे को टटोला। चश्मा लगाने के बाद उसे बेडरूम ज़्यादा अच्छी तरह दिखने लगा। खिड़की के बाहर लगे स्ट्रीट लैंप की हल्की नारंगी रोशनी पर्दों से छनकर आ रही थी।

हैरी ने एक बार फिर अपने निशान पर उँगलियाँ फेरीं। निशान में अब भी दर्द हो रहा था। उसने अपने बिस्तर के पास वाला लैंप जलाया और पलंग से नीचे उतर गया। कमरे को पार करके उसने अपनी अलमारी खोली और उसके अंदर लगे आईने में अपना हुलिया देखने लगा। वहाँ पर उसे चौदह साल के एक दुबले-पतले लड़के का प्रतिबिंब दिखाई दिया। उसके बिखरे काले बालों के नीचे चमकती हरी आँखें दुविधा में दिख रही थीं। उसने आईने में अपने बिजली गिरने जैसे निशान को ध्यान से देखा। वह सामान्य दिख रहा था, लेकिन वह अब भी बुरी तरह टीस दे रहा था।

हैरी ने याद करने की कोशिश की कि जागने से पहले वह कौन सा सपना देख रहा था। वह सपना इतना सच्चा लग रहा था ... सपने में दिखने वाले दो लोगों को तो वह जानता था, लेकिन तीसरे को नहीं जानता था ...

उसने त्योरियाँ चढ़ाकर दिमाग़ पर काफ़ी ज़ोर डाला और सपने को याद करने की कोशिश करने लगा ...

उसे एक अँधेरे कमरे की धुँधली तस्वीर याद आई ... अँगीठी के पास वाली दरी पर एक नागिन बैठी थी ... नाटा आदमी पीटर था, जिसका दूसरा नाम वर्मटेल था ... और वह ठंडी, तीखी आवाज़ ... लॉर्ड वोल्डेमॉर्ट की आवाज़। हैरी को महसूस हुआ, जैसे इस विचार से ही उसके पेट में बर्फ़ का एक टुकड़ा पहुँच गया हो ...

उसने अपनी आँखें कसकर बंद कर लीं और याद करने की कोशिश की कि वोल्डेमॉर्ट कैसा दिख रहा था, लेकिन उसे कुछ याद नहीं आया ... हैरी तो बस इतना जानता था कि जब वोल्डेमॉर्ट की कुर्सी घूमी थी और हैरी ने उसे देखा था, तो दहशत की लहर के कारण वह जाग गया था ... या फिर वह निशान दुखने के कारण जागा था?

और वह बूढ़ा कौन था? वहाँ निश्चित रूप से एक बूढ़ा आदमी भी था। हैरी ने उसे फ़र्श पर गिरते देखा था। यह सब बहुत उलझन भरा लग रहा था। बेडरूम की चीज़ों के कारण उसका ध्यान न भटके, इसलिए उसने अपने चेहरे पर दोनों हाथ रख लिए। फिर उसने उस धुँधली रोशनी वाले कमरे की तस्वीर को पकड़े रखने की कोशिश की, लेकिन यह काम पानी को मुट्ठी में पकड़कर रखने की कोशिश करने जैसा था। वह जितनी तेज़ी से यादों को पकड़े रखने की कोशिश कर रहा था, वे उतनी ही तेज़ी से फिसलती जा रही थीं ... वोल्डेमॉर्ट और वर्मटेल किसी औरत के बारे में बात कर रहे थे, जिसे उन्होंने मार डाला था, हालाँकि हैरी को उसका नाम याद नहीं था ... वे किसी और को भी मारने की योजना बना रहे थे ... *हैरी पॉटर* को ...

हैरी ने चेहरे पर से हाथ हटा लिए और आँखें खोलकर बेडरूम में चारों तरफ़ ध्यान से देखा, जैसे उसे वहाँ किसी असामान्य चीज़ के दिखने की उम्मीद हो। वैसे उसके कमरे में पहले से ही बहुत सारी असामान्य चीज़ें थीं। उसके पलंग के पैताने के पास लकड़ी का एक बड़ा संदूक खुला पड़ा था, जिसमें कड़ाही, झाड़ू, काले दुशाले और मंत्रों की किताबें रखी थीं। उसकी टेबल पर उसकी सफ़ेद उल्लू हेडविग का बड़ा सा ख़ाली पिंजरा रखा था। टेबल पर बची हुई जगह में चर्मपत्र बिखरे पड़े थे। पलंग के पास फ़र्श पर एक पुस्तक खुली पड़ी थी, जिसे पढ़ते-पढ़ते उसे नींद आ गई थी। इस पुस्तक में तस्वीरें हिल रही थीं। खिलाड़ी चमकीले नारंगी दुशाले पहनकर झाड़ुओं पर उड़ रहे थे। वे कभी दिखते थे, तो कभी ओझल हो जाते थे और एक-दूसरे की तरफ़ लाल गेंद फेंक रहे थे।

हैरी चलकर पुस्तक के पास पहुँचा। पुस्तक को उठाते समय उसने देखा कि एक जादूगर ने पचास फ़ुट ऊँची रिंग में गेंद डालकर शानदार गोल कर दिया था। फिर उसने पुस्तक बंद कर दी। यहाँ तक कि क्विडिच भी - जो हैरी की नज़र में दुनिया का सबसे अच्छा खेल था - इस समय उसका ध्यान नहीं भटका सकता था। उसने *फ़्लाइंग विथ द कैनन्स* पुस्तक अपने पलंग के पास वाली टेबल पर रख दी। इसके बाद वह खिड़की के पास गया और पर्दे खोलकर नीचे की सड़क की ओर देखने लगा।

प्रिविट ड्राइव की सड़क ठीक वैसी ही दिख रही थी, जैसी कि किसी सम्मानित उपनगरीय सड़क को शनिवार की सुबह दिखना चाहिए। सभी घरों की खिड़कियों के पर्दे लगे थे। जहाँ तक हैरी अँधेरे में देख सकता था, कोई भी जीवित प्राणी दिखाई नहीं दे रहा था, यहाँ तक कि बिल्ली भी नहीं।

लेकिन फिर भी ... फिर भी ... हैरी बेचैनी से वापस अपने पलंग पर बैठ गया। उसने अपने घाव के निशान पर एक बार फिर उँगली फेरी। उसे दर्द की चिंता नहीं थी। दर्द और घाव हैरी के लिए अपरिचित नहीं थे। एक बार उसके दाहिने हाथ की सारी हड्डियाँ ग़ायब हो चुकी थीं और उन्हें एक ही रात में दोबारा उगाना पड़ा था, जिसमें उसे काफ़ी दर्द हुआ था। उसी हाथ पर एक बार ज़हरीले साँप का एक फ़ुट लंबा दाँत गड़ा था। पिछले ही साल हैरी अपनी जादुई झाड़ू से पचास फ़ुट ऊपर से नीचे गिरा था। वह अजीबोग़रीब दुर्घटनाओं और चोटों का आदी हो चुका था। अगर आप हॉगवर्ट्स जादू और तंत्र के विद्यालय में पढ़ते हों और आपको मुसीबतें मोल लेने का शौक़ हो, तो इनसे बचा नहीं जा सकता था।

नहीं, हैरी तो इस बात से परेशान था कि पिछली बार उसके घाव का निशान इसलिए दुखा था, क्योंकि वोल्डेमॉर्ट आस-पास था ... लेकिन इस समय वोल्डेमॉर्ट यहाँ कैसे हो सकता है ... प्रिविट ड्राइव में वोल्डेमॉर्ट के आने की बात सोचना ही बकवास और असंभव था ...

हैरी अपने आस-पास की ख़ामोशी में ग़ौर से सुनने लगा। क्या वह सीढ़ी के चरमराने या फिर दुशाले के सरसराने की आवाज़ सुनने की उम्मीद कर रहा था? तभी उसे पास वाले कमरे से अपने मौसेरे भाई डडली का एक ज़ोरदार खर्राटा सुनाई दिया, जिसे सुनकर वह थोड़ा उछल पड़ा।

हैरी ने ख़ुद को सँभालने की कोशिश की। वह भी कितनी मूर्खता कर रहा था? घर में उसके सिवाय सिर्फ़ वरनॉन अंकल, पेटूनिया आंटी तथा डडली ही थे, और वे सभी चैन से सो रहे थे। उनके सपनों में कष्ट या दर्द का नामोनिशान तक नहीं था।

हैरी को डर्स्ली परिवार सोता हुआ ही अच्छा लगता था। जागने पर उसे उनसे कोई मदद नहीं मिलती थी। वरनॉन अंकल, पेटूनिया आंटी और डडली ही हैरी के इकलौते जीवित रिश्तेदार थे। वे मगलू (जादू न जानने वाले लोग) थे, जो किसी भी तरह के जादू से चिढ़ते और नफ़रत करते थे। इसका मतलब यह था कि हैरी का उनके घर पर उतना ही स्वागत होता था, जितना कि किसी गीली लकड़ी का। पिछले तीन साल से हैरी हॉगवर्ट्स में पढ़ रहा था। उसकी लंबी ग़ैर-हाज़िरी के बारे में डर्स्ली परिवार सबको यही बताता था कि उसे लाइलाज अपराधी लड़कों के लिए सुरक्षित सेंट ब्रूटस केंद्र में भेज दिया गया है। हालाँकि वे अच्छी तरह से जानते थे कि नाबालिग़ जादूगर होने के कारण हैरी को हॉगवर्ट्स से बाहर जादू करने की इज़ाज़त नहीं है, लेकिन इसके बावजूद घर में होने वाली हर अजीब घटना के लिए वे उसे ही दोष देते थे। हैरी उनसे कभी अपने दिल की बात नहीं कह पाता था। हैरी जादूगरों की दुनिया में अपनी ज़िंदगी के बारे में उन्हें कुछ नहीं बता सकता था। डर्स्ली परिवार के जागने पर वह उन्हें अपने दुखते निशान और वोल्डेमॉर्ट की चिंता के बारे में नहीं बता सकता था। यह सोचना ही हास्यास्पद था।

वोल्डेमॉर्ट की वजह से ही हैरी को डर्स्ली परिवार के साथ रहना पड़ रहा था। अगर वोल्डेमॉर्ट नहीं होता, तो हैरी के माथे पर बिजली गिरने के आकार का निशान भी नहीं होता। अगर वोल्डेमॉर्ट नहीं होता, तो हैरी के मम्मी-डैडी ज़िंदा होते ...

जब हैरी एक साल का था, तो इस सदी का सबसे ताक़तवर शैतानी जादूगर वोल्डेमॉर्ट - जो ग्यारह सालों से लगातार ज़्यादा ताक़तवर बनता जा रहा था - उनके घर आया था और उसने हैरी के मम्मी-डैडी को मार डाला था। इसके बाद वोल्डेमॉर्ट ने अपनी छड़ी हैरी की तरफ़ घुमाई थी। उसने हैरी को ऐसा मारक शाप दिया, जिससे वह बहुत से वयस्क जादूगरों और जादूगरनियों को अपने रास्ते से हटा चुका था - लेकिन अविश्वसनीय रूप से, वह शाप नाकाम हो गया। एक साल के छोटे से हैरी को मारने के बजाय शाप पलट गया और उसने वोल्डेमॉर्ट को ही निशाना बना डाला। हैरी को कुछ नहीं हुआ। उसके माथे पर सिर्फ़ बिजली गिरने जैसा निशान ही बना, जबकि वोल्डेमॉर्ट बमुश्किल ज़िंदा बचा। उसकी सारी शक्तियाँ चली गईं और उसकी ज़िंदगी लगभग ख़त्म हो गई। इसके बाद वोल्डेमॉर्ट भागकर कहीं छिप गया। जादूगर और जादूगरनियाँ लंबे समय से जिस दहशत भरे माहौल में रह रहे थे, वह अब ख़त्म हो गया। वोल्डेमॉर्ट के समर्थक बिखर गए और हैरी पॉटर मशहूर हो गया।

ग्यारहवें जन्मदिन पर हैरी को यह जानकर बहुत हैरानी हुई कि वह एक जादूगर है। उसे यह जानकर तो और भी ज़्यादा हैरानी हुई कि जादूगरों की छिपी हुई दुनिया में सभी लोग उसका नाम जानते थे। हैरी ने हॉगवर्ट्स में आकर देखा कि वह जहाँ भी जाता था, लोग अपना सिर घुमाकर उसे देखने और फुसफुसाने लगते थे। लेकिन अब उसे इसकी आदत पड़ चुकी थी। इस गर्मी की छुट्टियों के बाद हॉगवर्ट्स में उसका चौथा साल शुरू होगा। वह दोबारा हॉगवर्ट्स में कब पहुँचेगा, इसके लिए वह दिन गिन रहा था।

लेकिन स्कूल जाने में अभी भी पंद्रह दिन बाक़ी थे। उसने एक बार फिर कमरे में चारों तरफ़ देखा। उसकी निगाह अपने दो सबसे अच्छे दोस्तों द्वारा भेजे बर्थडे कार्ड्स पर ठहर गई, जो उन्होंने उसे जुलाई के अंत में भेजे थे। अगर वह उन्हें चिट्ठी लिखकर बताए कि उसका निशान दुख रहा है, तो वे क्या कहेंगे?

अचानक हर्माइनी ग्रेंजर की तीखी और दहशत भरी आवाज़ उसके दिमाग़ में गूँजने लगी।

'तुम्हारा निशान दुख रहा था? हैरी, यह तो सचमुच गंभीर बात है ... प्रोफ़ेसर डम्बलडोर को फ़ौरन चिट्ठी लिखकर बताओ! और मैं जाकर **सामान्य जादुई बीमारियाँ और दर्द** *नाम की पुस्तक में देखती हूँ ... शायद उसमें शाप के निशानों के बारे में कोई जानकारी मिल जाए ...'*

हाँ, हर्माइनी यही सलाह देगी : हॉगवर्ट्स के हेडमास्टर को तत्काल बताओ और जवाब मिलने तक किसी पुस्तक में जानकारी खोजो। हैरी खिड़की के बाहर नीले-काले आसमान को देखने लगा। उसे नहीं लगता था कि इस मामले में कोई पुस्तक उसकी मदद कर पाएगी। जहाँ तक उसे मालूम था, वोल्डेमॉर्ट ने उसे जो शाप दिया था, उससे आज तक सिर्फ़ वही बच पाया था। इसलिए *सामान्य जादुई बीमारियाँ और दर्द* नामक पुस्तक में उसके लक्षणों के मिलने की बहुत कम संभावना थी। जहाँ तक हेडमास्टर को बताने की बात थी, हैरी को यह नहीं मालूम था कि डम्बलडोर गर्मी की छुट्टियों में कहाँ होंगे। उसने एक पल के लिए तो यह कल्पना करके अपना दिल बहलाया कि डम्बलडोर अपनी लंबी सफ़ेद दाढ़ी के साथ जादूगरों वाला दुशाला और नोकदार हैट पहनकर किसी समुद्र तट पर लेटे हैं और अपनी मुड़ी हुई लंबी नाक पर सनटैन लोशन लगा रहे हैं। बहरहाल, हैरी को यक़ीन था कि डम्बलडोर चाहे जहाँ भी हों, हेडविग उन्हें ढूँढ़ ही लेगी। हैरी की उल्लू अब तक उसकी चिट्ठी पहुँचाने में एक बार भी नाकामयाब नहीं हुई थी, भले ही उस पर पता न लिखा हो। लेकिन वह उन्हें क्या बताएगा?

प्रिय प्रोफ़ेसर डम्बलडोर, आपको परेशान करने के लिए माफ़ी चाहता हूँ, लेकिन आज सुबह मेरा निशान दुखा था। हैरी पॉटर।

यहाँ तक कि अपने मन में भी उसे ये शब्द मूर्खतापूर्ण लग रहे थे।

इसलिए उसने यह कल्पना करने की कोशिश की कि यह सुनकर उसके दूसरे सबसे अच्छे दोस्त रॉन वीज़्ली की प्रतिक्रिया क्या होगी। रॉन का लंबी नाक वाला और चकत्तेदार चेहरा फ़ौरन हैरी की आँखों के सामने आ गया, जिस पर एक अजीब सा भाव था।

'तुम्हारा निशान दुख रहा था, लेकिन ... लेकिन तुम-जानते-हो-कौन तो आस-पास नहीं हो सकता? मेरा मतलब है ... तुम्हें पता चल जाएगा, है ना? वह दोबारा तुम्हें मारने के बारे में सोच रहा होगा, है ना? क्या पता हैरी, लेकिन शायद शाप के निशान हमेशा थोड़े-बहुत दुखते होंगे ... मैं डैडी से पूछूँगा ...'

मिस्टर वीज़्ली बहुत ही क़ाबिल जादूगर थे और जादू मंत्रालय में मगलू वस्तु दुरुपयोग विभाग में काम करते थे, लेकिन जहाँ तक हैरी जानता था, वे शापों के विशेषज्ञ नहीं थे। चाहे जो हो, हैरी नहीं चाहता था कि पूरे वीज़्ली परिवार को यह पता चल जाए कि वह थोड़े से दर्द के कारण दहशत में आ गया था। मिसेज़ वीज़्ली तो हर्माइनी से भी ज़्यादा परेशान हो जाएँगी। इसके अलावा रॉन के बड़े जुड़वाँ भाई फ्रेड और जॉर्ज, जिनकी उम्र सोलह साल थी, यह भी सोच सकते हैं कि हैरी की हिम्मत जवाब दे रही है। वीज़्ली परिवार दुनिया में हैरी का सबसे प्रिय परिवार था। वह उम्मीद कर रहा था कि वे उसे किसी भी समय अपने घर पर रहने के लिए आमंत्रित करेंगे, ताकि वह उनके साथ क्विडिच कप देखने जा सके (रॉन ने क्विडिच वर्ल्ड कप का ज़िक्र किया था)। हैरी यह क़तई नहीं चाहता था कि उनके घर पर रहते समय वे लोग उसके निशान के बारे में चिंता भरे सवाल पूछें।

हैरी ने अपनी उँगलियों की गाँठों से अपना माथा गूँथा। दरअसल वह यह चाहता था (और यह सोचकर उसे शर्म आ रही थी) कि उसे सलाह देने वाला व्यक्ति उसके मम्मी-डैडी जैसा और वयस्क जादूगर हो, जो उसकी परवाह करता हो, जिसे काले जादू का अनुभव हो और जिससे सलाह माँगने में उसे शर्म न आए ...

और तभी उसे समाधान सूझ गया। यह इतना आसान और स्पष्ट था कि उसे हैरानी हुई कि यह ख़्याल उसके दिमाग़ में पहले क्यों नहीं आया – *सिरियस*।

हैरी उछलकर पलंग से कूद गया। वह तेज़ी से जाकर अपनी डेस्क

पर बैठ गया। उसने एक चर्मपत्र खींचकर अपने सामने रखा, अपनी बाज के पंख वाली क़लम को स्याही में डुबाया और लिखने लगा : *प्रिय सिरियस*। फिर वह ठहरकर सोचने लगा कि अपनी समस्या को सबसे अच्छे शब्दों में किस तरह लिखा जाए। उसे अब भी इस बात पर हैरानी हो रही थी कि उसने सिरियस के बारे में एकदम क्यों नहीं सोचा। लेकिन शायद इसमें हैरानी की ज़्यादा बात नहीं थी - आख़िर, उसे सिर्फ़ दो महीने पहले ही तो यह पता चला था कि सिरियस उसका गॉडफ़ादर है।

तब तक हैरी की ज़िंदगी में सिरियस का नामोनिशान तक नहीं था और इसका कारण सीधा सा था - सिरियस जादूगरों की ख़ौफ़नाक जेल अज़्काबान में क़ैद था, जहाँ दमपिशाच पहरा देते हैं। अंधे दमपिशाच आत्माओं को चूस लेते हैं। सिरियस के वहाँ से भागने के बाद वे उसकी तलाश में हॉगवर्ट्स भी आए थे। बहरहाल सिरियस बेक़सूर था। जिन हत्याओं के लिए उसे सज़ा मिली थी, वे उसने नहीं, बल्कि वोल्डेमॉर्ट के समर्थक वर्मटेल ने की थीं, जिसे लगभग सभी लोग अब भी मरा हुआ मानते थे। हक़ीक़त सिर्फ़ हैरी, रॉन और हर्माइनी को ही मालूम थी। पिछले साल वर्मटेल से उनका आमना-सामना हो चुका था, हालाँकि उनकी इस बात पर सिर्फ़ प्रोफ़ेसर डम्बलडोर ने ही यक़ीन किया था।

एक सुखद घंटे तक हैरी यह सोचने लगा था कि अब आख़िरकार डर्स्ली परिवार से उसका पीछा हमेशा के लिए छूट जाएगा, क्योंकि सिरियस ने उससे कहा था कि उसके नाम पर लगा कलंक धुलने के बाद हैरी उसके साथ रह सकता है। लेकिन यह मौक़ा उसके हाथ से फिसल गया था। वे लोग वर्मटेल को जादू मंत्रालय के पास पहुँचा पाते, इससे पहले ही वह बच निकला था और सिरियस को अपनी जान बचाकर भागना पड़ा था। हैरी ने बकबीक नामक गरुड़अश्व की पीठ पर बैठकर भागने में उसकी मदद की थी। तभी से सिरियस छिपा हुआ था। हैरी पूरी गर्मी भर यही सोच-सोचकर दुखी हो रहा था कि अगर वर्मटेल नहीं भागा होता, तो हैरी को घर मिल जाता। डर्स्ली परिवार के पास लौटना दोगुना मुश्किल था, जब उसे यह पता चल चुका था कि वह उनके चंगुल से हमेशा के लिए आज़ाद हो सकता था।

बहरहाल, भले ही सिरियस हैरी के साथ नहीं रह रहा था, लेकिन उसकी बदौलत हैरी को बहुत मदद मिली थी। सिरियस के ही कारण हैरी के स्कूल का सारा सामान उसके बेडरूम में रखा हुआ था। डर्स्ली परिवार ने पहले कभी उसे इस बात की इज़ाज़त नहीं दी थी। वे हैरी को ज़्यादा से ज़्यादा दुखी देखना चाहते थे। वे उसकी शक्तियों से भी डरते थे, इसीलिए हर साल गर्मी की छुट्टियों में वे उसके स्कूल का संदूक सीढ़ियों के नीचे वाली अलमारी में

ताले में बंद रखते थे। लेकिन जब से उन्हें यह पता चला कि हैरी का एक गॉडफ़ादर भी है, जो एक ख़तरनाक ख़ूनी है, तब से उनका व्यवहार बदल गया। हैरी ने जान-बूझकर उन्हें यह नहीं बताया कि सिरियस बेक़सूर है।

प्रिविट ड्राइव में आने के बाद हैरी को अब तक सिरियस की दो चिट्ठियाँ मिली थीं। दोनों चिट्ठियाँ उल्लू लेकर नहीं आए थे, जैसी कि जादूगरों की परंपरा थी। इसके बजाय उन्हें बड़े और रंग-बिरंगे उष्णकटिबंधी पक्षी लाए थे। हेडविग को ये शान झाड़ने वाले घुसपैठिए पसंद नहीं आए। वह उनके दोबारा उड़ने से पहले उन्हें अपनी ट्रे में से पानी तक नहीं पीने देना चाहती थी। बहरहाल, हैरी को ये पक्षी पसंद आए। उन्हें देखकर उसके मन में ताड़ के पेड़ों और सफ़ेद रेत की तस्वीर आ गई तथा वह आशा करने लगा कि सिरियस जहाँ भी हो, ख़ुश रहे (सिरियस ने यह नहीं बताया था कि वह कहाँ है, क्योंकि उसे यह डर था कि कहीं कोई दूसरा उसकी चिट्ठी न पढ़ ले)। हैरी यह कल्पना भी नहीं कर सकता था कि दमपिशाच गर्म देशों में ज़्यादा समय तक ज़िंदा रह पाएँगे; शायद इसी कारण सिरियस दक्षिण दिशा में गया था। हैरी ने सिरियस की चिट्ठियाँ पलंग के नीचे फ़र्श के बहुत ही उपयोगी ढीले बोर्ड के नीचे छिपा दी थीं। दोनों ही चिट्ठियों में सिरियस ख़ुश लग रहा था और उसने कहा था कि ज़रूरत पड़ने पर हैरी उससे मदद माँग सकता है। और इस वक़्त हैरी को मदद की ज़रूरत थी ...

हैरी को लैंप की रोशनी अचानक धीमी दिखने लगी, क्योंकि सूर्योदय से पहले की ठंडी धूसर रोशनी धीरे-धीरे कमरे में आ रही थी। आख़िरकार जब सूर्य आसमान में चढ़ने लगा और उसके बेडरूम की दीवारें सुनहरी हो गईं तथा वरनॉन अंकल और पेटूनिया आंटी के कमरे से आवाज़ें सुनाई देने लगीं, तो हैरी ने अपनी डेस्क से चर्मपत्रों को हटाया और अपनी चिट्ठी को दोबारा पढ़ा।

प्रिय सिरियस,

तुम्हारे पिछले पत्र के लिए धन्यवाद। उसे लाने वाला पक्षी बहुत बड़ा था। उसे मेरी खिड़की से अंदर आने में काफ़ी मुश्किल हुई थी।

यहाँ पर सब कुछ हमेशा जैसा ही है। डडली की डाइटिंग ज़्यादा अच्छी तरह नहीं चल रही है। कल वह खाने का सामान चोरी से अपने कमरे में ले जा रहा था,

लेकिन आंटी ने उसे पकड़ लिया। अंकल-आंटी ने उसे चेतावनी दी है कि दोबारा ऐसी हरकत करने पर उसका जेब ख़र्च कम कर दिया जाएगा। इससे डडली भड़क गया और उसने तैश में आकर अपना प्ले-स्टेशन खिड़की के बाहर फेंक दिया। प्ले-स्टेशन एक तरह का कंप्यूटर होता है, जिस पर गेम खेले जाते हैं। दरअसल यह मूर्खतापूर्ण है, लेकिन उसके पास मेगा-म्यूटिलेशन पार्ट थ्री भी नहीं है, जिससे वह अपना मन बहला सके।

तुम्हारी बदौलत मैं ***ठीक*** *हूँ। डर्स्ली परिवार को इस बात का डर है कि अगर मैं तुमसे कहूँगा, तो तुम आकर उन्हें चमगादड़ों में बदल दोगे।*

बहरहाल, आज सुबह एक अजीब घटना हुई। मेरे माथे का निशान दोबारा दुखने लगा। पिछली बार जब ऐसा हुआ था, तो वोल्डेमॉर्ट हॉगवर्ट्स में था। लेकिन मुझे नहीं लगता कि वह इस समय मेरे आस-पास हो सकता है। क्या शाप के निशानों में बार-बार दर्द होता है?

हेडविग के लौटते ही मैं यह चिट्ठी भेज दूँगा। इस समय वह शिकार करने गई है। मेरी तरफ़ से बकबीक को हैलो कहना।

हैरी

हैरी ने सोचा, हाँ, यह चिट्ठी बिलकुल ठीक दिख रही है। सपने के बारे में लिखने से कोई फ़ायदा नहीं होगा। वह यह ज़ाहिर नहीं करना चाहता था कि वह बहुत चिंतित है। उसने चर्मपत्र को मोड़कर अपनी डेस्क पर एक तरफ़ रख दिया, ताकि हेडविग के लौटने पर उसे भेज सके। फिर वह उठा और उसने अँगड़ाई लेते हुए एक बार फिर अपनी अलमारी खोली। लेकिन इस बार अपने प्रतिबिंब की तरफ़ देखे बिना वह नाश्ते के लिए नीचे जाने से पहले कपड़े पहनने लगा।

अध्याय तीन

आमंत्रण

हैरी ने किचन में पहुँचकर देखा कि डर्स्ली परिवार के तीनों सदस्य टेबल के आस-पास बैठे हुए थे। वह भी उनके पास बैठ गया, लेकिन उनमें से किसी ने भी ऊपर नहीं देखा। वरनॉन अंकल का बड़ा लाल चेहरा सुबह के *डेली मेल* अख़बार के पीछे छिपा था और पेटूनिया आंटी ग्रेपफ्रूट के टुकड़े कर रही थीं। पेटूनिया आंटी के होंठ उनके घोड़े जैसे दाँतों पर भिंचे हुए थे।

डडली बहुत ग़ुस्से में दिख रहा था। ऐसा लग रहा था, जैसे वह सामान्य से ज़्यादा जगह घेर रहा था। यह बड़ी अजीब बात थी, क्योंकि वह हमेशा चौकोर टेबल का एक पूरा हिस्सा घेर लेता था। पेटूनिया आंटी ने ग्रेपफ्रूट का चौथाई टुकड़ा डडली की प्लेट में रखते हुए कहा, 'लो डिडी बेटा।' यह सुनकर डडली ने उन्हें ग़ुस्से से घूरकर देखा। जब से वह गर्मियों में अपना सालाना रिपोर्ट कार्ड लेकर घर लौटा था, तभी से उसकी ज़िंदगी बड़ी दुख भरी हो गई थी।

वरनॉन अंकल और पेटूनिया आंटी ने डडली के ख़राब नंबरों के लिए हमेशा की तरह बहाने खोज लिए थे। पेटूनिया आंटी हमेशा ज़ोर देकर कहती थीं कि डडली बहुत ही प्रतिभाशाली है, लेकिन उसके टीचर्स उसकी प्रतिभा को नहीं पहचान पाए हैं। जबकि वरनॉन अंकल यह कहते थे कि 'वे अपने बेटे को गऊ जितना सीधा-सादा नहीं बनाना चाहते।' रिपोर्ट में यह भी लिखा था कि डडली दूसरे लड़कों को परेशान करता और सताता था, लेकिन उसके मम्मी-डैडी ने इस बात पर भी ध्यान नहीं दिया। पेटूनिया आंटी ने आँखों में आँसू भरते हुए कहा, 'वह थोड़ा शरारती तो है, लेकिन मक्खी तक को नुक़सान नहीं पहुँचा सकता!'

बहरहाल, रिपोर्ट के अंत में स्कूल की नर्स ने चुनिंदा शब्दों में एक

टिप्पणी लिखी थी। इसके बारे में वरनॉन अंकल और पेटूनिया आंटी भी बहाने नहीं बना सकते थे। चाहे पेटूनिया आंटी कितना ही कहें कि डडली की हड्डियाँ बड़ी थीं और उसका मोटापा दरअसल सेहत की निशानी है, तथा बड़े होते बच्चों को ढेर सारे खाने की ज़रूरत होती है, लेकिन सच्चाई यह थी कि स्कूल में अब उसके नाप की यूनिफ़ॉर्म नहीं थी। स्कूल की नर्स ने वह देख लिया था जो पेटूनिया आंटी की आँखें देखने से इंकार कर रही थीं। हालाँकि उनकी आँखें इतनी तेज़ थीं कि अपनी चमकती दीवारों पर उँगलियों के निशान तत्काल देख लेती थीं और अपने पड़ोसियों के यहाँ आने-जाने वालों पर पूरी नज़र रखती थीं। स्कूल नर्स ने साफ़ शब्दों में लिखा था कि डडली को अतिरिक्त पोषण की ज़रूरत नहीं है, क्योंकि उसका डील-डौल और वज़न तो अब किसी छोटी व्हेल के बराबर हो चुका है।

इस पर काफ़ी कोहराम मचा और बहस हुई, जिससे हैरी के बेडरूम का फ़र्श हिल गया। पेटूनिया आंटी के काफ़ी आँसू बहाने के बाद आख़िरकार डडली की डाइटिंग योजना शुरू हो गई। स्मेल्टिंग्स की स्कूल नर्स ने जो डाइटिंग चार्ट भेजा था, उसे फ्रिज पर टेप से चिपका दिया गया। यही नहीं, फ्रिज में से डडली की सभी प्रिय चीज़ें हटा दी गईं, जैसे सॉफ़्ट ड्रिंक्स, केक, चॉकलेट, बर्गर। इसके बजाय अब उसमें फल, सब्ज़ियाँ और ऐसी चीज़ें भर दी गईं, जिन्हें वरनॉन अंकल 'ख़रगोशों का भोजन' कहते थे। डडली को ख़ुश करने के लिए पेटूनिया आंटी ने ज़ोर देकर कहा कि पूरे परिवार को उसी डाइटिंग चार्ट के हिसाब से खाना मिलेगा। उन्होंने हैरी की तरफ़ ग्रेपफ्रूट का चौथाई हिस्सा बढ़ा दिया। हैरी ने देखा कि उसका टुकड़ा डडली के टुकड़े से काफ़ी छोटा था। पेटूनिया आंटी की राय में डडली का मनोबल बढ़ाने का सबसे अच्छा तरीक़ा यह था कि उसे हैरी से ज़्यादा खाने को मिले।

लेकिन पेटूनिया आंटी यह नहीं जानती थीं कि हैरी के फ़र्श के ढीले बोर्ड के नीचे क्या छिपा हुआ था। उन्हें ज़रा भी पता नहीं था कि हैरी डाइटिंग चार्ट का बिलकुल भी पालन नहीं कर रहा था। जिस पल हैरी को यह पता चला कि उसे गर्मियों में गाजर-मूली खाकर ज़िंदा रहना पड़ेगा, उसने फ़ौरन हेडविग को अपने दोस्तों के पास भेजकर मदद माँगी। और उन्होंने उसका पूरा साथ दिया। हर्माइनी के घर से हेडविग एक बड़ा बॉक्स लेकर आई, जिसमें बिना शकर के खाद्य-पदार्थ थे (हर्माइनी के मम्मी-डैडी डेंटिस्ट हैं)। हॉगवर्ट्स के गेमकीपर हैग्रिड ने घर पर बनाए रॉक केक की पूरी थैली भेज दी (लेकिन हैरी ने उन्हें छुआ तक नहीं, क्योंकि हैग्रिड की पाक कला के बारे में उसके ज़्यादा अच्छे अनुभव नहीं थे)। मिसेज़ वीज़्ली ने अपने पारिवारिक उल्लू एरल के साथ एक बड़ा फ्रूट केक और पेस्टीज़ भेजी थीं।

बूढ़े और कमज़ोर एरल को इस यात्रा की थकान उतारने में पूरे पाँच दिन लगे। और फिर हैरी के बर्थडे पर (जिसे डर्स्ली परिवार पूरी तरह भूल गया था) उसे चार बेहतरीन बर्थडे केक मिले, जो रॉन, हर्माइनी, हैग्रिड और सिरियस ने भेजे थे। हैरी के पास अब भी उनमें से दो केक बचे थे, इसलिए वह शिकायत किए बिना ग्रेपफ़्रूट खाता रहा। वह अच्छी तरह से जानता था कि अपने कमरे में जाने के बाद वह डटकर नाश्ता कर सकता है।

वरनॉन अंकल ने अख़बार को एक तरफ़ रखा और अपने ग्रेपफ़्रूट के चौथाई हिस्से को बड़ी अरुचि से देखा।

उन्होंने शिकायती अंदाज़ में पेटूनिया आंटी से पूछा, 'बस इतना ही?'

पेटूनिया आंटी ने उन्हें घूरकर देखा और फिर डडली की तरफ़ इशारा किया, जो अपना ग्रेपफ़्रूट का टुकड़ा ख़त्म कर चुका था और अपनी सुअर जैसी छोटी आँखों से हैरी के टुकड़े को हसरत से एकटक देख रहा था।

वरनॉन अंकल ने ज़ोरदार आह भरी, जिससे उनकी बड़ी, घनी मूँछ हिल गई। इसके बाद उन्होंने अपनी चम्मच उठाई।

तभी दरवाज़े की घंटी बजी। वरनॉन अंकल कुर्सी से उठकर हॉल की तरफ़ चल दिए। जब पेटूनिया आंटी केतली में उलझी थीं, तो मौक़े का फ़ायदा उठाकर डडली ने एक ही झटके में वरनॉन अंकल का बचा हुआ ग्रेपफ़्रूट चुरा लिया।

हैरी ने सुना कि दरवाज़े पर कोई हँस रहा था और वरनॉन अंकल रूखेपन से उसकी बात का जवाब दे रहे थे। फिर सामने वाला दरवाज़ा बंद हो गया और हॉल से काग़ज़ फटने की आवाज़ आई।

पेटूनिया आंटी ने केतली टेबल पर रख दी और उत्सुकता से इंतज़ार करने लगीं कि वरनॉन अंकल क्या लेकर आ रहे हैं। उन्हें ज़्यादा देर इंतज़ार नहीं करना पड़ा। एक मिनट बाद ही वरनॉन अंकल लौट आए। वे आगबबूला दिख रहे थे।

उन्होंने हैरी से गुर्राकर कहा, 'तुम ड्रॉइंग रूम में आओ। अभी।'

हैरी इस बात पर हैरान था कि इस बार उससे कौन सी ग़लती हो गई। बहरहाल, वह उठकर खड़ा हुआ और वरनॉन अंकल के पीछे-पीछे किचन से बाहर निकलकर ड्रॉइंग रूम में पहुँच गया। वरनॉन अंकल ने दरवाज़े को तेज़ी से बंद कर दिया।

'तो,' उन्होंने तेज़ी से अँगीठी की तरफ़ जाते हुए हैरी से कहा, जैसे वे उसे गिरफ़्तार करने का आदेश सुनाने वाले हों। *'तो।'*

हैरी का यह पूछने का मन हुआ, 'तो क्या?' लेकिन उसे वरनॉन अंकल के ग़ुस्से को सुबह-सुबह जगाना ठीक नहीं लगा। ख़ास तौर पर तब, जब वे कम भोजन मिलने के कारण पहले से ही काफ़ी तनाव में थे। इसलिए वह अपने चेहरे पर विनम्रतापूर्वक हैरानी का भाव लाकर उन्हें देखता रहा।

'यह अभी हाल आई है,' वरनॉन अंकल ने हैरी की तरफ़ एक बैंगनी काग़ज़ लहराते हुए कहा। 'चिट्ठी है। तुम्हारे बारे में।'

हैरी की उलझन बढ़ गई। वरनॉन अंकल को उसके बारे में कौन चिट्ठी लिख सकता है? उसका ऐसा कौन सा परिचित था, जो पोस्टमैन के माध्यम से चिट्ठी भेजेगा?

वरनॉन अंकल ने हैरी को ग़ुस्से से घूरा और फिर ज़ोर से चिट्ठी पढ़ने लगे :

प्रिय मिस्टर और मिसेज़ डर्स्ली,

हमारा कभी परिचय नहीं हुआ है, लेकिन मुझे यक़ीन है कि हैरी ने आपको मेरे बेटे रॉन के बारे में काफ़ी कुछ बताया होगा।

जैसा कि हैरी ने आपको बताया होगा, अगले सोमवार की रात को क्विडिच वर्ल्ड कप का फ़ाइनल होने वाला है। मेरे पति आर्थर जादुई खेल विभाग के संपर्कों की बदौलत बढ़िया टिकट लाने में कामयाब हो गए हैं।

मुझे उम्मीद है कि आप हैरी को हमारे साथ मैच देखने जाने की इजाज़त दे देंगे, क्योंकि ऐसा मौक़ा ज़िंदगी में कभी-कभार ही मिलता है। ब्रिटेन में तीस साल बाद वर्ल्ड कप हो रहा है और टिकट बड़ी मुश्किल से मिले हैं। अगर हैरी गर्मी की बची हुई छुट्टियों में हमारे घर रहेगा, तो हमें ख़ुशी होगी। हम उसे स्कूल जाने वाली ट्रेन में सुरक्षित बैठा देंगे।

यह सबसे अच्छा रहेगा कि आप अपना जवाब हैरी को बता दें, ताकि वह सामान्य तरीक़े से हमें ख़बर

कर दे। इसकी वजह यह है कि मगलू पोस्टमैन हमारे घर पर आज तक एक भी चिट्ठी नहीं लाया है और मुझे लगता है, उसे यह पता ही नहीं होगा कि हमारा घर कहाँ है।

हैरी को जल्दी देखने की आशा में,

आपकी

मॉली वीज़्ली

पुनश्च : मुझे आशा है कि हमने पर्याप्त टिकट लगा दिए होंगे।

वरनॉन अंकल ने चिट्ठी पढ़ना बंद करके अपना हाथ जेब में डाला और उसमें से एक चीज़ बाहर निकाली।

वे गुर्राकर बोले, 'इसे देखो।'

उनके हाथ में वह लिफ़ाफ़ा था, जिसमें मिसेज़ वीज़्ली की चिट्ठी आई थी। हैरी ज़ोर से हँसने वाला था, लेकिन उसने ख़ुद को रोक लिया। पूरे लिफ़ाफ़े पर टिकट ही टिकट लगे हुए थे, सिर्फ़ सामने की तरफ़ एक इंच की जगह ख़ाली छूटी थी, जिसमें मिसेज़ वीज़्ली ने छोटे-छोटे अक्षरों में डर्स्ली दंपति का पता लिखा था।

'उन्होंने पर्याप्त टिकट तो लगाए हैं,' हैरी ने इस तरह कहा, जैसे मिसेज़ वीज़्ली जैसी ग़लती कोई भी कर सकता था। वरनॉन अंकल की आँखें ग़ुस्से से लाल हो गईं।

'पोस्टमैन बहुत हैरान था,' उन्होंने दाँत भींचते हुए कहा। 'वह यह जानने के लिए बेताब था कि यह चिट्ठी कहाँ से आई है। इसीलिए उसने घंटी बजाई थी। उसे यह *बात* बहुत अजीब लग रही थी।'

हैरी कुछ नहीं बोला। किसी और को यह समझ में नहीं आता कि वरनॉन अंकल ज़्यादा टिकटों के बारे में इतने परेशान क्यों थे। लेकिन हैरी डर्स्ली परिवार के साथ बहुत लंबे समय से रह रहा था और वह अच्छी तरह से जानता था कि वे लोग हर असामान्य बात के बारे में बहुत संवेदनशील हैं। डर्स्ली परिवार का सबसे बड़ा डर यह था कि कहीं किसी को यह पता न चल जाए कि उनका मिसेज़ वीज़्ली जैसे लोगों के साथ किसी तरह का संबंध है (चाहे वह संबंध कितनी ही दूर का क्यों न हो)।

वरनॉन अंकल अब भी हैरी को ग़ुस्से से घूर रहे थे। उधर हैरी सामान्य दिखने की कोशिश कर रहा था। अगर उसने कोई मूर्खतापूर्ण बात या काम नहीं किया, तो उसे ज़िंदगी की सबसे मज़ेदार चीज़ मिल सकती है। उसने वरनॉन अंकल के कुछ कहने का इंतज़ार किया, लेकिन वे उसे लगातार घूरते रहे। आख़िर हैरी ने ख़ुद ही ख़ामोशी तोड़ने का फ़ैसला किया।

उसने पूछा, 'तो - मैं उनके घर रहने जा सकता हूँ?'

वरनॉन अंकल के बड़े, बैंगनी चेहरे पर एक हल्की सी थिरकन दिखाई दी। उनकी मूँछें हिलीं। हैरी को पता था कि उनका दिमाग़ इस वक़्त क्या सोच रहा होगा। वह जानता था कि वरनॉन अंकल की दो सबसे मूलभूत इच्छाओं में जमकर संघर्ष हो रहा होगा। हैरी को जाने की इज़ाज़त देने का मतलब हैरी को ख़ुशी पहुँचाना था और वरनॉन अंकल तेरह साल से इसके विरोध में काम कर रहे थे। दूसरी तरफ़, हैरी को गर्मी की बाक़ी छुट्टियों में वीज़्ली परिवार के यहाँ भेजने का मतलब यह भी था कि उन्हें उम्मीद से दो सप्ताह पहले ही उससे छुटकारा मिल जाएगा। वरनॉन अंकल हैरी को अपने घर में रखना क़तई पसंद नहीं करते थे। सोचने का समय निकालने के लिए वे मिसेज़ वीज़्ली की चिट्ठी की तरफ़ दोबारा देखने लगे।

उन्होंने दस्तख़त को हिक़ारत से घूरते हुए कहा, 'यह औरत कौन है?'

'आप उन्हें देख चुके हैं,' हैरी बोला। 'वे मेरे दोस्त रॉन की मम्मी हैं। पिछले टर्म के आख़िर में वे उसे हॉग - स्कूल की ट्रेन पर लेने आई थीं।'

उसके मुँह से 'हॉगवर्ट्स एक्सप्रेस' निकलने ही वाला था। बहरहाल, उसने ख़ुद को समय रहते रोक लिया, क्योंकि इससे उसके वरनॉन अंकल का ग़ुस्सा निश्चित रूप से भड़क जाता। डर्स्ली परिवार में कोई भी हैरी के स्कूल का नाम ज़ोर से नहीं लेता था।

वरनॉन अंकल ने अपने बड़े चेहरे को सिकोड़ लिया, जैसे वे कोई बहुत अप्रिय चीज़ याद करने की कोशिश कर रहे हों।

'वह गोलमटोल सी औरत?' उन्होंने आख़िरकार बड़बड़ाकर कहा। 'जिसके लाल बालों वाले ढेर सारे बच्चे थे?'

हैरी की त्योरियाँ चढ़ गईं। उसने सोचा, वरनॉन अंकल किसी को 'गोलमटोल' कैसे कह सकते हैं, जबकि उनका ख़ुद का बेटा डडली आख़िर उस मुक़ाम पर पहुँच गया था, जिस दिशा में वह तीन साल की उम्र से चल रहा था : अब उसकी चौड़ाई उसकी लंबाई से ज़्यादा हो चुकी थी।

वरनॉन अंकल दोबारा चिट्ठी पढ़ने लगे।

'क्विडिच,' उन्होंने धीरे से कहा। '*क्विडिच* – यह क्या बला है?'

हैरी को दूसरी बार चिढ़ हुई।

'यह एक खेल है,' उसने रूखेपन से कहा। 'जो झाड़ुओं पर खेला जाता है –'

'ठीक है, ठीक है!' वरनॉन अंकल ने ज़ोर से कहा। हैरी को यह देखकर संतुष्टि मिली कि उसके अंकल अब थोड़ी दहशत में दिख रहे थे। यह साफ़ नज़र आ रहा था कि वे अपने ड्रॉइंग रूम में 'झाड़ुओं' शब्द को बर्दाश्त नहीं कर पा रहे थे। उन्होंने एक बार फिर चिट्ठी पढ़ने में शरण ली। हैरी ने उनके होंठों को यह शब्द पढ़ते सुना, 'आप अपना जवाब हैरी को बता दें, ताकि वह सामान्य तरीक़े से हमें ख़बर कर दे।' उनका मुँह बन गया।

उन्होंने पूछा, '*सामान्य तरीक़े* से उनका क्या मतलब है?'

'जो हम लोगों के लिए सामान्य है,' हैरी ने कहा और इससे पहले कि उसके अंकल उसे रोक पाते, उसने तुरंत कह दिया, 'उल्लू द्वारा चिट्ठी भेजना। यही जादूगरों का सामान्य तरीक़ा है।'

वरनॉन अंकल इतने ग़ुस्से में आ गए, जैसे हैरी ने कोई बहुत ही गंदी बात कह दी हो। ग़ुस्से से काँपते हुए उन्होंने डरकर खिड़की की तरफ़ देखा, जैसे उन्हें यह उम्मीद हो कि उनके पड़ोसी काँच पर कान लगाकर उनकी बातें सुन रहे होंगे।

'तुम्हें यह कितनी बार बताना पड़ेगा कि मेरे घर में किसी तरह की अजीब बात का ज़िक्र नहीं होना चाहिए?' उन्होंने फुफकारते हुए कहा। उनके चेहरे का रंग अब गहरा जामुनी हो गया था। 'यह मत भूलो कि तुम यहाँ पर जिन कपड़ों में खड़े हो, वे पेटूनिया और मैंने तुम्हें दिए हैं –'

'ये तो डडली की उतरन हैं,' हैरी ने ठंडेपन से कहा। यह सच भी था। इस समय वह जो शर्ट पहने था, वह बहुत बड़ी थी। उसे इसकी आस्तीन पाँच बार मोड़नी पड़ती थी, तब कहीं जाकर उसे अपने हाथ दिखते थे और वह उनका उपयोग कर पाता था। उसकी शर्ट इतनी लंबी थी कि उसकी बहुत चौड़ी जीन्स के घुटनों से भी नीचे तक पहुँच जाती थी।

वरनॉन अंकल ने ग़ुस्से से काँपते हुए कहा, 'मैं इस तरह की बात सहन नहीं करूँगा!'

लेकिन हैरी अब उनके तेवर झेलने के लिए तैयार नहीं था। अब वे दिन लद गए थे, जब उसे मजबूरन डर्स्ली परिवार के हर मूर्खतापूर्ण नियम को मानना ही पड़ता था। वह डडली के डाइटिंग चार्ट का पालन नहीं कर रहा

था और उसने यह ठान लिया था कि वरनॉन अंकल चाहे जो कर लें, वह क्विडिच वर्ल्ड कप देखने के लिए जाकर ही रहेगा।

एक गहरी साँस खींचकर हैरी बोला, **'ठीक है,** तो आप मुझे वर्ल्ड कप देखने की इज़ाज़त नहीं देंगे। क्या अब मैं अपने कमरे में जा सकता हूँ? मैं अपने गॉडफ़ादर सिरियस को चिट्ठी लिख रहा हूँ।'

उसने तुरुप का पत्ता चल दिया था। उसने जादुई शब्द कह दिए थे। उसने देखा कि वरनॉन अंकल के चेहरे से बैंगनी रंग उड़ गया और यह बुरी तरह से फिंटी हुई ब्लैककरंट आइसक्रीम के रंग का दिखने लगा।

'तुम - तुम उन्हें चिट्ठी लिख रहे हो?' वरनॉन अंकल ने पूछा। हालाँकि वे अपनी आवाज़ को शांत रखने की कोशिश कर रहे थे, लेकिन उनकी छोटी-छोटी आँखों की पुतलियाँ अचानक डर के मारे सिकुड़ गई थीं।

'जी हाँ,' हैरी ने सामान्य अंदाज़ में जवाब दिया। 'मैंने उन्हें काफ़ी समय से चिट्ठी नहीं लिखी है। आप जानते हैं, अगर उन्हें मेरी चिट्ठी नहीं मिली, तो वे सोचेंगे कि मुझे कुछ हो गया है।'

हैरी इन शब्दों से पड़ने वाले प्रभाव का आनंद लेने के लिए ठहर गया। उसे पता था कि वरनॉन अंकल के मोटे, काले और माँग निकले बालों के नीचे मौजूद दिमाग़ क्या सोच रहा होगा। अगर उन्होंने हैरी को चिट्ठी नहीं भेजने दी, तो सिरियस यह सोचने लगेगा कि हैरी के साथ बुरा बर्ताव हो रहा है। दूसरी तरफ़ अगर उन्होंने चिट्ठी भेजने दी, तो हैरी सिरियस को यह बता देगा कि वे लोग हैरी को क्विडिच वर्ल्ड कप में नहीं जाने दे रहे हैं और इस तरह सिरियस को पता चल जाएगा कि हैरी के साथ सचमुच बुरा बर्ताव हो रहा है। वरनॉन अंकल अब एक ही काम कर सकते थे। हैरी को उनके चेहरे पर उनका फ़ैसला इतनी ही स्पष्टता से दिख गया, कि जैसे उनकी घनी मूँछों वाला चेहरा आईना हो। हैरी ने अपनी मुस्कराहट रोकने और अपने चेहरे को सपाट रखने की कोशिश की। और फिर -

'अच्छा, तो ठीक है। तुम इस घटिया ... इस बेहूदा ... इस वर्ल्ड कप वाली चीज़ में जा सकते हो। तुम इन - इन वीज़्ली लोगों से कह देना कि वे तुम्हें यहाँ से ले जाएँ। मेरे पास इतनी फ़ुरसत नहीं है कि मैं तुम्हें देश भर में छोड़ने जा सकूँ। और तुम बाक़ी की छुट्टियाँ भी वहीं बिताना। और तुम अपने - अपने गॉडफ़ादर को भी यह बात बता देना ... उन्हें बता देना... उन्हें बता देना कि हमने तुम्हें जाने की इज़ाज़त दे दी है।'

'ठीक है,' हैरी ने ख़ुशी से झूमते हुए कहा।

वह मुड़ा और ड्राइंग रूम के दरवाज़े की तरफ़ चल दिया। उसकी

इच्छा हो रही थी कि वह हवा में उछलकर नाचने लगे। वह जा रहा है ... वह वीज़्ली परिवार के यहाँ रहने जा रहा है। वह क्विडिच वर्ल्ड कप देखने जा रहा है!

बाहर हॉल में वह डडली से टकराते-टकराते बचा, जो दरवाज़े के पीछे खड़ा हुआ था। उसे उम्मीद थी कि हैरी को जमकर डाँट पड़ेगी, जिसे सुनकर उसे मज़ा आएगा। बहरहाल, हैरी के मुस्कराते हुए चेहरे को देखकर वह सदमे में आ गया।

'कितना *बढ़िया* नाश्ता था, है ना?' हैरी बोला। 'मेरा तो पेट भर गया, और तुम्हारा?'

डडली के चेहरे पर हैरानी का भाव देखकर हैरी हँस दिया। फिर एक बार में तीन-तीन सीढ़ियाँ लाँघकर वह जल्दी से अपने बेडरूम में घुस गया।

उसे सबसे पहले हेडविग दिखाई दी, जो वापस लौट आई थी। वह अपने पिंजरे में बैठकर अपनी बड़ी-बड़ी लाल आँखों से हैरी को घूर रही थी। वह अपनी चोंच इस तरह से कुटकुटा रही थी, जैसे वह किसी चीज़ से चिढ़ रही हो। जल्दी ही हैरी को पता चल गया कि वह किस बात से चिढ़ रही थी।

'आउच!' हैरी बोला।

एक छोटी, भूरी, पंख वाली टेनिस बॉल जैसी चीज़ हैरी के सिर से टकराई। हैरी अपने सिर को कसकर मलते हुए देखने लगा कि उससे कौन सी चीज़ टकराई थी। उसे एक उल्लू दिखा, जो इतना छोटा था कि उसकी मुट्ठी में आ सकता था। वह किसी पटाख़े की तरह रोमांचित होकर पूरे कमरे में उड़ रहा था। तब जाकर हैरी को एहसास हुआ कि उल्लू ने उसके पैरों पर एक चिट्ठी टपका दी है। हैरी नीचे झुका। वह लिफ़ाफ़े पर रॉन की लिखावट पहचान गया और उसने उसे खोल लिया। अंदर जल्दी में लिखी गई एक चिट्ठी थी।

*हैरी – **डैडी को टिकट मिल गए हैं** – आयरलैंड और बल्गारिया का मैच, सोमवार रात को। मम्मी मगलुओं को चिट्ठी लिख रही हैं, ताकि तुम्हें हमारे यहाँ रहने के लिए बुला सकें। उन्हें शायद मम्मी की चिट्ठी मिल चुकी होगी, लेकिन मुझे नहीं पता कि मगलुओं की डाक कितनी देर में पहुँचती है। इसलिए मैंने सोचा कि मैं पिग के हाथ ख़बर भिजवा दूँ।*

हैरी ने 'पिग' शब्द को घूरा और फिर उस छोटे उल्लू को देखा, जो अब छत पर लगे लैंपशेड के चारों तरफ़ घूम रहा था। वह कहीं से भी सुअर जैसा नहीं लग रहा था। शायद उसे रॉन की लिखावट ठीक से समझ में नहीं आई होगी। चिट्ठी में आगे लिखा था :

मगलुओं को अच्छा लगे या न लगे, हम तुम्हें लेने आ रहे हैं। तुम वर्ल्ड कप देखने का अवसर कैसे छोड़ सकते हो? मम्मी-डैडी का कहना है कि पहले इजाज़त माँगने का नाटक करना ज़्यादा अच्छा रहेगा। अगर वे हाँ कर देते हैं, तो तुम पिग के माध्यम से फ़ौरन जवाब भेज देना। हम तुम्हें रविवार को पाँच बजे लेने आ जाएँगे। अगर वे ना कहते हैं, तो भी तुम पिग को फ़ौरन भेज देना और हम तुम्हें फिर भी रविवार को पाँच बजे लेने आएँगे।

हर्माइनी आज दोपहर को आ रही है। पर्सी को अंतर्राष्ट्रीय जादुई सौहार्द्र विभाग में नौकरी मिल गई है। यहाँ आने के बाद उसके सामने विदेश के बारे में कोई बात मत छेड़ना, वरना वह तुम्हें बोर कर देगा।

जल्दी ही मिलते हैं – रॉन

'शांत हो जाओ!' हैरी बोला, जब छोटा उल्लू उसके सिर पर मँडराने लगा। वह तेज़ी से चीं-चीं कर रहा था। हैरी को लगा कि शायद वह इस बात पर गर्व कर रहा था कि उसने सही व्यक्ति तक चिट्ठी पहुँचा दी है। 'यहाँ आओ और मेरा जवाब लेते जाओ!'

उल्लू उतरकर हेडविग के पिंजरे के ऊपर बैठ गया। हेडविग ने उसे ग़ुस्से से देखा, जैसे कह रही हो कि ज़रा और पास आने की हिम्मत तो करो।

हैरी ने बाज के पंख वाली अपनी क़लम उठाई और नए चर्मपत्र पर चिट्ठी लिखने लगा :

*रॉन, सब कुछ **ठीक** है। मगलुओं ने जाने की इज़ाज़त दे दी है। कल पाँच बजे मिलते हैं। मुझसे सब्र नहीं हो रहा है।*

हैरी

उसने चिट्ठी को मोड़कर बहुत छोटा कर दिया और उसे छोटे उल्लू के पैर से बाँध दिया। उसे इस काम में बहुत मुश्किल आई, क्योंकि उल्लू रोमांच के कारण इधर-उधर फुदक रहा था। जिस पल चिट्ठी बँध गई, उल्लू उड़कर खिड़की से बाहर निकला और ओझल हो गया।

हैरी हेडविग की तरफ़ मुड़ा।

उसने उससे पूछा, 'लंबे सफ़र पर जाने के बारे में क्या विचार है?'

हेडविग ने गरिमापूर्ण ढंग से आवाज़ निकाली।

'तुम यह चिट्ठी सिरियस तक ले जाओगी?' उसने अपनी चिट्ठी उठाते हुए कहा। 'लेकिन ज़रा ठहरो ... मुझे इसमें कुछ और लिखना है।'

उसने दोबारा चर्मपत्र खोला और जल्दी से कुछ लाइनें जोड़ने लगा।

अगर तुम मुझे चिट्ठी लिखो, तो मेरे दोस्त रॉन के घर पर भेजना। गर्मी की बची हुई छुट्टियों में मैं वहीं रहूँगा। उसके डैडी क्विडिच वर्ल्ड कप के टिकट ले आए हैं।

फिर उसने हेडविग के पैर में चिट्ठी बाँध दी। वह बिलकुल स्थिर खड़ी रही, जैसे यह बताना चाहती हो कि चिट्ठी पहुँचाने वाले उल्लू को किस तरह व्यवहार करना चाहिए।

हैरी ने उससे कहा, 'जब तुम वापस लौटोगी, तो मैं रॉन के यहाँ मिलूँगा, ठीक है?'

हेडविग ने प्यार से उसकी उँगली पर चोंच मारी। इसके बाद वह अपने बड़े पंख फैलाकर खुली खिड़की से बाहर उड़ गई।

हैरी ने उसे ओझल होते देखा और फिर रेंगकर अपने पलंग के नीचे घुस गया। उसने फ़र्श के ढीले बोर्ड को हटाकर अंदर से बर्थडे केक का एक बड़ा टुकड़ा बाहर निकाला। वह फ़र्श पर बैठकर उसे खाने लगा और आनंद की लहरों में डूब गया, जो उसके अंदर बाढ़ की तरह लहरा रही थीं। उसके पास केक था, जबकि डडली के पास ग्रेपफ्रूट के सिवाय और कुछ नहीं था। गर्मी का सुहाना दिन था, वह कल प्रिविट ड्राइव छोड़कर जाने वाला था, उसके घाव का निशान एक बार फिर सामान्य हो गया था और वह क्विडिच वर्ल्ड कप देखने जा रहा था। इस समय उसे किसी भी चीज़ की चिंता नहीं हो सकती थी - लॉर्ड वोल्डेमॉर्ट की भी नहीं।

अध्याय चार

दोबारा रॉन के घर

अगले दिन दोपहर बारह बजे तक हैरी ने स्कूल का अपना सारा सामान संदूक में भर लिया था। उसकी सबसे क़ीमती चीज़ें भी संदूक में पहुँच चुकी थीं - वह अदृश्य चोगा, जो उसे अपने डैडी से विरासत में मिला था; वह झाड़ू, जो उसे सिरियस ने भेजी थी; हॉगवर्ट्स का जादुई नक़्शा, जो उसे पिछले साल फ्रेड और जॉर्ज वीज़्ली ने दिया था। उसने अपने पलंग के नीचे वाले फ़र्श के ढीले बोर्ड में छिपाकर रखे खाने के सामान को भी निकाल लिया था। अपने बेडरूम के हर कोने की बार-बार जाँच कर ली थी कि कहीं कोई मंत्र की किताब या क़लम छूट तो नहीं गई। उसने दीवार पर लगा वह चार्ट भी उतार लिया था, जिस पर वह पहली सितंबर यानी हॉगवर्ट्स लौटने तक के बचे हुए दिन काटता था।

प्रिविट ड्राइव के चार नंबर के मकान का माहौल बहुत तनावपूर्ण था। डर्स्ली परिवार के सदस्य इस वजह से तनावग्रस्त और चिड़चिड़े थे क्योंकि जादूगर उनके घर आने वाले थे। जब हैरी ने वरनॉन अंकल को बताया कि वीज़्ली परिवार पाँच बजे आएगा, तो वे दहशत में आ गए।

वे तत्काल गुर्राते हुए बोले, 'उम्मीद है, तुमने उन्हें ठीक-ठाक कपड़े पहनने के लिए कह दिया होगा। मैंने अपनी आँखों से देखा है कि तुम्हारी तरह के लोग कैसे कपड़े पहनते हैं। मैं तो बस इतना कहना चाहता हूँ कि उनमें सामान्य कपड़े पहनने की तमीज़ होनी चाहिए।'

हैरी को भी हल्का सा डर लगने लगा। उसने मिस्टर या मिसेज़ वीज़्ली को शायद ही कभी ऐसे कपड़े पहने देखा था, जिन्हें डर्स्ली परिवार 'सामान्य' कह सके। उनके बच्चे छुट्टियों में मगलुओं वाले कपड़े पहनते थे, लेकिन मिस्टर और मिसेज़ वीज़्ली आम तौर पर लंबे दुशाले पहनते थे, जो थोड़े

पुराने और घिसे-पिटे होते थे। हैरी को इस बात की चिंता नहीं थी कि पड़ोसी क्या सोचेंगे, लेकिन उसे इस बात की चिंता ज़रूर थी कि अगर वीज़्ली परिवार ढंग के कपड़ों में नहीं आया, तो डर्स्ली दंपति उनके साथ कितनी बदतमीज़ी से पेश आएँगे।

वरनॉन अंकल ने इस मौक़े पर अपना सबसे अच्छा सूट पहना था। कुछ लोगों को यह स्वागत की निशानी लगती, लेकिन हैरी जानता था कि वरनॉन अंकल ने ऐसा इसलिए किया था, ताकि वे प्रभावशाली और रौबदार दिख सकें। दूसरी तरफ़ डडली सहमा और थोड़ा सिमटा हुआ दिख रहा था। इसका कारण डाइटिंग नहीं, बल्कि डर था। जब पिछली बार डडली एक वयस्क जादूगर के सामने पड़ा था, तो उसके पैंट के नीचे से सुअर की पूँछ बाहर निकल आई थी। उस पूँछ को हटवाने के लिए पेटूनिया आंटी और वरनॉन अंकल को लंदन के एक प्राइवेट अस्पताल में काफ़ी पैसे ख़र्च करने पड़े थे। इसलिए इसमें आश्चर्य की कोई बात नहीं थी कि डडली बार-बार घबराहट में अपना हाथ अपने पुट्ठों पर रख रहा था और एक कमरे से दूसरे में जाते समय सीधे चलने के बजाय तिरछा चल रहा था, ताकि दुश्मन उसी जगह पर दोबारा वार न कर सके।

लंच लगभग पूरी तरह ख़ामोशी में हुआ। डडली ने खाने के समय भी कोई हल्ला नहीं मचाया, हालाँकि लंच में सिर्फ़ कॉटेज चीज़ और सलाद ही था। पेटूनिया आंटी ने तो कुछ नहीं खाया। उनके हाथ बँधे और होंठ सिकुड़े हुए थे तथा वे अपनी जीभ चूस रही थीं, मानो ग़ुस्से की उस बाढ़ को रोक रही हों, जिसे वे हैरी की तरफ़ मोड़ना चाहती थीं।

वरनॉन अंकल ने टेबल के पार से गरजते हुए पूछा, 'वे लोग कार से आएँगे, है ना?'

'अर,' हैरी बोला।

उसने इस बारे में तो सोचा ही नहीं था। वीज़्ली परिवार के सदस्य उसे लेने कैसे आएँगे? उनके पास अब कार नहीं थी। पहले उनके पास एक पुरानी फ़ोर्ड एंग्लिया कार थी, लेकिन इस समय वह कार हॉगवर्ट्स के अँधेरे जंगल में भटक रही थी। वैसे पिछले साल उन्हें स्टेशन छोड़ने के लिए मिस्टर वीज़्ली ने जादू मंत्रालय की कार उधार ले ली थी। शायद आज भी वे ऐसा ही करेंगे?

हैरी ने कहा, 'ऐसा ही लगता है।'

वरनॉन अंकल अपनी मूँछ हिलाते हुए हँस दिए। आम तौर पर वरनॉन अंकल यह पूछते कि मिस्टर वीज़्ली के पास कौन सी कार है। वे

लोगों का मूल्यांकन इस बात से करते थे कि उनकी कारें कितनी बड़ी और महँगी हैं। लेकिन हैरी को यक़ीन था कि अगर मिस्टर वीज़्ली के पास फ़रारी भी होती, तब भी वरनॉन अंकल उन्हें पसंद नहीं करते।

हैरी ने दोपहर का ज़्यादातर समय अपने बेडरूम में ही बिताया। उससे यह बर्दाश्त नहीं हो रहा था कि पेटूनिया आंटी हर कुछ सेकंड बाद जालीदार पर्दों के बीच से झाँकें, जैसे उन्होंने किसी भागे हुए गेंडे के बारे में चेतावनी सुनी हो। आख़िरकार, पौने पाँच बजे हैरी उतरकर नीचे ड्रॉइंग रूम में पहुँच गया।

पेटूनिया आंटी कुशन ठीक कर रही थीं। वरनॉन अंकल अख़बार पढ़ने का नाटक कर रहे थे, लेकिन उनकी छोटी-छोटी आँखें हिल नहीं रही थीं। हैरी को पूरा यक़ीन था कि वे दरअसल कान लगाकर कार आने की आवाज़ का इंतज़ार कर रहे थे। डडली कुर्सी में धँसा हुआ था। उसके मोटे हाथ उसके नीचे रखे थे और वह अपने पुट्ठों को कसकर पकड़े हुए था। हैरी से तनाव बर्दाश्त नहीं हुआ। वह कमरे से बाहर निकलकर हॉल की सीढ़ियों पर बैठ गया। उसकी आँखें घड़ी पर थीं और रोमांच तथा घबराहट के कारण उसका दिल तेज़ी से धड़क रहा था।

लेकिन पाँच बजे का समय आया और गुज़र भी गया। वरनॉन अंकल को सूट में थोड़ा पसीना आने लगा। उन्होंने सामने वाला दरवाज़ा खोलकर बाहर सड़क पर झाँका, फिर अपना सिर तेज़ी से अंदर कर लिया।

उन्होंने हैरी से गुर्राकर कहा, 'उन्हें देर हो गई!'

'मैं जानता हूँ,' हैरी बोला। 'शायद ट्रैफ़िक में फँस गए होंगे या ऐसी ही कोई और बात हुई होगी।'

पाँच बजकर दस मिनट ... फिर पाँच बजकर पंद्रह मिनट ... अब हैरी को भी चिंता होने लगी थी। साढ़े पाँच बजे उसे ड्रॉइंग रूम में वरनॉन अंकल और पेटूनिया आंटी की तनाव भरी आवाज़ें सुनाई दीं।

'ज़रा भी परवाह नहीं है।'

'अगर हमें कोई और काम होता।'

'शायद वे सोच रहे होंगे कि अगर वे देर से आएँगे, तो हम उन्हें डिनर के लिए रोक लेंगे।'

वरनॉन अंकल बोले, 'हम उन्हें हर्गिज़ नहीं रोकेंगे।' उनकी आवाज़ से हैरी को लगा कि वे ड्रॉइंग रूम में बेचैनी से टहलने लगे थे। 'वे लड़के को लेकर तत्काल यहाँ से दफ़ा हो जाएँ। बशर्ते वे आ रहे हों। शायद उन्हें दिन समझने में ग़लती हो गई होगी। मुझे लगता है, उन *जैसे लोगों* को समय पर

काम करने की आदत ही नहीं होती होगी। या तो यह बात होगी या फिर उनकी खटारा कार रास्ते में टें बोल गई होगी – आआआआआआआआहहहहहहह!'

हैरी उछल पड़ा। ड्राइंग रूम के दरवाज़े की दूसरी तरफ़ से डर्स्ली परिवार के दहशत में भागने की आवाज़ें आ रही थीं। अगले ही पल डडली दौड़ता हुआ हॉल में आया। वह बहुत आतंकित लग रहा था।

'क्या हुआ?' हैरी ने पूछा। 'आख़िर मामला क्या है?'

लेकिन डडली के मुँह से शब्द ही नहीं निकल रहे थे। उसके हाथ अब भी अपने पुट्ठों पर थे और वह तेज़ी से भागता हुआ किचन में चला गया। हैरी जल्दी से ड्रॉइंग रूम में पहुँचा।

डर्स्ली परिवार की बंद अँगीठी के पीछे से ज़ोरदार धमाकों और खरोंचने की आवाज़ें आ रही थीं। यह अँगीठी इसलिए बंद करवाई गई थी, ताकि इसके सामने बिजली की अँगीठी लगवाई जा सके।

'क्या हो रहा है?' पेटूनिया आंटी ने हाँफते हुए कहा। वे दीवार से टिककर अँगीठी की तरफ़ दहशत से घूर रही थीं, 'क्या हो रहा है, वरनॉन?'

लेकिन पल भर में ही उन्हें अपने सवाल का जवाब मिल गया। बंद अँगीठी के भीतर से उन्हें कुछ आवाज़ें सुनाई दीं।

'आउच! नहीं फ्रेड – वापस लौट जाओ, वापस लौट जाओ, कोई ग़लती हो गई है – जॉर्ज को मना कर दो कि वह यहाँ न आए – *आउच!* जॉर्ज, नहीं, यहाँ जगह नहीं है, जल्दी से लौट जाओ और रॉन को बता दो –'

'शायद हैरी को हमारी आवाज़ सुनाई दे जाएगी। डैडी – शायद वह हमें बाहर निकाल सकता हो –'

बिजली की अँगीठी के पीछे के पटियों पर मुक्कों की तेज़ आवाज़ें आईं।

'हैरी? हैरी, क्या तुम्हें हमारी आवाज़ सुनाई दे रही है?'

डर्स्ली दंपति गुस्सैल भेड़ियों की तरह हैरी की तरफ़ मुड़े।

'यह क्या है?' वरनॉन अंकल गरजे। 'यह क्या हो रहा है?'

'वे – वे यहाँ छू पाउडर से आए हैं,' हैरी बोला, जिसकी हँसने की बहुत इच्छा हो रही थी। 'वे आग से यात्रा कर सकते हैं – दिक़्क़त सिर्फ़ इतनी है कि आपने अँगीठी बंद करवा दी है – ज़रा ठहरें –'

वह अँगीठी के पास गया और पटियों के पास जाकर बोला।

'मिस्टर वीज़्ली? क्या आपको मेरी आवाज़ सुनाई दे रही है?'

मुक्कों की आवाज़ बंद हो गई। अंदर से कोई बोला, 'श्श्श!'

'मिस्टर वीज़्ली, मैं हैरी हूँ ... अँगीठी बंद है। आप बाहर नहीं निकल पाएँगे।'

'ओफ!' मिस्टर वीज़्ली की आवाज़ आई। 'आख़िर कोई अँगीठी को बंद क्यों कराएगा?'

हैरी ने समझाया, 'उनके पास बिजली वाली अँगीठी है।'

'सचमुच?' मिस्टर वीज़्ली ने रोमांचित आवाज़ में कहा। 'तुमने क्या कहा, बिज्ज्ली? *प्लग* वाली? वाह, मुझे वह अँगीठी देखनी होगी ... ज़रा सोचते हैं ... आउच, रॉन!'

अब बाक़ी सबके साथ रॉन की आवाज़ भी आने लगी।

'हम यहाँ बंद क्यों हैं? क्या कोई गड़बड़ हो गई है?'

'अरे नहीं, रॉन,' फ्रेड बहुत व्यंग्यात्मक आवाज़ में बोला, 'हम यहीं तो पहुँचना चाहते थे।'

'हाँ, हमें यहाँ बहुत मज़ा आ रहा है,' जॉर्ज बोला, जिसकी आवाज़ थोड़ी दबी हुई लग रही थी, जैसे वह दीवार से टिककर खड़ा हुआ हो।

'लड़को, लड़को ...' मिस्टर वीज़्ली बोले। 'मैं सोचने की कोशिश कर रहा हूँ कि अब क्या करना चाहिए ... हाँ ... एक ही रास्ता है ... हैरी, पीछे हट जाओ।'

हैरी सोफ़े पर पहुँच गया। लेकिन, वरनॉन अंकल आगे बढ़ गए।

'एक मिनट ठहरो!' वे अँगीठी की तरफ़ गरजकर बोले। 'आप क्या करना चाहते हैं?'

धड़ाक!

बंद अँगीठी में एक विस्फोट हुआ। धमाके की आवाज़ के साथ बिजली की अँगीठी उड़कर कमरे के दूसरे कोने में पहुँच गई। मलबे के बादल के बीच से मिस्टर वीज़्ली, फ्रेड, जॉर्ज और रॉन बाहर निकले। पेटूनिया आंटी चीख़ती हुई पीछे की तरफ़ कॉफ़ी टेबल पर गिर गईं। वरनॉन अंकल ने उन्हें फ़र्श पर गिरने से पहले ही थाम लिया और वे स्तब्ध से लाल बालों वाले वीज़्ली परिवार को घूरकर देखते रहे। जुड़वाँ भाई होने के कारण फ्रेड और जॉर्ज के तो बाल ही नहीं, चकत्ते भी एक जैसे थे।

'अब ठीक है,' मिस्टर वीज़्ली अपने लंबे हरे दुशाले से धूल साफ़ करते हुए और अपने चश्मे को सीधा करते हुए बोले। 'आह - आप हैरी के अंकल-आंटी होंगे!'

लंबे, दुबले और गंजे हो रहे मिस्टर वीज़्ली हाथ फैलाकर वरनॉन

अंकल की तरफ़ बढ़े, लेकिन वरनॉन अंकल कई क़दम पीछे हट गए और अपने साथ पेटूनिया आंटी को भी खींच लिया। वरनॉन अंकल इतने स्तब्ध थे कि उनके मुँह से शब्द नहीं निकल रहे थे। सफ़ेद धूल ने उनके सबसे अच्छे सूट को बर्बाद कर दिया था। उनके बाल और मूँछ भी धूल से ढँके हुए थे। इस वक़्त वे तीस साल ज़्यादा बूढ़े लग रहे थे।

'अर – हाँ – इसके बारे में माफ़ करना,' मिस्टर वीज़्ली ने अपना हाथ नीचे करते हुए और टूटी हुई अँगीठी की तरफ़ मुड़कर देखते हुए कहा। 'सब मेरी ग़लती है। मुझे अंदाज़ा ही नहीं था कि हम दूसरे सिरे पर बाहर नहीं निकल पाएँगे। हैरी को ले जाने के लिए मैंने आपकी अँगीठी को आज शाम छू *नेटवर्क* से जुड़वा दिया था – सिर्फ़ एक दिन के लिए। वैसे मगलुओं की अँगीठियों को नेटवर्क से जोड़ना ग़ैर-क़ानूनी है, लेकिन छू नियामक समिति में मेरी पहचान का एक जादूगर है, जिसने मेरे लिए यह काम कर दिया। मैं इसे पल भर में ठीक कर सकता हूँ, इसलिए आप इसकी चिंता न करें। मैं आग जलाकर पहले लड़कों को भेज दूँगा और फिर अंतर्ध्यान होने से पहले आपकी अँगीठी ठीक कर दूँगा।'

हैरी शर्त लगाने को तैयार था कि डर्स्ली परिवार को मिस्टर वीज़्ली की बातें बिलकुल भी पल्ले नहीं पड़ रही थीं। वे अब भी मिस्टर वीज़्ली को घूरे जा रहे थे। पेटूनिया आंटी दोबारा सीधी खड़ी हुईं और वरनॉन अंकल के पीछे छिप गईं।

'हैलो हैरी!' मिस्टर वीज़्ली उत्साह से बोले। 'तुम्हारा संदूक तैयार है?'

हैरी ने मुस्कराते हुए कहा, 'ऊपर रखा है।'

'संदूक हम ले आते हैं,' फ़्रेड ने तत्काल कहा। फ़्रेड और जॉर्ज हैरी को आँख मारते हुए कमरे से बाहर चले गए। वे जानते थे कि हैरी का बेडरूम कहाँ है, क्योंकि उन्होंने एक बार उसे आधी रात को वहाँ से निकाला था। हैरी को लगा कि फ़्रेड और जॉर्ज डडली को देखना चाहते होंगे। उन्होंने हैरी से उसके बारे में काफ़ी कुछ सुन रखा था।

'अच्छा,' मिस्टर वीज़्ली ने अपने हाथों को थोड़ा लहराते हुए कहा और बहुत बुरी तरह छाई ख़ामोशी को तोड़ने की कोशिश की। 'बहुत – आह – बहुत ही अच्छी जगह है।'

आम तौर पर बेदाग़ दिखने वाला ड्रॉइंग रूम इस वक़्त धूल और ईंट के टुकड़ों से ढँका हुआ था, इसलिए डर्स्ली परिवार को यह वाक्य सुनकर अच्छा नहीं लगा। वरनॉन अंकल का चेहरा एक बार फिर बैंगनी हो गया और पेटूनिया आंटी दोबारा अपनी जीभ चूसने लगीं। बहरहाल, वे लोग

इतने ज़्यादा डरे हुए थे कि उनकी बोलती बंद हो गई थी।

मिस्टर वीज़्ली चारों तरफ़ देख रहे थे। उन्हें मगलुओं की हर चीज़ अच्छी लगती थी। हैरी को लग रहा था कि वे टेलीविज़न और वीडियो रिकॉर्डर को चलाकर देखने के लिए व्याकुल होंगे।

'ये चीज़ें बिज्ज्ली से चलती हैं, है ना?' उन्होंने अपना ज्ञान बघारते हुए कहा। 'ओहो, मुझे प्लग दिख रहे हैं। मैं प्लग इकट्ठे करता हूँ,' उन्होंने वरनॉन अंकल से कहा। 'और बैटरियाँ। मेरे पास बैटरियों का काफ़ी बड़ा संग्रह है। मेरे इस शौक़ के कारण मेरी पत्नी मुझे पागल समझती है, लेकिन उससे कोई फ़र्क़ नहीं पड़ता।'

वरनॉन अंकल भी मिस्टर वीज़्ली को पागल ही समझ रहे थे। वे पेटूनिया आंटी को छिपाने के लिए थोड़ा दाहिनी तरफ़ सरक गए। शायद उन्हें यह लग रहा था कि मिस्टर वीज़्ली अचानक उनकी तरफ़ दौड़कर हमला कर देंगे।

तभी डडली कमरे में आ गया। सीढ़ियों पर हैरी के संदूक के घसीटने की आवाज़ें सुनकर डडली डर गया था और किचन से भागकर यहाँ आ गया था। डडली दीवार के किनारे-किनारे चल रहा था और मिस्टर वीज़्ली को आतंकित निगाहों से देख रहा था। उसने अपने मम्मी-डैडी के पीछे छिपने की कोशिश की। दुर्भाग्य से, वरनॉन अंकल का शरीर इतना बड़ा नहीं था कि वे डडली को छिपा सकें, हालाँकि यह दुबली-पतली पेटूनिया आंटी को छिपाने के लिए पर्याप्त था।

'आह हैरी, यह तुम्हारा मौसेरा भाई है, है ना?' मिस्टर वीज़्ली ने बातचीत करने का एक और वीरतापूर्ण प्रयास किया।

'हाँ,' हैरी बोला, 'यह डडली है।'

उसकी और रॉन की नज़रें मिलीं। फिर वे दोनों तुरंत दूसरी तरफ़ देखने लगे। दोनों की हँसने की बड़ी इच्छा हो रही थी। डडली अब भी अपने पुट्ठे पकड़े हुए था, मानो उसे उनके गिर जाने का डर हो। बहरहाल, मिस्टर वीज़्ली डडली के अजीब व्यवहार को देखकर बहुत चिंतित हो गए। जब वे दोबारा बोले, तो हैरी को उनकी आवाज़ से लगा कि वे डडली को भी उतना ही पागल समझ रहे थे, जितना कि डर्स्ली परिवार उन्हें समझ रहा था। फ़र्क़ सिर्फ़ इतना था कि मिस्टर वीज़्ली के मन में डर नहीं, बल्कि सहानुभूति की भावना थी।

उन्होंने दयालुता से कहा, 'छुट्टियाँ अच्छी बीत रही हैं, डडली?'

डडली ने हल्की सी आवाज़ निकालते हुए अपने मोटे पुट्ठों को और

कसकर पकड़ लिया।

फ्रेड और जॉर्ज हैरी का संदूक लेकर कमरे में आ गए। उन्होंने अंदर आते समय चारों तरफ़ देखा और डडली को पहचान लिया। उनके चेहरों पर एक सी शैतानी भरी मुस्कराहट आ गई।

'ठीक है,' मिस्टर वीज़्ली बोले। 'तो फिर आग जला लेते हैं।'

उन्होंने अपने दुशाले की आस्तीनें ऊपर चढ़ाईं और अपनी छड़ी बाहर निकाली। हैरी ने देखा कि पूरा डर्स्ली परिवार एक साथ पीछे हटकर दीवार से चिपक गया।

'प्रज्वलन!' मिस्टर वीज़्ली ने अपनी छड़ी दीवार के छेद की तरफ़ करते हुए कहा।

अँगीठी में तत्काल लपटें उठने लगीं। वे इतनी ऊँची उठ रही थीं, जैसे कई घंटों से जल रही हों। मिस्टर वीज़्ली ने अपनी जेब से एक छोटी सी थैली बाहर निकाली, उसके अंदर से चुटकी भर पाउडर निकाला और उसे लपटों में फेंक दिया, जो पहले से ज़्यादा ऊँची और हरी हो गईं।

मिस्टर वीज़्ली बोले, 'फ्रेड, पहले तुम जाओ।'

'जा रहा हूँ,' फ्रेड ने कहा। 'अरे नहीं - ज़रा ठहरिए -'

फ्रेड की जेब से टॉफ़ियों की थैली निकलकर बाहर गिर गई और हर दिशा में टॉफ़ियाँ फैल गईं - मोटी-मोटी टॉफ़ियाँ, जो बहुत चमकदार पन्नियों में लिपटी हुई थीं।

फ्रेड ने चारों तरफ़ घूमकर टॉफ़ियाँ बटोरीं और उन्हें जेब में भरकर डर्स्ली परिवार की तरफ़ ख़ुशी से हाथ हिलाया। इसके बाद वह सीधे आग में चला गया और बोला, 'घर!' पेटूनिया आंटी के मुँह से काँपती हुई आह निकल गई। साँय की आवाज़ के साथ फ्रेड ग़ायब हो गया।

'जॉर्ज, अब तुम जाओ,' मिस्टर वीज़्ली बोले, 'और संदूक भी ले जाना।'

हैरी ने संदूक को अँगीठी तक ले जाने में जॉर्ज की मदद की और उसे उसके छोर पर टिका दिया, ताकि जॉर्ज उसे आसानी से पकड़ सके। फिर जॉर्ज चिल्लाया, 'घर!' और वह भी ग़ायब हो गया।

मिस्टर वीज़्ली बोले, 'रॉन अब तुम।'

'मिलते हैं,' रॉन ने डर्स्ली परिवार से उत्साह से कहा। वह हैरी की तरफ़ देखकर मुस्कराया और आग में खड़े होकर चिल्लाया, 'घर!' वह भी ग़ायब हो गया।

अब सिर्फ़ हैरी और मिस्टर वीज़्ली ही बचे थे।

'अच्छा ... बाय-बाय,' हैरी ने डर्स्ली परिवार से कहा।

उन्होंने कोई जवाब नहीं दिया। हैरी आग की तरफ़ बढ़ा, लेकिन जैसे ही वह अँगीठी के पास पहुँचा, मिस्टर वीज़्ली ने अपना हाथ बढ़ाकर उसे रोक दिया। वे डर्स्ली परिवार की तरफ़ हैरानी से देख रहे थे।

'हैरी ने आप लोगों से गुड बाय की है,' उन्होंने कहा। 'क्या आप लोगों को उसकी बात सुनाई नहीं दी?'

'इससे कोई फ़र्क़ नहीं पड़ता,' हैरी ने मिस्टर वीज़्ली से बुदबुदाकर कहा। 'सच्ची, मुझे इसकी ज़रा भी परवाह नहीं है।'

मिस्टर वीज़्ली ने अपना हाथ हैरी के कंधे से नहीं हटाया।

'आप लोग अपने भतीजे से अब अगली गर्मियों तक नहीं मिल पाएँगे,' उन्होंने वरनॉन अंकल से थोड़ा चिढ़कर कहा। 'निश्चित रूप से आपको उससे गुड बाय तो कहना ही चाहिए?'

वरनॉन अंकल का दिमाग़ सरपट भाग रहा था। उन्हें इस बात से बड़ा कष्ट हो रहा था कि वह आदमी उन्हें तहज़ीब सिखा रहा है, जिसने अभी-अभी उनके ड्रॉइंग रूम की लगभग आधी दीवार तोड़ दी थी।

लेकिन मिस्टर वीज़्ली की छड़ी अब भी उनके हाथ में थी, जिस पर वरनॉन अंकल की छोटी-छोटी आँखें टिकी हुई थीं। उन्होंने बड़ी अनिच्छा से कहा, 'ठीक है, अलविदा।'

'मिलते हैं,' हैरी ने अपना एक पैर हरी लपटों में रखा, जो गर्म साँस की तरह सुखद लग रही थीं। बहरहाल, उसी पल उसे पीछे से पेटूनिया आंटी की चीख़ें सुनाई दीं।

हैरी पलटा। डडली अब अपने मम्मी-डैडी के पीछे नहीं छिपा था। वह कॉफ़ी टेबल के पास घुटनों के बल बैठा था और उसके मुँह से एक फ़ुट लंबी कोई बैंगनी सी चिपचिपी चीज़ लटक रही थी। एक पल की हैरानी के बाद हैरी को यह एहसास हुआ कि वह एक फ़ुट लंबी चीज़ दरअसल डडली की जीभ थी - और उसके सामने फ़र्श पर चमकीले रंग की टॉफ़ी की पन्नी पड़ी थी।

पेटूनिया आंटी चीख़ती हुई फ़र्श पर डडली के पास बैठ गईं और उसकी लटकती हुई जीभ को मुँह से बाहर खींचने की कोशिश करने लगीं। इसमें कोई हैरानी की बात नहीं थी कि उनकी इस कोशिश के बाद डडली चीख़ने लगा, सिसकने लगा और उन्हें दूर हटाने की कोशिश करने लगा। वरनॉन अंकल गरज रहे थे और चारों तरफ़ हाथ लहरा रहे थे। मिस्टर वीज़्ली को अपनी बात कहने के लिए चिल्लाना पड़ा।

उन्होंने चिल्लाकर कहा, 'चिंता की कोई बात नहीं है। मैं उसे ठीक कर सकता हूँ!' वे अपनी छड़ी आगे करके डडली की तरफ़ बढ़े, लेकिन पेटूनिया आंटी पहले से भी ज़ोर से चीख़ीं और डडली के ऊपर लेट गईं, ताकि उसे मिस्टर वीज़्ली से बचा सकें।

'नहीं, नहीं, ऐसा न करें!' मिस्टर वीज़्ली ने हताशा से कहा। 'उसे ठीक करना बहुत आसान है - यह टॉफ़ी के कारण हुआ है - मेरा बेटा फ़्रेड - बड़ा मसख़रा है - लेकिन यह सिर्फ़ *फूलन सम्मोहन* है - कम से कम मुझे तो यही लगता है - ज़रा हटिए, मैं इसे ठीक कर सकता हूँ -'

लेकिन इससे तसल्ली पाने के बजाय डर्स्ली परिवार और भी दहशत में आ गया। पेटूनिया आंटी ज़ोर-ज़ोर से सुबक रही थीं और डडली की जीभ को खींचे जा रही थीं, जैसे उसे तोड़ने का इरादा रखती हों। अपनी माँ और जीभ के वज़न के कारण डडली का दम घुट रहा था। वरनॉन अंकल अब अपना संयम खो चुके थे। उन्होंने पास रखा चीनी मिट्टी का एक शोपीस उठाया और उसे मिस्टर वीज़्ली को ज़ोर से फेंककर मारा। मिस्टर वीज़्ली झुक गए, जिस वजह से शोपीस टूटी हुई अँगीठी में गिरकर टूट गया।

'सुनिए तो सही!' मिस्टर वीज़्ली ने ग़ुस्से में अपनी छड़ी लहराते हुए कहा। 'मैं आपकी *मदद* करने की कोशिश कर रहा हूँ!'

घायल दरियाई घोड़े की तरह चिंपाड़ते हुए वरनॉन अंकल ने एक और शोपीस उठा लिया।

'हैरी, जाओ! जल्दी जाओ!' मिस्टर वीज़्ली अपनी छड़ी वरनॉन अंकल की तरफ़ घुमाते हुए चिल्लाए। 'मैं इसे सुलझा लूँगा!'

हैरी इस मज़ेदार दृश्य को देखना चाहता था, लेकिन वरनॉन अंकल का फेंका दूसरा शोपीस उसके बाएँ कान के बहुत पास से गुज़रा था, इसलिए उसने सोचा, सबसे अच्छा यही रहेगा कि वह मिस्टर वीज़्ली को ही स्थिति सुलझाने दे। वह आग में गया और मुड़कर पीछे देखते हुए बोला, 'रॉन का घर!' उसने ड्रॉइंग रूम का जो आख़िरी दृश्य देखा, वह यह था कि मिस्टर वीज़्ली ने वरनॉन अंकल के हाथ के तीसरे शोपीस को अपनी छड़ी से उड़ा दिया था। पेटूनिया आंटी चीख़ रही थीं और डडली पर लेटी हुई थीं, जिसकी जीभ किसी बड़े चिपचिपे अजगर की तरह नीचे लटक रही थी। लेकिन अगले ही पल हैरी बहुत तेज़ी से घूमने लगा और डर्स्ली परिवार का ड्रॉइंग रूम हरी लपटों में ग़ुम हो गया।

अध्याय पाँच

वीज़्ली बंधुओं की जादूगरी की दुकान

हैरी तेज़ी से गोल-गोल घूमता रहा। उसने अपनी कोहनियाँ अपने बग़ल में चिपका रखी थीं। उसके पास से धुँधली अँगीठियाँ गुज़रती जा रही थीं। फिर उसे चक्कर आने लगे और उसने अपनी आँखें बंद कर लीं। फिर जब आख़िरकार उसे लगा कि उसकी रफ़्तार धीमी होने लगी है, तो उसने अपनी आँखें खोल लीं। यह अच्छा रहा, वरना वह वीज़्ली परिवार की अँगीठी से मुँह के बल नीचे गिर जाता। समय रहते उसने अपने हाथ टेक लिए, जिससे गिरने पर उसे चोट नहीं लगी।

फ्रेड ने हैरी को उठाने के लिए अपना हाथ बढ़ाया और रोमांच से पूछा, 'उसने चॉकलेट खा ली?'

'हाँ,' हैरी खड़े होते हुए बोला। 'वह क्या चीज़ थी?'

'टनाटन टॉफ़ी,' फ्रेड ने उत्साह से कहा। 'जॉर्ज और मैंने उसका फ़ॉर्मूला तैयार किया है। हम पूरी छुट्टियों में किसी ऐसे व्यक्ति की तलाश में थे, जिस पर इसका प्रयोग करके इसे आज़मा सकें ...'

छोटा सा किचन ठहाकों से गूँज गया। हैरी ने चारों तरफ़ देखा। रॉन और जॉर्ज लकड़ी की एक जर्जर टेबल के पास बैठे थे। उनके पास लाल बाल वाले दो लोग और बैठे थे। हालाँकि हैरी ने उन्हें पहले कभी नहीं देखा था, लेकिन वह तत्काल समझ गया कि वे कौन हो सकते हैं। वे दोनों रॉन के सबसे बड़े भाई बिल और चार्ली ही हो सकते थे।

'कैसे हो, हैरी?' उन दोनों में से पास वाले ने मुस्कराकर उसकी तरफ़ हाथ बढ़ाया। उससे हाथ मिलाते समय हैरी को अपनी उँगलियों के नीचे फोड़ों और गठानों का एहसास हुआ। यह चार्ली होगा, जो रोमानिया में ड्रैगन्स को सँभालने का काम करता था। चार्ली का डील-डौल जुड़वाँ वीज़्ली बंधुओं की

तरह था। वह पर्सी और रॉन की तरह लंबा और छरहरा नहीं था, बल्कि नाटा और गठीला था। उसका चेहरा चौड़ा और हँसमुख था, जिस पर मौसम के थपेड़ों के निशान थे। उसका चेहरा इतना चकत्तेदार था कि लगभग भूरा दिख रहा था। उसकी बाँहें माँसपेशियों से भरी थीं और उनमें से एक पर जलने का बड़ा चमकदार निशान दिख रहा था।

बिल भी मुस्कराते हुए खड़ा हुआ और उसने भी हैरी से हाथ मिलाया। हैरी बिल को देखकर हैरान रह गया। हैरी जानता था कि वह जादूगरों के बैंक ग्रिनगॉट में काम करता है और हॉगवर्ट्स का हेडबॉय रह चुका है। हैरी ने हमेशा यह कल्पना की थी कि बिल पर्सी की ही तरह होगा, जो नियम तोड़ने के बारे में चेतावनी देता रहता था और अपने आस-पास के सभी लोगों पर रौब जमाना चाहता था। बहरहाल, बिल - बहुत ही शानदार था। उसके लिए इससे ज़्यादा उपयुक्त शब्द हो ही नहीं सकता था। वह लंबा था और उसके बाल भी लंबे थे, जिन्हें उसने पीछे पोनी टेल में बाँध रखा था। वह कान में एक बाली पहने था, जिसमें एक ज़हरीला दाँत लटक रहा था। उसके कपड़े किसी डिस्को में बिलकुल भी अजीब नहीं लगते - फ़र्क़ सिर्फ़ इतना था कि उसके जूते चमड़े से नहीं, बल्कि ड्रैगन की खाल से बने थे।

इससे पहले कि उनमें से कोई भी कुछ और कह पाता, एक हल्की सी आवाज़ आई और मिस्टर वीज़्ली जॉर्ज के कंधे पर प्रकट हो गए। हैरी ने उन्हें पहले कभी इतने ग़ुस्से में नहीं देखा था।

'फ्रेड, तुमने जो किया, वह *बहुत मज़ेदार नहीं था!*' वे चिल्लाए। 'आख़िर तुमने उस मगलू बच्चे को क्या दे दिया था?'

'मैंने उसे कुछ नहीं दिया था,' फ्रेड चालाकी से मुस्कराते हुए बोला। 'मैंने तो बस टॉफ़ी *गिराई* थी ... यह उसी की ग़लती थी कि उसने टॉफ़ी उठाकर खा ली। मैंने तो उसे ऐसा करने को नहीं कहा था।'

'तुमने टॉफ़ी जान-बूझकर गिराई थी!' मिस्टर वीज़्ली गरजे। 'तुम जानते थे कि वह डाइटिंग पर है, तुम जानते थे कि वह इसे खा लेगा -'

जॉर्ज ने उत्सुकता से पूछा, 'उसकी जीभ कितनी लंबी हुई थी?'

'जब तक उसके मम्मी-डैडी मुझे ठीक करने देते, तब तक चार फ़ुट लंबी हो चुकी थी!'

हैरी और वीज़्ली भाई दोबारा हँसने लगे।

'*यह हँसने की बात नहीं है!*' मिस्टर वीज़्ली चिल्लाए। 'इस तरह की हरकतों से जादूगर-मगलू संबंधों पर बुरा असर पड़ता है! मैंने अपनी आधी ज़िंदगी मगलुओं से दुर्व्यवहार के ख़िलाफ़ संघर्ष करने में बिताई है और मेरे

ही बेटे –'

फ्रेड ने ग़ुस्से से कहा, 'हमने उसे मगलू मानकर ऐसा नहीं किया था!'

'नहीं, हमने तो ऐसा इसलिए किया था, क्योंकि वह दूसरों को बहुत सताता है,' जॉर्ज बोला। 'है ना हैरी?'

हैरी गंभीरता से बोला, 'हाँ, यह सही है, मिस्टर वीज़्ली।'

'बात यह नहीं है!' मिस्टर वीज़्ली ग़ुस्से से बोले। 'ज़रा ठहरो, मैं तुम्हारी मम्मी को बताता हूँ –'

'मुझे क्या बताने वाले हो?' उनके पीछे से एक आवाज़ आई।

मिसेज़ वीज़्ली अभी-अभी किचन में दाख़िल हुई थीं। वे नाटी और मोटी थीं। उनका चेहरा बहुत दयालु था, लेकिन इस समय उनकी आँखें शंका के कारण सिकुड़ी हुई थीं।

'ओह हैलो, हैरी बेटा,' उन्होंने हैरी को देखकर मुस्कराते हुए कहा। फिर उनकी आँखें अपने पति की तरफ़ लौट गईं। 'मुझे *क्या* बताने वाले थे, आर्थर?'

मिस्टर वीज़्ली झिझके। हैरी जानता था कि चाहे वे फ्रेड और जॉर्ज से कितने ही ग़ुस्सा हों, लेकिन वे दरअसल मिसेज़ वीज़्ली को कुछ नहीं बताना चाहते थे। ख़ामोशी छाई रही और मिस्टर वीज़्ली घबराकर अपनी पत्नी को देखते रहे। फिर मिसेज़ वीज़्ली के पीछे किचन के दरवाज़े पर दो लड़कियाँ भी नज़र आईं। एक के गुच्छेदार भूरे बाल थे और सामने वाले दाँत थोड़े बड़े थे। वह हैरी और रॉन की दोस्त हर्माइनी ग्रेंजर थी। छोटी और लाल बालों वाली दूसरी लड़की रॉन की छोटी बहन जिनी थी। दोनों ही हैरी की तरफ़ देखकर मुस्कराईं और हैरी भी जवाब में मुस्कराया। इससे जिनी का चेहरा लाल पड़ गया – जब हैरी पहली बार उनके घर आया था, तभी से वह हैरी की दीवानी थी।

मिसेज़ वीज़्ली ने ख़तरनाक अंदाज़ में पूछा, 'मुझे *क्या* बताने वाले थे, आर्थर?'

'कुछ नहीं, मॉली,' मिस्टर वीज़्ली बुदबुदाए। 'फ्रेड और जॉर्ज ने – लेकिन मैंने उन्हें समझा दिया है –'

'उन्होंने इस बार क्या किया है?' मिसेज़ वीज़्ली बोलीं। 'अगर इसका संबंध *वीज़्ली बंधुओं की जादूगरी की दुकान* से है –'

हर्माइनी ने दरवाज़े से कहा, 'रॉन, तुम हैरी को यह क्यों नहीं बताते कि वह कहाँ सोएगा?'

'वह जानता है कि वह कहाँ सोएगा,' रॉन ने कहा। 'मेरे कमरे में, जहाँ वह पिछली बार सोया था –'

हर्माइनी ने ज़ोर देकर कहा, 'हम सब वहीं चलते हैं।'

रॉन उसका इशारा समझते हुए बोला, 'ओह हाँ, ठीक है।'

जॉर्ज ने जल्दी से कहा, 'हाँ, हम भी चलते हैं।'

'तुम जहाँ हो, वहीं खड़े रहो!' मिसेज़ वीज़्ली ने गुर्राते हुए कहा।

हैरी और रॉन किचन से बाहर निकल आए। फिर वे हर्माइनी और जिनी के साथ हॉल से होते हुए जर्जर सीढ़ी पर चढ़ने लगे, जो टेढ़ी-मेढ़ी होकर ऊपर की मंज़िलों की तरफ़ जाती थी।

हैरी ने ऊपर चढ़ते हुए पूछा, *'वीज़्ली बंधुओं की जादूगरी की दुकान* क्या है?'

रॉन और जिनी दोनों ही हँस दिए, लेकिन हर्माइनी गंभीर बनी रही।

'मम्मी जब फ्रेड और जॉर्ज के कमरे की सफ़ाई कर रही थीं, तो उन्हें वहाँ बहुत से ऑर्डर फ़ॉर्म मिले,' रॉन ने धीरे से कहा। 'उनमें उन सामानों की लंबी सूची थी, जिनका उन्होंने आविष्कार किया था। मज़ाकिया सामान। नक़ली छड़ियाँ, चालबाज़ी भरी मिठाइयाँ और बहुत सा सामान। सारी चीज़ें कमाल की थीं। मुझे यह पता ही नहीं चला कि उन्होंने इन सबका आविष्कार कब कर लिया ...'

जिनी बोली, 'हमें बरसों से उनके कमरे में धमाकों की आवाज़ें सुनाई दे रही थीं, लेकिन हमने कभी सोचा भी नहीं था कि वे कोई आविष्कार *कर रहे होंगे*। हमें तो लगा था कि उन्हें धमाकों की आवाज़ पसंद होगी।'

'दिक्क़त सिर्फ़ इतनी है कि ज़्यादातर सामान – दरअसल पूरा का पूरा सामान – थोड़ा ख़तरनाक है,' रॉन बोला, 'और जानते हो, वे लोग इस सामान को हॉगवर्ट्स में बेचकर पैसे कमाने की योजना बना रहे थे। यह पता चलते ही मम्मी उन पर बरस पड़ीं। मम्मी ने उन्हें बता दिया कि उन्हें भविष्य में इस तरह का सामान बनाने की इज़ाज़त नहीं है। मम्मी ने उनके सारे ऑर्डर फ़ॉर्म जला दिए ... वे उन पर पहले से ही ग़ुस्सा थीं। उन्हें उतने ओ.डब्ल्यू.एल. नहीं मिले थे, जितने की मम्मी को उम्मीद थी।'

ओ.डब्ल्यू.एल. सामान्य जादूगरी स्तर के ग्रेड थे, जिसकी परीक्षा हॉगवर्ट्स के विद्यार्थी पंद्रह साल की उम्र में देते थे।

'और फिर एक मुद्दा यह भी था,' जिनी बोली, 'मम्मी चाहती हैं कि वे डैडी की तरह जादू मंत्रालय में नौकरी करें, लेकिन उन्होंने मम्मी को साफ़

शब्दों में बता दिया कि वे *जोक-शॉप* यानी जादूगरी के रोचक सामानों की दुकान खोलना चाहते हैं।'

तभी दूसरी मंज़िल का एक दरवाज़ा खुला और सींग के फ़्रेम वाला चश्मा पहने हुए एक चिड़चिड़ा चेहरा नज़र आया।

हैरी बोला, 'हाय पर्सी।'

'ओह, हैलो हैरी,' पर्सी बोला। 'मैं सोच रहा था कि इतना शोर कौन मचा रहा है। मैं यहाँ पर बड़ा ही महत्त्वपूर्ण काम कर रहा हूँ - मुझे ऑफ़िस की एक रिपोर्ट पूरी करनी है - और जब लोग सीढ़ियों पर धम-धम करते हुए चढ़ते हैं, तो ढंग से सोचना बहुत मुश्किल होता है।'

'हम *धम-धम* नहीं कर रहे थे,' रॉन ने चिढ़कर कहा। 'हम तो चल रहे थे। अगर हमने जादू मंत्रालय के अति गोपनीय कामों में बाधा डाली हो, तो हमें माफ़ कर देना।'

हैरी ने पूछा, 'तुम क्या कर रहे हो?'

'अंतर्राष्ट्रीय जादुई सौहार्द्र विभाग के लिए एक रिपोर्ट बना रहा हूँ,' पर्सी ने गर्व से कहा। 'हम कड़ाहियों की न्यूनतम मोटाई तय करने की कोशिश कर रहे हैं। विदेश से आयात होने वाली कुछ कड़ाहियाँ बहुत पतली हैं - कड़ाहियों से द्रव रिसने की घटनाएँ हर साल तीन प्रतिशत की दर से बढ़ रही हैं -'

'तुम्हारी रिपोर्ट से दुनिया बदल जाएगी,' रॉन बोला। 'मुझे उम्मीद है कि कड़ाहियों के रिसने की ख़बर *दैनिक जादूगर* के पहले पन्ने पर छपेगी।'

पर्सी का चेहरा थोड़ा गुलाबी पड़ गया।

'तुम चाहे जितनी हँसी उड़ा लो, रॉन,' उसने जोश से कहा, 'लेकिन जब तक किसी तरह का अंतर्राष्ट्रीय क़ानून नहीं बनेगा, तब तक बाज़ार में घटिया और पतली तली की कड़ाहियाँ आती रहेंगी। यह बहुत बड़ा ख़तरा है -'

'हाँ, हाँ, ठीक है,' रॉन बोला और सीढ़ियाँ चढ़ने लगा। पर्सी ने अपने बेडरूम का दरवाज़ा धड़ाम से बंद कर लिया। जब हैरी, हर्माइनी और जिनी रॉन के पीछे-पीछे सीढ़ियाँ चढ़े, तो नीचे किचन से चिल्लाने की आवाज़ें सुनाई देने लगीं। ऐसा लग रहा था कि मिस्टर वीज़्ली ने अपनी पत्नी को टॉफ़ियों के बारे में बता दिया था।

रॉन मकान के सबसे ऊपर वाले कमरे में सोता था। यह काफ़ी कुछ वैसी ही हालत में था, जैसा हैरी के पिछली बार रुकते समय था। रॉन की प्रिय क्विडिच टीम *द चडले कैनन्स* के वही पोस्टर दीवारों पर लगे थे।

खिड़की की चौखट पर मछलियों का टैंक रखा था, जिसमें पिछली बार मेंढक के अंडे थे, लेकिन अब वहाँ पर एक बहुत बड़ा मेंढक दिख रहा था। रॉन का बूढ़ा चूहा स्कैबर्स अब वहाँ नहीं था, लेकिन उसकी जगह एक छोटा भूरा उल्लू आ गया था, जिसने रॉन की चिट्ठी प्रिविट ड्राइव में हैरी तक पहुँचाई थी। वह एक छोटे पिंजरे में ऊपर-नीचे कूद रहा था और लगातार चीख़ रहा था।

'*चुप रहो*, पिग,' रॉन बोला। कमरे में चार बिस्तर पास-पास लगे हुए थे, जिनके बीच से गुज़रते हुए रॉन ने हैरी से कहा, 'फ्रेड और जॉर्ज भी हमारे साथ यहीं सोएँगे, क्योंकि बिल और चार्ली उनके कमरे में ठहरे हुए हैं। पर्सी अपने कमरे में किसी को नहीं सोने देगा, क्योंकि उसे *काम* करना है।'

हैरी ने रॉन से पूछा, 'अर - तुम उस उल्लू को पिग क्यों कहते हो?'

'क्योंकि वह मूर्ख है,' जिनी बोली। 'वैसे उसका सही नाम पिगविजियन है।'

'हाँ, और पिगविजियन कोई मूर्खतापूर्ण नाम नहीं है,' रॉन ने व्यंग्य से कहा। फिर उसने हैरी को बताया, 'जिनी ने ही उसका नाम पिग रखा था। बाद में मैंने इसे बदलने की कोशिश भी की, लेकिन तब तक बहुत देर हो चुकी थी। वह किसी दूसरे नाम पर जवाब ही नहीं देता था। इसलिए अब उसका नाम पिग पड़ चुका है। मुझे उसे यहाँ ऊपर रखना पड़ता है, क्योंकि उसकी हरकतों के कारण एरल और हर्मीज़ उससे चिढ़ते हैं। सच कहूँ, तो मैं भी उससे चिढ़ता हूँ।'

पिगविजियन ख़ुशी से अपने पिंजरे में चारों तरफ़ उड़ता रहा और तीखी सीटियाँ बजाता रहा। हैरी रॉन को बहुत अच्छी तरह से जानता था, इसलिए उसने उसकी बात को गंभीरता से नहीं लिया। रॉन अपने बूढ़े चूहे स्कैबर्स के बारे में भी लगातार यही सब कहता रहता था, लेकिन जब उसे लगा कि हर्माइनी की बिल्ली क्रुकशैंक्स ने उसे खा लिया है, तो वह बहुत परेशान हो गया था।

हैरी ने हर्माइनी से पूछा, 'क्रुकशैंक्स कहाँ है?'

हर्माइनी ने जवाब दिया, 'बाहर बग़ीचे में होगी। उसे बौनों का पीछा करने में मज़ा आ रहा है। इससे पहले उसने कभी बौने देखे ही नहीं थे।'

'पर्सी नौकरी के मज़े ले रहा है, है ना?' हैरी ने एक बिस्तर पर बैठते हुए कहा और दीवार पर लगे पोस्टर में *चडले कैनन्स* के खिलाड़ियों को अंदर-बाहर आते-जाते हुए देखने लगा।

'मज़े ले रहा है?' रॉन ने रहस्यमयी आवाज़ में कहा। 'मुझे लगता है कि अगर डैडी उसे पकड़कर ज़बर्दस्ती घर न लाएँ, तो वह तो घर भी नहीं आएगा। वह पगला चुका है। उसके बॉस के बारे में कोई भी बात मत छेड़ना।

मिस्टर क्राउच के अनुसार ... जैसा मैंने मिस्टर क्राउच से कहा ... मिस्टर क्राउच की यह राय है ... मिस्टर क्राउच मुझे बता रहे थे ... ऐसा लगता है कि पर्सी मिस्टर क्राउच का दीवाना हो गया है और उनके साथ किसी भी दिन सगाई की घोषणा कर देगा।'

'तुम्हारी गर्मियों की छुट्टियाँ अच्छी बीतीं, हैरी?' हर्माइनी ने पूछा। 'क्या तुम्हें हमारा भेजा हुआ खाने-पीने का सामान मिला?'

'हाँ, बहुत-बहुत शुक्रिया,' हैरी ने कहा। 'उन केकों की बदौलत ही तो मैं ज़िंदा रह पाया।'

'और क्या तुम्हें उसकी कोई ख़बर मिली - ?' रॉन पूछने लगा, लेकिन हर्माइनी ने आँख के इशारे से उसे चुप कर दिया। हैरी जानता था कि रॉन सिरियस के बारे में पूछने वाला था। सिरियस को जादू मंत्रालय से बचाने में रॉन और हर्माइनी ने पूरी मदद की थी और हैरी के गॉडफ़ादर के बारे में वे भी हैरी जितने ही चिंतित थे। बहरहाल, जिनी के सामने उसके बारे में बातचीत करना ठीक नहीं था। सिर्फ़ वे तीनों और डम्बलडोर ही जानते थे कि सिरियस कैसे भागा था। सिर्फ़ उन्हें ही उसकी बेगुनाही पर यक़ीन था।

'मुझे लगता है कि अब उन लोगों की बहस ख़त्म हो गई है,' हर्माइनी ने अजीब सी ख़ामोशी को तोड़ते हुए कहा, क्योंकि जिनी जिज्ञासा से कभी रॉन को, तो कभी हैरी को देख रही थी। 'हम नीचे चलकर डिनर में तुम्हारी मम्मी की मदद करें?'

'हाँ, ठीक है,' रॉन बोला। वे चारों रॉन के कमरे से बाहर निकलकर सीढ़ियों से उतरे। मिसेज़ वीज़्ली किचन में अकेली थीं। वे बहुत बुरे मूड में दिख रही थीं।

जब वे लोग अंदर पहुँचे, तो मिसेज़ वीज़्ली बोलीं, 'हम बाहर बग़ीचे में खाना खाएँगे। अंदर ग्यारह लोगों के लिए जगह नहीं है। लड़कियों, तुम प्लेटें बाहर ले जाओ। बिल और चार्ली टेबलें लगा रहे हैं।' फिर वे रॉन और हैरी को देखकर बोलीं, 'और तुम दोनों छुरी-काँटे ले जाओ।' इसके बाद उन्होंने सिंक में रखे आलुओं की तरफ़ अपनी छड़ी लहराई। ग़ुस्से के कारण उन्होंने छड़ी थोड़ी ज़्यादा तेज़ लहरा दी थी। इसका नतीजा यह हुआ कि आलू इतनी तेज़ी से उछले कि दीवारों और छत से टकराकर गिर गए।

'ओह, भगवान के *लिए,*' उन्होंने अब अपनी छड़ी एक तश्तरी की दिशा में लहराई, जो फ़र्श पर फिसलती हुई आलुओं को समेटने लगी। उन्होंने अलमारी में से बर्तन निकाले और ग़ुस्से से बोलीं, 'वे दोनों!' हैरी समझ गया कि वे फ़्रेड और जॉर्ज के बारे में बोल रही थीं। 'क्या पता उनका

क्या होगा? ज़िंदगी में कुछ बनना ही नहीं चाहते हैं। बस ज़्यादा से ज़्यादा मुसीबत खड़ी करना जानते हैं ...'

उन्होंने ताँबे के एक बड़े सॉसपैन को किचन की टेबल पर पटक दिया और उसमें अपनी छड़ी हिलाने लगीं। छड़ी की नोंक से क्रीमी सॉस बाहर निकली।

'ऐसा नहीं है कि उनमें दिमाग़ नहीं है,' उन्होंने चिढ़ते हुए कहा और सॉसपैन को स्टोव पर रख दिया। फिर उन्होंने छड़ी को झटका देकर स्टोव चालू किया, 'लेकिन वे अपने दिमाग़ का सही इस्तेमाल नहीं करते हैं। अगर वे जल्दी ही सही रास्ते पर नहीं आए, तो मुश्किल में फँस जाएँगे। मुझे उन दोनों के बारे में हॉगवर्ट्स से जितने शिकायती उल्लू आए हैं, उतने बाक़ी भाई-बहनों को मिलाकर भी नहीं आए। अगर वे इसी दिशा में चलते रहे, तो किसी दिन जादू के अनुचित प्रयोग के ऑफ़िस में उन पर मुकदमा चलना तय है।'

मिसेज़ वीज़्ली ने अपनी छड़ी छुरी-काँटों के ड्रॉअर की तरफ़ हिलाई, जो फ़ौरन खुल गया। हैरी और रॉन दोनों ही रास्ते से हट गए, क्योंकि कई छुरियाँ ड्रॉअर में से निकलकर उड़ने लगीं और उन आलुओं को काटने लगीं, जिन्हें तश्तरी समेट कर दोबारा सिंक में पहुँचा चुकी थी।

'मैं नहीं जानती कि हमसे उनकी परवरिश में कहाँ ग़लती हो गई,' मिसेज़ वीज़्ली ने अपनी छड़ी रखते हुए कहा। वे और ज़्यादा सॉसपैन निकालने लगीं। 'बरसों से यही हो रहा है, एक के बाद एक ग़लत काम करते जा रहे हैं। हमारी बात तो सुनते ही नहीं हैं - **ओह, *दोबारा* वही हो गया!'**

उन्होंने इस बीच टेबल से अपनी छड़ी उठा ली थी, लेकिन उसे उठाते ही उसमें एक धमाका हुआ और वह रबड़ के एक बड़े चूहे में बदल गई।

'फिर से उनकी नक़ली छड़ी!' वे चिल्लाईं। 'मैंने उन दोनों से कितनी बार कहा है कि अपनी नक़ली छड़ियों को इधर-उधर न छोड़ा करें?'

उन्होंने अपनी असली छड़ी उठाई। मुड़ने पर उन्होंने देखा कि स्टोव पर रखी सॉस में से धुआँ निकलने लगा है।

रॉन ने खुले ड्रॉअर से जल्दी से छुरी-काँटे हाथ में भरते हुए हैरी से कहा, 'चलो, हम चलकर बिल और चार्ली की मदद करते हैं।'

वे मिसेज़ वीज़्ली के पास से होते हुए पीछे वाले दरवाज़े से निकले और अहाते की तरफ़ चल दिए।

वे अभी कुछ क़दम ही चले थे कि तभी हर्माइनी की नारंगी-भूरे बालों

वाली बिल्ली क्रुकशैंक्स बग़ीचे से भागती हुई आई। बोतल साफ़ करने के ब्रश जैसी उसकी पूँछ हवा में तनी हुई थी और वह उस चीज़ के पीछे भाग रही थी, जो मिट्टी में सने आलू जैसी दिख रही थी और ऐसा लग रहा था, जैसे उस आलू में पैर लगे हों। हैरी ने तत्काल पहचान लिया कि यह बौना है। वह मुश्किल से दस इंच लंबा होगा। उसके सींगदार छोटे पैर बहुत तेज़ी से अहाते के पार भाग रहे थे। आख़िरकार वह दरवाज़े के पास रखे एक वेलिंगटन बूट में सिर के बल कूद गया। जब क्रुकशैंक्स ने अपना पंजा बूट में डालकर उसे पकड़ने की कोशिश की, तो बौना पागलों की तरह खिलखिलाने लगा। उसी समय मकान की दूसरी तरफ़ से किसी चीज़ के टकराने की बड़ी तेज़ आवाज़ आई। जैसे ही वे बग़ीचे में दाख़िल हुए, उन्हें पता चल गया कि वह आवाज़ कहाँ से आई थी। उन्होंने देखा कि बिल और चार्ली ने अपनी-अपनी छड़ियाँ निकाल रखी थीं और वे दो टूटी हुई पुरानी टेबलों को लॉन के ऊपर हवा में उड़ा रहे थे। वे एक-दूसरे की टेबल को ज़मीन पर गिराने की कोशिश कर रहे थे। फ्रेड और जॉर्ज तालियाँ बजा रहे थे, जिनी हँस रही थी और हर्माइनी बागड़ के पास मँडराते हुए सोच रही थी कि वह ख़ुश हो या गंभीर रहे।

बिल की टेबल ने एक ज़ोरदार धमाके के साथ चार्ली की टेबल का एक पाया तोड़ दिया। तभी ऊपर से एक और आवाज़ आई। सबने देखा कि पर्सी का सिर दूसरी मंज़िल की एक खिड़की से बाहर झाँक रहा था।

वह चीख़ा, 'तुम लोग इन्हें नीचे करो!'

'सॉरी पर्स,' बिल ने मुस्कराते हुए कहा। 'कड़ाहियों के क्या हाल-चाल हैं?'

'बहुत बुरे,' पर्सी ने चिढ़कर कहा और खिड़की धड़ाम से बंद कर ली। बिल और चार्ली ने हँसते हुए टेबलों को घास पर सुरक्षित उतार लिया। इसके बाद बिल ने छड़ी लहराकर टेबल के टूटे हुए पाए को जोड़ दिया और जादू का इस्तेमाल करके हवा में से टेबलक्लॉथ उत्पन्न कर दिए।

सात बजे तक दोनों टेबलों पर मिसेज़ वीज़्ली का बनाया बेहतरीन खाना लग चुका था। जब वीज़्ली परिवार के नौ सदस्य, हैरी और हर्माइनी गहरे नीले साफ़ आसमान के नीचे खाने के लिए बैठे, तो टेबलें बर्तनों के बोझ से कराह रही थीं। जिस लड़के ने गर्मी भर बासी केक खाकर पेट भरा हो, उसके लिए यह डिनर स्वर्ग के भोजन से कम नहीं था। पहले तो हैरी बोलने के बजाय सुनता रहा, क्योंकि वह चिकन-और-हैम पाई, उबले आलू और सलाद खाने में जुटा हुआ था।

टेबल के एकदम दूसरे छोर पर पर्सी अपने डैडी को कड़ाहियों की तली

की रिपोर्ट के बारे में बता रहा था –

'मैंने मिस्टर क्राउच से कहा था कि मैं इसे मंगलवार तक तैयार कर दूँगा,' पर्सी गर्व से कह रहा था। 'उन्हें यह काम इतनी जल्दी होने की उम्मीद नहीं थी, लेकिन मैं फटाफट काम करने में यक़ीन रखता हूँ। मुझे लगता है कि अगर मैं इसे समय पर कर दूँगा, तो उन्हें बहुत अच्छा लगेगा। मेरा मतलब है, इस समय हमारे विभाग में बहुत व्यस्तता चल रही है। सभी लोग वर्ल्ड कप की तैयारी में जुटे हैं। हमें जादुई खेल विभाग से ज़्यादा मदद नहीं मिल रही है। लूडो बैगमैन –'

'मुझे लूडो पसंद है,' मिस्टर वीज़्ली धीरे से बोले। 'उसी ने हमें वर्ल्ड कप के इतने अच्छे टिकट दिलवाए हैं। मैंने एक बार उसकी मदद की थी, जिसके बदले में उसने हमारा यह काम किया है। एक बार उसका भाई ओट्टो थोड़ी मुश्किल में पड़ गया था। उसकी लॉन तराशने वाली मशीन में कई जादुई शक्तियाँ थीं – मैंने सारे मामले को रफ़ा-दफ़ा कर दिया था।'

'ओह, बैगमैन को *पसंद* तो किया जा सकता है,' पर्सी ने उनकी बात को हवा में उड़ाते हुए कहा, 'लेकिन मैं यह नहीं समझ पा रहा हूँ कि वे विभाग के मुखिया कैसे बन गए ... जब मैं उनकी तुलना मिस्टर क्राउच से करता हूँ! अगर हमारे विभाग का कोई व्यक्ति लापता हो जाए, तो मिस्टर क्राउच उसे ढूँढ़ने के लिए ज़मीन-आसमान एक कर देंगे। आप जानते हैं, बर्था जोरकिन्स एक महीने से लापता है? वह छुट्टी मनाने अल्बानिया गई थी और अब तक वापस नहीं लौटी है?'

'हाँ, मैंने लूडो से उसके बारे में पूछा था,' मिस्टर वीज़्ली ने त्योरियाँ चढ़ाते हुए कहा। 'लूडो का कहना है कि बर्था पहले भी कई बार लापता हो चुकी है। वैसे अगर मेरे विभाग के किसी व्यक्ति के साथ ऐसा हुआ होता, तो मैं ज़रूर चिंता करता ...'

'सब जानते हैं कि बर्था *कभी नहीं सुधर सकती*,' पर्सी ने कहा। 'मैंने सुना है कि वह बरसों से एक विभाग से दूसरे में धक्के खा रही है। वह जितना काम नहीं करती है, उससे ज़्यादा तो मुसीबतें खड़ी कर देती है ... लेकिन फिर भी बैगमैन को उसका पता लगाने की कोशिश तो करनी ही चाहिए। मिस्टर क्राउच इस मामले में व्यक्तिगत दिलचस्पी ले रहे हैं – आप जानते ही हैं, वह हमारे विभाग में पहले काम कर चुकी है और मुझे लगता है कि मिस्टर क्राउच उसे काफ़ी पसंद करते थे। लेकिन बैगमैन उनकी बात को हँसी में उड़ाकर कहते हैं कि शायद उसने नक़्शे को ग़लत पढ़ लिया होगा और अल्बानिया के बजाय ऑस्ट्रेलिया पहुँच गई होगी। बहरहाल,' पर्सी ने

एक ज़ोरदार आह भरी और एल्डरफ़्लॉवर वाइन का एक लंबा घूँट लिया, 'अंतर्राष्ट्रीय जादुई सौहार्द्र विभाग में हमारे पास बहुत ज़्यादा काम है। हमारे पास इतनी फ़ुरसत नहीं है कि दूसरे विभागों के लोगों की तलाश करते फिरें। जैसा कि आपको मालूम है, हमें वर्ल्ड कप के बाद एक और बड़ा आयोजन करना है।'

उसने ख़ास अंदाज़ में अपना गला साफ़ किया और टेबल के दूसरे सिरे की तरफ़ देखा, जहाँ हैरी, रॉन और हर्माइनी बैठे थे। '*आप* जानते हैं ना, मैं किस आयोजन की बात कर रहा हूँ, डैडी?' उसने अपनी आवाज़ थोड़ी धीमी कर ली। 'बहुत ही ख़ुफ़िया बात है।'

रॉन ने अपनी आँखें गोल घुमाकर हैरी और हर्माइनी से बुदबुदाकर कहा, 'जब से उसने नौकरी शुरू की है, तभी से वह चाहता है कि हम उससे पूछें कि कौन सा आयोजन होने वाला है। शायद मोटी तली वाली कड़ाहियों की प्रदर्शनी लग रही होगी।'

टेबल के बीच वाले हिस्से में मिसेज़ वीज़्ली बिल के कान की बाली के बारे में बहस कर रही थीं, जो उसने हाल ही में पहनी थी।

'... बिल, इस पर जो ज़हरीला दाँत लटक रहा है, उसके बारे में बैंक के लोग क्या कहते होंगे?'

बिल ने धैर्य से कहा, 'मम्मी, जब तक मैं बैंक के लिए कमाई करता रहूँ, तब तक किसी को भी मेरे हुलिए की परवाह नहीं है।'

'और तुम्हारे बाल भी बहुत बढ़ चुके हैं,' मिसेज़ वीज़्ली ने अपनी छड़ी को प्यार से सहलाते हुए कहा। 'अगर तुम कहो, तो मैं इन्हें छोटा कर देती हूँ ...'

'मुझे ऐसे ही बाल पसंद हैं,' जिनी बोली, जो बिल के पास बैठी थी। 'मम्मी, तुम कितने पुराने ज़माने की हो? वैसे भी, बिल के बाल डम्बलडोर जितने बड़े तो नहीं हैं ...'

मिसेज़ वीज़्ली के पास बैठे फ्रेड, जॉर्ज और चार्ली वर्ल्ड कप के बारे में उत्साह से बातें कर रहे थे।

'आयरलैंड ही कप जीतेगा,' चार्ली ने भारी आवाज़ में कहा, क्योंकि उसके मुँह में आलू भरा हुआ था। 'सेमीफ़ाइनल में आयरलैंड ने पेरू को बुरी तरह धो डाला था।'

फ्रेड बोला, 'वैसे बल्गारिया की टीम में विक्टर क्रम है।'

चार्ली ने जवाब दिया, 'बल्गारिया के पास क्रम ही एक अच्छा खिलाड़ी

है, जबकि आयरलैंड के सातों खिलाड़ी अच्छे हैं। काश इंग्लैंड फ़ाइनल में पहुँच पाता। इंग्लैंड की हार बहुत ही शर्मनाक थी, है ना?'

'क्या हुआ था?' हैरी ने उत्साह से पूछा। वह पछता रहा था कि प्रिविट ड्राइव में फँसे रहने के कारण उसका जादूगरों की दुनिया से नाता टूट चुका था। इतना पछतावा उसे पहले कभी नहीं हुआ था। हैरी क्विडिच का दीवाना था। हॉगवर्ट्स में अपने पहले साल में ही वह गरुड़द्वार हाउस की क्विडिच टीम का खोजी बन गया था। उसके पास एक फ़ायरबोल्ट भी थी, जो दुनिया की सबसे अच्छी उड़ने वाली झाड़ू थी।

'इंग्लैंड ट्रांसिल्वेनिया से 390-10 से हार गया था,' चार्ली ने निराशा से कहा। 'बहुत ही ख़राब प्रदर्शन था। वेल्स युगांडा से हार गया तथा स्कॉटलैंड को लक्ज़मबर्ग ने पछाड़ दिया।'

पुडिंग (घर पर बनी स्ट्रॉबेरी आइसक्रीम) खाने से पहले मिस्टर वीज़्ली ने मोमबत्तियाँ जला दीं, ताकि बग़ीचे में अँधेरा न रहे। जब तक उन्होंने खाना ख़त्म किया, पतंगे टेबल पर काफ़ी नीचे मँडराने लगे और गर्म हवा घास तथा फूलों की ख़ुशबू से महकने लगी। हैरी का पेट अच्छी तरह भर चुका था। अब वह बहुत सुखी महसूस कर रहा था और उसे दुनिया से कोई शिकायत नहीं थी। उसे हँसी आ गई, जब उसने क्रुकशैंक्स से डरकर भाग रहे बौनों को गुलाब की झाड़ियों के बीच से जाते हुए देखा।

रॉन ने जब सावधानी से चारों तरफ़ देखकर यह तसल्ली कर ली कि परिवार के बाक़ी लोग बातें करने में व्यस्त हैं, तो उसने हैरी से बहुत धीमे स्वर में पूछा, '*सिरियस* की कोई ख़बर मिली?'

हर्माइनी ने भी चारों तरफ़ देखा और ग़ौर से सुनने लगी।

'हाँ,' हैरी ने आहिस्ता से कहा। 'दो चिट्ठियाँ आई हैं। वह **ठीक-ठाक** लग रहा है। मैंने उसे परसों ही चिट्ठी लिखी है। उसका जवाब यहाँ किसी भी समय आ सकता है।'

उसे अचानक यह याद आया कि उसने सिरियस को चिट्ठी क्यों लिखी थी। और एक पल के लिए तो वह रॉन और हर्माइनी को यह बताने की कगार पर ही था कि उसके घाव का निशान दोबारा दुखा था। वह उन्हें अपने उस सपने के बारे में भी बताना चाहता था, जिसने उसे नींद से जगा दिया था ... लेकिन वह दरअसल इस समय इतना सुखी और शांत महसूस कर रहा था कि किसी को भी चिंता में नहीं डालना चाहता था।

'ज़रा समय तो देखो,' मिसेज़ वीज़्ली अचानक अपनी कलाई घड़ी की तरफ़ देखती हुई बोलीं। 'तुम सबको अपने-अपने बिस्तर में होना चाहिए।

तुम्हें कल वर्ल्ड कप देखने जाना है। इसके लिए तुम्हें कल मुँह अँधेरे उठना पड़ेगा। हैरी, तुम अपनी स्कूल की लिस्ट छोड़ जाना। मैं कल छूमंतर गली से तुम्हारा सारा सामान ले आऊँगी। मैं बाक़ी सभी का सामान लेने के लिए वहाँ जा रही हूँ। हो सकता है, वर्ल्ड कप के बाद इस काम के लिए समय न बचे। पिछली बार तो मैच पाँच दिन तक चला था।'

हैरी ने उत्साह से कहा, 'वाह – काश इस बार भी ऐसा ही हो!'

'ऐसा बिलकुल नहीं होना चाहिए,' पर्सी ने गरिमापूर्वक कहा। 'मैं यह सोचकर ही *दहल* जाता हूँ कि अगर मैं पाँच दिन तक ऑफ़िस नहीं गया, तो मेरी टेबल पर कितनी सारी फ़ाइलें इकट्ठी हो जाएँगी।'

फ़्रेड ने कहा, 'हाँ, हो सकता है, कोई एक बार फिर ड्रैगन का गोबर भेज दे, है ना पर्सी?'

'वह ड्रैगन का गोबर नहीं, बल्कि नॉर्वे से आया खाद का सैंपल था!' पर्सी का चेहरा लाल हो गया। 'उसमें कुछ भी *व्यक्तिगत* नहीं था!'

'यह व्यक्तिगत ही था,' फ़्रेड ने टेबल से उठते समय हैरी को फुसफुसाकर बताया। 'उसे हमने ही भेजा था।'

अध्याय छह

आवागमन-कुंजी

हैरी को ऐसा लगा, जैसे वह रॉन के कमरे में अभी बिस्तर पर लेटा ही था, कि मिसेज़ वीज़्ली ने उसे झकझोरकर जगा दिया।

'जाने का समय हो गया, हैरी बेटा,' उन्होंने फुसफुसाकर कहा और फिर रॉन को जगाने चल दीं।

हैरी ने अपने चश्मे को टटोलकर पहना और उठकर बैठ गया। बाहर अब भी अँधेरा था। मम्मी के जगाने पर रॉन अस्पष्ट स्वर में कुछ बड़बड़ाया। हैरी ने देखा कि उसके पास वाले पलंगों से दो बिखरे बालों वाले लोग कंबलों से बाहर निकले।

फ्रेड ने अलसाई आवाज़ में पूछा, 'क्या जाने का समय हो गया है?'

उन्होंने ख़ामोशी से कपड़े पहने। नींद के कारण उनका बात करने का मन नहीं हो रहा था। फिर वे चारों जम्हाई और अँगड़ाई लेते हुए सीढ़ियाँ उतरकर किचन की तरफ़ चल दिए।

मिसेज़ वीज़्ली स्टोव पर रखे एक बड़े बर्तन के अंदर बन रही चीज़ को हिला रही थीं। दूसरी ओर मिस्टर वीज़्ली टेबल के पास बैठकर चर्मपत्र के बड़े टिकटों की जाँच-पड़ताल कर रहे थे। जब लड़के अंदर घुसे, तो उन्होंने सिर उठाकर देखा और अपनी बाँहें फैला लीं, ताकि लड़के उनके कपड़ों को अच्छी तरह से देख सकें। मिस्टर वीज़्ली गोल्फ़ वाला जम्पर और बहुत पुरानी जीन्स पहने थे, जो उनके हिसाब से थोड़ी ज़्यादा बड़ी थी, लेकिन चमड़े की मोटी बेल्ट से कसकर बँधी थी।

'तुम्हें क्या लगता है?' उन्होंने चिंता से पूछा। 'हमें आम आदमी की तरह दिखना है – क्या मैं मगलू जैसा दिख रहा हूँ, हैरी?'

'हाँ,' हैरी ने मुस्कराते हुए कहा। 'बहुत बढ़िया।'

'बिल, चार्ली और पर-पर-पर्सी कहाँ हैं?' जॉर्ज ने कहा, जो अपनी जम्हाई को रोक नहीं पाया था।

'वे लोग अंतर्ध्यान होकर वहाँ पहुँचेंगे,' मिसेज़ वीज़्ली बोलीं। वे बड़े बर्तन को टेबल पर ले आईं और कटोरों में दलिया डालने लगीं। 'इसलिए वे थोड़ी देर और सो सकते हैं।'

हैरी जानता था कि अंतर्ध्यान होना मुश्किल काम था। इसका मतलब था एक जगह से ग़ायब होना और लगभग उसी समय दूसरी जगह पर प्रकट होना।

'तो वे अब तक सो रहे हैं?' फ्रेड ने शिकायती आवाज़ में कहा और दलिए का कटोरा अपनी तरफ़ खींचा। 'हम भी अंतर्ध्यान क्यों नहीं हो सकते?'

'क्योंकि अभी तुम्हारी उम्र नहीं हुई है और तुमने इसकी परीक्षा पास नहीं की है,' मिसेज़ वीज़्ली ने झटके से जवाब दिया। 'और ये लड़कियाँ कहाँ रह गईं?'

वे तेज़ी से किचन से बाहर निकलीं। सभी ने उनके सीढ़ियाँ चढ़ने की आवाज़ सुनी।

हैरी ने पूछा, 'अंतर्ध्यान होने के लिए परीक्षा भी पास करनी पड़ती है?'

'ओह हाँ,' मिस्टर वीज़्ली ने टिकटों को अपनी जीन्स की पीछे वाली जेब में सुरक्षित रखते हुए कहा। 'जादुई यातायात विभाग ने कुछ समय पहले ही दो लोगों पर लाइसेंस के बिना अंतर्ध्यान होने के लिए जुर्माना किया है। अंतर्ध्यान होना आसान काम नहीं है। अगर सही तरीक़े से नहीं किया जाए, तो इससे बहुत सी मुश्किलें पैदा हो सकती हैं। जिन दो लोगों के बारे में मैंने बताया है, वे अंतर्ध्यान होने की कोशिश में विभक्त हो गए थे।'

हैरी को छोड़कर टेबल पर बैठे बाक़ी सभी लोगों के मुँह से आह निकल गई।

हैरी ने कहा, 'अर - *विभक्त* हो गए?'

'उनका आधा शरीर पीछे छूट गया था,' मिस्टर वीज़्ली अपने दलिए पर बहुत सारी ट्रिकल सॉस डालते हुए बोले। 'ज़ाहिर है, वे फँसे रह गए। वे इधर भी नहीं हिल सकते थे और उधर भी नहीं। मुसीबत से बाहर निकलने के लिए उन्हें दुर्घटना जादू बचाव दल के आने का इंतज़ार करना पड़ा। इसमें बहुत सी काग़ज़ी कार्यवाही करनी पड़ी। जिन मगलुओं ने उनके शरीर के हिस्सों को देखा था, उनकी याददाश्त मिटानी पड़ी ...'

हैरी के मन में अचानक यह तस्वीर उभरी कि प्रिविट ड्राइव के फ़ुटपाथ पर किसी के सिर्फ़ दो पैर और एक आँख दिख रही हो।

उसने हैरानी से पूछा, 'वे ठीक तो हो गए?'

'ओह हाँ,' मिस्टर वीज़्ली ने सपाट अंदाज़ में कहा। 'लेकिन उन पर बहुत जुर्माना हुआ। मुझे नहीं लगता कि वे इस काम को जल्दी ही दोबारा करने की कोशिश करेंगे। अंतर्ध्यान होने में बहुत झंझट होती है। बहुत से वयस्क जादूगर भी इस झंझट में नहीं फँसते हैं। वे झाड़ुओं को ज़्यादा पसंद करते हैं – धीमी, परंतु ज़्यादा सुरक्षित।'

'लेकिन बिल, चार्ली और पर्सी तो यह काम कर सकते हैं?'

फ़्रेड ने मुस्कराकर कहा, 'चार्ली को दो बार परीक्षा देनी पड़ी थी। वह पहली बार में फ़ेल हो गया था। वह जहाँ जाना चाहता था, वहाँ से पाँच मील दक्षिण में शॉपिंग करने वाली एक बूढ़ी औरत के सिर पर उतरा था, याद है ना?'

'ठीक है, ठीक है, वह दूसरी बार में तो पास हो गया था,' मिसेज़ वीज़्ली दोबारा किचन में आ गई थीं, जब सभी लोग खुलकर हँस रहे थे।

'पर्सी अभी दो हफ़्ते पहले ही पास हुआ है,' जॉर्ज बोला। 'तब से वह हर सुबह अंतर्ध्यान होकर ही सीढ़ियाँ उतरता है। दरअसल पर्सी सिर्फ़ यह साबित करना चाहता है कि वह यह काम कर सकता है।'

गलियारे में क़दमों की आहट सुनाई दी और हर्माइनी तथा जिनी भी किचन में आ गईं। दोनों का ही चेहरा पीला और नींद से भरा हुआ दिख रहा था।

जिनी ने अपनी आँखें मलते और टेबल पर बैठते हुए कहा, 'हमें इतनी जल्दी क्यों उठना पड़ा?'

मिस्टर वीज़्ली ने कहा, 'हमें थोड़ा पैदल चलना पड़ेगा।'

'क्या?' हैरी ने पूछा। 'हम पैदल चलकर वहाँ जाएँगे, जहाँ वर्ल्ड कप होने वाला है?'

'नहीं, नहीं, वह जगह तो मीलों दूर है,' मिस्टर वीज़्ली ने मुस्कराते हुए कहा। 'हमें तो सिर्फ़ थोड़ी दूर तक ही पैदल चलना होगा। समस्या यह है कि इतने सारे जादूगर मगलुओं का ध्यान आकर्षित किए बिना एक साथ कैसे इकट्ठे हों। सामान्य स्थिति में भी हमें यात्रा करने के बारे में बहुत सतर्क रहना पड़ता है और क्विडिच वर्ल्ड कप जैसे बड़े समारोह में तो –'

'जॉर्ज!' मिसेज़ वीज़्ली चिल्लाईं, जिस कारण सब उछल पड़े।

'क्या ?' जॉर्ज ने मासूमियत से पूछा, लेकिन किसी को उसकी मासूमियत पर यक़ीन नहीं हुआ।

'तुम्हारी जेब में क्या है ?'

'कुछ नहीं!'

'मुझसे झूठ मत बोलो!'

मिसेज़ वीज़्ली अपनी छड़ी जॉर्ज की जेब की तरफ़ घुमाकर बोलीं, *'समीपो!'*

जॉर्ज की जेब से कई छोटी और चमकीली रंग-बिरंगी चीज़ें बाहर निकलीं। उसने उन्हें पकड़ने की कोशिश की, लेकिन चूक गया। वे सब चीज़ें मिसेज़ वीज़्ली के खुले हुए हाथ में पहुँच गईं।

'हमने तुमसे कहा था ना कि इन्हें नष्ट कर देना!' मिसेज़ वीज़्ली ग़ुस्से से बोलीं। उनके हाथ में टनाटन टॉफ़ियाँ थीं। 'हमने तुमसे कहा था कि ये चीज़ें दोबारा नहीं दिखनी चाहिए! चलो, तुम दोनों अपनी जेबें ख़ाली करो!'

यह बहुत ही अप्रिय दृश्य था। यह साफ़ दिख रहा था कि जुड़वाँ भाई ज़्यादा से ज़्यादा टॉफ़ियाँ घर से बाहर ले जा रहे थे। और सिर्फ़ आह्वान मंत्र का प्रयोग करके ही मिसेज़ वीज़्ली उन सबको खोजने में कामयाब हो पाईं।

'समीपो! समीपो! समीपो!' वे चिल्लाईं और तत्काल टॉफ़ियाँ हर अप्रत्याशित जगह से निकलकर बाहर आ गईं, जिनमें जॉर्ज की जैकेट का अस्तर और फ़्रेड की जीन्स के मुड़े हुए पाँयचे भी शामिल थे।

जब मिसेज़ वीज़्ली ने टॉफ़ियाँ दूर फेंक दीं, तो फ़्रेड चिल्लाकर बोला, 'इन्हें बनाने के लिए हमने छह महीने तक मेहनत की थी!'

'छह महीने बिताने का कितना बढ़िया तरीक़ा था!' वे चिल्लाईं। 'कोई हैरानी की बात नहीं कि तुम्हें इतने कम ओ.डब्ल्यू.एल. मिले!'

कुल मिलाकर उनके जाते समय माहौल बहुत अच्छा नहीं था। मिसेज़ वीज़्ली मिस्टर वीज़्ली का गाल चूमते समय ग़ुस्से से घूर रही थीं। लेकिन उनसे भी ज़्यादा ग़ुस्सा जुड़वाँ भाइयों के चेहरे पर दिख रहा था, जिन्होंने अपने बैग अपनी पीठ पर लादे और अपनी मम्मी से एक शब्द कहे बिना चल दिए।

'शुभ यात्रा,' मिसेज़ वीज़्ली बोलीं। फिर उन्होंने दूर जाते हुए जुड़वाँ भाइयों से कहा, 'और तुम लोग क़ायदे में रहना!' लेकिन दोनों भाई न तो पलटे, न ही उन्होंने कोई जवाब दिया। 'मैं बिल, चार्ली और पर्सी को दोपहर में भेज दूँगी,' मिसेज़ वीज़्ली ने मिस्टर वीज़्ली से कहा, जब वे हैरी, रॉन,

हर्माइनी और जिनी के साथ फ़्रेड और जॉर्ज के पीछे-पीछे अँधेरे अहाते के पार जाने लगे।

बाहर ठंड थी और चाँद अब भी आसमान में नज़र आ रहा था। आसमान में दाईं तरफ़ के क्षितिज पर होने वाली हल्की हरी रोशनी बता रही थी कि दिन निकलने वाला है। हैरी यह सोच रहा था कि क्विडिच वर्ल्ड कप देखने के लिए इस समय हज़ारों जादूगर तेज़ी से जा रहे होंगे। उसने भी अपने क़दमों की रफ़्तार तेज़ कर दी और मिस्टर वीज़्ली के साथ चलने लगा।

उसने पूछा, 'मगलुओं को दिखे बिना सब लोग वहाँ तक कैसे पहुँचेंगे?'

'यह एक बहुत बड़ी संगठनात्मक समस्या है,' मिस्टर वीज़्ली गहरी साँस भरते हुए बोले। 'दिक्क़त यह है कि लगभग एक लाख जादूगर वर्ल्ड कप देखने आते हैं। ज़ाहिर है, हमारे पास इतना बड़ा जादुई स्थान नहीं है, जहाँ इतने सारे लोगों को एक साथ बैठाया जा सके। हमारे पास ऐसे स्थान तो हैं, जहाँ मगलू नहीं घुस सकते, लेकिन छूमंतर गली या प्लेटफ़ॉर्म नंबर पौने दस में एक लाख जादूगरों को इकट्ठा करने की कल्पना नहीं की जा सकती। इसलिए हमें एक बड़ा वीरान जंगल खोजना पड़ा और वहाँ बहुत सारे मगलू-प्रतिरोधी उपाय करने पड़े। पूरा मंत्रालय महीनों से इसी काम में जुटा हुआ है। ज़ाहिर है, सबसे पहले तो हमें दर्शकों के आने का इंतज़ाम करना था। इसलिए यह तय किया गया कि सस्ते टिकट वालों को दो हफ़्ते पहले आना पड़ेगा। यह चेतावनी दे दी गई कि मगलुओं की गाड़ियों का उपयोग कम जादूगर ही करें, वरना उनकी बसों और ट्रेनों में भीड़ मच जाएगी। हमें यह नहीं भूलना चाहिए कि दुनिया भर के जादूगर यहाँ आ रहे हैं। ज़ाहिर है, बहुत से जादूगर अंतर्ध्यान हो सकते हैं, लेकिन उनके प्रकट होने के लिए हमें ऐसी सुरक्षित जगहें बनानी पड़ीं, जो मगलुओं से काफ़ी दूर हों। मुझे लगता है कि *प्रकटीकरण केंद्र* जंगल में ही होगा। जो लोग अंतर्ध्यान नहीं होना चाहते हैं या नहीं हो सकते हैं, उनके लिए हमने आवागमन-कुंजियों की व्यवस्था की है। ये आवागमन-कुंजियाँ जादूगरों को पहले से तय समय पर एक जगह से दूसरी जगह तक ले जाती हैं। ज़रूरत पड़ने पर बहुत से लोग एक साथ जा सकते हैं। दो सौ आवागमन-कुंजियाँ पूरे ब्रिटेन में अलग-अलग महत्वपूर्ण जगहों पर रखी गई हैं। हमारे घर के सबसे पास वाली आवागमन-कुंजी स्टोट्सहेड हिल के शिखर पर है, इसलिए हम वहीं जा रहे हैं।'

मिस्टर वीज़्ली ने आगे की तरफ़ इशारा किया, जहाँ ओटरी सेंट कैचपोल गाँव से दूर एक बड़ी पहाड़ी दिख रही थी।

हैरी ने उत्सुकता से पूछा, 'किस तरह की चीज़ें आवागमन-कुंजियाँ

होती हैं?'

मिस्टर वीज़्ली ने कहा, 'कोई भी चीज़ हो सकती है। ज़ाहिर है, हम बेकार दिखने वाली चीज़ों को ही आवागमन-कुंजी बनाते हैं, ताकि मगलू उन्हें उठाकर उनके साथ खिलवाड़ न करें ... ऐसा सामान, जिसे वे कचरा समझते हैं ...'

वे अँधेरे में गाँव की सड़क पर चलते रहे। सन्नाटे में उनके क़दमों की आहट गूँज रही थी। जब वे गाँव से होकर गुज़र रहे थे, तो आसमान में हल्की रोशनी होने लगी। आसमान अब काले से गहरा नीला हो रहा था। हैरी के हाथ-पैर ठंड से जमे जा रहे थे। मिस्टर वीज़्ली बार-बार अपनी घड़ी देख रहे थे।

स्टोट्सहेड हिल पर चढ़ते समय उनकी साँस फूलने लगी। अब उनमें बातचीत करने का दम नहीं बचा था। ख़रगोशों के छिपे हुए बिलों में कभी-कभार पैर फँसने से वे लड़खड़ा जाते थे। कई बार वे घास के मोटे गुच्छों पर फिसले। हैरी की हर साँस उसके सीने में चुभ रही थी और उसके पैर अकड़ने लगे थे। जब आख़िरकार उसके पैर समतल ज़मीन पर आ गए, तो उसे बड़ी राहत मिली।

'ओह,' मिस्टर वीज़्ली ने हाँफते हुए कहा। उन्होंने अपना चश्मा उतारा और स्वेटर पर रगड़कर पोंछा। 'हम समय पर आ गए हैं - हमारे पास अभी दस मिनट का समय है ...'

हर्माइनी भी आख़िर पहाड़ी के शिखर पर आ गई। उसने अपना सीना पकड़ रखा था।

'अब हमें आवागमन-कुंजी को ढूँढ़ना है,' मिस्टर वीज़्ली ने चश्मा पहनकर ज़मीन पर चारों तरफ़ आँखें गड़ाकर देखते हुए कहा। 'कोई बड़ी चीज़ नहीं होगी ... चलो ढूँढ़ो ...'

वे लोग अलग-अलग दिशाओं में आवागमन-कुंजी खोजने लगे। बहरहाल, अभी उन्हें दो मिनट ही हुए थे कि तभी शांत हवा में एक आवाज़ गूँजी।

'यहाँ आ जाओ, आर्थर! सेडरिक, तुम भी आ जाओ! मुझे आवागमन-कुंजी मिल गई है!'

तारों से भरे आसमान में पहाड़ी के दूसरे सिरे पर दो लंबी आकृतियाँ दिख रही थीं।

'एमॉस!' मिस्टर वीज़्ली मुस्कराकर चिल्लाने वाले आदमी की तरफ़

बढ़े। बाक़ी लोग भी उनके पीछे चलने लगे।

मिस्टर वीज़्ली ने एक लाल चेहरे वाले जादूगर से हाथ मिलाया, जिसकी दाढ़ी छोटी और भूरी थी तथा जिसके दूसरे हाथ में एक गंदा सा पुराना जूता था।

'ये एमॉस डिगोरी हैं,' मिस्टर वीज़्ली ने सबसे उनका परिचय कराते हुए कहा। 'ये जादुई प्राणी नियंत्रण एवं नियमन विभाग में काम करते हैं। मुझे लगता है कि तुम लोग इनके बेटे सेडरिक को तो जानते ही होगे?'

सेडरिक डिगोरी सत्रह साल का बहुत ही आकर्षक लड़का था। वह हॉगवर्ट्स के मेहनतकश हाउस की क्विडिच टीम का कप्तान और खोजी था।

'हाय,' सेडरिक ने उन सबकी ओर देखते हुए कहा।

उन सभी ने जवाब में 'हाय' कहा, लेकिन फ्रेड और जॉर्ज ने सिर्फ़ सिर हिला दिया। सेडरिक ने पिछले साल के पहले क्विडिच मैच में गरुड़द्वार की टीम को हरा दिया था, इस बात के लिए उन्होंने उसे अब तक माफ़ नहीं किया था।

सेडरिक के डैडी ने पूछा, 'काफ़ी दूर पैदल चलना पड़ा, आर्थर?'

'ज़्यादा दूर नहीं,' मिस्टर वीज़्ली बोले। 'हम गाँव के दूसरे सिरे पर ही रहते हैं। और तुम?'

'हमें तो दो बजे उठना पड़ा, है ना सेडरिक? जब सेडरिक अंतर्ध्यान होने की परीक्षा पास कर लेगा, तो मुझे बहुत ख़ुशी होगी। फिर भी ... मुझे कोई शिकायत नहीं है ... एक बोरा गैलियन भी मिलें, तब भी मैं क्विडिच वर्ल्ड कप देखने का मौक़ा नहीं छोड़ूँगा – और टिकट भी लगभग इतने ही गैलियन में मिले हैं। वैसे ऐसा लगता है कि यह सौदा महँगा नहीं रहा ...' एमॉस डिगोरी ने तीनों वीज़्ली लड़कों, हैरी, हर्माइनी और जिनी को मुस्कराकर देखा। 'आर्थर, ये सब तुम्हारे बच्चे हैं?'

'ओह नहीं, सिर्फ़ लाल बाल वाले बच्चे मेरे हैं,' मिस्टर वीज़्ली ने अपने बच्चों की तरफ़ इशारा करते हुए कहा। 'यह हर्माइनी है, रॉन की दोस्त – और हैरी, रॉन का दूसरा दोस्त –'

'हे भगवान,' एमॉस डिगोरी की आँखें आश्चर्य से फैल गईं। 'हैरी? *हैरी पॉटर?*'

'हाँ,' हैरी बोला।

हैरी इस बात का आदी हो चुका था कि उससे मिलते समय लोग उसकी तरफ़ उत्सुकता से देखते थे और उनकी आँखें फ़ौरन उसके माथे के

बिजली जैसे निशान पर पहुँच जाती थीं, लेकिन इससे वह हमेशा परेशान हो जाता था।

'सेडरिक ने तुम्हारे बारे में बताया था,' एमॉस डिगोरी बोले। 'उसने पिछले साल तुम्हारे ख़िलाफ़ हुए मैच के बारे में बताया था ... मैंने उससे कहा था, सेडरिक यह तुम्हारे नाती-पोतों को बताने के लिए कितना बढ़िया रहेगा कि तुमने ... *तुमने हैरी पॉटर को हरा दिया!*'

हैरी को इस बात का कोई जवाब नहीं सूझा, इसलिए वह चुप ही रहा। फ्रेड और जॉर्ज की त्योरियाँ एक बार फिर चढ़ गईं। सेडरिक थोड़ा शर्मिंदा दिख रहा था।

'डैडी, हैरी अपनी झाड़ू पर से गिर गया था,' उसने बुदबुदाकर कहा। 'मैंने आपको बताया तो था ... उसके साथ दुर्घटना हो गई थी ...'

'हाँ, लेकिन *तुम* तो नहीं गिरे थे, है ना?' एमॉस ने ख़ुशी से अपने बेटे की पीठ थपथपाते हुए कहा। 'मेरा सेडरिक बहुत ही विनम्र है, बड़ा ही सज्जन है ... लेकिन सबसे योग्य खिलाड़ी ही जीता था... मुझे यक़ीन है कि हैरी भी यही कहेगा, है ना? एक खिलाड़ी अपनी झाड़ू पर से गिर जाता है, दूसरा अपनी झाड़ू पर से नहीं गिरता है। अब यह बताने के लिए जीनियस होना ज़रूरी नहीं है कि कौन सा खिलाड़ी ज़्यादा अच्छा है!'

'अब तो रवानगी का समय होने वाला होगा,' मिस्टर वीज़्ली ने बीच में कहा और अपनी घड़ी दोबारा बाहर निकाल ली। 'क्या कोई और भी आने वाला है, एमॉस?'

'नहीं, लवगुड परिवार तो एक हफ़्ते पहले ही वहाँ पहुँच चुका है और फ़ॉसेट परिवार को टिकट नहीं मिल पाए,' मिस्टर डिगोरी बोले। 'इस इलाक़े में और कोई तो है नहीं, है ना?'

'हाँ, यह बात तो है,' मिस्टर वीज़्ली बोले। 'हाँ, अब एक मिनट बचा है ... अच्छा रहेगा कि हम तैयारी कर लें ...'

उन्होंने हैरी और हर्माइनी को देखते हुए कहा, 'तुम्हें आवागमन-कुंजी को छूना भर है, बस इतना ही काफ़ी होगा, एक उँगली से भी काम चल जाएगा –'

चूँकि उन लोगों की कमर पर भारी सामान लदा था, इसलिए थोड़ी मुश्किल से नौ लोग उस पुराने जूते के पास इकट्ठे हो पाए, जिसे एमॉस डिगोरी ने पकड़ रखा था।

पहाड़ी पर ठंडी हवा चल रही थी और वे सभी सँकरा गोल घेरा

बनाकर खड़े थे। सभी ख़ामोशी से इंतज़ार कर रहे थे। हैरी के मन में अचानक यह विचार आया कि अगर इस समय यहाँ कोई मगलू आ जाए, तो उसे यह दृश्य कितना अजीब लगेगा ... हल्के अँधेरे में नौ लोग, जिनमें दो वयस्क भी शामिल हैं, एक गंदे पुराने जूते को हाथ में पकड़कर इंतज़ार कर रहे हैं ...

'तीन ...' मिस्टर वीज़्ली घड़ी को देखते हुए बुदबुदाए, 'दो ... एक ...'

यह तत्काल हो गया। हैरी को महसूस हुआ, जैसे उसकी नाभि के पीछे लगा हुक अचानक झटके से आगे की तरफ़ उड़ने लगा। उसके पैर ज़मीन से ऊपर हो गए। उसे रॉन और हर्माइनी अपने आजू-बाजू महसूस हो रहे थे, क्योंकि उनके कंधे उसके कंधों से टकरा रहे थे। वे सभी तेज़ी से गरजती हवा और घुमड़ते रंगों के बीच आगे उड़ रहे थे। उसकी तर्जनी जूते से इस तरह चिपकी हुई थी, जैसे वह चुंबक की तरह उसे अपनी तरफ़ खींच रहा हो और फिर -

उसके पैर ज़मीन से टकराए। रॉन के टकराने से हैरी गिर गया। आवागमन-कुंजी उसके सिर के पास धम्म से ज़मीन पर गिर गई।

हैरी ने ऊपर देखा। मिस्टर वीज़्ली, मिस्टर डिगोरी और सेडरिक अब भी खड़े हुए थे, हालाँकि उनके बाल बिखर चुके थे। बाक़ी सभी ज़मीन पर गिरे हुए थे।

एक आवाज़ आई, 'स्टोट्सहेड हिल से पाँच बजकर सात मिनट वाली आवागमन-कुंजी आ चुकी है।'

अध्याय सात

बैगमैन और क्राउच

हैरी रॉन को हटाकर खड़ा हो गया। वे धुंध भरे बीहड़ में पहुँच गए थे। उनके सामने दो थके और चिड़चिड़े दिख रहे जादूगर थे, जिनमें से एक के हाथ में बड़ी सी सुनहरी घड़ी थी, जबकि दूसरे के हाथ में चर्मपत्र और क़लम थी। दोनों ने ही मगलुओं के कपड़े पहन रखे थे, लेकिन वे यह कपड़े बड़े ही बचकाने तरीक़े से पहने हुए थे। घड़ी वाले आदमी ने ट्वीड सूट के साथ जाँघ तक ऊँचे जूते पहने थे, जबकि उसका साथी घाघरा और कंबल जैसा चोगा पहने हुए था, जिसमें सिर डालने के लिए छेद था।

मिस्टर वीज़्ली ने घाघरे वाले जादूगर को जूते वाली आवागमन-कुंजी देते हुए कहा, 'गुड मॉर्निंग, बासिल।' उस जादूगर ने जूता लेकर पास रखे एक बड़े बक्से में फेंक दिया, जिसमें उपयोग में आ चुकी आवागमन-कुंजियाँ रखी हुई थीं। हैरी को उस बक्से में एक पुराना अख़बार, सॉफ़्ट ड्रिंक्स के ख़ाली केन और पंचर फ़ुटबॉल दिखीं।

'हैलो आर्थर,' बासिल ने थके अंदाज़ में कहा। 'ड्यूटी पर नहीं हो, हैं? कुछ लोगों का नसीब अच्छा होता है ... हम यहाँ रात भर से काम कर रहे हैं ... अच्छा यही रहेगा कि तुम जल्दी ही यहाँ से चले जाओ। सवा पाँच बजे काले जंगल से जादूगरों का एक बड़ा समूह यहाँ आने वाला है। ज़रा ठहरो, मैं तुम्हारे कैंप की जगह बताता हूँ ... वीज़्ली कहाँ है ... वीज़्ली ...' उसने अपने चर्मपत्र की सूची को ग़ौर से देखा। 'उस तरफ़ चौथाई मील पैदल चलना होगा। पहला ही मैदान है। साइट मैनेजर का नाम मिस्टर रॉबर्ट्स है। डिगोरी ... आपका कैंप दूसरे मैदान में है ... साइट मैनेजर मिस्टर पेन हैं।'

'शुक्रिया बासिल,' मिस्टर वीज़्ली ने कहा और बाक़ी सभी को अपने पीछे आने का इशारा किया।

वे वीरान बीहड़ में चल दिए, हालाँकि धुंध में उन्हें ज़्यादा कुछ दिखाई नहीं दे रहा था। लगभग बीस मिनट बाद एक गेट के पास पत्थर से बनी छोटी सी झोपड़ी दिखाई दी। उसके पार हैरी को तंबुओं के सैकड़ों भुतहा आकार दिखाई दिए। तंबू जंगल के कोने पर एक बड़े मैदान के ढाल पर लगे थे। उन्होंने डिगोरी और सेडरिक से विदा ली तथा झोपड़ी के दरवाज़े की तरफ़ चल दिए।

एक आदमी दरवाज़े पर खड़ा-खड़ा तंबुओं को देख रहा था। हैरी एक नज़र में ही समझ गया कि कई एकड़ों तक यही एकमात्र मगलू था। जब उस आदमी ने उनके क़दमों की आवाज़ सुनी, तो उसने अपना सिर घुमाकर उनकी तरफ़ देखा।

मिस्टर वीज़्ली उत्साह से बोले, 'गुड मॉर्निंग!'

'गुड मॉर्निंग,' मगलू ने जवाब दिया।

'क्या आप ही मिस्टर रॉबर्ट्स हैं?'

'हाँ मैं ही हूँ,' मिस्टर रॉबर्ट्स ने कहा। 'और आप कौन हैं?'

'वीज़्ली - दो टेंट हैं, दो दिन पहले बुक किए थे।'

'ठीक है,' मिस्टर रॉबर्ट्स ने दरवाज़े पर टँगी सूची को देखते हुए कहा। 'आपको वहाँ जंगल में जगह मिली है। सिर्फ़ एक रात ही रुकेंगे?'

'हाँ,' मिस्टर वीज़्ली ने जवाब दिया।

मिस्टर रॉबर्ट्स ने पूछा, 'आप अभी पैसे देंगे?'

'हाँ - ठीक है - बिलकुल -' मिस्टर वीज़्ली ने कहा। वे झोपड़ी से थोड़ा एक तरफ़ हटे और इशारा करके हैरी को अपने पास बुलाया। 'मेरी मदद करो, हैरी,' उन्होंने अपनी जेब से मगलुओं के नोटों की गड्ढी निकाली और उसमें से नोट निकालने लगे। 'यह दस का नोट है? ओह हाँ, मुझे इस पर लिखा अंक दिख रहा है ... और यह पाँच का नोट होगा?'

'बीस का है,' हैरी ने उन्हें धीरे से बताया। उन्हें इस बात से परेशानी हो रही थी कि मिस्टर रॉबर्ट्स उनकी बातें सुनने की कोशिश कर रहे थे।

'ओह हाँ, यह बीस का ही है ... मुझे मगलुओं के नोट समझ में नहीं आते हैं ...'

जब मिस्टर वीज़्ली सही नोट लेकर पहुँचे, तो मिस्टर रॉबर्ट्स ने पूछा, 'आप विदेशी हैं?'

'विदेशी?' मिस्टर वीज़्ली ने हैरानी से कहा।

'आप पहले व्यक्ति नहीं हैं, जिसे नोटों के साथ दिक़्क़त आई हो,' मिस्टर रॉबर्ट्स ने मिस्टर वीज़्ली को ग़ौर से देखते हुए कहा। 'दस मिनट पहले दो लोगों ने मुझे सोने के बड़े सिक्के देने की कोशिश की थी।'

'अच्छा?' मिस्टर वीज़्ली ने बौखलाकर कहा।

मिस्टर रॉबर्ट्स ने चिल्लर निकालने के लिए डिब्बे में हाथ डाला।

'यहाँ पहले कभी इतनी भीड़ नहीं रही,' मिस्टर रॉबर्ट्स ने धुंध भरे मैदान की तरफ़ देखते हुए अचानक कहा। 'सैकड़ों लोगों ने पहले से जगह बुक करवाई है। आम तौर पर लोग अचानक ही न जाने कहाँ से प्रकट हो जाते हैं ...'

'अच्छा?' मिस्टर वीज़्ली ने चिल्लर लेने के लिए हाथ बढ़ाया, लेकिन मिस्टर रॉबर्ट्स ने चिल्लर नहीं दी।

उन्होंने सोचते हुए कहा, 'हर जगह के लोग हैं। बहुत से विदेशी हैं। और सिर्फ़ विदेशी ही नहीं हैं, अजीब तरह के लोग हैं। एक आदमी घाघरा और चोगा पहनकर घूम रहा था।'

मिस्टर वीज़्ली ने चिंता से पूछा, 'क्या उसे ऐसा नहीं करना चाहिए?'

'ऐसा लगता है ... ऐसा लगता है, जैसे यह किसी तरह की रैली है,' मिस्टर रॉबर्ट्स ने कहा। 'सभी लोग एक-दूसरे को जानते हैं। लगता है, यहाँ कोई बड़ी पार्टी हो रही है।'

उसी समय बैगी जैसा पैंट पहने हुए एक जादूगर मिस्टर रॉबर्ट्स के सामने वाले दरवाज़े के पास हवा से प्रकट हुआ।

उसने अपनी छड़ी मिस्टर रॉबर्ट्स की तरफ़ करते हुए कहा, *'विस्मृतो!'*

तत्काल मिस्टर रॉबर्ट्स की आँखें घूम गईं, उनकी भौंहें सिकुड़ गईं और उनके चेहरे पर बेफ़िक्री का सपनीला भाव आ गया। हैरी समझ गया कि उनकी याददाश्त मिट चुकी है।

'आपकी कैंपसाइट का नक़्शा,' मिस्टर रॉबर्ट्स ने मिस्टर वीज़्ली से धीरे से कहा। 'और आपकी चिल्लर।'

मिस्टर वीज़्ली ने कहा, 'बहुत-बहुत शुक्रिया।'

बैगी वाला जादूगर उनके साथ कैंपसाइट के गेट तक गया। वह थका हुआ दिख रहा था। उसकी ठुड्डी नीली थी और उसकी आँखों के नीचे गहरी बैंगनी छायाएँ दिख रही थीं। मिस्टर रॉबर्ट्स से दूर पहुँचने के बाद उस जादूगर ने मिस्टर वीज़्ली से बुदबुदाकर कहा, 'उसके कारण बहुत परेशानी हो रही है। दिन में दस बार तो उस पर याददाश्त भुलाने वाला मंत्र पढ़ना

पड़ता है, तब कहीं जाकर वह ख़ुश रहता है। और लूडो बैगमैन ज़रा भी मदद नहीं कर रहा है। वह पहलवानों और तूफ़ानों के बारे में ज़ोर-ज़ोर से बातें करते हुए घूम रहा है। उसे मगलू-प्रतिरोधी सुरक्षा की ज़रा भी चिंता नहीं है। जब वर्ल्ड कप ख़त्म हो जाएगा, तब जाकर मुझे चैन मिलेगा। मिलते हैं, आर्थर।'

वह अंतर्ध्यान हो गया।

'लेकिन मिस्टर बैगमैन तो जादुई खेल विभाग के अध्यक्ष हैं?' जिनी ने हैरानी से पूछा। 'उन्हें तो मगलुओं के आस-पास पहलवानों के बारे में इस तरह बातें नहीं करनी चाहिए, है ना?'

'बिलकुल नहीं करनी चाहिए,' मिस्टर वीज़्ली ने मुस्कराते हुए कहा और उन्हें लेकर कैंपसाइट के गेट की तरफ़ चल दिए, 'लेकिन लूडो हमेशा से ही सुरक्षा के बारे में थोड़ा ... *थोड़ा* लापरवाह है। वैसे खेल विभाग का उससे ज़्यादा उत्साही प्रमुख कोई दूसरा नहीं हो सकता। यह तो तुम जानते ही हो कि लूडो इंग्लैंड की क्विडिच टीम में था। और वह विम्बोर्न वैस्प्स का अब तक का सबसे अच्छा मारक है।'

वे धुँध भरे मैदान में तंबुओं की लंबी क़तारों के बीच चलते रहे। ज़्यादातर तंबू लगभग सामान्य दिख रहे थे। ज़ाहिर है, उनके मालिकों ने मगलुओं की तरह तंबू लगाने की पूरी कोशिश की थी। लेकिन उनसे चूक यह हो गई थी कि उन्होंने अपने तंबू में चिमनी, घंटी या वायुसूचक यंत्र लगा दिए थे। बहरहाल, कहीं-कहीं पर इक्के-दुक्के तंबू तो इतने जादुई दिख रहे थे कि हैरी को मिस्टर रॉबर्ट्स के संदेह पर कोई हैरानी नहीं हुई। मैदान में आधी दूरी पर बना एक तंबू किसी महल जैसा दिख रहा था। यह धारीदार रेशम का बहुत ही बेतुका मिश्रण लग रहा था और इसके प्रवेश द्वार पर कई जीवित मोर बँधे थे। थोड़ा आगे चलकर वे एक ऐसे तंबू के पास से गुज़रे, जो तिमंज़िला था और जिसमें कई कँगूरे थे। इससे थोड़ी आगे एक ऐसा तंबू था, जिसके सामने एक बग़ीचा लगा था, जिसमें पक्षी-स्नानगृह, धूप-घड़ी और फव्वारा भी था।

'हमेशा यही होता है,' मिस्टर वीज़्ली ने मुस्कराते हुए कहा, 'जब हम जादूगर कहीं इकट्ठे होते हैं, तो शान झाड़ने से नहीं चूकते हैं। ओह यह लो, देखो, हमारा टेंट आ गया।'

वे मैदान के ऊपर जंगल के एकदम कोने तक पहुँच गए थे। वहाँ एक ख़ाली जगह पर ज़मीन में एक छोटा सा साइनबोर्ड गड़ा था, जिस पर लिखा था, 'वीज़्ली।'

'इससे बढ़िया जगह और क्या होगी!' मिस्टर वीज़्ली ख़ुशी से बोले। 'पिच बस जंगल के उस तरफ़ है। हम उसके बहुत पास हैं।' उन्होंने अपने कंधे से बैग उतारा और रोमांचित होकर कहा, 'ठीक है। याद रहे, किसी तरह के जादू की इज़ाज़त नहीं है, ख़ास तौर पर जब हम इतनी बड़ी तादाद में मगलुओं की ज़मीन पर हैं। हम हाथ से अपना तंबू लगाएँगे! इसमें ज़्यादा मुश्किल नहीं आनी चाहिए ... मगलू भी तो हाथ से तंबू लगाते हैं ... हैरी, तुम्हें क्या लगता है, हमें कहाँ से शुरू करना चाहिए?'

हैरी ने ज़िंदगी में कभी कैंपिंग नहीं की थी और तंबू नहीं लगाया था। डर्स्ली दंपति उसे कभी पिकनिक पर नहीं ले गए थे। वे उसे हमेशा बूढ़ी पड़ोसन मिसेज़ फ़िग के यहाँ छोड़कर जाते थे। बहरहाल, उसने और हर्माइनी ने अंदाज़ा लगा लिया कि ज़्यादातर खंभे और खूँटियाँ कहाँ लगानी चाहिए। मिस्टर वीज़्ली मदद कम कर रहे थे और मुश्किलें ज़्यादा खड़ी कर रहे थे, क्योंकि जब हथौड़े के इस्तेमाल की बारी आई, तो वे बहुत ज़्यादा रोमांचित हो गए। बहरहाल, उन्होंने आख़िरकार दो भद्दे से तंबू तैयार कर लिए।

वे सभी खड़े होकर अपने हाथ से लगाए गए तंबुओं को प्रशंसा भरी नज़रों से देखते रहे। हैरी ने सोचा, इन तंबुओं को देखकर कोई भी यह नहीं सोच सकता कि ये जादूगरों के होंगे, लेकिन समस्या यह थी कि बिल, चार्ली और पर्सी के आने के बाद वे लोग कुल मिलाकर दस हो जाएँगे। लगता था हर्माइनी को भी इसी समस्या का अंदेशा था, इसलिए जब मिस्टर वीज़्ली घुटनों के बल चलकर सबसे पहले तंबू के अंदर घुसे, तो हर्माइनी ने हैरी को अजीब निगाहों से देखा।

'जगह थोड़ी कम है,' उन्होंने कहा, 'लेकिन मुझे लगता है कि हम सब इसमें जैसे-तैसे आ ही जाएँगे। चलो, अंदर चलकर देखते हैं।'

हैरी नीचे झुका, तंबू के अंदर घुसा और उसका मुँह खुला रह गया। अंदर पुराने ज़माने का तीन कमरों का फ़्लैट था, जिसमें बाथरूम और किचन भी था। अजीब बात यह थी कि इसकी सजावट ठीक वैसी ही थी, जैसी मिसेज़ फ़िग के घर की थी। वहाँ अलग-अलग आकार की कुर्सियों पर क्रोशिए के कवर थे और बिल्लियों की बदबू भरी थी।

'यहाँ ज़्यादा समय तो रहना नहीं है,' मिस्टर वीज़्ली ने अपने सिर के गंजे हिस्से को रूमाल से पोंछा और बेडरूम में लगे चार बंक बेड्स की तरफ़ देखा। 'मैंने ऑफ़िस में काम करने वाले पर्किन्स से इन्हें माँगा है। कमर-दर्द के कारण वह अब कैंपिंग नहीं करता है।'

उन्होंने धूल भरी केतली उठाकर उसके अंदर झाँका, 'हमें पानी की

ज़रूरत पड़ेगी ...'

'मगलू ने हमें जो नक़्शा दिया है, उसमें एक नल दिख रहा है,' रॉन बोला, जो हैरी के पीछे तंबू में आ गया था और इतने बड़े कमरे को देखकर ज़रा भी हैरान नहीं हुआ था। 'नल मैदान के दूसरे सिरे पर है।'

'अच्छा! तो तुम, हैरी और हर्माइनी जाकर पानी ले आओ –' मिस्टर वीज़्ली ने केतली और जग देते हुए कहा, '– हम बाक़ी लोग आग जलाने के लिए लकड़ियाँ ले आते हैं।'

'लेकिन हमारे पास ओवन है,' रॉन बोला, 'हम उसी पर खाना क्यों नहीं बनाते?'

'रॉन, मगलू-प्रतिरोधी सुरक्षा!' मिस्टर वीज़्ली का चेहरा आशा से दमक रहा था। 'जब मगलू कैंपिंग करते हैं, तो वे बाहर आग जलाकर खाना बनाते हैं। मैंने उन्हें ऐसा करते देखा है!'

लड़कियों का तंबू लड़कों के तंबू से थोड़ा छोटा था, लेकिन उसमें बिल्लियों की बदबू नहीं थी। उसे देखने के बाद हैरी, रॉन और हर्माइनी केतली और जग लेकर नल की तरफ़ चल दिए।

अब सूरज के उगने और धुँध के छँटने के कारण वे हर दिशा में फैले तंबुओं के शहर को देख सकते थे। वे तंबूओं की क़तारों के बीच धीरे-धीरे चल रहे थे और उत्सुकता से चारों तरफ़ निहार रहे थे। हैरी को अभी-अभी यह समझ में आया था कि दुनिया में कितने सारे जादूगर और जादूगरनियाँ होंगे। दरअसल उसने पहले कभी यह सोचा ही नहीं था कि दूसरे देशों में भी जादूगर होते होंगे।

बाक़ी जादूगर भी अब जागने लगे थे। सबसे पहले छोटे बच्चों वाले परिवार जागे। हैरी ने इससे पहले कभी इतने छोटे जादूगरों और जादूगरनियों को नहीं देखा था। बड़े पिरामिड के आकार वाले एक तंबू के बाहर दो साल का एक बच्चा लेटा था। उसने एक छड़ी पकड़ रखी थी और वह उससे घास पर चल रहे एक घोंघे को कुरेद रहा था, जो धीरे-धीरे फूलकर कचौड़ी जितना बड़ा हो गया था। जब वे उस बच्चे के पास पहुँचे, तो उसकी मम्मी तेज़ी से तंबू से बाहर निकलीं।

'केविन, तुम्हें *कितनी* बार समझाया है? *डैडी - की - छड़ी - मत - छूना* - आउच!'

उन्होंने फूले हुए घोंघे पर पैर रख दिया था, जिससे उसका पेट फट गया। उन लोगों को पीछे से आवाज़ सुनाई देती रही कि वह महिला बच्चे को डाँट रही थी। साथ ही उन्हें छोटे बच्चे की किलकारियाँ भी सुनाई दे रही

थीं, 'आपने घोंघे पर पैर रख दिया! आपने घोंघे पर पैर रख दिया!'

थोड़ा आगे जाने पर उन्हें दो छोटी जादूगरनियाँ दिखीं, जो केविन से थोड़ी ही बड़ी होंगी। वे खिलौना झाड़ुओं पर सवारी कर रही थीं, जो सिर्फ़ इतनी ऊँची उड़ रही थीं कि लड़कियों के अँगूठे ओस वाली घास को छूते रहें। जादू मंत्रालय के एक जादूगर ने इन उड़ती हुई छोटी जादूगरनियों को देख लिया। वह तेज़ी से हैरी, रॉन और हर्माइनी के पास से निकलते हुए बुदबुदाया, 'दिन के उजाले में! मुझे लगता है, मम्मी-डैडी चैन से सो रहे होंगे -'

यहाँ-वहाँ वयस्क जादूगर और जादूगरनियाँ अपने-अपने तंबुओं से बाहर निकल रहे थे। कई जादूगर नाश्ता बनाने लगे थे। कुछ ने चोरी-छिपे चारों तरफ़ देखकर अपनी छड़ी से आग जला ली थी। बाक़ी लोग अपने चेहरे पर शक का भाव लिए माचिस जला रहे थे, जैसे उन्हें यक़ीन हो कि इससे आग नहीं जल सकती। तीन अफ़्रीकी जादूगर बैठकर गंभीर चर्चा में डूबे हुए थे। वे तीनों लंबे सफ़ेद दुशाले पहने थे और दहकती बैंगनी आग में ख़रगोश जैसी कोई चीज़ भून रहे थे, जबकि कुछ अधेड़ अमेरिकी जादूगरनियाँ ख़ुशी से गपशप करने में जुटी हुई थीं। उनके तंबुओं के बीच में सितारों से भरा एक बैनर लगा था, जिस पर लिखा था : *सालेम जादूगरनी संस्था*। तंबुओं के पास से गुज़रते समय हैरी को उनके भीतर से कई अजीब भाषाएँ सुनाई दीं। हालाँकि उसे एक भी शब्द का मतलब समझ में नहीं आया, लेकिन हर आवाज़ रोमांच से भरी लग रही थी।

तभी रॉन ने पूछा, 'अर - मेरी आँखों को कुछ हो गया है या सब कुछ सचमुच हरा है?'

रॉन की आँखों को कुछ नहीं हुआ था। वे तंबुओं के एक समूह के बीच पहुँच गए थे, जो हरे तने और तिकोनी पत्तियों वाले तिपतिए पौधों से ढँके थे। ऐसा लग रहा था, जैसे अजीब आकार की छोटी-छोटी पहाड़ियाँ उग आई थीं। इन खुले हुए तंबुओं के नीचे मुस्कराते हुए चेहरे दिख रहे थे। फिर उन्हें पीछे से अपने नाम सुनाई दिए।

'हैरी! रॉन! हर्माइनी!'

यह आवाज़ सीमस फ़िनिगन की थी, जो उनके साथ गरुड़द्वार में फ़ोर्थ ईयर में पढ़ता था। वह तिपतिए के पौधों से ढँके तंबू के सामने बैठा था। उसके पास ही बालुई रंग के बालों वाली एक महिला भी बैठी थी, जो उसकी माँ होनी चाहिए थी। और पास में ही उसका सबसे अच्छा दोस्त डीन थॉमस बैठा था। वह भी गरुड़द्वार में ही था।

जब हैरी, रॉन और हर्माइनी हैलो कहने के लिए पास पहुँचे, तो सीमस

ने मुस्कराते हुए कहा, 'सजावट पसंद आई? मंत्रालय के लोग कोई ख़ास ख़ुश नहीं हैं?'

'आह, हम अपने रंग क्यों न दिखाएँ?' मिसेज़ फिनिगन बोलीं। 'जाकर देखो, बल्गारिया वालों ने अपने तंबुओं के ऊपर क्या लगा रखा है? तुम लोग भी तो आयरलैंड का समर्थन कर रहे होगे, है ना?' उन्होंने हैरी, रॉन और हर्माइनी को शक भरी निगाह से देखते हुए कहा।

उन्हें यह आश्वासन देने के बाद कि वे सचमुच आयरलैंड का ही समर्थन कर रहे हैं, वे फिर से चल दिए। वहाँ से चलने के बाद रॉन बोला, 'इस तरह के माहौल में हम कुछ और कह भी तो नहीं सकते थे।'

हर्माइनी बोली, 'क्या पता बल्गारिया वालों ने अपने तंबुओं के ऊपर क्या लगा रखा है?'

'चलो चलकर देखते हैं,' हैरी ने मैदान के ऊपर की तरफ़ लगे तंबुओं के एक बड़े समूह की तरफ़ इशारा करते हुए कहा, जहाँ लाल, हरे और सफ़ेद रंगों वाला बल्गारिया का झंडा हवा में लहरा रहा था।

यहाँ पर तंबुओं में पौधों की सजावट नहीं थी। इसके बजाय हर तंबू पर एक ही तरह का पोस्टर लगा था, जिसमें एक बहुत चिड़चिड़ा चेहरा दिख रहा था, जिसकी काली भौंहें बहुत घनी थीं। ज़ाहिर है, तस्वीर हिल रही थी, लेकिन इसमें लगा चेहरा बरा पलकें झपका रहा था और त्योरियाँ चढ़ा रहा था।

रॉन ने धीरे से कहा, 'क्रम!'

'क्या?' हर्माइनी ने पूछा।

'क्रम!' रॉन बोला। 'विक्टर क्रम, बल्गारिया का खोजी!'

'वह तो बड़ा चिड़चिड़ा दिखता है,' हर्माइनी ने कहा, जब उसने इतने सारे पोस्टरों में क्रम को पलकें झपकाते और त्योरियाँ चढ़ाते हुए देखा।

'चिड़चिड़ा?' रॉन ने अपनी आँखें आसमान की तरफ़ उठाते हुए कहा। 'किसे परवाह है कि वह कैसा दिखता है? वह ग़ज़ब का खिलाड़ी है। और उसकी उम्र भी बहुत कम है। यही कोई अठारह साल होगी। वह कमाल का खिलाड़ी है। आज रात तक रुको, तुम ख़ुद अपनी आँखों से देख लेना।'

मैदान के सिरे पर लगे नल के सामने छोटी सी लाइन लगी थी। हैरी, रॉन और हर्माइनी भी जाकर लाइन में खड़े हो गए। उनके आगे दो लोग खड़े थे, जिनमें गर्मागर्म बहस हो रही थी। उनमें से एक बहुत बूढ़ा जादूगर था, जो फूलों वाला लंबा नाइटगाउन पहने था। दूसरा मंत्रालय का जादूगर लग रहा था। उसके हाथ में चौकड़ी वाला पैंट था और वह बहुत परेशान दिखते

हुए चिल्ला रहा था –

'आर्ची, इसे पहन लो। तुम नाइटगाउन में यहाँ नहीं घूम सकते। गेट पर खड़ा मगलू पहले से ही शक कर रहा है –'

'मैंने इसे मगलू दुकान से ख़रीदा था,' बूढ़े जादूगर ने कड़क आवाज़ में कहा। 'मगलू इसे पहनते हैं।'

'आर्ची, इसे मगलू *औरतें* पहनती हैं, आदमी नहीं पहनते। आदमी *यह* पहनते हैं,' मंत्रालय के जादूगर ने चौकड़ी वाला पैंट लहराते हुए कहा।

'मैं इसे कभी नहीं पहनूँगा,' बूढ़े आर्ची ने झुँझलाते हुए कहा। 'नहीं, धन्यवाद। मुझे अपने अंदरूनी हिस्सों में खुली हवा अच्छी लगती है।'

यह सुनकर हर्माइनी को इतनी ज़ोर की हँसी आई कि उसे सिर झुकाकर लाइन से बाहर निकलना पड़ा। वह तभी लौटी, जब आर्ची पानी भरकर वहाँ से चला गया।

लौटते समय वे धीमे-धीमे चल रहे थे, क्योंकि उनके हाथों में पानी भरे बर्तनों का बोझ था। वे अपने तंबू की तरफ़ जाने लगे। यहाँ-वहाँ उन्हें कई परिचित चेहरे दिखे : हॉगवर्ट्स के दूसरे विद्यार्थी और उनके परिवार। वहाँ उन्हें ऑलिवर वुड दिखा, जो हैरी के हाउस की क्विडिच टीम का पुराना कप्तान था और पिछले ही साल हॉगवर्ट्स से पढ़कर निकला था। वह हैरी को खींचकर अपने तंबू में ले गया और अपने मम्मी-डैडी से उसका परिचय करवाया। उसने हैरी को रोमांचित अंदाज़ में बताया कि हाल ही में पडलमियर युनाइटेड रिज़र्व टीम के साथ उसका अनुबंध हो गया है। इसके बाद उन्हें मेहनतकश के फ़ोर्थ ईयर के विद्यार्थी अर्नी मैकमिलन ने आवाज़ देकर पुकारा। थोड़ा आगे चलने पर उन्हें चो चैंग दिखी, जो बहुत सुंदर थी और चीलघात टीम की खोजी थी। उसने हैरी को देखकर हाथ हिलाया और मुस्कराई। जवाब में हाथ हिलाते समय हैरी के जग का पानी उसके कपड़ों पर फैल गया। रॉन की व्यंग्यात्मक हँसी को रोकने के लिए हैरी ने जल्दी से अपरिचित किशोरों के एक बड़े समूह की तरफ़ इशारा किया।

उसने पूछा, 'तुम्हारे हिसाब से वे लोग कहाँ के हैं? वे तो हॉगवर्ट्स के नहीं हैं, है ना?'

'लगता है, किसी विदेशी स्कूल के होंगे,' रॉन बोला। 'हालाँकि मैं किसी विदेशी स्कूल में पढ़ने वाले जादूगर से नहीं मिला हूँ, लेकिन मैं जानता हूँ कि विदेशों में भी जादू के स्कूल होते हैं। ब्राज़ील के एक जादूगरी स्कूल में पढ़ने वाला लड़का बिल का पेन-फ्रेंड था ... यह कई साल पहले की बात है ... बिल उससे मिलने जाना चाहता था, लेकिन मम्मी-डैडी के पास इतने

पैसे नहीं थे। जब बिल ने उसे बताया कि वह नहीं आ पाएगा, तो उसके पेन-फ्रेंड ने नाराज़ होकर उसे एक शापित हैट भेज दिया। इससे बिल के कान सिकुड़ गए।'

हैरी हँस दिया। वह हैरान था कि दुनिया के दूसरे देशों में भी जादू की पढ़ाई होती है। बहरहाल उसने अपनी हैरानी को उजागर नहीं होने दिया। यहाँ पर इतने सारे देशों के जादूगरों को देखने के बाद उसकी आँखें खुल गई थीं। वह सोच रहा था कि वह भी कितना मूर्ख है! उसे यह पता होना चाहिए था कि हॉगवर्ट्स जादूगरों का इकलौता स्कूल नहीं हो सकता। उसने हर्माइनी की तरफ़ देखा, जो इस जानकारी से ज़रा भी हैरान नहीं दिख रही थी। निश्चित रूप से उसने किसी न किसी किताब में जादूगरों के दूसरे स्कूलों के बारे में पढ़ लिया होगा।

जब वे लोग आख़िरकार वीज़्ली परिवार के तंबू में पहुँचे, तो जॉर्ज बोला, 'तुम लोगों ने बड़ी देर लगा दी।'

'रास्ते में कुछ जान-पहचान के लोग मिल गए थे,' रॉन ने पानी के बर्तन नीचे रखते हुए कहा। 'तुमसे अभी तक आग नहीं जली?'

फ्रेड बोला, 'डैडी माचिसों से खेल रहे हैं।'

मिस्टर वीज़्ली को आग जलाने में ज़रा भी सफलता नहीं मिल रही थी। लेकिन उनकी कोशिश में कोई कमी नहीं थी। टूटी हुई तीलियाँ ज़मीन पर चारों तरफ़ पड़ी थीं, लेकिन मिस्टर वीज़्ली को देखकर ऐसा लग रहा था कि उन्हें ज़िंदगी का भरपूर मज़ा आ रहा है।

'ऊप्स!' वे बोले, जब उनकी एक तीली जल गई, लेकिन हैरानी में उन्होंने उसे तत्काल नीचे गिरा दिया।

हर्माइनी ने उनके हाथ से माचिस लेते हुए कहा, 'देखिए, ऐसे मिस्टर वीज़्ली।' फिर वह उन्हें माचिस जलाने का सही तरीक़ा सिखाने लगी।

आख़िरकार उन्होंने आग जला ली, लेकिन इसे अच्छी तरह से जलने में कम से कम एक घंटा लगने की उम्मीद थी। इससे पहले वे उस पर कुछ नहीं पका सकते थे। ठीक से आग जलने का इंतज़ार करते समय देखने के लिए बहुत कुछ था। उनका तंबू पिच तक जाने वाले रास्ते के ठीक पास था। मंत्रालय के सदस्य तेज़ी से उस रास्ते पर आ-जा रहे थे और गुज़रते समय मिस्टर वीज़्ली का हार्दिक अभिवादन कर रहे थे। मिस्टर वीज़्ली आने-जाने वालों के बारे में जानकारी दे रहे थे। वे ख़ास तौर पर हैरी और हर्माइनी को बता रहे थे, क्योंकि उनके बच्चे मंत्रालय के बारे में पहले से ही इतना जानते थे कि इस विषय में उनकी कोई ख़ास दिलचस्पी नहीं थी।

'वे कथबर्ट मॉकरिज हैं, पिशाच संपर्क कार्यालय के प्रमुख ... ये आ रहे हैं गिलबर्ट विम्पल, जो प्रयोगात्मक सम्मोहन समिति में हैं, उनके सींग उनके शरीर पर काफ़ी समय से हैं ... हैलो, अर्नी ... अर्नोल्ड पीजगुड, वे विस्मृति–कारक हैं – दुर्घटना जादू बचाव दल के सदस्य ... वे बोड और क्रोकर हैं ... वे चुप्पे हैं ...'

'चुप्पा क्या होता है?'

'ख़ुफ़िया विभाग के हैं। ज़रा भी पता नहीं रहता कि वे क्या करने वाले हैं ...'

आख़िरकार आग अच्छे से जलने लगी। अभी उन्होंने अंडे और सॉसेज पकाना शुरू ही किए थे कि तभी बिल, चार्ली और पर्सी जंगल से टहलते हुए वहाँ आ गए।

'अभी–अभी अंतर्ध्यान होकर आ रहे हैं, डैडी,' पर्सी ने ज़ोर से कहा। 'अरे वाह, लंच तैयार हो रहा है!'

वे लोग अभी सॉसेज और अंडों की प्लेट को आधा ही ख़त्म कर पाए थे कि तभी मिस्टर वीज़्ली उछलकर खड़े हो गए। वे मुस्कराते हुए एक आदमी की तरफ़ हाथ हिला रहे थे, जो उन्हीं की तरफ़ आ रहा था। उन्होंने कहा, 'आहा। आज का सबसे महत्त्वपूर्ण व्यक्ति! लूडो!'

हैरी ने अब तक जितने लोग देखे थे, निश्चित रूप से उनमें लूडो बैगमैन सबसे विचित्र दिख रहे थे। वे फूलों वाली नाइटड्रेस पहनने वाले बूढ़े आर्ची से भी ज़्यादा विचित्र दिख रहे थे। उन्होंने क्विडिच का लंबा दुशाला पहन रखा था, जिस पर चमकीली पीली और काली धारियाँ थीं। उनके सीने पर ततैए की एक बड़ी तस्वीर थी। उनका शरीर गठीला था, जो अब थोड़ा बेध्यानी का शिकार हो गया था। दुशाले में उनकी मोटी तोंद भी दिख रही थी, जो निश्चित रूप से उन दिनों में नहीं रही होगी, जब वे इंग्लैंड की क्विडिच टीम में खेलते थे। उनकी नाक मुड़ी हुई थी (हैरी ने सोचा, शायद किसी पहलवान के कारण टूटी होगी)। उनकी गोल नीली आँखों, छोटे सुनहरे बालों और गुलाबी रंगत के कारण वे किसी बड़े स्कूली बच्चे जैसे दिख रहे थे।

'ओहो!' बैगमैन ने ख़ुश होकर कहा। वे इस तरह चल रहे थे, जैसे उनके पैरों में स्प्रिंग लगी हो। वे बहुत रोमांचित दिख रहे थे।

'आर्थर,' उन्होंने आग के पास पहुँचकर कहा, 'वाह, कितना बेहतरीन दिन है? कितना बेहतरीन दिन है! इससे बढ़िया मौसम की तो कोई कल्पना भी नहीं कर सकता! रात को एक भी बादल नहीं होगा ... और इंतज़ाम में

ज़रा भी गड़बड़ नहीं है ... मेरे करने के लिए ज़्यादा कुछ है ही नहीं!'

उनके पीछे-पीछे मंत्रालय के कुछ थके दिख रहे जादूगर तेज़ी से आए। वे दूर जलने वाली एक जादुई आग की तरफ़ इशारा कर रहे थे, जिसकी बैंगनी लपटें बीस फ़ुट ऊपर तक उठ रही थीं।

पर्सी अपना हाथ आगे बढ़ाते हुए जल्दी से आगे पहुँचा। हालाँकि पर्सी की राय में लूडो बैगमैन अपने विभाग को ख़राब तरीक़े से चलाते थे, लेकिन इसके बावजूद पर्सी उनसे जान-पहचान करने के लिए बेताब था।

'आह - हाँ,' मिस्टर वीज़्ली ने मुस्कराते हुए कहा, 'यह मेरा बेटा पर्सी है। अभी-अभी मंत्रालय में नौकरी लगी है - और यह फ़्रेड है - नहीं, यह तो जॉर्ज है। फ़्रेड तो *वह* है। बिल, चार्ली, रॉन, मेरी बेटी जिनी - और रॉन के दोस्त, हर्माइनी ग्रेंजर तथा हैरी पॉटर।'

जब बैगमैन ने हैरी का नाम सुना, तो उन्होंने हैरानी से साँस अंदर खींची और उनकी निगाह फ़ौरन हैरी के माथे के निशान पर पहुँच गई।

मिस्टर वीज़्ली ने आगे कहा, 'और ये लूडो बैगमैन हैं। तुम जानते ही हो कि ये कौन हैं। इन्हीं की बदौलत हमें इतने अच्छे टिकट मिले हैं -'

बैगमैन ने मुस्कराते हुए अपना हाथ हिलाया, मानो कह रहे हों कि यह कोई बड़ी बात नहीं थी।

'मैच पर शर्त लगाओगे, आर्थर?' उन्होंने उत्सुकता से पूछा और अपने पीले-काले दुशाले की जेब खनखनाई। खनखनाहट से ऐसा लग रहा था कि उसमें सोने के बहुत से सिक्के रखे होंगे। 'रॉडी पोंटनर ने शर्त लगाई है कि बल्गारिया पहला गोल करेगा - मैंने उसे अच्छा भाव दिया है, क्योंकि आयरलैंड के तीनों धावक जितने तेज़ हैं, उतने तेज़ धावक तो मैंने आज तक नहीं देखे। अगाथा टिम्स ने अपने फ़ार्महाउस का आधा हिस्सा इस बात पर लगाया है कि यह मैच एक सप्ताह तक चलेगा।'

'ओह ... तो फिर ठीक है,' मिस्टर वीज़्ली ने कहा। 'अच्छा ... आयरलैंड जीतेगा, इस बात पर एक गैलियन लगाता हूँ।'

'बस एक गैलियन?' लूडो बैगमैन थोड़े निराश दिखे, लेकिन फिर उन्होंने ख़ुद को सँभाल लिया। 'बहुत बढ़िया, बहुत बढ़िया ... कोई और शर्त लगाएगा?'

'ये लोग जुआ खेलने के लिए अभी बहुत छोटे हैं,' मिस्टर वीज़्ली ने कहा। 'मॉली इस बात को पसंद नहीं करेगी -'

तब तक फ़्रेड और जॉर्ज अपने पास के पैसे इकट्ठे करके उन्हें गिन

चुके थे। फ्रेड ने कहा, 'हम सैंतीस गैलियन, पंद्रह सिकल और तीन नट्स की शर्त लगाते हैं कि आयरलैंड जीतेगा - लेकिन सुनहरी गेंद बल्गारिया का विक्टर क्रम पकड़ेगा। ओह, और हम इस नक़ली छड़ी को भी दाँव पर लगाते हैं।'

'तुम्हें मिस्टर बैगमैन को इस तरह की घटिया चीज़ें दिखाने की ज़रूरत नहीं है –' पर्सी ने हिक़ारत से कहा, लेकिन बैगमैन को वह छड़ी घटिया नहीं लगी। इसके बजाय उनके लड़के जैसे चेहरे पर रोमांच की चमक आ गई, जब उन्होंने फ्रेड के हाथ से छड़ी ली और छड़ी ज़ोर की आवाज़ करते हुए रबड़ के मुर्गे में बदल गई। बैगमैन ने ठहाका लगाया।

'बहुत बढ़िया! मैंने बहुत सालों से इतनी अच्छी छड़ी नहीं देखी है! मैं इसके बदले में पाँच गैलियन की क़ीमत दूँगा!'

पर्सी हैरान होकर नापसंदगी से यह सब देख रहा था।

'लड़को,' मिस्टर वीज़्ली धीरे से बोले, 'मैं नहीं चाहता कि तुम लोग शर्त लगाओ ... यह तुम्हारी अब तक की सारी बचत है ... तुम्हारी मम्मी–'

'मज़ा ख़राब मत करो, आर्थर!' लूडो बैगमैन ने अपनी जेबों को रोमांच से खनखनाते हुए कहा। 'ये इतने बड़े हो गए हैं कि सोच-समझकर काम कर सकते हैं! तो तुम शर्त लगाते हो कि आयरलैंड जीतेगा, लेकिन सुनहरी गेंद क्रम पकड़ेगा? लड़को, इस बात की कोई संभावना नहीं है, ज़रा भी संभावना नहीं है ... इस बात पर मैं तुम्हें बहुत ही अच्छा भाव दूँगा ... हम मज़ेदार छड़ी के पाँच गैलियन भी जोड़ देते हैं, ठीक है ना ...'

जब लूडो बैगमैन नोटबुक और क़लम निकालकर जुड़वाँ भाइयों के नाम लिखने लगे, तो मिस्टर वीज़्ली असहाय भाव से देखते रहे।

'बहुत बढ़िया,' जॉर्ज ने बैगमैन के दिए चर्मपत्र को अपने दुशाले के सामने वाले हिस्से में रखते हुए कहा।

फिर बैगमैन मिस्टर वीज़्ली की तरफ़ मुड़कर बोले, 'कुछ पीने के लिए है? मैं बार्टी क्राउच को ढूँढ़ रहा हूँ। बल्गारिया का खेल प्रमुख मुश्किलें पैदा कर रहा है। समस्या यह है कि मुझे उसका कहा एक भी शब्द समझ में नहीं आ रहा है। बार्टी सब कुछ ठीक कर देगा। वह 157 भाषाएँ जानता है।'

'मिस्टर क्राउच?' पर्सी बोला। अब उसके चेहरे से नापसंदगी का भाव अचानक ग़ायब हो गया था और उसकी जगह पर रोमांच का भाव आ गया था। 'वे दो सौ से ज़्यादा भाषाएँ बोल सकते हैं! जलपरी, वेताल, दैत्य...'

'दैत्य भाषा तो कोई भी बोल सकता है,' फ्रेड बोला, 'इसके लिए बस

इशारा करना और गुर्राना आना चाहिए।'

पर्सी ने फ्रेड को बहुत ग़ुस्से से देखा और केतली में उबाल लाने के लिए आग को तेज़ करने लगा।

'लूडो, बर्था जोरकिन्स की कोई ख़बर मिली ?' मिस्टर वीज़्ली ने पूछा, जब बैगमैन नीचे घास पर उन सबके पास बैठ गए।

'रत्ती भर भी नहीं,' बैगमैन ने आराम से कहा। 'लेकिन वह लौट आएगी। बेचारी बर्था ... उसकी याददाश्त रिसती कड़ाही की तरह है और उसका दिशाज्ञान बहुत गड़बड़ है। तुम यह बात लिख लो, वह भटक गई होगी। वह भटकती हुई अक्टूबर में किसी दिन ऑफ़िस में आएगी और यह सोचेगी कि अभी तो जुलाई चल रहा है।'

जब पर्सी ने बैगमैन को चाय का मग दिया, तो मिस्टर वीज़्ली ने सुझाव दिया, 'तुम्हें नहीं लगता कि उसकी तलाश में किसी को भेजना चाहिए ?'

'बार्टी क्राउच भी हर वक़्त यही कहता रहता है,' बैगमैन बोले और उनकी गोल आँखें मासूमियत से चौड़ी हो गईं, 'लेकिन इस वक़्त हम इस काम पर किसी को भी नहीं लगा सकते। ओह - शैतान का नाम लो और शैतान हाज़िर! बार्टी!'

एक जादूगर अभी-अभी उनकी आग के पास प्रकट हुआ था। बार्टी क्राउच लूडो बैगमैन से बिलकुल अलग दिख रहे थे, जो अपने ततैए वाले पुराने दुशाले में घास पर पसरे हुए थे। दो व्यक्तियों में इससे ज़्यादा अंतर नहीं हो सकता था। बार्टी क्राउच परंपरावादी, बूढ़े और शालीन थे। वे बेहतरीन सूट और टाई में थे। उनके छोटे भूरे बालों के बीच से निकली माँग बिलकुल सीधी थी। उनकी छोटी टूथब्रश जैसी मूँछ ऐसी दिख रही थी, जैसे उन्होंने उसे स्केल से नापकर तराशा हो। उनके जूते बहुत चमचमा रहे थे। हैरी उन्हें देखते ही समझ गया कि पर्सी उन्हें अपना आदर्श क्यों मानता है। पर्सी नियमों का कठोरता से पालन करने में बहुत विश्वास करता था और मिस्टर क्राउच ने मगलुओं जैसे कपड़े पहनने के नियम का इतनी अच्छी तरह से पालन किया था कि कोई भी उन्हें आराम से बैंक मैनेजर समझ सकता था। हैरी को लगा कि वरनॉन अंकल भी उनकी हक़ीक़त नहीं जान पाएँगे।

'घास पर बैठने का मज़ा लो, बार्टी,' लूडो ने अपने पास की ज़मीन को थपथपाते हुए उत्साह से कहा।

'नहीं, धन्यवाद लूडो,' क्राउच ने कहा और उनकी आवाज़ में थोड़ी अधीरता झलक रही थी। 'मैं हर जगह तुम्हें खोज रहा था। बल्गारिया वाले इस बात पर ज़ोर दे रहे हैं कि उनके लिए टॉप बॉक्स में बारह सीटें

और लगाई जाएँ।'

'अच्छा, तो वे *यह* कह रहे थे?' बैगमैन बोला। 'मुझे तो लग रहा था कि वह आदमी चिमटियाँ माँग रहा है। उसकी भाषा बड़ी अजीब है।'

'मिस्टर क्राउच!' पर्सी हाँफते हुए अभिवादन में इतना नीचे झुक गया कि किसी कुबड़े जैसा दिखने लगा। 'आप चाय लेंगे?'

'ओह,' मिस्टर क्राउच ने पर्सी को थोड़ी हैरानी से देखते हुए कहा। 'हाँ – धन्यवाद, वेदरबी।'

फ्रेड और जॉर्ज सिर झुकाकर हँसने लगे। पर्सी के कान बहुत गुलाबी हो गए और वह केतली को सँभालने में व्यस्त हो गया।

'और मैं तुमसे भी कुछ कहना चाहता हूँ, आर्थर,' मिस्टर क्राउच ने अब मिस्टर वीज़्ली को पैनी निगाह से देखते हुए कहा। 'अली बशीर बग़ावत पर उतर आया है। वह उड़ने वाले गलीचों पर लगे प्रतिबंध को हटाने के बारे में तुमसे बात करना चाहता है।'

मिस्टर वीज़्ली ने एक गहरी आह भरी, 'मैंने इसके बारे में उसे पिछले हफ़्ते ही एक उल्लू भेजा है। मैंने एक बार जो बोल दिया, सो बोल दिया। सौ बार वही बात पूछने की क्या तुक है? गलीचों को प्रतिबंधित जादू-योग्य वस्तुओं की सूची के तहत मगलू वस्तु घोषित किया गया है, लेकिन वह मानने को तैयार ही नहीं है!'

'मुझे नहीं लगता कि वह मानेगा,' मिस्टर क्राउच ने पर्सी से चाय का कप लेते हुए कहा। 'वह यहाँ पर उनका निर्यात करने के लिए उतावला है।'

बैगमैन ने पूछा, 'ब्रिटेन में गलीचे झाड़ुओं की जगह तो नहीं ले लेंगे, है ना?'

'अली को लगता है कि पारिवारिक वाहन के रूप में गलीचे की बाज़ार में अच्छी माँग होगी,' मिस्टर क्राउच ने कहा। 'मुझे याद है कि मेरे दादाजी के पास भी एक गलीचा था, जिस पर बारह लोग बैठ सकते थे – लेकिन यह तब की बात है, जब गलीचों पर प्रतिबंध नहीं लगा था।'

उन्होंने यह बात इसलिए कही, ताकि किसी को भी इस बारे में ग़लतफ़हमी न रहे कि उनके पूर्वज नियमों का कठोरता से पालन नहीं करते थे।

बैगमैन ने उत्साह से कहा, 'तो काफ़ी व्यस्त हो, बार्टी?'

'हाँ,' मिस्टर क्राउच ने रूखेपन से जवाब दिया। 'पाँच महाद्वीपों में आवागमन-कुंजियों की व्यवस्था करना कोई आसान काम नहीं है, लूडो।'

मिस्टर वीज़्ली बोले, 'मुझे लगता है कि जब वर्ल्ड कप ख़त्म हो

जाएगा, तो आप दोनों को बहुत ख़ुशी होगी?'

लूडो बैगमैन सदमे में आ गए, 'ख़ुशी! इतना ज़्यादा मज़ा पहले कभी नहीं आया ... वैसे ऐसा नहीं है कि इसके बाद हमारे पास कोई और रोमांचक आयोजन नहीं रहेगा, है ना बार्टी? अगला आयोजन भी तो करना है, है ना?'

मिस्टर क्राउच ने बैगमैन की तरफ़ त्योरियाँ चढ़ाकर देखा और कहा, 'हमने तय किया था कि जब तक सारी बातें पक्की नहीं हो जातीं, तब तक हम घोषणा नहीं करेंगे –'

'सारी बातें!' बैगमैन ने इन शब्दों को हवा में उड़ाते हुए कहा। 'उन्होंने दस्तख़त तो कर दिए हैं। वे तैयार हो गए हैं, है ना? मैं तुमसे शर्त लगाता हूँ कि इन बच्चों को जल्दी ही सब कुछ पता चल जाएगा। मेरा मतलब है, यह हॉगवर्ट्स में ही तो होने वाला है –'

'लूडो, हमें बल्गारिया वालों से मिलना पड़ेगा,' मिस्टर क्राउच ने बैगमैन की बात काटते हुए तेज़ी से कहा। 'चाय के लिए धन्यवाद, वेदरबी।'

उन्होंने चाय पिए बिना ही मग पर्सी को दे दिया और लूडो के उठने का इंतज़ार किया। बैगमैन मुश्किल से उठकर खड़े हुए और उन्होंने अपनी चाय का आख़िरी घूँट ख़त्म किया। उन्होंने अपनी जेब में सोने के सिक्के ख़ुशी से खनखनाए।

'तुम सभी से बाद में मिलता हूँ!' उन्होंने कहा। 'मैं भी तुम लोगों के साथ टॉप बॉक्स में ही रहूँगा – मैं कमेंट्री कर रहा हूँ!' उन्होंने हाथ हिलाया। बार्टी क्राउच ने थोड़ा सा झुककर अभिवादन किया और फिर वे दोनों अंतर्ध्यान हो गए।

'हॉगवर्ट्स में क्या होने वाला है, डैडी?' फ्रेड ने तुरंत पूछा। 'वे लोग किस बारे में बातें कर रहे थे?'

मिस्टर वीज़्ली ने मुस्कराते हुए कहा, 'तुम्हें जल्दी ही पता चल जाएगा।'

'इस जानकारी को तब तक गोपनीय रखना होगा, जब तक कि मंत्रालय इसे जारी करने का निर्णय नहीं लेता,' पर्सी ने कड़क आवाज़ में कहा। 'मिस्टर क्राउच ने ठीक किया, जो इस जानकारी को उजागर नहीं होने दिया।'

'ओह, चुप रहो, वेदरबी,' फ्रेड बोला।

दोपहर ढलने के साथ रोमांच का एहसास कैंपसाइट पर बादल की तरह मँडराने लगा। गर्मी की शांत हवा शाम तक आशा से थिरकने लगी। और जब हज़ारों इंतज़ार करने वाले जादूगरों पर अँधेरा पर्दे की तरह फैलने

लगा, तो मगलू बनने के नाटक के आख़िरी अवशेष भी ग़ायब हो गए। मंत्रालय ने भी अवश्यंभावी के सामने सिर झुका लिया और जादू के स्पष्ट लक्षणों से लड़ना बंद कर दिया, जो अब हर तरफ़ दिखाई देने लगे थे।

सेल्समैन कुछ फ़ुट दूरी पर प्रकट हो रहे थे। उनकी ट्रे और गाड़ियों में असाधारण जादुई सामान रखे थे। चमकदार गुलाब थे – आयरलैंड के हरे और बल्गारिया के लाल – जो चिल्ला-चिल्लाकर खिलाड़ियों के नाम बता रहे थे। तिपतिए से सजे हरे नुकीले हैट नाच रहे थे। बल्गारिया के स्कार्फ़ थे, जिन पर लगे शेर सचमुच दहाड़ते थे। इसके अलावा, दोनों देशों के झंडे थे, जिन्हें लहराने पर उनका राष्ट्रगीत अपने आप बजने लगता था। फ़ायरबोल्ट के छोटे-छोटे मॉडल भी थे, जो सचमुच उड़ते थे। और मशहूर खिलाड़ियों की आकृतियाँ भी थीं, जो हथेली पर इठलाती हुई चलती थीं।

'सारी गर्मी अपना जेब ख़र्च इसी के लिए बचाया था,' रॉन ने हैरी को बताया, जब उसने और हर्माइनी ने सेल्समैन से सामान ख़रीदा। रॉन ने अपने लिए तिपतिए का एक नाचने वाला हैट और एक बड़ा हरा गुलाब ख़रीदा। साथ ही, उसने बल्गारिया के खोजी विक्टर क्रम की एक छोटी आकृति भी ख़रीद ली। छोटा सा क्रम रॉन की हथेली पर आगे-पीछे चलने लगा और अपने ऊपर लगे हरे गुलाब की तरफ़ त्योरियाँ चढ़ाकर देखता रहा।

'इन्हें तो देखो!' हैरी जल्दी से एक गाड़ी की तरफ़ बढ़ा, जिस पर पीतल की दूरबीनें ऊपर तक भरी हुई थीं। इन दूरबीनों पर बहुत से अजीब बटन और डायल लगे थे।

'सर्वदर्शक दूरबीन,' जादूगर सेल्समैन ने उत्साह से कहा। 'इसमें आप एक्शन रिप्ले देख सकते हैं ... हर चीज़ को धीमा करके देख सकते हैं ... और अगर आप चाहें, तो एक-एक मूव देख सकते हैं। बहुत सस्ते दामों में – दस गैलियन में एक।'

'काश मैंने यह सामान नहीं ख़रीदा होता,' रॉन ने अपने नाचने वाले हैट की तरफ़ इशारा करते हुए कहा और सर्वदर्शक दूरबीन को हसरत से देखने लगा।

हैरी ने जादूगर से दृढ़ता से कहा, 'तीन दे दो।'

'नहीं – मेरे लिए मत लेना,' रॉन का चेहरा लाल हो गया। वह हमेशा से इस बारे में बहुत संवेदनशील रहता था कि हैरी को उसके माता-पिता की दौलत विरासत में मिली थी और उसके पास रॉन से बहुत ज़्यादा पैसे रहते थे।

'तुम्हें क्रिसमस का तोहफ़ा नहीं दूँगा,' हैरी ने रॉन और हर्माइनी के

हाथ में सर्वदर्शक दूरबीन पकड़ाते हुए कहा। 'लगभग दस साल तक।'

रॉन ने मुस्कराते हुए कहा, 'तब ठीक है!'

'ऊह, धन्यवाद हैरी,' हर्माइनी बोली। 'और मैं कार्यक्रम-विवरण ले लेती हूँ, ठीक है –'

जब वे अपने तंबू में लौटकर आए, तो उनके पर्स काफ़ी हल्के हो चुके थे। बिल, चार्ली और जिनी ने भी हरे गुलाब ख़रीद लिए थे और मिस्टर वीज़्ली आयरलैंड का झंडा लेकर चल रहे थे। फ़्रेड और जॉर्ज ने कुछ नहीं ख़रीदा था, क्योंकि वे अपने सारे पैसे बैगमैन को दे चुके थे।

और फिर घंटा बजने की एक ज़ोरदार आवाज़ जंगल के पार से गूँजती हुई आई। अचानक पेड़ों के बीच हरी और लाल लालटेनें जलने लगीं और पिच के रास्ते पर काफ़ी रोशनी हो गई।

'चलने का समय हो गया है!' मिस्टर वीज़्ली ने कहा, जो बाक़ी लोगों की तरह ही रोमांचित थे। 'चलो, अब चलते हैं!'

अध्याय आठ

क्विडिच वर्ल्ड कप

अपने ख़रीदे हुए सामान के साथ वे सभी मिस्टर वीज़्ली के पीछे-पीछे लालटेनों से रोशन जंगल की पगडंडी पर तेज़ी से चलने लगे। उन्हें चारों तरफ़ हज़ारों लोगों के चिल्लाने, हँसने और गाने की आवाज़ें सुनाई दे रही थीं। माहौल इतना रोमांचक था कि वे भी रोमांचित हुए बिना नहीं रह सके। हैरी ख़ुद को मुस्कराने से रोक नहीं पाया। वे बातें करते हुए और ज़ोर-ज़ोर से हँसी-मज़ाक़ करते हुए लगभग बीस मिनट तक पगडंडी पर चलते रहे। आख़िरकार जब वे जंगल की दूसरी तरफ़ पहुँचे, तो उन्हें सामने एक बहुत बड़ा स्टेडियम दिखा। हालाँकि हैरी को पिच के चारों तरफ़ की विशाल सुनहरी दीवारों का बहुत छोटा हिस्सा ही दिख रहा था, लेकिन इसी से उसे अंदाज़ा लग गया कि यह स्टेडियम इतना बड़ा था कि इसमें आराम से दस गिरजाघर बन सकते थे।

हैरी के चेहरे पर हैरानी के भाव देखकर मिस्टर वीज़्ली ने कहा, 'इस स्टेडियम में एक लाख दर्शक बैठ सकते हैं। मंत्रालय के पाँच सौ कर्मचारियों ने इसे बनाने के लिए साल भर दिन-रात मेहनत की है। इसके चप्पे-चप्पे पर मगलू-विरोधी जादू किया गया है। इस साल मगलू जब भी इस जगह के आस-पास आए, तो उन्हें अचानक याद आ गया कि उन्हें ज़रूरी काम से कहीं जाना था और वे तेज़ी से लौटकर चले गए ...।' मिस्टर वीज़्ली अब सबसे पास वाले गेट की तरफ़ बढ़ रहे थे, जहाँ जादूगरों और जादूगरनियों का बहुत बड़ा झुंड पहले से ही भीड़ लगाए खड़ा था और काफ़ी शोर मचा रहा था।

गेट पर मंत्रालय की एक जादूगरनी टिकटों की जाँच कर रही थी। उनके टिकट देखते ही वह बोली, 'आपको तो सबसे बढ़िया सीटें मिली हैं! आर्थर, सबसे ऊपर वाले बॉक्स में, सबसे ऊपर पहुँच जाना।'

स्टेडियम की सीढ़ियों पर गहरा बैंगनी गलीचा बिछा हुआ था। वे लोग

बाक़ी दर्शकों के साथ ऊपर चढ़ने लगे। ज़्यादातर लोग दर्शक दीर्घा में जाने के लिए दाईं या बाईं तरफ़ मुड़ रहे थे, जिससे ऊपर चढ़ते समय भीड़ कम होती जा रही थी। मिस्टर वीज़्ली और उनका दल ऊपर चढ़ता चला गया। अंततः वे स्टेडियम में सबसे ऊपर बने एक छोटे से बॉक्स में पहुँच गए, जो सुनहरे गोलपोस्टों के ठीक बीच में था। वहाँ पर बीस बैंगनी-सुनहरी कुर्सियाँ दो लाइनों में जमी हुई थीं। हैरी वीज़्ली परिवार के साथ सबसे आगे वाली सीटों पर बैठा। वहाँ से उसे जो दृश्य दिखा, उसकी उसने कभी कल्पना भी नहीं की थी।

एक लाख जादूगर और जादूगरनियाँ पूरे स्टेडियम में अपनी-अपनी सीटों पर बैठ रहे थे। ये सीढ़ीदार सीटें लंबी अंडाकार पिच के चारों तरफ़ थीं। हर चीज़ एक रहस्यमयी सुनहरी रोशनी में लिपटी हुई थी, जो स्टेडियम में से ही निकलती दिख रही थी। इतनी ऊँचाई से पिच मख़मल जैसी चिकनी दिख रही थी। पिच के दोनों तरफ़ गोल के तीन रिंग पचास फ़ुट की ऊँचाई पर लगे थे। हैरी की आँखों के ठीक सामने एक बहुत बड़ा ब्लैकबोर्ड था। उस पर सुनहरी लिखावट उभर रही थी। ऐसा लग रहा था, जैसे कोई अदृश्य हाथ उस पर कुछ लिख रहा था और उसे दोबारा मिटा रहा था। हैरी ने देखा, उस ब्लैकबोर्ड पर विज्ञापन चमक रहे थे।

ब्लूबॉटल : पूरे परिवार की झाड़ू – सुरक्षित, विश्वसनीय और चोर-विरोधी अलार्म के साथ ... मिसेज़ स्कोवर का बहुउपयोगी जादुई दाग़-विनाशक : न कोई मेहनत, न कोई दाग़! . . . ग्लैडरेग्स जादुई वस्त्र – लंदन, पेरिस, हॉग्समीड ...

हैरी बोर्ड से नज़रें हटाकर इधर-उधर देखने लगा कि बॉक्स में और कौन-कौन बैठा हुआ था। बॉक्स अभी काफ़ी ख़ाली था। वहाँ सिर्फ़ एक छोटा सा जीव बैठा हुआ था, जो उनके पीछे वाली लाइन की आख़िरी सीट से एक सीट छोड़कर बैठा था। उसके पैर इतने छोटे थे कि वे लटक रहे थे। वह टॉवेल जैसी कोई चीज़ पहने हुए था और उसने अपना चेहरा अपने हाथों में छिपा रखा था। लेकिन हैरी उसके चमगादड़ जैसे लंबे कानों को फ़ौरन पहचान गया ...

'डॉबी ?' हैरी ने हैरान होकर कहा।

उस जीव ने अपने चेहरे से हाथ हटाकर ऊपर देखा। हाथ हटते ही हैरी को बड़ी-बड़ी भूरी आँखें और एक नाक दिखी, जो बड़े टमाटर जैसी थी। यह डॉबी नहीं, बल्कि डॉबी जैसा ही कोई दूसरा घरेलू जिन्न था। हैरी ने डॉबी नाम

के घरेलू जिन्न को उसके पुराने मालिक यानी मैल्फ़ॉय परिवार से आज़ाद करवाया था।

इस घरेलू जिन्न ने उँगलियों के बीच से झाँकते हुए थरथराती आवाज़ में कहा, 'सर, क्या आपने मुझे डॉबी समझ लिया था ?' यह आवाज़ डॉबी जैसी नहीं थी, बल्कि थोड़ी पतली और सुरीली थी। हालाँकि घरेलू जिन्नों के मामले में हैरी को कोई ख़ास जानकारी नहीं थी, लेकिन उसे लगा कि हो न हो, यह महिला जिन्न होगी। रॉन और हर्माइनी भी पीछे मुड़कर देखने लगे। उन्होंने हैरी से डॉबी के बारे में काफ़ी कुछ सुन रखा था, लेकिन वे उससे कभी नहीं मिले थे। यहाँ तक कि मिस्टर वीज़्ली भी दिलचस्पी के साथ घरेलू जिन्न की तरफ़ देखने लगे।

'माफ़ करना,' हैरी ने घरेलू जिन्न से कहा। 'मुझे लगा था कि आप डॉबी हैं, जिसे मैं जानता हूँ।'

'मैं भी डॉबी को जानती हूँ, सर!' घरेलू जिन्न ने कहा। हालाँकि टॉप बॉक्स में ज़्यादा रोशनी नहीं थी, लेकिन वह अपने चेहरे को इस तरह छिपाए थी, जैसे रोशनी के कारण उसकी आँखें चौंधिया रही हों। 'मेरा नाम विंकी है, सर – और आप, सर –' तभी उसकी भूरी आँखें हैरी के माथे के निशान पर पड़ीं और तत्काल फैलकर प्लेटों के आकार की हो गईं, 'आप यक़ीनन हैरी पॉटर होंगे!'

'हाँ,' हैरी बोला।

'डॉबी आपके बारे में बहुत बातें करता है, सर!' विंकी ने कहा और अपने हाथ थोड़े नीचे कर लिए। वह बहुत परेशान लग रही थी।

'वह कैसा है ?' हैरी ने कहा। 'आज़ादी उसे कैसी लग रही है ?'

'आह, सर,' विंकी ने अपना सिर हिलाते हुए कहा, 'आह, सर, बुरा मत मानिएगा, सर, लेकिन मुझे लगता है कि डॉबी को आज़ाद करवाकर आपने उसका भला नहीं किया है।'

'क्यों ?' हैरी ने हैरानी से पूछा। 'उसे आज़ाद करवाकर मैंने क्या ग़लत कर दिया ?'

विंकी दुख भरी आवाज़ में बोली, 'आज़ादी डॉबी के सिर पर चढ़ गई है, सर। वह अपनी औक़ात भूल गया है, सर। उसे कोई नौकरी नहीं मिल रही है, सर ?'

'क्यों नहीं मिल रही है ?' हैरी ने कहा।

विंकी ने अपनी आवाज़ इतनी धीमी कर ली कि वह फुसफुसाकर बोलने

लगी, *'वह काम के बदले में तनख़्वाह चाहता है, सर।'*

'तनख़्वाह ?' हैरी ने कहा। 'तो इसमें ग़लत क्या है ? उसे तनख़्वाह क्यों नहीं मिलनी चाहिए ?'

यह सुनकर विंकी काफ़ी दहशत में दिखने लगी और उसने अपने हाथों से कानों को बंद कर लिया, जिससे उसका चेहरा एक बार फिर आधा छिप गया।

'घरेलू जिन्नों को तनख़्वाह नहीं मिलती है, सर!' उसने दबी हुई आवाज़ में कहा। 'नहीं, नहीं, नहीं। मैं डॉबी से बार-बार कहती हूँ, डॉबी, कोई अच्छा सा परिवार देख लो और उसी की सेवा करो। लेकिन वह बहुत हवा में उड़ रहा है सर, जो एक घरेलू जिन्न को शोभा नहीं देता है। मैं कहती हूँ, डॉबी, अगर तुम इसी तरह की हरकतें करते रहोगे, तो किसी दिन किसी पिशाच की तरह जादुई प्राणी नियंत्रण विभाग के सामने कटघरे में खड़े दिखोगे।'

हैरी ने कहा, 'अगर वह मज़े कर रहा है, तो इसमें दिक़्क़त ही क्या है ?'

'घरेलू जिन्नों को मज़े नहीं करना चाहिए, हैरी पॉटर,' विंकी ने अपने हाथों के पीछे से दृढ़ता से कहा। 'घरेलू जिन्नों को तो अपने मालिकों की आज्ञा का पालन करना चाहिए। देखिए सर, मुझे ऊँचाई से डर लगता है –' उसने स्टेडियम में नीचे की ओर देखते हुए थूक निगला, '– लेकिन मेरे मालिक ने मुझे इतनी ऊँचाई पर बने इस टॉप बॉक्स में बैठने का आदेश दिया और मैंने तत्काल उनके आदेश का पालन किया, सर।'

हैरी ने त्योरियाँ चढ़ाकर कहा, 'अगर वे जानते हैं कि तुम्हें ऊँची जगहों से डर लगता है, तो उन्होंने तुम्हें यहाँ क्यों भेजा ?'

'मालिक – मालिक बहुत व्यस्त हैं, हैरी पॉटर, इसलिए उन्होंने मुझे अपनी सीट रोकने के लिए भेजा है,' विंकी ने अपना सिर पास वाली ख़ाली सीट की तरफ़ झुकाते हुए कहा। 'हैरी पॉटर, विंकी की बहुत इच्छा थी कि वह अपने मालिक के तंबू में ही रहती। लेकिन विंकी अपने मालिक के आदेश का पालन करती है। विंकी एक अच्छी घरेलू जिन्न है।'

विंकी ने एक बार फिर डरकर स्टेडियम के नीचे की तरफ़ देखा और दोबारा अपनी आँखें पूरी तरह ढँक लीं। हैरी अपने साथियों की तरफ़ मुड़ा।

रॉन बुदबुदाया, 'तो घरेलू जिन्न ऐसे होते हैं ? बड़े अजीब होते हैं, है ना ?'

हैरी ने जोश से कहा, 'डॉबी इससे भी ज़्यादा अजीब है!'

रॉन ने अपनी सर्वदर्शक दूरबीन बाहर निकाली और उससे स्टेडियम की दूसरी तरफ़ बैठी भीड़ को देखने लगा।

'बहुत अजीब है!' उसने रिप्ले वाला बटन दबाते हुए कहा। 'मैं उस बूढ़े

आदमी को नाक में उँगली डालते हुए बार-बार देख सकता हूँ ... एक बार फिर उसने उँगली डाली ... एक बार फिर ...'

इस दौरान हर्माइनी फुँदने से बँधे मख़मल के कवर वाले अपने कार्यक्रम-विवरण को उत्सुकता से पढ़ रही थी।

उसने ज़ोर से पढ़ा, 'मैच से पहले दोनों टीमें अपने शुभंकरों का प्रदर्शन करेंगी।'

'ओह, शुभंकरों को देखने में हमेशा बड़ा मज़ा आता है,' मिस्टर वीज़्ली ने कहा। 'मालूम है, हर टीम अपने देश के प्राणी लाकर और उनसे प्रदर्शन करवाकर दर्शकों को प्रभावित करने की कोशिश करती है।'

अगले आधे घंटे तक उनके बॉक्स में दर्शक धीरे-धीरे आते रहे। इनमें से ज़्यादातर बहुत महत्वपूर्ण जादूगर दिख रहे थे और मिस्टर वीज़्ली उन लोगों से हाथ मिलाते रहे। पर्सी तो इतनी ज़्यादा बार उठकर खड़ा हुआ कि ऐसा लगा जैसे वह काँटेदार सेही के ऊपर बैठा हुआ हो। जब जादू मंत्री कॉर्नेलियस फ़ज आए, तो पर्सी ने इतनी नीचे झुककर उनका अभिवादन किया कि उसका चश्मा ज़मीन पर गिरकर टूट गया। पर्सी पानी-पानी हो गया। उसने जैसे-तैसे अपनी छड़ी से मंत्र पढ़कर चश्मे को ठीक किया और उसके बाद अपनी सीट पर जो बैठा, तो फिर नहीं उठा। वह हैरी की तरफ़ ईर्ष्या से देख रहा था, क्योंकि कॉर्नेलियस फ़ज उससे किसी पुराने दोस्त की तरह मिल रहे थे। वे हैरी को पहले से जानते थे। फ़ज ने हैरी से हाथ मिलाया और किसी पिता के अंदाज़ में उसके हाल-चाल पूछे। फिर उन्होंने हैरी का परिचय अपने दोनों तरफ़ चल रहे जादूगरों से करवाया।

'ये है हैरी पॉटर,' उन्होंने बल्गारिया के मंत्री को ज़ोर से बताया, जिन्होंने काले मख़मल का शानदार दुशाला पहन रखा था, जिसमें सुनहरी धारियाँ थीं। ऐसा लग रहा था कि उन्हें अँग्रेजी का एक भी शब्द पल्ले नहीं पड़ रहा था। '*हैरी पॉटर* ... आपने इसका नाम तो सुना ही होगा ... वह लड़का जो तुम-जानते-हो-कौन से बच गया था ... आप इसके नाम से *ज़रूर* वाक़िफ़ होंगे –'

बल्गारिया के मंत्री की निगाह अचानक हैरी के माथे के निशान पर गई। निशान देखते ही वे उसकी तरफ़ इशारा करते हुए ज़ोर-ज़ोर से और रोमांच से बोलने लगे।

फ़ज ने हैरी से थके अंदाज़ में कहा, 'मैं जानता था कि निशान से ही उन्हें मेरी बात समझ में आएगी। लेकिन मैं क्या करूँ, उन्हें मेरी भाषा समझ में नहीं आती है और मैं उनकी भाषा बोल नहीं सकता हूँ। इस तरह के काम के लिए मुझे बार्टी क्राउच की मदद की ज़रूरत है। आह, मुझे दिख रहा है कि उसकी

घरेलू जिन्न उसके लिए सीट रोके हुए है ... उसने यह अच्छा काम किया, क्योंकि बल्गारिया वाले हर अच्छी जगह हथियाने के चक्कर में हैं ... आह, और यह रहा लूसियस!'

हैरी, रॉन और हर्माइनी ने तेज़ी से मुड़कर देखा। मिस्टर वीज़्ली के ठीक पीछे वाली लाइन में तीन सीटें अब भी ख़ाली थीं। उनकी तरफ़ कोई और नहीं, बल्कि घरेलू जिन्न डॉबी के पुराने मालिक लूसियस मैल्फ़ॉय, उनका बेटा ड्रेको और एक महिला बढ़ रही थी, जो स्पष्ट रूप से ड्रेको की माँ लग रही थी।

हैरी और ड्रेको मैल्फ़ॉय जब पहली बार हॉगवर्ट्स जा रहे थे, तभी से उनमें दुश्मनी थी। पीले नुकीले चेहरे और सफ़ेद-सुनहरे बालों वाला ड्रेको काफ़ी हद तक अपने पिता की तरह दिखता था। उसकी माँ के बाल भी सुनहरे थे। वे लंबी और दुबली-पतली थीं। वे अच्छी दिखतीं अगर उन्होंने अपनी नाक इस तरह नहीं चढ़ा रखी होती, जैसे उसके नीचे कोई बदबूदार चीज़ रखी हो।

'आह, फ़ज,' मिस्टर मैल्फ़ॉय ने जादू मंत्री के पास पहुँचकर अपना हाथ बढ़ाते हुए कहा। 'कैसे हैं? शायद आप मेरी पत्नी नार्सिसा से अब तक नहीं मिले होंगे? और यह है मेरा बेटा ड्रेको!'

'आप कैसी हैं?' फ़ज ने मुस्कराकर मिसेज़ मैल्फ़ॉय का अभिवादन करते हुए कहा। 'और मैं आपका परिचय ओबलैंस्क से करवाता हूँ। ये हैं मिस्टर ओबलैंस्क, बल्गारिया के जादू मंत्री। वैसे उन्हें मेरी बात ज़रा भी समझ में नहीं आती है, इसलिए परिचय करवाने का कोई ख़ास मतलब नहीं है। और मुझे लगता है, तुम आर्थर वीज़्ली को तो जानते ही होगे?'

यह एक तनावपूर्ण पल था। मिस्टर वीज़्ली और मिस्टर मैल्फ़ॉय ने एक-दूसरे की तरफ़ देखा। हैरी को उनकी पिछली मुठभेड़ याद आ गई। यह मुठभेड़ *फ़्लरिश एंड ब्लॉट्स* नाम की किताबों की दुकान में हुई थी, जहाँ दोनों में हाथापाई हुई थी। मिस्टर मैल्फ़ॉय ने अपनी भावहीन भूरी आँखों से पहले तो मिस्टर वीज़्ली को देखा और फिर टॉप बॉक्स में चारों तरफ़ देखा।

'ओह, आर्थर,' उन्होंने धीरे से कहा। 'तुम्हें टॉप बॉक्स के टिकट ख़रीदने के लिए अपनी कौन सी चीज़ बेचनी पड़ी? निश्चित रूप से तुम्हारे घर को बेचने से तो इतने ज़्यादा पैसे नहीं मिले होंगे?'

फ़ज ने यह बात नहीं सुनी और वे बोले, 'आर्थर, लूसियस ने हाल ही में *सेंट मंगोज़ जादुई रोग एवं दुर्घटना अस्पताल* को अच्छा-ख़ासा चंदा दिया है। वे यहाँ पर मेरे मेहमान हैं।'

मिस्टर वीज़्ली ने काफ़ी कोशिश करके मुस्कराते हुए कहा, 'यह तो - यह तो बड़ी अच्छी बात है।'

फिर मिस्टर मैल्फ़ॉय हर्माइनी को घूरने लगे। हर्माइनी का चेहरा थोड़ा गुलाबी हो गया, लेकिन वह भी पलटकर उन्हें घूरने लगी। हैरी अच्छी तरह जानता था कि मिस्टर मैल्फ़ॉय के होंठ क्यों सिकुड़ गए थे। मैल्फ़ॉय परिवार को अपने ख़ानदान के शुद्ध ख़ून पर गर्व था। दूसरे शब्दों में, वे हर्माइनी जैसे मगलू परिवार के लोगों को दूसरे दर्ज़े का मानते थे। बहरहाल, जादू मंत्री के सामने मिस्टर मैल्फ़ॉय यह बात नहीं कह सकते थे। मिस्टर मैल्फ़ॉय ने व्यंग्य से सिर झुकाकर मिस्टर वीज़्ली का अभिवादन किया और अपनी सीट की तरफ़ बढ़ने लगे। ड्रेको ने हैरी, रॉन और हर्माइनी पर एक हिक़ारत भरी नज़र डाली और फिर अपने मम्मी-डैडी के बीच वाली सीट पर बैठ गया।

'घमंडी कहीं का,' रॉन बुदबुदाया, जब वह, हैरी और हर्माइनी एक बार फिर पिच की तरफ़ देखने लगे। अगले ही पल लूडो बैगमैन धड़धड़ाते हुए बॉक्स में आए।

'सभी लोग तैयार हैं?' उन्होंने कहा। उनका गोल चेहरा रोमांच के कारण बहुत ज़्यादा चमक रहा था। 'मंत्रीजी, आप तैयार हैं?'

फ़ज ने आराम से कहा, 'लूडो, अगर आप तैयार हैं, तो हम भी तैयार हैं।'

लूडो ने अपनी छड़ी बाहर निकाली और उसे अपने गले की तरफ़ करके बोले, *'ध्वनि-विस्तार!'* इस मंत्र से उनकी आवाज़ कई गुना बढ़ गई। अब उनकी आवाज़ खचाखच भरे स्टेडियम के शोर में भी साफ़ सुनाई दे रही थी और स्टेडियम के हर कोने में गूँज रही थी, 'देवियो और सज्जनो ... चार सौ बाईसवें क्विडिच वर्ल्ड कप के फ़ाइनल में आप सभी का स्वागत है!'

दर्शक ख़ुशी से चिल्लाते हुए तालियाँ बजाने लगे। हज़ारों झंडे लहराने लगे और कोलाहल में राष्ट्रगान गाने की आवाज़ें भी आने लगीं। उनके सामने विशाल ब्लैकबोर्ड पर चमकता आख़िरी विज्ञापन मिट गया *(बर्टी बॉट की हर स्वाद की टॉफ़ियाँ - हर टॉफ़ी में जोखिम है!)*। अब वहाँ पर लिखा हुआ था - *बल्गारिया : 0, आयरलैंड : 0।*

'और अब बग़ैर किसी देरी के मैं आपका परिचय बल्गारिया टीम के शुभंकर से करवाता हूँ!'

दाहिने हाथ की तरफ़ के स्टैंड में जमकर शोर होने लगा। वहाँ बल्गारिया के समर्थक लाल दुशाले पहनकर बैठे थे, जिस वजह से पूरा स्टैंड किसी लाल दीवार की तरह दिख रहा था।

'क्या पता, वे लोग क्या लाए हैं?' मिस्टर वीज़्ली ने अपनी सीट पर आगे झुकते हुए कहा। 'आह!' उन्होंने अचानक अपना चश्मा उतारा और उसे दुशाले से जल्दी से साफ़ करके दोबारा पहन लिया। 'मोहिनियाँ!'

'मोहिनियाँ क्या होती हैं?'

सौ मोहिनियाँ पिच की तरफ़ बढ़ रही थीं और उन्हें देखते ही हैरी को अपने सवाल का जवाब मिल गया। मोहिनियाँ बहुत सुंदर महिलाएँ थीं ... हैरी ने आज तक इतनी सुंदर महिलाएँ नहीं देखी थीं ... यह बात और थी कि वे इंसान नहीं थीं और हो भी नहीं सकती थीं। इससे हैरी एक पल के लिए चकरा गया। उसने यह अंदाज़ा लगाने की कोशिश की कि वे क्या हो सकती हैं? उनकी चमड़ी चाँदनी की तरह उजली कैसे है? या उनके सुनहरे बाल हवा के बिना भी क्यों लहरा रहे हैं ... लेकिन तभी संगीत बजने लगा और हैरी ने यह चिंता छोड़ दी कि मोहिनियाँ इंसान नहीं हैं - वास्तव में, उसने हर चीज़ की चिंता छोड़ दी।

मोहिनियाँ नाचने लगीं और हैरी का दिमाग़ पूरी तरह और आनंदपूर्वक ख़ाली हो गया। उसे दुनिया में सिर्फ़ यही बात महत्वपूर्ण लग रही थी कि मोहिनियाँ नाचती रहें और वह उन्हें देखता रहे, क्योंकि अगर उन्होंने नाचना बंद कर दिया, तो अनर्थ हो जाएगा ...

जब मोहिनियाँ तेज़-तेज़ नाचने लगीं, तो हैरी के मन में बड़े ऊँचे-ऊँचे विचार आने लगे। वह मोहिनियों को प्रभावित करने के लिए तत्काल कोई बहुत बड़ा काम करना चाहता था। उसने सोचा, अगर वह टॉप बॉक्स से स्टेडियम में कूद जाए, तो शायद मोहिनियाँ प्रभावित हो जाएँगी ... लेकिन क्या यह काम सचमुच इतना बड़ा था?

'हैरी, तुम क्या *कर रहे हो?'* उसे हर्माइनी की आवाज़ जैसे बहुत दूर से आती सुनाई दी।

संगीत रुक गया। हैरी ने पलकें झपकाईं। उसने देखा कि वह खड़ा हो चुका था और उसका एक पैर बॉक्स की रेलिंग पर लटका था। रॉन स्तब्ध था और इस अंदाज़ में खड़ा था, जैसे स्प्रिंगबोर्ड से गोता लगाने वाला हो।

स्टेडियम में ग़ुस्से भरी चीख़ें सुनाई देने लगीं। दर्शक मोहिनियों को जाने नहीं देना चाहते थे। हैरी भी दर्शकों के साथ था। उसके मन में यह विचार भी आया कि उसे तो बल्गारिया का समर्थन करना चाहिए। दरअसल मोहिनियों को देखने के बाद हैरी इस बात पर हैरान होने लगा कि वह आयरलैंड का समर्थन क्यों कर रहा था और उसने अपने सीने पर बड़ा हरा शैमरॉक क्यों लगा रखा है। इस दौरान रॉन अनजाने में ही अपनी टोपी पर लगे शैमरॉक की चिंदी-चिंदी करने लगा। मिस्टर वीज़्ली मुस्कराते हुए रॉन की तरफ़ झुके और उसके हाथ को टोपी से दूर हटा दिया।

वे बोले, 'जब आयरलैंड वाले अपना शुभंकर दिखाएँगे, तब तुम्हें इसकी ज़रूरत पड़ेगी।'

'ओह ?' रॉन मोहिनियों की तरफ़ मुँह फाड़कर ताक रहा था, जो अब पिच पर एक तरफ़ क़तार में खड़ी हो गई थीं।

हर्माइनी ने ज़ोर से च-च-च की आवाज़ की। वह हैरी को वापस उसकी सीट पर खींचते हुए बोली, *'क़सम से!'*

'और अब,' लूडो बैगमैन की आवाज़ गूँजी, 'मेहरबानी करके अपनी-अपनी छड़ियाँ हवा में उठा लें ... आयरलैंड की टीम के शुभंकर आ रहे हैं!'

अगले ही पल स्टेडियम में हरे और सुनहरे धूमकेतु जैसी बड़ी सी चीज़ हवा में तैरने लगी। इसने स्टेडियम का एक चक्कर लगाया और फिर दो धूमकेतुओं में बँट गई। दोनों ही धूमकेतु दोनों तरफ़ के गोलपोस्ट तक गए। अचानक पिच पर एक इंद्रधनुष बन गया, जिसने दोनों धूमकेतुओं को जोड़ दिया। दर्शक इस तरह ऊह और आह कर रहे थे, जैसे आतिशबाज़ी देख रहे हों। फिर इंद्रधनुष ओझल हो गया और दोनों धूमकेतु दोबारा मिलकर एक हो गए। अब वहाँ पर एक बड़ा चमकीला शैमरॉक नज़र आ रहा था, जो आसमान में उठा और दर्शकदीर्घा के ऊपर उड़ने लगा। उसमें से सोने के सिक्के बरसने लगे -

'बहुत बढ़िया!' रॉन चीख़ा, जब शैमरॉक ने उड़ते हुए उन पर सोने के भारी सिक्कों की बारिश कर दी, जो उनके सिरों और सीटों से टकराए। हैरी ने शैमरॉक को ग़ौर से देखा। दरअसल उसमें छोटे-छोटे हज़ारों दढ़ियल आदमी थे, जो लाल वेस्टकोट पहने थे और उन सभी के हाथ में सुनहरा या हरा लैंप था।

'स्वर्णनर्तक!' मिस्टर वीज़्ली दर्शकों की ज़ोरदार तालियों की आवाज़ के बीच बोले। बहुत से दर्शक सोने के सिक्के उठाने के लिए अपनी कुर्सियों के आस-पास झुक रहे थे और आपस में झगड़ रहे थे।

रॉन ने ख़ुशी-ख़ुशी हैरी के हाथ में मुट्ठी भर सोने के सिक्के पकड़ाते हुए कहा, 'यह लो। सर्वदर्शक दूरबीन के लिए! अब हिसाब बराबर हो गया! अब तुम्हें मुझे क्रिसमस पर तोहफ़ा देना पड़ेगा!'

बड़ा शैमरॉक हवा में विलीन हो गया। इसके बाद स्वर्णनर्तक पिच पर मोहिनियों की विपरीत दिशा में चले गए और मैच देखने के लिए बैठ गए।

'देवियो और सज्जनो, अब कृपया बल्गारिया की क्विडिच टीम का स्वागत करें! ये रहे - दिमित्रोव!'

लाल दुशाले में एक आकृति झाड़ू पर इतनी तेज़ी से उड़ती हुई आई कि उसकी बस एक झलक ही दिखाई दी। पिच पर उड़कर आती हुई इस आकृति को देखकर बल्गारिया के समर्थकों ने ज़ोरदार तालियाँ बजाईं।

'इवानोवा!'

लाल दुशाले में दूसरी खिलाड़ी उड़ती हुई आई।

'ज़ोगराफ़! लेव्स्की! वल्चानोव! वोल्कोव! औऔऔर – *क्रम!'*

'क्रम वह रहा, क्रम वह रहा!' रॉन चीख़ा और अपनी सर्वदर्शक दूरबीन से क्रम को एकटक देखने लगा। हैरी ने भी जल्दी से अपनी दूरबीन पर निगाहें गड़ा लीं।

विक्टर क्रम दुबला था और उसका रंग गेहुँआ था। उसकी बड़ी सी नाक थोड़ी चपटी थी और उसकी भौंहें काली और मोटी थीं। वह किसी बड़े गिद्ध जैसा दिख रहा था। यह यक़ीन करना मुश्किल था कि वह सिर्फ़ अठारह साल का है।

'और अब कृपया आयरलैंड की क्विडिच टीम का स्वागत करें,' बैगमैन चिल्लाए। 'ये रहे कॉनोली! र्यान! ट्रॉय! मुलेट! मोरान! क्विगली! औऔऔर – *लिंच!'*

सात हरे झोंके पिच की तरफ़ लपकते हुए आए। हैरी ने अपनी सर्वदर्शक दूरबीन पर लगी एक छोटी घुंडी घुमाई, जिससे तत्काल खिलाड़ियों की गति धीमी हो गई। उसने देखा कि खिलाड़ियों की झाड़ुओं पर 'फ़ायरबोल्ट' लिखा था और उनकी पीठ पर सुनहरे अक्षरों में उनके नाम भी कढ़े हुए थे।

'और, ये रहे हमारे रेफ़री हसन मुस्तफ़ा, जो मिस्र से आए हैं और क्विडिच अंतर्राष्ट्रीय महासंघ के अध्यक्ष हैं।'

एक छोटा और दुबला जादूगर पिच पर आया। वह बिलकुल गंजा था, लेकिन उसकी मूँछ वरनॉन अंकल जितनी ही घनी थी। उसने शुद्ध सोने का दुशाला पहन रखा था। उसकी मूँछ के नीचे चाँदी की एक सीटी लटक रही थी। उसकी एक बाँह में लकड़ी का एक बड़ा संदूक दबा था और दूसरी बाँह में जादुई झाड़ू। हैरी ने दोबारा घुंडी घुमाकर अपनी सर्वदर्शक दूरबीन की गति को सामान्य किया। उसने ग़ौर से देखा कि रेफ़री अपनी झाड़ू पर चढ़ा और उसने लात मारकर संदूक खोल दिया – चार गेंदें तेज़ी से उड़कर आसमान की तरफ़ जाने लगीं : एक लाल तूफ़ान, दो काले पहलवान और छोटी सी सुनहरी गेंद (हैरी इसे सिर्फ़ एक पल के लिए ही देख पाया, क्योंकि यह तत्काल ही उड़कर ओझल हो गई)। सीटी की तेज़ आवाज़ के साथ मुस्तफ़ा भी गेंदों के पीछे-पीछे हवा में उड़ने लगे।

'खेल शुरू हो चुका है!' बैगमैन चिल्लाए। 'तूफ़ान मुलेट के पास है! ट्रॉय! मोरान! दिमित्रोव! फिर से मुलेट! ट्रॉय! लेव्स्की! मोरान!'

हैरी ने क्विडिच का ऐसा खेल आज तक नहीं देखा था। उसने अपनी सर्वदर्शक दूरबीन आँखों से इतनी सटा रखी थी कि दूरबीन का काँच उसकी

नाक में घुसा जा रहा था। खिलाड़ियों की गति अविश्वसनीय थी। दोनों टीमों के धावक तूफ़ान को एक-दूसरे की तरफ़ इतनी तेज़ी से फेंक रहे थे कि बैगमैन कमेंट्री करने के बजाय सिर्फ़ उनके नाम ही बोल पा रहे थे। हैरी ने एक बार फिर अपनी दूरबीन पर 'धीमा' वाला बटन दबा दिया। तत्काल खेल की रफ़्तार धीमी हो गई। लैंस पर बैंगनी अक्षर उभर आए और उसे दर्शकों का कानफोड़ू शोर सुनाई देने लगा।

उसने देखा कि आयरलैंड के तीन धावक पास-पास उड़ रहे थे। ट्रॉय मुलेट और मोरान से थोड़ा आगे था। वे बल्गारिया के गोल की तरफ़ जा रहे थे। दूरबीन पर *'त्रिकोणीय आक्रामक दाँव'* लिखा आया। इसके बाद वहाँ पर *'छलावा दाँव'* शब्द उभरे, जब ट्रॉय ने यह नाटक किया कि वह तूफ़ान के साथ ऊपर की तरफ़ जाने वाला है। यह देखकर बल्गारिया की धावक इवानोवा ट्रॉय की तरफ़ आने लगी, लेकिन ट्रॉय ने फ़ुर्ती से तूफ़ान मोरान की तरफ़ उछाल दी। बल्गारिया के मारक वोल्कोव ने एक पहलवान को अपने मुद्गर से मारा और उसे मोरान की तरफ़ भेज दिया। मोरान जब पहलवान से बचने के लिए झुकी, तो उसके हाथ से तूफ़ान छूट गई - उसके नीचे उड़ रहे लेव्स्की ने तूफ़ान को पकड़ लिया -

'ट्रॉय ने गोल कर दिया!' बैगमैन दहाड़े। स्टेडियम तालियों और ख़ुशी के कोलाहल से काँप रहा था। 'आयरलैंड दस-शून्य से आगे है!'

'क्या ?' हैरी अपनी दूरबीन में देखते हुए चिल्लाया। 'अभी गोल कैसे हो सकता है ? अभी तो तूफ़ान लेव्स्की के पास है!'

'हैरी, अगर तुम सामान्य के बजाय धीमी गति में खेल देखोगे, तो यही होगा!' हर्माइनी चिल्लाई। वह कूद रही थी और हवा में अपने हाथ हिला रही थी। उधर ट्रॉय पिच का चक्कर लगाकर ख़ुशी का इज़हार कर रहा था। हैरी ने जल्दी से अपनी दूरबीन हटाकर उसके ऊपर से देखा। मैदान की सीमारेखा के बाहर बैठकर मैच देख रहे स्वर्णनर्तक एक बार फिर हवा में उड़ने लगे थे और उन्होंने बड़े चमकदार शैमरॉक का आकार बना लिया था। पिच की दूसरी तरफ़ मोहिनियाँ चिढ़ी हुई दिख रही थीं।

जब खेल दोबारा शुरू हुआ, तो ख़ुद से नाराज़ हैरी ने दूरबीन का सामान्य गति वाला बटन दबा दिया।

हैरी ख़ुद क्विडिच खेलता था, इसलिए इतनी सी देर में ही वह यह समझ गया कि आयरलैंड के धावक बेहतरीन थे। वे अलग-अलग खिलाड़ी के रूप में नहीं, बल्कि एक लाजवाब टीम के रूप में खेल रहे थे। ऐसा लगता था कि वे एक-दूसरे के मन की बात भाँपकर सही जगह पर पहुँच जाते थे। हैरी के सीने

पर लगा गुलाब उनके नाम बताता रहा : *'ट्रॉय - मुलेट - मोरान!'* दस मिनट के भीतर ही आयरलैंड ने दो गोल और कर दिए। अब आयरलैंड की टीम तीस-शून्य से आगे थी। इस पर हरे दुशालों वाले समर्थकों ने ज़ोरदार हर्षध्वनि की और तालियाँ बजाईं।

मैच की गति अब काफ़ी तेज़ हो गई थी। अब मैच में मारधाड़ भी शुरू हो गई थी। बल्गारिया के मारक वोल्कोव और वल्चानोव निर्ममता से आयरलैंड के धावकों की तरफ़ पहलवान मार रहे थे। इस वजह से आयरलैंड की टीम अपने बेहतरीन दाँव नहीं बना पा रही थी। मारकों के कारण दो बार आयरलैंड के धावकों को तितर-बितर होना पड़ा। और फिर, आख़िरकार इवानोवा आयरलैंड के खिलाड़ियों को चकमा देती हुई निकली और उसने आयरलैंड के गोलकीपर र्यान को छकाते हुए बल्गारिया का पहला गोल कर दिया।

'अपने कानों में उँगलियाँ डाल लो!' मिस्टर वीज़्ली चीख़े, जब मोहिनियाँ गोल का जश्न मनाते हुए एक बार फिर नाचने लगीं। हैरी ने तो कानों के साथ-साथ अपनी आँखें भी बंद कर लीं, क्योंकि वह अपना पूरा ध्यान खेल पर ही केंद्रित रखना चाहता था। उसने कुछ पल बाद अपनी आँखें खोलने का जोखिम लिया। अब मोहिनियों ने नाचना बंद कर दिया था और तूफ़ान एक बार फिर बल्गारिया के पास थी।

बैगमैन चिल्ला रहे थे, 'दिमित्रोव! लेव्स्की! दिमित्रोव! इवानोवा - ओह, ओह!'

एक लाख जादूगरों और जादूगरनियों की आह निकल गई, जब उन्होंने देखा कि दोनों टीमों के खोजी तेज़ी से ज़मीन की तरफ़ आ रहे हैं। क्रम और लिंच धावकों के बीच से इतनी तेज़ी से नीचे आ रहे थे, जैसे वे किसी हवाई जहाज़ से बिना पैराशूट के कूदे हों। हैरी ने अपनी दूरबीन से उन्हें नीचे आते देखा। वह सुनहरी गेंद को देखने की कोशिश कर रहा था -

हैरी के पास बैठी हर्माइनी चीख़ी, 'वे दोनों ज़मीन से टकराने वाले हैं!'

उसकी बात आधी सच निकली - एकदम आख़िरी पल में विक्टर क्रम एक झटके के साथ गोते से बाहर निकला और दोबारा ऊपर उड़ने लगा। बहरहाल, लिंच धम्म से ज़मीन से टकराया, जिसकी आवाज़ पूरे स्टेडियम में गूँज गई। आयरलैंड के दर्शकों वाले स्टैंड की तरफ़ से ज़ोरदार आहें सुनाई दीं।

'मूर्ख!' मिस्टर वीज़्ली बोले। 'क्रम धोखा दे रहा था!'

'टाइम आउट!' बैगमैन की आवाज़ आई। 'प्रशिक्षित चिकित्सक-जादूगर पिच पर एडन लिंच की जाँच करने जा रहे हैं!'

'वह ठीक हो जाएगा, उसे सिर्फ़ ज़ोर का झटका लगा है!' चार्ली ने जिनी

से कहा, जो बॉक्स की रेलिंग पर पहुँचकर दहशत से पिच की तरफ़ देख रही थी। 'ज़ाहिर है, क्रम यही चाहता था ...'

हैरी ने जल्दी से अपनी दूरबीन पर 'रिप्ले' और 'धीमी गति' के बटन दबाए और फिर दूरबीन अपनी आँखों से सटा ली।

उसने क्रम और लिंच को धीमी गति में गोता लगाते हुए देखा। उसकी दूरबीन के काँच पर बैंगनी अक्षर चमकने लगे, *'छद्म छलावा - ख़तरनाक खोजी ध्यानभंग।'* उसने देखा, क्रम का चेहरा बिलकुल एकाग्र था और वह ठीक समय पर गोते से बाहर निकल गया, जबकि लिंच जोश में उसका पीछा करते हुए ज़मीन से टकरा गया। हैरी फ़ौरन समझ गया कि क्रम सुनहरी गेंद को पकड़ने के लिए गोता नहीं लगा रहा था। वह तो सिर्फ़ लिंच से अपना पीछा करवा रहा था। हैरी ने कभी किसी को इस तरह उड़ते नहीं देखा था। ऐसा लग ही नहीं रहा था कि क्रम झाड़ू पर सवार था। वह तो किसी पक्षी जितनी सहजता से उड़ रहा था। हैरी ने अपनी दूरबीन की गति एक बार फिर सामान्य की और क्रम को देखने लगा। क्रम लिंच के ऊपर मँडरा रहा था। नीचे लिंच का इलाज करने वाले चिकित्सक-जादूगर उसे कई काढ़े पिला रहे थे। हैरी ने अब क्रम को और ध्यान से देखा। उसने देखा कि क्रम की काली आँखें सौ फ़ुट नीचे चारों तरफ़ ग़ौर से देख रही थीं। लिंच के इलाज में जो समय लग रहा था, उसका फ़ायदा उठाते हुए वह लिंच के हस्तक्षेप के बिना सुनहरी गेंद ढूँढ़ रहा था।

आख़िरकार लिंच उठकर खड़ा हो गया और हरे दुशाले वाले समर्थकों ने ज़ोरदार हर्षध्वनि की। लिंच अपनी फ़ायरबोल्ट पर सवार हुआ और हवा में उड़ने लगा। उसके ठीक होने से आयरलैंड के खिलाड़ियों में नई जान आ गई। जब मुस्तफ़ा ने अपनी सीटी दोबारा बजाकर खेल शुरू करवाया, तो आयरलैंड के धावक इतने बढ़िया तरीक़े से खेले कि हैरी ने आज तक ऐसा खेल नहीं देखा था।

पंद्रह मिनट के तेज़ खेल के बाद आयरलैंड की टीम ने दस और गोल कर दिए थे। अब स्कोर था, ***आयरलैंड - 130, बल्गारिया - 10।*** अब खेल में मार-धाड़ और ज़्यादा होने लगी।

जब मुलेट एक बार फिर तूफ़ान लेकर गोलपोस्ट की तरफ़ बढ़ी, तो बल्गारिया का रक्षक जोगराफ़ उसे रोकने के लिए आगे आ गया। इसके बाद जो हुआ, वह इतनी जल्दी हुआ कि हैरी को कुछ दिखाई नहीं दिया, लेकिन आयरलैंड के दर्शकों की ग़ुस्से भरी आवाज़ों और मुस्तफ़ा की लंबी सीटी से वह समझ गया कि फ़ाउल हुआ था।

'मुस्तफ़ा बल्गारिया के रक्षक को चेतावनी दे रहे हैं - उसने अपनी कोहनियों को ज़रूरत से ज़्यादा ही इस्तेमाल कर दिया था!' बैगमैन ने शोर मचा

रहे दर्शकों को जानकारी देते हुए कहा। 'और - हाँ, आयरलैंड को पेनल्टी मिल गई है!'

मुलेट के साथ हुए फ़ाउल के बाद स्वर्णनर्तक ग़ुस्से में आ गए थे और चमकती हुई मधुमक्खियों की तरह उड़ रहे थे। लेकिन पेनल्टी मिलने की ख़बर से वे ख़ुश हो गए और उन्होंने 'हा हा हा!' शब्दों की आकृति बना ली। यह देखकर पिच की दूसरी तरफ़ बैठी मोहिनियाँ ग़ुस्से से उछलकर खड़ी हो गईं और अपने बाल लहराते हुए एक बार फिर नाचने लगीं।

तत्काल वीज़्ली लड़कों और हैरी ने अपने कानों में उँगलियाँ डाल लीं। लेकिन हर्माइनी ने ऐसा नहीं किया था और कुछ पल बाद ही वह हैरी का हाथ खींचने लगी। हैरी ने उसकी तरफ़ मुड़कर देखा। हर्माइनी ने बेचैन होकर हैरी की उँगलियों को उसके कान से हटाया।

वह हँसती हुई बोली, 'ज़रा रेफ़री की तरफ़ तो देखो!'

हैरी ने नीचे पिच की तरफ़ देखा। हसन मुस्तफ़ा ज़मीन पर उतरकर नाचती हुई मोहिनियों के सामने खड़े थे और बहुत अजीब हरकतें कर रहे थे। वे उन्हें अपनी मांसपेशियों के उभार दिखा रहे थे और रोमांचित होकर अपनी मूँछों पर हाथ फेर रहे थे।

'यह तो गज़ब हो गया! कितनी ग़लत बात है!' लूडो बैगमैन ने कहा, हालाँकि वे काफ़ी ख़ुश लग रहे थे। 'कोई जाकर रेफ़री को थप्पड़ मार दो!'

तत्काल एक चिकित्सक-जादूगर अपने कानों में उँगलियाँ डालकर भागता हुआ पिच पर पहुँचा। मुस्तफ़ा के पास पहुँचकर उसने उनकी पिंडली पर कसकर लात मार दी। मुस्तफ़ा फ़ौरन होश में आ गए। हैरी ने एक बार फिर दूरबीन लगाकर देखा कि मुस्तफ़ा बहुत शर्मिंदा दिख रहे थे और वे मोहिनियों पर बुरी तरह बरस रहे थे, जिन्होंने अब नाचना तो बंद कर दिया था, लेकिन वे अब भी बग़ावत पर उतारू दिख रही थीं।

बैगमैन की आवाज़ आई, 'और अगर मुझसे समझने में ग़लती नहीं हो रही है, तो मुस्तफ़ा दरअसल बल्गारिया के शुभंकरों को स्टेडियम से बाहर भेजने की कोशिश कर रहे हैं!' बैगमैन की आवाज़ आई। '*ऐसा* आज तक नहीं हुआ है ... ओह, मामला बहुत गंभीर होता जा रहा है ...'

और मामला सचमुच गंभीर हो गया : बल्गारिया के मारक वोल्कोव और वल्चानोव मुस्तफ़ा के दोनों तरफ़ उतर आए और उनसे ग़ुस्से में बहस करने लगे। वे स्वर्णनर्तकों की तरफ़ इशारा कर रहे थे, जिन्होंने अब ख़ुशी से 'ही ही ही' की आकृति बना ली थी। बहरहाल, मुस्तफ़ा बल्गारिया के मारकों के तर्कों से क़तई प्रभावित नहीं हुए। उन्होंने अपनी उँगली ऊपर उठाकर उन्हें

दोबारा हवा में उड़ने का इशारा किया। जब बल्गारिया के मारकों ने उनकी बात नहीं मानी, तो मुस्तफ़ा ने दो बार सीटी बजाई।

'आयरलैंड को *दो* पेनल्टी!' बैगमैन चिल्लाए और बल्गारिया के दर्शक ग़ुस्से से चिल्लाने लगे। 'अच्छा यही रहेगा कि अब वोल्कोव और वल्चानोव आसमान में उड़ने लगें ... हाँ ... वे उड़ रहे हैं ... और ट्रॉय ने तूफ़ान पकड़ ली है ...'

खेल अब बहुत ज़्यादा खूँखार हो चुका था। हैरी ने क्विडिच में इतनी मारधाड़ पहले कभी नहीं देखी थी। दोनों ही टीमों के मारक अब बेरहमी से खेल रहे थे। ख़ास तौर पर वोल्कोव और वल्चानोव को तो इस बात की क़तई परवाह नहीं थी कि उनके मुद्गर गेंद पर पड़ते हैं या विरोधी खिलाड़ियों पर। वे तो बस हिंसक तरीक़े से अंधाधुंध अपने मुद्गर घुमाने में लगे थे। दिमित्रोव सीधे मोरान की तरफ़ लपका, जिसके हाथ में तूफ़ान थी। दोनों में इतनी ज़ोरदार टक्कर हुई कि मोरान अपनी झाड़ू पर से गिरते-गिरते बची।

'फ़ाउल!' आयरलैंड के समर्थक हरे दुशालों की लहर में खड़े होते हुए चिल्लाए।

'फ़ाउल!' लूडो बैगमैन की आवाज़ आई, जो जादू से तेज़ हो गई थी। 'दिमित्रोव ने मोरान को टक्कर मार दी है - वह जान-बूझकर उससे टकराया है और इस पर एक और पेनल्टी मिलनी चाहिए - हाँ, यह सीटी बज गई!'

स्वर्णनर्तक एक बार फिर हवा में ऊपर उठे और इस बार उन्होंने एक बड़े हाथ की आकृति बना ली। यह हाथ पिच की दूसरी तरफ़ बैठी मोहिनियों की तरफ़ एक बहुत असभ्य इशारा कर रहा था। इस पर मोहिनियों ने अपना संयम खो दिया। वे पिच के पार जाकर स्वर्णनर्तकों पर अंगारे फेंकने लगीं। अपनी दूरबीन से हैरी ने देखा कि अब मोहिनियाँ ज़रा भी सुंदर नहीं दिख रही थीं। इसके विपरीत, उनके चेहरे अब बेरहम चोंच वाले पक्षी जैसे दिख रहे थे और उनके लंबे, पपड़ीदार पंख उनके कंधों से निकले पड़ रहे थे -

दर्शकों के शोर के बीच में मिस्टर वीज़्ली ऊँची आवाज़ में बोले, 'लड़को, इससे यह शिक्षा मिलती है कि कभी भी सिर्फ़ सुंदरता पर ही नहीं जाना चाहिए।'

मंत्रालय के बहुत से जादूगर अब मैदान में आकर मोहिनियों और स्वर्णनर्तकों को अलग-अलग करने की कोशिश कर रहे थे, लेकिन उन्हें कोई ख़ास सफलता नहीं मिली। इस बीच ऊपर तो इससे भी ज़्यादा घमासान युद्ध हो रहा था। हैरी अपनी दूरबीन से इधर-उधर देखता रहा, क्योंकि तूफ़ान गोली की रफ़्तार से इस हाथ से उस हाथ में जा रही थी -

'लेव्स्की - दिमित्रोव - मोरान - ट्रॉय - मुलेट - इवानोवा - एक बार फिर मोरान - *और मोरान ने गोल कर दिया!'*

लेकिन आयरलैंड के समर्थकों की हर्षध्वनि मोहिनियों की चीख़ों, मंत्रालय के सदस्यों की छड़ियों से निकलते धमाकों और बल्गारिया के दर्शकों की ग़ुस्से भरी चिल्लाहटों के बीच में दब गई। खेल तत्काल दोबारा शुरू हो गया। अब लेव्स्की के हाथ में तूफ़ान थी, अब दिमित्रोव –

आयरलैंड के मारक क्विगली ने पहलवान को पूरी ताक़त से क्रम की तरफ़ मारा, जो समय पर झुक नहीं पाया। पहलवान तेज़ी से सीधे उसके चेहरे पर जाकर लगा।

दर्शकों की आह निकल गई। ऐसा लग रहा था, जैसे क्रम की नाक टूट गई हो। हवा में चारों तरफ़ ख़ून उड़ रहा था, लेकिन हसन मुस्तफ़ा ने सीटी नहीं बजाई। उनका ध्यान भटक गया था और हैरी उन्हें दोष नहीं दे सकता था, क्योंकि एक मोहिनी ने हसन मुस्तफ़ा की तरफ़ अंगारे फेंककर उनकी झाड़ू की पूँछ में आग लगा दी थी।

हैरी चाहता था कि किसी को तो क्रम के घायल होने का एहसास हो जाए। हालाँकि वह आयरलैंड का समर्थन कर रहा था, लेकिन क्रम यक़ीनन मैच में खेलने वाला सबसे अच्छा खिलाड़ी था। निश्चित रूप से रॉन भी यही सोच रहा था।

'टाइम आउट लो! आह, वह इस तरह नहीं खेल सकता, ज़रा उसकी हालत तो देखो –'

तभी हैरी चिल्लाया, *'लिंच की तरफ़ देखो!'*

आयरलैंड का खोजी लिंच अचानक गोता लगा रहा था और हैरी को पूरा यक़ीन था कि यह छलावा नहीं है। इस बार उसे सचमुच सुनहरी गेंद दिख गई थी ...

हैरी चिल्लाया, 'उसने सुनहरी गेंद देख ली है! उसने गेंद देख ली है! देखो तो, वह कितनी तेज़ी से नीचे आ रहा है!'

ऐसा लगता था, जैसे आधे दर्शकों को समझ में आ गया था कि क्या हो रहा था। आयरलैंड के समर्थक हरी लहर में उठकर अपने खोजी लिंच का हौसला बढ़ा रहे थे ... लेकिन क्रम भी उसके ठीक पीछे आ चुका था। हैरी को यह समझ में नहीं आया कि क्रम को दिखाई कैसे दे रहा होगा, क्योंकि अब भी उसकी नाक से ख़ून की फुहारें निकल रही थीं। क्रम अब लिंच की बराबरी पर आ रहा था। वे दोनों एक बार फिर धड़धड़ाते हुए ज़मीन की तरफ़ आ रहे थे –

'वे टकराने वाले हैं!' हर्माइनी चीख़ी।

रॉन गरजा, 'वे नहीं टकराएँगे!'

'लिंच टकराने वाला है!' हैरी चीख़ा।

उसका अंदाज़ा सही था – लिंच दूसरी बार ज़मीन से टकराया। इस बार वह बहुत तेज़ी से टकराया था। ग़ुस्सैल मोहिनियों की भीड़ ने तत्काल उसे अपने पैरों तले कुचल दिया।

चार्ली ने चिल्लाकर पूछा, 'सुनहरी गेंद, सुनहरी गेंद कहाँ है ?'

हैरी चिल्लाया, 'क्रम ने उसे पकड़ लिया है – क्रम ने उसे पकड़ लिया है – खेल ख़त्म हो गया!'

क्रम का लाल दुशाला उसकी नाक से बहते ख़ून में लथपथ हो चुका था। अब वह आसमान में धीरे-धीरे ऊपर उड़ रहा था और उसकी मुट्ठी में सुनहरी गेंद चमक रही थी।

स्कोरबोर्ड पर उभर आया, **बल्गारिया : 160, आयरलैंड – 170।** दर्शकों को पहले तो यह समझ में ही नहीं आया कि क्या हुआ था। जैसे कोई बड़ा जम्बो जेट आवाज़ करता हुआ शुरू होता है, उसी तरह आयरलैंड के समर्थकों की ख़ुशी से भरी आवाज़ें तेज़ होने लगीं और कोलाहल में बदल गईं।

'आयरलैंड की टीम जीत गई!' बैगमैन चिल्लाए। मैच के अचानक ख़त्म हो जाने से वे भी आयरलैंड के समर्थकों जितने ही हैरान दिख रहे थे। बैगमैन ने कहा, **'क्रम ने सुनहरी गेंद पकड़ ली – लेकिन आयरलैंड की टीम जीत गई** – हे भगवान, मुझे नहीं लगता कि हममें से किसी को भी ऐसा होने की उम्मीद होगी!'

'उसने सुनहरी गेंद क्यों पकड़ी ?' रॉन गरजा, हालाँकि वह ख़ुशी से उछल रहा था और अपने सिर के ऊपर हाथ उठाकर तालियाँ बजा रहा था। 'उसने सुनहरी गेंद तब पकड़ी, जब आयरलैंड की टीम एक सौ साठ पॉइंट आगे थी, मूर्ख कहीं का!'

'वह जानता था कि बल्गारिया की टीम कभी बराबरी नहीं कर पाएगी,' हैरी ने तालियाँ बजाते हुए और शोर-शराबे के बीच चिल्लाते हुए कहा। 'आयरलैंड के धावक बेहतरीन थे ... क्रम खेल को अपनी शर्तों पर ख़त्म करना चाहता था, बस इतनी सी बात थी ...'

'वह बहुत बहादुर है, है ना ?' हर्माइनी ने आगे झुककर देखा कि क्रम ज़मीन पर उतर रहा था और बहुत से चिकित्सक-जादूगर लड़ रहे स्वर्णनर्तकों और मोहिनियों के बीच से उसके पास पहुँचने का रास्ता बना रहे थे। 'उसकी हालत बहुत ख़राब दिख रही है ...'

हैरी ने एक बार फिर दूरबीन आँखों पर लगा ली। नीचे क्या हो रहा था,

यह देखना मुश्किल था, क्योंकि स्वर्णनर्तक ख़ुशी का इज़हार करते हुए पूरी पिच के ऊपर उड़ रहे थे। बहरहाल, उसे किसी तरह क्रम दिख गया, जो चिकित्सक-जादूगरों से घिरा हुआ था। वह पहले से भी ज़्यादा चिड़चिड़ा दिख रहा था। उसने उन्हें अपना इलाज नहीं करने दिया। उसकी टीम के साथी भी उसके चारों तरफ़ थे, जो अपने सिर हिला रहे थे और निराश दिख रहे थे। कुछ ही दूरी पर आयरलैंड के खिलाड़ी अपने शुभंकर से होती सोने के सिक्कों की बारिश में ख़ुशी से नाच रहे थे। पूरे स्टेडियम में झंडे लहरा रहे थे और आयरलैंड का राष्ट्रगान बज रहा था। मोहिनियाँ अब अपने सुंदर रूप में लौट रही थीं, हालाँकि वे काफ़ी निराश दिख रही थीं।

'लेकिन हम बहादुरी से लड़े,' हैरी को पीछे से एक उदास आवाज़ सुनाई दी। हैरी ने चारों तरफ़ देखा। यह बात बल्गारिया के जादू मंत्री ने कही थी।

फ़ज बहुत ग़ुस्से में बोले, 'तो आप अँग्रेजी बोल सकते हैं! फिर आपने मुझे पूरे दिन हाथ घुमा-घुमाकर संकेतों में अपनी बात समझाने के लिए मजबूर क्यों किया!'

बल्गारिया के मंत्री ने जवाब दिया, 'आपके संकेत देखने में बड़ा मज़ा आया।'

बैगमैन ने तेज़ आवाज़ में कहा, 'आयरलैंड की टीम अपने शुभंकर के साथ स्टेडियम का चक्कर लगा रही है। और क्विडिच कप टॉप बॉक्स में आ रहा है!'

अचानक तेज़ सफ़ेद रोशनी हुई और हैरी की आँखें चौंधिया गईं। टॉप बॉक्स जादू से चमकने लगा था, ताकि स्टेडियम में बैठा हर दर्शक देख सके कि टॉप बॉक्स में क्या हो रहा है। हैरी ने देखा कि दो हाँफते हुए जादूगर सोने का एक बड़ा कप बॉक्स में ला रहे थे। उन्होंने वह कप कॉर्नेलियस फ़ज को दे दिया, जो अब भी इस बात पर झुँझला रहे थे कि उन्होंने पूरे दिन सांकेतिक भाषा का ख़ामख़्वाह इस्तेमाल किया।

बैगमैन ने दर्शकों से चिल्लाकर कहा, 'बहादुरी से मुक़ाबला करके हारने वाली बल्गारिया की टीम का तालियों से स्वागत करें!'

बल्गारिया के हारे हुए सातों खिलाड़ी सीढ़ियाँ चढ़कर बॉक्स में आने लगे। नीचे दर्शकों की भीड़ तालियाँ बजा रही थी। हज़ारों सर्वदर्शक दूरबीनें उन्हीं की दिशा में देख रही थीं।

बल्गारिया के खिलाड़ी एक-एक करके बॉक्स की क़तारों के बीच से होते हुए ऊपर आए। जब उन्होंने अपने मंत्री और फ़ज से हाथ मिलाए, तो बैगमैन ने उन सबका नाम लिया। क्रम सबसे आख़िर में आया। उसकी हालत

बहुत ख़राब दिख रही थी। उसके ख़ून-खच्चर चेहरे के बीच में दो काली आँखें चमक रही थीं। सुनहरी गेंद अब भी उसके हाथ में थी। हैरी ने देखा कि वह आसमान में उड़ते समय जितना शानदार दिखता था, ज़मीन पर चलते समय उतना अच्छा नहीं दिख रहा था। वह पंजे उठाकर चलता था और उसके कंधे झुके हुए थे। लेकिन जब क्रम का नाम पुकारा गया, तो पूरे स्टेडियम में कानफोड़ू हर्षध्वनि हुई।

और फिर आयरलैंड की टीम के खिलाड़ी आए। मोरान और कोनोली एडन लिंच को सहारा दे रहे थे। ज़मीन पर दूसरी बार गिरने से उसका सिर चकरा गया था और उसकी आँखें अजीब तरीक़े से गोल-गोल घूम रही थीं। लेकिन वह ख़ुशी से मुस्कराया, जब ट्रॉय और क्विग्ली ने कप को हवा में उठाया और दर्शकों ने ज़ोरदार तालियाँ बजाईं। हैरी के हाथ तालियाँ बजाते-बजाते सुन्न पड़ गए।

फिर आयरलैंड की टीम बॉक्स से निकलकर अपनी झाड़ुओं पर सवार होकर स्टेडियम का आख़िरी चक्कर लगाने गई। एडन लिंच कोनोली की पीठ पर सवार था। उसने कोनोली की कमर कसकर पकड़ रखी थी और थोड़े अजीब ढंग से मुस्करा रहा था। बैगमैन अपनी छड़ी अपने गले की तरफ़ करते हुए बुदबुदाए, *'शांति।'*

फिर उन्होंने भर्राई आवाज़ में कहा, 'लोग इस मैच के बारे में बरसों तक चर्चा करते रहेंगे। कितना अप्रत्याशित मोड़ आया ... कितने अफ़सोस की बात है कि मैच इतनी जल्दी ख़त्म हो गया ... हाँ ... हाँ .... मुझे तुम लोगों को कितने पैसे देने हैं ?'

फ़्रेड और जॉर्ज अपनी सीट से उठकर लूडो बैगमैन के सामने पहुँच गए थे और मुस्कराते हुए उनके सामने हाथ फैला रहे थे।

अध्याय नौ

मौत का निशान

बैंगनी गलीचे वाली सीढ़ियों से धीरे-धीरे नीचे उतरते समय मिस्टर वीज़्ली ने फ्रेड और जॉर्ज से कहा, 'अपनी मम्मी को यह *मत* बताना कि तुमने जुए में पैसे जीते हैं।'

फ्रेड ने ख़ुशी से कहा, 'आप बिलकुल चिंता न करें, डैडी। हमने इस पैसे को लेकर बड़ी-बड़ी योजनाएँ बनाई हैं और हम नहीं चाहेंगे कि मम्मी इसे ज़ब्त कर लें।'

एक पल के लिए तो ऐसा लगा, जैसे मिस्टर वीज़्ली यह पूछने वाले हों कि उनकी बड़ी-बड़ी योजनाएँ क्या थीं, लेकिन कुछ सोचने के बाद उन्होंने फ़ैसला किया कि इस बारे में न जानना ही ज़्यादा अच्छा है।

जल्दी ही वे दर्शकों के हुजूम में पहुँच गए, जो स्टेडियम से बाहर निकलकर अपने-अपने कैंप की तरफ़ जा रहे थे। जब वे लालटेनों से रोशन रास्ते पर लौट रहे थे, तो उन्हें रात की हवा में ज़ोर-ज़ोर से गाने की आवाज़ें सुनाई दीं। ऊपर आसमान में स्वर्णनर्तक ख़ुशी से चिल्लाते हुए उड़ रहे थे और अपनी लालटेनें लहरा रहे थे। जब आख़िरकार वे अपने तंबू में पहुँच गए, तो किसी का भी सोने का मन नहीं था, क्योंकि चारों तरफ़ काफ़ी शोर हो रहा था। मिस्टर वीज़्ली ने सोने से पहले एक-एक कप कोको पीने का बच्चों का प्रस्ताव मान लिया। फिर वे सभी लोग ख़ुशी-ख़ुशी मैच के बारे में बातें करने लगे। मिस्टर वीज़्ली मैच में हुई मारधाड़ के बारे में चार्ली से बहस करने लगे। बातों का सिलसिला काफ़ी देर तक चलता रहा। जब जिनी का सिर छोटी सी टेबल पर लुढ़क गया और इस वजह से फ़र्श पर गर्म चॉकलेट फैल गई, तब जाकर मिस्टर वीज़्ली ने सबको चुप कराया और सोने जाने को कहा। हर्माइनी और जिनी पास वाले तंबू में चली गईं। हैरी और वीज़्ली परिवार के बाक़ी सदस्य

पायजामा पहनकर ट्रेन के स्लीपर की तरह एक के ऊपर एक बने पलंगों पर चढ़ गए। कैंप की दूसरी तरफ़ से उन्हें अब भी गाने की आवाज़ें और बीच-बीच में पटाख़ों के धमाके भी सुनाई दे रहे थे।

'ओह, मुझे ख़ुशी है कि आज मैं ड्यूटी पर नहीं हूँ,' मिस्टर वीज़्ली उनींदे स्वर में बुदबुदाए। 'मुझे आयरलैंड वालों से यह कहना अच्छा नहीं लगता कि उन्हें जश्न मनाना बंद कर देना चाहिए।'

हैरी रॉन से ऊपर वाले पलंग पर था। वह लेटे-लेटे तंबू की छत को घूरकर देखता रहा। बीच-बीच में उसे ऊपर उड़ने वाले किसी स्वर्णनर्तक की चमक भी दिख जाती थी। वह क्रम के शानदार दाँवों को याद करता रहा। वह बहुत उतावला हो रहा था कि वह भी अपनी फ़ायरबोल्ट पर चढ़कर *छद्म छलावा* को आज़माकर देखे ... ऑलिवर वुड हिलते रेखाचित्र दिखाकर हैरी को कभी यह समझा नहीं पाया था कि *छद्म छलावा* कैसा होता है ... हैरी ने कल्पना की कि उसके दुशाले की पीठ पर उसका नाम लिखा था, एक लाख लोगों की भीड़ तालियाँ बजा रही थी और लूडो बैगमैन की आवाज़ पूरे स्टेडियम में गूँज रही थी, 'ये रहे ... *हैरी पॉटर!*'

हैरी को पता नहीं था कि उसे नींद आई भी थी या नहीं – हो सकता था कि क्रम की तरह झाड़ू पर उड़ने की उसकी कल्पना सपनों में भी चली गई हो – वह तो बस इतना जानता था कि अचानक मिस्टर वीज़्ली उसके पास आकर चिल्लाने लगे थे।

'जल्दी उठो! रॉन – हैरी – जल्दी करो, उठो, कोई गंभीर घटना हो गई है!'

हैरी झटके से उठा, जिस वजह से उसका सिर तंबू की छत से टकरा गया।

उसने पूछा, 'क्या हुआ ?'

उसे हल्का सा आभास हो गया था कि कहीं कोई गड़बड़ हो गई है। कैंपसाइट की आवाज़ें बदल गई थीं। अब गानों के बजाय लोगों के चीख़ने और भागने की आवाज़ें सुनाई दे रही थीं।

वह पलंग से नीचे उतरकर अपने कपड़ों की तरफ़ हाथ बढ़ाने लगा, लेकिन मिस्टर वीज़्ली ने अपने पायजामे के ऊपर जीन्स पहनते हुए कहा, 'कपड़े पहनने का समय नहीं है, हैरी – बस अपनी जैकेट उठाकर बाहर चलो – जल्दी!'

हैरी उनके कहे अनुसार फटाफट तंबू से बाहर निकल गया। रॉन उसके ठीक पीछे था।

कुछ जगहों पर आग अब भी जल रही थी। उस आग की रोशनी में हैरी ने लोगों को जंगल की तरफ़ भागते हुए देखा। वे लोग उस चीज़ से दूर

भाग रहे थे, जो मैदान को पार करती हुई उनकी तरफ़ आ रही थी। उस चीज़ से अजीब सी रोशनी निकल रही थी और गोलियाँ चलने जैसे धमाके हो रहे थे। तेज़ ठहाकों और शराब के नशे में मदमस्त होकर चिल्लाने की आवाज़ें सुनाई दे रही थीं। फिर तेज़ हरी रोशनी का धमाका हुआ, जिससे पूरा दृश्य साफ़ दिखने लगा।

जादूगरों का एक समूह अपनी छड़ियाँ ऊपर उठाकर मैदान में धीरे-धीरे चल रहा था। हैरी ने उन्हें घूरकर देखा ... ऐसा लग रहा था, जैसे उनके चेहरे ही नहीं थे ... फिर उसे एहसास हुआ कि उनके सिर और चेहरों पर नक़ाब थे। नक़ाबपोश जादूगरों के ऊपर आसमान में चार आकृतियाँ दिख रही थीं, जो जादूगरों की छड़ियों के इशारे पर हवा में ऊपर-नीचे हो रही थीं। ऐसा लग रहा था, जैसे नक़ाबपोश जादूगर अदृश्य धागों से कठपुतलियों को नचा रहे हों। आसमान में उछलती दो आकृतियाँ बहुत छोटी थीं।

इस समूह में धीरे-धीरे और जादूगर शामिल होने लगे। वे भी हवा में उड़ते लोगों की तरफ़ देखकर हँसने और इशारा करने लगे। जब इस समूह की संख्या बढ़ गई, तो यह तंबू उखाड़ने लगा। हैरी ने देखा कि एक-दो बार समूह के किसी जादूगर ने मंत्र पढ़कर अपनी छड़ी से किसी तंबू को तहस-नहस कर दिया। कई तंबुओं में आग लगा दी गई। लोगों की चीख़ें और तेज़ हो गईं।

जब आसमान में उड़ रहे लोग एक जलते हुए तंबू के ऊपर से गुज़रे, तब जाकर हैरी को दिखा कि उनमें से एक कैंपसाइट के मैनेजर मिस्टर रॉबर्ट्स थे। बाक़ी तीनों में एक उनकी पत्नी और दो उनके बच्चे लग रहे थे। एक जादूगर ने मिसेज़ रॉबर्ट्स को अपनी छड़ी से हवा में उलटा लटका दिया। अब उनके पैर ऊपर और सिर नीचे हो गया। इससे उनका नाइट गाउन नीचे फिसल गया और उनकी अंदरूनी पोशाक दिखने लगी। मिसेज़ रॉबर्ट्स ने अपने पैरों को ढँकने की कोशिश की, जिसे देखकर नीचे खड़ी भीड़ सीटी बजाने और किलकारी भरने लगी।

रॉन ने देखा कि सबसे छोटा मगलू बच्चा ज़मीन से साठ फ़ुट ऊपर किसी भौंरे की तरह तेज़ी से घूम रहा था और उसका सिर हिचकोले खा रहा था। रॉन बोला, 'बहुत घटिया काम है ... सचमुच बहुत ही घटिया ...'

हर्माइनी और जिनी जल्दी से उनके पास आ गईं। वे अपनी नाइट ड्रेस पर कोट पहन रही थीं। मिस्टर वीज़्ली उनके ठीक पीछे थे। उसी समय बिल, चार्ली और पर्सी लड़कों के तंबू से बाहर निकले। वे पूरे कपड़े पहनकर आए थे। उन्होंने अपनी आस्तीनें चढ़ा रखी थीं तथा अपनी छड़ियाँ बाहर निकाल रखी थीं।

मिस्टर वीज़्ली ने भी अपनी आस्तीनें चढ़ाईं और चिल्लाकर बोले, 'हम

लोग मंत्रालय की मदद करने चलते हैं। बच्चो, तुम लोग उस जंगल में जाकर छिप जाओ और *एक साथ रहना।* इस मामले को सुलझाने के बाद मैं तुम्हें लेने आ जाऊँगा!'

बिल, चार्ली और पर्सी हुड़दंग करने वाले जादूगरों की तरफ़ पहले ही चल दिए थे। मिस्टर वीज़्ली उनके पीछे भागे। मंत्रालय के जादूगर हर दिशा से उसी तरफ़ आ रहे थे। रॉबर्ट्स परिवार के नीचे की भीड़ अब क़रीब आती जा रही थी।

'चलो,' फ्रेड जिनी का हाथ पकड़कर उसे जंगल की तरफ़ खींचने लगा। हैरी, रॉन, हर्माइनी और जॉर्ज भी उनके पीछे-पीछे चल दिए। पेड़ों के पास पहुँचकर उन्होंने पीछे मुड़कर देखा। रॉबर्ट्स परिवार के नीचे जमा भीड़ अब और बढ़ गई थी। मंत्रालय के जादूगर भीड़ के बीच में खड़े नक़ाबपोश जादूगरों तक पहुँचने की कोशिश कर रहे थे, लेकिन उन्हें ऐसा करने में बहुत मुश्किल आ रही थी। शायद वे मंत्र पढ़ने से इसलिए घबरा रहे थे, ताकि कहीं रॉबर्ट्स परिवार गिर न जाए।

स्टेडियम तक जाने वाले रास्ते को रोशन करने वाली रंगीन लालटेनें अब बुझ चुकी थीं। लड़खड़ाती और टकराती हुई स्याह आकृतियाँ पेड़ों के बीच से भाग रही थीं; बच्चे रो रहे थे; लोग तनाव में चीख़ रहे थे और दहशत भरी आवाज़ें रात की ठंडी हवा में चारों तरफ़ गूँज रही थीं। हैरी को महसूस हुआ कि अनजान लोग उसे इधर-उधर धकेल रहे थे, लेकिन वह उनके चेहरे नहीं देख सकता था। फिर उसे रॉन की दर्द भरी चीख़ सुनाई दी।

'क्या हुआ?' हर्माइनी ने चिंता से पूछा और अचानक रुक गई, जिस वजह से हैरी उससे टकरा गया। 'रॉन, तुम कहाँ हो? ओह, यह तो मूर्खतापूर्ण है – *प्रकाशित भव!'*

वह अपनी छड़ी की रोशनी में रास्ते पर इधर-उधर देखने लगी। रॉन ज़मीन पर पड़ा हुआ था।

'पेड़ की जड़ में उलझकर गिर गया था,' उसने ग़ुस्से से कहा और उठकर खड़ा हो गया।

पीछे से एक व्यंग्य भरी आवाज़ आई, 'इतने बड़े पैर होंगे, तो और क्या होगा?'

हैरी, रॉन और हर्माइनी तेज़ी से मुड़े। ड्रेको मैल्फ़ॉय उनके पास अकेला ही खड़ा था। वह एक पेड़ से टिका हुआ था और बड़ी आरामदेह स्थिति में दिख रहा था। वह हाथ बाँधकर खड़ा था और पेड़ों के बीच की खुली जगह से कैंपसाइट के हंगामे को देख रहा था।

रॉन ने मैल्फ़ॉय को एक गाली दी। हैरी जानता था कि रॉन मिसेज़ वीज़्ली के सामने मैल्फ़ॉय को ऐसी गाली देने की हिम्मत नहीं कर सकता था।

'अपनी भाषा पर ध्यान दो, वीज़्ली,' मैल्फ़ॉय ने कहा और उसकी पीली आँखें चमकने लगीं। 'देखो, बेहतर यही होगा कि तुम लोग यहाँ से फ़ौरन भाग जाओ। इसी में तुम्हारी भलाई है! तुम यह तो नहीं चाहोगे कि वे लोग *इस मगलू को* देख लें?'

उसने हर्माइनी की तरफ़ इशारा किया। उसी समय कैंपसाइट की तरफ़ से बम फटने जैसी आवाज़ आई और हरी रोशनी की तेज़ लपट उनके चारों तरफ़ के पेड़ों से टकराई।

हर्माइनी ने आवेश में पूछा, 'तुम्हारी बात का क्या मतलब है?'

'ग्रेंजर, वे *मगलुओं* के पीछे पड़े हैं,' मैल्फ़ॉय ने कहा। 'क्या तुम भी हवा में लटककर अपनी नेकर दिखाना चाहती हो? अगर तुम ऐसा चाहती हो, तो यहीं रुकी रहो ... वे लोग इसी तरफ़ आ रहे हैं और तुम्हारी नेकर देखकर हम सबको बड़ा मज़ा आएगा।'

हैरी ने गुर्राते हुए कहा, 'हर्माइनी जादूगरनी है।'

मैल्फ़ॉय ने दुष्ट अंदाज़ में मुस्कराते हुए कहा, 'पॉटर, तुम्हारे कहने से क्या होता है? अगर तुम सोचते हो कि वे किसी बदज़ात को नहीं पहचान पाएँगे, तो यहीं रुके रहो।'

'अपना गंदा मुँह बंद करो!' रॉन चिल्लाया। सभी लोग जानते थे कि **बदज़ात** बहुत बुरा शब्द होता है और इसका प्रयोग मगलू परिवार में पैदा हुए जादूगर या जादूगरनी के लिए किया जाता है।

हर्माइनी ने जल्दी से कहा, 'उसकी बातों पर ध्यान मत दो, रॉन।' जब रॉन ने मैल्फ़ॉय को सबक़ सिखाने के लिए उसकी तरफ़ क़दम बढ़ाया, तो हर्माइनी ने रॉन का हाथ पकड़कर उसे रोक दिया।

तभी पेड़ों की दूसरी तरफ़ से एक धमाका सुनाई दिया, जो पहले के धमाकों से ज़्यादा तेज़ था। आस-पास खड़े कुछ लोग चीख़ पड़े।

मैल्फ़ॉय धीरे से हँसा और अलसाए अंदाज़ में बोलने लगा, 'वे लोग कितनी जल्दी डर गए, है ना? मुझे लगता है, तुम्हारे डैडी ने तुम लोगों से छिपने के लिए कहा होगा। वैसे वे करने क्या गए हैं – मगलुओं को बचाने?'

हैरी का ग़ुस्सा अब बढ़ने लगा था। उसने मैल्फ़ॉय से कहा, '*तुम्हारे* मम्मी-डैडी कहाँ हैं? वहाँ पर नक़ाब पहनकर खड़े हैं, है ना?'

मैल्फ़ॉय ने अब भी मुस्कराते हुए हैरी की तरफ़ अपना चेहरा घुमाया।

'देखो ... पॉटर, अगर वे ऐसा कर रहे हैं, तो मैं भला तुम्हें क्यों बताऊँगा?'

'ओह, चलो भी,' हर्माइनी ने मैल्फ़ॉय को हिक़ारत भरी नज़रों से देखते हुए कहा। 'चलकर बाक़ी लोगों को खोजते हैं।'

मैल्फ़ॉय व्यंग्य से बोला, 'ग्रेंजर, अपने झबरीले बालों वाले बड़े सिर को नीचे ही रखना।'

'चलो,' हर्माइनी ने दोहराया और फिर हैरी तथा रॉन को दोबारा रास्ते पर आगे की तरफ़ खींचा।

रॉन ने ग़ुस्से से कहा, 'मैं शर्त लगाने को तैयार हूँ कि उसके डैडी उन नक़ाबपोश जादूगरों में ही होंगे!'

'अगर क़िस्मत अच्छी रही, तो मंत्रालय के जादूगर उन्हें पकड़ लेंगे!' हर्माइनी उत्साह से बोली। 'क्या पता बाक़ी लोग कहाँ चले गए?'

फ़्रेड, जॉर्ज और जिनी कहीं भी नहीं दिख रहे थे, हालाँकि रास्ते में बहुत से लोग दिखाई दे रहे थे। सभी पीछे मुड़-मुड़कर कैंपसाइट पर हो रहे हंगामे की तरफ़ दहशत से देख रहे थे।

पायजामा पहने कुछ लड़के-लड़कियाँ तेज़ी से बहस करते हुए आगे जा रहे थे। जब उन्होंने हैरी, रॉन और हर्माइनी को देखा, तो घुँघराले बालों वाली एक लड़की ने मुड़कर उनसे पूछा, *'आउ एस्ट मैडम मैक्सिम? नाउस लेवन्स परड्यू –'*

'क्या कहा?' रॉन बोला।

'ओह ...' उस लड़की ने उसकी तरफ़ पीठ घुमा ली और उनसे दूर जाते हुए कहा, 'ऑगवर्ट्स।'

हर्माइनी बुदबुदाई, 'बाबैटन्स।'

'क्या?' हैरी बोला।

'वे बाबैटन्स स्कूल के होंगे,' हर्माइनी ने कहा। 'बाबैटन्स अकैडमी ऑफ़ मैजिक ... मैंने इस स्कूल का ज़िक्र *यूरोप में जादुई शिक्षा का मूल्यांकन* पुस्तक में पढ़ा था।'

'ओह ... हाँ ... ठीक है,' हैरी बोला।

'फ़्रेड और जॉर्ज ज़्यादा दूर नहीं जा सकते,' रॉन ने भी हर्माइनी की तरह अपनी छड़ी बाहर निकालकर जला ली और रास्ते को ध्यान से देखने लगा। हैरी भी अपनी छड़ी निकालने के बारे में सोचने लगा। उसने अपनी जैकेट की जेबों में हाथ डाला, लेकिन छड़ी वहाँ नहीं थी। वहाँ उसे सिर्फ़ अपनी सर्वदर्शक दूरबीन ही मिली।

'ओह नहीं, मुझे यक़ीन नहीं हो रहा है ... मेरी छड़ी खो गई है!'

'तुम मज़ाक़ कर रहे हो ?'

रॉन और हर्माइनी ने अपनी छड़ियाँ ऊपर उठा लीं। ज़मीन पर आगे की तरफ़ रोशनी हो गई। हैरी ने उस रोशनी में चारों तरफ़ देखा, लेकिन उसे अपनी छड़ी कहीं नहीं दिखी।

रॉन बोला, 'हो सकता है, तुम्हारी छड़ी तंबू में ही रह गई हो।'

हर्माइनी ने चिंता से कहा, 'शायद भागते समय तुम्हारी जेब से गिर गई होगी।'

'हाँ,' हैरी बोला, 'हो सकता है ...'

हैरी आम तौर पर जादूगरों की दुनिया में अपनी छड़ी हमेशा अपने साथ रखता था। इस तरह के हंगामे के बीच में वह छड़ी के बिना ख़ुद को बहुत असुरक्षित महसूस कर रहा था।

तभी सरसराहट की आवाज़ सुनकर वे सभी चौंककर उछल पड़े। घरेलू जिन्न विंकी पास की झाड़ियों से बाहर निकलने के लिए जूझ रही थी। वह बड़े अजीब तरीक़े से चल रही थी और बहुत मुश्किल में दिख रही थी। ऐसा लग रहा था, जैसे कोई अदृश्य व्यक्ति उसे पीछे खींचने की कोशिश कर रहा हो।

'वहाँ पर बुरे जादूगर हैं!' वह चीख़ी, फिर आगे झुकी और दौड़ने की कोशिश करने लगी। 'लोग आसमान में – हवा में हैं! विंकी उनसे दूर जा रही है!'

फिर वह रास्ते के दूसरी तरफ़ के पेड़ों में ग़ायब हो गई। वह हाँफती जा रही थी और ख़ुद को रोकने वाली शक्ति से डटकर मुक़ाबला कर रही थी।

'उसे क्या हो गया ?' रॉन ने विंकी को जिज्ञासा से देखते हुए कहा। 'वह ठीक से भाग क्यों नहीं पा रही है ?'

'मैं शर्त लगा सकता हूँ कि उसने अपने मालिक से छिपने की इज़ाज़त नहीं ली होगी,' हैरी ने कहा। वह डॉबी के बारे में सोच रहा था। जब भी डॉबी ऐसा कोई काम करता था, जो उसके हिसाब से मैल्फ़ॉय परिवार को पसंद नहीं आता, तो हर बार अपना सिर पटकने लगता था।

'तुम जानते हो, घरेलू जिन्नों के साथ *बहुत* बुरा सलूक किया जाता है!' हर्माइनी ने ग़ुस्से से कहा। 'यह तो ग़ुलामी है! मिस्टर क्राउच ने उसे स्टेडियम में इतनी ऊपर भेज दिया, हालाँकि वे अच्छी तरह जानते थे कि विंकी ऊँची जगह पर जाने से डरती है। और उन्होंने उस पर जादू कर दिया होगा, जिससे वह तब भी नहीं भाग सकती, जब बुरे जादूगर तंबुओं को कुचल रहे हैं! कोई इस बारे में कुछ *करता* क्यों नहीं है ?'

'देखो, घरेलू जिन्न अपने हाल से ख़ुश हैं,' रॉन ने कहा। 'तुमने सुना था ना, विंकी ने मैच में क्या कहा था ... "घरेलू जिन्नों को मज़े नहीं करना चाहिए" ... विंकी को तो यही पसंद है कि उसका मालिक उस पर हुक्म चलाए ...'

हर्माइनी ग़ुस्से से बोलने लगी, 'यह सब *तुम्हीं* जैसे लोगों के कारण है, रॉन। तुम्हीं जैसे लोग बुरे और अन्यायपूर्ण सिस्टम लागू करते हैं, सिर्फ़ इसलिए क्योंकि वे बहुत आलसी हैं और -'

तभी एक और तेज़ धमाका जंगल के कोने से गूँजा।

रॉन बोला, 'चलो, जल्दी से आगे चलते हैं।' वह परेशान होकर हर्माइनी की तरफ़ देख रहा था। शायद मैल्फ़ॉय की बात में सच्चाई थी। शायद हर्माइनी उनसे ज़्यादा ख़तरे में *थी*। वे दोबारा चलने लगे। हैरी अब भी अपनी जेबों को टटोल रहा था, हालाँकि वह जानता था कि उसकी छड़ी वहाँ नहीं थी।

वे अँधेरे रास्ते पर चलते-चलते जंगल की गहराई में पहुँच गए। वे फ्रेड, जॉर्ज और जिनी को ढूँढ़ रहे थे। रास्ते में उन्हें पिशाचों का एक समूह दिखा, जो सोने के सिक्कों के थैले के पास खड़े होकर हँस रहा था। निश्चित रूप से उन्होंने मैच के बारे में शर्त लगाकर ये सिक्के जीते होंगे। पिशाच कैंपसाइट पर हो रहे हंगामे से ज़रा भी चिंतित या परेशान नहीं दिख रहे थे। रास्ते पर आगे चलते समय हैरी, रॉन और हर्माइनी को एक जगह पर हल्की दूधिया रोशनी दिखी। पेड़ों के बीच से देखने पर उन्हें वहाँ तीन लंबी और सुंदर मोहिनियाँ दिखीं, जो खुली जगह में खड़ी थीं। कुछ युवा जादूगर उन्हें घेरे हुए थे और ज़ोर-ज़ोर से बोल रहे थे।

उनमें से एक चिल्ला रहा था, 'मैं हर साल सोने के सौ बोरे सिक्के कमाता हूँ। मैं ख़तरनाक प्राणी ख़ात्मा समिति में हूँ और ड्रैगनों को मारता हूँ।'

तभी उसके दोस्त ने उसकी बात काटते हुए कहा, 'नहीं, यह सच नहीं है। तुम तो *रिसती कड़ाही* में बर्तन धोते हो ... लेकिन मैं ख़ून पीने वाले पिशाचों को मारता हूँ। मैं अब तक ख़ून पीने वाले नब्बे पिशाचों को मार चुका हूँ -'

वहाँ पर एक तीसरा युवा जादूगर भी खड़ा था, जिसके मुँहासे मोहिनियों की हल्की दूधिया रोशनी में भी साफ़ दिख रहे थे। वह बोला, 'मैं इस देश का सबसे युवा जादू मंत्री बनने वाला हूँ।'

हैरी ज़ोर से हँस दिया। वह मुँहासों वाले जादूगर को पहचान गया था। उसका नाम स्टैन शनपाइक था और वह दरअसल तीन मंज़िला नाइट बस का कंडक्टर था।

वह यह बात रॉन को बताने के लिए उसकी तरफ़ मुड़ा, लेकिन रॉन का चेहरा बहुत अजीब सा दिख रहा था। अगले ही पल रॉन चिल्लाने लगा, 'क्या

मैंने तुम्हें बताया है कि मैंने एक ऐसी जादुई छड़ी का आविष्कार किया है, जो बृहस्पति तक पहुँच जाएगी ?'

'सचमुच!' हर्माइनी ने कहा। फिर हर्माइनी और हैरी ने रॉन का एक-एक हाथ पकड़कर उसे खींचा और दूर ले गए। जब तक मोहिनियों और उनके प्रशंसकों की आवाज़ें पूरी तरह दूर हुईं, तब तक वे जंगल के बीच में पहुँच चुके थे। यहाँ काफ़ी सूनापन और शांति थी।

हैरी ने चारों तरफ़ देखते हुए कहा, 'हमें यहीं इंतज़ार करना चाहिए। यहाँ हमें एक मील दूर से भी किसी के आने की आवाज़ सुनाई दे जाएगी।'

अभी ये शब्द उसके मुँह से निकले ही थे कि तभी लूडो बैगमैन उनके सामने वाले पेड़ के पीछे से प्रकट हो गए।

दो छड़ियों की हल्की सी रोशनी में भी हैरी को दिख गया कि बैगमैन का हुलिया काफ़ी बदल चुका था। अब उनका चेहरा उत्साहपूर्ण और गुलाबी नहीं दिख रहा था। उनके क़दमों की लचक भी अब जा चुकी थी। उनका चेहरा बहुत सफ़ेद और तनावग्रस्त दिख रहा था।

'कौन है ?' बैगमैन ने जल्दी-जल्दी आँखें मिचकाकर उनके चेहरे देखने की कोशिश करते हुए पूछा। 'तुम लोग यहाँ पर एकदम अकेले क्या कर रहे हो ?'

उन सभी ने हैरानी से एक-दूसरे की तरफ़ देखा।

रॉन ने कहा, 'देखिए - वहाँ पर हुड़दंग हो रहा है।'

बैगमैन ने उन्हें घूरकर देखा और पूछा, 'क्या ?'

'कैंपसाइट पर ... कुछ जादूगर एक मगलू परिवार को आसमान में उड़ा रहे हैं ...'

बैगमैन ग़ुस्से से बोले, 'उनका बेड़ा गर्क हो!' वे बहुत विचलित दिखने लगे और आगे कुछ कहे बिना हल्की सी *खट्ट* के साथ अंतर्ध्यान हो गए।

हर्माइनी ने त्योरियाँ चढ़ाते हुए कहा, 'मिस्टर बैगमैन स्थिति को क़ाबू में नहीं कर सकते।'

'वैसे क्विडिच में वे बहुत बढ़िया मारक थे,' रॉन ने कहा, जो रास्ते से हटकर एक पेड़ के नीचे सूखी घास पर बैठ गया। 'जब वे विमबोर्न वैस्प्स टीम में थे, तो उनकी टीम ने लगातार तीन बार लीग कप जीता था।'

उसने अपनी जेब से क्रम की छोटी आकृति बाहर निकाली और ज़मीन पर रख दी। वह कुछ समय तक उसे चारों तरफ़ चलते हुए देखता रहा। असली क्रम की तरह ही इस मॉडल के भी पंजे थोड़े उठे हुए और कंधे झुके हुए थे। वह भी अपनी झाड़ू के बजाय ज़मीन पर चलते समय कम प्रभावशाली दिख रहा

था। हैरी कैंपसाइट की तरफ़ से आने वाले शोर पर कान लगाए हुए था। अब सब कुछ शांत लग रहा था। शायद हुड़दंग ख़त्म हो गया था।

कुछ देर बाद हर्माइनी बोली, 'मुझे उम्मीद है कि बाक़ी लोग सही-सलामत होंगे!'

रॉन ने उसे तसल्ली देते हुए कहा, 'वे लोग बिलकुल ठीक-ठाक होंगे!'

'रॉन, ज़रा सोचो तो सही, अगर तुम्हारे डैडी लूसियस मैल्फ़ॉय को पकड़ लें, तो कितना मज़ा आएगा?' हैरी ने रॉन की बग़ल में बैठकर क्रम की छोटी आकृति को गिरी हुई पत्तियों पर चलते हुए देखा। 'वे हमेशा कहा करते हैं कि वे लूसियस मैल्फ़ॉय को रंगे हाथों पकड़ना चाहते हैं।'

रॉन बोला, 'इसके बाद ड्रेको के चेहरे की व्यंग्यात्मक मुस्कान हमेशा के लिए ग़ायब हो जाएगी।'

'बेचारे मगलू,' हर्माइनी ने घबराते हुए कहा। 'अगर मंत्रालय के जादूगर उन्हें नीचे नहीं उतार पाए, तो क्या होगा?'

'वे ज़रूर उतार लेंगे,' रॉन ने सांत्वना देते हुए कहा, 'वे कोई न कोई रास्ता निकाल ही लेंगे।'

हर्माइनी बोली, 'नक़ाबपोश जादूगर पागल हो गए हैं क्या? वे आज रात को ऐसी हरकत कर रहे हैं, जबकि पूरा जादू मंत्रालय यहाँ पर मौजूद है! मेरा मतलब है, वे यह कैसे सोच सकते हैं कि उनके नापाक इरादे पूरे हो जाएँगे? क्या तुम्हें लगता है कि उन्होंने शराब पी रखी थी या वे सिर्फ़ –'

लेकिन अचानक उसने अपनी बात अधूरी छोड़ दी और मुड़कर पीछे देखने लगी। हैरी और रॉन ने भी तत्काल मुड़कर आस-पास देखा। आवाज़ों से ऐसा लग रहा था, जैसे कोई उनकी तरफ़ लड़खड़ाता हुआ आ रहा था। वे लोग अँधेरे में डूबे पेड़ों के पीछे किसी के क़दमों के आने की आहट सुनते रहे। फिर क़दमों की आहट अचानक रुक गई।

'कौन है?' हैरी बोला।

ख़ामोशी छा गई। हैरी खड़ा हुआ और चारों तरफ़ देखने लगा। अँधेरा इतना अधिक था कि वह ज़्यादा दूर तक नहीं देख सकता था, लेकिन उसे इस बात का एहसास हो गया कि कोई उसकी निगाह की पहुँच से बस कुछ ही दूरी पर खड़ा हुआ था।

उसने पूछा, 'वहाँ कौन है?'

और फिर, बिना किसी चेतावनी के, एक दिल दहला देने वाली आवाज़ सुनाई दी। ऐसी आवाज़ उन्होंने पहले नहीं सुनी थी। यह आवाज़ दहशत में नहीं

चीख़ रही थी; बल्कि इसने ज़ोर से चिल्लाकर एक मंत्र बोला।

'मृत्युसूचकम्!'

तत्काल अँधेरे से एक बड़ी, हरी और चमकती हुई चीज़ ऊपर उड़ने लगी। हैरी ने उसे ठीक से देखने की कोशिश की। वह चीज़ पेड़ों से भी ऊपर जाकर आसमान में पहुँच गई।

'क्या है – ?' रॉन ने हाँफते हुए कहा। वह फ़ौरन उछलकर खड़ा हो गया और उस प्रकट हुई चीज़ को घूरकर देखने लगा।

पल भर के लिए तो हैरी ने सोचा कि स्वर्णनर्तकों ने कोई नई आकृति बनाई है। लेकिन उसे फ़ौरन यह एहसास हो गया कि यह तो एक विशाल खोपड़ी थी। यह खोपड़ी पन्ने के रत्न जैसे हरे सितारों से बनी हुई नज़र आ रही थी और इसके मुँह से जीभ की जगह एक साँप बाहर निकल रहा था। उनके देखते ही देखते यह खोपड़ी उड़कर और ऊपर पहुँच गई। यह हरी धुँध में चमकती रही और काले आसमान में किसी तारामंडल की तरह स्थापित हो गई।

अचानक जंगल में चारों तरफ़ चीख़ें सुनाई देने लगीं। हैरी इसका कारण नहीं समझ पाया, हालाँकि उसे लग रहा था कि शायद खोपड़ी को देखकर ही लोग चीखे होंगे। खोपड़ी अब आसमान में इतनी ऊपर पहुँच चुकी थी कि यह किसी गंदे नियॉन साइनबोर्ड की तरह पूरे जंगल में उजाला फैला रही थी। हैरी ने अँधेरे में उस व्यक्ति की तलाश की, जिसने मंत्र पढ़कर इस खोपड़ी को उत्पन्न किया था, लेकिन उसे कोई भी नज़र नहीं आया।

उसने दोबारा पूछा, 'वहाँ कौन है ?'

'हैरी, जल्दी करो, *यहाँ से चलो!'* हर्माइनी उसकी जैकेट का पिछला हिस्सा पकड़कर उसे पीछे घसीटने लगी।

'क्या हुआ ?' हैरी ने कहा। वह यह देखकर हैरान था कि हर्माइनी का चेहरा सफ़ेद पड़ चुका था और वह दहशत में लग रही थी।

'यह मौत का निशान है, हैरी!' हर्माइनी दुख भरी आवाज़ में बोली और अपनी पूरी ताक़त से उसे पीछे घसीटने की कोशिश करने लगी। 'यह तुम-जानते-हो-कौन का निशान है!'

'वोल्डेमॉर्ट का – ?'

'हैरी, *चलो* भी!'

हैरी पलटा। रॉन ने भी जल्दी से क्रम का छोटा मॉडल उठा लिया। फिर वे तीनों ख़ाली जगह के पार चलने लगे, लेकिन वे अभी कुछ क़दम ही चल पाए थे कि तभी वहाँ पर हवा में से बीस जादूगर प्रकट हो गए और उन्होंने उन तीनों

को घेर लिया।

हैरी पलटकर घूमा और पल भर में ही उसने एक बात ताड़ ली : सभी जादूगरों ने अपनी-अपनी छड़ी बाहर निकाल रखी थी और हर छड़ी का निशाना हैरी, रॉन और हर्माइनी की तरफ़ था। बिना कुछ सोचे-समझे वह चिल्लाया, **'नीचे झुक जाओ!'** उसने बाक़ी दोनों को पकड़ा और उन्हें ज़मीन पर गिरा दिया।

'स्तब्धो!' बीस आवाज़ें गरजीं। चौंधियाने वाली लपटें निकलीं और हैरी के सिर के बाल इस तरह उड़ने लगे, जैसे तेज़ आँधी चल रही हो। अपने सिर को आधा इंच उठाकर उसने देखा कि जादूगरों की छड़ियों से निकली लाल लपटें उनके ऊपर से उड़कर पेड़ों से टकराईं और अँधेरे में उछलकर इधर-उधर चली गईं –

'ठहरो!' किसी की आवाज़ आई, जो उन तीनों को पहचान गया था। **'ठहरो!** *वह तो मेरा बेटा है!'*

हैरी के बाल उड़ना बंद हो गए थे। उसने अपने सिर को थोड़ा ऊपर उठाकर देखा। उसके सामने वाले जादूगर ने अपनी छड़ी झुका ली। हैरी ने पलटकर देखा कि मिस्टर वीज़्ली दहशत में उनकी तरफ़ आ रहे थे।

'रॉन – हैरी –' उनकी आवाज़ काँप रही थी, '– हर्माइनी – तुम लोग ठीक तो हो?'

'रास्ते से हटो, आर्थर,' एक ठंडी और रूखी आवाज़ आई।

यह आवाज़ मिस्टर क्राउच की थी। वे और मंत्रालय के बाक़ी जादूगर उनके क़रीब आ गए। हैरी उनका सामना करने के लिए उठकर खड़ा हुआ। मिस्टर क्राउच का चेहरा ग़ुस्से से तना हुआ था।

'तुममें से किसने यह काम किया है?' उन्होंने ग़ुस्से से पूछा और उनकी पैनी आँखें उन्हें टटोलने लगीं। 'तुममें से किसने मौत का निशान उत्पन्न किया है?'

'हमने इसे उत्पन्न नहीं किया!' हैरी ने खोपड़ी की तरफ़ इशारा करते हुए कहा।

'हमने कुछ भी नहीं किया!' रॉन ने अपनी कोहनी मलते हुए ग़ुस्से से अपने डैडी की तरफ़ देखते हुए कहा। 'आप लोगों ने हम पर हमला क्यों किया?'

'झूठ मत बोलो,' मिस्टर क्राउच ने चिल्लाकर कहा। उनकी छड़ी अब भी रॉन की तरफ़ ही थी और उनकी आँखें बाहर निकली पड़ रही थीं – वे थोड़े पागल दिख रहे थे। 'तुम लोग ठीक उसी जगह पर मिले हो, जहाँ अपराध हुआ है!'

'बार्टी,' लंबे ऊनी ड्रेसिंग गाउन वाली एक जादूगरनी ने धीरे से कहा, 'बार्टी, ये बच्चे हैं, ये इतना बड़ा काम नहीं कर सकते –'

मिस्टर वीज़्ली ने जल्दी से पूछा, 'तुम तीनों बताओ, यह निशान कहाँ से निकला था?'

'वहाँ से,' हर्माइनी ने काँपते हाथों से उस जगह की तरफ़ इशारा किया, जहाँ से उन्हें आवाज़ सुनाई दी थी, 'पेड़ों के पीछे कोई खड़ा था ... उसने चिल्लाकर कोई मंत्र बोला था –'

'अच्छा, वहाँ खड़ा था?' मिस्टर क्राउच ने अब अपनी बाहर निकलती आँखें हर्माइनी पर टिका दीं और उनके चेहरे पर अविश्वास साफ़ झलक रहा था। 'उसने मंत्र बोला था, है ना? लड़की, तुम्हें बहुत अच्छी तरह मालूम है कि यह निशान कैसे उत्पन्न किया जाता है –'

लेकिन मिस्टर क्राउच को छोड़कर मंत्रालय के किसी और जादूगर को शक नहीं था कि हैरी, रॉन या हर्माइनी में से किसी ने खोपड़ी को प्रकट किया होगा। इसी कारण हर्माइनी की बात सुनने के बाद उन सभी ने अपनी छड़ियाँ दोबारा उठा लीं और उसकी बताई दिशा में तान दीं। वे अँधेरे पेड़ों के बीच में देखने की कोशिश करने लगे।

'हमें बहुत देर हो चुकी है,' ऊनी ड्रेसिंग गाउन वाली जादूगरनी ने अपना सिर हिलाते हुए कहा। 'अब तक तो वह अंतर्ध्यान हो चुका होगा।'

'मुझे ऐसा नहीं लगता,' भूरी दाढ़ी वाला एक जादूगर बोला। ये एमॉस डिगोरी यानी सेडरिक के डैडी थे। 'हमारे स्तब्धीकरण मंत्र उन पेड़ों के बीच में गए थे ... इस बात की काफ़ी संभावना है कि हमारे स्तब्धीकरण मंत्रों से वह बेहोश हो गया होगा ...'

'एमॉस, ज़रा सँभलकर जाना!' कुछ जादूगरों ने चेतावनी देते हुए कहा, जब मिस्टर डिगोरी अपनी छड़ी उठाकर अँधेरे में पेड़ों की तरफ़ बढ़ने लगे। हर्माइनी मुँह पर हाथ रखकर उन्हें उधर जाते हुए देखती रही।

कुछ सेकंड बाद उन्हें मिस्टर डिगोरी के चिल्लाने की आवाज़ सुनाई दी।

'हाँ! हमें अपराधी मिल गया! यहाँ कोई है! बेहोश है! यह तो – लेकिन – ओह ...'

'तुम्हें कोई मिल गया?' मिस्टर क्राउच ने बहुत अविश्वास भरे स्वर में कहा। 'कौन है? वह कौन है?'

उन्हें शाखाओं के टूटने और पत्तियों के सरसराने की आवाज़ें सुनाई दीं। फिर क़दमों की आहट आई और मिस्टर डिगोरी पेड़ों के पीछे से बाहर निकले।

उनके हाथों में एक छोटी, बेहोश आकृति थी। हैरी ने तत्काल तौलिए जैसी पोशाक को पहचान लिया। यह विंकी थी।

जब मिस्टर डिगोरी ने मिस्टर क्राउच की घरेलू जिन्न को उनके पैरों के पास ज़मीन पर लिटा दिया, तो वे न तो हिले, न ही कुछ बोले। मंत्रालय के बाक़ी जादूगर मिस्टर क्राउच को घूर रहे थे। कुछ पल के लिए तो क्राउच स्तब्ध रह गए। उनका चेहरा सफ़ेद पड़ गया और आँखें लाल हो गईं। वे विंकी को लगातार घूरे जा रहे थे। फिर ऐसा लगा, जैसे वे दोबारा होश में आ गए।

'यह - नहीं - हो - सकता,' उन्होंने अटकते-अटकते कहा। 'नहीं -'

वे मिस्टर डिगोरी के पास से होते हुए उस तरफ़ चल दिए, जहाँ विंकी मिली थी।

'कोई फ़ायदा नहीं है, मिस्टर क्राउच,' मिस्टर डिगोरी ने पीछे से कहा। 'वहाँ और कोई नहीं है।'

लेकिन मिस्टर क्राउच उनकी बात मानने के लिए तैयार नहीं थे। सभी को मिस्टर क्राउच के चारों तरफ़ घूमकर देखने की आवाज़ें सुनाई दीं। तलाशी लेते समय जब उन्होंने झाड़ियों को हटाया, तो सभी को पत्तियों की सरसराहट भी सुनाई दी।

'उन्हें थोड़ी शर्म आ रही होगी,' मिस्टर डिगोरी ने गंभीरता से विंकी के बेहोश शरीर की तरफ़ देखते हुए कहा। 'बार्टी क्राउच की घरेलू जिन्न ... मेरी राय में तो ...'

'छोड़ो भी, एमॉस,' मिस्टर वीज़्ली ने धीरे से कहा, 'तुम कहीं यह तो नहीं सोच रहे हो कि यह काम इस घरेलू जिन्न ने किया है? मौत का निशान एक जादूगर का निशान है। इसे उत्पन्न करने के लिए छड़ी की ज़रूरत पड़ती है।'

'तुम ठीक कह रहे हो,' मिस्टर डिगोरी बोले, 'लेकिन इस घरेलू जिन्न के *पास* छड़ी थी।'

'क्या?' मिस्टर वीज़्ली ने कहा।

'यह रही, देखो,' मिस्टर डिगोरी ने एक छड़ी उठाकर मिस्टर वीज़्ली को दिखाई। 'यह उसके हाथ में थी। इसलिए उसका पहला अपराध तो यही है कि उसने जादुई छड़ी की प्रयोग संहिता के अनुच्छेद तीन को तोड़ा है। *किसी भी ग़ैर-मानवीय प्राणी को जादुई छड़ी रखने या उसका प्रयोग करने की इज़ाज़त नहीं है।'*

तभी *धम्म की आवाज़* के साथ लूडो बैगमैन मिस्टर वीज़्ली के ठीक पास प्रकट हो गए। वे थोड़े हाँफ रहे थे और विचलित दिख रहे थे। वे पन्ने के रत्न

की तरह चमकती हरी खोपड़ी को देखने लगे।

'मौत का निशान!' वे हाँफते हुए बोले और अपने सहयोगियों से पूछने के लिए मुड़ते समय विंकी पर चढ़ते-चढ़ते बचे। 'यह किसने किया? क्या तुमने उसे पकड़ लिया? बार्टी! यहाँ क्या हो रहा है?'

मिस्टर क्राउच ख़ाली हाथ लौट आए थे। उनका चेहरा अब भी किसी भूत की तरह सफ़ेद था। उनके हाथ और उनकी टूथब्रश जैसी मूँछ दोनों ही काँप रहे थे।

'तुम कहाँ गए थे, बार्टी?' बैगमैन ने पूछा। 'तुम मैच देखने क्यों नहीं आए? तुम्हारी घरेलू जिन्न ने तुम्हारे लिए जगह रोक रखी थी – ख़ुदा ख़ैर करे!' बैगमैन ने उसी समय विंकी को अपने पैरों के पास ज़मीन पर पड़ा देखा। *'इसे क्या हुआ?'*

'मैं व्यस्त था, लूडो,' मिस्टर क्राउच ने कहा, जो अब भी अटककर बोल रहे थे और उनके होंठ मुश्किल से हिल रहे थे। 'और मेरी घरेलू जिन्न को स्तब्ध कर दिया गया है।'

'स्तब्ध? तुम्हारा मतलब है, तुम लोगों ने स्तब्ध कर दिया? लेकिन क्यों –?'

अचानक बैगमैन के चमकते हुए गोल चेहरे पर ऐसा भाव आ गया, जैसे वे सब कुछ समझ गए हों। उन्होंने पहले ऊपर खोपड़ी की तरफ़, फिर नीचे विंकी की तरफ़ और फिर मिस्टर क्राउच की तरफ़ देखा।

'नहीं!' वे बोले। 'विंकी मौत के निशान को उत्पन्न कैसे करेगी? उसे इसका तरीक़ा ही नहीं मालूम होगा! सबसे पहले तो उसे जादुई छड़ी की ज़रूरत पड़ेगी!'

'लेकिन उसके पास जादुई छड़ी थी,' मिस्टर डिगोरी ने कहा। 'लूडो, मुझे उसके हाथ में जादुई छड़ी मिली थी। मिस्टर क्राउच, अगर आप उचित समझें, तो हमें यह सुन लेना चाहिए कि आपकी घरेलू जिन्न अपनी सफ़ाई में क्या कहती है!'

क्राउच ने कोई प्रतिक्रिया नहीं की। ऐसा लग रहा था जैसे उन्होंने मिस्टर डिगोरी की बात सुनी ही नहीं थी। बहरहाल, मिस्टर डिगोरी ने उनकी ख़ामोशी को सहमति मान लिया। उन्होंने अपनी छड़ी उठाकर विंकी की तरफ़ मोड़ी और बोले, *'जाग्रतो!'*

विंकी धीरे से हिली। उसकी बड़ी-बड़ी भूरी आँखें खुलीं और कई बार अटपटे ढंग से मिचमिचाईं। ख़ामोश जादूगरों की नज़रों के सामने वह झिझकते

हुए धीरे-धीरे बैठ गई। उसे मिस्टर डिगोरी के पैरों की झलक दिखी और उसने काँपते हुए धीरे से अपनी आँखें उठाकर उनका चेहरा देखा। फिर उसने उससे भी कहीं धीरे से आसमान की तरफ़ देखा। हैरी को विंकी की शीशे जैसी बड़ी-बड़ी आँखों में हवा में तैरती खोपड़ी के दो प्रतिबिंब नज़र आ रहे थे। विंकी ने एक आह भरी, चारों तरफ़ घबराकर देखा और फिर दहशत में सुबकने लगी।

'घरेलू जिन्न!' मिस्टर डिगोरी ने सख़्ती से कहा। 'क्या तुम जानती हो, मैं कौन हूँ? मैं जादुई प्राणी नियमन एवं नियंत्रण विभाग का सदस्य हूँ!'

विंकी ज़मीन पर आगे-पीछे हिलने लगी। उसकी साँसें तेज़ हो गईं। इससे हैरी को डॉबी की याद आ गई। डॉबी भी मालिक की आज्ञा की अवहेलना करते समय ऐसी ही हरकत करता था।

'घरेलू जिन्न, जैसा तुम देख सकती हो, यहाँ कुछ समय पहले मौत का निशान उत्पन्न हुआ है,' मिस्टर डिगोरी ने कहा। 'और उसके कुछ पल बाद ही तुम उसके ठीक नीचे मिली थीं! इस बारे में तुम्हें क्या कहना है!'

'मैंने - मैंने - मैंने यह नहीं किया, सर!' विंकी हाँफते हुए बोली। 'मैं नहीं जानती कि यह निशान कैसे उत्पन्न किया जाता है, सर!'

'तुम्हारे हाथ में छड़ी भी मिली थी!' मिस्टर डिगोरी ने उसके सामने छड़ी लहराते हुए तेज़ी से कहा। जैसे ही छड़ी पर आसमान में तैरती खोपड़ी की हरी रोशनी पड़ी, हैरी ने उसे पहचान लिया।

वह बोला, 'अरे - यह तो मेरी छड़ी है!'

सभी लोग उसे घूरकर देखने लगे।

मिस्टर डिगोरी ने अविश्वास से पूछा, 'क्या कहा?'

'यह तो मेरी छड़ी है!' हैरी ने कहा। 'यह मुझसे गिर गई थी!'

'तुमसे गिर गई थी?' मिस्टर डिगोरी ने अविश्वास से दोहराया। 'कहीं ऐसा तो नहीं कि यह अपराध तुम्हीं ने किया हो? शायद तुमने ही मौत का निशान उत्पन्न करने के बाद इस छड़ी को फेंक दिया होगा।'

'एमॉस, ज़रा सोचो तो सही, तुम किस पर आरोप लगा रहे हो!' मिस्टर वीज़्ली ने बहुत ग़ुस्से से कहा। 'क्या *हैरी पॉटर* मौत का निशान प्रकट करेगा?'

'अर - ज़ाहिर है नहीं,' मिस्टर डिगोरी ने बुदबुदाते हुए कहा। 'माफ़ करना ... मैं ज़रा जोश में आ गया था ...'

'वैसे यह छड़ी मुझसे वहाँ नहीं गिरी थी,' हैरी ने अपना अँगूठा खोपड़ी के नीचे के पेड़ों की तरफ़ हिलाया। 'जंगल में आते ही मुझे इसके खोने का पता

चल गया था।'

मिस्टर डिगोरी ने दोबारा विंकी की तरफ़ सख़्ती से देखा, जो उनके पैरों के पास झुकी हुई थी। फिर वे बोले, 'घरेलू जिन्न, तो यह छड़ी तुम्हें मिल गई? और तुमने इसे उठाकर एक मज़ेदार काम करने का फ़ैसला किया, है ना?'

'मैं इससे जादू नहीं कर रही थी, सर!' विंकी चीख़ी। उसकी चपटी और फूली नाक के दोनों तरफ़ आँसू बह रहे थे। 'मैंने ... मैंने ... मैंने तो बस इसे उठा लिया था, सर! मैंने मौत का निशान उत्पन्न नहीं किया सर, मैं नहीं जानती कि इसे कैसे उत्पन्न किया जाता है!'

'वह आवाज़ विंकी जैसी नहीं थी!' हर्माइनी बोली। वह मंत्रालय के इतने सारे जादूगरों के सामने बोलने में घबरा रही थी, लेकिन उसके चेहरे पर संकल्प का भाव था। 'विंकी की आवाज़ पतली और लरज़ती हुई है, जबकि मंत्र बोलने वाले की आवाज़ भारी और मोटी थी!' उसने सहारे के लिए हैरी और रॉन की तरफ़ देखा। 'वह विंकी जैसी आवाज़ नहीं थी, है ना?'

'नहीं,' हैरी ने अपना सिर हिलाते हुए कहा। 'वह निश्चित रूप से घरेलू जिन्न जैसी आवाज़ नहीं लग रही थी।'

रॉन बोला, 'हाँ, वह तो किसी जादूगर की आवाज़ थी।'

'हमें जल्दी ही पता चल जाएगा,' मिस्टर डिगोरी इस बात से प्रभावित हुए बिना बोले। 'छड़ी के आख़िरी मंत्र को जानने का एक आसान तरीक़ा है! घरेलू जिन्न, क्या तुम यह बात जानती हो?'

विंकी काँपी और उसने इंकार में अपना सिर इतनी तेज़ी से हिलाया कि उसके कान फड़फड़ाने लगे। मिस्टर डिगोरी ने अपनी छड़ी उठाकर उसकी नोक हैरी की छड़ी की नोक पर रख दी।

'पूर्व-मंत्र!' मिस्टर डिगोरी ने गरजते हुए कहा।

हैरी को हर्माइनी की दहशत भरी चीख़ सुनाई दी, जब साँप की जीभ वाली एक विशाल खोपड़ी दोनों छड़ियों के मिलने की जगह से निकली। यह आसमान में तैरती विशाल खोपड़ी की छाया थी। ऐसा लग रहा था, जैसे यह घने भूरे धुएँ से बनी थी और मंत्र की छाया थी।

'अदृश्यो!' मिस्टर डिगोरी चिल्लाए और धुएँ वाली खोपड़ी फ़ौरन ग़ायब हो गई।

'तो,' मिस्टर डिगोरी विजयी अंदाज़ में विंकी की तरफ़ देखने लगे, जो अब बुरी तरह काँपने लगी थी।

'मैंने यह नहीं किया!' वह चीख़ी और उसकी आँखें दहशत में गोल-गोल

घूमने लगीं। 'मैंने यह नहीं किया, मैंने यह नहीं किया, मुझे यह करना आता ही नहीं है! मैं एक अच्छी घरेलू जिन्न हूँ। मैं छड़ी का इस्तेमाल नहीं करती हूँ। मुझे यह करना आता ही नहीं है!'

'घरेलू जिन्न, तुम रंगे हाथों पकड़ी गई हो!' मिस्टर डिगोरी गरजे। *'जिस छड़ी से मंत्र पढ़ा गया था, वह तुम्हारे हाथ में मिली है!'*

'एमॉस,' मिस्टर वीज़्ली ने ज़ोर से कहा। 'ज़रा सोचो ... बहुत कम जादूगरों को यह मंत्र मालूम है ... तब यह घरेलू जिन्न इसे कैसे सीख सकती थी ?'

'शायद एमॉस यह कहना चाहता है,' मिस्टर क्राउच के हर शब्द में ग़ुस्सा टपक रहा था, 'कि मैं अपने नौकरों को मौत का निशान उत्पन्न करना सिखाता हूँ ?'

एक अप्रिय गहरी ख़ामोशी छा गई।

एमॉस डिगोरी दहशत में आकर बोले, 'मिस्टर क्राउच ... नहीं ... बिलकुल नहीं ...'

'आपने यहाँ मौजूद दो ऐसे लोगों पर आरोप लगाया है, जिनके उस निशान को उत्पन्न करने की *सबसे कम* संभावना है!' मिस्टर क्राउच तेज़ी से बोले। 'हैरी पॉटर – और मैं! मुझे लगता है, आप इस लड़के की कहानी जानते होंगे, एमॉस ?'

'हाँ, हाँ, क्यों नहीं – सभी लोग जानते हैं –' मिस्टर डिगोरी परेशान दिखते हुए बोले।

'और मुझे यक़ीन है कि आपको वे बहुत से सबूत भी याद होंगे, जो मैंने अपने लंबे कैरियर में दिए हैं कि मैं शैतानी शक्तियों और उनका प्रयोग करने वालों से कितनी बुरी तरह चिढ़ता और नफ़रत करता हूँ ?' मिस्टर क्राउच चिल्लाए और उनकी आँखें एक बार फिर बाहर निकलने लगीं।

'मिस्टर क्राउच, मेरे – मेरे कहने का यह मतलब नहीं था कि इससे आपका कोई संबंध है!' एमॉस डिगोरी ने कहा, जिनका चेहरा अब उनकी भूरी दाढ़ी के नीचे लाल होने लगा था।

'डिगोरी, अगर आप मेरी घरेलू जिन्न पर आरोप लगाते हैं, तो इसका मतलब यह है कि आप मुझ पर आरोप लगा रहे हैं!' मिस्टर क्राउच चिल्लाए। 'वह मौत के निशान को उत्पन्न करना और कहाँ सीखेगी ?'

'कहीं से भी –'

'बिलकुल सही कहा, एमॉस,' मिस्टर वीज़्ली बोले। *'वह यह छड़ी कहीं से भी उठा सकती थी* ... विंकी ?' उन्होंने दयालुता से घरेलू जिन्न की तरफ़ मुड़ते

हुए कहा, पर वह इस तरह काँपने लगी, जैसे वे भी उस पर चिल्ला रहे हों। 'तुम्हें हैरी की छड़ी कहाँ मिली थी?'

विंकी अपने तौलिए के कोने को इतनी ज़ोर से मरोड़ रही थी कि यह फट गया था।

'मुझे यह ... मुझे यह छड़ी वहाँ मिली थी, सर ...' उसने फुसफुसाकर कहा, 'वहाँ ... पेड़ों में, सर ...'

'देखा, एमॉस?' मिस्टर वीज़्ली ने कहा। 'जिसने भी निशान उत्पन्न किया था, वह उसके ठीक बाद अंतर्ध्यान हो गया होगा और हैरी की छड़ी वहीं छोड़ गया होगा। उसने चतुराई दिखाते हुए अपनी छड़ी का इस्तेमाल नहीं किया, क्योंकि इससे वह पकड़ में आ सकता था। और यह विंकी का दुर्भाग्य था कि उसे कुछ ही पल बाद यह छड़ी दिख गई और उसने इसे उठा लिया।'

'लेकिन, तब तो वह असली अपराधी से कुछ ही फ़ुट दूर होगी!' मिस्टर डिगोरी ने अधीरता से कहा। 'घरेलू जिन्न! क्या तुमने किसी को देखा था?'

विंकी पहले से भी बुरी तरह काँपने लगी। उसकी बड़ी-बड़ी आँखें मिस्टर डिगोरी से लूडो बैगमैन और फिर मिस्टर क्राउच की तरफ़ गईं।

फिर उसने थूक गटकते हुए कहा, 'मैंने किसी को भी नहीं देखा, सर ... किसी को भी नहीं ...'

'एमॉस,' मिस्टर क्राउच ने रूखेपन से कहा, 'मैं अच्छी तरह जानता हूँ कि सामान्य परिस्थितियों में तुम पूछताछ के लिए विंकी को अपने विभाग में ले जाते। बहरहाल, मैं तुमसे यह चाहता हूँ कि तुम यह काम मुझे करने दो।'

मिस्टर डिगोरी के चेहरे के भाव से यह लगा कि वे इस सुझाव से ख़ास ख़ुश नहीं थे, लेकिन मिस्टर क्राउच मंत्रालय के इतने महत्वपूर्ण अधिकारी थे कि मिस्टर डिगोरी उनकी बात नहीं टाल सकते थे।

मिस्टर क्राउच ने ठंडेपन से कहा, 'यक़ीन रखो, उसे सज़ा मिलेगी।'

'मा-मा-मालिक ...' विंकी अटकते हुए बोली और अपनी आँसू भरी आँखों से मिस्टर क्राउच को देखने लगी। 'मा-मा-मालिक, मे-मे-मेहरबानी करके ...'

मिस्टर क्राउच ने उसे घूरकर देखा। उनके चेहरे की लकीरें अब ज़्यादा गहरी दिखने लगीं। उनकी आँखों में दया-ममता का नामोनिशान नहीं था। 'विंकी ने आज रात को ऐसी हरकत की है, जिसके बारे में मैं सोच भी नहीं सकता,' उन्होंने धीरे से कहा। 'मैंने उससे कहा था कि वह तंबू में ही रहे। मैंने उससे कहा था कि जब तक मैं समस्या से निबटकर आऊँ, तब तक वह वहीं रहे।

लेकिन मैं देख रहा हूँ कि उसने मेरे आदेश का पालन नहीं किया। इसका मतलब है, *मुझे उसको कपड़े देने होंगे।'*

'नहीं!' विंकी चीख़ी और मिस्टर क्राउच के क़दमों पर लोटने लगी। 'नहीं, मालिक! कपड़े नहीं, कपड़े नहीं!'

हैरी जानता था कि घरेलू जिन्न को आज़ाद करने का एक ही तरीक़ा था और वह यह था कि उसका मालिक उसे कपड़े दे दे। यह देखना बहुत दुखद था कि विंकी मिस्टर क्राउच के पैरों के पास सुबक रही थी और अपने तौलिए को कसकर पकड़ रही थी।

'लेकिन वह डरी हुई थी!' हर्माइनी ने ग़ुस्से से मिस्टर क्राउच को घूरते हुए कहा। 'आपकी घरेलू जिन्न को ऊँची जगहों पर डर लगता है और नक़ाबपोश जादूगर मासूम लोगों को हवा में उछाल रहे थे! आप इस बात के लिए विंकी को दोष नहीं दे सकते कि वह वहाँ से भाग आई!'

मिस्टर क्राउच एक क़दम पीछे हटे और घरेलू जिन्न के संपर्क से ख़ुद को दूर किया। वे उसे इस तरह से घूर रहे थे, जैसे वह कोई गंदी और मैली चीज़ हो, जिसके छूने से उनके चमचमाते जूते गंदे हो जाएँगे।

'अपने मालिक का आदेश न मानने वाली घरेलू जिन्न की मेरे घर में कोई जगह नहीं है,' उन्होंने हर्माइनी की तरफ़ देखते हुए ठंडेपन से कहा। 'ऐसी घरेलू जिन्न के लिए मेरे घर में कोई जगह नहीं है, जो यह भूल जाए कि उसके मालिक के प्रति उसके क्या कर्तव्य हैं और जिसे यह भी याद न रहे कि उसे ऐसा कोई काम नहीं करना चाहिए, जिससे उसके मालिक की प्रतिष्ठा पर आँच आए।'

विंकी अब इतनी ज़ोर से रोने लगी थी कि उसकी सिसकियाँ सभी को सुनाई दे रही थीं।

बहुत बुरी ख़ामोशी छा गई। मिस्टर वीज़्ली ने ख़ामोशी तोड़ते हुए धीरे से कहा, 'अच्छा, अगर किसी को आपत्ति न हो, तो मैं अब बच्चों को अपने तंबू में वापस ले जाऊँ। एमॉस, यह छड़ी जितना बता सकती थी, उतना इसने बता दिया है। अब क्या हैरी को उसकी छड़ी वापस मिल सकती है?'

मिस्टर डिगोरी ने हैरी को उसकी छड़ी लौटा दी, जिसने उसे फ़ौरन अपनी जेब में रख लिया।

'चलो,' मिस्टर वीज़्ली धीरे से बोले। लेकिन ऐसा लगता था, जैसे हर्माइनी वहाँ से हिलना ही नहीं चाहती थी। उसकी निगाह सुबकती हुई घरेलू जिन्न पर टिकी थी। मिस्टर वीज़्ली ने थोड़ी तेज़ी से कहा, 'हर्माइनी!' हर्माइनी मुड़ी और हैरी तथा रॉन के पीछे-पीछे पेड़ों के बीच चलने लगी।

जब वे लोग उस जगह से थोड़ी दूर पहुँच गए, तो हर्माइनी ने पूछा, 'विंकी का क्या होगा ?'

मिस्टर वीज़्ली ने कहा, 'क्या पता!'

'वे लोग उसके साथ कितना बुरा सलूक कर रहे थे!' हर्माइनी ग़ुस्से से बोली। 'मिस्टर डिगोरी हर बार उसे "घरेलू जिन्न" कहे जा रहे थे ... और मिस्टर क्राउच! वे अच्छी तरह जानते थे कि यह काम उसने नहीं किया था, फिर भी उन्होंने उसे अपने घर से निकाल दिया! उन्हें इस बात की ज़रा भी परवाह नहीं थी कि वह कितनी बुरी तरह डरी और घबराई हुई थी – वे तो उसके साथ इस तरह का बर्ताव कर रहे थे, जैसे वह इंसान ही न हो!'

'वह इंसान है भी नहीं,' रॉन बोला।

हर्माइनी तैश में आकर रॉन की तरफ़ मुड़ी। 'इसका यह मतलब नहीं है कि उसके दिल में भावनाएँ नहीं हैं, रॉन। यह तो बहुत ही बुरा सलूक है –'

'हर्माइनी, मैं तुम्हारी बात से सहमत हूँ,' मिस्टर वीज़्ली ने उसे आगे चलने का इशारा करते हुए धीरे से कहा, 'लेकिन यह घरेलू जिन्नों के अधिकारों के बारे में बहस करने का समय नहीं है। मैं जल्दी से जल्दी तुम्हें लेकर अपने तंबू में पहुँच जाना चाहता हूँ। बाक़ी लोग कहाँ गए ?'

'वे अँधेरे में हमसे बिछड़ गए थे,' रॉन ने कहा। 'डैडी, सब लोग उस खोपड़ी के कारण इतने परेशान क्यों हो गए थे ?'

मिस्टर वीज़्ली ने तनाव में कहा, 'मैं तुम्हारे हर सवाल का जवाब तंबू में पहुँचने के बाद दूँगा।'

लेकिन जंगल के किनारे पर पहुँचकर उन्हें रुकना पड़ा।

वहाँ डरे हुए जादूगरों और जादूगरनियों की बहुत बड़ी भीड़ जमा थी। जब उन्होंने मिस्टर वीज़्ली को जंगल से बाहर निकलकर अपनी ओर आते देखा, तो उनमें से कई आगे आकर पूछने लगे, 'वहाँ क्या हो रहा है ?' 'मौत का निशान किसने उत्पन्न किया था ?' 'आर्थर, कहीं यह काम तुम-जानते-हो-कौन का तो नहीं था ?'

'ज़ाहिर है, यह उसका काम नहीं था,' मिस्टर वीज़्ली ने अधीरता से कहा। 'हम नहीं जानते कि निशान किसने उत्पन्न किया। ऐसा लगता है कि वह अंतर्ध्यान हो गया है। माफ़ कीजिए, मुझे अपने तंबू में जाना है।'

वे हैरी, रॉन और हर्माइनी को भीड़ के बीच से निकालकर कैंपसाइट तक ले गए। अब सब कुछ शांत था। नक़ाबपोश जादूगरों का नामोनिशान तक नहीं दिख रहा था, हालाँकि कई जले हुए तंबुओं में से अब भी धुआँ उड़ रहा था।

लड़कों के तंबू से चार्ली का सिर बाहर निकला।

वह अँधेरे में चिल्लाया, 'डैडी, क्या हो रहा है ? फ्रेड, जॉर्ज और जिनी तो सही-सलामत लौट आए हैं, लेकिन बाक़ी लोग –'

'बाक़ी मेरे साथ हैं,' मिस्टर वीज़्ली ने झुककर तंबू के अंदर घुसते हुए कहा। हैरी, रॉन और हर्माइनी भी उनके पीछे-पीछे अंदर चले गए।

बिल किचन की टेबल पर बैठा था। उसके हाथ से काफ़ी ख़ून बह रहा था और उसने उस पर एक चादर लपेट रखी थी। चार्ली की शर्ट बुरी तरह फटी हुई थी और पर्सी की नाक ख़ूनाख़ून थी। फ्रेड, जॉर्ज और जिनी घायल तो नहीं थे, लेकिन वे सदमे में थे।

'आपने उसे पकड़ लिया, डैडी ?' बिल ने तेज़ी से पूछा। 'उस आदमी को, जिसने मौत का निशान उत्पन्न किया था ?'

'नहीं,' मिस्टर वीज़्ली ने कहा। 'हमें वहाँ पर बार्टी क्राउच की घरेलू जिन्न मिली, जिसके हाथ में हैरी की छड़ी थी, लेकिन हमें यह पता नहीं चल पाया कि निशान किसने उत्पन्न किया था।'

'क्या ?' बिल, चार्ली और पर्सी एक साथ बोले।

फ्रेड ने कहा, *'हैरी की छड़ी ?'*

पर्सी ने दहशत में आते हुए कहा, *'मिस्टर क्राउच की घरेलू जिन्न ?'*

हैरी, रॉन और हर्माइनी की मदद से मिस्टर वीज़्ली ने सबको बताया कि जंगल में क्या हुआ था। पूरी बात सुनकर पर्सी ग़ुस्से में आ गया।

वह बोला, 'मिस्टर क्राउच ने ऐसी घरेलू जिन्न को घर से निकालकर बिलकुल सही किया! उन्होंने उसे साफ़ बता दिया था कि वह तंबू में ही रहे, इसके बावजूद वह वहाँ से भाग गई ... पूरे मंत्रालय के सामने उन्हें शर्मिंदा करवा दिया ... अगर जादुई प्राणी नियमन एवं नियंत्रण विभाग विंकी को पूछताछ करने के लिए ले जाता, तो मिस्टर क्राउच की तो नाक ही कट जाती –'

'विंकी ने कुछ नहीं किया था – वह तो सिर्फ़ ग़लत समय पर ग़लत जगह पर थी!' हर्माइनी ने पर्सी से ग़ुस्से से कहा। हर्माइनी का ग़ुस्सा देखकर पर्सी भौचक्का रह गया। हर्माइनी से उसकी पटरी हमेशा अच्छी बैठती थी – कम से कम, बाक़ी सबसे ज़्यादा अच्छी।

पर्सी ने ख़ुद को सँभालते हुए गरिमापूर्ण अंदाज़ में कहा, 'हर्माइनी, मिस्टर क्राउच जैसे ऊँचे पद पर बैठा जादूगर ऐसी घरेलू जिन्न को बर्दाश्त नहीं कर सकता, जो पागलों की तरह छड़ी उठाकर डोलती फिरे!'

'वह पागलों की तरह नहीं डोल रही थी!' हर्माइनी चिल्लाई। 'उसने तो

बस छड़ी को ज़मीन से उठाया था!'

'देखो, क्या कोई यह बता सकता है कि वह खोपड़ी जैसी चीज़ आख़िर थी क्या?' रॉन ने अधीरतापूर्वक कहा। 'वह किसी का कोई नुक़सान तो नहीं कर रही थी ... आख़िर इसमें इतनी बड़ी बात क्या थी?'

रॉन, 'मैंने तुम्हें बताया था ना, वह खोपड़ी तुम-जानते-हो-कौन का प्रतीक है,' हर्माइनी ने किसी और के जवाब देने से पहले कह दिया। 'मैंने *गुप्त कलाओं का उत्थान और पतन* पुस्तक में यह पढ़ा है।'

'और यह पिछले तेरह साल से नहीं दिखी थी,' मिस्टर वीज़्ली धीरे से बोले। 'ज़ाहिर है, इसे देखकर लोग दहशत में आ गए ... उन्हें ऐसा लगा होगा, जैसे तुम-जानते-हो-कौन दोबारा ज़िंदा हो गया है।'

'मैं समझ नहीं पाया,' रॉन ने भ्रकुटी चढ़ाते हुए कहा। 'मेरा मतलब है ... यह आसमान में सिर्फ़ एक आकृति ही तो है ...'

'रॉन, तुम-जानते-हो-कौन और उसके समर्थक जब भी किसी को मारते थे, तो वे आसमान में मौत का निशान छोड़ जाते थे,' मिस्टर वीज़्ली ने कहा। 'इससे कितनी दहशत फैलती थी ... उसका तुम्हें ज़रा भी अंदाज़ा नहीं होगा। तुम अभी बहुत छोटे हो। ज़रा कल्पना करो कि घर लौटने पर तुम्हें अपने घर के ऊपर मौत का निशान दिखे और तुम यह समझ जाओ कि तुम्हें अंदर क्या दिखने वाला है ...' मिस्टर वीज़्ली काँप गए। 'सभी जादूगरों का सबसे बुरा डर ... सबसे बुरा ...'

एक पल के लिए ख़ामोशी छाई रही।

फिर बिल ने अपने हाथ से चादर हटाकर अपना घाव देखा और बोला, 'वह निशान चाहे जिसने भी बनाया हो, आज रात को तो उससे कोई फ़ायदा नहीं हुआ। प्राणभक्षियों ने जैसे ही उसे देखा, वे घबराकर फ़ौरन भाग गए। हम उनमें से किसी का भी नक़ाब हटाकर उसका चेहरा देख पाते, इससे पहले ही वे सभी अंतर्ध्यान हो गए। हमने रॉबर्ट्स परिवार को ज़मीन पर गिरने से पहले ही झेल लिया। इस समय उनकी याददाश्त सुधारी जा रही है।'

'प्राणभक्षी?' हैरी ने कहा। 'प्राणभक्षी कौन होते हैं?'

'तुम-जानते-हो-कौन के पक्के समर्थक ख़ुद को इसी नाम से बुलाते हैं,' बिल ने कहा। 'मुझे लगता है कि आज रात को हमने उसके बचे-खुचे समर्थकों को देखा था – जो अज़्काबान से बाहर रहने में कामयाब हो गए थे।'

'हम यह साबित नहीं कर सकते कि वे प्राणभक्षी थे, बिल,' मिस्टर वीज़्ली ने निराशा से कहा। 'हालाँकि शायद वही होंगे।'

'हाँ, मुझे यक़ीन है कि वे नक़ाबपोश प्राणभक्षी ही थे!' रॉन अचानक बोला। 'डैडी, हमें जंगल में ड्रेको मैल्फ़ॉय मिला था और उसने हमें एक तरह से यह बता दिया था कि उसके डैडी भी उन्हीं नक़ाबपोशों में से एक हैं! और हम सभी जानते हैं कि मैल्फ़ॉय तुम-जानते-हो-कौन का पक्का चमचा था!'

'लेकिन वोल्डेमॉर्ट के समर्थक यहाँ करना क्या चाहते थे -' हैरी ने बोलना शुरू किया। सबके मुँह से आह निकल गई। जादुई दुनिया के ज़्यादातर लोगों की तरह ही वीज़्ली परिवार भी वोल्डेमॉर्ट का नाम लेने से बचता था। हैरी ने जल्दी से 'सॉरी' कहकर अपना वाक्य बदलते हुए कहा, 'तुम-जानते-हो-कौन के समर्थक आख़िर करना क्या चाहते थे, जो वे मगलुओं को इस तरह उछालकर तमाशा कर रहे थे? मेरा मतलब है, इससे उन्हें क्या फ़ायदा हुआ?'

'फ़ायदा?' मिस्टर वीज़्ली ने खोखली हँसी हँसते हुए कहा। 'हैरी, इसमें उन्हें मज़ा आ रहा था। जब तुम-जानते-हो-कौन शक्तिशाली था, तो मगलुओं की आधी हत्याएँ तो मज़े की ख़ातिर ही होती थीं। मुझे लगता है कि आज रात को उन्होंने ज़्यादा शराब पी ली होगी और वे हम लोगों को यह याद दिलाना चाहते होंगे कि उनमें से बहुत से लोग अब भी आज़ाद हैं। उन्होंने एक बार फिर अपना छोटा सा पुनर्मिलन समारोह आयोजित किया होगा।'

रॉन ने पूछा, 'लेकिन अगर वे प्राणभक्षी हैं, तो वे मौत के निशान को देखते ही अंतर्ध्यान क्यों हो गए? उन्हें तो इसे देखकर ख़ुश होना चाहिए था।'

'अपने दिमाग़ का इस्तेमाल करो, रॉन,' बिल ने कहा। 'अगर वे सचमुच प्राणभक्षी थे, तो तुम-जानते-हो-कौन के पतन के बाद उन्होंने अज़्काबान से बाहर रहने के लिए बहुत कोशिश की होगी। उन्होंने इस बारे में तमाम झूठ बोले होंगे कि उसने उन्हें लोगों को मारने और सताने के लिए मजबूर किया था। मुझे लगता है कि उन्हें उसकी वापसी का बाक़ी जादूगरों से ज़्यादा डर होगा। जब तुम-जानते-हो-कौन की शक्ति चली गई, तो उन्होंने पल्ला झाड़ते हुए साफ़ कह दिया कि उनका उससे कोई सरोकार ही नहीं था। फिर वे अपनी सामान्य ज़िंदगी जीने लगे ... मुझे नहीं लगता कि तुम-जानते-हो-कौन उनके इस व्यवहार से बहुत ख़ुश होगा।'

'तो ... जिसने भी मौत का निशान बनाया था ...' हर्माइनी ने धीरे से कहा, 'वह प्राणभक्षियों का हौसला बढ़ाना चाहता था या फिर उन्हें डराकर भगाना चाहता था?'

'हर्माइनी, इसका तो सिर्फ़ अंदाज़ा ही लगाया जा सकता है,' मिस्टर वीज़्ली ने कहा। 'लेकिन मैं तुम्हें यह बता दूँ ... सिर्फ़ प्राणभक्षियों को ही मौत का निशान उत्पन्न करना आता था। जिसने भी इस निशान को बनाया होगा, वह

कभी प्राणभक्षी रहा होगा, भले ही अब वह प्राणभक्षी न हो ... सुनो, अब काफ़ी रात हो चुकी है। और अगर तुम्हारी मम्मी को इन घटनाओं का पता चल गया, तो वे बहुत परेशान और चिंतित हो जाएँगी। हम कुछ घंटे सो लेते हैं। फिर हम यहाँ से बाहर निकलने के लिए सुबह जल्दी ही आवागमन-कुंजी पकड़ लेंगे।'

हैरी दोबारा अपने बिस्तर पर लेट गया। उसका सिर चकरा रहा था। वह जानता था कि उसे थकान से चूर होना चाहिए था। रात के तीन बज रहे थे, लेकिन वह पूरी तरह जागा हुआ था और चिंतित था।

तीन दिन पहले – हालाँकि अब यह बात बहुत पुरानी लग रही थी – वह अपने माथे के निशान में होने वाले दर्द के कारण जाग गया था। और आज रात को – तेरह सालों में पहली बार, लॉर्ड वोल्डेमॉर्ट का निशान आसमान में नज़र आया था। इन सब बातों का क्या मतलब है?

उसने उस चिट्ठी के बारे में सोचा, जो उसने प्रिविट ड्राइव से आने के पहले सिरियस को लिखी थी। क्या वह सिरियस को मिल चुकी होगी? वह जवाब कब देगा? हैरी ने लेटकर छत की तरफ़ देखा, लेकिन अब जादुई झाड़ू पर उड़ान की कोई कल्पना उसे सुलाने के लिए मौजूद नहीं थी। टेंट में चार्ली के खर्राटे काफ़ी देर तक गूँजते रहे, इसके बाद ही हैरी की आँख लगी।

अध्याय दस

मंत्रालय में हंगामा

वे लोग सिर्फ़ कुछ घंटे ही सो पाए थे कि मिस्टर वीज़्ली ने उन्हें जगा दिया। मिस्टर वीज़्ली ने जादू से तंबू पैक किया और फिर वे सभी कैंपसाइट से फटाफट रवाना हो गए। रास्ते में उन्होंने मिस्टर रॉबर्ट्स को उनकी झोपड़ी के पास खड़े देखा। उनके चेहरे पर एक अजीब, स्तब्ध सा भाव था। उन्होंने मिस्टर वीज़्ली से 'मेरी क्रिसमस' कहकर हाथ हिलाया, हालाँकि क्रिसमस अभी बहुत दूर था।

'वे ठीक हो जाएँगे,' मिस्टर वीज़्ली ने बंजर भूमि पर आगे बढ़ते हुए धीरे से कहा। 'जब किसी की याददाश्त मिटाई जाती है, तो कभी-कभार उसका दिमाग़ी संतुलन कुछ समय के लिए बिगड़ जाता है ... और उनके दिमाग़ से तो बहुत बड़ी घटना की याद मिटाई गई है।'

जब वे उस जगह के पास पहुँचे, जहाँ आवागमन-कुंजियाँ रखी थीं, तो उन्हें व्यग्र आवाज़ें सुनाई देने लगीं। उन्होंने देखा कि बहुत से जादूगर और जादूगरनियाँ आवागमन-कुंजियों के रखवाले बासिल को घेरे खड़े थे। सभी लोग जल्दी से जल्दी कैंपसाइट से दूर जाना चाहते थे। मिस्टर वीज़्ली ने जल्दी से बासिल से बात की। वे लाइन में लगे और उन्हें सूरज के पूरी तरह उगने से पहले ही स्टोट्सहेड हिल तक जाने वाला रबड़ का एक पुराना टायर मिल गया। भोर के उजाले में वे ओटरी सेंट कैचपोल से होते हुए घर की तरफ़ चलने लगे। उनमें ज़्यादा बातें नहीं हुईं, क्योंकि वे बहुत थके हुए थे और नाश्ते के बारे में हसरत से सोच रहे थे। जब वे गली के मोड़ पर मुड़े और घर नज़र आने लगा, तो गली में किसी के चिल्लाने की आवाज़ गूँजी।

'ओह, शुक्र है, शुक्र है!'

मिसेज़ वीज़्ली, जो आँगन में खड़ी-खड़ी उनका इंतज़ार कर रही थीं, भागती हुई उनके पास आईं। उन्होंने अभी तक बेडरूम वाली चप्पलें पहन रखी

थीं। उनका चेहरा पीला व तनावग्रस्त दिख रहा था और उनके एक हाथ में *दैनिक जादूगर* अख़बार था। 'आर्थर – मुझे बहुत – बहुत चिंता हो रही थी –'

वे मिस्टर वीज़्ली की गर्दन पर झूम गईं और *दैनिक जादूगर* उनके ढीले हाथ से छूटकर ज़मीन पर गिर पड़ा। नीचे देखने पर हैरी ने हेडलाइन पढ़ी – **क्विडिच वर्ल्ड कप में दहशत का खेल।** इसमें पेड़ों के ऊपर मँडराते मौत के निशान की ब्लैक-एंड-व्हाइट तस्वीर भी थी।

'तुम सब ठीक हो,' मिसेज़ वीज़्ली ने बुदबुदाते हुए मिस्टर वीज़्ली को छोड़ा और बाक़ी सबको लाल आँखों से देखा, '– तुम ज़िंदा हो ... ओह, *मेरे बच्चो ...*'

सबको यह देखकर हैरानी हुई कि उन्होंने फ़्रेड और जॉर्ज को पकड़कर इतनी ज़ोर से गले लगाया कि उनके सिर आपस में टकराने लगे।

'*आउच!* मम्मी – आप हमारा गला दबा रही हैं –'

'जब तुम लोग जा रहे थे, तो मैं तुम पर चिल्लाई थी!' मिसेज़ वीज़्ली ने सुबकते हुए कहा। 'मैं इसी बारे में सोच रही थी! अगर तुम-जानते-हो-कौन तुम्हारी जान ले लेता और मैंने तुमसे आख़िरी बात यही कही होती कि तुम्हें पर्याप्त **ओ.डब्ल्यू.एल.** नहीं मिले हैं? ओह, फ़्रेड ... जॉर्ज ...'

'शांत हो जाओ मॉली, हम सब बिलकुल ठीक हैं,' मिस्टर वीज़्ली ने तसल्ली देते हुए कहा। फिर उन्होंने जुड़वाँ भाइयों को मिसेज़ वीज़्ली की गिरफ़्त से छुड़ाया और मिसेज़ वीज़्ली को घर की तरफ़ ले जाने लगे। उन्होंने धीरे से कहा, 'बिल, वह अख़बार उठा लो। मैं देखना चाहता हूँ कि उसमें क्या लिखा है ...'

जब वे सभी छोटे से किचन में बैठ गए और हर्माइनी ने मिसेज़ वीज़्ली के लिए कड़क चाय बना दी, तो मिस्टर वीज़्ली ने ज़ोर देकर कहा कि चाय में थोड़ी सी ओग्डेन्स ओल्ड फ़ायरव्हिस्की ज़रूर मिलाई जाए। बिल ने अपने डैडी को अख़बार दे दिया। मिस्टर वीज़्ली पहले पन्ने पर छपी ख़बर पढ़ने लगे। पर्सी भी उनके पीछे खड़े होकर ख़बर पढ़ रहा था।

'मैं जानता था,' मिस्टर वीज़्ली ने भारी आवाज़ में कहा। '*मंत्रालय की भूल ... अपराधी फ़रार हैं ... सुरक्षा के शिथिल इंतज़ाम ... शैतानी जादूगरों का उपद्रव ... देश के लिए शर्मनाक घटना ...* इसे किसने लिखा है? ओह ... ज़ाहिर है ... रीटा स्कीटर ने।'

'यह औरत तो जादू मंत्रालय के पीछे हाथ धोकर पड़ी है!' पर्सी ग़ुस्से में बोला। 'पिछले सप्ताह वह कह रही थी कि हम कड़ाहियों की तली की मोटाई के बारे में बहस करके अपना समय बर्बाद कर रहे हैं, जबकि हमें ख़ून पीने वाले पिशाचों का सफ़ाया करना चाहिए! *ग़ैर-जादूगर आंशिक-मानवीयों के प्रति*

व्यवहार के मार्गदर्शक सिद्धांत के बारहवें पैरेग्राफ़ में साफ़ लिखा है कि –'

'पर्सी, हम पर तरस खाओ,' बिल ने जम्हाई लेते हुए कहा, 'और अपना मुँह बंद रखो।'

'इसमें तो मेरा भी ज़िक्र है,' मिस्टर वीज़्ली ने कहा और चश्मे के पीछे उनकी आँखें फैल गईं, जब वे *दैनिक जादूगर* के लेख के निचले हिस्से तक पहुँचे।

'कहाँ?' मिसेज़ वीज़्ली फ़ायरव्हिस्की मिली चाय पीते-पीते बोलीं। 'अगर मैंने तुम्हारा नाम देख लिया होता, तो मैं जान जाती कि तुम ज़िंदा हो!'

'मेरा नाम नहीं दिया है,' मिस्टर वीज़्ली ने कहा। 'सुनो : "*दहशत से भरे जादूगर और जादूगरनियाँ जंगल के किनारे पर साँस रोककर खड़े थे और जादू मंत्रालय के आश्वस्त करने वाले बयान का इंतज़ार कर रहे थे। लेकिन उन्हें निराशा ही हाथ लगी। मंत्रालय का एक अधिकारी मौत के निशान के प्रकट होने के कुछ समय बाद जंगल से बाहर आया। उसने यह दावा किया कि कोई भी घायल नहीं हुआ था, लेकिन उसने इसके अलावा और कोई जानकारी नहीं दी। इस तरह की अफ़वाहें ज़ोरों पर हैं कि एक घंटे बाद जंगल से कई लाशें हटाई गई हैं। हमें देखना यह है कि उस अधिकारी का दावा अफ़वाहों को मिटाने में कितना कामयाब होता है।*" ओह,' मिस्टर वीज़्ली ने पर्सी को अख़बार देते हुए तनाव से कहा। 'जब कोई भी घायल नहीं हुआ था, तो मैं और क्या कहता? *इस तरह की अफ़वाहें ज़ोरों पर हैं कि एक घंटे बाद जंगल से कई लाशें हटाई गई हैं* ... अख़बार में यह छपने के बाद तो निश्चित रूप से इस तरह की अफ़वाहें ज़ोर पकड़ेंगी।'

उन्होंने एक गहरी आह भरकर कहा, 'मॉली, मुझे ऑफ़िस जाना पड़ेगा। इस मामले को सँभालना ही होगा।'

'मैं भी आपके साथ चलता हूँ, डैडी,' पर्सी ने महत्वपूर्ण दिखते हुए कहा। 'मिस्टर क्राउच को मदद की ज़रूरत होगी और मैं कड़ाहियों की तली वाली अपनी रिपोर्ट उन्हें ख़ुद देना चाहता हूँ।'

वह किचन में चला गया।

मिसेज़ वीज़्ली बहुत विचलित दिखने लगीं। 'आर्थर, तुम छुट्टी पर हो! इस घटना का तुम्हारे विभाग से कोई लेना-देना नहीं है। निश्चित रूप से वे लोग तुम्हारी मदद के बिना इस मामले को सँभाल सकते हैं।'

'मुझे जाना ही पड़ेगा, मॉली,' मिस्टर वीज़्ली बोले। 'मेरे कारण स्थिति और बिगड़ गई है। मैं दुशाला बदलकर आता हूँ और ऑफ़िस जाने की तैयारी करता हूँ ...'

'मिसेज़ वीज़्ली,' हैरी अचानक यह पूछने से ख़ुद को रोक नहीं पाया। 'क्या हेडविग मेरी कोई चिट्ठी लेकर आई थी?'

'हेडविग?' मिसेज़ वीज़्ली ने बेध्यानी से कहा। 'नहीं ... नहीं, कोई चिट्ठी नहीं आई।'

रॉन और हर्माइनी ने हैरी को जिज्ञासा से देखा।

उन दोनों को अर्थपूर्ण निगाह से देखते हुए हैरी बोला, 'रॉन, अगर मैं अपना सामान तुम्हारे कमरे में रख दूँ, तो तुम्हें कोई दिक़्क़त तो नहीं होगी?'

'नहीं ... मुझे भी अपना सामान रखना है,' रॉन ने तत्काल कहा। 'हर्माइनी?'

'हाँ,' हर्माइनी ने जल्दी से कहा और वे तीनों किचन से निकलकर सीढ़ियाँ चढ़ने लगे।

जैसे ही उन्होंने रॉन के कमरे में पहुँचकर दरवाज़ा बंद किया, रॉन ने पूछा, 'क्या बात है, हैरी?'

'मैंने तुम लोगों को एक बात नहीं बताई,' हैरी ने कहा। 'बीते रविवार की सुबह मेरे माथे के निशान में इतना तेज़ दर्द हुआ था कि मेरी नींद खुल गई थी।

रॉन और हर्माइनी की प्रतिक्रियाएँ बिलकुल वैसी ही थीं, जैसी हैरी ने प्रिविट ड्राइव के अपने बेडरूम में कल्पना की थी। हर्माइनी तत्काल सुझाव देने लगी। उसने कई संदर्भ ग्रंथों का ज़िक्र किया और एल्बस डम्बलडोर से लेकर हॉगवर्ट्स की मैट्रन मैडम पॉमफ़्री तक कई लोगों से सलाह लेने की बात कह डाली।

रॉन तो भौचक्का रह गया। 'लेकिन - वह वहाँ नहीं था, है ना? तुम-जानते-हो-कौन? मेरा मतलब है - पिछली बार जब तुम्हारा निशान दुखा था, तब तो वह हॉगवर्ट्स में ही था, है ना?'

'मुझे यक़ीन है कि वह प्रिविट ड्राइव में नहीं था,' हैरी ने कहा। 'लेकिन मैं उसके बारे में सपना देख रहा था ... उसके और पीटर यानी वर्मटेल के बारे में। मुझे अब पूरा सपना तो याद नहीं है, लेकिन वे किसी को मारने की योजना बना रहे थे।'

एक पल के लिए तो वह यह कहने ही वाला था कि वे 'मुझे' मारने की योजना बना रहे थे, लेकिन उसने ख़ुद को रोक लिया। हर्माइनी पहले ही इतनी दहशत में दिख रही थी कि वह उसे और ज़्यादा आतंकित नहीं करना चाहता था।

'यह सिर्फ़ सपना ही तो था,' रॉन ने हौसला बढ़ाते हुए कहा। 'सिर्फ़ एक बुरा सपना।'

'हाँ, लेकिन क्या यह सिर्फ़ सपना ही था?' कहते हुए हैरी खिड़की के

बाहर चमकते आसमान की तरफ़ देखने के लिए मुड़ गया। 'यह अजीब बात है, है ना ... मेरे निशान में दर्द होता है और उसके तीन दिन बाद ही प्राणभक्षी हंगामा करने लगते हैं और वोल्डेमॉर्ट का निशान आसमान में नज़र आता है।'

'उसका - नाम - मत - लो!' रॉन अपने दाँत किटकिटाते हुए बोला।

'और याद है, प्रोफ़ेसर ट्रिलोनी ने क्या कहा था?' हैरी ने रॉन की बात को नज़रअंदाज़ करते हुए कहा। 'पिछले साल के आख़िर में?'

प्रोफ़ेसर ट्रिलोनी हॉगवर्ट्स में ज्योतिष की टीचर थीं।

हर्माइनी की दहशत ग़ायब हो गई और वह हँसने लगी, 'ओह, हैरी, वे बड़ी धोखेबाज़ हैं। तुम उनकी कही किसी बात पर ध्यान मत दो!'

'तुम वहाँ नहीं थीं,' हैरी ने कहा। 'तुमने उनकी आवाज़ नहीं सुनी थी। वह असली भविष्यवाणी थी। मैं तुम्हें बता दूँ, वे गहरी तंद्रा में चली गई थीं - असली तंद्रा में। और उन्होंने कहा था कि शैतानी जादूगर का दोबारा उदय होगा ... *वह पहले से भी ज़्यादा ताक़तवर और महान बनेगा* ... और ऐसा इसलिए होगा, क्योंकि उसका सेवक उसके पास लौटकर जाएगा ... और उसी रात को वर्मटेल बचकर भाग निकला था।'

कुछ पल ख़ामोशी छाई रही, जिस दौरान रॉन बेचैनी से अनजाने में ही चडले कैनन्स वाली चादर के छेद में उँगली डालता रहा।

'हैरी, तुम यह क्यों पूछ रहे थे कि हेडविग आई या नहीं?' हर्माइनी ने पूछा। 'क्या तुम्हें किसी की चिट्ठी का इंतज़ार है?'

'मैंने अपना निशान दुखने के बारे में सिरियस को बताया था,' हैरी ने अपने कंधे उचकाते हुए कहा। 'मैं उसी के जवाब का इंतज़ार कर रहा हूँ।'

'यह तुमने बहुत अच्छा किया!' रॉन बोला और उसके चेहरे से चिंता की लकीरें मिट गईं। 'सिरियस को ज़रूर पता होगा कि क्या करना चाहिए!'

हैरी ने कहा, 'मुझे उम्मीद थी कि उसका जवाब जल्दी ही मिल जाएगा।'

'लेकिन हम यह नहीं जानते कि सिरियस कहाँ है ... हो सकता है वह अफ़्रीका में हो या बहुत दूर हो?' हर्माइनी ने तर्क दिया। 'हेडविग *इतनी* लंबी यात्रा कुछ दिनों में कैसे पूरी कर सकती है?'

'हाँ, मैं जानता हूँ,' हैरी ने कहा, लेकिन उसका दिल डूबा जा रहा था, जब उसने खिड़की से आसमान की तरफ़ देखा, जहाँ हेडविग कहीं नहीं दिख रही थी।

'हैरी, चलो चलकर बग़ीचे में क्विडिच खेलते हैं,' रॉन बोला। 'चलो - तीन-तीन की टीम बना लेते हैं - बिल, चार्ली, फ्रेड और जॉर्ज भी खेलेंगे ... तुम

छद्म छलावा दाँव की प्रैक्टिस कर सकते हो ...'

'रॉन,' हर्माइनी ने उसे झिड़कते हुए कहा, जैसे उसका सुझाव बहुत संवेदनशील नहीं था, 'हैरी अभी क्विडिच नहीं खेलना चाहता होगा ... वह परेशान और थका हुआ है ... हम सबको तो अब चलकर अपने-अपने बिस्तर पर सो जाना चाहिए ...'

'हाँ, मैं क्विडिच खेलना चाहता हूँ,' हैरी ने अचानक कहा। 'ज़रा ठहरो, मैं अपनी फ़ायरबोल्ट लेकर आता हूँ।'

हर्माइनी कुछ बड़बड़ाते हुए बाहर चली गई। ऐसा लग रहा था, जैसे वह कह रही हो, '*लड़के* कभी नहीं सुधर सकते!'

*

अगले सप्ताह मिस्टर वीज़्ली और पर्सी घर पर ज़्यादा समय नहीं रहे। दोनों हर सुबह परिवार के बाक़ी लोगों के उठने से पहले ही ऑफ़िस चले जाते थे और रात को डिनर के वक़्त के भी काफ़ी बाद लौटते थे।

'बड़ी अफरा-तफरी मची हुई है,' पर्सी ने उन्हें बताया। यह रविवार शाम की बात थी और अगले ही दिन उन सबको हॉगवर्ट्स लौटना था। पर्सी बोला, 'पूरे हफ़्ते मुझे आग बुझानी पड़ी। लोग लगातार भोंपू भेज रहे हैं। ज़ाहिर है, अगर भोंपू को तत्काल न खोला जाए, तो उसमें विस्फोट हो जाता है। मेरी पूरी डेस्क पर जलने के निशान पड़ गए हैं और मेरी सबसे अच्छी क़लम जलकर राख हो गई है।'

'लोग भोंपू क्यों भेज रहे हैं?' जिनी ने पूछा, जो लिविंग रूम की अँगीठी के सामने बिछी दरी पर बैठकर *एक हज़ार जादुई जड़ी-बूटियाँ और कुकुरमुत्ते* पुस्तक को स्पेलोटेप से चिपका रही थी।

पर्सी ने कहा, 'वर्ल्ड कप में सुरक्षा के बारे में शिकायत कर रहे हैं। वे अपनी संपत्ति को हुए नुक़सान का मुआवज़ा चाहते हैं। मंडंगस फ़्लेचर ने बारह बेडरूम वाले तंबू और बाथटब के नुक़सान का दावा किया है, लेकिन मैं उसकी हक़ीक़त जानता हूँ। मुझे अच्छी तरह पता है कि वह छड़ियों पर लटके एक चोगे के नीचे सो रहा था।'

मिसेज़ वीज़्ली ने कोने में लगी दीवार घड़ी की तरफ़ देखा। हैरी को यह घड़ी बहुत पसंद थी। समय जानने के लिए तो यह पूरी तरह बेकार थी, लेकिन यह बाक़ी जानकारी बहुत अच्छी तरह देती थी। इसमें नौ सुनहरे काँटे लगे थे और उनमें से प्रत्येक पर वीज़्ली परिवार के एक सदस्य का नाम लिखा था। इस घड़ी में अंक नहीं थे। इसके बजाय वहाँ पर यह वर्णन था कि परिवार का सदस्य कहाँ हो सकता है। 'घर,' 'स्कूल' और 'ऑफ़िस' के अलावा वहाँ पर 'लापता,'

'अस्पताल,' 'जेल' भी लिखा था। और सामान्य घड़ी में जहाँ पर बारह का काँटा होता है, वहाँ पर लिखा था, 'जान का ख़तरा।'

आठ सुइयाँ इस समय 'घर' की तरफ़ इशारा कर रही थीं, जबकि मिस्टर वीज़्ली की सुई, जो सबसे लंबी थी, अब भी 'ऑफ़िस' की तरफ़ इशारा कर रही थी। मिसेज़ वीज़्ली ने आह भरी।

वे बोलीं, 'तुम-जानते-हो-कौन की शक्तियाँ जाने के बाद पहली बार तुम्हारे डैडी को छुट्टियों में भी ऑफ़िस जाना पड़ रहा है। वे बहुत काम कर रहे हैं। अगर वे जल्दी ही घर नहीं लौटे, तो उनका खाना ठंडा हो जाएगा।'

पर्सी ने कहा, 'डैडी ख़ुद की ग़लती की भरपाई कर रहे हैं। सच कहूँ तो उन्होंने सार्वजनिक बयान देकर नासमझी का काम किया था। उन्हें पहले अपने विभाग प्रमुख से अनुमति ले लेनी चाहिए थी –'

मिसेज़ वीज़्ली ने तत्काल भड़कते हुए कहा, 'उस घटिया स्कीटर औरत के आरोपों के लिए अपने डैडी को दोष मत दो! समझे!'

'अगर डैडी कुछ नहीं कहते, तो रीटा यह लिख देती कि मंत्रालय के अधिकारी ने कोई टिप्पणी नहीं की, जो बहुत शर्मनाक बात थी,' बिल ने कहा, जो रॉन के साथ शतरंज खेल रहा था। 'रीटा स्कीटर कभी किसी की तारीफ़ नहीं करती है। उसने एक बार ग्रिनगॉट के शाप तोड़ने वालों का इंटरव्यू लिया था और मेरे बारे में "लंबे बालों वाला वहशी" लिखा था!'

'देखो बेटा, तुम्हारे बाल थोड़े ज़्यादा लंबे तो हैं,' मिसेज़ वीज़्ली ने धीरे से कहा। 'अगर तुम कहो, तो मैं इन्हें छोटा कर दूँ –'

'*नहीं*, मम्मी।'

बारिश की बौछारें लिविंग रूम की खिड़की से टकरा रही थीं। हर्माइनी *मंत्रों की मानक किताब, भाग 4* में डूबी हुई थी, जो मिसेज़ वीज़्ली उसके, हैरी और रॉन के लिए छूमंतर गली से ख़रीदकर लाई थीं। चार्ली फ़ायरप्रूफ़ टोपी सिल रहा था। हैरी अपनी फ़ायरबोल्ट पर पॉलिश कर रहा था। हर्माइनी ने उसके तेरहवें जन्मदिन पर उसे जो ब्रूमस्टिक सर्विसिंग किट दी थी, वह उसके पैरों के पास खुली रखी थी। फ़्रेड और जॉर्ज दूर वाले कोने में बैठे हुए थे। उनकी क़लमें बाहर निकली हुई थीं, वे फुसफुसाकर बातें कर रहे थे और उनके सिर एक चर्मपत्र पर झुके हुए थे।

मिसेज़ वीज़्ली ने जुड़वाँ भाइयों को देखते हुए तीखी आवाज़ में पूछा, 'तुम दोनों क्या कर रहे हो ?'

'होमवर्क,' फ़्रेड ने कहा।

मिसेज़ वीज़्ली बोलीं, 'बेवकूफ़ी की बातें मत करो। तुम्हारी छुट्टियाँ अभी ख़त्म नहीं हुई हैं।'

'हाँ, हमने इसे काफ़ी देर तक छोड़ दिया था,' जॉर्ज बोला।

'कहीं तुम लोग नया *ऑर्डर फ़ॉर्म* तो नहीं लिख रहे हो?' मिसेज़ वीज़्ली ने चालाकी से पूछा। 'तुम कहीं फिर से *वीज़्ली बंधुओं की जादूगरी की दुकान* शुरू करने के बारे में तो नहीं सोच रहे हो?'

फ्रेड ने अपने चेहरे पर दर्द भरा भाव लाते हुए मिसेज़ वीज़्ली को देखा और कहा, 'मम्मी, अगर कल हॉगवर्ट्स एक्सप्रेस की दुर्घटना हो जाए तथा जॉर्ज और मैं मर जाएँ, तो आपको यह सोचकर कैसा लगेगा कि आपने हम पर इतना निराधार आरोप लगाया था?'

सब लोग हँस पड़े – मिसेज़ वीज़्ली भी।

'लो, तुम्हारे डैडी आ रहे हैं!' उन्होंने अचानक घड़ी की तरफ़ देखते हुए कहा।

मिस्टर वीज़्ली वाली सुई अचानक घूमकर 'ऑफ़िस' से 'यात्रा' वाली जगह पर आ गई थी। एक पल बाद ही यह बाक़ी सभी सुइयों के साथ 'घर' पर आकर रुक गई। किचन में मिस्टर वीज़्ली की आवाज़ सुनाई दी।

'आ रही हूँ, आर्थर!' गिसेज़ वीज़्ली ने जल्दी से कमरे से बाहर निकलते हुए कहा।

कुछ समय बाद मिस्टर वीज़्ली गर्म लिविंग रूम में आ गए। वे अपना डिनर एक ट्रे में रखकर ला रहे थे और बहुत थके हुए दिख रहे थे।

'स्थिति अब बहुत ख़राब हो चुकी है,' उन्होंने मिसेज़ वीज़्ली को बताया, जब वे आग के पास वाली कुर्सी पर बैठे और फूलगोभी के टुकड़े के साथ खेलने लगे। 'रीटा स्कीटर ने पूरे हफ़्ते मंत्रालय की गड़बड़ियों की छानबीन की है। और अब उसे यह पता चल गया है कि बर्था लापता है, इसलिए यह ख़बर कल के *दैनिक जादूगर* में छप जाएगी। मैंने बैगमैन से बहुत पहले ही *कहा* था कि वह किसी को उसकी तलाश में भेज दे।'

पर्सी ने जल्दी से कहा, 'मिस्टर क्राउच तो यह बात कई हफ़्तों से कह रहे हैं।'

'क्राउच बहुत ख़ुशनसीब है कि रीटा को विंकी के बारे में पता नहीं चला,' मिस्टर वीज़्ली ने चिढ़ते हुए कहा। 'यह हफ़्ते भर की सबसे धमाकेदार ख़बर होगी, जब रीटा स्कीटर क्राउच की घरेलू जिन्न को वह छड़ी पकड़े हुए दिखाएगी, जिससे मौत का निशान उत्पन्न हुआ था।'

'लेकिन हम सबकी राय यही थी कि हालाँकि वह घरेलू जिन्न ग़ैर-ज़िम्मेदार थी, लेकिन उसने वह निशान उत्पन्न नहीं किया था?' पर्सी ने ताव में कहा।

हर्माइनी ग़ुस्से से बीच में बोल पड़ी, 'मेरी राय में तो मिस्टर क्राउच की क़िस्मत अच्छी है कि *दैनिक जादूगर* में किसी को भी यह पता नहीं चला कि वे घरेलू जिन्नों से कितना घटिया व्यवहार करते हैं!'

'देखो, हर्माइनी!' पर्सी ने कहा। 'मिस्टर क्राउच जैसा उच्च पदस्थ अधिकारी अपने नौकरों से पूर्ण आज्ञापालन की आशा करता है -'

'नौकर नहीं, *ग़ुलाम!*' हर्माइनी ने ऊँची आवाज़ में कहा। 'क्योंकि वे विंकी को *तनख़्वाह* तो देते नहीं थे।'

मिसेज़ वीज़्ली ने इस बहस को ख़त्म करते हुए कहा, 'मुझे लगता है कि अब तुम सभी लोग ऊपर जाकर अपना सारा सामान ठीक से पैक कर लो। चलो, सभी लोग ऊपर जाओ ...'

हैरी ने अपनी ब्रूमस्टिक सर्विसिंग किट को पैक किया, फ़ायरबोल्ट अपने कंधे पर रखी और रॉन के साथ ऊपर की मंज़िल पर जाने लगा। घर के ऊपरी हिस्सों पर बारिश की बौछारों की आवाज़ ज़्यादा तेज़ आ रही थी। हवा की तेज़ सीटियाँ भी सुनाई दे रही थीं। इसके अलावा अटारी में रहने वाले पिशाच की दर्द भरी चीख़ें भी कभी-कभार सुनाई दे रही थीं। जब वे कमरे में घुसे, तो पिगविजियन चीं-चीं करके अपने पिंजरे में उड़ने लगा। ऐसा लग रहा था कि आधे पैक संदूकों को देखकर वह बुरी तरह रोमांचित हो गया था।

'उसके मुँह में जल्दी से उल्लू-मिष्ठान्न भर दो,' रॉन ने हैरी की तरफ़ मिठाई का एक पैकेट उछालते हुए कहा, 'इससे वह चुप हो जाएगा।'

हैरी ने पिगविजियन के पिंजरे की छड़ों के बीच से मिठाई के कुछ टुकड़े अंदर डाल दिए और फिर अपने संदूक की तरफ़ मुड़ा। हेडविग का पिंजरा पास में ही रखा था, लेकिन वह अब भी ख़ाली था।

हैरी ने हेडविग के ख़ाली पिंजरे को देखते हुए कहा, 'एक हफ़्ते से ज़्यादा समय हो चुका है। रॉन, तुम्हें यह तो नहीं लगता कि सिरियस पकड़ा गया?'

रॉन बोला, 'नहीं, अगर वह पकड़ा गया होता, तो यह ख़बर *दैनिक जादूगर* में ज़रूर छपती। मंत्रालय यह दिखाने के लिए उतावला रहता कि आख़िर उन्होंने *किसी को* तो पकड़ लिया है, है ना?'

'हाँ, यह बात तो है ...'

'देखो, मम्मी तुम्हारे लिए छूमंतर गली से यह सामान लाई हैं। उन्होंने तुम्हारी तिजोरी से तुम्हारे लिए सोने के कुछ सिक्के निकाल लिए थे ... और

उन्होंने तुम्हारे सारे मोज़े भी धो दिए हैं।'

उसने हैरी के पलंग पर कई पार्सल रख दिए और उसकी बग़ल में सिक्कों की थैली और मोज़ों का ढेर भी पटक दिया। हैरी ने सारा सामान खोलना शुरू किया। मिरान्डा गोशॉक की *मंत्रों की मानक पुस्तक, भाग 4* के अलावा उसे कई नई क़लमें, चर्मपत्रों के एक दर्जन रोल और काढ़े बनाने के कई सामान मिले – उसका लॉयनफ़िश का मेरुदंड और बेलाडोना का सार ख़त्म हो रहा था। वह अभी कड़ाही में अपने अंडरवियर रख ही रहा था कि तभी उसे अपने पीछे से रॉन की दुख भरी आवाज़ सुनाई दी।

'*यह* क्या है ?'

उसके हाथ में एक लंबी मेहरून ड्रेस थी। इसके कॉलर और कफ़ की जगह पर घिसी-पिटी डोरियों की झालर थी।

दरवाज़े पर दस्तक हुई और मिसेज़ वीज़्ली हॉगवर्ट्स के प्रेस किए हुए दुशाले लेकर अंदर आईं।

'यह लो,' उन्होंने दोनों के कपड़ों को अलग-अलग करते हुए कहा। 'ध्यान रहे, तुम इन कपड़ों को अच्छी तरह से रखना, ताकि उन पर सल न पड़ जाएँ।'

'मम्मी, शायद आपने मुझे जिनी की ड्रेस दे दी है,' रॉन ने उन्हें ड्रेस दिखाते हुए कहा।

'नहीं, ऐसा नहीं है,' मिसेज़ वीज़्ली बोलीं। 'यह तुम्हारी ही है। इस साल तुम्हें समारोहों में यही ड्रेस पहननी होगी।'

'*क्या ?*' रॉन ने दहशत में आते हुए पूछा।

'समारोह की ड्रेस!' मिसेज़ वीज़्ली ने दोहराया। 'तुम्हारे स्कूल की सूची में साफ़ लिखा है कि इस साल तुम्हें समारोह की ड्रेस लानी है ... जो औपचारिक अवसरों पर पहनी जा सके।'

'आप मज़ाक़ कर रही हैं,' रॉन ने अविश्वास से कहा। 'मैं इसे किसी भी हालत में नहीं पहनूँगा।'

'इन्हें सभी लोग पहनते हैं, रॉन!' मिसेज़ वीज़्ली ने चिढ़कर कहा। 'ड्रेस वाले दुशाले ऐसे ही होते हैं! तुम्हारे डैडी भी पार्टियों में इसी तरह के दुशाले पहनते हैं!'

रॉन ने अड़ते हुए कहा, 'इन्हें पहनने के बजाय तो मैं बग़ैर कपड़ों के रहना पसंद करूँगा!'

'बेवकूफ़ी की बातें मत करो,' मिसेज़ वीज़्ली ने कहा, 'तुम्हारे स्कूल की सूची में लिखा है कि तुम्हें ड्रेस वाले दुशाले ले जाना है! मैं हैरी के लिए भी लाई

हूँ ... दिखाओ तो सही, हैरी ...'

मन ही मन थोड़ा घबराते हुए हैरी ने अपने पलंग पर पड़ा आख़िरी पार्सल खोला। बहरहाल, यह उतना बुरा नहीं था, जितनी उसे उम्मीद थी। उसके ड्रेस वाले दुशाले में डोरियाँ या झालर नहीं थी। दरअसल यह दुशाला उसके स्कूल के दुशाले की तरह ही दिख रहा था। फ़र्क़ सिर्फ़ इतना था कि यह काला नहीं, बल्कि हरा था।

'मैंने सोचा कि इससे तुम्हारी आँखों का रंग उभरकर दिखेगा,' मिसेज़ वीज़्ली ने प्यार से कहा।

'हैरी का दुशाला तो **ठीक** है!' रॉन ने ग़ुस्से से हैरी की ड्रेस की तरफ़ देखते हुए कहा। 'आप मेरे लिए भी ऐसा ही दुशाला क्यों नहीं लाईं?'

'क्योंकि ... देखो, मैंने तुम्हारा दुशाला सेकंड हैंड ख़रीदा था और वहाँ ज़्यादा चुनाव की गुंजाइश नहीं थी!' यह कहते समय मिसेज़ वीज़्ली का चेहरा लाल हो गया।

हैरी दूसरी तरफ़ देखने लगा। वह ग्रिनगॉट बैंक की तिजोरी में रखा अपना सारा पैसा वीज़्ली परिवार के साथ बाँटने को तैयार था, लेकिन वह जानता था कि वे उसके पैसे को छुएँगे तक नहीं।

'मैं यह कभी नहीं पहनूँगा,' रॉन ने ज़िद करते हुए कहा। 'कभी नहीं।'

'ठीक है,' मिसेज़ वीज़्ली बोलीं। 'तो फिर नंगे ही घूमना। और हैरी, तुम उस हालत में रॉन की एक तस्वीर ले लेना। मैं उसे देखकर ख़ूब हँसूँगी।'

वे कमरे से बाहर जाते समय दरवाज़ा धड़ाम से बंद कर गईं। तभी हैरी और रॉन को अपने पीछे से एक अजीब सी आवाज़ सुनाई दी। पिगविजियन ने अपने मुँह में मिठाई का बहुत बड़ा टुकड़ा भर लिया था, जो उसके गले में अटक गया था।

पिगविजियन के गले से मिठाई का टुकड़ा निकालने के लिए आगे बढ़ते हुए रॉन ने ग़ुस्से से कहा, 'मुझे मिलने वाली हर चीज़ घटिया ही क्यों होती है?'

अध्याय ग्यारह

हॉगवर्ट्स एक्सप्रेस में

हैरी जब अगली सुबह जागा, तो घर का माहौल उदासी से भरा था, क्योंकि छुट्टियाँ ख़त्म हो रही थीं। जीन्स और जैकेट पहनते समय उसने देखा कि बाहर तेज़ बारिश हो रही थी। उसने सोचा कि वह ट्रेन में कपड़े बदलकर स्कूल के दुशाले पहन लेगा।

हैरी, रॉन, फ्रेड और जॉर्ज नाश्ते के लिए अभी पहली मंज़िल तक ही पहुँचे थे कि तभी उन्होंने मिसेज़ वीज़्ली को नीचे की सीढ़ियों पर परेशान खड़े देखा।

'आर्थर!' वे सीढ़ियों के ऊपर की ओर चिल्लाकर बोलीं, 'आर्थर! मंत्रालय से महत्वपूर्ण संदेश आया है!'

हैरी दीवार से चिपक गया, जब मिस्टर वीज़्ली उलटे दुशाले पहनकर धड़धड़ाते हुए उसके पास से गुज़रे और उसकी नज़रों से ओझल हो गए। हैरी और बाक़ी लोगों ने किचन में पहुँचकर देखा कि मिसेज़ वीज़्ली दराज़ों में कुछ खोज रही थीं, 'क़लम यहीं कहीं तो रखी थी!' – और मिस्टर वीज़्ली अँगीठी की तरफ़ झुककर किसी से बातें कर रहे थे –

हैरी ने अपनी आँखें कसकर बंद कीं और फिर दोबारा खोलीं, ताकि यह तसल्ली हो जाए कि वे सही तरीक़े से काम कर रही थीं।

एमॉस डिगोरी का सिर किसी बड़ी दाढ़ी वाले अंडे की तरह लपटों के बीच में बैठा हुआ था। यह सिर बहुत तेज़ी से बोल रहा था और चारों तरफ़ उड़ती चिंगारियों या कानों से टकराती लपटों से ज़रा भी विचलित नहीं दिख रहा था।

'... मगलू पड़ोसियों ने धमाकों और चिल्लाने की आवाज़ें सुनीं, इसलिए उन्होंने फ़ोन करके – क्या कहते हैं उसे – पॉलिश को बुला लिया – आर्थर, तुम्हें वहाँ जाना पड़ेगा –'

'यह लो!' मिसेज़ वीज़्ली ने हाँफते हुए कहा और उन्होंने मिस्टर वीज़्ली के हाथ में चर्मपत्र, स्याही की दवात और घिसी-पिटी क़लम पकड़ा दी।

'- क़िस्मत अच्छी रही कि मुझे इसके बारे में जल्दी ही पता चल गया,' मिस्टर डिगोरी के सिर ने कहा, 'मैं आज ऑफ़िस जल्दी आ गया था, क्योंकि मुझे एक-दो उल्लू भेजने थे। आते ही मुझे पता चला कि जादू के अनुचित प्रयोग विभाग के लोग सक्रिय हो गए थे - आर्थर, अगर रीटा स्कीटर को इस मामले की भनक पड़ गई, तो हंगामा हो जाएगा।'

'बावरे-नैन का क्या कहना है?' मिस्टर वीज़्ली ने पूछा। वे स्याही की बोतल का ढक्कन खोलकर अपनी क़लम भरने लगे और लिखने की तैयारी करने लगे।

मिस्टर डिगोरी के सिर ने अपनी आँखें चढ़ा लीं। 'वह कहता है कि उसने अपने अहाते में किसी घुसपैठिए की आवाज़ सुनी थी। वह कहता है कि घुसपैठिया उसके मकान की तरफ़ चोरी से रेंगकर आ रहा था, लेकिन कूड़ेदानों से टकरा जाने के कारण वह अंदर नहीं आ पाया।'

'कूड़ेदानों ने क्या किया?' मिस्टर वीज़्ली ने तेज़ी से लिखते हुए पूछा।

'बहुत शोर मचाया और हर तरफ़ कूड़ा फैला दिया। मुझे बस इतना ही मालूम है,' मिस्टर डिगोरी ने कहा। 'उन कूड़ेदानों में से एक तो तब भी उछलकर शोर मचा रहा था, जब पॉलिश वहाँ पर पहुँची -'

मिस्टर वीज़्ली ने दुख भरी आवाज़ में पूछा, 'और घुसपैठिए का क्या हुआ?'

'आर्थर, तुम तो बावरे-नैन को जानते ही हो,' मिस्टर डिगोरी के सिर ने अपनी आँखें दोबारा चढ़ाते हुए कहा। 'रात को उसके अहाते में चोरी से भला कोई क्यों घुसेगा? इस बात की संभावना ज़्यादा है कि कोई बिल्ली रही होगी, जो इस समय कहीं पर घायल हालत में घूम रही होगी। लेकिन अगर जादू के अनुचित प्रयोग विभाग के लोगों ने बावरे-नैन को पकड़ लिया, तो बहुत बुरा होगा - ज़रा उसके रिकॉर्ड के बारे में सोचो - हमें उस पर तुम्हारे विभाग से संबंधित किसी छुटपुट अपराध का आरोप लगाकर उसे बचाना होगा - विस्फोट करने वाले कूड़ेदानों की सज़ा क्या है?'

'शायद चेतावनी,' मिस्टर वीज़्ली ने कहा, जो अब भी बहुत तेज़ी से लिखने में जुटे थे और उनकी भौंहें तन गई थीं। 'बावरे-नैन ने अपनी छड़ी का इस्तेमाल तो नहीं किया? उसने किसी पर हमला तो नहीं किया?'

'मैं शर्त लगाता हूँ कि वह अपने बिस्तर से कूदा होगा और खिड़की से नज़र आने वाली हर चीज़ पर मंत्र पढ़ने लगा होगा,' मिस्टर डिगोरी के सिर ने

कहा, 'लेकिन इसे साबित करना आसान नहीं होगा, क्योंकि किसी को कोई नुक़सान नहीं हुआ है।'

मिस्टर वीज़्ली ने कहा, 'तो फिर ठीक है, मैं वहीं जाकर देखता हूँ।' फिर उन्होंने उस चर्मपत्र को अपनी जेब में रख लिया, जिस पर नोट्स लिखे थे और उन्होंने किचन के बाहर दौड़ लगा दी।

मिस्टर डिगोरी के सिर ने जब चारों तरफ़ देखा, तो इसे मिसेज़ वीज़्ली दिख गईं।

'माफ़ करना, मॉली,' सिर ने धीरे से कहा, 'तुम्हें इतनी सुबह-सुबह परेशान किया ... लेकिन सिर्फ़ आर्थर ही बावरे-नैन को बचा सकता है और बावरे-नैन आज से अपनी नई नौकरी शुरू करने वाला था। उसने इस बखेड़े के लिए इसी रात को ही क्यों चुना ...'

'कोई बात नहीं, एमॉस,' मिसेज़ वीज़्ली बोलीं। 'जाने से पहले टोस्ट तो खाते जाएँ ?'

'ठीक है,' मिस्टर डिगोरी ने कहा।

मिसेज़ वीज़्ली ने किचन की टेबल से बटर लगा टोस्ट उठाया और उसे चिमटे से पकड़कर मिस्टर डिगोरी के मुँह में रख दिया।

'धन्यवाद,' मिस्टर डिगोरी ने भारी आवाज़ में कहा और फिर हल्की सी खट्ट की आवाज़ के साथ ग़ायब हो गए।

हैरी ने मिस्टर वीज़्ली को बिल, चार्ली, पर्सी और लड़कियों से गुडबाय कहते सुना। पाँच मिनट के भीतर ही वे दोबारा किचन में आ गए। उन्होंने अपने दुशाले को सीधा करके पहन लिया था और इस समय वे अपने बाल काढ़ रहे थे।

'जल्दी जाना पड़ेगा - स्कूल में अच्छे से पढ़ना, लड़को,' मिस्टर वीज़्ली ने हैरी, रॉन और जुड़वाँ भाइयों से कहा। फिर उन्होंने अपने कंधों पर एक चोगा डाल लिया और अंतर्ध्यान होने की तैयारी करने लगे। 'मॉली, तुम्हें बच्चों को किंग्स क्रॉस स्टेशन तक पहुँचाने में कोई दिक्क़त तो नहीं होगी ?'

'बिलकुल नहीं,' उन्होंने कहा। 'तुम बावरे-नैन को सँभालो; बच्चों को मैं सँभाल लूँगी।'

मिस्टर वीज़्ली के अंतर्ध्यान होते ही बिल और चार्ली किचन में आए।

'बावरे-नैन का नाम किसने लिया ?' बिल ने पूछा। 'अब उन्होंने क्या कर दिया ?'

'वे कहते हैं कि कल रात को किसी ने उनके घर में घुसने की कोशिश की थी!' मिसेज़ वीज़्ली बोलीं।

'बावरे-नैन मूडी?' अपने टोस्ट पर मुरब्बा लगाते हुए जॉर्ज ने कहा। 'कहीं वही तो नहीं, जो थोड़ा सिरफिरा -'

मिसेज़ वीज़्ली ने कड़क आवाज़ में कहा, 'तुम्हारे डैडी बावरे-नैन मूडी के बहुत बड़े प्रशंसक हैं।'

जब मिसेज़ वीज़्ली कमरे से बाहर चली गईं, तो फ्रेड ने धीरे से कहा, 'हाँ, क्यों नहीं होंगे? डैडी भी तो प्लग इकट्ठे करते हैं! वे दोनों एक ही थैली के चट्टे-बट्टे हैं ...'

बिल ने कहा, 'अपने समय में मूडी बहुत बड़े जादूगर थे।'

'वे डम्बलडोर के बहुत पुराने दोस्त हैं, है ना?' चार्ली बोला।

'डम्बलडोर को भी तो *सामान्य* नहीं कहा जा सकता, है ना?' फ्रेड ने कहा। 'मेरा मतलब है, मैं जानता हूँ कि वे जीनियस हैं, फिर भी ...'

'बावरे-नैन हैं कौन?' हैरी ने पूछा।

चार्ली ने कहा, 'वे मंत्रालय में काम करते थे, लेकिन अब रिटायर हो चुके हैं। मैं उनसे एक बार मिला हूँ, जब डैडी मुझे ऑफ़िस में ले गए थे और उनसे मिलवाया था। वे ऑरर थे - वे मंत्रालय के सबसे अच्छे ऑरर्स में से एक थे .. . वे शैतानी जादूगरों को पकड़ते थे,' उसने आगे कहा, जब उसे हैरी के चेहरे को देखकर लगा कि वह ऑरर का मतलब नहीं समझ पाया था। 'अज़्काबान जेल की आधी कोठरियाँ तो उन्हीं ने भरी हैं। हालाँकि इस वजह से उनके ढेर सारे दुश्मन भी बन गए हैं ... ख़ास तौर पर वे लोग, जिनके परिवार वालों को उन्होंने पकड़ा था ... और मैंने सुना है कि बुढ़ापे में वे सचमुच सठिया गए हैं। वे अब किसी पर रत्ती भर भी भरोसा नहीं करते हैं। उन्हें हर जगह शैतानी जादूगर ही नज़र आते हैं।'

बिल और चार्ली ने यह तय किया कि वे उन सबको छोड़ने के लिए किंग्स क्रॉस स्टेशन जाएँगे, लेकिन पर्सी ने बहुत औपचारिकता से माफ़ी माँगते हुए कहा कि उसे ऑफ़िस जाना ही पड़ेगा।

उसने उनसे कहा, 'मैं इस समय एक भी पल ऑफ़िस से दूर रहना गवारा नहीं कर सकता। मिस्टर क्राउच अब मुझ पर निर्भर रहने लगे हैं।'

'यह सब तो ठीक है पर्सी,' जॉर्ज ने गंभीरता से कहा। 'लेकिन मुझे लगता है कि उन्हें जल्दी ही तुम्हारा सही नाम पता चल जाएगा।'

मिसेज़ वीज़्ली बहुत हिम्मत जुटाकर गाँव के पोस्ट ऑफ़िस तक गईं और उन्होंने वहाँ से फ़ोन करके तीन सामान्य मगलू टैक्सी-कारें बुलवाईं, ताकि वे उन्हें लंदन पहुँचा सकें।

'आर्थर ने मंत्रालय की कारें लाने की कोशिश की थी,' मिसेज़ वीज़्ली ने हैरी से फुसफुसाकर कहा, जब वे बारिश से धुले अहाते में खड़े थे और टैक्सी ड्राइवरों को हॉगवर्ट्स के छह भारी संदूक उठाकर अपनी कारों में रखते हुए देख रहे थे। 'लेकिन कोई कार ख़ाली ही नहीं थी ... ओह, ये टैक्सी ड्राइवर ख़ुश नहीं दिख रहे हैं, है ना?'

हैरी मिसेज़ वीज़्ली को यह नहीं बताना चाहता था कि मगलू टैक्सी ड्राइवर अति रोमांचित उल्लुओं को अपनी गाड़ी में कभी नहीं बैठाते हैं और पिगविजियन तो इस समय कानफोड़ू शोर मचा रहा था। इसके अलावा, बदक़िस्मती से फ्रेड का संदूक खुल गया और उसमें से डॉ. फ़िलिबस्टर के शानदार 'गर्मी-नहीं-करेंगे, गीले-में-भी-चलेंगे' पटाख़े बाहर निकलकर अचानक चलने लगे। उस संदूक को उठाने वाला ड्राइवर अचानक डर और दर्द के कारण चिल्लाने लगा, क्योंकि क्रुकशैंक्स दहशत के कारण उसके पैरों पर पंजे मारने लगी थी।

यात्रा काफ़ी परेशानी भरी थी। इसका कारण यह था कि वे अपने संदूकों के साथ टैक्सियों की पिछली सीटों पर बहुत ठसकर बैठे थे। क्रुकशैंक्स को पटाख़ों के सदमे से उबरने में थोड़ा समय लगा। लंदन पहुँचने तक हैरी, रॉन और हर्माइनी के शरीर पर खरोंचों के काफ़ी निशान बन चुके थे। किंग्स क्रॉस स्टेशन पर उतरकर उन सभी ने राहत की साँस ली, हालाँकि अब बारिश पहले से ज़्यादा तेज़ हो चुकी थी। अपने संदूकों को उठाकर उन्होंने व्यस्त सड़क पार की और स्टेशन के अंदर गए। इस दौरान वे पूरी तरह भीग गए।

हैरी को अब तक प्लेटफ़ॉर्म नंबर पौने दस तक पहुँचने की आदत पड़ चुकी थी। इसके लिए आपको नौ और दस नंबर के प्लेटफ़ॉर्मों के बीच में बने एक ठोस दिखने वाले बैरियर में घुसना पड़ता था। इस काम में सिर्फ़ इतनी सी सावधानी रखनी पड़ती थी कि यह चुपके से किया जाए, ताकि किसी मगलू को पता न चले। आज उन्होंने यह काम समूहों में किया। सबसे पहले हैरी, रॉन और हर्माइनी गए। वे बहुत अजीब दिख रहे थे, क्योंकि उनके साथ पिगविजियन और क्रुकशैंक्स भी थे। वे तीनों लापरवाही से बातें करते हुए बैरियर से टिके और इसके अंदर चले गए ... और प्लेटफ़ॉर्म नंबर पौने दस उनके सामने तत्काल प्रकट हो गया।

हॉगवर्ट्स एक्सप्रेस का भाप वाला लाल इंजन पहले से ही वहाँ खड़ा था। उसमें से भाप के बादल उठ रहे थे, जिनके बीच में हॉगवर्ट्स के विद्यार्थी और उनके माता-पिता काले भूतों जैसे दिख रहे थे। पिगविजियन ने दूसरे उल्लुओं का शोर सुन लिया, जिससे वह और भी ज़्यादा शोर मचाने लगा। हैरी, रॉन और हर्माइनी सीटें खोजने गए और जल्दी ही ट्रेन के बीच वाले एक कम्पार्टमेंट

में अपना सामान रखने लगे। इसके बाद वे मिसेज़ वीज़्ली, बिल और चार्ली से गुडबाय कहने के लिए प्लेटफ़ॉर्म पर उतर आए।

'मैं तुम लोगों से जल्दी ही मिलूँगा, तुम्हारी उम्मीद से कहीं जल्दी,' चार्ली ने मुस्कराते हुए कहा, जब उसने जिनी को गले लगाकर विदा ली।

'क्यों ?' फ्रेड ने उत्सुकता से पूछा।

'तुम्हें जल्दी ही पता चल जाएगा,' चार्ली ने कहा। 'बस पर्सी को मत बताना कि मैंने इसका ज़िक्र किया था ... यह "गोपनीय जानकारी है, जब तक कि मंत्रालय इसे जारी करने का निर्णय नहीं लेता है।"'

'काश इस साल मैं भी हॉगवर्ट्स में पढ़ रहा होता,' बिल ने अपनी जेब में हाथ डालते हुए कहा और ट्रेन की तरफ़ हसरत से देखने लगा।

'क्यों ?' जॉर्ज ने अधीरता से पूछा।

'तुम लोगों का यह साल बड़ा ही दिलचस्प रहेगा,' बिल की आँखें चमक रही थीं। 'हो सकता है कि मैं भी समय निकालकर इसे देखने आ जाऊँ ...'

'*क्या* देखने आओगे ?' रॉन ने पूछा।

लेकिन उसी समय ट्रेन की सीटी बजने लगी और मिसेज़ वीज़्ली उन सभी को ट्रेन के डिब्बे के गेट की तरफ़ ले गईं।

जब वे डिब्बे में चढ़े और दरवाज़ा बंद करने के बाद उनसे बात करने के लिए खिड़की में से झाँकने लगे, तब हर्माइनी बोली, 'मिसेज़ वीज़्ली, हमें अपने घर पर ठहरने देने के लिए बहुत-बहुत धन्यवाद।'

हैरी ने भी कहा, 'हाँ मिसेज़ वीज़्ली, आपको हर चीज़ के लिए धन्यवाद!'

'ओह, बच्चो इसमें मुझे बहुत ख़ुशी हुई,' मिसेज़ वीज़्ली ने कहा। 'मैं तो तुम्हें क्रिसमस पर भी अपने घर रहने के लिए बुलाना चाहती थी, लेकिन ... मुझे लगता है कि तुम सभी हॉगवर्ट्स में ही रहना चाहोगे ... वहाँ इतना बड़ा आयोजन जो होने वाला है।'

'मम्मी!' रॉन ने चिढ़कर कहा। 'आप तीनों ऐसा क्या जानते हो, जो हम नहीं जानते हैं ?'

'मुझे लगता है कि तुम्हें आज रात को ही सब कुछ पता चल जाएगा,' मिसेज़ वीज़्ली मुस्कराती हुई बोलीं। 'यह बहुत रोमांचक होगा – वैसे मैं ख़ुश हूँ कि उन्होंने नियम बदल दिए हैं –'

'कौन से नियम ?' हैरी, रॉन, फ्रेड और जॉर्ज ने एक साथ पूछा।

'मुझे यक़ीन है कि प्रोफ़ेसर डम्बलडोर तुम्हें इस बारे में सब कुछ बता

देंगे ... अच्छा, तुम लोग ढंग से रहना, ठीक है? *ठीक है*, फ्रेड? और तुम भी, जॉर्ज?'

पिस्टन तेज़ी से घूमने लगे और ट्रेन चलने लगी।

'हमें बता तो दो कि हॉगवर्ट्स में क्या होने वाला है!' फ्रेड खिड़की से बाहर झाँककर चिल्लाया, जब मिसेज़ वीज़्ली, बिल और जॉर्ज उनसे दूर होते गए। 'कौन से नियम बदलने वाले हैं?'

लेकिन मिसेज़ वीज़्ली सिर्फ़ मुस्कराकर हाथ हिलाने लगीं। ट्रेन मोड़ पर मुड़ पाती, इससे पहले ही मिसेज़ वीज़्ली, बिल और चार्ली अंतर्ध्यान हो गए।

हैरी, रॉन और हर्माइनी अपने कम्पार्टमेंट में आ गए। खिड़कियों पर बारिश की भारी बौछारें पड़ रही थीं, जिस वजह से बाहर का दृश्य देखना बहुत मुश्किल था। रॉन ने अपना संदूक खोलकर उसमें से अपना मेहरून ड्रेस दुशाला निकाला और पिगविजियन के पिंजरे पर डाल दिया, ताकि उसके चिल्लाने का शोर दब जाए।

'बैगमैन हमें बताना चाहते थे कि हॉगवर्ट्स में क्या होने वाला है?' उसने चिढ़ते हुए कहा और हैरी की बग़ल में बैठ गया। 'वर्ल्ड कप के दौरान ही वे हमें बताने वाले थे, याद है ना? लेकिन मेरी मम्मी यह बताने को तैयार नहीं हैं। क्या पता क्या होने वाला है –'

'श्श्श!' हर्माइनी अचानक फुसफुसाई और उसने अपने होंठों पर उँगली रखकर आगे वाले कम्पार्टमेंट की तरफ़ इशारा किया। हैरी और रॉन भी सुनने लगे। उन्हें खुले दरवाज़े से एक जानी-पहचानी धीमी आवाज़ सुनाई दी।

'... दरअसल डैडी तो मुझे हॉगवर्ट्स के बजाय डर्मस्ट्रैंग भेजने के बारे में सोच रहे थे। तुम्हें पता है, वे वहाँ के हेडमास्टर को बहुत अच्छी तरह से जानते हैं। तुम तो जानते ही हो कि वे डम्बलडोर के बारे में क्या सोचते हैं। डम्बलडोर बदज़ातों से बहुत प्यार करते हैं। डर्मस्ट्रैंग में इस तरह की बकवास नहीं होती है। लेकिन मम्मी को यह पसंद नहीं आया कि मुझे घर से इतनी दूर वाले स्कूल में भेजा जाए। डैडी कहते हैं कि गुप्त कलाओं के बारे में हॉगवर्ट्स के बजाय डर्मस्ट्रैंग की नीति ज़्यादा उचित है। डर्मस्ट्रैंग के विद्यार्थी हमारी तरह गुप्त कलाओं से रक्षा करना ही नहीं सीखते हैं, वे काला जादू करना भी *सीखते* हैं ...'

हर्माइनी उठकर खड़ी हुई और उसने दबे पाँव कम्पार्टमेंट के दरवाज़े तक जाकर उसे बंद कर दिया, ताकि मैल्फ़ॉय की आवाज़ अंदर सुनाई न दे।

'तो उसे लगता है कि डर्मस्ट्रैंग उसके लिए ज़्यादा अच्छा रहता, है ना?' उसने ग़ुस्से से कहा। 'काश वह वहीं गया होता! तब कम से कम हमें उसे झेलना तो नहीं पड़ता।'

हैरी ने पूछा, 'डर्मस्ट्रैंग जादूगरी का एक और स्कूल है?'

'हाँ,' हर्माइनी ने नाक सिकोड़ते हुए कहा, 'और इसकी बहुत भयंकर छवि है। *यूरोप में जादुई शिक्षा का सर्वेक्षण* के अनुसार यह स्कूल गुप्त कलाओं पर बहुत ज़्यादा ज़ोर देता है।'

'मुझे लगता है कि मैंने इसके बारे में सुना है,' रॉन ने अनिश्चितता भरी आवाज़ में कहा। 'लेकिन यह है कहाँ? यह किस देश में है?'

'कोई भी नहीं जानता,' हर्माइनी ने त्योरियाँ चढ़ाते हुए कहा।

'अर – क्यों नहीं जानता?' हैरी ने पूछा।

हर्माइनी सपाट आवाज़ में बोली, 'जादूगरी के सभी स्कूलों में काफ़ी प्रतिद्वंद्विता है। डर्मस्ट्रैंग और बाबैटन्स अपना पता-ठिकाना छिपाकर रखने की कोशिश करते हैं, ताकि कोई उनके रहस्य न चुरा ले।'

'छोड़ो भी,' रॉन ने हँसते हुए कहा। 'डर्मस्ट्रैंग तो हॉगवर्ट्स जितना ही बड़ा होगा। कोई इतने बड़े महल को कैसे छिपा सकता है?'

'लेकिन हॉगवर्ट्स भी तो *छिपा हुआ* है,' हर्माइनी ने हैरानी से कहा, 'हर व्यक्ति यह बात जानता है ... मेरा मतलब है, जिसने भी *हॉगवर्ट्स : एक इतिहास* पुस्तक पढ़ी है, वह यह बात जानता है।'

'इसका मतलब है कि सिर्फ़ तुम्हीं यह बात जानती हो,' रॉन बोला। 'लेकिन यह तो बताओ – हॉगवर्ट्स जितनी बड़ी जगह को कैसे छिपाया जा सकता है?'

'इस पर जादू किया गया है,' हर्माइनी ने कहा। 'अगर कोई मगलू इसकी तरफ़ देखता है, तो उसे बस एक पुराना खंडहर दिखाई देता है, जिसके दरवाज़े पर यह साइनबोर्ड लगा है : **ख़तरा, अंदर न जाएँ, ख़तरनाक।'**

'तो डर्मस्ट्रैंग भी बाहरी व्यक्ति को खंडहर जैसा ही दिखता होगा?'

'शायद,' हर्माइनी ने कंधे उचकाते हुए कहा, 'या शायद उन्होंने उस पर क्विडिच वर्ल्ड कप के स्टेडियम की तरह मगलू-विरोधी सम्मोहन कर दिया होगा। और विदेशी जादूगर उसे ढूँढ़ न लें, इसलिए उन्होंने यह इंतज़ाम कर दिया होगा कि उसे नक़्शे पर नहीं उतारा जा सके –'

'क्या कहा? फिर से कहना।'

'किसी इमारत पर इस तरह सम्मोहन किया जा सकता है, ताकि उसे नक़्शे पर नहीं देखा जा सके।'

हैरी ने कहा, 'अर – तुम कहती हो, तो हम मान लेते हैं।'

'लेकिन मुझे लगता है कि डर्मस्ट्रैंग उत्तर दिशा में होगा,' हर्माइनी ने सोचते हुए कहा। 'वहाँ बहुत ठंड पड़ती होगी, क्योंकि उनकी यूनिफ़ॉर्म फ़र की होती है।'

'ओह, सोचो तो सही, कितनी सारी संभावनाएँ सामने आ जाती हैं,' रॉन सपनीली आवाज़ में बोला। 'मैल्फ़ॉय को ग्लेशियर पर से धक्का देकर इसे दुर्घटना का नाम देना कितना आसान होता ... कितने अफ़सोस की बात है कि उसकी मम्मी ने उसे वहाँ नहीं जाने दिया ...'

जैसे-जैसे ट्रेन उत्तर दिशा में आगे बढ़ी, बारिश और ज़्यादा तेज़ होती गई। आसमान इतना काला दिखने लगा और खिड़कियों पर इतनी धुँध छा गई कि दोपहर में ही लालटेनें जलने लगीं। लंच की ट्रॉली खड़खड़ की आवाज़ करती हुई गलियारे में आई और हैरी ने सबके लिए एक बहुत बड़ा कड़ाही केक ख़रीद लिया।

दोपहर में उनके कई मित्र उनसे मिलने आए, जिनमें सीमस फ़िनिगन, डीन थॉमस और नेविल लॉंगबॉटम शामिल थे। नेविल गोल चेहरे वाला, बहुत ही भुलक्कड़ लड़का था, जिसका लालन-पालन उसकी दादी ने किया था, जो ख़ुद एक प्रतिष्ठित जादूगरनी थीं। सीमस अब भी अपना आयरलैंड का गुलाब लगाए था। इसका जादू अब कम हो रहा था। यह अब भी *'ट्रॉय! मुलेट! मोरान!'* चिल्ला रहा था, लेकिन इसकी आवाज़ बहुत धीमी हो चुकी थी। क़रीब आधा घंटे बाद हर्माइनी, जो क्विडिच की अंतहीन चर्चा से उकता गई थी, *मंत्रों की मानक पुस्तक, भाग 4* पढ़ने लगी और आह्वान मंत्र सीखने की कोशिश करने लगी।

वर्ल्ड कप मैच के बारे में दूसरों की बातचीत सुनकर नेविल को थोड़ी ईर्ष्या हुई।

उसने दुख भरे स्वर में कहा, 'दादी वहाँ नहीं जाना चाहती थीं। उन्होंने टिकट ही नहीं ख़रीदे। तुम लोगों को वहाँ बहुत मज़ा आया होगा, है ना?'

'बहुत ज़्यादा,' रॉन ने कहा। 'इसकी तरफ़ देखो, नेविल ...'

उसने अपने संदूक में हाथ डालकर विक्टर क्रम के छोटे मॉडल को बाहर निकाल लिया।

'अरे वाह,' नेविल ने ईर्ष्या से कहा, जब रॉन ने क्रम को उसकी मोटी हथेली पर रख दिया।

'हमने तो उसे बिलकुल क़रीब से देखा भी था,' रॉन ने कहा। 'हम लोग टॉप बॉक्स में बैठे थे -'

'वीज़्ली, ऐसा तुम्हारी ज़िंदगी में पहली और आख़िरी बार हुआ था।'

ड्रेको मैल्फ़ॉय दरवाज़े पर खड़ा था। उसके पीछे उसके विशालकाय, ठग जैसे दिखने वाले चमचे क्रैब और गॉइल खड़े हुए थे। ऐसा लग रहा था कि क्रैब और गॉइल गर्मियों में कम से कम एक फ़ुट लंबे हो गए थे। यह स्पष्ट था कि उन्होंने कम्पार्टमेंट के दरवाज़े से उनकी बातचीत सुन ली थी, जिसे डीन और सीमस खुला छोड़ आए थे।

'हमने तुम्हें तो चर्चा में शामिल होने के लिए नहीं बुलाया था, मैल्फ़ॉय,' हैरी ने ठंडेपन से कहा।

'वीज़्ली ... *वह* क्या है?' मैल्फ़ॉय ने पिगविजियन के पिंजरे की तरफ़ इशारा किया। रॉन के ड्रेस दुशाले की एक बाँह लटक रही थी और ट्रेन चलने के कारण लहरा रही थी। इसके कफ़ पर लगी घिसी-पिटी डोरियाँ साफ़ नज़र आ रही थीं।

रॉन ने दुशाले को छिपाने की कोशिश की, लेकिन मैल्फ़ॉय ने उससे ज़्यादा फ़ुर्ती दिखाई। उसने आस्तीन को पकड़कर खींच लिया।

'इसकी तरफ़ देखो!' मैल्फ़ॉय ने ख़ुशी से चहकते हुए कहा और रॉन का दुशाला पकड़कर क्रैब और गॉइल को दिखाया। 'वीज़्ली, तुम इसे *पहनने* के बारे में तो नहीं सोच रहे हो? मेरा मतलब है – ये 1890 में यानी लगभग एक सदी पहले फ़ैशन में हुआ करते थे ...'

रॉन का चेहरा भी अब उसके दुशाले के रंग का हो गया था। उसने मैल्फ़ॉय से दुशाला छीनते हुए कहा, 'गोबर खाओ, मैल्फ़ॉय!' मैल्फ़ॉय मज़ाक उड़ाती अपमान भरी हँसी हँसने लगा। क्रैब और गॉइल मूर्खों की तरह ही-ही करने लगे।

'तो ... इसमें शामिल हो रहे हो, वीज़्ली? परिवार का खोया हुआ नाम ऊँचा करने की कोशिश करना चाहते हो? तुम्हें तो पता ही होगा, इसमें पैसे भी मिलेंगे ... अगर तुम जीत गए, तो तुम कुछ अच्छे दुशाले भी ख़रीद सकते हो ...'

रॉन ने हैरानी से पूछा, 'तुम किस बारे में बात कर रहे हो?'

'क्या तुम इसमें शामिल हो रहे हो?' मैल्फ़ॉय ने हैरी से कहा, 'पॉटर, मुझे लगता है, *तुम* तो ज़रूर शामिल हो रहे होगे। तुम कभी शान झाड़ने का कोई मौक़ा नहीं चूकते हो, है ना?'

'या तो यह बताओ कि तुम किस बारे में बात कर रहे हो, वरना यहाँ से दफ़ा हो जाओ, मैल्फ़ॉय,' हर्माइनी ने चिढ़कर *मंत्रों की मानक किताब, भाग 4* के

ऊपर से झाँकते हुए कहा।

मैल्फ़ॉय के पीले चेहरे पर ख़ुशी भरी मुस्कान तैरने लगी।

'यह मत कहना कि तुम्हें कुछ *पता* ही नहीं है?' उसने ख़ुश होकर कहा। 'तुम्हारे डैडी और भाई मंत्रालय में काम करते हैं, इसके बाद भी तुम्हें कुछ नहीं *पता*? हे भगवान, *मेरे* डैडी ने तो मुझे इसके बारे में बहुत पहले ही बता दिया था ... उन्हें यह बात मंत्रीजी यानी कॉर्नेलियस फ़ज ने ख़ुद बताई थी। लेकिन डैडी हमेशा मंत्रालय के ऊँचे लोगों के बीच रहते हैं ... वीज़्ली, शायद तुम्हारे डैडी बहुत जूनियर होंगे, इसलिए उन्हें यह बात मालूम नहीं होगी ... हाँ ... शायद मंत्रालय के ऊँचे लोग उनके सामने महत्वपूर्ण बातें नहीं करते होंगे ...'

एक बार फिर हँसते हुए मैल्फ़ॉय ने क्रैब और गॉइल को इशारा किया तथा वे तीनों वहाँ से चले गए।

रॉन उठकर खड़ा हुआ और उसने कम्पार्टमेंट का दरवाज़ा इतनी ज़ोर से बंद किया कि उसका काँच टूट गया।

'रॉन!' हर्माइनी ने उसे झिड़का और अपनी छड़ी निकालकर बुदबुदाई *'मरम्मतो!'* काँच के टुकड़े तत्काल जाकर दरवाज़े में लग गए।

रॉन गुर्राकर बोला, 'वह ऐसा जता रहा था, जैसे वही सब कुछ जानता है और हम कुछ नहीं जानते ... हुँह, बड़ा आया डैडी *हमेशा मंत्रालय के ऊँचे लोगों के बीच रहते हैं* ... मेरे डैडी को कभी भी प्रमोशन मिल सकता है ... लेकिन वे जिस पद पर हैं, उसी काम को पसंद करते हैं ...'

'हाँ रॉन, हम यह बात जानते हैं,' हर्माइनी ने धीरे से कहा। 'मैल्फ़ॉय की बात को दिल पर मत लो, रॉन –'

'उसकी बात! दिल पर लूँगा! कभी नहीं!' रॉन ने बचे हुए कड़ाही केक को उठाकर उसकी लुगदी बनाते हुए कहा।

रॉन का मूड यात्रा ख़त्म होने तक नहीं सुधरा। स्कूल के दुशाले पहनते समय भी वह ज़्यादा कुछ नहीं बोला। जब हॉगवर्ट्स एक्सप्रेस धीमी हुई और आख़िरकार हॉग्समीड स्टेशन पर घुप्प अँधेरे में रुकी, तब भी वह ग़ुस्से में तमतमा रहा था।

जैसे ही ट्रेन के दरवाज़े खुले, आसमान में बादलों के गरजने की आवाज़ सुनाई दी। हर्माइनी ने क्रुकशैंक्स को अपने चोगे से ढँक लिया और रॉन ने ट्रेन से उतरते समय पिगविजियन के पिंजरे पर अपना ड्रेस दुशाला ढँका रहने दिया। वे बरसते पानी में सिर झुकाकर और आँखें सिकोड़कर नीचे उतरे। बारिश अब इतनी तेज़ हो रही थी, जैसे कोई उनके सिर पर लगातार बर्फ़ीले पानी की

बाल्टियाँ डाल रहा हो।

'हाय, हैग्रिड!' हैरी चीख़ा, जब उसे प्लेटफ़ॉर्म के दूसरे छोर पर एक विशाल परछाईं दिखी।

'ठीक हो, हैरी ?' हैग्रिड हाथ हिलाते हुए चिल्लाया। 'अगर हम झील में नहीं डूबे, तो तुमसे दावत में मिलेंगे!'

परंपरा के अनुसार फ़र्स्ट ईयर के विद्यार्थी हैग्रिड के साथ नाव में बैठकर झील के रास्ते से हॉगवर्ट्स महल तक पहुँचते थे।

हर्माइनी बोली, 'ऊह, मैं तो इस मौसम में झील की यात्रा कभी नहीं करती।' भीड़ के साथ अँधेरे प्लेटफ़ॉर्म पर धीरे-धीरे चलते हुए वे लोग काँप रहे थे। सौ घोड़ागाड़ियाँ स्टेशन के बाहर उनका इंतज़ार कर रही थीं, लेकिन उनमें घोड़े नहीं जुते थे। हैरी, रॉन, हर्माइनी और नेविल एक गाड़ी के भीतर घुस गए। दरवाज़ा झटके से बंद हुआ और कुछ पल बाद गाड़ियों का लंबा क़ाफ़िला कीचड़ उड़ाते हुए हॉगवर्ट्स महल की तरफ़ जाने वाले रास्ते पर धीरे-धीरे चलने लगा।

अध्याय बारह

जादूगरी का त्रिकोणीय टूर्नामेंट

गेट के दोनों तरफ़ लगी वराह की मूर्तियों के बीच से निकलकर गाड़ी तेज़ बारिश में चलने लगी। आँधी के कारण गाड़ी ख़तरनाक तरीक़े से लहरा रही थी। खिड़की पर आँख टिकाकर हैरी ने देखा कि हॉगवर्ट्स महल पास आता जा रहा था। बारिश की बौछारों के मोटे से परदे के पीछे महल की रोशन खिड़कियों की चमक धुँधली दिख रही थी। जब उनकी गाड़ी हॉगवर्ट्स के महल के बलूत की लकड़ी से बने विशाल दरवाज़े के सामने रुकी, तो आसमान में बिजली कड़कने लगी। दरवाज़े तक पहुँचने के लिए पत्थर की सीढ़ियों पर चढ़ना था। आगे वाली गाड़ियों में बैठे लोग उतर चुके थे और सीढ़ियों पर जल्दी-जल्दी चढ़कर महल में जा रहे थे। हैरी, रॉन, हर्माइनी और नेविल अपनी गाड़ी से नीचे कूदे और उन्होंने सीढ़ियों की तरफ़ दौड़ लगा दी। उन्होंने आँख उठाकर तभी ऊपर देखा, जब वे मशालों से रोशन प्रवेश हॉल में सुरक्षित पहुँच गए, जहाँ संगमरमर की शानदार सीढ़ियाँ थीं।

रॉन ने अपना सिर झटका, जिससे चारों ओर पानी उड़ने लगा। फिर वह बोला, 'ओह, अगर इसी तरह बारिश होती रही, तो झील में बाढ़ आ जाएगी। मैं तो बुरी तरह भीग गया हूँ - ओह!'

अचानक पानी से भरा एक बड़ा लाल गुब्बारा छत से आया और रॉन के सिर से टकराकर फट गया। रॉन पानी की बौछार में नहा गया। वह हैरानी से उछला, जिससे बग़ल में चल रहे हैरी से टकरा गया। उसी समय पानी का एक और गुब्बारा आया, जो हर्माइनी को लगते-लगते बचा। यह गुब्बारा हैरी के पैरों के पास फटा, जिससे उसके जूतों के ऊपर ठंडे पानी की बौछार हो गई। पानी उसके जूतों से होता हुआ मोज़ों तक पहुँच गया। पानी के गुब्बारों की बौछार होती देखकर चारों तरफ़ बच्चे चीख़ने लगे और उनसे बचने की कोशिश

में एक-दूसरे को धक्का देने लगे। हैरी ने सिर उठाकर देखा, उनके बीस फ़ुट ऊपर पीव्ज़ नाम का नाटा भूत हवा में तैर रहा था। उसने घंटियों से ढँका हैट और नारंगी बो-टाई पहन रखी थी। उसके चौड़े चेहरे पर दुष्टता साफ़ झलक रही थी और वह दोबारा निशाना साध रहा था।

'पीव्ज़!' एक ग़ुस्से भरी आवाज़ आई। 'पीव्ज़, **फ़ौरन** नीचे आ जाओ!'

यह आवाज़ प्रोफ़ेसर मैक्गॉनेगल की थी, जो हॉगवर्ट्स की डिप्टी हेडमिस्ट्रेस और गरुड़द्वार हाउस की प्रमुख थीं। विद्यार्थियों की दहशत भरी चीख़ें सुनकर वे बड़े हॉल से भागती हुई वहाँ आ गई थीं। लेकिन फ़र्श गीला होने के कारण फिसल गईं और गिरने से बचने के लिए उन्होंने हर्माइनी की गर्दन पकड़ ली। 'आउच - सॉरी, मिस ग्रेंजर -'

'कोई बात नहीं, प्रोफ़ेसर!' हर्माइनी अपनी गर्दन सहलाते हुए बोली।

'पीव्ज़, उतरकर **फ़ौरन** नीचे आ जाओ!' प्रोफ़ेसर मैक्गॉनेगल चीख़ीं। उन्होंने अपना नुकीला हैट सीधा किया और अपने चौकोर चश्मे से घूरकर ऊपर देखा।

'मैं कुछ भी तो नहीं कर रहा हूँ!' पीव्ज़ ने किलकारी मारते हुए पानी का एक गुब्बारा फ़िफ्थ ईयर की लड़कियों की तरफ़ उछाल दिया, जो चीख़ती हुई बड़े हॉल में चली गईं। 'वे तो पहले से ही गीले हैं, है ना? बच्चों को तो इसमें मज़ा आ रहा होगा! हीहीहीही!' इतना कहने के साथ उसने सेकंड ईयर के विद्यार्थियों पर निशाना साधा, जो उसी समय अंदर आए थे।

'मैं हेडमास्टर को बुलाकर लाती हूँ!' प्रोफ़ेसर मैक्गॉनेगल चिल्लाईं। 'मैं तुम्हें चेतावनी दे रही हूँ, पीव्ज़ -'

पीव्ज़ अपनी जीभ बाहर निकालकर चिढ़ाने लगा। फिर उसने पानी के बचे-खुचे गुब्बारे हवा में उछाल दिए और खिलखिलाता हुआ संगमरमर की सीढ़ियों के ऊपर उड़कर चला गया।

'चलो, आगे चलो!' प्रोफ़ेसर मैक्गॉनेगल ने परेशान विद्यार्थियों की भीड़ से कहा। 'बड़े हॉल में चलो!'

हैरी, रॉन और हर्माइनी बीच-बीच में फिसलते हुए प्रवेश हॉल के पार गए और दाहिने दरवाज़े से बड़े हॉल के अंदर चले गए। रॉन अपने गीले बालों को अपने चेहरे से हटाते हुए ग़ुस्से से बड़बड़ा रहा था।

बड़ा हॉल हमेशा की तरह ही बेहतरीन दिख रहा था। इसे सत्र के शुरुआती जश्न के लिए सजाया गया था। टेबलों के ऊपर सैकड़ों मोमबत्तियाँ हवा में तैर रही थीं, जिनकी रोशनी में सुनहरी प्लेटें और प्याले चमक रहे थे।

चारों हाउसों की लंबी टेबलों पर विद्यार्थी लगातार बातें कर रहे थे। हॉल के ऊपरी हिस्से में टीचर्स अपनी-अपनी कुर्सियों पर बैठकर विद्यार्थियों को देख रहे थे। बाहर की ठंड के बाद यहाँ की गर्मी काफ़ी सुखद लग रही थी। हैरी, रॉन और हर्माइनी नागशक्ति, चीलघात और मेहनतकश हाउस की टेबलों के पास से होते हुए निकले और हॉल के दूर वाले सिरे पर जाकर गरुड़द्वार के बाक़ी विद्यार्थियों के पास बैठ गए। पास में ही लगभग सिरकटा निक बैठा था, जो गरुड़द्वार हाउस का भूत था। मोती की तरह सफ़ेद और अर्ध-पारदर्शी निक आज भी हमेशा की तरह जैकेट पहने हुए था। उसने अपनी गर्दन पर एक काफ़ी बड़ा गुलूबंद भी बाँध रखा था। इस गुलूबंद को पहनने के दो मक़सद थे। एक तो यह जश्न में पहनने के लिए उपयुक्त था और दूसरे, इसकी वजह से उसका सिर उसकी कटी हुई गर्दन पर ज़्यादा झूल भी नहीं रहा था।

'गुड ईवनिंग,' लगभग सिरकटे निक ने उनसे मुस्कराते हुए कहा।

'कौन कहता है कि आज की शाम "गुड" है?' हैरी ने अपने जूते उतारकर उनमें भरे पानी को निकालते हुए कहा। 'उम्मीद है कि चुनने की रस्म जल्दी ही पूरी हो जाएगी। मैं तो भूख के मारे मरा जा रहा हूँ।'

हॉगवर्ट्स में पढ़ने आने वाले नए विद्यार्थियों को विभिन्न हाउसों के लिए चुना जाता था। यह रस्म स्कूल के हर सत्र के शुरू होने से पहले होती थी, लेकिन दुर्भाग्यपूर्ण परिस्थितियों के चलते हैरी अपने चुने जाने के बाद किसी अन्य रस्म को नहीं देख पाया था। वह इसे देखने के लिए बेताब था।

तभी उसे गरुड़द्वार की टेबल पर एक बहुत रोमांचित और हाँफती हुई आवाज़ सुनाई दी, 'हाय हैरी!'

यह थर्ड ईयर का विद्यार्थी कॉलिन क्रीवी था, जो हैरी को अपना हीरो मानता था।

'हाय कॉलिन,' हैरी ने सावधानी से कहा।

'हैरी, तुम्हें पता है। तुम्हें पता है, हैरी। मेरा भाई भी इस बार पढ़ने आया है! मेरा भाई डेनिस!'

'अर - अच्छा,' हैरी बोला।

'वह सचमुच रोमांचित है!' कॉलिन ने अपनी सीट पर उछलते हुए कहा। 'मैं बस यही प्रार्थना कर रहा हूँ कि वह गरुड़द्वार में आ जाए! तुम भी प्रार्थना करो, हैरी!'

'अर - हाँ, ठीक है,' हैरी ने कहा। फिर वह हर्माइनी, रॉन और लगभग सिरकटे निक की तरफ़ मुड़ा। उसने कहा, 'भाई-बहन आम तौर पर एक ही

हाउस में रहते हैं, है ना?' वह वीज़्ली परिवार के बारे में सोच रहा था, जो सातों गरुड़द्वार में थे।

'ओह नहीं, ऐसा ज़रूरी नहीं है,' हर्माइनी ने कहा। 'पार्वती पाटिल की जुड़वाँ बहन चीलघात में है, जबकि दोनों एक जैसी दिखती हैं। तुम्हारे हिसाब से तो उन्हें एक ही हाउस में होना चाहिए था। है ना?'

हैरी ने स्टाफ़ की टेबल की तरफ़ देखा। वहाँ पर हमेशा से ज़्यादा कुर्सियाँ ख़ाली दिख रही थीं। ज़ाहिर है, हैग्रिड अब भी फ़र्स्ट ईयर के विद्यार्थियों को झील के पार ला रहा होगा। प्रोफ़ेसर मैक्गॉनेगल प्रवेश हॉल के फ़र्श को सुखाने के काम की निगरानी कर रही थीं, लेकिन वहाँ एक और ख़ाली कुर्सी थी। हैरी यह नहीं सोच पा रहा था कि उनका कौन सा टीचर वहाँ पर नहीं है।

हर्माइनी भी टीचर्स की तरफ़ देख रही थी। वह बोली, 'गुप्त कलाओं से रक्षा के नए टीचर कहाँ हैं?'

अब तक गुप्त कलाओं से रक्षा का उनका कोई भी टीचर वहाँ एक साल से ज़्यादा नहीं टिक पाया था। इनमें हैरी के सबसे प्रिय टीचर प्रोफ़ेसर ल्यूपिन थे, जिन्होंने पिछले साल इस्तीफ़ा दे दिया था। उसने स्टाफ़ टेबल की तरफ़ ग़ौर से देखा। निश्चित रूप से वहाँ कोई नया चेहरा नहीं दिख रहा था।

हर्माइनी ने चिंतित होते हुए कहा, 'शायद उन्हें कोई टीचर मिला ही नहीं होगा!'

हैरी ने ज़्यादा ध्यान से एक बार फिर टेबल की तरफ़ देखा। सम्मोहन के टीचर फ़्लिटविक बहुत सी गद्दियों पर बैठे थे। उनके पास ही जड़ी-बूटी विज्ञान की टीचर प्रोफ़ेसर स्प्राउट बैठी थीं, जिनका हैट उनके उड़ते हुए भूरे बालों पर तिरछा लगा था। वे खगोलशास्त्र विभाग की प्रोफ़ेसर सिनिस्ट्रा से बातें कर रही थीं। प्रोफ़ेसर सिनिस्ट्रा की दूसरी तरफ़ पीले चेहरे, मुड़ी नाक और चिपचिपे बालों वाले जादुई काढ़े के टीचर प्रोफ़ेसर स्नेप बैठे थे - जिन्हें हैरी हॉगवर्ट्स में सबसे ज़्यादा नापसंद करता था। हैरी स्नेप से जितना चिढ़ता था, स्नेप भी उससे उतनी ही नफ़रत करते थे। यह नफ़रत पिछले साल और भी बढ़ गई थी, जब हैरी ने स्नेप की बड़ी नाक के नीचे से भागने में सिरियस की मदद की थी - स्नेप और सिरियस में स्कूल के ज़माने से दुश्मनी चली आ रही थी।

स्नेप की दूसरी तरफ़ रखी कुर्सी ख़ाली थी। हैरी ने सोचा कि यह कुर्सी प्रोफ़ेसर मैक्गॉनेगल की होगी। उस कुर्सी की बग़ल वाली कुर्सी पर टेबल के बीचोबीच हॉगवर्ट्स के हेडमास्टर प्रोफ़ेसर डम्बलडोर बैठे थे। उनकी लंबी सफ़ेद दाढ़ी और बाल मोमबत्तियों की रोशनी में चमक रहे थे। उनके गहरे हरे दुशाले में चाँद-सितारे कढ़े थे। डम्बलडोर की लंबी, पतली उँगलियाँ आपस में कसी

हुई थीं और उन पर उन्होंने अपनी ठुड्डी टिका रखी थी। वे अपने आधे चाँद के आकार वाले चश्मे से छत की तरफ़ घूर रहे थे, जैसे विचारों में खोए हुए हों। हैरी ने भी छत की तरफ़ देखा। इस पर ऐसा जादू किया गया था कि यह बाहर के आसमान की तरह दिखती थी और हैरी ने इससे पहले कभी छत को इतना तूफ़ानी नहीं देखा था। वहाँ काले और बैंगनी बादल घुमड़ रहे थे और जब बाहर बादल गरजने की आवाज़ आई, तो छत पर बिजली कड़कने की चमक दिखाई दी।

'ओह, जल्दी करो,' हैरी की बग़ल में बैठे रॉन ने कहा। 'इतनी भूख लग रही है कि इस समय तो मैं गरुड़अश्व को भी खा सकता हूँ।'

जैसे ही उसके मुँह से ये शब्द निकले, वैसे ही बड़े हॉल का दरवाज़ा खुला और ख़ामोशी छा गई। प्रोफ़ेसर मैक्गॉनेगल फ़र्स्ट ईयर के विद्यार्थियों की लंबी लाइन को हॉल में ला रही थीं। अगर हैरी, रॉन और हर्माइनी गीले थे, तो फ़र्स्ट ईयर के विद्यार्थियों का हाल तो और भी बुरा था। ऐसा लग रहा था, जैसे वे नाव में बैठकर नहीं, बल्कि झील में तैरकर आए हों। जब फ़र्स्ट ईयर के विद्यार्थी स्टाफ़ टेबल के पास आए और बाक़ी विद्यार्थियों के सामने लाइन बनाकर खड़े हुए, तो वे सभी ठंड और घबराहट के मारे काँप रहे थे। सिर्फ़ एक ही लड़का नहीं काँप रहा था, जो सबसे छोटा था और जिसके बाल चूहे के रंग के थे। उसके न काँपने का कारण यह था कि वह हैग्रिड के छछूँदर की खाल वाले ओवरकोट में लिपटा हुआ था। कोट उसके हिसाब से बहुत बड़ा था। ऐसा लग रहा था, जैसे वह काले फ़र के शामियाने में लिपटा हो। उसका छोटा सा चेहरा कॉलर के ऊपर से झाँक रहा था और बहुत ही रोमांचित दिख रहा था। जब वह अपने डरे हुए साथियों के साथ लाइन में खड़ा हुआ, तो उसने कॉलिन क्रीवी की तरफ़ देखते हुए अँगूठा ऊपर किया और बोला, 'मैं झील में गिर गया था!' यह बताते हुए वह बहुत ख़ुश दिख रहा था।

अब प्रोफ़ेसर मैक्गॉनेगल ने फ़र्स्ट ईयर के विद्यार्थियों के सामने तीन पैरों वाला स्टूल रख दिया। फिर उन्होंने स्टूल पर एक बहुत पुरानी, गंदी, थिगड़े लगी टोपी रख दी। फ़र्स्ट ईयर के विद्यार्थियों ने टोपी को घूरकर देखा। बाक़ी सभी लोगों ने भी ऐसा ही किया। एक पल के लिए ख़ामोशी छाई रही। फिर टोपी के जोड़ का एक छेद मुँह की तरह खुला और टोपी बोलने लगी :

'एक हज़ार साल पहले की बात है,
जब मैं नई थी,
तब यहाँ चार मशहूर जादूगर रहते थे,
जिनके नाम अब भी मशहूर हैं :

वीर गरुड़द्वार, जंगली बीहड़ से आए थे,
मनमोहक चीलघात, दर्रे से,
मधुरभाषी मेहनतकश, बड़ी घाटी से,
चतुर नागशक्ति, दलदल से।
उन सभी की एक ही इच्छा थी, एक ही सपना था।
उन्होंने एक साहसिक योजना बनाई
कि वे जादू की प्रतिभा वाले लड़के-लड़कियों को शिक्षा देंगे।
इस तरह हॉगवर्ट्स स्कूल शुरू हुआ।
चारों संस्थापकों ने इसके बाद
अपना-अपना हाउस बनाया,
क्योंकि वे सभी अपने विद्यार्थियों में
अलग-अलग गुणों को पसंद करते थे।
गरुड़द्वार का मानना था, सबसे बहादुर लोग
ही सबसे अच्छे होते हैं।
चीलघात के शब्दों में, सबसे चतुर ही
सर्वश्रेष्ठ होते हैं।
मेहनतकश का विचार था, सबसे मेहनती विद्यार्थी ही
पढ़ाई के लिए सबसे योग्य होते हैं।
और शक्ति के भूखे नागशक्ति को
बहुत महत्वाकांक्षी विद्यार्थी पसंद थे।
अपने जीवनकाल में वे विद्यार्थियों में से
अपने प्रिय बच्चे छाँट लेते थे।
लेकिन उन्होंने सोचा, उनके मरने के बाद क्या होगा?
फिर उनके प्रिय विद्यार्थियों को कौन चुनेगा?
इसलिए गरुड़द्वार ने एक तरीक़ा सोचा,
उन्होंने अपने सिर से मुझे उतारा।
चारों संस्थापकों ने मुझमें अपना थोड़ा-थोड़ा दिमाग़ डाला,
ताकि उनकी जगह मैं चुनाव कर सकूँ!
अब तुम मुझे अपने सिर पर रख लो,
मेरा फ़ैसला आज तक ग़लत साबित नहीं हुआ है,
मैं तुम्हारे दिमाग़ के अंदर पल भर झाँकूँगी

और बता दूँगी कि तुम्हें किस हाउस में होना चाहिए!'

चुनने वाली टोपी की बात पूरी होते ही बड़े हॉल में तालियाँ गूँजने लगीं।

हैरी ने बाक़ी सबके साथ तालियाँ बजाते हुए कहा, 'जब इसने हमें चुना था, तब तो यह नहीं कहा था।'

'यह हर साल अलग-अलग भाषण देती है,' रॉन ने कहा। 'इस टोपी की ज़िंदगी भी कितनी नीरस होगी! मुझे तो लगता है, यह पूरे साल अपने अगले भाषण की तैयारी करती रहती होगी।'

प्रोफ़ेसर मैक्गॉनेगल ने अब चर्मपत्र का एक बड़ा रोल खोला।

उन्होंने फ़र्स्ट ईयर के विद्यार्थियों से कहा, 'मैं जिसका नाम लूँगी, वह यहाँ आएगा और टोपी लगाकर स्टूल पर बैठ जाएगा। जब टोपी बता देगी कि तुम्हें किस हाउस में जाना है, तो तुम जाकर उस हाउस की टेबल पर बैठ जाना।'

'एकर्ली, स्टीवर्ट!'

एक लड़का आगे आया। वह सिर से पैर तक काँप रहा था। उसने चुनने वाली टोपी उठाकर पहनी और स्टूल पर बैठ गया।

टोपी ने चिल्लाकर कहा, *'चीलघात!'*

स्टीवर्ट एकर्ली ने टोपी उतारी और चीलघात की टेबल की तरफ़ तेज़ी से चल दिया, जहाँ बैठे सभी लोग तालियाँ बजाकर उसका स्वागत कर रहे थे। हैरी को चीलघात की खोजी चो चैंग की झलक दिखी, जो स्टीवर्ट एकर्ली के लिए तालियाँ बजा रही थी। एक पल के लिए तो हैरी के मन में यह प्रबल इच्छा जागी कि वह भी चीलघात की टेबल पर पहुँच जाए।

'बैडॉक, मैल्कम!'

'नागशक्ति!'

हॉल की दूसरी तरफ़ वाली टेबल पर ख़ुशी भरा शोर होने लगा। हैरी ने देखा कि नागशक्ति की टेबल पर बैडॉक के बैठते समय मैल्फ़ॉय भी तालियाँ बजा रहा था। हैरी ने सोचा, क्या बैडॉक जानता है कि नागशक्ति हाउस से जितने शैतानी जादूगर और जादूगरनियाँ निकले हैं, उतने किसी दूसरे हाउस से नहीं। फ़्रेड और जॉर्ज ने मैल्कम बैडॉक के बैठते समय फुसफुसाकर उसका मज़ाक़ उड़ाया।

'ब्रैनस्टोन, एलीनोर!'

'मेहनतकश!'

'कॉल्डवेल, ओवेन!'

'मेहनतकश!'

'क्रीवी, डेनिस!'

छोटा सा डेनिस क्रीवी आगे बढ़ा। वह हैग्रिड के छछूँदर वाले ओवरकोट के कारण गिरते-गिरते बचा। उसी समय हैग्रिड टीचर्स की टेबल के पीछे वाले दरवाज़े से हॉल में आ गया। हैग्रिड सामान्य आदमी से दोगुना लंबा और कम से कम तीन गुना चौड़ा था। उसके लंबे, बिखरे, खिचड़ी काले बाल और दाढ़ी देखकर दहशत होने लगती थी। लेकिन सच कहा जाए, तो दहशत की कोई बात नहीं थी। हैरी, रॉन और हर्माइनी जानते थे कि हैग्रिड बहुत ही नेक है। हैग्रिड ने स्टाफ़ टेबल के सिरे पर बैठते समय उन तीनों की तरफ़ आँख मारी और फिर डेनिस क्रीवी को चुनने वाली टोपी पहनते हुए देखने लगा। टोपी का मुँह खुला –

टोपी चिल्लाकर बोली, *'गरुड़द्वार!'*

गरुड़द्वार के विद्यार्थियों के साथ हैग्रिड भी तालियाँ बजाने लगा। डेनिस क्रीवी ने बत्तीसी दिखाते हुए टोपी उतारी, स्टूल पर वापस रखी और जल्दी से अपने भाई के पास आने लगा।

'कॉलिन, मैं झील में गिर गया था!' उसने एक ख़ाली कुर्सी पर बैठते हुए तीखी आवाज़ में कहा। 'बड़ा मज़ा आया! पानी में किसी जानवर ने मुझे पकड़ा और वापस नाव में उछाल दिया!'

'बहुत बढ़िया!' कॉलिन ने भी उतने ही रोमांच से कहा। 'शायद विशाल समुद्रफ़ेनी होगी, डेनिस!'

'वाह!' डेनिस बोला, जैसे इससे अच्छी कोई बात हो ही नहीं सकती कि कोई तूफ़ानी मौसम में गहरी झील में गिर जाए और उसे एक विशाल समुद्री प्राणी ऊपर पहुँचा दे।

'डेनिस! डेनिस! वहाँ बैठे लड़के को देखो ? जिसके बाल काले हैं और जो चश्मा पहने है ? दिखा ? *डेनिस, जानते हो वह कौन है ?'*

हैरी दूसरी तरफ़ देखने लगा। वह चुनने वाली टोपी को घूरने लगा, जो अब एम्मा डॉब्स को चुन रही थी।

चुनने की रस्म चलती रही। डरे हुए विद्यार्थी एक-एक करके तीन पैरों वाले स्टूल के पास आते रहे और उनकी क़तार धीरे-धीरे छोटी होती गई। अब प्रोफ़ेसर मैक्गॉनेगल 'एल' अक्षर पर पहुँच चुकी थीं।

'ओह, जल्दी करो,' रॉन ने अपना पेट मलते हुए दुख भरी आवाज़ में कहा।

'रॉन, चुनने की रस्म खाने से ज़्यादा महत्वपूर्ण है,' लगभग सिरकटे निक ने कहा, जब 'मैडले, लॉरा!' मेहनतकश में चुनी गई।

रॉन ने फ़ौरन जवाब दिया, 'मरे हुए आदमी को तो ऐसा ही लगेगा!'

'काश गरुड़द्वार के नए विद्यार्थी योग्य हों!' लगभग सिरकटे निक ने 'मैक्डोनल्ड, नैटेली!' का गरुड़द्वार की टेबल पर स्वागत करते हुए कहा। 'हमारी जीत का सिलसिला नहीं टूटना चाहिए।'

गरुड़द्वार पिछले तीन साल से लगातार इंटर-हाउस चैंपियनशिप जीत रहा था।

'प्रिचार्ड, ग्राहम!'

'नागशक्ति!'

'क्वर्क, ओरला!'

'चीलघात!'

और अंत में 'व्हिटबी, केविन!' (*'मेहनतकश!'*) के साथ चुनने की रस्म ख़त्म हुई। प्रोफ़ेसर मैक्गॉनेगल चुनने वाली टोपी और स्टूल उठाकर ले गईं।

'समय हो गया,' रॉन ने छुरी-काँटा उठाते हुए अपनी सुनहरी प्लेट की तरफ़ उम्मीद भरी निगाहों से देखा।

प्रोफ़ेसर डम्बलडोर उठकर खड़े हो गए। वे विद्यार्थियों को देखकर मुस्कराने लगे और उनकी बाँहें स्वागत करने के अंदाज़ में फैली हुई थीं।

उनकी भारी आवाज़ हॉल में गूँजी, 'मुझे तुम लोगों से सिर्फ़ तीन शब्द कहने हैं : *शुरू हो जाओ।'*

'वाह, वाह!' हैरी और रॉन ज़ोर से बोले, जब देखते ही देखते उनके सामने रखे ख़ाली बर्तनों में जादू से ढेर सारे पकवान आ गए।

जब हैरी, रॉन और हर्माइनी ने अपनी-अपनी प्लेटों में खाने का सामान लिया, तो लगभग सिरकटा निक उन्हें दुखी होकर देखने लगा।

'वाह, यह बढ़िया है,' रॉन ने अपने मुँह में मसले हुए आलू भरते हुए कहा।

लगभग सिरकटा निक बोला, 'तुम लोग क़िस्मत वाले हो कि आज के जश्न में तुम्हें खाना मिल गया, क्योंकि किचन में आज काफ़ी हंगामा हो गया था।'

'क्यों ? क्या हुआ था ?' हैरी ने स्टीक का एक बड़ा टुकड़ा खाते हुए कहा।

'पीव्ज़ के अलावा और क्या हो सकता है,' लगभग सिरकटे निक ने अपना सिर हिलाते हुए कहा। उसका सिर ख़तरनाक तरीक़े से लटकने लगा, जिसे सँभालने के लिए उसने अपने गुलूबंद को अपनी गर्दन पर थोड़ा और

ऊपर खिसका लिया और आगे बोला, 'वही पुरानी बहस। वह जश्न में शामिल होना चाहता था। लेकिन इसका तो सवाल ही नहीं उठता था। तुम तो उसे जानते ही हो, वह बिलकुल जंगली है। वह हर सामान उठाकर फेंकना चाहता है। अगर उसे जश्न में आने देंगे, तो वह खाने की प्लेटें उठाकर फेंकने लगेगा। हम भूतों ने इस मामले को सुलझाने के लिए मीटिंग बुलवाई – मोटा संन्यासी पीव्ज़ को मौक़ा देना चाहता था – लेकिन मेरे हिसाब से ख़ूनी नवाब ने समझदारी दिखाई और सख़्ती से काम लिया।'

ख़ूनी नवाब नागशक्ति का भूत था। वह दुबला-पतला और ख़ामोश था तथा उसके कपड़ों पर चाँदी जैसे सफ़ेद ख़ून के निशान थे। पूरे हॉगवर्ट्स में सिर्फ़ वही था, जो पीव्ज़ को क़ाबू में रख पाता था।

'हाँ, हमें लगा तो था कि पीव्ज़ किसी बात पर चिढ़ा हुआ था,' रॉन बोला। 'वैसे उसने किचन में क्या किया ?'

'ओह, वही हमेशा का नाटक,' लगभग सिरकटे निक ने कंधे उचकाते हुए कहा। 'वह हंगामा करने और हड़कंप मचाने लगा। बर्तन उठाकर चारों तरफ़ फेंकने लगा। सूप बहाने लगा, जिससे किचन में सूप की नदी बह गई। उसकी हरकतों को देखकर घरेलू जिन्न बुरी तरह डर गए –'

धम्म। हर्माइनी का सुनहरा प्याला उसके हाथ से छूट गया। कद्दू का रस सफ़ेद टेबलक्लॉथ पर फैल गया, जिस वजह से वह कई फ़ुट दूर तक सफ़ेद के बजाय नारंगी दिखने लगा। बहरहाल, हर्माइनी ने इस तरफ़ क़तई ध्यान नहीं दिया।

उसने दहशत में लगभग सिरकटे निक से पूछा, 'क्या *यहाँ पर भी* घरेलू जिन्न हैं ? *हॉगवर्ट्स* में ?'

'निश्चित रूप से,' लगभग सिरकटे निक ने उसकी प्रतिक्रिया पर हैरान होते हुए कहा। 'मुझे लगता है, यहाँ पर जितने घरेलू जिन्न हैं, उतने तो पूरे ब्रिटेन की किसी भी इमारत में नहीं होंगे। यहाँ सौ से भी ज़्यादा घरेलू जिन्न हैं!'

'लेकिन मुझे तो आज तक एक भी नहीं दिखा!' हर्माइनी बोली।

'देखो, वे दिन भर किचन से बाहर नहीं निकलते हैं,' लगभग सिरकटे निक ने कहा। 'वे रात को साफ़-सफ़ाई करने आते हैं ... अँगीठियों में आग का ध्यान रखते हैं ... और अगर वे तुम्हें आज तक नहीं दिखे, तो इसमें हैरानी की कोई बात नहीं है। यह एक अच्छे घरेलू जिन्न की निशानी है कि तुम्हें उसके होने का पता ही न चले।'

हर्माइनी उसे घूरकर देखती रही।

'लेकिन उन्हें *तनख़्वाह* तो मिलती होगी?' उसने पूछा। 'उन्हें *छुट्टियाँ* तो मिलती होंगी? बीमारी की छुट्टियाँ, पेंशन और बाक़ी सुविधाएँ?'

लगभग सिरकटा निक इतनी ज़ोर से खिलखिलाया कि उसका गुलूबंद फिसल गया। परिणाम यह हुआ कि उसका सिर उस एक इंच की खाल पर झूलने लगा, जो उसके सिर को गर्दन से जोड़े हुए थी।

'बीमारी की छुट्टियाँ और पेंशन?' उसने दोबारा अपने सिर को ऊपर उठाकर कंधे पर रखते हुए और गुलूबंद को सही करते हुए कहा। 'घरेलू जिन्न बीमारी की छुट्टियाँ और पेंशन नहीं चाहते!'

हर्माइनी अपनी भरी हुई प्लेट की तरफ़ ग़ुस्से से देखने लगी। फिर उसने अपने छुरी-काँटे नीचे रख दिए और प्लेट दूर खिसका दी।

'क्या कर रही हो, हर्मा-इनी,' रॉन ने कहा। खाते-खाते बोलने के कारण उसके मुँह से यॉर्कशायर पुडिंग के कुछ टुकड़े हैरी पर गिर गए। 'उफ, सॉरी, ह-हैरी -' उसने अपना कौर निगलते हुए कहा। 'हर्माइनी, तुम्हारे भूखे रहने से तो उन्हें बीमारी की छुट्टियाँ नहीं मिल जाएँगी!'

'ग़ुलामों की बेगारी,' हर्माइनी ने तेज़ी से साँस लेते हुए कहा। 'यह खाना *ग़ुलामों की बेगारी* से बना है।'

इसके बाद उसने एक भी कौर खाने से इंकार कर दिया।

बारिश की बौछारें अब भी ऊँची, अँधेरी खिड़कियों से ज़ोर-ज़ोर से टकरा रही थीं। तभी बादल एक बार फिर गरजे, जिससे खिड़कियाँ हिल गईं। फिर अंदर तूफ़ानी मौसम वाली छत पर बिजली कड़की, जिसकी रोशनी में सुनहरी प्लेटें चमकने लगीं। तभी खाने का पहला दौर ख़त्म हुआ और तत्काल पुडिंग आ गई।

'देखो हर्माइनी, ट्रिकल टार्ट है!' रॉन ने उसकी तरफ़ जान-बूझकर ट्रिकल टार्ट की ख़ुशबू भरी भाप उड़ाते हुए कहा। 'देखो, कितना बढ़िया खाना है! चॉकलेट गेट्यू भी है!'

लेकिन हर्माइनी उसे प्रोफ़ेसर मैक्गॉनेगल के अंदाज़ में देखने लगी। इस पर रॉन ने कोशिश छोड़ दी।

जब पुडिंग भी ख़त्म हो गई, तो खाने के सामान की बची-खुची जूठन प्लेटों से ग़ायब हो गई और प्लेटें चमाचम चमकने लगीं। इसके बाद एल्बस डम्बलडोर दोबारा खड़े हुए। हॉल में हो रही बातचीत तत्काल बंद हो गई। अब वहाँ सिर्फ़ हवा की साँय-साँय और बारिश की बौछारों के टकराने की आवाज़ें सुनाई दे रही थीं।

'तो!' डम्बलडोर ने उन सबकी तरफ़ मुस्कराकर देखते हुए कहा। 'अब जब हम सभी ने अच्छी तरह खा-पी लिया है!' ('हुँह!' हर्माइनी बोली), 'तो मैं आपको कुछ महत्वपूर्ण बातें बताना चाहता हूँ।

'चौकीदार मिस्टर फ़िल्च ने मुझे आपको यह बताने को कहा है कि महल के भीतर प्रतिबंधित वस्तुओं की सूची इस साल बढ़ गई है। अब इसमें चीख़ने वाले यो-यो, फ़ैंग्ड फ़्रिजबीज़ और एवर-बैशिंग बूमरैंग भी शामिल हो चुके हैं। मुझे लगता है, पूरी सूची में चार सौ सैंतीस वस्तुएँ हैं और अगर किसी की इच्छा हो, तो वह मिस्टर फ़िल्च के ऑफ़िस में जाकर इस सूची को देख सकता है।'

डम्बलडोर के मुँह के कोनों पर मुस्कराहट दिखने लगी।

वे आगे बोले, 'हमेशा की तरह इस बार भी मैं आप सभी को याद दिलाना चाहता हूँ कि अँधेरे जंगल में जाना सभी विद्यार्थियों के लिए मना है और थर्ड ईयर से छोटी क्लास के विद्यार्थियों को हॉग्समीड गाँव में जाने की इज़ाज़त नहीं है।

'इसके अलावा, मुझे आपको यह बताते हुए अफ़सोस हो रहा है कि इस साल इंटर-हाउस क्विडिच कप नहीं होगा।'

'क्या ?' हैरी ने चौंककर कहा। उसने फ़्रेड और जॉर्ज को देखा, जो उसी की क्विडिच टीम में थे। वे इतने हतप्रभ थे कि डम्बलडोर की तरफ़ अवाक होकर देख रहे थे।

डम्बलडोर ने आगे कहा, 'यह एक ऐसे आयोजन के कारण हो रहा है, जो अक्टूबर में शुरू होगा। यह आयोजन सत्र पूरा होने तक चलेगा और इसमें टीचर्स का बहुत सा समय और ऊर्जा लगेगी - लेकिन मुझे यक़ीन है कि आप सभी को इसमें बहुत मज़ा आएगा। मुझे यह घोषणा करते हुए बहुत ख़ुशी हो रही है कि इस साल हॉगवर्ट्स में -'

लेकिन उसी पल बादलों की तेज़ गरज सुनाई दी और बड़े हॉल के दरवाज़े धाड़ से खुल गए।

दरवाज़े पर एक आदमी खड़ा था, जो अपनी लंबी छड़ी के सहारे टिका हुआ था तथा यात्रा करने वाला काला चोगा पहने हुए था। बड़े हॉल में मौजूद हर व्यक्ति का सिर अजनबी की तरफ़ मुड़ गया, जो छत पर बिजली चमकने के कारण अचानक साफ़ दिखने लगा। उसने अपनी बरसाती टोपी नीचे की तरफ़ खींची और अपने खिचड़ी भूरे बालों को हिलाता हुआ टीचर्स की टेबल की तरफ़ बढ़ने लगा।

उसके हर दूसरे क़दम पर हल्की सी *ठक-ठक* की आवाज़ गूँज रही थी। वह टेबल के सिरे पर पहुँचकर दाहिनी तरफ़ मुड़ा और लँगड़ाते हुए डम्बलडोर

की तरफ़ बढ़ा। छत पर बिजली एक बार फिर चमकी और हर्माइनी के मुँह से आह निकल गई।

बिजली की रोशनी में उस आदमी का चेहरा अच्छी तरह दिख गया था। हैरी ने आज तक ऐसा चेहरा नहीं देखा था। ऐसा लग रहा था, जैसे इस चेहरे को पुरानी लकड़ी से बनाया गया था और इसे जिसने भी बनाया था, उसे यह ठीक से मालूम नहीं था कि इंसानों के चेहरे कैसे दिखते हैं। इसके अलावा, इसका आकार भी इतना विचित्र था कि यह लग रहा था, जैसे इसे बनाने वाला ठीक से छेनी चलाना भी नहीं जानता था। पूरे चेहरे पर जगह-जगह पर जलने या घाव के निशान थे। मुँह तिरछे घाव की तरह दिख रहा था और नाक का एक बड़ा हिस्सा ग़ायब था। यही नहीं, उस आदमी की आँखें तो बहुत ही डरावनी थीं।

उनमें से एक आँख छोटी, काली और मनकेदार थी। दूसरी आँख सिक्के की तरह गोल और बड़ी थी तथा उसका रंग नीला था। नीली आँख बिना झपके हुए लगातार ऊपर-नीचे, इधर-उधर घूम रही थी। नीली आँख का उसकी सामान्य आँख से कोई संबंध नहीं था और वह कभी-कभार उस आदमी के सिर के पिछले हिस्से की तरफ़ भी चली जाती थी, जिस वजह से लोगों को सिर्फ़ उसका सफ़ेद हिस्सा ही नज़र आता था।

अजनबी डम्बलडोर के पास पहुँचा और उसने अपना एक हाथ आगे बढ़ाया। चेहरे की तरह ही उसके हाथ पर भी जलने और घाव के निशान दिख रहे थे। डम्बलडोर ने उस अजनबी से हाथ मिलाया और धीरे से कुछ कहा, जिसे हैरी सुन नहीं पाया। ऐसा लग रहा था कि वे अजनबी से कुछ पूछ रहे थे। अजनबी ने बिना मुस्कराए अपना सिर हिलाया और धीमी आवाज़ में उनके सवाल का जवाब दिया। डम्बलडोर ने सिर हिलाकर अजनबी को अपनी दाहिनी तरफ़ की ख़ाली कुर्सी पर बैठने का इशारा किया।

अजनबी बैठ गया। उसने अपने चेहरे पर लटकते काले भूरे बालों की लट हिलाई। फिर कबाब की प्लेट अपनी तरफ़ खींची और उसे अपनी नाक के पास लाकर सूँघने लगा। इसके बाद उसने अपनी जेब से एक छोटा चाकू निकाला और उससे कबाब खाने लगा। उसकी सामान्य आँख कबाब पर टिकी हुई थी, लेकिन उसकी नीली आँख इधर-उधर घूम रही थी और लगातार हॉल तथा विद्यार्थियों को देख रही थी।

'अब मैं आपका परिचय गुप्त कलाओं से रक्षा के आपके नए टीचर से करवाना चाहता हूँ,' डम्बलडोर ने ख़ामोशी को तोड़ते हुए कहा। 'प्रोफ़ेसर मूडी।'

आम तौर पर नए टीचर्स का स्वागत तालियों की गड़गड़ाहट से होता था, लेकिन इस बार डम्बलडोर और हैग्रिड को छोड़कर किसी भी टीचर या

विद्यार्थी ने तालियाँ नहीं बजाईं। उन दोनों ने तालियाँ बजाईं, लेकिन उनकी आवाज़ बड़े हॉल में बहुत कमज़ोर और अजीब तरह से गूँज रही थी, इसलिए बहुत जल्दी ही उन दोनों ने भी यह कोशिश छोड़ दी। बाक़ी सभी लोग मूडी के विचित्र हुलिए को देखकर इतने हैरान थे कि वे उन्हें घूरने के अलावा और कुछ नहीं कर सकते थे।

'मूडी?' हैरी ने रॉन से बुदबुदाकर पूछा। *'बावरे-नैन मूडी?* वही, जिनकी मदद करने तुम्हारे डैडी आज सुबह गए थे?'

'वही होंगे,' रॉन ने धीमी आवाज़ में कहा।

'उन्हें क्या हुआ?' हर्माइनी फुसफुसाई। 'उनके *चेहरे* को क्या हुआ?'

'क्या पता,' रॉन ने जवाब दिया और मूडी को मंत्रमुग्ध होकर देखता रहा।

मूडी ने अपने फीके स्वागत पर ज़रा भी ध्यान नहीं दिया। उन्होंने अपने सामने रखे कद्दू के रस के जग की तरफ़ भी ध्यान नहीं दिया। इसके बजाय उन्होंने अपने यात्रा करने वाले चोगे की तरफ़ हाथ बढ़ाकर एक थर्मस निकाला और उससे एक लंबा घूँट पिया। जब उन्होंने पीने के लिए अपना हाथ उठाया, तो उनका चोगा ज़मीन से कुछ इंच ऊपर उठ गया। हैरी ने टेबल के नीचे से देखा कि उनका एक पैर लकड़ी का था।

डम्बलडोर ने दोबारा अपना गला साफ़ किया।

'जैसा मैं कह रहा था,' उन्होंने अपने सामने बैठे विद्यार्थियों को मुस्कराकर देखते हुए कहा, जो सभी बावरे-नैन मूडी को घूरने में लगे थे, 'हमें इस सत्र में एक बहुत ही रोमांचक प्रतियोगिता आयोजित करने का सम्मान मिल रहा है - एक ऐसी प्रतियोगिता, जो एक सदी से भी ज़्यादा समय से आयोजित नहीं हुई है। मुझे आप लोगों को यह बताते हुए बहुत ख़ुशी हो रही है कि इस साल हॉगवर्ट्स में जादूगरी का त्रिकोणीय टूर्नामेंट होने वाला है।'

'आप **मज़ाक़** कर रहे हैं!' फ्रेड वीज़्ली ने ज़ोर से कहा।

मूडी के आने के बाद हॉल में जो तनाव भर गया था, वह अचानक ख़त्म हो गया।

सभी लोग हँसने लगे और डम्बलडोर भी मुस्कराने लगे।

'मैं मज़ाक़ *नहीं* कर रहा हूँ, मिस्टर वीज़्ली। हालाँकि तुम्हारी बात से मुझे एक बहुत बढ़िया चुटकुला याद आ गया। एक बार एक दैत्य, एक डायन और एक स्वर्णनर्तक एक बार में गए -'

प्रोफ़ेसर मैक्गॉनेगल ने अपना गला ज़ोर से खखारकर साफ़ किया।

'अर - लेकिन शायद यह चुटकुले सुनाने का समय नहीं है ... नहीं ...'

डम्बलडोर बोले। 'मैं कहाँ था ? ओह हाँ, त्रिकोणीय टूर्नामेंट पर ... आपमें से कुछ लोग इस टूर्नामेंट के बारे में नहीं जानते होंगे, इसलिए इसके बारे में जानने वाले लोग मुझे माफ़ करें, क्योंकि मैं इसके बारे में मोटी-मोटी बातें बताना चाहता हूँ। इस दौरान जानकार लोगों को अपना ध्यान इधर-उधर भटकाने की पूरी छूट है।

'जादूगरी का त्रिकोणीय टूर्नामेंट लगभग सात सौ साल पहले शुरू हुआ था। यूरोप के जादूगरी के तीन सबसे बड़े स्कूलों यानी हॉगवर्ट्स, बाबैटन्स और डर्मस्ट्रैंग के बीच यह दोस्ताना प्रतियोगिता के रूप में शुरू हुआ था। इस टूर्नामेंट में हर स्कूल का एक चैंपियन भाग लेता था और तीनों चैंपियनों को तीन जादुई काम करने पड़ते थे। तीनों स्कूल बारी-बारी से हर पाँच साल बाद यह टूर्नामेंट आयोजित करते थे। अलग-अलग देशों के युवा जादूगरों और जादूगरनियों के बीच सौहार्द्र बढ़ाने का यह बहुत ही अच्छा तरीक़ा था। लेकिन फिर मरने वाले प्रतियोगियों की संख्या इतनी बढ़ गई कि टूर्नामेंट बंद कर देना पड़ा।'

'मरने वाले प्रतियोगियों की संख्या ?' हर्माइनी दहशत में फुसफुसाई। लेकिन हॉल में बैठे ज़्यादातर विद्यार्थी यह सुनकर दहशत में नहीं आए। वे तो रोमांचित होकर एक-दूसरे से फुसफुसाकर बातें कर रहे थे। हैरी भी सैकड़ों साल पहले मरने वाले प्रतियोगियों में रुचि लेने के बजाय टूर्नामेंट के बारे में सुनने में ज़्यादा रुचि ले रहा था।

डम्बलडोर ने आगे कहा, 'टूर्नामेंट को दोबारा शुरू करने के लिए काफ़ी कोशिशें की गईं, लेकिन सारी कोशिशें नाकाम रहीं। बहरहाल, हमारे देश के अंतर्राष्ट्रीय जादुई सौहार्द्र विभाग और जादुई खेल विभाग ने एक बार फिर कोशिश की। हमने पूरी गर्मियों में कड़ी मेहनत की, ताकि यह सुनिश्चित हो सके कि इस बार किसी भी चैंपियन को जान का ख़तरा न रहे।

'बाबैटन्स और डर्मस्ट्रैंग के प्रमुख अपने चुनिंदा विद्यार्थियों के साथ अक्टूबर में यहाँ आएँगे। तीनों स्कूलों के चैंपियनों का चुनाव हैलोवीन के दिन होगा। एक निष्पक्ष निर्णायक यह फ़ैसला करेगा कि कौन से विद्यार्थी त्रिकोणीय टूर्नामेंट में भाग लेने, अपने स्कूल का नाम रोशन करने और एक हज़ार गैलियन का इनाम पाने के लिए सबसे ज़्यादा योग्य हैं।'

'मैं तो ज़रूर हिस्सा लूँगा!' फ्रेड वीज़्ली ने कहा। उसका चेहरा इतनी शोहरत और दौलत की संभावना के कारण उत्साह से चमकने लगा था। वह इकलौता विद्यार्थी नहीं था, जो हॉगवर्ट्स का चैंपियन बनने का सपना देख रहा था। हैरी को दिख रहा था कि हर हाउस की टेबल पर बहुत से विद्यार्थी डम्बलडोर की तरफ़ मुँह फाड़कर देख रहे थे या अपने पास बैठे दूसरे विद्यार्थियों

से फुसफुसाकर बातें कर रहे थे। परंतु तभी डम्बलडोर दोबारा बोलने लगे और हॉल में एक बार फिर ख़ामोशी छा गई।

'हालाँकि मैं जानता हूँ कि आप सभी लोग त्रिकोणीय कप को हॉगवर्ट्स में लाने के लिए बहुत बेताब होंगे,' उन्होंने कहा, 'लेकिन तीनों स्कूलों के प्रमुखों और जादू मंत्रालय ने मिलकर यह फ़ैसला किया है कि इस साल प्रतियोगियों के लिए आयु सीमा निर्धारित की जाए। सिर्फ़ सत्रह साल या उससे ज़्यादा उम्र के विद्यार्थी ही इस मुक़ाबले में हिस्सा ले सकते हैं। यह –' डम्बलडोर को अपनी आवाज़ थोड़ी ऊँची करनी पड़ी, क्योंकि इन शब्दों को सुनकर बहुत से विद्यार्थी ग़ुस्से में शोर मचाने लगे थे और वीज़्ली बंधु तो आगबबूला दिख रहे थे '– यह एक ऐसा क़दम है जो हमारे हिसाब से ज़रूरी है, क्योंकि हम चाहे कितनी भी सावधानी बरत लें, टूर्नामेंट की बाधाएँ मुश्किल और ख़तरनाक होंगी। वैसे भी सिक्स्थ और सेवन्थ ईयर से निचली क्लासों के विद्यार्थी इन बाधाओं को आसानी से पार नहीं कर पाएँगे। मैं ख़ुद इस बात की व्यवस्था करूँगा कि सत्रह साल से कम उम्र का कोई भी विद्यार्थी हमारे निष्पक्ष निर्णायक को धोखा देकर हॉगवर्ट्स का चैंपियन न बन जाए।' फ्रेड और जॉर्ज के विद्रोही चेहरों को देखकर उनकी हल्की नीली आँखें चमकने लगीं और उन्होंने आगे कहा, 'इसलिए मैं आपसे यह निवेदन करता हूँ कि अगर आपकी उम्र सत्रह साल से कम हो, तो आप अपना नाम देने की कोशिश में समय बर्बाद न करें।

'बाबैटन्स और डर्मस्ट्रैंग के दल अक्टूबर में आएँगे और सत्र ख़त्म होने तक हमारे साथ ही रहेंगे। मैं जानता हूँ कि आप हमारे विदेशी मेहमानों का अच्छा स्वागत करेंगे और जो भी विद्यार्थी हॉगवर्ट्स का चैंपियन चुना जाएगा, उसे पूरा समर्थन देंगे। अब काफ़ी देर हो चुकी है। मैं जानता हूँ कि कल सुबह से आपकी पढ़ाई शुरू होने वाली है और आप पूरी तरह से चौकन्ने रहकर ज्ञान हासिल करना चाहते होंगे। इसलिए अब आप आराम करें। सोने का समय हो गया! शुभ रात्रि!'

डम्बलडोर अपनी कुर्सी पर बैठकर बावरे-नैन मूडी से बात करने लगे। जब विद्यार्थी उठकर खड़े हुए, तो कुर्सियों-टेबलों के खिसकने और टकराने की आवाज़ें आने लगीं। विद्यार्थी झुंड बनाकर प्रवेश हॉल वाले दरवाज़े की तरफ़ जाने लगे।

'वे ऐसा नहीं कर सकते!' जॉर्ज वीज़्ली ने कहा, जो दरवाज़े की तरफ़ जाने वाली भीड़ में शामिल नहीं हुआ था, बल्कि वहीं खड़े-खड़े ग़ुस्से से डम्बलडोर को घूरे जा रहा था। 'हम अप्रैल में सत्रह साल के हो जाएँगे। हमें यह मौक़ा क्यों नहीं दिया जा रहा है ?'

'वे मुझे शामिल होने से नहीं रोक सकते,' फ्रेड ने अड़ियल अंदाज़ में कहा। वह भी ग़ुस्से से टीचर्स की टेबल की तरफ़ देख रहा था। 'चैंपियनों को ऐसी बहुत सी सुविधाएँ मिलेंगी, जो विद्यार्थियों को आम तौर पर नहीं मिलती हैं। और इसके अलावा इनाम में एक हज़ार गैलियन भी तो मिलेंगे!'

'हाँ,' रॉन के चेहरे पर भी सपनीला भाव आ गया। 'हाँ, एक हज़ार गैलियन ...'

'चलो,' हर्माइनी बोली, 'अगर हम नहीं चले, तो यहाँ सिर्फ़ हम लोग ही बचेंगे।'

हैरी, रॉन, हर्माइनी, फ्रेड और जॉर्ज प्रवेश हॉल की तरफ़ बढ़ने लगे। फ्रेड और जॉर्ज इस बारे में अटकलें लगा रहे थे कि डम्बलडोर सत्रह साल से कम उम्र के विद्यार्थियों को टूर्नामेंट में शामिल होने से कैसे रोकेंगे।

हैरी ने पूछा, 'वह निष्पक्ष निर्णायक कौन होगा, जो चैंपियनों का चुनाव करेगा ?'

'क्या पता,' फ्रेड बोला, 'लेकिन वह जो भी हो, हम उसे धोखा दे देंगे। जॉर्ज, मुझे लगता है कि उम्र बढ़ाने वाले काढ़े की दो बूँदों से काम हो जाएगा ...'

रॉन बीच में बोला, 'लेकिन डम्बलडोर को तो पता है कि तुम्हारी उम्र कम है।'

'हाँ, लेकिन चैंपियन कौन होगा, इसका फ़ैसला डम्बलडोर नहीं करेंगे,' फ्रेड ने मुस्कराते हुए कहा। 'मुझे लगता है कि जब निष्पक्ष निर्णायक को प्रतियोगियों के नाम पता चल जाएँगे, तो वह उम्र की परवाह किए बिना हर स्कूल के सबसे अच्छे प्रतियोगी को चुन लेगा। डम्बलडोर तो हमें सिर्फ़ अपने नाम देने से रोकने की कोशिश करेंगे।'

'लेकिन कई प्रतियोगी मर भी चुके हैं!' हर्माइनी ने चिंता भरी आवाज़ में कहा, जब वे दीवार पर लटकते पर्दे के पीछे छिपे दरवाज़े की तरफ़ बढ़े और सँकरी सीढ़ी पर चढ़ने लगे।

'हाँ,' फ्रेड हल्के अंदाज़ में बोला, 'लेकिन यह तो बरसों पुरानी बात है। वैसे भी, जीवन में जोखिम के बिना आनंद नहीं मिलता है! रॉन, अगर हमें डम्बलडोर को चकमा देने का तरीक़ा मिल गया, तो कितना बढ़िया रहेगा! क्या तुम शामिल होने के बारे में सोच रहे हो ?'

'तुम्हें क्या लगता है ?' रॉन ने हैरी से पूछा। 'इसमें शामिल हो जाएँ ? लेकिन मुझे लगता है कि ज़्यादा उम्र वाले विद्यार्थी ही इसमें सफल हो सकते हैं ... हमें अभी ज़्यादा जादू नहीं आता है ...'

'मुझे तो तुमसे भी कम जादू आता है,' फ़्रेड और जॉर्ज के पीछे से नेविल की निराशा भरी आवाज़ आई। 'मेरी दादी तो चाहेंगी कि मैं इसमें शामिल होने की कोशिश करूँ। वे हमेशा मेरे पीछे पड़ी रहती हैं कि मैं अपने ख़ानदान का नाम ऊँचा करूँ। मुझे तो बस – उफ –'

नेविल अपनी बात पूरी नहीं कर पाया, क्योंकि उसी समय उसका पैर सीढ़ी में धँस गया। हॉगवर्ट्स में ऐसी कई चालाक सीढ़ियाँ थीं। ज़्यादातर पुराने विद्यार्थी आदतन इस ख़ास पायदान को लाँघकर पार करते थे, लेकिन नेविल की याददाश्त बहुत ही ख़राब थी। हैरी और रॉन ने उसे पकड़कर बाहर खींचा। सीढ़ियों के ऊपर खड़ा कवच खिलखिलाने लगा।

'चुप रहो,' रॉन बोला और उसके पास से गुज़रते समय उसके टोपे के अगले हिस्से को नीचे कर दिया।

वे गरुड़द्वार हाउस के प्रवेश द्वार की तरफ़ बढ़ने लगे। यह प्रवेश द्वार एक मोटी औरत की बड़ी तस्वीर के पीछे छिपा हुआ था, जिसने गुलाबी रेशमी पोशाक पहन रखी थी।

'पासवर्ड ?' उसने उनके पास आने पर पूछा।

'बकवास,' जॉर्ज ने कहा। 'नीचे एक प्रिफेक्ट ने मुझे बताया था कि पासवर्ड *बकवास* है।'

तस्वीर सामने झूल गई और दीवार में एक छेद दिखने लगा, जिसमें से होकर वे सभी अंदर चले गए। गोलाकार हॉल को गर्म रखने के लिए वहाँ आग जल रही थी। वहाँ बहुत सी टेबल-कुर्सियाँ रखी थीं। हर्माइनी ने जलती हुई आग की तरफ़ घूरकर देखा और हैरी ने उसे बुदबुदाते हुए सुना, *'गुलामों की बेगारी।'* फिर हर्माइनी ने उनसे गुडनाइट कहा और लड़कियों के कमरे की तरफ़ जाने वाले दरवाज़े से होती हुई चली गई।

हैरी, रॉन और नेविल घुमावदार सीढ़ियाँ चढ़कर अपने कमरे में पहुँच गए, जो मीनार में सबसे ऊपर था। वहाँ पाँच मसहरीदार पलंग लगे थे। उन पर गहरे लाल पर्दे टँगे थे। हर पलंग के पास उसके मालिक का संदूक रखा था। डीन और सीमस अपने पलंगों पर चढ़ गए। सीमस ने अपने आयरलैंड के गुलाब को पास वाले बोर्ड में पिन से लगा दिया और डीन ने विक्टर क्रम के पोस्टर को अपने पलंग के पास की टेबल पर रख दिया। उसके पास ही वेस्ट हैम फ़ुटबॉल टीम का उसका पुराना पोस्टर लगा था।

रॉन ने स्थिर फ़ुटबॉल खिलाड़ियों को देखकर अपना सिर हिलाया और आह भरते हुए कहा, 'कितने अजीब हैं!'

हैरी, रॉन और नेविल ने अपने-अपने पायजामे पहने और पलंग पर

चढ़ गए। किसी ने – निश्चित रूप से किसी घरेलू जिन्न ने – उनकी चादरों को इस तरह से रखा था, ताकि वे गर्म रहें। पलंग पर लेटकर बाहर गरजते हुए तूफ़ान की आवाज़ों को सुनना बहुत ही आरामदेह था।

'मैं इसमें भाग ले सकता हूँ,' रॉन ने उनींदी आवाज़ में कहा, 'अगर फ्रेड और जॉर्ज कोई रास्ता निकाल लेते हैं ... टूर्नामेंट में ... कौन जानता है, वे ऐसा कर भी लें? क्या तुम इसमें हिस्सा लोगे?'

'नहीं ...' हैरी ने बिस्तर पर करवट लेते हुए कहा। उसके मन में बहुत सी नई रंगीन तस्वीरें उभर आईं ...उसने निष्पक्ष निर्णायक को चकमा देकर यह यक़ीन दिला दिया था कि वह सत्रह साल का है ... वह हॉगवर्ट्स का चैंपियन बन गया था ... वह मैदान में पूरे स्कूल के सामने हाथ उठाकर खड़ा था और सभी विद्यार्थी तालियाँ बजा रहे थे और चीख़ रहे थे ... उसने अभी-अभी त्रिकोणीय टूर्नामेंट जीत लिया था ... धुँधली भीड़ के बीच चो का चेहरा बहुत साफ़ दिख रहा था और उसके चेहरे पर प्रशंसा के भाव थे ...

हैरी धीरे से मुस्कराया। उसे इस बात की बहुत ख़ुशी थी कि वह जो कल्पना कर रहा था, रॉन को उसका ज़रा भी अंदाज़ा नहीं था।

अध्याय तेरह

बावरे-नैन मूडी

तूफ़ान अगली सुबह तक शांत पड़ गया था, हालाँकि बड़े हॉल की छत अब भी काले रंग की ही थी। जब हैरी, रॉन और हर्माइनी ने नाश्ते के समय अपने नए टाइमटेबलों पर नज़र डाली, तब भी छत पर बादल घुमड़ रहे थे। फ्रेड, जॉर्ज और ली जॉर्डन कुछ सीट दूर बैठकर अपनी उम्र बढ़ाने के जादुई तरीक़ों के बारे में बातचीत कर रहे थे, ताकि वे धोखा देकर त्रिकोणीय टूर्नामेंट में शामिल हो सकें।

'आज की क्लासें इतनी बुरी नहीं हैं ... सभी क्लासें बाहर लगेंगी,' रॉन ने कहा, जो अपने टाइमटेबल में सोमवार की क्लासों पर अपनी उँगली फिरा रहा था। 'मेहनतकश के विद्यार्थियों के साथ जड़ी-बूटी विज्ञान और जादुई प्राणियों की देखभाल ... लानत है, हमें इस साल भी नागशक्ति के विद्यार्थियों के साथ ही पढ़ना पड़ेगा ...'

'दोपहर में ज्योतिष की दो क्लासें हैं,' हैरी ने टाइमटेबल को देखते हुए आह भरी। जादुई काढ़े को छोड़ दें, तो ज्योतिष उसका सबसे कम प्रिय विषय था। प्रोफ़ेसर ट्रिलोनी हमेशा हैरी की मृत्यु की भविष्यवाणियाँ करती रहती थीं, जिससे वह बहुत चिढ़ जाता था।

हर्माइनी ने अपने टोस्ट पर बटर लगाते हुए कहा, 'तुम्हें भी मेरी तरह ज्योतिष विषय छोड़ देना चाहिए था। तब तुम अंकों का जादुई महत्व जैसा अच्छा विषय पढ़ सकते थे।'

'मैं देख रहा हूँ कि तुम दोबारा खाने लगी हो,' रॉन ने हर्माइनी को अपने बटर टोस्ट पर ढेर सारा मुरब्बा लगाते हुए देखकर कहा।

हर्माइनी ने नाक चढ़ाकर कहा, 'मैंने यह फ़ैसला किया है कि घरेलू जिन्नों के मुद्दे पर विरोध करने के इससे ज़्यादा अच्छे तरीक़े हैं।'

'हाँ ... और तुम्हें भूख भी लग रही थी,' रॉन उपहास भरी मुस्कराहट के साथ बोला।

तभी ऊपर से पंखों के फड़फड़ाने की आवाज़ आई। खुली खिड़कियों से सौ उल्लू उड़ते हुए अंदर आए। वे सुबह की डाक लेकर आए थे। हैरी ने भी ऊपर देखा, लेकिन भूरे और मटमैले रंग के उल्लुओं के बीच उसे अपनी सफ़ेद उल्लू हेडविग की कोई झलक नहीं दिखी। उल्लू टेबलों के चक्कर काटने लगे और उन लोगों की तलाश करने लगे, जिनके नाम चिट्ठियाँ और पार्सल आए थे। एक बड़ा भूरा उल्लू उड़कर नेविल लाँगबॉटम के पास आया और उसने उसकी गोद में एक पार्सल डाल दिया। नेविल हमेशा कोई न कोई सामान घर पर भूल आता था। हॉल की दूसरी तरफ़ ड्रेको मैल्फ़ॉय का ईगल उल्लू उसके कंधे पर बैठ गया। वह हमेशा की तरह उसके घर से चॉकलेट और केक लेकर आया था। अपनी निराशा के एहसास को नज़रअंदाज़ करने की कोशिश करते हुए हैरी अपने दलिए की तरफ़ मुड़ा। कहीं ऐसा तो नहीं कि हेडविग को कुछ हो गया हो और सिरियस को उसकी चिट्ठी ही न मिल पाई हो ?

वह तब भी चिंता करता रहा, जब वह बगीचे के गीले रास्ते पर चलकर ग्रीनहाउस नंबर तीन की तरफ़ गया। वहाँ पर उसका ध्यान प्रोफ़ेसर स्प्राउट के दिखाए गए पौधों पर लग गया। हैरी ने आज तक इतने बदसूरत पौधे नहीं देखे थे। वे पौधे कम और घोंघे ज़्यादा लग रहे थे। वे मोटे, काले और बड़े घोंघे जैसे दिख रहे थे, जो मिट्टी में से सीधे ऊपर की तरफ़ निकल रहे थे। वे थोड़े हिल रहे थे और उनमें से हर एक में कई बड़ी, मोटी गाँठें थीं, जिनमें शायद रस भरा था।

'अम्लकंद,' प्रोफ़ेसर स्प्राउट ने उन्हें बताया। 'उन्हें दबाकर फोड़ना पड़ता है। तुम्हें उनका रस इकट्ठा करना है –'

'*क्या ?*' सीमस फ़िनिगन ने कहा। उसकी आवाज़ में विद्रोह की झलक थी।

'रस, फ़िनिगन, रस,' प्रोफ़ेसर स्प्राउट ने कहा, 'और यह रस बहुत क़ीमती होता है, इसलिए इसे बर्बाद मत करना। तुम इस रस को इन बोतलों में इकट्ठा करोगे। ड्रैगन के चमड़े वाले अपने दस्ताने पहन लो। अम्लकंद के शुद्ध रस से चमड़ी जल सकती है।'

अम्लकंद को दबाना थोड़ा घिनौना तो था, लेकिन इसमें थोड़ा मज़ा भी आ रहा था। हर गाँठ के फूटने पर काफ़ी सारा पीला-हरा और गाढ़ा रस बाहर निकलता था, जिसमें से पेट्रोल जैसी बदबू आती थी। उन्होंने प्रोफ़ेसर स्प्राउट के कहे अनुसार रस को बोतलों में भर लिया। क्लास ख़त्म होने तक उन्होंने कई बोतलें भर ली थीं।

'इससे मैडम पॉमफ्री ख़ुश हो जाएँगी,' प्रोफ़ेसर स्प्राउट बोलीं, जब

उन्होंने आख़िरी बोतल पर कॉर्क का ढक्कन लगाया। 'अम्लकंद का यह रस यानी अम्लरस ज़िद्दी मुँहासों के उपचार की बहुत बढ़िया दवा है। इससे विद्यार्थियों को अपने मुँहासों से छुटकारा पाने के लिए ख़तरनाक काम नहीं करने पड़ेंगे।'

'जैसा बेचारी एलोइस मिज़ेन ने किया था,' मेहनतकश हाउस की हान्ना एबॉट धीरे से बोली। 'उसने अपने मुँहासों को शाप से हटाने की कोशिश की थी।'

'मूर्ख लड़की,' प्रोफ़ेसर स्प्राउट ने अपना सिर हिलाते हुए कहा। 'लेकिन इस चक्कर में उसकी नाक ही एक तरफ़ को हट गई। मैडम पॉमफ़्री को उसकी नाक दोबारा सही करनी पड़ी।'

तभी भीगे मैदान के पार महल में एक तेज़ घंटी बजी, जो इस बात का संकेत थी कि पीरियड ख़त्म हो चुका है। क्लास दो हिस्सों में बँट गई; मेहनतकश के विद्यार्थी पत्थर की सीढ़ियाँ चढ़कर रूपांतरण की क्लास में जाने लगे और गरुड़द्वार के विद्यार्थी दूसरी दिशा में जाने लगे। वे घास के ढलान भरे मैदान पर चलकर हैग्रिड के लकड़ी के केबिन की तरफ़ जा रहे थे, जो अँधेरे जंगल के किनारे पर बना था।

हैग्रिड अपने केबिन के बाहर ही खड़ा हुआ था। उसका एक हाथ उसके विशाल काले बोरहाउंड कुत्ते फ़ैंग के पट्टे पर था। उसके पैरों के पास ज़मीन पर लकड़ी के कई बक्से खुले हुए थे। फ़ैंग कूँ-कूँ कर रहा था और हैग्रिड की पकड़ से छूटने की कोशिश कर रहा था। यह स्पष्ट था कि वह बक्सों के अंदर रखी चीज़ों को ज़्यादा क़रीब से देखना चाहता था। जैसे ही बच्चे पास पहुँचे, उन्हें एक अजीब सी खड़खड़ की आवाज़ सुनाई दी। ऐसा लग रहा था, जैसे छोटे-मोटे धमाके हो रहे हों।

'गुड मॉर्निंग!' हैग्रिड ने हैरी, रॉन और हर्माइनी की तरफ़ देखकर मुस्कराते हुए कहा। 'नागशक्ति के विद्यार्थियों का इंतज़ार कर लेते हैं। वे इस सबक़ को नहीं चूकना चाहेंगे - *विस्फोटक अग्निडंक!'*

'क्या कहा?' रॉन बोला।

हैग्रिड ने बक्सों की तरफ़ इशारा किया।

'अह!' लैवेंडर ब्राउन पीछे की तरफ़ उछलते हुए चीख़ी।

हैरी की राय में 'अह' ही *विस्फोटक अग्निडंक* का अच्छा वर्णन था। वे बेडौल थे और बिना सिर वाले समुद्री झींगे की तरह दिख रहे थे। वे पीले और गंदे थे। उनके पैर बहुत अजीब जगहों से बाहर निकल रहे थे और उनके सिर तो नज़र ही नहीं आ रहे थे। हर बक्से में सौ अग्निडंक थे, जो लगभग छह इंच लंबे थे। ये अजीब से प्राणी रेंगकर एक-दूसरे पर चढ़ रहे थे और बक्सों के सिरों

से टकरा रहे थे। उनके पास से सड़ी हुई मछली जैसी बहुत बुरी बदबू आ रही थी। कभी-कभार किसी अग्निडंक के सिरे से चिंगारियाँ निकलती थीं और वह *धमाके* की आवाज़ के साथ कुछ इंच आगे उछल जाता था।

'अभी-अभी पैदा हुए हैं,' हैग्रिड ने गर्व से कहा, 'इसलिए तुम लोग उन्हें बचपन से पाल सकते हो! हमने सोचा कि हम इसका प्रोजेक्ट रख देते हैं!'

तभी एक ठंडी आवाज़ आई, 'हम उन्हें पालना ही क्यों *चाहेंगे?'*

नागशक्ति के विद्यार्थी वहाँ आ गए थे और यह बात ड्रेको मैल्फ़ॉय ने पूछी थी। क्रैब और गॉइल उसकी बात पर ही-ही करने लगे।

यह सवाल सुनकर हैग्रिड हैरान रह गया।

'मेरा मतलब है, वे *करते क्या हैं?'* मैल्फ़ॉय ने पूछा। 'उनसे हमें क्या *फ़ायदा* होगा?'

हैग्रिड ने अपना मुँह खोला और अपने दिमाग़ पर ज़ोर डालने लगा। कुछ पल रुकने के बाद उसने अटपटे अंदाज़ में कहा, 'यह हम अगले सबक़ में बताएँगे, मैल्फ़ॉय। आज तुम उन्हें बस खाना खिलाओ। देखो, तुम उन्हें अलग-अलग चीज़ें खिलाना। हम उन्हें पहली बार पाल रहे हैं, इसलिए हमें यह पता नहीं है कि वे क्या खाते हैं। हमारे पास अंडे, मेंढकों के लिवर और थोड़े से घास वाले साँप हैं - उन्हें हर चीज़ खिलाकर देखना पड़ेगा।'

'पहले अम्लकंद का रस और अब यह,' सीमस बुदबुदाया।

हैग्रिड के गहरे प्रेम के कारण ही हैरी, रॉन और हर्माइनी ने अपनी मुट्ठियों में मेंढक के लिवर को भरा और उसे बक्सों में नीचे करके विस्फोटक अग्निडंकों को ललचाने की कोशिश की। हैरी को लग रहा था कि इस पूरी कवायद का कोई मतलब नहीं था, क्योंकि ऐसा लग रहा था, जैसे अग्निडंकों का मुँह ही नहीं था।

'*आउच!'* लगभग दस मिनट बाद डीन थॉमस चीख़ा। 'इसने मुझे घायल कर दिया!'

हैग्रिड चिंतित होकर जल्दी से उसके पास पहुँचा।

'इसके सिरे पर विस्फोट हो गया!' डीन ग़ुस्से से बोला और उसने हैग्रिड को अपना जला हुआ हाथ दिखाया।

'आह, हाँ, जब वे विस्फोट करते हैं, तो ऐसा हो सकता है,' हैग्रिड ने सिर झुकाते हुए कहा।

'अह!' लैवेंडर ब्राउन ने एक बार फिर कहा। 'अह हैग्रिड, इन पर यह नुकीली चीज़ क्या है?'

'ओह, उनमें से कुछ के डंक हैं,' हैग्रिड ने उत्साह से कहा (लैवेंडर ने तत्काल अपना हाथ बक्से से दूर हटा लिया)। 'हमें लगता है, डंक वाले अग्निडंक नर हैं ... मादाओं के पेट में चूसने वाली चीज़ है ... हमें लगता है उससे वे ख़ून चूसती होंगी।'

'अच्छा, अब मैं समझ गया कि हम उन्हें क्यों पाल रहे हैं,' मैल्फ़ॉय ने व्यंग्य से कहा। 'ऐसे जानवरों को भला कौन नहीं पालना चाहेगा, जो एक साथ जला भी सकें, काट भी सकें और डंक भी मार सकें।'

'वे सुंदर नहीं हैं, इसका यह मतलब नहीं है कि वे उपयोगी नहीं हैं,' हर्माइनी ने उसकी बात काटते हुए कहा। 'ड्रैगन का ख़ून बहुत जादुई होता है, लेकिन कोई ड्रैगन को तो नहीं पालना चाहेगा, है ना?'

हैरी और रॉन हैग्रिड की तरफ़ देखकर मुस्कराए, जो अपनी खिचड़ी दाढ़ी के पीछे धीरे-धीरे मुस्करा रहा था। हैग्रिड ड्रैगन पालना चाहता था, यह हैरी, रॉन और हर्माइनी बहुत अच्छी तरह जानते थे। जब वे लोग फ़र्स्ट ईयर में थे, तब हैग्रिड ने एक ड्रैगन को कुछ समय तक पाला भी था। वह नॉर्वे का सीढ़ीदार ड्रैगन था, जिसका नाम नॉरबर्ट था। दरअसल हैग्रिड को दैत्याकार जानवर पसंद थे - वे जितने ज़्यादा ख़ूँखार होते थे, उसे उतने ही ज़्यादा अच्छे लगते थे।

'इसमें एक ही बात अच्छी है, कम से कम अग्निडंक छोटे हैं,' रॉन बोला, जब वे एक घंटे बाद लंच करने के लिए महल की तरफ़ लौटने लगे।

'वे *अभी* छोटे हैं,' हर्माइनी ने चिढ़कर कहा, 'लेकिन जब हैग्रिड को यह पता चल जाएगा कि वे क्या खाते हैं, तो मुझे उम्मीद है कि कुछ ही समय में वे छह फ़ुट लंबे हो जाएँगे।'

'उससे कोई फ़र्क़ नहीं पड़ेगा, अगर उनसे समुद्री यात्रा के वमन का इलाज हो सकता होगा या कोई और फ़ायदेमंद काम हो सकता होगा, है ना?' रॉन ने मुस्कराकर उसकी तरफ़ चालाकी से देखते हुए कहा।

'तुम अच्छी तरह जानते हो कि मैंने वह बात सिर्फ़ मैल्फ़ॉय का मुँह बंद करने के लिए कही थी,' हर्माइनी बोली। 'सच तो यह है कि मेरे हिसाब से मैल्फ़ॉय सही कह रहा था। अग्निडंकों के साथ सबसे अच्छा काम यही किया जा सकता है कि वे हम पर हमला करें, इससे पहले ही हम उन्हें कुचलकर मार दें।'

वे गरुड़द्वार की टेबल पर बैठ गए और लैम्ब चॉप्स और आलू खाने लगे। हर्माइनी इतनी तेज़ी से खा रही थी कि हैरी और रॉन उसे घूरकर देखने लगे।

रॉन ने कहा, 'ओह - क्या यह घरेलू जिन्नों के अधिकारों की लड़ाई में

तुम्हारा नया क़दम है कि तुम उनका बनाया पूरा खाना चट करना चाहती हो?'

'नहीं,' हर्माइनी ने मुँह में अंकुरित दाल भरी होने के बाद भी गरिमापूर्ण ढंग से कहा। 'मैं तो बस लाइब्रेरी जाना चाहती हूँ।'

'*क्या?*' रॉन ने हैरानी से कहा। 'हर्माइनी - आज स्कूल में हमारा पहला दिन है! हमें होमवर्क भी नहीं मिला है!'

हर्माइनी ने कंधे उचकाए और इतनी तेज़ी से खाना खाती रही, जैसे उसने कई दिनों से कुछ नहीं खाया हो। फिर वह खड़ी हुई और बोली, 'डिनर के वक़्त मिलते हैं!' इसके बाद वह तेज़ी से चली गई।

जब दोपहर की क्लास शुरू होने का संकेत देने वाली घंटी बजी, तो हैरी और रॉन उत्तरी मीनार की तरफ़ चल दिए। घुमावदार सीढ़ियों से होकर सबसे ऊपर पहुँचने के बाद उन्हें एक सफ़ेद सीढ़ी लटकती हुई दिखाई दी। वह सीढ़ी उन्हें छत में बने एक गोल चोर दरवाज़े के अंदर ले गई। अब वे प्रोफ़ेसर ट्रिलोनी की क्लास में पहुँच गए थे।

जैसे ही वे लटकती हुई सीढ़ी पर चढ़कर क्लास में पहुँचे, आग से निकल रही जानी-पहचानी भीनी-भीनी ख़ुशबू उनके नथुनों में घुस गई। हमेशा की तरह ही सभी पर्दे बंद थे और गोलाकार कमरे में धीमी लाल रोशनी थी। यह रोशनी कई लैंपों से हो रही थी, जो स्कार्फ़ और शॉल से ढँके हुए थे। हैरी और रॉन कमरे में रखी कुर्सियों और मोटे कुशनों के पास से होकर गुज़रे और एक छोटी गोल टेबल के आस-पास बैठ गए।

'गुड डे,' हैरी को अपने पीछे से प्रोफ़ेसर ट्रिलोनी की अस्पष्ट आवाज़ सुनाई दी, जिसे सुनकर वह उछल पड़ा।

प्रोफ़ेसर ट्रिलोनी बड़े चश्मे वाली बहुत दुबली-पतली महिला थीं। चश्मे के कारण उनकी आँखें उनके चेहरे के हिसाब से बहुत बड़ी नज़र आती थीं। वे हैरी को बड़े दुख भरे अंदाज़ में देख रही थीं। सच तो यह था कि वे हैरी को जब भी देखती थीं, इसी दुख भरे अंदाज़ में देखती थीं। आग की रोशनी में उनके शरीर पर बहुत से मनके, हार और चमचमाते कड़े दिख रहे थे।

'तुम परेशान हो, बच्चे,' उन्होंने सहानुभूति भरी आवाज़ में हैरी से कहा। 'मेरी अंदरूनी आँख तुम्हारे बहादुर चेहरे के पीछे जाकर तुम्हारी परेशान आत्मा में झाँक रही है। और मुझे यह कहते हुए अफ़सोस हो रहा है कि तुम्हारी चिंताएँ निराधार नहीं हैं। मैं देख रही हूँ कि तुम्हारे सामने बहुत सी मुश्किलें हैं ... बहुत ही मुश्किल समय आने वाला है ... मुझे यह भी दिख रहा है कि तुम जिस चीज़ से डर रहे हो, वह सचमुच होकर रहेगी ... और शायद वह तुम्हारे अनुमान से कहीं ज़्यादा जल्दी होगी ...'

उनकी आवाज़ धीमी होते-होते लगभग फुसफुसाहट में बदल गई। रॉन ने अपनी आँखें चढ़ाकर हैरी को देखा, जो उसे घूरने लगा। प्रोफ़ेसर ट्रिलोनी उनके पास से गुज़रकर आग के सामने एक बड़ी कुर्सी पर बैठ गईं और विद्यार्थियों को देखने लगीं। लैवेंडर ब्राउन और पार्वती पाटिल प्रोफ़ेसर ट्रिलोनी को बहुत पसंद करती थीं और वे उनके बहुत क़रीब रखे कुशनों पर बैठी थीं।

'बच्चो, अब समय आ गया है कि हम सितारों का अध्ययन क़रें,' प्रोफ़ेसर ट्रिलोनी बोलीं। 'ग्रहों की गतियों और उनके द्वारा उजागर की जाने वाली रहस्यमयी बातें सिर्फ़ उन्हीं को समझ में आती हैं, जो सृष्टि के नृत्य की ताल को समझते हैं। इंसान की तक़दीर सिर्फ़ ग्रहों की किरणों द्वारा ही समझी जा सकती है, जो आपस में मिलकर ...'

लेकिन हैरी का ध्यान भटक गया था। प्रोफ़ेसर ट्रिलोनी के कमरे में जल रही आग की अजीब सी ख़ुशबू से उसे हमेशा नींद सी आने लगती थी। इस कारण प्रोफ़ेसर ट्रिलोनी की भविष्य बताने वाली बातों में उसका मन नहीं लगता था - हालाँकि वह उस बात के बारे में सोचता रहा, जो उन्होंने अभी-अभी कही थी। *'मुझे यह भी दिख रहा है कि तुम जिस चीज़ से डर रहे हो, वह सचमुच होकर रहेगी ...'*

हैरी ने चिढ़ते हुए सोचा, हर्माइनी की बात सही थी, प्रोफ़ेसर ट्रिलोनी सचमुच धोखेबाज़ थीं। उसे इस वक़्त किसी भी चीज़ का डर नहीं था ... जब तक कि यह सिरियस के पकड़े जाने का डर न हो ... लेकिन प्रोफ़ेसर ट्रिलोनी इस बारे में कैसे जान सकती हैं ? वह बहुत पहले ही इस नतीजे पर पहुँच चुका था कि उनकी भविष्यवाणियाँ अंदाज़ों और अनुमानों से ज़्यादा कुछ भी नहीं हैं।

सिर्फ़ एक ही बार उन्होंने सच्ची भविष्यवाणी की थी। पिछले सत्र के आख़िर में उन्होंने यह भविष्यवाणी की थी कि वोल्डेमॉर्ट दोबारा ताक़तवर बन जाएगा ... और जब हैरी ने डम्बलडोर को इसके बारे में बताया था, तो उन्होंने भी कहा था कि यह भविष्यवाणी सच्ची थी ...

'हैरी!' रॉन बुदबुदाकर बोला।

'क्या ?'

हैरी ने चारों तरफ़ देखा। क्लास के सभी विद्यार्थी उसे घूरकर देख रहे थे। वह सीधा बैठ गया। गर्मी और अपने विचारों में खोने के कारण वह लगभग सो गया था।

प्रोफ़ेसर ट्रिलोनी उसकी तरफ़ देखकर बोल रही थीं, 'बच्चे, मैं कह रही थी कि तुम निश्चित रूप से शनि ग्रह के अनिष्टकारी प्रभाव में पैदा हुए होगे।' उनकी आवाज़ में इस बात को लेकर थोड़ी सी चिढ़ का भाव था कि वह उनके

शब्दों को पूरे ध्यान से नहीं सुन रहा था।

हैरी ने कहा, 'सॉरी – किसके प्रभाव में पैदा हुआ था?'

'शनि के प्रभाव में, बच्चे, शनि ग्रह के प्रभाव में!' प्रोफ़ेसर ट्रिलोनी ने कहा, जो इस बात से स्पष्ट रूप से चिढ़ी हुई दिख रही थीं कि वह इस ख़बर से विचलित नहीं हुआ था। 'मैं यह कह रही थी कि तुम्हारे जन्म के समय आकाश में शनि शक्तिशाली स्थिति में रहा होगा ... तुम्हारे काले बाल ... तुम्हारा छोटा क़द ... इतनी कम उम्र में इतना दुखद विछोह ... बच्चे, मुझे लगता है कि तुम कड़ाके की ठंड के मौसम में पैदा हुए होगे?'

'नहीं,' हैरी बोला, 'मैं तो जुलाई में पैदा हुआ था।'

रॉन ने जल्दी से अपनी हँसी को रोककर उसे खाँसी में बदल लिया।

आधे घंटे बाद उन सभी को एक जटिल गोल चार्ट दे दिया गया। वे सभी अपने जन्म के समय ग्रहों की स्थिति लिखने की कोशिश कर रहे थे। यह काफ़ी नीरस काम था और इसमें बार-बार ग्रह-तालिका देखने और कोणों की गणना करने की ज़रूरत थी।

कुछ समय बाद हैरी ने त्योरियाँ चढ़ाकर अपने चर्मपत्र की तरफ़ देखते हुए कहा, 'मेरे चार्ट में दो नेपच्यून हैं। यह सही नहीं हो सकता, है ना?'

'आआआह,' रॉन ने प्रोफ़ेसर ट्रिलोनी की रहस्यमयी फुसफुसाहट की नक़ल करते हुए कहा, 'हैरी, जब आकाश में दो नेपच्यून दिखें, तो यह इस बात की पक्की निशानी है कि चश्मे वाला एक नाटा लड़का पैदा होने वाला है ...'

यह सुनकर पास बैठे सीमस और डीन ज़ोर से खी-खी करने लगे। हालाँकि इतनी ज़ोर से नहीं कि लैवेंडर ब्राउन की रोमांचित चीख़ें दब जाएँ – 'ओह, प्रोफ़ेसर, देखिए तो सही! मुझे लगता है कि मेरे चार्ट में एक ग्रह पर तो किसी दूसरे ग्रह की दृष्टि ही नहीं है! ऊह, यह कौन सा ग्रह है, प्रोफ़ेसर?'

'यह यूरेनस है, बच्ची,' प्रोफ़ेसर ट्रिलोनी ने उसकी कुंडली की तरफ़ ध्यान से देखते हुए कहा।

रॉन बोला, 'ज़रा मुझे भी तो अपना यूरेनस दिखाओ, लैवेंडर?'

दुर्भाग्य से प्रोफ़ेसर ट्रिलोनी ने उसकी बात सुन ली और शायद इसी कारण उन्होंने उन सभी को क्लास के आख़िर में बहुत सारा होमवर्क दे दिया।

अपने हवाबाज़ी के अंदाज़ को छोड़कर वे प्रोफ़ेसर मैक्गॉनेगल की तरह तेज़ आवाज़ में बोलीं, 'विस्तार से विश्लेषण करना कि अगले महीने में ग्रहों की गतियों का तुम्हारी कुंडली पर क्या प्रभाव पड़ेगा। यह काम अगले सोमवार तक हो जाना चाहिए, और ध्यान रहे, कोई बहाना नहीं चलेगा!'

'बकवास,' रॉन चिढ़ते हुए बोला, जब वे सीढ़ियाँ उतरकर बड़े हॉल में डिनर करने के लिए लौटे। 'इसमें तो पूरा शनिवार और रविवार लग जाएगा, है ना ...'

'बहुत होमवर्क मिला है ?' हर्माइनी लपककर उनके पास आते हुए बोली। 'प्रोफ़ेसर वेक्टर ने तो *हमें* कोई होमवर्क ही नहीं दिया!'

'प्रोफ़ेसर वेक्टर का बेड़ा गर्क हो,' रॉन ने चिढ़कर कहा।

वे प्रवेश द्वार तक पहुँच गए, जो डिनर के लिए लाइन लगाए विद्यार्थियों से खचाखच भरा हुआ था। वे अभी लाइन के सिरे पर खड़े ही हुए थे कि तभी उन्हें अपने पीछे से एक तेज़ आवाज़ सुनाई दी।

'वीज़्ली! सुनो, वीज़्ली!'

हैरी, रॉन और हर्माइनी मुड़े। वहाँ मैल्फ़ॉय, क्रैब और गॉइल खड़े थे और वे सभी बड़े ख़ुश दिख रहे थे।

'क्या ?' रॉन ने धीरे से पूछा।

'तुम्हारे डैडी के बारे में ख़बर छपी है, वीज़्ली!' मैल्फ़ॉय *दैनिक जादूगर* अख़बार लहराते हुए ज़ोर से बोला, ताकि खचाखच भरे प्रवेश हॉल में मौजूद सभी विद्यार्थी उसकी बात सुन लें। 'ज़रा सुनो तो सही!'

जादू मंत्रालय की ग़लतियाँ

विशेष संवाददाता रीटा स्कीटर के अनुसार, ऐसा लगता है कि जादू मंत्रालय की परेशानियों का सिलसिला अभी ख़त्म नहीं हुआ है। हाल ही में हुए क्विडिच वर्ल्ड कप के दौरान मंत्रालय ने भीड़ को सँभालने के लिए पुख़्ता क़दम नहीं उठाए थे, जिसके लिए इसकी काफ़ी आलोचना हुई थी। इसके अलावा, यह अपनी एक लापता जादूगरनी के बारे में भी कोई संतोषजनक जवाब नहीं दे पाया था। कल मगलू वस्तु दुरुपयोग विभाग के अरनॉल्ड वीज़्ली की अजीब हरकतों के कारण मंत्रालय एक बार फिर परेशानी में पड़ गया।

यहाँ पर मैल्फ़ॉय रुक गया और सिर उठाकर रॉन की तरफ़ देखने लगा।

उसने कहा, 'ज़रा देखो तो सही, अख़बार वालों ने उनका नाम भी ग़लत छापा है, वीज़्ली। ऐसा लगता है, जैसे तुम्हारे डैडी को कोई जानता ही नहीं है, है ना ?'

प्रवेश हॉल में मौजूद सभी विद्यार्थी अब मैल्फ़ॉय की बात सुनने लगे थे। मैल्फ़ॉय ने झटके से अख़बार सीधा किया और आगे पढ़ने लगा :

> *अरनॉल्ड वीज़्ली, जिन पर दो साल पहले उड़ती हुई कार के मालिक होने का आरोप लगा था, कल कई मगलू क़ानून-रक्षकों ('पुलिस') के साथ भिड़ गए। मामला बेहद आक्रामक कूड़ेदानों के बारे में था। ऐसा लगता था कि मिस्टर वीज़्ली 'बावरे-नैन' मूडी की मदद करने के लिए वहाँ गए थे। मूडी पूर्व-ऑरर हैं, जिन्हें मंत्रालय से उस समय निकाल दिया गया था, जब वे हाथ मिलाने और हत्या की कोशिश करने के बीच के फ़र्क़ को नहीं पहचान पा रहे थे। इसलिए इसमें आश्चर्य की कोई बात नहीं है कि मिस्टर मूडी के घर पर पहुँचने के बाद मिस्टर वीज़्ली ने देखा कि मिस्टर मूडी ने एक बार फिर ख़ामख़्वाह तूफ़ान मचा दिया था। मिस्टर वीज़्ली को पुलिस वालों से बचने से पहले कई लोगों की याददाश्त बदलनी पड़ी। लेकिन जब दैनिक जादूगर ने उनसे पूछा कि उन्होंने मंत्रालय को इतनी शर्मनाक स्थिति में क्यों डाला, तो उन्होंने किसी भी सवाल का जवाब देने से इंकार कर दिया।*

'और एक तस्वीर भी छपी है, वीज़्ली!' मैल्फ़ॉय ने अख़बार को पलटाकर और ऊपर उठाकर तस्वीर दिखाते हुए कहा। 'इसमें तुम्हारे मम्मी-डैडी तुम्हारे घर के बाहर खड़े हैं - अगर तुम इसे घर कहते हो! तुम्हारी मम्मी बहुत मोटी हैं, है ना?'

रॉन ग़ुस्से से काँपने लगा। सभी विद्यार्थी उसे घूरकर देख रहे थे।

'दफ़ा हो जाओ, मैल्फ़ॉय,' हैरी बोला। 'चलो, रॉन ...'

'ओह हाँ, तुम भी तो इस गर्मी में उन्हीं के घर रुके थे, है ना पॉटर?' मैल्फ़ॉय ने व्यंग्य से कहा। 'मुझे बताओ, क्या उसकी मम्मी सचमुच इतनी मोटी हैं या फिर वे तस्वीर में ही ऐसी दिख रही हैं?'

'तुम *अपनी* मम्मी के बारे में बताओ, मैल्फ़ॉय?' हैरी ने कहा - उसने और हर्माइनी दोनों ने ही रॉन के दुशाले के पिछले हिस्से को पकड़ लिया, ताकि वह कहीं मैल्फ़ॉय पर छलाँग न लगा दे - 'उनके चेहरे पर ऐसा भाव क्यों रहता है, जैसे उनकी नाक के नीचे गोबर रखा हो? क्या वे हमेशा ऐसी ही दिखती हैं, या फिर ऐसा इसलिए था क्योंकि तुम उनके साथ थे?'

मैल्फ़ॉय का पीला चेहरा थोड़ा गुलाबी पड़ गया। 'मेरी मम्मी का अपमान

करने की ज़ुर्रत मत करना, पॉटर।'

'– तो फिर अपना गंदा मुँह बंद रखो,' हैरी ने मैल्फ़ॉय की तरफ़ अपनी पीठ करते हुए कहा।

धाड़!

कई लोगों की चीख़ निकल गई – हैरी को ऐसा लगा, जैसे कोई सफ़ेद गर्म चीज़ उसके चेहरे को छूती हुई निकल गई। उसने छड़ी निकालने के लिए दुशाले में हाथ डाला, लेकिन वह छड़ी निकाल पाता, इससे पहले ही उसे धाड़ की एक और तेज़ आवाज़ सुनाई दी। प्रवेश हॉल में एक आवाज़ गूँजी।

'ऐसा अब कभी मत करना, लड़के!'

हैरी ने पलटकर देखा। प्रोफ़ेसर मूडी संगमरमर की सीढ़ियों से लँगड़ाकर उतर रहे थे। उनकी छड़ी बाहर निकली हुई थी और एक सफ़ेद नेवले की तरफ़ तनी हुई थी, जो पत्थर के फ़र्श पर काँप रहा था। यह नेवला ठीक उसी जगह पर था, जहाँ मैल्फ़ॉय खड़ा हुआ था।

प्रवेश हॉल में दहशत भरी ख़ामोशी छा गई। मूडी के अलावा कोई भी साँस तक नहीं ले रहा था। मूडी हैरी की तरफ़ देखने के लिए मुड़े – यानी उनकी सामान्य आँख हैरी की तरफ़ देख रही थी; जबकि उनकी दूसरी आँख उनके सिर के पिछले हिस्से की तरफ़ देख रही थी।

'तुम्हें चोट तो नहीं लगी?' मूडी ने गुर्राते हुए हैरी से पूछा। उनकी आवाज़ धीमी और भर्राई हुई थी।

'नहीं,' हैरी ने कहा। 'बाल-बाल बच गया।'

'उसे हाथ मत लगाना!' मूडी चिल्लाए।

'हाथ मत लगाना – किसे?' हैरी ने हैरानी से पूछा।

'मैं तुमसे नहीं, उससे कह रहा हूँ!' मूडी ने अपने पीछे क्रैब की तरफ़ इशारा करते हुए कहा, जो सफ़ेद नेवले को उठाने ही वाला था, लेकिन अब रुक गया था। ऐसा लग रहा था, जैसे मूडी की नक़ली आँख जादुई थी और वह उनके सिर के पीछे से भी देख सकती थी।

मूडी लँगड़ाते हुए क्रैब, गॉइल और नेवले की तरफ़ बढ़े। मूडी को आते देखकर नेवले ने दहशत भरी चीख़ निकाली और तहख़ाने की तरफ़ भागने लगा।

'नहीं, इतनी जल्दी नहीं!' मूडी गरजे और उन्होंने दोबारा अपनी छड़ी नेवले की तरफ़ कर दी – नेवला हवा में दस फ़ुट ऊपर उछला और धम्म के साथ फ़र्श पर गिर पड़ा। फिर वह एक बार और उछला।

'मुझे वे लोग पसंद नहीं हैं, जो अपने विरोधी पर पीठ पीछे से वार करते

हैं,' मूडी गरजे, जब नेवला दर्द से चीख़ते हुए ऊँचा और ऊँचा उछलता रहा। 'यह कायरता भरा, घिनौना और घटिया काम है ...'

नेवला हवा में उछलता रहा। उसके पैर और पूँछ हवा में फड़फड़ा रहे थे।

'दोबारा - कभी - ऐसा - मत - करना -' मूडी ने एक-एक शब्द चबाते हुए कहा, जब नेवला पत्थर के फ़र्श पर गिरकर बार-बार ऊपर उछलता रहा।

'प्रोफ़ेसर मूडी!' एक सदमे भरी आवाज़ आई।

प्रोफ़ेसर मैक्गॉनेगल हाथ में किताबें लेकर संगमरमर की सीढ़ियों से नीचे उतर रही थीं।

'हैलो, प्रोफ़ेसर मैक्गॉनेगल,' मूडी ने शांत स्वर में कहा और नेवले को थोड़ा और ऊपर उछाल दिया।

'आप क्या - आप क्या कर रहे हैं?' प्रोफ़ेसर मैक्गॉनेगल ने पूछा। उनकी आँखें हवा में उछलते-गिरते नेवले पर टिकी हुई थीं।

'सबक़ सिखा रहा हूँ,' मूडी ने कहा।

'सबक़ सिखा रहे हैं - मूडी, *क्या यह कोई विद्यार्थी है?'* प्रोफ़ेसर मैक्गॉनेगल चीख़ीं और उनके हाथ से किताबें गिर गईं।

'हाँ,' मूडी ने जवाब दिया।

'नहीं!' प्रोफ़ेसर मैक्गॉनेगल चीख़ीं। वे भागती हुई सीढ़ियों से उतरीं और उन्होंने अपनी छड़ी बाहर निकाल ली। एक पल बाद एक तेज़ आवाज़ के साथ ड्रेको मैल्फ़ॉय दोबारा नज़र आने लगा। वह फ़र्श पर पड़ा हुआ था। उसके सुनहरे बाल उसके गुलाबी हो चुके चेहरे पर बिखरे हुए थे। वह घबराकर खड़ा हुआ।

'मूडी, हम सज़ा देने के लिए रूपांतरण का इस्तेमाल *कभी नहीं* करते हैं!' प्रोफ़ेसर मैक्गॉनेगल ने कमज़ोर आवाज़ में कहा। 'निश्चित रूप से प्रोफ़ेसर डम्बलडोर ने आपको यह बताया होगा?'

'हो सकता है उन्होंने बताया हो,' मूडी ने लापरवाही से अपनी ठुड्डी खुजाते हुए कहा। 'लेकिन मुझे लगा कि सही तरह से सबक़ सिखाने का यह अच्छा तरीक़ा होगा-'

'मूडी, विद्यार्थियों की ग़लती पर हम सज़ा देते हैं! या ग़लती करने वाले के हाउस के प्रमुख से शिकायत करते हैं!'

'तब तो मैं यह काम भी करूँगा,' मूडी ने मैल्फ़ॉय को बहुत नापसंदगी से घूरते हुए कहा।

दर्द और अपमान के कारण मैल्फ़ॉय की पीली आँखों में आँसू भर आए थे। उसने मूडी की तरफ़ चिढ़कर देखा और बुदबुदाने लगा, जिसमें 'मेरे डैडी' साफ़ सुनाई दे रहा था।

'ओह हाँ ?' मूडी ने धीरे से कुछ क़दम आगे बढ़ते हुए कहा, जिससे हॉल में उनके लकड़ी के पैर की *ठक-ठक* की आवाज़ गूँजने लगी। 'मैं तुम्हारे डैडी को बहुत पहले से जानता हूँ, लड़के ... तुम उन्हें बता देना कि मूडी उनके बेटे पर नज़दीकी नज़र रख रहा है ... तुम उन्हें मेरी तरफ़ से यह बता देना ... अब, तुम्हारे हाउस का प्रमुख स्नेप होगा, है ना ?'

'हाँ,' मैल्फ़ॉय ने चिढ़कर कहा।

'एक और पुराना दोस्त,' मूडी गुर्राए। 'मैं स्नेप से बातचीत करने के लिए बेताब हूँ ... चलो, मुझे उसके पास ले चलो ...' वे मैल्फ़ॉय की बाँह पकड़कर उसे तहख़ाने की तरफ़ ले गए।

प्रोफ़ेसर मैक्गॉनेगल ने चिंता से कुछ पल तक उनकी तरफ़ देखा, फिर उन्होंने अपनी गिरी हुई किताबों की तरफ़ छड़ी हिलाई, जिससे वे हवा में उड़कर दोबारा उनके हाथ में आ गईं।

'मुझसे कुछ मत बोलना,' रॉन ने धीरे से हैरी और हर्माइनी से कहा, जब वे कुछ देर बाद गरुड़द्वार की टेबल पर बैठ गए। हर तरफ़ सभी विद्यार्थी रोमांचित होकर नेवले वाली घटना के बारे में बातें कर रहे थे।

'क्यों ?' हर्माइनी ने हैरानी से पूछा।

'क्योंकि मैं इस घटना को अपनी याददाश्त में हमेशा के लिए जमा लेना चाहता हूँ,' रॉन ने अपनी आँखें बंद करते और अपने चेहरे पर ख़ुशी का भाव लाते हुए कहा। 'ड्रेको मैल्फ़ॉय, उछलता हुआ नेवला ...'

हैरी और हर्माइनी दोनों हँस दिए। फिर हर्माइनी उन सबकी प्लेटों में खाना परोसने लगी।

'वैसे मैल्फ़ॉय को वास्तव में चोट भी पहुँच सकती थी,' वह बोली। 'दरअसल यह अच्छा रहा कि प्रोफ़ेसर मैक्गॉनेगल ने उन्हें रोक दिया –'

'हर्माइनी!' रॉन ग़ुस्से से अपनी आँखें दोबारा खोलते हुए बोला। 'तुम मेरी ज़िंदगी के सबसे यादगार पल को बर्बाद कर रही हो!'

हर्माइनी ने अधीरता भरी आवाज़ निकाली और एक बार फिर तेज़ी से खाने लगी।

हैरी ने उसे देखते हुए कहा, 'यह मत कहना कि तुम आज शाम को भी लाइब्रेरी जा रही हो ?'

'जाना ही पड़ेगा,' हर्माइनी ने कहा। 'बहुत काम करना है।'

'लेकिन तुमने तो हमसे कहा था कि प्रोफ़ेसर वेक्टर ने तुम्हें कोई होमवर्क नहीं दिया है?'

'यह पढ़ाई का काम नहीं है,' उसने कहा। पाँच मिनट में हर्माइनी ने अपनी प्लेट साफ़ कर दी और लाइब्रेरी चली गई।

जैसे ही वह गई, फ्रेड वीज़्ली आकर उसकी ख़ाली कुर्सी पर बैठ गया। उसने कहा, 'मूडी कितने ज़ोरदार हैं?'

'ज़ोरदार से भी ज़्यादा,' जॉर्ज ने फ्रेड के सामने बैठते हुए कहा।

'महा-ज़ोरदार,' जुड़वाँ भाइयों के सबसे अच्छे मित्र ली जॉर्डन ने जॉर्ज के पास वाली कुर्सी पर बैठते हुए कहा। उसने हैरी और रॉन को बताया, 'आज दोपहर को उन्होंने हमारी क्लास में पढ़ाया था।'

'वे कैसा पढ़ाते हैं?' हैरी ने उत्सुकता से पूछा।

फ्रेड, जॉर्ज और ली ने अर्थपूर्ण निगाहों से एक-दूसरे की तरफ़ देखा।

फ्रेड बोला, 'आज तक ऐसी क्लास नहीं हुई।'

ली ने कहा, 'वे सचमुच *जानते* हैं।'

रॉन ने आगे झुकते हुए, पूछा, 'क्या जानते हैं?'

'जानते हैं कि *यह काम कैसे किया जाता है,'* जॉर्ज ने कहा।

हैरी ने पूछा, 'कौन सा काम?'

'काले जादू से मुक़ाबला,' फ्रेड ने जवाब दिया।

जॉर्ज बोला, 'उन्हें इसका अनुभव है।'

ली ने कहा, 'अद्भुत आदमी हैं!'

रॉन ने अपने बैग में हाथ डालकर टाइमटेबल निकाला।

फिर वह निराश होकर बोला, 'उनकी क्लास तो गुरुवार तक नहीं होगी!'

अध्याय चौदह

अक्षम्य शाप

अगले दो दिनों में कोई महत्वपूर्ण घटना नहीं हुई। महत्वपूर्ण घटना आप सिर्फ़ इसी को मान सकते हैं कि नेविल ने जादुई काढ़े की क्लास में अपनी छठी कड़ाही पिघला दी। प्रोफ़ेसर स्नेप गर्मियों के बाद से गरुड़द्वार के विद्यार्थियों के प्रति और भी ज़्यादा दुर्भावना रखने लगे थे, इसलिए उन्होंने नेविल को सींग वाले मेंढकों की आँतें निकालने की सज़ा दे दी। यह काम करके जब वह लौटा, तो उसकी हालत बहुत ख़राब दिख रही थी।

हर्माइनी नेविल को स्वच्छता सम्मोहन सिखाने लगी, ताकि वह अपने नाखूनों के नीचे फँसी मेंढक की आँतों को बाहर निकाल सके। यह देखकर रॉन ने हैरी से पूछा, 'तुम जानते हो, इन दिनों स्नेप का मूड इतना ख़राब क्यों रहता है?'

'हाँ,' हैरी ने कहा। 'मूडी के कारण।'

सभी लोग यह बात जानते थे कि स्नेप दरअसल गुप्त कलाओं से रक्षा का विषय पढ़ाना चाहते थे, लेकिन उन्हें लगातार चौथे साल भी इसका मौक़ा नहीं मिला था। स्नेप गुप्त कलाओं से रक्षा के उनके सभी पुराने टीचर्स को नापसंद करते थे और वे अपनी नापसंदगी को उनके सामने प्रकट भी कर देते थे, लेकिन बावरे-नैन मूडी के सामने स्नेप बहुत सावधानी से पेश आते थे। जब भी हैरी ने दोनों को साथ-साथ देखा - खाने के वक़्त या गलियारे में एक-दूसरे के सामने से गुज़रते वक़्त - तो उसे यह लगा कि स्नेप मूडी की आँखों से बचते थे, सामान्य आँख से भी और जादुई आँख से भी।

हैरी ने सोचते हुए कहा, 'मुझे लगता है कि स्नेप उनसे डरते हैं।'

'कल्पना करो कि मूडी स्नेप को सींग वाले मेंढक में बदल दें,' रॉन ने कल्पना में ऊपर देखते हुए कहा, 'और उन्हें उन्हीं के तहखाने में यहाँ-वहाँ उछालने लगें ...'

गरुड़द्वार के फ़ोर्थ ईयर के विद्यार्थी मूडी की पहली क्लास में जाने के लिए इतने बेताब थे कि वे गुरुवार को लंच के बाद क्लासरूम के सामने जल्दी पहुँच गए। वे घंटी बजने से पहले ही उनके क्लासरूम के बाहर लाइन लगाकर खड़े हो गए।

सिर्फ़ एक ही विद्यार्थी नहीं आया था और वह थी हर्माइनी, जो घंटी बजते ही वहाँ आ गई।

'मैं –'

'लाइब्रेरी में थी,' हैरी ने उसका वाक्य पूरा कर दिया। 'जल्दी करो, वरना हमें अच्छी सीटें नहीं मिलेंगी।'

वे जल्दी-जल्दी टीचर की डेस्क के ठीक सामने वाली तीन कुर्सियों पर बैठ गए। *वे गुप्त शक्तियाँ : आत्मरक्षा की मार्गदर्शिका* की अपनी-अपनी किताबें निकालकर चुपचाप इंतज़ार करने लगे, जो असामान्य बात थी। जल्दी ही उन्हें गलियारे में मूडी के लकड़ी वाले पैर की *ठक-ठक* की आवाज़ सुनाई दी और वे कमरे में आ गए। वे हमेशा की तरह अजीब और डरावने दिख रहे थे। विद्यार्थियों को उनके दुशाले के नीचे से उनका लकड़ी का पैर झाँकता हुआ दिख रहा था।

'तुम लोग अपनी किताबें अंदर रख लो,' वे अपनी डेस्क पर बैठते हुए बोले। 'तुम्हें उनकी ज़रूरत नहीं पड़ेगी।'

सभी विद्यार्थियों ने अपनी किताबें अपने बैग में रख लीं। रॉन रोमांचित दिख रहा था।

मूडी ने रजिस्टर बाहर निकाला, अपने सफ़ेद-भूरे खिचड़ी बालों को अपने विकृत तथा जले चेहरे से हटाया और विद्यार्थियों की हाज़िरी लेने लगे। उनकी सामान्य आँख नामों की सूची पर थी, जबकि जादुई आँख चारों तरफ़ घूम रही थी और हर उस विद्यार्थी पर टिक रही थी, जो अपना नाम पुकारे जाने पर 'यस सर' कह रहा था।

'ठीक है,' उन्होंने कहा, जब आख़िरी विद्यार्थी ने यह बता दिया कि वह क्लास में मौजूद है, 'मुझे प्रोफ़ेसर ल्यूपिन ने चिट्ठी लिखकर इस क्लास की प्रगति के बारे में बता दिया है। ऐसा लगता है कि तुम लोगों को गुप्त प्राणियों से मुक़ाबला करने का अच्छा ज्ञान प्राप्त हो चुका है – तुम लोग बहुरूपिए, लाल टोपी, हिंकीपंक्स, जलराक्षसों, काप्पाज़ और नरभेड़ियों के बारे में पढ़ चुके हो, ठीक है?'

सभी ने सहमति में सिर हिलाया।

'लेकिन तुम शापों का मुक़ाबला करने में पीछे हो – बहुत पीछे हो,' मूडी ने कहा। 'इसलिए मैं तुम्हें बताऊँगा कि जादूगर एक-दूसरे का कितना बुरा कर सकते हैं। काले जादू से कैसे निबटना है, तुम्हें यह सिखाने के लिए मेरे पास सिर्फ़ एक साल है –'

रॉन के मुँह से निकल गया, 'क्या? आप इसके बाद यहाँ नहीं रुकेंगे?'

मूडी की जादुई आँख घूमी और रॉन को घूरने लगी। रॉन बहुत डर गया, लेकिन एक पल बाद ही मूडी मुस्कराने लगे – हैरी ने उन्हें पहली बार मुस्कराते हुए देखा था। इसका परिणाम यह हुआ कि उनका बुरी तरह क्षत-विक्षत चेहरा और भी ज़्यादा मुड़ा-तुड़ा दिखने लगा, लेकिन सभी को यह जानकर राहत मिली कि वे मुस्कराने जैसा दोस्ताना काम भी कर सकते हैं। रॉन तो बहुत ज़्यादा राहत में दिख रहा था।

'तुम आर्थर वीज़्ली के बेटे हो, है ना?' मूडी ने कहा। 'तुम्हारे डैडी ने कुछ दिनों पहले मुझे बहुत बड़ी मुश्किल से बचाया था ... हाँ, मैं यहाँ सिर्फ़ एक साल ही रुकूँगा। डम्बलडोर के विशेष आग्रह पर ... एक साल बाद मैं अपने शांतिपूर्ण रिटायरमेंट में लौट जाऊँगा।'

वे रूखेपन से हँसे और फिर उन्होंने अपने गाँठदार हाथों से ताली बजाई।

'तो – अब सीधे शुरू करते हैं। शाप। शाप कई तरह के होते हैं और उनकी शक्तियाँ अलग-अलग होती हैं। देखो, जादू मंत्रालय के अनुसार मुझे तुम्हें सिर्फ़ शापों का तोड़ सिखाना चाहिए और बात को यहीं पर ख़त्म कर देना चाहिए। जब तक तुम लोग सिक्स्थ ईयर में न पहुँच जाओ, तब तक मुझे तुम्हें यह नहीं बताना चाहिए कि ग़ैर-क़ानूनी गुप्त शाप कैसे दिए जाते हैं। ऐसा माना जाता है कि तब तक तुम लोग इतने बड़े नहीं होगे कि इनसे मुक़ाबला कर सको। लेकिन तुम्हारे बारे में प्रोफ़ेसर डम्बलडोर की राय बहुत अच्छी है। उन्हें लगता है कि तुम इनसे आसानी से निबट सकते हो। और मुझे भी लगता है कि तुम्हें इन शापों के बारे में जितनी जल्दी पता चल जाए, उतना ही अच्छा है। तुम किसी ऐसी चीज़ से ख़ुद की रक्षा कैसे कर सकते हो, जिसे तुमने देखा ही न हो? जो जादूगर तुम्हें ग़ैर-क़ानूनी शाप देगा, वह तुम्हें यह कभी नहीं बताएगा कि वह क्या करने वाला है। वह यह काम शराफ़त या विनम्रता से नहीं करेगा। इसलिए तुम्हें तैयार रहने की ज़रूरत है। तुम्हें सतर्क रहने की ज़रूरत है। मिस ब्राउन, मेरे पढ़ाते वक़्त आप उसे दूर हटा दें।'

लैवेंडर उछल पड़ी और शर्मा गई। वह टेबल के नीचे से पार्वती को अपनी कुंडली दिखा रही थी। सब समझ गए कि मूडी की जादुई आँख ठोस लकड़ी के पार भी देख सकती थी, जिस तरह यह उनके सिर के पीछे देख

सकती थी।

'तो ... क्या तुममें से किसी को मालूम है कि जादूगरों के क़ानून में किन शापों के लिए सबसे ज़्यादा सज़ा मिलती है?'

कई हाथ झिझकते हुए हवा में उठे, जिनमें रॉन और हर्माइनी के हाथ भी थे। मूडी ने रॉन की तरफ़ इशारा किया, हालाँकि उनकी जादुई आँख अभी भी लैवेंडर पर टिकी हुई थी।

'अर,' रॉन ने झिझकते हुए कहा। 'मेरे डैडी ने मुझे एक शाप के बारे में बताया था ... शायद सम्मोहन शाप?'

'ओह हाँ,' मूडी ने प्रशंसा से कहा। 'तुम्हारे डैडी उसके बारे में अच्छी तरह जानते होंगे। एक वक़्त था, जब सम्मोहन शाप के कारण मंत्रालय को बहुत दिक़्क़त आई थी।'

मूडी अपने लकड़ी के पैर पर ज़ोर देकर खड़े हुए। फिर उन्होंने अपनी डेस्क की दराज़ खोली और उसमें से काँच का एक डिब्बा बाहर निकाला। उसके भीतर तीन बड़ी-बड़ी काली मकड़ियाँ चल रही थीं। रॉन थोड़ा पीछे हट गया - उसे मकड़ियों से नफ़रत थी।

मूडी ने डिब्बे में हाथ डालकर एक मकड़ी को पकड़ा और उसे अपनी हथेली पर रख लिया, ताकि सभी विद्यार्थी उसे देख सकें।

फिर उन्होंने अपनी छड़ी मकड़ी की तरफ़ की और बुदबुदाकर बोले, *'सम्मोहितो!'*

मकड़ी मूडी की हथेली से रेशम के एक धागे पर उछली और आगे-पीछे ऐसे झूलने लगी, जैसे झूला झूल रही हो। उसने अपने पैर कसकर आपस में बाँधे, फिर पीछे उलट गई। फिर वह धागे को तोड़कर डेस्क पर कूद गई और गोल-गोल घूमने लगी। मूडी ने अपनी छड़ी लहराई। मकड़ी फ़ौरन अपने पिछले दो पैरों पर खड़ी होकर नाचने लगी।

सभी लोग हँस रहे थे - सिवाय मूडी के।

'तुम लोगों को यह मज़ेदार लग रहा है, है ना?' वे गुर्राए। 'अगर कोई तुम्हारे साथ यह करे, तब भी क्या तुम्हें इतना ही मज़ा आएगा?'

सभी की हँसी फ़ौरन रुक गई।

'पूर्ण नियंत्रण,' मूडी ने धीरे से कहा, जब मकड़ी एक बार फिर गुलाँटियाँ खाने लगी। 'मैं इसे आदेश दूँगा, तो यह खिड़की से बाहर कूद जाएगी, डूब जाएगी या तुममें से किसी के गले के नीचे चली जाएगी ...'

रॉन को कँपकँपी छूट गई।

मूडी ने आगे कहा, 'बरसों पहले बहुत से जादूगरों और जादूगरनियों को सम्मोहन शाप से नियंत्रित किया जाता था।' हैरी समझ गया कि वे उन दिनों की बात कर रहे थे, जब वोल्डेमॉर्ट सर्वशक्तिमान था। 'मंत्रालय के लोगों को यह पता लगाने में बड़ी दिक़्क़त आती थी कि कौन मजबूरी में काम कर रहा था और कौन अपनी इच्छा से काम कर रहा था।

'सम्मोहन शाप से लड़ा जा सकता है और मैं तुम्हें सिखाऊँगा कि यह काम कैसे किया जा सकता है, लेकिन इसमें चरित्र की सच्ची शक्ति की ज़रूरत होती है, जो हर व्यक्ति में नहीं होती है। अगर इससे बच सको, तो बचना ही बेहतर है। **पूर्ण सावधानी!**' वे चिल्लाए, जिसकी वजह से विद्यार्थी चौंककर उछल पड़े।

मूडी ने गुलाँटियाँ खाती मकड़ी को पकड़ा और दोबारा डिब्बे में डाल दिया। 'किसी को और किसी शाप के बारे में पता है? कोई और ग़ैर-क़ानूनी शाप?'

हर्माइनी का हाथ एक बार फिर हवा में उठ गया और हैरी को यह देखकर हैरानी हुई कि नेविल का हाथ भी उठ गया था। आम तौर पर नेविल सिर्फ़ एक ही क्लास में सवालों के जवाब देता था - जड़ी-बूटी विज्ञान, जो उसका सबसे प्रिय विषय था। नेविल अपनी हिम्मत पर खुद हैरान दिख रहा था।

'हाँ?' मूडी की जादुई आँख घूमी और नेविल पर टिक गई।

'एक शाप है - *पीड़ीकृत शाप,*' नेविल ने धीमी, लेकिन स्पष्ट आवाज़ में कहा।

मूडी अब अपनी दोनों आँखों से नेविल को बड़े ग़ौर से देख रहे थे।

'तुम लाँगबॉटम हो, है ना?' उन्होंने पूछा और उनकी जादुई आँख विद्यार्थियों के नाम वाले रजिस्टर को देखने लगी।

नेविल ने घबराकर सिर हिलाया, लेकिन मूडी ने उससे और कोई सवाल नहीं पूछा। क्लास की तरफ़ देखते हुए उन्होंने काँच के डिब्बे में से अगली मकड़ी को निकाला। उन्होंने उसे डेस्क पर रख दिया, जहाँ वह स्थिर बैठी रही, क्योंकि वह हिलने से भी डर रही थी।

'पीड़ीकृत शाप,' मूडी ने कहा। 'हम मकड़ी को थोड़ी बड़ी कर देते हैं, ताकि तुम्हें अच्छी तरह समझ में आ जाए,' उन्होंने अपनी छड़ी मकड़ी की तरफ़ करते हुए कहा। *'वृहदो!'*

मकड़ी फूल गई और बहुत बड़ी दिखने लगी। अब नाटक की चिंता छोड़कर रॉन ने अपनी कुर्सी पीछे खिसका ली और मूडी की डेस्क से जितनी दूर पहुँच सकता था, पहुँच गया।

मूडी ने अपनी छड़ी उठाकर मकड़ी की तरफ़ की और बुदबुदाकर बोले, *'पीड़ितो!'*

मकड़ी के पैर फ़ौरन उसके शरीर की तरफ़ मुड़ गए। वह पलट गई और भयंकर तरीक़े से छटपटाने लगी तथा इधर-उधर लुढ़कने लगी। उसके मुँह से कोई आवाज़ नहीं निकल रही थी, लेकिन हैरी को यक़ीन था कि अगर वह बोल सकती, तो इस समय चीख़ रही होती। मूडी ने अब भी अपनी छड़ी नहीं हटाई। मकड़ी और भी बुरी तरह काँपने और छटपटाने लगी –

'इसे रोक दीजिए!' हर्माइनी तीखी आवाज़ में बोली।

हैरी ने पलटकर हर्माइनी की तरफ़ देखा। हर्माइनी मकड़ी को नहीं, बल्कि नेविल को देख रही थी। हैरी ने भी देखा कि नेविल ने सामने वाली डेस्क को कसकर पकड़ रखा था। उसके हाथ सफ़ेद थे और उसकी आँखें दहशत के कारण फैल चुकी थीं।

मूडी ने अपनी छड़ी उठाई। मकड़ी के पैर शांत हो गए, लेकिन वह अब भी काँप रही थी।

'लघुतो,' मूडी बुदबुदाए और मकड़ी फिर से अपने सही आकार में आ गई। मूडी ने उसे दोबारा डिब्बे में रख दिया।

'दर्द,' मूडी ने धीरे से कहा। 'अगर तुम्हें पीड़ीकृत शाप देना आता हो, तो किसी को सताने के लिए तुम्हें चाबुक या चाकू की ज़रूरत नहीं है ... एक ज़माने में यह शाप भी बहुत लोकप्रिय था।

'ठीक है ... किसी को तीसरा शाप मालूम है?'

हैरी ने चारों तरफ़ देखा। सभी यह सोच रहे थे कि आख़िरी मकड़ी के साथ जाने क्या होगा। हर्माइनी का हाथ तीसरी बार धीरे से हिला और ऊपर उठ गया।

'हाँ?' मूडी ने उसकी तरफ़ देखते हुए कहा।

'मृत्युदंशम्,' हर्माइनी ने फुसफुसाकर कहा।

कई लोगों ने उसकी तरफ़ घबराकर देखा, जिनमें रॉन भी शामिल था।

'आह,' मूडी ने कहा और एक हल्की सी मुस्कान उनके चेहरे पर आ गई। 'हाँ, आख़िरी और सबसे बुरा। *मृत्युदंशम्* ... मारने वाला शाप।'

उन्होंने अपना हाथ काँच के डिब्बे में डाला। ऐसा लगा, जैसे तीसरी मकड़ी को समझ में आ गया था कि उसके साथ क्या होने वाला है। वह मूडी की उँगलियों से बचने के लिए काँच के बर्तन में इधर-उधर भागने लगी, लेकिन मूडी ने उसे पकड़कर डेस्क पर रख दिया। मकड़ी लकड़ी की सतह पर दहशत में

तेज़ी से भागने लगी।

मूडी ने अपनी छड़ी उठाई और हैरी को भयंकर रोमांच का एहसास हुआ।

मूडी गरजे, '– *मृत्युदंशम्!*'

हरी रोशनी की चौंधियाने वाली चमक हुई। ऐसा लगा, जैसे कोई विशाल, अदृश्य चीज़ हवा में उड़ रही थी – तत्काल मकड़ी पलटकर उल्टी हो गई। उस पर कोई निशान नहीं था, लेकिन वह मर चुकी थी। कई लड़कियों की चीख़ निकल गई। जब मकड़ी रॉन की तरफ़ भागकर आ रही थी, तो वह पीछे हटने की कोशिश में अपनी सीट से गिरते-गिरते बचा था।

मूडी ने मरी हुई मकड़ी को डेस्क से हटाकर फ़र्श पर गिरा दिया।

उन्होंने धीरे से कहा, 'यह अच्छा नहीं है। सुखद भी नहीं है। और इसका कोई तोड़ भी नहीं है। इससे बचने का कोई उपाय नहीं है। आज तक इससे सिर्फ़ एक ही व्यक्ति बचा है और वह इस समय मेरे ठीक सामने बैठा है।'

हैरी का चेहरा लाल हो गया, जब मूडी की दोनों आँखें उस पर पड़ीं। उसने महसूस किया कि बाक़ी सब लोग भी उसी की तरफ़ देख रहे थे। हैरी ख़ाली ब्लैकबोर्ड को एकटक देखने लगा, हालाँकि उसका ध्यान उस तरफ़ नहीं था ...

तो उसके मम्मी-डैडी की मौत इस तरह हुई थी ... ठीक इसी मकड़ी की तरह। क्या उनके शरीर पर भी कोई निशान नहीं बना होगा ? क्या उन्होंने सिर्फ़ हरी रोशनी की चमक देखी होगी तथा तेज़ी से आती हुई मौत की आवाज़ सुनी होगी और फिर उनके शरीर से जान निकल गई होगी ?

हैरी तीन साल से अपने मम्मी-डैडी की मृत्यु के दृश्य की कल्पना कर रहा था – तभी से, जब से उसे यह पता चला था कि उनकी हत्या हुई थी। हैरी को यह पता चल चुका था कि उस रात को क्या हुआ था : कैसे वर्मटेल ने उसके मम्मी-डैडी के ठिकाने का राज़ वोल्डेमॉर्ट को बता दिया था, जो उनके घर पर आया था। कैसे हैरी के डैडी जेम्स पॉटर ने वोल्डेमॉर्ट को रोकने की कोशिश की थी। कैसे उन्होंने चिल्लाकर अपनी पत्नी लिली से कहा था कि वह हैरी को लेकर भाग जाए। कैसे वोल्डेमॉर्ट ने हैरी के डैडी को पहले मारा और फिर वह लिली पॉटर की तरफ़ बढ़ा और उससे एक तरफ़ हटने को कहा, ताकि वह हैरी को मार सके ... लेकिन लिली नहीं हटी। कैसे लिली ने वोल्डेमॉर्ट से कहा कि वह हैरी के बजाय उसे मार डाले ... यह सुनकर वोल्डेमॉर्ट ने लिली को भी मार डाला ... और इसके बाद उसने अपनी छड़ी हैरी की तरफ़ तान दी ...

हैरी ये सारी बातें इसलिए जानता था, क्योंकि पिछले साल दमपिशाचों से जूझते समय उसने अपने मम्मी-डैडी की आवाज़ें सुनी थीं। दमपिशाचों में यह भयंकर शक्ति थी कि उनके सामने आते ही उनके शिकार को अपनी ज़िंदगी की

सबसे बुरी घटनाएँ याद आ जाती थीं और वह निराशा में डूब जाता था ...

मूडी एक बार फिर बोलने लगे थे। हैरी को उनकी आवाज़ बहुत दूर से आती हुई लगी। बहुत कोशिश करके वह वर्तमान में वापस लौटा और मूडी की बातें सुनने लगा।

'मृत्युदंशम् एक ऐसा शाप है, जिसे देने के लिए बहुत शक्ति की ज़रूरत होती है। तुम लोग चाहो, तो अभी अपनी छड़ियाँ मेरी तरफ़ तानकर ये शब्द बोल दो। मुझे नहीं लगता कि इससे मेरी नाक से ख़ून भी निकलेगा। लेकिन उससे कोई फ़र्क़ नहीं पड़ता है। मैं यहाँ पर तुम्हें यह सिखाने नहीं आया हूँ कि यह शाप कैसे दिया जाता है।

'अब, अगर इसका कोई तोड़ नहीं है, तो फिर मैं तुम्हें यह दिखा क्यों रहा हूँ? *क्योंकि तुम्हें यह पता होना चाहिए।* तुम्हें यह पता होना चाहिए कि बुरे से बुरा क्या हो सकता है। तुम यह नहीं चाहोगे कि तुम ऐसी स्थिति में रहो, जहाँ तुम्हारा इस शाप से मुक़ाबला हो। **पूर्ण सावधानी!**' वे गरजे और एक बार फिर पूरी क्लास चौंककर उछल पड़ी।

'अब ... ये तीन शाप – मृत्युदंशम्, सम्मोहन शाप और पीड़ीकृत शाप – अक्षम्य शाप कहे जाते हैं। इनमें से किसी का भी प्रयोग करने पर अज़्काबान में उम्रक़ैद की सज़ा मिलती है। तुम्हें इन शापों से मुक़ाबला करना है। मैं तुम्हें सिखाऊँगा कि इनसे कैसे लड़ा जाता है। तुम्हें तैयारी की ज़रूरत है। तुम्हें हथियारबंद होने की ज़रूरत है। लेकिन सबसे बड़ी बात यह है कि तुम्हें *पूर्ण, निरंतर सावधानी* की ज़रूरत है। अपनी-अपनी क़लम बाहर निकाल लो ... इसे लिख लो ...'

बाक़ी का समय उन्होंने अक्षम्य शापों के बारे में नोट्स लिखने में बिताया। घंटी बजने तक कोई भी कुछ नहीं बोला। लेकिन जब मूडी ने उन्हें जाने की इज़ाज़त दे दी और वे सब क्लास से बाहर निकल आए, तो भड़भड़ाकर एक साथ बोलने लगे। ज़्यादातर विद्यार्थी शापों के बारे में हैरानी से बातें कर रहे थे – 'क्या तुमने उस मकड़ी को तड़पते देखा?' '– और जब उन्होंने उसे मार डाला – ऐसे!'

हैरी ने सोचा, ये लोग तो इस तरह बात कर रहे हैं, जैसे क्लास में कोई बेहतरीन तमाशा हुआ हो। बहरहाल, यह हैरी को – और हर्माइनी को भी बहुत मज़ेदार नहीं लगा था।

'जल्दी चलो,' हर्माइनी ने तनाव भरी आवाज़ में हैरी और रॉन से कहा।

रॉन ने पूछा, 'दोबारा लाइब्रेरी जाना है?'

'नहीं,' हर्माइनी ने धीरे से बग़ल वाले गलियारे की तरफ़ इशारा करते

हुए कहा। 'नेविल।'

नेविल गलियारे में आधी दूरी पर अकेला खड़ा था और सामने की पत्थर की दीवार को दहशत में देख रहा था। उसके चेहरे पर भय के वही भाव थे और आँखें वैसी ही फटी हुई थीं, जैसी तब थीं, जब मूडी ने पीड़ीकृत शाप दिखाया था।

'नेविल ?' हर्माइनी ने कोमलता से कहा।

नेविल ने पलटकर देखा।

'ओह, हैलो,' उसने कहा। उसकी आवाज़ हमेशा से ज़्यादा ऊँची थी। 'दिलचस्प क्लास थी, है ना ? क्या पता डिनर में क्या है ? मुझे बहुत भूख लगी है।'

'नेविल, तुम ठीक तो हो ?' हर्माइनी ने पूछा।

'ओह हाँ, बिलकुल ठीक हूँ,' नेविल असामान्य रूप से ऊँची आवाज़ में बोला। 'बहुत ही दिलचस्प डिनर था - मेरा मतलब है क्लास थी - खाने में क्या है ?'

रॉन ने हैरी की तरफ़ हैरानी से देखा।

'नेविल, क्या - ?'

लेकिन तभी उन्हें पीछे से *ठक-ठक* की आवाज़ सुनाई दी। उन्होंने पलटकर देखा कि प्रोफ़ेसर मूडी लँगड़ाते हुए उन्हीं की तरफ़ आ रहे थे। वे चारों चुप हो गए और उन्हें डरकर देखते रहे। लेकिन पास आकर प्रोफ़ेसर मूडी बहुत नर्मी से बोले। उन्होंने पहली बार प्रोफ़ेसर मूडी को इतनी नर्मी से बोलते सुना था।

'सब ठीक तो है, बेटे,' उन्होंने नेविल से कहा। 'तुम मेरे ऑफ़िस में क्यों नहीं चलते ? चलो ... हम दोनों वहाँ चलकर एक-एक कप चाय पीते हैं ...'

नेविल मूडी के साथ चाय पीने के प्रस्ताव से और भी डर गया। वह न तो हिला, न ही उसने कोई जवाब दिया।

मूडी ने अपनी जादुई आँख हैरी पर डाली और पूछा, 'तुम तो ठीक हो, पॉटर ?'

'हाँ,' हैरी ने बहादुरी दिखाते हुए कहा।

मूडी की नीली आँख हैरी को ध्यान से देखते हुए अपने छेद में थोड़ी हिली।

फिर वे बोले, 'तुम्हें सब कुछ पता होना चाहिए। हो सकता है कि यह थोड़ा डरावना लगे, *लेकिन तुम्हें सब कुछ पता होना चाहिए।* नाटक करने से कोई फ़ायदा नहीं है ... अच्छा ... चलो, लाँगबॉटम, मेरे पास कुछ किताबें हैं, जो तुम्हें अच्छी लगेंगी।'

नेविल ने हैरी, रॉन और हर्माइनी की तरफ़ आग्रह भरी निगाह से देखा, लेकिन उन्होंने कुछ नहीं कहा, इसलिए नेविल के पास मूडी के साथ जाने के अलावा और कोई चारा नहीं था। वह मूडी के साथ चल पड़ा, जिनका एक हाथ उसके कंधे पर रखा हुआ था।

रॉन ने नेविल और मूडी को मोड़ पर मुड़ते हुए देखकर कहा, 'वे उसे क्यों ले गए हैं?'

'मैं नहीं जानती,' हर्माइनी चिंतित दिखते हुए बोली।

'कितना बढ़िया सबक़ था, है ना?' रॉन ने हैरी से कहा, जब वे बड़े हॉल की तरफ़ चलने लगे। 'फ्रेड और जॉर्ज ने सही कहा था, है ना? मूडी को सचमुच इस सबका अनुभव है, है ना? जब उन्होंने मृत्युदंशम् शाप दिया था, तो मकड़ी कितनी जल्दी से *मर गई* थी, तड़ाक से –'

लेकिन तभी रॉन की निगाह हैरी के चेहरे पर पड़ी और वह एकदम चुप हो गया। फिर वह तब तक कुछ नहीं बोला, जब तक कि वे बड़े हॉल में नहीं पहुँच गए। वहाँ पहुँचकर उसने कहा कि उन्हें आज रात को ही प्रोफ़ेसर ट्रिलोनी की भविष्यवाणियों को लिख लेना चाहिए, क्योंकि इस काम में घंटों लग जाएँगे।

डिनर के दौरान हर्माइनी हैरी और रॉन की बातचीत में शामिल नहीं हुई। उसने फ़ुर्ती से अपना खाना खाया और लाइब्रेरी की तरफ़ चली गई। हैरी और रॉन गरुड़द्वार के हॉल की तरफ़ जाने लगे। चलते-चलते हैरी ने ख़ुद ही अक्षम्य शापों का ज़िक्र छेड़ दिया।

जब वे मोटी औरत की तस्वीर के पास पहुँचे, तो हैरी ने पूछा, 'अगर मंत्रालय को पता चल गया कि मूडी ने हमें ये शाप करके दिखाए थे, तो क्या वे और डम्बलडोर मुश्किल में नहीं फँस जाएँगे?'

'हाँ, शायद,' रॉन ने कहा। 'लेकिन डम्बलडोर हमेशा अपने हिसाब से काम करना पसंद करते हैं और मूडी तो बरसों से मुश्किल में फँसते चले आ रहे हैं। वे हमला पहले करते हैं, सवाल बाद में पूछते हैं – कूड़ेदानों वाली घटना को ही देख लो। *बकवास।*'

पासवर्ड सुनते ही मोटी औरत आगे की तरफ़ झूल गई और प्रवेश द्वार खुल गया। फिर वे गरुड़द्वार के हॉल में पहुँचे, जो भीड़ और शोर से भरा हुआ था।

हैरी ने कहा, 'क्या हम अपना ज्योतिष का होमवर्क कर लें?'

'और क्या?' रॉन ने कराहते हुए कहा।

वे लोग अपनी किताबें और चार्ट लेने के लिए अपने कमरे में गए। वहाँ पर सिर्फ़ नेविल ही था, जो अपने पलंग पर बैठकर एक किताब पढ़ रहा था।

मूडी की क्लास के ख़त्म होते वक़्त उसकी जो हालत थी, अब वह उससे कहीं बेहतर हालत में था, लेकिन अब भी वह पूरी तरह सामान्य नहीं हो पाया था। उसकी आँखें थोड़ी लाल थीं।

हैरी ने उससे पूछा, 'तुम ठीक हो, नेविल ?'

'ओह हाँ,' नेविल ने कहा, 'मैं ठीक हूँ, धन्यवाद। मैं यह पुस्तक पढ़ रहा हूँ, जो प्रोफ़ेसर मूडी ने मुझे दी है ...'

उसने उन्हें पुस्तक का शीर्षक दिखाया : *जादुई भूमध्यसागरीय जल-पौधे और उनके गुण।*

'प्रोफ़ेसर स्प्राउट ने शायद प्रोफ़ेसर मूडी को बता दिया है कि मैं जड़ी-बूटी विज्ञान में निपुण हूँ,' नेविल ने कहा। उसकी आवाज़ में गर्व का हल्का सा पुट था, जो हैरी ने पहले कभी नहीं सुना था। 'इसलिए उन्हें लगा कि मुझे यह किताब अच्छी लगेगी।'

हैरी ने सोचा कि नेविल को प्रोफ़ेसर स्प्राउट की तारीफ़ के बारे में बताना नेविल को ख़ुश करने का बहुत ही कूटनीतिपूर्ण तरीक़ा था, क्योंकि नेविल की किसी भी विषय में शायद ही कभी तारीफ़ होती थी। यह काम तो वैसा ही था, जैसा प्रोफ़ेसर ल्यूपिन किया करते थे।

हैरी और रान ने *भविष्य का ख़ुलासा* की अपनी-अपनी पुस्तक उठाई और हॉल में आ गए। वहाँ वे एक ख़ाली टेबल ढूँढ़कर उस पर बैठ गए और अगले महीने की भविष्यवाणियों पर काम करने लगे। एक घंटे मेहनत करने के बाद उन्होंने पाया कि उनकी प्रगति संतोषजनक नहीं थी, हालाँकि उनकी टेबल पर बहुत से चर्मपत्रों के टुकड़े पड़े थे, जिनमें प्रतीक और चिन्ह बने थे। हैरी का दिमाग़ उसी तरह कोहरे से भरा हुआ था, जैसा प्रोफ़ेसर ट्रिलोनी की आग के धुएँ से भर जाता था।

उसने गणनाओं की लंबी सूची की तरफ़ एकटक देखते हुए कहा, 'मुझे इस बात का ज़रा भी अंदाज़ा नहीं है कि इस सबका क्या मतलब है ?'

'देखो,' रॉन ने कहा, जिसके बाल अब खड़े हो गए थे, क्योंकि वह उलझन में अपने सिर पर उँगलियाँ फेर रहा था, 'मुझे लगता है कि अब हमें ज्योतिष में अपनी पुरानी कला का प्रयोग करना चाहिए।'

'क्या - मनगढ़ंत भविष्यवाणियाँ लिखें ?'

'हाँ,' रॉन ने टेबल से गणना और प्रतीकों के ढेर को हटाते हुए कहा। उसने अपना पेन स्याही में डुबाया और लिखने लगा।

'अगले सोमवार को,' उसने जल्दी से और लापरवाही से लिखते हुए

कहा, 'मुझे सर्दी हो जाएगी, क्योंकि मंगल और गुरु की दुर्भाग्यपूर्ण युति हो रही है।' उसने हैरी की तरफ़ देखते हुए कहा, 'तुम तो प्रोफ़ेसर ट्रिलोनी को जानते ही हो – बहुत दुखद बातें लिख देंगे, तो वे बहुत ख़ुश हो जाएँगी।'

'ठीक है,' हैरी ने कहा। वह अब तक जिस चर्मपत्र पर लिख रहा था, उसे उसने गुड़ी-मुड़ी किया और बातें करने में जुटे फ़र्स्ट ईयर के विद्यार्थियों के सिर के ऊपर से आग में फेंक दिया। 'ठीक है ... सोमवार को, मुझे जलने का ख़तरा है।'

'वह तो होगा ही,' रॉन ने कहा। 'हमें सोमवार को फिर अग्निडंकों के पास जाना है। ठीक है, मंगलवार को मेरी ... अं ...

'कोई क़ीमती चीज़ खो जाएगी,' हैरी ने कहा, जो नए विचारों की खोज में *भविष्य का ख़ुलासा* पुस्तक को उलट-पलट रहा था।

'अच्छा विचार है,' रॉन ने उसे लिखते हुए कहा। 'अं ... बुध के कारण। तुम यह लिख लो कि कोई ऐसा व्यक्ति तुम्हारी पीठ में छुरा भोंकेगा, जिसे तुम अपना दोस्त मानते हो?'

'हाँ ... बढ़िया है ...' हैरी ने तेज़ी से लिखते हुए कहा, 'क्योंकि ... शुक्र बारहवें घर में है।'

'और बुधवार को, मुझे लगता है कि मैं लड़ाई में हार जाऊँगा।'

'आह, लड़ाई करने तो मैं जा रहा था। लेकिन कोई बात नहीं, मैं शर्त हार जाता हूँ।'

'हाँ, तुम इस बात पर शर्त लगाओगे कि मैं लड़ाई में जीत जाऊँगा।'

वे लोग एक घंटे तक मनगढ़ंत भविष्यवाणियाँ बनाते रहे (जो लगातार ज़्यादा दुखद होती गईं)। हॉल धीरे-धीरे ख़ाली होता गया, क्योंकि विद्यार्थी सोने जा रहे थे। क्रुकशैंक्स उनके पास आई और उछलकर एक ख़ाली कुर्सी पर बैठ गई। वह हैरी की तरफ़ अजीब निगाह से घूर रही थी। ऐसा लगा कि वह उसी तरह देख रही थी, जैसे हर्माइनी उन्हें सही तरह से होमवर्क नहीं करने पर देखती थी।

हैरी हॉल में चारों तरफ़ नज़रें दौड़ाते हुए सोच रहा था कि अब कौन सी दुर्भाग्यपूर्ण घटना बची है, जिसका वह इस्तेमाल कर सकता है। तभी उसने देखा कि फ्रेड और जॉर्ज सामने वाली दीवार से टिककर बैठे हुए थे। उनके सिर पास-पास थे, क़लमें बाहर थीं और वे एक चर्मपत्र पर झुके हुए थे। यह बहुत ही असामान्य बात थी कि फ्रेड और जॉर्ज एक कोने में बैठकर चुपचाप काम कर रहे थे। आम तौर पर वे सबके ध्यान का केंद्र बनकर रहना पसंद करते थे। जिस

तरह से वे चर्मपत्र पर लिख रहे थे, वह बड़ा ही रहस्यमय लग रहा था। हैरी को याद आया कि वे रॉन के घर पर भी साथ बैठकर चोरी से कुछ लिख रहे थे। तब उसने सोचा था कि वे शायद *वीज़्ली बंधुओं की जादूगरी की दुकान* का ऑर्डर फ़ॉर्म तैयार कर रहे होंगे, लेकिन इस बार ऐसा नहीं हो सकता था। अगर ऐसा होता, तो वे निश्चित रूप से इस मज़ाक़ में ली जॉर्डन को भी शामिल करते। फिर उसके दिमाग़ में आया कि कहीं इसका संबंध जादूगरी के त्रिकोणीय टूर्नामेंट से तो नहीं है।

हैरी ने देखा कि जॉर्ज ने फ्रेड की तरफ़ देखकर सिर हिलाया, अपनी क़लम से कुछ लिखा और बहुत धीमी आवाज़ में कहा, जो हॉल ख़ाली होने के कारण हैरी को सुनाई दे गई, 'नहीं - इससे तो ऐसा लगेगा कि हम उन पर आरोप लगा रहे हैं। हमें सावधान रहना होगा ...'

फिर जॉर्ज ने ऊपर देखा। उसे दिख गया कि हैरी उन्हें देख रहा है। हैरी मुस्कराया और तत्काल अपनी भविष्यवाणियों की तरफ़ लौट गया। वह नहीं चाहता था कि जॉर्ज यह सोचे कि वह उनकी बातें सुन रहा है। कुछ समय बाद जुड़वाँ भाइयों ने अपना चर्मपत्र लपेटा और गुडनाइट कहकर सोने चले गए।

फ्रेड और जॉर्ज को गए हुए अभी दस मिनट ही हुए थे कि तभी तस्वीर का छेद खुला और हर्माइनी हॉल में आ गई। उसके एक हाथ में एक चर्मपत्र था और दूसरे हाथ में एक बक्सा था, जिसके अंदर की चीज़ उसके चलते समय खड़खड़ कर रही थी। क्रुकशैंक्स ने अपनी पूँछ हिलाकर उसका स्वागत किया।

'हैलो,' उसने कहा, 'मेरा काम पूरा हो गया!'

'और मेरा भी!' रॉन ने अपनी क़लम फेंकते हुए विजयी अंदाज़ में कहा।

हर्माइनी बैठ गई। उसने अपने हाथों का सामान एक ख़ाली कुर्सी पर रख दिया और रॉन की भविष्यवाणियों को उठाकर पढ़ने लगी।

'तुम्हारा अगला महीना ज़्यादा अच्छा नहीं बीतेगा, है ना? उसने व्यंग्य भरे स्वर में कहा, जब क्रुकशैंक्स उसकी गोद में चढ़कर बैठ गई।

रॉन ने जम्हाई लेते हुए कहा, 'हाँ, कम से कम मुझे चेतावनी तो मिल गई है।'

हर्माइनी बोली, 'तुम दो बार डूबने वाले हो।'

'अच्छा?' रॉन ने अपनी भविष्यवाणियों की तरफ़ देखते हुए कहा। 'मैं उनमें से एक को बदल देता हूँ। उसकी जगह पर मैं लिख देता हूँ कि कोई पागल गरुड़अश्व मुझे कुचल देगा।'

'कहीं वे समझ तो नहीं जाएँगी कि तुमने ये बातें मन से बनाई हैं?'

हर्माइनी ने कहा।

'यह बात कहने की तुम्हारी हिम्मत कैसे हुई!' रॉन ने नक़ली ग़ुस्से में कहा। 'हम यहाँ पर घरेलू जिन्नों की तरह डटकर मेहनत कर रहे हैं!'

यह सुनकर हर्माइनी की भौंहें तन गईं।

रॉन ने जल्दी से कहा, 'मैंने तो सिर्फ़ एक मिसाल दी है।'

हैरी ने अपनी क़लम नीचे रख दी। उसने आख़िरी भविष्यवाणी में यह लिखा था कि सिर कटने से उसकी मौत हो जाएगी।

उसने बॉक्स की तरफ़ इशारा करते हुए पूछा, 'बॉक्स में क्या है?'

'बड़ा अच्छा सवाल है,' हर्माइनी ने रॉन की तरफ़ ग़ुस्से से देखते हुए कहा। उसने ढक्कन खोला और उन्हें अंदर रखा सामान दिखाया।

उसके अंदर पचास बैज थे। वे अलग-अलग रंग के थे, लेकिन सभी पर एक ही चीज़ लिखी थी : एस.पी.ई.डब्ल्यू.

'स्प्यू'? हैरी ने एक बैज उठाकर उसे देखते हुए कहा। 'यह किस बारे में है?'

'स्प्यू नहीं,' हर्माइनी ने अधीरता से कहा। 'यह एस - पी - ई - डब्ल्यू है। इसका मतलब है सोसायटी फ़ॉर द प्रमोशन ऑफ़ एल्फ़िश वेलफ़ेयर यानी घरेलू जिन्न कल्याण एवं उत्थान संस्था।'

रॉन ने कहा, 'इसके बारे में पहले कभी नहीं सुना।'

'ज़ाहिर है, सुनोगे भी कैसे,' हर्माइनी ने उत्साह से कहा। 'यह संस्था तो मैंने अभी-अभी बनाई है।'

'अच्छा?' रॉन ने थोड़ी हैरानी से कहा। 'तुम्हारी इस संस्था में कितने सदस्य हैं?'

हर्माइनी बोली, 'देखो, अगर तुम दोनों शामिल हो जाओ, तो तीन सदस्य हो जाएँगे।'

रॉन ने कहा, 'तुम्हें क्या लगता है, "स्प्यू" वाले ये बैज पहनकर घूमना हमें अच्छा लगेगा?'

'एस - पी - ई - डब्ल्यू!' हर्माइनी ने गर्म होते हुए कहा। 'मैं इसके बजाय इसका नाम रखना चाहती थी : हमारे साथी जादुई प्राणियों पर अत्याचार बंद करो और उनके क़ानूनी हक़ों में परिवर्तन के लिए अभियान छेड़ो - लेकिन यह बहुत लंबा था। इसलिए मैंने इसे अपने मैनिफ़ेस्टो का शीर्षक बना लिया है।'

उसने उनकी तरफ़ चर्मपत्र लहराया। 'मैंने लाइब्रेरी में काफ़ी रिसर्च की

है। घरेलू जिन्नों की ग़ुलामी सदियों से चली आ रही है। मुझे यक़ीन नहीं होता है कि किसी ने पहले कभी इस बारे में कुछ क्यों नहीं किया।'

'हर्माइनी - कान खोलकर सुन लो,' रॉन ने ज़ोर से कहा। 'उन्हें। यह। पसंद। है। उन्हें सेवा करना *पसंद है!*'

'हमारे अल्पकालीन लक्ष्य यह हैं,' हर्माइनी ने रॉन से भी ज़्यादा ज़ोर से कहा और ऐसा अभिनय किया, जैसे उसने उसकी बात सुनी ही न हो, 'कि हम घरेलू जिन्नों को अच्छी तनख़्वाह दिलवाएँगे और उनके काम करने की परिस्थितियों को बेहतर बनवाएँगे। हमारे दीर्घकालीन लक्ष्य यह हैं कि हम जादुई छड़ी का इस्तेमाल न करने के क़ानून को बदलवाएँगे और जादुई प्राणी नियमन एवं नियंत्रण विभाग में किसी घरेलू जिन्न को जगह दिलाने की कोशिश करेंगे, क्योंकि इस समय वहाँ उनका एक भी प्रतिनिधि नहीं है।'

'और हम यह सब करेंगे कैसे?' हैरी ने पूछा।

'हम सदस्य बनाकर यह काम शुरू करेंगे,' हर्माइनी ने ख़ुशी से कहा। 'मैंने सोचा है कि सदस्यता शुल्क दो सिकल ठीक रहेगा - इसमें एक बैज आ जाएगा - और बाक़ी पैसों से हम अपना पैम्फ़लेट अभियान शुरू कर देंगे। तुम कोषाध्यक्ष हो, रॉन - मेरे पास एक डिब्बा है, जिसमें तुम चंदा इकट्ठा करोगे। और हैरी, तुम सचिव हो, इसलिए तुम मेरी इस समय कही सारी बातें लिख लो, ताकि हमारी पहली मीटिंग का रिकॉर्ड रहे।'

वह एक पल के लिए रुकी और उन दोनों को देखकर मुस्कराने लगी। हैरी बैठ गया। वह कभी हर्माइनी के अभियान के बारे में सोच रहा था, तो कभी रॉन के चेहरे पर आए आनंद के भाव को देख रहा था। रॉन तो यह सुनकर बिलकुल अवाक रह गया था। तभी खिड़की पर होने वाली *ठक-ठक* ने ख़ामोशी को तोड़ा। हैरी ने ख़ाली हॉल के पार देखा। चाँदनी में उसे खिड़की की चौखट पर अपनी सफ़ेद उल्लू दिख गई।

'हेडविग!' वह चिल्लाया। वह अपनी कुर्सी से उछला और हॉल पार करते हुए खिड़की खोलने गया।

हेडविग उड़कर अंदर आ गई। उसने पूरे कमरे का चक्कर लगाया और टेबल पर रखी हैरी की भविष्यवाणियों के ऊपर बैठ गई।

हैरी ने जल्दी से उसके पीछे आते हुए कहा, 'तुम्हें बहुत समय लग गया!'

'वह जवाब लेकर आई है!' रॉन ने रोमांचित होकर हेडविग के पैर में बँधे एक गंदे से चर्मपत्र की तरफ़ इशारा किया।

हैरी ने जल्दी से उसे खोला और बैठकर पढ़ने लगा। हेडविग उड़कर

उसके घुटने पर बैठ गई और धीरे-धीरे आवाज़ निकालने लगी।

हर्माइनी ने बेचैनी से पूछा, 'सिरियस ने क्या लिखा है?'

पत्र बहुत छोटा था और साफ़ लग रहा था कि इसे बहुत जल्दी में लिखा गया था। हैरी उसे ज़ोर से पढ़ने लगा :

हैरी,

मैं तुरंत उत्तर दिशा में आ रहा हूँ। तुम्हारा सिर का निशान फिर दुखा, यह ख़बर बहुत बुरी है। मैंने बहुत सी अजीब अफ़वाहें सुनी हैं। अगर निशान दोबारा दुखे, तो सीधे डम्बलडोर के पास जाना – लोग कहते हैं कि उन्होंने बावरे-नैन मूडी को रिटायरमेंट से वापस बुला लिया है, जिसका मतलब यह है कि उन्होंने भविष्य के संकेत पढ़ लिए हैं, भले ही बाक़ी लोग उन्हें नहीं पढ़ पा रहे हों।

मैं जल्दी ही संपर्क करूँगा। रॉन और हर्माइनी को मेरा प्रेम देना। हैरी, अपनी आँखें खुली रखना।

सिरियस

हैरी ने रॉन और हर्माइनी की तरफ़ देखा, जो एकटक उसे ही देख रहे थे।

'वह उत्तर दिशा में आ रहा है?' हर्माइनी ने फुसफुसाकर कहा। 'वह *वापस* आ रहा है?'

'डम्बलडोर ने भविष्य के कौन से संकेत पढ़ लिए हैं?' रॉन ने उलझन में कहा। 'हैरी – क्या हुआ?'

क्योंकि हैरी ने उसी समय अपना सिर ठोंक लिया था, इसलिए झटके के कारण हेडविग उसकी गोद से टपक गई थी।

हैरी ने ग़ुस्से से कहा, 'मुझे उसे यह बात नहीं बतानी चाहिए थी!'

रॉन ने हैरानी से कहा, 'तुम इतने ग़ुस्से में क्यों हो?'

'मेरे ही कारण वह वापस लौट रहा है!' हैरी ने कहा और इस बार टेबल पर इतनी ज़ोर से मुक्का मारा कि हेडविग रॉन की कुर्सी पर पहुँच गई और ग़ुस्से से चीख़ने लगी। 'वह वापस लौट रहा है, क्योंकि उसे लगता है कि मैं मुश्किल में हूँ! जबकि मेरे साथ कोई गड़बड़ नहीं है! और हाँ, मेरे पास तुम्हारे

लिए कुछ भी नहीं है,' हैरी ने हेडविग से कहा, जो उसकी तरफ़ आशा भरी निगाहों से देखकर अपनी चोंच कुटकुटा रही थी, 'अगर तुम्हें खाना चाहिए, तो उल्लूघर में चली जाओ।'

हेडविग ने उसे बहुत चिढ़कर देखा और खुली खिड़की से उड़कर बाहर चली गई। जाते-जाते वह अपने पंख उसके सिर पर मारती हुई गई।

'हैरी,' हर्माइनी ने शांत करने वाली आवाज़ में कहा।

'मैं सोने जा रहा हूँ,' हैरी ने बेचैनी से कहा। 'सुबह मिलते हैं।'

अपने कमरे में जाकर उसने पायजामा पहना और मसहरीदार पलंग पर चढ़ गया, लेकिन उसे ज़रा भी नींद नहीं आ रही थी।

अगर सिरियस वापस लौटता है और पकड़ा जाता है, तो यह उसकी यानी हैरी की ग़लती होगी। उसने अपना मुँह बंद क्यों नहीं रखा ? कुछ पलों का दर्द भी उससे बर्दाश्त नहीं हुआ और वह उसे बता बैठा ... काश वह समझदारी से अपना मुँह बंद रखता ...

उसने कुछ समय बाद रॉन के कमरे में आने की आवाज़ सुनी, लेकिन वह उससे कुछ नहीं बोला। हैरी काफ़ी देर तक लेटा-लेटा अँधेरे में ऊपर देखता रहा। कमरे में पूरी तरह सन्नाटा था और अगर हैरी थोड़ा कम परेशान होता, तो उसे यह एहसास हो गया होता कि आम तौर पर गूँजने वाली नेविल के खर्राटों की आवाज़ इस समय नहीं गूँज रही थी, जिसका मतलब यह था कि वह अकेला ही नहीं जाग रहा था, बल्कि नेविल भी जाग रहा था।

अध्याय पंद्रह

बाबैटन्स और डर्मस्ट्रैंग

अगली सुबह हैरी जल्दी ही जाग गया। अब उसके दिमाग़ में एक योजना रूप ले चुकी थी। ऐसा लग रहा था, जैसे सोते समय उसके दिमाग़ ने इस पर रात भर काम किया था। उसने उठकर भोर की पीली रोशनी में कपड़े पहने और रॉन को जगाए बिना कमरे से बाहर चला गया। वह गरुड़द्वार के वीरान हॉल में नीचे पहुँचा। वहाँ टेबल पर उसका ज्योतिष का होमवर्क अब भी पड़ा हुआ था। उसने टेबल से एक चर्मपत्र उठाया और एक पत्र लिखा :

प्रिय सिरियस,

ऐसा लगता है कि मुझे अपने माथे के निशान के दुखने का बस वहम हो गया था। पिछली बार मैंने तुम्हें आधी नींद में चिट्ठी लिख दी थी। इसलिए तुम्हारे वापस लौटने का कोई मतलब नहीं है। यहाँ पर सब कुछ ठीक है। मेरे बारे में चिंता मत करो। मेरे माथे का निशान बिलकुल ठीक है।

हैरी

फिर वह तस्वीर के छेद में से बाहर निकला, सुनसान महल में ऊपर गया (पीव्ज़ के कारण उसे थोड़ी देर रुकना पड़ा, क्योंकि चौथी मंज़िल के गलियारे में उसने हैरी पर एक बड़ा फूलदान गिराने की कोशिश की थी)। आख़िरकार हैरी उल्लूघर में पहुँच गया, जो पश्चिमी मीनार में ऊपर स्थित था।

उल्लूघर पत्थर का एक गोलाकार कमरा था। किसी भी खिड़की में काँच नहीं लगे थे, इसलिए यहाँ पर ठंड और नमी थी। पूरा फ़र्श तिनकों, उल्लू की बीट और खाए हुए चूहे-चुहियों के कंकालों से भरा पड़ा था। वहाँ उल्लुओं के बैठने के लिए ऊपर तक पटिए और खाने बने हुए थे, जिनमें हर नस्ल के सैकड़ों उल्लू बैठे हुए थे। लगभग सभी उल्लू सो रहे थे, हालाँकि यहाँ-वहाँ एकाध उल्लू ने हैरी को घूरकर देखा। हैरी ने हेडविग को देख लिया, जो एक करैल उल्लू और एक पिंगल उल्लू के बीच में बैठी हुई थी। हैरी जल्दी से उसकी तरफ़ बढ़ने लगा। इस कोशिश में वह बीट से ढँके फ़र्श पर फिसलते-फिसलते बचा।

हेडविग को जगाने और उसका ध्यान अपनी ओर खींचने में हैरी को थोड़ा समय लग गया, क्योंकि वह इधर-उधर हिलती रही और उसे अपनी पूँछ दिखाती रही। यह साफ़ नज़र आ रहा था कि वह हैरी से नाराज़ थी। हैरी ने पिछली रात को कृतज्ञता नहीं दिखाई थी, जिससे वह बुरा मान गई थी। अंत में हैरी ने कहा कि शायद वह बहुत थक गई होगी, इसलिए वह रॉन के उल्लू पिगविजियन के माध्यम से चिट्ठी भेज देगा। यह सुनते ही हेडविग ने अपना पैर बाहर निकाल लिया और चिट्ठी बँधवा ली।

'सिरियस को खोज लेना, ठीक है?' हैरी ने उसकी पीठ थपथपाते हुए कहा, जब वह उसे दीवार में बने एक छेद की तरफ़ उठाकर ले गया, 'इससे पहले कि दमपिशाच उसे खोज लें।'

हेडविग ने उसकी उँगली पर चोंच मारी। हालाँकि इस बार उसने हमेशा के बजाय थोड़ी ज़्यादा तेज़ चोंच मारी थी, लेकिन इसके बावजूद उसकी आवाज़ में तसल्ली देने का अंदाज़ था। फिर वह अपने पंख फैलाकर आसमान में उड़ गई। हैरी उलझन में उसे दूर जाते हुए तब तक देखता रहा, जब तक कि वह नज़रों से ओझल नहीं हो गई। कल तक उसे यक़ीन था कि सिरियस के जवाब से उसकी चिंताएँ कम हो जाएँगी। उसे यह क़तई उम्मीद नहीं थी कि उसके कारण उसकी चिंताएँ बढ़ जाएँगी।

*

'तुमने झूठ क्यों लिखा, हैरी,' हर्माइनी ने नाश्ते के वक़्त उससे कहा, जब उसने हर्माइनी और रॉन को बताया कि उसने क्या किया था। 'तुम्हें निशान दुखने का वहम *नहीं हुआ* था और तुम यह बात अच्छी तरह जानते हो।'

'उससे क्या?' हैरी बोला। 'मुझसे यह बर्दाश्त नहीं होगा कि वह मेरे कारण अज़्काबान जाए।'

'छोड़ो भी,' रॉन ने तीखी आवाज़ में हर्माइनी से कहा, जब उसने हैरी से आगे बहस करने के लिए अपना मुँह खोला। इस बार हर्माइनी ने उसकी बात

मान ली और चुप हो गई।

हैरी ने पूरी कोशिश की कि वह अगले दो सप्ताह तक सिरियस की चिंता न करे। यह सच था कि जब उल्लू सुबह डाक लेकर आते थे, तो वह चिंता से चारों तरफ़ हेडविग को खोजने से ख़ुद को रोक नहीं पाता था। रात को सोने से पहले उसके मन में सिरियस के बारे में भयंकर काल्पनिक तस्वीरें आती थीं कि वह लंदन की किसी अँधेरी सड़क पर दमपिशाचों से घिरा हुआ है। लेकिन दिन में वह अपने गॉडफ़ादर के बारे में न सोचने की कोशिश करता था। उसने सोचा, काश उसका ध्यान बँटाने के लिए अभी क्विडिच की प्रैक्टिस हो रही होती। परेशान दिमाग़ के इलाज के लिए क्विडिच की अच्छी, तगड़ी प्रैक्टिस से बढ़िया और कुछ भी नहीं था। दूसरी तरफ़, पढ़ाई अब पहले से ज़्यादा मुश्किल होती जा रही थी, ख़ासकर गुप्त कलाओं से रक्षा विषय की पढ़ाई।

पूरी क्लास को हैरानी हुई, जब प्रोफ़ेसर मूडी ने यह घोषणा की कि वे सभी विद्यार्थियों पर बारी-बारी से सम्मोहन शाप का प्रयोग करेंगे, ताकि उन्हें इसकी शक्ति का पता चल जाए और यह भी पता चल सके कि वे इसका कितना विरोध कर सकते हैं।

'लेकिन - लेकिन प्रोफ़ेसर, आप ही ने तो कहा था कि यह ग़ैर-क़ानूनी है,' हर्माइनी ने अनिश्चितता से कहा, जब मूडी ने अपनी छड़ी हिलाकर डेस्कें हटा दीं और कमरे के बीच में काफ़ी जगह ख़ाली कर दी। 'आप ही ने तो कहा था - कि किसी दूसरे इंसान के ख़िलाफ़ इसका प्रयोग करना -'

'डम्बलडोर चाहते हैं कि तुम इसके बारे में अच्छी तरह से जान लो,' मूडी ने कहा। उनकी जादुई आँख हर्माइनी पर टिकी हुई थी और बिना पलक झपकाए उसे घूर रही थी। 'अगर तुम मुश्किल तरीक़े से सीखना चाहो - जब कोई तुम पर इसका प्रयोग करके तुम्हें अपने इशारों पर नचाए - तो मुझे कोई दिक़्क़त नहीं है। मेरी तरफ़ से तुम्हें पूरी छूट है। तुम क्लास से बाहर जा सकती हो।'

उन्होंने अपनी एक गाँठदार उँगली दरवाज़े की तरफ़ दिखा दी। हर्माइनी का चेहरा बहुत गुलाबी हो गया और वह बुदबुदाई कि उसका यह मतलब नहीं था कि वह क्लास से बाहर जाना चाहती है। हैरी और रॉन ने मुस्कराकर एक दूसरे की तरफ़ देखा। वे जानते थे कि हर्माइनी इतना महत्त्वपूर्ण सबक़ छोड़ने के बजाय अम्लकंद का रस पीना ज़्यादा पसंद करेगी।

मूडी ने बारी-बारी से विद्यार्थियों को अपने पास बुलाकर उन पर सम्मोहन शाप का प्रयोग किया। हैरी ने देखा कि उसके सहपाठी शाप के प्रभाव में बहुत असाधारण हरकतें कर रहे थे। डीन थॉमस ने फुदकते हुए कमरे के तीन चक्कर लगाए और इस दौरान राष्ट्रगान गाता रहा। लैवेंडर ब्राउन ने गिलहरी

की नक़ल की। नेविल ने जिमनास्टिक्स के कई बहुत आश्चर्यजनक करतब दिखाए, जो वह निश्चित रूप से सामान्य स्थिति में नहीं दिखा सकता था। उनमें से कोई भी शाप से नहीं जूझ पाया और वे इससे तभी मुक्त हुए, जब मूडी ने मंत्र का प्रभाव हटा लिया।

'पॉटर,' मूडी गुर्राए, 'अब तुम्हारी बारी है।'

हैरी आगे बढ़कर क्लासरूम के बीच में आ गया, जहाँ मूडी ने डेस्क हटाकर जगह बना ली थी। मूडी ने अपनी छड़ी उठाकर हैरी की तरफ़ की और बोले, *'सम्मोहितो।'*

यह बहुत अद्भुत एहसास था। हैरी को लगा कि वह हल्का होकर हवा में तैर रहा था। उसके दिमाग़ में अब कोई विचार नहीं था। उसकी सारी चिंताएँ ग़ायब हो गई थीं। इसके बजाय अब वहाँ पर एक अस्पष्ट सी ख़ुशी का एहसास था। वह वहाँ पर बहुत राहत महसूस करते हुए खड़ा रहा और उसे इस बात का हल्का सा एहसास था कि सभी लोग उसे देख रहे हैं।

और फिर उसे बावरे-नैन मूडी की आवाज़ सुनाई दी, जो उसी के ख़ाली दिमाग़ के किसी कोने से बहुत दूर से आती लगी : *डेस्क पर कूदो ... डेस्क पर कूदो ...*

हैरी ने उनकी बात मानते हुए अपने घुटने मोड़ लिए और कूदने की तैयारी करने लगा।

डेस्क पर कूदो ...

लेकिन भला क्यों?

उसके दिमाग़ में एक और आवाज़ उठी। उस आवाज़ ने कहा, ऐसा करना मूर्खतापूर्ण होगा।

डेस्क पर कूदो ...

नहीं, मैं नहीं कूदना चाहता, दूसरी आवाज़ ने थोड़ी ज़्यादा दृढ़ता से कहा ... नहीं, मैं ऐसा सचमुच नहीं करना चाहता ...

*कूदो! **अभी!***

अगले ही पल हैरी को काफ़ी दर्द हुआ। वह कूदा भी था और उसने ख़ुद को कूदने से रोकने की कोशिश भी की थी - परिणाम यह हुआ कि वह सिर के बल डेस्क से टकरा गया, जिस वजह से डेस्क गिर गई और उसके पैरों में इतना दर्द हो रहा था, जैसे उसके दोनों घुटनों में फ्रैक्चर हो गया हो।

'यह हुई न बात!' मूडी की आवाज़ गरजी और अचानक हैरी को महसूस हुआ कि उसके दिमाग़ से ख़ालीपन का एहसास और गूँजती आवाज़ दोनों ही

ग़ायब हो गए थे। उसे पूरी तरह से याद आ गया कि क्या हो रहा था और उसके पैरों का दर्द दोगुना हो गया।

'तुम सभी ध्यान दो ... पॉटर ने मुक़ाबला किया था! उसने इस शाप का मुक़ाबला किया था और उसने इसे लगभग हरा ही दिया था! पॉटर, हम एक बार फिर कोशिश करते हैं! और बाक़ी लोग ध्यान से देखना - ख़ास तौर पर उसकी आँखों को देखना - बहुत बढ़िया पॉटर, सचमुच बहुत बढ़िया! तुम पर इस शाप का इस्तेमाल करके तुम्हें नियंत्रित करने में शैतानी जादूगरों को बहुत मुश्किल आएगी!'

'वे तो इस तरह बात करते हैं, जैसे किसी भी पल हम पर हमला होने वाला हो,' हैरी बुदबुदाया, जब वह एक घंटे बाद गुप्त कलाओं से रक्षा की क्लास से बाहर निकला। मूडी ने हैरी पर चार बार सम्मोहन शाप का प्रयोग किया था, जब तक कि हैरी ने उस शाप को पूरी तरह से हरा नहीं दिया।

'हाँ, मैं जानता हूँ,' रॉन ने कहा, जो हर दूसरे क़दम पर लँगड़ा रहा था। हैरी की अपेक्षा उसे शाप के कारण ज़्यादा मुश्किल आई थी, हालाँकि मूडी ने उसे आश्वस्त करते हुए कहा था कि इसका प्रभाव लंच तक ख़त्म हो जाएगा। 'पागलपन है ...' रॉन ने पीछे देखकर यह तसल्ली करते हुए कहा कि कहीं मूडी तो उसकी बात नहीं सुन रहे हैं। फिर उसने आगे कहा, 'कोई हैरानी नहीं कि मंत्रालय ने उन्हें नौकरी से निकाल दिया। तुमने सुना, वे सीमस को बता रहे थे कि जब एक जादूगरनी ने अप्रैल फूल के दिन उन्हें पीछे से "बू" कहकर डराने की कोशिश की थी, तो इसके बाद उन्होंने उस जादूगरनी के साथ क्या किया था? हम पर पहले से ही पढ़ाई का इतना सारा बोझ है। हम सम्मोहन शाप का मुक़ाबला करने के बारे में कैसे पढ़ सकते हैं?'

फ़ोर्थ ईयर के विद्यार्थियों को इस टर्म में बहुत ज़्यादा पढ़ाई करनी पड़ रही थी। जब विद्यार्थी रूपांतरण के होमवर्क पर बुरी तरह आह भर रहे थे, तो प्रोफ़ेसर मैक्गॉनेगल ने उसे सुन लिया और उन्होंने विद्यार्थियों को इसका कारण बताया।

'अब तुम लोग अपनी जादुई शिक्षा के एक बहुत महत्वपूर्ण दौर में क़दम रख रहे हो!' उन्होंने कहा और उनकी आँखें चौकोर चश्मे के पीछे से ख़तरनाक अंदाज़ में चमकने लगीं। 'तुम्हारे सामान्य जादूगरी स्तर के इम्तहान यानी ओ. डब्ल्यू. एल. क़रीब आ रहे हैं -'

'ओ.डब्ल्यू.एल. (ऑर्डिनरी विज़ार्डिंग लेवल्स) के इम्तहान तो फ़िफ़्थ ईयर में होंगे!' डीन थॉमस ने ग़ुस्से से कहा।

'हाँ थॉमस, लेकिन मेरा यक़ीन करो, तुम्हें इसके लिए बहुत तैयारी करने

की ज़रूरत है! इस क्लास में अभी तक मिस ग्रेंजर ही अकेली विद्यार्थी है, जिसने सेही को संतोषजनक रूप से पिनकुशन में बदलने में सफलता पाई है। थॉमस, मैं तुम्हें याद दिला दूँ कि *तुम्हारे* पिनकुशन की तरफ़ जब कोई पिन बढ़ाता है, तो वह डरकर पीछे हट जाता है!'

हर्माइनी का चेहरा थोड़ा गुलाबी हो गया। वह बहुत ख़ुश थी, लेकिन अपनी ख़ुशी को छिपाने की कोशिश कर रही थी।

हैरी और रॉन को बड़ा मज़ा आया, जब प्रोफ़ेसर ट्रिलोनी ने उन्हें ज्योतिष की अगली क्लास में बताया कि उन्हें उनके होमवर्क में क्लास में सबसे ज़्यादा नंबर मिले हैं। उन्होंने उनकी ज़्यादातर भविष्यवाणियाँ पूरी क्लास को पढ़कर सुनाईं। उन्होंने उन दोनों की तारीफ़ भी की कि वे इतनी भयानक घटनाओं की आशंका के बावजूद नहीं घबराए थे। लेकिन हैरी और रॉन को ज़रा भी मज़ा नहीं आया, जब प्रोफ़ेसर ट्रिलोनी ने उनसे कहा कि वे अगले महीने के बाद वाले महीने की भविष्यवाणियाँ भी लिखें। दोनों के पास ही दुर्घटनाओं और हादसों के विचार ख़त्म होते जा रहे थे।

इस दौरान प्रोफ़ेसर बिन्स यानी जादू का इतिहास पढ़ाने वाले भूत ने उन्हें अठारहवीं सदी के पिशाच विद्रोहों पर साप्ताहिक निबंध लिखने को दिए। प्रोफ़ेसर स्नेप उन्हें विषहरों या विष का उपचार करने वाले काढ़ों के बारे में अच्छे से शोध करने के लिए मजबूर कर रहे थे। विद्यार्थियों ने स्नेप की बात को गंभीरता से लिया, क्योंकि स्नेप ने यह साफ़ बता दिया था कि क्रिसमस से पहले ही वे उनमें से किसी एक को ज़हर देकर यह जाँच करेंगे कि उसका बनाया विषहर काढ़ा कितना असरदार है। प्रोफ़ेसर फ़्लिटविक ने आह्वान सम्मोहन की तैयारी के लिए सभी विद्यार्थियों से तीन अतिरिक्त पुस्तकें पढ़ने को कहा था।

यहाँ तक कि हैग्रिड भी उनके काम के बोझ को बढ़ा रहा था। विस्फोटक अग्निडंक अब बहुत तेज़ी से बढ़ रहे थे, जो आश्चर्यजनक था, क्योंकि अब तक कोई भी यह नहीं जान पाया था कि वे क्या खाते हैं। हैग्रिड बहुत ख़ुश था। उसने यह उनके 'प्रोजेक्ट' का हिस्सा बना दिया कि वे हर दूसरी शाम को उसके केबिन में आकर अग्निडंकों को देखें और उनके असाधारण व्यवहार पर नोट्स लिखें।

'मैं ऐसा हर्गिज़ नहीं करूँगा,' ड्रेको मैल्फ़ॉय ने साफ़-साफ़ कह दिया, जब हैग्रिड ने यह बात विद्यार्थियों से इस अंदाज़ में कही, जैसे सांता क्लॉज़ बच्चों को अपने बोरे में से कोई बड़ा खिलौना निकालकर दे रहा हो। 'मैं इन बेकार चीज़ों को क्लास में देख लेता हूँ, यही काफ़ी है।'

हैग्रिड के चेहरे की मुस्कराहट ग़ायब हो गई।

'तुम वही करोगे, जो तुमसे कहा जा रहा है,' हैग्रिड गुर्राया, 'वरना हम

भी वही करेंगे, जो प्रोफ़ेसर मूडी ने किया था ... हमने सुना है कि तुम बहुत अच्छे नेवले बने थे, मैल्फ़ॉय।'

गरुड़द्वार के विद्यार्थी ठहाके लगाकर हँसने लगे। मैल्फ़ॉय का चेहरा ग़ुस्से से लाल हो गया, लेकिन मूडी की सज़ा की याद अब भी इतनी दुखद थी कि उसने कोई व्यंग्यात्मक जवाब नहीं दिया। क्लास के बाद हैरी, रॉन और हर्माइनी महल में बहुत ख़ुशी-ख़ुशी लौटे। हैग्रिड ने मैल्फ़ॉय को नीचा दिखा दिया था, यह उन्हें बहुत ही संतोषजनक लगा था। ख़ास तौर पर इसलिए, क्योंकि मैल्फ़ॉय ने पिछले साल हैग्रिड को नौकरी से निकलवाने की पूरी कोशिश की थी।

जब वे प्रवेश हॉल में पहुँचे, तो उन्होंने पाया कि वे आगे नहीं जा सकते थे, क्योंकि वहाँ पर विद्यार्थियों की भारी भीड़ लगी हुई थी। सभी एक बड़े नोटिस बोर्ड के चारों तरफ़ खड़े हुए थे, जो संगमरमर की सीढ़ियों के नीचे लगा हुआ था। रॉन, जो उन तीनों में सबसे ऊँचा था, पंजों के बल खड़ा हुआ, ताकि आगे खड़े विद्यार्थियों के सिर के ऊपर से पढ़ सके कि नोटिस बोर्ड पर क्या लिखा है। उसने नोटिसबोर्ड पर लिखी बातें उन दोनों को पढ़कर सुनाईं।

जादूगरी का त्रिकोणीय टूर्नामेंट

बाबैटन्स और डर्मस्ट्रैंग के दल शुक्रवार 30 अक्टूबर को शाम 6 बजे आ रहे हैं। उस दिन क्लासें आधे घंटे पहले ख़त्म हो जाएँगी –

'बहुत बढ़िया!' हैरी ने कहा। 'शुक्रवार को आख़िरी पीरियड जादुई काढ़े का होता है! स्नेप को हमें ज़हर देने का मौक़ा ही नहीं मिलेगा!'

सभी विद्यार्थी अपने बैग और पुस्तकें अपने कमरों में रखने के बाद महल के सामने इकट्ठे होंगे, ताकि स्वागत के जश्न से पहले मेहमानों का स्वागत किया जा सके।

'सिर्फ़ एक हफ़्ता ही तो बचा है!' मेहनतकश के अर्नी मैकमिलन ने भीड़ से बाहर निकलते हुए कहा और उसकी आँखें चमक रही थीं। 'क्या पता, सेडरिक को यह बात मालूम भी है या नहीं ? मैं जाकर उसे बता देता हूँ ...'

'सेडरिक ?' रॉन ने भावहीनता से कहा, जब अर्नी तेज़ी से वहाँ से चला गया।

'डिगोरी,' हैरी ने कहा। 'वह टूर्नामेंट में हिस्सा ले रहा होगा।'

'वह मूर्ख हॉगवर्ट्स का चैंपियन कैसे बन सकता है?' रॉन ने कहा, जब वे बतियाती भीड़ के बीच से निकलकर सीढ़ियों तक पहुँचने की कोशिश कर रहे थे।

'वह मूर्ख नहीं है। तुम उसे सिर्फ़ इसलिए पसंद नहीं करते हो, क्योंकि उसने क्विडिच में गरुड़द्वार को हरा दिया था,' हर्माइनी ने कहा। 'मैंने सुना है कि वह पढ़ाई में तेज़ है - *और* वह प्रिफ़ेक्ट भी है।'

उसने इस तरह कहा, जैसे इसके बाद बहस की गुंजाइश ही ख़त्म हो गई हो।

रॉन ने व्यंग्य से कहा, 'तुम उसे सिर्फ़ इसलिए पसंद करती हो, क्योंकि वह *हैंडसम* है।'

हर्माइनी चिढ़कर बोली, 'माफ़ करना, मैं लोगों को सिर्फ़ हैंडसम होने के कारण पसंद नहीं करती हूँ।'

रॉन ने खाँसने का नाटक किया और बीच में 'लॉकहार्ट' जैसा कोई शब्द बुदबुदाया।

प्रवेश हॉल में लगे नोटिस का पूरे महल में बहुत असर हुआ। अगले सप्ताह हैरी जहाँ भी गया, वहाँ उसे लगा जैसे लोगों के पास बातचीत का सिर्फ़ एक ही विषय बचा था - उसे हर जगह त्रिकोणीय टूर्नामेंट के बारे में ही बातें सुनाई दीं। अफ़वाहें संक्रामक वायरसों की तरह एक विद्यार्थी से दूसरे विद्यार्थी तक फैल रही थीं : कौन हॉगवर्ट्स का चैंपियन बनने की कोशिश करने वाला है, टूर्नामेंट में क्या होगा, बाबैटन्स और डर्मस्ट्रैंग के विद्यार्थी उनसे कितने भिन्न होंगे।

हैरी का ध्यान इस तरफ़ भी गया कि अब महल में ज़ोरदार सफ़ाई हो रही थी। बहुत सी गंदी तस्वीरों को धोया जा रहा था, जिससे उनमें रहने वाले लोगों को बड़ी कोफ़्त हो रही थी। जब उनके चेहरों को कसकर रगड़ा गया और गुलाबी किया गया, तो वे अपने फ्रेम में एक तरफ़ बैठकर बुदबुदाने लगे और चिड़चिड़े दिखने लगे। कवच अचानक चमकने लगे और चूँ-चूँ किए बिना चलने लगे। चौकीदार आर्गस फ़िल्च हर उस विद्यार्थी से खूँखार तरीक़े से व्यवहार कर रहा था, जो अपने जूते नहीं पोंछता था। एक बार तो वह फ़र्स्ट ईयर की दो लड़कियों पर इतनी ज़ोर से चिल्लाया कि वे दहशत के मारे रोने लगीं।

स्टाफ़ के बाक़ी सदस्य भी तनाव में दिख रहे थे।

'लॉंगबॉटम, मेहरबानी करके तुम डर्मस्ट्रैंग के किसी विद्यार्थी को यह *पता मत* चलने देना कि तुम एक आसान सा रूपांतरण मंत्र भी नहीं पढ़ सकते हो!'

प्रोफ़ेसर मैक्गॉनेगल एक मुश्किल सबक़ के आख़िर में ग़ुस्से से चीख़ीं, जब नेविल ने ग़लती से अपने कान कैक्टस पर प्रत्यारोपित कर दिए थे।

जब वे तीस अक्टूबर को सुबह नाश्ते के लिए नीचे गए, तो उन्होंने पाया कि बड़े हॉल में रातोरात सजावट हो चुकी थी। दीवारों पर बड़े-बड़े रेशमी बैनर टँगे थे। वहाँ हॉगवर्ट्स के हर हाउस का एक बैनर लगा था। लाल बैनर पर गरुड़द्वार का सुनहरा शेर बना हुआ था, नीले बैनर पर चीलघात की कांस्य रंग की चील बनी हुई थी, पीले बैनर पर मेहनतकश का काला बिज्जू बना हुआ था और हरे बैनर पर नागशक्ति का सफ़ेद साँप बना हुआ था। टीचर्स की टेबलों के पीछे सबसे बड़े बैनर पर हॉगवर्ट्स का मोनो था : बड़े 'एच' अक्षर के चारों तरफ़ शेर, चील, बिज्जू और साँप बने हुए थे।

हैरी, रॉन और हर्माइनी ने फ़्रेड और जॉर्ज को गरुड़द्वार की टेबल पर बैठे देखा। एक बार फिर वे असामान्य रूप से बाक़ी सबसे दूर बैठे थे और धीमी आवाज़ में बातें कर रहे थे। रॉन उनकी तरफ़ बढ़ा।

'यह तो बहुत बुरी बात है,' जॉर्ज फ़्रेड से निराशा भरे स्वर में बोल रहा था। 'लेकिन यदि वे हमसे आमने-सामने बात नहीं करते हैं, तो हमें उन्हें चिट्ठी भेजनी पड़ेगी। या फिर हम इसे उनके हाथ में दे देंगे। वे हमसे हमेशा तो नहीं बच सकते।'

'तुमसे कौन बच रहा है ?' रॉन ने उनके पास बैठते हुए पूछा।

फ़्रेड ने इस व्यवधान पर चिढ़ते हुए कहा, 'काश तुम बच जाते।'

रॉन ने जॉर्ज से पूछा, 'बताओ तो सही, बुरी बात क्या है ?'

जॉर्ज ने जवाब दिया, 'तुम जैसे भाई का होना, जो हर जगह अपनी नाक घुसेड़ता है।'

'क्या तुम दोनों को जादूगरी के त्रिकोणीय टूर्नामेंट में शामिल होने का कोई उपाय सूझा ?' हैरी ने पूछा। 'क्या तुम शामिल होने की कोशिश करोगे ?'

'मैंने मैक्गॉनेगल से पूछा था कि चैंपियनों को कैसे चुना जाता है, लेकिन उन्होंने कुछ नहीं बताया,' जॉर्ज ने अफ़सोस के साथ कहा। 'उन्होंने मुझसे कहा कि मैं अपना मुँह बंद कर लूँ और अपने रैकून के रूपांतरण पर ध्यान दूँ।'

'क्या पता चैंपियनों को कौन से काम करने होंगे ?' रॉन ने सोचते हुए कहा। 'हैरी, मुझे पूरा भरोसा है कि हम वे काम कर सकते हैं। देखो, हमने पहले भी तो ख़तरनाक काम किए हैं ...'

'वे काम तुमने निर्णायक-मंडल के सामने नहीं किए थे, है ना ?' फ़्रेड बोला। 'मैक्गॉनेगल कहती हैं कि चैंपियनों को इस आधार पर नंबर मिलेंगे कि

उन्होंने कितनी अच्छी तरह काम किए हैं।'

हैरी ने पूछा, 'निर्णायक कौन हैं?'

'देखो, भाग लेने वाले स्कूलों के हेडमास्टर तो हमेशा निर्णायक मंडल में रहते ही हैं,' हर्माइनी ने फ़ौरन जवाब दिया। उसकी बात सुनकर सभी लोग उसे थोड़ी हैरानी से देखने लगे, 'क्योंकि वे तीनों ही 1792 के टूर्नामेंट में घायल हो गए थे, जब वह अजगर बेक़ाबू हो गया था, जिसे चैंपियनों को पकड़ना था।'

हर्माइनी ने देखा कि सब उसे घूर रहे हैं। वह इस बात से चिढ़कर बोली कि यह सारी जानकारी *'हॉगवर्ट्स : एक इतिहास'* पुस्तक में है। ज़ाहिर है, और किसी को यह जानकारी इसलिए नहीं थी, क्योंकि हर्माइनी के सिवाय किसी भी विद्यार्थी ने वह पुस्तक नहीं पढ़ी थी। फिर हर्माइनी बोली, 'वैसे यह पुस्तक भी *पूरी तरह* विश्वसनीय नहीं है। इसका ज़्यादा सटीक शीर्षक "हॉगवर्ट्स का *संशोधित* इतिहास" होगा, या फिर "हॉगवर्ट्स का बेहद पक्षपातपूर्ण और *चुनिंदा* इतिहास, जो स्कूल के बुरे पहलुओं को अनदेखा करता है।"'

'तुम कहना क्या चाहती हो?' रॉन ने पूछा, हालाँकि हैरी जानता था कि इसका जवाब क्या मिलेगा।

'घरेलू जिन्न!' हर्माइनी ने ज़ोर से कहा और हैरी के अंदाज़े को सही साबित कर दिया। *'हॉगवर्ट्स : एक इतिहास* के एक हज़ार पन्नों में एक बार भी इस बात का ज़िक्र नहीं किया गया है कि यहाँ पर सौ ग़ुलाम काम कर रहे हैं और हम सब उन पर हो रहे इस अत्याचार में शामिल हैं!'

हैरी ने अपना सिर हिलाया और अंडे खाने लगा। उसकी और रॉन की उदासीनता के बावजूद घरेलू जिन्नों को न्याय दिलवाने का हर्माइनी का संकल्प नहीं डगमगाया था। यह सच था कि उन दोनों ने एस.पी.ई.डब्ल्यू. बैज के बदले में उसे दो सिकल दे दिए थे, लेकिन उन्होंने ऐसा सिर्फ़ उसका मुँह बंद रखने के लिए किया था। बहरहाल, उनके सिकल देने से कोई फ़ायदा नहीं हुआ, बल्कि इस कारण तो हर्माइनी का जोश और भी बढ़ गया। वह तभी से हैरी और रॉन का सिर खाए जा रही थी। पहले तो उसने कहा कि वे ख़ुद बैज पहनें। फिर वह बोली कि वे दूसरों को भी बैज पहनने के लिए तैयार करें। यही नहीं, वह तो हर शाम को गरुड़द्वार के हॉल में विद्यार्थियों के सामने चंदे का डिब्बा खनखनाती थी और उनसे चंदा माँगती थी।

वह ग़ुस्से से पूछती थी, 'क्या तुम जानते हो कि तुम्हारी चादरें कौन बदलता है, आग कौन जलाता है, क्लासरूम कौन साफ़ करता है और खाना कौन बनाता है? ये सभी काम घरेलू जिन्न करते हैं, जो ग़ुलामी का जीवन जी रहे हैं और जिन्हें तनख़्वाह नहीं मिलती है।'

नेविल जैसे कुछ लोगों ने सिर्फ़ इसलिए चंदा दे दिया, ताकि हर्माइनी उन्हें ग़ुस्से से न घूरे। उनमें से कुछ ने तो उसकी बातों में थोड़ी रुचि ली, लेकिन वे इस काम में ज़्यादा सक्रिय भूमिका नहीं निभाना चाहते थे। कई विद्यार्थियों ने तो इस मामले को मज़ाक़ की तरह लिया।

रॉन ने अब अपनी आँखें छत की तरफ़ घुमा लीं, जहाँ शरद ऋतु की धूप खिली हुई थी। फ्रेड अपने बेकन में बहुत दिलचस्पी लेने लगा (दोनों जुड़वाँ भाइयों ने बैज ख़रीदने से इंकार कर दिया था)। बहरहाल जॉर्ज हर्माइनी की तरफ़ मुड़ा।

'सुनो हर्माइनी, क्या तुम कभी किचन में गई हो?'

'नहीं,' हर्माइनी ने कहा। 'मुझे लगता है कि विद्यार्थियों को वहाँ जाने की इज़ाज़त नहीं है –'

'हम गए हैं,' जॉर्ज ने फ्रेड की तरफ़ इशारा करते हुए कहा, 'बहुत बार, खाना लेने के लिए। हम घरेलू जिन्नों से मिले हैं और वे *ख़ुश* हैं। वे सोचते हैं कि उनके पास दुनिया का सबसे अच्छा काम है –'

'ऐसा इसलिए है, क्योंकि वे अशिक्षित हैं और उनकी ब्रेनवॉशिंग कर दी गई है!' हर्माइनी ने ग़ुस्से से कहा, लेकिन उसके आगे के शब्द ऊपर से आती हुई आवाज़ में डूब गए। उल्लू डाक लेकर आ गए थे। हैरी ने तत्काल ऊपर देखा। हेडविग उसकी तरफ़ आ रही थी। हर्माइनी ने तत्काल बातें करना बंद कर दिया। उसने और रॉन ने हेडविग को चिंता से देखा, जब वह आकर हैरी के कंधे पर बैठ गई। फिर हेडविग ने अपने पंख मोड़कर अपना पैर थके हुए अंदाज़ में आगे बढ़ा दिया।

हैरी ने सिरियस की जवाबी चिट्ठी निकाल ली और हेडविग को अपने बेकन की खाल दे दी, जो उसने कृतज्ञता से खा ली। हैरी ने जब तसल्ली कर ली कि फ्रेड और जॉर्ज अब भी जादूगरी के त्रिकोणीय टूर्नामेंट के बारे में चर्चा में डूबे थे, तो फुसफुसाकर रॉन और हर्माइनी को सिरियस की चिट्ठी पढ़कर सुनाने लगा।

हैरी, धोखा देने की कोशिश बढ़िया थी।

मैं वापस आ चुका हूँ और अच्छी तरह से छिपा हुआ हूँ। तुम मुझे हॉगवर्ट्स में होने वाली हर घटना की जानकारी देना। बार-बार हेडविग का इस्तेमाल मत करना। उल्लू बदलते रहना और मेरी चिंता मत करना।

बस अपना ध्यान रखना और अपनी आँखें खुली रखना।
मैंने तुम्हारे निशान के बारे में जो कहा था, उसे मत भूलना।
सिरियस

रॉन ने धीरे से पूछा, 'उसने तुम्हें उल्लू बदलने का सुझाव क्यों दिया है?'

'हेडविग को बार-बार देखकर लोगों को शक हो जाएगा,' हर्माइनी ने तत्काल कहा। 'वह अलग दिख जाती है। लोगों का ध्यान इस तरफ़ जा सकता है कि एक सफ़ेद उल्लू सिरियस के छिपने की जगह तक बार-बार जाती है ... मेरा मतलब है, हेडविग की नस्ल के उल्लू हमारे देश में आम तौर पर नहीं पाए जाते हैं, है ना?'

हैरी ने चिट्ठी मोड़कर अपने दुशाले के भीतर रख ली और सोचने लगा कि इससे उसकी चिंता कम हुई थी या बढ़ गई थी। उसे लग रहा था कि पकड़ में आए बिना सिरियस का लौट आना बहुत बड़ी बात थी। वह इस बात से भी इंकार नहीं कर सकता था कि सिरियस के क़रीब रहने से उसे तसल्ली मिली थी। कम से कम उसे अपनी चिट्ठी के जवाब का ज़्यादा इंतज़ार तो नहीं करना पड़ेगा।

'धन्यवाद हेडविग,' उसने उसे थपथपाते हुए कहा। हेडविग ने उनींदी सी आवाज़ निकाली, अपनी चोंच थोड़ी देर के लिए संतरे के जूस वाले प्याले में डाली और फिर उड़कर चली गई। यह साफ़ नज़र आ रहा था कि वह उल्लूघर में जाकर अच्छी लंबी नींद लेना चाहती थी।

उस दिन हवा में उम्मीद का सुखद एहसास था। कोई भी विद्यार्थी क्लासों में पढ़ाई पर ज़्यादा ध्यान नहीं दे रहा था, क्योंकि सभी शाम को बाबैटन्स और डर्मस्ट्रैंग के विद्यार्थियों के आने में गहरी दिलचस्पी ले रहे थे। यहाँ तक कि काढ़े की क्लास झेलना भी हमेशा जितना मुश्किल नहीं लग रहा था, क्योंकि वह आधा घंटे पहले ख़त्म हो रही थी। घंटी बजते ही हैरी, रॉन और हर्माइनी जल्दी से गरुड़द्वार हाउस की तरफ़ गए। वहाँ जाकर उन्होंने अपने बैग और किताबें रखीं, जैसा उन्हें निर्देश दिया गया था। फिर वे अपने चोगे पहनकर दौड़ते हुए नीचे उतरे और प्रवेश हॉल में पहुँच गए।

सभी हाउसों के प्रमुख अपने विद्यार्थियों को लाइनों में खड़ा कर रहे थे।

'वीज़्ली, अपना हैट सीधा करो,' प्रोफ़ेसर मैक्गॉनेगल ने रॉन को झिड़कते हुए कहा। 'मिस पाटिल, उस मूर्खतापूर्ण चीज़ को अपने बालों से निकालो।'

पार्वती ने मुँह बनाकर अपनी चोटी के सिरे से सजावटी तितली वाली

क्लिप निकाल ली।

'मेरे पीछे चलो,' प्रोफ़ेसर मैक्गॉनेगल ने कहा, 'फ़र्स्ट ईयर के विद्यार्थी सबसे आगे रहेंगे ... कोई धक्का-मुक्की नहीं करेगा ...'

वे सभी लाइन में सामने की सीढ़ियों से उतरे और महल के सामने खड़े हो गए। शाम ठंडी और साफ़ थी। साँझ का छुटपुटा हो चला था और अँधेरे जंगल के ऊपर पीला पारदर्शी चाँद अभी से चमकने लगा था। हैरी आगे से चौथी लाइन में रॉन और हर्माइनी के बीच खड़ा था। उसने देखा कि सबसे सामने वाली लाइन में फ़र्स्ट ईयर के बच्चे उत्साह से काँप रहे थे, जिनमें डेनिस क्रीवी भी शामिल था।

'लगभग छह बज गए हैं,' रॉन ने अपनी घड़ी देखकर सड़क पर नज़रें दौड़ाईं। 'तुम्हें क्या लगता है, वे कैसे आएँगे? ट्रेन से?'

'मुझे नहीं लगता,' हर्माइनी बोली।

हैरी ने सितारों से भरे आसमान की तरफ़ देखते हुए कहा, 'तो फिर कैसे? झाड़ुओं पर सवारी करके?'

'मुझे यह भी नहीं लगता ... इतनी दूर से नहीं ...'

'तो फिर आवागमन-कुंजी से?' रॉन ने सुझाव दिया। 'या फिर वे अंतर्ध्यान होकर आ सकते हैं - वे जहाँ से आ रहे होंगे, शायद वहाँ सत्रह साल से कम उम्र के विद्यार्थियों को अंतर्ध्यान होने की इज़ाज़त होगी?'

हर्माइनी ने बेचैनी से कहा, 'कोई भी अंतर्ध्यान होकर हॉगवर्ट्स के भीतर नहीं आ सकता, यह बात मुझे तुम्हें कितनी बार बतानी पड़ेगी?'

वे रोमांच से मैदान की तरफ़ देखते रहे, जहाँ अब अँधेरा होने लगा था। कोई भी चीज़ नहीं हिल रही थी। हर चीज़ शांत, स्थिर और हमेशा की तरह ही थी। हैरी को अब ठंड लगने लगी थी। वह सोच रहा था कि काश वे लोग जल्दी आ जाएँ ... शायद विदेशी विद्यार्थी नाटकीय ढंग से आएँगे ... उसे याद आया कि मिस्टर वीज़्ली ने क्विडिच वर्ल्ड कप से पहले कैंपसाइट पर क्या कहा था - 'हमेशा यही होता है। जब हम जादूगर कहीं इकट्ठे होते हैं, तो शान झाड़ने से नहीं चूकते हैं ...'

तभी डम्बलडोर ने पीछे से चिल्लाकर कहा, जहाँ वे बाक़ी टीचर्स के साथ खड़े हुए थे - 'आहा! अगर मैं ग़लत नहीं हूँ, तो बाबैटन्स का दल आ रहा है!'

'कहाँ?' कई विद्यार्थियों ने उत्सुकता से पूछा और अलग-अलग दिशाओं में देखने लगे।

'वहाँ!' सिक्स्थ ईयर का एक विद्यार्थी जंगल के ऊपर की तरफ़ इशारा

करते हुए चिल्लाया।

कोई बड़ी चीज़ गहरे नीले आसमान को चीरती हुई महल की तरफ़ आ रही थी। यह चीज़ झाडू से – या सौ झाडुओं से भी – काफ़ी बड़ी दिख रही थी और पास आने पर ज़्यादा बड़ी दिखती जा रही थी।

'यह ड्रैगन है!' फ़र्स्ट ईयर का एक विद्यार्थी चीख़ा, जिसका दिमाग़ पूरी तरह से चकरा गया था।

डेनिस क्रीवी बोला, 'मूर्खता की बात मत करो ... यह तो उड़ने वाला मकान है!'

डेनिस का अंदाज़ा काफ़ी हद तक सही था ... जब विशाल काली आकृति अँधेरे जंगल के पेड़ों के ऊपर से होती हुई पास आई और उस पर महल की खिड़कियों की रोशनी पड़ी, तो सबने देखा कि यह एक विशाल नीली घोड़ागाड़ी थी, जिसका आकार किसी बड़े मकान के बराबर था। वह घोड़ागाड़ी हवा में उड़ती हुई उन्हीं की तरफ़ आ रही थी। उसे एक दर्जन पंख वाले घोड़े खींच रहे थे, जो हाथी जितने बड़े थे।

जब घोड़ागाड़ी पास आ गई और तेज़ गति से ज़मीन पर उतरने की तैयारी करने लगी, तो सामने की तीन लाइनों के विद्यार्थी पीछे खिसक गए। फिर तेज़ धमाके की आवाज़ हुई, जिसे सुनकर नेविल उछल गया और अपने पीछे खड़े नागशक्ति के फ़िफ़्थ ईयर के विद्यार्थी के पैर पर चढ़ गया। यह आवाज़ घोड़ों के डिनर प्लेट से भी बड़े खुरों के ज़मीन से टकराने की आवाज़ थी। एक सेकंड बाद ही घोड़ागाड़ी भी ज़मीन पर आ गई। यह अपने बहुत बड़े पहियों पर उछल रही थी। सुनहरे घोड़ों ने अपने विशाल सिर उचकाए और अपनी बड़ी-बड़ी लाल आँखें घुमाईं।

हैरी ने दरवाज़ा खुलने से पहले ही उस पर बने मोनो को देख लिया (दो क्रॉस रखी सुनहरी छड़ियाँ, जिनमें से प्रत्येक पर तीन-तीन सितारे चमक रहे थे)।

हल्के नीले रंग का दुशाला पहने एक लड़का घोड़ागाड़ी से नीचे कूदा और आगे झुका। उसने गाड़ी के फ़र्श पर कुछ किया और सुनहरी सीढ़ियाँ खोलकर लगा दीं। वह सम्मान के साथ पीछे हट गया। फिर हैरी ने देखा कि गाड़ी के अंदर से ऊँची हील का एक चमचमाता काला जूता बाहर निकल रहा था – यह जूता किसी बच्चे की स्लेज जितना बड़ा था। जूते के बाद तत्काल ही उसे एक औरत दिखाई दी। हैरी ने अपनी ज़िंदगी में इतनी लंबी-चौड़ी औरत पहले कभी नहीं देखी थी। उसे तत्काल घोड़ागाड़ी और घोड़ों के विशाल आकार का रहस्य समझ में आ गया। कुछ लोगों की तो आह निकल गई।

हैरी ने अपनी ज़िंदगी में इतना लंबा-चौड़ा सिर्फ़ एक ही व्यक्ति देखा था और वह था हैग्रिड। उसे लगा कि हैग्रिड और इस औरत के क़द में शायद एक इंच का भी फ़र्क़ नहीं होगा। लेकिन उसे हैग्रिड को देखने की आदत थी, इसलिए यह औरत (जो अब सीढ़ियों से नीचे उतर चुकी थी और इंतज़ार करती हैरान भीड़ को देख रही थी) बहुत लंबी लग रही थी। जब वह औरत प्रवेश हॉल से आती रोशनी में आई, तो लोगों ने देखा कि उसका चेहरा सुंदर और त्वचा जैतून के रंग जैसी थी। उसकी आँखें बड़ी और काली थीं और उसकी नाक थोड़ी चोंचदार थी। उसके बाल उसकी गर्दन के सिरे पर चमकती घुंडी में पीछे बँधे थे। वह सिर से पैर तक काले साटन के कपड़े पहने थी और उसके गले और मोटी उँगलियों पर कई शानदार दूधिया रत्न जगमगा रहे थे।

डम्बलडोर तालियाँ बजाने लगे। उनकी देखा-देखी विद्यार्थी भी तालियाँ बजाने लगे। उनमें से कई तो उस औरत को अच्छी तरह से देखने के लिए अपने पंजों के बल खड़े हो गए।

वह औरत गरिमापूर्ण ढंग से मुस्कराई और हाथ बढ़ाकर डम्बलडोर की तरफ़ आने लगी। डम्बलडोर हालाँकि स्वयं लंबे थे, लेकिन उन्हें उस हाथ को चूमने के लिए झुकने की ज़रूरत नहीं पड़ी।

'प्रिय मैडम मैक्सिम,' उन्होंने कहा, 'हॉगवर्ट्स में आपका स्वागत है।'

'डम्बली-डोर,' मैडम मैक्सिम ने भारी आवाज़ में कहा। 'मुझे उम्मीद है, आप स्वस्थ होंगे?'

डम्बलडोर ने कहा, 'धन्यवाद, मैं बिलकुल ठीक हूँ।'

'मेरे विद्यार्थी,' मैडम मैक्सिम ने अपना एक बड़ा हाथ लापरवाही से अपने पीछे हिलाया।

हैरी का ध्यान अब तक पूरी तरह से मैडम मैक्सिम पर केंद्रित था। उसने अब जाकर देखा कि एक दर्जन लड़के-लड़कियाँ, जो सभी सत्रह से उन्नीस साल के बीच लग रहे थे - गाड़ी से उतर आए थे और मैडम मैक्सिम के पीछे खड़े थे। वे काँप रहे थे, जिसमें हैरानी की कोई बात नहीं थी, क्योंकि वे पतले रेशमी दुशाले पहने थे और उनमें से किसी ने भी चोगा नहीं पहना था। उनमें से कुछ ने तो ठंड से बचने के लिए अपने सिर पर स्कार्फ़ और शॉल लपेट लिए थे। जहाँ तक हैरी को उनके चेहरों से दिख रहा था (वे मैडम मैक्सिम की विशाल परछाईं में खड़े हुए थे), वे हॉगवर्ट्स को थोड़ा सहमकर देख रहे थे।

मैडम मैक्सिम ने पूछा, 'कारकारोफ़ आ गया?'

'वे किसी भी पल यहाँ आ सकते हैं,' डम्बलडोर ने कहा। 'आप उनका स्वागत करने के लिए यहाँ रुकना चाहेंगी या फिर अंदर चलकर गर्मी में

बैठना चाहेंगी ?'

'मुझे लगता है, गर्मी में बैठना ठीक रहेगा,' मैडम मैक्सिम बोलीं। 'लेकिन मेरे घोड़े –'

'हमारा जादुई प्राणियों की देखभाल का टीचर उनकी देखभाल करके ख़ुश होगा,' डम्बलडोर ने कहा। 'इस वक़्त वह अपने जानवरों से संबंधित एक छुटपुट समस्या से निबटने गया हुआ है।'

'अग्निडंक,' रॉन ने मुस्कराकर हैरी से कहा।

'मेरे घोड़ों को सँभालने के लिए किसी शक्तिशाली व्यक्ति की ज़रूरत पड़ेगी,' मैडम मैक्सिम ने कहा, जैसे उन्हें यह शक हो कि हॉगवर्ट्स का जादुई प्राणियों की देखभाल का कोई भी टीचर यह काम शायद ही कर पाए। 'वे बहुत ताक़तवर हैं ...'

डम्बलडोर ने मुस्कराते हुए कहा, 'मैं आपको विश्वास दिलाता हूँ कि हैग्रिड यह काम अच्छे से कर लेगा।'

'ठीक है,' मैडम मैक्सिम ने अपना सिर थोड़ा झुकाते हुए कहा, 'क्या आप अपने इस हैग्रिड को यह बता देंगे कि मेरे घोड़े सिर्फ़ सिंगल-माल्ट व्हिस्की ही पीते हैं ?'

डम्बलडोर ने अपना भी सिर झुकाते हुए कहा, 'यह काम हो जाएगा।'

'चलो,' मैडम मैक्सिम ने अकड़कर अपने विद्यार्थियों से कहा। हॉगवर्ट्स की भीड़ ने उन्हें और उनके विद्यार्थियों को पत्थर की सीढ़ियों पर चढ़कर ऊपर जाने का रास्ता दे दिया।

'तुम्हें क्या लगता है, डर्मस्ट्रैंग के घोड़े कितने बड़े होंगे ?' सीमस फ़िनिगन ने लैवेंडर और पार्वती के पास से झुककर हैरी और रॉन से पूछा।

हैरी बोला, 'अगर वे इनसे ज़्यादा बड़े हुए, तो हैग्रिड भी उन्हें नहीं सँभाल पाएगा। मेरा मतलब यह है कि अगर वह अपने अग्निडंकों के हमले से बच गया, तब भी वह इनसे बड़े घोड़ों को नहीं सँभाल पाएगा। क्या पता अग्निडंकों ने क्या किया होगा ?'

रॉन ने आशा से कहा, 'शायद वे भाग गए होंगे।'

'ओह, ऐसा मत कहो,' हर्माइनी काँपती हुई बोली। 'उनके मैदान में खुले घूमने की कल्पना बहुत भयानक है ...'

वे अब थोड़े काँपते हुए डर्मस्ट्रैंग के दल के आने का इंतज़ार करने लगे। ज़्यादातर विद्यार्थी आशा भरी नज़रों से आसमान को ताक रहे थे। कुछ मिनट तक ख़ामोशी छाई रही। सिर्फ़ मैडम मैक्सिम के विशाल घोड़े पैर पटकते और

चिंघाड़ते रहे। लेकिन तभी –

रॉन ने अचानक कहा, 'क्या तुमने कुछ सुना?'

हैरी ने सुन लिया था। अँधेरे में उन्हें एक अजीब सी तेज़ आवाज़ क़रीब आती सुनाई दे रही थी। यह चूसने जैसी आवाज़ थी, जैसे कोई बड़ा वैक्यूम क्लीनर नदी में चल रहा हो ...

'झील!' ली जॉर्डन झील की तरफ़ इशारा करते हुए चीख़ा। 'झील की तरफ़ देखो!'

वे लोग लॉन के ऊपर खड़े हुए थे, जहाँ से मैदान दिख रहा था। वहाँ से उन्हें झील की चिकनी काली सतह साफ़ दिख रही थी। लेकिन इस समय झील की सतह ज़रा भी चिकनी नहीं दिख रही थी। बीच में ज़ोरदार उथल-पुथल हो रही थी। सतह पर बड़े-बड़े बुलबुले बन रहे थे। लहरें अब कीचड़ भरे किनारों से टकरा रही थीं – और तभी, झील के बीचोबीच एक भँवर नज़र आया, जैसे कोई बहुत बड़ा प्लग झील के फ़र्श से बाहर निकला हो ...

उस भँवर के बीच से एक लंबा और काला खंभा धीरे-धीरे ऊपर उठने लगा ... और फिर हैरी को मस्तूल दिख गया ...

उसने रॉन और हर्माइनी से कहा, 'यह तो किसी जहाज़ का मस्तूल है!'

धीरे-धीरे, शान के साथ जहाज़ पानी के ऊपर आया। यह चाँदनी में चमक रहा था। ऐसा लग रहा था, जैसे दुर्घटना के बाद इसकी मरम्मत हुई हो। इसकी धीमी रोशनी किसी भूत की आँख की तरह चमक रही थी। आख़िरकार ज़ोरदार छपाक की आवाज़ के साथ जहाज़ पानी से पूरा निकल आया। फिर यह उथल-पुथल भरे पानी पर हिलता हुआ किनारे की तरफ़ आने लगा। कुछ पल बाद उन्हें लंगर फेंकने की आवाज़ आई और फिर एक पटिया नीचे की तरफ़ हो गया।

जहाज़ में से लोग उतरने लगे। विद्यार्थियों को जहाज़ की रोशनी में उनकी परछाइयाँ दिख रही थीं। हैरी ने देखा कि सभी का हुलिया क्रैब और गॉइल जैसा था ... लेकिन जब वे लॉन पर चलते हुए प्रवेश हॉल की रोशनी में आए, तो उसने देखा कि उनकी क़द-काठी इतनी विशाल इसलिए दिख रही थी, क्योंकि वे मोटे फ़र के चोगे पहने थे। लेकिन जो आदमी महल की तरफ़ सबसे आगे आ रहा था, वह अलग तरह के फ़र के कपड़े पहने था। यह फ़र उसके बालों की तरह ही चिकना और सफ़ेद था।

'डम्बलडोर!' उसने ढलान चढ़कर पास आते हुए उत्साह से कहा। 'कैसे हो प्यारे डम्बलडोर, कैसे हो?'

'बहुत बढ़िया, धन्यवाद, प्रोफ़ेसर कारकारोफ़,' डम्बलडोर ने जवाब दिया।

कारकारोफ़ की आवाज़ मख़मली और चिकनी-चुपड़ी थी। जब वे महल के सामने वाले दरवाज़े से आती रोशनी में आए, तो विद्यार्थियों ने देखा कि वे भी डम्बलडोर की तरह ही लंबे और दुबले-पतले थे, लेकिन उनके सफ़ेद बाल छोटे थे और उनकी बकरा दाढ़ी (जो एक छोटे घूँघर में ख़त्म होती थी) उनकी कमज़ोर ठुड्डी को पूरी तरह नहीं छिपा पा रही थी। जब वे डम्बलडोर के पास पहुँचे, तो उन्होंने अपने दोनों हाथों में डम्बलडोर का हाथ जकड़ लिया।

'प्यारा हॉगवर्ट्स,' उन्होंने महल की तरफ़ देखकर मुस्कराते हुए कहा। उनके दाँत थोड़े पीले थे और हैरी ने देखा कि उनकी आँखों में मुस्कराहट का कोई चिन्ह नहीं था। उनकी आँखें भावहीन और चालाकी भरी थीं। कारकारोफ़ आगे बोले, 'यहाँ आकर कितना अच्छा लग रहा है, कितना अच्छा ... विक्टर, अंदर गर्मी में चलो ... तुम्हें बुरा तो नहीं लगेगा, डम्बलडोर ? विक्टर को थोड़ी सर्दी है ...'

कारकारोफ़ ने अपने एक विद्यार्थी को पकड़कर आगे आने का इशारा किया। जब वह लड़का पास से गुज़रा, तो हैरी को एक बड़ी और मुड़ी हुई नाक की झलक दिखी और मोटी काली भौंहों की भी। तभी रॉन ने हैरी के हाथ पर मुक्का मारा और उसके कान में फुसफुसाया, हालाँकि हैरी पहले ही उस लड़के को पहचान गया था।

'हैरी - *यह तो क्रम है!'*

अध्याय सोलह

आग का प्याला

'मुझे यक़ीन नहीं हो रहा है!' रॉन ने स्तब्ध आवाज़ में कहा, जब हॉगवर्ट्स के विद्यार्थी सीढ़ियों पर डर्मस्ट्रैंग के दल के पीछे-पीछे लाइन बनाकर चढ़ने लगे। 'क्रम आया है, हैरी! *विक्टर क्रम!*'

हर्माइनी बोली, 'रॉन, इतने बौरा क्यों रहे हो? वह सिर्फ़ एक क्विडिच खिलाड़ी ही तो है!'

'सिर्फ़ एक क्विडिच खिलाड़ी?' रॉन ने कहा और हर्माइनी की तरफ़ इस अंदाज़ में देखा, जैसे उसे अपने कानों पर यक़ीन नहीं हो रहा हो। 'हर्माइनी – वह दुनिया का सबसे अच्छा खोजी है! मैंने सोचा भी नहीं था कि वह स्कूल में पढ़ता होगा!'

जब वे हॉगवर्ट्स के बाक़ी विद्यार्थियों के साथ प्रवेश हॉल से होते हुए बड़े हॉल में जाने लगे, तो हैरी ने देखा कि ली जॉर्डन उछल-उछलकर क्रम के सिर के पिछले हिस्से को अच्छी तरह देखने की कोशिश कर रहा था। सिक्स्थ ईयर की कुछ लड़कियाँ चलते-चलते अपनी जेबों में उतावलेपन से हाथ डालकर कुछ खोज रही थीं – 'ओह, मुझे यक़ीन नहीं हो रहा है, मेरे पास एक भी क़लम नहीं है!' 'तुम्हें क्या लगता है, वह लिपस्टिक से मेरे हैट पर ऑटोग्राफ़ दे देगा?'

'सच्ची,' हर्माइनी ने बड़प्पन से कहा, जब वे लिपस्टिक की बहस में उलझी लड़कियों के पास से गुज़रे।

'अगर मौक़ा मिले, तो *मैं भी* उसका ऑटोग्राफ़ लेना चाहता हूँ,' रॉन बोला, 'तुम्हारे पास क़लम है, हैरी?'

हैरी ने जवाब दिया, 'नहीं, मेरी सारी क़लमें ऊपर बैग में रखी हैं।'

वे गरुड़द्वार की टेबल तक गए और बैठ गए। रॉन ऐसी जगह बैठा जहाँ

से दरवाज़ा दिखता हो, क्योंकि क्रम और डर्मस्ट्रैंग के बाक़ी विद्यार्थी अब भी हॉल में ही खड़े थे। वे यह तय नहीं कर पा रहे थे कि कहाँ बैठें। बाबैटन्स के विद्यार्थियों ने बैठने के लिए चीलघात की टेबल चुनी थी और वे बड़े हॉल को उदासी से देख रहे थे। उनमें से तीन ने तो अब भी अपने सिर पर स्कार्फ़ और शॉल लपेट रखे थे।

'इतनी ज़्यादा ठंड तो नहीं है,' हर्माइनी ने उन्हें चिढ़कर देखते हुए कहा। 'वे लोग अपने चोगे क्यों नहीं लाए?'

'यहाँ आ जाओ! यहाँ आकर बैठ जाओ!' रॉन फुसफुसाया। 'यहाँ आ जाओ! हर्माइनी, थोड़ा खिसको, जगह बनाओ –'

'क्या?'

'बहुत देर हो गई,' रॉन ने निराशा से कहा।

विक्टर क्रम और डर्मस्ट्रैंग के बाक़ी सभी विद्यार्थी नागशक्ति की टेबल पर बैठ गए थे। हैरी ने देखा कि मैल्फ़ॉय, क्रैब और गॉइल इस बात पर बहुत ख़ुश हो रहे थे। उसके देखते ही देखते मैल्फ़ॉय आगे झुककर क्रम से बातें करने लगा।

'ठीक है, उसे मक्खन लगाओ, मैल्फ़ॉय,' रॉन ने ग़ुस्से से कहा। 'मैं शर्त लगाता हूँ कि क्रम उसकी हक़ीक़त पहचान लेगा ... लोग उसे हर समय मक्खन लगाते रहते होंगे ... तुम्हें क्या लगता है, ये लोग कहाँ सोएँगे? हैरी, हम क्रम को अपने कमरे में सुला सकते हैं ... मैं उसे अपना पलंग दे दूँगा और ख़ुद कैंप-बेड पर सो जाऊँगा... इसमें मुझे ज़रा भी दिक्क़त नहीं होगी।'

यह सुनकर हर्माइनी हँस पड़ी।

हैरी ने कहा, 'डर्मस्ट्रैंग के विद्यार्थी बाबैटन्स वालों से ज़्यादा ख़ुश दिख रहे हैं।'

डर्मस्ट्रैंग के विद्यार्थियों ने मोटे फ़र के ऊपरी कपड़े उतार दिए। उन्होंने दिलचस्पी से सितारों भरी काली छत को देखा। उनमें से दो-तीन तो सुनहरी प्लेटों और प्यालों को उठाकर ग़ौर से उलट-पुलटकर देख रहे थे और प्रभावित दिख रहे थे।

स्टाफ़ टेबल पर चौकीदार फ़िल्च अतिरिक्त कुर्सियाँ लगा रहा था। वह इस मौक़े के सम्मान में अपना पुराना टेलकोट पहने हुए था। हैरी को यह देखकर हैरानी हुई कि उसने चार कुर्सियाँ रखीं, दो डम्बलडोर की इस तरफ़ और दो उस तरफ़।

'लेकिन दो ही लोग तो आए हैं,' हैरी ने कहा। 'फ़िल्च चार कुर्सियाँ क्यों रख रहा है? और कौन आने वाला है?'

'अह ?' रॉन ने कहा। उसका पूरा ध्यान तो अब भी क्रम पर ही था।

जब सभी विद्यार्थी हॉल में आ गए और अपनी-अपनी हाउस टेबल पर बैठ गए, तो इसके बाद स्टाफ़ अंदर आया। सभी टीचर्स ऊपर रखी टेबल तक गए और अपनी-अपनी कुर्सी पर बैठ गए। लाइन के आख़िर में प्रोफ़ेसर डम्बलडोर, प्रोफ़ेसर कारकारोफ़ और मैडम मैक्सिम थे। अपनी हेडमिस्ट्रेस को देखते ही बाबैटन्स के सभी विद्यार्थी उछलकर खड़े हो गए। हॉगवर्ट्स के कुछ विद्यार्थी यह देखकर हँसे। लेकिन बाबैटन्स के विद्यार्थियों को इससे ज़रा भी फ़र्क़ नहीं पड़ा और वे अपनी सीटों पर तब तक नहीं बैठे, जब तक कि मैडम मैक्सिम डम्बलडोर की बाईं तरफ़ नहीं बैठ गईं। बहरहाल, डम्बलडोर खड़े रहे। उन्हें खड़ा देखकर बड़े हॉल में ख़ामोशी छा गई।

'गुड ईवनिंग, लेडीज़ एंड जेंटलमेन, भूतों और – सबसे ख़ास तौर पर – मेहमानों,' डम्बलडोर ने विदेशी विद्यार्थियों की तरफ़ मुस्कराकर देखते हुए कहा। 'आप सभी का हॉगवर्ट्स में स्वागत है। मुझे आशा और विश्वास है कि आप यहाँ पर आराम और आनंद से रहेंगे।'

बाबैटन्स की एक लड़की, जो अब भी अपने सिर पर मफ़लर बाँधे हुए थी, यह सुनकर व्यंग्य से हँस दी।

हर्माइनी ने उसे देखते हुए फुसफुसाकर कहा, 'कोई भी तुम्हें ज़बर्दस्ती नहीं रोक रहा है!'

'टूर्नामेंट इस जश्न के बाद आधिकारिक रूप से शुरू होगा,' डम्बलडोर ने कहा। 'अब मैं आप लोगों को आमंत्रित करता हूँ कि अच्छे से खाएँ-पिएँ और हॉगवर्ट्स में घर जैसा महसूस करें!'

जैसे ही वे बैठे, हैरी ने देखा कि कारकारोफ़ तत्काल डम्बलडोर की तरफ़ झुककर उनसे बातचीत करने लगे।

सभी के सामने रखी ट्रे और डोंगों में हमेशा की तरह खाने-पीने का सामान आ गया। किचन के घरेलू जिन्नों ने जैसे अपनी पूरी योग्यता दिखा दी थी। हैरी ने इससे पहले इतनी सारी डिशें नहीं देखी थीं। उनमें से कई तो निश्चित रूप से विदेशी दिख रही थीं।

'*वह* क्या है ?' रॉन ने शेलफ़िश स्टू जैसी दिख रही बड़ी डिश की तरफ़ इशारा करते हुए कहा, जो स्टीक-और-किडनी पुडिंग के पास रखी थी।

'बूलेबेज़,' हर्माइनी ने कहा।

'अच्छा,' रॉन बोला।

'यह *फ्रेंच डिश है,*' हर्माइनी ने कहा। 'मैंने दो साल पहले फ़्रांस में गर्मियों

की छुट्टियाँ मनाते समय इसे खाया था। यह बहुत अच्छी होती है।'

'मैं तुम्हारी बात मान लेता हूँ,' रॉन ने कहा और काले रंग की पुडिंग ले ली।

हालाँकि मुश्किल से बीस अतिरिक्त विद्यार्थी ही आए थे, लेकिन बड़े हॉल में न जाने क्यों हमेशा से ज़्यादा भीड़ दिख रही थी। शायद ऐसा इसलिए था, क्योंकि उनकी रंगीन यूनिफ़ॉर्म हॉगवर्ट्स के विद्यार्थियों के काले दुशालों से काफ़ी अलग थी। फ़र के कपड़े उतारने के बाद डर्मस्ट्रैंग के विद्यार्थियों के ख़ून जैसे गहरे रंग के दुशाले नज़र आने लगे।

जश्न शुरू होने के बीस मिनट बाद हैग्रिड स्टाफ़ टेबल के पीछे के एक दरवाज़े से हॉल के अंदर आया। वह सिरे पर रखी अपनी कुर्सी पर बैठ गया और उसने हैरी, रॉन तथा हर्माइनी की तरफ़ अपना हाथ हिलाया। उसके हाथ पर पट्टियाँ बँधी थीं।

हैरी ने पूछा, 'अग्निडंक ठीक-ठाक हैं, हैग्रिड?'

'मज़े में हैं,' हैग्रिड ने ख़ुशी से जवाब दिया।

'हाँ, मुझे यक़ीन है कि वे बहुत मज़े में होंगे,' रॉन धीरे से बोला। 'ऐसा लगता है कि आख़िर अब उन्हें अपना मनपसंद भोजन मिल गया है? हैग्रिड की उँगलियाँ।'

उसी पल एक आवाज़ आई, 'माफ़ कीजिए, क्या मैं बूलेबेज़ ले सकती हूँ?'

यह बाबैटन्स की वही लड़की थी, जो डम्बलडोर के भाषण के दौरान हँसी थी। उसने अब अपना मफ़लर हटा दिया था। उसके सुनहरे लंबे बाल कमर तक आ रहे थे। उसकी बड़ी-बड़ी आँखें गहरी नीली थीं और उसके दाँत बहुत सफ़ेद तथा सुंदर थे।

रॉन का चेहरा बैंगनी हो गया। वह उसे एकटक देखता रहा। उसने जवाब देने की कोशिश में मुँह खोला, लेकिन उसके मुँह से एक भी शब्द बाहर नहीं निकला।

हैरी ने बूलेबेज़ की डिश लड़की की तरफ़ बढ़ाते हुए कहा, 'हाँ, इसे ले लीजिए।'

'आप लोगों ने इसे खा लिया?'

'हाँ,' रॉन ने ज़ोर-ज़ोर से साँस लेते हुए कहा। 'हाँ, यह बहुत बढ़िया थी।'

उस लड़की ने डिश उठा ली और उसे सावधानी से चीलघात की टेबल की तरफ़ ले गई। रॉन अब भी उस लड़की को इस तरह घूर रहा था, जैसे उसने ज़िंदगी में पहले कभी कोई लड़की देखी ही न हो। हैरी हँसने लगा। उसकी हँसी

की आवाज़ सुनकर रॉन दोबारा होश में आ गया।

उसने हैरी से भर्राई आवाज़ में कहा, 'वह *मोहिनी* है!'

'ज़ाहिर है, वह नहीं है!' हर्माइनी चिढ़कर बोली। 'कोई और लड़का तो उसकी तरफ़ मूर्खों की तरह नहीं देख रहा है!'

लेकिन यह बात पूरी तरह सच नहीं थी। जब वह लड़की हॉल के पार गई, तो कई लड़कों के सिर घूमे और उनमें से कुछ तो रॉन की तरह ही कुछ समय के लिए बौरा गए थे।

'मैं तुम्हें बताए देता हूँ, वह लड़की सामान्य नहीं है!' रॉन ने एक तरफ़ झुकते हुए कहा, ताकि वह उसे ढंग से देख सके। 'हॉगवर्ट्स में ऐसी लड़कियाँ कहाँ हैं!'

'हॉगवर्ट्स की लड़कियाँ भी बहुत अच्छी हैं,' हैरी के मुँह से निकल गया। चो चैंग सुनहरे बालों वाली लड़की से कुछ ही दूरी पर बैठी हुई थी।

'जब तुम दोनों की आँखें वापस यहाँ लौट आएँगी,' हर्माइनी ने तेज़ी से कहा, 'तब तुम्हें दिखेगा कि अभी-अभी कौन आया है।'

वह स्टाफ़ की टेबल की तरफ़ इशारा कर रही थी। बाक़ी बची दो ख़ाली कुर्सियाँ अब भर चुकी थीं। लूडो बैगमैन प्रोफ़ेसर कारकारोफ़ के पास बैठे हुए थे, जबकि पर्सी के बॉस मिस्टर क्राउच मैडम मैक्सिम की बग़ल में बैठे थे।

हैरी ने हैरानी से कहा, 'वे लोग यहाँ क्या कर रहे हैं?'

हर्माइनी बोली, 'उन्होंने जादूगरी का त्रिकोणीय टूर्नामेंट आयोजित किया है, है ना? मुझे लगता है कि वे यहाँ पर इसे शुरू होते देखने के लिए आए होंगे।'

जब खाने का दूसरा दौर शुरू हुआ, तो उन्हें कई अपरिचित पुडिंग्स देखने को मिलीं। रॉन ने एक अजीब सी पीली फ़्रेंच पुडिंग को ग़ौर से देखा और उसे अपनी दाईं तरफ़ सरका दिया, ताकि यह चीलघात की टेबल से साफ़ दिख सके। लेकिन ऐसा लगता था कि मोहिनी जैसी लड़की का पेट भर चुका था, इसलिए वह उसे लेने के लिए नहीं आई।

जब सुनहरी प्लेटें साफ़ हो गईं, तो डम्बलडोर दोबारा उठकर खड़े हुए। हॉल में अब एक सुखद तनाव भर चुका था। हैरी को भी हल्का सा रोमांच महसूस हुआ और वह सोचने लगा कि अब क्या होने वाला है। कुछ दूर बैठे फ़्रेड और जॉर्ज आगे झुककर डम्बलडोर को बहुत ग़ौर से एकटक देख रहे थे।

'अब समय आ चुका है,' डम्बलडोर ने अपनी तरफ़ मुड़े चेहरों को मुस्कराकर देखते हुए कहा। 'जादूगरी का त्रिकोणीय टूर्नामेंट बस शुरू ही होने वाला है। इससे पहले कि हम संदूक यहाँ लाएँ, मैं आपको कुछ बातें

बताना चाहूँगा –'

'संदूक ?' हैरी बुदबुदाया।

रॉन ने कंधे उचकाए।

'– मैं आपको इस साल के नियम बताना चाहता हूँ। लेकिन इससे पहले मैं आपका परिचय दो हस्तियों से करवाना चाहूँगा, मिस्टर बार्टेमियस क्राउच, अंतर्राष्ट्रीय जादुई सौहार्द्र विभाग के प्रमुख' – हल्की सी तालियाँ बजीं – 'और मिस्टर लूडो बैगमैन, जादुई खेल विभाग के प्रमुख।'

क्राउच के बजाय बैगमैन के लिए ज़्यादा ज़ोर से तालियाँ बजीं, शायद इसलिए क्योंकि वे क्विडिच के मशहूर मारक थे या शायद सिर्फ़ इसलिए क्योंकि वे ज़्यादा मिलनसार दिख रहे थे। उन्होंने तालियों का जवाब हँसकर और हाथ हिलाकर दिया, जबकि बार्टेमियस क्राउच अपना नाम लिए जाने पर न तो मुस्कराए, न ही उन्होंने अपना हाथ हिलाया। क्विडिच वर्ल्ड कप में क्राउच के नए सूट को याद करते हुए हैरी ने सोचा कि वे सूट के बजाय जादूगरों के दुशाले में ज़्यादा अजीब दिख रहे थे। डम्बलडोर के लंबे सफ़ेद बालों और दाढ़ी के पास उनकी टूथब्रश जैसी मूँछ और साफ़ निकली माँग बहुत अजीब दिख रही थी।

डम्बलडोर ने आगे कहा, 'मिस्टर बैगमैन और मिस्टर क्राउच जादूगरी के त्रिकोणीय टूर्नामेंट की तैयारी के लिए पिछले कुछ महीनों से जीतोड़ मेहनत कर रहे हैं। और वे दोनों प्रोफ़ेसर कारकारोफ़, मैडम मैक्सिम और मेरे साथ चैंपियनों के प्रयासों का मूल्यांकन करने वाले निर्णायक मंडल में रहेंगे।'

'चैंपियनों' शब्द सुनते ही विद्यार्थियों के कान खड़े हो गए।

शायद डम्बलडोर विद्यार्थियों के अचानक ख़ामोश हो जाने का मतलब समझ गए, क्योंकि उन्होंने मुस्कराते हुए कहा, 'मिस्टर फ़िल्च, कृपया संदूक ले आएँ।'

फ़िल्च, जो हॉल के दूर वाले कोने में मँडरा रहा था, अब डम्बलडोर के पास आ गया। उसके हाथ में लकड़ी का एक बड़ा संदूक था, जो रत्नों से जड़ा हुआ था। यह संदूक बहुत पुराना दिख रहा था। विद्यार्थी रोमांच से बुदबुदाने लगे। डेनिस क्रीवी तो संदूक को अच्छे से देखने के लिए इतना उतावला था कि वह अपनी कुर्सी पर खड़ा हो गया। बहरहाल, उसकी लंबाई इतनी कम थी कि इसके बाद भी उसका सिर औरों से ऊँचा नहीं हो पाया।

'चैंपियनों को जो काम करने हैं, उनकी जाँच मिस्टर क्राउच और मिस्टर बैगमैन पहले ही कर चुके हैं,' डम्बलडोर ने कहा, जब फ़िल्च ने संदूक को सावधानी से टेबल पर उनके सामने रख दिया, 'और उन्होंने हर चुनौती के लिए आवश्यक इंतज़ाम भी कर दिए हैं। कुल तीन काम होंगे, जो स्कूल के पूरे सत्र में

चलेंगे। कई अलग-अलग तरीक़ों से चैंपियनों का इम्तहान लिया जाएगा ... उनकी जादूगरी की योग्यता - उनकी हिम्मत - उनकी मानसिक शक्तियाँ - और ज़ाहिर है, ख़तरे का सामना करने की योग्यता।'

इस आख़िरी बात को सुनकर हॉल में ख़ामोशी छा गई। ऐसा लग रहा था, जैसे कोई साँस भी नहीं ले रहा हो।

'जैसा कि आप जानते हैं, टूर्नामेंट में तीन चैंपियन हिस्सा लेंगे,' डम्बलडोर ने शांति से आगे कहा, 'हर स्कूल का एक चैंपियन इसमें हिस्सा लेगा। चैंपियनों को इस आधार पर अंक मिलेंगे कि उन्होंने टूर्नामेंट के हर काम को कितनी अच्छी तरह किया है। तीसरे काम के बाद सभी कामों के अंक जोड़े जाएँगे और सबसे ज़्यादा अंक पाने वाला चैंपियन जादूगरी के त्रिकोणीय कप को जीत लेगा। चैंपियनों का चुनाव एक निष्पक्ष चयनकर्ता करेगा ... यानी आग का प्याला।'

डम्बलडोर ने अब अपनी छड़ी बाहर निकाली और उससे संदूक को तीन बार ठोंका। ढक्कन चर्र की आवाज़ करता हुआ धीरे-धीरे खुल गया। डम्बलडोर ने उसके अंदर हाथ डाला और लकड़ी का एक बड़ा प्याला बाहर निकाला। यह बहुत ही सामान्य सा प्याला था, फ़र्क़ सिर्फ़ इतना था कि इसमें नीली-सफ़ेद लपटें उठ रही थीं।

प्याले को निकालकर डम्बलडोर ने संदूक बंद कर दिया। फिर उन्होंने आग के प्याले को सावधानी से संदूक के ऊपर रख दिया, ताकि हॉल में मौजूद हर व्यक्ति उसे अच्छी तरह देख सके।

'जो भी चैंपियन के दावेदार के रूप में अपना नाम डालना चाहता है, उसे एक चर्मपत्र पर अपना और अपने स्कूल का नाम लिखकर इस प्याले में डालना होगा,' डम्बलडोर ने कहा। 'अपने स्कूल के चैंपियन बनने की दावेदारी के लिए आपके पास चौबीस घंटे हैं। इसी दौरान आपको अपने नाम इस प्याले में डालने हैं। कल हैलोवीन की रात को प्याला उन तीन चैंपियनों के नाम बताएगा, जो इसकी राय में अपने-अपने स्कूलों का प्रतिनिधित्व करने के लिए सबसे योग्य होंगे। प्याला आज रात को प्रवेश हॉल में रखा रहेगा, जहाँ चैंपियनशिप में भाग लेने का इच्छुक कोई भी विद्यार्थी इसमें अपना नाम डाल सकता है।

डम्बलडोर ने आगे कहा, 'कोई नाबालिग़ विद्यार्थी इसमें अपना नाम न डाल पाए, इसलिए प्रवेश हॉल में आग का प्याला रखने के बाद मैं इसके चारों तरफ़ उम्र की सीमारेखा खींच दूँगा। सत्रह साल से कम उम्र का कोई भी विद्यार्थी उस सीमारेखा को पार नहीं कर पाएगा।

'अंत में, आप में से जो भी इस प्रतियोगिता में भाग लेने के इच्छुक हों,

उन्हें मैं यह बता देना चाहता हूँ कि शौक़िया तौर पर इस टूर्नामेंट में अपना नाम न डालें। अगर आग के प्याले ने आपको चैंपियन चुन लिया, तो उसके बाद आपको टूर्नामेंट की सभी प्रतियोगिताओं में अनिवार्य रूप से हिस्सा लेना होगा। प्याले में आपका नाम पहुँचने के बाद आप एक अनिवार्य जादुई बंधन में बँध जाएँगे। चैंपियन बनने के बाद आप अपना फ़ैसला नहीं बदल सकते। इसलिए प्याले में अपना नाम डालने से पहले यह सुनिश्चित कर लें कि आप इस प्रतियोगिता में भाग लेने के लिए पूरी तरह से तैयार हैं। अब मुझे लगता है कि सोने का समय हो चुका है। आप सभी को शुभ रात्रि।'

'उम्र की सीमारेखा!' फ़्रेड वीज़्ली ने कहा। जब वे लोग हॉल को पार करके प्रवेश हॉल के दरवाज़े की तरफ़ जाने लगे, तो फ़्रेड की आँखें चमकने लगीं। उसने आगे कहा, 'उसे तो उम्र बढ़ाने वाले काढ़े से चकमा दिया जा सकता है, है ना? और एक बार हमारा नाम प्याले में पहुँच गया, तो फिर कोई दिक्क़त नहीं है – प्याले को यह पता नहीं चल सकता कि हम सत्रह साल के हैं या नहीं!'

'लेकिन मुझे नहीं लगता कि सत्रह साल से कम उम्र वाले किसी जादूगर के पास चैंपियन बनने का ज़्यादा मौक़ा है,' हर्माइनी बोली, 'हमें इतना ज़्यादा जादू नहीं आता है ...'

'तुम्हें नहीं आता होगा,' जॉर्ज ने फ़ौरन कहा। 'हैरी, तुम तो अपना नाम डालने की कोशिश करोगे, है ना?'

हैरी ने कुछ समय तक डम्बलडोर की कही बात के बारे में सोचा कि सत्रह साल से कम उम्र का कोई भी विद्यार्थी अपना नाम न डाले, लेकिन फिर जादूगरी के त्रिकोणीय कप के विजेता के रूप में उसने अपनी सुखद तस्वीर देखी ... उसने सोचा, अगर सत्रह साल से कम उम्र का कोई जादूगर उम्र की सीमारेखा को पार करने में सफल हो गया, तो डम्बलडोर कितने नाराज़ होंगे ...

'वह कहाँ है?' रॉन ने कहा, जो बातचीत का एक भी शब्द नहीं सुन रहा था, बल्कि भीड़ में क्रम को ढूँढ़ रहा था। 'डम्बलडोर ने यह नहीं बताया कि डर्मस्ट्रैंग के दल के लोग कहाँ सोएँगे?'

लेकिन नागशक्ति की टेबल के पास पहुँचते ही उसे अपने सवाल का जवाब मिल गया। वहाँ पर कारकारोफ़ अपने विद्यार्थियों को उठा रहे थे।

वे कह रहे थे, 'चलो, वापस जहाज़ में चलते हैं। विक्टर, तुम्हें कैसा लग रहा है? तुमने ठीक से तो खा लिया? क्या मैं तुम्हारे लिए किचन से थोड़ी शराब भिजवाऊँ?'

हैरी ने देखा कि क्रम ने अपने फ़र के कपड़े पहनते समय इंकार में सिर

हिला दिया।

'प्रोफ़ेसर, *मुझे* थोड़ी शराब चाहिए,' डर्मस्ट्रैंग के एक अन्य विद्यार्थी ने बड़ी उम्मीद से कहा।

'पोलियाकोफ़, मैंने *तुमसे* नहीं पूछा था,' कारकारोफ़ ने उसे झिड़कते हुए कहा और उनका दयालुतापूर्ण अंदाज़ पल भर में ग़ायब हो गया। 'मैं देख रहा हूँ कि तुमने एक बार फिर अपने दुशाले पर खाना गिरा लिया है। फूहड़ लड़के –'

कारकारोफ़ मुड़े और अपने विद्यार्थियों को दरवाज़े की तरफ़ ले जाने लगे। वे ठीक उसी समय दरवाज़े पर पहुँचे, जब हैरी, रॉन और हर्माइनी वहाँ पहुँचे थे। हैरी ने रुककर उन्हें पहले जाने का रास्ता दे दिया।

'धन्यवाद,' कारकारोफ़ ने उसे देखते हुए लापरवाही से कहा।

और तभी कारकारोफ़ एकदम रुक गए। उन्होंने अपना सिर वापस हैरी की तरफ़ घुमाया और उसकी तरफ़ ऐसे घूरा, जैसे उन्हें अपनी आँखों पर यक़ीन नहीं हो रहा हो। अपने हेडमास्टर के पीछे चल रहे डर्मस्ट्रैंग के विद्यार्थी भी रुक गए। कारकारोफ़ की आँखें हैरी के चेहरे पर धीरे-धीरे घूमीं और उसके माथे के निशान पर ठहर गईं। डर्मस्ट्रैंग के विद्यार्थी भी हैरी की तरफ़ उत्सुकता से देख रहे थे। अपनी आँख के कोने से हैरी ने देखा कि उनमें से कुछ ने यह समझ लिया था कि वह हैरी पॉटर है। जिस लड़के ने अपने दुशाले के अगले हिस्से पर खाना गिराया था, वह अपने पास खड़ी लड़की को कोहनी मारकर हैरी के माथे की तरफ़ इशारा करने लगा।

'हाँ, यह हैरी पॉटर है,' पीछे से एक गुर्राती हुई आवाज़ आई।

प्रोफ़ेसर कारकारोफ़ घूम गए। वहाँ बावरे-नैन मूडी खड़े हुए थे। वे अपनी छड़ी पर ज़ोर देकर खड़े थे और उनकी जादुई आँख बिना झपके डर्मस्ट्रैंग के हेडमास्टर को घूर रही थी।

हैरी के देखते ही देखते कारकारोफ़ के चेहरे का रंग उड़ गया। उनके चेहरे पर ग़ुस्से और दहशत का मिला-जुला भयंकर भाव आ गया।

'तुम!' उन्होंने कहा और मूडी को इतनी हैरानी से देखा, जैसे उन्हें यक़ीन ही नहीं हो रहा हो।

'हाँ, मैं!' मूडी ने गंभीरता से कहा। 'और अगर तुम्हें पॉटर से कुछ नहीं कहना हो कारकारोफ़, तो अच्छा यही रहेगा कि तुम यहाँ से चल दो। तुमने रास्ता रोक रखा है।'

यह सच था। हॉल के आधे विद्यार्थी अब उनके पीछे खड़े होकर इंतज़ार कर रहे थे और एक-दूसरे के कंधों के ऊपर से झाँककर देख रहे थे कि रास्ता

क्यों रुका हुआ है।

बग़ैर कुछ बोले प्रोफ़ेसर कारकारोफ़ अपने विद्यार्थियों को वहाँ से ले गए। मूडी उन्हें वहाँ से जाते और ओझल होते हुए देखते रहे। उनकी जादुई आँख कारकारोफ़ की पीठ पर टिकी थी और उनके विकृत चेहरे पर गहरी नफ़रत का भाव था।

*

अगले दिन शनिवार था। ज़्यादातर विद्यार्थी आम तौर पर शनिवार को देर से नाश्ता करते थे। बहरहाल, उस दिन सिर्फ़ हैरी, रॉन और हर्माइनी ही जल्दी नहीं जागे थे। जब वे प्रवेश हॉल में नीचे पहुँचे, तो उन्होंने देखा कि वहाँ बीस लोग थे, जिनमें से कुछ टोस्ट खाते हुए आग के प्याले को निहार रहे थे। प्याला हॉल के बीचोबीच उसी स्टूल पर रखा था, जिस पर आम तौर पर बोलती टोपी रखी रहती थी। फ़र्श पर एक पतली सुनहरी रेखा खिंची हुई थी, जो हर दिशा में दस फ़ुट का दायरा बना रही थी।

'किसी ने अब तक अपना नाम डाला ?' रॉन ने थर्ड ईयर की एक लड़की से उत्सुकता से पूछा।

'डर्मस्ट्रैंग के दल के सभी विद्यार्थी अपने नाम डाल चुके हैं,' उसने जवाब दिया। 'लेकिन मैंने अभी तक हॉगवर्ट्स के किसी विद्यार्थी को नाम डालते नहीं देखा।'

'मुझे यक़ीन है कि उनमें से कुछ ने रात को ही नाम डाल दिया होगा, जब हम सभी सो रहे होंगे,' हैरी ने कहा। 'अगर मैं होता, तो ऐसा ही करता ... मैं यह नहीं चाहता कि सब लोग मुझे ऐसा करते देखें। अगर आग का प्याला सबके सामने मेरा नाम अस्वीकार कर देता, तो कितना शर्मनाक होता ?'

हैरी के पीछे कोई हँसा। उसने पीछे मुड़कर देखा कि फ़्रेड, जॉर्ज और ली जॉर्डन जल्दी-जल्दी सीढ़ियाँ उतर रहे थे। वे तीनों बहुत रोमांचित लग रहे थे।

'पी लिया,' फ़्रेड ने हैरी, रॉन और हर्माइनी से विजयी अंदाज़ में कहा। 'अभी-अभी पिया है।'

'क्या ?' रॉन ने पूछा।

'उम्र बढ़ाने वाला काढ़ा, मूर्ख,' फ़्रेड बोला।

'हम तीनों ने उसकी एक-एक बूँद पी ली है,' जॉर्ज ने अपने दोनों हाथ ख़ुशी से मलते हुए कहा। 'हमें सिर्फ़ कुछ महीने ही तो बड़ा होना है।'

ली ने खुलकर मुस्कराते हुए कहा, 'अगर हममें से कोई जीत जाएगा, तो हम एक हज़ार गैलियन आपस में बाँट लेंगे।'

'मुझे नहीं लगता कि तुम्हारी यह चाल सफल होगी,' हर्माइनी ने चेतावनी देते हुए कहा। 'मुझे यक़ीन है कि डम्बलडोर ने इस बारे में ज़रूर सोचा होगा।'

फ़्रेड, जॉर्ज और ली ने उसकी बात अनसुनी कर दी।

'तैयार ?' फ़्रेड ने रोमांच में थरथराते हुए बाक़ी दोनों से कहा। 'तो फिर चलो – सबसे पहले मैं जाता हूँ –'

हैरी मंत्रमुग्ध होकर देखने लगा, जब फ़्रेड ने अपनी जेब से चर्मपत्र का टुकड़ा निकाला, जिस पर लिखा था 'फ़्रेड वीज़्ली – हॉगवर्ट्स।' फ़्रेड सीमारेखा तक पहुँचा और वहाँ अपने पंजों के बल खड़े होकर इस तरह हिलता रहा, जिस तरह कोई गोताख़ोर पचास फ़ुट नीचे छलाँग लगाने की तैयारी करता है। फिर प्रवेश हॉल में मौजूद हर व्यक्ति के देखते-देखते उसने गहरी साँस ली और सीमारेखा को पार कर लिया।

एक पल के लिए तो हैरी को लगा कि फ़्रेड की चाल कामयाब हो गई थी – जॉर्ज को तो निश्चित रूप से ऐसा ही लगा था, क्योंकि वह ख़ुशी से चिल्लाया था और उसने भी फ़्रेड के पीछे छलाँग लगा दी थी – लेकिन अगले ही पल एक ज़ोरदार धमाका हुआ और दोनों जुड़वाँ भाई सुनहरे गोले से बाहर फिंक गए। ऐसा लग रहा था, जैसे किसी अदृश्य पहलवान ने उन्हें उठाकर फेंक दिया हो। वे दर्दनाक तरीक़े से पत्थर के ठंडे फ़र्श पर दस फ़ुट दूर जाकर गिरे। यही नहीं, खट्ट की एक ज़ोरदार आवाज़ हुई और दोनों की ही लंबी सफ़ेद दाढ़ी उग आई।

प्रवेश हॉल हँसी के ठहाकों से गूँज उठा। यहाँ तक कि फ़्रेड और जॉर्ज भी खड़े होने के बाद एक-दूसरे की दाढ़ी देखकर हँसने लगे।

'मैंने तुम लोगों को पहले ही चेतावनी दे दी थी,' एक भारी आवाज़ आई, जिसमें ख़ुशी की झलक थी। सबने मुड़कर देखा कि प्रोफ़ेसर डम्बलडोर बड़े हॉल से बाहर आ रहे थे। उन्होंने अपनी चमकती आँखों से फ़्रेड और जॉर्ज की तरफ़ देखकर कहा, 'मैं तुम दोनों को मैडम पॉमफ़्री के पास जाने की सलाह देता हूँ। वे पहले ही चीलघात की मिस फ़ॉसेट और मेहनतकश के मिस्टर समर्स का इलाज कर रही हैं। उन दोनों ने भी अपनी उम्र बढ़ाने की कोशिश की थी। हालाँकि मैं यह कहना चाहूँगा कि उनमें से किसी की भी दाढ़ी तुम्हारे जितनी अच्छी नहीं थी।'

फ़्रेड और जॉर्ज अस्पताल की तरफ़ चल दिए। ली भी उनके साथ था और हँस-हँसकर दोहरा हुआ जा रहा था। हैरी, रॉन और हर्माइनी भी खिलखिलाते हुए नाश्ता करने चल दिए।

बड़े हॉल की सजावट आज सुबह बदल गई थी। चूँकि आज हैलोवीन था, इसलिए जादुई छत पर चारों तरफ़ जीवित चमगादड़ों का जमघट लगा

हुआ था। सैकड़ों कद्दू हर कोने से झाँक रहे थे। हैरी सबके साथ डीन और सीमस के पास गया, जो हॉगवर्ट्स के सत्रह साल से ज़्यादा उम्र के उन विद्यार्थियों के बारे में बातचीत कर रहे थे, जो टूर्नामेंट में शामिल हो सकते थे।

'हर तरफ़ यह अफ़वाह उड़ रही है कि वॉरिंगटन ने सुबह जल्दी उठकर अपना नाम डाल दिया है,' डीन ने हैरी से कहा। 'नागशक्ति का वह लंबा-तगड़ा लड़का, जो किसी दैत्य जैसा दिखता है।'

हैरी क्विडिच मैच में वॉरिंगटन के ख़िलाफ़ खेल चुका था। उसने नफ़रत से अपना सिर हिलाते हुए कहा, 'हम नागशक्ति के चैंपियन को बर्दाश्त नहीं कर सकते!'

'और मेहनतकश के सभी विद्यार्थी डिगोरी के बारे में बात कर रहे हैं,' सीमस ने हिक़ारत से कहा। 'लेकिन मुझे नहीं लगता कि वह अपने सुंदर चेहरे को बर्बाद करने का जोखिम लेगा।'

'देखो!' हर्माइनी ने अचानक कहा।

प्रवेश हॉल में तालियाँ बज रही थीं। वे सभी अपनी कुर्सियों पर घूमे और उन्होंने देखा कि एंजेलिना जॉनसन बड़े हॉल में थोड़ी शर्माती और मुस्कराती हुई आ रही थी। एंजेलिना लंबी काली लड़की थी, जो गरुड़द्वार की क्विडिच टीम में धावक के रूप में खेलती थी। वह उनके पास आकर बैठ गई और बोली, 'मैंने आख़िर यह काम कर ही दिया! मैंने अभी-अभी अपना नाम डाला है!'

'तुम मज़ाक़ कर रही हो!' रॉन ने प्रभावित होते हुए कहा।

हैरी ने पूछा, 'तो क्या तुम सत्रह साल की हो गई हो?'

रॉन बोला, 'ज़ाहिर है कि वह हो चुकी है। क्या तुम्हें दिख नहीं रहा है, उसकी दाढ़ी नहीं उगी है।'

'मेरा जन्मदिन पिछले सप्ताह ही था,' एंजेलिना ने कहा।

हर्माइनी बोली, 'मुझे बहुत ख़ुशी है कि गरुड़द्वार से किसी ने तो नाम डाला। एंजेलिना, मुझे सचमुच उम्मीद है कि तुम हॉगवर्ट्स की चैंपियन बन जाओगी!'

'शुक्रिया, हर्माइनी,' एंजेलिना ने उसकी तरफ़ मुस्कराते हुए कहा।

सीमस ने कहा, 'हाँ, कम से कम हैंडसम डिगोरी से तो तुम्हीं अच्छी हो।' यह सुनकर उनकी टेबल के पास से गुज़र रहे मेहनतकश के कई विद्यार्थियों ने सीमस को ग़ुस्से से घूरकर देखा।

'तो आज हम लोग क्या करने वाले हैं?' रॉन ने हैरी और हर्माइनी से

पूछा, जब वे अपना नाश्ता ख़त्म करके बड़े हॉल से निकलने लगे।

हैरी बोला, 'हम इस सत्र में अब तक हैग्रिड से मिलने नहीं गए हैं।'

'ठीक है,' रॉन ने कहा, 'लेकिन वह हमसे यह न कहे कि हम अपनी कुछ उँगलियाँ उसके अग्निडंकों को खिला दें।'

अचानक हर्माइनी के चेहरे पर भारी रोमांच का भाव आ गया।

'मुझे अभी-अभी याद आया – मैंने अभी तक हैग्रिड से तो एस.पी.ई. डब्ल्यू. में शामिल होने का आग्रह किया ही नहीं है!' उसने उत्साह से कहा। 'मेरे लिए रुकना। मैं ऊपर से बैज लेकर आती हूँ!'

'वह भी कमाल करती है!' रॉन ने तनाव से कहा, जब हर्माइनी संगमरमर की सीढ़ी पर भागती हुई ऊपर चढ़ी।

'देखो, रॉन,' हैरी ने अचानक कहा। 'तुम्हारी दोस्त ...'

बाबैटन्स के विद्यार्थी मैदान से आकर सामने वाले दरवाज़े में दाख़िल हो रहे थे। उनमें मोहिनी जैसी दिखने वाली लड़की भी थी। आग के प्याले के चारों तरफ़ खड़े विद्यार्थियों ने उन्हें अंदर आने का रास्ता दिया और उत्सुकता से देखने लगे।

मैडम मैक्सिम अपने विद्यार्थियों के पीछे हॉल में आईं और उन्होंने उनसे लाइन बनवाई। एक-एक करके बाबैटन्स के विद्यार्थियों ने उम्र की सीमारेखा पार की और नीली-सफ़ेद लपटों में अपना-अपना चर्मपत्र डाल दिया। आग में नाम डलते ही लपटें कुछ समय के लिए लाल हो जाती थीं और चिंगारियाँ निकलने लगती थीं।

जब मोहिनी जैसी लड़की ने अपना चर्मपत्र आग के प्याले में डाला, तो रॉन ने हैरी से पूछा, 'तुम्हें क्या लगता है, जिन लोगों को नहीं चुना जाएगा, उनका क्या होगा? क्या वे अपने स्कूल लौट जाएँगे या फिर टूर्नामेंट को देखने के लिए यहीं रहेंगे?'

'क्या पता,' हैरी ने कहा। 'मुझे लगता है कि यहीं रहेंगे ... यह मत भूलो कि मैडम मैक्सिम निर्णायक हैं!'

जब बाबैटन्स के सभी विद्यार्थियों ने अपने-अपने नाम डाल दिए, तो मैडम मैक्सिम उन्हें हॉल से बाहर निकालकर मैदान में ले गईं।

'*वे लोग* रात को कहाँ सोते हैं?' रॉन ने सामने वाले दरवाज़े की तरफ़ जाते हुए कहा और उन्हें देखने लगा।

पीछे से एक ज़ोरदार खड़खड़ की आवाज़ आई, जिसे सुनकर वे समझ गए कि हर्माइनी एस.पी.ई.डब्ल्यू. के बैज लेकर आ चुकी है।

'ओह, अच्छी बात है, जल्दी चलो,' रॉन ने कहा और वह पत्थर की सीढ़ियाँ कूद गया। उसकी आँखें उस मोहिनी लड़की की पीठ पर टिकी थीं, जो अब मैडम मैक्सिम के साथ आधा लॉन पार कर चुकी थी।

जब वे अँधेरे जंगल के कोने पर बने हैग्रिड के केबिन के पास पहुँचे, तो उन्हें यह पता चल गया कि बाबैटन्स का दल रात को कहाँ सोता है। जिस विशाल नीली घोड़ागाड़ी में वे आए थे, वह हैग्रिड के केबिन से दो सौ गज़ दूर खड़ी हुई थी और बाबैटन्स के विद्यार्थी चढ़कर उसके भीतर जा रहे थे। जिन हाथी जितने बड़े उड़ने वाले घोड़ों ने उस घोड़ागाड़ी को खींचा था, वे उसके पास ही अस्थायी तौर पर बनाए गए बाड़े में घास चर रहे थे।

हैरी ने हैग्रिड के केबिन का दरवाज़ा खटखटाया। फ़ैंग के भौंकने की आवाज़ों ने तत्काल जवाब दे दिया।

'काफ़ी समय बाद आए!' हैग्रिड ने कहा, जब उसने दरवाज़ा खोला और उन्हें खड़ा देखा। 'हम तो यह सोच रहे थे कि तुम लोग भूल ही गए हो कि हम कहाँ रहते हैं!'

'हम सचमुच काफ़ी व्यस्त थे, हैग्रिड –' हर्माइनी ने कहना शुरू किया ही था, लेकिन तभी वह एकाएक रुक गई, जब उसने हैग्रिड को अच्छी तरह देखा।

हैग्रिड अपना सबसे अच्छा (और बहुत भयानक) भूरा तथा बालों से भरा सूट पहने था। यही नहीं, उसने पीली-और-नारंगी चौकड़ी की टाई भी लगाई थी। इससे भी बुरी बात यह थी कि उसने अपने बालों को सँवारने की कोशिश की थी। ऐसा लगता था जैसे उसने अपने बालों पर बहुत सारा एक्सल ग्रीस डाल लिया हो। अब उसके चिकने बाल दो गुच्छों में लटक रहे थे – संभवतः उसने बिल की तरह पोनीटेल बनाने की कोशिश की होगी, लेकिन फिर उसे यह पता चला होगा कि उसके सिर पर बहुत ज़्यादा बाल थे। हैग्रिड का यह हुलिया बिलकुल अच्छा नहीं लग रहा था। एक पल तक हर्माइनी ने उसे घूरकर देखा, लेकिन फिर यह फ़ैसला किया कि इस बारे में कुछ न कहना ही अच्छा रहेगा। उसने पूछा, 'अग्निडंक कहाँ हैं?'

'वे कद्दू के बग़ीचे में हैं,' हैग्रिड ने ख़ुशी से कहा। 'वे अब बड़े होने लगे हैं। अब तक तीन फ़ुट लंबे हो गए होंगे। सिर्फ़ एक ही दिक्क़त है, वे अब एक-दूसरे को मारने लगे हैं।'

'ओह नहीं, सचमुच?' हर्माइनी ने रॉन को रोकने के लिए नज़रों से इशारा किया, जो हैग्रिड की अजीब सी हेयरस्टाइल के बारे में कुछ कहने के लिए अपना मुँह खोल रहा था।

'हाँ,' हैग्रिड ने दुख से कहा। 'वैसे अब कोई दिक्क़त नहीं है। हमने उन्हें

अलग-अलग बक्सों में रख दिया है। अब भी बीस बचे हैं।'

'यह तो बहुत अच्छी बात है,' रॉन ने कहा। हैग्रिड को इस बात में छिपा हुआ व्यंग्य समझ में नहीं आया।

हैग्रिड के केबिन में एक ही कमरा था। इसके एक कोने में एक विशाल पलंग था, जिस पर पैबंद लगा गद्दा डला था। आग के सामने लकड़ी की बड़ी-बड़ी टेबल-कुर्सियाँ रखी थीं। छत से कई मुर्गे और सुखाए हुए हैम लटक रहे थे। वे टेबल के पास लगी कुर्सियों पर बैठ गए। हैग्रिड उनके लिए चाय बनाने लगा। जल्दी ही वे सभी जादूगरी के त्रिकोणीय टूर्नामेंट के बारे में बातचीत करने लगे। हैग्रिड भी उनके जितना ही रोमांचित था।

'तुम ठहरो तो सही,' उसने मुस्कराते हुए कहा। 'तुम ठहरो तो सही। इतनी बढ़िया चीज़ें दिखेंगी, जो तुमने पहले कभी नहीं देखी होंगी। पहला काम ... आह, लेकिन हम तुम्हें उसके बारे में नहीं बता सकते।'

'बता भी दो, हैग्रिड!' हैरी, रॉन और हर्माइनी ने उससे आग्रह किया, लेकिन उसने कुछ नहीं बताया, बस मुस्कराते हुए अपना सिर हिला दिया।

'हम तुम्हें बताकर तुम्हारा मज़ा ख़राब नहीं करना चाहते,' हैग्रिड ने कहा। 'लेकिन हम तुम्हें इतना ज़रूर बता देते हैं, यह बहुत शानदार होगा। उन चैंपियनों को बहुत बड़ा काम करना होगा। हमने कभी सोचा भी नहीं था कि हम अपने जीते-जी जादूगरी के त्रिकोणीय टूर्नामेंट को देख पाएँगे!'

फिर उन्हें हैग्रिड के साथ लंच करना पड़ा, हालाँकि उन्होंने ज़्यादा कुछ नहीं खाया। हैग्रिड ने मीट कैसरोल बनाया था, लेकिन जब हर्माइनी को अपनी प्लेट में एक बड़ा नाख़ून मिला, तो उसके बाद हर्माइनी, हैरी और रॉन की भूख ग़ायब हो गई। वे हैग्रिड से बार-बार पूछते रहे कि टूर्नामेंट में कौन से काम रखे जाएँगे और यह अंदाज़ा लगाते रहे कि किन विद्यार्थियों के चैंपियन बनने की सबसे ज़्यादा संभावना है। उन्होंने इस बारे में भी सोचा कि फ्रेड और जॉर्ज की दाढ़ी अब तक ग़ायब हुई होगी या नहीं।

दोपहर तक हल्की सी बारिश होने लगी थी। आग के पास बैठना बहुत आरामदेह था। आग के पास बैठकर वे खिड़कियों पर बारिश की बूँदों की हल्की टप-टप सुन रहे थे, हैग्रिड को मोज़ा सिलते देख रहे थे, उसे हर्माइनी के साथ घरेलू जिन्नों के बारे में बहस करते देख रहे थे - क्योंकि जब हर्माइनी ने हैग्रिड को अपने बैज दिखाए, तो उसने एस.पी.ई.डब्ल्यू. में शामिल होने से साफ़ इंकार कर दिया।

'यह उन पर अत्याचार होगा, हर्माइनी,' उसने बड़ी हड्डी वाली सुई में मोटा पीला धागा डालते हुए गंभीरता से कहा। 'इंसानों की देखभाल करना

उनके स्वभाव में है। देखो, उन्हें यह अच्छा लगता है। अगर तुम उनसे उनका काम छीन लोगी, तो वे दुखी हो जाएँगे और अगर तुम उन्हें उसके बदले में पैसे देने की कोशिश करोगी, तो यह उनका अपमान होगा।'

'लेकिन हैरी ने डॉबी को आज़ाद किया था और वह इससे बहुत ख़ुश हुआ था!' हर्माइनी ने कहा। *'और हमने* सुना है कि वह अब तनख़्वाह लेकर काम कर रहा है!'

'देखो, हर प्रजाति में अजीब लोग होते हैं। हम यह नहीं कह रहे हैं कि अपवादस्वरूप कोई घरेलू जिन्न आज़ादी नहीं चाहता होगा, लेकिन तुम उनमें से ज़्यादातर को इस बात के लिए कभी तैयार नहीं कर पाओगी – नहीं हर्माइनी, बिलकुल नहीं।'

हर्माइनी बहुत चिड़चिड़ी दिखने लगी और उसने अपने बैज का बक्सा चोगे की जेब में रख लिया।

साढ़े पाँच बजे तक अँधेरा होने लगा। रॉन, हैरी और हर्माइनी को लगा कि अब हैलोवीन के जश्न के लिए महल लौटने का वक़्त हो चुका था। और जश्न से भी महत्वपूर्ण बात यह थी कि उसके बाद स्कूल के चैंपियन की घोषणा होने वाली थी।

'हम भी तुम्हारे साथ चलते हैं,' हैग्रिड ने अपने सिलाई के काम को एक तरफ़ रखते हुए कहा। 'बस हमें एक सेकंड का वक़्त दो।'

हैग्रिड उठकर खड़ा हुआ और अपने पलंग के पास वाली अलमारी की दराज़ों में कुछ खोजने लगा। उन्होंने इस तरफ़ बहुत ज़्यादा ध्यान नहीं दिया, जब तक कि उन्हें एक भयंकर गंध नहीं आई।

रॉन ने खाँसते हुए पूछा, 'हैग्रिड, यह क्या है ?'

'अह ?' हैग्रिड ने अपने हाथ में एक बड़ी बोतल लेकर पलटते हुए कहा। 'तुम्हें इसकी ख़ुशबू पसंद आई ?'

'क्या यह आफ़्टरशेव लोशन है ?' हर्माइनी ने थोड़ी रुँधी आवाज़ में कहा।

'अर – यू-डी-कोलोन है,' हैग्रिड बुदबुदाया। वह शर्मा रहा था। 'शायद थोड़ा ज्यादा हो गया है,' उसने रूखेपन से कहा। 'हम जाकर इसे थोड़ा छुटा लेते हैं, ज़रा ठहरो ...'

वह केबिन से बाहर निकल गया और उन लोगों ने खिड़की से बाहर देखा कि वह पानी की बाल्टी में अपना चेहरा धो रहा था।

'यू-डी-कोलोन ?' हर्माइनी ने हैरानी से कहा। *'हैग्रिड ?'*

'और उसके बाल और सूट भी ?' हैरी ने धीरे से कहा।

'देखो!' रॉन ने अचानक खिड़की की तरफ़ इशारा करते हुए कहा।

हैग्रिड उठकर खड़ा हुआ और घूम गया। अगर वह पहले शर्मा रहा था, तो अब तो उसकी शर्म का ठिकाना नहीं था। हैरी, रॉन और हर्माइनी हैग्रिड की नज़रों से बचकर बहुत सावधानी से उठे। उन्होंने खिड़की से झाँककर देखा कि मैडम मैक्सिम और बाबैटन्स के विद्यार्थी अपनी घोड़ागाड़ी से बाहर निकल रहे थे। यह स्पष्ट था कि वे भी जश्न में शामिल होने के लिए जा रहे होंगे। हैरी यह तो नहीं सुन पाया कि हैग्रिड क्या कह रहा था, लेकिन मैडम मैक्सिम से बातचीत करते समय उसके चेहरे पर बहुत ही सपनीला भाव दिख रहा था। ऐसा भाव हैरी ने उसके चेहरे पर सिर्फ़ एक ही बार देखा था - जब वह अपने छोटे ड्रैगन नॉरबर्ट को निहार रहा था।

'वह उनके साथ महल की तरफ़ जा रहा है!' हर्माइनी ग़ुस्से से बोली। 'मैं तो सोच रही थी कि वह हमारा इंतज़ार कर रहा था?'

अपने केबिन की तरफ़ एक बार भी नज़र डाले बिना हैग्रिड मैडम मैक्सिम के साथ मैदान में चलने लगा। बाबैटन्स के विद्यार्थी उनके पीछे-पीछे जा रहे थे और उनके विशाल क़दमों की बराबरी करने के लिए धीरे-धीरे भाग रहे थे।

'वह उन पर लट्टू हो गया है!' रॉन ने अविश्वास से कहा। 'देखो, अगर उनके बच्चे हुए, तो वे वर्ल्ड रिकॉर्ड बना देंगे - मैं शर्त लगाता हूँ कि उनके किसी भी बच्चे का वज़न एक टन से कम नहीं होगा।'

वे तीनों भी केबिन से बाहर निकले और उन्होंने दरवाज़ा बंद कर दिया। बाहर काफ़ी अँधेरा हो चुका था। अपने चोगों को कसकर लपेटते हुए वे ढलवाँ मैदान में चलने लगे।

हर्माइनी ने फुसफुसाकर कहा, 'ऊह, उधर तो देखो!'

डर्मस्ट्रैंग का दल झील से महल की तरफ़ जा रहा था। विक्टर क्रम कारकारोफ़ के ठीक बग़ल में चल रहा था। डर्मस्ट्रैंग के बाक़ी विद्यार्थी उनके पीछे जा रहे थे। रॉन ने क्रम को रोमांच से देखा, लेकिन क्रम उसे नहीं देख पाया। क्रम उनसे थोड़ा आगे चल रहा था, इसलिए वह उनसे पहले दरवाज़े तक पहुँचकर उसके अंदर चला गया।

जब वे मोमबत्तियों से रोशन बड़े हॉल में दाख़िल हुए, तो यह लगभग पूरा भरा हुआ था। आग का प्याला हटा लिया गया था। अब प्याला टीचर्स की टेबल पर डम्बलडोर की ख़ाली कुर्सी के ठीक सामने रखा था। फ्रेड और जॉर्ज की दाढ़ी ग़ायब हो चुकी थी। ऐसा लग रहा था कि उन्होंने अपनी निराशा को खेल भावना से लिया था।

जब हैरी, रॉन और हर्माइनी बैठ गए, तो फ्रेड बोला, 'काश एंजेलिना चैंपियन बन जाए!'

'हाँ! मैं भी यही चाहती हूँ!' हर्माइनी ने उत्साह से कहा। 'हमें जल्दी ही पता चल जाएगा!'

हैलोवीन के जश्न की दावत सामान्य से ज़्यादा देर तक चलती हुई लग रही थी। शायद ऐसा इसलिए था, क्योंकि यह दो दिनों में दूसरा जश्न था। हैरी बेहतरीन भोजन का उतने उतावलेपन से आनंद नहीं ले रहा था, जितना आम तौर पर लेता था। हॉल में सभी लोग बार-बार अपनी गर्दन घुमाकर और अधीरता से कसमसाते हुए या खड़े होकर देख रहे थे कि डम्बलडोर ने खाना ख़त्म कर लिया या नहीं। हैरी चाहता था कि प्लेटें तत्काल साफ़ हो जाएँ, ताकि उसे यह पता चल सके कि चैंपियन कौन है।

आख़िरकार, सुनहरी प्लेटें साफ़ हो गईं। हॉल के भीतर शोर काफ़ी बढ़ गया, जो डम्बलडोर के खड़े होते ही तत्काल रुक गया। डम्बलडोर की एक तरफ़ प्रोफ़ेसर कारकारोफ़ और दूसरी तरफ़ मैडम मैक्सिम बैठी थीं। वे दोनों भी बाक़ी सभी की तरह तनावग्रस्त और आशावादी नज़र आ रहे थे। लूडो बैगमैन बहुत से विद्यार्थियों की तरफ़ देखकर मुस्करा रहे थे और अँगूठा ऊपर करके इशारा कर रहे थे। बहरहाल, मिस्टर क्राउच का चेहरा भावहीन था। ऐसा लग रहा था, जैसे वे बोर हो रहे हों।

'तो प्याला अब अपना फ़ैसला सुनाने के लिए लगभग तैयार है,' डम्बलडोर ने कहा। 'मेरा अनुमान है कि अब इसमें सिर्फ़ एक मिनट की देर है। जब चैंपियनों के नाम बोले जाएँ, तो वे ऊपर आएँ और स्टाफ़ की टेबल के पास से चलकर अगले कमरे में चले जाएँ,' – उन्होंने स्टाफ़ टेबल के पीछे के दरवाज़े की तरफ़ इशारा किया – 'जहाँ उन्हें यह बताया जाएगा कि उन्हें आगे क्या करना है।'

उन्होंने अपनी छड़ी बाहर निकाली और तेज़ी से लहराई। तत्काल सभी मोमबत्तियाँ बुझ गईं। सिर्फ़ कद्दुओं के अंदर जल रही मोमबत्तियाँ ही जलती रहीं। इससे हॉल में हल्का सा अँधेरा हो गया। अब पूरे हॉल में सबसे तेज़ रोशनी आग के प्याले की ही थी। उसकी चमकती नीली-सफ़ेद लपटें अब आँखों को चुभ रही थीं। सब देख रहे थे और इंतज़ार कर रहे थे ... कुछ विद्यार्थी तो अपनी घड़ियाँ भी देखने लगे थे ...

'अब किसी भी पल,' ली जॉर्डन ने फुसफुसाकर कहा, जो हैरी से दो कुर्सी दूर बैठा था।

अचानक प्याले के भीतर की लपटें लाल हो गईं। उससे चिंगारियाँ उड़ने

लगीं। अगले ही पल लपट की जीभ हवा में ऊपर उछली और उसमें से एक चर्मपत्र फड़फड़ाता हुआ बाहर निकला – हॉल में बैठे सभी विद्यार्थियों की आह निकल गई।

डम्बलडोर ने चर्मपत्र को झेल लिया और उसे एक हाथ दूर रखकर लपटों की रोशनी में पढ़ने लगे, जो एक बार फिर नीली-सफ़ेद हो गई थीं।

'डर्मस्ट्रैंग के चैंपियन हैं,' उन्होंने तेज़ और साफ़ आवाज़ में कहा, 'विक्टर क्रम।'

'यह तो पहले से ही पता था!' रॉन चिल्लाया, जब तालियों और ख़ुशियों की आवाज़ें पूरे हॉल में गूँजने लगीं। हैरी ने देखा कि विक्टर क्रम नागशक्ति की टेबल से उठा और डम्बलडोर की तरफ़ बढ़ा। वह दाहिनी तरफ़ मुड़ा, स्टाफ़ की टेबल के पास से निकला और दरवाज़े से होकर अगले कमरे में ग़ायब हो गया।

'शाबाश, विक्टर!' कारकारोफ़ इतनी ज़ोर से गरजे कि तालियों के शोर के बावजूद सभी ने उनकी आवाज़ सुन ली। 'जानता था कि तुममें दम है!'

तालियों और बातों का शोर आख़िर थम गया। सभी का ध्यान अब एक बार फिर प्याले पर केंद्रित हो गया था, जो कुछ पल बाद दोबारा लाल हो गया। उसमें से एक और चर्मपत्र उड़कर बाहर आया।

'बाबैटन्स की चैंपियन हैं फ़्लर डेलाकोर!' डम्बलडोर ने कहा।

'वही लड़की है, रॉन!' हैरी चिल्लाया। अपना नाम सुनकर मोहिनी जैसी दिखने वाली लड़की खड़ी हो गई, उसने अपने सुनहरे बाल पीछे किए और चीलघात तथा मेहनतकश की टेबलों के बीच से होकर ऊपर जाने लगी।

'देखो तो सही, बाक़ी विद्यार्थी कितने निराश हैं,' हर्माइनी ने हल्ले के बीच बाबैटन्स के दल के बाक़ी विद्यार्थियों की तरफ़ इशारा करते हुए कहा। हैरी ने सोचा, 'निराश' शायद थोड़ा कमज़ोर शब्द था। जिन विद्यार्थियों को नहीं चुना गया था, उनमें से दो लड़कियाँ अपने हाथ पर सिर रखकर रो रही थीं।

जब फ़्लर डेलाकोर भी पास वाले कमरे में चली गई, तो एक बार फिर ख़ामोशी छा गई, लेकिन इस बार इस ख़ामोशी में इतना ज़्यादा रोमांच भरा था कि सभी को इसका एहसास था। अब हॉगवर्ट्स के चैंपियन का नाम बताया जाने वाला था ...

और आग का प्याला एक बार फिर लाल हो गया और उसमें से चिंगारियाँ निकलने लगीं। आग की लपट हवा में ऊँची उछली और डम्बलडोर ने इसके कोने से तीसरा चर्मपत्र बाहर निकाला।

उन्होंने चिल्लाकर कहा, 'हॉगवर्ट्स के चैंपियन हैं सेडरिक डिगोरी!'

'नहीं!' रॉन ने ज़ोर से कहा, लेकिन हैरी के अलावा उसकी बात किसी को भी सुनाई नहीं दी, क्योंकि पास वाली टेबल पर ज़बर्दस्त शोर होने लगा था। मेहनतकश का हर विद्यार्थी उछलकर खड़ा हो गया और ज़ोर-ज़ोर से चीख़ने लगा, जब सेडरिक उनके पास से मुस्कराता हुआ गया और टीचर्स की टेबल के पीछे वाले कमरे की तरफ़ चल दिया। दरअसल, सेडरिक के चुने जाने पर तालियाँ इतनी देर तक बजती रहीं कि डम्बलडोर काफ़ी समय तक कुछ नहीं बोल पाए।

'बहुत बढ़िया!' डम्बलडोर ने ख़ुशी से कहा, जब कोलाहल आख़िर थम गया। 'तो, अब हमारे पास हमारे तीन चैंपियन हैं। मुझे यक़ीन है कि आप सभी, जिनमें बाबैटन्स और डर्मस्ट्रैंग के बचे हुए विद्यार्थी भी शामिल हैं, अपने-अपने चैंपियन का हौसला बढ़ाएँगे। अपने चैंपियन का उत्साह बढ़ाकर आप सचमुच इस टूर्नामेंट की सफलता में अपना योगदान –'

लेकिन तभी डम्बलडोर अचानक रुक गए और सबको यह साफ़ नज़र आ गया कि किस चीज़ की वजह से उनका ध्यान भटक गया था।

प्याले की लपटें एक बार फिर लाल हो गई थीं। उसमें से चिंगारियाँ निकलने लगी थीं। अचानक एक ऊँची लपट हवा में उछली और एक और चर्मपत्र उड़ता हुआ बाहर आ गया।

डम्बलडोर ने सोचे-समझे बिना अपना लंबा हाथ बढ़ाकर उस चर्मपत्र को पकड़ लिया। उन्होंने उसे अपने सामने रखा और उस पर लिखे नाम को काफ़ी देर तक घूरते रहे। इस दौरान ख़ामोशी छाई रही और कमरे में मौजूद सभी लोग डम्बलडोर तथा उनके हाथ में रखे चर्मपत्र को घूरकर देखते रहे। फिर डम्बलडोर ने अपना गला साफ़ किया और चर्मपत्र पर लिखा नाम पढ़ा –

'हैरी पॉटर।'

अध्याय सत्रह

चार चैंपियन

हैरी मूर्ति की तरह स्थिर बैठा रहा। वह अच्छी तरह से जानता था कि बड़े हॉल में बैठा हर व्यक्ति मुड़कर उसकी तरफ़ देख रहा होगा। वह स्तब्ध और अवाक था। उसे लगा, वह ज़रूर सपना देख रहा होगा। उसने शायद ठीक से नहीं सुना था।

किसी ने भी ताली नहीं बजाई। इसके बजाय नाराज़ मधुमक्खियों की भिन-भिन जैसा शोर पूरे हॉल में भर गया। कुछ विद्यार्थी हैरी को अच्छी तरह से देखने के लिए खड़े हो गए, क्योंकि वह अपनी कुर्सी पर ही बैठा हुआ था और उसने उठने की कोई कोशिश नहीं की थी।

स्टाफ़ की टेबल पर प्रोफ़ेसर मैक्गॉनेगल खड़ी हुईं और लूडो बैगमैन व प्रोफ़ेसर कारकारोफ़ के पास से जल्दी से निकलकर प्रोफ़ेसर डम्बलडोर के कान में कुछ फुसफुसाने लगीं। उनकी बात सुनते समय प्रोफ़ेसर डम्बलडोर की त्योरियाँ थोड़ी चढ़ी हुई थीं।

जब हैरी रॉन और हर्माइनी की तरफ़ मुड़ा, तो उसने देखा कि गरुड़द्वार की लंबी टेबल पर बैठे सभी विद्यार्थी उसे मुँह खोलकर देख रहे थे।

'मैंने अपना नाम नहीं डाला,' हैरी ने सपाट अंदाज़ में कहा। 'तुम तो जानते हो, मैंने नहीं डाला।'

वे दोनों कुछ नहीं बोले, बल्कि सूनेपन से उसकी तरफ़ देखते रहे।

टीचर्स की टेबल पर प्रोफ़ेसर डम्बलडोर सीधे खड़े हुए और प्रोफ़ेसर मैक्गॉनेगल की तरफ़ देखकर सिर हिलाया।

'हैरी पॉटर!' उन्होंने दोबारा आवाज़ लगाई। 'हैरी, यहाँ ऊपर आओ!'

'जाओ,' हर्माइनी फुसफुसाई और उसने हैरी को धीरे से धक्का दिया।

हैरी उठकर खड़ा हुआ। बेध्यानी में उसने अपने दुशाले के निचले हिस्से पर पैर रख दिया, जिससे वह गिरते-गिरते बचा। वह गरुड़द्वार और मेहनतकश की टेबलों के बीच से होकर जाने लगा। इतनी सी दूरी पार करना ही बहुत लंबी यात्रा जैसा लग रहा था। टीचर्स की टेबल ज़रा भी पास आती नहीं दिख रही थी। उसे महसूस हो रहा था कि सर्चलाइट जैसी सैकड़ों आँखें उस पर टिकी हुई थीं। भिन-भिन की आवाज़ लगातार तेज़ होती गई। उसे ऐसा लगा जैसे डम्बलडोर के सामने पहुँचने में उसे एक घंटा लग गया हो। सभी टीचर्स उसे घूरकर देख रहे थे।

'दरवाज़े से अंदर जाओ, हैरी,' डम्बलडोर ने कहा; यह कहते समय वे मुस्करा नहीं रहे थे।

हैरी टीचर्स की टेबल के पास से चल दिया। हैग्रिड टेबल के सिरे पर बैठा था। उसने हैरी को आँख नहीं मारी, हाथ नहीं हिलाया और किसी तरह का इशारा नहीं किया। जब हैरी उसके पास से गुज़रा, तो दूसरों की तरह ही वह भी पूरी हैरानी से हैरी को एकटक देख रहा था। हैरी दरवाज़े से होकर बड़े हॉल के बाहर चला गया। वह एक छोटे कमरे में पहुँच गया, जिसमें कई जादूगरों और जादूगरनियों की तस्वीरें लाइन से लगी थीं। उसे सामने एक अँगीठी दिखी, जिसमें बढ़िया आग दहक रही थी।

उसके कमरे में दाख़िल होते ही तस्वीरों में लगे चेहरे उसकी तरफ़ मुड़ गए। उसने देखा कि झुर्रीदार चेहरे वाली एक जादूगरनी अपनी तस्वीर के फ़्रेम से निकलकर पास वाली तस्वीर में पहुँच गई, जिसमें बड़ी-बड़ी मूँछों वाला एक जादूगर था। झुर्रीदार चेहरे वाली जादूगरनी उसके कान में कुछ फुसफुसाने लगी।

विक्टर क्रम, सेडरिक डिगोरी और फ़्लर डेलाकोर आग के आस-पास खड़े थे। आग के सामने वे बहुत बड़े दिख रहे थे। क्रम बाक़ी दोनों से थोड़ा अलग खड़ा हुआ था। वह कंधे झुकाकर मैंटलपीस से टिका हुआ सोच-विचार में डूबा था। सेडरिक अपनी कमर के पीछे हाथ बाँधकर आग की तरफ़ देख रहा था। फ़्लर डेलाकोर ने जब हैरी को अंदर आते देखा, तो उसने अपने लंबे सुनहरे बाल पीछे की तरफ़ झटके।

उसने कहा, 'क्या हुआ ? क्या वे हमें हॉल में बुला रहे हैं ?'

फ़्लर को लग रहा था कि वह कोई संदेश देने आया है। हैरी को समझ में नहीं आया कि वह उन्हें कैसे बताए कि अभी-अभी क्या हुआ था। वह वहीं खड़ा-खड़ा तीनों चैंपियनों को देखता रहा और उसे अचानक यह एहसास हुआ कि वे तीनों उससे बहुत लंबे और बड़े हैं।

तभी उसे अपने पीछे से तेज़ क़दमों की आवाज़ सुनाई दी और लूडो

बैगमैन कमरे के अंदर आए। उन्होंने हैरी की बाँह पकड़ी और उसे आगे ले गए।

'बहुत अजीब बात हुई है!' वे हैरी की बाँह दबाते हुए बुदबुदाए। 'बहुत ही अजीब बात हुई है!' उन्होंने अँगीठी के पास पहुँचकर बाक़ी तीनों से कहा, 'हालाँकि यह अविश्वसनीय लगता है, लेकिन मैं आपका परिचय जादूगरी के त्रिकोणीय टूर्नामेंट के *चौथे* चैंपियन से करवाना चाहता हूँ।'

विक्टर क्रम सीधा खड़ा हो गया। उसका चेहरा पहले से भी ज़्यादा चिड़चिड़ा हो गया, जब उसने हैरी को ग़ौर से देखा। सेडरिक हैरान था। उसने कभी बैगमैन को, तो कभी हैरी को देखा। उसे लग रहा था कि शायद उसने बैगमैन की बात ग़लत सुन ली होगी। बहरहाल, फ़्लर डेलाकोर ने अपने बाल पीछे उछाले और मुस्कराकर बोली, 'ओह, बहुत बढ़िया मज़ाक़ है, मिस्टर बैगमैन।'

'मज़ाक़ ?' बैगमैन ने हैरानी से दोहराया। 'नहीं, नहीं, बिलकुल नहीं! हैरी का नाम अभी-अभी आग के प्याले से निकला है!'

क्रम की मोटी भौंहें थोड़ी सिकुड़ गईं। सेडरिक के चेहरे पर हैरानी साफ़ झलक रही थी।

फ़्लर की त्योरियाँ चढ़ गईं। 'लेकिन ज़रूर कोई ग़लती हुई है,' उसने बैगमैन से रूखे अंदाज़ में कहा। 'वह हिस्सा नहीं ले सकता। वह अभी बहुत छोटा है।'

'हाँ ... यह आश्चर्यजनक है,' बैगमैन ने अपनी चिकनी ठुड्डी मलते हुए कहा और हैरी की तरफ़ मुस्कराकर देखा। 'लेकिन जैसा आप लोग जानते हैं, उम्र का बंधन इसी साल सिर्फ़ अतिरिक्त सुरक्षा के लिए लगाया गया था। और चूँकि उसका नाम प्याले में से बाहर निकला है ... मेरा मतलब है, मुझे नहीं लगता कि अब इस स्थिति से बाहर निकलने का कोई उपाय है ... नियमों में साफ़ लिखा है, आपको अनिवार्य रूप से हिस्सा लेना होगा ... हैरी जीत तो नहीं सकता, उसे बस अपनी सर्वश्रेष्ठ कोशिश करनी होगी –'

उनके पीछे का दरवाज़ा एक बार फिर खुल गया और बहुत से लोग एक साथ अंदर आए : प्रोफ़ेसर डम्बलडोर, मिस्टर क्राउच, प्रोफ़ेसर कारकारोफ़, मैडम मैक्सिम, प्रोफ़ेसर मैक्गॉनेगल और प्रोफ़ेसर स्नेप। खुले दरवाज़े की दूसरी तरफ़ से हैरी को सैकड़ों विद्यार्थियों की भिन-भिन जैसी आवाज़ें सुनाई दीं, जो प्रोफ़ेसर मैक्गॉनेगल के दरवाज़ा बंद करते ही ख़त्म हो गईं।

'मैडम मैक्सिम!' फ़्लर ने तत्काल अपनी हेडमिस्ट्रेस की तरफ़ क़दम बढ़ाते हुए कहा। 'ये लोग कह रहे हैं कि यह छोटा सा बच्चा भी टूर्नामेंट में हिस्सा लेगा!'

हैरी के मन में ग़ुस्से की एक लहर उठने लगी। *छोटा सा बच्चा ?*

मैडम मैक्सिम पूरी तरह तनकर खड़ी हो गईं। वे अचानक बहुत लंबी दिखने लगीं। उनके सिर का ऊपरी हिस्सा मोमबत्तियों से भरे फ़ानूस तक पहुँच गया और काले साटन से ढँका उनका विशाल सीना और ज़्यादा फूल गया।

उन्होंने ग़ुस्से से पूछा, 'इसका क्या मतलब है, डम्बली-डोर ?'

'मैं भी यही जानना चाहता हूँ, डम्बलडोर,' प्रोफ़ेसर कारकारोफ़ ने कहा। वे मुस्कराने का नाटक कर रहे थे, लेकिन उनकी नीली आँखें बर्फ़ के गोलों की तरह ठंडी दिख रही थीं। 'हॉगवर्ट्स के *दो-दो* चैंपियन ? मुझे किसी ने बताया नहीं था कि मेज़बान स्कूल के दो चैंपियन टूर्नामेंट में हिस्सा लेंगे – या फिर मैंने नियम ठीक से नहीं पढ़े थे ?'

वे दुष्टता से धीरे-धीरे हँसने लगे।

'यह असंभव है,' मैडम मैक्सिम बोलीं, जिनका दूधिया रत्नों से भरा विशाल हाथ फ़्लर के कंधे पर टिका था। 'हॉगवर्ट्स के दो चैंपियन टूर्नामेंट में हिस्सा नहीं ले सकते। यह तो सरासर नाइंसाफ़ी है।'

'डम्बलडोर, हमें लग रहा था कि आपकी उम्र की सीमारेखा के कारण नाबालिग़ जादूगर इस टूर्नामेंट में हिस्सा नहीं ले पाएँगे,' कारकारोफ़ ने कहा, जिनकी मुस्कराहट अब भी क़ायम थी, लेकिन आँखें अब पहले से ज़्यादा ठंडी दिख रही थीं। 'वरना हम भी अपने स्कूलों से अपने प्रतिभाशाली नाबालिग़ विद्यार्थियों को लेकर आ जाते।'

'कारकारोफ़, इसमें दोष किसी और का नहीं, बल्कि पॉटर का है,' स्नेप ने धीरे से कहा, जिनकी काली आँखों में दुष्टता की चमक थी। 'नियम तोड़ने की पॉटर की आदत के लिए डम्बलडोर को दोष मत दो। वह जब से यहाँ आया है, तभी से सीमाएँ लाँघ रहा है –'

'धन्यवाद सीवियरस,' डम्बलडोर ने दृढ़ता से कहा। स्नेप चुप हो गए, लेकिन उनकी आँखें उनके चिपचिपे काले बालों के पर्दे के बीच से दुष्टता से चमकती रहीं।

प्रोफ़ेसर डम्बलडोर अब हैरी को बड़े ध्यान से देख रहे थे। हैरी भी उन्हीं को देख रहा था और आधे चाँद के आकार के चश्मे के पीछे की आँखों के भाव पढ़ने की कोशिश कर रहा था।

डम्बलडोर ने धीरे से पूछा, 'हैरी, क्या तुमने आग के प्याले में अपना नाम डाला था ?'

'नहीं,' हैरी बोला। वह जानता था कि सभी लोग उसे ध्यान से देख रहे हैं। स्नेप ने छाया में खड़े-खड़े अविश्वास भरी धीमी आवाज़ निकाली।

प्रोफ़ेसर डम्बलडोर ने स्नेप की प्रतिक्रिया को नज़रअंदाज़ करते हुए पूछा, 'क्या तुमने अपना नाम किसी बड़े विद्यार्थी को आग के प्याले में डालने के लिए कहा था?'

'नहीं,' हैरी ने ज़ोर से कहा।

'आह, लेकिन ज़ाहिर है, वह झूठ बोल रहा है!' मैडम मैक्सिम चिल्लाईं। स्नेप अब अपना सिर हिला रहे थे और उनके होंठ सिकुड़े हुए थे।

'वह उम्र की सीमारेखा पार नहीं कर सकता था,' प्रोफ़ेसर मैक्गॉनेगल तीखी आवाज़ में बोलीं। 'मुझे यक़ीन है कि हम सब लोग इस बात पर एकमत हैं –'

मैडम मैक्सिम ने कंधे उचकाते हुए कहा, 'डम्बलडोर से उस सीमारेखा में ज़रूर कोई ग़लती हुई होगी।'

'हाँ, यह भी हो सकता है,' डम्बलडोर ने विनम्रता से कहा।

'डम्बलडोर, आप अच्छी तरह जानते हैं कि आपसे कोई ग़लती नहीं हुई है!' प्रोफ़ेसर मैक्गॉनेगल ने ग़ुस्से से कहा। 'क्या बकवास है! हैरी नाबालिग़ होने के कारण ख़ुद सीमारेखा पार नहीं कर सकता था और चूँकि प्रोफ़ेसर डम्बलडोर को भरोसा है कि उसने किसी बड़े लड़के से भी यह काम नहीं करवाया है, इसलिए मुझे लगता है कि हम सभी को यह बात निश्चित रूप से मान लेनी चाहिए!'

उन्होंने प्रोफ़ेसर स्नेप को बहुत ग़ुस्से भरी निगाह से देखा।

'मिस्टर क्राउच ... मिस्टर बैगमैन,' कारकारोफ़ ने एक बार फिर अपनी चिकनी-चुपड़ी आवाज़ में कहा, 'आप लोग हमारे निष्पक्ष निर्णायक हैं। आप ही बताइए, यह बात ग़लत है या नहीं?'

बैगमैन ने अपने लड़कों जैसे गोल चेहरे पर छलछलाते पसीने को रूमाल से पोंछा और मिस्टर क्राउच की तरफ़ देखा, जो आग की रोशनी के दायरे से थोड़ी दूर खड़े हुए थे, जिस वजह से उनका आधा चेहरा अँधेरे में था। वे थोड़े अजीब दिख रहे थे। कम रोशनी में वे पहले से ज़्यादा बूढ़े दिख रहे थे। उनका हुलिया किसी खोपड़ी जैसा दिख रहा था। बहरहाल वे अपने सामान्य सपाट अंदाज़ में बोले, 'हमें नियमों का पालन करना होगा और नियमों में यह स्पष्ट लिखा हुआ है कि आग के प्याले से जिन लोगों का नाम निकलेगा, उन्हें टूर्नामेंट में अनिवार्य रूप से हिस्सा लेना पड़ेगा।'

'बार्टी ने नियमों की किताब घोंट रखी है,' बैगमैन ने मुस्कराकर कारकारोफ़ और मैडम मैक्सिम की तरफ़ मुड़ते हुए कहा, जैसे मिस्टर क्राउच के इस कथन के बाद सारा विवाद ही ख़त्म हो गया हो।

'मैं चाहता हूँ कि मेरे बचे हुए विद्यार्थी भी आग के प्याले में अपना नाम दोबारा डालें,' कारकारोफ़ ने कहा। उनका चिकना-चुपड़ा अंदाज़ और मुस्कराहट दोनों ही अब ग़ायब हो चुके थे और उनका चेहरा निहायत बदसूरत नज़र आ रहा था। 'आप एक बार फिर प्याले में आग प्रज्वलित कर दें और हम उसमें तब तक नाम डालते रहेंगे, जब तक कि हर स्कूल के दो चैंपियन न हो जाएँ। इंसाफ़ तो यही कहता है, डम्बलडोर।'

'लेकिन कारकारोफ़, ऐसा कैसे हो सकता है,' बैगमैन बोले। 'आग का प्याला अब बुझ चुका है - और यह अगले टूर्नामेंट तक दोबारा नहीं जलेगा -'

'- और अगले टूर्नामेंट में डर्मस्ट्रैंग निश्चित रूप से भाग नहीं लेगा!' कारकारोफ़ ने ग़ुस्से से कहा। 'हमारी इतनी बैठकों, मशविरों और समझौतों के बाद मुझे ज़रा भी उम्मीद नहीं थी कि ऐसी कोई बात होगी! मेरा तो मन हो रहा है कि मैं इसी समय इस टूर्नामेंट से भी चला जाऊँ!'

'गीदड़ भभकी मत दो, कारकारोफ़,' दरवाज़े के पास से एक गुर्राती हुई आवाज़ आई। 'तुम इस समय अपने चैंपियन को यहाँ से नहीं ले जा सकते। उसे हिस्सा लेना ही पड़ेगा। सभी चैंपियनों को हिस्सा लेना ही पड़ेगा। जैसा डम्बलडोर ने कहा था, यह अटूट जादुई बंधन है। वैसे यहाँ से जाना तुम्हारे लिए बड़ा सुविधाजनक होता, है ना ?'

यह मूडी की आवाज़ थी, जो उसी समय कमरे में दाख़िल हुए थे। वे लँगड़ाते हुए आग के पास आए। जब भी उनका दायाँ पैर फ़र्श से टकराता था, *ठक-ठक* की आवाज़ आने लगती थी।

'सुविधाजनक ?' कारकारोफ़ ने कहा। 'मैं तुम्हारी बात का मतलब नहीं समझ पाया, मूडी।'

हैरी को दिख रहा था कि कारकारोफ़ मूडी की बात को हवा में उड़ाने की कोशिश कर रहे थे और सबके सामने यह दिखाना चाह रहे थे कि मूडी की बात पर ध्यान नहीं दिया जाना चाहिए, लेकिन उनके हाथों ने उनकी पोल खोल दी। उनकी हथेलियाँ मुड़कर मुक्के में बँध गई थीं।

'सचमुच नहीं समझे ?' मूडी ने धीरे से कहा। 'बहुत सीधी सी बात है, कारकारोफ़। किसी ने आग के प्याले में पॉटर का नाम जान-बूझकर डाला है। वह जानता था कि अगर प्याले में से उसका नाम बाहर निकला, तो उसे इस टूर्नामेंट में हिस्सा लेना ही पड़ेगा।'

मैडम मैक्सिम बोलीं, 'यह तो साफ़ है। जिसने भी यह काम किया होगा, वह चाहता होगा कि हॉगवर्ट्स के जीतने की संभावना दोगुनी हो जाए!'

'मैं आपकी बात से पूरी तरह सहमत हूँ, मैडम मैक्सिम,' कारकारोफ़ ने

उनकी तरफ़ सिर झुकाते हुए कहा। 'मैं जादू मंत्रालय *और* जादूगरों के अंतर्राष्ट्रीय महासंघ में इसकी शिकायत करूँगा –'

'अगर किसी को शिकायत करनी चाहिए, तो वह पॉटर है,' मूडी गुर्राए, 'लेकिन ... अजीब बात है ... *वह* तो एक शब्द भी नहीं बोल रहा है ...'

'वह शिकायत क्यों करेगा?' फ़्लर डेलाकोर ने अपना पैर पटकते हुए ग़ुस्से से कहा। 'उसे तो मुक़ाबले में हिस्सा लेने का मौक़ा मिल रहा है, है ना! हम सब कई हफ़्तों से चैंपियन चुने जाने की आस लगाए बैठे थे! हमारे स्कूलों के लिए यह कितने सम्मान की बात होगी! इनाम में एक हज़ार गैलियन मिलेंगे – यह एक ऐसा मौक़ा है, जिसके लिए लोग मर मिटने को तैयार होंगे!'

मूडी ने हल्के से गुर्राते हुए कहा, 'शायद कोई यही उम्मीद कर रहा है कि इसके लिए पॉटर सचमुच मर जाए।'

इन शब्दों के बाद बहुत ही तनावपूर्ण ख़ामोशी छा गई।

लूडो बैगमैन बहुत चिंतित दिखने लगे। वे अपने पैरों को इधर-उधर हिलाते हुए बोले, 'मूडी ... तुमने भी यह कैसी अजीब बात कह दी!'

'हम सब जानते हैं कि प्रोफ़ेसर मूडी जब तक दोपहर से पहले अपनी हत्या की छह साज़िशों का पता नहीं लगा लेते हैं, तब तक वे अपनी सुबह को बर्बाद समझते हैं,' कारकारोफ़ ने ज़ोर से कहा। 'यह साफ़ है कि वे अब अपने विद्यार्थियों को भी हत्या की साज़िशों से डरना सिखा रहे हैं। डम्बलडोर, गुप्त कलाओं से रक्षा के टीचर में यह गुण बहुत अजीब है, लेकिन निश्चित रूप से आपने उन्हें किसी कारण से ही यहाँ रखा होगा।'

'यह मेरी कल्पना है?' मूडी गुर्राए। 'यह मेरा वहम है? मैं साफ़ कहे देता हूँ, उस लड़के का नाम प्याले में किसी चतुर जादूगर या जादूगरनी ने ही डाला है ...'

'आह, इस बात का क्या सबूत है?' मैडम मैक्सिम ने अपने दोनों बड़े हाथ हवा में उछालते हुए कहा।

'क्योंकि एक बहुत ही शक्तिशाली जादुई वस्तु को धोखा दिया गया है!' मूडी बोले। 'सिर्फ़ बहुत ही सशक्त विभ्रम सम्मोहन से उस प्याले को यह भूलने पर मजबूर किया जा सकता था कि टूर्नामेंट में सिर्फ़ तीन ही स्कूल भाग ले रहे हैं ... मेरा अंदाज़ा है कि जिसने भी यह काम किया है, उसने पॉटर का नाम चौथे स्कूल के विद्यार्थी के रूप में डाला होगा, ताकि उस स्कूल में वही अकेला विद्यार्थी रहे और आग का प्याला उसे ही चैंपियन चुने ...'

'लगता है, आपने इस बारे में बहुत गहराई तक सोचा है, मूडी,'

कारकारोफ़ ने ठंडेपन से कहा, 'और यह बहुत ही चतुर कल्पना है। मैंने सुना है कि अभी कुछ समय पहले आपको किसी ने जन्मदिन पर तोहफ़े में घड़ी दी थी। लेकिन आपने यह सोचा कि उसमें चतुराई से कालदृष्टि का अंडा छिपाया गया है। आपने उसके टुकड़े-टुकड़े कर दिए, तब कहीं जाकर आपको सच्चाई का पता लगा। इसलिए अगर हम आपकी बात को गंभीरता से न लें, तो आप बुरा मत मानना ...'

'कुछ लोग ऐसे होते हैं, जो अच्छे अवसरों का इस्तेमाल भी अपने नापाक़ इरादों को पूरा करने के लिए करते हैं,' मूडी ने ख़तरनाक आवाज़ में कहा। 'मेरा काम यह है कि मैं शैतानी जादूगरों की तरह सोचकर उनके इरादे नाकाम करूँ। और मैं ऐसा पहले भी कई बार कर चुका हूँ, कारकारोफ़ – जैसा तुम्हें अच्छी तरह याद होगा ...'

'अलैस्टर!' डम्बलडोर ने चेतावनी देते हुए कहा। हैरी को एक पल के लिए तो समझ में नहीं आया कि वे किसे संबोधित कर रहे हैं, लेकिन फिर उसे एहसास हुआ कि मूडी का असली नाम 'बावरे-नैन' तो हो नहीं सकता। मूडी ख़ामोश हो गए, हालाँकि वे अब कारकारोफ़ के चेहरे को बड़े संतोष से देख रहे थे – कारकारोफ़ का चेहरा ग़ुस्से से लाल पड़ गया था।

'हम यह नहीं जानते कि यह स्थिति कैसे उत्पन्न हुई,' डम्बलडोर ने कमरे में खड़े सभी लोगों की तरफ़ देखते हुए कहा। 'मुझे ऐसा लगता है कि हमारे पास इसे स्वीकार करने के अलावा और कोई विकल्प नहीं है। सेडरिक और हैरी दोनों को ही टूर्नामेंट में भाग लेने के लिए चुना गया है। हमें इस बात को स्वीकार करना ही होगा ...'

'अह, लेकिन डम्बली-डोर –'

'मैडम मैक्सिम, अगर आप कोई बेहतर रास्ता सुझा सकती हों, तो मुझे सुनकर ख़ुशी होगी।'

डम्बलडोर ने इंतज़ार किया, लेकिन मैडम मैक्सिम कुछ नहीं बोलीं। वे बस ग़ुस्से से घूरती रहीं। ऐसा सिर्फ़ वे ही नहीं कर रही थीं। स्नेप आग-बबूला दिख रहे थे और कारकारोफ़ तो जैसे दहक रहे थे। बहरहाल, बैगमैन सचमुच रोमांचित लग रहे थे।

बैगमैन ने अपने हाथ मलते हुए और सबकी तरफ़ मुस्कराकर देखते हुए कहा, 'अच्छा तो शुरू करें ? हमें चैंपियनों को निर्देश भी तो देने हैं, है ना ? बार्टी, यह काम आप करें।'

ऐसा लगा, जैसे मिस्टर क्राउच गहरी नींद से जागे हों।

'हाँ,' उन्होंने कहा, 'निर्देश। हाँ ... पहला काम ...'

वे आगे बढ़कर आग की रोशनी में आए। पास से हैरी को वे बीमार जैसे लगे। उनकी आँखों के नीचे काले निशान दिख रहे थे और उनकी झुर्रीदार चमड़ी बहुत बेरंग दिख रही थी। हैरी को यह अजीब लगा, क्योंकि क्विडिच वर्ल्ड कप के समय उनकी हालत बिलकुल ठीक थी।

मिस्टर क्राउच ने हैरी, सेडरिक, फ़्लर और क्रम से कहा, 'पहले काम में आपकी हिम्मत का इम्तहान लिया जाएगा, इसलिए हम आपको यह नहीं बताएँगे कि आपको कौन सा काम करना है। अनजान ख़तरे का साहस से मुक़ाबला करना जादूगरों का महत्वपूर्ण गुण है ... बहुत ही महत्वपूर्ण ...

'पहला काम 24 नवंबर को बाक़ी विद्यार्थियों और निर्णायक मंडल के सामने होगा।

'चैंपियनों को टूर्नामेंट के किसी काम को करने में अपने टीचर्स से किसी तरह की मदद माँगने या स्वीकार करने की इज़ाज़त नहीं है। पहली चुनौती का सामना करते समय चैंपियनों के पास सिर्फ़ उनकी छड़ी रहेगी। जब पहला काम पूरा हो जाएगा, तब उन्हें दूसरे काम के बारे में जानकारी दे दी जाएगी। टूर्नामेंट की तैयारी में चैंपियनों को काफ़ी मेहनत करनी पड़ेगी और समय देना पड़ेगा, इसलिए उन्हें सालाना इम्तहान नहीं देना होगा।'

मिस्टर क्राउच डम्बलडोर की तरफ़ मुड़कर बोले, 'मुझे लगता है इतना काफ़ी है, है ना डम्बलडोर ?'

'मुझे भी यही लगता है,' डम्बलडोर ने कहा, जो मिस्टर क्राउच को थोड़ी चिंता से देख रहे थे। 'बार्टी, क्या आपको यक़ीन है कि आप आज रात को हॉगवर्ट्स में नहीं रुकना चाहते ?'

'नहीं डम्बलडोर, मुझे मंत्रालय लौटना होगा,' मिस्टर क्राउच ने कहा। 'बड़ा ही व्यस्तता और मुश्किल भरा समय चल रहा है ... मैं सब कुछ युवा वेदरबी के भरोसे छोड़कर आया हूँ ... वह बहुत उत्साही है ... अगर सच कहूँ, तो ज़रूरत से ज़्यादा ही उत्साही है ...'

डम्बलडोर ने कहा, 'जाने से पहले आप कम से कम कुछ पीकर तो जाएँ ?'

'सुनो बार्टी, मैं तो रुक रहा हूँ!' बैगमैन ने उत्साह से कहा। 'हॉगवर्ट्स में जादूगरी का त्रिकोणीय टूर्नामेंट हो रहा है। ऑफ़िस के बजाय यहाँ रुकना ज़्यादा रोमांचक है!'

'मुझे ऐसा नहीं लगता, लूडो,' क्राउच ने कहा, जिनकी पुरानी अधीरता एक बार फिर झलकने लगी थी।

डम्बलडोर ने कहा, 'प्रोफ़ेसर कारकारोफ़ – मैडम मैक्सिम – थोड़ा जश्न

हो जाए!'

लेकिन मैडम मैक्सिम फ़्लर के कंधों पर अपना हाथ रख चुकी थीं और उसे तेज़ी से कमरे से बाहर ले जा रही थीं। हैरी को सुनाई दे रहा था कि बड़े हॉल से बाहर जाते समय वे दोनों फ्रांसीसी भाषा में तेज़ी से बातें करती जा रही थीं। कारकारोफ़ ने क्रम की तरफ़ इशारा किया और वे दोनों भी चले गए, हालाँकि वे बिलकुल ख़ामोशी में गए।

'हैरी, सेडरिक, मैं तुम लोगों को अपने-अपने हाउस के हॉल में जाने की सलाह देता हूँ,' डम्बलडोर ने उन दोनों की तरफ़ देखकर मुस्कराते हुए कहा। 'मुझे यक़ीन है कि गरुड़द्वार और मेहनतकश हाउस के विद्यार्थी तुम लोगों के साथ जश्न मनाने का इंतज़ार कर रहे होंगे। यह बहुत शर्मनाक बात होगी कि हम उन्हें शोर-शराबा करने के इतने बढ़िया बहाने से वंचित कर दें।'

हैरी ने सेडरिक की तरफ़ देखा, जिसने सिर हिला दिया और वे दोनों एक साथ चल दिए।

बड़ा हॉल अब ख़ाली था। मोमबत्तियाँ अब छोटी हो चुकी थीं और उनकी हिलती रोशनी में कद्दुओं को काटकर बनाई गई मुस्कराहट बड़ी अजीब दिख रही थी।

'तो,' सेडरिक ने धीरे से मुस्कराकर कहा। 'हम लोग एक बार फिर एक-दूसरे से मुक़ाबला कर रहे हैं!'

'हाँ,' हैरी ने कहा। वह सोच नहीं पा रहा था कि क्या कहे। उसका दिमाग़ बिलकुल अस्त-व्यस्त था। ऐसा लग रहा था, जैसे किसी ने उसके दिमाग़ के सारे क़ीमती सामान को लूटकर ख़ाली कर दिया हो।

'तो ... मुझे बताओ ...' सेडरिक ने कहा, जब वे प्रवेश हॉल में पहुँचे, जहाँ अब आग के प्याले की नहीं, बल्कि सिर्फ़ मशालों की रोशनी थी। 'तुमने अपना नाम *डाला* कैसे?'

'मैंने नहीं डाला,' हैरी ने उसे घूरते हुए कहा। 'मैंने अपना नाम नहीं डाला। मैंने सच कहा था।'

'ठीक है ... ठीक है,' सेडरिक ने कहा। हैरी को साफ़ दिख रहा था कि सेडरिक को उसकी बात पर भरोसा नहीं हुआ था। 'अच्छा ... तो फिर मिलते हैं।'

संगमरमर की सीढ़ियों से ऊपर जाने के बजाय सेडरिक अपनी दाहिनी तरफ़ के दरवाज़े की तरफ़ बढ़ने लगा। हैरी ने वहाँ खड़े होकर सुना कि वह पत्थर की सीढ़ियों से नीचे उतर रहा था। फिर हैरी ने धीरे-धीरे संगमरमर की सीढ़ियाँ चढ़ना शुरू किया।

वह सोच रहा था, क्या रॉन और हर्माइनी के अलावा कोई उसकी बात पर यक़ीन करेगा? या फिर वे सब यही सोचेंगे कि उसी ने अपना नाम डाला था? बहरहाल, कोई ऐसा कैसे सोच सकता है, जबकि उसका मुक़ाबला ऐसे प्रतिद्वंद्वियों से था, जो उससे तीन साल बड़े थे और जिन्होंने उससे तीन साल ज़्यादा शिक्षा हासिल की थी – जबकि उसे बहुत ख़तरनाक काम करने होंगे और वह भी सैकड़ों लोगों के सामने? हाँ, उसने इसके बारे में सोचा था ... उसने इसके बारे में सपना भी देखा था ... लेकिन दरअसल वह सिर्फ़ एक कल्पना थी, एक तरह का सपना ही था ... टूर्नामेंट में शामिल होने के बारे में उसने कभी *गंभीरता* से नहीं सोचा था ...

लेकिन किसी और ने इसके बारे में सोचा था ... कोई और चाहता था कि वह टूर्नामेंट में हिस्सा ले और उसने इंतज़ाम भी कर दिया था। क्यों? उसकी भलाई के लिए? उसे ऐसा नहीं लगता था ...

उसे मूर्ख साबित करने के लिए? तब तो उसकी इच्छा ज़रूर पूरी हो जाएगी ...

या फिर उसे *मारने* के लिए? क्या मूडी बेसिरपैर की बातें कर रहे थे? क्या किसी ने हैरी का नाम आग के प्याले में बुरे इरादे से डाला था? क्या कोई सचमुच उसे मारना चाहता था?

हैरी को इस सवाल का जवाब तत्काल मिल गया। हाँ, कोई उसे मारना चाहता था! कोई उसे तब से मारना चाहता था, जब वह महज़ एक साल का था ... लॉर्ड वोल्डेमॉर्ट। लेकिन वोल्डेमॉर्ट यह इंतज़ाम कैसे कर सकता था कि हैरी का नाम आग के प्याले में डल जाए? वोल्डेमॉर्ट तो बहुत दूर था और ऐसा माना जाता था कि वह अकेला किसी दूर देश में छिपा हुआ है ... कमज़ोर और शक्तिहीन ...

लेकिन उसने जो सपना देखा था, जिसके बाद उसका निशान दुखने लगा था, उसमें वोल्डेमॉर्ट अकेला नहीं था ... वह वर्मटेल से बातें कर रहा था ... और हैरी की हत्या की योजना बना रहा था ...

हैरी को यह देखकर सदमा लगा कि वह मोटी औरत की तस्वीर के सामने पहुँच चुका था। उसे यह पता ही नहीं था कि उसके पैर अपने आप उसे यहाँ तक कैसे ले आए थे। उसे यह देखकर और भी हैरानी हुई कि मोटी औरत तस्वीर में अकेली नहीं थी। मोटी औरत के पास झुर्रीदार चेहरे वाली एक जादूगरनी भी थी। यह वही जादूगरनी थी, जो नीचे की मंज़िल पर अपने मूँछ वाले पड़ोसी की तस्वीर में जाकर फुसफुसा रही थी, जब हैरी चैंपियनों के पास गया था। हैरी से पहले यहाँ पहुँचने के लिए उस जादूगरनी को सात मंज़िलों की

तस्वीरों में से भागकर आना पड़ा होगा। उसने और मोटी औरत ने हैरी को बहुत दिलचस्पी से देखा।

'वाह, वाह, वाह,' मोटी औरत ने कहा, 'वायलेट ने मुझे अभी-अभी सारी बात बता दी है। स्कूल का चैंपियन कौन चुना गया है?'

'बकवास,' हैरी ने धीरे से कहा।

'इस नाम का कोई चैंपियन नहीं चुना गया!' झुर्रीदार चेहरे वाली जादूगरनी ने ग़ुस्से से कहा।

'नहीं, नहीं, वाई, यह तो पासवर्ड है,' मोटी औरत ने उसे तसल्ली देते हुए कहा और हैरी को अंदर जाने का रास्ता देने के लिए आगे की तरफ़ झुक गई।

तस्वीर खुलने पर हैरी को जो शोर का तूफ़ान सुनाई दिया, उससे घबराकर वह पीछे हट गया। लेकिन अगले ही पल दर्जनों हाथों ने उसे पकड़कर हॉल के भीतर खींच लिया। अब वह गरुड़द्वार हाउस के विद्यार्थियों के सामने खड़ा हुआ था। सभी चीख़ रहे थे, तालियाँ बजा रहे थे और सीटियाँ बजा रहे थे।

'तुम्हें हमको बता देना चाहिए था कि तुम भी शामिल हो रहे हो!' फ्रेड ने उलाहना देते हुए कहा। वह थोड़ा चिढ़ा हुआ, लेकिन काफ़ी प्रभावित दिख रहा था।

जॉर्ज चिल्लाया, 'तुमने बिना दाढ़ी उगाए यह काम कैसे कर लिया? बहुत अच्छे!'

'मैंने नहीं किया,' हैरी ने कहा। 'मुझे नहीं मालूम, यह कैसे हुआ –'

लेकिन तभी एंजेलिना झपटकर उसके पास आ गई। 'ओह, अगर मैं चैंपियन नहीं बन पाई, तो क्या हुआ? कम से कम चैंपियन गरुड़द्वार का ही तो है –'

गरुड़द्वार की एक और धावक केटी बेल चीख़ी, 'तुम डिगोरी से पिछले क्विडिच मैच का बदला ले लेना, हैरी!'

'हम खाने-पीने का सामान लाए हैं। आओ हैरी, कुछ खा लो –'

'मुझे भूख नहीं है। मैंने जश्न में काफ़ी ज़्यादा खा लिया था –'

लेकिन कोई भी यह नहीं सुनना चाहता था कि उसे भूख नहीं है। कोई भी यह नहीं सुनना चाहता था कि उसने अपना नाम आग के प्याले में नहीं डाला है। किसी का भी ध्यान इस तरफ़ नहीं गया था कि वह जश्न मनाने के मूड में नहीं है ... ली जॉर्डन ने कहीं से गरुड़द्वार का बैनर निकाल लिया था और उसे चोगे की तरह हैरी के चारों तरफ़ लपेट दिया। हैरी किसी तरह नहीं बच सकता था। जब भी उसने अपने कमरे की तरफ़ जाने वाली सीढ़ियों पर चढ़ने की

कोशिश की, उसके चारों तरफ़ जमा भीड़ ने उसे रोक दिया। उन्होंने ज़बर्दस्ती उसे बटरबियर पिलाई और उसके हाथ में चिप्स और मूँगफली देते रहे ... हर कोई यह जानना चाहता था कि उसने यह काम कैसे किया था, उसने डम्बलडोर की उम्र की सीमारेखा को कैसे चकमा दिया था और अपना नाम प्याले में कैसे डाला था ...

'मैंने ऐसा नहीं किया,' उसने बार-बार कहा। 'मैं नहीं जानता कि यह कैसे हुआ।'

लेकिन किसी को भी उसकी बात पर यक़ीन नहीं हुआ।

'मैं अब थक गया हूँ!' आख़िरकार लगभग आधे घंटे बाद वह चिल्लाया। 'नहीं, जॉर्ज - अब मैं सोने जा रहा हूँ -'

इस समय उसकी सबसे बड़ी इच्छा यह थी कि वह रॉन और हर्माइनी से मिले, ताकि इस मामले पर ठंडे दिमाग़ से सोच-विचार कर सके। लेकिन वे दोनों ही हॉल में नहीं थे। उसे नींद आ रही है, इस बात पर ज़ोर देते हुए हैरी पूरी तेज़ी से अपने कमरे की तरफ़ जाने वाली सीढ़ियों पर चढ़ गया। इस दौरान क्रीवी बंधु गिरते-गिरते बचे, जो हैरी को सीढ़ियों के नीचे रोकने की कोशिश कर रहे थे।

हैरी को यह देखकर बड़ी राहत मिली कि रॉन ख़ाली कमरे में अपने बिस्तर पर लेटा था और उसने अब भी पूरे कपड़े पहन रखे थे। जब हैरी ने अपने पीछे दरवाज़ा धड़ाम से बंद किया, तो रॉन ने ऊपर देखा।

हैरी ने कहा, 'तुम कहाँ थे ?'

'ओह, हैलो,' रॉन बोला।

वह मुस्करा रहा था, लेकिन उसकी मुस्कराहट बड़ी अजीब और तनावपूर्ण थी। हैरी को अचानक इस बात का एहसास हुआ कि उसके शरीर पर अब भी गरुड़द्वार का लाल बैनर लिपटा हुआ था, जो ली ने उसके चारों तरफ़ बाँध दिया था। उसने जल्दी से उसे उतारने की कोशिश की, लेकिन ली जॉर्डन ने उस पर बहुत कसकर गठान लगाई थी। रॉन बग़ैर हिले अपने पलंग पर लेटा रहा और हैरी को गठान से जूझते हुए देखता रहा।

जब हैरी ने आख़िरकार बैनर को उतारकर एक कोने में फेंक दिया, तो रॉन बोला, 'बधाइयाँ।'

'बधाइयाँ ? तुम्हारा क्या मतलब है ?' हैरी ने रॉन को घूरते हुए कहा। रॉन जिस तरह से मुस्करा रहा था, उसमें कुछ गड़बड़ दिख रही थी। ऐसा लग रहा था, जैसे वह व्यंग्य कर रहा हो।

'तो ... कोई भी उम्र की सीमारेखा को पार नहीं कर पाया,' रॉन ने कहा। 'फ्रेड और जॉर्ज भी नहीं। तुमने किस चीज़ का इस्तेमाल किया था – अदृश्य चोगे का ?'

हैरी ने धीरे से कहा, 'अदृश्य चोगा मुझे सीमारेखा के पार नहीं ले जा सकता था।'

'हाँ, ठीक है,' रॉन ने कहा। 'मुझे लगा भी था कि अगर तुम चोगे का इस्तेमाल करते, तो मुझे ज़रूर बताते ... क्योंकि वह हम दोनों को ढँक सकता था, है ना ? लेकिन तुमने कोई दूसरा तरीक़ा निकाल लिया था, है ना ?'

'सुनो,' हैरी ने कहा, 'मैंने अपना नाम उस प्याले में नहीं डाला। यह काम किसी और ने किया होगा।'

रॉन ने अपनी भौंहें उठा लीं, 'कोई दूसरा यह काम क्यों करेगा ?'

'क्या पता,' हैरी ने कहा। उसे लगा कि 'मुझे मारने के लिए' जवाब देना बहुत ही नाटकीय रहेगा।

रॉन की भौंहें अब इतनी ऊपर उठ गईं कि उसके बालों तक पहुँच गईं।

रॉन ने कहा, 'देखो, अगर तुम दूसरों को नहीं बताना चाहते, तो कोई बात नहीं! लेकिन तुम *मुझे* तो सच्चाई बता सकते हो। वैसे मुझे यह समझ में नहीं आ रहा है कि तुम झूठ क्यों बोल रहे हो। इसकी वजह से तुम किसी मुश्किल में नहीं पड़े हो। मोटी औरत की सहेली वायलेट ने हम सबको पहले ही बता दिया है कि डम्बलडोर तुम्हें टूर्नामेंट में शामिल होने की इज़ाज़त दे रहे हैं। एक हज़ार गैलियन का इनाम ? और तुम्हें सालाना इम्तहान भी नहीं देना पड़ेगा ...'

'मैंने अपना नाम उस प्याले में नहीं डाला!' हैरी ने कहा। अब उसे ग़ुस्सा आने लगा था।

'हाँ, ठीक है,' रॉन भी सेडरिक जैसे ही अंदाज़ में बोला। 'लेकिन तुमने आज सुबह ही तो कहा था कि तुम अगर यह काम रात को करते, तो कोई तुम्हें नहीं देख पाता ... मैं बेवकूफ़ नहीं हूँ।'

हैरी ने उसे झिड़कते हुए कहा, 'तुम इस वक़्त बेवकूफ़ों जैसी ही बातें कर रहे हो!'

'अच्छा ?' रॉन ने कहा। अब उसके चेहरे की मुस्कराहट ग़ायब हो चुकी थी। 'हैरी, शायद अब तुम सोना चाहते होगे। मुझे उम्मीद है कि कल सुबह तुम्हें फ़ोटो सेशन या किसी और चीज़ के लिए जल्दी जागना होगा।'

उसने अपने पलंग पर लगे पर्दे खींचकर लगा लिए। हैरी दरवाज़े के

पास खड़े होकर गहरे लाल मख़मल के पर्दों को घूरता रहा, जिनके पीछे उसका दोस्त सो रहा था। यह वही दोस्त था, जिसके बारे में उसे यक़ीन था कि कोई और भरोसा करे या न करे, कम से कम वह तो उसकी बात पर भरोसा करेगा।

अध्याय अठारह

छड़ियों की जाँच

जब हैरी रविवार की सुबह जागा, तो उसे एक पल के लिए तो यह याद ही नहीं आया कि वह इतना दुखी और चिंतित क्यों था। फिर पिछली रात की घटनाएँ उसके दिमाग़ में ताज़ा हो गईं। उसने उठकर अपने पलंग के पर्दे खोल दिए। वह रॉन से बात करना चाहता था। वह रॉन को यक़ीन दिलाना चाहता था कि उसने अपना नाम आग के प्याले में नहीं डाला था। लेकिन रॉन अपने पलंग पर नहीं था। यह स्पष्ट था कि वह नाश्ता करने के लिए नीचे चला गया था।

हैरी ने कपड़े पहने और घुमावदार सीढ़ियों से उतरने लगा। जिस पल वह अपने हाउस के हॉल में आया, उसे कुछ विद्यार्थी दिखे, जो अपना नाश्ता ख़त्म करके आ चुके थे। वे लोग एक बार फिर तालियाँ बजाने लगे। अब हैरी का मन नहीं हो रहा था कि वह बड़े हॉल में जाए। वह वहाँ पर गरुड़द्वार के बाक़ी विद्यार्थियों का सामना नहीं करना चाहता था, जो उसे हीरो मान रहे थे। बहरहाल, उसके पास और कोई रास्ता भी नहीं था। अगर वह यहीं रहा, तो भी उसे यही झेलना पड़ेगा, क्योंकि क्रीवी बंधु ज़ोर-ज़ोर से हाथ हिलाकर उसे अपने पास बुला रहे थे। वह दृढ़ता से तस्वीर के छेद की तरफ़ गया और उसे खोला। वह जैसे ही तस्वीर में से बाहर निकला, उसे हर्माइनी आती हुई दिख गई।

'हैलो,' हर्माइनी ने कहा। वह नैपकिन में बहुत से टोस्ट लेकर आई थी। 'तुम्हारे लिए लाई हूँ ... घूमने चलोगे?'

'अच्छा विचार है,' हैरी ने कृतज्ञता से कहा।

वे सीढ़ियों से नीचे उतरे। उन्होंने बड़े हॉल में झाँके बिना प्रवेश हॉल को तेज़ी से पार किया। जल्दी ही वे घास पर चलकर झील की तरफ़ जाने लगे, जहाँ डर्मस्ट्रैंग का जहाज़ खड़ा था और पानी में उसकी काली परछाईं दिख रही थी। सुबह की ठंडी हवा में चलते-चलते वे टोस्ट चबाते रहे और हैरी ने हर्माइनी

को बताया कि पिछली रात को गरुड़द्वार की टेबल से जाने के बाद उसके साथ क्या-क्या हुआ था। उसे यह देखकर बड़ी राहत मिली कि हर्माइनी ने बिना कोई सवाल किए उसकी बात पर यक़ीन कर लिया।

जब हैरी ने हर्माइनी को पूरी बात बता दी, तो वह बोली, 'हाँ, मैं जानती थी कि तुमने ख़ुद अपना नाम नहीं डाला है। जब डम्बलडोर ने तुम्हारा नाम पढ़ा था, तो तुम्हारे चेहरे के भाव देखकर मैं समझ गई थी! लेकिन सवाल यह है, तुम्हारा नाम किसने *डाला ?* क्योंकि मूडी ने सही कहा है, हैरी ... मुझे नहीं लगता कि कोई विद्यार्थी यह काम कर सकता है ... कोई विद्यार्थी आग के प्याले को मूर्ख नहीं बना सकता था और डम्बलडोर की उम्र की सीमारेखा को पार नहीं कर सकता था –'

'क्या तुमने रॉन को देखा ?' हैरी ने उसकी बात काटते हुए पूछा।

हर्माइनी झिझकी।

फिर वह बोली, 'हूँ ... वह नाश्ता कर रहा है।'

'क्या वह अब भी यही सोचता है कि मैंने अपना नाम ख़ुद डाला है ?'

हर्माइनी ने अजीब तरीक़े से कहा, 'देखो ... नहीं, मुझे नहीं लगता ... *दरअसल नहीं।*'

'*दरअसल नहीं* का क्या मतलब है ?'

'ओह हैरी, क्या यह साफ़ नहीं है ?' हर्माइनी हताशा से बोली। 'उसे ईर्ष्या हो रही है!'

'*ईर्ष्या ?*' हैरी ने हैरानी से कहा। 'किस बात से ईर्ष्या हो रही है ? क्या वह पूरे स्कूल के सामने मूर्ख दिखना चाहता है ?'

'देखो,' हर्माइनी ने धैर्य भरे स्वर में कहा, 'हमेशा सब लोगों का पूरा ध्यान तुम्हारी ही तरफ़ रहता है, है ना। मैं जानती हूँ कि इसमें तुम्हारा कोई दोष नहीं है,' उसने तत्काल आगे कहा, जब उसने देखा कि हैरी ग़ुस्से में अपना मुँह खोल रहा था, 'मैं जानती हूँ कि तुम ऐसा नहीं चाहते हो ... लेकिन – देखो, तुम तो जानते ही हो, घर पर रॉन को अपने भाइयों से प्रतियोगिता करनी पड़ती है, और यहाँ तुम उसके सबसे अच्छे दोस्त हो और तुम सचमुच मशहूर हो। लोग तुम्हारी तरफ़ ध्यान देते हैं और उसे नज़रअंदाज़ कर देते हैं। वह इसे बर्दाश्त करता है और कभी इसका ज़िक्र तक नहीं करता, लेकिन मुझे लगता है इस बार वह बर्दाश्त नहीं कर पाया ...'

'बहुत अच्छे,' हैरी ने कटुता से कहा। 'सचमुच बहुत अच्छे। उसे मेरी तरफ़ से बता देना कि वह जब भी चाहे, मुझसे जगह बदल सकता है। उसे बता

देना कि अगर वह यह चाहता है कि लोग उसके माथे के निशान को हर समय घूरकर देखें, तो उसका स्वागत है ...'

'मैं उसे कुछ नहीं बताऊँगी,' हर्माइनी ने झिड़कते हुए कहा। 'तुम ख़ुद ही उसे बता देना। यही इस मामले को सुलझाने का इकलौता तरीक़ा है।'

'मैं उसे यह समझाने के लिए उसके पीछे नहीं भागता फिरूँगा कि उसे बच्चों जैसी हरकत नहीं करनी चाहिए!' हैरी इतनी ज़ोर से बोला कि पास वाले पेड़ पर बैठे कई उल्लू डरकर उड़ गए। 'शायद उसे मेरी बात का यक़ीन तब होगा, जब मेरी गर्दन टूट जाएगी –'

'यह मज़ाक़ की बात नहीं है,' हर्माइनी ने धीरे से कहा। 'यह बिलकुल भी मज़ाक़ की बात नहीं है।' वह बहुत तनावग्रस्त दिख रही थी। 'हैरी, मैं यह सोच रही हूँ – तुम जानते हो, हमें क्या करना चाहिए। हम जैसे ही महल में लौटते हैं, तो सबसे पहले हमें क्या करना चाहिए ?'

'हाँ, मैं जानता हूँ कि हमें क्या करना चाहिए ? रॉन को कसकर एक लात मारनी चाहिए –'

'सिरियस को चिट्ठी लिखनी चाहिए। तुम्हें उसे बताना ही चाहिए कि क्या हुआ है। उसने तुमसे कहा था कि तुम उसे हॉगवर्ट्स में होने वाली हर घटना की जानकारी देना ... ऐसा लग रहा है, जैसे उसे इसी तरह की किसी घटना का अंदेशा था। मैं चर्मपत्र और क़लम साथ लेकर आई हूँ –'

'छोड़ो भी,' हैरी ने चारों तरफ़ देखकर यह तसल्ली की कि कोई उसकी बात सुन तो नहीं रहा है, लेकिन मैदान पूरी तरह से ख़ाली था। 'मेरे निशान के दुखने की बात सुनकर वह लौट आया था। अब अगर मैं उसे यह बताऊँगा कि किसी ने मेरा नाम जादूगरी के त्रिकोणीय टूर्नामेंट में डाल दिया है, तो वह तो धड़धड़ाता हुआ महल में चला आएगा –'

'वह तुम्हारे मुँह से ही यह ख़बर सुनना चाहेगा,' हर्माइनी ने गंभीरता से कहा। 'वैसे उसे यह बात पता तो चल ही जाएगी –'

'कैसे ?'

'हैरी, यह ख़बर दबी नहीं रहेगी,' हर्माइनी बहुत गंभीरता से बोली। 'यह टूर्नामेंट मशहूर है और तुम भी मशहूर हो। मुझे सचमुच बहुत हैरानी होगी, अगर *दैनिक जादूगर* में तुम्हारे टूर्नामेंट में हिस्सा लेने के बारे में ख़बर न छपे ... तुम्हारा नाम पहले से ही तुम-जानते-हो-कौन पर लिखी गई आधी किताबों में है ... और सिरियस यह ख़बर तुमसे ही सुनना चाहेगा, मैं जानती हूँ कि वह तुमसे ही सुनना चाहेगा।'

'ठीक है, ठीक है, मैं उसे चिट्ठी लिख दूँगा,' हैरी ने अपने टोस्ट का आख़िरी टुकड़ा झील में फेंकते हुए कहा। उन दोनों ने देखा कि टोस्ट का टुकड़ा एक पल के लिए तो पानी पर तैरा, लेकिन फिर पानी में से एक बड़ा पंजा बाहर निकला और उस टुकड़े को पानी की सतह से नीचे ले गया। फिर वे महल लौट गए।

'मैं चिट्ठी भेजने के लिए किसके उल्लू का इस्तेमाल करूँ?' हैरी ने सीढ़ियाँ चढ़ते समय कहा। 'उसने हेडविग को दोबारा भेजने को मना किया था।'

'रॉन से पूछ लो कि क्या तुम उसके उल्लू –'

'मैं रॉन से किसी चीज़ के बारे में नहीं पूछना चाहता,' हैरी ने सपाट अंदाज़ में कहा।

हर्माइनी बोली, 'तो फिर स्कूल के किसी उल्लू के माध्यम से चिट्ठी भेज दो। उनका इस्तेमाल कोई भी कर सकता है।'

वे उल्लूघर में गए। हर्माइनी ने हैरी को चर्मपत्र, क़लम और स्याही की बोतल दे दी। फिर वे बहुत से उल्लुओं के बीच से होते हुए आगे बढ़े। हैरी एक दीवार से टिककर बैठ गया और चिट्ठी लिखने लगा।

प्रिय सिरियस,

तुमने मुझसे कहा था कि मैं तुम्हें हॉगवर्ट्स में होने वाली हर घटना के बारे में बताऊँ, इसलिए सुनो – मैं नहीं जानता कि तुम्हें यह बात पता है या नहीं, लेकिन इस साल जादूगरी का त्रिकोणीय टूर्नामेंट होने वाला है और शनिवार की रात को मेरा नाम चौथे चैंपियन के रूप में चुना गया है। मैं नहीं जानता कि मेरा नाम आग के प्याले में किसने डाला, क्योंकि मैंने तो नहीं डाला था। हॉगवर्ट्स का दूसरा चैंपियन मेहनतकश हाउस का सेडरिक डिगोरी है।

यहाँ पर वह सोचने के लिए कुछ देर रुका। वह यह कहना चाहता था कि कल रात से ही उसके सीने पर तनाव का बहुत भारी बोझ था, लेकिन वह समझ नहीं पा रहा था कि इस बात को शब्दों में कैसे व्यक्त करे, इसलिए उसने अपनी क़लम स्याही की बोतल में डुबाई और लिखा :

उम्मीद है तुम और बकबीक ठीक-ठाक होगे – हैरी।

'लिख ली,' उसने खड़े होते हुए हर्माइनी से कहा और अपने दुशाले में लग गए तिनके साफ़ किए। यह सुनते ही हेडविग उड़कर आई और उसके कंधे पर बैठ गई। उसने चिट्ठी बँधवाने के लिए अपना पैर बढ़ा दिया।

'मैं तुम्हें नहीं भेज सकता,' हैरी ने उससे कहा और स्कूल के उल्लुओं की तरफ़ देखने लगा। 'मुझे इनमें से किसी को भेजना होगा ...'

हेडविग ज़ोर से चीख़ी और इतने झटके से उड़ी कि उसके पंजे हैरी के कंधे में चुभ गए। जब हैरी एक बड़े करैल उल्लू के पैर में अपनी चिट्ठी बाँध रहा था, तो हेडविग उसे घूरकर देखती रही। करैल उल्लू के उड़ने के बाद हैरी हेडविग को थपथपाने के लिए आगे बढ़ा, लेकिन उसने अपनी चोंच तेज़ी से कुटकुटाई और उससे दूर जाकर बैठ गई।

'पहले रॉन, अब तुम,' हैरी ने ग़ुस्से से कहा। '*इसमें मेरी कोई ग़लती नहीं है।*'

*

अगर हैरी ने यह सोचा था कि कुछ समय बाद स्थितियाँ सुधर जाएँगी और बाक़ी विद्यार्थी उसे भी चैंपियन मान लेंगे, तो अगले ही दिन उसे यह पता चल गया कि वह कितना ग़लत सोच रहा था। अब वह स्कूल के बाक़ी विद्यार्थियों से नहीं बच सकता था, क्योंकि पढ़ाई शुरू हो गई थी और हैरी क्लासों में जाने लगा था। यह स्पष्ट था कि गरुड़द्वार के विद्यार्थियों की तरह ही स्कूल के बाक़ी विद्यार्थी भी यही सोच रहे थे कि हैरी ने टूर्नामेंट में अपना नाम ख़ुद डाला था। बहरहाल, गरुड़द्वार के विद्यार्थियों की तरह बाक़ी विद्यार्थी इस बात से प्रभावित या ख़ुश नहीं थे।

आम तौर पर मेहनतकश और गरुड़द्वार के विद्यार्थियों की अच्छी पटरी जमती थी, लेकिन अब मेहनतकश हाउस के विद्यार्थियों का व्यवहार भी रूखा हो गया था। जड़ी-बूटी विज्ञान की एक ही क्लास में यह पता चल गया। मेहनतकश के विद्यार्थियों को यह लग रहा था कि हैरी ने उनके चैंपियन की शोहरत पर डाका डाल दिया था। शायद उन्हें ज़्यादा बुरा इस कारण लगा था, क्योंकि मेहनतकश हाउस को शोहरत कभी-कभार ही मिलती थी और सेडरिक उन गिने-चुने लोगों में था, जो उनका नाम ऊँचा करते थे। सेडरिक ने एक बार क्विडिच में गरुड़द्वार को हराकर अपने हाउस का नाम ऊँचा किया था। हालाँकि अर्नी मैकमिलन और जस्टिन फ़िंच-फ़्लेचली के साथ हैरी के आम तौर पर अच्छे संबंध रहते थे, लेकिन आज उन्होंने उससे बात तक नहीं की, हालाँकि वे

उछलने वाले कंदों को दोबारा गमले में लगाते समय एक ही ट्रे पर काम कर रहे थे। बहरहाल, जब एक उछलने वाला कंद हैरी की पकड़ से छूट गया और उसने हैरी के चेहरे पर तेज़ी से वार किया, तो वे खिल्ली उड़ाने वाले अंदाज़ में हँसने लगे। रॉन भी हैरी से बातचीत नहीं कर रहा था। हर्माइनी उन दोनों के बीच में बैठी थी और बातचीत करने की कोशिश कर रही थी। हालाँकि दोनों ही उसकी बात का सामान्य जवाब दे रहे थे, लेकिन वे एक-दूसरे से नज़रें नहीं मिला रहे थे। हैरी को लगा कि शायद प्रोफ़ेसर स्प्राउट भी उससे थोड़ा रूखा व्यवहार कर रही थीं – लेकिन वे मेहनतकश हाउस की प्रमुख थीं।

सामान्य परिस्थितियों में हैग्रिड से मिलकर उसे ख़ुशी होती, लेकिन उससे मिलने का मतलब यह था कि जादुई प्राणियों की देखभाल की क्लास में उसे नागशक्ति के विद्यार्थियों को भी झेलना पड़ेगा। चैंपियन बनने के बाद पहली बार उन लोगों से उसका सामना होगा।

जैसी उसे उम्मीद थी, मैल्फ़ॉय अपनी चिर-परिचित व्यंग्यात्मक मुस्कान के साथ हैग्रिड के केबिन के पास आया।

जैसे ही वह हैरी के पास पहुँचा, उसने क्रैब और गॉइल से कहा, 'आह, सभी लोग चैंपियन को अच्छी तरह से देख लो। अपनी ऑटोग्राफ़ बुक लेकर आए हो या नहीं? अच्छा रहेगा कि अभी इसका ऑटोग्राफ़ ले लो, क्योंकि मुझे नहीं लगता कि यह हमारे बीच ज़्यादा समय तक रह पाएगा ... जादूगरी के त्रिकोणीय टूर्नामेंट के आधे चैंपियन मौत के मुँह में जा चुके हैं ... पॉटर, तुम्हें क्या लगता है, तुम कितने समय तक टिक पाओगे? मैं शर्त लगाता हूँ कि पहले काम में दस मिनट के अंदर ही तुम ढेर हो जाओगे।'

क्रैब और गॉइल चमचागिरी करते हुए खी-खी करने लगे, लेकिन मैल्फ़ॉय आगे कुछ नहीं बोला, क्योंकि हैग्रिड अपने केबिन से निकल आया था। वह बहुत सारे बक्से लेकर आ रहा था, जिनमें से हर एक में एक बहुत बड़ा विस्फोटक अग्निडंक रखा था। विद्यार्थी दहशत में आ गए, जब हैग्रिड ने उन्हें बताया कि विस्फोटक अग्निडंक एक-दूसरे को इसलिए मार रहे थे, क्योंकि उनकी प्रबल ऊर्जा का इस्तेमाल नहीं हो रहा था। हैग्रिड ने उन्हें इस समस्या का यह समाधान बताया कि क्लास का हर विद्यार्थी विस्फोटक अग्निडंक को रस्सी से बाँधकर थोड़ी दूर तक घुमा लाए। इस योजना में सिर्फ़ एक ही अच्छी चीज़ यह थी कि इससे मैल्फ़ॉय का ध्यान पूरी तरह से भटक गया।

'इस चीज़ को घुमाने ले जाएँ?' उसने हिक़ारत से कहा और एक बक्से के अंदर घूरा। 'और हम रस्सी बाँधेंगे कहाँ? इसके डंक पर, विस्फोट करने वाले सिरे पर या चूसनी पर?'

'बीच में,' हैग्रिड ने रस्सी बाँधकर बताते हुए कहा। 'देखो – अतिरिक्त सुरक्षा के लिए तुम लोग ड्रैगन की खाल के दस्ताने पहन लो। हैरी – तुम यहाँ आकर इस बड़े विस्फोटक अग्निडंक को बाँधने में हमारी मदद करो ...'

दरअसल हैग्रिड हैरी को इसलिए बुला रहा था, क्योंकि वह उससे अकेले में बातें करना चाहता था।

उसने तब तक इंतज़ार किया, जब तक कि बाक़ी विद्यार्थी अपने-अपने विस्फोटक अग्निडंक के साथ चले नहीं गए। फिर वह हैरी की तरफ़ मुड़कर बहुत गंभीरता से बोला, 'तो – तुम मुक़ाबले में हिस्सा ले रहे हो, हैरी। इस टूर्नामेंट में। तुम स्कूल के चैंपियन हो।'

'दो चैंपियनों में से एक,' हैरी ने उसकी बात को ठीक करते हुए कहा।

हैग्रिड की घनी भौंहों के नीचे उसकी बीटल जैसी काली आँखें बहुत तनाव में दिख रही थीं। 'हैरी, तुम्हें अंदाज़ा है, तुम्हारा नाम किसने डाला होगा?'

हैरी ने हैग्रिड के शब्दों को सुनकर कृतज्ञता से कहा, 'तो, तुम्हें यक़ीन है कि मैंने ऐसा नहीं किया?'

'ज़ाहिर है, हमें यक़ीन है,' हैग्रिड ने कहा। 'तुम कहते हो कि तुमने ऐसा नहीं किया और हमें तुम्हारी बात पर यक़ीन है – और डम्बलडोर को भी तुम पर यक़ीन है। हमारे लिए बस इतना ही काफ़ी है।'

हैरी ने कटुता से कहा, 'काश मैं जानता कि यह काम किसने *किया* है!'

वे दोनों घास के मैदान की तरफ़ देखने लगे। विद्यार्थी अब दूर-दूर बिखर चुके थे और बड़ी मुश्किल में दिख रहे थे। विस्फोटक अग्निडंक अब तीन फ़ुट से भी ज़्यादा लंबे हो चुके थे और ताक़तवर भी हो गए थे। अब वे बेरंग और खोलरहित नहीं थे, बल्कि उनके शरीर पर मोटा, भूरा और चमकदार कवच बन चुका था। वे विशाल बिच्छुओं और लंबे घोंघों की संकर नस्ल के प्राणी दिख रहे थे – लेकिन उनके सिर या आँख पहचान में नहीं आ रहे थे। वे अब बहुत ताक़तवर हो चुके थे और उन्हें क़ाबू में रखना बहुत मुश्किल था।

हैग्रिड ने ख़ुशी से कहा, 'ऐसा लगता है कि उन्हें मज़ा आ रहा है।' हैरी को लगा कि वह विस्फोटक अग्निडंकों के बारे में बात कर रहा होगा, क्योंकि उसके साथियों को तो निश्चित रूप से मज़ा नहीं आ रहा था। कभी-कभार विस्फोटक अग्निडंक के एक सिरे में विस्फोट होता था, जिससे ज़ोरदार *धमाका* होता था और अग्निडंक कई गज़ आगे उछल जाता था। इसका परिणाम यह हुआ कि एक से ज़्यादा विद्यार्थी अपने पेट के बल घिसट रहे थे और दोबारा खड़े होने की कोशिश कर रहे थे।

'आह, हमें नहीं मालूम, हैरी,' हैग्रिड ने अचानक आह भरी और उसे चिंतित भाव से देखते हुए कहा। 'तुम स्कूल चैंपियन बन गए ... हर चीज़ तुम्हारे ही साथ क्यों होती है?'

हैरी ने इस बात का कोई जवाब नहीं दिया। हाँ, हर चीज़ उसी के साथ होती थी ... कमोबेश यही बात हर्माइनी ने झील के पास घूमते समय कही थी और उसके अनुसार इसी कारण रॉन अब उससे बात नहीं कर रहा था।

*

अगले कुछ दिन हॉगवर्ट्स में हैरी के सबसे बुरे दिनों में से थे। इससे मिलता-जुलता अनुभव उसे अपने सेकंड ईयर में तब हुआ था, जब स्कूल के ज़्यादातर लोग यह मानने लगे थे कि वह अपने साथी विद्यार्थियों पर हमला कर रहा था। लेकिन तब रॉन उसके साथ था। हैरी ने सोचा कि अगर रॉन से उसकी दोबारा दोस्ती हो जाती, तो वह बाक़ी विद्यार्थियों के व्यवहार को बर्दाश्त कर सकता था। बहरहाल, अगर रॉन उससे दोस्ती नहीं रखना चाहता था, तो वह भी उसे नहीं मनाना चाहता था। लेकिन वह बहुत अकेलापन महसूस कर रहा था, क्योंकि चारों तरफ़ से उसे नफ़रत और ताने ही मिल रहे थे।

हालाँकि उसे मेहनतकश के विद्यार्थियों का व्यवहार पसंद नहीं था, लेकिन उसे उनका नज़रिया समझ में आ रहा था। उन्हें तो अपने चैंपियन का समर्थन करना ही था। उसे नागशक्ति के विद्यार्थियों से भी अपमान के अलावा किसी चीज़ की उम्मीद नहीं थी। वह वहाँ न तो कभी लोकप्रिय था और न ही कभी हो सकता था, क्योंकि उसने क्विडिच और इंटर-हाउस चैंपियनशिप में नागशक्ति को कई बार हराया था। लेकिन उसे यह उम्मीद थी कि चीलघात हाउस के विद्यार्थी सेडरिक और उसका दोनों का ही समर्थन करेंगे। बहरहाल, उसका अंदाज़ा ग़लत था। चीलघात के ज़्यादातर विद्यार्थियों का मानना था कि वह शोहरत पाने के लिए इतना बेताब था कि उसने चालाकी से अपना नाम प्याले में डाल दिया था।

फिर यह बात भी थी कि उसके बजाय सेडरिक चैंपियन के रूप में ज़्यादा अच्छा दिखता था। वह बहुत हैंडसम था और उसकी नाक सीधी थी। काले बालों और भूरी आँखों वाले सेडरिक को कौन पसंद नहीं करता? यह कहना मुश्किल था कि इन दिनों स्कूल में कौन ज़्यादा लोकप्रिय था : सेडरिक या विक्टर क्रम। सिक्स्थ ईयर की जो लड़कियाँ क्रम का ऑटोग्राफ़ लेने के लिए उतावली हो रही थीं, एक दिन हैरी ने उन्हें लंच के दौरान सेडरिक से अपने स्कूल बैग पर ऑटोग्राफ़ देने का आग्रह करते देखा।

इस दौरान सिरियस का कोई जवाब नहीं आया। हेडविग उसके आस-पास

भी नहीं फटक रही थी। प्रोफ़ेसर ट्रिलोनी उसकी मौत की भविष्यवाणी अब और ज़ोर-शोर से करने लगी थीं। और उसने प्रोफ़ेसर फ़्लिटविक की आह्वान सम्मोहन की क्लास में इतना बुरा प्रदर्शन किया कि उन्होंने उसे अतिरिक्त होमवर्क दे दिया। उस क्लास में नेविल के अलावा सिर्फ़ उसी को अतिरिक्त होमवर्क मिला था।

हर्माइनी को आह्वान सम्मोहन में कोई दिक्क़त नहीं आई। वह क्लास में पूरे समय सामान उड़ाकर अपने पास बुलाती रही। ऐसा लग रहा था, जैसे वह कोई चुंबक थी, जिसकी तरफ़ डस्टर, वेस्टपेपर बास्केट और चंद्रदर्शक उड़े चले आ रहे हों। फ़्लिटविक की क्लास से बाहर निकलते समय हर्माइनी ने हैरी को तसल्ली देते हुए कहा, 'आह्वान सम्मोहन दरअसल इतना मुश्किल नहीं है, हैरी। तुम ठीक तरह से ध्यान केंद्रित नहीं कर रहे थे –'

'क्या पता ऐसा क्यों था ?' हैरी ने कहा, जब सेडरिक डिगोरी उनके पास से गया, जिसे बहुत सी दाँत निकालती लड़कियों ने घेर रखा था। उन सभी ने हैरी को ऐसे देखा, जैसे वह कोई बड़ा विस्फोटक अग्निडंक हो। 'लेकिन – कोई फ़र्क़ नहीं पड़ता है, है ना ? आज दोपहर को जादुई काढ़े के दो पीरियड हैं, इससे अच्छी बात और क्या हो सकती है ...'

काढ़े के लगातार दो पीरियड हमेशा भयानक होते थे, लेकिन इन दिनों ये किसी भयंकर सज़ा से कम नहीं थे। तहख़ाने में डेढ़ घंटे तक स्नेप और नागशक्ति के विद्यार्थियों से घिरे रहने का विचार भयावह था। ऐसा लगता था, वे सब हैरी को इस बात के लिए सज़ा देने पर आमादा थे कि उसने स्कूल चैंपियन बनने की हिमाकत की थी। हैरी को यह बहुत बुरा लगता था। उसने पिछले शुक्रवार को उन सभी के ताने झेले थे, जब हर्माइनी उसकी बग़ल में बैठकर धीरे-धीरे बोलती जा रही थी, 'ध्यान मत दो, ध्यान मत दो, ध्यान मत दो,' और हैरी को आशंका थी कि आज भी हालात बेहतर नहीं होंगे।

जब वह और हर्माइनी लंच के बाद स्नेप के तहख़ाने के सामने पहुँचे, तो उन्होंने देखा कि नागशक्ति के विद्यार्थी बाहर इंतज़ार कर रहे थे। उन सभी ने अपने दुशाले के ऊपर एक बड़ा बैज लगा रखा था। एक पल के लिए तो हैरी को लगा कि वे एस.पी.ई.डब्ल्यू. के बैज थे – लेकिन फिर उसने देखा कि उन सभी पर चमकते लाल अक्षरों में लिखा था :

__सेडरिक डिगोरी__ हीरो है –
वह हॉगवर्ट्स का __असली__ चैंपियन है!

'पसंद आया, पॉटर ?' हैरी के पास आने पर मैल्फ़ॉय ज़ोर से बोला। 'और

इतना ही नहीं है – इससे आगे देखो!'

उसने अपने बैज को सीने पर दबाया। तत्काल उस पर लिखा संदेश ग़ायब हो गया। उसकी जगह पर एक नया संदेश आ गया, जो हरे रंग में चमकने लगा :

पॉटर ज़ीरो है

नागशक्ति के विद्यार्थी ज़ोर-ज़ोर से ठहाके लगाने लगे। उन सभी ने अपने-अपने बैज दबाए और ***पॉटर ज़ीरो है*** का संदेश हैरी के चारों तरफ़ चमकने लगा। उसका दिमाग़ भन्ना गया।

'ओह, *बहुत ही* मज़ेदार है,' हर्माइनी ने पैन्सी पार्किन्सन और नागशक्ति की बाक़ी लड़कियों से व्यंग्य से कहा, जो बेतहाशा हँसे जा रही थीं, '*बहुत ही समझदारी की बात लिखी है।*'

रॉन डीन और सीमस के साथ दीवार से टिककर खड़ा था। वह हँस तो नहीं रहा था, लेकिन वह हैरी का साथ भी नहीं दे रहा था।

'तुम्हें भी चाहिए, ग्रेंजर ?' मैल्फ़ॉय ने हर्माइनी की तरफ़ एक बैज बढ़ाते हुए कहा। 'मेरे पास बहुत सारे हैं। लेकिन तुम मेरा हाथ मत छूना। मैंने अभी-अभी इसे धोया है। मैं नहीं चाहता कि किसी बदज़ात के छूने से यह गंदा हो जाए।'

हैरी का पिछले कई दिनों का सारा ग़ुस्सा किसी बाँध की तरह फूट पड़ा। उसने बिना सोचे-समझे अपनी छड़ी बाहर निकाल ली। उसके चारों तरफ़ खड़े विद्यार्थी उसके रास्ते से हटकर गलियारे में पीछे चले गए।

'हैरी!' हर्माइनी ने उसे चेतावनी देते हुए कहा।

'हाँ, पॉटर,' मैल्फ़ॉय ने धीरे से अपनी छड़ी बाहर निकालते हुए कहा। 'आज यहाँ पर तुम्हें बचाने के लिए मूडी नहीं हैं – अगर दम हो, तो वार करके दिखाओ –'

एक पल के लिए दोनों ने एक-दूसरे की आँखों में आँखें डालकर देखा और फिर दोनों ने एक साथ मंत्र पढ़े।

हैरी चिल्लाया, '*त्वचा पीड़ितम्!*'

मैल्फ़ॉय चीख़ा, '*दंत विस्तारणम्!*'

दोनों की छड़ियों से रोशनी की किरणें निकलीं और हवा में एक-दूसरे से टकराकर मुड़ गईं। हैरी का मंत्र गॉइल के चेहरे पर पड़ा और मैल्फ़ॉय का

हर्माइनी के चेहरे पर। गॉइल ने भोंगा पसारते हुए अपने हाथ अपनी नाक पर रख लिए, जिस पर बड़े-बड़े भद्दे फोड़े निकल आए थे। हर्माइनी दहशत में कराह रही थी और अपने मुँह पर हाथ रखे हुए थी।

'हर्माइनी!' रॉन जल्दी से यह देखने के लिए आगे आया कि हर्माइनी को क्या हुआ था।

हैरी ने मुड़कर देखा कि रॉन हर्माइनी का हाथ उसके चेहरे से हटा रहा था। उसके बाद उसे जो दिखा, वह सुखद नहीं था। हर्माइनी के सामने के दाँत - जो पहले ही सामान्य से बड़े थे - अब बहुत ही तेज़ गति से बढ़ रहे थे। वह ऊदबिलाव जैसी दिखने लगी थी, क्योंकि अब उसके दाँत उसके निचले होंठ से नीचे जाकर उसकी ठुड्डी तक पहुँच गए थे। हर्माइनी ने उन्हें छूकर देखा और दहशत में चिल्लाने लगी।

'इतना शोर क्यों हो रहा है?' एक धीमी, ठंडी आवाज़ आई। स्नेप वहाँ आ गए थे।

नागशक्ति के विद्यार्थी ग़ुस्से से चिल्लाते हुए एक साथ उन्हें बताने लगे। स्नेप ने मैल्फ़ॉय की तरफ़ लंबी पीली उँगली दिखाते हुए कहा, 'बताओ।'

'पॉटर ने मुझ पर हमला किया था, सर -'

हैरी चिल्लाया, 'हम दोनों ने एक-दूसरे पर एक साथ हमला किया था!'

'- और उसने गॉइल को घायल कर दिया - देखिए -'

स्नेप ने गॉइल की तरफ़ देखा। उसका चेहरा ऐसा दिख रहा था, जैसे उसे ज़हरीली फफूँदों वाली किसी पुस्तक में होना चाहिए था।

स्नेप ने धीरे से कहा, 'जल्दी से अस्पताल जाओ, गॉइल।'

'मैल्फ़ॉय ने हर्माइनी को घायल कर दिया!' रॉन बोला। *'देखिए!'*

उसने हर्माइनी को मजबूर किया कि वह स्नेप को अपने दाँत दिखाए। वह अपने हाथों से दाँत छिपाने की कोशिश कर रही थी, हालाँकि यह काम मुश्किल था, क्योंकि अब वे उसकी गर्दन तक पहुँच गए थे। पैन्सी पार्किन्सन और नागशक्ति की बाक़ी लड़कियाँ चुपचाप हँसे जा रही थीं और स्नेप की पीठ के पीछे से हर्माइनी की तरफ़ इशारा कर रही थीं।

स्नेप ने हर्माइनी की तरफ़ ठंडेपन से देखते हुए कहा, 'मुझे तो कोई फ़र्क़ नज़र नहीं आ रहा है।'

हर्माइनी की आह निकल गई। उसकी आँखों में आँसू आ गए और वह तेज़ी से गलियारे में भागते हुए ओझल हो गई।

शायद यह ख़ुशक़िस्मती रही कि हैरी और रॉन दोनों ही एक साथ स्नेप

पर चिल्लाने लगे। यह भी ख़ुशक़िस्मती रही कि उनकी आवाज़ें पत्थर के गलियारे में इतनी तेज़ गूँजीं कि कोलाहल में स्नेप को उनकी बातें सुनाई नहीं दीं। बहरहाल, वे उनकी बातों का मतलब ज़रूर समझ गए।

उन्होंने अपनी रेशमी आवाज़ में कहा, 'गरुड़द्वार के पचास पॉइंट कम किए जाते हैं और पॉटर और वीज़्ली दोनों को सज़ा भी मिलेगी। अब अंदर चले जाओ, वरना तुम दोनों को एक सप्ताह की सज़ा दे दूँगा।'

हैरी के कान अब भी बज रहे थे। यह नाइंसाफ़ी देखकर उसकी इच्छा हो रही थी कि वह स्नेप के हज़ार टुकड़े कर दे। वह स्नेप के पास से चलकर रॉन के साथ तहख़ाने में पीछे की तरफ़ गया और अपना बैग टेबल पर पटक दिया। रॉन भी ग़ुस्से से काँप रहा था। एक पल के लिए तो ऐसा लगा, जैसे उनके बीच फिर से सब कुछ सामान्य हो गया था, लेकिन तभी रॉन मुड़ा और डीन व सीमस के पास जाकर बैठ गया। हैरी अपनी टेबल पर अकेला ही रह गया। तहख़ाने की दूसरी तरफ़ मैल्फ़ॉय ने स्नेप की तरफ़ पीठ करके अपना बैज दबाया और मुस्कराने लगा। ***पॉटर ज़ीरो है*** एक बार फिर कमरे में चमकने लगा।

जब क्लास शुरू हुई, तो हैरी बैठा-बैठा स्नेप को घूरकर देखता रहा और यह कल्पना करने लगा कि स्नेप के साथ भयानक घटनाएँ हो रही हैं ... काश उसे पता होता कि पीड़ीकृत शाप कैसे दिया जाता है ... वह स्नेप को उसी मकड़ी की तरह छटपटाने और तड़पने पर मजबूर कर देता ...

'विषहर!' स्नेप ने विद्यार्थियों की तरफ़ देखते हुए कहा। उनकी ठंडी काली आँखों में दुष्टता की चमक दिख रही थी। 'अब तक तुम सभी लोगों को विषहर काढ़ा बनाने की विधि याद हो गई होगी। तुम सभी अपने-अपने काढ़े बहुत ध्यान से बनाना। हम क्लास के आख़िर में किसी विद्यार्थी को चुन लेंगे और उस पर उसके बनाए विषहर काढ़े की जाँच करेंगे ...'

स्नेप की नज़रें हैरी पर टिक गईं और हैरी समझ गया कि क्या होने वाला है। स्नेप *उसे* ज़हर देने वाले थे। हैरी ने सोचा कि वह अपनी कड़ाही उठाकर आगे जाए और उसे स्नेप के चिपचिपे सिर पर पटक दे –

लेकिन तभी तहख़ाने के दरवाज़े पर एक दस्तक हुई, जिससे हैरी का ध्यान भटक गया।

दरवाज़े पर कॉलिन क्रीवी खड़ा था, जो कमरे में धीरे-धीरे अंदर आया, हैरी की तरफ़ देखकर मुस्कराया और फिर आगे जाकर स्नेप की डेस्क के पास पहुँच गया।

'क्या है ?' स्नेप ने रूखेपन से पूछा।

'सर, हैरी पॉटर को ऊपर की मंज़िल पर बुलाया गया है।'

स्नेप ने अपनी मुड़ी नाक के ऊपर से कॉलिन को घूरकर देखा। कॉलिन के उत्सुक चेहरे की मुस्कराहट फ़ौरन ग़ायब हो गई।

'पॉटर को अभी एक घंटे तक काढ़े की पढ़ाई करनी है,' स्नेप ने ठंडेपन से कहा। 'वह क्लास ख़त्म होने के बाद ऊपर की मंज़िल पर आ जाएगा।'

कॉलिन का चेहरा गुलाबी हो गया।

उसने घबराते हुए कहा, 'सर – सर, मिस्टर बैगमैन ने उसे बुलाया है। सभी चैंपियनों को वहाँ जाना है। मुझे लगता है कि उनके फ़ोटो खिंचने हैं ...'

हैरी को कॉलिन के ये आख़िरी शब्द अच्छे नहीं लगे। इन्हें रोकने के लिए वह अपना सब कुछ दे सकता था। उसने धीरे से रॉन की तरफ़ देखा, लेकिन रॉन जान-बूझकर छत की तरफ़ देख रहा था।

स्नेप ने कहा, 'ठीक है पॉटर, अपना सामान यहीं छोड़ जाओ। मैं चाहता हूँ कि तुम लौटकर यहाँ आओ, ताकि मैं तुम पर तुम्हारे विषहर काढ़े की जाँच कर सकूँ।'

'प्लीज़, सर – उसे अपना सामान भी ले जाना है,' कॉलिन ने चूँ-चूँ करती आवाज़ में कहा। 'सभी चैंपियन –'

'ठीक है!' स्नेप ने कहा। 'पॉटर – अपना बैग उठाओ और मेरी नज़रों के सामने से दफ़ा हो जाओ!'

हैरी ने अपना बैग कंधे पर लटकाया और दरवाज़े की तरफ़ बढ़ा। जब वह नागशक्ति की टेबलों के पास से गुज़रा, तो हर दिशा में ***पॉटर ज़ीरो है*** चमकने लगा।

जैसे ही हैरी ने बाहर आकर तहख़ाने का दरवाज़ा बंद किया, कॉलिन ने बोलना शुरू कर दिया, 'हैरी, यह अद्‌भुत है, है ना ? तुम चैंपियन बन गए ?'

'हाँ, सचमुच अद्‌भुत है,' हैरी ने भारी मन से कहा, जब वे प्रवेश हॉल की तरफ़ जाने लगे। 'वे फ़ोटो क्यों खींचना चाहते हैं, कॉलिन ?'

'मुझे लगता है, शायद *दैनिक जादूगर* के लिए!'

'बहुत बढ़िया,' हैरी ने उदासी से कहा। 'यही तो मैं चाहता हूँ। और ज़्यादा शोहरत।'

'गुड लक!' कॉलिन ने कहा, जब वे सही कमरे तक पहुँच गए। हैरी ने दरवाज़ा खटखटाया और अंदर चला गया।

वह एक छोटे क्लासरूम में पहुँच गया था। ज़्यादातर डेस्कों को कमरे में पीछे की तरफ़ धका दिया गया था, जिससे बीच में काफ़ी जगह ख़ाली हो गई थी। बहरहाल, तीन डेस्कें ब्लैकबोर्ड के सामने रखी हुई थीं और मख़मल की एक

लंबी चादर से ढँकी हुई थीं। इन डेस्कों के पीछे पाँच कुर्सियाँ लगी थीं, जिनमें से एक पर लूडो बैगमैन बैठे हुए थे। वे एक जादूगरनी से बातें कर रहे थे, जिसे हैरी ने पहले कभी नहीं देखा था। उसने लाल दुशाला पहन रखा था।

विक्टर क्रम हमेशा की तरह कोने में चिड़चिड़े अंदाज़ में खड़ा था और किसी से भी बातचीत नहीं कर रहा था। सेडरिक और फ़्लर बातें कर रहे थे। फ़्लर पहले से ज़्यादा ख़ुश दिख रही थी। वह बार-बार अपना सिर पीछे की तरफ़ उछालती थी, जिससे उसके लंबे सुनहरे बाल चमकने लगते थे। तोंद वाला एक आदमी एक बड़ा काला कैमरा पकड़े हुए था, जिसमें से थोड़ा धुआँ निकल रहा था। वह कनखियों से फ़्लर को देख रहा था।

बैगमैन ने अचानक हैरी को देख लिया। वे तेज़ी से उठकर उसकी तरफ़ लपके। 'आह, यह आ गया हमारा चौथा चैंपियन! अंदर आ जाओ, हैरी, अंदर आ जाओ ... चिंता की कोई बात नहीं है, यहाँ तो सिर्फ़ छड़ियों की जाँच होनी है। बाक़ी के निर्णायक भी कुछ ही पलों में यहाँ आ जाएँगे –'

'छड़ियों की जाँच?' हैरी ने घबराकर उनकी बात दोहराई।

'हम यह जाँच करेंगे कि तुम्हारी छड़ियाँ ठीक तरह से काम कर रही हैं या नहीं। देखो, छड़ी के साथ कोई समस्या नहीं होनी चाहिए, क्योंकि आगे के कामों में वही तुम्हारा सबसे महत्वपूर्ण हथियार होगी,' बैगमैन ने कहा। 'ऊपर की मंज़िल पर विशेषज्ञ अभी डम्बलडोर से बात कर रहा है। और फिर फ़ोटो खिंचेंगे। ये रीटा स्कीटर हैं,' उन्होंने लाल दुशाले वाली जादूगरनी की तरफ़ इशारा करते हुए कहा, 'ये *दैनिक जादूगर* के लिए टूर्नामेंट पर एक छोटा सा लेख लिखने वाली हैं ...'

'शायद *उतना* छोटा भी नहीं, लूडो,' रीटा स्कीटर ने हैरी को देखते हुए कहा।

रीटा स्कीटर के बाल बड़े-बड़े घुँघराले छल्लों में जमे थे, जो उनके भारी जबड़े वाले चेहरे पर अजीब लग रहे थे। उन्होंने रत्नजड़ित चश्मा पहन रखा था। उनकी मोटी उँगलियाँ मगरमच्छ की खाल वाले हैंडबैग को पकड़े थीं। उनके नाख़ून दो इंच लंबे थे और उन पर लाल नेलपॉलिश लगी थी।

'मैं सोच रही थी कि क्या यह काम शुरू होने से पहले मैं हैरी से दो मिनट बात कर सकती हूँ?' उन्होंने बैगमैन से पूछा, लेकिन उनकी आँखें अब भी हैरी पर ही टिकी हुई थीं। 'सबसे छोटा चैंपियन, है ना ... लेख को थोड़ा दिलचस्प बनाने के लिए?'

'निश्चित रूप से!' बैगमैन चिल्लाए। 'यानी – अगर हैरी को कोई आपत्ति न हो तो?'

'अर –' हैरी ने कहा।

'बहुत बढ़िया,' रीटा स्कीटर बोलीं और एक पल में ही उनकी लाल नाख़ूनों वाली उँगलियों ने हैरी की बाँह को सख़्ती से पकड़ लिया। वे उसे कमरे से बाहर ले गईं और पास वाले एक दरवाज़े के भीतर घुसा दिया।

'हम उतने शोरशराबे में बात नहीं कर सकते थे,' वे बोलीं। 'चलो देखते हैं ... ओह हाँ, यह काफ़ी अच्छी और शांत जगह है।'

यह झाड़ुओं की अलमारी थी। हैरी ने रीटा स्कीटर को घूरकर देखा।

'चलो – ठीक है – बहुत बढ़िया,' रीटा स्कीटर ने एक उलटी बाल्टी पर बैठते हुए कहा और हैरी को धक्का देकर एक कार्डबोर्ड बॉक्स पर बैठा दिया। फिर उन्होंने दरवाज़ा बंद कर दिया, जिससे अँधेरा हो गया। 'अच्छा, अब देखते हैं ...'

उन्होंने अपने मगरमच्छ की खाल वाले हैंडबैग को खोलकर उसमें से कुछ मोमबत्तियाँ निकालीं और अपनी छड़ी लहराकर उन्हें जलाने लगीं। फिर उन्होंने मोमबत्तियों को जादू से हवा में ऊपर उठा दिया, ताकि वहाँ पर उजाला हो सके।

'हैरी, अगर मैं तीव्र-कथन क़लम का इस्तेमाल करूँ, तो तुम्हें कोई दिक्क़त तो नहीं होगी? इससे मैं तुमसे आराम से बात कर सकती हूँ ...'

'क्या?' हैरी ने पूछा।

रीटा स्कीटर की मुस्कान चौड़ी हो गई। हैरी को उनके मुँह में सोने के तीन दाँत दिखे। उन्होंने एक बार फिर मगरमच्छ की खाल वाले बैग में हाथ डाला और उसमें से एक लंबी हरी क़लम और चर्मपत्र का रोल बाहर निकाला। चर्मपत्र के रोल को उन्होंने मिसेज़ स्कोवर के दाग़-धब्बे साफ़ करने वाले बहुउपयोगी जादुई पाउडर के संदूक पर फैला लिया। उन्होंने हरी क़लम की नोक को अपने मुँह में रखा, उसे एक पल चूसा और फिर उसे चर्मपत्र पर सीधा रख दिया। क़लम अपनी नोक पर संतुलित होकर खड़ी हुई और हल्के से थरथराने लगी।

'इसकी जाँच कर लूँ ... मैं *दैनिक जादूगर* की रिपोर्टर रीटा स्कीटर हूँ।'

हैरी ने तत्काल क़लम की तरफ़ देखा। रीटा स्कीटर ने जिस पल बोलना शुरू किया, हरी क़लम अपने आप चर्मपत्र पर लिखने लगी :

तैतालीस साल की आकर्षक रिपोर्टर रीटा स्कीटर, जिनकी तेज़-तर्रार क़लम ने बहुत से प्रतिष्ठित लोगों का पर्दाफ़ाश किया है –

'बहुत बढ़िया,' रीटा स्कीटर ने कहा और चर्मपत्र के ऊपरी हिस्से को फाड़कर अपने हैंडबैग में भर लिया। फिर वे हैरी की तरफ़ मुड़ीं और बोलीं, 'तो हैरी ... तुमने जादूगरी के त्रिकोणीय टूर्नामेंट में हिस्सा लेने का फ़ैसला क्यों किया?'

'अर –' हैरी ने कहा, क्योंकि क़लम को देखने के कारण उसका ध्यान भटक रहा था। हालाँकि उसने कुछ नहीं कहा था, लेकिन क़लम चर्मपत्र पर सरपट भाग रही थी और वह उसका लिखा वाक्य पढ़ सकता था :

हैरी पॉटर के आकर्षक चेहरे पर एक बदसूरत निशान धब्बे की तरह दिखता है, जो उसके दुखद अतीत की धरोहर है। हैरी की आँखें –

'क़लम की तरफ़ मत देखो, हैरी,' रीटा स्कीटर ने सख़्ती से कहा। अनिच्छा से हैरी उनकी तरफ़ देखने लगा। 'अब – हैरी, यह बताओ कि तुमने टूर्नामेंट में हिस्सा लेने का फ़ैसला क्यों किया?'

'मैंने नहीं किया,' हैरी ने कहा। 'मैं नहीं जानता कि मेरा नाम आग के प्याले में कैसे पहुँचा? मैंने अपना नाम नहीं डाला था।'

रीटा स्कीटर ने अपनी एक भौंह उठाते हुए कहा, 'देखो हैरी, इस बात से मत डरो कि तुम मुश्किल में फँस जाओगे। हम सब जानते हैं कि तुम्हें दरअसल टूर्नामेंट में हिस्सा नहीं लेना चाहिए था। लेकिन इस बारे में अब चिंता की कोई बात नहीं है। हमारे पाठक विद्रोही लोगों को पसंद करते हैं।'

'लेकिन मैंने अपना नाम नहीं डाला,' हैरी ने दोहराया। 'मैं नहीं जानता कि ऐसा किसने –'

'तुम्हें जो मुश्किल काम करने हैं, उनके बारे में तुम कैसा महसूस करते हो?' रीटा स्कीटर ने पूछा। 'रोमांचित हो? या फिर घबरा रहे हो?'

'मैंने दरअसल इस बारे में सोचा ही नहीं है ... हाँ, शायद घबरा रहा हूँ,' हैरी ने कहा। यह कहते समय उसे अपने अंदर अजीब सा एहसास होने लगा था।

'अतीत के टूर्नामेंटों में कई चैंपियन मर चुके हैं, है ना?' रीटा स्कीटर ने तेज़ी से कहा। 'क्या तुमने इसके बारे में सोचा है?'

हैरी बोला, 'देखिए ... लोग कहते हैं कि इस साल यह टूर्नामेंट ज़्यादा सुरक्षित रहेगा।'

क़लम चर्मपत्र पर तेज़ी से भागती रही, जैसे यह स्केटिंग कर रही हो।

'ज़ाहिर है, तुम पहले भी मौत का सामना कर चुके हो, है ना?' रीटा

स्कीटर ने उसे ग़ौर से देखते हुए कहा। 'तुम क्या कहोगे, इस बात का तुम पर क्या प्रभाव पड़ा है?'

'अर,' हैरी ने दोबारा कहा।

'तुम्हें क्या लगता है, तुम अतीत के सदमे के कारण अपनी प्रतिभा को साबित करना चाहते हो? अपनी प्रतिष्ठा क़ायम रखने के लिए? क्या तुम्हें लगता है कि तुम जादूगरी के त्रिकोणीय टूर्नामेंट में नाम डालने के लिए इसलिए उतावले थे, क्योंकि –'

'मैंने अपना नाम नहीं डाला,' हैरी ने कहा, जो अब थोड़ा चिढ़ गया था।

रीटा स्कीटर ने पूछा, 'क्या तुम्हें अपने मम्मी-डैडी की याद आती है?'

'नहीं,' हैरी ने कहा।

'तुम्हें क्या लगता है, यह जानकर उन्हें कैसा महसूस होता कि तुम जादूगरी के त्रिकोणीय टूर्नामेंट में भाग ले रहे हो? उन्हें गर्व होता? या वे चिंतित होते? या फिर वे नाराज़ होते?'

हैरी अब सचमुच चिढ़ने लगा था। उसे यह कैसे मालूम हो सकता है कि अगर उसके मम्मी-डैडी ज़िंदा होते, तो उन्हें कैसा लगता? उसे एहसास हो रहा था कि रीटा स्कीटर उसे बहुत ग़ौर से देख रही थीं। अपने माथे पर बल डालते हुए उसने उनके चेहरे से नज़रें हटाईं और नीचे उन शब्दों को देखने लगा, जो क़लम ने अभी-अभी लिखे थे।

उसकी हरी आँखों में आँसू भर आए, जब हमारी बातचीत
उसके मम्मी-डैडी की तरफ़ मुड़ी, जिनकी उसे याद तक नहीं है।

'मेरी आँखों में आँसू **नहीं हैं!'** हैरी ने ज़ोर से कहा।

इससे पहले कि रीटा स्कीटर एक शब्द भी कह पातीं, झाड़ुओं की अलमारी का दरवाज़ा खुल गया। हैरी ने मुड़कर देखा। अचानक हुई चमकदार रोशनी के कारण उसकी आँखें चौंधियाने लगीं। वहाँ एल्बस डम्बलडोर खड़े थे और उन दोनों को अलमारी में बैठा देख रहे थे।

'डम्बलडोर!' रीटा स्कीटर ख़ुशी का इज़हार करते हुए चीख़ीं – लेकिन हैरी ने देखा कि उनकी क़लम और चर्मपत्र अचानक जादुई पाउडर के संदूक से ग़ायब हो चुके थे और रीटा स्कीटर अपने मगरमच्छ की खाल वाले बैग को फटाफट बंद कर रही थीं। उन्होंने खड़े होकर अपना आदमियों जैसा बड़ा हाथ डम्बलडोर की तरफ़ बढ़ाया और पूछा, 'आप कैसे हैं? जादूगरों के अंतर्राष्ट्रीय महासंघ के सम्मेलन के बारे में मैंने गर्मियों में जो लेख लिखा था, उम्मीद है

आपने उसे पढ़ा होगा?'

'वह लेख बहुत ही मज़ेदार और बुरा था,' डम्बलडोर ने चमकती आँखों के साथ कहा। 'आपने उसमें मुझे दक़ियानूसी खूसट कहा था, यह बात मुझे ख़ास तौर पर पसंद आई।'

रीटा स्कीटर के चेहरे पर शर्म का नामोनिशान नहीं था। उन्होंने कहा, 'डम्बलडोर, मैं तो सिर्फ़ यह कहना चाहती थी कि आपके कुछ विचार थोड़े पुराने पड़ गए हैं और आम जादूगर –'

'रीटा, मुझे इस बदतमीज़ी के पीछे के तर्क सुनने में ख़ुशी होगी,' डम्बलडोर ने अपना सिर झुकाकर मुस्कराते हुए कहा, 'लेकिन मुझे लगता है कि हमें इस विषय पर बाद में बातचीत करनी होगी। छड़ियों की जाँच शुरू होने वाली है और अगर हमारा एक चैंपियन झाड़ुओं की अलमारी में छिपा रहेगा, तो यह काम नहीं हो सकता।'

रीटा स्कीटर से छुटकारा पाकर हैरी बहुत ख़ुश हुआ। वह फटाफट वहाँ से निकलकर कमरे में पहुँच गया। बाक़ी चैंपियन दरवाज़े के पास लगी कुर्सियों पर बैठ चुके थे। वह भी जल्दी से जाकर सेडरिक के पास बैठ गया। उसने मख़मल के कपड़े से ढँकी टेबल की तरफ़ देखा, जहाँ पाँच में से चार निर्णायक बैठे हुए थे – प्रोफ़ेसर कारकारोफ़, मैडम मैक्सिम, मिस्टर क्राउच और लूडो बैगमैन। रीटा स्कीटर एक कोने में बैठ गईं। हैरी ने देखा कि उन्होंने अपने बैग में से अपना चर्मपत्र दोबारा बाहर निकालकर अपने घुटने पर फैला लिया था और अपनी तीव्र-कथन क़लम को चूसकर उसका एक सिरा एक बार फिर चर्मपत्र पर रख दिया था।

डम्बलडोर ने बाक़ी निर्णायकों के पास बैठकर चैंपियनों से कहा, 'अब मैं मिस्टर ऑलिवैन्डर से आपका परिचय करवाता हूँ। वे आप लोगों की छड़ियों की जाँच करेंगे और इस बात की तसल्ली करेंगे कि टूर्नामेंट से पहले वे अच्छी हालत में हैं।'

हैरी ने चारों तरफ़ देखा। उसे यह देखकर बहुत हैरानी हुई कि बड़ी-बड़ी, पीली आँखों वाला एक बूढ़ा जादूगर खिड़की के पास चुपचाप खड़ा हुआ था। हैरी मिस्टर ऑलिवैन्डर से पहले भी मिल चुका था – हैरी ने तीन साल पहले छूमंतर गली में अपनी छड़ी उन्हीं से ख़रीदी थी।

'मिस डेलाकोर, सबसे पहले आप आएँ!' मिस्टर ऑलिवैन्डर ने कमरे के बीच की ख़ाली जगह में क़दम रखते हुए कहा।

फ़्लर डेलाकोर मिस्टर ऑलिवैन्डर के पास गई और उन्हें अपनी छड़ी थमा दी।

'हूँ ...' मिस्टर ऑलिवैन्डर ने कहा।

उन्होंने छड़ी को अपनी लंबी उँगलियों में डंडे की तरह घुमाया। छड़ी से गुलाबी-सुनहरी चिंगारियाँ निकलने लगीं। फिर उन्होंने उसे अपनी आँखों के क़रीब रखकर ग़ौर से देखा।

'हाँ,' उन्होंने धीरे से कहा, 'साढ़े नौ इंच लंबी ... कठोर ... रोज़वुड ... और इसमें है ... ओह ...'

'मृत मोहिनी का बाल,' फ़्लर ने कहा। 'मेरी दादी का है।'

हैरी ने सोचा, तो फ़्लर कुछ हद तक मोहिनी है। उसने यह भी सोचा कि वह रॉन को यह बात ज़रूर बताएगा ... लेकिन फिर उसे याद आया कि रॉन से तो उसकी बोलचाल बंद थी।

'हाँ,' मिस्टर ऑलिवैन्डर ने कहा, 'हाँ, मैंने अपनी छड़ियों में कभी मोहिनी के बाल का इस्तेमाल नहीं किया है। मुझे लगता है, इससे छड़ियाँ थोड़ी चंचल हो जाती हैं ... बहरहाल, अगर तुम्हें यह जमती है, तो कोई दिक्क़त नहीं है ...'

मिस्टर ऑलिवैन्डर ने अपनी उँगलियाँ छड़ी पर घुमाकर जाँच की कि उस पर कोई खरोंच या उभार तो नहीं है। फिर वे बुदबुदाए, *'पुष्पितो!'* छड़ी की नोक से फूलों का गुच्छा बाहर आ गया।

'बहुत बढ़िया, बहुत बढ़िया, यह ठीक हालत में है,' मिस्टर ऑलिवैन्डर ने फूलों को समेटा और उन्हें छड़ी के साथ फ़्लर को दे दिया। 'मिस्टर डिगोरी, अब आपकी बारी है।'

फ़्लर वापस अपनी सीट पर लौट गई और सेडरिक के पास से गुज़रते समय मुस्कराई।

जब सेडरिक ने मिस्टर ऑलिवैन्डर को अपनी छड़ी दी, तो उन्होंने थोड़े ज़्यादा उत्साह से कहा, 'आह, यह छड़ी तो मेरी ही बनाई हुई है, है ना ? हाँ, यह मुझे अच्छी तरह से याद है। इसमें एक बेहतरीन नर यूनिकॉर्न की पूँछ का एक बाल है ... वह सत्रह हाथ लंबा होगा। जब मैंने उसकी पूँछ का बाल खींचा, तो उसने मुझे सींग मारकर लहूलुहान कर दिया था ... सवा बारह इंच ... एश लकड़ी ... थोड़ी लचकदार। यह अच्छी हालत में दिख रही है ... क्या तुम इसकी नियमित देखभाल करते हो ?'

'कल रात को ही पॉलिश की है,' सेडरिक ने मुस्कराते हुए कहा।

हैरी ने अपनी छड़ी की तरफ़ देखा। उसे उस पर हर तरफ़ उँगलियों के निशान दिख रहे थे। उसने अपने दुशाले को पकड़ा और उससे चोरी से छड़ी रगड़कर साफ़ करने की कोशिश करने लगा। छड़ी के सिरे से सुनहरी चिंगारियाँ

निकलने लगीं। जब फ़्लर डेलाकोर ने उसे बड़प्पन भरे अंदाज़ में देखा, तो हैरी ने कोशिश छोड़ दी।

मिस्टर ऑलिवैन्डर ने सेडरिक की छड़ी की नोक से सफ़ेद धुएँ के छल्ले निकाले और उसे संतोषजनक क़रार दिया। फिर वे बोले, 'अब मिस्टर क्रम, आप आइए।'

विक्टर क्रम आगे आया। वह लँगड़ाकर चल रहा था, उसके पंजे बाहर की तरफ़ निकले थे और उसके कंधे झुके हुए थे। वह मिस्टर ऑलिवैन्डर के पास पहुँचा। उसने त्योरियाँ चढ़ाकर अपनी छड़ी आगे बढ़ाई और अपने हाथ अपने दुशालों की जेबों में डाल लिए।

'हूँ,' मिस्टर ऑलिवैन्डर बोले, 'अगर मैं ग़लत नहीं हूँ, तो यह छड़ी ग्रेगरोविच ने बनाई है। बहुत बढ़िया छड़ी बनाता है, हालाँकि उसकी शैली वैसी नहीं है, जैसी मुझे ... बहरहाल ...'

उन्होंने छड़ी उठाकर उसकी बारीक़ी से जाँच की और उसे उलट-पुलट कर ग़ौर से देखा।

'हाँ ... हॉर्नबीम और ड्रैगन के दिल का रेशा?' उन्होंने क्रम की तरफ़ देखा, जिसने सहमति में अपना सिर हिलाया। 'सामान्य छड़ियों से थोड़ी ज़्यादा मोटी है ... बहुत कठोर है ... सवा दस इंच ... *पक्षीप्रकटम्!'*

हॉर्नबीम की छड़ी से बंदूक की तरह का धमाका हुआ। उसके सिरे से कई छोटी चिड़ियाएँ पंख फड़फड़ाते हुए बाहर निकलीं और खुली खिड़की से होती हुई हल्की खिली धूप में चली गईं।

'बढ़िया,' मिस्टर ऑलिवैन्डर ने क्रम को उसकी छड़ी लौटाते हुए कहा। 'और अब बचते हैं ... मिस्टर पॉटर।'

हैरी खड़ा हुआ और क्रम के पास से होता हुआ मिस्टर ऑलिवैन्डर के पास पहुँच गया। उसने उन्हें अपनी छड़ी थमाई।

'आह, हाँ,' मिस्टर ऑलिवैन्डर ने कहा। उनकी पीली आँखों में अचानक चमक आ गई। 'हाँ, हाँ, हाँ। मुझे बहुत अच्छी तरह याद है।'

हैरी को भी बहुत अच्छी तरह याद था। हैरी को वह घटना इतनी अच्छी तरह याद थी, जैसे कल ही हुई हो ...

चार साल पहले गर्मियों में, अपने ग्यारहवें जन्मदिन पर वह हैग्रिड के साथ छड़ी ख़रीदने के लिए मिस्टर ऑलिवैन्डर की दुकान में गया था। उसका नाप लेने के बाद मिस्टर ऑलिवैन्डर ने उसे बहुत सी छड़ियाँ दिखाई थीं। हैरी ने उन सभी को घुमाया था, लेकिन कोई भी उसके अनुकूल नहीं थी, जब तक कि

आख़िरकार उसे वह छड़ी नहीं मिल गई, जो उसके लिए बिलकुल अनुकूल थी - यह छड़ी शूलपर्णी की लकड़ी से बनी थी, ग्यारह इंच लंबी थी और इसमें फ़ीनिक्स की पूँछ का एक पंख था। मिस्टर ऑलिवैन्डर इस बात पर बड़े हैरान हुए कि हैरी को वही छड़ी रास आई थी। उन्होंने कहा था, 'अजीब बात है ... अजीब बात है।' जब हैरी ने पूछा था कि इसमें क्या अजीब बात है, तो उन्होंने कहा था कि हैरी की छड़ी में जिस फ़ीनिक्स का पंख है, उसी फ़ीनिक्स का पंख लॉर्ड वोल्डेमॉर्ट की छड़ी में भी है।

हैरी ने यह बात कभी किसी को नहीं बताई थी। उसे अपनी छड़ी से प्रेम था और जहाँ तक वोल्डेमॉर्ट की छड़ी से इसके संबंध का सवाल था, इसमें कुछ नहीं किया जा सकता था - जैसे पेटूनिया आंटी से उसके संबंध को लेकर कुछ नहीं किया जा सकता था। बहरहाल, वह मन ही मन सोचने लगा कि कहीं मिस्टर ऑलिवैन्डर कमरे में मौजूद सभी लोगों को यह बात न बता दें। उसके मन में यह मज़ेदार विचार आया कि अगर उन्होंने ऐसा किया, तो रीटा स्कीटर की तीव्र-कथन क़लम में रोमांच के कारण विस्फोट हो सकता है।

मिस्टर ऑलिवैन्डर ने हैरी की छड़ी की जाँच बाक़ी छड़ियों से ज़्यादा देर तक की। अंततः उन्होंने उससे एक झरना निकाला। फिर उन्होंने छड़ी हैरी को वापस करते हुए कहा कि यह बहुत अच्छी हालत में है।

'आप सभी को धन्यवाद,' डम्बलडोर ने निर्णायकों की टेबल से खड़े होते हुए कहा। 'अब आप लोग अपनी-अपनी क्लास में जा सकते हैं - या फिर शायद आप अपने लंच के लिए इससे ज़्यादा जल्दी पहुँच सकते हैं, क्योंकि क्लासें ख़त्म होने ही वाली हैं -'

हैरी इस बात से ख़ुश था कि आख़िर आज कोई चीज़ तो सही हुई। वह वहाँ से जाने ही वाला था, लेकिन तभी काले कैमरे वाला आदमी कूदकर सामने आ गया और उसने अपना गला साफ़ किया।

'फ़ोटो, डम्बलडोर, फ़ोटो!' बैगमैन रोमांचित होकर चिल्लाए। 'सभी निर्णायकों और चैंपियनों के फ़ोटो लेने होंगे। आपका क्या विचार है, रीटा?'

'अर - हाँ, पहले हम सबका सामूहिक फ़ोटो ले लेते हैं,' रीटा स्कीटर ने कहा, जिनकी आँखें एक बार फिर हैरी पर जमी हुई थीं, 'और फिर शायद हम हर एक का व्यक्तिगत फ़ोटो ले लेंगे।'

फ़ोटो खिंचने में काफ़ी समय लगा। मैडम मैक्सिम जहाँ भी खड़ी होती थीं, बाक़ी लोग उनके पीछे छिप जाते थे और फ़ोटोग्राफ़र इतना पीछे नहीं हो सकता था कि उन्हें भी फ्रेम में ले सके। अंततः इसका उपाय यही निकाला गया कि मैडम मैक्सिम बैठ जाएँ और बाक़ी लोग उनके आस-पास खड़े रहें।

कारकारोफ़ अपनी बकरा-दाढ़ी को अपनी उँगली से घुमाते रहे, ताकि यह थोड़ी और ज़्यादा घुँघराली दिखे। हैरी को लगा था कि क्रम को तो फ़ोटो खिंचवाने की आदत होगी, लेकिन वह सबसे पीछे आधा छिपा हुआ था। फ़ोटोग्राफ़र फ़्लर को सबसे आगे लाने में बहुत दिलचस्पी ले रहा था, जबकि रीटा स्कीटर बार-बार हैरी को धक्का देकर सबसे प्रमुख स्थान पर खड़ा करती रहीं। फिर उन्होंने सभी चैंपियनों के व्यक्तिगत फ़ोटो लेने पर ज़ोर दिया। अंत में सभी चैंपियनों को वहाँ से जाने की इज़ाज़त मिल गई।

हैरी खाना खाने गया। हर्माइनी वहाँ नहीं थी। हैरी समझ गया कि वह अभी भी अस्पताल में अपने दाँत ठीक करवा रही होगी। वह टेबल के सिरे पर अकेला बैठकर खाने लगा। फिर वह गरुड़द्वार के हॉल की तरफ़ लौटा। वह सोचता जा रहा था कि उसे आह्वान सम्मोहन का कितना सारा अतिरिक्त होमवर्क करना है। अपने कमरे में पहुँचने पर वह रॉन के पास से निकला।

जैसे ही वह अंदर पहुँचा, रॉन जल्दी से बोला, 'तुम्हारे लिए एक उल्लू आया है।' उसने हैरी के तकिए की तरफ़ इशारा किया। स्कूल का करैल उल्लू वहाँ पर उसका इंतज़ार कर रहा था।

'ओह - ठीक है,' हैरी ने कहा।

'और स्नेप हमें कल रात को अपने तहखाने में सज़ा देंगे,' रॉन ने कहा।

इसके बाद वह कमरे से बाहर चला गया और उसने हैरी की तरफ़ देखा तक नहीं। हैरी ने सोचा कि क्या वह उसके पीछे जाए। वह तय नहीं कर पा रहा था कि वह उससे बात करना चाहता था या उसे मारना चाहता था, दोनों ही विचार बहुत आकर्षक लग रहे थे। लेकिन सिरियस के जवाब का आकर्षण उनसे भी ज़्यादा प्रबल था। हैरी ने करैल उल्लू की तरफ़ क़दम बढ़ाए, उसके पैर से चिट्ठी खोली और उसे पढ़ने लगा।

हैरी,

मैं जो कहना चाहता हूँ, वह सब मैं चिट्ठी में नहीं लिख सकता। यह ख़तरनाक भी है, क्योंकि उल्लू को रास्ते में पकड़ा भी जा सकता है। हमें आमने-सामने बात करनी होगी। क्या तुम गरुड़द्वार हॉल में 22 और 23 नवंबर के बीच की रात को एक बजे अँगीठी के सामने अकेले रह सकते हो?

मैं बहुत अच्छी तरह से जानता हूँ कि तुम अपना

ध्यान रख सकते हो। वैसे भी, जब डम्बलडोर और मूडी तुम्हारे आस-पास हैं, तो मुझे नहीं लगता कि कोई तुम्हें नुक़सान पहुँचा पाएगा। बहरहाल, कोई बहुत अच्छी कोशिश कर रहा है। टूर्नामेंट में तुम्हारा नाम डालना बहुत ख़तरनाक काम था। ख़ास तौर पर इसलिए, क्योंकि यह काम डम्बलडोर की नाक के नीचे हुआ था।

अपनी आँखें खुली रखना, हैरी। अगर कोई भी असामान्य घटना हो, तो मुझे ज़रूर बताना। 22 और 23 नवंबर के बीच की रात के बारे में मुझे जल्दी से जल्दी बता देना।

सिरियस

अध्याय उन्नीस

हंगेरियन ड्रैगन हॉर्नटेल

सिरियस से बातचीत की उम्मीद से ही हैरी को अगले पंद्रह दिनों तक संबल मिला। माहौल बहुत ही स्याह था और ऐसे में सिरियस ही भविष्य के आसमान में चमकने वाला एकमात्र सितारा था। स्कूल चैंपियन चुने जाने का सदमा अब थोड़ा कम हो चुका था। अब हैरी को यह डर सताने लगा था कि उसे टूर्नामेंट में जाने किस ख़तरनाक चुनौती का सामना करना होगा। पहले काम की तारीख़ अब लगातार पास आती जा रही थी। उसे महसूस हुआ, जैसे पहला काम किसी भयंकर जानवर की तरह उसका रास्ता रोककर खड़ा हुआ था। उसे इतनी घबराहट पहले कभी नहीं हुई थी। यह तो क्विडिच मैच के पहले की घबराहट से भी ज़्यादा भयंकर थी। यह तो नागशक्ति के ख़िलाफ़ हुए आख़िरी क्विडिच मैच के पहले की घबराहट से भी बहुत ज़्यादा थी, जिसमें यह फ़ैसला होना था कि क्विडिच कप कौन जीतेगा। भविष्य के बारे में सोचने में हैरी को बहुत मुश्किल आ रही थी। उसे ऐसा लग रहा था, जैसे इस पहले काम में ही उसका काम तमाम हो जाएगा ...

सच कहा जाए तो उसे यह उम्मीद नहीं थी कि सिरियस की बातचीत से उसे सैकड़ों लोगों के सामने किसी मुश्किल और ख़तरनाक जादुई काम करने में कोई मदद मिलेगी, लेकिन सिर्फ़ दोस्ताना चेहरे की झलक ही इस समय उसके लिए बहुत महत्वपूर्ण थी। हैरी ने सिरियस को लिखकर बता दिया कि वह उसके बताए दिन और समय पर गरुड़द्वार के हॉल की अँगीठी के सामने मौजूद रहेगा। उसने और हर्माइनी ने काफ़ी समय तक योजना बनाई कि अगर उस रात को कोई हॉल में देर तक बैठा रहा, तो वे उसे वहाँ से बाहर कैसे भेजेंगे। अगर स्थिति बहुत ख़राब हुई, तो वे गोबरबम फोड़कर उसे वहाँ से भगा सकते हैं, लेकिन वे उम्मीद कर रहे थे कि इसकी नौबत न आए - वरना फ़िल्च उनकी खाल खींच लेगा।

इस दौरान, महल के भीतर हैरी की ज़िंदगी बहुत दुखद हो गई, क्योंकि त्रिकोणीय जादूगरी के टूर्नामेंट के बारे में रीटा स्कीटर का लेख छप चुका था। यह टूर्नामेंट पर कम और हैरी की रंगीन जीवनगाथा पर ज़्यादा केंद्रित था। पहले पेज पर हैरी की बड़ी सी तस्वीर छपी थी और लेख भी (जो पेज दो, छह और सात पर आगे गया था) हैरी के बारे में ही था। बाबैटन्स और डर्मस्ट्रैंग के चैंपियनों के नाम (जिनकी स्पेलिंग ग़लत थी) लेख की आख़िरी लाइन में लिखे गए थे और सेडरिक का तो ज़िक्र तक नहीं था।

लेख दस दिन पहले छपा था और उसके बारे में सोचकर अब भी हैरी का दिल ख़राब हो जाता था। जब भी वह इस बारे में सोचता था, उसे शर्म आने लगती थी। रीटा स्कीटर ने कई मनगढ़ंत बातें लिखी थीं, जो उसने झाड़ुओं की अलमारी में तो क्या, ज़िंदगी में कभी नहीं कही थीं।

> *'मुझे लगता है कि मुझे अपने मम्मी-डैडी की याद से शक्ति मिलती है। मैं जानता हूँ कि अगर वे मुझे इस समय देखते, तो उन्हें मुझ पर बहुत गर्व होता ... हाँ, मुझे यह स्वीकार करने में ज़रा भी शर्म नहीं है कि कई बार रात को मैं उनकी याद करके रोता हूँ ... मैं जानता हूँ कि टूर्नामेंट में मुझे कोई नुक़सान नहीं पहुँच सकता, क्योंकि वे मेरी रक्षा करेंगे ...'*

लेकिन रीटा स्कीटर ने सिर्फ़ काल्पनिक बातें ही नहीं लिखी थीं। उन्होंने हैरी के बारे में दूसरे लोगों से इंटरव्यू भी लिए थे।

> *हैरी को हॉगवर्ट्स में आख़िर अपनी प्रेमिका मिल गई है। उसके क़रीबी दोस्त कॉलिन क्रीवी के अनुसार हैरी हमेशा हर्माइनी ग्रेंजर नाम की लड़की के साथ ही रहता है। हर्माइनी मगलू घर में पैदा हुई एक बेहद सुंदर लड़की है, जो हैरी की ही तरह स्कूल के सबसे अच्छे विद्यार्थियों में से एक है।*

जिस दिन से वह लेख छपा था, हैरी को बहुत से लोगों, ख़ासकर नागशक्ति के विद्यार्थियों के ताने सुनने पड़े थे। जब भी वह उनके पास से गुज़रता था, वे उस पर व्यंग्यात्मक टिप्पणियाँ करने लगते थे।

'रुमाल चाहिए, पॉटर! हो सकता है, रूपांतरण की क्लास में तुम रोना शुरू कर दो!'

'तुम कब से स्कूल के सबसे अच्छे विद्यार्थी हो गए, पॉटर ? या फिर यह

कोई नया स्कूल है, जो तुमने और लाँगबॉटम ने मिलकर खोला है?'

'सुनो – हैरी!'

'हाँ, यह सच है,' हैरी अब तानों से उकता गया था, इसलिए वह बिना मुड़े ही गलियारे में चिल्लाने लगा। 'मैं अपनी मम्मी की याद में रो रहा हूँ और मैं अभी और रोने जा रहा हूँ ...'

'नहीं – मैं तो बस यह कह रही थी – कि तुम्हारी क़लम गिर गई है।'

यह बात चो ने कही थी। हैरी का चेहरा लाल हो गया।

'ओह – ठीक है – सॉरी,' वह बुदबुदाया और उसने क़लम उठा ली।

'अर ... मंगलवार के काम के लिए गुड लक,' चो ने कहा। '– मुझे सचमुच उम्मीद है कि तुम अच्छा प्रदर्शन करोगे।'

यह सुनकर हैरी ख़ुद को बहुत मूर्ख महसूस करने लगा।

हर्माइनी को भी काफ़ी ताने सुनने पड़ रहे थे, लेकिन वह अपने सहपाठियों पर चिल्लाती नहीं थी। वह जिस तरह स्थिति का सामना कर रही थी, दरअसल हैरी मन ही मन उसका कायल था।

रीटा स्कीटर के लेख छपने के बाद जब पैन्सी पार्किन्सन ने हर्माइनी को पहली बार देखा, तो उसने चिल्लाकर कहा था, *'बेहद सुंदर? यह?* रीटा इसकी तुलना किससे कर रही थी – बंदरिया से?'

'जाने दो, उसकी बात पर ध्यान मत दो,' हर्माइनी ने गरिमापूर्ण आवाज़ में हैरी से कहा और अपना सिर तानकर नागशक्ति की हँसती हुई लड़कियों के पास से गुज़र गई, जैसे उसने उनकी बात सुनी ही न हो। 'उसकी बात पर ध्यान मत दो, हैरी।'

लेकिन हैरी कैसे ध्यान नहीं देता? रॉन ने उससे तब से कोई बात नहीं की थी, जब उसने उसे स्नेप की सज़ा के बारे में बताया था। हैरी को इस बात की थोड़ी उम्मीद थी कि स्नेप के तहख़ाने में दो घंटे तक चूहों के भेजे का अचार डालते समय उनमें दोस्ती हो जाएगी। लेकिन उसी दिन रीटा का लेख छप गया, जिससे रॉन को पूरा विश्वास हो गया कि हैरी सचमुच लोकप्रियता का भूखा था और उसे यह सब बहुत अच्छा लग रहा था।

हर्माइनी उन दोनों से बहुत नाराज़ थी। वह एक से दूसरे के पास जाती थी और उन्हें आपस में बातें करने के लिए मनाती थी। लेकिन हैरी इस बात पर अटल था : वह रॉन से दोबारा तभी बात करेगा, जब रॉन यह मान लेगा कि हैरी ने अपना नाम आग के प्याले में नहीं डाला था और वह हैरी को झूठा कहने के लिए उससे माफ़ी माँगेगा।

'मैंने यह शुरू नहीं किया है,' हैरी ने ज़िद्दी स्वर में कहा। 'यह उसकी समस्या है।'

'तुम्हें उसकी याद आती है!' हर्माइनी ने अधीरता से कहा। 'और मैं *जानती* हूँ कि उसे भी तुम्हारी याद आती है –'

'उसकी याद आती है?' हैरी ने कहा। 'मुझे *उसकी* ज़रा भी *याद* नहीं आती है ...'

लेकिन यह सरासर झूठ था। हैरी हर्माइनी को बहुत पसंद करता था, लेकिन वह रॉन जैसी नहीं थी। जब हर्माइनी सबसे अच्छी दोस्त हो, तो हँसी-ठिठोली कम होती है और लाइब्रेरी में ज़्यादा देर तक रहना पड़ता है। हैरी अब तक आह्वान सम्मोहन में महारत हासिल नहीं कर पाया था। ऐसा लगता था, जैसे इसे लेकर उसके भीतर कोई मानसिक अवरोध बन गया था। हर्माइनी ने ज़ोर देकर कहा कि शायद इसके बारे में पढ़ने से उसे मदद मिल सकती है। परिणामस्वरूप वे लंच की छुट्टी में काफ़ी समय तक पुस्तकें पढ़ने लगे।

विक्टर क्रम भी लाइब्रेरी में बहुत देर तक बैठा रहता था। हैरी को समझ में नहीं आ रहा था कि वह किस फ़िराक़ में है। क्या वह पढ़ रहा था, या फिर वह पहले काम में मदद करने वाली चीज़ों की तलाश कर रहा था? हर्माइनी अक्सर क्रम के वहाँ बैठे रहने की शिकायत करती रहती थी – इसलिए नहीं, क्योंकि वह उसे तंग करता था, बल्कि इसलिए क्योंकि ही-ही करने वाली लड़कियाँ उसे देखने के लिए किताबों की अलमारियों के पीछे छिप जाती थीं और उनकी आवाज़ों से हर्माइनी का ध्यान भटक जाता था।

'वह तो हैंडसम भी नहीं है!' वह क्रम की तरफ़ देखते हुए ग़ुस्से से बुदबुदाई। 'लड़कियाँ उसे सिर्फ़ इसलिए पसंद करती हैं, क्योंकि वह मशहूर है! अगर वह उस *पद्म भुलावा* जैसी चीज़ को नहीं कर पाता, तो वे उसकी तरफ़ दोबारा पलटकर देखती तक नहीं –'

'छद्म छलावा,' हैरी ने भिंचे हुए दाँतों के बीच से कहा। उसके मन में तत्काल यह मज़ेदार कल्पना आ गई कि अगर रॉन हर्माइनी को *पद्म भुलावा* कहते सुन लेता, तो उसके चेहरे का भाव कैसा होता।

*

बड़ी अजीब बात है, लेकिन जब आप किसी चीज़ से डरते हैं और चाहते हैं कि समय धीरे-धीरे चले, तो यह और तेज़ी से भागने लगता है। पहले काम की तारीख़ तेज़ी से पास आती जा रही थी। ऐसा लग रहा था, जैसे किसी ने घड़ियों की रफ़्तार दोगुनी कर दी हो। हैरी जहाँ भी जाता था, दहशत की भावना उसके अंदर रहती थी, जबकि *दैनिक जादूगर* के लेख के बारे में ताने बाहर के माहौल

में उसका पीछा करते रहते थे।

पहले काम से पहले वाले शनिवार को थर्ड ईयर और उससे बड़ी क्लासों में पढ़ने वाले सभी विद्यार्थियों को हॉग्समीड गाँव की यात्रा करने की अनुमति दी गई। हर्माइनी ने हैरी से कहा कि महल से बाहर रहना उसके लिए अच्छा रहेगा। हैरी ख़ुद भी यही चाहता था।

उसने कहा, 'और रॉन का क्या होगा? तुम रॉन के साथ नहीं जाना चाहतीं?'

'ओह ...' हर्माइनी का चेहरा थोड़ा गुलाबी हो गया। 'मैंने सोचा था कि हम उससे थ्री ब्रूमस्टिक्स में मिल लेंगे ...'

हैरी ने सपाट अंदाज़ में कहा, 'नहीं, मैं उससे नहीं मिलना चाहता।'

'ओह हैरी, यह बहुत मूर्खतापूर्ण है –'

'मैं चलूँगा, लेकिन मैं रॉन से नहीं मिलूँगा और मैं अपना अदृश्य चोगा पहनकर चलूँगा।'

'अच्छा, ठीक है ...' हर्माइनी बोली, 'लेकिन चोगे में तुमसे बात करना मुझे पसंद नहीं है। मुझे यह पता ही नहीं चलता है कि मैं तुम्हारी तरफ़ देखकर बोल रही हूँ या नहीं।'

हैरी ने कमरे में अपना अदृश्य चोगा पहना, सीढ़ियों से नीचे उतरा और हर्माइनी के साथ हॉग्समीड की तरफ़ चल पड़ा।

चोगे के अंदर हैरी बहुत स्वतंत्रता महसूस कर रहा था। जब वे गाँव पहुँचे, तो उसने देखा कि बाक़ी विद्यार्थी उसके आस-पास से गुज़र रहे हैं। उनमें से ज़्यादातर ***सेडरिक डिगोरी हीरो है*** वाले बैज पहने थे, लेकिन अब न तो कोई उसे ताना मार रहा था, न ही उस मूर्खतापूर्ण लेख का ज़िक्र कर रहा था।

जब वे मिठाइयों की दुकान हनीड्यूक्स से बाहर निकलकर क्रीम से भरी बड़ी चॉकलेट खाने लगे, तो हर्माइनी चिढ़कर बोली, 'लोग बार-बार *मेरी* ही तरफ़ देख रहे हैं। उन्हें लगता है कि मैं ख़ुद से बातें कर रही हूँ।'

'तो अपने होंठ कम हिलाओ।'

'*छोड़ो भी,* तुम अपना चोगा थोड़ी देर के लिए उतार लो। यहाँ तुम्हें कोई परेशान नहीं करेगा।'

'अच्छा?' हैरी ने कहा। 'ज़रा अपने पीछे मुड़कर तो देखो।'

रीटा स्कीटर और उनका फ़ोटोग्राफ़र दोस्त अभी-अभी थ्री ब्रूमस्टिक्स पब से बाहर निकले थे। धीमी-धीमी आवाज़ों में बातें करते हुए वे हर्माइनी के क़रीब से निकल गए। उन्होंने उसे देखा तक नहीं। हैरी हनीड्यूक्स की दीवार से

सटकर खड़ा हो गया, ताकि रीटा स्कीटर का मगरमच्छ की खाल वाला हैंडबैग उससे न टकरा जाए।

उनके जाने के बाद हैरी बोला, 'वे भी गाँव में ठहरी हुई हैं। मैं शर्त लगाता हूँ कि वे टूर्नामेंट के पहले काम को देखने आ रही हैं।'

यह कहते ही उसके पेट में दहशत की मरोड़ उठने लगी। उसने इस बात का ज़िक्र पहले कभी नहीं किया था। उसने और हर्माइनी ने इस बारे में कभी बातचीत नहीं की थी कि पहले काम में क्या होगा। उसे ऐसा लगता था कि हर्माइनी उसके बारे में सोचना तक नहीं चाहती होगी।

'वे चली गई हैं,' हर्माइनी ने हाई स्ट्रीट के छोर की तरफ़ हैरी के आर-पार देखते हुए कहा। 'क्यों न हम लोग थ्री ब्रूमस्टिक्स में चलकर बटरबियर पिएँ? थोड़ी ठंड है, है ना? तुम्हें रॉन से बात करने की ज़रूरत नहीं है!' उसने चिढ़कर कहा, क्योंकि उसने इस बात का सही अंदाज़ा लगा लिया था कि हैरी ने उसकी बात का जवाब क्यों नहीं दिया।

थ्री ब्रूमस्टिक्स पब खचाखच भरा था। वहाँ पर हॉगवर्ट्स के बहुत से विद्यार्थी थे, जो सैर का पूरा आनंद ले रहे थे। साथ ही वहाँ पर बहुत से अन्य जादुई लोग भी थे, जो कहीं और कम ही दिखते थे। हैरी को लगा कि चूँकि हॉग्समीड ही ब्रिटेन का एकमात्र संपूर्ण जादूगर ग्राम है, इसलिए यह डायनों के लिए स्वर्ग की तरह था, जो जादूगरों की तरह ख़ुद को कुशलता से नहीं छिपा पाती थीं।

अदृश्य चोगा पहनकर भीड़ में चलना बहुत मुश्किल था। ग़लती से अगर किसी के पैर पर पैर पड़ जाए, तो कई अजीब सवाल पूछे जा सकते थे। हर्माइनी ड्रिंक्स लेने गई और हैरी धीरे-धीरे कोने में रखी एक ख़ाली टेबल की तरफ़ बढ़ा। पब में अपना रास्ता बनाते समय हैरी ने रॉन को देखा, जो फ्रेड, जॉर्ज और ली जॉर्डन के साथ बैठा हुआ था। हैरी का मन हुआ कि रॉन को पीछे से एक तेज़ मुक्का मार दे। लेकिन उसने अपनी इस इच्छा को दबा लिया और टेबल तक पहुँचकर वहाँ बैठ गया।

हर्माइनी एक पल बाद ही उसके पास आ गई और उसने हैरी के चोगे के नीचे से उसे बटरबियर की एक बोतल थमा दी।

'मैं अकेली बैठी हुई बहुत मूर्ख दिख रही हूँ,' वह बुदबुदाई। 'अच्छा रहा कि मैं अपने साथ कुछ काम ले आई।'

यह कहते हुए उसने एक नोटबुक बाहर निकाल ली, जिसमें उसने एस. पी.ई.डब्ल्यू. के सदस्यों के नामों का रिकॉर्ड लिख रहा था। हैरी ने देखा कि इस बहुत छोटी सूची में उसका और रॉन का नाम सबसे ऊपर था। उसे ऐसा लग

रहा था जैसे यह बहुत पहले की बात है, जब वह और रॉन बैठकर मनगढ़ंत भविष्यवाणियाँ लिख रहे थे और हर्माइनी ने वहाँ आकर उन्हें ज़बर्दस्ती सचिव और कोषाध्यक्ष बना दिया था।

'देखो, मुझे लगता है, हॉग्समीड गाँव के कुछ लोगों को भी एस.पी.ई. डब्ल्यू. में शामिल किया जा सकता है,' हर्माइनी ने सोचते हुए कहा और पब में चारों तरफ़ देखा।

'हाँ, ठीक है,' हैरी ने कहा। उसने चोगे के नीचे बटरबियर का घूँट भरा और बोला, 'हर्माइनी, तुम एस.पी.ई.डब्ल्यू. का यह कारोबार कब बंद करोगी?'

'जब घरेलू जिन्नों को अच्छी तनख़्वाह और काम करने की बेहतर परिस्थितियाँ मिल जाएँगी!' उसने फुफकारते हुए कहा। 'देखो, अब मैं यह सोचने लगी हूँ कि ज़्यादा सीधा क़दम उठाने का वक़्त आ गया है। क्या तुम जानते हो कि स्कूल के किचन में कैसे पहुँचा जाता है?'

हैरी ने कहा, 'क्या पता, फ्रेड और जॉर्ज से पूछ लेना।'

हर्माइनी ख़ामोशी से सोचने लगी। हैरी बटरबियर पीते-पीते पब में बैठे लोगों को देखने लगा। वे सभी ख़ुश लग रहे थे। पास की टेबल पर अर्नी मैकमिलन और हान्ना एबॉट चॉकलेट के मेंढक वाले कार्डों की अदला-बदली कर रहे थे। उन दोनों ने ही अपने चोगों पर ***सेडरिक डिगोरी हीरो है*** के बैज लगा रखे थे। दरवाज़े के ठीक पास उसे चो और चीलघात की उसकी बहुत सी सहेलियाँ दिख गईं। वह ***सेडरिक*** वाला बैज नहीं लगाए थी ... यह देखकर हैरी थोड़ा ख़ुश हो गया ...

हैरी यह सोच रहा था कि काश वह भी इन्हीं लोगों जैसा होता! काश वह भी इसी तरह बेफ़िक्री से बैठकर हँस-बोल रहा होता और उसे होमवर्क के सिवाय किसी और चीज़ की चिंता नहीं होती! उसने कल्पना की कि अगर उसका नाम आग के प्याले में से *नहीं निकला होता,* तो वह यहाँ क्या कर रहा होता! पहली बात तो यह थी कि उस स्थिति में वह अदृश्य चोगा नहीं पहने होता। दूसरी बात यह थी कि रॉन उसके साथ बैठा होता। वे तीनों शायद ख़ुशी-ख़ुशी यह अंदाज़ा लगा रहे होते कि स्कूल के चैंपियनों को मंगलवार को कौन सा ख़तरनाक काम करना पड़ेगा। चाहे वह जो भी काम होता - हैरी चैंपियनों को वह काम करते देखने के लिए उतावला होता ... वह बाक़ी सभी के साथ दर्शकदीर्घा में सुरक्षित बैठकर सेडरिक का हौसला बढ़ाता ...

उसने सोचा कि बाक़ी चैंपियनों की हालत कैसी होगी। पिछले कुछ दिनों में सेडरिक उसे जब भी दिखा था, अपने प्रशंसकों से घिरा हुआ दिखा था। वह घबराया हुआ, लेकिन रोमांचित दिख रहा था। हैरी को समय-समय पर फ़्लर

डेलाकोर गलियारे में दिख जाती थी। वह पहले जैसी ही घमंडी और बेफ़िक्र दिखती थी। और क्रम तो बस लाइब्रेरी में बैठकर किताबें पढ़ता रहता था।

हैरी ने सिरियस के बारे में सोचा और उसके सीने की कसी हुई गाँठ जैसे थोड़ी ढीली हो गई। वह बारह घंटे से भी कम समय में सिरियस से बात कर रहा होगा, क्योंकि आज रात को ही हॉल की अँगीठी के सामने उससे मुलाक़ात होनी थी – बशर्ते कोई गड़बड़ न हो, जैसी कि इन दिनों हर चीज़ में हो रही थी ...

तभी हर्माइनी बोली, 'देखो, यहाँ तो हैग्रिड भी है!'

भीड़ के ऊपर हैग्रिड का विशाल सिर दिख रहा था। ख़ुशक़िस्मती से आज उसने अपने बालों की चोटियाँ नहीं बनाई थीं। हैरी इस बात पर हैरान था कि हैग्रिड उसे पहले क्यों नहीं दिखा, क्योंकि हैग्रिड काफ़ी लंबा-चौड़ा था। लेकिन सावधानी से खड़े होने पर हैरी ने देखा कि हैग्रिड झुककर प्रोफ़ेसर मूडी से बातें कर रहा था। हैग्रिड के सामने उसी के अनुरूप विशाल मग रखा हुआ था, लेकिन मूडी अपने ही थर्मस से पी रहे थे। पब की ख़ूबसूरत मालकिन मैडम रोज़मर्टा को यह बात ज़्यादा पसंद नहीं आई थी। वे उनके पास की टेबलों से गिलास उठाते समय मूडी को कनखियों से देख रही थीं। शायद उन्हें यह लग रहा था कि मूडी उनकी बेहतरीन शराब का अपमान कर रहे हैं, लेकिन हैरी हक़ीक़त अच्छे से जानता था। मूडी ने गुप्त कलाओं से रक्षा की आख़िरी क्लास में सभी विद्यार्थियों को बताया था कि वे हमेशा अपना ही बनाया हुआ भोजन और ड्रिंक पीना पसंद करते हैं, क्योंकि शैतानी जादूगर किसी भी खाने-पीने की चीज़ में आसानी से ज़हर मिला सकते हैं।

हैरी के देखते ही देखते हैग्रिड और मूडी उठकर जाने के लिए खड़े हुए। हैरी बिना सोचे-समझे अपना हाथ हिलाने लगा, लेकिन तभी उसे याद आया कि अदृश्य चोगे के कारण हैग्रिड उसे नहीं देख सकता था। बहरहाल, मूडी रुक गए। उनकी जादुई आँख उस कोने की तरफ़ पड़ी, जहाँ हैरी खड़ा था। उन्होंने हैग्रिड की पीठ थपथपाई (क्योंकि उनका हाथ उसके कंधे तक नहीं पहुँच सकता था) और उससे धीरे से कुछ बोले। इसके बाद वे दोनों हैरी और हर्माइनी की टेबल की तरफ़ आने लगे।

हैग्रिड ने ज़ोर से कहा, 'ठीक हो, हर्माइनी ?'

'हैलो,' हर्माइनी मुस्कराते हुए बोली।

मूडी लँगड़ाते हुए टेबल के पास आए और नीचे झुक गए। हैरी को लगा कि वे एस.पी.ई.डब्ल्यू. की नोटबुक को पढ़ रहे थे, लेकिन थोड़ी देर बाद वे बुदबुदाए, 'अच्छा चोगा है, पॉटर।'

हैरी ने हैरानी से उन्हें घूरा। मूडी की नाक के ग़ायब हिस्से का निशान

कुछ इंच की दूरी से साफ़ दिख रहा था। मूडी मुस्कराए।

'क्या आपकी जादुई आँख अदृश्य चोगे के नीचे भी देख सकती है – मेरा मतलब है, क्या आप – ?'

'हाँ, यह अदृश्य चोगों के नीचे भी देख सकती है,' मूडी ने धीरे से कहा। 'और मैं तुम्हें बता दूँ कि इससे कई बार बहुत मदद मिली है।'

हैग्रिड भी हैरी की तरफ़ मुस्कराकर देख रहा था। हैरी जानता था कि हैग्रिड उसे नहीं देख पा रहा होगा, लेकिन मूडी ने हैग्रिड को बता दिया था कि हैरी कहाँ पर है।

हैग्रिड अब एस.पी.ई.डब्ल्यू. की नोटबुक को पढ़ने के बहाने से नीचे झुका और फिर इतनी धीरे से फुसफुसाया कि उसकी आवाज़ सिर्फ़ हैरी को ही सुनाई दी, 'हैरी, आज आधी रात को हमारे केबिन में आ जाना। अपना अदृश्य चोगा पहनकर आना।'

सीधे खड़े होकर हैग्रिड ने ज़ोर से कहा, 'तुम्हें देखकर अच्छा लगा, हर्माइनी।' फिर उसने आँख मारी और वहाँ से चल दिया। मूडी भी उसके पीछे-पीछे जाने लगे।

हैरी ने बहुत हैरानी से कहा, 'वह मुझे आधी रात को अपने यहाँ क्यों बुला रहा है ?'

'अच्छा ?' हर्माइनी ने हैरान दिखते हुए कहा। 'क्या पता वह तुम्हें क्यों बुला रहा है ? मुझे तो लगता है कि तुम्हें वहाँ नहीं जाना चाहिए, हैरी ...' उसने घबराते हुए चारों तरफ़ देखा और फिर फुसफुसाकर बोली, 'हो सकता है, तुम सिरियस से मुलाक़ात के वक़्त तक न लौट पाओ।'

यह सच था कि हैग्रिड से आधी रात को मिलने जाने का मतलब यह हो सकता था कि वह सिरियस से मुलाक़ात के वक़्त तक न लौट पाए। हर्माइनी ने हैरी को सुझाव दिया कि वह हेडविग को हैग्रिड के यहाँ भेजकर उसे यह बता दे कि वह नहीं आ सकता। उसने यह मान लिया था कि हेडविग हैरी की चिट्ठी ले जाने के लिए तैयार हो जाएगी। बहरहाल, हैरी ने सोचा, अच्छा यही रहेगा कि वह जल्दी से हैग्रिड से मिलकर लौट आए। वह यह जानने के लिए बहुत उत्सुक था कि आख़िर बात क्या थी। हैग्रिड ने इससे पहले हैरी को कभी आधी रात को अपने यहाँ नहीं बुलाया था।

*

उस रात को हैरी ने जल्दी सोने जाने का नाटक किया। फिर साढ़े ग्यारह बजे उसने अपने ऊपर अदृश्य चोगा डाला और सीढ़ियाँ उतरकर हॉल में पहुँचा। कुछ विद्यार्थी अभी भी वहाँ बैठे हुए थे। क्रीवी बंधु ***सेडरिक डिगोरी हीरो है*** के

कुछ बैजों पर जादू करके उन्हें ***हैरी पॉटर हीरो है*** में बदलने की कोशिश कर रहे थे। बहरहाल, उन्हें इसमें अब तक कोई कामयाबी नहीं मिली थी और बैज ***पॉटर ज़ीरो है*** पर अटक गए थे। हैरी उनके पास से होता हुआ तस्वीर के छेद तक पहुँचा और एक-दो मिनट तक इंतज़ार करता रहा। उसकी एक आँख अपनी घड़ी पर थी। फिर हर्माइनी ने योजना के अनुसार बाहर से मोटी औरत का दरवाज़ा खोला। वह हर्माइनी को फुसफुसाकर 'धन्यवाद!' कहता हुआ नीचे चला गया और महल से बाहर निकलने लगा।

मैदान में काफ़ी अँधेरा था। हैरी घास पर चलते हुए हैग्रिड के केबिन की रोशनियों की तरफ़ बढ़ने लगा। बाबैटन्स की विशाल घोड़ागाड़ी में भी रोशनी दिख रही थी। हैरी को उसके भीतर से मैडम मैक्सिम की आवाज़ आ रही थी। फिर उसने हैग्रिड के केबिन का सामने वाला दरवाज़ा खटखटाया।

'तुम हो, हैरी?' हैग्रिड ने दरवाज़ा खोलकर चारों तरफ़ देखते हुए कहा।

'हाँ,' हैरी ने कहा। केबिन के अंदर जाकर उसने अपना अदृश्य चोगा सिर से नीचे कर लिया। 'क्या बात है?'

हैग्रिड बोला, 'तुम्हें कुछ दिखाना है।'

हैग्रिड बेहद रोमांचित दिख रहा था। उसने अपने बटनहोल में एक फूल लगा रखा था, जो किसी बड़े चुकंदर जैसा लग रहा था। ऐसा लग रहा था, जैसे उसने एक्सल ग्रीस का इस्तेमाल बंद कर दिया था, लेकिन उसने निश्चित रूप से अपने बाल काढ़ने की कोशिश की थी – हैरी को उसके बालों में कंघी का एक टूटा हुआ दाँता दिख रहा था।

हैरी ने सावधानी से पूछा, 'तुम मुझे क्या दिखाना चाहते हो?' वह सोच रहा था कि कहीं अग्निडंकों ने अंडे तो नहीं दे दिए थे या फिर हैग्रिड ने पब में किसी अजनबी से तीन सिर वाला एक और कुत्ता तो नहीं ख़रीद लिया था।

'हमारे पीछे आओ। चुपचाप चलना और चोगा पहने रहना,' हैग्रिड ने कहा। 'हम फ़ैंग को नहीं ले चलेंगे, उसे यह पसंद नहीं आएगा ...'

'सुनो हैग्रिड, मैं ज़्यादा देर नहीं रुक सकता ... मुझे एक बजे तक महल में वापस लौटना है –'

लेकिन हैग्रिड उसकी बात नहीं सुन रहा था। वह तो केबिन का दरवाज़ा खोलकर अँधेरे में बाहर चल दिया था। हैरी भी उसके पीछे-पीछे जल्दी से चल दिया। उसे यह देखकर हैरानी हुई कि हैग्रिड बाबैटन्स की घोड़ागाड़ी की तरफ़ जा रहा है।

'हैग्रिड, क्या – ?'

'श्श्श्श!' हैग्रिड ने कहा। फिर उसने घोड़ागाड़ी के दरवाज़े को तीन बार खटखटाया, जिस पर सुनहरी छड़ियों का मोनो लगा हुआ था।

मैडम मैक्सिम ने दरवाज़ा खोला। वे अपने चौड़े कंधों पर एक रेशमी शॉल लपेटे थीं। हैग्रिड को देखकर वे मुस्कराने लगीं, 'आह, हैग्रिड ... तो समय हो गया?'

'और क्या,' हैग्रिड ने उनकी तरफ़ मुस्कराकर देखते हुए कहा। फिर उसने सुनहरी सीढ़ियाँ उतरने में मैडम मैक्सिम की मदद करने के लिए अपना हाथ बढ़ा दिया।

मैडम मैक्सिम ने बाहर आकर दरवाज़ा बंद कर दिया। हैग्रिड ने उनका हाथ थामा और वे दोनों विशाल पंख वाले घोड़ों के बाड़े के पास से होते हुए चल दिए। हैरी पूरी तरह हैरान था और उसे उन दोनों के साथ चलने के लिए दौड़ना पड़ रहा था। क्या हैग्रिड उसे मैडम मैक्सिम को दिखाना चाहता था? वह उन्हें कभी भी देख सकता था ... वे इतनी विशाल जो थीं ...

लेकिन ऐसा लग रहा था कि हैग्रिड ने हैरी की ही तरह मैडम मैक्सिम को भी कोई रोमांचक चीज़ दिखाने का वादा किया था, क्योंकि कुछ समय बाद उन्होंने प्यार से पूछा, 'तुम मुझे क्या दिखाने ले जा रहे हो, हैग्रिड?'

'तुम्हें इसमें मज़ा आएगा,' हैग्रिड ने भारी आवाज़ में कहा। 'यक़ीन मानो, यह देखने क़ाबिल है। लेकिन देखो - किसी से कहना मत कि हमने तुम्हें कुछ दिखाया है। यह किसी को मालूम नहीं होना चाहिए।'

'बिलकुल नहीं,' मैडम मैक्सिम अपनी लंबी काली पलकें हिलाते हुए बोलीं।

वे लोग चलते रहे। उनके साथ चलते-चलते हैरी की चिढ़ लगातार बढ़ती जा रही थी। वह बार-बार अपनी घड़ी देख रहा था। हैग्रिड के दिमाग़ में कोई पागलपन भरी योजना थी, जिसकी वजह से उसे सिरियस से मिलने में देर हो जाएगी। अगर वे लोग जल्दी ही अपनी मंज़िल तक नहीं पहुँचे, तो हैरी मुड़कर सीधे महल की तरफ़ चल देगा और हैग्रिड को मैडम मैक्सिम के साथ चाँदनी रात में घूमने देगा ...

लेकिन तभी - जब वे जंगल से इतनी दूर आ गए कि महल और झील दिखाई देना बंद हो गए, तो हैरी को कुछ सुनाई दिया। आगे की तरफ़ कुछ दूरी पर कुछ आदमी चिल्ला रहे थे ... तभी कान का पर्दा फोड़ने वाली एक ज़ोरदार दहाड़ सुनाई दी ...

हैग्रिड मैडम मैक्सिम को पेड़ों के एक झुरमुट के पास ले गया और वहाँ पर रुक गया। हैरी भी उनके पास आ गया। एक पल के लिए तो उसे लगा, जैसे वह आतिशबाज़ी देख रहा हो और सामने खड़े आदमी पटाख़े छोड़ रहे हों -

लेकिन फिर उसका मुँह खुला रह गया।

ड्रैगन।

वयस्क, विशाल और दुष्ट दिखने वाली चार मादा ड्रैगन एक अहाते में अपने पिछले पैरों पर खड़ी थीं। वे दहाड़ रही थीं और गरज रही थीं। उनके खुले, ज़हरीले दाँतों वाले मुँह से आग की लपटें निकलकर काले आसमान को रोशन कर रही थीं। गर्दन लंबी करने के बाद उनकी लंबाई लगभग पचास फ़ुट होगी। उनमें से एक ड्रैगन चमकदार नीले रंग की थी और उसके लंबे सींग बहुत नुकीले थे। वह ज़मीन पर खड़े जादूगरों को देखकर गुर्रा रही थी और उन्हें काटने की कोशिश कर रही थी। दूसरी ड्रैगन हरी थी। वह अपनी पूरी ताक़त से छटपटा रही थी और पैर पटक रही थी। तीसरी ड्रैगन लाल थी। उसके चेहरे के चारों तरफ़ सुनहरी कीलें दिख रही थीं और वह हवा में मशरूम के आकार के आग के बादल छोड़ रही थी। और उनके सबसे पास खड़ी चौथी ड्रैगन काली थी। वह बाक़ी ड्रैगनों से ज़्यादा बड़ी और ख़तरनाक थी।

वहाँ पर कम से कम तीस जादूगर मौजूद थे। हर ड्रैगन के पास सात-आठ जादूगर खड़े थे और उस पर क़ाबू पाने की कोशिश कर रहे थे। ड्रैगनों की गर्दनों और पैरों के चारों तरफ़ चमड़े के मोटे पट्टे बँधे थे। जादूगर उनसे बँधी जंज़ीरों को खींच रहे थे। मंत्रमुग्ध होकर हैरी ने नज़रें उठाकर ऊपर देखा। उसे काले ड्रैगन की आँखें दिखीं। हैरी को यह समझ में नहीं आया कि वे डर के कारण बाहर निकली पड़ रही थीं या ग़ुस्से के कारण। ... वह बहुत भयानक तरीक़े से चिंघाड़ रही थी ...

'पीछे ही रहना, हैग्रिड!' फ़ेंस के पास खड़ा एक जादूगर चिल्लाया और अपने हाथ में पकड़ी जंज़ीर खींचने लगा। 'वे बीस फ़ुट दूर तक आग की लपट फेंक सकती हैं! मैंने हॉर्नटेल को चालीस फ़ुट तक लपट फेंकते देखा है!'

'कितनी सुंदर है ?' हैग्रिड ने धीरे से कहा।

'कोई फ़ायदा नहीं!' एक और जादूगर चिल्लाया। 'तीन की गिनती पर, सभी लोग एक साथ स्तब्धीकरण मंत्र पढ़ना!'

हैरी ने देखा कि यह सुनते ही ड्रैगन के सभी रखवालों ने अपनी-अपनी छड़ी बाहर निकाल ली।

'स्तब्धो!' वे एक साथ चिल्लाए और स्तब्धीकरण मंत्र अँधेरे में रॉकेटों की तरह बाहर निकले और ड्रैगनों की मोटी खाल पर टकराकर सितारों की तरह उछले –

हैरी ने देखा कि उनके सबसे पास वाली ड्रैगन ख़तरनाक तरीक़े से अपने पिछले पैरों पर लड़खड़ाई। उसके जबड़े ख़ामोश गुर्राहट में चौड़े हुए। उसके

नथुने की आग अचानक ग़ायब हो गई, हालाँकि अब भी वहाँ से धुआँ निकल रहा था। और फिर, वह बहुत धीरे-धीरे गिर पड़ी। कई टन वज़नी काली ड्रैगन ज़मीन पर इतनी ज़ोरदार धम्म के साथ गिरी कि आस-पास के पेड़ तक हिल गए।

ड्रैगन के रखवालों ने अपनी-अपनी छड़ियाँ झुका लीं और गिरी हुई ड्रैगनों के पास जाने लगे। हर ड्रैगन किसी छोटी पहाड़ी जितनी बड़ी थी। जादूगर जल्दी से उनकी जंज़ीरें मज़बूत करने लगे और उन्हें लोहे की खूँटियों से कसकर बाँधने लगे, जिन्हें उन्होंने जादू से ज़मीन में कसकर गाड़ रखा था।

हैग्रिड ने रोमांचित होकर मैडम मैक्सिम से पूछा, 'और क़रीब से देखोगी?' वे दोनों फ़ेंस के बिलकुल पास पहुँच गए। हैरी भी उनके पीछे-पीछे गया। जिस जादूगर ने हैग्रिड को पास न आने की चेतावनी दी थी, वह जब मुड़ा तो हैरी उसे पहचान गया। वह चार्ली वीज़्ली था।

'ठीक हो, हैग्रिड?' वह हाँफते हुए उससे बात करने के लिए पास आ गया। 'अब वे **ठीक हैं** - हमने उन्हें यहाँ लाते समय नींद की दवा पिला दी थी। ये चारों मादा ड्रैगन हैं। हमने सोचा था कि अगर वे यहाँ रात की शांति में जागेंगी, तो हल्ला नहीं मचाएँगी - लेकिन जैसा तुमने देखा, वे ख़ुश नहीं हैं, वे ज़रा भी ख़ुश नहीं हैं -'

'ये किस नस्ल की हैं, चार्ली?' हैग्रिड ने सबसे पास वाली काली ड्रैगन को प्यार से देखते हुए कहा। उसकी आँखें बस थोड़ी सी खुली थीं। हैरी को उसकी काली पलकों के नीचे से पीली धारी जैसी दिख रही थी।

'यह हंगेरियन हॉर्नटेल है,' चार्ली ने कहा। 'वह हरे रंग वाली छोटी ड्रैगन कॉमन वेल्श ग्रीन है, नीली वाली ड्रैगन स्वीडिश शॉर्ट-स्नाउट है और लाल वाली चाइनीज़ फ़ायरबॉल है।'

चार्ली ने आस-पास देखा। मैडम मैक्सिम अहाते के पास से बेहोश ड्रैगनों को घूर रही थीं।

'मुझे नहीं पता था कि तुम उन्हें भी साथ ला रहे हो, हैग्रिड,' चार्ली ने त्योरियाँ चढ़ाकर कहा। 'चैंपियनों को यह पता नहीं होना चाहिए कि उन्हें किससे मुक़ाबला करना है - वे अपनी विद्यार्थी को ज़रूर बता देंगी, है ना?'

हैग्रिड ने कंधे उचकाते हुए कहा, 'हमने सोचा कि उसे ड्रैगन देखना अच्छा लगेगा।' वह अब भी ड्रैगनों को बड़े प्यार से देख रहा था।

चार्ली ने अपना सिर हिलाते हुए कहा, 'तुम तो चाँदनी रात में रोमांटिक सैर पर निकले हो, हैग्रिड।'

'चार ड्रैगन हैं ...' हैग्रिड ने कहा, 'यानी हर चैंपियन के लिए एक?

लेकिन उन्हें करना क्या है – इनसे लड़ना है?'

'मुझे लगता है कि चैंपियनों को इन्हें सिर्फ़ पार करना होगा,' चार्ली ने कहा। 'कोई गड़बड़ न हो जाए, इसलिए हम लोग पास ही रहेंगे और मंत्र पढ़ने के लिए अपनी छड़ियाँ तैयार रखेंगे। उन्होंने ऐसी मादाएँ लाने के लिए कहा था, जिन्होंने हाल ही में अंडे दिए हों। मैं नहीं जानता, उन्हें ऐसी मादाएँ क्यों चाहिए थीं ... लेकिन मैं तुम्हें बता दूँ, भगवान उसका भला करे, जिसके पल्ले हॉर्नटेल पड़ेगी। वह बहुत ही ख़तरनाक है। उसकी पूँछ भी उसके सिर जितनी ही ख़तरनाक है, देखो!'

चार्ली ने हॉर्नटेल की पूँछ की तरफ़ इशारा किया। हैरी ने देखा कि उसमें काँसे के रंग के छोटे-छोटे सींग बाहर निकल रहे थे।

उसी समय चार्ली के पाँच साथी हॉर्नटेल के पास आए। वे एक कंबल में मटमैले भूरे अंडे लपेटकर ला रहे थे, जो काफ़ी बड़े थे। उन्होंने अंडों को सावधानी से हॉर्नटेल के पास रख दिया। हैग्रिड हसरत से अंडों को देखने लगा।

'मैंने अंडों को गिन लिया है, हैग्रिड,' चार्ली ने सख़्ती से कहा। फिर उसने पूछा, 'हैरी कैसा है?'

'अच्छा है,' हैग्रिड ने कहा। वह अब भी अंडों को हसरत से एकटक देख रहा था।

'उम्मीद है कि इस मुक़ाबले के बाद वह सही-सलामत रहेगा,' चार्ली ने गंभीरता से ड्रैगनों के अहाते की तरफ़ देखते हुए कहा। 'मेरी मम्मी को यह बताने की हिम्मत नहीं हुई कि उसे पहले काम में ड्रैगन को पार करना होगा। वे पहले ही उसके बारे में बहुत घबरा रही हैं ...' फिर चार्ली ने अपनी मम्मी की आवाज़ की नक़ल करते हुए कहा, '*"वे उसे टूर्नामेंट में शामिल होने की इज़ाज़त कैसे दे रहे हैं? वह अभी बहुत छोटा है! मैंने सोचा था कि मेरे बच्चे पूरी तरह सुरक्षित हैं! मैंने सोचा था कि उम्र का बंधन होगा!"* दैनिक जादूगर के लेख में हैरी के बारे में पढ़ने के बाद तो उनकी आँखों में आँसू आ गए थे। *"वह अब भी अपने मम्मी-डैडी की याद में रोता है! बेचारा बच्चा, मुझे तो यह बात मालूम ही नहीं थी!"*'

हैरी ने काफ़ी कुछ देख और सुन लिया था। वह यह अच्छी तरह से जानता था कि हैग्रिड को उसके जाने का पता नहीं चलेगा। मैडम मैक्सिम और चार ड्रैगन उसका ध्यान खींचने के लिए काफ़ी थे। वह धीरे से मुड़ा और महल की तरफ़ चलने लगा।

वह नहीं जानता था कि पहले काम के बारे में जानने से उसे ख़ुशी हुई थी या नहीं। एक तरह से यह अच्छा ही हुआ था। पहला सदमा अब ख़त्म हो

गया था। अगर वह मंगलवार को पहली बार ड्रैगनों को देखता, तो शायद पूरे स्कूल के सामने बेहोश हो जाता ... लेकिन शायद वह अब भी बेहोश हो जाएगा ... उसके पास सिर्फ़ उसकी छड़ी होगी – जो पचास फ़ुट ऊँचे सींग वाले और आग उगलने वाले ड्रैगन के सामने लकड़ी के टुकड़े से ज़्यादा कुछ नहीं होगी। और उसे ड्रैगन को पार करना होगा। सबकी नज़रों के सामने। *वह यह काम कैसे कर पाएगा ?*

हैरी अब तेज़ी से चलने लगा। वह जंगल के किनारे से घूमकर जाने लगा। उसे सिरियस से बात करनी थी। अब अँगीठी के सामने पहुँचने के लिए उसके पास सिर्फ़ पंद्रह मिनट ही बचे थे। और इस समय किसी से बात करने की उसकी जितनी प्रबल इच्छा थी, उतनी पहले कभी नहीं हुई थी – तभी अचानक वह किसी से टकरा गया।

हैरी पीछे गिर गया। उसका चश्मा तिरछा हो गया और उसने अपने अदृश्य चोगे को अपने चारों तरफ़ कसकर लपेट लिया। पास से एक आवाज़ आई, 'आउच, कौन है ?'

हैरी ने जल्दी से देखा कि अदृश्य चोगा उसे पूरी तरह ढँके है या नहीं। वह चुपचाप पड़ा रहा और उस जादूगर की आकृति को देखता रहा, जिससे वह अभी-अभी टकराया था। उसने अँधेरे में भी बकरे जैसी दाढ़ी पहचान ली ... यह कारकारोफ़ थे।

'कौन है ?' कारकारोफ़ ने दोबारा पूछा। वे बेहद शक भरी निगाहों से अँधेरे में चारों तरफ़ देखने लगे। हैरी एकदम स्थिर होकर वहीं पड़ा रहा। एकाध मिनट के बाद कारकारोफ़ ने फ़ैसला किया कि वे ज़रूर किसी जानवर से टकरा गए होंगे। वे कमर की ऊँचाई पर देख रहे थे, जैसे उन्हें किसी कुत्ते को देखने की उम्मीद हो। फिर वे पेड़ों के बीच से होते हुए धीरे-धीरे उसी तरफ़ जाने लगे, जहाँ ड्रैगन थे।

बहुत धीरे और बहुत सावधानी से हैरी उठकर खड़ा हुआ और दोबारा चल दिया। वह बग़ैर आवाज़ किए अँधेरे में पूरी तेज़ी से महल की तरफ़ जाने लगा।

कारकारोफ़ क्या कर रहे थे, इस बारे में उसे ज़रा भी शक नहीं था। वे अपने जहाज़ से चोरी से बाहर निकलकर यह पता लगाने आए थे कि पहला काम क्या है। यह भी हो सकता है कि उन्होंने हैग्रिड और मैडम मैक्सिम को जंगल में जाते हुए देख लिया हो – दूर से उन्हें देखना ख़ास मुश्किल नहीं था ... और अब कारकारोफ़ को बस आवाज़ों की तरफ़ जाना था और फिर मैडम मैक्सिम की तरह ही उन्हें भी यह पता चल जाएगा कि चैंपियनों को किस चीज़

से मुक़ाबला करना है। ऐसा लग रहा था कि मंगलवार को *अनजान* ख़तरे का सामना करने वाला इकलौता चैंपियन सेडरिक ही होगा।

हैरी महल तक पहुँचा। वह सामने वाले दरवाज़े से होता हुआ संगमरमर की सीढ़ियाँ चढ़ने लगा। वह बुरी तरह हाँफ रहा था, लेकिन उसने अपनी रफ़्तार कम नहीं की ... अँगीठी तक पहुँचने के लिए उसके पास पाँच मिनट से भी कम समय बचा था ...

'बकवास!' उसने मोटी औरत से हाँफते हुए कहा, जो तस्वीर के छेद के सामने अपने फ्रेम में ऊँघ रही थी।

'वह तो तुम कर ही रहे हो,' मोटी औरत ने अपनी आँखें खोले बिना उनींदी आवाज़ में कहा। फिर तस्वीर आगे की तरफ़ खुल गई और हैरी अंदर चला गया। हॉल ख़ाली था और चूँकि वहाँ सामान्य गंध आ रही थी, इसलिए हैरी जान गया कि हर्माइनी को गोबरबम फोड़कर विद्यार्थियों को नहीं भगाना पड़ा था, ताकि वे और सिरियस अकेले में बात कर सकें।

हैरी ने अदृश्य चोगा उतार दिया और आग के सामने एक कुर्सी पर पसर गया। कमरे में थोड़ा अँधेरा था। सिर्फ़ लपटों की ही रोशनी थी। पास की ही टेबल पर ***सेडरिक डिगोरी हीरो है*** के बैज आग की रोशनी में चमक रहे थे, जिन्हें क्रीवी बंधु बदलने की कोशिश कर रहे थे। उन पर अब यह लिखा हुआ था ***पॉटर ज़ीरो है।*** हैरी ने दोबारा लपटों की तरफ़ देखा और उछल पड़ा।

आग की लपटों के बीच में सिरियस का सिर दिख रहा था। अगर हैरी ने वीज़्ली परिवार के किचन में मिस्टर डिगोरी के सिर को इसी तरह नहीं देखा होता, तो वह बुरी तरह घबरा गया होता। उसे देखकर हैरी के चेहरे पर मुस्कराहट आ गई, जो कई दिनों में पहली बार आई थी। वह अपनी कुर्सी से उठा और अँगीठी के पास पहुँचकर बोला, 'सिरियस – तुम कैसे हो?'

सिरियस का हुलिया काफ़ी बदला-बदला दिख रहा था। जब उन्होंने आख़िरी बार एक-दूसरे से विदा ली थी, तब सिरियस का चेहरा दुबला-पतला और धँसा हुआ था तथा उसके लंबे काले बाल गंदे थे – लेकिन अब उसके बाल छोटे और साफ़ थे, उसका चेहरा भर गया था और वह थोड़ा युवा दिखने लगा था। हैरी ने सोचा, वह काफ़ी हद तक वैसा ही दिख रहा था, जैसा वह उसके मम्मी-डैडी की शादी वाली एकमात्र तस्वीर में दिख रहा था, जो हैरी के पास थी।

सिरियस ने गंभीरता से कहा, 'मेरी छोड़ो, तुम कैसे हो?'

हैरी एक पल के लिए कहने वाला था, 'मैं ठीक हूँ –' लेकिन वह ऐसा नहीं कर पाया। इससे पहले कि वह ख़ुद को रोक पाता, वह तेज़ी से बातें करने लगा, जो उसने कई दिनों से नहीं की थीं – उसने कहा कि सबको यह यक़ीन था

कि वह अपनी इच्छा से टूर्नामेंट में हिस्सा ले रहा है, रीटा स्कीटर ने *दैनिक जादूगर* में उसके बारे में झूठ-मूठ की बातें छाप दी हैं, गलियारों में लोग उसे ताने मारते रहते हैं – और रॉन तक उसका यक़ीन नहीं कर रहा है, बल्कि उससे ईर्ष्या कर रहा है ...

'... और अब हैग्रिड ने मुझे दिखा दिया है कि मुझे पहले काम में क्या करना है। सिरियस, हमें ड्रैगनों को पार करना है, और यह काम मैं किसी तरह से नहीं कर सकता,' उसने अपनी बात ख़त्म करते हुए हताशा में कहा।

सिरियस ने उसे चिंता भरी आँखों से देखा। उन आँखों में अब भी अज़्काबान के दिनों की दहशत भरी झलक दिख रही थी। हैरी के बोलते समय वह एक बार भी बीच में नहीं बोला था, लेकिन अब उसने कहा, 'ड्रैगन से तो हम निबट सकते हैं, हैरी, लेकिन हम उसके बारे में एक मिनट बाद बात करेंगे – मेरे पास ज़्यादा समय नहीं है ... मैं आग का इस्तेमाल करने के लिए एक जादूगर के घर में चोरी से घुसा हूँ, लेकिन वह कभी भी लौट सकता है। मुझे तुम्हें कई चीज़ों के बारे में चेतावनी देनी है।'

'क्या?' हैरी का मनोबल और कम हो गया ... निश्चित रूप से, ड्रैगनों से ज़्यादा बुरा क्या हो सकता है?

'कारकारोफ़,' सिरियस बोला। 'हैरी, वह एक प्राणभक्षी है। तुम जानते हो, प्राणभक्षी कौन होते हैं?'

'हाँ – वह – क्या?'

'वह पकड़ा गया था और अज़्काबान में मेरे साथ ही क़ैद था, लेकिन उसे छोड़ दिया गया। मुझे यक़ीन है कि इसीलिए डम्बलडोर इस साल हॉगवर्ट्स में एक ऑरर को रखना चाहते होंगे – उस पर नज़र रखने के लिए। मूडी ने ही कारकारोफ़ को पकड़ा था। मूडी ने ही उसे अज़्काबान भिजवाया था।'

'कारकारोफ़ को छोड़ दिया गया?' हैरी ने धीरे से कहा – उसका दिमाग़ इस सदमे भरी जानकारी से घूम गया था। 'लेकिन उन्होंने उसे क्यों छोड़ा?'

'उसने जादू मंत्रालय के साथ समझौता कर लिया था,' सिरियस ने कटुता से कहा। 'उसने कहा कि उसे अब अपनी ग़लती समझ में आ गई थी और फिर उसने अपने कुछ पुराने साथियों के नाम बताकर उन्हें फँसा दिया और ख़ुद आज़ाद हो गया ... उसने अपनी जगह पर कई लोगों को अज़्काबान भिजवा दिया ... मैं तुम्हें बता दूँ, वह वहाँ पर ज़्यादा लोकप्रिय नहीं है। और मेरी जानकारी के अनुसार आज़ाद होने के बाद वह अपने स्कूल के हर विद्यार्थी को काला जादू सिखा रहा है। इसलिए डर्मस्ट्रैंग के चैंपियन से भी बचकर रहना।'

'ठीक है,' हैरी ने धीरे से कहा। 'लेकिन ... क्या तुम यह कह रहे हो कि

कारकारोफ़ ने ही मेरा नाम आग के प्याले में डाला था? क्योंकि अगर उन्होंने ऐसा किया था, तो वे सचमुच अच्छा अभिनय कर लेते हैं। वे इस बारे में बहुत नाराज़ दिख रहे थे। ऐसा लग रहा था, जैसे वे मुझे प्रतियोगिता में हिस्सा लेने से रोकना चाहते हों।'

'हम जानते हैं कि वह एक कुशल अभिनेता है,' सिरियस ने कहा, 'क्योंकि उसने जादू मंत्रालय से अपनी बात मनवाकर ख़ुद को आज़ाद करवा लिया था, है ना? देखो, मैं *दैनिक जादूगर* पर भी नज़र रख रहा हूँ, हैरी –'

'तुम क्या, पूरी दुनिया रख रही है,' हैरी ने कटुता से कहा।

'– और मैंने पिछले महीने रीटा स्कीटर के लेख में छपी बातों के पीछे छिपी बातों को भी समझ लिया है। हॉगवर्ट्स आने से पहले वाली रात को मूडी पर हमला किया गया था। हाँ, मैं जानता हूँ, रीटा ने लिखा था कि यह मूडी का वहम है,' सिरियस ने जल्दी से कहा, जब उसने देखा कि हैरी बीच में कुछ बोलने वाला था, 'लेकिन मुझे ऐसा नहीं लगता। मुझे तो लगता है कि किसी ने उसे हॉगवर्ट्स पहुँचने से रोकने की कोशिश की थी। मुझे लगता है कि जिसने ऐसा किया था, वह जानता था कि अगर मूडी हॉगवर्ट्स में रहेगा, तो उसका काम बहुत ज़्यादा मुश्किल हो जाएगा। और वह यह भी जानता था कि कोई भी मूडी पर हुए हमले के मामले में ज़्यादा बारीक़ी से छानबीन नहीं करेगा; मूडी घुसपैठियों के बारे में बहुत बार शिकायत कर चुके हैं। लेकिन इसका यह मतलब नहीं है कि वह अब भी असली चीज़ को नहीं देख सकता। यह मत भूलो कि मूडी मंत्रालय का सबसे अच्छा ऑरर था।'

'तो ... तुम यह क्या कह रहे हो?' हैरी ने धीरे से कहा। 'कारकारोफ़ मुझे मारने की कोशिश कर रहा है? लेकिन – क्यों?'

सिरियस झिझका।

'मैं कुछ बहुत ही अजीब बातें सुन रहा हूँ,' उसने धीरे से कहा। 'प्राणभक्षी इन दिनों कुछ ज़्यादा ही सक्रिय दिख रहे हैं। उन्होंने क्विडिच वर्ल्ड कप में भी हंगामा किया था, है ना? किसी ने मौत का निशान भी बनाया था ... और फिर – क्या तुमने जादू मंत्रालय की उस जादूगरनी के बारे में सुना है, जो लापता हो गई है?'

'बर्था जोरकिन्स?' हैरी ने पूछा।

'हाँ ... वह अल्बानिया में ग़ायब हुई थी और वहीं पर वोल्डेमॉर्ट के होने की अफ़वाह है ... और वह जानती होगी कि जादूगरी का त्रिकोणीय टूर्नामेंट होने वाला है, है ना?'

हैरी ने कहा, 'हाँ, लेकिन ... इस बात की ज़्यादा संभावना नहीं है कि वह

सीधे वोल्डेमॉर्ट से टकरा गई होगी, है ना ?'

'सुनो, मैं बर्था जोरकिन्स को जानता था,' सिरियस ने गंभीरता से कहा। 'वह हमारे समय में ही हॉगवर्ट्स में पढ़ती थी। वह तुम्हारे डैडी और मुझसे कुछ साल सीनियर थी। वह मूर्ख भी थी। वह दूसरों के मामलों में बहुत ज़्यादा दिलचस्पी लेती थी, लेकिन उसमें ज़रा भी दिमाग़ नहीं था। यह अच्छा तालमेल नहीं है, हैरी। मैं तो कहूँगा कि उसे बड़ी आसानी से जाल में फँसाया जा सकता है।'

'तो ... तो क्या वोल्डेमॉर्ट को टूर्नामेंट के बारे में पता चल गया होगा ?' हैरी ने कहा। 'क्या तुम्हारा यही मतलब है ? क्या तुम्हें लगता है कि कारकारोफ़ यहाँ उसी के आदेश पर काम कर रहा है ?'

'मैं नहीं जानता,' सिरियस ने धीरे से कहा। 'मैं बिलकुल नहीं जानता ... वैसे मुझे लगता है कि कारकारोफ़ वोल्डेमॉर्ट के पाले में तब तक नहीं जाएगा, जब तक कि उसे यह यक़ीन न हो जाए कि वोल्डेमॉर्ट इतना शक्तिशाली हो गया है कि उसकी रक्षा कर सके। लेकिन जिसने भी तुम्हारा नाम प्याले में डाला है, उसने ऐसा किसी न किसी कारण से तो किया होगा। मुझे लगता है कि टूर्नामेंट तुम पर हमला करने का बहुत अच्छा तरीक़ा होगा, क्योंकि तब यह दुर्घटना लगेगी।'

'ऐसा लगता है कि यह बहुत अच्छी योजना है,' हैरी ने उदासी से कहा। 'उन्हें कुछ नहीं करना पड़ेगा। वे तो बस पीछे खड़े रहेंगे और उनका काम ड्रैगन कर देंगे।'

'ठीक है – ड्रैगन,' सिरियस ने कहा और अब वह बहुत जल्दी-जल्दी बोलने लगा। 'एक तरीक़ा है, हैरी। स्तब्धीकरण मंत्र के चक्कर में मत पड़ना। ड्रैगन बहुत शक्तिशाली होते हैं और उनमें इतना जादू होता है कि वे सिर्फ़ एक जादूगर के स्तब्धीकरण मंत्र से बेहोश नहीं होंगे। कम से कम छह जादूगरों के स्तब्धीकरण मंत्र ही ड्रैगन को बेहोश कर सकते हैं –'

हैरी ने कहा, 'हाँ, मैं जानता हूँ, मैंने अभी-अभी देखा है।'

'लेकिन तुम यह काम अकेले कर सकते हो,' सिरियस ने कहा। 'एक तरीक़ा है और तुम्हें इसके लिए एक आसान से मंत्र की ज़रूरत है। बस –'

लेकिन तभी हैरी ने उसे चुप करने के लिए अपना एक हाथ उठा दिया। उसका दिल अचानक इतनी तेज़ी से धड़कने लगा, जैसे यह फट जाएगा। उसे अपने पीछे से घुमावदार सीढ़ियों पर किसी के नीचे उतरने की आहट सुनाई दे रही थी।

'जाओ!' उसने फुसफुसाकर सिरियस से कहा। *'जाओ!* कोई आ रहा है!'

हैरी उठकर आग के ठीक सामने खड़ा हो गया। अगर किसी ने सिरियस

का चेहरा हॉगवर्ट्स की दीवारों के भीतर देख लिया, तो बहुत हंगामा हो जाएगा – मंत्रालय बीच में आ जाएगा – हैरी से सिरियस के छिपने के ठिकाने के बारे में सवाल पूछे जाएँगे –

हैरी को अपने पीछे आग में हल्की सी *खट्ट* की आवाज़ सुनाई दी और वह समझ गया कि सिरियस चला गया है। उसने घुमावदार सीढ़ियों के नीचे देखा। रात को एक बजे कौन घूमने निकला था और किसने सिरियस को यह बताने से रोक दिया था कि ड्रैगन के पार कैसे निकला जा सकता है?

यह रॉन था। अपने मेहरून बेलबूटेदार ऊनी पायजामे में रॉन हैरी के सामने आकर रुक गया और चारों तरफ़ देखने लगा।

उसने पूछा, 'तुम किससे बातें कर रहे थे?'

'उससे तुम्हें क्या लेना-देना?' हैरी गुर्राया। 'तुम आधी रात को यहाँ क्या कर रहे हो?'

'मैं सोच रहा था कि तुम कहाँ –' रॉन बीच में ही रुक गया और उसने अपने कंधे उचकाए। 'कुछ नहीं। मैं सोने जा रहा हूँ।'

हैरी चिल्लाया, 'तुम मेरी जासूसी करने आए थे, है ना?' वह जानता था कि रॉन को ज़रा भी पता नहीं था कि वह कितने ग़लत मौक़े पर आया था। वह जानता था कि रॉन ने जान-बूझकर ऐसा नहीं किया था, लेकिन उसे परवाह नहीं थी – इस पल उसे रॉन की हर चीज़ से नफ़रत थी, उसके पायजामे के नीचे से झाँकते टखनों से भी।

'बाधा डालने के लिए माफ़ी चाहता हूँ,' रॉन बोला। उसका चेहरा ग़ुस्से से लाल हो गया था। 'मुझे पता होना चाहिए था कि तुम्हें यह व्यवधान पसंद नहीं आएगा। मैं अब तुम्हें तुम्हारे अगले इंटरव्यू की तैयारी शांति से करने दूँगा।'

हैरी ने ***पॉटर ज़ीरो है*** का एक बैज टेबल से उठाया और पूरी ताक़त से कमरे के पार फेंका। वह रॉन के माथे पर पड़ा और दूर छिटक गया।

'यह लो,' हैरी ने कहा। 'मंगलवार को यह पहन लेना। तुम्हारी क़िस्मत अच्छी हुई, तो तुम्हारे माथे पर भी अब एक निशान बन जाएगा ... यही तो तुम चाहते थे, है ना?'

वह सीढ़ियों की तरफ़ बढ़ने लगा। उसे उम्मीद थी कि रॉन उसे रोकेगा। अगर रॉन उसे मुक्का मारता, तब भी उसे कोई दिक्क़त नहीं होती, लेकिन रॉन अपने थोड़े छोटे पायजामे में वहीं खड़ा रहा। हैरी ऊपर की मंज़िल पर जाकर अपने पलंग पर काफ़ी देर तक लेटा रहा और ग़ुस्से से भन्नाता रहा। उसे रॉन के आने की आवाज़ सुनाई नहीं दी।

अध्याय बीस

पहला काम

हैरी रविवार की सुबह उठा और बहुत लापरवाही से कपड़े पहनने लगा। इतनी लापरवाही से कि कुछ समय बाद जाकर उसे यह एहसास हुआ कि वह अपने पैर में मोज़े के बजाय टोपी पहनने की कोशिश कर रहा था। जब उसने आख़िरकार अपने शरीर पर सही कपड़े पहन लिए, तो वह जल्दी से हर्माइनी की तलाश में गया। वह उसे बड़े हॉल में गरुड़द्वार की टेबल पर मिल गई, जहाँ वह जिनी के साथ बैठकर नाश्ता कर रही थी। हैरी का खाने का मन नहीं था। उसने इंतज़ार किया, जब तक कि हर्माइनी ने दलिए का आख़िरी कौर गले से नीचे नहीं उतार लिया। फिर वह उसे खींचकर मैदान में घूमने के लिए ले गया। वहाँ झील के चारों तरफ़ काफ़ी देर तक घूमते हुए हैरी ने हर्माइनी को ड्रैगनों और सिरियस की कही बातों के बारे में बताया।

हालाँकि हर्माइनी कारकारोफ़ के बारे में मिली सिरियस की चेतावनी के कारण दहशत में आ गई, लेकिन उसका मानना था कि इस वक़्त ड्रैगन की समस्या ज़्यादा महत्वपूर्ण है।

उसने हताशा से कहा, 'पहली चिंता तो तुम्हारे मंगलवार की शाम तक ज़िंदा रहने की है। कारकारोफ़ की चिंता तो हम बाद में भी कर सकते हैं।'

वे तीन बार झील के चारों तरफ़ घूमे और ड्रैगन को क़ाबू में करने वाले किसी आसान मंत्र को याद करने की कोशिश करते रहे। उन्हें ऐसा कोई मंत्र याद नहीं आया, इसलिए वे लाइब्रेरी में चले गए। वहाँ पर हैरी ने ड्रैगन पर मिलने वाली हर पुस्तक निकालकर टेबल पर रख ली। कुछ ही देर में वह और हर्माइनी ढेर सारी पुस्तकों में अपने काम का मंत्र खोज रहे थे।

'सम्मोहन से नाख़ून तराशना ... चमड़ी गलने का उपचार ... इससे कोई फ़ायदा नहीं होगा। यह तो हैग्रिड जैसे पागलों के लिए है, जो उन्हें तंदुरुस्त

रखना चाहते हैं ...'

'ड्रैगन्स को मारना बहुत मुश्किल है, क्योंकि उनकी मोटी चमड़ी में प्राचीन जादू होता है। इस जादू को सिर्फ़ बहुत शक्तिशाली मंत्रों से ही भेदा जा सकता है ... लेकिन सिरियस ने तो कहा था कि एक आसान मंत्र से काम हो जाएगा ...'

'चलो, कुछ आसान मंत्रों की पुस्तकें देखते हैं,' हैरी ने एक पुस्तक पटकते हुए कहा, जिसका शीर्षक था, *उन लोगों के लिए, जो ड्रैगनों से बहुत प्रेम करते हैं।*

हैरी मंत्रों की पुस्तकों का ढेर लेकर टेबल पर लौटा। पुस्तकों को नीचे रखकर वह बारी-बारी से उन्हें देखने लगा। हर्माइनी उसकी कोहनी के पास से लगातार बोलती जा रही थी। 'देखो, यहाँ रूप-परिवर्तन के मंत्र तो हैं ... लेकिन ड्रैगन का रूप बदलने से क्या फ़ायदा होगा? जब तक कि तुम उसे कम ख़तरनाक बनाने के लिए उसके ज़हरीले दाँतों को च्युइंगम या ऐसी ही किसी चीज़ में न बदल दो ... जैसा उस पुस्तक में लिखा था, मुश्किल यह है कि ड्रैगन की मोटी चमड़ी को भेदना आसान नहीं है ... मैं तो कहूँगी कि उसका रूप-परिवर्तन करना सबसे अच्छा रहेगा, लेकिन इतने बड़े ड्रैगन का रूप-परिवर्तन कैसे किया जा सकता है? ... तुमसे यह नहीं होगा। मुझे तो लगता है कि प्रोफ़ेसर मैक्गॉनेगल भी यह काम नहीं कर पाएँगी ... हाँ, तुम खुद पर मंत्र पढ़कर *अपना* रूप-परिवर्तन ज़रूर कर सकते हो, हो सकता है इससे तुम्हें कुछ ज़्यादा शक्तियाँ मिल जाएँ। लेकिन *ऐसे* मंत्र आसान नहीं हैं। मेरा मतलब है, हमने क्लास में अब तक उनके बारे में नहीं पढ़ा है। मैं तो उनके बारे में सिर्फ़ इसलिए जानती हूँ, क्योंकि मैं ओ.डब्ल्यू.एल. के प्रैक्टिस पेपर्स के लिए उन्हें पढ़ रही हूँ ...'

'हर्माइनी,' हैरी दाँत भींचकर बोला। 'क्या तुम थोड़ी देर चुप रहोगी? मैं ध्यान केंद्रित करने की कोशिश कर रहा हूँ।'

हर्माइनी चुप हो गई, लेकिन इसके बावजूद हैरी अपना ध्यान केंद्रित नहीं कर पाया। उसके दिमाग़ में तो उथल-पुथल मची हुई थी। वह *व्यस्त और परेशान लोगों के लिए मूलभूत मंत्र* पुस्तक की विषयसूची को घूरता रहा, जिसके अध्याय थे *तत्क्षण सिर के बाल उतारना* ... लेकिन ड्रैगनों के बाल नहीं होते हैं ... *पिपरमेंट भरी साँस* ... इससे शायद ड्रैगन की आग उगलने की शक्ति बढ़ जाएगी ... *सींगदार जीभ* ... इसी की तो उसे ज़रूरत थी; इससे ड्रैगन को एक और हथियार मिल जाएगा ...

'ओह नहीं, वह *दोबारा* आ गया है। वह अपने जहाज़ पर क्यों नहीं

पढ़ता?' हर्माइनी ने चिढ़कर कहा, जब विक्टर क्रम लँगड़ाते हुए अंदर आया और उन दोनों पर चिढ़ भरी नज़र डालकर दूर वाले कोने में किताबों के ढेर के पास बैठ गया। 'चलो हैरी, हम हॉल में वापस चलते हैं ... उसकी चहेतियाँ एक ही पल में यहाँ खी-खी करती हुई आ जाएँगी ...'

यही हुआ। जब वे लाइब्रेरी से बाहर जा रहे थे, तो उन्हें कई लड़कियाँ पंजों के बल लाइब्रेरी के भीतर जाती दिखीं। उनमें से एक ने अपनी कमर में बल्गारिया का स्कार्फ़ बाँध रखा था।

*

हैरी को उस रात मुश्किल से नींद आई। जब वह सोमवार की सुबह जागा, तो उसने ज़िंदगी में पहली बार हॉगवर्ट्स से भागने के बारे में गंभीरता से विचार किया। लेकिन जब उसने नाश्ते के समय बड़े हॉल में चारों तरफ़ देखा और इस बारे में सोचा कि महल छोड़ने का क्या मतलब होगा, तो वह समझ गया कि वह ऐसा हर्गिज़ नहीं कर सकता। यह इकलौती जगह थी, जहाँ उसे ख़ुशी मिली थी ... उसे लगा कि शायद वह अपने मम्मी-डैडी के साथ भी ख़ुश रहा होगा, लेकिन उसे तब की याद नहीं थी।

आख़िर वह इस नतीजे पर पहुँचा कि प्रिविट ड्राइव में जाकर डडली के साथ रहने के बजाय यहीं रहकर ड्रैगन का सामना करना ज़्यादा ठीक रहेगा। यह निर्णय लेने के बाद वह थोड़ा शांत हो गया। उसने अपना नाश्ता मुश्किल से ख़त्म किया (उसका गला ज़्यादा अच्छी तरह काम नहीं कर रहा था)। इसके बाद जब वह और हर्माइनी उठकर खड़े हुए, तो उसने देखा कि सेडरिक डिगोरी भी मेहनतकश की टेबल से उठ रहा था।

सेडरिक को ड्रैगनों के बारे में मालूम नहीं था ... वह एकमात्र चैंपियन था, जिसे यह बात मालूम नहीं थी, क्योंकि मैक्सिम और कारकारोफ़ ने फ़्लर और क्रम को बता दिया होगा ...

'हर्माइनी, मैं तुमसे ग्रीनहाउस में मिलता हूँ,' हैरी ने कहा, जब उसने सेडरिक को हॉल से निकलते हुए देखकर एक फ़ैसला किया। 'चलो, मैं अभी आता हूँ।'

'हैरी, तुम्हें देर हो जाएगी, घंटी बजने ही वाली है -'

'मैं एक मिनट में आता हूँ, **ठीक है?'**

जब तक हैरी संगमरमर की सीढ़ियों के पास पहुँचा, सेडरिक ऊपर पहुँच चुका था। उसके साथ सिक्स्थ ईयर के बहुत से दोस्त थे। हैरी उन लोगों के सामने सेडरिक से बातचीत नहीं करना चाहता था, क्योंकि वे रीटा स्कीटर के लेख की बातें सुना-सुनाकर उसे ताने मारते रहते थे। हैरी कुछ दूर रहकर

सेडरिक का पीछा करता रहा। सेडरिक सम्मोहन के क्लासरूम की तरफ़ जा रहा था। इससे हैरी को एक उपाय सूझा। सेडरिक से थोड़ी पीछे रहकर उसने अपनी छड़ी बाहर निकाली और सावधानी से निशाना साधा।

'विदारणो!'

हैरी का निशाना सही जगह पर लगा और सेडरिक का बैग फट गया। उसमें रखे चर्मपत्र, क़लम और किताबें फ़र्श पर गिर गईं तथा स्याही की कई बोतलें फूट गईं।

'चिंता मत करो,' सेडरिक ने परेशान आवाज़ में कहा, जब उसके दोस्त उसकी मदद करने के लिए झुके, 'फ़्लिटविक सर से कह देना कि मैं बस आ ही रहा हूँ। तुम लोग क्लास में जाओ ...'

हैरी को इसी बात की उम्मीद थी। उसने अपनी छड़ी दोबारा दुशाले में रखी और सेडरिक के दोस्तों के क्लास में जाने का इंतज़ार करने लगा। उनके जाते ही वह तेज़ी से सेडरिक की तरफ़ बढ़ा। गलियारे में अब उसके और सेडरिक के सिवाय और कोई नहीं था।

'हाय,' सेडरिक ने *उच्च रूप-परिवर्तन मार्गदर्शिका* पुस्तक उठाते हुए कहा, जो स्याही में पूरी तरह भीग चुकी थी। 'मेरा बैग न जाने कैसे फट गया ... बिलकुल नया था ...'

'सेडरिक,' हैरी ने कहा, 'पहले काम में हमें ड्रैगनों को पार करना है।'

'क्या?' सेडरिक ने ऊपर देखते हुए कहा।

'ड्रैगन,' हैरी ने जल्दी से कहा, ताकि कहीं प्रोफ़ेसर फ़्लिटविक यह देखने के लिए क्लास से बाहर न आ जाएँ कि सेडरिक कहाँ चला गया। 'कुल चार ड्रैगन हैं। हममें से हर एक के लिए एक ड्रैगन है और हमें उसे पार करना है।'

सेडरिक ने उसे घूरकर देखा। शनिवार की रात से हैरी जिस दहशत में जी रहा था, उसमें से कुछ सेडरिक की भूरी आँखों में भी दिखाई देने लगी।

सेडरिक ने धीरे से पूछा, 'क्या तुम्हें पूरा यक़ीन है?'

'बिलकुल,' हैरी बोला। 'मैंने उन्हें अपनी आँखों से देखा है।'

'लेकिन तुम्हें पता कैसे चला? हमें यह बात मालूम नहीं होनी चाहिए ...'

'उसे छोड़ो,' हैरी ने जल्दी से कहा - वह जानता था कि अगर उसने सच्चाई बता दी, तो हैग्रिड मुश्किल में पड़ जाएगा। 'लेकिन मैं अकेला ही नहीं हूँ, जिसे यह बात मालूम है। फ़्लर और क्रम भी अब तक यह जान चुके होंगे - मैक्सिम और कारकारोफ़ ने भी ड्रैगन देख लिए थे।'

सेडरिक उठकर खड़ा हुआ। उसके हाथों में स्याही से भरी क़लमें, चर्मपत्र

और पुस्तकें थीं। उसका फटा बैग उसके कंधे पर लटक रहा था। उसने हैरी को घूरकर देखा और उसकी आँखों में हैरानी का, लगभग संदेह का भाव आ गया।

उसने पूछा, 'तुम मुझे यह बात क्यों बता रहे हो?'

हैरी ने अविश्वास से उसे देखा। उसे यक़ीन था कि अगर सेडरिक ख़ुद ड्रैगन देख लेता, तो यह सवाल नहीं पूछता। हैरी बिना किसी तैयारी के अपने बुरे से बुरे दुश्मन को भी उन ड्रैगनों के सामने नहीं जाने देता – हाँ, जब तक कि वे मैल्फ़ॉय या स्नेप न हों ...

'यह न्यायपूर्ण है, है ना?' उसने सेडरिक से कहा। 'अब हम सभी जानते हैं ... अब हम सभी बराबरी पर हैं, है ना?'

सेडरिक अब भी उसे थोड़े शक भरे अंदाज़ से देख रहा था। तभी हैरी को अपने पीछे *ठक-ठक* की जानी-पहचानी आवाज़ सुनाई दी। उसने मुड़कर देखा कि बावरे-नैन मूडी पास के ही एक क्लासरूम से बाहर निकल रहे थे।

'मेरे साथ चलो, पॉटर,' वे गुर्राकर बोले। 'डिगोरी, तुम अपनी क्लास में जाओ।'

हैरी ने मूडी को डरकर देखा। क्या उन्होंने उन दोनों की बातें सुन ली थीं? 'अर – प्रोफ़ेसर, मुझे जड़ी-बूटी विज्ञान की क्लास में जाना है –'

'उसकी चिंता छोड़ो, पॉटर। मेरे ऑफ़िस में चलो ...'

हैरी उनके पीछे-पीछे चल दिया। वह सोचता जा रहा था कि अब उसके साथ जाने क्या होने वाला है। कहीं मूडी यह तो नहीं जानना चाहेंगे कि उसे ड्रैगनों के बारे में कैसे मालूम चला? कहीं मूडी डम्बलडोर के पास जाकर हैग्रिड के बारे में तो नहीं बता देंगे या फिर हैरी को नेवले में तो नहीं बदल देंगे? हैरी ने सोचा कि अगर वह नेवला बन गया, तो उसे ड्रैगन के पार जाने में ज़्यादा आसानी होगी। तब वह बहुत छोटा हो जाएगा और पचास फ़ुट की ऊँचाई से ड्रैगन उसे नहीं देख पाएगी ...

वह मूडी के पीछे-पीछे उनके ऑफ़िस में पहुँच गया। मूडी ने दरवाज़ा बंद किया और हैरी की तरफ़ मुड़े। उनकी जादुई और सामान्य दोनों आँखें उसी पर टिकी हुई थीं।

मूडी ने धीरे से कहा, 'तुमने अभी-अभी बहुत अच्छा काम किया है, पॉटर।'

हैरी को समझ में नहीं आया कि वह क्या कहे, क्योंकि उसे उनसे इस तरह की प्रतिक्रिया की तो उम्मीद ही नहीं थी।

मूडी ने कहा, 'बैठ जाओ।' हैरी बैठ गया और चारों तरफ़ देखने लगा।

वह पिछले दो टीचर्स के कार्यकाल में इस ऑफ़िस में आ चुका था।

प्रोफ़ेसर लॉकहार्ट के ज़माने में दीवारों पर ख़ुद प्रोफ़ेसर लॉकहार्ट की मुस्कराती और आँख मारती हुई तस्वीरें लगी रहती थीं। जब ल्यूपिन यहाँ रहते थे, तो यहाँ पर कोई न कोई आकर्षक नया गुप्त प्राणी रखा रहता था, जिसके बारे में वे क्लास में पढ़ाना चाहते थे। बहरहाल, अब इस ऑफ़िस में बहुत सी बेहद अजीब चीज़ें भरी हुई थीं। हैरी को लगा कि मूडी इन चीज़ों का इस्तेमाल तब करते होंगे, जब वे ऑरर हुआ करते थे।

उनकी डेस्क पर एक बड़ा और चटका हुआ काँच का लट्टू रखा था। हैरी उसे देखते ही एकदम पहचान गया कि वह मुख़बिर यंत्र था। उसके पास भी एक मुख़बिर यंत्र था, हालाँकि वह मूडी के मुख़बिर यंत्र से बहुत छोटा था। एक कोने में एक छोटी टेबल रखी थी, जिस पर मुड़े हुए सुनहरे टेलीविज़न एरियल जैसी एक चीज़ रखी थी। उसमें से धीमी-धीमी आवाज़ें आ रही थीं। हैरी के सामने वाली दीवार पर एक आईना टँगा था, लेकिन उसमें कमरे का प्रतिबिंब दिखाई नहीं दे रहा था। इसके बजाय उस आईने में छायादार आकृतियाँ घूम रही थीं, जो स्पष्ट नहीं दिख रही थीं।

'गुप्त कलाओं को पकड़ने के मेरे यंत्र पसंद आए ?' मूडी ने कहा, जो हैरी को ग़ौर से देख रहे थे।

'वह क्या है ?' हैरी ने मुड़े हुए सुनहरे एरियल की तरफ़ इशारा करते हुए पूछा।

मूडी बोले, 'गोपन-संवेदक है। किसी के झूठ बोलते ही यह कंपन करने लगता है ... ज़ाहिर है, यहाँ इसका कोई फ़ायदा नहीं है - हर तरफ़ विद्यार्थी झूठ बोलते रहते हैं कि उन्होंने अपना होमवर्क क्यों नहीं किया। जब से मैं यहाँ आया हूँ, यह लगातार कंपन कर रहा है। मुझे अपने मुख़बिर यंत्र को इसलिए बंद करना पड़ा, क्योंकि इसकी सीटी हमेशा बजती रहती थी। यह बहुत ही संवेदनशील है। यह एक मील से भी ज़्यादा दूर तक होने वाले किसी भी ग़लत काम को झट पकड़ लेता है।' उन्होंने गुर्राते हुए आगे जोड़ा, 'ज़ाहिर है, विद्यार्थियों के ग़लत कामों के अलावा भी यह कई महत्वपूर्ण चीज़ें पकड़ सकता है।'

'और यह आईना किसलिए है ?'

'ओह, यह तो मेरा शत्रु-आईना है। इसमें मेरे शत्रु चारों तरफ़ मँडराते हुए दिखते हैं! जब तक कि मुझे उनकी आँखें नहीं दिख जाती हैं, तब तक मुझ पर कोई मुश्किल नहीं आ सकती। और उस वक़्त मैं अपना संदूक खोल लेता हूँ।'

उन्होंने हल्के से रूखी हँसी हँसते हुए खिड़की के नीचे रखे एक बड़े संदूक की तरफ़ इशारा किया। संदूक में एक क़तार में सात चाबियों के छेद थे। हैरी ने सोचा कि इसके अंदर जाने क्या होगा, लेकिन मूडी का अगला सवाल उसे सीधे

ज़मीन पर ले आया।

'तो ... तुमने यह फ़ैसला कर लिया कि तुम ड्रैगन से कैसे निबटोगे?'

हैरी झिझका। उसे इसी बात का डर था – लेकिन उसने सेडरिक को नहीं बताया था और वह निश्चित रूप से मूडी को भी नहीं बताने वाला था कि हैग्रिड ने नियम तोड़े थे।

'ठीक है,' मूडी ने बैठते हुए और आह भरते हुए अपने लकड़ी के पैर को फैलाया। 'धोखा देना जादूगरी के त्रिकोणीय टूर्नामेंट का पारंपरिक हिस्सा है और ऐसा हमेशा से है।'

'मैंने धोखा नहीं दिया,' हैरी ने जल्दी से कहा। 'यह तो एक तरह का संयोग था, जिससे मुझे पता चल गया।'

मूडी मुस्कराए, 'लड़के, मैं तुम्हें दोष नहीं दे रहा हूँ। मैं तो शुरू से ही डम्बलडोर से कह रहा हूँ कि वे चाहे जितने आदर्श बन जाएँ, लेकिन कारकारोफ़ और मैक्सिम से इसकी उम्मीद नहीं की जा सकती। उन्होंने अपने चैंपियनों को अब तक हर वह बात बता दी होगी, जो वे बता सकते होंगे। वे जीतना चाहते हैं। वे डम्बलडोर को हराना चाहते हैं। वे यह साबित करना चाहते हैं कि डम्बलडोर भी इंसान हैं।'

मूडी रूखी हँसी हँसने लगे और उनकी जादुई आँख इतनी तेज़ी से घूमने लगी कि हैरी को उसकी तरफ़ देखने में दहशत होने लगी।

मूडी ने पूछा, 'तो ... कुछ सोचा है कि तुम ड्रैगन को पार कैसे करोगे?'

हैरी ने कहा, 'नहीं।'

'देखो, मैं तुम्हें इसका तरीक़ा नहीं बताऊँगा,' मूडी ने रूखेपन से कहा। 'मैं पक्षपात नहीं करता। मैं तुम्हें बस सामान्य समझदारी भरी सलाह दे सकता हूँ। और पहली सलाह यह है – *अपनी शक्तियों का लाभ उठाओ।'*

हैरी के मुँह से न चाहते हुए भी निकल गया, 'मेरे पास कोई शक्ति ही नहीं है।'

'बेवक़ूफ़ी भरी बातें मत करो,' मूडी गुर्राकर बोले। 'अगर मैं कहता हूँ कि तुम्हारे पास शक्ति है, तो तुम्हारे पास ज़रूर होगी। इस बारे में अच्छी तरह सोचो। तुम कौन सा काम सबसे अच्छी तरह कर सकते हो?'

हैरी ने सोचने की कोशिश की। वह कौन सा काम सबसे अच्छी तरह कर सकता है? इसका जवाब बहुत आसान था –

'क्विडिच,' उसने धीरे से कहा, 'लेकिन उससे क्या मदद –'

'सही कहा,' मूडी ने उसे सख़्ती से घूरते हुए कहा और उनकी जादुई

आँख बिलकुल स्थिर हो गई। 'जैसा कि मैंने सुना है, तुम बहुत अच्छा उड़ लेते हो।'

'हाँ, लेकिन ...' हैरी ने उन्हें घूरा। 'मुझे झाड़ू ले जाने की इज़ाज़त नहीं है। मेरे पास तो सिर्फ़ मेरी जादुई छड़ी रहेगी -'

'मेरी दूसरी सामान्य सलाह यह है,' मूडी ने उसकी बात काटते हुए ज़ोर से कहा, 'कि *जिस चीज़ की तुम्हें ज़रूरत है,* उसे पाने के लिए किसी आसान और अच्छे मंत्र का इस्तेमाल करो।'

हैरी ने मूर्खों की तरह उनकी तरफ़ देखा। उसे किस चीज़ की ज़रूरत थी?

'देखो लड़के ...' मूडी ने फुसफुसाकर कहा। 'दोनों चीज़ों को जोड़ दो ... यह करना कोई ख़ास मुश्किल काम नहीं है ...'

हैरी को तुरंत समझ में आ गया। वह उड़ने में निपुण था। उसे ड्रैगन को पार करना था। इसके लिए उसे अपनी फ़ायरबोल्ट की ज़रूरत थी। और अपनी फ़ायरबोल्ट के लिए उसे ज़रूरत थी हर्माइनी की।

दस मिनट बाद हैरी ग्रीनहाउस नंबर तीन में भागते हुए घुसा। हैरी ने प्रोफ़ेसर स्प्राउट से जल्दी से माफ़ी माँगी और उनके पास से निकलते हुए हर्माइनी के पास पहुँचकर बोला, 'हर्माइनी - मुझे तुम्हारी मदद की ज़रूरत है।'

'तुम्हें क्या लगता है, मैं क्या करने की कोशिश कर रही हूँ, हैरी?' उसने फुसफुसाकर कहा। जिस फड़फड़ाती झाड़ी को वह तराश रही थी, उसके ऊपर उसकी आँखें चिंता के कारण गोल हो गईं।

'हर्माइनी, मुझे कल दोपहर तक आह्वान सम्मोहन में निपुण होना है।'

*

उन्होंने जमकर प्रैक्टिस की। उन्होंने लंच तक नहीं किया। इसके बजाय लंच के दौरान वे एक ख़ाली क्लासरूम में गए, जहाँ हैरी ने कई चीज़ों को कमरे के पार अपनी तरफ़ उड़ाने की भरसक कोशिश की। उसे इस काम में काफ़ी दिक्क़त हो रही थी। पुस्तकें और क़लमें कमरे में आधी दूर तक तो आ जाती थीं, लेकिन फिर पत्थर की तरह फ़र्श पर गिर जाती थीं।

'ध्यान केंद्रित करो, हैरी, *ध्यान केंद्रित करो ...*'

'तुम्हें क्या लगता है, मैं क्या करने की कोशिश कर रहा हूँ,' हैरी ने ग़ुस्से से कहा। 'लेकिन न जाने क्यों मेरे दिमाग़ में एक गंदी सी बड़ी ड्रैगन बार-बार आ जाती है ... *ठीक है,* मैं दोबारा कोशिश करता हूँ ...'

प्रैक्टिस करने के लिए वह अपनी ज्योतिष की क्लास भी छोड़ना चाहता था, लेकिन हर्माइनी ने साफ़ इंकार कर दिया कि वह अंकों का जादुई महत्व की अपनी क्लास नहीं छोड़ेगी। हर्माइनी के बिना रुकने का कोई फ़ायदा नहीं था,

इसलिए हैरी को मजबूरन एक घंटे से ज़्यादा समय तक प्रोफ़ेसर ट्रिलोनी को झेलना पड़ा, जो आधे घंटे तक क्लास को यह बताती रहीं कि इस समय शनि और मंगल की स्थिति ऐसी है कि जुलाई में पैदा हुए लोगों को अकस्मात् और हिंसक मृत्यु का बहुत ज़्यादा ख़तरा है।

'अच्छा, यह तो बहुत अच्छी बात है,' हैरी ने ज़ोर से कहा, क्योंकि उसे बहुत तेज़ ग़ुस्सा आ गया था, 'बशर्ते मैं घिसट-घिसटकर न मरूँ। मैं ज़्यादा समय तक कष्ट नहीं उठाना चाहता।'

एक पल के लिए रॉन ने उसकी तरफ़ देखा। ऐसा लग रहा था, जैसे वह हँसने वाला हो। उसने कई दिनों बाद हैरी से नज़रें मिलाई थीं, लेकिन हैरी अब रॉन से इतना चिढ़ने लगा था कि उसे इस बात की परवाह नहीं थी। बाक़ी की क्लास में हैरी अपनी टेबल के नीचे से छोटी-छोटी चीज़ों को अपनी छड़ी से आकर्षित करने की कोशिश करता रहा। एक मक्खी सीधे उसके हाथ पर आकर बैठ गई, हालाँकि हैरी को पूरी तरह भरोसा नहीं था कि यह आह्वान सम्मोहन के कारण हुआ होगा - शायद मक्खी मूर्ख थी।

ज्योतिष की क्लास के बाद उसने न चाहते हुए भी थोड़ा सा खाना खाया और फिर हर्माइनी के साथ ख़ाली क्लासरूम में चला गया। टीचर्स की नज़रों से बचने के लिए उसने अदृश्य चोगा पहन लिया। वे आधी रात तक प्रैक्टिस करते रहे। वे वहाँ और ज़्यादा समय तक रुकते, लेकिन तभी पीव्ज़ वहाँ आ गया। उसे लगा, हैरी यह चाहता है कि उसकी तरफ़ चीज़ें फेंकी जाएँ, इसलिए वह हैरी की तरफ़ कुर्सियाँ फेंकने लगा। हैरी और हर्माइनी जल्दी से कमरे से बाहर निकल गए। वे जानते थे कि आवाज़ें सुनकर फ़िल्च कभी भी वहाँ आ सकता है। वे गरुड़द्वार के हॉल में आ गए, जो अब ख़ाली हो चुका था।

रात को दो बजे हैरी अँगीठी के पास खड़ा हुआ था। उसके आस-पास बहुत सारी चीज़ों का ढेर लगा था, जिनमें किताबें, क़लमें, कई उलटी कुर्सियाँ और नेविल का मेंढक ट्रेवर थे। सिर्फ़ आख़िरी आधा घंटे में ही हैरी आह्वान सम्मोहन में निपुण हो पाया था।

हर्माइनी ने थके लेकिन ख़ुश अंदाज़ में कहा, 'यह बेहतर है, हैरी। यह पहले से बहुत बेहतर है।'

'हाँ, अब पता चल गया कि अगली बार जब मुझे किसी मंत्र में निपुणता हासिल करनी हो, तो क्या करना है,' हैरी ने पुरातन लिपियों की डिक्शनरी हर्माइनी की तरफ़ फेंकते हुए कहा, ताकि वह दोबारा कोशिश कर सके, 'मुझे ड्रैगन से डरा देना। ठीक है ...' उसने एक बार फिर अपनी छड़ी उठाई। *'आगमनो डिक्शनरी!'*

भारी पुस्तक हर्माइनी के हाथ से निकलकर हैरी की तरफ़ उड़ी और हैरी ने उसे पकड़ लिया।

हर्माइनी ने ख़ुश होते हुए कहा, 'हैरी, मुझे लगता है कि अब तुम इसमें सचमुच पारंगत हो गए हो!'

'बस यह कल साथ दे जाए,' हैरी बोला। 'फ़ायरबोल्ट इन चीज़ों की अपेक्षा बहुत दूर रहेगी। वह महल के अंदर रहेगी, जबकि मैं बाहर मैदान में रहूँगा ...'

'उससे कोई फ़र्क़ नहीं पड़ता,' हर्माइनी ने दृढ़ता से कहा। 'अगर तुम उस पर सचमुच अच्छे से ध्यान केंद्रित करोगे, तो वह ज़रूर आएगी। हैरी, अच्छा यही रहेगा कि अब हम थोड़ी देर सो लें ... तुम्हें नींद की ज़रूरत है।'

*

आह्वान सम्मोहन मंत्र सीखने के लिए हैरी उस शाम को इतना ज़्यादा ध्यान केंद्रित कर रहा था कि उसकी दहशत काफ़ी कम हो गई थी। लेकिन अगली सुबह दहशत पूरी तेज़ी से वापस लौट आई। स्कूल का माहौल तनाव और रोमांच से भरा हुआ था। क्लासें दोपहर को जल्दी ख़त्म होने वाली थीं, ताकि सभी विद्यार्थी ड्रैगनों के बाड़े तक पहुँच सकें - हालाँकि विद्यार्थियों को यह बात मालूम नहीं थी कि वहाँ पर ड्रैगन हैं।

हैरी ख़ुद को अपने आस-पास के सभी लोगों से बिलकुल अलग-थलग महसूस करने लगा, भले ही उसके पास से गुज़रते हुए वे उसे गुड लक कह रहे हों या फुसफुसाकर यह कह रहे हों, *'हम तुम्हारे लिए रुमाल तैयार रखेंगे, पॉटर।'* वह इतना ज़्यादा घबरा रहा था कि उसने सोचा, कहीं ड्रैगन को देखते ही वह पगला न जाए और अपने आस-पास दिखने वाले हर व्यक्ति को शाप न देने लगे।

समय बड़े ही अजीब तरीक़े से चलने लगा। यह बड़े-बड़े डग भर रहा था। उसे लगा, एक पल वह अपनी पहली क्लास जादू का इतिहास में बैठा था और दूसरे ही पल वह लंच करने के लिए जा रहा था ... और फिर (सुबह कहाँ चली गई थी? ड्रैगन-विहीन आख़िरी घंटे कहाँ चले गए थे?) प्रोफ़ेसर मैक्गॉनेगल बड़े हॉल में जल्दी से उसके पास आ रही थीं। बहुत से विद्यार्थी उन्हें देख रहे थे।

'पॉटर, चैंपियनों को अब मैदान में पहुँचना है ... तुम्हें अपने पहले काम की तैयारी करनी है।'

'ठीक है,' हैरी ने खड़े होते हुए कहा। उसका काँटा छन्न की आवाज़ करता हुआ प्लेट में गिर गया।

'गुड लक, हैरी,' हर्माइनी फुसफुसाकर बोली। 'सब कुछ ठीक हो जाएगा!'

'हाँ,' हैरी ने एक ऐसी आवाज़ में कहा, जो उसकी नहीं लग रही थी।

वह प्रोफ़ेसर मैक्गॉनेगल के साथ बड़े हॉल से बाहर निकला। यहाँ तक कि वे भी आज काफ़ी अलग दिख रही थीं। दरअसल वे भी हर्माइनी जितनी ही चिंतित दिख रही थीं। जब वे उसके साथ पत्थर की सीढ़ियों पर नीचे उतरीं और नवंबर की सर्द धूप में बाहर निकलीं, तो उन्होंने हैरी के कंधे पर हाथ रखा।

वे बोलीं, 'दहशत में मत आना। बस अपने दिमाग़ को ठंडा रखना ... अगर स्थिति बिगड़ जाती है, तो उसे सँभालने के लिए जादूगर पास में ही रहेंगे ... ख़ास बात यह है कि तुम अपनी सर्वश्रेष्ठ कोशिश करना। अगर तुम हार भी गए, तब भी कोई तुम्हारे बारे में बुरी राय नहीं रखेगा ... तुम ठीक तो हो?'

'हाँ,' हैरी ने ख़ुद को कहते हुए पाया। 'हाँ, मैं बिलकुल ठीक हूँ।'

वे उसे जंगल के किनारे से घुमाकर ड्रैगनों के अहाते की तरफ़ ले जा रही थीं। लेकिन जब वे पेड़ों के झुरमुट के पास पहुँचे - जहाँ से अहाता नज़र आता था - तो हैरी ने देखा कि ड्रैगनों के अहाते को छिपाने के लिए एक तंबू लगा दिया गया था, ताकि चैंपियनों को ड्रैगन नज़र न आएँ।

'तुम्हें बाक़ी चैंपियनों के साथ इसी तंबू में जाना है,' प्रोफ़ेसर मैक्गॉनेगल ने थोड़ी काँपती हुई आवाज़ में कहा, 'अपनी बारी का इंतज़ार करना, पॉटर। मिस्टर बैगमैन अंदर ही हैं ... वे तुम्हें बताएँगे कि कब क्या करना है ... गुड लक।'

'धन्यवाद,' हैरी ने कहा; उसे अपनी ही आवाज़ अजनबी लग रही थी। प्रोफ़ेसर मैक्गॉनेगल उसे तंबू के दरवाज़े के पास छोड़कर चली गईं। हैरी तंबू के भीतर गया।

फ़्लर डेलाकोर एक कोने में लकड़ी के स्टूल पर बैठी हुई थी। आज वह हमेशा जितनी शांत नहीं दिख रही थी। इसके बजाय उसका चेहरा थोड़ा पीला और पसीना-पसीना दिख रहा था। विक्टर क्रम हमेशा से ज़्यादा चिड़चिड़ा लग रहा था। हैरी को लगा कि ऐसा शायद घबराहट के कारण होगा। सेडरिक इधर से उधर टहल रहा था। हैरी के भीतर आते समय सेडरिक धीरे से मुस्कराया। हैरी भी मुस्कराया। लेकिन उसे एहसास हुआ कि उसके चेहरे की मांसपेशियाँ सख़्त हो गई थीं, जैसे वे यह भूल ही गई हों कि मुस्कराया कैसे जाता है।

'हैरी! बहुत बढ़िया!' बैगमैन ने ख़ुश होकर उसे देखते हुए कहा। 'अंदर आ जाओ, अंदर आ जाओ, थोड़ी देर आराम कर लो!'

पीले चेहरे वाले चैंपियनों के बीच खड़े हुए बैगमैन किसी कार्टून जैसे लग रहे थे। उन्होंने आज फिर अपना ततैए वाला दुशाला पहन रखा था।

बैगमैन ने उत्साह से कहा, 'अच्छा, अब सभी चैंपियन यहाँ आ चुके हैं - आप लोगों को कुछ बातें बतानी हैं! जब दर्शक बैठ जाएँगे, तो मैं आपके सामने यह बैग रखूँगा' - उन्होंने रेशम का एक छोटा बैंगनी बैग उठाकर दिखाया - 'जिसमें से आप उस चीज़ का छोटा मॉडल चुनेंगे, जिसका आपको सामना करना है! वे अलग-अलग प्रजातियों के हैं। मैं आपको कुछ और भी बताना चाहता हूँ ... आह, हाँ ... आपका काम *सुनहरे अंडे को उठाकर लाना* है!'

हैरी ने बाक़ी चैंपियनों की तरफ़ देखा। सेडरिक ने यह दिखाने के लिए सिर हिलाया कि वह बैगमैन के शब्दों का मतलब समझ गया है। इसके बाद वह एक बार फिर टेंट में चारों तरफ़ टहलने लगा। उसका चेहरा थोड़ा हरा दिख रहा था। फ़्लर डेलाकोर और क्रम ने कोई प्रतिक्रिया नहीं की। शायद उन्हें यह लग रहा होगा कि अगर उन्होंने अपना मुँह खोला, तो उन्हें उल्टी हो सकती है। निश्चित रूप से हैरी को तो ऐसा ही लग रहा था। लेकिन वे लोग तो इस प्रतियोगिता में अपनी इच्छा से शामिल हुए थे ...

कुछ ही समय बाद चैंपियनों को दर्शकों के आने की आवाज़ें सुनाई दीं। सैकड़ों लोग रोमांच भरे स्वर में बातें और हँसी-मज़ाक़ करते हुए टेंट के पास से गुज़र रहे थे ... हैरी दर्शकों की भीड़ से ख़ुद को इस तरह अलग महसूस करने लगा, जैसे वे किसी अलग प्रजाति के लोग हों। और फिर - हैरी को लगा कि एक सेकंड बाद ही - बैगमैन रेशम के बैंगनी बैग को खोल रहे थे।

'पहले महिलाएँ,' उन्होंने फ़्लर डेलाकोर की तरफ़ बैग बढ़ाते हुए कहा।

फ़्लर ने बैग में काँपता हुआ हाथ डाला और एक ड्रैगन का छोटा मॉडल निकाला - वेल्श ग्रीन। इसकी गर्दन में डले कार्ड पर 'दो' लिखा था। फ़्लर के चेहरे पर हैरानी का नहीं, बल्कि संकल्प का भाव दिख रहा था, जिससे हैरी समझ गया कि उसका अंदाज़ा सही था : मैडम मैक्सिम ने फ़्लर को बता दिया था कि पहला काम क्या है।

यही क्रम के बारे में भी सच था। उसने लाल चाइनीज़ फायरबॉल के मॉडल को बाहर निकाला। उसकी गर्दन में डले कार्ड पर 'तीन' लिखा था। उसने पलकें तक नहीं झपकाईं, बस लगातार ज़मीन को घूरकर देखता रहा।

फिर सेडरिक ने बैग में हाथ डाला और नीले-भूरे स्वीडिश शॉर्ट-स्नाउट के मॉडल को बाहर निकाला, जिसकी गर्दन के कार्ड पर 'एक' लिखा था। हैरी जानता था कि अब क्या बचा है। उसने अपना हाथ रेशम के बैग में डाला और हंगेरियन हॉर्नटेल को बाहर खींचा, जिसकी गर्दन वाले कार्ड पर 'चार' लिखा था। जब उसने ड्रैगन की तरफ़ देखा, तो ड्रैगन ने अपने पंख फैलाए और अपने छोटे-छोटे दाँत दिखाने लगी।

'तो ठीक है!' बैगमैन बोले। 'आप सभी ने ड्रैगन के जिस मॉडल को निकाला है, आपको उसी का सामना करना है। उन पर नंबर लिखे हुए हैं। आप लोगों को इसी क्रम में ड्रैगनों का सामना करना है, ठीक है? मैं एक पल बाद आप लोगों को अकेला छोड़कर चला जाऊँगा, क्योंकि मुझे कमेंट्री करनी है। मिस्टर डिगोरी, आपको सबसे पहले जाना है। बस सीटी की आवाज़ सुनते ही अहाते में बाहर चले जाना, ठीक है? अच्छा ... हैरी ... एक मिनट सुनो? बाहर चलोगे?'

'अर ... हाँ,' हैरी ने सूनेपन से कहा और बैगमैन के साथ तंबू से बाहर चला गया। बैगमैन उसे पेड़ों के बीच कुछ दूर ले गए और फिर अपने चेहरे पर पिता जैसा भाव लेकर उसकी तरफ़ मुड़े।

'हैरी, ठीक तो लग रहा है? क्या मैं तुम्हारी कोई मदद कर सकता हूँ?'

'क्या?' हैरी ने कहा, 'नहीं, मुझे कोई मदद नहीं चाहिए।'

'तुम्हारे दिमाग़ में कोई योजना है?' बैगमैन ने अपनी आवाज़ धीमी करते हुए कहा, जैसे वे कोई साज़िश कर रहे हों, 'अगर तुम चाहो, तो मैं तुम्हें कुछ उपाय सिखा सकता हूँ।' यहाँ पर बैगमैन ने अपनी आवाज़ और धीमी कर ली तथा आगे बोले, 'तुम सबसे छोटे चैंपियन हो, हैरी ... अगर तुम्हें किसी तरह की मदद की ज़रूरत हो, तो इशारा भर कर दो ...'

'नहीं,' हैरी ने तपाक से कह तो दिया, लेकिन फिर उसे लगा कि बैगमैन को इतने सपाट जवाब से बुरा लग सकता है। इसलिए उसने बात को सँभालते हुए जल्दी से यह भी जोड़ दिया, 'नहीं – मैंने फ़ैसला कर लिया है कि मैं क्या करने वाला हूँ, धन्यवाद।'

बैगमैन ने उसे आँख मारते हुए कहा, 'किसी को भी *पता नहीं चलेगा*, हैरी।'

'नहीं, मुझे कोई दिक़्क़त नहीं है,' हैरी ने कहा और यह सोचने लगा कि उसे लोगों से यही वाक्य क्यों कहना पड़ रहा है, हालाँकि सच तो यह था कि वह बहुत दिक़्क़त में था। 'मैंने एक योजना बना ली है, मैं –'

तभी कहीं से सीटी बजने की आवाज़ सुनाई दी।

'हे भगवान, मुझे भागना पड़ेगा!' बैगमैन दहशत में बोले और जल्दी से चले गए।

हैरी वापस तंबू में जाने लगा। उसने देखा कि सेडरिक तंबू में से बाहर निकल रहा था। उसका चेहरा पहले से ज़्यादा हरा दिख रहा था। जब वह उसके पास से निकला, तो हैरी ने उसे गुड लक कहा, लेकिन उसके मुँह से शब्दों के बजाय सिर्फ़ एक हुंकार की आवाज़ निकली।

हैरी तंबू में फ़्लर और क्रम के पास चला गया। कुछ सेकंड बाद उन्हें दर्शकों का कोलाहल सुनाई दिया, जिसका मतलब यही हो सकता था कि सेडरिक अहाते में घुस चुका है और ड्रैगन के सामने पहुँच चुका है ...

तंबू में बैठकर दर्शकों का शोर सुनना बहुत ही डरावना था। यह तो हैरी की कल्पना से भी बुरा था। जब सेडरिक स्वीडिश शॉर्ट-स्नाउट को पार करने की कोशिश कर रहा था, तो दर्शक चीख़ रहे थे ... चिल्ला रहे थे ... आह भर रहे थे। क्रम अब भी ज़मीन को घूरे जा रहा था। फ़्लर अब सेडरिक की तरह तंबू में चारों तरफ़ घूमने लगी थी। उधर बैगमैन की कमेंट्री के कारण हैरी का डर और बढ़ रहा था ... हैरी के मन में भयंकर तस्वीरें आ गईं, जब उसने सुना : 'ऊऊऊह, बाल-बाल बचे, बहुत ही क़रीबी मामला था' ... 'वह कितना बड़ा जोखिम ले रहा है!' ... '*चतुर* चाल ... अफ़सोस कि यह काम नहीं आई!'

और फिर लगभग पंद्रह मिनट बाद हैरी को कानफोड़ू शोर सुनाई दिया, जिसका सिर्फ़ एक ही मतलब हो सकता था : सेडरिक ने ड्रैगन को पार करके उसका सुनहरा अंडा उठा लिया था।

'बहुत ही बढ़िया!' बैगमैन ने चिल्लाकर कहा। 'और अब निर्णायक अपने अंक दिखाएँगे!'

बैगमैन ने चिल्लाकर सेडरिक के अंक नहीं बताए। हैरी को लगा कि निर्णायक अंक तख़्तियों पर लिखकर दर्शकों को दिखा रहे होंगे।

'एक हो गया, तीन बचे हैं!' बैगमैन चिल्लाए, जब सीटी दोबारा बजी। 'मिस डेलाकोर, अब आपकी बारी है!'

फ़्लर सिर से पैर तक काँप रही थी। जब वह अपना सिर तानकर और हाथ में छड़ी पकड़कर तंबू से बाहर निकली, तो हैरी के मन में उसके प्रति सहानुभूति का सैलाब उमड़ने लगा। अब तंबू में सिर्फ़ वह और क्रम ही बचे थे। वे तंबू के अलग-अलग छोर पर खड़े थे और एक-दूसरे से नज़रें चुरा रहे थे।

वही प्रक्रिया एक बार फिर शुरू हुई ... 'ओह, मुझे यक़ीन नहीं है कि यह काम समझदारी भरा था!' उन्हें बैगमैन की ख़ुशी भरी आवाज़ सुनाई दी। 'ओह ... बहुत नज़दीकी मामला! अब सावधान रहना ... हे भगवान, मैंने सोचा था कि इससे काम बन जाएगा!'

दस मिनट बाद हैरी को एक बार फिर दर्शकों की तालियों का ज़ोरदार शोर सुनाई दिया ... फ़्लर भी सफल हो गई होगी। कुछ देर तक ख़ामोशी छाई रही। हैरी ने सोचा, शायद निर्णायक फ़्लर के अंक दिखा रहे होंगे ... फिर तेज़ तालियाँ बजीं ... और फिर, तीसरी बार सीटी बजी।

'और अब आ रहे हैं मिस्टर क्रम!' बैगमैन चिल्लाए और क्रम लँगड़ाते

हुए बाहर चला गया। अब हैरी तंबू में अकेला रह गया था।

अब उसका ध्यान अपने शरीर पर गया, जो सामान्य स्थिति में कभी नहीं जाता था। उसे लगा कि उसका दिल अब ज़्यादा तेज़ी से धड़क रहा था और उसकी उँगलियाँ डर के मारे सुन्न पड़ रही थीं ... लेकिन वह अपने पर से ध्यान हटाकर तंबू की दीवारों को देखने लगा और दर्शकों का शोर सुनने लगा, जो बहुत दूर से आता लग रहा था ...

'बहुत दिलेरी का काम!' बैगमैन चिल्ला रहे थे। हैरी को चाइनीज़ फ़ायरबॉल की भयंकर चीख़ सुनाई दी। 'वह बहुत जोखिम ले रहा है – और – हाँ, उसने अंडा उठा लिया है!'

तालियों ने सर्द हवा को नाज़ुक शीशे की तरह तोड़ दिया। क्रम ने अपना काम पूरा कर लिया था – अब किसी भी पल हैरी की बारी आ सकती थी।

हैरी उठकर खड़ा हुआ। उसके पैर काँप रहे थे। वह इंतज़ार करने लगा। और फिर उसे सीटी बजने की आवाज़ सुनाई दी। वह तंबू से बाहर निकला। जब वह अहाते की फ़ेंस की दरार में से होकर जा रहा था, तो उसके मन में दहशत के सिवाय और कुछ नहीं था।

उसने अपने सामने की हर चीज़ को इस तरह देखा, जैसे वह कोई बहुत ही रंगीन सपना देख रहा हो। सैकड़ों चेहरे दर्शकदीर्घाओं से उसकी तरफ़ देख रहे थे। जहाँ खड़े होकर उसने उस रात ड्रैगन देखे थे, वहाँ पर जादू से दर्शकदीर्घाएँ बना दी गई थीं। और अहाते के दूसरे छोर पर हॉर्नटेल भी थी। वह अपने अंडों पर झुकी हुई थी। उसके पंख आधे खुले थे। उसकी शैतानी पीली आँखें हैरी पर टिकी थीं। वह अपनी नुकीली पूँछ पटक रही थी, जिसके कारण सख़्त ज़मीन पर एक गज लंबे निशान बन रहे थे। भीड़ अब बहुत ज़्यादा शोर कर रही थी। हैरी को पता नहीं था कि दर्शकों का शोर दोस्ताना था या नहीं। और दरअसल उसे इसकी परवाह भी नहीं थी। अब वह काम करने का वक़्त आ गया था, जो उसे करना था ... अब उसे अपनी झाड़ू पर अपना ध्यान केंद्रित करना था। सिर्फ़ वही उसे बचा सकती थी ...

उसने अपनी छड़ी उठाई।

'आगमनो फ़ायरबोल्ट!' वह चिल्लाया।

उसने इंतज़ार किया। उसका पोर-पोर उम्मीद और प्रार्थना कर रहा था ... अगर यह उपाय सफल नहीं हुआ ...अगर फ़ायरबोल्ट नहीं आई ... तो क्या होगा? वह हर चीज़ को जैसे धुँध में से देख रहा था। उसे अहाता और अपने चारों तरफ़ के सैकड़ों चेहरे उस धुँध में तैरते हुए लग रहे थे ...

और फिर उसे फ़ायरबोल्ट की आवाज़ सुनाई दी। वह उसके पीछे से तेज़

गति से उड़कर आ रही थी। उसने मुड़कर देखा कि उसकी फ़ायरबोल्ट जंगल के किनारे से घूमकर अहाते में आई और उसके पास आकर बीच हवा में रुक गई, ताकि वह सवारी करने के लिए उस पर बैठ सके। भीड़ अब और भी ज़्यादा शोर मचाने लगी थी ... बैगमैन चिल्लाकर कुछ बोल रहे थे ... लेकिन हैरी के कान सही तरह से काम नहीं कर रहे थे ... अब सुनना महत्वपूर्ण नहीं था ...

उसने अपना पैर झाड़ू पर डाला और ज़मीन पर पैर मारकर हवा में उठ गया। एक पल बाद एक चमत्कार हो गया ...

जब वह ऊपर उड़ा, तो हवा उसके बालों के बीच से निकली, दर्शकों के चेहरे सुइयों से बने छोटे-छोटे सूराख़ों की तरह दिखने लगे और हॉर्नटेल किसी कुत्ते जितनी छोटी दिखने लगी। ऊपर पहुँच जाने पर उसे एहसास हुआ कि वह न सिर्फ़ ज़मीन को अपने पीछे छोड़ आया था, बल्कि अपने डर को भी पीछे छोड़ आया था ... वह अपने जाने-पहचाने माहौल में था ...

यह एक और क्विडिच मैच था ... सिर्फ़ एक क्विडिच मैच ... और हॉर्नटेल एक और विरोधी टीम थी ...

उसने नीचे रखे अंडों की तरफ़ देखा। उसे सुनहरा अंडा दिख गया, जो सीमेंट जैसे रंग के अंडों के बीच में चमक रहा था। ये सभी अंडे ड्रैगन के अगले पैरों के बीच में रखे हुए थे। हैरी ने ख़ुद से कहा, 'ठीक है, ध्यान भटकाने की नीति अपनानी होगी ... चलो ...'

उसने गोता लगाया। हॉर्नटेल का सिर उसकी दिशा में हिला। हैरी समझ गया कि वह क्या करने वाली है, इसलिए वह समय रहते मुड़ गया। ड्रैगन ने आग की एक लपट ठीक उसी जगह पर फेंकी थी, जहाँ हैरी मुड़ने से पहले था ... लेकिन हैरी को परवाह नहीं थी ... यह तो क्विडिच में पहलवान से बचने की तरह था, इससे ज़्यादा कुछ नहीं था ...

'बहुत अच्छे, वह तो कमाल का उड़ लेता है!' बैगमैन चिल्लाए, जब दर्शक चीख़े और आँखें फाड़कर देखने लगे। 'मिस्टर क्रम, क्या आप देख रहे हैं?'

हैरी और ऊँचाई पर जाकर एक गोले में उड़ने लगा। हॉर्नटेल अब भी उसी की तरफ़ देख रही थी - उसका सिर उसकी लंबी गर्दन पर घूम रहा था। हैरी ने सोचा, अगर हॉर्नटेल का सिर इसी तरह गोल-गोल घूमता रहेगा, तो वह चकरा जाएगा - लेकिन हॉर्नटेल को ज़्यादा सताना ठीक नहीं होगा, वरना वह फिर से आग उगलने लगेगी -

जैसे ही हॉर्नटेल ने अपना मुँह खोला, हैरी नीचे आ गया। लेकिन इस बार उसकी क़िस्मत उतनी अच्छी नहीं थी - वह लपटों से तो बच गया, लेकिन हॉर्नटेल की पूँछ ऊपर हो गई और जब हैरी बाईं तरफ़ मुड़ा, तो पूँछ की

सींगदार नोक उसके कंधे से छू गई, जिससे उसका दुशाला फट गया –

उसे दर्द हुआ और दर्शकों की चीख़ें तथा आहें सुनाई दीं, लेकिन घाव गहरा नहीं लग रहा था ... अब वह हॉर्नटेल के पीछे की तरफ़ उड़ने लगा और अचानक उसे एक संभावना नज़र आई ...

ऐसा लग रहा था कि हॉर्नटेल उड़ना नहीं चाहती थी। वह अपने अंडों की सुरक्षा को लेकर चिंतित थी। हालाँकि वह कसमसा रही थी और हिल-डुल रही थी, अपने पंख फड़फड़ा रही थी और अपनी डरावनी पीली आँखें हैरी पर जमाए थी, लेकिन वह अंडों से ज़्यादा दूर जाने से घबरा रही थी ... मगर हैरी को उसे ऐसा करने के लिए मजबूर करना था, वरना वह कभी अंडों के पास नहीं पहुँच पाएगा ... चतुराई भरी नीति यह थी कि वह यह काम सावधानी से और धीरे-धीरे करे ...

वह उड़ने लगा – पहले इधर, फिर उधर। पर वह ज़्यादा पास नहीं उड़ रहा था, क्योंकि उसे डर था कि कहीं हॉर्नटेल फिर से आग न उगलने लगे। लेकिन फिर भी वह इतना ख़तरा ज़रूर उत्पन्न कर रहा था, ताकि हॉर्नटेल की आँखें हैरी पर जमी रहें। हॉर्नटेल का सिर इधर-उधर डगमगाता रहा। वह उसे अपनी ऊँची पुतलियों से देखती रही – उसके दाँत साफ़ नज़र आ रहे थे ...

हैरी और ऊँचाई पर पहुँचकर उड़ने लगा। हॉर्नटेल का सिर भी ऊपर की तरफ़ हो गया। उसकी गर्दन अब पूरी तरह तन चुकी थी। वह अब भी अपना सिर उसी तरह हिला रही थी, जिस तरह कोई साँप सपेरे के सामने अपना सिर हिलाता है ...

हैरी कुछ फ़ुट और ऊपर हुआ। हॉर्नटेल परेशान होकर गरजी। हैरी उसके लिए एक मक्खी की तरह था, जिसका वह कचूमर बनाना चाहती थी। उसकी पूँछ एक बार फिर हवा में लहराई, लेकिन अब हैरी इतनी ज़्यादा ऊँचाई पर था कि पूँछ उसका कुछ नहीं बिगाड़ सकती थी ... उसने हवा में आग उगली, लेकिन हैरी उससे बच गया ... हॉर्नटेल का जबड़ा चौड़ा हो गया ...

'आ जाओ,' हैरी बुदबुदाया और उसे ललचाते हुए उसके ऊपर इधर-उधर उड़ता रहा, 'आ जाओ, आ जाओ और मुझे पकड़ो ... ऊपर आओ, अभी ...'

ड्रैगन ने आख़िरकार पीछे हटकर अपने बड़े काले पंख फैलाए, जो किसी छोटे हवाई जहाज़ जितने चौड़े थे – और फिर हैरी ने गोता लगा दिया। इससे पहले कि ड्रैगन यह समझ पाती कि हैरी ने क्या किया है या वह कहाँ ग़ायब हो गया है, हैरी पूरी तेज़ी से ज़मीन की तरफ़, उन अंडों की तरफ़ आ रहा था, जिनकी रक्षा अब ड्रैगन नहीं कर रही थी। उसने अपने हाथ अपनी फ़ायरबोल्ट पर से हटाए – और सुनहरे अंडे को पकड़ लिया –

और फिर बहुत तेज़ गति से वह दोबारा ऊपर उड़ गया। अब वह दर्शकदीर्घा के ऊपर से उड़ रहा था। भारी अंडा सही-सलामत उसकी बाँह में सुरक्षित दबा हुआ था। तभी उसे ऐसा लगा, जैसे किसी ने दर्शकों के शोर को सुनाने वाला बटन दबा दिया हो। पहली बार वह दर्शकों के शोर के प्रति जागरूक हुआ, जो चीख़ रहे थे और उतनी ही ज़ोर से तालियाँ बजा रहे थे, जितनी वर्ल्ड कप में आयरलैंड के समर्थक बजा रहे थे –

'ज़रा देखो तो सही!' बैगमैन चिल्ला रहे थे। 'ज़रा देखो तो सही! हमारा सबसे छोटा चैंपियन अपने अंडे तक सबसे जल्दी पहुँचा! अब मिस्टर पॉटर के जीतने की संभावना उतनी कम नहीं लग रही है, जितनी कि हमें पहले लग रही थी!'

हैरी ने देखा कि ड्रैगनों के रखवाले हॉर्नटेल को क़ाबू में करने के लिए भागकर आ रहे थे और ड्रैगनों के अहाते के गेट पर प्रोफ़ेसर मैक्गॉनेगल, प्रोफ़ेसर मूडी और हैग्रिड उससे मिलने के लिए आ रहे थे। वे सभी उसकी तरफ़ देखकर हाथ हिला रहे थे। इतनी दूरी से भी उनकी मुस्कराहटें साफ़ दिख रही थीं। वह दोबारा दर्शकदीर्घा के ऊपर उड़ने लगा। भीड़ के शोर के कारण उसके कान का पर्दा फटा जा रहा था। फिर वह आराम से ज़मीन पर उतरा। कई हफ़्तों के बाद अब पहली बार उसका दिल हल्का हुआ था ... अब उसने पहला काम पूरा कर लिया था, वह ज़िंदा बच गया था ...

जैसे ही वह अपनी फ़ायरबोल्ट पर से उतरा, प्रोफ़ेसर मैक्गॉनेगल बोलीं, 'बहुत बढ़िया, पॉटर!' वे किसी की भी तारीफ़ कम ही करती थीं, इसलिए उनके मुँह से यह बहुत बड़ी तारीफ़ लगी। उसने देखा कि उसके कंधे की तरफ़ इशारा करते समय उनका हाथ काँप रहा था। 'निर्णायकों के तुम्हारा स्कोर बताने से पहले तुम्हें मैडम पॉमफ़्री के पास जाना होगा ... वे डिगोरी का भी इलाज कर रही हैं ...'

'तुमने यह कर दिया, हैरी!' हैग्रिड ने रुँधे गले से कहा। 'तुमने यह कर दिया। वह भी हॉर्नटेल के ख़िलाफ़! तुमने चार्ली की यह बात तो सुन ही ली होगी कि हॉर्नटेल सबसे खूँखार थी –'

'धन्यवाद, हैग्रिड,' हैरी ने ज़ोर से कहा, ताकि हैग्रिड आगे बोलकर यह भंडाफोड़ न कर दे कि उसने हैरी को पहले से ड्रैगन दिखा दिए थे।

प्रोफ़ेसर मूडी भी बहुत ख़ुश नज़र आ रहे थे। उनकी जादुई आँख चारों तरफ़ नाच रही थी।

वे बोले, 'आसान रास्ता सर्वश्रेष्ठ होता है, पॉटर।'

प्रोफ़ेसर मैक्गॉनेगल ने हैरी से कहा, 'पॉटर, चलो फ़र्स्ट-एड टेंट में

जाओ ...'

हैरी अहाते से बाहर चला गया। वह अभी भी हाँफ रहा था। उसने देखा कि मैडम पॉमफ़्री दूसरे तंबू के दरवाज़े पर खड़ी हुई थीं और चिंतित दिख रही थीं।

'ड्रैगन!' उन्होंने हिक़ारत भरे स्वर में कहते हुए हैरी को अंदर खींच लिया। तंबू कई खंडों में बँटे थे। उसे कैनवास के पार सेडरिक की परछाईं दिख रही थी, लेकिन ऐसा लग रहा था कि सेडरिक को ज़्यादा चोट नहीं लगी थी। वह बैठा हुआ था। मैडम पॉमफ़्री ने हैरी के कंधे की जाँच की। इस दौरान वे ग़ुस्से में लगातार बोलती जा रही थीं, 'पिछले साल दमपिशाच, इस साल ड्रैगन, न जाने अगले साल इस स्कूल में क्या आएगा ? तुम बहुत क़िस्मत वाले हो ... घाव गहरा नहीं है ... लेकिन इसे भरने से पहले इसकी सफ़ाई करनी पड़ेगी ...'

उन्होंने घाव को पीले द्रव में डूबे फाहे से साफ़ किया। घाव में से धुआँ उठा और दर्द हुआ, लेकिन फिर मैडम पॉमफ़्री ने उसके कंधे पर अपनी छड़ी रख दी, जिससे घाव तत्काल भर गया।

'अब, एक मिनट तक शांति से बैठो – *बैठो!* इसके बाद ही अपना स्कोर देखने जाना।'

वे जल्दी से तंबू से बाहर चली गईं। हैरी को सुनाई दिया कि वे अगले खंड में सेडरिक के पास जाकर उससे पूछ रही थीं, 'अब कैसा लग रहा है, डिगोरी ?'

हैरी चुपचाप नहीं बैठना चाहता था। वह बहुत ज़्यादा रोमांचित था। वह उठकर खड़ा हुआ। वह देखना चाहता था कि बाहर क्या हो रहा है, लेकिन वह तंबू के दरवाज़े तक पहुँच पाता, इससे पहले ही दो लोग धड़धड़ाते हुए अंदर घुस आए – हर्माइनी, उसके ठीक पीछे रॉन भी था।

'हैरी, बहुत कमाल का काम किया!' हर्माइनी ने चहकती हुई आवाज़ में कहा। उसके चेहरे पर नाख़ूनों के निशान थे, क्योंकि उसने डर के मारे ख़ुद को नोंच लिया था। 'बहुत अद्‌भुत! बहुत ही अद्‌भुत!'

लेकिन हैरी तो रॉन को देख रहा था, जिसका चेहरा बहुत सफ़ेद था और वह हैरी की तरफ़ ऐसे घूर रहा था, जैसे वह कोई भूत हो।

'हैरी,' उसने बहुत गंभीरता से कहा, 'जिसने भी तुम्हारा नाम आग के प्याले में डाला था – मुझे – मुझे लगता है कि वह तुम्हारी जान लेना चाहता है!'

ऐसा लगा, जैसे पिछले कुछ सप्ताह चली लड़ाई कभी हुई ही नहीं हो – ऐसा लगा, जैसे हैरी आग के प्याले से अपना नाम निकलने के बाद रॉन से पहली बार मिल रहा हो।

'अच्छा, तो यह बात तुम्हें समझ में आ गई ?' हैरी ने ठंडेपन से कहा।

'लेकिन समझने में तुम्हें बहुत वक़्त लग गया।'

हर्माइनी उन दोनों के बीच घबराई हुई खड़ी थी। वह कभी हैरी को, तो कभी रॉन को देख रही थी। रॉन ने अपना मुँह खोला और सोचने लगा कि क्या कहे। हैरी जानता था कि रॉन माफ़ी माँगने वाला है, लेकिन अचानक उसने पाया कि वह रॉन के माफ़ी माँगने वाले शब्द नहीं सुनना चाहता।

रॉन के माफ़ी माँगने से पहले ही हैरी ने कहा, 'चलो, **ठीक है।** अब पुरानी बातें भूल जाओ।'

'नहीं,' रॉन बोला, 'मुझे ऐसा नहीं करना चाहिए था –'

'भूल भी जाओ,' हैरी ने कहा।

रॉन उसकी तरफ़ देखकर मुस्कराया और हैरी भी मुस्करा दिया।

हर्माइनी रोने लगी।

हैरी ने परेशानी से उससे पूछा, 'इसमें रोने की क्या बात है!'

'तुम दोनों बहुत *मूर्ख* हो!' वह चिल्लाई। उसने अपने पैर ज़मीन पर पटके और उसके आँसू उसके दुशाले पर टपकने लगे। फिर इससे पहले कि उनमें से कोई भी उसे रोक पाता, हर्माइनी ने उन दोनों को जल्दी से गले लगाया और ज़ोर-ज़ोर से सुबकती हुई वहाँ से भाग गई।

'पागल है,' रॉन ने अपना सिर हिलाते हुए कहा। 'हैरी, चलो, वे तुम्हारा स्कोर दिखाने वाले होंगे ...'

अपने सुनहरे अंडे और फ़ायरबोल्ट को उठाते हुए हैरी तंबू से बाहर चल दिया। एक घंटे पहले वह यह सोच भी नहीं सकता था कि उसे इतनी ख़ुशी मिल सकती है। रॉन उसकी बग़ल में तेज़ी से बोलता जा रहा था।

'तुमने यह काम सबसे बढ़िया तरीक़े से किया। कोई तुम्हारे आस-पास भी नहीं आ सकता। सेडरिक ने एक अजीब चीज़ की थी। उसने एक चट्टान का रूप-परिवर्तन कर दिया था ... उसने उसे कुत्ते में बदल दिया था ... वह कोशिश कर रहा था कि ड्रैगन उसके बजाय कुत्ते के पीछे पड़ जाए। यह बहुत बढ़िया रूप-परिवर्तन था और यह कुछ हद तक कारगर भी रहा, क्योंकि सेडरिक ने अंडा उठा लिया। लेकिन सेडरिक जल भी गया, क्योंकि ड्रैगन ने आधी दूर जाने के बाद अपना इरादा बदल दिया और यह फ़ैसला किया कि वह कुत्ते के बजाय सेडरिक का ही पीछा करेगी। वह मुश्किल से बच पाया। फिर फ़्लर की बारी थी। उसने सम्मोहन करने की कोशिश की। मुझे लगता है कि वह उसे मदहोश करने की कोशिश कर रही थी – वह भी कामयाब हो गई, क्योंकि ड्रैगन की नींद लग गई। लेकिन खर्राटे लेते समय ड्रैगन के मुँह से लपट बाहर

निकली और फ़्लर की स्कर्ट में आग लग गई - उसने अपनी छड़ी से पानी निकालकर आग बुझाई। और फिर क्रम की बारी आई। तुम यक़ीन नहीं करोगे, लेकिन उसने उड़ने के बारे में सोचा भी नहीं! तुम्हारे बाद शायद उसी ने सबसे अच्छी तरह से यह काम किया था। उसने ड्रैगन की आँख में किसी तरह का मंत्र मारा। दिक़्क़त यह थी कि ड्रैगन दर्द के मारे इधर-उधर डगमगाने लगी और उसने अपने आधे अंडे कुचल डाले। इसके लिए क्रम के नंबर काट लिए गए, क्योंकि उसे अंडों को कोई नुक़सान नहीं होने देना था।'

जब रॉन और हैरी अहाते के कोने तक पहुँचे, तो रॉन ने गहरी साँस ली। अब हॉर्नटेल को ले जाया जा चुका था। हैरी को दिख गया कि पाँच निर्णायक दूसरे सिरे पर बैठे हुए थे और उनकी सोने से मढ़ी कुर्सियाँ ऊपर उठी हुई थीं।

'हर निर्णायक दस में से अंक देगा,' रॉन ने कहा। हैरी ने ऊपर देखते हुए पहले निर्णायक को देखा - मैडम मैक्सिम - उन्होंने अपनी छड़ी हवा में उठाई। उससे एक लंबी रिबन जैसी सफ़ेद चीज़ उड़ी, जिसने घूमकर ख़ुद को आठ के बड़े अंक में बदल लिया।

'बुरा नहीं है!' रॉन ने कहा, जब दर्शकों ने तालियाँ बजाईं। 'मुझे लगता है, उन्होंने तुम्हारे कंधे की चोट के नंबर काटे होंगे ...'

इसके बाद मिस्टर क्राउच की बारी आई। उन्होंने हवा में नौ का अंक दिखाया।

'बहुत बढ़िया!' रॉन चिल्लाया और उसने हैरी की पीठ ठोंकी।

फिर डम्बलडोर की बारी आई। उन्होंने भी नौ अंक दिए। दर्शक अब पहले से ज़्यादा ज़ोर से तालियाँ बजाने लगे।

लूडो बैगमैन - *दस।*

'दस ?' हैरी ने अविश्वास से कहा। 'लेकिन ... मुझे चोट लगी थी ... वे कर क्या रहे हैं ?'

'हैरी, शिकायत मत करो!' रॉन रोमांच से चिल्लाया।

और फिर कारकारोफ़ ने अपनी छड़ी उठाई। वे एक पल के लिए रुके और फिर उनकी छड़ी से अंक निकला - चार।

'क्या ?' रॉन ग़ुस्से से चिल्लाया। *'चार ?* घटिया आदमी, तुमने क्रम को तो दस नंबर दिए थे!'

लेकिन हैरी को परवाह नहीं थी। अगर कारकारोफ़ ने उसे ज़ीरो भी दिया होता, तब भी उसे परवाह नहीं होती। उसकी तरफ़ से रॉन का ग़ुस्सा ही उसके लिए सौ नंबरों के बराबर था। ज़ाहिर है, उसने रॉन को यह नहीं बताया,

लेकिन जब वह अहाते से जाने के लिए मुड़ा, तो उसका दिल काफ़ी हल्का हो चुका था। और यह सिर्फ़ रॉन के कारण ही नहीं था ... दर्शकों में सिर्फ़ गरुड़द्वार के विद्यार्थी ही तालियाँ नहीं बजा रहे थे। जब उन्होंने यह देखा कि हैरी किस चीज़ का सामना कर रहा है, तो ज़्यादातर विद्यार्थी सेडरिक के साथ-साथ उसका भी समर्थन करने लगे ... उसे नागशक्ति के विद्यार्थियों की परवाह नहीं थी। अब वे चाहे जो कहें, वह उनके तानों को आराम से झेल सकता था।

'तुम पहले स्थान पर आ गए हो, हैरी! तुम्हारे और क्रम दोनों के नंबर बराबर हैं!' चार्ली वीज़्ली ने कहा, जो उनसे मिलने के लिए तब तेज़ी से पास आ गया, जब वे स्कूल की तरफ़ वापस जाने लगे। 'सुनो, मैं जल्दी से जाता हूँ। मुझे जाकर मम्मी को उल्लू भेजना है। मैंने वादा किया था कि उन्हें पहले काम के बारे में बताऊँगा - लेकिन यह तो अविश्वसनीय था! ओह हाँ - और बैगमैन ने मुझसे कहा है कि तुम्हें यहाँ पर कुछ देर और रुकना है ... बैगमैन तुम्हें चैंपियनों के तंबू में बुला रहे हैं।'

रॉन ने कहा कि वह बाहर रुककर हैरी के लौटने का इंतज़ार करेगा। हैरी दोबारा तंबू में चला गया। अब तंबू बहुत अलग लग रहा था। अब यह दोस्ताना लग रहा था और उसका स्वागत करता महसूस हो रहा था। वह याद करने लगा कि हॉर्नटेल को चकमा देते समय उसे कैसा महसूस हो रहा था। फिर उसने उसकी तुलना अपनी बारी के लंबे इंतज़ार से की ... दोनों की कोई तुलना नहीं हो सकती थी, इंतज़ार मुक़ाबले से बहुत ज़्यादा बुरा था।

फ़्लर, सेडरिक और क्रम एक साथ अंदर आए।

सेडरिक के चेहरे के एक हिस्से पर नारंगी क्रीम की मोटी परत लगी थी, ताकि उसकी जलन ठीक हो जाए। जैसे ही उसने हैरी को देखा, वह मुस्करा दिया। 'बहुत बढ़िया, हैरी।'

'और तुम भी,' हैरी ने भी मुस्कराते हुए कहा।

'बहुत बढ़िया! आप *सभी* का प्रदर्शन बहुत बढ़िया था,' लूडो बैगमैन ने तंबू में फुदकते हुए कहा। वे इतने ख़ुश दिख रहे थे, जैसे उन्होंने भी अभी-अभी ड्रैगन को पार किया हो। 'अब मैं जल्दी से आप लोगों को कुछ बातें बता देता हूँ। दूसरे काम से पहले आपको आराम करने का काफ़ी समय मिलेगा। दूसरा काम 24 फ़रवरी को सुबह साढ़े नौ बजे होगा - लेकिन इस दौरान हम आप लोगों को सोचने के लिए कुछ दे रहे हैं! आप लोगों के हाथ में जो सोने के अंडे हैं, उन्हें ग़ौर से देखें। वे खुल सकते हैं ... आपको इन अंडों में लगे क़ब्ज़े दिख रहे हैं ? आपको अंडे के अंदर के सुराग़ को समझना होगा - क्योंकि उसी से आपको पता चलेगा कि दूसरा काम क्या है और आपको उसके लिए क्या तैयारी करनी

है! सभी लोग समझ गए! अच्छा, तो अब आप लोग जा सकते हैं!'

हैरी तंबू से बाहर निकला और एक बार फिर रॉन के पास पहुँच गया। वे लोग जंगल के किनारे से घूमकर जाने लगे। चलते-चलते रॉन बहुत तेज़ी से बातें बता रहा था। हैरी विस्तार से जानना चाहता था कि बाक़ी चैंपियनों ने क्या-क्या किया था। जब वे उन पेड़ों के झुरमुट के पास पहुँचे, जहाँ हैरी ने सबसे पहले ड्रैगनों की गरज सुनी थी, तो एक जादूगरनी अचानक पेड़ों के पीछे से बाहर निकली।

वे रीटा स्कीटर थीं। आज वे हरे दुशाले पहने हुए थीं और उनकी तीव्र-कथन क़लम उनके हाथ में थी।

'बधाइयाँ, हैरी!' उन्होंने उसकी तरफ़ देखकर मुस्कराते हुए कहा। 'तुम्हें उस ड्रैगन का सामना करते समय कैसा महसूस हुआ ? तुम्हें स्कोरिंग के अन्याय के बारे में कैसा लग रहा है ? ज़्यादा नहीं बताओगे, तो भी चलेगा। सिर्फ़ दो शब्द ही काफ़ी होंगे।'

'हाँ, मैं आपसे दो शब्द कह सकता हूँ,' हैरी ने ग़ुस्से से कहा। *'गुडबाय।'*

और फिर वह रॉन के साथ महल की तरफ़ चल दिया।

अध्याय इक्कीस

घरेलू जिन्न मुक्ति मोर्चा

उस शाम को हैरी, रॉन और हर्माइनी उल्लूघर में पिगविजियन के पास गए, ताकि हैरी सिरियस को चिट्ठी भेज सके। वह सिरियस को यह बताना चाहता था कि उसने ड्रैगन को कैसे पार किया था। रास्ते में हैरी ने रॉन को बताया कि सिरियस ने उससे कारकारोफ़ के बारे में क्या-क्या कहा था। हालाँकि पहले तो रॉन को यह सुनकर सदमा लगा कि कारकारोफ़ प्राणभक्षी है, लेकिन जब तक वे उल्लूघर पहुँचे, तब तक रॉन कहने लगा कि उन्हें इस बारे में पहले ही शक हो जाना चाहिए था।

'यह अच्छी तरह से मेल खाता है, है ना?' उसने कहा। 'याद है, मैल्फ़ॉय ने ट्रेन में क्या कहा था? उसने कहा था, उसके डैडी की कारकारोफ़ से दोस्ती है? अब पता चला कि उनकी दोस्ती कहाँ हुई होगी। वे शायद वर्ल्ड कप में भी नक़ाब पहनकर साथ-साथ ही मँडरा रहे होंगे ... वैसे मैं तुम्हें एक बात बता दूँ, हैरी। अगर कारकारोफ़ ने तुम्हारा नाम प्याले में डाला *था,* तो अब वह सचमुच ख़ुद को मूर्ख मान रहा होगा, है ना? उसकी चाल कामयाब नहीं हुई, है ना? तुम्हें सिर्फ़ खरोंच ही लगी! इधर आओ - उसे मैं पकड़ लेता हूँ -'

पिगविजियन चिट्ठी पहुँचाने की बात से इतना रोमांचित हो गया था कि वह हैरी के सिर के ऊपर गोल-गोल उड़ता रहा और आवाज़ें निकालता रहा। रॉन ने अपना हाथ बढ़ाकर पिगविजियन को पकड़ा और स्थिर रखा, तब जाकर हैरी उसके पैर में चिट्ठी बाँध पाया।

'बाक़ी के काम इतने ख़तरनाक नहीं हो सकते। इससे ख़तरनाक काम भला कौन सा हो सकता है?' रॉन ने आगे कहा, जब वह पिगविजियन को उठाकर खिड़की तक ले गया। 'तुम जानते हो? मुझे लगता है हैरी कि तुम यह टूर्नामेंट जीत सकते हो। मुझे सचमुच ऐसा ही लगता है।'

हैरी जानता था कि रॉन ऐसा सिर्फ़ इसलिए कह रहा था, ताकि वह

पिछले कुछ हफ़्तों के अपने व्यवहार की भरपाई कर सके, लेकिन फिर भी हैरी को यह सुनकर अच्छा लगा। बहरहाल, हर्माइनी उल्लूघर की दीवार से टिकी हुई थी। उसने अपने हाथ बाँधकर रॉन को घूरकर देखा।

उसने गंभीरता से कहा, 'हैरी को अभी इस टूर्नामेंट में काफ़ी लंबा फ़ासला तय करना है। अगर यह पहला काम था, तो मुझे तो यही सोच-सोचकर ही घबराहट हो रही है कि बाक़ी के काम कौन से होंगे।'

'तुम बहुत आशावादी हो, है ना?' रॉन ने कहा। 'तुम्हें और प्रोफ़ेसर ट्रिलोनी को तो एक साथ होना चाहिए।'

उसने पिगविजियन को खिड़की से बाहर उछाल दिया। पिगविजियन पहले तो बारह फ़ुट नीचे गिरा, फिर वह सँभला और ऊपर उड़ने लगा। इसका कारण यह था कि उसके पैर में बँधी चिट्ठी सामान्य से ज़्यादा लंबी और भारी थी। हैरी से रहा नहीं गया था और उसने चिट्ठी में सिरियस को पूरे विस्तार से बताया था कि वह किस तरह अपनी जादुई झाड़ू पर मुड़ा और घूमा था तथा हॉर्नटेल को चकमा दिया था।

उन्होंने पिगविजियन को अँधेरे में ओझल होते देखा। इसके बाद रॉन बोला, 'चलो हैरी, गरुड़द्वार हाउस में तुम्हारी जीत की ख़ुशी में पार्टी होने वाली है - फ्रेड और जॉर्ज अब तक किचन से खाने-पीने का पर्याप्त सामान ले आए होंगे।'

हुआ भी यही था। जब वे गरुड़द्वार के हॉल में पहुँचे, तो वह तालियों और चीख़ों से भर गया। वहाँ पर केकों का पहाड़ रखा हुआ था। हर टेबल पर कद्दू के जूस के जग और बटरबियर की बोतलें रखी थीं। ली जॉर्डन ने डॉ. फ़िलिबस्टर के गर्मी-नहीं-करेंगे-गीले-में-भी-चलेंगे पटाख़े फोड़ दिए थे, जिस कारण हवा में सितारे और चिंगारियाँ तैर रही थीं। डीन थॉमस, जो अच्छी ड्रॉइंग कर लेता था, ने कुछ नए बेहतरीन बैनर बना दिए थे। इनमें से ज़्यादातर में हैरी को हॉर्नटेल के सिर के ऊपर फ़ायरबोल्ट पर उड़ते हुए दिखाया गया था, हालाँकि एक-दो बैनरों में सेडरिक के सिर को आग में जलते हुए भी दिखाया गया था।

हैरी खाना खाने लगा। काफ़ी समय बाद उसे यह एहसास हो रहा था कि अच्छी तरह भूख लगना कैसा होता है। वह रॉन और हर्माइनी के साथ बैठ गया। उसे यक़ीन नहीं हो रहा था कि वह कितना ख़ुश था। रॉन अब फिर से उसके साथ था, उसने पहला काम पूरा कर लिया था और उसे दूसरा काम तीन महीने तक नहीं करना पड़ेगा।

'ओह, यह तो काफ़ी भारी है,' ली जॉर्डन ने सुनहरे अंडे को उठाते हुए

कहा, जिसे हैरी ने एक टेबल पर रख दिया था। उसने उसे अपने हाथों में तौला। 'इसे खोलो, हैरी, चलो! देखते हैं इसके भीतर क्या है!'

'उसे यह सुराग़ अपने आप सुलझाना है,' हर्माइनी ने जल्दी से कहा। 'यह टूर्नामेंट के नियमों में लिखा है ...'

'मुझे ड्रैगन पार करने का तरीक़ा भी तो अपने आप ही खोजना था,' हैरी इतने धीरे से बुदबुदाया, ताकि सिर्फ़ हर्माइनी ही उसकी बात सुन सके। वह थोड़े अपराधी भाव से मुस्कराई।

कई और विद्यार्थी भी ज़ोर देकर बोले, 'हाँ, चलो हैरी, इसे खोलो!'

ली ने अंडा हैरी को दे दिया और हैरी ने अपने नाख़ून इसके छेद में डालकर उसे खोल दिया।

यह खोखला था और पूरी तरह से ख़ाली था - लेकिन जैसे ही हैरी ने उसे खोला, उसमें से एक भयंकर आवाज़ निकली। पूरे कमरे में रोने जैसी ज़ोरदार चीख़ भर गई। हैरी को लगा, यह तो लगभग सिरकटे निक की मृत्युदिवस पार्टी में भूतों के ऑर्केस्ट्रा की आवाज़ जैसी लग रही थी, जो संगीतमयी कुल्हाड़ी बजा रहे थे।

'इसे बंद करो!' फ्रेड अपने कानों पर हाथ रखते हुए चीख़ा।

'यह क्या था ?' सीमस फ़िनिगन ने अंडे की तरफ़ घूरकर कहा, जब हैरी ने उसे दोबारा बंद कर दिया। 'ख़तरनाक परी जैसी आवाज़ लग रही थी ... शायद अगली बार तुम्हें उसके पार निकलना होगा, हैरी!'

'ऐसा लग रहा था, जैसे किसी को यातना दी जा रही हो!' नेविल ने कहा, जिसका चेहरा एकदम सफ़ेद हो गया था और जिसके हाथ से खाना छूटकर फ़र्श पर गिर गया था। 'तुम्हें पीड़ीकृत शाप से मुक़ाबला करना होगा!'

'नेविल, बेवक़ूफ़ी की बातें मत करो। पीड़ीकृत शाप ग़ैर-क़ानूनी है,' जॉर्ज ने कहा। 'वे लोग चैंपियनों पर पीड़ीकृत शाप का इस्तेमाल नहीं करेंगे। मुझे तो यह आवाज़ ऐसी लग रही थी, जैसे पर्सी गाने की कोशिश कर रहा हो ... शायद उसके नहाते समय तुम्हें उस पर हमला करना होगा, हैरी।'

'जैम टार्ट चाहिए, हर्माइनी ?' फ्रेड ने कहा।

हर्माइनी ने शक भरी निगाह से उस प्लेट को देखा, जो फ्रेड उसकी तरफ़ बढ़ा रहा था। फ्रेड मुस्कराया।

'इसमें कोई गड़बड़ नहीं है,' उसने कहा। 'मैंने इसके साथ कुछ नहीं किया है। तुम्हें तो कस्टर्ड क्रीम से सावधान रहना है -'

नेविल ने अभी-अभी कस्टर्ड क्रीम खाई थी। वह उसके गले में अटक गई

और उसने उसे उगल दिया।

फ्रेड हँसा, 'मैं तो मज़ाक़ कर रहा था, नेविल ...'

हर्माइनी ने एक जैम टार्ट ले लिया।

फिर वह बोली, 'क्या तुम यह सारा सामान किचन से लाए हो, फ्रेड?'

'हाँ,' फ्रेड उसकी तरफ़ मुस्कराकर देखते हुए बोला। उसने काँपती हुई आवाज़ में घरेलू जिन्नों की नक़ल की, 'हम आपके लिए क्या ला सकते हैं, सर!' फिर वह आगे बोला, 'वे लोग बहुत मददगार हैं ... अगर मैं कहूँ कि मुझे भुना हुआ हाथी चाहिए, तो वे मेरे लिए वह भी तैयार कर सकते हैं।'

'तुम किचन में जाते कैसे हो?' हर्माइनी ने बड़ी ही मासूम सी आवाज़ में पूछा।

'आसान है,' फ्रेड बोला। 'फलों की टोकरी वाली पेंटिंग के पीछे एक छिपा हुआ दरवाज़ा है। बस नाशपाती में गुदगुदी कर दो। इससे वह हँसने लगती है और फिर दरवाज़ा –' तभी वह रुक गया और हर्माइनी की तरफ़ शक भरी निगाह से देखने लगा। 'तुम यह क्यों पूछ रही हो?'

'वैसे ही,' हर्माइनी ने जल्दी से कहा।

'तुम कहीं वहाँ जाकर घरेलू जिन्नों को हड़ताल करने के लिए तो नहीं उकसाओगी?' जॉर्ज ने पूछा। 'तुम कहीं अपना प्रचार अभियान छोड़कर अब उन्हें सीधे ही बग़ावत करने के लिए तो नहीं उकसाना चाहती हो?'

कई लोग खिलखिलाने लगे। बहरहाल, हर्माइनी ने कोई जवाब नहीं दिया।

फ्रेड ने उसे चेतावनी देते हुए कहा, 'उन्हें तंग मत करना और उनसे यह मत कहना कि उन्हें आज़ाद होकर तनख़्वाह लेनी चाहिए। वे लोग खाना बनाना छोड़ देंगे!'

तभी सबका ध्यान नेविल की तरफ़ चला गया, क्योंकि अब उसके पंख निकल आए थे।

'ओह – सॉरी, नेविल!' फ्रेड हँसी के ठहाकों के बीच में चिल्लाया। 'मैं भूल गया था – हमने कस्टर्ड क्रीम पर ही जादू किया था –'

बहरहाल, एक मिनट में नेविल के पंख झड़ गए। पंख झड़ने के बाद वह दोबारा सामान्य नज़र आने लगा। वह भी सबके साथ हँसने लगा।

'केनेरी क्रीम्स!' फ्रेड रोमांचित भीड़ से चिल्लाकर बोला। 'जॉर्ज और मैंने बनाई हैं – एक केनेरी क्रीम का दाम सात सिकल, कौन ख़रीदना चाहता है!'

आख़िरकार रात को एक बजे हैरी, रॉन, नेविल, सीमस और डीन अपने

कमरे में गए। अपने पलंग के पर्दे बंद करने से पहले हैरी ने हंगेरियन हॉर्नटेल के छोटे मॉडल को अपने पलंग के पास वाली टेबल पर रख दिया, जहाँ इसने जम्हाई ली और अपनी आँखें बंद कर लीं। हैरी ने अपने पलंग के पर्दे लगाते हुए सोचा, दरअसल हैग्रिड की बात में दम है ... ड्रैगन इतने बुरे नहीं होते हैं ...

*

दिसंबर की शुरुआत हॉगवर्ट्स में ठंडी हवा और बर्फ़ लेकर आई। महल में ठंड के मौसम में हमेशा बहुत हवा आती थी, बहरहाल इसकी मोटी दीवारों और आग से बड़ी राहत मिलती थी। हैरी जब भी झील में खड़े और तेज़ हवाओं में हिचकोले खाते डर्मस्ट्रैंग जहाज़ के पास से गुज़रता था, तो वह महल के भीतर के सुख के बारे में हमेशा कृतज्ञ होता था। उसने सोचा कि बाबैटन्स का कारवाँ भी काफ़ी ठंडा होगा। उसका ध्यान इस तरफ़ भी गया कि हैग्रिड मैडम मैक्सिम के घोड़ों को उनका पसंदीदा पेय पदार्थ यानी सिंगल माल्ट व्हिस्की दे रहा था, जिसकी ख़ुशबू उनके बाड़े के कोने में बनी नाली से उड़कर आस-पास तैरती रहती थी। उस ख़ुशबू से जादुई प्राणियों की देखभाल की पूरी क्लास थोड़ी मदहोश हो जाती थी। यह अच्छी बात नहीं थी, क्योंकि वे अब भी भयानक अग्निडंकों की देखभाल कर रहे थे और उन्हें अपने दिमाग़ को चौकन्ना रखने की ज़रूरत थी।

'हमें पता नहीं है कि वे शीतनिद्रा में जाते हैं या नहीं,' हैग्रिड ने अगली क्लास में कद्दुओं के हवादार बगीचे में काँपते हुए विद्यार्थियों से कहा। 'हमें यह पता लगाना है कि उन्हें शीतनिद्रा पसंद है या नहीं ... इसलिए हम उन्हें इन बक्सों में बंद कर देते हैं ...'

अब सिर्फ़ दस विस्फोटक अग्निडंक ही बचे थे। ज़ाहिर है, एक-दूसरे को मारने की उनकी इच्छा घूमने के व्यायाम से भी ख़त्म नहीं हुई थी। वे अब छह फ़ुट लंबे हो चुके थे। उनकी मोटी चमड़ी, उनके ताक़तवर पैर, उनके आग उगलने वाले सिरे, उनके डंक और उनकी चूसनी - इन सब चीज़ों के कारण अग्निडंक बहुत भयानक दिखते थे। हैरी ने आज तक उनसे बुरा प्राणी नहीं देखा था। सभी विद्यार्थियों ने हताशा से उन बड़े बक्सों को देखा, जो हैग्रिड बाहर निकालकर लाया था। उन सबमें तकिए और मोटे कंबल बिछे थे।

'हम उन्हें इन बक्सों में जाने के लिए ललचाएँगे,' हैग्रिड ने कहा, 'और ढक्कन बंद कर देंगे। फिर हम देखेंगे कि क्या होता है।'

लेकिन जल्दी ही उन्हें यह पता चल गया कि अग्निडंक शीतनिद्रा में *नहीं* जाना चाहते थे और उन्हें तकिए वाले बक्सों के अंदर बंद होना क़तई पसंद नहीं था। हैग्रिड जल्दी ही चिल्लाने लगा, 'दहशत में मत आओ, दहशत में मत

आओ!' वह इसलिए चिल्ला रहा था, क्योंकि अग्निडंक कद्दू के बगीचे में चारों तरफ़ तबाही मचा रहे थे, जो अब बक्सों के सुलगते हुए टुकड़ों से भर चुका था। क्लास के ज़्यादातर बच्चे – जिनमें मैल्फ़ॉय, क्रैब और गॉइल सबसे आगे थे – भागकर पिछले दरवाज़े से हैग्रिड के केबिन में घुस गए और उन्होंने अंदर से दरवाज़ा लगा लिया। बहरहाल, हैरी, रॉन और हर्माइनी उन गिने-चुने विद्यार्थियों में से थे, जो बाहर रहकर हैग्रिड की मदद कर रहे थे। उन्होंने मिलकर नौ अग्निडंकों को पकड़कर बाँध लिया, हालाँकि इस कोशिश में वे कई जगह जल गए और उन्हें काफ़ी खरोंचें भी आईं। अब सिर्फ़ एक ही अग्निडंक बचा था।

'उसे मत डराओ!' हैग्रिड चिल्लाया, जब रॉन और हैरी ने अपनी छड़ियों से आग की चिंगारियाँ अग्निडंक की तरफ़ फेंकीं, जो अपना डंक उठाकर उनकी तरफ़ ख़तरनाक तरीक़े से बढ़ रहा था। 'बस उसके डंक के ऊपर रस्सी डाल दो, ताकि वह किसी और को नुक़सान न पहुँचा पाए!'

'हाँ, हम यह कभी नहीं चाहेंगे कि वह किसी और को नुक़सान पहुँचाए!' रॉन ने ग़ुस्से से चिल्लाकर कहा, जब वह और हैरी हैग्रिड के केबिन की दीवार से टिककर खड़े हो गए। वे अब भी अपनी चिंगारियों से अग्निडंक को दूर रोके हुए थे।

'वाह, वाह, वाह ... *यह तो* मज़ेदार दिख रहा है।'

रीटा स्कीटर हैग्रिड के बग़ीचे की फ़ेंस पर झुककर यह तमाशा देख रही थीं। वे एक मोटा लाल चोगा पहने थीं, जिस पर फ़र की बैंगनी कॉलर थी। उनका मगरमच्छ की खाल वाला हैंडबैग उनके हाथ पर झूल रहा था।

हैग्रिड उस अग्निडंक पर कूद गया, जो हैरी और रॉन को परेशान कर रहा था। उसने उसे दबा दिया। उसके सिरे से आग का धमाका निकला, जिससे पास लगी कद्दू की बेलें झुलस गईं।

'तुम कौन हो ?' हैग्रिड ने रीटा स्कीटर से पूछा, जब उसने अग्निडंक के डंक के चारों तरफ़ रस्सी का फंदा डालकर उसे कसकर बाँध दिया।

'रीटा स्कीटर, *दैनिक जादूगर* की रिपोर्टर,' रीटा ने उसकी तरफ़ मुस्कराकर देखते हुए जवाब दिया। उसके सोने के दाँत चमक रहे थे।

'डम्बलडोर ने कहा था कि अब आपको हॉगवर्ट्स में आने की इज़ाज़त नहीं है!' हैग्रिड ने त्योरियाँ चढ़ाकर कहा, जब वह अग्निडंक के ऊपर से उठा और उसे खींचकर उसके साथियों की तरफ़ ले जाने लगा।

रीटा ने ऐसा जताया, जैसे उसने हैग्रिड की बात सुनी ही न हो।

उसने अब और ज़्यादा मुस्कराते हुए पूछा, 'इन आकर्षक प्राणियों का

नाम क्या है ?'

'विस्फोटक अग्निडंक,' हैग्रिड बोला।

'अच्छा ?' रीटा ने कहा, जो बहुत दिलचस्पी लेने का नाटक कर रही थीं। 'मैंने उनके बारे में पहले कभी नहीं सुना ... वे कहाँ से आए हैं ?'

हैरी ने देखा कि हैग्रिड की काली दाढ़ी के नीचे उसका चेहरा लाल हो गया था। हैरी घबरा गया। हैग्रिड इन अग्निडंकों को कहाँ से लाया था ?

ऐसा लग रहा था, हर्माइनी भी यही सोच रही थी। वह जल्दी से बोली, 'वे बहुत दिलचस्प हैं, है ना ? है ना, हैरी ?'

'क्या ? ओह, हाँ ... आउच ... दिलचस्प,' हैरी ने कहा, जब हर्माइनी उसके पैर पर चढ़ गई।

'अच्छा, हैरी, तो *तुम भी* यहीं हो!' रीटा स्कीटर ने उसे देखते हुए कहा। 'तो तुम्हें जादुई प्राणियों की देखभाल पसंद है, है ना ? यह तुम्हारी प्रिय क्लास है ?'

'हाँ,' हैरी ने ज़ोर से कहा। हैग्रिड उसकी तरफ़ देखकर मुस्कराया।

'बहुत बढ़िया,' रीटा ने कहा। 'सचमुच बहुत बढ़िया।' फिर उन्होंने हैग्रिड से पूछा, 'यहाँ काफ़ी समय से पढ़ा रहे हो ?'

हैरी ने देखा कि रीटा की आँखें डीन (जिसके एक गाल पर चौड़ा घाव हो गया था), लैवेंडर (जिसके दुशाले बुरी तरह जल गए थे), सीमस (जो अपनी जली हुई उँगलियों को सहला रहा था) से होती हुईं केबिन की खिड़कियों पर गईं, जहाँ क्लास के ज़्यादातर विद्यार्थी काँच से नाक टिकाकर खड़े थे और मैदान साफ़ होने का इंतज़ार कर रहे थे।

'यह मेरा दूसरा साल है,' हैग्रिड बोला।

'बहुत बढ़िया ... मुझे लगता है कि मुझे तुम्हारा इंटरव्यू लेना चाहिए। जादुई प्राणियों के अपने अनुभव बताना चाहोगे ? जैसा कि तुम्हें मालूम ही होगा, *दैनिक जादूगर* में हर बुधवार को जादुई प्राणियों पर एक कॉलम छपता है। हम उसमें विस्फोटक अग्निपंख के बारे में छाप सकते हैं।'

'विस्फोटक अग्निडंक,' हैग्रिड ने उत्सुकता से कहा। 'अर - हाँ, हाँ, क्यों नहीं ?'

यह सुनकर हैरी को बहुत बुरा आभास होने लगा, लेकिन वह हैग्रिड तक अपनी बात नहीं पहुँचा सकता था, क्योंकि रीटा स्कीटर उसे इशारा करते हुए देख लेतीं। इसलिए वह ख़ामोशी से खड़ा-खड़ा देखता रहा, जब हैग्रिड और रीटा स्कीटर ने एक लंबे इंटरव्यू के लिए उस सप्ताह थ्री ब्रूमस्टिक्स में मुलाक़ात तय की। फिर महल में घंटी बज गई, जो इस बात का संकेत थी कि क्लास ख़त्म

हो गई है।

'अच्छा, गुड बाय, हैरी!' रीटा स्कीटर ने उससे ख़ुशी से कहा, जब वह रॉन और हर्माइनी के साथ वहाँ से चल दिया। 'हैग्रिड, शुक्रवार की रात को मिलते हैं!'

हैरी ने धीरे से कहा, 'वे उसकी कही हर बात को तोड़-मरोड़कर छापेंगी।'

'जब तक वह इन अग्निडंकों को ग़ैर-क़ानूनी ढंग से यहाँ न लाया हो, तब तक कोई दिक्क़त नहीं है,' हर्माइनी ने हताशा में कहा। उन्होंने एक-दूसरे की तरफ़ निराशा से देखा, क्योंकि हैग्रिड इस तरह की हरकत ज़रूर कर सकता था।

'हैग्रिड पहले भी कई मुश्किलों में फँस चुका है, लेकिन डम्बलडोर ने उसे कभी नहीं निकाला,' रॉन ने दिलासा देते हुए कहा। 'बुरे से बुरा यह हो सकता है कि हैग्रिड को अग्निडंकों से पीछा छुड़ाना पड़ेगा। सॉरी ... क्या मैंने यह कहा, बुरे से बुरा ? मेरा मतलब था, अच्छे से अच्छा यही हो सकता है।'

हैरी और हर्माइनी हँसे और थोड़े ज़्यादा ख़ुश होकर लंच करने गए।

हैरी ने उस दोपहर को ज्योतिष की दो क्लासों का पूरा आनंद लिया। वे अब भी सितारों का चार्ट बना रहे थे और भविष्यवाणियाँ पढ़ रहे थे, लेकिन अब उसकी रॉन से एक बार फिर दोस्ती हो गई थी, इसलिए अब उसे हर चीज़ मज़ेदार लगने लगी थी। जब हैरी और रॉन अपनी भयंकर मौतों की भविष्यवाणियाँ कर रहे थे, तब प्रोफ़ेसर ट्रिलोनी उन दोनों से बहुत ख़ुश थीं। बहरहाल, जब वे क्लास में यह बता रही थीं कि प्लूटो दैनिक जीवन में किस तरह की मुश्किलें पैदा कर सकता है, तो वे दोनों खी-खी करने लगे। इससे प्रोफ़ेसर ट्रिलोनी बुरी तरह चिढ़ गईं।

उन्होंने रहस्यमय ढंग से फुसफुसाते हुए कहा, जिसमें उनकी चिढ़ साफ़ झलक रही थी, 'मुझे *लगता* है कि हममें से कुछ लोग' – उन्होंने हैरी को अर्थपूर्ण अंदाज़ में देखते हुए कहा – 'थोड़े *ज़्यादा* गंभीर होते, अगर वे वह देख लेते, जो मैंने कल रात को भाग्य-दर्पण में देखा था। जब मैं बुनाई कर रही थी, तो मेरे मन में भाग्य-दर्पण में झाँकने की प्रबल इच्छा हुई। मैं जाकर उसके सामने बैठी और उसमें देखने लगी ... और तुम जानते हो, मुझे क्या दिखा ?'

'एक बदसूरत चमगादड़, जो बड़ा चश्मा लगाए था ?' रॉन धीरे से बुदबुदाया।

हैरी को अपनी हँसी रोकने के लिए काफ़ी कोशिश करनी पड़ी।

'*मौत,* मेरे प्यारे बच्चो, मौत।'

पार्वती और लैवेंडर ने दहशत में अपने हाथ मुँह पर रख लिए।

'हाँ,' प्रोफ़ेसर ट्रिलोनी ने सिर हिलाते हुए कहा। 'वह क़रीब आ रही

थी, बहुत क़रीब आ रही थी। वह एक गिद्ध की तरह आसमान में मँडरा रही थी ... महल के ऊपर मँडरा रही थी और नीचे आती जा रही थी ...'

उन्होंने हैरी की तरफ़ घूरा, जिसने ज़ोर से जम्हाई ली और उसे छिपाने की कोई कोशिश नहीं की।

जब वे आख़िरकार सीढ़ियाँ उतरकर प्रोफ़ेसर ट्रिलोनी के कमरे से ताज़ी हवा में आ गए, तो हैरी बोला, 'इस बात का थोड़ा ज़्यादा असर होता, अगर उन्होंने यही बात अस्सी बार पहले नहीं बोली होती। अगर उनकी मौत की हर भविष्यवाणी पर मैं मर जाता, तो मैं दुनिया का सबसे बड़ा अजूबा होता।'

'तुम अस्सी बार मर चुके एक अद्भुत भूत होते,' रॉन ने खिलखिलाते हुए कहा, जब वे ख़ूनी नवाब के पास से गुज़रे, जो दूसरी तरफ़ जा रहा था और अपनी दुष्ट आँखों से उन्हें घूर रहा था। 'कम से कम हमें होमवर्क तो नहीं मिला। काश प्रोफ़ेसर वेक्टर हर्माइनी को ढेर सारा होमवर्क दे दें। जब हमें होमवर्क नहीं करना होता है, तो उसे होमवर्क करते देखना मज़ेदार होता है ...'

जब वे बाद में उसकी तलाश करने वहाँ गए, तो हर्माइनी डिनर की टेबल पर नहीं थी और वह लाइब्रेरी में भी नहीं थी। वहाँ पर सिर्फ़ एक ही व्यक्ति था और वह था विक्टर क्रम। रॉन थोड़ी देर तक किताबों की अलमारियों के पीछे खड़ा रहा और हैरी से फुसफुसाकर पूछता रहा कि क्या उसे उसका ऑटोग्राफ़ ले लेना चाहिए – लेकिन तभी रॉन को एहसास हो गया कि छह-सात लड़कियाँ किताबों की अलमारियों की दूसरी लाइन में छिपकर इसी बारे में विचार-विमर्श कर रही थीं, इसलिए उसने यह इरादा छोड़ दिया।

'क्या पता, हर्माइनी कहाँ चली गई ?' रॉन ने कहा, जब वह और हैरी गरुड़द्वार के हॉल की तरफ़ लौटे।

'क्या पता ... बकवास।'

लेकिन मोटी औरत ने अभी दरवाज़ा खोलना शुरू ही किया था कि तभी उन्हें पीछे से भागते हुए क़दमों की आवाज़ सुनाई दी। हर्माइनी दौड़ती हुई उन्हीं की तरफ़ आ रही थी।

'हैरी!' उसने हाँफते हुए कहा और उनके पास आकर रुक गई (मोटी औरत ने अपनी भौंहें उठाकर उसे घूरकर देखा)। 'हैरी, तुम मेरे साथ चलो – तुम्हें चलना *ही पड़ेगा,* बहुत आश्चर्यजनक बात हुई है – चलो –'

वह हैरी का हाथ पकड़कर उसे गलियारे में खींचने लगी।

'क्या हुआ ?' हैरी ने कहा।

'मैं तुम्हें सब कुछ बताऊँगी, लेकिन वहाँ पहुँचने के बाद – ओह, चलो

भी, जल्दी –'

हैरी ने रॉन की तरफ़ देखा। रॉन भी परेशान होकर हैरी को देखने लगा।

'ठीक है,' रॉन बोला और हर्माइनी के साथ गलियारे में चलने लगा। रॉन भी तेज़ी से पीछे-पीछे आने लगा।

'ओह, मेरी परवाह मत करो!' मोटी औरत ने चिढ़कर पीछे से कहा। 'मुझे परेशान करने के लिए माफ़ी मत माँगो! तुम्हारे लौटने तक मैं यूँ ही झुकी रहूँगी और दरवाज़े को खुला रखूँगी, ठीक है ना?'

'हाँ, ठीक है, धन्यवाद,' रॉन ने चिल्लाकर कहा।

'हर्माइनी, तुम हमें कहाँ ले जा रही हो?' हैरी ने पूछा, जब वह उन्हें छह मंज़िल नीचे ले गई और प्रवेश हॉल तक जाने वाली संगमरमर की सीढ़ियों पर नीचे उतारने लगी।

हर्माइनी ने रोमांचित होकर कहा, 'तुम्हें एक मिनट में पता चल जाएगा!'

वह सीढ़ियों पर नीचे पहुँचकर बाईं तरफ़ मुड़ी और जल्दी से उस दरवाज़े की तरफ़ गई, जहाँ से सेडरिक डिगोरी उस रात को गया था, जब आग के प्याले ने उसका और हैरी का नाम उगला था। हैरी यहाँ पहले कभी नहीं आया था। वह और रॉन हर्माइनी के पीछे-पीछे पत्थर की सीढ़ियाँ उतरे, लेकिन वे स्नेप के तहख़ाने तक जाने वाले अँधेरे भूमिगत गलियारे जैसी जगह पर नहीं पहुँचे थे। इसके बजाय वे पत्थर से बने एक चौड़े गलियारे में पहुँचे थे, जो मशालों से रोशन था और जिसमें खाने-पीने के सामान की तस्वीरें लगी हुई थीं।

'ओह, रुको ...' हैरी ने गलियारे में आधी दूर तक जाने के बाद धीरे से कहा। 'एक मिनट ठहरो, हर्माइनी ...'

'क्या?' हर्माइनी ने मुड़कर उसकी तरफ़ देखा और उसके चेहरे पर उम्मीद की झलक थी।

'मैं जानता हूँ यह किस बारे में है,' हैरी ने कहा।

उसने रॉन को कोहनी मारी और हर्माइनी के ठीक पीछे वाली पेंटिंग की तरफ़ इशारा किया। उसमें फलों की एक विशाल टोकरी रखी थी।

'हर्माइनी!' रॉन ने कहा। 'तुम हमें एक बार फिर उस स्प्यू में उलझाने की कोशिश कर रही हो?'

'नहीं, नहीं, मैं ऐसा नहीं कर रही हूँ!' हर्माइनी जल्दी से बोली। 'और यह *स्प्यू* नहीं है, रॉन –'

'अच्छा तो तुमने अब इसका नाम बदल दिया है?' रॉन ने हर्माइनी की तरफ़ त्योरियाँ चढ़ाकर कहा। 'तो अब हमारा नया नाम क्या है, घरेलू जिन्न

मुक्ति मोर्चा ? मैं किचन में जाकर उन्हें काम बंद करने की सलाह नहीं दूँगा। मैं यह काम हर्गिज़ नहीं करूँगा –'

'मैं तुम्हें ऐसा करने के लिए कहाँ कह रही हूँ!' हर्माइनी ने अधीरता से कहा। 'मैं तो अभी-अभी घरेलू जिन्नों से बात करने के लिए यहाँ आई थी, लेकिन तभी मुझे एक आश्चर्यजनक चीज़ दिखी – ओह, *चलो*, हैरी, मैं तुम्हें दिखाना चाहती हूँ!'

उसने हैरी का हाथ एक बार फिर पकड़ लिया और उसे फलों की विशाल टोकरी की तस्वीर के सामने से खींचा। हर्माइनी ने अपनी उँगली से बड़ी हरी नाशपाती को गुदगुदी कर दी। नाशपाती हिलने और हँसने लगी और फिर अचानक वह एक बड़े हरे दरवाज़े के हैंडल में बदल गई। हर्माइनी ने उसे पकड़कर दरवाज़ा खोल दिया और हैरी को पीछे से धक्का दिया, जिससे वह अंदर चला गया।

उसे एक विशाल, ऊँची छत वाले कमरे की हल्की सी झलक दिखाई दी। यह कमरा भी ऊपर वाले बड़े हॉल जैसा ही था। इसमें पत्थर की दीवारें थीं, चारों तरफ़ चमकते बर्तन रखे थे और इसके दूसरे सिरे पर ईंट से बनी बड़ी अँगीठी थी। तभी कमरे के बीच से एक छोटी सी चीज़ धड़धड़ाती हुई उसकी तरफ़ आई और चीख़ने लगी, 'हैरी पॉटर, सर! *हैरी पॉटर!'*

अगले ही पल हैरी की हवा निकल गई, क्योंकि चीख़ते हुए घरेलू जिन्न का सिर उसके पेट से टकराया। घरेलू जिन्न ने उसे इतनी कसकर जकड़ लिया कि हैरी को लगा, उसकी हड्डियाँ टूट जाएँगी।

'ड-डॉबी ?' हैरी बोला।

'यह डॉबी ही है, सर, डॉबी ही है!' हैरी को अपनी नाभि के पास से किसी के बोलने की आवाज़ आई। 'डॉबी उम्मीद कर रहा था कि वह हैरी पॉटर से मिलने जाएगा, लेकिन हैरी पॉटर ख़ुद ही उससे मिलने आ गए, सर!'

डॉबी ने हैरी को छोड़ दिया और फिर कुछ क़दम पीछे हट गया। वह हैरी की तरफ़ देखकर मुस्कराया। उसकी बड़ी-बड़ी, हरी और टेनिस की गेंद के आकार वाली आँखों में ख़ुशी के आँसू छलक आए थे। वह ठीक वैसा ही दिख रहा था, जैसा हैरी को याद था – पेंसिल की नोक जैसी नुकीली नाक, चमगादड़ जैसे कान, लंबी-लंबी उँगलियाँ और पैर – सब कुछ पहले जैसा ही था, सिर्फ़ उसके कपड़े बदल गए थे।

जब डॉबी मैल्फ़ॉय परिवार के यहाँ काम करता था, तो वह हमेशा फटा-पुराना, गंदा सा तकिए का कवर पहनता था। बहरहाल, इस वक़्त वह बड़े अजीब कपड़े पहने था। हैरी ने आज तक इतने अजीब कपड़े नहीं देखे थे। डॉबी

तो वर्ल्ड कप के जादूगरों से भी ज़्यादा बुरी पोशाक में था। उसने हैट की जगह पर टी-कोज़ी पहन रखी थी, जिस पर उसने पिन से कई चमकते बैज लगा दिए थे। उसने अपने खुले सीने पर एक टाई लगा रखी थी, जिस पर घोड़े के खुरों की डिज़ाइन बनी थी। उसका हाफ़ पेंट बच्चों के फ़ुटबॉल शॉर्ट्स जैसा दिख रहा था। और उसने दोनों पैरों में अलग-अलग रंग के मोज़े पहन रखे थे। हैरी ने देखा कि उनमें से एक तो वही काला मोज़ा था, जो उसने अपने पैर से उतारकर मिस्टर मैल्फ़ॉय को दिया था, ताकि वे उसे डॉबी को देकर उसे आज़ाद कर दें। दूसरे मोज़े में गुलाबी और नारंगी धारियाँ बनी थीं।

हैरी ने हैरानी से पूछा, 'डॉबी, तुम यहाँ क्या कर रहे हो?'

'डॉबी हॉगवर्ट्स में काम करने के लिए आ गया है, सर!' डॉबी रोमांच से चीख़ा। 'प्रोफ़ेसर डम्बलडोर ने डॉबी और विंकी को काम दे दिया है, सर!'

'विंकी?' हैरी ने कहा। 'क्या वह भी यहीं है?'

'हाँ, सर, हाँ!' डॉबी ने कहा। फिर उसने हैरी का हाथ पकड़ा और उसे किचन में लगी लकड़ी की चार लंबी टेबलों के बीच से ले गया। हैरी ने उनके पास से गुज़रते समय देखा कि ये चारों टेबलें ऊपर की मंज़िल वाले बड़े हॉल में लगी चार हाउसों की टेबलों के ठीक नीचे लगी थीं। उस समय वे ख़ाली थीं और उन पर खाने-पीने का कोई सामान नहीं था। लेकिन उसे लगा कि एक घंटे पहले उन पर खाने पीने का बहुत सा सामान रखा रहा होगा, जो छत के माध्यम से ऊपर भेजा जाता होगा।

कम से कम सौ छोटे-छोटे घरेलू जिन्न किचन में चारों तरफ़ खड़े थे। जब डॉबी हैरी को उनके पास से ले गया, तो वे मुस्कराने लगे और सिर झुकाकर अभिवादन करने लगे। वे सभी एक जैसी यूनिफ़ॉर्म पहने थे : टी-टॉवेल, जिस पर हॉगवर्ट्स की मोहर लगी थी। यह टी-टॉवेल किसी चोगे की तरह बँधा हुआ था, जैसा विंकी का था।

डॉबी ने ईंट की अँगीठी के सामने रुककर इशारा किया।

उसने कहा, 'विंकी, सर!'

विंकी आग के पास एक स्टूल पर बैठी थी। साफ़ दिख रहा था कि उसे डॉबी की तरह कपड़ों का शौक़ नहीं था। वह एक साफ़ छोटी स्कर्ट और ब्लाउज़ पहने थी। उसने ब्लाउज़ से मैच करता एक नीला हैट भी पहन रखा था, जिसमें उसके लंबे कानों के लिए छेद बने हुए थे। हालाँकि डॉबी के कपड़े अजीब होने के बावजूद साफ़-सुथरे थे और डॉबी उनका इतना ख़्याल रखता था कि वे नए जैसे लगते थे, लेकिन विंकी अपने कपड़ों का ज़रा भी ध्यान नहीं रख रही थी। उसके ब्लाउज़ पर चारों तरफ़ सूप के दाग़ लगे थे और उसकी स्कर्ट पर एक-दो जगह

जलने के निशान भी थे।

'हैलो विंकी,' हैरी ने कहा।

विंकी का होंठ थरथराने लगा। फिर वह फूट-फूट कर रोने लगी। उसकी बड़ी-बड़ी भूरी आँखों से आँसू टपकने लगे और उसके कपड़ों के अगले हिस्से को भिगोने लगे, जैसा क्विडिच वर्ल्ड कप में हुआ था।

'ओह विंकी,' हर्माइनी बोली। वह और रॉन हैरी तथा डॉबी के पीछे-पीछे किचन के सिरे तक आ गए थे। 'विंकी रोओ मत, मत रोओ ...'

लेकिन विंकी और ज़्यादा ज़ोर से रोने लगी। दूसरी तरफ़, डॉबी ने हैरी को मुस्कराकर देखा।

'क्या हैरी पॉटर चाय पीना पसंद करेंगे?' उसने ज़ोर से पूछा, ताकि विंकी के सुबकने के बावजूद हैरी उसकी आवाज़ सुन ले।

'अर - हाँ, **ठीक है,'** हैरी बोला।

फ़ौरन छह घरेलू जिन्न उसके पीछे से आए। उनके हाथ में चाँदी की एक बड़ी ट्रे थी, जिस पर एक टीपॉट, हैरी, रॉन और हर्माइनी के लिए तीन कप, दूध का जग और बिस्कुटों की बड़ी प्लेट रखी थी।

'बहुत ही बढ़िया सेवा है!' रॉन ने प्रभावित स्वर में कहा। हर्माइनी ने उसकी तरफ़ त्योरियाँ चढ़ाकर देखा, लेकिन घरेलू जिन्न रॉन की बात सुनकर बहुत ख़ुश हो गए। उन्होंने बहुत नीचे तक सिर झुकाकर अभिवादन किया और पीछे हट गए।

जब डॉबी सबको चाय दे रहा था, तो हैरी ने पूछा, 'तुम यहाँ कब से हो, डॉबी?'

'अभी एक सप्ताह ही हुआ है, हैरी पॉटर, सर!' डॉबी ने ख़ुशी-ख़ुशी कहा। 'डॉबी प्रोफ़ेसर डम्बलडोर से मिलने आया था, सर। देखिए सर, जिस घरेलू जिन्न को उसके मालिक ने नौकरी से निकाल दिया हो, उसे नई जगह पर काम मिलने में बहुत मुश्किल आती है, सर, बहुत ज़्यादा मुश्किल आती है -'

इस पर विंकी और ज़ोर-ज़ोर से सुबकने लगी। पिचके हुए टमाटर जैसी उसकी नाक अब उसके कपड़ों के सामने वाले हिस्से को गंदा कर रही थी, लेकिन वह उसे रोकने की कोई कोशिश नहीं कर रही थी।

'डॉबी नई नौकरी की तलाश में पूरे दो साल तक देश भर में इधर से उधर भटकता रहा, सर!' डॉबी ने चिल्लाकर कहा। 'लेकिन डॉबी को काम नहीं मिला, सर, क्योंकि डॉबी अब तनख़्वाह चाहता है!'

किचन में चारों तरफ़ खड़े घरेलू जिन्न, जो अब तक सारी बातों को

दिलचस्पी से देख और सुन रहे थे, इन शब्दों को सुनकर दूसरी तरफ़ देखने लगे, जैसे डॉबी ने कोई अशिष्ट और शर्मनाक बात कह दी हो।

बहरहाल हर्माइनी बोली, 'यह तो अच्छी बात है, डॉबी!'

'धन्यवाद, मिस!' डॉबी उसकी तरफ़ देखकर दाँत दिखाते हुए बोला। 'लेकिन ज़्यादातर जादूगर तनख़्वाह माँगने वाले घरेलू जिन्न को पसंद नहीं करते हैं। उन्होंने डॉबी से कहा, "ऐसे घरेलू जिन्न का क्या फ़ायदा?" और फिर उन्होंने डॉबी को दुत्कार कर दरवाज़ा बंद कर दिया! डॉबी को काम पसंद है, लेकिन वह कपड़े पहनना चाहता है और वह तनख़्वाह चाहता है, हैरी पॉटर ... डॉबी आज़ाद रहना चाहता है!'

हॉगवर्ट्स के घरेलू जिन्न अब डॉबी से धीरे-धीरे दूर हटने लगे थे, जैसे उसे कोई संक्रामक रोग हो। बहरहाल विंकी जहाँ थी, वहीं रही, लेकिन यह सुनकर उसके रोने की आवाज़ निश्चित रूप से ज़्यादा तेज़ हो गई थी।

डॉबी ने ख़ुश होकर कहा, 'हैरी पॉटर, इसके बाद डॉबी विंकी से मिलने गया और उसे यह पता चला कि विंकी भी आज़ाद हो गई है, सर!'

यह सुनकर विंकी ने अपने स्टूल से छलाँग लगा दी और मुँह छिपाकर पत्थर के फ़र्श पर लेट गई। वह फ़र्श पर मुक्के मारने लगी और दुखी होकर चीख़ने लगी। हर्माइनी जल्दी से उसके पास जाकर घुटनों के बल बैठ गई और उसने उसे तसल्ली देने की कोशिश की, लेकिन उसकी बातों से विंकी को कोई फ़र्क़ नहीं पड़ा।

डॉबी आगे भी अपनी कहानी सुनाता रहा और विंकी के सुबकने की आवाज़ से ज़्यादा तीखी आवाज़ में चिल्लाकर बोलता रहा। 'और फिर डॉबी के दिमाग़ में एक विचार आया, हैरी पॉटर, सर! डॉबी ने सोचा, "क्यों न डॉबी और विंकी एक साथ काम करें?" इस पर विंकी बोली, "दो घरेलू जिन्नों के लिए पर्याप्त काम कहाँ होगा?" इस पर डॉबी ने फिर सोचा और तभी उसके दिमाग़ में आ गया, सर! *हॉगवर्ट्स!* इसलिए डॉबी और विंकी प्रोफ़ेसर डम्बलडोर से मिलने आ गए, सर, और प्रोफ़ेसर डम्बलडोर ने हमें रख लिया!'

डॉबी बहुत ख़ुश होकर मुस्कराने लगा और उसकी आँखों में एक बार फिर ख़ुशी के आँसू छलछला आए।

'प्रोफ़ेसर डम्बलडोर ने कहा कि अगर डॉबी तनख़्वाह चाहता है, तो वे डॉबी को तनख़्वाह देंगे, सर! इस तरह डॉबी आज एक आज़ाद घरेलू जिन्न है, सर, और डॉबी को हर सप्ताह एक गैलियन मिलता है और एक महीने में एक दिन की छुट्टी भी मिलती है!'

'यह तो बहुत कम है!' फ़र्श पर बैठी हर्माइनी ग़ुस्से से चिल्लाई। विंकी के

चीख़ने और मुक्के मारने की रफ़्तार अब और तेज़ हो गई थी।

'प्रोफ़ेसर डम्बलडोर ने तो डॉबी को दस गैलियन प्रति सप्ताह की तनख़्वाह और हर हफ़्ते दो छुट्टियाँ देने का प्रस्ताव रखा था,' डॉबी ने अचानक हल्के से काँपते हुए कहा, जैसे इतने आराम और अमीरी का विचार बहुत डरावना हो। 'लेकिन डॉबी ने उनकी बात नहीं मानी, मिस ... डॉबी को आज़ादी पसंद है, मिस, लेकिन वह बहुत ज़्यादा आज़ादी नहीं चाहता। मिस, उसे काम ज़्यादा पसंद है।'

'और प्रोफ़ेसर डम्बलडोर *तुम्हें* कितनी तनख़्वाह दे रहे हैं, विंकी?' हर्माइनी ने दयालुता से कहा।

अगर उसने यह सोचा था कि इस सवाल से विंकी ख़ुश हो जाएगी, तो उसने बिलकुल ग़लत सोचा था। विंकी ने रोना बंद कर दिया, लेकिन जब वह उठकर बैठी, तो उसकी बड़ी-बड़ी भूरी आँखें हर्माइनी को ग़ुस्से से घूर रही थीं। उसका पूरा चेहरा गीला था और अचानक तमतमाने लगा था।

'विंकी को घर से निकाल दिया गया है, लेकिन विंकी अब भी तनख़्वाह नहीं ले रही है!' वह चीख़ी। 'विंकी अभी इतनी नीचे नहीं गिरी है! विंकी को तो इसी बात पर बहुत शर्म आ रही है कि वह आज़ाद है!'

'शर्म आ रही है?' हर्माइनी ने सपाट स्वर में कहा। 'लेकिन - विंकी, छोड़ो भी! शर्म तुम्हें नहीं, बल्कि मिस्टर क्राउच को आनी चाहिए! तुम्हारी कोई ग़लती नहीं थी, सारी ग़लती तो उन्हीं की थी -'

लेकिन ये शब्द सुनकर विंकी ने अपने हाथ अपने हैट के छेदों पर रख लिए, ताकि वह हर्माइनी की कही बात का एक शब्द भी न सुन पाए। वह चीख़ने लगी, 'आप मेरे मालिक का अपमान न करें, मिस! आप मिस्टर क्राउच का अपमान न करें! मिस्टर क्राउच एक अच्छे जादूगर हैं, मिस! मिस्टर क्राउच को बुरी विंकी को नौकरी से निकालने का पूरा अधिकार है!'

'विंकी को यहाँ की ज़िंदगी से तालमेल बैठाने में मुश्किल आ रही है, हैरी पॉटर,' डॉबी ने गोपनीय तरीक़े से उसे बताते हुए कहा। 'विंकी यह भूल जाती है कि वह अब मिस्टर क्राउच की ग़ुलाम नहीं है। उसे अब अपने मन की बात कहने की छूट है, लेकिन वह ऐसा नहीं करती है।'

हैरी ने पूछा, 'क्या घरेलू जिन्न अपने मालिकों के बारे में अपनी राय व्यक्त नहीं कर सकते हैं?'

'ओह नहीं, सर, नहीं,' डॉबी ने अचानक गंभीर दिखते हुए कहा। 'यह घरेलू जिन्नों की ग़ुलामी का हिस्सा है, सर। हम अपने मालिकों के राज़ छिपाकर रखते हैं, और अपना मुँह बंद रखते हैं, सर। हम उनके परिवार के

सम्मान को क़ायम रखते हैं और कभी उनके बारे में बुरी बात नहीं बोलते हैं। हालाँकि प्रोफ़ेसर डम्बलडोर ने डॉबी से कहा है कि अगर हम उनकी बुराई करेंगे, तो वे बुरा नहीं मानेंगे। प्रोफ़ेसर डम्बलडोर ने कहा कि हम लोगों को पूरी छूट है कि हम उन्हें –'

डॉबी अचानक घबराया हुआ दिखने लगा और उसने हैरी को इशारा करके अपने पास बुला लिया। हैरी आगे झुका।

डॉबी ने फुसफुसाकर कहा, 'वे कहते हैं कि अगर हम चाहें तो उन्हें सनकी और सठिया चुका बुड्ढा कह सकते हैं, सर!'

डॉबी दहशत भरी हँसी हँसा।

'लेकिन डॉबी ऐसा नहीं कहना चाहता है, हैरी पॉटर,' उसने दोबारा सामान्य ढंग से बोलते हुए कहा और अपना सिर हिलाया, जिससे उसके कान फड़फड़ाने लगे। 'डॉबी प्रोफ़ेसर डम्बलडोर को बहुत पसंद करता है, सर, और उसे उनके राज़ छिपाने में गर्व का एहसास होता है।'

'लेकिन तुम अब मैल्फ़ॉय परिवार के बारे में तो जो चाहो, वह बोल सकते हो। है ना?' हैरी ने मुस्कराते हुए पूछा।

डॉबी की बड़ी-बड़ी आँखों में हल्का सा डर झलकने लगा।

'डॉबी – डॉबी ऐसा कर सकता है,' उसने संदेह से कहा। उसने अपने छोटे कंधों को उचकाया। 'डॉबी हैरी पॉटर रो कह सकता है कि उसके पुराने मालिक *बुरे शैतानी जादूगर* थे!'

डॉबी एक पल के लिए काँपता हुआ खड़ा रहा और अपनी हिम्मत पर आतंकित दिखने लगा – फिर वह भागकर सबसे पास वाली टेबल तक गया और उस पर अपना सिर तेज़ी से पटक-पटक कर चीख़ने लगा, *'बुरा डॉबी! बुरा डॉबी!'*

हैरी ने डॉबी की टाई का पिछला हिस्सा पकड़कर उसे खींचा और टेबल से दूर ले आया।

'धन्यवाद, हैरी पॉटर, धन्यवाद,' डॉबी ने हाँफते हुए कहा और अपना सिर मलने लगा।

'तुम्हारी आदत अब भी नहीं छूटी,' हैरी बोला।

'आदत!' विंकी ग़ुस्से से चीख़ी। 'तुम्हें ख़ुद पर शर्म आनी चाहिए, डॉबी, जो अपने मालिकों के बारे में ऐसी बात कर रहे हो!'

'वे अब मेरे मालिक नहीं हैं, विंकी!' डॉबी ने उसकी बात काटते हुए कहा। 'डॉबी को परवाह नहीं है कि अब वे क्या सोचते हैं!'

'ओह, तुम बहुत बुरे घरेलू जिन्न हो, डॉबी!' विंकी ने दुख भरी आवाज़ में कहा और उसके चेहरे पर आँसू एक बार फिर बहने लगे। 'बेचारे मिस्टर क्राउच, वे विंकी के बिना जाने किस हाल में होंगे ? उन्हें मेरी ज़रूरत है, उन्हें मेरी मदद की ज़रूरत है! मैंने ज़िंदगी भर क्राउच परिवार की सेवा की है और मुझसे पहले मेरी माँ ने की थी और उससे पहले मेरी नानी ने भी यही किया था ... ओह, अगर उन्हें पता चल जाए कि विंकी को आज़ाद कर दिया गया है, तो वे क्या कहेंगी ? ओह, कितनी शर्मनाक बात है, कितनी शर्मनाक बात है!' उसने अपना चेहरा दोबारा अपनी स्कर्ट में छिपा लिया और फिर तेज़ी से रोने लगी।

'विंकी,' हर्माइनी ने दृढ़ता से कहा। 'मुझे पूरा यक़ीन है कि मिस्टर क्राउच का काम तुम्हारे बिना भी अच्छी तरह से चल रहा है। तुम्हें पता है, हमने उन्हें देखा है –'

'आपने मेरे मालिक को देखा है ?' विंकी ने अपना आँसुओं से सना चेहरा अपनी स्कर्ट से दूर करते हुए और हर्माइनी की तरफ़ देखते हुए कहा। 'आपने उन्हें यहाँ हॉगवर्ट्स में देखा है ?'

'हाँ,' हर्माइनी बोली। 'वे और मिस्टर बैगमैन जादूगरी के त्रिकोणीय टूर्नामेंट में निर्णायक हैं।'

'मिस्टर बैगमैन भी यहाँ आए थे ?' विंकी चीख़ी और हैरी को यह देखकर बहुत हैरानी हुई (रॉन और हर्माइनी के चेहरों पर भी हैरानी के भाव साफ़ नज़र आ रहे थे) कि विंकी नाराज़ दिखने लगी थी। 'मिस्टर बैगमैन बुरे जादूगर हैं! बहुत बुरे जादूगर! मेरे मालिक उन्हें पसंद नहीं करते हैं, ओह नहीं, बिलकुल भी पसंद नहीं करते हैं!'

'बैगमैन – बुरे जादूगर ?' हैरी ने कहा।

'ओह हाँ,' विंकी ने अपना सिर तेज़ी से हिलाते हुए कहा। 'मेरे मालिक ने विंकी को कुछ बातें बताई हैं! लेकिन विंकी वे बातें किसी को नहीं बताएगी ... विंकी – विंकी अपने मालिक के राज़ को राज़ ही रखेगी ...'

वह एक बार फिर आँसुओं में डूब गई। उन्हें स्कर्ट के नीचे से उसके सुबकने की आवाज़ सुनाई दे रही थी, 'बेचारे मालिक, बेचारे मालिक, अब उनकी मदद के लिए विंकी भी नहीं है!'

इसके बाद वे विंकी से एक भी समझदारी का शब्द नहीं बुलवा पाए। उन्होंने उसे रोता छोड़ दिया और अपनी चाय ख़त्म की। इस दौरान डॉबी ख़ुशी-ख़ुशी उन्हें अपनी आज़ाद ज़िंदगी और अपनी तनख़्वाह को ख़र्च करने की योजनाओं के बारे में बताता रहा।

'डॉबी अब एक स्वेटर ख़रीदने वाला है, हैरी पॉटर!' उसने ख़ुशी से

अपने खुले सीने की तरफ़ इशारा करते हुए कहा।

'मैं तुमसे एक बात कहूँ, डॉबी,' रॉन बोला, जो अचानक उसे बहुत पसंद करने लगा था, 'मैं तुम्हें वह स्वेटर दे दूँगा, जो मेरी मम्मी क्रिसमस पर मेरे लिए भेजेंगी। वे मुझे हमेशा एक स्वेटर भेजती हैं। तुम्हें मेहरून रंग के स्वेटर से कोई दिक्क़त तो नहीं है ?'

डॉबी बहुत ख़ुश हो गया।

'हम उसे थोड़ा छोटा कर सकते हैं, ताकि वह तुम्हारे नाप का हो जाए,' रॉन ने उससे कहा, 'वह तुम्हारी टी-कोज़ी के साथ अच्छा लगेगा।'

जब वे वापस जाने की तैयारी करने लगे, तो कई घरेलू जिन्नों ने उनसे नाश्ता साथ ले जाने का अनुरोध किया। हर्माइनी ने इंकार कर दिया और उसने दुख के साथ देखा कि घरेलू जिन्न सिर झुका रहे थे और अभिवादन कर रहे थे, लेकिन हैरी और रॉन ने अपनी जेबों में ढेर सारे क्रीम केक और पाई भर लिए।

'बहुत-बहुत धन्यवाद!' हैरी ने घरेलू जिन्नों से कहा, जो दरवाज़े के चारों तरफ़ गुड नाइट कहने के लिए जमा हो गए थे। 'मिलते हैं, डॉबी!'

डॉबी ने पूछा, 'हैरी पॉटर ... क्या डॉबी कभी-कभार आकर आपसे मिल सकता है, सर ?'

'हाँ, हाँ, क्यों नहीं,' हैरी बोला। यह सुनकर डॉबी ख़ुश हो गया।

'तुम जानते हो ?' रॉन ने कहा, जब वह, हर्माइनी और हैरी किचन से दूर आ गए और दोबारा प्रवेश हॉल की सीढ़ियाँ चढ़ने लगे। 'इतने सालों से मैं फ्रेड और जॉर्ज से बहुत प्रभावित था कि वे किचन से खाना ले आते हैं - अब जाकर मुझे पता चला कि यह काम तो ज़रा भी मुश्किल नहीं है, है ना ? घरेलू जिन्न तो खाना देने के लिए बहुत बेताब रहते हैं!'

'देखो, मुझे लगता है कि डॉबी का आना इन जिन्नों के लिए सबसे अच्छी बात होगी,' हर्माइनी संगमरमर की सीढ़ियों पर सबसे आगे चलते हुए बोली। 'मेरा मतलब है, यह अच्छा रहा कि डॉबी यहाँ काम करने आ गया। जब बाक़ी घरेलू जिन्न देखेंगे कि वह आज़ाद होकर कितना ख़ुश है, तो उन्हें भी धीरे-धीरे समझ में आ जाएगा कि उन्हें भी ऐसा ही करना चाहिए!'

हैरी बोला, 'उम्मीद है, वे विंकी की तरफ़ ज़्यादा ग़ौर से नहीं देखेंगे।'

'ओह, वह ठीक हो जाएगी,' हर्माइनी ने कहा, हालाँकि उसकी आवाज़ से लग रहा था कि उसे इस बारे में थोड़ा संदेह था। 'जब सदमा कम हो जाएगा और उसे हॉगवर्ट्स में रहने की आदत पड़ जाएगी, तो उसे यह समझ में आ जाएगा कि क्राउच के घर के बजाय यहाँ का माहौल ज़्यादा अच्छा है।'

'वह क्राउच से प्यार करती है,' रॉन ने रुँधे गले से कहा (उसने अभी-अभी क्रीम केक खाना शुरू किया था)।

'बैगमैन के बारे में उसके विचार अच्छे नहीं हैं, है ना?' हैरी बोला। 'क्या पता, क्राउच उनके बारे में अपने घर में क्या कहते होंगे?'

'शायद यह कहते होंगे कि वे विभाग प्रमुख का काम ठीक से नहीं करते हैं,' हर्माइनी बोली, 'और अगर हम सचमुच देखें ... तो उनकी इस बात में दम है, है ना?'

'मैं तो क्राउच के बजाय बैगमैन के साथ काम करना पसंद करूँगा,' रॉन बोला। 'कम से कम बैगमैन में हास्य-बोध तो है।'

'कहीं पर्सी तुम्हें ऐसा कहते न सुन ले,' हर्माइनी ने थोड़ा मुस्कराते हुए कहा।

'हाँ, सही है, पर्सी किसी हास्य-बोध वाले व्यक्ति के साथ काम करना कभी पसंद नहीं करेगा,' रॉन अब चॉकलेट एक्लेयर खाने लगा था। 'पर्सी को तो मज़ाक़ समझ में ही नहीं आएगा, भले ही वह उसके सामने नंगा नाच रहा हो और उसने सिर्फ़ डॉबी की टी-कोज़ी पहन रखी हो।'

अध्याय बाईस

अप्रत्याशित काम

'पॉटर! वीज़्ली! *इस तरफ़ ध्यान दो!*'

गुरुवार को रूप-परिवर्तन की क्लास में प्रोफ़ेसर मैक्गॉनेगल की चिढ़ी हुई आवाज़ कोड़े की तरह क्लास में गूँजी तथा हैरी और रॉन दोनों ही चौंककर उनकी तरफ़ देखने लगे।

क्लास ख़त्म होने वाली थी। उन्होंने अपना काम पूरा कर लिया था। वे जिन गिनी फ़ाउल्स को गिनी पिग्स में बदल रहे थे, वे अब प्रोफ़ेसर मैक्गॉनेगल की डेस्क पर एक बड़े पिंजरे में बंद हो चुके थे (नेविल के गिनी पिग में अब भी पंख थे)। उन्होंने ब्लैकबोर्ड से अपना होमवर्क भी उतार लिया था ('उदाहरण सहित बताओ कि अलग प्रजाति में रूपांतरण करते समय रूपांतरण मंत्रों को कितने तरीक़ों से ढाला जाना चाहिए')। घंटी किसी भी पल बज सकती थी तथा हैरी और रॉन, जो क्लास में पीछे बैठकर फ्रेड और जॉर्ज की नक़ली छड़ियों से तलवारबाज़ी कर रहे थे, ऊपर देखने लगे। रॉन के हाथ में अब टिन का तोता था और हैरी के हाथ में रबड़ की मछली थी।

'अब पॉटर और वीज़्ली अपनी उम्र के लड़कों जैसी हरकत कर रहे हैं,' प्रोफ़ेसर मैक्गॉनेगल ने कहा, जो उन्हें ग़ुस्से से देखने लगीं, जब हैरी की मछली का सिर फ़र्श पर गिर गया – रॉन के तोते की चोंच ने इसे कुछ पल पहले ही धड़ से अलग कर दिया था – 'मुझे तुम लोगों से कुछ कहना है।

'यूल डांस क़रीब आ रहा है। यह जादूगरी के त्रिकोणीय टूर्नामेंट का पारंपरिक हिस्सा है और यह हम सबके लिए अपने विदेशी मेहमानों से मित्रता करने का सुनहरा अवसर है। यह डांस सिर्फ़ फ़ोर्थ ईयर और इससे बड़ी क्लास के विद्यार्थियों के लिए है – हालाँकि बड़ी क्लास के विद्यार्थी छोटी क्लास के विद्यार्थियों को अपने साथी के रूप में आमंत्रित कर सकते हैं –'

लैवेंडर ब्राउन तीखी हँसी हँसने लगी। पार्वती पाटिल ने उसकी पसलियों

में कसकर कोहनी मारी। वह भी अपनी हँसी रोकने की कोशिश कर रही थी। उन दोनों ने पलटकर हैरी को देखा। प्रोफ़ेसर मैक्गॉनेगल ने उनकी खी-खी को नज़रअंदाज़ कर दिया। हैरी के हिसाब से यह सरासर नाइंसाफ़ी थी, क्योंकि उन्होंने उसे और रॉन को तो ज़रा सी बात पर डाँट दिया था।

'इस डांस में सभी ड्रेस दुशाले पहनेंगे,' प्रोफ़ेसर मैक्गॉनेगल ने आगे कहा, 'यह डांस क्रिसमस के दिन बड़े हॉल में आठ बजे शुरू होगा और आधी रात तक चलेगा। अब –'

प्रोफ़ेसर मैक्गॉनेगल ने पूरी क्लास की तरफ़ घूरकर देखा।

'ज़ाहिर है, यूल डांस हम सबके लिए अपने बाल खोलने का मौक़ा है,' उन्होंने थोड़ी अप्रसन्नता भरी आवाज़ में कहा।

लैवेंडर अब जमकर खिलखिलाई और उसने अपनी आवाज़ दबाने के लिए मुँह पर कसकर हाथ रख लिया। हैरी को इस बार फ़ौरन समझ में आ गया कि वह किस बात पर खिलखिला रही थी : प्रोफ़ेसर मैक्गॉनेगल के बाल जूड़े में कसकर बँधे थे और ऐसा लग रहा था कि वे अपने बाल कभी नहीं खोलेंगी।

प्रोफ़ेसर मैक्गॉनेगल ने कहा, 'लेकिन इसका मतलब यह **नहीं** है कि हॉगवर्ट्स के विद्यार्थी बचकाना व्यवहार करने लगें। अगर गरुड़द्वार के किसी विद्यार्थी ने स्कूल की नाक कटवाई, तो मुझसे बुरा कोई नहीं होगा।'

घंटी बज गई और सामान्य गतिविधियाँ शुरू हो गईं। विद्यार्थी अपने-अपने बैग में सामान भरकर उसे कंधे पर टाँगने लगे।

प्रोफ़ेसर मैक्गॉनेगल ने शोरगुल के ऊपर से कहा, 'पॉटर, एक मिनट सुनो।'

हैरी ने सोचा कि वे रबड़ की सिरकटी मछली के बारे में उससे कुछ कहना चाहती होंगी, इसलिए वह निराशा से उनकी डेस्क के पास गया।

प्रोफ़ेसर मैक्गॉनेगल ने बाक़ी विद्यार्थियों के जाने का इंतज़ार किया। फिर वे बोलीं, 'पॉटर, चैंपियन और उनके पार्टनर –'

'कैसे पार्टनर ?' हैरी ने पूछा।

प्रोफ़ेसर मैक्गॉनेगल ने उसे शक भरी निगाह से देखा। उन्हें लग रहा था कि वह शायद मसखरी कर रहा है।

'यूल डांस के लिए तुम्हारी पार्टनर, पॉटर,' वे ठंडे लहज़े में बोलीं। 'तुम्हारी *डांस पार्टनर।*'

हैरी का दिल सिकुड़ गया। 'डांस पार्टनर ?'

उसका चेहरा लाल हो गया और वह जल्दी से बोला, 'मैं डांस नहीं करता।'

'लेकिन तुम्हें करना पड़ेगा,' प्रोफ़ेसर मैक्गॉनेगल ने चिढ़कर कहा। 'यही तो मैं तुमसे कह रही हूँ। परंपरागत रूप से चैंपियन और उनके पार्टनर यूल डांस शुरू करते हैं।'

हैरी के मन में अचानक एक तस्वीर आई कि वह हैट पहने हुए है और उसके साथ एक लड़की डोरियों वाली पोशाक में नाच रही है। पेटूनिया आंटी वरनॉन अंकल की ऑफ़िस की पार्टी में हमेशा ऐसी ही पोशाक पहनकर जाती थीं।

उसने कहा, 'मैं डांस नहीं करूँगा।'

'यह परंपरा है,' प्रोफ़ेसर मैक्गॉनेगल ने सख़्ती से कहा। 'तुम हॉगवर्ट्स के चैंपियन हो और तुम वही करोगे, जो स्कूल के प्रतिनिधि के रूप में तुम्हें करना चाहिए। इसलिए तुम अपनी डांस पार्टनर ढूँढ़ लेना, पॉटर।'

'लेकिन – मैं ऐसा कैसे कर सकता हूँ –'

'तुमने मेरी बात सुन ली है, पॉटर,' प्रोफ़ेसर मैक्गॉनेगल ने इस तरह कहा, जैसे यह उनका आख़िरी फ़ैसला हो।

*

एक हफ़्ते पहले हैरी ने कहा होता कि ड्रैगन से मुक़ाबला करने के बजाय डांस पार्टनर खोजना बहुत आसान काम था। लेकिन अब चूँकि वह ड्रैगन को हरा चुका था और उसे किसी लड़की को डांस पार्टनर बनाने का काम करना था, इसलिए उसने सोचा कि इसके बजाय तो वह ड्रैगन से दोबारा मुक़ाबला करना ज़्यादा पसंद करेगा।

क्रिसमस के दौरान हॉगवर्ट्स में रुकने के लिए इतने ज़्यादा विद्यार्थियों ने अपने नाम लिखवाए, जितने इससे पहले कभी नहीं लिखवाए थे। हैरी हमेशा हॉगवर्ट्स में ही रुकता था, क्योंकि वह प्रिविट ड्राइव नहीं जाना चाहता था। लेकिन इससे पहले वह हमेशा अल्पमत में रहता था। बहरहाल, इस साल फ़ोर्थ ईयर और इससे ऊँची क्लासों के सभी विद्यार्थी वहाँ रुक रहे थे। हैरी को लग रहा था कि वे यूल डांस के बारे में पगलाए हुए थे – या, कम से कम, लड़कियाँ तो पगला ही रही थीं। यह आश्चर्यजनक था कि हॉगवर्ट्स में कितनी सारी लड़कियाँ थीं। उसने इस बात पर पहले कभी ध्यान नहीं दिया था। लड़कियाँ गलियारों में खी-खी कर रही थीं और फुसफुसाकर बातें कर रही थीं। लड़कों के पास से गुज़रते समय लड़कियाँ ठहाके लगा रही थीं और रोमांचित होकर बातें कर रही थीं कि क्रिसमस की रात को वे क्या पहनेंगी ...

'लड़कियाँ हमेशा झुंड में क्यों रहती हैं?' हैरी ने रॉन से पूछा, जब एक दर्जन लड़कियाँ उनके पास से गुज़र गईं और हैरी को देखकर खी-खी करने लगीं। 'हम उनमें से किसी एक से पूछ कैसे सकते हैं?'

'किसी को रस्सी के फंदे से खींचकर अकेले में ले चलते हैं,' रॉन ने सुझाव दिया। 'तुमने सोचा कि तुम किससे पूछोगे?'

हैरी ने जवाब नहीं दिया। वह अच्छी तरह जानता था कि वह किससे पूछना *चाहता* था, लेकिन वह बुरी तरह घबरा रहा था ... चो उससे एक साल बड़ी थी और बहुत सुंदर थी। वह बहुत अच्छी क्विडिच खिलाड़ी थी और काफ़ी लोकप्रिय भी थी।

रॉन समझ गया कि हैरी के दिमाग़ में क्या चल रहा था।

'सुनो, तुम्हें कोई दिक़्क़त नहीं होगी। तुम चैंपियन हो। तुमने अभी-अभी ड्रैगन को हराया है। मैं शर्त लगाता हूँ कि लड़कियाँ तुम्हारी डांस पार्टनर बनने के लिए लाइन लगा देंगी।'

उनकी हाल ही में हुई दोस्ती को ध्यान में रखते हुए रॉन ने अपनी आवाज़ में अपनी कटुता को ज़ाहिर नहीं होने दिया। हैरी को यह देखकर हैरानी हुई कि रॉन ने बिलकुल सही कहा था।

घुँघराले बालों वाली थर्ड-ईयर की मेहनतकश की एक लड़की अगले ही दिन हैरी के पास आई और उसने उसके सामने डांस पार्टनर बनने का प्रस्ताव रखा। हैरी ने पहले कभी उससे बात नहीं की थी। वह इस प्रस्ताव को सुनकर इतना हैरान रह गया कि उसने बिना सोचे-समझे 'नहीं' कह दिया। वह लड़की थोड़ी आहत होकर वहाँ से चली गई। इस पर हैरी को जादू का इतिहास की पूरी क्लास में डीन, सीमस और रॉन के ताने झेलने पड़े। अगले दिन दो और लड़कियों ने उससे पूछा। इनमें एक सेकंड ईयर की थी और दूसरी (उसे दहशत हुई) फ़िफ़्थ ईयर की थी, जो ऐसी दिख रही थी कि अगर हैरी ने मना किया, तो वह उसे उठाकर पटक देगी।

'वह बहुत अच्छी दिख रही थी,' रॉन ने कहा, जब उन्होंने हँसना बंद कर दिया।

'वह मुझसे एक फ़ुट लंबी थी,' हैरी ने घबराकर कहा। 'कल्पना करो, उसके साथ डांस करते समय मैं कैसा लगूँगा?'

हर्माइनी ने क्रम के बारे में जो कहा था, वह उसे बार-बार याद आता रहा। 'वे उसे सिर्फ़ इसलिए पसंद करती हैं, क्योंकि वह मशहूर है!' हैरी को लग रहा था कि अगर वह स्कूल चैंपियन नहीं होता, तो ये लड़कियाँ उसकी डांस पार्टनर बनने के लिए इतनी उतावली नहीं होतीं। फिर उसने सोचा कि अगर चो उससे यही सवाल पूछे, तो उसे कोई दिक़्क़त नहीं होगी।

कुल मिलाकर, हैरी को यह स्वीकार करना पड़ा कि डांस की उलझन के बावजूद पहले काम के बाद उसकी ज़िंदगी निश्चित रूप से सुधर गई थी। अब

उसे गलियारों में उतनी अप्रिय स्थिति का सामना नहीं करना पड़ रहा था। उसे लगा कि यह सेडरिक की मेहरबानी होगी। उसे लगा कि सेडरिक ने मेहनतकश वालों से उसे तंग न करने को कहा होगा, क्योंकि हैरी ने उसे ड्रैगनों के बारे में चेतावनी दे दी थी। अब ***सेडरिक डिगोरी हीरो है*** के बैज भी कम दिखने लगे थे। ज़ाहिर है, ड्रेको मैल्फ़ॉय अब भी हर मौक़े पर रीटा स्कीटर के लेख के अंश सुनाकर उस पर व्यंग्य करता था, लेकिन अब उसकी बात पर लोगों ने हँसना कम कर दिया था – और हैरी को यह देखकर और भी अच्छा लगा कि हैग्रिड के बारे में *दैनिक जादूगर* में कोई ख़बर नहीं छपी थी।

'सच कहूँ, तो वह जादुई प्राणियों में ज़्यादा दिलचस्पी नहीं ले रही थी,' हैग्रिड ने कहा, जब हैरी, रॉन और हर्माइनी ने जादुई प्राणियों की देखभाल की टर्म की आख़िरी क्लास में उससे पूछा कि रीटा स्कीटर के साथ उसका इंटरव्यू कैसा रहा। उन्हें यह जानकर बहुत राहत मिली कि हैग्रिड ने अब अग्निडंकों के साथ सीधा संपर्क ख़त्म कर दिया था और वे आज उसके केबिन में टेबल के पास बैठकर भोजन तैयार कर रहे थे, जिससे अग्निडंकों को ललचाया जा सके।

'वह हमसे बस तुम्हारे बारे में बात करना चाहती थी, हैरी,' हैग्रिड ने धीमी आवाज़ में कहा। 'हमने उसे बता दिया कि हम तब से दोस्त हैं, जब से हम तुम्हें डर्स्ली परिवार के यहाँ से लेने गए थे। उसने पूछा, "उसे चार सालों में कभी डाँटना तो नहीं पड़ा?" "कभी क्लास में उसने कोई दिक़्क़त तो नहीं दी?" हमारे इंकार करने पर वह ज़रा भी ख़ुश नहीं दिखी। ऐसा लगता था, वह हमसे यह कहलवाना चाहती थी कि तुम भयंकर हो, हैरी।'

'और क्या, यही कहलवाना चाहती होंगी!' हैरी ने ड्रैगन लिवर के टुकड़ों को धातु के एक बड़े कटोरे में डालते हुए कहा तथा थोड़ा और लिवर काटने के लिए अपना चाकू उठाया। 'वे हमेशा यही तो नहीं लिख सकतीं कि मैं कितना दुखी और बहादुर हीरो हूँ। यह बहुत नीरस लगेगा।'

'वे कोई नया पहलू चाहती हैं, हैग्रिड,' रॉन ने सैलेमेंडर के अंडों की परत छीलते समय समझदारी से कहा। 'शायद वे तुमसे यह कहलवाना चाहती होंगी कि हैरी थोड़ा पागल है!'

'लेकिन वह पागल नहीं है!' हैग्रिड ने सचमुच सदमे में आते हुए कहा।

'रीटा को तो स्नेप का इंटरव्यू लेना चाहिए था,' हैरी ने गंभीरता से कहा। 'वह उन्हें काफ़ी अच्छा मसाला दे सकता है। *पॉटर जब से इस स्कूल में आया है, तभी से वह सीमाएँ लाँघ रहा है ...'*

'अच्छा स्नेप ने ऐसा कहा?' हैग्रिड ने पूछा, जब रॉन और हर्माइनी हँसने लगे। 'हैरी, हो सकता है तुमने कुछ नियम तोड़े हों, लेकिन तुम दिल के नेक हो।'

'धन्यवाद, हैग्रिड,' हैरी ने मुस्कराते हुए कहा।

रॉन ने पूछा, 'क्रिसमस वाले डांस में आओगे, हैग्रिड?'

'हाँ, हम आ सकते हैं,' हैग्रिड ने रूखेपन से कहा। 'हमें लगता है, यह अच्छा रहेगा। हैरी, तुम डांस शुरू करोगे, है ना? तुम्हारी पार्टनर कौन है?'

'अब तक तो कोई नहीं है,' हैरी ने कहा और उसका चेहरा लाल हो गया। हैग्रिड ने इस बारे में आगे बात नहीं की।

टर्म के आख़िरी सप्ताह में शोर-शराबा और भी बढ़ गया। यूल डांस के बारे में हर तरफ़ अफ़वाहें फैल रही थीं, हालाँकि हैरी को उनमें से आधी बातों पर ज़रा भी भरोसा नहीं था - उदाहरण के लिए यह कि डम्बलडोर ने मैडम रोज़मर्टा को आठ सौ बैरल शराब का ऑर्डर दिया था। बहरहाल, यह सच था कि उन्होंने वीयर्ड सिस्टर्स को बुलाया था। हैरी यह नहीं जानता था कि वीयर्ड सिस्टर्स कौन थीं, क्योंकि वह जादूगरों के रेडियो कार्यक्रम नहीं सुनता था। जो लोग **डब्ल्यू.डब्ल्यू.एन.** (विज़ार्डिंग वायरलेस नेटवर्क) सुनते-सुनते बड़े हुए थे, उनके रोमांच से उसे यह पता चला कि यह एक बहुत मशहूर म्यूज़िक ग्रुप का नाम है।

नाटे प्रोफ़ेसर फ़्लिटविक जैसे कुछ टीचर्स ने जब देखा कि विद्यार्थियों के दिमाग़ कहीं और लगे हैं, तो उन्होंने पढ़ाना छोड़ दिया। प्रोफ़ेसर फ़्लिटविक ने विद्यार्थियों को बुधवार को अपनी क्लास में खेलने की इज़ाज़त दे दी। वे अपने पीरियड में ज़्यादातर समय हैरी से उस बेहतरीन आह्वान सम्मोहन के बारे में बातें करते रहे, जिसका इस्तेमाल उसने जादूगरी के त्रिकोणीय टूर्नामेंट के पहले काम में किया था। बाक़ी टीचर्स इतने उदार नहीं थे। उदाहरण के लिए, कोई भी चीज़ प्रोफ़ेसर बिन्स को पिशाचों के विद्रोह के बारे में अपने नोट्स पढ़ने से नहीं रोक सकती थी - बिन्स ने जब अपनी मौत को भी पढ़ाने के बीच में नहीं आने दिया था, तो वे क्रिसमस जैसी छोटी चीज़ के कारण पढ़ाना कैसे छोड़ सकते थे। यह आश्चर्यजनक था कि वे पिशाचों के हिंसक विद्रोहों को पर्सी की कड़ाही की तली की रिपोर्ट जितना नीरस बना सकते थे। प्रोफ़ेसर मैक्गॉनेगल और प्रोफ़ेसर मूडी ने उन्हें क्लास के आख़िरी पल तक पढ़ाया। ज़ाहिर है, स्नेप ने उन्हें क्लास में खेलने की छूट नहीं दी। इस बात की उतनी ही संभावना थी, जितनी इस बात की कि वे हैरी को गोद ले लेंगे। उन्होंने सभी विद्यार्थियों को दुष्टता भरे अंदाज़ में घूरते हुए सूचित किया कि वे टर्म की आख़िरी क्लास में उन पर विषहर काढ़ों की जाँच करेंगे।

'वे बहुत दुष्ट हैं,' रॉन ने कटुता से उस रात को गरुड़द्वार के हॉल में कहा। 'आख़िरी दिन हमारा टेस्ट ले रहे हैं। रिवीज़न का बोझ लादकर टर्म के

आख़िरी हिस्से को बर्बाद कर रहे हैं।'

'हुँह ... वैसे तुम ज़्यादा मेहनत तो कर नहीं रहे हो,' हर्माइनी ने अपने जादुई काढ़ों के नोट्स के ऊपर से उसे देखते हुए कहा। रॉन एक्सप्लोडिंग स्नैप की गड्डी से पत्तों का महल बनाने में जुटा था - जो मगलुओं की ताश के पत्तों से ज़्यादा रोचक काम था, क्योंकि इस बात की संभावना थी कि किसी भी पल विस्फोट के साथ पूरा का पूरा महल बिखर जाएगा।

'हर्माइनी, क्रिसमस पास आ रहा है,' हैरी ने आलस से कहा। वह आग के पास कुर्सी पर बैठकर दसवीं बार *फ़्लाइंग विथ द कैनन्स* पढ़ रहा था।

हर्माइनी ने उसकी ओर भी गंभीरता से देखा। 'मुझे लगता था कि तुम कोई ढंग का काम करोगे, हैरी, भले ही तुम विषहर काढ़ों के बारे में न पढ़ना चाहो!'

'जैसे ?' हैरी ने कहा, जब उसने देखा कि कैनन्स के जोई जेंकिन्स ने एक पहलवान को बैलीकैसल बैट्स के धावक की तरफ़ मार दिया था।

'वह अंडा!' हर्माइनी फुसफुसाई।

हैरी ने कहा, 'छोड़ो भी हर्माइनी, मेरे पास चौबीस फ़रवरी तक का वक़्त है।'

उसने सुनहरे अंडे को ऊपर की मंज़िल पर अपने संदूक में बंद कर दिया था और उसे पहले काम के जश्न के बाद से अब तक नहीं खोला था। अभी भी उसके पास ढाई महीने का वक़्त था। तब तक वह समझ ही लेगा कि इस रोती हुई चीख़ का आख़िर क्या मतलब था।

'लेकिन इसका उपाय खोजने में कई हफ़्ते लग सकते हैं!' हर्माइनी ने कहा। 'अगर बाक़ी चैंपियनों को पता चल गया कि अगला काम क्या है और तुम्हें पता नहीं चल पाया, तो तुम बहुत मूर्ख लगोगे!'

'उसे परेशान मत करो हर्माइनी, उसे थोड़े आराम की ज़रूरत है,' रॉन ने कहा और उसने आख़िरी दो कार्ड अपने महल की चोटी पर रख दिए। सभी कार्ड तत्काल विस्फोट के साथ बिखर गए और उन्होंने उसकी भौंहें जला दीं।

'बहुत अच्छा निशान बना है ... यह तुम्हारे डांस के ड्रेस दुशाले के साथ अच्छा लगेगा।'

ये फ्रेड और जॉर्ज थे। वे भी हैरी, रॉन और हर्माइनी के साथ वहीं बैठ गए, जब रॉन यह जाँच करने लगा कि कितना नुक़सान हुआ था।

जॉर्ज ने पूछा, 'रॉन, क्या हम पिगविजियन का इस्तेमाल कर सकते हैं ?'

'नहीं, वह एक चिट्ठी पहुँचाने गया हुआ है,' रॉन ने कहा। 'क्यों ?'

फ्रेड व्यंग्य से बोला, 'क्योंकि जॉर्ज उसे अपना डांस पार्टनर बनाना चाहता है।'

जॉर्ज ने कहा, 'क्योंकि हम उससे चिट्ठी पहुँचवाना चाहते हैं, मूर्ख कहीं के।'

'अह, तुम दोनों किसे चिट्ठी लिख रहे हो?' रॉन ने पूछा।

'अपनी टाँग फालतू में मत फँसाओ, वरना मैं तुम्हारी टाँग भी जला दूँगा,' फ्रेड ने अपनी छड़ी धमकी भरे अंदाज़ में लहराते हुए कहा। 'तो ... तुम लोगों ने डांस पार्टनर खोज लिए?'

'नहीं,' रॉन बोला।

फ्रेड ने कहा, 'देखो, जल्दी करो, वरना सारी अच्छी लड़कियाँ हाथ से निकल जाएँगी।'

रॉन ने पूछा, 'तुम्हारे साथ कौन जा रही है?'

'एंजेलिना,' फ्रेड ने बिना झिझके दृढ़ता से जवाब दिया।

'क्या?' रॉन ने हैरान होते हुए पूछा। 'क्या तुमने उससे पूछ लिया है?'

'अच्छा याद दिलाया,' फ्रेड ने कहा। उसने अपना सिर घुमाया और हॉल में ज़ोर से चिल्लाया, 'ओए! एंजेलिना!'

एंजेलिना आग के पास बैठकर एलिसिया स्पिनेट से बातें कर रही थी। उसने पलटकर फ्रेड की तरफ़ देखा।

उसने पूछा, 'क्या है?'

'मेरे साथ डांस में चलोगी?'

एंजेलिना ने फ्रेड को ग़ौर से देखा।

'ठीक है,' उसने कहा और दोबारा एलिसिया की तरफ़ मुड़कर उससे बात करने लगी। उसके चेहरे पर अब मुस्कराहट आ गई थी।

'देखा,' फ्रेड ने हैरी और रॉन से कहा, 'कितना आसान काम है!'

वह खड़ा हुआ और जम्हाई लेते हुए बोला, 'जॉर्ज, चलो, हम स्कूल के उल्लू का इस्तेमाल कर लेते हैं, चलो ...'

वे चले गए। रॉन ने अपनी भौंहों को मलना छोड़ दिया और अपने ताश के पत्तों के जले हुए महल के ऊपर से हैरी को देखने लगा।

'हमें अब जल्दी ही कुछ करना *होगा* ... किसी लड़की से पूछना ही होगा। फ्रेड सही कह रहा है। हम यह कभी नहीं चाहेंगे कि हमें राक्षसियों के साथ डांस करना पड़े।'

हर्माइनी ने ग़ुस्से से कहा, 'क्या कहा, *किसके* साथ?'

रॉन ने कंधे उचकाते हुए कहा, 'देखो, एलॉय मिजेन के साथ डांस करने के बजाय तो मैं अकेले डांस करना ज़्यादा पसंद करूँगा।'

'उसके मुँहासे अब पहले से काफ़ी ठीक हो चुके हैं - और वह दिल की बहुत अच्छी है!'

रॉन ने कहा, 'लेकिन उसकी नाक थोड़ी एक तरफ़ को है।'

'अच्छा, अब समझी,' हर्माइनी ने चिढ़कर कहा। 'तो बात यह है कि तुम लोग सबसे अच्छी दिखने वाली लड़की को अपने साथ ले जाना चाहते हो, भले ही उसका स्वभाव कितना ही बुरा हो?'

'हाँ, यही बात है,' रॉन बोला।

'मैं सोने जा रही हूँ,' हर्माइनी ने ग़ुस्से से कहा और आगे कुछ बोले बिना लड़कियों के कमरे की तरफ़ चली गई।

*

हॉगवर्ट्स का स्टाफ़ बाबैटन्स और डर्मस्ट्रैंग के मेहमानों को प्रभावित करने की पूरी कोशिश कर रहा था। क्रिसमस पर महल की बेहतरीन सजावट हो रही थी। सजावट पूरी होने पर हैरी ने देखा कि इस बार स्कूल जितना शानदार लग रहा था, उतना पहले कभी नहीं लगा था। संगमरमर की सीढ़ियों के जंगले पर बर्फ़ से बने स्थायी खंभे लगे थे। बड़े हॉल में लगे बारह क्रिसमस ट्री शूलपर्णी की चमकदार बेरियों से तो सजे ही थे, उन पर असली सुनहरे उल्लू भी बैठा दिए गए थे। शिरस्त्राणों पर ऐसा जादू कर दिया गया था कि जब भी कोई उनके पास से गुज़रता था, तो वे क्रिसमस के गीत गाने लगते थे। यह बड़ा मज़ेदार लगता था कि ख़ाली हेलमेट गाना गाए, 'ओह कम, ऑल ये फ़ेथफ़ुल,' जबकि उसे सिर्फ़ आधे ही शब्द मालूम हों। कई बार चौकीदार फ़िल्च ने पीव्ज़ को शिरस्त्राण में से बाहर निकाला, जो वहाँ छिपकर गीतों में अपनी बनाई भद्दी पंक्तियाँ जोड़ रहा था।

अब भी हैरी ने चो से डांस पार्टनर बनने का आग्रह नहीं किया था। वह और रॉन बहुत घबरा रहे थे, हालाँकि जैसा हैरी ने कहा, डांस पार्टनर न होने पर रॉन हैरी जितना मूर्ख नहीं दिखेगा। हैरी को तो दूसरे चैंपियनों के साथ डांस की शुरुआत करनी थी।

'मुझे लगता है, मायूस मीना से ही काम चलाना पड़ेगा,' उसने उदासी से कहा। मायूस मीना उस चुड़ैल का नाम था, जो दूसरी मंज़िल पर लड़कियों के बाथरूम में मँडराती रहती थी।

'हैरी - हमें इस काम के लिए अपनी कमर कस लेनी चाहिए,' रॉन ने शुक्रवार की सुबह कहा। उसने यह बात इस अंदाज़ में कही थी, जैसे उन्हें किसी

अभेद्य किले को फ़तह करना हो। 'जब हम आज रात को हॉल में वापस लौटेंगे, तो हम दोनों के ही पास पार्टनर होनी चाहिए – ठीक है ?'

'ठीक है,' हैरी ने कहा।

लेकिन उस दिन जब भी उसे चो दिखी – पीरियडों के बीच के समय में, लंच टाइम में और जादू का इतिहास की क्लास में जाते समय – तो हर बार उसकी सहेलियाँ उसे घेरे हुए थीं। क्या वह कहीं भी *कभी* अकेली नहीं जाती है ? क्या वह उसे बाथरूम जाते समय पकड़ सकता है ? लेकिन नहीं – वह तो वहाँ भी चार-पाँच लड़कियों के साथ जाती थी। बहरहाल, अगर उसने जल्दी ही ऐसा नहीं किया, तो कोई दूसरा चो के सामने डांस पार्टनर बनने का प्रस्ताव रख देगा।

स्नेप के विषहर वाले टेस्ट पर ध्यान केंद्रित करना उसके लिए मुश्किल था। नतीजा यह हुआ कि वह सबसे ख़ास चीज़ यानी बीज़ोआ डालना ही भूल गया। इसका परिणाम यह हुआ कि उसे बहुत कम नंबर मिले। वैसे उसे इसकी परवाह नहीं थी। वह तो उस काम को करने की हिम्मत बटोर रहा था, जो उसे करना था और हर हाल में करना था। घंटी बजते ही उसने झपटकर अपना बैग उठाया और तहख़ाने के दरवाज़े की तरफ़ भागा।

'मैं तुमसे खाने की टेबल पर मिलता हूँ,' उसने रॉन और हर्माइनी से कहा और ऊपर की मंज़िल की तरफ़ दौड़ लगा दी।

उसे चो को अकेले में बुलाकर बात करनी होगी, बस इतनी सी बात थी ... वह भरे हुए गलियारों में उसकी तलाश करने लगा और उसे जल्दी ही वह गुप्त कलाओं से रक्षा की क्लास से बाहर निकलते हुए दिख गई।

'सुनो – चो ? क्या मैं तुमसे एक मिनट बात कर सकता हूँ ?'

चो के आस-पास खड़ी सभी लड़कियाँ खी-खी करने लगीं। हैरी ने ग़ुस्से से सोचा, खी-खी करना ग़ैर-क़ानूनी घोषित कर देना चाहिए। लेकिन चो ने खी-खी नहीं की। इसके बजाय उसने कहा, **'ठीक है,'** और फिर वह अपनी सहेलियों से दूर होकर उसके पास आ गई।

हैरी ने जैसे ही उसकी तरफ़ ग़ौर से देखा, उसके पेट में खलबली मच गई। ऐसा लग रहा था, जैसे वह किसी खाई में गिर रहा हो।

'अर,' उसने कहा।

वह उससे नहीं पूछ पा रहा था। वह ऐसा कभी नहीं कर सकता था। लेकिन उसे ऐसा करना ही था। चो हैरान होकर उसे देखती रही।

हैरी अपनी जीभ को सही तरीक़े से घुमा पाए, इससे पहले ही शब्द

उसके मुँह से बाहर निकल पड़े।

'मेरेसाडांसलोगी?'

'क्या कहा?' चो ने पूछा।

'क्या तुम - क्या तुम मेरे साथ डांस में चलोगी?' हैरी ने पूछा। उसका चेहरा लाल क्यों पड़ गया था? *क्यों?*

'ओह!' चो ने कहा और उसका चेहरा भी लाल पड़ गया। 'ओह, हैरी, मुझे सचमुच अफ़सोस है,' और उसके चेहरे पर अफ़सोस झलक भी रहा था। 'मैंने पहले ही किसी और से वादा कर लिया है कि मैं उसके साथ डांस करने जाऊँगी।'

'ओह,' हैरी ने कहा।

यह अजीब था। एक पल पहले उसे लग रहा था जैसे उसके सीने में साँप रेंग रहे हों, लेकिन अब तो ऐसा लग रहा था जैसे उसका सीना ही नहीं था।

'ओह, **ठीक है,'** उसने कहा, 'कोई दिक़्क़त नहीं।'

'मुझे सचमुच अफ़सोस है,' चो ने दोबारा कहा।

'कोई बात नहीं,' हैरी बोला।

वे दोनों एक-दूसरे की तरफ़ देखते हुए वहीं खड़े रहे। फिर चो बोली, 'अच्छा -'

'हाँ,' हैरी ने कहा।

'अच्छा, बाय-बाय,' चो ने कहा। उसका चेहरा अब भी बहुत लाल था। वह दूर जाने लगी।

हैरी ख़ुद को रोक पाता, इससे पहले ही उसके मुँह से निकल गया।

'वैसे तुम जा किसके साथ रही हो?'

'ओह - सेडरिक के साथ,' चो बोली। 'सेडरिक डिगोरी के साथ।'

'ओह, अच्छा,' हैरी ने कहा।

उसका सीना दोबारा लौट आया था। अब ऐसा लग रहा था, जैसे किसी ने उस पर बहुत भारी पत्थर रख दिया था।

डिनर के बारे में पूरी तरह से भूलकर वह धीरे-धीरे गरुड़द्वार टॉवर की तरफ़ चलने लगा। हर क़दम पर चो की आवाज़ उसके कानों में गूँज रही थी। *'सेडरिक - सेडरिक डिगोरी।'* कुछ समय पहले से वह सेडरिक को पसंद करने लगा था। वह इस बात को नज़रअंदाज़ करने के लिए तैयार था कि सेडरिक ने एक बार उसे क्विडिच में हराया था, कि वह हैंडसम और लोकप्रिय था और लगभग सभी का पसंदीदा चैंपियन था। अब उसे अचानक लगने लगा कि

सेडरिक दरअसल एक बेकार लड़का था, जिसमें रत्ती भर भी दिमाग़ नहीं था।

'परी रोशनी!' उसने धीरे से मोटी औरत से कहा - पासवर्ड पिछले दिन बदल गया था।

'हाँ, सचमुच!' मोटी औरत बोली और जब वह उसे रास्ता देने के लिए आगे झुकी, तो उसने अपना नया भड़कीला हेयरबैंड सीधा कर लिया।

हॉल में घुसने के बाद हैरी ने चारों तरफ़ देखा। उसे यह देखकर हैरानी हुई कि रॉन दूर वाले एक कोने में उदास बैठा था। जिनी भी उसके पास बैठी थी और उससे धीरे-धीरे बातें कर रही थी।

'क्या हुआ, रॉन ?' हैरी ने उनके पास पहुँचते हुए पूछा।

रॉन ने हैरी को देखा; उसके चेहरे पर दहशत का भाव था।

'मैंने ऐसा क्यों किया ?' उसने हड़बड़ाते हुए कहा। 'मैं नहीं जानता कि मैंने आख़िर ऐसा क्यों किया ?'

हैरी ने पूछा, 'क्या हो गया ?'

'उसने - अह - फ़्लर डेलाकोर के सामने डांस पार्टनर बनने का प्रस्ताव रखा था,' जिनी बोली। ऐसा लग रहा था कि उसे अपनी मुस्कराहट को रोकने में बहुत मुश्किल हो रही थी, लेकिन वह सहानुभूति से रॉन का हाथ थपथपाने लगी।

हैरी ने कहा, 'तुमने *ऐसा किया ?'*

'मैं नहीं जानता कि मैंने ऐसा क्यों किया!' रॉन ने दोबारा हाँफते हुए कहा। 'मेरा दिमाग़ जाने कहाँ चला गया था ? वहाँ पर लोग थे - चारों तरफ़ - मैं पागल हो गया - सभी लोग देख रहे थे! मैं प्रवेश हॉल में उसके पास से गुज़र रहा था - वह वहाँ पर डिगोरी से बातें कर रही थी - और अचानक यह बात मेरे मन में आ गई - और मैंने उससे पूछ लिया!'

रॉन ने कराहते हुए अपना चेहरा अपने हाथों में छिपा लिया। वह बोलता रहा, हालाँकि उसके शब्द बड़ी मुश्किल से सुनाई दे रहे थे। 'उसने मेरी तरफ़ ऐसे देखा, जैसे मैं कोई समुद्री घोंघा या कीड़ा-मकोड़ा हूँ। उसने जवाब तक नहीं दिया। और फिर - मुझे थोड़ा होश आ गया और मैं भाग आया।'

'उसमें मोहिनी का अंश है,' हैरी ने कहा। 'तुम सही कह रहे थे - उसकी दादी मोहिनी थीं। इसमें तुम्हारी कोई ग़लती नहीं थी। मैं शर्त लगा सकता हूँ कि जब तुम उसके पास से गुज़रे थे, उस वक़्त वह डिगोरी पर सम्मोहन कर रही होगी और तुम पर भी उसका प्रभाव हो गया होगा - लेकिन वह अपना समय बर्बाद कर रही थी। डिगोरी तो चो चैंग के साथ जा रहा है।'

रॉन ने नज़रें उठाकर ऊपर देखा।

हैरी ने धीरे से कहा, 'मैंने चो से अभी-अभी डांस पार्टनर बनने के बारे में पूछा था। उसी ने मुझे यह बताया है।'

जिनी ने अचानक मुस्कराना छोड़ दिया।

'यह तो पागलपन है,' रॉन बोला। 'अब सिर्फ़ हम ही बचे हैं, जिनकी कोई डांस पार्टनर नहीं है – और नेविल भी। ज़रा सोचो तो सही, उसने किससे पूछा था? *हर्माइनी से!*'

'*क्या?*' हैरी इस आश्चर्यजनक ख़बर से पूरी तरह से विचलित हो गया।

'हाँ, मैं जानता हूँ!' रॉन ने कहा। हँसने के कारण उसके चेहरे का उड़ा हुआ रंग अब कुछ लौट आया था। 'नेविल ने मुझे जादुई काढ़े की क्लास के बाद बताया था। उसने कहा कि हर्माइनी उसके प्रति हमेशा अच्छा व्यवहार करती है और पढ़ाई में उसकी मदद भी करती है – लेकिन हर्माइनी ने नेविल से कह दिया कि वह किसी और के साथ जा रही है। हा! जैसे यह सच हो सकता है! मेरा मतलब है, उसने सिर्फ़ बहाना बनाया होगा। वह नेविल के साथ नहीं जाना चाहती होगी। भला कौन जाना चाहेगा?'

'ऐसा मत बोलो!' जिनी ने चिढ़कर कहा। 'हँसो मत –'

तभी हर्माइनी तस्वीर के छेद में से अंदर आ गई।

उसने उनके पास आकर पूछा, 'तुम दोनों खाने की टेबल पर क्यों नहीं आए?'

जिनी बोली, 'क्योंकि – ओह, तुम दोनों हँसना छोड़ो – क्योंकि ये दोनों जिन लड़कियों को अपना डांस पार्टनर बनाना चाहते थे, उन्होंने इनके प्रस्ताव ठुकरा दिए!

यह सुनकर हैरी और रॉन की हँसी रुक गई।

'बहुत-बहुत धन्यवाद, जिनी,' रॉन ने चिढ़कर कहा।

'क्या सभी अच्छी लड़कियाँ हाथ से निकल गईं, रॉन?' हर्माइनी ने गर्व के साथ कहा। 'क्या अब एलॉय मिजेन सुंदर लगने लगी है? मुझे यक़ीन है कि *कहीं न कहीं* तुम्हें कोई न कोई मिल ही जाएगी, जो तुम्हारी डांस पार्टनर बनने के लिए तैयार हो जाएगी।'

लेकिन रॉन हर्माइनी की तरफ़ ऐसे घूर रहा था, जैसे अचानक वह उसे नई रोशनी में देख रहा हो। 'हर्माइनी, नेविल ने ठीक कहा था – तुम भी तो लड़की हो ...'

'ओह, क्या ख़ूब पहचाना,' हर्माइनी ज़हर बुझी आवाज़ में बोली।

'तुम हममें से किसी के साथ चल सकती हो!'

'नहीं, मैं नहीं चल सकती,' हर्माइनी ने तपाक से जवाब दिया।

'ओह, छोड़ो भी,' रॉन ने बेचैनी से कहा। 'हमें पार्टनरों की ज़रूरत है। अगर हमारे पास कोई पार्टनर नहीं होगी और बाक़ी सबके पास होगी, तो हम सचमुच मूर्ख दिखेंगे ...'

'मैं तुम्हारे साथ नहीं चल सकती,' हर्माइनी ने कहा, जो अब शर्मा रही थी, 'क्योंकि मैंने पहले ही किसी के साथ जाने के लिए हाँ कर दी है।'

'नहीं, ऐसा नहीं हो सकता!' रॉन ने कहा। 'तुमने तो ऐसा सिर्फ़ नेविल से छुटकारा पाने के लिए कहा होगा!'

'ओह, *अच्छा ?'* हर्माइनी ने कहा और उसकी आँखें ख़तरनाक तरीक़े से चमकने लगीं। 'रॉन, मैं लड़की हूँ, यह पहचानने में *तुम्हें* तीन साल लग गए, इसका यह मतलब नहीं है कि कोई और यह बात नहीं पहचान पाएगा!'

रॉन ने उसकी तरफ़ घूरकर देखा। फिर वह दोबारा मुस्कराने लगा।

'ठीक है, ठीक है, हम जानते हैं कि तुम लड़की हो,' उसने कहा। 'अब तो ठीक है ? क्या अब तुम हमारे साथ चलोगी ?'

'मैंने तुम्हें पहले ही बता दिया है!' हर्माइनी बहुत ग़ुस्से से बोली। 'मैं किसी और के साथ जा रही हूँ!'

इसके बाद वह धड़धड़ाती हुई लड़कियों के कमरे की तरफ़ चली गई।

'वह झूठ बोल रही है,' रॉन उसे जाते हुए देखकर बोला।

'नहीं,' जिनी ने धीरे से कहा।

रॉन ने तीखे स्वर में पूछा, 'तो वह किसके साथ जा रही है ?'

जिनी बोली, 'मैं नहीं बताऊँगी, यह उसका निजी मामला है।'

'ठीक है,' रॉन ने बहुत उदासी से कहा, 'मामला अब मूर्खतापूर्ण होता जा रहा है। जिनी, *तुम* हैरी के साथ चली जाओ, और मैं बस –'

'मैं नहीं जा सकती,' जिनी बोली और उसका चेहरा भी लाल पड़ गया। 'मैं तो नेविल के साथ जा रही हूँ। जब हर्माइनी ने उसे मना कर दिया, तो उसने मुझसे पूछा, और मैंने सोचा ... देखो ... मैं वैसे तो डांस में जा नहीं सकती ... मैं अभी फ़ोर्थ ईयर में नहीं हूँ,' उसने बहुत दुखी होते हुए कहा। 'मैं सोचती हूँ कि मैं जाकर खाना खा लूँ।' वह उठकर खड़ी हुई और सिर झुकाकर तस्वीर के छेद में से बाहर निकल गई।

रॉन ने हैरी को देखा।

उसने कहा, 'इन लड़कियों को हो क्या गया है ?'

लेकिन तभी हैरी को पार्वती और लैवेंडर तस्वीर के छेद में से आती हुई दिख गईं। अब निर्णायक क़दम उठाने का वक़्त आ चुका था।

'यहीं रुकना,' उसने रॉन से कहा। फिर वह सीधे पार्वती के पास गया और बोला, 'पार्वती? क्या तुम मेरे साथ डांस में चलोगी?'

पार्वती खी-खी करने लगी। हैरी ने उसके शांत होने का इंतज़ार किया, हालाँकि इस दौरान उसकी उँगलियाँ दुशाले की जेब के अंदर बँध गई थीं।

पार्वती ने आख़िरकार लाल चेहरे के साथ कहा, 'ठीक है।'

'धन्यवाद,' हैरी ने राहत से कहा। 'लैवेंडर - क्या तुम रॉन के साथ जाओगी?'

'वह सीमस के साथ जा रही है,' पार्वती ने कहा और वे दोनों दोबारा खी-खी करने लगीं।

हैरी ने आह भरी।

उसने धीरे से कहा, ताकि रॉन को उसकी बात सुनाई न दे, 'कोई और लड़की नहीं है, जो रॉन के साथ जा सके?'

पार्वती ने पूछा, 'हर्माइनी ग्रेंजर को क्या हुआ?'

'वह किसी और के साथ जा रही है।'

पार्वती यह सुनकर हैरान रह गई।

उसने उत्सुकता से पूछा, 'ऊऊऊह *-किसके साथ?'*

हैरी कंधे उचकाकर बोला, 'क्या पता? तो रॉन की पार्टनर कौन बन सकती है?'

'देखो ...' पार्वती ने धीरे से कहा, 'मुझे लगता है कि मेरी बहन पद्मा शायद तैयार हो जाए ... वह चीलघात में है। अगर तुम चाहो, तो मैं उससे पूछ सकती हूँ।'

'हाँ, यह बहुत बढ़िया रहेगा,' हैरी ने कहा। 'उससे पूछकर मुझे बता देना।'

और वह रॉन के पास लौट गया। उसे महसूस हो रहा था कि यह डांस मज़ेदार कम, झमेला ज़्यादा था और वह यह उम्मीद भी कर रहा था कि पद्मा पाटिल की नाक बिलकुल सीधी होगी और रॉन को पसंद आ जाएगी।

अध्याय तेईस

यूल डांस

छुट्टियों में फ़ोर्थ ईयर के विद्यार्थियों के सिर पर बहुत सारा होमवर्क लाद दिया गया था, लेकिन इसके बावजूद टर्म ख़त्म होने के बाद हैरी पढ़ाई करने के मूड में नहीं था। उसने बाक़ी सभी विद्यार्थियों के साथ क्रिसमस के पहले वाले सप्ताह का भरपूर आनंद लिया। गरुड़द्वार के हॉल में छुट्टियों में भी उतनी ही भीड़ थी, जितनी कि टर्म के दौरान थी। यह थोड़ा छोटा भी लगने लगा था, क्योंकि विद्यार्थी अब यहाँ हमेशा से ज़्यादा ऊधम करने लगे थे। फ़्रेड और जॉर्ज की केनेरी क्रीम ने काफ़ी धूम मचाई और छुट्टियों के शुरुआती कुछ दिनों में तो पूरे हॉल में विद्यार्थियों के पंख उगने लगे। बहरहाल, जल्दी ही गरुड़द्वार के सभी विद्यार्थियों ने यह सीख लिया कि किसी दूसरे की दी हुई चीज़ को खाने के बारे में सावधान रहना चाहिए। वे खाने-पीने की हर चीज़ को शक की निगाह से देखते थे कि कहीं उसके बीच में केनेरी क्रीम न छिपी हो। जॉर्ज ने हैरी को गोपनीय रूप से बताया कि वह और फ़्रेड ऐसी ही एक और चीज़ का आविष्कार करने में जुटे हुए हैं। तत्काल हैरी ने यह फ़ैसला कर लिया कि वह भविष्य में फ़्रेड और जॉर्ज से एक चिप्स तक नहीं लेगा। वह डडली और टनाटन टॉफ़ी वाली घटना को अभी तक नहीं भूला था।

मैदान और महल पर अब मोटी बर्फ़ गिरने लगी थी। हैग्रिड के बर्फ़ से ढँके जिंजर ब्रेड जैसे केबिन के पास खड़ी बाबैटन्स की नीली घोड़ागाड़ी अब बर्फ़ से जमे हुए किसी बड़े कद्दू जैसी दिख रही थी। उधर डर्मस्ट्रैंग के जहाज़ पर भी बर्फ़ जम चुकी थी और वह बिलकुल सफ़ेद हो चुका था। किचन में घरेलू जिन्न बड़ी मेहनत से तरह-तरह के बेहतरीन गर्म सूप और ज़ायक़ेदार पुडिंग्स बनाने में जुटे हुए थे। खाने में सिर्फ़ फ़्लर डेलाकोर को ही शिकायत करने लायक कोई बात नज़र आई।

'हॉगवर्ट्स का खाना बहुत भारी है,' उन्होंने फ़्लर की शिकायत भरी

आवाज़ सुनी, जब वे एक शाम को बड़े हॉल से बाहर निकले (रॉन हैरी के पीछे छिपकर चल रहा था और इस बात की पूरी कोशिश कर रहा था कि फ़्लर उसे न देख पाए)। 'यही हाल रहा, तो मैं अपनी ड्रेस नहीं पहन पाऊँगी!'

'ओह, कितने अफ़सोस की बात होगी,' हर्माइनी ने ताना मारते हुए कहा, जब फ़्लर प्रवेश हॉल में बाहर चली गई। 'वह ख़ुद के बारे में बहुत ज़्यादा सोचती है, है ना?'

रॉन ने पूछा, 'हर्माइनी – तुम डांस में किसके साथ जा रही हो?'

वह उससे बार-बार यही सवाल पूछता रहता था। उसे लगता था कि अगर वह हर्माइनी से ऐसे समय सवाल पूछेगा, जब उसे इसकी बिलकुल उम्मीद नहीं होगी, तो हो सकता है कि बेध्यानी में वह जवाब दे दे। लेकिन हर्माइनी ने भौंहें तानकर कहा, 'मैं तुम्हें नहीं बताऊँगी, तुम मेरी हँसी उड़ाओगे।'

'तुम मज़ाक़ कर रहे हो, वीज़्ली?' मैल्फ़ॉय ने उनके पीछे से कहा। 'तुम यह तो नहीं कह रहे हो कि किसी ने इसे अपने साथ डांस करने का आमंत्रण दिया है? इस लंबे दाँतों वाली बदज़ात के साथ भला कौन डांस करना चाहेगा?'

हैरी और रॉन दोनों ही तेज़ी से पलटे, लेकिन हर्माइनी ने मैल्फ़ॉय के कंधे के पीछे इशारा किया और ज़ोर से बोली, 'हैलो, प्रोफ़ेसर मूडी!'

मैल्फ़ॉय का चेहरा पीला पड़ गया। वह तेज़ी से पलटा और चौंककर मूडी को चारों तरफ़ खोजने लगा, लेकिन मूडी अब भी स्टाफ़ टेबल पर बैठकर सूप पी रहे थे।

'तुम छोटे नेवले हो, है ना, मैल्फ़ॉय?' हर्माइनी ने तीखी आवाज़ में कहा और फिर वह, हैरी और रॉन ज़ोर-ज़ोर से हँसते हुए संगमरमर की सीढ़ियों पर चढ़ने लगे।

'हर्माइनी,' रॉन ने उसकी तरफ़ कनखियों से देखा और अचानक हैरानी से बोलने लगा, 'तुम्हारे दाँत ...'

'उन्हें क्या हुआ?' हर्माइनी ने पूछा।

'वे पहले से अलग दिख रहे हैं ... इस तरफ़ मेरा ध्यान अभी-अभी गया है ...'

'ज़ाहिर है, वे अलग दिख रहे होंगे – क्या तुम यह उम्मीद कर रहे थे कि मैं मैल्फ़ॉय के दिए बड़े दाँतों को सँभालकर रखूँगी?'

'नहीं, मेरा मतलब है कि मैल्फ़ॉय के शाप देने से पहले तुम्हारे दाँत जैसे थे, अब उससे काफ़ी अलग हैं ... वे सब अब सीधे हैं – और उनका आकार भी सामान्य है।'

हर्माइनी अचानक बहुत ही शरारती अंदाज़ में मुस्कराई। हैरी का ध्यान भी इस ओर गया : सचमुच अब हर्माइनी की मुस्कराहट पहले से काफ़ी अलग लग रही थी।

हर्माइनी ने कहा, 'देखो ... जब मैं मैडम पॉमफ़्री के पास अपने दाँत छोटे करवाने गई, तो उन्होंने मुझे एक आईना देकर कहा कि जब मेरे दाँत पहले जितने ही आकार के हो जाएँ, तो मैं उन्हें रोक दूँ। लेकिन मैंने उन्हें ... रोकने में थोड़ी देर कर दी।' वह एक बार फिर खुलकर मुस्कराई, 'मम्मी-डैडी इस बात से ख़ुश नहीं होंगे। मैं उन्हें कब से मनाने की कोशिश कर रही थी कि वे मुझे अपने दाँत जादू से छोटे करने दें, लेकिन वे उन्हें तार से बाँधने को कहते थे। तुम तो जानते ही हो, वे दोनों दाँतों के डॉक्टर हैं, और उनके हिसाब से दाँतों और जादू का आपस में कोई संबंध नहीं होना चाहिए - देखो! पिगविजियन लौटकर आ गया है!'

रॉन का छोटा उल्लू बर्फ़ से लदे जंगले के ऊपर तेज़ी से मँडरा रहा था। उसके पैर में एक चर्मपत्र बँधा था। उसके पास से गुज़र रहे विद्यार्थी उसकी तरफ़ इशारा करके हँस रहे थे और थर्ड ईयर की कुछ लड़कियाँ रुककर बोलने लगीं, 'ओह, उस छोटे उल्लू को तो देखो! वह कितना *प्यारा* है?'

'मूर्ख कहीं का!' रॉन फुफकारा। उसने तेज़ी से सीढ़ियों पर चढ़कर पिगविजियन को पकड़ लिया और उसे फटकारते हुए बोला, 'तुम सीधे चिट्ठी लेकर उसके पास आया करो, जिसके नाम चिट्ठी आई हो! शान झाड़ते हुए इधर-उधर मत भटका करो!'

पिगविजियन ने ख़ुशी भरी आवाज़ निकाली। उसका सिर रॉन की मुट्ठी के ऊपर से झाँक रहा था। थर्ड ईयर की लड़कियाँ बहुत सदमे में नज़र आ रही थीं।

'यहाँ से दफ़ा हो जाओ!' रॉन ने लड़कियों से गुर्राकर कहा और उस मुट्ठी को लहराया, जिसमें पिगविजियन था। पिगविजियन हवा में उड़ने लगा और ख़ुशी से चीख़ने लगा। 'लो, हैरी, यह लो।' रॉन ने धीरे से कहा, जब थर्ड ईयर की लड़कियाँ बहुत परेशान दिखती हुई बाहर जाने लगीं। उसने सिरियस की जवाबी चिट्ठी को पिगविजियन के पैर से निकाला। हैरी ने चिट्ठी अपनी जेब में रख ली और वे जल्दी से उसे पढ़ने के लिए गरुड़द्वार हॉल की तरफ़ चल दिए।

हॉल में बैठा हर विद्यार्थी इस समय छुट्टियों की मस्ती में इतना व्यस्त था कि किसी को यह देखने की फ़ुरसत ही नहीं थी कि बाक़ी लोग क्या कर रहे हैं। हैरी, रॉन और हर्माइनी बाक़ी सबसे दूर जाकर एक अँधेरी खिड़की के पास बैठ

गए। इस खिड़की पर धीरे-धीरे बर्फ़ गिर रही थी। हैरी ने धीरे से चिट्ठी पढ़कर उन दोनों को सुनाई :

प्रिय हैरी,

हॉर्नटेल को पार करने पर बधाइयाँ। जिसने भी तुम्हारा नाम प्याले में डाला था, वह इस समय ज़्यादा ख़ुश नहीं होगा। मैं कंजंक्टिवाइटिस शाप का सुझाव देने वाला था, क्योंकि ड्रेगन की आँख उसके शरीर का सबसे कमज़ोर हिस्सा होती है –

'क्रम ने यही किया था!' हर्माइनी फुसफुसाकर बोली।

– परंतु तुम्हारा उपाय ज़्यादा अच्छा था। मैं बहुत प्रभावित हूँ।

लेकिन घमंड मत करना, हैरी। अभी तुमने सिर्फ़ एक काम किया है। जिसने भी तुम्हारा नाम टूर्नामेंट में डाला है, वह अगर तुम्हें नुक़सान पहुँचाना चाहता है, तो उसे अभी और मौक़े मिलेंगे। अपनी आँखें खुली रखना – ख़ासकर जब वह व्यक्ति आस-पास हो, जिसके बारे में हमारी बात हुई थी। और ख़ुद को मुश्किलों से बचाना। पूरी तरह सावधान रहना।

चिट्ठी भेजते रहना। मैं अब भी हर असामान्य घटना के बारे में जानना चाहता हूँ।

सिरियस

'वह तो बिलकुल मूडी जैसी बातें कर रहा है,' हैरी ने चिट्ठी को दुशाले में रखते हुए धीरे से कहा, 'पूर्ण सावधानी! जैसे मैं अपनी आँखें बंद करके चलता हूँ और दीवारों से टकराता फिरता हूँ ...'

'लेकिन उसने सही कहा है, हैरी,' हर्माइनी ने कहा, 'अभी तुम्हें दो काम और करने हैं। तुम्हें सचमुच उस अंडे के सुराग़ का पता लगाना चाहिए और

उसका मतलब समझने की कोशिश में जुट जाना चाहिए ...'

'हर्माइनी, अभी उसके पास बहुत समय है!' रॉन ने उसे झिड़कते हुए कहा। 'शतरंज खेलोगे, हैरी ?'

'हाँ, **ठीक है,'** हैरी ने कहा। फिर वह हर्माइनी के चेहरे पर आए भाव को देखकर बोला, 'देखो, इतने शोरगुल के बीच मैं एकाग्रचित्त होकर कैसे सोच सकता हूँ ? इतने शोर में तो मुझे अंडे से आने वाली आवाज़ भी सुनाई नहीं देगी।'

'हाँ, यह बात तो है,' हर्माइनी आह भरते हुए उनका शतरंज का मैच देखने के लिए बैठ गई, जिसमें रॉन ने हैरी को रोमांचक शह दी, जिसमें उसके दो निडर प्यादों और हिंसक ऊँट ने बहुत सक्रिय भूमिका निभाई।

*

क्रिसमस के दिन हैरी अचानक जाग गया। वह इस बात पर हैरान था कि आख़िर उसकी नींद अचानक क्यों खुल गई। उसने जैसे ही अपनी आँखें खोलीं, तो देखा कि अँधेरे में दो बड़ी-बड़ी हरी आँखें उसे घूर रही थीं। वे आँखें जिसकी भी थीं, उसकी नाक हैरी की नाक से बस टकराने ही वाली थी।

'डॉबी!' हैरी चीख़ा और घरेलू जिन्न से इतनी तेज़ी से दूर हटा कि वह अपने पलंग से गिरते-गिरते बचा। 'ऐसा मत *किया करो!'*

'डॉबी को अफ़सोस है, सर!' डॉबी चिंता भरी आवाज़ में बोला और अपने मुँह पर अपनी लंबी उँगलियाँ रखते हुए पीछे की तरफ़ उछल पड़ा। 'डॉबी तो हैरी पॉटर को बस क्रिसमस की मुबारकबाद देना चाहता था, सर! हैरी पॉटर ने कहा था कि डॉबी कभी-कभार मिलने आ सकता है, सर!'

'ठीक है,' हैरी ने कहा। उसके दिल की धड़कन अब सामान्य होने लगी थी, लेकिन उसकी साँस अब भी तेज़-तेज़ चल रही थी। 'आगे से मुझे बस धीरे से हिला देना। ठीक है! मुझ पर इस तरह झुकना मत ...'

हैरी ने अपने पलंग के चारों तरफ़ लगे पर्दे खींचे और बिस्तर के पास वाली टेबल से अपना चश्मा उठाकर लगा लिया। उसकी चीख़ सुनकर रॉन, सीमस, डीन और नेविल भी जाग गए थे। वे सभी अपने पर्दे खोलकर झाँकने लगे थे। उनकी आँखें नींद से बोझिल थीं और उनके बाल बिखरे हुए थे।

'किसी ने तुम पर हमला किया, हैरी ?' सीमस ने नींद भरी आवाज़ में पूछा।

'नहीं, यह तो सिर्फ़ डॉबी है,' हैरी बुदबुदाया। 'अब तुम लोग सो जाओ।'

'नहीं ... तोहफ़े देखेंगे!' सीमस ने अपने बिस्तर के पैताने पर रखे बड़े ढेर को देख लिया था। रॉन, डीन और नेविल ने भी यह फ़ैसला किया कि चूँकि अब वे जाग ही गए हैं, इसलिए तोहफ़े खोलकर देखना ज़्यादा अच्छा रहेगा।

हैरी डॉबी की तरफ़ मुड़ा, जो अब घबराया हुआ उसके पलंग के पास खड़ा था। वह अब भी इस बात को लेकर चिंतित था कि उसने हैरी को परेशान कर दिया। उसकी टी-कोज़ी के ऊपर वाले फंदे में क्रिसमस का एक भड़कीला सजावटी सामान बँधा था।

उसने घबराते हुए पूछा, 'क्या डॉबी हैरी पॉटर को तोहफ़ा दे सकता है ?'

'हाँ, हाँ, क्यों नहीं,' हैरी ने कहा। 'मैंने भी तुम्हारे लिए कुछ ख़रीदा है।'

यह सरासर झूठ था। उसने डॉबी के लिए कुछ नहीं ख़रीदा था, लेकिन उसने जल्दी से अपना संदूक खोला और उसमें से दो मोज़े निकाले, जो काफ़ी बड़े और गुड़ी-मुड़ी थे। सरसों जैसे पीले रंग के ये मोज़े उसके सबसे पुराने और गंदे मोज़े थे। इन मोज़ों को कभी वरनॉन अंकल पहनते थे। उनके थोड़े ज़्यादा बड़े होने का कारण यह था कि हैरी उनमें एक साल से ज़्यादा समय से अपना मुख़बिर-यंत्र छिपा रहा था। उसने अपने मुख़बिर-यंत्र को बाहर निकाला और डॉबी को मोज़े देते हुए कहा, 'माफ़ करना, मैं उन्हें गिफ़्ट पैक करवाना भूल गया ...'

लेकिन डॉबी बेहद ख़ुश था।

'मोज़े डॉबी के सबसे पसंदीदा कपड़े हैं, सर! डॉबी के पास अब सात जोड़ी हो गए हैं, सर ...' उसने आँखें चौड़ी करते हुए कहा और अपने पुराने मोज़े उतारकर वरनॉन अंकल के मोज़े पहन लिए। उसने दोनों मोज़ों को पूरी ऊँचाई तक खींचा, जिससे वे उसके हाफ़ पैंट तक पहुँच गए। फिर उसने आँखें फाड़कर हैरानी से कहा, 'लेकिन सर ... दुकान वाले से शायद कोई ग़लती हो गई है, हैरी पॉटर, उसने आपको एक जैसे दो मोज़े दे दिए हैं!'

'ओह, हैरी, तुम्हें यह बात क्यों नहीं दिखी!' रॉन अपने पलंग से मुस्कराते हुए बोला, जिसके बिस्तर पर अब तोहफ़े लपेटने के कवर का ढेर लगा था। 'मैं तुम्हें एक बात बताऊँ, डॉबी - मुझसे ये दो मोज़े ले लो। अब तुम इन्हें और हैरी के दिए मोज़ों को बदलकर सही तरीक़े से पहन सकते हो। और यह रहा तुम्हारा स्वेटर।'

उसने अभी-अभी जो तोहफ़े खोले थे, उनमें मिसेज़ वीज़्ली के भेजे बैंगनी मोज़े और हाथ से बुना हुआ स्वेटर निकाला। उसने दोनों चीज़ें डॉबी की तरफ़ उछाल दीं।

डॉबी बहुत ख़ुश नज़र आने लगा। उसकी आँखों में एक बार फिर आँसू भर आए और उसने रॉन के सामने बहुत नीचे सिर झुकाकर उसका शुक्रिया अदा किया। फिर वह काँपती हुई आवाज़ में बोला, 'सर बहुत दयालु हैं! डॉबी जानता था कि सर बहुत बड़े जादूगर होंगे, क्योंकि वे हैरी पॉटर के सबसे अच्छे दोस्त हैं, लेकिन डॉबी यह नहीं जानता था कि वे बहुत उदार, दयालु और

परोपकारी भी हैं –'

'ये मोज़े ही तो हैं,' रॉन ने कहा, जिसके कान थोड़े गुलाबी हो गए थे, हालाँकि उसे यह बात सुनकर ख़ुशी हुई थी। 'वाह, हैरी –' उसने अभी-अभी हैरी का दिया तोहफ़ा खोला था, जो चडली कैनन हैट था। 'बहुत बढ़िया!' उसने हैट अपने सिर पर लगाया। हैट का रंग उसके बालों के रंग से मेल खाने लगा।

डॉबी ने हैरी को एक छोटा पैकेट दिया। उसमें भी मोज़े थे।

'डॉबी ने इन्हें ख़ुद बनाया है, सर!' घरेलू जिन्न ने ख़ुशी से कहा। 'डॉबी ने अपनी तनख़्वाह के पैसों से ऊन ख़रीदा था, सर!'

बायाँ मोज़ा चमकीला लाल था और उस पर झाड़ुओं की डिज़ाइन बनी हुई थी। दायाँ मोज़ा हरा था और उस पर सुनहरी गेंदों की डिज़ाइन थी।

'ये तो ... ये तो सचमुच ... अच्छे हैं। धन्यवाद, डॉबी,' हैरी ने कहा और उन मोज़ों को पहन लिया। यह देखकर डॉबी की आँखों से एक बार फिर ख़ुशी के आँसू बहने लगे।

'डॉबी को अब जाना होगा, सर। हम लोगों को अभी किचन में क्रिसमस का खाना बनाना है!' डॉबी ने कहा और जल्दी से कमरे से बाहर निकल गया। जाते-जाते वह रॉन और बाक़ी सबको गुड बाय कहता हुआ गया।

हैरी के बाक़ी तोहफ़े डॉबी के अजीब मोज़ों से ज़्यादा संतोषजनक थे। सिर्फ़ डर्स्ली दंपति का दिया तोहफ़ा ही इसका अपवाद था। उन्होंने उसे एक टिशू पेपर भेजा था - यह अब तक का सबसे छोटा तोहफ़ा था - हैरी को लगा कि वे भी टनाटन टॉफ़ी को नहीं भूले होंगे। हर्माइनी ने हैरी को एक पुस्तक दी थी, जिसका शीर्षक था, *'ब्रिटेन और आयरलैंड की क्विडिच टीमें।'* रॉन ने उसे गोबरबमों का एक बड़ा पैकेट दिया था। सिरियस ने उसे एक पेन-नाइफ़ दिया था, जिसमें लगे यंत्रों से कोई भी ताला या गठान खुल सकती थी। हैग्रिड ने उसे बहुत सारी चॉकलेटों से भरा एक बड़ा डिब्बा भेजा था, जिसमें हैरी की सभी पसंदीदा टॉफ़ियाँ थीं - बर्टी बॉट की हर स्वाद की टॉफ़ियाँ, चॉकलेट मेंढक, ड्रूबल्स की बेस्ट ब्लोइंग गम और फ़िज़िंग व्हिज़बीज़। ज़ाहिर है, मिसेज़ वीज़्ली ने हमेशा की तरह उसे तोहफ़े में एक नया स्वेटर भी भेजा था। यह हरा था और इस पर ड्रैगन की तस्वीर बनी थी - हैरी को लगा कि चार्ली ने उन्हें हॉर्नटेल के बारे में सब कुछ बता दिया होगा। मिसेज़ वीज़्ली ने अपने तोहफ़े में घर पर बनाई हुई बहुत सी मिंस-पाई भी भेजी थीं।

हैरी और रॉन जाकर हर्माइनी से हॉल में मिले और वे एक साथ नाश्ता करने गए। उन्होंने सुबह का ज़्यादातर समय गरुड़द्वार के हॉल में बिताया, जहाँ सभी लोग अपने तोहफ़ों को देख-देखकर ख़ुश हो रहे थे। फिर उन्होंने बड़े हॉल

में जाकर शानदार लंच किया, जिसमें कम से कम सौ टर्की और क्रिसमस पुडिंग्स होंगी। वहाँ पर जादूगरी पटाख़ों का बहुत बड़ा ढेर भी था।

वे दोपहर को बाहर मैदान में घूमने गए। बर्फ़ में सिर्फ़ डर्मस्ट्रैंग और बाबैटन्स के विद्यार्थियों के पैरों के निशान दिख रहे थे। ये निशान तब बने थे, जब वे खाना खाने के बाद महल से अपने-अपने रास्ते गए थे। हैरी और वीज़्ली बंधु बर्फ़ की गेंद से मारा-मारी करते रहे। हर्माइनी उन्हें देखती रही, लेकिन वह इस खेल में शामिल नहीं हुई। शाम को पाँच बजे उसने कहा कि अब वह ऊपर जा रही है, क्योंकि उसे डांस पार्टी के लिए तैयार होना है।

'क्या, तुम्हें तैयार होने के लिए तीन घंटे चाहिए ?' रॉन ने उसकी तरफ़ हैरानी से देखते हुए पूछा। उसका ध्यान खेल पर से हट गया था और उसे इसकी सज़ा तत्काल मिल गई। जॉर्ज का फेंका बर्फ़ का एक बड़ा गोला आकर उसके सिर से कसकर टकराया। उसने हर्माइनी के जाते-जाते पीछे से पूछा, 'तुम जा किसके साथ रही हो ?' लेकिन हर्माइनी ने सिर्फ़ हाथ हिला दिया और पत्थर की सीढ़ियों पर चढ़कर महल में चली गई।

आज शाम का चाय-नाश्ता नहीं मिला, क्योंकि डांस पार्टी में दावत भी शामिल थी। सात बजे इतना अँधेरा हो गया कि सही तरीक़े से निशाना लगाना मुश्किल हो गया। यह देखकर हैरी और वीज़्ली बंधुओं ने अपने बर्फ़ के गोलों का खेल ख़त्म कर दिया और हॉल में लौट आए। मोटी औरत अपनी फ्रेम में नीचे की मंज़िल की सहेली वायलेट के साथ बैठी हुई थी। वे दोनों बहुत मदहोश लग रही थीं। उसकी तस्वीर के नीचे वाले हिस्से में चॉकलेट वाइन के ख़ाली पैकेटों का काफ़ी बड़ा ढेर पड़ा हुआ था।

जब उन्होंने 'परी रोशनी' पासवर्ड बोला, तो वह मुस्कराकर बोली, 'पारी रोशिनी, पासवर्ड यही है!' फिर वह उन्हें रास्ता देने के लिए आगे झुक गई।

हैरी, रॉन, सीमस, डीन और नेविल ने अपने कमरे में जाकर अपने ड्रेस दुशाले पहने। वे सभी अपने हुलिए को लेकर शंका में थे, लेकिन सबसे ज़्यादा चिंतित रॉन था, जिसने कोने में लगे लंबे आईने में ख़ुद को दहशत भरे भाव से देखा। इस बात से इंकार नहीं किया जा सकता था कि उसके ड्रेस दुशाले लड़कियों की ड्रेस जैसे लग रहे थे। अपनी ड्रेस को लड़कों जैसी बनाने के लिए उसने गले के घेरे और कलाई की डोरियों पर विभक्तिकारक सम्मोहन का प्रयोग किया। सम्मोहन ठीक-ठाक हुआ। उसके दुशाले की डोरियाँ ग़ायब हो गईं, हालाँकि यह काम बहुत सफ़ाई से नहीं हुआ था और जब वे नीचे की मंज़िल की तरफ़ जा रहे थे, तब भी उसके ड्रेस दुशाले के किनारे थोड़े उधड़े हुए दिख रहे थे।

डीन ने बुदबुदाकर कहा, 'मैं यह नहीं समझ पा रहा हूँ कि तुम दोनों ने फ़ोर्थ

ईयर की सबसे सुंदर दिखने वाली लड़कियों को डांस पार्टनर कैसे बना लिया?'

'शारीरिक आकर्षण,' रॉन ने उदासी से बोलते हुए अपनी ड्रेस की कलाई पर बची इक्का-दुक्का डोरियों को खींचा।

हॉल का माहौल काफ़ी अलग लग रहा था। आम तौर पर यहाँ काले दुशालों की भीड़ दिखती थी, लेकिन अब हॉल अलग-अलग रंगों के कपड़े पहने लोगों से भरा हुआ था। पार्वती सीढ़ियों के नीचे हैरी का इंतज़ार कर रही थी। वह सचमुच बहुत सुंदर लग रही थी। उसने बहुत गुलाबी दुशाले पहन रखे थे। उसके लंबे काले बालों की चोटी में सुनहरी वेणी थी और उसकी कलाइयों में सोने की चूड़ियाँ चमक रही थीं। हैरी को यह देखकर राहत मिली कि वह खी-खी नहीं कर रही थी।

'तुम - बहुत - सुंदर लग रही हो,' हैरी ने अजीब ढंग से कहा।

'शुक्रिया,' पार्वती ने जवाब दिया। फिर उसने रॉन से कहा, 'पद्मा तुम्हें प्रवेश हॉल में मिलेगी।'

'ठीक है,' रॉन ने चारों तरफ़ देखते हुए पूछा, 'हर्माइनी कहाँ है?'

पार्वती ने अपने कंधे उचकाए। 'नीचे चलें, हैरी?'

'ठीक है,' हैरी ने कहा, हालाँकि उसका मन कर रहा था कि वह हॉल में ही रहे। जब वे लोग तस्वीर के छेद से निकल रहे थे, तब फ्रेड अंदर आया और उसने हैरी की तरफ़ देखकर आँख मारी।

प्रवेश हॉल में भी विद्यार्थियों का जमघट लगा हुआ था। सभी आठ बजने का इंतज़ार कर रहे थे, जब बड़े हॉल का दरवाज़ा खुलने वाला था। जिन लोगों के डांस पार्टनर दूसरे हाउस के थे, वे भीड़ के किनारे पर खड़े होकर एक-दूसरे को खोजने की कोशिश कर रहे थे। पार्वती को उसकी बहन पद्मा मिल गई और वह उसे हैरी और रॉन के पास ले आई।

'हाय,' पद्मा ने कहा। वह भी अपने नीले दुशाले में पार्वती जितनी ही सुंदर लग रही थी। हालाँकि वह इस बात से बहुत उत्साहित नहीं दिख रही थी कि रॉन उसका पार्टनर था। उसने अपनी काली आँखों से रॉन को ऊपर से नीचे तक देखा। उसकी निगाह रॉन के ड्रेस दुशाले की उधड़ी हुई गर्दन और आस्तीनों पर थोड़ी देर तक रुकी रही।

'हाय,' रॉन ने पद्मा से कहा। लेकिन वह पद्मा की तरफ़ नहीं, बल्कि भीड़ की तरफ़ देख रहा था। 'ओह नहीं ...'

उसने अपने घुटने थोड़े मोड़ लिए, ताकि वह हैरी के पीछे छिप जाए। उसकी इस अजीबोग़रीब हरकत का कारण यह था कि फ़्लर डेलाकोर पास से

गुज़र रही थी। वह सफ़ेद साटन के दुशाले में कमाल की ख़ूबसूरत लग रही थी। उसके साथ चीलघात की क्विडिच टीम का कप्तान रॉजर डेवीज़ था। जब वे ओझल हो गए, तो रॉन दोबारा सीधा खड़ा हो गया और विद्यार्थियों के सिर के ऊपर से घूरकर देखने लगा।

'हर्माइनी कहाँ है ?' उसने दोबारा पूछा।

तभी नागशक्ति के विद्यार्थियों का समूह तहख़ाने की सीढ़ियों से ऊपर आया। मैल्फ़ॉय सबसे आगे था। उसने ऊँची कॉलर वाला मख़मल का काला ड्रेस दुशाला पहन रखा था। हैरी की राय में वह किसी धर्मगुरु जैसा दिख रहा था। पैन्सी पार्किन्सन मैल्फ़ॉय का हाथ थामे थी। उसने बहुत सारी डोरियों वाला काला दुशाला पहन रखा था। क्रैब और गॉइल दोनों ही हरे रंग के दुशाले में थे। वे काई से ढँकी चट्टानों जैसे दिख रहे थे और हैरी को यह देखकर ख़ुशी हुई कि वे किसी को पार्टनर बनने के लिए राज़ी नहीं कर पाए थे।

बलूत की लकड़ी का सामने वाला दरवाज़ा खुल गया। सभी ने मुड़कर देखा : डर्मस्ट्रैंग के विद्यार्थी प्रोफ़ेसर कारकारोफ़ के साथ अंदर आ रहे थे। क्रम सबसे आगे चल रहा था और उसके साथ नीले दुशाले में एक सुंदर लड़की थी, जिसे हैरी नहीं पहचानता था। उनके सिर के ऊपर से हैरी ने देखा कि महल के सामने वाले लॉन को एक तरह की गुफा में बदल दिया गया था, जिसमें परी रोशनियाँ हो रही थीं। इसका मतलब यह था कि वहाँ पर सैकड़ों असली परियाँ जादू से बनी गुलाब की झाड़ियों में बैठी हुई थीं। ये परियाँ फ़ादर क्रिसमस और उनके रेनडियर की मूर्तियों के आस-पास उड़ रही थीं।

फिर प्रोफ़ेसर मैक्गॉनेगल की आवाज़ सुनाई दी, 'चैंपियन यहाँ आएँ!'

पार्वती ने मुस्कराते हुए अपनी चूड़ियाँ ठीक कीं। फिर उसने और हैरी ने रॉन और पद्मा से कहा, 'एक मिनट में मिलते हैं।' यह कहकर वे आगे चल दिए। बातें करने वाले विद्यार्थियों की भीड़ ने हटकर उन्हें अपने बीच से जाने का रास्ता दिया। प्रोफ़ेसर मैक्गॉनेगल लाल चौकड़ी का ड्रेस दुशाला पहने थीं और उन्होंने अपने हैट के किनारे के चारों तरफ़ भटकटैए की थोड़ी बदसूरत माला बनाई थी। उन्होंने उनसे कहा कि बाक़ी विद्यार्थियों के अंदर जाते समय वे दरवाज़े की एक तरफ़ खड़े होकर इंतज़ार करें। बाक़ी विद्यार्थियों के अंदर बैठ जाने के बाद ही चैंपियनों को अंदर जाना था। फ़्लर डेलाकोर और रॉजर डेवीज़ दरवाज़े के सबसे पास खड़े हो गए। फ़्लर का पार्टनर बनने की ख़ुशक़िस्मती पर डेवीज़ इतना हैरान था कि वह उसके चेहरे से नज़रें ही नहीं हटा पा रहा था। सेडरिक और चो भी हैरी के पास ही खड़े थे। लेकिन हैरी दूसरी तरफ़ देखने लगा, क्योंकि वह उनसे बात नहीं करना चाहता था। इसके बजाय उसने क्रम के

पास वाली लड़की को ग़ौर से देखा। उसका मुँह खुला रह गया।

वह हर्माइनी थी।

लेकिन वह हर्माइनी जैसी बिलकुल नहीं दिख रही थी। उसने अपने बालों में कुछ किया था। अब ये उलझे या बिखरे हुए नहीं, बल्कि चिकने और चमकदार थे। यही नहीं, उसने अपने सिर के पीछे बालों का जूड़ा भी बना लिया था। वह नीले दुशाले पहने थी और उसकी चाल भी अलग लग रही थी - या शायद वह इसलिए अलग दिख रही थी, क्योंकि उसकी पीठ पर बीस किताबों का बोझ नहीं लदा था, जो आम तौर पर रहता था। वह मुस्करा भी रही थी - शायद थोड़ी शर्मा भी रही थी - लेकिन अब यह साफ़ नज़र आ रहा था कि उसके सामने वाले दाँत छोटे हो गए थे। हैरी को यह समझ में नहीं आया कि वह उसे पहले क्यों नहीं पहचान पाया।

'हाय, हैरी!' हर्माइनी ने कहा। 'हाय, पार्वती!'

पार्वती बेहद अविश्वास से हर्माइनी को घूरे जा रही थी। ऐसा करने वाली वह अकेली नहीं थी। जब बड़े हॉल का दरवाज़ा खुला, तो लाइब्रेरी में मँडराने वाली क्रम की चहेतियाँ पास से गुज़रीं और हर्माइनी को बेहद नफ़रत से घूरती रहीं। पैन्सी पार्किन्सन जब मैल्फ़ॉय के साथ पास से निकली, तो उसने हर्माइनी की तरफ़ आँखें फाड़कर देखा, लेकिन वह भी उसे ताना मारने के लिए कोई बात नहीं सोच पाई। बहरहाल, रॉन हर्माइनी की तरफ़ देखे बिना उसके पास से गुज़र गया।

जब बाक़ी सभी लोग हॉल में बैठ गए, तो प्रोफ़ेसर मैक्गॉनेगल ने चैंपियनों और उनके पार्टनरों से जोड़ियाँ बनाकर अपने पीछे आने को कहा। चैंपियनों के अंदर आने पर बड़े हॉल में बैठे सभी लोग तालियाँ बजाने लगे। चैंपियन हॉल के ऊपर बने मंच की बड़ी गोल टेबल की तरफ़ जाने लगे, जहाँ निर्णायक बैठे हुए थे।

हॉल की दीवारें चमकदार सफ़ेद तुषार से ढँकी थीं। तारों से भरी काली छत पर मिसलटो और आइवी की सैकड़ों मालाएँ थीं। हाउसों की टेबलें ग़ायब हो चुकी थीं। उनकी जगह पर लगभग सौ छोटी-छोटी टेबलें लगा दी गई थीं। इन टेबलों पर लालटेनों की रोशनी थी और हर टेबल पर लगभग बारह लोग बैठ सकते थे।

हैरी का पूरा ध्यान इस बात पर केंद्रित था कि वह गिर न जाए। पार्वती को बहुत मज़ा आ रहा था। वह सबकी तरफ़ देखकर मुस्करा रही थी और हैरी को इतनी कसकर खींच रही थी कि उसे ऐसा लग रहा था जैसे वह कोई कुत्ता हो, जिसे पार्वती घुमा रही थी। जब हैरी ऊपर वाली टेबल के पास पहुँचा, तो

उसे रॉन और पद्मा की झलक दिखाई दी। रॉन आँखें सिकोड़कर हर्माइनी को पास से गुज़रते हुए देख रहा था। पद्मा चिड़चिड़ी लग रही थी।

जब सभी चैंपियन ऊपर वाली टेबल के पास आए, तो डम्बलडोर ख़ुशी से मुस्कराए। लेकिन जब कारकारोफ़ ने क्रम और हर्माइनी को पास आते देखा, तो उनके चेहरे पर भी रॉन जैसा ही भाव आ गया। लूडो बैगमैन आज रात को चमकीला बैंगनी दुशाला पहने थे, जिस पर बड़े-बड़े पीले सितारे कढ़े थे। वे भी विद्यार्थियों जितने उत्साह से तालियाँ बजा रहे थे। मैडम मैक्सिम हमेशा की तरह काले साटन के बजाय आज हल्के पीले रेशम का लहराता गाउन पहने थीं। वे धीरे-धीरे तालियाँ बजा रही थीं। लेकिन हैरी को अचानक एहसास हुआ कि आज वहाँ पर मिस्टर क्राउच नहीं थे। टेबल की पाँचवीं कुर्सी पर पर्सी वीज़्ली बैठा हुआ था।

जब चैंपियन और उनके पार्टनर टेबल के पास पहुँचे, तो पर्सी ने अपने पास रखी ख़ाली कुर्सी बाहर खींची और हैरी की तरफ़ घूरकर देखा। हैरी उसका इशारा समझ गया और पर्सी के पास बैठ गया, जो बिलकुल नए नैवी-ब्लू ड्रेस दुशाले पहने था और उसके चेहरे पर गर्व का स्पष्ट भाव था।

इससे पहले कि हैरी उससे कुछ पूछ पाता, पर्सी ने ख़ुद ही बोल दिया, 'मेरा प्रमोशन हो गया है।' उसकी आवाज़ से ऐसा लग रहा था, जैसे उसे ब्रह्मांड का शहंशाह चुन लिया गया हो। '– मैं अब मिस्टर क्राउच का पर्सनल असिस्टेंट बन गया हूँ और मैं यहाँ पर उनके प्रतिनिधि के रूप में आया हूँ।'

'वे क्यों नहीं आए ?' हैरी ने पूछा। वह यह नहीं चाहता था कि पूरे डिनर के दौरान उसे कड़ाही की तली पर भाषण सुनना पड़े।

'मिस्टर क्राउच की तबियत ठीक नहीं है, बिलकुल भी ठीक नहीं है। वर्ल्ड कप के बाद से उनकी हालत ख़राब है। इसमें हैरानी की कोई बात नहीं है – उनकी उम्र ढल रही है। वे अब पहले जितने युवा नहीं हैं – हालाँकि उनकी बुद्धि अब भी उतनी ही तेज़ है और उनका दिमाग़ पहले जितना ही पैना है। लेकिन क्विडिच वर्ल्ड कप पूरे मंत्रालय के लिए बहुत बुरा हादसा था। इसके अलावा, मिस्टर क्राउच को अपनी घरेलू जिन्न की हरकत से भी भारी सदमा लगा था, उसका नाम ब्लिंकी या चाहे जो भी हो। ज़ाहिर है, उन्होंने इसके बाद उसे तुरंत अपने घर से निकाल दिया, लेकिन देखो, जैसा मैंने कहा, उनकी उम्र ढल रही है। अब उन्हें अपनी देखभाल करने के लिए किसी की ज़रूरत है और मुझे लगता है कि घरेलू जिन्न के जाने के बाद से उनके घरेलू आराम में काफ़ी कमी हुई है। इसके अलावा, हमें यह टूर्नामेंट आयोजित करना पड़ा और वर्ल्ड कप के बाद की समस्याओं से भी निबटना पड़ा – वह दुष्ट स्कीटर औरत हर

समय आस-पास ही मँडरा रही थी - नहीं, मिस्टर क्राउच तो क्रिसमस पर घर पर आराम कर रहे हैं। मुझे ख़ुशी है कि उन्होंने मुझ पर भरोसा किया और अपनी जगह पर मुझे यहाँ भेज दिया।'

हैरी का यह पूछने का बहुत मन हो रहा था कि क्या मिस्टर क्राउच ने पर्सी को अब 'वेदरबी' कहना छोड़ दिया है, लेकिन उसने यह बात मन में ही दबा ली।

चमकती सुनहरी प्लेटों पर खाने-पीने का सामान अभी तक नहीं आया था, लेकिन उनमें से हर एक के सामने छोटे मीनू कार्ड रखे हुए थे। हैरी ने अनिश्चितता से अपने सामने रखा मीनू कार्ड उठाया और चारों तरफ़ देखा - आस-पास कोई वेटर नहीं दिख रहा था। बहरहाल, डम्बलडोर ने बहुत ध्यान से अपने मीनू कार्ड को देखा और फिर अपनी प्लेट से बहुत स्पष्टता से बोले, 'पोर्क चॉप्स!'

तत्काल उनकी प्लेट में पोर्क चॉप्स आ गए। यह देखकर टेबल के बाक़ी लोग भी अपनी प्लेटों को ऑर्डर देने लगे। हैरी ने यह देखने के लिए हर्माइनी पर निगाह डाली कि वह डिनर के इस नए और थोड़े जटिल तरीक़े के बारे में क्या सोच रही होगी - निश्चित रूप से इसकी वजह से घरेलू जिन्नों का काम और बढ़ गया होगा। बहरहाल, इस समय हर्माइनी को एस.पी.ई.डब्ल्यू. के बारे में सोचने की फ़ुरसत ही नहीं थी। वह तो विक्टर क्रम के साथ गहरी चर्चा में डूबी हुई थी और उसका ध्यान इस तरफ़ था ही नहीं कि वह क्या खा-पी रही है।

हैरी को अचानक यह एहसास हुआ कि उसने वास्तव में क्रम को पहले कभी बातें करते नहीं देखा था, लेकिन इस समय वह काफ़ी बातें कर रहा था और बड़े ही उत्साह से कर रहा था।

'हाँ, हमारे यहाँ भी एक महल है। मुझे लगता है कि हॉगवर्ट्स जितना बड़ा तो नहीं है और इतना आरामदेह भी नहीं है,' उसने हर्माइनी को बताया। 'हमारे यहाँ सिर्फ़ चार मंज़िलें हैं और आग सिर्फ़ जादुई कामों के लिए जलाई जाती है। लेकिन हमारे मैदान यहाँ से बड़े हैं। ठंड में हमारे यहाँ सूरज की रोशनी बहुत कम रहती है, इसलिए हम धूप का मज़ा नहीं ले पाते हैं। लेकिन गर्मियों में हम हर दिन अपनी झाडुओं पर सवार होकर झीलों और पहाड़ों के ऊपर उड़ते हैं -'

'अरे, अरे, विक्टर!' कारकारोफ़ ने हँसते हुए कहा, हालाँकि उनकी आँखें हमेशा की तरह ही कठोर थीं। 'आगे कुछ मत बताना, वरना तुम्हारी सुंदर दोस्त को यह पता चल जाएगा कि हम कहाँ रहते हैं!'

डम्बलडोर मुस्कराए और उनकी आँखों में चमक आ गई। 'कारकारोफ़, यह गोपनीयता क्यों ... तुम यह क्यों चाहते हो कि किसी को पता न चल जाए।'

'डम्बलडोर,' कारकारोफ़ ने अपने पूरे के पूरे पीले दाँत निपोरते हुए

कहा, 'हम सब अपने-अपने इलाक़ों के पहरेदार हैं, है ना? क्या हम उन ज्ञान के महलों की पहरेदारी नहीं करते हैं, जिन्हें हमारे सुपुर्द किया गया है? क्या हमें इस बात पर गर्व नहीं होना चाहिए कि सिर्फ़ हमें ही अपने स्कूल के सभी रहस्य मालूम हैं और हमें उनकी रक्षा करनी चाहिए?'

'ओह, मैं तो यह सपने में भी नहीं सोच सकता कि मुझे हॉगवर्ट्स के सभी रहस्य मालूम हैं, कारकारोफ़,' डम्बलडोर ने कहा। 'उदाहरण के लिए, आज सुबह ही मैं बाथरूम जा रहा था। मैं एक ग़लत मोड़ मुड़ गया और मैंने ख़ुद को एक बहुत शानदार कमरे के सामने पाया, जिसे मैंने पहले कभी नहीं देखा था। उस कमरे में बहुत ही शानदार चैंबरपॉट्स लगे थे। जब मैं ज़्यादा ध्यान से जाँच करने के लिए बाद में वहाँ गया, तो मैंने पाया कि वह कमरा ग़ायब हो चुका था। लेकिन मुझे उस पर नज़र रखनी होगी। शायद वह कमरा सिर्फ़ सुबह साढ़े पाँच बजे ही नज़र आता होगा। या शायद वह सिर्फ़ तभी दिखता होगा, जब चतुर्थी हो - या तभी दिखता होगा, जब आपके पेट में बहुत ज़्यादा मरोड़ उठ रही हो।'

हैरी मीट स्टू की प्लेट में हँस पड़ा। पर्सी की त्योरियाँ चढ़ गईं, लेकिन हैरी क़सम खाकर कह सकता था कि डम्बलडोर ने उसकी तरफ़ हल्के से आँख मारी थी।

इस दौरान फ़्लर डेलाकोर रॉजर डेवीज़ से हॉगवर्ट्स की सजावट की आलोचना कर रही थी।

'यह तो कुछ भी नहीं है,' उसने हिक़ारत से बड़े हॉल की चमकती दीवारों को देखते हुए कहा। 'क्रिसमस पर हमारे बाबेटन्स के महल में बर्फ़ की मूर्तियाँ डाइनिंग रूम में चारों तरफ़ लगी रहती हैं। ज़ाहिर है, वे पिघलती नहीं हैं ... वे हीरे की विशाल मूर्तियों जैसी लगती हैं। उनके कारण पूरी जगह जगमगा उठती है। और खाना तो लाजवाब होता है। खाते समय हम जंगल की परियों से गीत सुनते हैं। हमारे यहाँ हॉल में एक भी बदसूरत शिरस्त्राण नहीं है और अगर कोई शरारती भूत बाबेटन्स में घुसेगा, तो उसे इस तरह से भगा दिया जाएगा।' उसने अपना हाथ टेबल पर ज़ोर से पटका।

रॉजर डेवीज़ जब उसे बातें करते हुए देख रहा था, तो बहुत भौंचक्का लग रहा था और उसकी चम्मच उसके मुँह में जाने के बजाय इधर-उधर टकरा रही थी। हैरी ने सोचा कि शायद डेवीज़ फ़्लर को एकटक निहारने में इतना व्यस्त होगा कि उसने उसका कहा एक भी शब्द नहीं सुना होगा।

'बिलकुल ठीक कहा,' उसने जल्दी से कहा और फ़्लर की देखा-देखी अपना हाथ भी टेबल पर मारा। '*इस तरह। हाँ।*'

हैरी ने हॉल में चारों तरफ़ देखा। हैग्रिड स्टाफ़ की दूसरी टेबल पर बैठा हुआ था। उसने आज फिर अपना बालों वाला भयंकर भूरा सूट पहन रखा था और वह ऊपर वाली टेबल की तरफ़ निहार रहा था। हैरी ने देखा कि उसने हाथ हिलाकर हल्के से मैडम मैक्सिम को इशारा किया। हैरी ने पलटकर देखा कि मैडम मैक्सिम ने भी अपना हाथ हिलाया और मोमबत्तियों की रोशनी में उनके दूधिया रत्न चमक रहे थे।

हर्माइनी अब क्रम को अपने नाम का सही उच्चारण सिखा रही थी; वह उसे बार-बार 'हर्माइ-ओन' पुकार रहा था।

'हर - माइ - नी,' हर्माइनी ने धीरे-धीरे और स्पष्टता से कहा।

'हर - माइ - निनी।'

'अब थोड़े क़रीब आए,' हर्माइनी बोली और हैरी की तरफ़ देखकर मुस्करा दी।

खाना ख़त्म होने के बाद डम्बलडोर उठकर खड़े हुए और उन्होंने विद्यार्थियों से भी खड़े होने को कहा। फिर उन्होंने अपनी छड़ी हिलाई। टेबलें जाकर दीवार से टिक गईं और फ़र्श ख़ाली हो गया। इसके बाद उन्होंने छड़ी हिलाकर दाहिनी तरफ़ की दीवार के पास एक ऊँचा मंच प्रकट कर दिया। इस मंच पर ड्रम, कई गिटार, एक वीणा, एक सेलो और कुछ बैगपाइप रखे हुए थे।

इसके बाद वीयर्ड सिस्टर्स मंच पर आ गईं और विद्यार्थियों ने ज़ोरदार तालियों से उनका स्वागत किया। वीयर्ड सिस्टर्स अपने बालों से भरे शरीर पर काले दुशाले पहने थीं, जो कलात्मक रूप से जगह-जगह से फटे हुए थे। उन्होंने अपने वाद्ययंत्र उठाए। हैरी उन्हें देखने में इतना मशगूल था कि वह यह भूल ही गया था कि इसके बाद क्या होने वाला है। अचानक उसे एहसास हुआ कि टेबलों की लालटेनें बुझ गई थीं और बाक़ी चैंपियन तथा उनके पार्टनर उठकर खड़े हो रहे थे।

पार्वती ग़ुस्से से फुसफुसाकर बोली, 'चलो! हमें डांस करना है!'

खड़े होते समय हैरी अपने ड्रेस दुशाले में उलझ गया। वीयर्ड सिस्टर्स ने एक धीमी और दुख भरी धुन छेड़ी। हैरी रोशनी भरे डांस फ़्लोर पर गया। वह इस बात का बहुत ध्यान रख रहा था कि किसी से नज़रें न मिलाए (उसने सीमस और डीन को अपनी तरफ़ हाथ हिलाते और दाँत दिखाते हुए देखा)। अगले ही पल पार्वती ने उसके हाथ खींचकर एक हाथ अपनी कमर पर रखा और दूसरे हाथ को अपने हाथ में कसकर पकड़ लिया।

हैरी ने अपनी जगह पर धीरे-धीरे घूमते हुए सोचा, यह डांस उतना बुरा नहीं था, जितनी उसे आशंका थी (पार्वती उसे घुमा रही थी)। हैरी ने दर्शकों के

सिर के ऊपर की ख़ाली जगह पर अपनी आँखें टिका रखी थीं। जल्दी ही कई और लोग भी डांस फ़्लोर पर आकर डांस करने लगे, इसलिए अब सबका ध्यान सिर्फ़ चैंपियनों पर ही केंद्रित नहीं रहा। नेविल और जिनी पास में ही नाच रहे थे। हैरी को दिख रहा था कि जिनी बार-बार उछल रही थी, क्योंकि नेविल उसके पैरों पर चढ़ जाता था। उधर डम्बलडोर मैडम मैक्सिम के साथ नाच रहे थे। उनकी लंबाई मैडम मैक्सिम से इतनी कम थी कि उनका नुकीला हैट मुश्किल से मैडम मैक्सिम की ठुड्डी तक आ रहा था। बहरहाल, इतनी लंबी होने के बावजूद वे काफ़ी अच्छी तरह नाच रही थीं। बावरे-नैन मूडी प्रोफ़ेसर सिनिस्ट्रा के साथ बड़े भयंकर तरीक़े से नाच रहे थे। प्रोफ़ेसर सिनिस्ट्रा उनके लकड़ी के पैर से घबरा रही थीं।

'तुम्हारे मोज़े कमाल के हैं, पॉटर,' मूडी ने उसके पास से गुज़रते हुए कहा। हैरी समझ गया कि उनकी जादुई आँख दुशाले के पार भी देख लेती है।

हैरी ने मुस्कराते हुए कहा, 'ओह - हाँ, इन्हें डॉबी नाम के घरेलू जिन्न ने मेरे लिए बुना है।'

जब मूडी वहाँ से ठक-ठक करते हुए चले गए, तो पार्वती धीरे से फुसफुसाई, 'वे कितने *डरावने* हैं! उनकी जादुई आँख को तो ज़ब्त कर लेना चाहिए!'

जब हैरी ने बैगपाइप की आख़िरी, काँपती हुई धुन सुनी, तो उसने राहत की साँस ली। वीयर्ड सिस्टर्स का गाना ख़त्म हो गया और एक बार फिर हॉल में तालियाँ गूँजने लगीं। हैरी ने पार्वती को तत्काल छोड़ दिया और बोला, 'हम थोड़ी देर बैठ लें?'

'ओह - लेकिन - यह वाला गाना तो बहुत बढ़िया है!' पार्वती ने कहा, जब वीयर्ड सिस्टर्स ने एक नया गीत छेड़ दिया, जिसकी धुन ज़्यादा तेज़ थी।

'नहीं, मुझे यह पसंद नहीं है,' हैरी ने झूठ बोल दिया और पार्वती को डांस फ़्लोर से दूर ले गया। रास्ते में वे फ़्रेड और एंजेलिना के पास से गुज़रे, जो इतने उत्साह से नाच रहे थे कि उनके आस-पास खड़े विद्यार्थी चोट लगने के डर से पीछे हट रहे थे। फिर वह पार्वती को उस टेबल पर ले गया, जहाँ रॉन और पद्मा बैठे हुए थे।

'कैसा चल रहा है?' हैरी ने बैठते हुए और बटरबियर की बोतल खोलते हुए रॉन से पूछा।

रॉन ने कोई जवाब नहीं दिया। वह हर्माइनी और क्रम को ग़ुस्से से देख रहा था, जो पास ही नाच रहे थे। पद्मा ने अपने हाथ-पैर अपने सामने बाँध रखे थे। वह अपने पैर से संगीत की धुन पर ताल दे रही थी। वह रह-रहकर

रॉन की तरफ़ नाराज़गी से देखती जा रही थी, क्योंकि रॉन ने उसे पूरी तरह से नज़रअंदाज़ कर दिया था। पार्वती हैरी की दूसरी तरफ़ बैठ गई। उसने भी अपने हाथ-पैर सामने बाँध लिए। कुछ मिनट बाद बाबैटन्स के एक लड़के ने उससे अपने साथ नाचने का अनुरोध किया।

पार्वती ने पूछा, 'तुम्हें कोई दिक्क़त तो नहीं है, हैरी ?'

'क्या ?' हैरी ने कहा, जो उस समय चो और सेडरिक को देख रहा था।

'कुछ नहीं,' पार्वती ने ग़ुस्से से कहा और बाबैटन्स के लड़के के साथ चली गई। गाना ख़त्म होने के बाद भी वह वापस नहीं लौटी।

हर्माइनी वहाँ आई और आकर पार्वती की ख़ाली की हुई कुर्सी पर बैठ गई। नाचने के कारण उसका चेहरा थोड़ा गुलाबी हो गया था।

'हाय,' हैरी ने कहा। रॉन कुछ नहीं बोला।

'काफ़ी गर्मी है, है ना ?' हर्माइनी ने अपने हाथ से अपने चेहरे पर हवा करते हुए कहा। 'विक्टर ड्रिंक्स लेने गया है।'

रॉन ने उसे ग़ुस्से से घूरकर देखा।

'विक्टर ?' वह बोला। 'क्या उसने तुमसे यह नहीं कहा कि तुम उसे *विकी* कहकर बुलाया करो ?'

हर्माइनी उसे हैरानी से घूरने लगी।

उसने पूछा, 'तुम्हें क्या हो गया ?'

रॉन ने ज़हर बुझी आवाज़ में कहा, 'अगर तुम यह ख़ुद नहीं समझ सकतीं, तो मैं तुम्हें बताने वाला नहीं हूँ।'

हर्माइनी ने उसे घूरकर देखा। फिर उसने हैरी की तरफ़ देखा, जिसने अपने कंधे उचका दिए। 'रॉन, आख़िर क्या – ?'

रॉन ने थूक उड़ाते हुए कहा, 'वह डर्मस्ट्रैंग का है। वह हैरी के ख़िलाफ़ मुक़ाबला कर रहा है! हॉगवर्ट्स के ख़िलाफ़! तुम – तुम –' रॉन स्पष्ट रूप से ऐसे शब्दों की तलाश कर रहा था, जो इतने दमदार हों कि हर्माइनी के अपराध का सटीक वर्णन कर सकें, *'दुश्मन के साथ मेल-जोल बढ़ा रही हो,* तुम यही कर रही हो!'

हर्माइनी का मुँह खुला रह गया।

हर्माइनी एक पल बाद बोली, 'बेवकूफ़ी की बातें मत करो! *दुश्मन!* अच्छा – वह कौन था, जो उसके आने पर इतना रोमांचित था ? वह कौन था, जो उसका ऑटोग्राफ़ लेना चाहता था ? वह कौन है, जिसके कमरे में उसका

मॉडल रखा है?'

रॉन ने इस बात को अनसुना कर दिया। 'मुझे लगता है कि उसने लाइब्रेरी में तुमसे अपने साथ डांस करने का आग्रह किया होगा?'

'हाँ,' हर्माइनी के गाल और भी गुलाबी हो गए। 'उससे क्या?'

'कहीं तुम उसे *स्प्यू* में शामिल करने की कोशिश तो नहीं कर रही थीं?'

'नहीं। मैं ऐसा कुछ नहीं कर रही थी! अगर तुम *सचमुच* जानना ही चाहते हो, तो सुनो! उसने - उसने कहा था कि वह हर दिन लाइब्रेरी इसलिए आता था, क्योंकि वह मुझसे बात करना चाहता था, लेकिन वह इतनी हिम्मत नहीं जुटा पाता था!'

हर्माइनी ने यह बात बहुत जल्दी-जल्दी कही और इसके बाद वह इतनी बुरी तरह शर्मा गई कि उसके चेहरे का रंग पार्वती के दुशाले जैसा हो गया।

'अच्छा - लेकिन यह मनगढ़ंत बात है,' रॉन ने कटुता से कहा।

'और इसका क्या मतलब है?'

'स्पष्ट है, है ना? वह कारकारोफ़ का विद्यार्थी है, है ना? वह जानता है कि तुम हैरी के साथ रहती हो ... वह सिर्फ़ हैरी के क़रीब आने की कोशिश कर रहा है - उसके बारे में जानकारी लेने की कोशिश कर रहा है - या फिर उसके इतने क़रीब आने की कोशिश कर रहा है कि उस पर जादू कर सके -'

हर्माइनी ने इस तरह देखा, जैसे रॉन ने उसे थप्पड़ मार दिया हो। जब वह बोली, तो उसकी आवाज़ काँप रही थी। 'तुम्हारी जानकारी के लिए मैं यह बता दूँ कि उसने हैरी के बारे में मुझसे *एक भी बात* नहीं पूछी है, एक भी नहीं-'

रॉन ने फ़ौरन अपनी दिशा बदल ली। 'तब तो वह यह उम्मीद कर रहा होगा कि तुम अंडे का मतलब समझने में उसकी मदद कर दो! मुझे लगता है कि तुम दोनों आरामदेह लाइब्रेरी में अपने सिर सटाकर उस गुत्थी को सुलझाने की कोशिश कर रहे होगे -'

'मैं उस अंडे की गुत्थी को सुलझाने में उसकी *कभी* मदद नहीं करूँगी!' हर्माइनी ग़ुस्से से बोली। '*कभी नहीं।* तुम ऐसी बात सोच भी कैसे सकते हो - मैं चाहती हूँ कि हैरी ही टूर्नामेंट जीते। हैरी यह बात जानता है, है ना, हैरी?'

रॉन ने व्यंग्य से कहा, 'लेकिन तुम्हारा व्यवहार तो कुछ और ही दिखा रहा है!'

हर्माइनी ने तीखी आवाज़ में कहा, 'इस पूरे टूर्नामेंट का मक़सद विदेशी जादूगरों से जान-पहचान बढ़ाना और उनसे दोस्ती करना है!'

'नहीं, इसका मक़सद यह नहीं है!' रॉन चिल्लाया। 'इसका मक़सद तो

जीतना है!'

बहुत से विद्यार्थी उनकी तरफ़ घूरकर देखने लगे।

'रॉन,' हैरी धीरे से बोला। 'अगर हर्माइनी क्रम से दोस्ती करती है, तो मुझे कोई दिक्क़त नहीं है –'

लेकिन रॉन ने हैरी की बात को भी अनसुना कर दिया।

रॉन बोला, 'तुम जाकर अपने विकी को क्यों नहीं खोजतीं, वरना वह परेशान होगा कि तुम जाने कहाँ चली गईं!'

'उसे विकी मत कहो!' हर्माइनी उछलकर खड़ी हुई और तेज़ी से डांस फ़्लोर के पार जाकर भीड़ में ओझल हो गई।

रॉन ग़ुस्से और संतुष्टि के मिले-जुले भाव से उसे जाते हुए देखता रहा।

तभी पद्मा ने उससे पूछा, 'तुम मेरे साथ डांस करने चल रहे हो या नहीं ?'

'नहीं,' रॉन बोला। वह अब भी हर्माइनी को ग़ुस्से से घूर रहा था।

'ठीक है,' पद्मा बोली। वह एक झटके से उठकर पार्वती और बाबैटन्स वाले लड़के के पास चली गई। उस लड़के ने अपने एक दोस्त को वहाँ इतनी जल्दी बुलवाया कि हैरी क़सम खाकर कह सकता था कि उसने ज़रूर आह्वान मंत्र का इस्तेमाल करके ऐसा किया होगा।

'हर-माइ-निनी कहाँ है ?' एक आवाज़ आई।

क्रम बटरबियर की दो बोतलें लेकर उनकी टेबल के पास आ गया था।

'क्या पता,' रॉन ने उसकी तरफ़ देखते हुए धीरे से कहा। 'वह खो गई है, है ना ?'

क्रम एक बार फिर चिड़चिड़ा दिखने लगा।

'अगर वह दिखे, तो उसे बता देना कि मैंने ड्रिंक ले लिया है,' उसने कहा और लँगड़ाता हुआ वहाँ से चला गया।

'विक्टर क्रम के साथ दोस्ती कर ली, रॉन ?'

पर्सी अपने दोनों हाथ मलते हुए और बहुत आडंबरपूर्ण दिखते हुए उनके पास आ गया। 'बहुत बढ़िया! तुम्हें पता है, यही तो इस टूर्नामेंट का मक़सद है – अंतर्राष्ट्रीय जादुई सौहार्द्र!'

हैरी को यह देखकर चिढ़ हुई कि पर्सी पद्मा की ख़ाली जगह पर बैठ गया। ऊपर वाली टेबल अब बिलकुल ख़ाली हो चुकी थी। प्रोफ़ेसर डम्बलडोर प्रोफ़ेसर स्प्राउट के साथ नाच रहे थे। लूडो बैगमैन प्रोफ़ेसर मैक्गॉनेगल के साथ नाच रहे थे। मैडम मैक्सिम और हैग्रिड डांस फ़्लोर पर काफ़ी जगह लेते हुए नाच

रहे थे और उनके कारण विद्यार्थियों को इधर-उधर हटना पड़ रहा था। कारकारोफ़ कहीं नज़र नहीं आ रहे थे। अगला गाना ख़त्म होने पर सभी ने एक बार फिर तालियाँ बजाईं। हैरी ने देखा कि लूडो बैगमैन ने प्रोफ़ेसर मैक्गॉनेगल का हाथ चूमा और भीड़ के बीच से होते हुए निकलने लगे। उसी समय फ्रेड और जॉर्ज बैगमैन के पास आ गए।

'ये दोनों मंत्रालय के एक वरिष्ठ सदस्य को इस तरह से क्यों रोक रहे हैं?' पर्सी ने फ्रेड और जॉर्ज को संदेह से देखते हुए कहा। 'कोई मर्यादा तो रह ही *नहीं* गई है ...'

लूडो बैगमैन ने फ्रेड और जॉर्ज से काफ़ी जल्दी पीछा छुड़ा लिया। हैरी को देखकर बैगमैन ने उसकी तरफ़ हाथ हिलाया और उसकी टेबल के पास आ गए।

पर्सी ने तत्काल कहा, 'मिस्टर बैगमैन, मुझे उम्मीद है कि मेरे भाई आपको परेशान नहीं कर रहे होंगे?'

'क्या? ओह, बिलकुल भी नहीं, बिलकुल भी नहीं!' बैगमैन ने कहा। 'नहीं, वे तो बस मुझे अपनी नक़ली जादुई छड़ियों के बारे में बता रहे थे। वे उन्हें बिकवाने के बारे में मुझसे मदद माँग रहे थे। मैंने उनसे वादा किया है कि मैं उन्हें ज़ोन्को की जोक शॉप में अपने दो संपर्क-सूत्रों से मिलवा दूँगा ...'

पर्सी यह सुनकर ज़रा भी ख़ुश नहीं हुआ। हैरी इस बात पर शर्त लगाने को तैयार था कि घर पहुँचते ही वह यह ख़बर मिसेज़ वीज़्ली को फ़ौरन सुनाएगा। अगर फ्रेड और जॉर्ज अपना बनाया सामान जनता को बेचना चाहते हैं, तो यह स्पष्ट था कि उनकी योजनाएँ अब ज़्यादा ही महत्त्वाकांक्षी हो गई थीं।

बैगमैन ने हैरी से कुछ पूछने के लिए अपना मुँह खोला, लेकिन पर्सी ने बीच में ही दूसरा विषय छेड़ दिया। 'आपको क्या लगता है, मिस्टर बैगमैन, टूर्नामेंट कैसा चल रहा है? *हमारा* विभाग तो काफ़ी संतुष्ट है – ज़ाहिर है, आग के प्याले के साथ हुई दिक्क़त थोड़ी दुर्भाग्यपूर्ण थी,' – उसने हैरी की तरफ़ नज़र डाली – 'लेकिन उसके बाद से सब कुछ बहुत अच्छा चल रहा है। क्या आपको ऐसा नहीं लगता?'

'ओह, हाँ,' बैगमैन ने ख़ुशी से कहा। 'यह बहुत मज़ेदार है। बार्टी कैसा है? अफ़सोस कि वह यहाँ नहीं आ पाया।'

'ओह, मुझे यक़ीन है कि मिस्टर क्राउच जल्दी ही ठीक हो जाएँगे,' पर्सी ने महत्वपूर्ण दिखते हुए कहा। 'लेकिन इस दौरान मैं उनका भार उठाने के लिए पूरी तरह से तैयार हूँ। ज़ाहिर है, मेरी ज़िम्मेदारी सिर्फ़ डांस पार्टियों में भाग लेने तक ही सीमित नहीं है –' वह गर्व से हँसते हुए बोला – 'ओह, नहीं, मुझे उनकी अनुपस्थिति में बहुत सारे काम सँभालने पड़ते हैं – आपने सुना ही होगा कि

अली बशीर हमारे देश में उड़ने वाले गलीचों की स्मगलिंग करते हुए पकड़ा गया है? और हम ट्रांसिल्वेनिया वालों को मनाने की कोशिश भी कर रहे हैं कि वे द्वंद्वयुद्ध पर अंतर्राष्ट्रीय प्रतिबंध के समझौते पर हस्ताक्षर कर दें। नए साल के शुरू में उनके जादुई सौहार्द्र विभाग के प्रमुख के साथ मेरी मीटिंग होने वाली है –'

'चलो घूमने चलते हैं,' रॉन ने हैरी से बुदबुदाकर कहा, 'पर्सी से दूर चलो ...'

हैरी और रॉन ने यह नाटक किया, जैसे वे ड्रिंक लेने जा रहे हों। वे टेबल से उठकर डांस फ़्लोर के किनारे-किनारे होते हुए प्रवेश हॉल में पहुँच गए। सामने वाला दरवाज़ा खुला हुआ था। जब वे सीढ़ियों से उतरे, तो उन्होंने देखा कि गुलाबों के बग़ीचे में फड़फड़ाती हुई परी रोशनियाँ चमक रही थीं। चारों तरफ़ झाड़ियाँ, सजे हुए घुमावदार रास्ते और पत्थर की बड़ी-बड़ी मूर्तियाँ थीं। हैरी को पानी के गिरने की आवाज़ आ रही थी, जो किसी फव्वारे जैसी लग रही थी। यहाँ-वहाँ लोग नक्काशीदार बेंचों पर बैठे हुए थे। वह और रॉन गुलाब की झाड़ियों के बीच वाले एक घुमावदार रास्ते पर चल दिए, लेकिन अभी वे थोड़ी दूर ही गए थे कि तभी उन्हें एक अप्रिय परिचित आवाज़ सुनाई दी।

'... चिंता करने की क्या बात है, ईगोर।'

'सीवियरस, तुम इस बात से इंकार नहीं कर सकते कि यह नहीं हो रहा है!' कारकारोफ़ की आवाज़ तनाव भरी और धीमी थी। ऐसा लगता था कि वे यह नहीं चाहते थे कि कोई और उनकी बात सुन ले। 'यह कई महीनों से लगातार साफ़ होता जा रहा है। मैं सचमुच चिंतित हूँ –'

'तो फिर भाग जाओ,' स्नेप ने सपाट अंदाज़ में कहा। 'भाग जाओ, मैं तुम्हारी तरफ़ से बहाने बना दूँगा। बहरहाल, मैं तो हॉगवर्ट्स में ही रुकूँगा।'

स्नेप और कारकारोफ़ मोड़ पर मुड़कर सामने आ गए। स्नेप की छड़ी बाहर थी और वे विस्फोट करके गुलाब की झाड़ियों को दूर हटा रहे थे। उनके चेहरे पर बहुत ही बुरा भाव था। कई झाड़ियों से चीख़ों की आवाज़ें सुनाई दीं और स्याह आकृतियाँ बाहर निकलीं।

'फ़ॉसेट, मेहनतकश के दस पॉइंट कम किए जाते हैं!' स्नेप गुर्राए, जब एक लड़की उनके पास से भागती हुई गई। 'और स्टेबिन्स, चीलघात के भी दस पॉइंट कम किए जाते हैं!' जब एक लड़का उस लड़की के पीछे-पीछे भागा। 'और तुम दोनों क्या कर रहे हो?' उन्होंने हैरी और रॉन को देखते हुए कहा। हैरी ने देखा कि कारकारोफ़ उन्हें वहाँ खड़े देखकर थोड़े परेशान हो गए थे। घबराहट में उनका हाथ अपनी बकरा-दाढ़ी की तरफ़ गया और वे उसे अपनी उँगली में लपेटने लगे।

'हम टहल रहे थे,' रॉन ने स्नेप से कहा। 'यह तो क़ानून के ख़िलाफ़

नहीं है ?'

'तो फिर टहलते रहो!' स्नेप गुर्राए और उनके पास से धड़धड़ाते हुए गुज़र गए। उनका लंबा काला चोगा उनके पीछे लहरा रहा था। हैरी और रॉन आगे चलने लगे।

रॉन बुदबुदाया, 'कारकारोफ़ इतने चिंतित क्यों हैं ?'

हैरी ने धीरे से कहा, 'उनमें और स्नेप में कब से इतनी पक्की दोस्ती हो गई है कि वे एक-दूसरे को नाम से बुलाने लगे हैं ?'

वे अब पत्थर के एक बड़े रेनडियर के पास पहुँच गए, जिसके ऊपर से उन्हें एक ऊँचे फव्वारे की चमकती फुहारें दिख रही थीं। एक पत्थर की बेंच पर दो विशालकाय लोगों की आकृतियाँ दिख रही थीं, जो चाँदनी रात में पानी के पास बैठे थे। और फिर हैरी को हैग्रिड की आवाज़ सुनाई दी।

'जिस पल हमने तुम्हें देखा, हम समझ गए थे,' हैग्रिड ने थोड़ी अजीब सी भारी आवाज़ में कहा।

हैरी और रॉन जम गए। यह तो उस तरह का दृश्य नहीं था, जिसके बीच में उन्हें पहुँचना चाहिए था ... हैरी ने चारों तरफ़ देखा। उसने देखा कि पास ही गुलाब की एक झाड़ी में फ़्लर डेलाकोर और रॉजर डेवीज़ आधे छिपे खड़े थे। हैरी ने रॉन का कंधा थपथपाया और सिर हिलाकर उनकी तरफ़ इशारा किया, जिसका मतलब यह था कि वे आसानी से उस रास्ते से भाग सकते हैं और किसी को भी पता नहीं चलेगा, क्योंकि फ़्लर और डेवीज़ उस समय काफ़ी व्यस्त दिख रहे थे। लेकिन रॉन तो फ़्लर को देखते ही दहशत में आ गया। उसने अपना सिर तेज़ी से हिलाया और हैरी को रेनडियर की छाया में और अंदर खींच लिया।

'तुम क्या समझ गए थे, हैग्रिड!' मैडम मैक्सिम ने कहा। उनकी धीमी आवाज़ में एक स्पष्ट घुरघुराहट थी।

हैरी निश्चित रूप से यह बातचीत नहीं सुनना चाहता था। वह जानता था कि हैग्रिड यह नहीं चाहेगा कि ऐसी स्थिति में दूसरे लोग उसकी बातें सुनें (निश्चित रूप से वह तो ऐसा कभी नहीं चाहता)। अगर संभव होता तो आवाज़ों को दबाने के लिए वह अपने कानों में उँगलियाँ ठूँस लेता और ज़ोर-ज़ोर से गाने लगता, लेकिन इस समय वह ऐसा नहीं कर सकता था। इसके बजाय उसने अपना ध्यान एक बीटल पर केंद्रित करने की कोशिश की, जो पत्थर के रेनडियर की पीठ पर रेंग रही थी, लेकिन बीटल इतनी दिलचस्प नहीं थी कि वह हैग्रिड के अगले शब्द न सुन पाए।

'हम समझ गए ... समझ गए कि तुम भी हमारे जैसी हो ... तुम्हारे मम्मी

थे या डैडी ?'

'मैं तुम्हारी बात का मतलब नहीं समझी, हैग्रिड ...'

'हमारी तो मम्मी थीं,' हैग्रिड ने धीरे से कहा। 'वे ब्रिटेन की शायद सबसे आख़िरी पीढ़ी की थीं। ज़ाहिर है, हमें वे ठीक से याद नहीं हैं ... जब हम तीन साल के थे, तो वे घर छोड़कर चली गई थीं। उनमें मातृत्व की ज़्यादा गहरी भावना नहीं थी। हमें लगता है ... यह उनकी फ़ितरत में ही नहीं होता है, है ना ? क्या पता, उसके बाद उनके साथ क्या हुआ ... हो सकता है, वे मर गई हों ...'

मैडम मैक्सिम कुछ नहीं बोलीं। और हैरी ने न चाहते हुए भी अपनी आँखें बीटल पर से हटा लीं और रेनडियर के सींगों के ऊपर से देखते हुए उनकी बातें सुनने लगा ... हैरी ने पहले कभी हैग्रिड को अपने बचपन की बातें करते नहीं सुना था।

'जब वे चली गईं, तो हमारे डैडी का दिल टूट गया। हमारे डैडी नाटे थे। छह साल का होने के बाद जब हम उनसे ग़ुस्सा हो जाते थे, तो उन्हें उठाकर अलमारी के ऊपर बिठा देते थे। इस पर वे हँसने लगते थे ...' हैग्रिड की भारी आवाज़ टूट गई। मैडम मैक्सिम दूधिया फव्वारे को देख रही थीं और हैग्रिड की बातें सुन रही थीं। 'डैडी ने हमें पाला ... लेकिन हमारे स्कूल में आने के कुछ समय बाद ही उनकी मौत हो गई। उसके बाद हमें अकेले ही सब कुछ करना पड़ा। डम्बलडोर ने सचमुच काफ़ी मदद की। वे हमारे प्रति बहुत दयालु थे ...'

हैग्रिड ने रेशम का एक बड़ा रूमाल निकाला और ज़ोर से अपनी नाक साफ़ की। 'तो ... जो भी हो ... अब हमने अपने बारे में काफ़ी कुछ बता दिया है। अब तुम बताओ ? तुम्हारे मम्मी-डैडी में से कौन था ?'

मैडम मैक्सिम अचानक उठकर खड़ी हो गईं।

वे बोलीं, 'काफ़ी ठंडक है।' बहरहाल, बाहर का मौसम उनकी आवाज़ जितना ठंडा नहीं था। 'मुझे लगता है कि मुझे अब अंदर जाना चाहिए।'

'नहीं, अभी मत जाओ,' हैग्रिड ने सूनेपन से कहा। 'हमने कभी – हमने पहले कभी अपने जैसा कोई नहीं देखा है!'

'अपने जैसा *क्या ?* हैग्रिड, साफ़-साफ़ बोलो।' मैडम मैक्सिम ने बर्फ़ीले स्वर में कहा।

हैरी हैग्रिड को बताना चाहता था कि वह इस सवाल का जवाब न दे, तो ही अच्छा रहेगा। वह छाया में खड़े होकर अपने दाँत भींचता रहा और उम्मीद करता रहा कि हैग्रिड जवाब नहीं देगा – लेकिन उससे कोई फ़ायदा नहीं हुआ।

हैग्रिड ने कहा, 'ज़ाहिर है, एक और अर्ध-दानव!'

'तुम्हारी हिम्मत कैसे हुई!' मैडम मैक्सिम चीख़ीं। रात के शांत माहौल में उनकी आवाज़ बम की तरह गूँजी। हैरी ने देखा कि पीछे खड़े फ़्लर और रॉजर अपनी गुलाब की झाड़ी से कूदकर बाहर आ गए थे। 'ज़िंदगी में मेरा इतना अपमान पहले कभी नहीं हुआ! अर्ध-दानव ? मैं ? मेरी तो - मेरी तो हड्डियाँ बड़ी हैं!'

वे धड़धड़ाती हुई दूर चली गईं। जब वे ग़ुस्से में झाड़ियों को दूर हटाती हुई गईं, तो उनमें से बहुत सी रंग-बिरंगी परियाँ निकलीं और हवा में उड़ने लगीं। हैग्रिड अब भी बेंच पर बैठकर मैडम मैक्सिम को घूर रहा था। अँधेरा इतना ज़्यादा था कि उसके चेहरे का भाव समझ में नहीं आ रहा था। फिर एक मिनट बाद वह उठा और चल दिया। लेकिन वह महल की तरफ़ नहीं, बल्कि अपने केबिन की दिशा में जा रहा था।

'चलो,' हैरी ने रॉन से धीरे से कहा। 'हम भी चलते हैं ...'

लेकिन रॉन हिला तक नहीं।

'क्या हुआ ?' हैरी ने उसकी तरफ़ देखते हुए पूछा।

रॉन ने मुड़कर हैरी को देखा और उसके चेहरे का भाव सचमुच गंभीर था।

उसने फुसफुसाकर पूछा, 'क्या तुम्हें पता था कि हैग्रिड अर्ध-दानव है ?'

'नहीं,' हैरी ने कंधे उचकाते हुए कहा। 'लेकिन उससे क्या फ़र्क़ पड़ता है ?'

रॉन ने उसे बड़े अजीब अंदाज़ में देखा। हैरी तत्काल समझ गया कि एक बार फिर वह जादूगरी की दुनिया के बारे में अपना अज्ञान प्रकट कर रहा था। डर्स्ली जैसे मगलू परिवार में बड़ा होने के कारण हैरी को बहुत सी चीज़ों का ज्ञान नहीं था, जो जादूगरों को सहज में ही पता होती थीं। लेकिन जैसे-जैसे वह स्कूल में ऊपर वाली क्लासों में पहुँच रहा था, उसका अज्ञान कम होता जा रहा था। बहरहाल, अब वह जान गया कि अगर किसी जादूगर को यह पता चल जाता कि उसका कोई दोस्त दानवी का बेटा था, तो ज़्यादातर जादूगर यह नहीं कहते, 'उससे क्या फ़र्क़ पड़ता है ?'

'मैं अंदर चलकर बताता हूँ,' रॉन ने धीरे से कहा। 'चलो ...'

फ़्लर और रॉजर डेवीज़ ग़ायब हो चुके थे। शायद वे ज़्यादा एकांत वाली झाड़ियों की तलाश में चले गए थे। हैरी और रॉन बड़े हॉल में लौट आए। पार्वती और पद्मा अब दूर वाली टेबल पर बाबैटन्स के लड़कों से घिरी बैठी थीं और हर्माइनी एक बार फिर क्रम के साथ डांस कर रही थी। हैरी और रॉन एक टेबल पर बैठ गए, जो डांस फ़्लोर से काफ़ी दूर थी।

'तो ?' हैरी ने रॉन से पूछा। 'दानवों के साथ क्या समस्या है ?'

'देखो, वे ... वे ...' रॉन को दमदार शब्द नहीं मिल रहे थे, 'अच्छे नहीं होते हैं,' उसने कमज़ोरी से वाक्य पूरा करते हुए कहा।

'किसे परवाह है ?' हैरी ने कहा। 'हैग्रिड के साथ तो कोई गड़बड़ नहीं है!'

'मैं जानता हूँ कि उसके साथ कोई गड़बड़ नहीं है, लेकिन ... कोई हैरानी नहीं कि उसने यह बात सबसे छिपाकर रखी थी,' रॉन ने अपना सिर हिलाते हुए कहा। 'मैं हमेशा सोचता था कि उस पर बचपन में किसी ने फूलन मंत्र का इस्तेमाल कर दिया होगा। मैंने इस बात का ज़िक्र इसलिए नहीं किया, ताकि वह कहीं चिढ़ न जाए ...'

हैरी ने पूछा, 'लेकिन अगर उसकी माँ दानवी थी, तो इससे क्या फ़र्क़ पड़ता है ?'

'देखो ... जो उसे जानता है, उसे तो कोई फ़र्क़ नहीं पड़ेगा, क्योंकि उसे मालूम होगा कि हैग्रिड ख़तरनाक नहीं है,' रॉन ने धीरे से कहा। 'लेकिन ... हैरी, दानव दुष्ट होते हैं। जैसा हैग्रिड ने कहा है, दुष्टता उनकी फ़ितरत में होती है। वे दैत्यों की तरह होते हैं ... किसी की जान लेना उन्हें अच्छा लगता है, सभी लोग यह बात जानते हैं। वैसे अब ब्रिटेन में दानव बचे ही नहीं हैं।'

'उन्हें क्या हुआ ?'

'उनकी प्रजाति पहले ही ख़त्म हो रही थी और फिर ऑरर्स ने बहुत सारे दानवों को मार डाला। हालाँकि इस देश के बाहर दानव अब भी रहते हैं ... ज़्यादातर तो पहाड़ों में छिपकर रहते हैं ...'

'मैं नहीं जानता कि मैडम मैक्सिम किसे धोखा देना चाहती थीं,' हैरी ने मैडम मैक्सिम को निर्णायकों की टेबल पर अकेला बैठा देखकर कहा, जो बहुत गंभीर दिख रही थीं। 'अगर हैग्रिड अर्ध-दानव है, तो वे तो निश्चित रूप से होंगी। बड़ी हड्डियाँ ... उनसे ज़्यादा बड़ी हड्डियाँ तो सिर्फ़ डायनासौर की होंगी।'

हैरी और रॉन बाक़ी डांस पार्टी में कोने में बैठकर दानवों के बारे में बातचीत करते रहे। उन दोनों की ही डांस करने की कोई इच्छा नहीं थी। हैरी ने कोशिश की कि वह चो और सेडरिक की तरफ़ न देखे। इससे उसके मन में किसी को लात मारने की प्रबल इच्छा होने लगती थी।

जब वीयर्ड सिस्टर्स ने आधी रात को गाना बंद किया, तो सभी ने आख़िरी बार ज़ोरदार तालियाँ बजाईं और प्रवेश हॉल की तरफ़ जाने लगे। कई लोग तो यह इच्छा प्रकट कर रहे थे कि डांस पार्टी और लंबी चलती, तो ज़्यादा अच्छा होता, लेकिन हैरी बिस्तर पर जाने में बहुत ख़ुश था। जहाँ तक उसका सवाल था, उसकी शाम बहुत मज़ेदार नहीं गुज़री थी।

बाहर प्रवेश हॉल में आकर हैरी और रॉन ने देखा कि क्रम डर्मस्ट्रैंग के जहाज़ की तरफ़ लौटने वाला था और हर्माइनी उससे गुड नाइट कह रही थी। हर्माइनी ने रॉन को बहुत ठंडेपन से देखा और बिना कुछ बोले संगमरमर की सीढ़ियाँ चढ़ने लगी। हैरी और रॉन उसके पीछे-पीछे जाने लगे, लेकिन अभी वे आधी सीढ़ियाँ ही चढ़ पाए थे कि तभी हैरी ने सुना कि कोई उसे आवाज़ लगा रहा है।

'हाय – हैरी!'

यह सेडरिक डिगोरी था। हैरी ने देख लिया कि नीचे प्रवेश हॉल में चो सेडरिक का इंतज़ार कर रही है।

जब सेडरिक सीढ़ियों पर भागता हुआ उसकी तरफ़ आया, तो हैरी ने ठंडेपन से कहा, 'हाँ ?'

सेडरिक के चेहरे से ऐसा लग रहा था कि वह रॉन के सामने बात नहीं करना चाहता है, इसलिए रॉन ने कंधे उचकाए और चिढ़ता हुआ सीढ़ियाँ चढ़ने लगा।

'सुनो ...' रॉन के जाते ही सेडरिक ने धीमी आवाज़ में कहा। 'तुमने मुझे ड्रैगन के बारे में बताकर एहसान किया था। मैं उसका बदला चुकाना चाहता हूँ। तुम्हारा सुनहरा अंडा जब खुलता है, तो क्या उसमें से चीख़ने की आवाज़ सुनाई देती है ?'

हैरी ने कहा, 'हाँ।'

'तो फिर ... नहाने जाओ, **ठीक है ?'**

'क्या ?'

'नहाने जाओ और – अर – अपने अंडे को भी साथ ले जाओ – और गर्म पानी में बैठकर सोचो। इससे तुम्हें समझ में आ जाएगा ... मुझ पर भरोसा करो।'

हैरी ने उसे घूरकर देखा।

सेडरिक ने कहा, 'मेरी मानो तो पाँचवीं मंज़िल पर बने प्रिफ़ेक्ट्स के बाथरूम में जाना। *बौखलाए बोरिस* की मूर्ति के बाईं तरफ़ का चौथा दरवाज़ा है। पासवर्ड है *पाइन-फ़्रेश।* अच्छा अब चलता हूँ ... चो से गुड नाइट कहना है –'

वह एक बार फिर हैरी की तरफ़ देखकर मुस्कराया और जल्दी से सीढ़ियाँ उतरकर चो के पास जाने लगा।

हैरी अकेला ही गरुड़द्वार के हॉल की तरफ़ चल दिया। यह बड़ी अजीब सलाह थी। नहाने से उसे चीख़ते अंडे की बात कैसे समझ आएगी ? क्या सेडरिक उसकी टाँग खींच रहा था ? क्या वह यह चाहता था कि हैरी मूर्ख बन जाए,

ताकि चो दोनों में तुलना करते हुए सेडरिक को और ज़्यादा पसंद करने लगे?

तस्वीर में मोटी औरत और उसकी सहेली सो रही थीं। हैरी को चिल्लाकर 'परी रोशनी!' कहना पड़ा, तब जाकर उनकी नींद खुली और इससे वे बहुत चिढ़ गईं। जैसे ही वह हॉल में गया, उसने देखा कि रॉन और हर्माइनी के बीच घमासान युद्ध चल रहा था। दस फ़ुट दूर खड़े होकर वे एक-दूसरे पर गरज रहे थे और दोनों का ही चेहरा लाल सुर्ख़ था।

'ठीक है, अगर तुम्हें यह पसंद नहीं आया, तो तुम जानते हो कि इसका हल क्या है, है ना?' हर्माइनी चीख़ी। उसके बाल अब उसके शानदार जूड़े से खुलकर नीचे आ गए थे और उसका चेहरा ग़ुस्से के कारण तना हुआ था।

'बताओ तो सही, वह क्या है?' रॉन ने चिल्लाकर पूछा।

'अगली बार जब डांस पार्टी हो, तो किसी और के पूछने से पहले ही मुझसे पूछ लेना। मुझसे अंतिम विकल्प के रूप में नहीं, बल्कि सबसे पहले पूछना, ठीक है!'

हर्माइनी मुड़ी और धड़धड़ाती हुई लड़कियों के कमरे तक जाने वाली सीढ़ियों पर चढ़ने लगी। रॉन ने बग़ैर आवाज़ किए इस तरह मुँह बनाया, जिस तरह मछली पानी के बाहर निकलने पर बनाती है। रॉन हैरी की तरफ़ मुड़ा।

उसने स्तब्ध दिखते हुए कहा, 'इससे यह साबित होता है - वह मेरी बात समझी ही नहीं -'

हैरी कुछ नहीं बोला। उसे रॉन की दोस्ती प्यारी थी, इसलिए उसने अपने दिल की बात नहीं कही - लेकिन वह सोच रहा था कि हर्माइनी की बात में ज़्यादा दम था।

अध्याय चौबीस

रीटा स्कीटर की धमाकेदार ख़बर

अगले दिन सभी लोग देर से उठे। गरुड़द्वार का हॉल आज पिछले दिनों की तुलना में काफ़ी शांत था। अलसाए हुए विद्यार्थियों की बातों के बीच जम्हाई की आवाज़ें सुनाई दे रही थीं। हर्माइनी के बाल एक बार फिर उलझे हुए दिख रहे थे। उसने हैरी को बताया कि उसने डांस पार्टी की तैयारी के लिए बहुत सारा रेशमी-एहसास-केश-काढ़ा लगाया था, 'लेकिन हर दिन उसे लगाना बहुत झंझट का काम है,' उसने कहा और वह क्रुकशैंक्स के कान के पीछे खुजाने लगी।

ऐसा लगता था कि रॉन और हर्माइनी में एक अनकहा समझौता हो गया था कि वे अपनी झड़प के मुद्दे पर बातचीत नहीं करेंगे। वे एक-दूसरे के प्रति दोस्ताना तो थे, लेकिन बहुत औपचारिक भी थे। रॉन और हैरी ने फ़ौरन हर्माइनी को मैडम मैक्सिम और हैग्रिड के बीच हुई बातचीत के बारे में बता दिया, लेकिन हैग्रिड के अर्ध-दानव होने की ख़बर सुनकर हर्माइनी को रॉन जितना सदमा नहीं लगा।

'मुझे लग रहा था कि वह अर्ध-दानव ही होगा,' उसने अपने कंधे उचकाते हुए कहा। 'मैं जानती थी कि वह पूर्ण दानव तो नहीं हो सकता, क्योंकि वे बीस फ़ुट लंबे होते हैं। लेकिन लोगों ने दानवों के बारे में कितनी ग़लत धारणा बना ली है? *सभी* दानव तो भयंकर नहीं हो सकते ... यह तो उसी तरह का पूर्वाग्रह है, जैसा लोग नरभेड़ियों के बारे में रखते हैं ... यह तो दुराग्रह है, है ना?'

ऐसा लगा, जैसे रॉन कोई चुभता हुआ जवाब देना चाहता था, लेकिन शायद वह दोबारा बहस में नहीं उलझना चाहता था, इसलिए उसने हर्माइनी की नज़र बचाकर अपना सिर अविश्वास में हिला दिया।

अब होमवर्क के बारे में सोचने का समय आ गया था, जिसे उन्होंने छुट्टियों के पहले हफ़्ते में पूरी तरह नज़रअंदाज़ कर दिया था। सभी विद्यार्थी

थोड़े उदास थे, क्योंकि अब क्रिसमस गुज़र चुका था। लेकिन हैरी सिर्फ़ उदास ही नहीं था, वह तो एक बार फिर घबराने लगा था।

दिक़्क़त यह थी कि क्रिसमस के बाद चौबीस फ़रवरी ज़्यादा क़रीब लगने लगी थी और उसने अब तक सुनहरे अंडे में छिपे सुराग़ को समझने की कोई कोशिश ही नहीं की थी। इसलिए इसके बाद जब भी वह अपने कमरे में जाता था, अंडे को अपने संदूक से बाहर निकालता था, उसे खोलकर ध्यान से सुनता था और यह उम्मीद करता था कि शायद इस बार उसे कुछ समझ में आ जाएगा। उसने यह सोचने की कोशिश की कि क्या इन अजीब सी चीख़ों से उसे कुछ याद आता है। उसे सिर्फ़ तीस संगीतमयी कुल्हाड़ियों की ही याद आती थी। उसे यक़ीन था कि उसने इस तरह की आवाज़ पहले कभी नहीं सुनी थी। उसने अंडे को बंद किया, कसकर हिलाया और दोबारा इस उम्मीद से खोलकर देखा कि शायद आवाज़ बदल गई हो, लेकिन यह नहीं बदली थी। उसने अंडे से चिल्लाकर सवाल पूछने की कोशिश की, लेकिन कुछ नहीं हुआ। यहाँ तक कि उसने अंडे को कमरे के पार भी फेंका - हालाँकि वह जानता था कि इससे उसे कोई मदद नहीं मिलेगी।

हैरी सेडरिक के सुझाव को भूला नहीं था, लेकिन सेडरिक के प्रति उसकी भावनाएँ इस समय ज़रा भी दोस्ताना नहीं थीं, इसलिए वह उसकी मदद नहीं लेना चाहता था। उसे यह भी लगा कि अगर सेडरिक सचमुच उसकी मदद करना चाहता था, तो उसे इस बारे में स्पष्टता से बताना चाहिए था। हैरी ने सेडरिक को यह साफ़-साफ़ बताया था कि पहले काम में उसे ड्रैगन से मुक़ाबला करना है - और सेडरिक यह बताकर उसका एहसान उतार रहा था कि हैरी नहाने चला जाए। उसे इस तरह की बेहूदा मदद की ज़रूरत नहीं थी - कम से कम उस व्यक्ति से तो नहीं, जो चो का हाथ पकड़कर गलियारों में घूमता फिरता था। और फिर नया टर्म शुरू हो गया और हैरी क्लासों में जाने लगा। वह पुस्तकों, चर्मपत्रों और क़लमों के बोझ से हमेशा की तरह दबने लगा। इसके अलावा उसके सीने पर अंडे का भारी बोझ भी था, जैसे वह उसे भी अपने साथ उठाकर घूम रहा हो।

अब मैदान में बर्फ़ की काफ़ी मोटी परत जम चुकी थी। ग्रीनहाउस की खिड़कियों पर बर्फ़ इतनी ज़्यादा जम चुकी थी कि जड़ी-बूटी विज्ञान की क्लास में बाहर का दृश्य दिखाई नहीं दे रहा था। ऐसे मौसम में कोई भी विद्यार्थी जादुई प्राणियों की देखभाल की क्लास में नहीं जाना चाहता था, हालाँकि रॉन ने तसल्ली देते हुए कहा कि शायद अग्निडंक उन्हें अच्छी तरह से गर्म कर देंगे। अग्निडंक या तो उन्हें ख़ूब दौड़ाएँगे या फिर इतने तेज़ धमाके करेंगे कि हैग्रिड के केबिन में आग लग जाएगी।

जब वे हैग्रिड के केबिन के पास पहुँचे, तो उन्होंने देखा कि छोटे खिचड़ी बालों और बहुत नुकीली ठुड्डी वाली एक बूढ़ी जादूगरनी सामने वाले दरवाज़े के पास खड़ी थी।

'अब जल्दी करो। घंटी पाँच मिनट पहले ही बज चुकी है,' उन्होंने विद्यार्थियों से चिल्लाकर कहा, जो बर्फ़ से जूझते हुए उनकी तरफ़ आ रहे थे।

रॉन ने उन्हें घूरते हुए पूछा, 'आप कौन हैं? हैग्रिड कहाँ है?'

'मेरा नाम प्रोफ़ेसर ग्रबली-प्लैंक है,' उन्होंने तेज़ी से कहा। 'मैं जादुई प्राणियों की देखभाल की अस्थायी टीचर हूँ।'

हैरी ने तेज़ आवाज़ में पूछा, 'हैग्रिड कहाँ है?'

'उसकी हालत ठीक नहीं है,' प्रोफ़ेसर ग्रबली-प्लैंक ने रूखेपन से कहा।

हैरी के कानों में अप्रिय हँसी की हल्की आवाज़ आई। उसने मुड़कर देखा; ड्रेको मैल्फ़ॉय और नागशक्ति के बाक़ी विद्यार्थी भी क्लास में आ गए थे। वे सभी बहुत ख़ुश दिख रहे थे और उनमें से कोई भी प्रोफ़ेसर ग्रबली-प्लैंक को वहाँ देखकर हैरान नहीं था।

'इस रास्ते से चलो,' प्रोफ़ेसर ग्रबली-प्लैंक ने कहा और वे उस बाड़े को पार करने लगीं, जहाँ बाबैटन्स के विशालकाय घोड़े ठंड के मारे काँप रहे थे। हैरी, रॉन और हर्माइनी भी उनके पीछे-पीछे चल दिए। वे बीच-बीच में पीछे मुड़कर हैग्रिड के केबिन की तरफ़ देखते जा रहे थे। सभी पर्दे बंद थे। क्या अंदर हैग्रिड अकेला और बीमार था?

'हैग्रिड को क्या हो गया?' हैरी ने जल्दी से प्रोफ़ेसर ग्रबली-प्लैंक के पास पहुँचते हुए पूछा।

'तुम चिंता मत करो,' उन्होंने कहा, जैसे उन्हें लग रहा हो कि वह ज़बर्दस्ती दूसरों के मामले में अपनी टाँग फँसा रहा है।

'लेकिन मुझे चिंता हो रही है,' हैरी ने आवेश में आते हुए कहा। 'उसे क्या हो गया है?'

प्रोफ़ेसर ग्रबली-प्लैंक ने ऐसा जताया, जैसे उन्होंने उसकी बात सुनी ही न हो। वे उन्हें उस बाड़े के पार ले गईं, जहाँ बाबैटन्स के घोड़े सर्दी के कारण एक-दूसरे से चिपककर खड़े हुए थे। फिर वे उन्हें जंगल के किनारे पर लगे एक पेड़ के पास ले गईं, जहाँ एक बड़ा और सुंदर यूनिकॉर्न बँधा हुआ था।

यूनिकॉर्न को देखते ही कई लड़कियों के मुँह से 'ऊऊऊऊह' की आवाज़ निकल गई।

'ओह, कितना सुंदर है!' लैवेंडर ब्राउन फुसफुसाकर बोली। 'वे इसे कहाँ

से ले आईं ? यूनिकॉर्न को पकड़ना तो बहुत मुश्किल होता है!'

यूनिकॉर्न इतना सफ़ेद था कि उसके चारों तरफ़ की बर्फ़ भूरी दिख रही थी। वह घबराहट में अपने सुनहरे पंजे ज़मीन पर मार रहा था और अपना सींगदार सिर पीछे की तरफ़ उछाल रहा था।

'लड़कों, तुम लोग पीछे ही रहना!' प्रोफ़ेसर ग्रबली-प्लैंक ने चिल्लाते हुए कहा। उन्होंने एक हाथ बाहर निकाला, जो हैरी के सीने से कसकर टकराया। 'उन्हें महिलाओं का स्पर्श ज़्यादा पसंद है। लड़कियाँ सामने आएँ और सावधानी से उसके पास जाएँ। चलो, आराम से काम अच्छी तरह होता है ...'

वे लड़कियों के साथ धीरे-धीरे यूनिकॉर्न की तरफ़ बढ़ने लगीं। लड़के बाड़े की फ़ेंस के पास खड़े होकर उन्हें देखते रहे।

जिस पल प्रोफ़ेसर ग्रबली-प्लैंक थोड़ी दूर पहुँचीं, हैरी रॉन की तरफ़ मुड़कर बोला, 'तुम्हें क्या लगता है, हैग्रिड को क्या हुआ होगा ? तुम्हें यह तो नहीं लगता कि किसी अग्निडंक ने – ?'

'देखो पॉटर, अगर तुम यह सोच रहे हो, तो मैं तुम्हें बता देता हूँ कि हैग्रिड पर हमला नहीं हुआ है,' मैल्फ़ॉय ने धीरे से कहा। 'उसे तो अपना बड़ा और बदसूरत चेहरा दिखाने में शर्म आ रही है।'

'तुम्हारा क्या मतलब है ?' हैरी ने तीखी आवाज़ में पूछा।

मैल्फ़ॉय ने अपना हाथ दुशाले की जेब में डाला और अख़बार का तह किया हुआ पन्ना बाहर निकाला।

'यह देखो,' उसने कहा। 'पॉटर, तुम्हें यह ख़बर देते हुए बड़ा अफ़सोस हो रहा है ...'

वह कुटिल हँसी हँसा, जब हैरी ने उसके हाथ से अख़बार का पन्ना झपट लिया और उसे खोलकर पढ़ने लगा। रॉन, सीमस, डीन और नेविल उसके कंधे के पीछे से झाँककर पढ़ने लगे। यह एक लेख था, जिसके ऊपर हैग्रिड की तस्वीर छपी थी। उस तस्वीर में हैग्रिड बहुत धूर्त दिख रहा था।

डम्बलडोर की दानवी भूल

रीटा स्कीटर, विशेष संवाददाता

हॉगवर्ट्स जादूगरी और तंत्र विद्यालय के सनकी हेडमास्टर एल्बस डम्बलडोर हमेशा से विवादास्पद लोगों को अपने यहाँ नियुक्त करते रहे हैं। इस साल सितंबर में उन्होंने अलैस्टर 'बावरे-नैन' मूडी को गुप्त कलाओं से रक्षा विषय का टीचर नियुक्त किया था। मूडी पूर्व-ऑरर हैं,

जो छोटी-छोटी सी बात पर शाप देने के लिए कुख्यात हैं। डम्बलडोर के इस निर्णय से जादू मंत्रालय के कई लोगों की भ्रकुटियाँ तन गईं, क्योंकि सभी मूडी की यह आदत जानते हैं कि अगर कोई उनके सामने अचानक हाथ भी हिला देता है, तो वे उस पर हमला कर देते हैं। बहरहाल, बावरे-नैन मूडी बहुत ज़िम्मेदार और दयालु लगते हैं, जब हम उनकी तुलना उस अर्ध-मानव से करते हैं, जिसे डम्बलडोर ने जादुई प्राणियों की देखभाल विषय पढ़ाने का ज़िम्मा सौंप रखा है।

रूबियस हैग्रिड यह स्वीकार करता है कि जब वह थर्ड ईयर की क्लास में पढ़ता था, तभी उसे हॉगवर्ट्स स्कूल से निकाल दिया गया था। तब से वह स्कूल में गेम-कीपर के रूप में काम कर रहा है। उसे यह नौकरी डम्बलडोर की मेहरबानी से मिली थी। बहरहाल, पिछले साल हैग्रिड ने हेडमास्टर पर अपने रहस्यमय प्रभाव का इस्तेमाल करके जादुई प्राणियों की देखभाल के टीचर का अतिरिक्त कार्यभार भी हथिया लिया, जबकि इस पद के लिए उससे बेहतर योग्यता वाले कई उम्मीदवार मौजूद थे।

हैग्रिड बहुत ही विशाल और खूँखार दिखता है। यही नहीं, वह भयंकर प्राणियों से अपने विद्यार्थियों को लगातार डराता रहता है। हैग्रिड की क्लासों में कई विद्यार्थी घायल भी हो चुके हैं और विद्यार्थी उसकी क्लासों को 'बहुत डरावनी' कहते हैं। लेकिन डम्बलडोर ने इस तरफ़ से आँखें मूँद रखी हैं।

फ़ोर्थ ईयर में पढ़ने वाले विद्यार्थी ड्रेको मैल्फ़ॉय का कहना है, 'मुझ पर एक गरुड़अश्व ने हमला कर दिया था और मेरे दोस्त विन्सेंट क्रैब को एक फ़्लॉबरवर्म ने बुरी तरह काट लिया था। हम सब हैग्रिड से नफ़रत करते हैं, लेकिन कुछ भी कहने से डरते हैं।'

बहरहाल, हैग्रिड का ऐसा कोई इरादा नहीं है कि वह विद्यार्थियों को डराने वाले इस अभियान को बंद करे। दैनिक जादूगर की इस रिपोर्टर के साथ पिछले महीने हुई बातचीत में उसने स्वीकार किया कि वह ऐसे प्राणियों को पाल रहा है, जिनका नाम उसने 'विस्फोटक अग्निडंक' रखा है। ये बहुत ही ख़तरनाक प्राणी सींग-बिच्छू और अग्नि-कर्कट की संकर प्रजाति के हैं। जादुई प्राणियों की नई नस्लों की उत्पत्ति पर सामान्यतः जादुई प्राणी नियमन एवं नियंत्रण विभाग क़रीबी नज़र रखता है। लेकिन ऐसा लगता है कि हैग्रिड ख़ुद को ऐसे प्रतिबंधों से ऊपर मानता है।

'मैं तो यह काम बस मज़े के लिए कर रहा था,' उसने यह कहते हुए जल्दी से विषय बदल दिया।

यही नहीं, दैनिक जादूगर ने अब यह प्रमाण भी खोज लिया है कि हैग्रिड शुद्ध ख़ून वाला जादूगर नहीं है, जैसा कि वह नाटक करता है। वह दरअसल शुद्ध नस्ल का इंसान भी नहीं है। हमने यह पता लगा लिया है कि उसकी माँ और कोई नहीं, बल्कि दानवी फ्रिडवुल्फ़ा है, जिसका वर्तमान पता-ठिकाना अज्ञात है।

ख़ून के प्यासे और हिंसक दानवों ने आपस में लड़कर अपनी संख्या इतनी कम कर ली है कि पिछली सदी में वे लुप्त होने की कगार पर पहुँच गए थे। जो गिने-चुने दानव बचे थे, वे तुम-जानते-हो-कौन के साथ मिल गए और उसके दहशत भरे युग में सबसे बुरी मगलू-हत्याओं के लिए ज़िम्मेदार थे।

हालाँकि तुम-जानते-हो-कौन के लिए काम करने वाले कई दानवों को शैतानी शक्तियों से मुक़ाबला करने वाले ऑरर्स ने मार डाला, लेकिन फ्रिडवुल्फ़ा का नाम उनमें नहीं था। यह संभव है कि वह भागकर दानवों के ऐसे समूह में पहुँच गई हो, जो अब भी विदेशी पहाड़ों में रह रहा हो। बहरहाल, अगर जादुई प्राणियों की देखभाल की क्लासों में हैग्रिड की हरकतों को देखा जाए, तो यह कहना होगा कि फ्रिडवुल्फ़ा के बेटे को भी अपनी माँ का क्रूर स्वभाव विरासत में मिला है।

यह भी अजीब बात है कि हैग्रिड ने उस लड़के से क़रीबी दोस्ती कर ली है, जो तुम-जानते-हो-कौन के पतन के लिए ज़िम्मेदार था - जिसकी वजह से हैग्रिड की माँ और तुम-जानते-हो-कौन के बाक़ी समर्थकों को भागकर छिपना पड़ा। शायद हैरी पॉटर अपने विशालकाय मित्र के बारे में यह अप्रिय सच्चाई न जानता हो, लेकिन निश्चित रूप से एल्बस डम्बलडोर का यह कर्तव्य है कि वे हैरी पॉटर और उसके साथी विद्यार्थियों को अर्ध-दानवों के साथ रहने के ख़तरों के बारे में चेतावनी दें।

हैरी ने पढ़ना ख़त्म किया और रॉन की तरफ़ देखा, जिसका मुँह खुला हुआ था।

उसने फुसफुसाकर पूछा, 'रीटा को कैसे पता चला?'

लेकिन हैरी इस बात से परेशान नहीं था।

'तुमने यह क्यों कहा, "हम सब हैग्रिड से नफ़रत करते हैं",' हैरी ने थूक उड़ाते हुए मैल्फ़ॉय से ग़ुस्से से पूछा। फिर उसने क्रैब की तरफ़ इशारा करते हुए पूछा, 'और यह क्या बकवास है, फ़्लॉबरवर्म ने उसे बुरी तरह से कब काटा था?

उनके तो दाँत तक नहीं थे!'

क्रैब उपहास उड़ाते हुए हँस रहा था और बहुत ख़ुश नज़र आ रहा था।

'मुझे लगता है कि इससे उस मूर्ख का टीचिंग कैरियर ख़त्म हो जाएगा,' मैल्फ़ॉय ने कहा। उसकी आँखें चमक रही थीं। 'अर्ध-दानव ... जबकि मैं सोच रहा था कि शायद बचपन में उसने ग़लती से अस्थिवर्धक दवा की पूरी बोतल पी ली होगी ... विद्यार्थियों के मम्मी-डैडियों को उसके अर्ध-दानव होने की बात ज़रा भी पसंद नहीं आएगी ... उन्हें यह चिंता सताने लगेगी कि वह उनके बच्चों को खा जाएगा, हा, हा ...'

'तुम –'

'क्या तुम लोग यूनिकॉर्न की तरफ़ ध्यान दोगे?'

प्रोफ़ेसर ग्रबली-प्लैंक की आवाज़ लड़कों की तरफ़ आई। अब लड़कियाँ यूनिकॉर्न के चारों तरफ़ खड़े होकर उसे थपथपा रही थीं। हैरी इतना नाराज़ था कि जब उसने यूनिकॉर्न की तरफ़ पलटकर देखा, तो *दैनिक जादूगर* का लेख उसके हाथ में थरथराने लगा। प्रोफ़ेसर ग्रबली-प्लैंक अब ऊँची आवाज़ में चिल्लाकर यूनिकॉर्न के जादुई गुण बता रही थीं, ताकि लड़के भी उनकी बात सुन सकें।

'मैं चाहती हूँ कि अब हमें ये ही पढ़ाएँ!' पार्वती पाटिल ने क्लास ख़त्म होने के बाद कहा, जब वे लंच के लिए महल की तरफ़ जा रहे थे। 'जादुई प्राणियों के बारे में मेरी राय यही थी ... यूनिकॉर्न जैसे अच्छे जानवर, न कि भयंकर डंक वाले जानवर ...'

'और हैग्रिड का क्या होगा?' हैरी ने सीढ़ियाँ चढ़ते समय ग़ुस्से से कहा।

'उसका क्या होना है?' पार्वती ने सख़्त आवाज़ में कहा। 'वह गेमकीपर का काम तो कर ही सकता है, है ना?'

डांस पार्टी के बाद से पार्वती हैरी से थोड़ी उखड़ी हुई थी। हैरी को लगा कि उसे डांस पार्टी में पार्वती की तरफ़ थोड़ा ज़्यादा ध्यान देना चाहिए था, लेकिन इसके बावजूद पार्टी में पार्वती को काफ़ी मज़ा आया था। वह सबको यही बताती फिर रही थी कि अगले वीकएंड की ट्रिप में वह हॉगसमीड में बाबैटन्स वाले लड़के से मिलने वाली है।

जब वे बड़े हॉल में दाख़िल हुए, तो हर्माइनी बोली, 'बहुत बढ़िया क्लास थी। प्रोफ़ेसर ग्रबली-प्लैंक ने यूनिकॉर्न के बारे में जो बातें बताईं, उनमें से आधी तो मुझे पता ही नहीं थीं –'

'इसकी तरफ़ देखो!' हैरी ने गुर्राते हुए कहा और *दैनिक जादूगर* का

लेख हर्माइनी की नाक के नीचे रख दिया।

उसे पढ़ते समय हर्माइनी का मुँह खुला रह गया। उसकी प्रतिक्रिया भी रॉन जैसी ही थी। 'उस दुष्ट स्कीटर औरत को इस बात का पता कैसे चल गया? तुम्हें यह तो नहीं लगता कि हैग्रिड ने उन्हें *बताया* होगा?'

'नहीं,' हैरी ने गरुड़द्वार की टेबल की तरफ़ जाते हुए और एक कुर्सी पर ग़ुस्से से बैठते हुए कहा। 'उसने जब हमें कभी नहीं बताया, तो रीटा को क्या बताएगा? मुझे लगता है कि वे हैग्रिड से ग़ुस्सा होंगी। हैग्रिड ने उनके सामने मेरी बुराई नहीं की थी, इसलिए वे उससे बदला निकाल रही होंगी।'

'शायद रीटा ने डांस पार्टी में हैग्रिड और मैडम मैक्सिम की बातें सुन ली होंगी,' हर्माइनी ने धीरे से कहा।

'अगर ऐसा होता, तो वे हमें बग़ीचे में दिख जातीं!' रॉन ने कहा। 'वैसे भी, उन्हें अब स्कूल में आने की इज़ाज़त नहीं है। हैग्रिड ने कहा था कि डम्बलडोर ने उन पर प्रतिबंध लगा दिया है ...'

'शायद उनके पास अदृश्य चोगा हो,' हैरी ने अपनी प्लेट में चिकन कैसेरोल डालते हुए कहा, लेकिन वह इतने ग़ुस्से में था कि कैसेरोल टेबलक्लॉथ पर गिर गया। 'वे ऐसा ज़रूर कर सकती हैं। वे झाड़ियों में छिपकर दूसरों की बातें सुन सकती हैं।'

'जैसा तुमने और रॉन ने किया था,' हर्माइनी ने कहा।

'हम उसकी बात सुनने की कोशिश नहीं कर रहे थे!' रॉन ने ग़ुस्से से कहा। 'हमारे पास कोई दूसरा रास्ता नहीं था! मूर्ख आदमी, अपनी दानवी माँ के बारे में ऐसी जगह बैठकर बातें कर रहा था, जहाँ सारी दुनिया उसकी बातें सुन सकती थी!'

'हमें उससे मिलने जाना चाहिए,' हैरी ने कहा। 'शाम को ज्योतिष की क्लास के बाद चलते हैं। उसे बता देते हैं कि हम उसे वापस बुलाना चाहते हैं ... तुम भी उसे वापस बुलाना *चाहती* हो ना?' हैरी ने हर्माइनी से पूछा।

'देखो मैं – मैं सच कहूँ तो आज पहली बार जादुई प्राणियों की सही क्लास हुई है और इससे मुझे अच्छा लगा है – लेकिन ज़ाहिर है, मैं हैग्रिड को वापस बुलाना चाहती हूँ!' हर्माइनी ने जल्दी से जोड़ दिया, क्योंकि हैरी उसे ग़ुस्से से घूरने लगा था।

उस शाम को डिनर के बाद वे तीनों एक बार फिर महल से बाहर निकले और बर्फ़ से जमे हुए मैदान से होकर हैग्रिड के केबिन की तरफ़ गए। उन्होंने दरवाज़ा खटखटाया। फ़ैंग के भौंकने की आवाज़ सुनाई दी।

'हैग्रिड, हम हैं!' हैरी ने चिल्लाकर दरवाज़ा भड़भड़ाया। 'दरवाज़ा खोलो।'

हैग्रिड ने जवाब नहीं दिया। उन्हें फ़ैंग के कूँ-कूँ करने और नाख़ून से दरवाज़ा खुरचने की आवाज़ सुनाई दी, लेकिन दरवाज़ा नहीं खुला। वे दस मिनट तक दरवाज़ा ठोंकते रहे। रॉन ने तो एक खिड़की भी ज़ोर से ठोंकी, लेकिन कोई जवाब नहीं मिला।

'वह *हमसे* मुँह क्यों छिपा रहा है?' हर्माइनी ने कहा, जब उन्होंने आख़िर में हार मान ली और स्कूल की तरफ़ वापस लौटने लगे। 'उसे कहीं यह तो नहीं लग रहा कि उसके अर्ध-दानव होने से हमें कोई फ़र्क़ पड़ेगा?'

लेकिन ऐसा लग रहा था कि इससे हैग्रिड को फ़र्क़ पड़ रहा था। उन्हें पूरे सप्ताह उसकी झलक भी दिखाई नहीं दी। वह खाने के वक़्त भी स्टाफ़ टेबल पर नज़र नहीं आया। वह मैदान में गेमकीपर का काम भी नहीं कर रहा था। प्रोफ़ेसर ग्रबली-प्लैंक ही जादुई प्राणियों की देखभाल की क्लासें लेती रहीं। मैल्फ़ॉय अपनी ख़ुशी का इज़हार करने का कोई भी मौक़ा नहीं चूक रहा था।

'अपने अर्ध-दानव दोस्त की याद आ रही है?' किसी टीचर के आस-पास होने पर वह हैरी से फुसफुसाकर कहता था, ताकि हैरी उसका कुछ न बिगाड़ पाए। 'हाथी के बच्चे की याद आ रही है?'

जनवरी के मध्य में हॉग्समीड की यात्रा थी। हर्माइनी बहुत हैरान हुई, जब हैरी ने उसे बताया कि वह भी हॉग्समीड जाने की योजना बना रहा है।

हर्माइनी ने कहा, 'मैंने तो सोचा था कि तुम हॉल की शांति का फ़ायदा उठाना चाहोगे। तुम्हें उस अंडे के सुराग़ को समझना है।'

हैरी ने झूठ बोल दिया, 'ओह, मुझे – मुझे लगता है कि मैं अब उसके बारे में काफ़ी कुछ समझ चुका हूँ।'

'क्या सचमुच?' हर्माइनी ने प्रभावित दिखते हुए कहा। 'बहुत बढ़िया!'

हैरी के अंदर अपराधबोध की मरोड़ उठी, लेकिन उसने उसे नज़रअंदाज़ कर दिया। अंडे के सुराग़ को सुलझाने के लिए उसके पास अब भी पाँच हफ़्ते का समय था और यह काफ़ी लंबा समय था ... इसके अलावा, अगर वह हॉग्समीड गया, तो वह हैग्रिड से टकरा सकता है और उसे वापस लौटने के लिए राज़ी कर सकता है।

शनिवार को हैरी, रॉन और हर्माइनी एक साथ महल से बाहर निकले और ठंडे, नमी भरे मैदान से होते हुए गेट की तरफ़ बढ़ने लगे। जब वे झील में खड़े डर्मस्ट्रैंग जहाज़ के पास से निकले, तो उन्होंने देखा कि विक्टर क्रम उसके डेक पर खड़ा था और उसने तैरने वाली पोशाक पहन रखी थी। वह काफ़ी

दुबला, लेकिन शक्तिशाली दिख रहा था। वह जहाज़ के सिरे पर चढ़ा, उसने अपनी बाँहें फैलाईं और झील में छलाँग लगा दी।

'वह पागल हो गया है!' हैरी ने क्रम के काले सिर की तरफ़ घूरकर देखते हुए कहा, जब यह झील के बीच में बाहर निकला। 'जनवरी का महीना है। पानी बहुत ठंडा होगा!'

'वह जहाँ से आया है, वहाँ का मौसम तो इससे भी ठंडा रहता है,' हर्माइनी ने कहा। 'मुझे लगता है कि यह पानी तो उसे गर्म लगता होगा।'

'हाँ, लेकिन विशाल समुद्रफ़ेनी भी तो है,' रॉन ने कहा। उसकी आवाज़ में चिंता का नहीं, बल्कि उम्मीद का भाव था। हर्माइनी ने उसके इस छिपे हुए भाव को समझ लिया और त्योरियाँ चढ़ा लीं।

'देखो, वह बुरा नहीं है,' उसने कहा। 'डर्मस्ट्रैंग का होने के बावजूद वह वैसा नहीं है, जैसा तुम लोग सोचते हो। उसने मुझे बताया था कि उसे यहाँ का माहौल ज़्यादा अच्छा लगता है।'

रॉन कुछ नहीं बोला। डांस पार्टी के बाद से उसने विक्टर क्रम का ज़िक्र तक नहीं किया था, लेकिन पार्टी के अगले ही दिन हैरी को उसके पलंग के नीचे एक छोटा सा टूटा हुआ हाथ दिखा था। ऐसा लग रहा था, जैसे उसे उस छोटे मॉडल की आकृति से तोड़ा गया हो, जो बल्गारिया के क्विडिच दुशाले पहने थी।

हाई स्ट्रीट पर चलते समय हैरी की निगाह पूरे रास्ते हैग्रिड की तलाश करती रही। उसने जब यह देख लिया कि हैग्रिड किसी दुकान में नहीं है, तो उसने थ्री ब्रूमस्टिक्स चलने का सुझाव दिया।

वहाँ पर हमेशा की तरह ही भीड़ थी, लेकिन सभी टेबलों पर एक निगाह डालने से ही हैरी को पता चल गया कि हैग्रिड यहाँ भी नहीं था। डूबते हुए दिल से वह रॉन और हर्माइनी के साथ बार में गया और मैडम रोज़मर्टा को तीन बटरबियर का ऑर्डर दिया। उसने उदासी से सोचा कि अगर वह हॉगवर्ट्स में ही रहता और अपने अंडे की चीख़ों में छिपे सुराग़ को समझने की कोशिश करता, तो ज़्यादा अच्छा होता।

'क्या वे *कभी* अपने ऑफ़िस नहीं जाते हैं?' हर्माइनी ने अचानक फुसफुसाकर कहा। 'देखो!'

उसने बार के पीछे लगे आईने की तरफ़ इशारा किया। हैरी ने देखा कि वहाँ पर लूडो बैगमैन का प्रतिबिंब दिखाई दे रहा था। वे पिशाचों के एक झुंड के साथ एक अँधेरे कोने में बैठे हुए थे। बैगमैन धीमी आवाज़ में पिशाचों के सामने बहुत जल्दी-जल्दी बोल रहे थे। सभी पिशाचों ने अपने हाथ बाँध रखे थे और वे थोड़े ख़तरनाक दिख रहे थे।

हैरी ने सोचा कि यह बहुत अजीब बात थी कि बैगमैन वीकएंड के समय थ्री ब्रूमस्टिक्स में थे, जबकि त्रिकोणीय टूर्नामेंट की कोई गतिविधि नहीं हो रही थी और निर्णायक की कोई ज़रूरत नहीं थी। उसने आईने में बैगमैन को देखा। वे काफ़ी तनाव में दिख रहे थे। दरअसल वे उतने ही तनाव में दिख रहे थे, जितने कि मौत का निशान दिखने से पहले उस रात को जंगल में दिखे थे। लेकिन तभी बैगमैन ने बार में अपनी नज़रें दौड़ाईं और हैरी को देखकर खड़े हो गए।

'एक मिनट में आता हूँ, बस एक मिनट में!' हैरी ने उन्हें पिशाचों से यह कहते सुना। बैगमैन तेज़ी से हैरी की तरफ़ आने लगे और उनके चेहरे पर एक बार फिर लड़कों जैसी मुस्कान आ गई।

'हैरी!' उन्होंने कहा। 'कैसे हो? मैं तुमसे मिलने की उम्मीद ही कर रहा था! सब कुछ ठीक है?'

'हाँ,' हैरी ने कहा।

'मैं तुमसे अकेले में बात कर सकता हूँ, हैरी?' बैगमैन ने उत्सुकता से कहा। 'तुम दोनों को बुरा तो नहीं लगेगा?'

'बिलकुल नहीं,' रॉन ने कहा। फिर वह और हर्माइनी टेबल की तलाश में दूर चल दिए।

बैगमैन हैरी को मैडम रोज़मर्टा से सबसे दूर वाले कोने में ले गए।

'मैं तो बस सोच रहा था कि मैं एक बार फिर तुम्हें हॉर्नटेल के ख़िलाफ़ बेहतरीन प्रदर्शन की बधाई दे दूँ, हैरी,' बैगमैन ने कहा। 'बहुत बढ़िया।'

'धन्यवाद,' हैरी ने कहा। लेकिन वह जानता था कि बैगमैन सिर्फ़ यही नहीं कहना चाहते होंगे, क्योंकि वे बधाई तो रॉन और हर्माइनी के सामने भी दे सकते थे। बहरहाल, बैगमैन अपनी गोपनीय बात को कहने की ख़ास जल्दी में नहीं लग रहे थे। हैरी ने देखा कि वे बार में लगे आईने में पिशाचों को देख रहे थे, जो अपनी काली, तिरछी आँखों से उन्हें और हैरी को ख़ामोशी से देख रहे थे।

जब बैगमैन ने देखा कि हैरी भी पिशाचों की तरफ़ देख रहा है, तो वे धीमी आवाज़ में बोले, 'बुरे सपने की तरह लगता है। उन्हें अँग्रेजी नहीं आती है ... वही क्विडिच वर्ल्ड कप में बल्गारिया के मंत्री जैसा हाल है ... लेकिन कम से कम वह तो सांकेतिक भाषा का इस्तेमाल कर रहा था, जिसे कोई भी समझ सकता था। ये लोग तो पिशाची भाषा में अनाप-शनाप बकते रहते हैं ... और मुझे पिशाची भाषा का सिर्फ़ एक ही शब्द आता है : *ब्लैडवैक*, जिसका मतलब होता है "कुल्हाड़ी"। मैं इसे नहीं बोलना चाहता, क्योंकि कहीं उन्हें यह न लगे कि मैं उन्हें धमका रहा हूँ।' वे धीरे से हँसे।

'वे चाहते क्या हैं?' हैरी ने कहा। उसका ध्यान इस तरफ़ गया था कि पिशाच अब भी बैगमैन को बड़े ग़ौर से देख रहे थे।

'अर – देखो,' बैगमैन अचानक घबराते हुए बोले। 'वे लोग ... वे लोग बार्टी क्राउच को ढूँढ़ रहे हैं।'

'वे उन्हें यहाँ क्यों ढूँढ़ रहे हैं?' हैरी ने कहा। 'वे तो लंदन में मंत्रालय में होंगे, है ना।'

बैगमैन ने कहा, 'क्या पता वे कहाँ होंगे! उन्होंने ऑफ़िस आना छोड़ दिया है। वे पिछले दो हफ़्ते से ग़ायब हैं। उनके असिस्टेंट पर्सी का कहना है कि वे बीमार हैं। उसने यह भी बताया है कि वे उल्लू के माध्यम से अपने निर्देश भेज रहे हैं। लेकिन ध्यान रहे हैरी, तुम इसका ज़िक्र किसी से भी मत करना। क्योंकि रीटा स्कीटर अब भी हर जगह ख़बर की तलाश में भटक रही है और मैं शर्त लगाता हूँ कि वह बार्टी की बीमारी को किसी भयंकर बात में बदल देगी। शायद वह यह कहेगी कि बर्था जोरकिन्स की तरह ही वे भी ग़ायब हो गए हैं।'

हैरी ने पूछा, 'आपको बर्था जोरकिन्स के बारे में कुछ पता चला?'

'नहीं,' बैगमैन ने दोबारा तनाव में दिखते हुए कहा। 'मैंने उसकी तलाश में आदमी लगा रखे हैं ...' (हैरी ने सोचा, काफ़ी देर बाद लगाए) 'और यह मामला बहुत अजीब है। वह निश्चित रूप से अल्बानिया तो *पहुँची* थी, क्योंकि वहाँ पर वह अपनी कज़िन से मिली थी ... और फिर वह अपनी कज़िन के घर से निकलकर दक्षिण दिशा में रहने वाली आंटी से मिलने गई ... लेकिन वह रास्ते में ही कहीं पर ग़ायब हो गई। उसका कोई सुराग़ नहीं मिल रहा है। मुझे ज़रा भी समझ में नहीं आ रहा है कि वह कहाँ जा सकती है ... उसके बारे में यह नहीं कहा जा सकता कि वह किसी के साथ भाग गई हो। वह इस तरह की नहीं लगती थी ... लेकिन फिर भी ... लो हम भी कहाँ की बातों में उलझ गए? पिशाचों और बर्था जोरकिन्स की? मैं तो दरअसल तुमसे यह पूछना चाहता था,' उन्होंने अपनी आवाज़ धीमी कर ली, 'तुम अपने सुनहरे अंडे के मामले में कहाँ तक पहुँचे हो?'

'अर ... ठीक-ठाक ही है,' हैरी ने झूठ बोल दिया।

बैगमैन समझ गए कि वह झूठ बोल रहा है।

उन्होंने अब भी धीमी आवाज़ में कहा, 'सुनो हैरी, मुझे इसके बारे में बहुत बुरा लगता है ... तुम्हें ज़बर्दस्ती इस टूर्नामेंट में हिस्सा लेना पड़ रहा है, तुम अपनी मर्ज़ी से इसमें हिस्सा नहीं ले रहे हो ... और अगर,' उनकी आवाज़ अब इतनी धीमी हो गई कि उसे सुनने के लिए हैरी को झुककर क़रीब आना पड़ा '... अगर मैं तुम्हारी कोई मदद कर सकूँ ... सही दिशा में संकेत कर सकूँ

... मैं तुम्हें पसंद करता हूँ ... जिस तरह से तुमने उस ड्रैगन को पार किया था, वह मुझे बहुत शानदार लगा था! ... बस मुझे ज़रा सा इशारा भर कर दो।'

हैरी ने बैगमैन के गोल और गुलाबी चेहरे को देखा और उनकी बड़ी-बड़ी नीली आँखों को भी।

'देखिए, हमें अपने सुराग़ों को अकेले ही सुलझाने के लिए कहा गया था, है ना?' उसने कहा। उसने यह बात बहुत सावधानी से सामान्य स्वर में कही, ताकि कहीं ऐसा न लगे कि वह जादुई खेल विभाग के प्रमुख पर नियम तोड़ने का आरोप लगा रहा हो।

'हाँ ... हाँ, यह बात तो है,' बैगमैन ने अधीरता से कहा, 'लेकिन - देखो हैरी, - हम सब हॉगवर्ट्स की जीत चाहते हैं, है ना?'

हैरी ने पूछा, 'क्या आपने सेडरिक के सामने मदद का प्रस्ताव रखा है?'

बैगमैन के चेहरे पर हल्की सी त्योरियाँ दिखने लगीं।

उन्होंने कहा, 'नहीं, मैंने ऐसा नहीं किया। लेकिन मैंने कहा ना, मैं तुम्हें पसंद करता हूँ। इसलिए मैंने सोचा कि तुम्हारी थोड़ी मदद कर दूँ ...'

'धन्यवाद,' हैरी ने कहा, 'लेकिन मुझे लगता है कि मैं अंडे की समस्या को सुलझाने के काफ़ी क़रीब पहुँच चुका हूँ ... एक-दो दिन में ही मैं इसकी तह तक पहुँच जाऊँगा।'

उसे पक्का पता नहीं था कि वह बैगमैन की मदद लेने से इंकार क्यों कर रहा था। ऐसा शायद इसलिए था, क्योंकि बैगमैन लगभग अजनबी थे और उनकी मदद लेना धोखेबाज़ी होती, जबकि रॉन, हर्माइनी या सिरियस से सलाह लेने में उसे ऐसा नहीं लगता था।

बैगमैन को देखकर लगा कि उन्हें थोड़ा बुरा लग गया था, लेकिन वे आगे कुछ नहीं कह पाए, क्योंकि उसी समय फ्रेड और जॉर्ज उनके पास आ गए।

'हैलो, मिस्टर बैगमैन,' फ्रेड ने उत्साह से कहा। 'क्या हम आपके लिए ड्रिंक ख़रीद सकते हैं?'

'अर ... नहीं,' बैगमैन ने कहा और आख़िरी बार हैरी को निराशा से देखा, 'नहीं, धन्यवाद लड़को ...'

फ्रेड और जॉर्ज भी बैगमैन जितने ही निराश दिखने लगे। बैगमैन हैरी को इस अंदाज़ में देख रहे थे, जैसे उसने उनकी इच्छा पूरी नहीं की हो।

'अच्छा, तो अब मुझे भागना पड़ेगा,' उन्होंने कहा। 'तुम सभी से मिलकर अच्छा लगा। गुड लक, हैरी।'

वे जल्दी से थ्री ब्रूमस्टिक्स के बाहर निकल गए। पिशाच भी अपनी

कुर्सियों से उतरे और उनके पीछे चल दिए। हैरी रॉन और हर्माइनी के पास लौट गया।

जैसे ही हैरी उनके पास बैठा, रॉन ने पूछा, 'वे क्या कह रहे थे?'

हैरी ने कहा, 'वे सुनहरे अंडे के मामले में मेरी मदद करना चाहते थे।'

'उन्हें ऐसा नहीं करना चाहिए!' हर्माइनी ने कहा, जो बहुत सदमे में दिख रही थी। 'वे निर्णायक हैं! और वैसे भी, तुमने उसकी गुत्थी पहले ही सुलझा ली है – है ना?'

'हाँ ... लगभग,' हैरी ने कहा।

'देखो – मुझे लगता है, अगर डम्बलडोर को यह पता चल गया कि बैगमैन तुम्हारे सामने धोखेबाज़ी का प्रस्ताव रख रहे थे, तो उन्हें यह बात पसंद नहीं आएगी,' हर्माइनी ने कहा, जो अब भी बहुत अप्रसन्न दिख रही थी। 'काश वे सेडरिक की मदद करने की भी इतनी ही कोशिश कर रहे हों!'

हैरी बोला, 'वे नहीं कर रहे हैं। मैंने उनसे पूछा था।'

रॉन ने कहा, 'किसे परवाह है कि डिगोरी को मदद मिलती है या नहीं?' हैरी मन ही मन उसकी बात से सहमत था।

'ये पिशाच बहुत दोस्ताना नहीं दिख रहे थे,' हर्माइनी ने बटरबियर पीते हुए कहा। 'वे लोग यहाँ क्या कर रहे थे?'

'बैगमैन के अनुसार वे क्राउच को खोज रहे थे,' हैरी बोला। 'क्राउच अब भी बीमार हैं। वे ऑफ़िस नहीं जा रहे हैं।'

'शायद पर्सी उन्हें ज़हर दे रहा होगा,' रॉन ने कहा। 'शायद वह सोच रहा होगा कि अगर क्राउच निबट गए, तो उसे अंतर्राष्ट्रीय जादुई सौहार्द्र विभाग का प्रमुख बना दिया जाएगा।'

हर्माइनी ने रॉन की तरफ़ ऐसी-चीज़ों-के-बारे-में-मज़ाक़-मत-करो वाली निगाह डाली और बोली, 'अजीब बात है कि पिशाच मिस्टर क्राउच को खोज रहे हैं ... पिशाच तो आम तौर पर जादुई प्राणी नियमन एवं नियंत्रण विभाग से सरोकार रखते हैं।'

'क्राउच सैकड़ों भाषाएँ बोल सकते हैं,' हैरी ने कहा। 'शायद पिशाचों को दुभाषिए की ज़रूरत होगी।'

'क्या अब तुम बेचारे पिशाचों के बारे में चिंता कर रही हो?' रॉन ने हर्माइनी से पूछा। 'शायद एस.पी.यू.जी. शुरू करने के बारे में सोच रही होगी? सोसायटी फ़ॉर द प्रोटेक्शन ऑफ़ अग्ली गॉबलिन्स?'

'हा, हा, हा,' हर्माइनी ने व्यंग्य से कहा। 'पिशाचों को किसी सुरक्षा की

ज़रूरत नहीं है। जब प्रोफ़ेसर बिन्स हमें पिशाच विद्रोहों के बारे में बता रहे थे, तो क्या तुमने कुछ नहीं सुना?'

हैरी और रॉन एक साथ बोले, 'हमने कुछ नहीं सुना।'

'वे लोग जादूगरों से निबटने में सक्षम हैं,' हर्माइनी बोली और अपनी बटरबियर का एक और घूँट पिया। 'वे बहुत चतुर होते हैं। वे घरेलू जिन्नों की तरह नहीं होते हैं, जो ख़ुद के लिए इंसाफ़ माँगने के लिए अपना मुँह भी नहीं खोल पाते हैं।'

'ओह, ओह,' रॉन ने दरवाज़े की तरफ़ एकटक देखते हुए कहा।

रीटा स्कीटर अभी-अभी अंदर आई थीं। वे आज पके हुए केले के रंग के पीले दुशाले पहने थीं। उनके लंबे नाख़ून काफ़ी गुलाबी रंग के थे और उनके साथ मोटी तोंद वाला फ़ोटोग्राफ़र भी था। उन्होंने ड्रिंक्स ख़रीदे और फिर वे फ़ोटोग्राफ़र के साथ भीड़ के बीच से रास्ता बनाते हुए पास वाली टेबल पर आकर बैठ गईं। उनके पास आने पर हैरी, रॉन और हर्माइनी ने उन्हें ग़ुस्से से घूरा। वे तेज़ी से बोल रही थीं और किसी चीज़ के बारे में बहुत संतुष्ट दिख रही थीं।

'... वह हमसे बात करने के लिए बहुत उत्सुक नहीं था, है ना बोज़ो? तुम्हें क्या लगता है, इसकी क्या वजह हो सकती है? और वैसे भी वह पिशाचों के झुंड के बीच में क्या कर रहा है? उन्हें यहाँ की सैर करा रहा है ... वह एक नंबर का झूठा है। लगता है, कोई गड़बड़ हो रही है? लगता है, हमें थोड़ी छानबीन करनी होगी? *जादुई खेल विभाग के पूर्व-प्रमुख लूडो बैगमैन का पतन* ... यह हेडलाइन कैसी रहेगी, बोज़ो - हमें बस इसके साथ वाली ख़बर की ज़रूरत है -'

हैरी ने ज़ोर से कहा, 'किसी और की ज़िंदगी बर्बाद करने के बारे में सोच रही हैं?'

कुछ लोगों ने पलटकर देखा। रीटा स्कीटर की आँखें उनके रत्नजड़ित चश्मे के पीछे फैल गईं, जब उन्होंने देखा कि यह बात किसने कही थी।

'हैरी!' उन्होंने मुस्कराते हुए कहा। 'तुम्हें देखकर बहुत अच्छा लगा! तुम हमारे पास आकर क्यों नहीं बैठते हो - ?'

'मैं दस फ़ुट की झाड़ू लेकर भी आपके पास नहीं आऊँगा,' हैरी ने ग़ुस्से से कहा। 'आपने हैग्रिड के साथ ऐसा क्यों किया?'

रीटा स्कीटर ने पेंसिल से तराशी हुई अपनी भौंहें उठाईं।

'हमारे पाठकों को सच्चाई जानने का हक़ है, हैरी। मैं तो सिर्फ़ अपने

कर्तव्य का पालन कर रही थी –'

'किसे परवाह है कि वह अर्ध-दानव है?' हैरी चिल्लाया। 'उसमें कोई गड़बड़ नहीं है।'

श्री ब्रूमस्टिक्स में अब ख़ामोशी छा गई थी। मैडम रोज़मर्टा बार के पीछे से घूरकर देख रही थीं और उन्हें ध्यान ही नहीं रहा कि वे जिस गिलास में शराब डाल रही थीं, वह पूरा भर चुका था, इसलिए शराब नीचे फैलने लगी थी।

रीटा स्कीटर की मुस्कान थोड़ी देर के लिए काँपी, लेकिन फिर उन्होंने उसे लगभग तुरंत दोबारा सँभाल लिया। उन्होंने मगरमच्छ की खाल वाला अपना हैंडबैग खोला और उसमें से अपनी तीव्र-कथन क़लम बाहर निकालकर बोलीं, 'तो फिर हैरी, ऐसा करो कि *तुम* मुझे अपने दोस्त हैग्रिड के अच्छे पहलू के बारे में इंटरव्यू दे दो। भीमकाय शरीर के पीछे छिपा मासूम दिल? तुम्हारी बेमेल दोस्ती और उसके पीछे छिपे कारण। क्या वह तुम्हें अपने पिता का वैकल्पिक रूप लगता है?'

हर्माइनी अचानक उठकर खड़ी हुई। उसने अपने हाथ में बटरबियर की बोतल इस तरह पकड़ रखी थी, जैसे वह कोई बम हो।

'बुरी औरत,' उसने भिंचे दाँतों के बीच से कहा, 'तुम्हें किसी भी बात की परवाह नहीं है, है ना? तुम धमाकेदार ख़बर के लिए कुछ भी कर सकती हो। किसी की जान भी ले सकती हो! यहाँ तक कि तुम तो लूडो बैगमैन को भी नहीं छोड़ रही हो –'

'मूर्ख लड़की, बैठ जाओ और उन चीज़ों के बारे में अपना मुँह बंद रखो, जिनके बारे में तुम कुछ नहीं जानती हो,' रीटा स्कीटर ने ठंडे लहज़े में कहा और हर्माइनी को ग़ुस्से से देखा। 'मैं लूडो बैगमैन के बारे में ऐसी बातें जानती हूँ, जिन्हें सुनकर तुम्हारे बाल खड़े हो जाएँगे ... हालाँकि इसकी कोई *ज़रूरत* नहीं है, क्योंकि तुम्हारे बाल तो पहले से ही उलझे और खड़े हुए हैं –' उन्होंने हर्माइनी के उलझे हुए बालों को देखते हुए कहा।

'चलो चलते हैं,' हर्माइनी ने कहा। 'चलो, हैरी – रॉन ...'

वे बाहर निकल गए। कई लोग उन्हें बाहर निकलते हुए देख रहे थे। दरवाज़े तक पहुँचकर हैरी ने पलटकर देखा। रीटा स्कीटर की तीव्र-कथन क़लम बाहर निकल आई थी और टेबल पर रखे चर्मपत्र पर तेज़ी से चल रही थी।

जब वे वापस सड़क पर आकर तेज़ी से चलने लगे, तो रॉन धीमी और चिंतित आवाज़ में बोला, 'अब वह तुम्हारे पीछे पड़ जाएगी, हर्माइनी।'

'उसे कोशिश तो करने दो!' हर्माइनी ने ग़ुस्से से काँपते हुए तीखी

आवाज़ में कहा। 'मैं उसे बता दूँगी! मैं मूर्ख लड़की हूँ ? ओह, मैं इस बात के लिए उससे बदला लूँगी, पहले हैरी, फिर हैग्रिड ...'

'तुम रीटा स्कीटर से पंगा मत लो,' रॉन ने घबराते हुए कहा। 'मैं सच कह रहा हूँ, हर्माइनी, वह तुम्हारे बारे में कोई भी उल्टी-सीधी ख़बर छाप सकती है -'

'मेरे मम्मी-डैडी *दैनिक जादूगर* अख़बार नहीं पढ़ते हैं, इसलिए वह मुझे मुँह छिपाने के लिए मजबूर नहीं कर सकती!' हर्माइनी बोली। वह अब इतनी तेज़ी से चल रही थी कि हैरी और रॉन को उसके साथ चलने में कठिनाई हो रही थी। पिछली बार हैरी ने हर्माइनी को इतने ग़ुस्से में तब देखा था, जब उसने ड्रेको मैल्फ़ॉय को थप्पड़ मारा था। 'और हैग्रिड भी अब मुँह नहीं छिपाएगा! उसे उस घटिया औरत के कारण *कभी* शर्मिंदा नहीं होना चाहिए! *चलो!*'

आगे-आगे भागते हुए वह उन दोनों को सड़क पर तेज़ी से ले गई। वे पंख वाले वराहों की मूर्तियों के बीच में बने गेट से निकले और हैग्रिड के केबिन की तरफ़ जाने लगे।

पर्दे अब भी बंद थे। पास पहुँचने पर उन्हें फ़ैंग के भौंकने की आवाज़ सुनाई दी।

'हैग्रिड!' हर्माइनी सामने वाले दरवाज़े को ठोंकते हुए चिल्लाई। 'हैग्रिड, बहुत हो गया! हम जानते हैं कि तुम अंदर ही हो! किसी को भी परवाह नहीं है कि तुम्हारी माँ दानवी थी, हैग्रिड! तुम उस घटिया स्कीटर औरत के कारण ऐसा मत करो! हैग्रिड बाहर आ जाओ, तुम भी कमाल करते हो -'

दरवाज़ा खुल गया। हर्माइनी ने कहा 'तुम भी तो-!' तभी वह अचानक चुप हो गई, क्योंकि सामने हैग्रिड नहीं, बल्कि एल्बस डम्बलडोर खड़े थे।

डम्बलडोर ने उनकी तरफ़ मुस्कराकर देखते हुए कहा, 'गुड आफ़्टरनून।'

'हम - हम हैग्रिड से मिलना चाहते हैं,' हर्माइनी ने थोड़ा सकुचाते हुए कहा।

'हाँ, मैं इतना तो समझ ही गया था,' डम्बलडोर ने कहा और उनकी आँखें चमकने लगीं। 'तुम बाहर क्यों खड़े हो, अंदर क्यों नहीं आते ?'

हर्माइनी ने कहा, 'ओह ... **हाँ**।'

हर्माइनी, रॉन और हैरी केबिन के अंदर गए। जैसे ही हैरी भीतर घुसा, फ़ैंग ने उस पर छलाँग लगा दी। वह पागलों की तरह भौंकते हुए उसके कान चाटने की कोशिश करने लगा। हैरी ने फ़ैंग को दूर हटाया और चारों तरफ़ देखा।

हैग्रिड टेबल के पास बैठा था, जिस पर चाय के दो बड़े मग रखे थे। उसकी हालत सचमुच बहुत बुरी दिख रही थी। उसका चेहरा आँसुओं से सना

था, उसकी आँखें सूजी हुई थीं और जहाँ तक उसके बालों का सवाल था, अब वे उलझे हुए तारों की विग जैसे लग रहे थे।

'हाय हैग्रिड,' हैरी ने कहा।

हैग्रिड ने नज़रें उठाकर देखा।

'हैलो,' उसने काफ़ी भारी आवाज़ में कहा।

'मुझे लगता है कि और चाय की ज़रूरत पड़ेगी,' डम्बलडोर ने हैरी, रॉन और हर्माइनी के अंदर आ जाने के बाद दरवाज़ा बंद करते हुए कहा। उन्होंने अपनी छड़ी बाहर निकालकर हिलाई। चाय की घूमने वाली ट्रे हवा से प्रकट हुई, जिसमें केक की प्लेट भी रखी थी। डम्बलडोर ने जादू से ट्रे टेबल पर रख दी और सभी लोग टेबल के चारों तरफ़ बैठ गए। थोड़ी देर ख़ामोशी छाई रही और फिर डम्बलडोर बोले, 'हैग्रिड, तुमने सुना, मिस ग्रेंजर चिल्ला-चिल्लाकर क्या बोल रही थीं?'

हर्माइनी का चेहरा थोड़ा गुलाबी हो गया, लेकिन डम्बलडोर उसकी तरफ़ देखकर मुस्कराए और आगे बोले, 'हर्माइनी, हैरी और रॉन अब भी तुमसे दोस्ती रखना चाहते हैं, जैसा कि उनकी दरवाज़ा तोड़ने की कोशिशों से साफ़ ज़ाहिर होता है।'

'और क्या, हम अब भी तुमसे दोस्ती रखना चाहते हैं!' हैरी ने हैग्रिड की तरफ़ एकटक देखते हुए कहा। 'तुम्हें यह तो नहीं लगा कि वह स्कीटर भैंस - माफ़ कीजिए, प्रोफ़ेसर,' उसने जल्दी से डम्बलडोर की तरफ़ देखते हुए कहा।

'हैरी, मैं कुछ समय के लिए बहरा हो गया था, इसलिए मैं तुम्हारी बात बिलकुल नहीं सुन पाया,' डम्बलडोर बोले। उन्होंने अपने अँगूठे चटकाए और छत की तरफ़ देखने लगे।

'अर - हाँ,' हैरी ने धीरे से कहा। 'मेरा मतलब था - हैग्रिड, तुमने सोच कैसे लिया कि उस औरत ने तुम्हारे बारे में जो लिखा है, उससे हमें कोई फ़र्क़ पड़ेगा?'

हैग्रिड की बीटल जैसी काली आँखों से दो मोटे आँसू बाहर निकले और उसकी खिचड़ी दाढ़ी पर धीरे-धीरे गिर गए।

'हैग्रिड, मैं तुमसे जो कह रहा था, यह उसी बात का सबूत है,' डम्बलडोर ने कहा। वे अब भी सावधानी से छत की तरफ़ देख रहे थे। 'मैंने तुम्हें अनगिनत माता-पिताओं की चिट्ठियाँ दिखा दी हैं, जो हॉगवर्ट्स में पढ़ते समय तुम्हें जानते थे। उन्होंने बहुत सख़्त शब्दों में मुझे चेतावनी दी है कि अगर मैंने तुम्हें नौकरी से निकाला, तो वे चुप नहीं बैठेंगे -'

'लेकिन सभी तो ऐसा नहीं कह रहे हैं,' हैग्रिड ने भर्राई आवाज़ में कहा। 'सभी तो यह नहीं चाहते हैं कि हम यहाँ पर रुकें।'

'देखो हैग्रिड, अगर तुम शत-प्रतिशत लोकप्रियता पाने के चक्कर में हो, तो मुझे लगता है कि तुम्हें इस केबिन में काफ़ी लंबे समय तक रहना पड़ेगा,' डम्बलडोर बोले, जो अब अपने आधे चाँद के आकार वाले चश्मे के ऊपर से घूर रहे थे। 'इस स्कूल का हेडमास्टर बनने के बाद से कभी एक हफ़्ता भी ऐसा नहीं गुज़रा, जब कम से कम एक उल्लू यह शिकायत लेकर मेरे पास नहीं आया हो कि मैं स्कूल ठीक से नहीं चला रहा हूँ। अब बताओ, मुझे क्या करना चाहिए? ख़ुद को अपने कमरे में बंद कर लूँ और किसी से भी बात न करूँ?'

हैग्रिड ने टूटी आवाज़ में कहा, 'लेकिन आप अर्ध-दानव नहीं हैं!'

'हैग्रिड, मेरे रिश्तेदारों को देखो!' हैरी ने आवेश में कहा। 'डर्स्ली परिवार को देखो!'

'बड़ी सही बात कही,' प्रोफ़ेसर डम्बलडोर ने कहा। 'मेरे ख़ुद के भाई एबरफ़ोर्थ पर बकरी पर अनुचित मंत्रों का इस्तेमाल करने के लिए मुकदमा चलाया गया था। उसके बारे में अख़बारों में काफ़ी छपा था, लेकिन क्या एबरफ़ोर्थ ने मुँह छिपाया? नहीं, उसने ऐसा नहीं किया! वह अपना सिर तानकर हमेशा की तरह अपना काम करता रहा! वैसे मुझे पूरा विश्वास नहीं है कि वह अख़बार पढ़ सकता था, इसलिए हो सकता है इसमें बहादुरी की कोई बात न हो ...'

'तुम फिर से हमें पढ़ाना शुरू करो, हैग्रिड,' हर्माइनी ने शांति से कहा, 'वापस आओ, हमें तुम्हारी बहुत याद आती है।'

हैग्रिड ने थूक अंदर गटका। उसके गालों पर और ज़्यादा आँसू बहने लगे तथा उसकी खिचड़ी दाढ़ी को भिगोने लगे। डम्बलडोर उठकर खड़े हुए।

उन्होंने कहा, 'हैग्रिड, मैं तुम्हारे इस्तीफ़े को अस्वीकार करता हूँ। मुझे उम्मीद है कि तुम सोमवार को अपने काम पर लौट आओगे। तुम सुबह साढ़े आठ बजे बड़े हॉल में मेरे साथ नाश्ता करोगे। कोई बहाना नहीं चलेगा। सभी को गुड आफ़्टरनून।'

डम्बलडोर केबिन से बाहर चले गए और सिर्फ़ फ़ैंग के कान खुजाने के लिए थोड़ी देर ठहरे। जब दरवाज़ा उनके पीछे बंद हो गया, तो हैग्रिड अपने कूड़ेदान के ढक्कन जितने बड़े हाथों में मुँह छिपाकर सुबकने लगा। हर्माइनी उसकी बाँह थपथपाती रही। आख़िरकार हैग्रिड ने ऊपर देखा। उसकी आँखें सचमुच बहुत लाल हो चुकी थीं। वह बोला, 'डम्बलडोर महान हैं ... सचमुच महान हैं ...'

'हाँ, वे महान हैं,' रॉन ने कहा। 'क्या मैं इनमें से एक केक ले सकता हूँ, हैग्रिड ?'

'क्यों नहीं,' हैग्रिड ने अपनी हथेली के पिछले हिस्से से आँखें पोंछते हुए कहा। 'आह, वे ठीक कहते हैं – निश्चित रूप से – तुम सभी ठीक कहते हो ... हम ही मूर्ख थे ... हमारे डैडी हमारे व्यवहार को देखकर शर्मिंदा होते ...' उसकी आँखों से और आँसू बहने लगे, लेकिन उसने उन्हें ताक़त से पोंछते हुए कहा, 'तुम लोगों को कभी अपने डैडी की तस्वीर नहीं दिखाई, है ना ? यह देखो ...'

हैग्रिड उठकर अलमारी तक गया और उसकी दराज़ खोलकर उसमें से एक तस्वीर बाहर निकाली। तस्वीर में एक नाटा जादूगर दिख रहा था। उसकी आँखें भी हैग्रिड जैसी ही काली थीं और वह हैग्रिड के कंधे पर बैठा हुआ था। हैग्रिड की लंबाई सात-आठ फ़ुट होगी। यह बात उसके पास लगे सेब के पेड़ से समझ में आ रही थी। लेकिन उसके चेहरे पर दाढ़ी नहीं थी। उसका चेहरा कमसिन, गोल और चिकना दिख रहा था – वह बमुश्किल ग्यारह साल का लग रहा था।

'यह तस्वीर उस समय की है, जब हम हॉगवर्ट्स में दाख़िल हुए ही थे,' हैग्रिड ने टूटी हुई आवाज़ में कहा। 'डैडी बहुत चिंता में थे ... उन्हें लग रहा था कि हो सकता है हम जादूगर ही न हों ... हमारी मम्मी के कारण .... चाहे जो हो, ज़ाहिर है, हम वास्तव में कभी जादू में बहुत निपुण नहीं हो पाए ... लेकिन कम से कम डैडी को हमारे हॉगवर्ट्स से निकलने का सदमा नहीं झेलना पड़ा। जब हम सेकंड ईयर में थे, तभी वे चल बसे थे ...

'डैडी के जाने के बाद हमें डम्बलडोर ने सहारा दिया। उन्होंने हमें गेमकीपर का काम दिलाया ... वे लोगों पर भरोसा करते हैं। उन्हें दूसरे मौक़े देते हैं ... इसी वजह से वे बाक़ी हेडमास्टरों से अलग हैं। वे किसी को भी हॉगवर्ट्स में जगह दे सकते हैं, बशर्ते उसमें प्रतिभा हो। वे जानते हैं कि लोग अच्छे हो सकते हैं, भले ही उनके परिवार ... अर ... उतने सम्मानजनक न हों। लेकिन कुछ लोग यह बात नहीं समझते हैं। कुछ लोग हमेशा इस बात के कारण आपके ख़िलाफ़ हो जाते हैं ... कुछ लोग यह नाटक करते हैं कि उनकी हड्डियाँ बड़ी हैं, बजाय यह कहने के कि – हम जो हैं, हैं और हमें यह मानने में क़तई शर्म नहीं आती है। "इस कारण कभी शर्मिंदा मत होना," हमारे डैडी हमेशा कहा करते थे, "इस कारण कुछ लोग तुम्हारे ख़िलाफ़ हो जाएँगे, लेकिन उनके बारे में सोचकर परेशान मत होना।" और वे सही कहते थे। हम भी कितने बड़े मूर्ख थे! हम तुमसे वादा करते हैं, अब हम *इस* बारे में बिलकुल परेशान नहीं होंगे। बड़ी हड्डियाँ ... देखते जाओ, अब हम उसकी हड्डियों को बड़ा करके बताएँगे।'

हैरी, रॉन और हर्माइनी ने एक-दूसरे को घबराकर देखा। हैरी हैग्रिड को यह नहीं बताना चाहता था कि उसने हैग्रिड और मैडम मैक्सिम की बातचीत सुन ली थी। इसके बजाय तो वह पचास विस्फोटक अग्निडंकों को घुमाने ले जाना ज़्यादा पसंद करता। लेकिन हैग्रिड अब भी बोले जा रहा था और उसे यह अंदाज़ा ही नहीं था कि उसके मुँह से कोई अजीब बात निकल गई थी।

'तुम जानते हो, हैरी ?' उसने अपने डैडी के फ़ोटो से अपनी आँखें हटाईं, जो अब चमक रही थीं। 'जब हम तुमसे पहली बार मिले थे, तो तुम्हें देखकर हमें अपना अतीत याद आ गया था। तुम्हारे मम्मी-डैडी दोनों जा चुके थे और तुम्हें ऐसा लग रहा था, जैसे तुम हॉगवर्ट्स में सफल नहीं हो पाओगे, याद है ? तुम्हें यक़ीन नहीं था कि तुममें इतनी क़ाबिलियत है ... और अब कोई तुम्हारी तरफ़ देखे तो सही, हैरी! स्कूल चैंपियन!'

उसने हैरी को एक पल देखा और फिर बहुत गंभीरता से कहा, 'तुम जानते हो, हमें किस बात में मज़ा आएगा, हैरी ? हमें तुम्हारी जीत देखने में मज़ा आएगा। इससे सभी लोगों को यह पता चल जाएगा ... कि शुद्ध ख़ून होना ही काफ़ी नहीं होता। किसी को ख़ुद पर शर्म करने की कोई ज़रूरत नहीं है। हम जो हैं, हैं। इससे उन्हें यह पता चल जाएगा कि डम्बलडोर सही हैं, जो जादुई प्रतिभा वाले किसी भी बच्चे को हॉगवर्ट्स में पढ़ने का मौक़ा देते हैं। उस अंडे का हाल कैसा है, हैरी ?'

'बढ़िया,' हैरी ने कहा। 'बहुत बढ़िया।'

हैग्रिड के दुखी चेहरे पर एक चौड़ी मुस्कान खिल गई। 'यह हुई न बात ... तुम उन्हें बता दो, हैरी, तुम उन्हें बता दो। तुम उन सबको हरा डालो।'

हैग्रिड से झूठ बोलना बाक़ी लोगों से झूठ बोलने से काफ़ी अलग था। उस दोपहर को हैरी जब रॉन और हर्माइनी के साथ महल वापस लौटा, तो उसके दिमाग़ में उथल-पुथल मची हुई थी। उसे अब भी हैग्रिड का ख़ुशी से चमकता चेहरा दिख रहा था, जब वह हैरी के टूर्नामेंट जीतने की कल्पना कर रहा था। उस शाम को हैरी को अपने सीने पर अबूझ अंडे का बोझ जितना भारी लग रहा था, उतना पहले नहीं लगा था। अपने पलंग पर सोने जाते समय तक हैरी फ़ैसला कर चुका था - अब अपने घमंड को दरकिनार करने का वक़्त आ चुका था। अब यह देखने का वक़्त आ चुका था कि क्या सेडरिक का सुराग़ सचमुच दमदार है!

अध्याय पच्चीस

अंडा और आँख

चूँकि हैरी यह नहीं जानता था कि सुनहरे अंडे के रहस्य का पता लगाने के लिए उसे कितनी देर तक नहाना पड़ेगा, इसलिए उसने यह काम रात को करने का फ़ैसला किया, ताकि वह जितनी देर तक चाहे नहा सके। हालाँकि वह सेडरिक का और एहसान नहीं लेना चाहता था, लेकिन उसने प्रिफ़ेक्ट्स के बाथरूम का इस्तेमाल करने का ही फ़ैसला किया। वहाँ पर बहुत कम लोगों को आने की इज़ाज़त थी, इसलिए इस बात की संभावना बहुत कम थी कि कोई वहाँ पर आकर उसके काम में बाधा डालेगा।

हैरी ने अपने इस अभियान की योजना बहुत सावधानी से बनाई। एक बार पहले भी चौकीदार फ़िल्च उसे आधी रात को घूमते हुए पकड़ चुका था और हैरी नहीं चाहता था कि ऐसा दोबारा हो। ज़ाहिर है, उसे अदृश्य चोगा पहनना पड़ेगा। इसके अलावा हैरी ने यह फ़ैसला भी किया कि वह एहतियात के तौर पर हॉगवर्ट्स के नक़्शे को भी साथ ले जाएगा। नियम तोड़ते समय चोगे के बाद यह नक़्शा हैरी की सबसे ज़्यादा मदद करता था। इस नक़्शे में पूरा हॉगवर्ट्स दिखता था। इसमें इसके सभी शॉर्टकट और ख़ुफ़िया गलियारे भी दिखते थे। सबसे महत्वपूर्ण बात यह थी कि इसमें गलियारों में घूमने वाले लोगों की छोटी आकृतियाँ भी दिखती थीं, जिन पर उनके नाम के लेबल लगे रहते थे। हैरी ने सोचा कि अगर कोई उस बाथरूम के आस-पास आया, तो नक़्शा उसे पहले से ही चेतावनी दे देगा।

गुरुवार की रात को हैरी अपने पलंग से धीरे से उतरा। उसने अपना अदृश्य चोगा पहना, सीढ़ियाँ उतरकर नीचे गया और फिर तस्वीर के छेद के खुलने का इंतज़ार करने लगा। आज भी उसने वही किया, जो उस रात को किया था, जब हैग्रिड उसे ड्रैगन दिखाने वाला था। इस बार रॉन बाहर खड़े होकर मोटी औरत को पासवर्ड बताने का इंतज़ार कर रहा था। पासवर्ड था,

'केले के चिप्स।' जब अदृश्य हैरी के पास से निकलने की सरसराहट सुनाई दी, तो रॉन हॉल में आते हुए बुदबुदाया, 'गुड लक।'

आज रात को चोगे के नीचे चलना अजीब था, क्योंकि हैरी की एक बाँह के नीचे भारी अंडा था और दूसरे हाथ में नक़्शा था, जो उसने अपनी आँख से सटा रखा था। बहरहाल, चाँदनी में नहाए गलियारे ख़ाली और ख़ामोश थे। समय-समय पर नक़्शे को देखने के कारण हैरी को रास्ते में कोई नहीं मिला। फिर वह बौखलाए बोरिस की मूर्ति के पास पहुँचा। मूर्ति वाला जादूगर बहुत हैरान-परेशान लग रहा था और उसने अपने दस्ताने ग़लत हाथों में पहन रखे थे। हैरी ने सेडरिक के बताए अनुसार प्रिफ़ेक्ट्स के बाथरूम का दरवाज़ा खोजा और उससे टिककर पासवर्ड बुदबुदाया, *'पाइन-फ्रेश।'*

दरवाज़ा खुल गया। हैरी चुपचाप अंदर गया। उसने अंदर पहुँचकर दरवाज़े की कुंडी लगा ली और अदृश्य चोगा उतारकर चारों तरफ़ देखने लगा।

उसके दिमाग़ में पहला विचार यह आया कि उसे प्रिफ़ेक्ट बन जाना चाहिए, ताकि वह इतने बेहतरीन बाथरूम का इस्तेमाल कर सके। बाथरूम मोमबत्तियों से भरे बेहतरीन फानूस की रोशनी में चमक रहा था। हर चीज़ सफ़ेद संगमरमर से बनी थी। एक ख़ाली, आयताकार स्विमिंग टब भी था, जो फ़र्श के बीच में नीचे धँसा हुआ था। इस स्विमिंग टब के किनारे पर चारों तरफ़ लगभग सौ सुनहरी टोंटियाँ लगी हुई थीं और हर एक के हैंडल पर एक अलग रंग का रत्न जड़ा था। एक डाइविंग बोर्ड भी था। खिड़कियों पर सफ़ेद लिनेन के लंबे पर्दे टँगे थे। एक कोने में मुलायम सफ़ेद तौलियों का ढेर रखा था और दीवार पर एक सुनहरे फ्रेम की तस्वीर भी टँगी थी। इसमें एक सुनहरी जलपरी दिख रही थी, जो एक चट्टान पर गहरी नींद में सो रही थी। जब भी वह खर्राटे लेती थी, उसके लंबे बाल उड़कर उसके चेहरे पर आ जाते थे।

हैरी ने अपना चोगा, अंडा और नक़्शा नीचे रख दिया। वह चारों तरफ़ देखते हुए आगे बढ़ा। दीवारों के कारण उसके क़दमों की आहट गूँजने लगी। हालाँकि बाथरूम शानदार था - और हालाँकि वह कुछ नलों को चालू करने के लिए बहुत उत्सुक था - लेकिन यहाँ आने के बाद उसे एक बार फिर लगा कि सेडरिक उसका मज़ाक़ उड़ाना चाहता होगा। नहाने से उसे अंडे के रहस्य को सुलझाने में कैसे मदद मिलेगी? बहरहाल, उसने एक मोटा तौलिया बाँधा। चोगे, नक़्शे और अंडे को स्विमिंग पूल के आकार के बाथ टब के किनारे पर रखा और फिर घुटनों के बल बैठकर कुछ नल खोल दिए।

हैरी ने कभी इस तरह के बबल बाथ का आनंद नहीं लिया था। उसने देखा कि अलग-अलग नलों से पानी के साथ अलग-अलग तरह के बुलबुले

निकल रहे थे। एक नल से गुलाबी और नीले बुलबुले निकल रहे थे, जो फ़ुटबॉल जितने बड़े थे। दूसरे से बर्फ़ जैसा सफ़ेद झाग निकल रहा था, जो इतना मोटा था कि हैरी को लगा कि अगर वह उस पर बैठ जाए, तो भी वह उसका वज़न सँभाल लेगा। तीसरे नल से तेज़ ख़ुशबू वाले बैंगनी बादल पानी की सतह के ऊपर मँडराने लगे। हैरी ने कुछ समय तक नलों को चालू-बंद करने का आनंद लिया। उसे ख़ास तौर पर उस नल को चालू करने में मज़ा आ रहा था, जिसकी धार पानी की सतह से टकराकर बड़ा सा इंद्रधनुष बना देती थी। फिर जब गहरा पूल गर्म पानी, झाग और बुलबुलों से भर गया (इसके आकार को देखते हुए इसमें बहुत कम समय लगा), तो हैरी ने सभी नल बंद कर दिए। फिर वह पायजामा, चप्पल और ड्रेसिंग गाउन उतारकर पानी में उतर गया।

पानी इतना गहरा था कि उसके पैर मुश्किल से तली तक पहुँच रहे थे। वह अंडे को घूरते हुए दो बार एक सिरे से दूसरे सिरे तक तैरा। हालाँकि झाग भरे गर्म पानी में तैरना बहुत मज़ेदार था, जबकि चारों तरफ़ अलग-अलग रंगों के भाप के बादल उठ रहे हों, लेकिन उसके मन में कोई ज़बर्दस्त विचार नहीं आया। उसे अब भी अंडे का सुराग़ समझ में नहीं आया।

हैरी ने अपना हाथ फैलाया और अंडे को अपने गीले हाथों से उठाकर खोला। बाथरूम में रोने जैसी चीख़ें भर गईं और संगमरमर की दीवारों से टकराकर गूँजने लगीं। अब भी हैरी को कुछ समझ में नहीं आया। उसने अंडे को दोबारा बंद कर दिया, क्योंकि उसे यह चिंता होने लगी कि कहीं शोर सुनकर फ़िल्च न आ जाए। उसने सोचा कि कहीं सेडरिक की योजना यही तो नहीं थी। तभी उसे किसी की आवाज़ सुनाई दी। वह इतनी जमकर उछला कि उसके हाथ से अंडा छूट गया और बाथरूम के फ़र्श पर लुढ़कने लगा।

'अगर मैं तुम्हारी जगह होती, तो उसे पानी के अंदर खोलती।'

हैरी को इतना ज़ोरदार सदमा लगा कि दहशत में उसने बहुत सारे बुलबुले निगल लिए। वह झटपट उठकर खड़ा हो गया। उसने देखा कि एक नल के ऊपर एक उदास भुतहा लड़की पैर बाँधे बैठी है। यह मायूस मीना थी, जिसकी सिसकियाँ आम तौर पर तीन मंज़िल नीचे वाले टॉयलेट में सुनाई देती थीं।

'मीना!' हैरी ग़ुस्से से चिल्लाया। 'मैं – मैं कुछ भी नहीं पहने हूँ!'

झाग इतना घना था कि इससे कोई फ़र्क़ नहीं पड़ता था। बहरहाल, हैरी को अचानक यह खौफ़नाक एहसास हुआ कि जब से वह अंदर घुसा था, तभी से मीना किसी नल से झाँककर उसे देख रही होगी।

मीना ने अपने मोटे चश्मे के पीछे अपनी आँखें मिचमिचाते हुए कहा, 'तुम्हारे अंदर आते ही मैंने अपनी आँखें बंद कर ली थीं। तुम मुझसे काफ़ी लंबे

समय से मिलने नहीं आए।'

'हाँ ...' हैरी ने कहा और उसने अपने घुटने थोड़े मोड़ लिए, ताकि मीना उसके सिर के अलावा और कुछ नहीं देख पाए। 'मुझे तुम्हारे बाथरूम में आने की इज़ाज़त नहीं है। वह तो लड़कियों का बाथरूम है।'

'पहले तो तुम्हें इस बात की परवाह नहीं रहती थी,' मीना ने दुखी होकर कहा। 'तब तो तुम सारे समय वहीं रहते थे।'

यह सच था, हालाँकि ऐसा सिर्फ़ इसलिए था क्योंकि उस समय हैरी, रॉन और हर्माइनी भेसबदल काढ़ा बना रहे थे और इस काम के लिए मीना के बंद बाथरूम से ज़्यादा सुविधाजनक जगह और कोई नहीं थी। प्रतिबंधित भेसबदल काढ़े को पीने के बाद हैरी और रॉन एक घंटे के लिए हूबहू क्रैब और गॉइल जैसे बन गए थे और मैल्फ़ॉय से बातें उगलवाने के लिए नागशक्ति के हॉल में घुस गए थे।

हैरी ने कहा, 'मुझे वहाँ पर जाने के लिए मना कर दिया गया था।' उसकी बात आधी सच थी। पर्सी ने एक बार उसे मीना के बाथरूम से बाहर निकलते हुए देख लिया था। 'उसके बाद मैंने सोचा कि वहाँ नहीं जाना ही ठीक रहेगा।'

'ओह ... ठीक है ...' मीना उदासी से अपनी ठ्ड्डी के मुँहासे को उखाड़ते हुए बोली। 'कोई बात नहीं ... अगर मैं तुम्हारी जगह होती, तो अंडे को पानी के भीतर खोलती। सेडरिक डिगोरी ने यही किया था।'

'तुम उसे भी चोरी से देख रही थीं?' हैरी ने उत्तेजित होकर कहा। 'तुम क्या हर शाम को यहाँ पर छिप-छिपकर प्रिफ़ेक्ट्स को नहाते हुए देखती हो?'

'कभी-कभी,' मीना ने शर्माते हुए कहा, 'लेकिन मैंने आज तक बाहर आकर कभी किसी से बातें नहीं कीं।'

हैरी ने संदेह भरी आवाज़ में कहा, 'मुझे इस बात की ख़ुशी है कि तुमने मुझे यह सम्मान दिया, लेकिन अब तुम अपनी आँखें बंद कर लो!'

उसने तब तक इंतज़ार किया, जब तक कि मीना ने अपने चश्मे को ठीक से ढँक नहीं लिया। फिर वह स्विमिंग टब से बाहर निकला और अपने शरीर पर तौलिया लपेटकर अंडे को उठाने गया।

जब वह दोबारा पानी में पहुँच गया, तो मीना ने अपनी उँगलियों के बीच से झाँकते हुए कहा, 'चलो ... अब अंडे को पानी के नीचे खोलो!'

हैरी ने अंडे को झाग भरी सतह के नीचे किया और उसे खोला ... इस बार उसे रोतली चीख़ें सुनाई नहीं दीं। उनके बजाय अंडे में से एक बुलबुले भरा

गीत बाहर निकला, लेकिन उसे इस गीत के शब्द पानी के बाहर समझ में नहीं आ रहे थे।

'तुम्हें अपना सिर भी पानी के अंदर डालना पड़ेगा,' मीना बोली, जिसे हैरी को आदेश देने में बड़ा मज़ा आ रहा था। 'चलो!'

हैरी ने गहरी साँस खींचकर अपना सिर पानी के अंदर कर लिया। अब वह बुलबुलों से भरे स्विमिंग टब की संगमरमर की तलहटी में बैठा था। उसके हाथ में खुला अंडा था, जिसमें से उसे अजीब सी आवाज़ें सुनाई दीं, जो गा रही थीं :

'हमें आकर वहाँ खोजो,
जहाँ सुनाई देती हैं हमारी आवाज़ें।
हम ज़मीन के ऊपर नहीं गा सकते,
और खोजते समय यह ध्यान रखो :
हम तुम्हारी सबसे क़ीमती चीज़ ले आए हैं,
तुम्हारे पास एक घंटे का समय है,
इसी दौरान तुम आकर उस चीज़ को वापस ले जा सकते हो,
लेकिन एक घंटे बाद – बहुत बुरा होगा
बहुत देर हो जाएगी, वह चीज़ चली जाएगी
और फिर कभी लौटकर नहीं आएगी।'

हैरी उठकर पानी की झागदार सतह पर आया और अपनी आँखों पर आए बाल हटाने लगा।

'सुन लिया?' मीना ने पूछा।

'हाँ ... "हमें आकर वहाँ खोजो, जहाँ सुनाई देती हैं हमारी आवाज़ें ..." इस काम को करने के लिए उन्होंने मुझे प्रेरणा भी दी है ... ज़रा ठहरो, मुझे दोबारा सुनना पड़ेगा ...' वह एक बार फिर पानी के नीचे चला गया।

हैरी ने इसके बाद अंडे के गीत को पानी के नीचे तीन बार सुना, तब कहीं जाकर उसे यह याद हो पाया। फिर वह कुछ सोचते हुए पानी में बैठा रहा और मीना बैठकर उसे देखती रही।

'मुझे जाकर ऐसे लोगों की तलाश करनी है, जिनकी आवाज़ें ज़मीन के ऊपर सुनाई नहीं देतीं ...' उसने धीरे से कहा। 'अर ... ऐसे कौन लोग हो सकते हैं?'

'तुम्हारा दिमाग़ कितनी धीमी गति से काम करता है, है ना?'

उसने पहले कभी मायूस मीना को इतना ख़ुश नहीं देखा था। आख़िरी बार वह इतनी ख़ुश तब दिखी थी, जब भेसबदल काढ़े के कारण हर्माइनी के चेहरे पर बिल्ली के बाल उग आए थे और उसकी पूँछ निकल आई थी।

हैरी ने बाथरूम में चारों तरफ़ घूरकर देखा और सोचने लगा ... अगर आवाज़ें सिर्फ़ पानी के भीतर ही सुनी जा सकती हैं, तो शायद वे पानी में रहने वाले प्राणियों की होंगी। जब उसने यह बात मीना से कही, तो वह हँस दी।

'यही डिगोरी ने भी सोचा था,' उसने कहा। 'वह वहाँ लेटा-लेटा ख़ुद से इस बारे में काफ़ी देर तक बातें करता रहा। इतनी देर तक ... कि सारे बुलबुले ख़त्म हो गए ...'

'पानी के अंदर ...' हैरी ने धीरे से कहा। 'मीना ... झील में विशाल समुद्रफ़ेनी के अलावा और कौन से प्राणी रहते हैं?'

'ओह, बहुत सारे प्राणी रहते हैं,' वह बोली। 'मैं कई बार वहाँ जा चुकी हूँ ... कई बार तो मेरे पास कोई विकल्प ही नहीं होता है ... जब कोई अचानक मेरे टॉयलेट का फ़्लश चला देता है, तो मुझे वहाँ जाना ही पड़ता है ...'

हैरी यह नहीं सोचना चाहता था कि मायूस मीना टॉयलेट की गंदगी के साथ पाइप से होती हुई झील में जा रही थी। इसलिए उसने कहा, 'क्या वहाँ पर ऐसे प्राणी रहते हैं, जिनकी आवाज़ें इंसान जैसी हों? ज़रा ठहरो -'

हैरी की निगाह अचानक दीवार पर टँगी सोती हुई जलपरी की तस्वीर पर पड़ी। 'मीना, वहाँ पर *जलमानुष* तो नहीं रहते हैं?'

'ऊह, बहुत बढ़िया,' उसने कहा और उसके मोटे चश्मे के नीचे उसकी आँखें चमकने लगीं। 'डिगोरी को यह सोचने में इससे कहीं ज़्यादा समय लगा था! और वह भी तब, जब *वह* जाग रही थी - मीना ने जलपरी की तरफ़ हिक़ारत से सिर हिलाते हुए कहा - 'खी-खी करती रहती है, इतराती रहती है और अपने फ़िन चमकाती रहती है ...'

'तो यह बात है, है ना?' हैरी ने रोमांचित होकर कहा। 'दूसरा काम है झील में जलमानुषों को खोजना और ... और ...'

लेकिन तभी उसे अचानक यह एहसास हुआ कि वह क्या कह रहा है। उसका सारा रोमांच एक ही झटके में बह गया, जैसे किसी ने उसके पेट का प्लग खींच दिया हो। वह अच्छा तैराक नहीं था। उसने कभी तैरने की प्रैक्टिस ही नहीं की थी। डडली को तैरना सिखाया गया था, लेकिन पेटूनिया आंटी और वरनॉन अंकल को यह उम्मीद थी कि हैरी एक दिन डूबकर मर जाएगा, इसलिए उन्होंने उसे तैरना नहीं सिखाया था। इस टब के दो चक्कर लगाने में तो हैरी को कोई दिक़्क़त नहीं होगी, लेकिन वह झील बहुत बड़ी और गहरी थी ... और

जलमानुष निश्चित रूप से उसकी तलहटी में रहते होंगे ...

'मीना,' हैरी ने धीरे से कहा, 'लेकिन मैं *साँस* कैसे लूँगा?'

इस पर मीना की आँखों में अचानक आँसू भर आए।

'तुममें ज़रा भी व्यवहार-कुशलता नहीं है!' वह बुदबुदाई और अपने दुशाले में रूमाल खोजने लगी।

हैरी ने हैरान होकर कहा, 'मैंने ऐसी क्या ग़लत बात कह दी?'

'*मेरे* सामने साँस लेने की बात कर रहे थे!' उसने तीखे स्वर में कहा और उसकी आवाज़ बाथरूम में चारों तरफ़ गूँजने लगी। 'जबकि मैं साँस नहीं ले सकती ... जबकि मैंने बरसों से साँस नहीं ली है ...' उसने अपना चेहरा रूमाल में छिपाकर तेज़ी से नाक सुड़की।

हैरी को याद आया कि मीना अपनी मौत को लेकर कितनी संवेदनशील है, हालाँकि उसकी जान-पहचान के बाक़ी भूत इस बारे में बिलकुल भी संवेदनशील नहीं थे। उसने अधीरता से कहा, 'सॉरी। मेरा यह मतलब नहीं था – मैं भूल गया था ...'

'ओह हाँ, यह भूलना बहुत आसान है कि मीना मर गई है,' मीना ने अपनी सूजी आँखों से उसे देखते हुए कहा। 'जब मैं ज़िंदा थी, तब भी कोई मुझे याद नहीं करता था। उन्हें मेरी लाश का पता भी घंटों बाद चला था – मैं जानती हूँ, मैं वहाँ बैठी-बैठी उनका इंतज़ार कर रही थी। ओलिव हॉर्नबी बाथरूम में आई और बोली, "क्या तुम अब भी यहाँ बैठकर रो रही हो, मीना? प्रोफ़ेसर डिपेट ने मुझे तुम्हारी तलाश में भेजा है –" और फिर उसे मेरी लाश दिख गई ... ऊऊऊह, वह मुझे मरते दम तक नहीं भूली, मैंने उसे भूलने ही नहीं दिया ... मैं उसके पीछे लगी रही और उसे बार-बार याद दिलाती रही। मुझे याद है कि उसके भाई की शादी में –'

लेकिन हैरी मीना की बात नहीं सुन रहा था। वह तो फिर से जलमानुषों के गीत के बारे में सोचने लगा। *'हम तुम्हारी सबसे क़ीमती चीज़ ले आए हैं।'* ऐसा लग रहा था, जैसे वे उसका कोई सामान चुराने वाले हों, कोई ऐसा सामान, जो उसे वापस लाना होगा। वे कौन सा सामान चुराएँगे?

'– और फिर उसने जादू मंत्रालय में मेरी शिकायत कर दी, इसलिए मुझे यहाँ वापस लौटकर अपने टॉयलेट में रहना पड़ा।'

'अच्छा,' हैरी ने बिना ध्यान दिए कहा। 'देखो, अब मैं काफ़ी कुछ समझ चुका हूँ ... अब तुम दोबारा अपनी आँखें बंद कर लो, मैं बाहर निकल रहा हूँ।'

उसने अंडे को स्विमिंग टब की तलहटी से उठाया और बाहर निकलकर

अपना शरीर पोंछा। फिर उसने अपना ड्रेसिंग गाउन और पायजामा पहन लिया।

जब हैरी ने अपना अदृश्य चोगा उठाया, तो मायूस मीना दुखी स्वर में बोली, 'क्या तुम मुझसे मिलने के लिए मेरे बाथरूम में दोबारा आओगे। आओगे ना?'

'अर ... मैं कोशिश करूँगा,' हैरी ने कहा, हालाँकि वह मन ही मन सोच रहा था कि वह मीना के बाथरूम में तभी आएगा, जब महल का हर टॉयलेट बंद हो जाएगा। 'मिलते हैं, मीना ... मदद के लिए धन्यवाद।'

'बाय, बाय,' मीना ने उदासी से कहा। अपना अदृश्य चोगा पहनते समय हैरी ने देखा कि मीना दोबारा नल के अंदर चली गई थी।

बाहर अँधेरे गलियारे में आकर हैरी ने नक़्शे की तरफ़ देखकर यह जाँच की कि आस-पास कोई है तो नहीं। हाँ, फ़िल्च और मिसेज़ नॉरिस अपने ऑफ़िस में थे ... पीव्ज़ को छोड़कर और कोई नहीं हिल रहा था, जो ऊपर की मंज़िल पर ट्रॉफ़ी रूम में इधर-उधर फुदक रहा था ... हैरी ने गरुड़द्वार के हॉल की तरफ़ अपना पहला क़दम बढ़ाया, लेकिन तभी नक़्शे में उसकी निगाह किसी चीज़ पर पड़ी ... जो बहुत ही अजीब थी।

सिर्फ़ पीव्ज़ ही *नहीं* हिल रहा था। बाएँ हाथ के कोने पर नीचे वाले एक कमरे में - यानी स्नेप के ऑफ़िस में - एक और बिंदु घूम रहा था। लेकिन उस बिंदु पर 'सीवियरस स्नेप' का लेबल नहीं लगा था ... उस पर तो बार्टेमियस क्राउच का नाम लिखा था।

हैरी ने उस बिंदु को घूरकर देखा। मिस्टर क्राउच तो इतने बीमार थे कि ऑफ़िस नहीं जा रहे थे और यूल डांस में भी नहीं आए थे - फिर वे हॉगवर्ट्स में चोरी-छिपे स्नेप के ऑफ़िस में रात को एक बजे क्या कर रहे थे? हैरी ने ग़ौर से उस बिंदु को देखा, जो कमरे में इधर-उधर घूम रहा था ...

हैरी झिझका और सोचने लगा ... और फिर उसकी जिज्ञासा जीत गई। वह मुड़ा और विपरीत दिशा में सबसे नज़दीकी सीढ़ियों की तरफ़ चल दिया। वह देखने जा रहा था कि क्राउच आख़िर कर क्या रहे हैं।

हैरी चुपचाप सीढ़ियाँ उतरने लगा, हालाँकि उसके पायजामे की सरसराहट और फ़र्श की चरमराहट सुनकर कई तस्वीरों के चेहरे उत्सुकता से उसकी तरफ़ मुड़े। वह चुपचाप नीचे वाले गलियारे में गया, आधे रास्ते पर लगे एक पर्दे को हटाया और सँकरी सीढ़ी पर नीचे उतरने लगा। उसे पता था कि इस शॉर्टकट से वह जल्दी ही दो मंज़िल नीचे पहुँच जाएगा। वह नक़्शे की तरफ़ देखता रहा और सोचता रहा ... बड़ी अजीब बात थी कि क़ानून पर चलने वाले मिस्टर

क्राउच इतनी रात को किसी दूसरे के ऑफ़िस में चोरी से घुस गए थे ...

वह बिना ध्यान दिए चल रहा था। वह मिस्टर क्राउच के अजीब व्यवहार के अलावा किसी और चीज़ के बारे में सोच ही नहीं रहा था। इसका परिणाम यह हुआ कि आधी सीढ़ियाँ उतरने के बाद हैरी का पैर अचानक उस खोखली सीढ़ी में धँस गया, जिसे फाँदना नेविल हमेशा भूल जाता था। हैरी लड़खड़ाया और उसका सुनहरा अंडा, जो अब भी गीला था, उसकी बाँह के नीचे से फिसल गया। हैरी उसे लपकने के लिए आगे की तरफ़ झुका, लेकिन तब तक बहुत देर हो चुकी थी। अंडा सीढ़ी पर धम्म से गिरा और फिर हर सीढ़ी पर इतनी तेज़ आवाज़ करता हुआ नीचे गया, जैसे कोई ढोल बज रहा हो। अंडे को पकड़ने की कोशिश में हैरी का अदृश्य चोगा फिसल गया। हैरी ने चोगे को तो लपककर पकड़ लिया, लेकिन इस चक्कर में उसके हाथ से नक़्शा छूट गया और छह सीढ़ी नीचे गिर गया। हैरी सीढ़ी में घुटने तक फँसा हुआ था, इसलिए वह उसे वापस नहीं उठा सकता था।

सुनहरा अंडा सीढ़ी के नीचे वाले पर्दे से टकराकर खुल गया। नीचे वाले गलियारे में उसकी ज़ोरदार चीख़ें सुनाई देने लगीं। हैरी ने अपनी छड़ी बाहर निकाली और नक़्शे को छूकर उसे मिटाने की कोशिश की, लेकिन वह इतनी ज़्यादा दूर था कि नक़्शे तक नहीं पहुँच सकता था –

अदृश्य चोगे को दोबारा अपने ऊपर डालते हुए हैरी सीधा खड़ा हो गया और सुनने लगा। उसकी आँखें डर के मारे सिकुड़ गईं ... और फिर लगभग तत्काल –

'पीव्ज़!'

यह चौकीदार फ़िल्च की चीख़ती हुई आवाज़ थी। हैरी को सुनाई दे रहा था कि फ़िल्च तेज़ी से चलता हुआ उसी की तरफ़ आ रहा था। उसकी घरघराती आवाज़ आवेश के कारण काफ़ी तीखी हो गई थी।

'क्या हंगामा मचा रहे हो? पूरे महल को जगा दोगे। मैं तुम्हें अभी मज़ा चखाता हूँ, पीव्ज़, मैं तुम्हें अभी मज़ा चखाता हूँ ... और यह क्या है?'

फ़िल्च के क़दमों की आहट रुक गई। धातु के टकराने की आवाज़ आई और चीख़ों की आवाज़ रुक गई – फ़िल्च ने अंडा उठाकर उसे बंद कर दिया था। हैरी बहुत ख़ामोशी से खड़ा रहा। उसका एक पैर अब भी जादुई सीढ़ी में बुरी तरह फँसा हुआ था और वह सुन रहा था। अब किसी भी पल फ़िल्च पर्दे को हटाकर पीव्ज़ को देखने की कोशिश करेगा ... लेकिन वहाँ उसे पीव्ज़ नहीं दिखेगा ... और अगर वह सीढ़ियों के ऊपर आया, तो उसे नक़्शा दिख जाएगा ... तब अदृश्य चोगा भी हैरी को नहीं बचा पाएगा, क्योंकि नक़्शा बता देगा कि

वहाँ पर 'हैरी पॉटर' खड़ा है।

'अंडा?' फ़िल्च ने सीढ़ियों के नीचे शांति से कहा। 'मेरी प्यारी,' – ज़ाहिर है, मिसेज़ नॉरिस भी उसके साथ थी – 'यह तो त्रिकोणीय टूर्नामेंट का सुराग़ है! यह तो स्कूल के किसी चैंपियन का है!'

हैरी दहशत में आ गया। उसका दिल बहुत तेज़ी से धड़कने लगा –

'पीव्ज़!' फ़िल्च ख़ुशी से दहाड़ा। 'तुम अब चोरी भी करने लगे हो!'

उसने नीचे लगे पर्दे को खोल दिया। हैरी ने देखा कि उसका भयंकर मोटा चेहरा झाँक रहा था और उसकी बाहर निकल रही पीली आँखें अँधेरी और वीरान सीढ़ी को घूर रही थीं।

'छिप गए हो,' उसने धीरे से कहा। 'मैं तुम्हें पकड़ने आ रहा हूँ, पीव्ज़ ... तुमने त्रिकोणीय टूर्नामेंट का सुराग़ चुराया है, पीव्ज़ ... डम्बलडोर इस काम के लिए तुम्हें यहाँ से बाहर निकाल देंगे, गंदे चोर भूत ...'

फ़िल्च सीढ़ियाँ चढ़ने लगा। उसकी धूसर रंग वाली दुबली-पतली बिल्ली भी उसके साथ थी। मिसेज़ नॉरिस की बत्ती जैसी आँखें, जो अपने मालिक जैसी ही थीं, सीधे हैरी पर टिकी थीं। हैरी पहले भी यह सोच चुका था कि क्या अदृश्य चोगा बिल्लियों पर काम करता है ... दहशत में उसने फ़लालेन का ड्रेसिंग गाउन पहने हुए फ़िल्च को अपने क़रीब आते देखा – उसने हताशा में अपने फँसे हुए पैर को आज़ाद करने की भरपूर कोशिश की, लेकिन इस कोशिश में वह कुछ इंच और धँस गया – अब किसी भी पल फ़िल्च नक़्शे को देख लेगा या फिर सीधे उससे टकरा जाएगा –

'फ़िल्च? क्या हो रहा है?'

फ़िल्च हैरी से कुछ सीढ़ियाँ नीचे रुक गया और मुड़ा। सीढ़ियों पर सबसे नीचे वह एकमात्र व्यक्ति खड़ा था, जिसकी वजह से हैरी की स्थिति और ख़राब हो सकती थी – स्नेप। वे एक लंबी भूरी नाइट शर्ट पहने थे और आगबबूला दिख रहे थे।

'पीव्ज़ है, प्रोफ़ेसर,' फ़िल्च ने दुर्भावना से कहा। 'उसने इस अंडे को सीढ़ियों के नीचे फेंक दिया है।'

स्नेप सीढ़ियों पर तेज़ी से चढ़े और फ़िल्च के पास आकर रुक गए। हैरी ने अपने दाँत भींच लिए। उसे पूरा विश्वास था कि उसका तेज़ी से धड़कता दिल किसी भी पल उसका भांडा फोड़ देगा ...

'पीव्ज़?' स्नेप ने फ़िल्च के हाथों में रखे अंडे की तरफ़ घूरते हुए कहा। 'लेकिन पीव्ज़ मेरे ऑफ़िस में नहीं घुस सकता ...'

'यह अंडा आपके ऑफ़िस में था, प्रोफ़ेसर?'

'नहीं तो,' स्नेप ने जल्दी से कहा। 'मैंने तो धमाके और चीख़ों की आवाज़ें सुनी थीं –'

'हाँ प्रोफ़ेसर, वे इसी अंडे की आवाज़ें थीं –'

'– मैं तहक़ीक़ात करने आ रहा था –'

'– पीव्ज़ ने इसे फेंका था, प्रोफ़ेसर –'

'– और जब मैं अपने ऑफ़िस के पास से गुज़रा, तो मैंने देखा कि वहाँ पर मशालें जल रही थीं और एक अलमारी का दरवाज़ा थोड़ा खुला था! कोई उसकी तलाशी ले रहा था!'

'लेकिन पीव्ज़ ऐसा नहीं कर सकता –'

'मैं जानता हूँ फ़िल्च कि वह ऐसा नहीं कर सकता!' स्नेप ने गुर्राकर कहा। 'मैं अपने ऑफ़िस को एक ऐसे मंत्र से बंद करता हूँ, जिसे जादूगर के सिवाय कोई नहीं तोड़ सकता!' स्नेप ने सीढ़ियों पर ऊपर की तरफ़ सीधे हैरी के पार देखा और फिर नीचे गलियारे में देखने लगे। 'फ़िल्च, मैं चाहता हूँ कि तुम चलकर घुसपैठिए की तलाश करने में मेरी मदद करो।'

'मैं – हाँ, प्रोफ़ेसर – लेकिन –'

फ़िल्च ने हसरत से सीढ़ियों के ऊपर की तरफ़ सीधे हैरी के पार देखा। हैरी को समझ में आ गया कि फ़िल्च पीव्ज़ को फँसाने के इस सुनहरे मौक़े को नहीं छोड़ना चाहता था। हैरी ने ख़ामोशी में प्रार्थना की, *जाओ ... स्नेप के साथ जाओ ... जाओ* ... मिसेज़ नॉरिस फ़िल्च के पैरों के पास मँडरा रही थी ... हैरी को लग रहा था कि मिसेज़ नॉरिस को उसकी ख़ुशबू आ रही होगी ... उसने स्विमिंग पूल में इतना सारा सुगंधित झाग क्यों भरा था?

'बात यह है, प्रोफ़ेसर,' फ़िल्च ने शिकायत करते हुए कहा, 'हेडमास्टर को इस बार मेरी बात सुननी ही पड़ेगी। पीव्ज़ किसी विद्यार्थी का सामान चुरा रहा है। यह अच्छा मौक़ा है, जब मैं उसे महल से हमेशा के लिए बाहर निकलवा सकता हूँ –'

'फ़िल्च, मुझे तुम्हारे उस बेहूदा भूत की क़तई परवाह नहीं है, मुझे तो अपने ऑफ़िस की चिंता है –'

ठक। ठक। ठक।

स्नेप ने अचानक बोलना बंद कर दिया। उन्होंने और फ़िल्च दोनों ने ही सीढ़ियों के नीचे की तरफ़ देखा। उनके सिरों के बीच की सँकरी जगह से हैरी ने देखा कि बावरे-नैन मूडी लँगड़ाते हुए वहाँ आ रहे थे। मूडी ने अपनी नाइट शर्ट

के ऊपर अपना पुराना यात्री चोगा पहन रखा था और वे हमेशा की तरह अपनी छड़ी पर टिके हुए थे।

उन्होंने गुर्राते हुए पूछा, 'पायजामा पार्टी चल रही है?'

'प्रोफ़ेसर स्नेप और मैंने आवाज़ें सुनी थीं, प्रोफ़ेसर,' फ़िल्च ने तत्काल जवाब दिया। 'पीव्ज़ नाम का भूत हमेशा की तरह सामान फेंक रहा था – और फिर प्रोफ़ेसर स्नेप को यह पता चला कि कोई उनके ऑफ़िस में घुस गया था –'

'चुप रहो!' स्नेप ने फुफकारते हुए फ़िल्च से कहा।

मूडी ने सीढ़ी की तरफ़ एक क़दम आगे बढ़ाया। हैरी ने देखा कि मूडी की जादुई आँख स्नेप पर पड़ी और फिर उस पर आकर ठहर गई।

हैरी का दिल बुरी तरह उछलने लगा। *मूडी अदृश्य चोगे के पार देख सकते थे* ... सिर्फ़ उन्हीं को यह स्थिति बहुत अजीब दिख रही होगी ... स्नेप अपनी नाइट शर्ट में खड़े हुए थे, फ़िल्च अंडे को पकड़े हुए था और उनके पीछे हैरी सीढ़ियों में फँसा हुआ था। मूडी का मुँह हैरानी में खुल गया। कुछ सेकंड तक मूडी और हैरी एक-दूसरे को देखते रहे। फिर मूडी ने अपना मुँह बंद कर लिया और अपनी नीली आँख दोबारा स्नेप पर टिका ली।

'क्या मैंने सही सुना, स्नेप?' उन्होंने धीरे से पूछा। 'कोई तुम्हारे ऑफ़िस में घुसा था?'

स्नेप ने ठंडे लहज़े में कहा, 'यह महत्वपूर्ण नहीं है।'

मूडी गुर्राकर बोले, 'नहीं, नहीं, यह तो बहुत महत्वपूर्ण है। तुम्हारे ऑफ़िस में कौन घुसना चाहेगा?'

'मुझे लगता है, कोई विद्यार्थी घुसा होगा,' स्नेप ने कहा। हैरी को दिख गया कि स्नेप के चिपचिपे माथे पर एक नस फड़कने लगी थी। 'यह पहले भी हो चुका है। मेरी निजी अलमारी से काढ़े बनाने का सामान ग़ायब हो चुका है ... इसमें कोई शक नहीं है कि कोई विद्यार्थी ग़ैर-क़ानूनी काढ़े बनाने की कोशिश कर रहा होगा ...'

'तुम्हें यह लगता है कि कोई विद्यार्थी काढ़ा बनाने का सामान चुराने आया होगा, है ना?' मूडी ने कहा। 'कहीं तुमने अपने ऑफ़िस में कोई और चीज़ तो नहीं छिपा रखी है?'

हैरी ने देखा कि स्नेप का पीला चेहरा अचानक ईंट जैसे रंग का हो गया और उनके माथे की नस ज़्यादा तेज़ी से फड़कने लगी।

उन्होंने धीमी और खूँखार आवाज़ में कहा, 'मूडी, तुम जानते हो कि मैंने अपने ऑफ़िस में कोई चीज़ नहीं छिपाई है, क्योंकि तुम मेरे ऑफ़िस की अच्छी

तरह तलाशी ले चुके हो।'

मूडी के चेहरे पर तिरछी मुस्कराहट आ गई, 'यह तो ऑरर का विशेषाधिकार है, स्नेप। डम्बलडोर ने मुझसे कहा था कि मैं नज़र रखूँ –'

'डम्बलडोर मुझ पर भरोसा करते हैं,' स्नेप ने भिंचे दाँतों के बीच से कहा। 'मुझे यक़ीन नहीं है कि उन्होंने तुम्हें मेरे ऑफ़िस की तलाशी लेने के लिए कहा होगा!'

'ज़ाहिर है, डम्बलडोर को तुम पर भरोसा है,' मूडी गुर्राए। 'वे लोगों पर ज़रूरत से ज़्यादा भरोसा करते हैं। वे दूसरे मौक़े देने में यक़ीन रखते हैं, लेकिन जहाँ तक मेरा सवाल है – मैं जानता हूँ कि कई निशान ऐसे होते हैं, जो कभी नहीं मिटते हैं, स्नेप। तुम मेरी बात का मतलब समझ गए ना?'

स्नेप ने अचानक एक बहुत अजीब हरकत की। उन्होंने अपनी बाईं कलाई को अपने दाहिने हाथ से जकड़ लिया, जैसे उस पर लगी किसी चीज़ से उन्हें चोट पहुँच रही हो।

मूडी हँसते हुए बोले, 'अपने बिस्तर पर जाओ, स्नेप।'

'तुम्हें मुझे कहीं भेजने का अधिकार नहीं है!' स्नेप ने फुफकारते हुए कहा और अपनी कलाई को छोड़ दिया, जैसे उन्हें ख़ुद पर ग़ुस्सा आ रहा हो। 'मुझे भी रात को इस स्कूल में घूमने का उतना ही अधिकार है, जितना कि तुम्हें है!'

'तो फिर शौक़ से घूमो,' मूडी ने कहा, लेकिन उनकी आवाज़ चेतावनी से भरी थी। 'मैं किसी समय किसी अँधेरे गलियारे में तुमसे टकराना चाहूँगा ... वैसे तुम्हारे हाथ से कोई चीज़ गिर गई है ...'

हैरी ने दहशत से देखा कि मूडी नक़्शे की तरफ़ इशारा कर रहे थे, जो अब भी उससे छह सीढ़ी नीचे पड़ा हुआ था। जब स्नेप और फ़िल्च दोनों ही नक़्शे को देखने के लिए मुड़े, तो हैरी ने सावधानी छोड़ दी। उसने चोगे के नीचे अपने हाथ उठाकर मूडी की तरफ़ लहराए, ताकि उनका ध्यान उसकी तरफ़ चला जाए। वह मुँह खोलकर इस तरह के शब्द बोलने का इशारा करने लगा, 'वह मेरा है! *मेरा!*'

स्नेप नक़्शे के पास पहुँच चुके थे और उनके चेहरे पर एक ऐसा भयंकर भाव आ गया था, जैसे वे सब कुछ समझ चुके हों –

'आगमनो चर्मपत्र!'

नक़्शा हवा में उड़ा और स्नेप के बढ़े हुए हाथ को चकमा देते हुए सीधे मूडी के हाथ में पहुँच गया।

'मुझसे ग़लती हो गई,' मूडी ने धीरे से कहा। 'यह मेरा है – शायद पहले

मुझसे ही गिर गया होगा –'

लेकिन स्नेप की काली आँखें कभी फ़िल्च के हाथ के अंडे को, तो कभी मूडी के हाथ के नक़्शे को देख रही थीं। हैरी समझ गया कि वे दो और दो को जोड़कर चार कर रहे होंगे, जैसा सिर्फ़ स्नेप ही कर सकते थे ...

स्नेप धीरे से बोले, 'पॉटर!'

'क्या ?' मूडी ने शांति से नक़्शे को मोड़ा और जेब में रख लिया।

'पॉटर!' स्नेप गुर्राए और उन्होंने अपना सिर उस तरफ़ घुमा लिया, जहाँ हैरी खड़ा था। ऐसा लग रहा था, जैसे हैरी उन्हें अचानक नज़र आ गया हो। 'वह अंडा पॉटर का है। और यह चर्मपत्र भी पॉटर का ही है। मैं इस नक़्शे को पहले भी देख चुका हूँ। मैं इसे पहचानता हूँ! पॉटर यहीं है! उसने अपना अदृश्य चोगा पहन रखा होगा!'

स्नेप अंधे आदमी की तरह अपने हाथ आगे फैलाकर सीढ़ियों पर चढ़ने लगे। हैरी को उनके बड़े नथुने फूलते हुए नज़र आ रहे थे, जैसे वे हैरी की ख़ुशबू सूँघने की कोशिश कर रहे हों। फँसा हुआ हैरी पीछे की तरफ़ झुक गया, ताकि स्नेप की उँगलियाँ उसे छू न पाएँ, लेकिन अब किसी भी पल –

'वहाँ कोई नहीं है, स्नेप!' मूडी ने तेज़ी से कहा। 'लेकिन मुझे हेडमास्टर को बताकर ख़ुशी होगी कि तुम्हारे दिमाग़ में हैरी पॉटर का विचार कितनी जल्दी आ गया!'

'क्या मतलब ?' स्नेप गुर्राए और मूडी की तरफ़ देखने के लिए मुड़ गए, हालाँकि उनके हाथ अब भी आगे की तरफ़ फैले हुए थे और हैरी के सीने से कुछ इंच दूर ही थे।

'इसका मतलब यह है कि डम्बलडोर की यह जानने में बहुत दिलचस्पी है कि उस लड़के को किसने फँसाया है!' मूडी ने लँगड़ाकर और क़रीब आते हुए कहा। 'और स्नेप, मेरी भी ... बहुत दिलचस्पी है ...' मशाल की रोशनी उनके विकृत चेहरे पर पड़ी, जिससे उनकी नाक का घाव और उनके चेहरे के निशान पहले से ज़्यादा गहरे और काले दिखने लगे।

स्नेप मूडी की तरफ़ देख रहे थे, इसलिए हैरी को उनके चेहरे का भाव नज़र नहीं आ रहा था। एक पल के लिए कोई भी न तो हिला, न ही कुछ बोला। फिर स्नेप ने अपने हाथ धीरे-धीरे झुका लिए।

स्नेप ने मजबूरन धीमी आवाज़ में कहा, 'मैं तो सिर्फ़ यही सोच रहा था कि अगर पॉटर रात को भटक रहा है ... यह उसकी बहुत बुरी आदत है ... तो उसे रोका जाना चाहिए। उसके भले के लिए।'

'आह, अच्छा,' मूडी ने धीरे से कहा। 'तुम दिल से पॉटर का भला चाहते हो, है ना?'

एक पल ख़ामोशी छाई रही। स्नेप और मूडी अब भी एक-दूसरे की तरफ़ ग़ुस्से से घूर रहे थे। मिसेज़ नॉरिस ने ज़ोर से म्याऊँ की। वह अब भी फ़िल्च के पैरों के आस-पास मँडरा रही थी और सुगंधित झाग की ख़ुशबू के स्रोत की तलाश कर रही थी।

स्नेप ने कहा, 'मुझे लगता है कि अब मुझे सोने जाना चाहिए।'

'आज रात को तुम्हारे मन में आने वाला यह सबसे अच्छा विचार है,' मूडी ने कहा। 'अब फ़िल्च, तुम मुझे वह अंडा दे दो –'

'नहीं!' फ़िल्च ने कहा और अंडे को इतनी कसकर पकड़ लिया, जैसे वह अंडा उसका पहलेपहल पैदा हुआ लड़का हो। 'प्रोफ़ेसर मूडी, यह पीव्ज़ के चोर होने का सबूत है!'

'यह उस चैंपियन की संपत्ति है, जिससे उसने इसे चुराया है,' मूडी ने कहा। 'इसे मुझे दो, इसी वक़्त।'

स्नेप सीढ़ियाँ उतरकर बिना कुछ बोले मूडी के पास से गुज़र गए। फ़िल्च ने मिसेज़ नॉरिस को पुचकारा, जिसने कुछ पल तक हैरी की तरफ़ घूरकर देखा और उसके बाद मुड़कर अपने मालिक के पीछे-पीछे जाने लगी। हैरी की साँस अब भी बहुत तेज़ी से चल रही थी। क़दमों की आहट से उसे पता चला कि स्नेप नीचे गलियारे में जा रहे हैं। मूडी को अंडा देने के बाद फ़िल्च भी ओझल हो गया। जाते-जाते वह मिसेज़ नॉरिस से कह रहा था, 'चिंता की कोई बात नहीं है, मेरी प्यारी ... हम सुबह होते ही डम्बलडोर से मिलेंगे ... उन्हें पीव्ज़ की हरकत के बारे में बता देंगे ...'

किसी दरवाज़े के धड़ाम से बंद होने की आवाज़ आई। हैरी मूडी को एकटक देख रहा था, जिन्होंने अपनी छड़ी सबसे नीचे वाली सीढ़ी पर रखी और मेहनत से सीढ़ियाँ चढ़कर उसकी तरफ़ आने लगे। हर सीढ़ी पर ठक की आवाज़ हो रही थी।

वे बुदबुदाकर बोले, 'बाल-बाल बचे, पॉटर।'

'हाँ ... मैं ... शुक्रिया,' हैरी ने धीरे से कहा।

'यह क्या है?' मूडी ने नक़्शे को अपनी जेब से निकालकर खोलते हुए कहा।

'हॉगवर्ट्स का नक़्शा है,' हैरी ने कहा। वह सोच रहा था कि काश मूडी उसे सीढ़ी से जल्दी ही बाहर निकाल दें। उसके पैर में बहुत दर्द हो रहा था।

'ओहो,' मूडी ने नक़्शे को घूरते हुए कहा और उनकी जादुई आँख सरपट

भागने लगी। 'यह ... यह तो कमाल का नक़्शा है, पॉटर!'

'हाँ, यह ... काफ़ी उपयोगी है,' हैरी ने कहा। उसकी आँखों में अब दर्द के कारण आँसू आ गए थे। 'अर – प्रोफ़ेसर मूडी, क्या आप मेरी मदद कर सकते हैं – ?'

'क्या ? ओह! हाँ ... हाँ, क्यों नहीं ...'

मूडी ने हैरी की बाँह पकड़कर उसे खींचा। हैरी का पैर धँसने वाली सीढ़ी से आज़ाद हो गया और वह उसके ऊपर वाली सीढ़ी पर पहुँच गया।

मूडी अब भी नक़्शे को ही घूर रहे थे। उन्होंने धीरे से पूछा, 'पॉटर ... कहीं तुमने यह तो नहीं देखा कि स्नेप के ऑफ़िस में कौन घुसा था ? मेरा मतलब है, इस नक़्शे में ?'

'ओह ... हाँ, मैंने देखा था ...' हैरी ने स्वीकार किया। 'वे मिस्टर क्राउच थे।'

मूडी की जादुई आँख पूरे नक़्शे पर तेज़ी से भागने लगी। वे अचानक दहशत में नज़र आने लगे।

'क्राउच ?' उन्होंने पूछा। 'तुम्हें – तुम्हें पूरा यक़ीन है, पॉटर ?'

'पूरा,' हैरी बोला।

'लेकिन अब तो वे इसमें नज़र नहीं आ रहे हैं,' मूडी ने कहा; उनकी आँख अब भी नक़्शे पर सरपट भाग रही थी। 'क्राउच ... यह तो बहुत – बहुत ही दिलचस्प है ...'

वे एक पल तक कुछ नहीं बोले और नक़्शे को घूरते रहे। हैरी को लगा कि इस ख़बर से मूडी को कुछ समझ में आया था और वह यह जानने के लिए बेताब था कि वे क्या सोच रहे हैं। उसने सोचा कि क्या वह पूछने की हिम्मत कर सकता है। मूडी से उसे थोड़ा डर लगता था ... लेकिन मूडी ने अभी-अभी उसे बहुत बड़ी मुश्किल से बचाया था ...

'अर ... प्रोफ़ेसर मूडी ... आपको क्या लगता है, मिस्टर क्राउच स्नेप के ऑफ़िस में क्या कर रहे होंगे ?'

मूडी की जादुई आँख नक़्शे से हटकर हैरी पर टिक गई। उनकी पैनी निगाह से हैरी को लगा कि मूडी उसे तौल रहे हैं और यह सोच रहे हैं कि इसका जवाब देना चाहिए या नहीं, और अगर देना चाहिए तो उसे कितना बताना चाहिए।

'इसे इस तरह से देखो, पॉटर,' मूडी ने आख़िर धीमे स्वर में कहा। 'लोग कहते हैं कि बावरे-नैन मूडी शैतानी जादूगरों को पकड़ने के पीछे पागल है ... लेकिन बार्टी क्राउच की तुलना में तो बावरे-नैन कुछ नहीं है – *कुछ भी नहीं है।*'

वे नक़्शे को फिर से घूरने लगे। हैरी और ज़्यादा जानने के लिए बेताब था।

'प्रोफ़ेसर मूडी?' उसने दोबारा कहा। 'आपको क्या लगता है ... क्या इसका कोई गहरा मतलब है ... शायद मिस्टर क्राउच को अंदेशा हो गया हो कि कुछ हो रहा है ...'

'जैसे?' मूडी ने तेज़ी से पूछा।

हैरी ने सोचा कि वह कितनी बात बताए। वह मूडी को यह शक नहीं होने देना चाहता था कि उसके पास हॉगवर्ट्स के बाहर से भी जानकारी आ रही है। इससे सिरियस के बारे में मुश्किल सवाल पूछे जा सकते हैं।

'मैं नहीं जानता,' हैरी बुदबुदाया। 'कुछ समय से अजीब चीज़ें हो रही हैं। *दैनिक जादूगर* में छपी ख़बरें ... वर्ल्ड कप में दिखा मौत का निशान और प्राणभक्षी तथा बाक़ी चीज़ें ...'

मूडी की दोनों आँखें फैल गईं।

'तुम बहुत तेज़ हो, पॉटर,' उन्होंने कहा और उनकी जादुई आँख दोबारा नक़्शे पर लौट गई। 'क्राउच भी इसी दिशा में सोच सकते हैं,' उन्होंने धीरे से कहा। 'यह संभव है ... कुछ समय से काफ़ी अजीब अफ़वाहें फैल रही हैं – कुछ तो रीटा स्कीटर ने ही फैलाई हैं। मुझे लगता है, इस वजह से बहुत से लोग घबरा रहे हैं।' उनके विकृत चेहरे पर गंभीर मुस्कान आ गई। 'ओह, मुझे सबसे ज़्यादा नफ़रत उस प्राणभक्षी से है,' वे बुदबुदाए। ऐसा लग रहा था, जैसे वे हैरी के बजाय ख़ुद से कह रहे हों और उनकी जादुई आँख नक़्शे के बाएँ कोने पर टिकी हुई थी, 'मुझे सबसे ज़्यादा नफ़रत उस प्राणभक्षी से है, जो आज़ाद घूम रहा है ...'

हैरी ने उन्हें घूरकर देखा। क्या मूडी की बात का वही मतलब था, जो हैरी समझ रहा था?

'और अब मैं *तुमसे* एक सवाल पूछना चाहता हूँ, पॉटर,' मूडी ने औपचारिक अंदाज़ में पूछा।

हैरी दहशत में आ गया। उसे लगा कि मूडी उससे यह पूछने वाले हैं कि उसे यह नक़्शा कहाँ से मिला, जो एक बहुत ही ख़तरनाक जादुई वस्तु थी – और यह उसके हाथों में कैसे पड़ा। उसे एहसास था कि अगर वह इसकी पूरी कहानी सच-सच बता देगा, तो इससे न सिर्फ़ वह, बल्कि उसके डैडी, फ़्रेड और जॉर्ज वीज़्ली तथा उनके गुप्त कलाओं से रक्षा के पूर्व टीचर प्रोफ़ेसर ल्यूपिन भी मुश्किल में पड़ जाएँगे। मूडी ने नक़्शा हैरी के सामने लहराया और हैरी ने ख़ुद को तैयार किया –

'क्या मैं इसे कुछ समय अपने पास रख सकता हूँ?'

'ओह!' हैरी ने राहत भरी साँस लेते हुए कहा। वैसे उसे यह नक़्शा बहुत प्यारा था, लेकिन दूसरी तरफ़ वह बहुत राहत भी महसूस कर रहा था कि मूडी ने यह नहीं पूछा था कि उसे यह नक़्शा कहाँ से मिला। वैसे भी उसे मूडी के एहसान का बदला तो चुकाना ही था। 'हाँ, *ठीक है।*'

'बहुत बढ़िया,' मूडी गुर्राकर बोले। 'मैं इसका अच्छा इस्तेमाल कर सकता हूँ ... शायद मुझे *इसी की* ज़रूरत थी ... ठीक है, पॉटर, अब अपने बिस्तर पर जाओ ...'

वे साथ-साथ सीढ़ियाँ चढ़ने लगे। मूडी अब भी नक़्शे को इस तरह देख रहे थे, जैसे यह कोई ऐसा नायाब ख़ज़ाना हो, जिसे उन्होंने पहले कभी नहीं देखा था। वे मूडी के ऑफ़िस के दरवाज़े तक चुपचाप गए। वहाँ मूडी रुके और हैरी को देखते हुए बोले, 'तुम्हारे मन में कभी ऑरर बनने का विचार आया है, पॉटर?'

'नहीं,' हैरी ने हैरानी से कहा।

'तुम इस बारे में सोचना,' मूडी ने सोचते हुए हैरी से कहा। 'हाँ, सचमुच ... और मुझे लगता है कि तुम आज रात सिर्फ़ अपने अंडे को सैर कराने नहीं ले जा रहे थे?'

'अर - नहीं,' हैरी ने मुस्कराते हुए कहा। 'मैं तो उसके सुराग़ को समझने की कोशिश कर रहा था।'

मूडी ने उसकी तरफ़ आँख मारी। उनकी जादुई आँख एक बार फिर घूमने लगी थी। 'तुम्हें रात को घूमते समय ही विचार आते हैं, पॉटर ... सुबह मिलते हैं ...' वे नक़्शे को घूरते हुए अपने ऑफ़िस में चले गए और दरवाज़ा लगा लिया।

हैरी धीरे-धीरे गरुड़द्वार के हॉल की तरफ़ जाने लगा। वह क्राउच और स्नेप के बारे में सोचता जा रहा था और इसका मतलब समझने की कोशिश कर रहा था ... अगर क्राउच अपनी मर्ज़ी से आधी रात को हॉगवर्ट्स आ सकते हैं, तो वे बीमार होने का नाटक क्यों कर रहे हैं? उन्हें क्या लगता है कि स्नेप ने अपने ऑफ़िस में क्या छिपा कर रखा होगा?

और मूडी ने यह सुझाव भी दिया था कि हैरी को ऑरर बनना चाहिए! यह सुझाव बहुत अच्छा था ... लेकिन जब हैरी अंडे और चोगे को अपने संदूक में सुरक्षित रखने के बाद दस मिनट बाद चुपचाप अपने मसहरीदार पलंग पर शांतिपूर्वक बैठा, तो उसने सोचा कि पहले वह यह खोजबीन करेगा कि बाक़ी ऑररर्स का चेहरा कितना विकृत है, इसके बाद ही वह ऑरर बनने के बारे में सोचेगा।

अध्याय छब्बीस

दूसरा काम

'तुमने तो कहा था कि तुम उस अंडे के सुराग़ को पहले ही समझ चुके थे!' हर्माइनी ग़ुस्से से बोली।

हैरी ने चिढ़कर कहा, 'ज़रा धीमे बोलो! मुझे तो बस उसे - अच्छे से समझने की ज़रूरत थी।'

हैरी, रॉन और हर्माइनी सम्मोहन की क्लास में सबसे पीछे की डेस्क पर बैठे हुए थे। उन्हें आज तिलांजलि मंत्र का अभ्यास करना था, जो आह्वान मंत्र के ठीक विपरीत था। कमरे में चीज़ों के इधर-उधर उड़ने के ख़तरे को भाँपते हुए प्रोफ़ेसर फ़्लिटविक ने हर विद्यार्थी को कुशन दे दिए थे। विद्यार्थियों को कुशन उड़ाकर प्रैक्टिस करनी थी। प्रोफ़ेसर फ़्लिटविक चाहते थे कि अगर किसी विद्यार्थी का निशाना चूक भी जाए, तो भी किसी को चोट न पहुँचे। उनका विचार तो अच्छा था, लेकिन इसका परिणाम उतना अच्छा नहीं था। नेविल का निशाना इतना ख़राब था कि वह कुशन से ज़्यादा भारी चीज़ों को भी कमरे में उड़ा रहा था - जैसे प्रोफ़ेसर फ़्लिटविक को।

जब प्रोफ़ेसर फ़्लिटविक उनके पास से उड़ते हुए गए और एक बड़ी अलमारी के ऊपर पहुँचकर बैठ गए, तो हैरी बोला, 'एक मिनट के लिए अंडे को भूल जाओ। मैं तुम्हें स्नेप और मूडी के बारे में बताना चाहता हूँ ...'

यह क्लास गोपनीय बातचीत के लिए आदर्श थी। बाक़ी सभी विद्यार्थियों को इसमें इतना ज़्यादा मज़ा आ रहा था कि कोई भी उनकी तरफ़ बिलकुल ध्यान नहीं दे रहा था। हैरी धीमे स्वर में पिछले आधे घंटे से उन दोनों को रात की रोमांचक घटनाओं के बारे में बता रहा था।

रॉन फुसफुसाया, 'स्नेप ने कहा कि मूडी ने उनके ऑफ़िस की तलाशी ली थी?' उसकी आँखों में दिलचस्पी की चमक आ गई और उसने एक कुशन को अपनी छड़ी लहराकर दूर उड़ाया (यह हवा में उड़ा, लेकिन सही जगह पर पहुँचने

के बजाय इसने पार्वती के हैट को गिरा दिया)। 'तुम्हें क्या लगता है, मूडी यहाँ कारकारोफ़ के साथ-साथ स्नेप पर भी नज़र रख रहे होंगे?'

हैरी ने कहा, 'क्या पता डम्बलडोर ने उनसे ऐसा करने के लिए कहा है या नहीं, लेकिन वे निश्चित रूप से ऐसा कर ज़रूर रहे हैं।' उसने अपनी छड़ी लापरवाही से लहराई, जिस वजह से उसका कुशन डेस्क पर अजीब तरीक़े से नाचने लगा। 'मूडी ने कहा था कि डम्बलडोर स्नेप को यहाँ इसलिए रुकने दे रहे हैं, क्योंकि वे उन्हें दूसरा मौक़ा दे रहे हैं ...'

'क्या?' रॉन ने कहा। उसकी आँखें फैल गईं। उसका अगला कुशन हवा में उड़कर फानूस से टकराया और जाकर फ़्लिटविक की डेस्क पर धम्म से गिरा। 'हैरी ... शायद मूडी को लग रहा है कि *स्नेप* ने ही तुम्हारा नाम आग के प्याले में डाला होगा!'

'ओह रॉन,' हर्माइनी ने संदेह में अपना सिर हिलाते हुए कहा, 'हमने पहले भी तो सोचा था कि स्नेप हैरी को मारने की कोशिश कर रहे हैं, लेकिन बाद में हमें यह पता चला कि वे तो हैरी की जान बचा रहे थे, याद है?'

उसने एक कुशन को दूर उड़ाया। कुशन कमरे के पार उड़कर उस बक्से में गिरा, जिसमें सभी विद्यार्थियों को अपने कुशन पहुँचाने थे। हैरी ने हर्माइनी की तरफ़ देखते हुए सोचा ... यह सच था कि स्नेप ने एक बार उसकी जान बचाई थी, लेकिन अजीब बात यह थी कि स्नेप उससे बहुत नफ़रत करते थे और उनकी नफ़रत का कारण सिर्फ़ इतना था कि वे हैरी के पिता से नफ़रत करते थे, जो स्कूल में उनके साथ पढ़ते थे। स्नेप हैरी के पॉइंट कम करने या उसे सज़ा देने का एक भी मौक़ा नहीं चूकते थे। यही नहीं, वे एक-दो बार तो यह सुझाव भी दे चुके थे कि उसे स्कूल से निकाल देना चाहिए।

'मुझे परवाह नहीं है कि मूडी क्या कहते हैं,' हर्माइनी ने आगे कहा। 'डम्बलडोर मूर्ख नहीं हैं। उन्होंने हैग्रिड और प्रोफ़ेसर ल्यूपिन पर सही भरोसा किया था, हालाँकि ज़्यादातर लोग उन्हें नौकरी पर नहीं रखते। तो फिर स्नेप के बारे में उनका भरोसा सही क्यों नहीं हो सकता, हालाँकि स्नेप थोड़े –'

'– बुरे हैं,' रॉन ने तत्काल उसकी बात पूरी कर दी। 'छोड़ो हर्माइनी, अगर ऐसा है तो शैतानी जादूगरों को पकड़ने वाले सभी लोग उनके ऑफ़िस की तलाशी क्यों ले रहे हैं?'

'मिस्टर क्राउच बीमार होने का नाटक क्यों कर रहे हैं?' हर्माइनी ने रॉन की बात अनसुनी करते हुए पूछा। 'बड़ी अजीब बात है, है ना, कि वे यूल डांस में तो नहीं आ सकते, लेकिन वे आधी रात को यहाँ पर आ सकते हैं?'

'तुम तो क्राउच को सिर्फ़ घरेलू जिन्न विंकी को निकालने के कारण पसंद

नहीं करती हो,' रॉन ने एक कुशन को उड़ाकर खिड़की से बाहर भेजते हुए कहा।

'और *तुम* तो स्नेप के बारे में सिर्फ़ बुरा ही सोचते हो,' हर्माइनी ने कहा और अपने कुशन को उड़ाकर सफ़ाई से बक्से में भेज दिया।

'मैं तो सिर्फ़ यह जानना चाहता हूँ कि अगर स्नेप को यह दूसरा मौक़ा मिला है, तो उन्होंने पहले मौक़े पर क्या किया था,' हैरी ने गंभीरता से कहा और उसे यह देखकर बहुत हैरानी हुई कि उसका कुशन कमरे के पार उड़ा और सीधे हर्माइनी के कुशन के ऊपर जाकर गिरा।

*

सिरियस हॉगवर्ट्स में हुई किसी भी असामान्य घटना के बारे में सुनना चाहता था, इसलिए उसकी बात मानते हुए हैरी ने उसे उस रात भूरे उल्लू से एक चिट्ठी भिजवा दी। उस चिट्ठी में उसने विस्तार से लिख दिया था कि मिस्टर क्राउच स्नेप के ऑफ़िस में घुसे थे। यही नहीं, उसने मूडी और स्नेप की बातचीत के बारे में भी लिख दिया था। फिर हैरी ने अपना ध्यान अपने सामने की सबसे ज़रूरी समस्या की तरफ़ मोड़ा : चौबीस फ़रवरी को पानी में एक घंटे तक ज़िंदा कैसे रहा जाए।

रॉन चाहता था कि हैरी एक बार फिर आह्वान मंत्र का इस्तेमाल करे। हैरी ने उसे एक्वालंग्स के बारे में बता दिया था, जिसे पहनकर गोताख़ोर पानी के अंदर साँस ले सकते हैं। रॉन का विचार था कि हैरी को आह्वान मंत्र द्वारा सबसे पास वाले मगलू शहर से एक्वालंग्स बुला लेना चाहिए। बहरहाल, हर्माइनी ने उसकी योजना यह बताकर चौपट कर दी कि अगर हैरी एक घंटे की समय सीमा में एक्वालंग्स पहनना सीख भी ले, तब भी जादूगरी गोपनीयता का अंतर्राष्ट्रीय क़ानून तोड़ने के कारण उसे टूर्नामेंट से बाहर कर दिया जाएगा। उसने कहा कि यह सोचना ही मूर्खतापूर्ण है कि कोई मगलू एक्वालंग्स को देहाती इलाक़ों के पार हॉगवर्ट्स की तरफ़ उड़ते हुए नहीं देखेगा।

'ज़ाहिर है, सबसे बढ़िया तो यह रहेगा कि तुम पनडुब्बी या ऐसी ही किसी चीज़ में रूप-परिवर्तन कर लो,' उसने कहा। 'काश हम इंसानी रूप-परिवर्तन सीख चुके होते! लेकिन मुझे लगता है कि वह हम सिक्स्थ ईयर से पहले शुरू नहीं करेंगे और अगर इसे करने का सही तरीक़ा मालूम न हो, तो यह बहुत गड़बड़ भी हो सकता है ...'

'हाँ, मुझे यह अच्छा नहीं लगेगा कि मेरे सिर में पनडुब्बियों की तरह पेरीस्कोप जैसी कोई नली उग आए और मुझे उसे हर समय साथ लेकर घूमना पड़े,' हैरी ने कहा। 'वैसे मुझे लगता है कि अगर मैं मूडी के सामने किसी पर हमला कर दूँ, तो वे मेरा रूप बदलकर मुझे मछली बना सकते हैं ...'

'लेकिन मुझे नहीं लगता कि वे तुम्हें तुम्हारी पसंद के जीव में बदलेंगे,' हर्माइनी ने गंभीरता से कहा। 'नहीं, मुझे अब भी यही लगता है कि किसी मंत्र का इस्तेमाल करना ही तुम्हारे लिए सबसे अच्छा रहेगा।'

हैरी ने सोचा कि अब उसे लाइब्रेरी में इतनी सारी पुस्तकें पढ़नी होंगी कि उसका ज़िंदगी भर का *कोटा* पूरा हो जाएगा। उसने ख़ुद को एक बार फिर से धूल भरी पुस्तकों के ढेर में दफ़न कर लिया, जिनमें वह एक ऐसे मंत्र की तलाश कर रहा था, जिसकी बदौलत ऑक्सीजन के बिना ज़िंदा रहा जा सके। हैरी, रॉन और हर्माइनी लंच के वक़्त, शाम को और पूरे वीकएंड्स में लाइब्रेरी छानने में जुटे रहे। हालाँकि हैरी ने प्रोफ़ेसर मैक्गॉनेगल से प्रतिबंधित खंड की पुस्तकों का इस्तेमाल करने की लिखित अनुमति ले ली और गिद्ध जैसी चिड़चिड़ी लाइब्रेरियन मैडम पिन्स से भी मदद माँगी – लेकिन उन्हें ऐसा कोई मंत्र नहीं मिला, जिससे हैरी पानी के भीतर एक घंटे रह सके और इसके बाद अपने हाल-चाल सुनाने के लिए ज़िंदा रह सके।

दहशत की जानी-पहचानी लहरें अब हैरी को एक बार फिर परेशान करने लगी थीं। उसे क्लासों में ध्यान केंद्रित करने में फिर से मुश्किल आने लगी थी। हैरी अब तक झील को मैदान का सिर्फ़ एक सामान्य हिस्सा मानता था और उसकी तरफ़ कोई ख़ास ध्यान नहीं देता था। लेकिन आजकल वह जब भी किसी क्लासरूम की खिड़की के पास होता था, तो उसका ध्यान झील की तरफ़ चला जाता था। झील में बहुत ज़्यादा पानी था, जो बहुत ठंडा भी था और हैरी को अब इसकी अँधेरी गहराइयाँ चाँद जितनी दूर नज़र आने लगी थीं।

जैसा हॉर्नटेल का सामना करने से पहले हुआ था, समय अब इतनी तेज़ी से भागने लगा था, जैसे किसी ने घड़ियों पर तेज़ भागने का जादू कर दिया हो। चौबीस फ़रवरी में एक सप्ताह का समय बचा था (अब भी समय है) ... अब पाँच दिन बचे थे (कोई न कोई मंत्र जल्दी ही मिल जाएगा) ... तीन दिन बचे थे (*भगवान करे*, मुझे कोई मंत्र मिल जाए)।

जब दो दिन बचे थे, तो हैरी ने एक बार फिर खाना-पीना छोड़ दिया। सोमवार को नाश्ते की टेबल पर एक ही अच्छी घटना हुई। वह भूरा उल्लू लौट आया, जिसे हैरी ने सिरियस के पास भेजा था। उसने चर्मपत्र खोलकर देखा। उस पर सिरियस की अब तक की सबसे छोटी चिट्ठी थी।

लौटते उल्लू से हॉग्समीड की अगली यात्रा की तारीख़ भेजो।

हैरी ने चर्मपत्र को पलटकर देखा कि शायद उसके पीछे कुछ लिखा हो, लेकिन

वह कोरा था।

'अगले वीकएंड के बाद वाले वीकएंड में जाना है,' हर्माइनी ने फुसफुसाकर कहा, जिसने हैरी के कंधे के पीछे से झुककर चिट्ठी पढ़ ली थी। 'यह लो - मेरी क़लम लो और इस उल्लू को फ़ौरन वापस भेज दो।'

हैरी ने सिरियस की चिट्ठी के पीछे तारीख़ लिख दी और उसे भूरे उल्लू के पैर में वापस बाँध दिया। फिर उसने भूरे उल्लू को दोबारा बाहर उड़ते देखा। उसे क्या उम्मीद थी ? पानी के नीचे ज़िंदा रहने की सलाह की ? लेकिन वह तो चिट्ठी में सिरियस को स्नेप और मूडी के बारे में बताने में इतना खो गया था कि अंडे के सुराग़ का ज़िक्र करना ही भूल गया था।

'वह हॉग्समीड की अगली यात्रा की तारीख़ क्यों जानना चाहता है ?' रॉन ने पूछा।

'क्या पता,' हैरी ने निराशा से कहा। उल्लू को देखकर उसके भीतर जो क्षणिक ख़ुशी उत्पन्न हुई थी, वह अब काफ़ूर हो चुकी थी। 'चलो ... जादुई प्राणियों की देखभाल की क्लास है।'

हैग्रिड शायद विस्फोटक अग्निडंकों द्वारा पहुँचाए नुक़सान की भरपाई कर रहा था या फिर अब सिर्फ़ दो ही अग्निडंक बचे थे या फिर वह यह साबित करना चाहता था कि प्रोफ़ेसर ग्रबली-प्लैंक जो काम कर सकती हैं, वह भी वही कर सकता है - चाहे कारण जो भी हो, हैग्रिड जब से दोबारा अपने काम पर लौटा था, तब से वह यूनिकॉर्नों के बारे में पढ़ा रहा था। सबको यह पता चल गया कि हैग्रिड को यूनिकॉर्नों के बारे में भी उतना ही ज्ञान था, जितना कि भयंकर जानवरों के बारे में, हालाँकि उसे इस बात से निराशा होती थी कि उनके दाँत ज़हरीले क्यों नहीं हैं।

आज वह यूनिकॉर्न के दो शावकों को पकड़कर लाने में कामयाब हो गया था। वयस्क यूनिकॉर्नों के विपरीत ये सुनहरे थे। पार्वती और लैवेंडर उन्हें देखते ही ख़ुशी से पगला गईं और पैन्सी पार्किन्सन को भी अपनी ख़ुशी छिपाने के लिए काफ़ी कोशिश करनी पड़ी।

'वयस्कों की तुलना में उनके बच्चे ज़्यादा आसानी से दिख जाते हैं,' हैग्रिड ने क्लास को बताया। 'जब यूनिकॉर्न दो साल के होते हैं, तो उनका रंग चाँदी जैसा हो जाता है। चार साल के क़रीब उनके सींग उग आते हैं। वे तब तक पूरे सफ़ेद नहीं होते, जब तक कि वे पूरी तरह वयस्क नहीं हो जाते - यानी सात साल की उम्र तक। बचपन में वे ज़्यादा भरोसा करते हैं ... तब वे लड़कों से उतना नहीं घबराते हैं ... चलो, थोड़ा क़रीब जाओ। अगर तुम चाहो, तो उन्हें थपथपा सकते हो ... उन्हें शकर के ढेले भी खिला सकते हो ...

'तुम **ठीक** तो हो, हैरी?' हैग्रिड थोड़ा क़रीब आते हुए बोला, जब ज़्यादातर विद्यार्थी यूनिकॉर्न के शावकों के चारों तरफ़ जमा हो गए।

'हाँ,' हैरी बोला।

हैग्रिड ने पूछा, 'थोड़ी घबराहट हो रही होगी?'

'हाँ,' हैरी बोला।

हैग्रिड ने अपना बड़ा हाथ उसके कंधे पर मारा, जिससे हैरी के घुटने झुक गए, 'हैरी, हमने तुम्हें हॉर्नटेल से मुक़ाबला करते देखा है। अगर तुम उससे पहले यह काम कर रहे होते, तो हमें चिंता होती, लेकिन अब हम जानते हैं कि तुम कोई भी काम कर सकते हो, बशर्ते तुम उसे करने की ठान लो। अब हमें ज़रा भी चिंता नहीं हो रही है। तुम बिलकुल ठीक-ठाक रहोगे। तुमने सुराग़ का मतलब समझ लिया, है ना?'

हैरी ने हामी में सिर हिलाया, लेकिन उसके मन में आया कि वह हैग्रिड को बता दे कि उसे ज़रा भी अंदाज़ा नहीं है कि झील की तलहटी में एक घंटे तक ज़िंदा कैसे रहा जाए। उसने हैग्रिड की तरफ़ देखा - शायद झील में रहने वाले प्राणियों की देखभाल के सिलसिले में वह कभी-कभार झील में गया हो। वह ज़रूर गया होगा - आख़िरकार वह मैदान के सभी प्राणियों की देखभाल करता था -

'तुम ज़रूर जीतोगे,' हैग्रिड ने एक बार फिर हैरी का कंधा थपथपाते हुए कहा, जिससे हैरी गीली ज़मीन में दो इंच नीचे धँस गया। 'हम जानते हैं। हमें आभास हो रहा है। *तुम ज़रूर जीतोगे, हैरी।*'

हैग्रिड के चेहरे पर ख़ुशी और विश्वास की जो मुस्कराहट थी, हैरी उसे मिटाना नहीं चाहता था। उसने यह जताया कि वह भी यूनिकॉर्न के शावकों के पास जाना चाहता है। फिर वह जबरन मुस्कराया और हैग्रिड से दूर जाकर बाक़ी विद्यार्थियों के साथ शावकों को थपथपाने लगा।

*

दूसरे काम से पहले वाली शाम को हैरी को महसूस हुआ, जैसे वह किसी बुरे सपने में फँस चुका हो। वह अच्छी तरह से जानता था कि अगर अब कोई चमत्कार हो जाए और उसे कोई उपयुक्त मंत्र मिल भी जाए, तो भी वह एक ही रात में उसमें निपुण नहीं हो सकता। उसने यह नौबत क्यों आने दी? उसने अंडे के सुराग़ को जल्दी क्यों नहीं समझा? उसने क्लास में अपने टीचर्स की बातें ध्यान से क्यों नहीं सुनीं - हो सकता है किसी टीचर ने कभी बताया हो कि पानी के अंदर साँस कैसे ली जा सकती है?

उस दिन शाम को सूर्यास्त के समय हैरी, रॉन और हर्माइनी लाइब्रेरी में

बैठे थे और तेज़ी से मंत्रों की पुस्तकों के पन्ने पलटते जा रहे थे। उन्हें एक-दूसरे की शक्ल नहीं दिख रही थी, क्योंकि उन सभी के सामने पुस्तकों के ऊँचे-ऊँचे ढेर रखे हुए थे। किसी पन्ने पर 'पानी' लिखा देखकर हैरी का दिल ज़ोर से उछल जाता था, लेकिन अक्सर उस पर यह लिखा रहता था, 'आधा लिटर पानी लें, मंत्रकवच की ढाई सौ ग्राम कतरी हुई पत्तियाँ लें और एक न्यूट ...'

'मुझे लगता है कि यह काम किया ही नहीं जा सकता है,' टेबल के दूसरी तरफ़ से रॉन की आवाज़ आई। 'कुछ भी नहीं मिला। *कुछ भी नहीं।* सबसे क़रीब तो शुष्कता मंत्र था, जिससे गड्ढों और पोखरों का पानी सुखाया जा सकता है, लेकिन यह इतना शक्तिशाली नहीं होता कि इससे पूरी झील सुखाई जा सके।'

'कुछ न कुछ तो होगा,' हर्माइनी ने बुदबुदाते हुए एक मोमबत्ती को अपने पास खींचा। उसकी आँखें इतनी थक चुकी थीं कि वह *प्राचीन और विस्मृत मंत्र एवं सम्मोहन* पुस्तक के बारीक अक्षरों को पढ़ने के लिए बहुत आगे झुक गई थी। उसकी नाक पन्ने से एक इंच ही ऊपर होगी। 'वे चैंपियनों को ऐसा काम कभी नहीं देंगे, जो किया ही न जा सके।'

'उन्होंने इस बार ऐसा ही किया है,' रॉन ने कहा। 'हैरी, कल तुम झील के अंदर सिर डालकर जलमानुषों से कहना कि उन्होंने जो भी चुराया हो, वह तुम्हें वापस कर दें और फिर देखना कि क्या होता है। इससे ज़्यादा कुछ नहीं किया जा सकता, दोस्त।'

'इसे करने का कोई तरीक़ा तो होगा!' हर्माइनी ने चिढ़कर कहा। 'कोई न कोई तरीक़ा तो ज़रूर होगा!'

लाइब्रेरी की पुस्तकों से मदद न मिलने को वह व्यक्तिगत अपमान मान रही थी। आज तक लाइब्रेरी ने उसे कभी नीचा नहीं देखने दिया था।

'मैं जानता हूँ कि मुझे क्या करना चाहिए था,' हैरी ने अपना चेहरा *गुस्ताख़ जादूगरों के लिए गुस्ताख़ मंत्र* पुस्तक पर टिकाते हुए कहा। 'मुझे सिरियस की तरह इच्छाधारी नरपशु बनना सीख लेना चाहिए था।'

रॉन बोला, 'हाँ, फिर तुम जब चाहते, मछली में बदल सकते थे!'

'या मेंढक में,' हैरी ने जम्हाई लेते हुए कहा। वह थक चुका था।

'इच्छाधारी नरपशु बनने में बरसों लगते हैं और फिर उसका रजिस्ट्रेशन भी करवाना पड़ता है,' हर्माइनी ने कहा, जो अब *जादूगरों की अजीबोग़रीब समस्याएँ और उनके समाधान* पुस्तक की विषयसूची पढ़ रही थी। 'याद है, प्रोफ़ेसर मैक्गॉनेगल ने हमें बताया था ... इसके लिए जादू के अनुचित प्रयोग कार्यालय में रजिस्ट्रेशन करवाना पड़ता है ... यह भी बताना पड़ता है कि तुम

किस जानवर में रूप बदल सकते हो, तुम्हारी निशानी क्या है ... ताकि तुम इसका दुरुपयोग न करो ...'

'हर्माइनी, मैं तो सिर्फ़ मज़ाक़ कर रहा था,' हैरी ने थके अंदाज़ में कहा। 'मैं जानता हूँ कि कल सुबह तक मैं मेंढक में बदलना कभी नहीं सीख सकता ...'

'ओह, इसका कोई फ़ायदा नहीं है,' हर्माइनी ने *जादूगरों की अजीबोग़रीब समस्याएँ* पुस्तक को बंद करते हुए कहा। 'इसमें बताए अजीब समाधान भला किसे पसंद आएँगे, जिससे उसकी नाक के बाल घुँघराले बनकर बाहर लटकने लगेंगे ?'

'मुझे तो कोई दिक्क़त नहीं होगी,' फ़्रेड वीज़्ली की आवाज़ आई। 'इससे मैं लोकप्रिय हो जाऊँगा, है ना ?'

हैरी, रॉन और हर्माइनी ने सिर उठाकर देखा। फ़्रेड और जॉर्ज किताबों की अलमारियों के पीछे से निकल रहे थे।

रॉन ने पूछा, 'तुम दोनों यहाँ क्या कर रहे हो ?'

'तुम्हारी तलाश में आए हैं,' जॉर्ज बोला। 'रॉन, मैक्गॉनेगल तुम्हें बुला रही हैं। और हर्माइनी, तुम्हें भी।'

'क्यों ?' हर्माइनी ने हैरानी से पूछा।

फ़्रेड ने कहा, 'पता नहीं ... वे थोड़ी गंभीर दिख रही थीं।'

जॉर्ज बोला, 'हमें तुम दोनों को लेकर उनके ऑफ़िस में जाना है।'

रॉन और हर्माइनी ने हैरी को घूरकर देखा, जिसका पेट हिचकोले खा रहा था। क्या प्रोफ़ेसर मैक्गॉनेगल रॉन और हर्माइनी को डाँटने के लिए बुला रही थीं ? शायद उनका ध्यान इस तरफ़ चला गया था कि वे दोनों उसकी कितनी ज़्यादा मदद कर रहे थे, जबकि उसे अकेले ही अपनी गुत्थी सुलझानी चाहिए थी ?

हर्माइनी और रॉन भी चिंतित दिख रहे थे। जब हर्माइनी रॉन के साथ जाने के लिए उठी, तो उसने हैरी से कहा, 'हम वापस लौटकर तुमसे गरुड़द्वार के हॉल में मिलते हैं। तुम इनमें से जितनी पुस्तकें ला सकते हो, ले आना। **ठीक है ?'**

'ठीक है,' हैरी ने परेशानी से कहा।

आठ बजे मैडम पिन्स ने सारी बत्तियाँ बुझा दीं और हैरी को लाइब्रेरी से भगाने के लिए आ गईं। हैरी जितनी पुस्तकें उठा सकता था, उसने उठा लीं और फिर उनके बोझ से लड़खड़ाता हुआ गरुड़द्वार के हॉल में आ गया। उसने एक कोने में टेबल खींची और मंत्र की तलाश शुरू कर दी। *झक्की जादूगरों के लिए झक्की जादू* में कुछ भी नहीं था ... *मध्ययुगीन जादू की मार्गदर्शिका* में भी कुछ नहीं था ... *अठारहवीं सदी के जादू का संग्रह* या *गहराई में रहने वाले*

भयंकर प्राणी या *ऐसी शक्तियाँ जो आप नहीं जानते थे कि आप में हैं और अब जब आप जान गए हैं, तो उनका क्या करें* पुस्तकों में पानी के भीतर ज़िंदा रहने का कोई भी सुराग़ नहीं था।

क्रुकशैंक्स हैरी की गोद में चढ़कर बैठ गई थी और अंगड़ाई लेते हुए म्याऊँ कर रही थी। हॉल धीरे-धीरे ख़ाली होता गया। विद्यार्थी हैग्रिड जैसी ख़ुशी और विश्वास भरी आवाज़ में उसे अगली सुबह के लिए शुभकामनाएँ देने लगे। उन सभी को विश्वास था कि वह एक बार फिर उसी तरह का शानदार प्रदर्शन करेगा, जैसा उसने पहले काम में किया था। हैरी उनसे कुछ नहीं कह सकता था। उसने बस अपना सिर हिला दिया। उसे ऐसा लग रहा था, जैसे उसके गले में गोल्फ़ की गेंद फँस गई हो। रात को बारह बजने में दस मिनट पर वह क्रुकशैंक्स के साथ कमरे में अकेला बचा था। उसने बची हुई सारी पुस्तकें छान मारी थीं और रॉन तथा हर्माइनी अभी तक नहीं लौटे थे।

उसने सोचा, अब खेल ख़त्म हो गया। तुम्हें कल सुबह झील के पास बैठे निर्णायकों को बताना होगा कि तुम यह काम नहीं कर सकते ...

उसने कल्पना की कि वह निर्णायकों को यह बता रहा है कि वह यह काम नहीं कर सकता। उसके सामने तस्वीर उभरी कि बैगमैन की गोल आँखों में हैरानी का भाव था, कारकारोफ़ के चेहरे पर पीली दाँतों वाली संतोष की मुस्कराहट थी। और उसे फ़्लर डेलाकोर की आवाज़ भी सुनाई दी, *'मैं यह बात जानती थी ... वह बहुत छोटा है, वह तो अभी छोटा बच्चा है।'* उसने देखा कि मैल्फ़ॉय भीड़ के सामने **पॉटर ज़ीरो है** का बैज चमका रहा है और उसे यह भी दिखा कि हैग्रिड का चेहरा उतर गया है और वह हैरान दिख रहा है ...

हैरी यह भूल गया कि क्रुकशैंक्स उसकी गोद में बैठी थी और वह अचानक उठकर खड़ा हो गया। क्रुकशैंक्स फ़र्श पर गिरी और ग़ुस्से से फुफकारने लगी। उसने हैरी की तरफ़ हिक़ारत से देखा और अपनी बोतल साफ़ करने के ब्रश जैसी पूँछ को हिलाती हुई दूर चली गई। लेकिन हैरी उसे देखने के बजाय अपने कमरे की तरफ़ जाने वाली सीढ़ियाँ चढ़ रहा था ... वह अपना अदृश्य चोगा निकालेगा और लाइब्रेरी में जाएगा। अगर ज़रूरत पड़ी, तो वह सारी रात लाइब्रेरी में ही रहेगा ...

'प्रकाशित भव,' हैरी पंद्रह मिनट बाद लाइब्रेरी का दरवाज़ा खोलते समय फुसफुसाकर बोला।

छड़ी के सिरे पर रोशनी हो गई। वह किताबों की अलमारियों के बीच गया और उसने बहुत सारी पुस्तकें निकाल लीं – आक्रामक मंत्रों और सम्मोहन की पुस्तकें, जलमानुषों और जलराक्षसों पर पुस्तकें, मशहूर जादूगरों और

जादूगरनियों पर पुस्तकें, जादुई आविष्कारों पर पुस्तकें। उसने ऐसी हर पुस्तक निकाल ली, जिसमें पानी के भीतर ज़िंदा रहने के बारे में कुछ भी मिल सकता था। वह उन सभी को लेकर एक टेबल पर आ गया और अपनी खोज में जुट गया। वह छड़ी की रोशनी में उनमें मंत्र खोजने लगा। बीच-बीच में वह अपनी घड़ी भी देखता जा रहा था ...

रात के एक बज गए थे ... दो बज गए थे ... जागते रहने का एक ही तरीक़ा था कि वह ख़ुद को बार-बार बताता रहे, *अगली पुस्तक में ... अगली पुस्तक में ... अगली पुस्तक में ...*

*

प्रिफ़ेक्ट्स के बाथरूम में लगी तस्वीर में जलपरी हँस रही थी। हैरी उसकी चट्टान के पास के बुलबुलेदार पानी में कॉर्क की तरह डोल रहा था। जलपरी उसकी फ़ायरबोल्ट उसके सिर के ऊपर हिला रही थी।

'आओ, आकर इसे ले जाओ!' वह दुष्टता से हँस रही थी। 'आओ, कूदो!'

'मैं ऐसा नहीं कर सकता,' हैरी ने हाँफते हुए कहा और फ़ायरबोल्ट को छीनने की कोशिश करते हुए पानी में न डूबने के लिए संघर्ष किया। 'यह मुझे दे दो!'

लेकिन जलपरी ने झाड़ू का सिरा उसकी कमर में गड़ा दिया और उस पर हँसने लगी।

'दर्द होता है - दूर हटाओ - आउच -'

'हैरी पॉटर को जागना ही होगा, सर!'

'मुझे मत मारो -'

'डॉबी को हैरी पॉटर को कोहनी मारनी ही पड़ेगी, सर। हैरी पॉटर को जागना ही होगा!'

हैरी ने अपनी आँखें खोल लीं। वह अब भी लाइब्रेरी में ही था। अदृश्य चोगा नींद में उसके सिर पर से फिसल गया था और उसका चेहरा *जहाँ छड़ी है, वहाँ राह भी है* पुस्तक के पन्नों में धँसा हुआ था। वह उठकर बैठा, उसने अपना चश्मा सीधा किया और दिन की तेज़ रोशनी में आँखें मिचमिचाने लगा।

'हैरी पॉटर को जल्दी करनी होगी!' डॉबी बोला। 'दूसरा काम दस मिनट में शुरू होने वाला है और हैरी पॉटर -'

'दस मिनट में?' हैरी ने बौखलाई आवाज़ में कहा। 'दस - *दस मिनट में?'*

उसने अपनी घड़ी की तरफ़ देखा। डॉबी सही कह रहा था। नौ बजकर बीस मिनट हो गए थे। हैरी के सीने से एक बड़ा बोझ फिसलकर उसके पेट में पहुँच गया।

'जल्दी करो, हैरी पॉटर!' डॉबी चीख़ा और उसने हैरी की आस्तीन खींची। 'आपको इस समय बाक़ी चैंपियनों के साथ झील के किनारे होना चाहिए, सर!'

'अब बहुत देर हो गई है, डॉबी,' हैरी ने निराशा से कहा। 'मैं वह काम नहीं करूँगा ... मुझे उसे करने का तरीक़ा नहीं मालूम –'

'हैरी पॉटर यह काम ज़रूर *करेगा!*' डॉबी चिल्लाया। 'डॉबी जानता था कि हैरी को सही पुस्तक नहीं मिली है, इसलिए उसका काम डॉबी ने कर दिया है!'

'क्या ?' हैरी ने कहा। 'लेकिन *तुम्हें* तो यह भी पता नहीं है कि दूसरा काम क्या है –'

'डॉबी को सब कुछ पता है, सर! हैरी पॉटर को झील में जाकर अपने लाल-बाल को खोजना है –'

'किसे खोजना है ?'

'अपने लाल-बाल को जलमानुषों से वापस लेकर आना है!'

'लाल-बाल क्या है ?'

'आपका लाल-बाल, सर, आपका लाल-बाल – वह लाल-बाल, जिसने डॉबी को स्वेटर दिया था!'

डॉबी ने अपने सिकुड़े हुए मेहरून स्वेटर की तरफ़ इशारा किया, जो वह अपने हाफ़ पैंट के ऊपर पहने हुए था।

'क्या ?' हैरी ने हैरानी से कहा। 'उन्होंने ... उन्होंने *रॉन* को पकड़ लिया है ?'

'हैरी पॉटर की सबसे क़ीमती चीज़, सर!' डॉबी चीख़ा। 'और एक घंटे में –'

'– *"बहुत बुरा होगा"*,' हैरी दहशत में दोहराने लगा और जिन्न को घूरकर देखने लगा, *'बहुत देर हो जाएगी, वह चीज़ चली जाएगी और फिर कभी लौटकर नहीं आएगी ...'* हैरी ने डॉबी से पूछा, 'डॉबी – अब मैं क्या करूँ ?'

'आप इसे खा लें, सर!' डॉबी चीख़ा और उसने अपने हाफ़ पैंट की जेब में हाथ डालकर एक चीज़ निकाली। यह हरे चूहों की गंदी पूँछों के ढेर जैसी दिख रही थी। 'झील में जाने से ठीक पहले इसे खा लें, सर – गिलवर्धक पौधा!'

'इससे क्या होगा ?' हैरी ने गिलवर्धक पौधे की तरफ़ घूरते हुए कहा।

'इससे हैरी पॉटर पानी के अंदर साँस ले पाएगा, सर!'

'डॉबी,' हैरी ने दहशत में कहा, 'सुनो – क्या तुम्हें इसके बारे में पक्का यक़ीन है ?'

वह यह नहीं भूला था कि आख़िरी बार जब डॉबी ने उसकी 'मदद' करने की कोशिश की थी, तो क्या हुआ था। तब उसके दाहिने हाथ की सारी हड्डियाँ ग़ायब हो गई थीं।

'डॉबी को पूरा भरोसा है, सर!' जिन्न ने गंभीरता से कहा। 'डॉबी लोगों की बातें सुनता है, सर। वह घरेलू जिन्न है। वह पूरे महल में घूमता है, आग जलाता है और फ़र्श साफ़ करता है। डॉबी ने स्टाफ़ रूम में प्रोफ़ेसर मैक्गॉनेगल और प्रोफ़ेसर मूडी की बातें सुनी थीं। वे अगले काम के बारे में बातें कर रहे थे ... डॉबी नहीं चाहता कि हैरी पॉटर अपने लाल-बाल को खो दे!'

हैरी की शंका काफ़ूर हो गई। उसने खड़े होकर अपना अदृश्य चोगा उतारा, उसे अपने बैग में डाला, गिलवर्धक पौधे को लेकर अपनी जेब में भरा और फिर लाइब्रेरी से बाहर भागने लगा। डॉबी उसके ठीक पीछे था।

'डॉबी को किचन में जाना होगा, सर!' डॉबी चीख़ा, जब वे गलियारे में पहुँचे। 'डॉबी की वहाँ ज़रूरत है - गुड लक, हैरी पॉटर, सर, गुड लक!'

'बाद में मिलता हूँ, डॉबी!' हैरी चिल्लाया। वह गलियारे में भागता हुआ गया और एक बार में तीन-तीन सीढ़ियाँ उतरने लगा।

प्रवेश हॉल में अब भी कुछ आलसी विद्यार्थी बचे हुए थे, जो बड़े हॉल में नाश्ता करने के बाद दूसरे काम को देखने के लिए बाहर जा रहे थे। जब हैरी उनके पास से धड़धड़ाता हुआ निकाला, तो उन्होंने उसे घूरकर देखा। जब वह पत्थर की सीढ़ियों पर उतरा और ठंडे मैदान में पहुँचा, तो कॉलिन और डेनिस क्रीवी घबराकर उसके रास्ते से हट गए।

लॉन पर भागते समय उसने देखा कि नवंबर में ड्रैगन्स के अहाते के चारों तरफ़ बनी दर्शकदीर्घाएँ अब दूसरे किनारे पर पहुँच गई थीं। दर्शकदीर्घाएँ खचाखच भरी थीं और झील में उनकी परछाईं दिख रही थी। झील के पार से भीड़ की रोमांचित आवाज़ें आ रही थीं। हैरी भागकर निर्णायकों के पास पहुँचा, जो झील के किनारे पर लगी एक टेबल पर बैठे हुए थे। सेडरिक, फ़्लर और क्रम निर्णायकों की टेबल के पास ही खड़े थे और हैरी को दौड़कर आते हुए देख रहे थे।

'मैं ... आ गया ...' हैरी ने हाँफते हुए कहा। उसने कीचड़ में एकदम रुकने की कोशिश की, जिससे कीचड़ के छींटे उड़कर फ़्लर के दुशाले पर पड़ गए।

'तुमने इतनी देर क्यों लगा दी ?' एक रौबदार और अप्रसन्न आवाज़ आई। 'मुक़ाबला शुरू होने वाला है!'

हैरी ने पलटकर देखा। पर्सी वीज़्ली निर्णायकों की टेबल पर बैठा हुआ था - मिस्टर क्राउच एक बार फिर नहीं आए थे।

'ठहरो, पर्सी!' लूडो बैगमैन ने कहा, जो हैरी को देखकर बहुत राहत महसूस कर रहे थे। 'उसे अपनी साँस तो ठीक कर लेने दो!'

डम्बलडोर हैरी की तरफ़ देखकर मुस्कराए, लेकिन कारकारोफ़ और मैडम मैक्सिम उसे देखकर ख़ुश नहीं हुए थे ... उनके चेहरों से स्पष्ट था कि उन्हें उसके आने की उम्मीद नहीं थी।

हैरी आगे झुका और अपने हाथ घुटनों पर रखकर हाँफने लगा। उसके पेट के दोनों किनारों पर ऐसी ऐंठन हो रही थी, जैसे किसी ने उसकी पसलियों में चाकू भोंक दिया हो, लेकिन उसके पास उस चाकू को निकालने का समय नहीं था। लूडो बैगमैन चैंपियनों को किनारे पर एक-दूसरे से दस फ़ुट की दूरी पर खड़ा कर रहे थे। हैरी क़तार में विक्टर क्रम के बाद बिलकुल आख़िरी सिरे पर था। क्रम तैरने की पोशाक पहने हुए था और उसने अपनी छड़ी तैयार रखी थी।

'ठीक हो, हैरी?' बैगमैन ने फुसफुसाकर कहा, जब उन्होंने हैरी को विक्टर क्रम से कुछ फ़ुट दूर सरकाया। 'तुम जानते हो कि तुम्हें क्या करना है?'

'हाँ,' हैरी ने हाँफते हुए और अपनी पसलियाँ मलते हुए कहा।

बैगमैन ने उसके कंधे को हल्के से दबाया और निर्णायकों की टेबल पर लौट गए। उन्होंने अपनी छड़ी अपने गले की तरफ़ की, जैसा कि उन्होंने क्विडिच वर्ल्ड कप में किया था। फिर वे बोले, *'तीव्रध्वनि!'* उनकी आवाज़ झील के गहरे पानी के ऊपर से होती हुई दर्शकदीर्घा तक पहुँच गई।

'हमारे सभी चैंपियन दूसरे काम को करने के लिए तैयार हैं, जो मेरी सीटी बजने के साथ शुरू होगा। उनके पास एक घंटे का समय है, जिसमें उन्हें अपनी सबसे क़ीमती चीज़ वापस लानी है। तो फिर तीन तक की गिनती शुरू। *एक ... दो ... तीन!'*

ठंडी और शांत हवा में उनकी सीटी की आवाज़ गूँजी। दर्शकदीर्घा में तालियों और चीख़ों का शोर होने लगा। दूसरे चैंपियन क्या कर रहे हैं, यह देखे बिना हैरी ने अपने जूते-मोज़े उतारे, अपनी जेब से गिलवर्धक पौधा निकाला और उसे अपने मुँह में ठूँसकर झील में उतर गया।

झील का पानी इतना ठंडा था कि उसके पैरों की चमड़ी इस तरह जलने लगी, जैसे यह बर्फ़ीला पानी नहीं, बल्कि आग हो। जैसे-जैसे वह गहराई में जाने लगा, उसके गीले दुशाले उसे नीचे खींचने लगे। अब पानी उसके घुटनों के ऊपर तक आ गया था और उसके तेज़ी से सुन्न होते पैर रेत व पत्थरों पर फिसल रहे थे। वह गिलवर्धक पौधे को पूरी तेज़ी से चबा रहा था। इसका स्वाद बहुत ख़राब था और रबड़ जैसा लग रहा था। उसे ऐसा लग रहा था, जैसे वह ऑक्टोपस के तंतुओं को चबा रहा हो। बर्फ़ीले पानी में कमर की गहराई तक

पहुँचने के बाद वह रुका और उसने गिलवर्धक पौधे को निगल लिया। इसके बाद वह कुछ होने का इंतज़ार करने लगा।

उसे भीड़ के हँसने की आवाज़ें सुनाई दे रही थीं। वह जानता था कि झील में खड़ा-खड़ा वह मूर्ख दिख रहा होगा, क्योंकि उसने जादुई शक्ति का कोई चिन्ह प्रकट नहीं किया था। उसके शरीर का जो हिस्सा पानी में नहीं डूबा था, वहाँ अब रोंगटे खड़े हो चुके थे। उसका आधा शरीर बर्फ़ीले पानी में डूबा था। हवा बेरहमी से उसके बाल उड़ाए जा रही थी। हैरी बुरी तरह काँपने लगा। वह दर्शकदीर्घा की तरफ़ देखने से कतरा रहा था। हँसी की आवाज़ें अब और ज़्यादा तेज़ हो गई थीं और नागशक्ति के विद्यार्थी सीटी बजा रहे थे और ताने कस रहे थे ...

फिर अचानक हैरी को ऐसा महसूस हुआ, जैसे किसी ने उसके मुँह और नाक पर एक अदृश्य तकिया रख दिया हो। उसने साँस लेने की कोशिश की, लेकिन इससे उसका सिर चकरा गया। उसके फेफड़े ख़ाली थे और उसे अचानक अपनी गर्दन के दोनों सिरों पर तेज़ दर्द महसूस हुआ –

हैरी ने अपने हाथ गले के चारों तरफ़ जकड़ लिए। उसे फ़ौरन पता चल गया कि उसके कानों के नीचे दो बड़े छेद हो गए थे, जो ठंडी हवा में फड़फड़ा रहे थे ... *मछलियों की तरह उसके भी गिल उग आए थे।* सोचने के लिए रुके बिना उसने वह इकलौता काम किया, जिसमें समझदारी दिख रही थी – उसने पानी में आगे की तरफ़ छलाँग लगा दी।

झील के बर्फ़ीले पानी का पहला घूँट उसे ज़िंदगी के घूँट जैसा लगा। उसका सिर चकराना बंद हो गया। उसने पानी का एक और घूँट लिया। पानी उसके मस्तिष्क तक ऑक्सीजन भेजकर उसके गिलों से बाहर निकल गया। उसने अपने हाथ सामने की तरफ़ फैलाकर उन्हें देखा। उसके हाथ पानी के नीचे हरे और भुतहा दिख रहे थे, लेकिन अब वे जालीदार हो गए थे। उसने पलटकर अपने नंगे पैरों को देखा – वे लंबे हो गए थे और उसके पैर की उँगलियाँ भी जालीदार हो गई थीं। ऐसा लग रहा था, जैसे उसके मीनपक्ष उग आए थे।

पानी अब बर्फ़ जैसा ठंडा नहीं लग रहा था ... इसके विपरीत अब यह सुखद और हल्का लग रहा था ... हैरी ने एक बार फिर पैर हिलाए। उसे यह देखकर हैरानी हुई कि उसके मछली जैसे पैर उसे कितनी तेज़ी से और कितनी दूर तक आगे धकेल रहे हैं। उसका ध्यान इस तरफ़ भी गया कि उसे पानी के अंदर बिलकुल साफ़ दिखाई दे रहा था और उसे पलकें झपकाने की ज़रूरत नहीं थी। जल्दी ही वह झील में इतनी दूर तक तैर आया कि गहरे पानी के कारण उसे तलहटी दिखाई देना बंद हो गई। उसने उछलकर गहराई में गोता लगा दिया।

ख़ामोशी उसके कानों पर दबाव डालने लगी, जब वह एक अजीब और धुँधली जगह के ऊपर से तैरा। अब उसे अपने चारों तरफ़ सिर्फ़ दस फ़ुट की दूरी तक ही नज़र आ रहा था, जिस वजह से आगे तैरते समय उसे नए दृश्य दिखाई दे रहे थे। हिचकोले खाते हुए काले पौधे ... कीचड़ में लिपटे चमकते पत्थर। वह झील के बीच की तरफ़ तैरने लगा। उसकी आँखें पूरी तरह खुली थीं और वह अपने चारों तरफ़ के अजीब रोशनी वाले पानी में दूर की छायाओं को देखने लगा, जहाँ पानी पारदर्शी नहीं था।

छोटी-छोटी मछलियाँ उसके पास से चाँदी के तीरों की तरह गुज़रीं। एक-दो बार तो उसने सोचा कि उसे सामने कोई बड़ी चीज़ हिलती हुई दिख रही थी, लेकिन पास आने पर उसे पता चला कि वह और कुछ नहीं, बल्कि बड़ा काला लट्ठा या पौधों का झुरमुट था। आस-पास किसी और चैंपियन, जलमानुष या रॉन का कोई चिन्ह नहीं था - न ही विशाल समुद्रफ़ेनी का कोई चिन्ह था।

जहाँ तक उसे दिखाई दे रहा था, उसके सामने हरे पौधों का झुरमुट फैला हुआ था। दो फ़ुट गहरे ये पौधे लंबी घास जैसे दिख रहे थे। हैरी बिना पलक झपकाए अपने सामने घूर रहा था और अँधेरे में आकृतियों को पहचानने की कोशिश कर रहा था ... और तभी बिना किसी चेतावनी के किसी ने उसका टखना पकड़ लिया।

हैरी ने मुड़कर देखा कि एक छोटा, सींगदार जलराक्षस पौधों से बाहर निकल आया था और उसने अपनी लंबी उँगलियों से उसका पैर पकड़ लिया था। उसके नुकीले दाँत साफ़ नज़र आ रहे थे। हैरी ने जल्दी से अपने जालीदार हाथ अपने दुशाले के भीतर डाले और अपनी छड़ी खोजने की कोशिश की - जब तक उसे छड़ी मिली, तब तक दो और जलराक्षस पौधों के बीच से बाहर निकल आए थे और हैरी के दुशाले को पकड़ चुके थे। वे उसे नीचे खींचकर डुबाने की कोशिश कर रहे थे।

'अग्निबाण!' हैरी चिल्लाया, लेकिन उसके मुँह से कोई आवाज़ नहीं निकली ... इसके बजाय उसके मुँह से एक बड़ा बुलबुला निकला। उसकी छड़ी से चिंगारियों के बजाय उबलते पानी की धारा निकलकर जलराक्षसों पर पड़ी। जलराक्षसों के शरीर पर यह गर्म धारा जहाँ-जहाँ पड़ी, उनकी हरी चमड़ी पर लाल धब्बे उभर आए। हैरी ने ज़ोर लगाकर अपना टखना जलराक्षस की गिरफ़्त से छुड़ाया और पूरी तेज़ी से तैरने लगा। वह बिना देखे अपने पीछे गर्म पानी की धाराएँ छोड़ता जा रहा था। कभी-कभार जब उसे लगता था कि जलराक्षस उसके पैर को दोबारा पकड़ रहे हैं, तो वह कसकर लात मार देता था। आख़िरकार उसने महसूस किया कि उसका पैर किसी सींगदार खोपड़ी से

टकराया। उसने मुड़कर देखा कि स्तब्ध जलराक्षस तैरकर दूर जा रहा था और उसके साथी हैरी की तरफ़ अपनी मुट्ठियाँ तान रहे थे। वे पौधों के झुरमुट में लौट गए।

हैरी थोड़ा धीमे हुआ और उसने अपनी छड़ी दोबारा दुशाले में रख ली। उसने चारों तरफ़ देखा और सुनने लगा। उसने पानी में गोल चक्कर लगाया। ख़ामोशी उसके कानों पर बुरी तरह से हावी हो रही थी। वह जानता था कि वह अब झील में बहुत दूर पहुँच गया होगा, लेकिन पौधों के सिवाय कोई चीज़ हिलती हुई नहीं दिख रही थी।

'तुम्हारा क्या हाल है?'

हैरी को लगा कि उसे दिल का दौरा पड़ जाएगा। उसने देखा कि मायूस मीना उसके सामने तैर रही है और अपने मोटे चश्मे से उसे घूरकर देख रही है।

'मीना!' हैरी ने चिल्लाने की कोशिश की - लेकिन एक बार फिर उसके मुँह से आवाज़ की जगह सिर्फ़ एक बहुत बड़ा बुलबुला निकला। मायूस मीना खी-खी करके हँसी।

उसने इशारा करते हुए कहा, 'तुम्हें वहाँ जाने की कोशिश करनी चाहिए। मैं तुम्हारे साथ नहीं चलूँगी ... मैं उन लोगों को ज़्यादा पसंद नहीं करती हूँ। जब मैं ज़्यादा क़रीब जाती हूँ, तो वे लोग मुझे वहाँ से भगा देते हैं ...'

हैरी ने अपना अँगूठा उठाकर उसे धन्यवाद दिया और एक बार फिर चल पड़ा। वह पौधों से काफ़ी ऊपर तैर रहा था, ताकि वहाँ पर छिपकर रहने वाले जलराक्षसों से बच सके।

वह कम से कम बीस मिनट तक तैरा। अब वह काले कीचड़ के ऊपर से तैर रहा था, जो उसकी हलचल के कारण घुमड़ रहा था। फिर आख़िरकार उसे जलमानुषों का गीत सुनाई दिया।

'तुम्हारे पास एक घंटा है, इसमें तुम वह चीज़ ढूँढ़ लो,
और ले जाओ, जो हम ले आए हैं ...'

हैरी और तेज़ तैरने लगा। जल्दी ही उसे मटमैले पानी में एक बड़ी चट्टान दिखाई दी। उस पर जलमानुषों की तस्वीरें बनी थीं। तस्वीरों में वे भाले तानकर विशाल समुद्रफ़ेनी का पीछा कर रहे थे। हैरी जलमानुषों के गीत के पीछे-पीछे चट्टान के पास से तैरता हुआ आगे गया।

'... तुम्हारा समय आधा ख़त्म हो चुका है, इसलिए अब

देर मत करो,
वरना तुम जिसे खोज रहे हो, वह यहीं पड़ा-पड़ा सड़ जाएगा ...'

अचानक मटमैले पानी में खुरदुरे पत्थर की गुफाएँ दिखने लगीं, जिन पर काई की परत जमी थी। यहाँ-वहाँ काली खिड़कियाँ थीं, जिन पर हैरी को कुछ चेहरे दिखाई दिए ... ऐसे चेहरे, जो प्रिफ़ेक्ट्स के बाथरूम में बनी जलपरी की तस्वीर से बिलकुल मेल नहीं खाते थे ...

जलमानुषों की चमड़ी भूरी थी और उनके बाल लंबे, हरे तथा उलझे हुए थे। उनकी आँखें और दाँत पीले थे। वे अपनी गर्दन के चारों तरफ़ पत्थरों की मोटी रस्सियाँ पहने थे। जब हैरी उनके पास से गुज़रा, तो उन्होंने उसे घूरकर देखा। उनमें से एक-दो तो उसे ज़्यादा अच्छी तरह से देखने के लिए अपनी गुफाओं से बाहर निकल आए। उनकी शक्तिशाली सफ़ेद पूँछ पानी को काट रही थी और उनके हाथों में भाले थे।

हैरी चारों तरफ़ देखते हुए तेज़ी से आगे बढ़ा। जल्दी ही उसे बहुत सी गुफाएँ नज़र आने लगीं। उनमें से कुछ के चारों तरफ़ काई के बग़ीचे थे। एक दरवाज़े के बाहर तो एक पालतू जलराक्षस खूँटी से बँधा हुआ था। जलमानुष अब चारों तरफ़ से आ रहे थे और उसे उत्सुकता से देख रहे थे। वे अपने जालीदार हाथों और गिलों से उसकी तरफ़ इशारा कर रहे थे और एक-दूसरे से बातें कर रहे थे। हैरी जब एक मोड़ पर मुड़ा, तो उसे एक बहुत अजीब दृश्य दिखाई दिया।

जलमानुषों की भीड़ उनके घरों के सामने तैर रही थी। यह जगह किसी गाँव के चौराहे जैसी दिख रही थी। जलमानुषों की वाद्यमंडली बीच में गा रही थी और चैंपियनों को अपनी तरफ़ बुला रही थी। उनके पीछे एक अनगढ़ किस्म की मूर्ति थी। एक बड़ी चट्टान से एक विशाल जलमानुष तराशा गया था। इस पत्थर के जलमानुष की पूँछ से चार लोग कसकर बँधे थे।

रॉन हर्माइनी और चो चैंग के बीच में बँधा था। वहाँ पर एक और लड़की भी बँधी थी, जिसकी उम्र आठ साल से कम लग रही थी। उसके चाँदी जैसे बाल देखकर हैरी समझ गया कि वह फ़्लर डेलाकोर की बहन होगी। वे चारों बहुत गहरी नींद में लग रहे थे। उनके सिर उनके कंधों पर लटके हुए थे और उनके मुँह से बुलबुले निकल रहे थे।

हैरी बंधकों की तरफ़ तेज़ी से बढ़ा। उसे लग रहा था कि जलमानुष अपने भाले तानकर उस पर हमला कर देंगे, लेकिन उन्होंने कुछ नहीं किया।

पौधों की जिन रस्सियों से बंधक मूर्ति से बँधे थे, वे काफ़ी मोटी, चिपचिपी और मज़बूत थीं। एक पल के लिए तो हैरी ने उस पेन-नाइफ़ के बारे में सोचा, जो सिरियस ने उसे क्रिसमस पर दिया था। लेकिन वह पेन-नाइफ़ तो एक चौथाई मील दूर महल में उसके संदूक में बंद था और उसके किसी काम नहीं आ सकता था।

उसने चारों तरफ़ देखा। हर तरफ़ जलमानुष भाला लेकर खड़े थे। वह तेज़ी से सात फ़ुट लंबे एक जलमानुष की तरफ़ गया, जिसकी लंबी हरी दाढ़ी और शार्क जैसे दाँत थे। उसने इशारा करके उससे भाला देने का आग्रह किया। जलमानुष हँसा और उसने अपना सिर हिलाया।

उसने रूखी और बेसुरी आवाज़ में कहा, 'हम मदद नहीं करेंगे।'

'मान भी जाओ!' हैरी ने खूँखार अंदाज़ में कहा (लेकिन उसके मुँह से सिर्फ़ बुलबुले ही निकले)। उसने जलमानुष से भाला छीनने की कोशिश की, लेकिन जलमानुष ने उसे पीछे कर लिया। वह अब भी अपना सिर हिला रहा था और हँस रहा था।

हैरी घूमा और चारों तरफ़ देखने लगा। कोई नुकीली चीज़ ... कोई भी चीज़ ...

झील की तलहटी में कई पत्थर पड़े थे। उसने गोता लगाया और एक नुकीले पत्थर को उठाकर मूर्ति के पास लौट आया। वह रॉन की रस्सियों पर पत्थर मारने लगा। कुछ मिनट की मेहनत के बाद रस्सियाँ टूट गईं। रॉन तैरने लगा। वह अब भी बेहोश था और झील की तलहटी से कुछ इंच ऊपर पानी में तैर रहा था।

हैरी ने चारों तरफ़ देखा। बाक़ी चैंपियनों का कहीं अता-पता नहीं था। वे लोग कर क्या रहे हैं? वे अब तक क्यों नहीं आए? उसने हर्माइनी की तरफ़ देखा, अपना नुकीला पत्थर उठाया और उसकी रस्सियों को भी काटने लगा -

तत्काल कई मज़बूत भूरे हाथों ने उसे पकड़ लिया। लगभग आधा दर्जन जलमानुष उसे हर्माइनी से दूर खींचने लगे। वे अपने हरे बालों वाले सिर हिलाकर हँस रहे थे।

'तुम अपने बंधक को ले जाओ,' उनमें से एक ने उससे कहा। 'बाक़ी लोगों को यहीं रहने दो ...'

'कभी नहीं!' हैरी ने ग़ुस्से से कहा - लेकिन उसके मुँह से सिर्फ़ दो बड़े बुलबुले बाहर आए।

'तुम्हारा काम अपने दोस्त को ले जाना है ... बाक़ी बंधकों को यहीं

छोड़ जाओ ...'

'*वह भी* तो मेरी दोस्त है!' हैरी हर्माइनी की तरफ़ इशारा करते हुए चिल्लाया। एक बहुत बड़ा सफ़ेद बुलबुला उसके होंठों से बाहर निकला। 'और मैं नहीं चाहता कि *इनमें* से कोई भी मरे!'

चो का सिर हर्माइनी के कंधे पर था। छोटी सफ़ेद बालों वाली लड़की हरे रंग में भुतहा दिख रही थी। हैरी ने जलमानुषों से जूझने की कोशिश की, लेकिन वे पहले से भी ज़्यादा ज़ोर से हँसे और उसे रोकने लगे। हैरी ने परेशान होकर चारों तरफ़ देखा। बाक़ी चैंपियन कहाँ रह गए ? क्या उसके पास इतना समय है कि वह रॉन को ऊपर छोड़कर आने के बाद दोबारा नीचे आए और हर्माइनी व बाक़ी लोगों को भी ऊपर ले जा पाए ? क्या वह उन्हें दोबारा खोज पाएगा ? उसने यह देखने के लिए अपनी घड़ी देखी कि कितना समय बचा है – लेकिन पानी में उसकी घड़ी रुक गई थी।

लेकिन तभी उसके चारों तरफ़ के जलमानुष रोमांच से ऊपर की तरफ़ इशारा करने लगे। हैरी ने ऊपर की तरफ़ देखा। सेडरिक तैरता हुआ उनकी तरफ़ आ रहा था। उसके सिर के चारों तरफ़ एक विशाल बुलबुला था, जिसकी वजह से उसका चेहरा अजीब तरीक़े से चौड़ा और खिंचा-खिंचा लग रहा था।

'रास्ता भटक गया था!' उसने इशारा करते हुए कहा। 'फ़्लर और क्रम भी आ रहे हैं!'

बहुत राहत महसूस करते हुए हैरी ने देखा कि सेडरिक ने अपनी जेब से चाकू निकाला और रस्सी काटकर चो को आज़ाद कर लिया। उसने उसे ऊपर की तरफ़ खींचा और ओझल हो गया।

हैरी चारों तरफ़ देखने लगा और इंतज़ार करने लगा। फ़्लर और क्रम कहाँ अटक गए ? समय ख़त्म होता जा रहा था और गाने के अनुसार बंधक एक घंटे बाद मर जाएँगे ...

जलमानुष एक बार फिर रोमांचित होकर चीख़ने लगे। जिन जलमानुषों ने हैरी को पकड़ रखा था, उन्होंने अपनी पकड़ ढीली कर दी और पीछे मुड़कर देखने लगे। हैरी भी मुड़ा। उसने देखा, पानी में कोई भयंकर सी चीज़ आ रही थी : एक इंसान का शरीर, जिस पर शार्क का सिर लगा था ... यह क्रम था। उसने ख़ुद का रूप-परिवर्तन किया था – लेकिन वह यह काम अच्छी तरह नहीं कर पाया था।

शार्क-मानव क्रम सीधे हर्माइनी के पास गया और उसकी रस्सियों को अपने दाँतों से काटने की कोशिश करने लगा। दिक्क़त यह थी कि क्रम के नए दाँत इतनी अजीब जगहों पर थे कि वे डॉल्फ़िन से छोटी किसी चीज़ को नहीं

काट सकते थे। हैरी को पूरा यक़ीन था कि अगर क्रम सावधान नहीं रहा, तो हर्माइनी के दो टुकड़े हो जाएँगे। आगे बढ़कर हैरी ने क्रम का कंधा थपथपाया और उसकी तरफ़ नुकीला पत्थर बढ़ा दिया। क्रम पत्थर लेकर हर्माइनी की रस्सी काटने लगा। कुछ ही पलों में उसने यह काम कर दिया। उसने हर्माइनी की कमर में हाथ डाला और पीछे देखे बिना तेज़ी से उसके साथ ऊपर उठने लगा।

अब क्या होगा ? हैरी ने हताशा में सोचा। काश उसे पता चल जाता कि फ़्लर भी आ रही है ... लेकिन अब भी उसका कहीं अता-पता नहीं था। अब तो एक ही रास्ता बचा था ...

उसने वह पत्थर उठाया, जिसे क्रम छोड़ गया था, लेकिन यह देखकर जलमानुषों ने रॉन और छोटी लड़की को घेर लिया। उन्होंने उसकी तरफ़ देखकर सिर हिलाया।

हैरी ने अपनी छड़ी बाहर निकाली और चिल्लाया, 'रास्ते से हट जाओ!'

उसके मुँह से सिर्फ़ बुलबुले बाहर निकले, लेकिन उसे लगा कि जलमानुष उसकी बात समझ गए थे, क्योंकि उन्होंने अचानक हँसना बंद कर दिया। उनकी पीली आँखें अब हैरी की छड़ी पर टिकी थीं और वे भयभीत दिख रहे थे। उसके आस-पास बहुत सारे जलमानुष थे, लेकिन हैरी उनके चेहरे के भाव देखकर समझ गया कि उन्हें विशाल समुद्रफ़ेनी जितना ही जादू आता था।

'मैं तीन तक गिनूँगा, तब तक पीछे हट जाना!' हैरी चिल्लाया। उसके मुँह से बहुत से बुलबुले निकले। उसने उन्हें अपनी बात का मतलब समझाने के लिए अपनी तीन उँगलियाँ उठा लीं। 'एक ...' (उसने एक उँगली नीचे की) – 'दो ...' (उसने दूसरी उँगली नीचे की) –

जलमानुष दूर हट गए। हैरी आगे की तरफ़ लपका और छोटी लड़की के दुशालों पर प्रहार करने लगा, जो मूर्ति से बँधे थे। आख़िर वह लड़की आज़ाद हो गई। उसने छोटी लड़की की कमर में हाथ डाला, रॉन के दुशाले की गिरेबान पकड़ी और तलहटी पर पैर मारकर ऊपर उठने लगा।

वह बहुत धीमे-धीमे ऊपर उठ रहा था। अब वह आगे बढ़ने के लिए अपने जालीदार हाथों का इस्तेमाल नहीं कर सकता था। उसने अपने मीनपक्ष तेज़ी से चलाए, लेकिन रॉन और फ़्लर की बहन आलू के भारी बोरों की तरह उसे नीचे खींच रहे थे ... उसने अपनी आँखें आसमान की तरफ़ उठाईं, हालाँकि वह जानता था कि वह अब भी बहुत गहराई में होगा, क्योंकि ऊपर के पानी में अँधेरा दिख रहा था ...

जलमानुष भी उसके साथ ऊपर आ रहे थे। वे बड़े आराम से उसके चारों तरफ़ तैर रहे थे और उसे पानी में जूझते हुए देख रहे थे ... हैरी ने सोचा,

जब समय ख़त्म हो जाएगा, तो क्या वे उसे नीचे गहराई में खींच लेंगे? क्या वे इंसानों को ज़िंदा खाते हैं? हैरी के पैर तैरने की कोशिश में अकड़ने लगे थे। उसके कंधे रॉन और लड़की को खींचने के कारण बुरी तरह दुखने लगे थे ...

अब उसे साँस लेने में भी बहुत मुश्किल होने लगी थी। उसकी गर्दन के सिरे पर एक बार फिर दर्द होने लगा था ... उसे अपने मुँह में पानी भी गीला लगने लगा था ... बहरहाल, अँधेरा अब छँट रहा था और निश्चित रूप से ... उसे ऊपर धूप की रोशनी दिख रही थी ...

उसने अपने मीनपक्ष कसकर हिलाए, लेकिन उसे यह पता चला कि अब वे पैर में बदल गए हैं ... पानी उसके मुँह से होकर उसके फेफड़ों में जा रहा था ... उसका दिमाग़ चकराने लगा, लेकिन वह जानता था कि रोशनी और हवा सिर्फ़ दस फ़ुट ऊपर हैं ... उसे वहाँ पहुँचना था ... उसे जल्दी से पहुँचना ही था ...

हैरी ने अपने पैर इतनी तेज़ी से चलाए कि उसे लगा जैसे उसकी मांसपेशियाँ विरोध में चीख़ रही हों। वह पानी से घिरा हुआ था। वह साँस नहीं ले सकता था, लेकिन उसे ऑक्सीजन की ज़रूरत थी। उसे चलते रहना होगा, अब एक पल के लिए भी रुकना संभव नहीं था –

और फिर उसका सिर झील की सतह के ऊपर आ गया। ठंडी और साफ़ हवा उसके गीले चेहरे पर डंक की तरफ़ चुभी। लेकिन उसने गहरी साँस लेकर हवा अपने फेफड़ों में भर ली। उसे लगा, जैसे वह ज़िंदगी में पहली बार ढंग से साँस ले रहा हो। फिर हाँफते हुए उसने रॉन और छोटी लड़की को ऊपर खींचा। उसके चारों तरफ़ हरे बालों वाले सिर पानी से निकल रहे थे, लेकिन अब वे उसकी तरफ़ देखकर मुस्करा रहे थे।

दर्शकदीर्घा में बैठी भीड़ अब काफ़ी शोर मचा रही थी और चीख़ रही थी। सभी लोग खड़े हो गए थे। हैरी को लगा कि दर्शक यह सोच रहे होंगे कि छोटी लड़की और रॉन मर गए हैं, लेकिन वे ग़लत सोच रहे थे ... उन दोनों ने ही अपनी आँखें खोल लीं। लड़की डरी हुई और परेशान नज़र आने लगी, लेकिन रॉन ने सिर्फ़ पानी की एक फुहार बाहर निकाली। उसने तेज़ रोशनी में अपनी पलकें मिचमिचाईं और हैरी की तरफ़ मुड़कर बोला, 'कितना गीला हो गया हूँ, है ना?' फिर उसने फ़्लर की बहन को देखा। 'तुम उसे क्यों लाए?'

हैरी ने हाँफते हुए कहा, 'फ़्लर नहीं आई थी। मैं उसे छोड़कर कैसे आ सकता था?'

'हैरी, तुम मूर्ख हो क्या?' रॉन बोला, 'कहीं तुमने उस गीत को सच तो नहीं मान लिया था? डम्बलडोर हममें से किसी को भी नहीं डूबने देते।'

'लेकिन उस गीत में तो कहा था –'

'वह तो सिर्फ़ इसलिए कहा था ताकि तुम समय सीमा में वापस लौट आओ!' रॉन बोला। 'मुझे उम्मीद है कि तुमने हीरो बनने के चक्कर में समय बर्बाद नहीं किया होगा!'

हैरी को मूर्खता और चिढ़ का मिला-जुला एहसास हुआ। *रॉन* को यह सब समझ में कैसे आएगा; वह तो सोया हुआ था। रॉन को यह महसूस ही नहीं हो सकता कि झील में नीचे कितना अजीब माहौल था, जब भाला उठाए जलमानुष उसे घेरे हुए थे और जान लेने पर उतारू लग रहे थे।

'चलो,' हैरी ने धीरे से कहा, 'उसे निकालने में मेरी मदद करो। मुझे नहीं लगता कि वह अच्छी तरह तैर सकती है।'

वे फ़्लर की बहन को उस किनारे की तरफ़ खींचने लगे, जहाँ निर्णायक खड़े होकर देख रहे थे। बीस जलमानुष सिपाहियों की तरह उनके सम्मान में उनके साथ चल रहे थे और अपना भयंकर चीख़ों वाला गीत गा रहे थे।

हैरी ने देखा कि मैडम पॉमफ्री हर्माइनी, क्रम, सेडरिक और चो की देखभाल में जुटी थीं। वे सभी मोटे कंबलों में लिपटे हुए थे। डम्बलडोर और लूडो बैगमैन किनारे पर खड़े होकर हैरी और रॉन की तरफ़ देखकर मुस्करा रहे थे। लेकिन पर्सी का चेहरा बहुत सफ़ेद और पहले से काफ़ी छोटा दिख रहा था। वह पानी में घुसकर उनके पास आ गया। इस दौरान मैडम मैक्सिम फ़्लर डेलाकोर को रोके रखने की कोशिश कर रही थीं, जो बुरी तरह छटपटा रही थी और पानी में उतरने के लिए उनसे जूझ रही थी।

'गैब्रील! *गैब्रील! वह ज़िंदा तो है? उसे चोट तो नहीं पहुँची?'*

'वह ठीक है!' हैरी ने उसे बताने की कोशिश की, लेकिन वह इतना थक चुका था कि चिल्लाने की बात तो छोड़ ही दें, वह बोल भी नहीं सकता था।

पर्सी ने रॉन को पकड़ लिया और उसे खींचकर किनारे की तरफ़ ले जाने लगा ('छोड़ो पर्सी, मैं बिलकुल ठीक हूँ!')। डम्बलडोर और बैगमैन हैरी को सीधा खड़ा करके खींच रहे थे। आख़िरकार फ़्लर मैडम मैक्सिम की पकड़ से छूट गई और उसने अपनी बहन को गले लगा लिया।

'जलराक्षसों ने मुझे पकड़ लिया था ... उन्होंने मुझ पर हमला कर दिया था ... ओह, गैब्रील, मुझे लग रहा था ... मुझे लग रहा था ...'

'तुम यहाँ आओ,' मैडम पॉमफ्री की आवाज़ आई। उन्होंने हैरी को पकड़कर हर्माइनी और बाक़ी लोगों के पास खींच लिया और उसे एक कंबल में कसकर लपेट दिया। उसे लगा, जैसे उसे जकड़जामा पहना दिया गया हो। इसके बाद उन्होंने एक गिलास बहुत गर्म काढ़ा उसके मुँह में डाल दिया। उसके कानों से धुआँ निकलने लगा।

'हैरी, शाबाश!' हर्माइनी चिल्लाई। 'तुमने यह काम कर दिया। तुमने ख़ुद ही इसका तरीक़ा पता कर लिया!'

'देखो –' हैरी ने कहा। वह उसे डॉबी के बारे में बताने वाला था, लेकिन तभी उसे नज़र आ गया कि कारकारोफ़ उसे देख रहे थे। वे एकमात्र निर्णायक थे, जो टेबल से नहीं उठे थे। वे एकमात्र निर्णायक थे, जिनके चेहरे पर ख़ुशी और राहत के भाव नहीं थे कि हैरी, रॉन और फ़्लर की बहन सही-सलामत निकल आए थे। 'हाँ, यह ठीक है,' हैरी ने कहा और अपनी आवाज़ थोड़ी ऊँची कर ली, ताकि कारकारोफ़ भी उसकी बात सुन लें।

'तुम्हारे बालों में एक बीटल है, हर-माइ-निनी,' क्रम ने कहा।

हैरी को लगा कि क्रम हर्माइनी का ध्यान अपनी तरफ़ खींचना चाहता था। शायद वह उसे याद दिलाना चाहता था कि वह अभी-अभी उसे झील के नीचे से बचाकर लाया है, लेकिन हर्माइनी ने अधीरता से बीटल को दूर हटा दिया और बोली, 'तुम समय सीमा के बाद आए हो, हैरी ... क्या तुम्हें हमें खोजने में बहुत समय लग गया?'

'नहीं ... तुम लोग तो मुझे बहुत जल्दी मिल गए थे ...'

अब हैरी को अपनी मूर्खता का एहसास हो रहा था। पानी से बाहर आने के बाद अब उसे यह साफ़ दिख रहा था कि डम्बलडोर के सुरक्षा के इंतज़ाम किसी बंधक की मृत्यु नहीं होने देते, भले ही उसका चैंपियन उसे लेने नहीं पहुँचता। वह रॉन को पकड़कर सीधे क्यों नहीं लौट आया? वह सबसे पहले आ जाता ... सेडरिक और क्रम ने किसी और के बारे में चिंता करके समय नहीं गँवाया था; उन्होंने जलमानुषों के गीत को गंभीरता से नहीं लिया था ...

डम्बलडोर पानी के किनारे पर झुके हुए थे। वे जलमानुषों की मुखिया से गहन चर्चा कर रहे थे, जो बहुत ख़ूँखार दिखने वाली जल-महिला थी। डम्बलडोर के मुँह से भी उसी तरह की चीख़ भरी आवाज़ें निकल रही थीं, जैसी जलमानुष पानी से ऊपर रहते समय निकालते थे। यह स्पष्ट था कि डम्बलडोर भी जलभाषा बोल सकते थे। आख़िरकार वे उठकर खड़े हो गए। फिर वे अपने साथी निर्णायकों की ओर मुड़कर बोले, 'नंबर देने से पहले हमें एक मीटिंग करनी होगी।'

निर्णायक मीटिंग करने चले गए। मैडम पॉमफ़्री रॉन को पर्सी के चंगुल से छुड़ाने के लिए गईं। वे उसे हैरी और बाक़ी लोगों के पास ले आईं। फिर उन्होंने उसे एक कंबल और पिपरमेंट काढ़ा दिया। इसके बाद वे फ़्लर और उसकी बहन को लेने चली गईं। फ़्लर के चेहरे और हाथों पर कई घाव थे और उसका दुशाला फटा हुआ था, लेकिन उसे इन सब चीज़ों की क़तई परवाह नहीं थी। न

ही उसने मैडम पॉमफ़्री को अपने घाव साफ़ करने दिए।

'आप तो बस गैब्रील का ध्यान रखिए,' फ़्लर ने मैडम पॉमफ़्री से कहा और फिर वह हैरी की तरफ़ मुड़ गई। 'तुमने उसे बचाया,' उसने हाँफते हुए कहा। 'हालाँकि वह तुम्हारी बंधक नहीं थी।'

'हाँ,' हैरी ने कहा, जो अब मन ही मन यह सोच रहा था कि काश वह तीनों लड़कियों को मूर्ति से बँधा ही छोड़ आया होता।

फ़्लर ने झुककर हैरी के दोनों गालों को दो बार चूमा (उसे महसूस हुआ कि उसका चेहरा जल रहा था और अगर उसके कानों से दोबारा धुआँ बाहर निकलने लगता, तो उसे हैरानी नहीं हुई होती), फिर वह रॉन से बोली, 'और तुम भी – तुमने भी मदद की थी –'

'हाँ,' रॉन ने फ़्लर की तरफ़ बहुत आशा भरी नज़रों से देखते हुए कहा, 'हाँ, थोड़ी सी –'

फ़्लर ने उसे भी चूम लिया। हर्माइनी बहुत ग़ुस्से में दिख रही थी, लेकिन तभी लूडो बैगमैन की जादू से तेज़ हुई आवाज़ उनके पीछे से गूँजी, जिसे सुनकर वे सभी उछल पड़े और दर्शकदीर्घा में ख़ामोशी छा गई।

'देवियो और सज्जनो, हम अपने निर्णय पर पहुँच चुके हैं। जलमानुषों की रानी मर्कस ने हमें बता दिया है कि झील की तलहटी में क्या हुआ था, इसलिए हमने हर चैंपियन को पचास में से नंबर देने का फ़ैसला किया है ...

'मिस फ़्लर डेलाकोर ने बुलबुला-मस्तक सम्मोहन का बहुत बढ़िया प्रयोग किया, लेकिन जब वे अपने लक्ष्य के क़रीब पहुँच रही थीं, तो उन पर जलराक्षसों ने हमला कर दिया और वे अपने बंधक को बचाने में कामयाब नहीं हो पाईं। हम उन्हें पच्चीस नंबर देते हैं।'

दर्शकों ने तालियाँ बजाईं।

'मुझे तो ज़ीरो मिलना चाहिए था,' फ़्लर रुँधे गले से बोली और अपना सुंदर सिर हिलाने लगी।

'मिस्टर सेडरिक डिगोरी ने भी बुलबुला-मस्तक सम्मोहन का प्रयोग किया और वे अपने बंधक के साथ सबसे पहले लौटे, हालाँकि वे एक घंटे की समय-सीमा से एक मिनट की देरी से आए थे।' भीड़ में बैठे मेहनतकश के विद्यार्थियों ने ज़ोरदार तालियाँ बजाईं। हैरी ने देखा कि चो सेडरिक को बहुत प्यार से देख रही थी। 'इसलिए हम उन्हें सैंतालीस अंक देते हैं।'

हैरी का दिल डूब गया। अगर सेडरिक समय-सीमा के बाद आया था, तो वह तो बहुत बाद में आया था।

'मिस्टर विक्टर क्रम ने रूप-परिवर्तन का अधूरा, लेकिन सफल इस्तेमाल किया और वे अपनी बंधक के साथ दूसरे नंबर पर लौटे। हम उन्हें चालीस अंक देते हैं।'

कारकारोफ़ ने बहुत तेज़ तालियाँ बजाईं और बहुत रौबदार दिखने लगे।

'मिस्टर हैरी पॉटर ने गिलवर्धक पौधे का बहुत अच्छा इस्तेमाल किया,' बैगमैन ने आगे कहा। 'वे सबसे आख़िर में लौटे और एक घंटे की समय-सीमा के बहुत बाद आए। बहरहाल, जलमानुषों की रानी ने हमें बताया है कि मिस्टर पॉटर सबसे पहले बंधकों के पास पहुँचे थे और उन्हें लौटने में देरी सिर्फ़ इसलिए हुई क्योंकि उन्होंने सिर्फ़ अपने बंधक को ही नहीं, बल्कि सभी बंधकों को सुरक्षित लौटाने का दृढ़ संकल्प कर लिया था।'

रॉन और हर्माइनी दोनों ने ही हैरी को दुख और चिढ़ के मिले-जुले भाव से देखा।

'अधिकांश निर्णायक' - और यहाँ पर बैगमैन ने कारकारोफ़ को बहुत हिक़ारत से देखा - 'महसूस करते हैं कि यह चारित्रिक दृढ़ता का उत्कृष्ट प्रदर्शन है और इसलिए उन्हें पूरे नंबर मिलने चाहिए। बहरहाल ... मिस्टर पॉटर को पैंतालीस अंक मिले हैं।'

हैरी का दिल बल्लियों उछल पड़ा - अब वह सेडरिक के साथ पहले नंबर पर था। रॉन और हर्माइनी हैरानी से हैरी को घूरने लगे। फिर वे हँसे और बाक़ी दर्शकों के साथ ज़ोर-ज़ोर से तालियाँ बजाने लगे।

'देखा, हैरी!' रॉन ने शोरगुल के बीच कहा। 'तुम मूर्खता नहीं दिखा रहे थे - तुम तो चारित्रिक दृढ़ता दिखा रहे थे!'

फ़्लर भी बहुत ज़ोर से तालियाँ बजा रही थी, लेकिन क्रम ज़रा भी ख़ुश नहीं दिख रहा था। उसने हर्माइनी से दोबारा बातचीत करने की कोशिश की, लेकिन वह हैरी के लिए तालियाँ बजाने में इतनी व्यस्त थी कि उसने उसकी तरफ़ ध्यान नहीं दिया।

'तीसरा और आख़िरी काम चौबीस जून की शाम को होगा,' बैगमैन ने कहा। 'चैंपियनों को इसके बारे में ठीक एक महीने पहले बता दिया जाएगा। चैंपियनों का उत्साह बढ़ाने के लिए आप सभी को धन्यवाद।'

इसी के साथ कार्यक्रम ख़त्म हो गया। जब मैडम पॉमफ़्री चैंपियनों और बंधकों को महल में सूखे कपड़े पहनाने के लिए ले जा रही थीं, तो हैरी ने स्तब्ध होकर सोचा, दूसरा काम ख़त्म हो गया ... यह ख़त्म हो गया, वह सफल हो गया ... अब उसे चौबीस जून तक किसी चीज़ की चिंता नहीं करनी पड़ेगी ...

महल की पत्थर की सीढ़ियाँ चढ़ते समय उसने यह फ़ैसला किया कि अगली बार जब वह हॉग्समीड में जाएगा, तो डॉबी के लिए ढेर सारे मोज़े ख़रीदकर लाएगा। वह पूरे तीन सौ पैंसठ मोज़े ख़रीदकर लाएगा, ताकि डॉबी हर दिन एक नया मोज़ा पहन सके।

अध्याय सत्ताईस

सिरियस की वापसी

दूसरे काम के बाद एक बहुत अच्छी बात यह हुई कि हर विद्यार्थी यह जानने के लिए बहुत उत्सुक था कि झील के नीचे क्या हुआ था। इसका मतलब यह था कि इस बार रॉन भी हैरी की ही तरह मशहूर हो गया। हैरी ने देखा कि रॉन की कहानी हर बार थोड़ी बदल जाती थी। पहले-पहल तो उसने सच्चाई बताई। कम से कम उसकी कहानी हर्माइनी की कहानी से मेल खाती थी - डम्बलडोर ने सभी बंधकों को प्रोफ़ेसर मैक्गॉनेगल के ऑफ़िस में जादू की नींद में सुला दिया था, लेकिन इससे पहले उन्हें यह आश्वासन दे दिया था कि वे बिलकुल सही-सलामत रहेंगे और पानी के ऊपर आने पर ही जागेंगे। बहरहाल, एक सप्ताह बाद रॉन अपहरण की एक रोमांचक कहानी सुनाने लगा, जिसमें वह अकेले ही पचास हथियारबंद जलमानुषों से जूझा था। कड़े संघर्ष के बाद जलमानुषों को उसे बाँधने से पहले मारना-पीटना पड़ा था।

'लेकिन मैंने अपनी छड़ी अपनी आस्तीन में छिपा रखी थी,' उसने पद्मा पाटिल को आश्वस्त किया, जो अब रॉन में ज़्यादा रुचि लेने लगी थी, क्योंकि वह लोगों के आकर्षण का केंद्र बन गया था। जब भी गलियारों में उनका आमना-सामना होता था, तो पद्मा पाटिल रॉन से हर बार किसी न किसी बहाने से बात करने लगती थी। रॉन ने उससे आगे कहा, 'मैं उन जलमूर्खों को जब चाहता, पछाड़ सकता था।'

'और तुम क्या करते, उन पर खर्राटे मारते?' हर्माइनी ने तीखी आवाज़ में कहा। इन दिनों वह चिड़चिड़ी हो गई थी। वह विक्टर क्रम की सबसे क़ीमती चीज़ थी, यह कह-कह कर लोग उसका मज़ाक़ उड़ा रहे थे।

हर्माइनी की बात सुनकर रॉन के कान लाल हो गए और वह एक बार फिर जादुई नींद वाली कहानी पर लौट आया।

मार्च आने पर मौसम थोड़ा सूखा हो गया, लेकिन वे जब भी मैदान में

जाते थे, हवा के बेरहम थपेड़े उनके हाथों और चेहरों को झकझोर देते थे। डाक भी देरी से आ रही थी, क्योंकि हवा के थपेड़ों के कारण उल्लू ग़लत दिशा में चले जाते थे। जिस भूरे उल्लू को हैरी ने सिरियस के पास हॉग्समीड यात्रा की तारीख़ बताने के लिए भेजा था, वह शुक्रवार की सुबह नाश्ते के समय लौटा। उसके आधे पंख उलटी दिशा में मुड़े हुए थे। जैसे ही हैरी ने उसके पैर से सिरियस का जवाब निकाला, वह फ़ौरन उड़ गया। स्पष्ट रूप से वह डर रहा था कि कहीं उसे फिर से बाहर न भेज दिया जाए।

सिरियस की चिट्ठी इस बार भी पिछली चिट्ठी जितनी ही छोटी थी।

'शनिवार को दोपहर दो बजे हॉग्समीड के बाहर वाली सड़क पर (दरवेश एंड बैंजेस के पार) आना और सड़क के छोर पर बनी सीढ़ियों के पास इंतज़ार करना। खाने-पीने का जितना सामान ला सकते हो, ले आना।'

रॉन ने हैरानी से पूछा, 'वह हॉग्समीड तो नहीं आ गया?'

हर्माइनी बोली, 'लगता तो ऐसा ही है, है ना?'

'मैं उसकी बात नहीं मानूँगा,' हैरी ने तनाव में कहा। 'अगर वह पकड़ा गया ...'

'देखो, वह यहाँ तक तो आ गया है, है ना?' रॉन ने कहा। 'और अब तो दमपिशाच भी नहीं मँडरा रहे हैं।'

हैरी ने कुछ सोचते हुए चिट्ठी को मोड़ा। सच तो यह था कि वह सिरियस से दोबारा मिलना चाहता था। इसलिए वह दोपहर की आख़िरी क्लास यानी काढ़े की क्लास में थोड़ा ज़्यादा ख़ुश होकर गया।

क्लास के दरवाज़े के बाहर मैल्फ़ॉय, क्रैब और गॉइल खड़े थे। उनके आस-पास पैन्सी पार्किन्सन के गैंग की नागशक्ति की लड़कियाँ भी झुंड बनाकर खड़ी हुई थीं। वे सभी किसी चीज़ को देख रहे थे, जो हैरी को नहीं दिख रही थी। वे ज़ोर-ज़ोर से हँस भी रहे थे। जब हैरी, रॉन और हर्माइनी पास पहुँचे, तो पैन्सी का कुतिया जैसा चेहरा रोमांच से गॉइल की चौड़ी पीठ के पीछे से झाँकने लगा।

'वे लोग आ गए, वे लोग आ गए!' वह खी-खी करती हुई बोली। नागशक्ति के विद्यार्थियों का झुंड फ़ौरन बिखर गया। हैरी ने देखा कि पैन्सी के हाथ में एक पत्रिका थी - *साप्ताहिक जादूगरनी*। कवर पर हिलती तस्वीर में

एक घुँघराले बालों वाली जादूगरनी दिख रही थी, जो दाँत दिखा रही थी और अपनी छड़ी से एक बड़े स्पंज केक की तरफ़ इशारा कर रही थी।

'ग्रेंजर, तुम्हें इसमें एक मज़ेदार लेख मिलेगा!' पैन्सी ने ज़ोर से कहा और पत्रिका हर्माइनी की तरफ़ उछाल दी, जिसने हैरान दिखते हुए पत्रिका झेल ली। उसी पल तहख़ाने का दरवाज़ा खुला और स्नेप ने इशारा करके उन्हें अंदर बुला लिया।

हर्माइनी, हैरी और रॉन हमेशा की तरह तहख़ाने की सबसे पीछे की टेबल की तरफ़ चल दिए। जब स्नेप ने उनकी तरफ़ पीठ मोड़ ली और ब्लैकबोर्ड पर आज के काढ़े में डलने वाले पदार्थों की सूची लिखने लगे, तो हर्माइनी ने जल्दी से टेबल के नीचे पत्रिका खोल ली। बीच के पन्नों में हर्माइनी को वह लेख मिल गया, जिसकी उसे तलाश थी। हैरी और रॉन थोड़े क़रीब झुक गए। लेख के ऊपर हैरी की एक रंगीन तस्वीर थी और लेख का शीर्षक था ***हैरी पॉटर का छिपा हुआ प्यार :***

> *शायद सबसे अनोखा लड़का - लेकिन एक ऐसा लड़का, जो किशोरावस्था की भावनाओं से परेशान है। रीटा स्कीटर के अनुसार, अपने माता-पिता की दुखद मृत्यु के बाद से प्रेम से वंचित चौदह वर्षीय हैरी पॉटर को लग रहा था कि उसे हॉगवर्ट्स में पढ़ने वाली अपनी स्थायी गर्लफ़्रेंड हर्माइनी ग्रेंजर का प्रेम हासिल हो गया है, जो मगलू घर में पैदा हुई है। हैरी को अपनी छोटी सी ज़िंदगी में बहुत से आघात सहने पड़े हैं, लेकिन उसे यह मालूम नहीं था कि उसे अपने प्रेम में भी भावनात्मक आघात सहन करना पड़ेगा।*
>
> *मिस ग्रेंजर सामान्य, लेकिन महत्वाकांक्षी लड़की है। ऐसा लगता है कि मशहूर जादूगरों में उसकी रुचि सिर्फ़ हैरी पॉटर से ही संतुष्ट नहीं हो सकती। जब से बल्गारिया का खोजी और पिछले क्विडिच वर्ल्ड कप का हीरो विक्टर क्रम हॉगवर्ट्स आया है, मिस ग्रेंजर इन दोनों लड़कों के दिलों से खेल रही है। क्रम चालाक मिस ग्रेंजर के प्रेमजाल में इतना फँस चुका है कि उसने उसे गर्मी की छुट्टियों में बल्गारिया में अपने यहाँ आने का आमंत्रण भी दे दिया है। क्रम का कहना है कि उसने 'किसी और लड़की के बारे में ऐसा कभी महसूस नहीं किया।'*
>
> *बहरहाल, हो सकता है कि मिस ग्रेंजर इन दुर्भाग्यशाली लड़कों को अपने प्रेम के जाल में फँसाने के लिए सिर्फ़ अपने*

रूप-रंग का ही इस्तेमाल नहीं कर रही हो, जो बहुत ही साधारण है।

फ़ोर्थ ईयर की सुंदर और होशियार लड़की पैन्सी पार्किन्सन कहती है, 'हर्माइनी दरअसल बदसूरत है, लेकिन उसका दिमाग़ बहुत तेज़ है। उसने ज़रूर प्रेम काढ़ा तैयार कर लिया होगा। मुझे लगता है, प्रेम काढ़े से ही वह इन लड़कों का दिल जीत रही होगी।'

ज़ाहिर है, हॉगवर्ट्स में प्रेम काढ़ों पर प्रतिबंध है और इसमें कोई शक नहीं है कि एल्बस डम्बलडोर इस आरोप की जाँच करना चाहेंगे। इस दौरान हैरी पॉटर के शुभचिंतक यह आशा करेंगे कि अगली बार जब वह प्रेम करे, तो किसी ज़्यादा अच्छी लड़की से करे।

'मैंने तुमसे कहा था!' रॉन ने हर्माइनी से कहा, जब वह लेख को घूरकर देखने लगी। 'मैंने तुमसे *कहा था* ना कि रीटा स्कीटर से पंगा मत लो! उसकी बातों से तो ऐसा लगता है, जैसे तुम चरित्रहीन हो!'

हर्माइनी हँस पड़ी।

'चरित्रहीन ?' उसने दोहराया और हँसी रोकने की कोशिश में काँपने लगी।

'मेरी मम्मी ऐसी औरतों को यही कहती हैं,' रॉन बुदबुदाया और उसके कान लाल हो गए।

'अगर रीटा यही सबसे बुरा कर सकती है, तो उसके हथियार बहुत कमज़ोर हैं,' हर्माइनी अब भी हँसते हुए बोली और उसने *साप्ताहिक जादूगरनी* को पास वाली ख़ाली कुर्सी पर पटक दिया। 'क्या बकवास है!'

उसने नागशक्ति के विद्यार्थियों की तरफ़ देखा। वे सभी उसे और हैरी को ग़ौर से देख रहे थे। वे यह जानने के लिए बेताब थे कि यह लेख पढ़कर वे दोनों कितने विचलित हुए। हर्माइनी ने उन्हें व्यंग्य से मुस्कराकर देखा और हाथ हिला दिया। फिर हर्माइनी, हैरी और रॉन उन पदार्थों को निकालने लगे, जिनसे उन्हें तीक्ष्ण-बुद्धि काढ़ा बनाना था।

'वैसे इस लेख में एक बात अजीब है,' हर्माइनी ने दस मिनट बाद कहा। वह गुबरैलों के कटोरे के ऊपर अपना मूसल पकड़े हुए थी। 'रीटा स्कीटर को यह कैसे पता चला ... ?'

'क्या ?' रॉन ने जल्दी से पूछा। 'तुम कहीं प्रेम-काढ़ा तो *नहीं* बना रही हो ?'

'बेवकूफ़ों जैसी बातें मत करो,' हर्माइनी ने उसे झिड़का और अपने गुबरैलों को फिर से कुचलने लगी। 'नहीं ... उसे यह कैसे पता चला कि विक्टर ने मुझे गर्मियों में बल्गारिया आने का आमंत्रण दिया है?'

यह बोलते समय हर्माइनी का चेहरा लाल हो गया और उसने रॉन से जान-बूझकर नज़रें नहीं मिलाईं।

'क्या?' रॉन ने अपने मूसल को छोड़ दिया, जो तेज़ आवाज़ के साथ नीचे गिर गया।

'झील से बाहर आने के ठीक बाद उसने मुझसे यह कहा था,' हर्माइनी ने बुदबुदाकर कहा। 'जब उसने अपने शार्क के सिर से मुक्ति पा ली और मैडम पॉमफ्री ने हम दोनों को दो कंबल दिए, तो उसने मुझे निर्णायकों से दूर खींचा, ताकि वे उसकी बात नहीं सुन पाएँ। इसके बाद उसने मुझसे कहा कि अगर मैं गर्मियों में और कुछ नहीं कर रही होऊँ, तो क्या मैं बल्गारिया आ सकती हूँ –'

'और तुमने क्या जवाब दिया?' रॉन ने पूछा, जिसने अपना मूसल उठा लिया था और ख़ाली डेस्क को कुचल रहा था। मूसल उसके कटोरे से छह इंच दूर था, क्योंकि उसकी आँखें तो हर्माइनी पर टिकी थीं।

'उसने *यह भी* कहा था कि उसने किसी और लड़की के बारे में ऐसा कभी महसूस नहीं किया,' हर्माइनी ने आगे कहा। अब उसका चेहरा इतना लाल हो गया था कि हैरी को उसके पास से गर्मी आती महसूस हो रही थी, 'लेकिन रीटा स्कीटर विक्टर की बात कैसे सुन सकती थी? वह तो वहाँ थी ही नहीं ... या फिर वह वहीं कहीं थी? शायद उसके पास अदृश्य चोगा *हो* ... शायद वह दूसरे काम को देखने के लिए मैदान में चोरी से घुस आई हो ...'

'और तुमने क्या *जवाब* दिया?' रॉन ने दोहराया और अपने मूसल से डेस्क को इतनी ज़ोर से कुचला कि डेस्क पर निशान बन गया।

'मैं तो यह देखने में व्यस्त थी कि तुम और हैरी ठीक हो या नहीं –'

'हालाँकि आपका सामाजिक जीवन निस्संदेह काफ़ी रोचक है, मिस ग्रेंजर,' उनके ठीक पीछे से एक बर्फ़ीली सर्द आवाज़ आई, 'लेकिन मैं यह चाहूँगा कि आप उसके बारे में मेरी क्लास में बातचीत न करें। गरुड़द्वार के दस पॉइंट कम किए जाते हैं।'

उनके बातें करते समय स्नेप उनकी डेस्क के पास आकर खड़े हो गए थे। अब पूरी क्लास उन्हीं की तरफ़ देख रही थी। मैल्फ़ॉय ने मौक़ा देखकर हैरी की तरफ़ ***पॉटर ज़ीरो है*** का बैज चमका दिया।

'आह ... टेबल के नीचे पत्रिकाएँ भी पढ़ रहे हो?' स्नेप ने *साप्ताहिक*

जादूगरनी पत्रिका उठाते हुए कहा। 'गरुड़द्वार के दस पॉइंट और कम किए जाते हैं ... ओह, लेकिन ...' स्नेप की काली आँखें रीटा स्कीटर के लेख को देखकर चमकने लगीं। 'पॉटर को अपनी प्रेस कटिंग रखनी पड़ती होगी ...'

तहख़ाना नागशक्ति के विद्यार्थियों की हँसी के ठहाकों से गूँज गया। स्नेप के पतले चेहरे पर एक अप्रिय मुस्कान आ गई। हैरी को दहशत हुई, जब वे लेख को ज़ोर-ज़ोर से पढ़ने लगे।

'*हैरी पॉटर का छिपा हुआ प्यार* ... ओह, ओह, पॉटर, अब तुम छिप-छिपकर प्यार भी करने लगे हो? *शायद सबसे अनोखा लड़का* ...

हैरी का चेहरा जलने लगा। स्नेप हर वाक्य के बाद थोड़ा ठहर रहे थे, ताकि नागशक्ति के विद्यार्थी अच्छी तरह हँस सकें। स्नेप के पढ़ते समय लेख पहले से दस गुना ज़्यादा बुरा लग रहा था।

'... *हैरी पॉटर के शुभचिंतक यह आशा करेंगे कि अगली बार जब वह प्रेम करे, तो किसी ज़्यादा अच्छी लड़की से करे*। कितना बढ़िया लेख है,' स्नेप ने व्यंग्य से कहा और नागशक्ति के विद्यार्थियों के ठहाकों के बीच पत्रिका बंद कर दी। 'मुझे लगता है, अच्छा यही रहेगा कि मैं तुम तीनों को अलग कर दूँ, ताकि तुम लोग अपने उलझे हुए प्रेम प्रसंगों के बजाय अपने काढ़ों पर ज़्यादा ध्यान दे सको। वीज़्ली, तुम यहीं बैठे रहो। मिस ग्रेंजर, तुम मिस पार्किन्सन के पास बैठ जाओ। पॉटर, तुम मेरी डेस्क के सामने वाली उस टेबल पर चले जाओ। चलो, जल्दी करो।'

ग़ुस्से में हैरी ने अपना काढ़े का सामान और बैग अपनी कड़ाही में डाला। फिर वह कड़ाही लेकर तहख़ाने में सबसे सामने वाली ख़ाली टेबल पर बैठ गया। स्नेप भी उसके पीछे-पीछे आकर अपनी डेस्क पर बैठ गए और हैरी को अपनी कड़ाही ख़ाली करते देखते रहे। हैरी ने संकल्प कर लिया था कि वह स्नेप की तरफ़ देखेगा तक नहीं। वह अपने गुबरैलों को कुचलता रहा और यह कल्पना करता रहा कि हर गुबरैला स्नेप का चेहरा था।

'अख़बार में मिले प्रचार से तुम्हारा पहले से बड़ा सिर और ज़्यादा फूल गया है, पॉटर,' स्नेप ने धीरे से कहा, जब बाक़ी की क्लास एक बार फिर अपने काम में जुट गई।

हैरी ने जवाब नहीं दिया। वह जानता था कि स्नेप उसे उकसाने की कोशिश कर रहे हैं। वे यह काम पहले भी कर चुके थे। इसमें कोई शक नहीं था कि वे क्लास ख़त्म होने से पहले गरुड़द्वार के पचास पॉइंट कम करने का बहाना खोज रहे थे।

'तुम इस मुग़ालते में मत रहना कि पूरा जादूगर जगत तुमसे प्रभावित

है,' स्नेप ने आगे कहा। वे इतनी धीरे बोल रहे थे कि किसी और को उनकी बात सुनाई नहीं दे सकती थी (हैरी अपने गुबरैलों को कुचलता रहा, हालाँकि वह पहले ही उनका बहुत बारीक चूरा बना चुका था), 'लेकिन मुझे इस बात की परवाह नहीं है कि तुम्हारी तस्वीर अख़बारों में कितनी बार छपती है। पॉटर, मेरे लिए तुम और कुछ नहीं, बल्कि एक ज़िद्दी लड़के हो, जो ख़ुद को नियमों से ऊपर समझता है।'

हैरी ने गुबरैलों के चूरे को अपनी कड़ाही में डाला और फिर अदरक की जड़ें काटने लगा। उसके हाथ ग़ुस्से के मारे थोड़े काँप रहे थे, लेकिन उसने अपनी आँखें नीचे रखीं, जैसे स्नेप की बातें उसे सुनाई ही नहीं दे रही हों।

'मैं तुम्हें चेतावनी दे रहा हूँ, पॉटर,' स्नेप ने थोड़ी धीमी, लेकिन ज़्यादा ख़तरनाक आवाज़ में आगे कहा, 'चाहे तुम मशहूर हो गए हो - लेकिन अगर मैंने तुम्हें एक बार फिर अपने ऑफ़िस में चोरी करते पकड़ लिया -'

'मैं आपके ऑफ़िस के आस-पास भी नहीं गया था!' हैरी ने बहरेपन के नाटक को भूलकर ग़ुस्से से कहा।

'मुझसे झूठ मत बोलो,' स्नेप फुफकारते हुए बोले। उनकी गहरी काली आँखें हैरी को भेद रही थीं। 'बूमस्लैंग साँप की केंचुली। गिलवर्धक पौधा। दोनों ही मेरी अलमारी से चुराए गए हैं और मैं जानता हूँ कि उन्हें किसने चुराया है।'

हैरी ने स्नेप को घूरकर देखा। उसने संकल्प कर लिया था कि वह पलकें नहीं झपकाएगा या अपराधी नहीं दिखेगा। सच तो यह था कि उसने स्नेप की अलमारी से ये दोनों ही चीज़ें नहीं चुराई थीं। जब वे सेकंड ईयर में पढ़ते थे, तब हर्माइनी बूमस्लैंग साँप की केंचुली चुरा लाई थी - उन्हें भेसबदल काढ़ा बनाने के लिए इसकी ज़रूरत थी - और हालाँकि स्नेप को हैरी पर शक था, लेकिन वे इसे कभी साबित नहीं कर पाए थे। ज़ाहिर है, गिलवर्धक पौधा डॉबी ने चुराया था।

'मैं नहीं जानता कि आप किस बारे में बोल रहे हैं,' हैरी ने ठंडेपन से झूठ कह दिया।

'जिस रात को मेरे ऑफ़िस में चोरी हुई थी, तुम अपने कमरे से बाहर घूम रहे थे!' स्नेप फुफकारते हुए बोले। 'मैं यह बात जानता हूँ, पॉटर! हो सकता है, बावरे-नैन मूडी तुम्हारे प्रशंसकों की जमात में शामिल हो गए हों, लेकिन मैं तुम्हारी हरकतों को सहन नहीं करूँगा! पॉटर, अगर फिर कभी रात को मेरे ऑफ़िस में घुसे, तो तुम्हें इसकी बहुत बड़ी क़ीमत चुकानी पड़ेगी!'

'ठीक है,' हैरी ने ठंडेपन से कहा और अपनी अदरक की जड़ों की तरफ़ वापस मुड़ गया। 'अगर मेरी कभी वहाँ जाने की इच्छा हुई, तो मैं यह बात याद रखूँगा।'

स्नेप की आँखें जलने लगीं। उन्होंने अपने काले दुशाले के भीतर हाथ डाला। एक पल के लिए तो हैरी ने सोचा कि शायद स्नेप अपनी छड़ी निकालकर उसे शाप देने वाले हैं – फिर उसने देखा कि स्नेप ने पारदर्शी काढ़े से भरी काँच की एक छोटी शीशी निकाली। हैरी ने उसे घूरकर देखा।

'पॉटर, तुम जानते हो यह क्या है ?' स्नेप ने पूछा और उनकी आँखें एक बार फिर ख़तरनाक तरीक़े से चमकने लगीं।

'नहीं,' हैरी ने इस बार पूरी ईमानदारी से कहा।

'यह सत्य-द्रव है – यह सच्चाई उगलवाने वाला काढ़ा इतना शक्तिशाली है कि इसकी तीन बूँदों से ही तुम अपने सबसे गोपनीय राज़ सबके सामने खोलने लगोगे और पूरी क्लास उनके बारे में जान जाएगी,' स्नेप ने ख़तरनाक तरीक़े से कहा। 'वैसे इस काढ़े के इस्तेमाल के बारे में मंत्रालय के बहुत सख़्त निर्देश हैं। लेकिन अगर तुमने अपनी आदत नहीं सुधारी, तो हो सकता है कि मेरा हाथ फिसल जाए –' उन्होंने काँच की शीशी को थोड़ा सहलाया '– और तुम शाम को जो कद्दू का जूस पीते हो, उसमें यह सत्य-द्रव डल जाए। और फिर, पॉटर ... हम सभी को यह पता चल जाएगा कि तुम मेरे ऑफ़िस में घुसे थे या नहीं।'

हैरी कुछ नहीं बोला। वह एक बार फिर अपनी अदरक की जड़ों पर ध्यान देने लगा। उसने अपना चाकू निकाला और उनके टुकड़े करने लगा। उसे सत्य-द्रव के बारे में सुनकर ज़रा भी अच्छा नहीं लगा था। वह जानता था कि स्नेप का कोई भरोसा नहीं है; वे इस काढ़े को उसके गिलास में डाल भी सकते हैं। वह यह सोचकर काँप उठा कि अगर स्नेप ने ऐसा किया, तो उसके मुँह से क्या-क्या निकल सकता है .... उसके कारण बहुत से लोग मुश्किल में पड़ जाएँगे – सबसे पहले तो हर्माइनी और डॉबी ... इसके अलावा वह और भी कितनी सारी चीज़ें छिपा रहा था ... यह बात कि वह सिरियस के संपर्क में है ... और – उसके पेट में इस विचार से खलबली मच गई – वह चो के बारे में कैसा महसूस करता है ... उसने अपनी अदरक की जड़ों को भी कड़ाही में डाल दिया और सोचने लगा कि क्या उसे भी मूडी का अनुसरण करना चाहिए और अपने थर्मस में से ही जूस पीना शुरू कर देना चाहिए।

तहख़ाने के दरवाज़े पर एक दस्तक हुई।

स्नेप ने अपनी सामान्य आवाज़ में कहा, 'अंदर आ जाओ।'

जब दरवाज़ा खुला, तो क्लास के सभी विद्यार्थियों ने मुड़कर देखा। प्रोफ़ेसर कारकारोफ़ अंदर आ गए थे। जब वे चलकर स्नेप की डेस्क के पास पहुँचे, तो सभी उन्हें ग़ौर से देख रहे थे। वे अपनी बकरा दाढ़ी में उँगली घुमा रहे थे और परेशान दिख रहे थे।

स्नेप के पास पहुँचते ही कारकारोफ़ ने रुक-रुक कर कहा, 'मुझे कुछ कहना है।' वे कोशिश कर रहे थे कि कोई तीसरा उनकी बात न सुन पाए, इसलिए उन्होंने अपने होंठ बस ज़रा से ही खोले थे। ऐसा लगता था, जैसे वे होंठों की भाषा बोलने में बहुत निपुण नहीं थे। हैरी ने अपनी निगाह तो अदरक की जड़ों पर ही रहने दी, लेकिन पूरा ध्यान लगाकर सुनने लगा।

'कारकारोफ़, मैं तुमसे इस क्लास के बाद बात करूँगा -' स्नेप बुदबुदाए, लेकिन कारकारोफ़ बीच में ही बोल पड़े।

'सीवियरस, मैं तुमसे अभी बात करना चाहता हूँ, ताकि तुम कहीं मुझे चकमा देकर भाग न जाओ। इन दिनों तुम मुझसे मिलने से कतरा रहे हो।'

'क्लास के बाद,' स्नेप ने झल्लाकर कहा।

हैरी ने नापने वाले कप को ऊपर उठाकर यह देखने का नाटक किया कि क्या उसने पर्याप्त आरमेडिलो बाइल डाल लिया है। इस बहाने से उसने उन दोनों को कनखियों से देखा। कारकारोफ़ बहुत चिंतित और स्नेप बहुत नाराज़ दिख रहे थे।

कारकारोफ़ बाक़ी के पीरियड में स्नेप की डेस्क के पीछे ही मँडराते रहे। लगता था, वे इस बात पर आमादा थे कि क्लास ख़त्म होने के बाद स्नेप को भागने नहीं देंगे। हैरी यह सुनने के लिए बहुत बेताब था कि कारकारोफ़ स्नेप से क्या कहना चाहते हैं, इसलिए जब घंटी बजने में दो मिनट का समय बचा, तो हैरी ने जान-बूझकर अपनी आरमेडिलो बाइल की शीशी गिरा दी। इससे हैरी को अपनी डेस्क के नीचे झुकने और फैले हुए बाइल को साफ़ करने का बहाना मिल गया, जबकि बाक़ी विद्यार्थी शोर मचाते हुए दरवाज़े की तरफ़ जा रहे थे।

उसने सुना कि स्नेप कारकारोफ़ से धीरे से पूछ रहे थे, 'इतनी ज़रूरी बात क्या है ?'

'यह देखो,' कारकारोफ़ ने कहा। हैरी ने अपनी कड़ाही के कोने से झाँकते हुए देखा कि कारकारोफ़ ने अपने दुशाले की बाईं आस्तीन ऊपर कर ली थी और स्नेप को वहाँ कुछ दिखा रहे थे।

'देखा ?' कारकारोफ़ ने अब भी अपने होंठ न हिलाने की कोशिश करते हुए कहा। 'तुमने देखा ? यह इतना साफ़ कभी नहीं था, जब से -'

'इसे ढँक लो!' स्नेप गुर्राए। उनकी काली आँखें क्लासरूम में चारों तरफ़ देख रही थीं।

'लेकिन तुम्हारा भी तो इस तरफ़ ध्यान गया होगा -' कारकारोफ़ ने परेशानी भरी आवाज़ में कहा।

'कारकारोफ़, हम इस बारे में बाद में भी तो बात कर सकते हैं!' स्नेप ने थूक उड़ाते हुए कहा। 'पॉटर! तुम क्या कर रहे हो?'

'अपना आरमेडिलो बाइल साफ़ कर रहा हूँ, प्रोफ़ेसर,' हैरी ने मासूमियत से कहा और खड़े होकर स्नेप को गीला कपड़ा दिखाया।

कारकारोफ़ एड़ियों के बल मुड़े और धड़धड़ाते हुए तहख़ाने से बाहर निकल गए। वे चिंतित और नाराज़ दिख रहे थे। हैरी आगबबूला स्नेप के साथ अकेला नहीं रहना चाहता था, इसलिए उसने जल्दी से अपनी किताबें और काढ़े का सामान बैग में डाला और पूरी तेज़ी से दौड़ लगा दी। वह रॉन और हर्माइनी को यह बताने जा रहा था कि उसने अभी-अभी क्या देखा-सुना था।

*

वे अगले दिन दोपहर में हॉगवर्ट्स के बाहर निकले। मैदान में बहुत हल्की धूप थी। मौसम पूरे साल जितना ठंडा रहा था, आज उससे कम ठंडा था। हॉग्समीड पहुँचने तक वे तीनों अपने चोगे उतारकर अपने कंधों पर डाल चुके थे। सिरियस ने उन्हें खाने-पीने का जो सामान लाने को कहा था, वह हैरी के बैग में था। उन्होंने लंच की टेबल से चिकन की एक दर्जन टाँगें, लोफ़ और कद्दू के रस की एक बोतल चुरा ली थी।

डॉबी के लिए तोहफ़ा ख़रीदने के लिए वे ग्लैडरैग्स जादूगर वस्त्र भंडार में गए, जहाँ उन्हें सबसे भड़कीले मोज़े चुनने में बड़ा मज़ा आया। एक मोज़े में सुनहरे और चाँदी से चमकीले सितारे चमक रहे थे। एक और मोज़ा ज़्यादा गंदा होने पर ज़ोर-ज़ोर से चीख़ने लगता था। फिर डेढ़ बजे वे हाई स्ट्रीट पर चलने लगे और दरवेश एंड बैंजेस के पास से गुज़रते हुए गाँव के बाहर की तरफ़ जाने लगे।

हैरी पहले कभी इस दिशा में नहीं गया था। घुमावदार सड़क उन्हें हॉग्समीड के चारों तरफ़ फैले जंगल की तरफ़ ले जा रही थी। यहाँ मकान कम थे और उनके बग़ीचे ज़्यादा बड़े थे। वे लोग उस पहाड़ की तरफ़ जा रहे थे, जिसकी छाया में हॉग्समीड बसा था। फिर वे एक मोड़ मुड़े और उन्हें सड़क के छोर पर बनी सीढ़ियाँ नज़र आईं। वहाँ पर एक बहुत बड़ा काला कुत्ता उनका इंतज़ार कर रहा था और उसके अगले पंजे सबसे ऊपर की सीढ़ी पर थे। उस कुत्ते के मुँह में कुछ अख़बार दबे थे और वह काफ़ी जाना-पहचाना लग रहा था ...

'हैलो सिरियस,' हैरी ने पास पहुँचने पर कहा।

काले कुत्ते ने उत्साह से हैरी का बैग सूँघा, एक बार अपनी पूँछ हिलाई और फिर मुड़कर उनसे दूर जाने लगा। वह मैदान के उस हिस्से के पार जा रहा था, जो पहाड़ की चट्टानी तलहटी से मिलने के लिए ऊपर उठ रहा था। हैरी, रॉन और हर्माइनी सीढ़ियाँ लाँघकर उसके पीछे-पीछे चलने लगे।

सिरियस उन्हें पहाड़ की तलहटी तक ले गया, जहाँ चट्टानें और बड़े-बड़े पत्थर थे। चार पैर होने के कारण सिरियस के लिए यह काम आसान था, लेकिन जल्दी ही हैरी, रॉन और हर्माइनी का दम फूलने लगा। वे सिरियस के पीछे-पीछे पहाड़ पर चढ़ने लगे। लगभग आधा घंटे तक वे सिरियस की हिलती पूँछ के पीछे सूरज में पसीना बहाते हुए घुमावदार, पथरीले और चढ़ाई भरे रास्ते पर चढ़ते रहे। हैरी ने अपने कंधे पर जो बैग टाँग रखा था, उसका फ़ीता उसके कंधे में चुभने लगा।

आख़िरकार सिरियस ओझल हो गया और जब वे उस जगह के पास पहुँचे, जहाँ वह ओझल हुआ था, तो उन्हें चट्टान में एक सँकरी दरार दिखी। वे जैसे-तैसे सिकुड़कर उसके अंदर गए। उन्होंने देखा कि वे एक ठंडी और कम रोशनी वाली गुफा में पहुँच गए थे। उसके सिरे पर एक बड़ी चट्टान थी, जिससे बकबीक नाम का गरुड़अश्व रस्सी से बँधा हुआ था। आधे अश्व और आधे गरुड़ बकबीक की खूँखार नारंगी आँखें उन्हें देखकर चमकने लगीं। उन तीनों ने उसकी तरफ़ देखकर सिर झुकाया। एक पल तक उन्हें दबंग नज़रों से देखने के बाद बकबीक ने अपने सामने वाले पपड़ीदार घुटने मोड़े और हर्माइनी को अपनी पंख भरी गर्दन सहलाने दी। बहरहाल, हैरी उस तरफ़ देख रहा था जहाँ काला कुत्ता अभी-अभी उसके गॉडफ़ादर में बदल गया था।

सिरियस फटे हुए भूरे दुशाले पहने था। ये वही दुशाले थे, जो वह अज़्काबान से भागते समय पहने हुए था। उसके काले बाल अँगीठी में उसके प्रकट होने के बाद से लंबे हो चुके थे। वे एक बार फिर गंदे और बड़े हो गए थे। वह बहुत दुबला भी दिख रहा था।

सिरियस ने *दैनिक जादूगर* अख़बार की पुरानी प्रतियाँ गुफा के फ़र्श पर गिरा दीं, जिन्हें वह अपने मुँह में दबाए हुए था। फिर वह भर्राए गले से बोला, 'चिकन!'

हैरी ने अपना बैग खोलकर उसे चिकन और ब्रेड वाला पैकेट दे दिया।

'शुक्रिया,' सिरियस ने उसे खोलते हुए कहा। वह गुफा के फ़र्श पर बैठकर अपने दाँतों से एक बड़ा टुकड़ा तोड़ने लगा। 'मैं ज़्यादातर समय चूहे खाकर पेट भरता हूँ। हॉग्समीड से खाने-पीने का ज़्यादा सामान नहीं चुरा सकता। इससे लोगों का ध्यान मेरी तरफ़ चला जाएगा।'

वह हैरी की तरफ़ देखकर मुस्कराया, लेकिन हैरी बदले में बड़ी अनिच्छा से मुस्कराया।

उसने पूछा, 'तुम यहाँ क्या कर रहे हो, सिरियस?'

'गॉडफ़ादर का कर्तव्य निभा रहा हूँ,' सिरियस ने कुत्ते की तरह चिकन

की हड्डी को पकड़ते हुए कहा। 'मेरी चिंता मत करो, मैं बहुत अच्छा आवारा कुत्ता होने का नाटक कर रहा हूँ।'

वह अब भी मुस्करा रहा था, लेकिन हैरी के चिंतित चेहरे को देखकर उसने बहुत गंभीरता से कहा, 'मैं घटनास्थल के पास रहना चाहता था। तुम्हारी आख़िरी चिट्ठी ... देखो, घटनाएँ अब बहुत संदिग्ध होती जा रही हैं। जब भी कोई पुराना अख़बार फेंकता है, तो मैं उसे चुरा लेता हूँ। ख़बरों को पढ़ने के बाद मुझे ऐसा लगता है कि सिर्फ़ मैं ही चिंतित नहीं हो रहा हूँ।'

उसने गुफा के फ़र्श पर पड़े *दैनिक जादूगर* अख़बारों की तरफ़ सिर हिलाकर इशारा किया। रॉन ने उन्हें उठाकर खोल लिया।

बहरहाल, हैरी सिरियस को घूरकर देखता रहा। 'कहीं वे तुम्हें पकड़ न लें! कहीं कोई तुम्हें देख न ले!'

'सिर्फ़ तुम तीनों और डम्बलडोर ही जानते हैं कि मैं इच्छाधारी नरपशु हूँ,' सिरियस ने कंधे उचकाते हुए कहा और चिकन की टाँग खाने लगा।

रॉन ने हैरी को कोहनी मारी और उसकी तरफ़ दो *दैनिक जादूगर* अख़बार बढ़ा दिए। पहले में यह हेडलाइन थी *बार्टेमियस क्राउच की रहस्यमयी बीमारी* ... और दूसरे अख़बार की हेडलाइन थी *मंत्रालय की जादूगरनी अब भी लापता है – जादू मंत्री व्यक्तिगत रुचि ले रहे हैं।*

हैरी ने क्राउच वाली ख़बर पढ़ी। उसका ध्यान कुछ वाक्यों पर गया : *वे नवंबर से सार्वजनिक रूप से नहीं दिखे हैं ... मकान ख़ाली दिखता है ... सेंट मंगोज़ जादुई रोग एवं दुर्घटना अस्पताल ने टिप्पणी करने से इंकार कर दिया ... मंत्रालय गंभीर बीमारी की अफ़वाहों की पुष्टि करने से इंकार कर रहा है ...*

'वे लोग तो ऐसा जता रहे हैं, जैसे क्राउच मर रहे हों,' हैरी ने धीरे से कहा। 'लेकिन अगर वे आधी रात को हॉगवर्ट्स आ सकते हैं, तो वे इतने बीमार तो नहीं हो सकते ...'

'मेरा भाई क्राउच का असिस्टेंट है,' रॉन ने सिरियस को बताया। 'उसका कहना है कि क्राउच ज़्यादा काम करने के कारण बीमार हो गए हैं।'

'देखो, आख़िरी बार जब मैंने उन्हें क़रीब से देखा था, तो वे बीमार दिख *भी* रहे थे,' हैरी ने धीरे से कहा और अब भी ख़बर पढ़ता रहा। 'जिस रात को मेरा नाम प्याले में से निकला था ...'

'विंकी को निकालने का परिणाम भुगत रहे हैं, और क्या?' हर्माइनी ने ठंडे स्वर में कहा। वह बकबीक को थपथपा रही थी, जो सिरियस की दी हुई चिकन की हड्डियाँ चबा रहा था। 'मुझे यक़ीन है, अब वे सोच रहे होंगे कि काश

उन्होंने उसे नहीं निकाला होता – मुझे यक़ीन है कि अब जब वह उनकी देखभाल के लिए नहीं है, तो उन्हें उसकी कमी अखर रही होगी।'

'हर्माइनी तो घरेलू जिन्नों के पीछे पागल है,' रॉन ने सिरियस से बुदबुदाकर कहा और हर्माइनी को घूरकर देखा।

बहरहाल, सिरियस की दिलचस्पी जाग गई। 'क्राउच ने अपनी घरेलू जिन्न को निकाल दिया ?'

'हाँ, क्विडिच वर्ल्ड कप के दौरान,' हैरी ने कहा और वह मौत के निशान के प्रकट होने की कहानी सुनाने लगा। उसने यह भी बताया कि विंकी के हाथ में उसकी छड़ी मिली थी और मिस्टर क्राउच यह देखकर आगबबूला हो गए थे।

जब हैरी की बात ख़त्म हो गई, तो सिरियस एक बार फिर उठकर खड़ा हुआ और गुफा में एक छोर से दूसरे छोर तक टहलने लगा। उसने कुछ समय बाद चिकन की एक और टाँग लहराते हुए कहा, 'पहले मैं इस बात को अच्छी तरह समझ लूँ। तुमने सबसे पहले इस घरेलू जिन्न को टॉप बॉक्स में देखा। वह क्राउच के लिए सीट रोक रही थी, ठीक है ?'

'हाँ,' हैरी, रॉन और हर्माइनी ने एक साथ कहा।

'लेकिन क्राउच मैच देखने नहीं आया ?'

'नहीं,' हैरी ने कहा। 'उनका कहना था कि वे बहुत व्यस्त थे।'

सिरियस ख़ामोशी से गुफा में चारों तरफ़ घूमता रहा। फिर वह बोला, 'हैरी, जब तुम टॉप बॉक्स से उतरे थे, तब क्या तुमने अपनी जेबों में छड़ी की जाँच की थी ?'

'ऊँऊँऊँ ...' हैरी ने अपने दिमाग़ पर ज़ोर डाला और अंततः कहा, 'नहीं, जंगल में जाने से पहले मुझे उसके इस्तेमाल की ज़रूरत ही नहीं पड़ी। जंगल में जब मैंने अपनी जेब में हाथ डाला, तो उसमें मुझे सिर्फ़ अपनी सर्वदर्शक दूरबीन मिली।' उसने सिरियस को घूरकर देखा। 'कहीं तुम यह तो नहीं कह रहे हो कि जिसने भी मौत का निशान प्रकट किया था, उसने मेरी छड़ी टॉप बॉक्स में चुराई थी ?'

'यह संभव है,' सिरियस ने कहा।

'विंकी ने वह छड़ी नहीं चुराई थी!' हर्माइनी ने तीखी आवाज़ में कहा।

'उस बॉक्स में वह जिन्न ही अकेली नहीं थी,' सिरियस ने कहा और चलते-चलते अपनी भौंह उठा ली। 'तुम्हारे पीछे कौन बैठा था ?'

'बहुत से लोग,' हैरी ने कहा। 'बल्गारिया के कुछ मंत्री ... कॉर्नेलियस फ़ज ... मैल्फ़ॉय परिवार ...'

'मैल्फ़ॉय परिवार!' रॉन ने अचानक इतनी ज़ोर से कहा कि उसकी आवाज़ पूरी गुफा में गूँजने लगी और बकबीक घबराकर अपना सिर हिलाने लगा। 'मैं शर्त लगा सकता हूँ कि लूसियस मैल्फ़ॉय ने ही छड़ी चुराई होगी!'

'कोई और ?' सिरियस ने कहा।

'कोई नहीं,' हैरी ने कहा।

'वहाँ पर, वहाँ पर लूडो बैगमैन भी तो थे,' हर्माइनी ने उसे याद दिलाया।

'ओह, हाँ ...'

'मैं बैगमैन के बारे में इसके सिवाय कुछ नहीं जानता कि वह विमबोर्न वैस्प्स की टीम में मारक था,' सिरियस ने अब भी टहलते हुए कहा। 'वह कैसा है ?'

'ठीक हैं,' हैरी ने कहा। 'वे बार-बार त्रिकोणीय टूर्नामेंट में मेरी मदद करने का प्रस्ताव रखते हैं।'

'अच्छा, ऐसा है ?' सिरियस की त्योरियाँ और गहरी हो गईं। 'क्या पता वह ऐसा क्यों करता है ?'

हैरी ने कहा, 'वे कहते हैं कि वे मुझे पसंद करते हैं।'

'हूँ,' सिरियस ने कुछ सोचते हुए कहा।

'मौत का निशान दिखने के ठीक पहले हमने उन्हें जंगल में देखा था,' हर्माइनी ने सिरियस को बताया। 'याद है ना ?' उसने हैरी और रॉन से कहा।

'हाँ, लेकिन वे जंगल में रुके तो नहीं थे, है ना ?' रॉन ने कहा। 'जिस पल हमने उन्हें दंगे-फ़साद के बारे में बताया था, वे कैंपसाइट की तरफ़ चले गए थे।'

'तुम्हें कैसे मालूम ?' हर्माइनी ने तपाक से कहा। 'तुम्हें कैसे मालूम कि वे अंतर्ध्यान होकर कहाँ गए थे ?'

'छोड़ो भी,' रॉन ने हैरानी से कहा। 'कहीं तुम यह तो नहीं कह रही हो कि लूडो बैगमैन ने ही मौत का निशान प्रकट किया होगा ?'

'विंकी के बजाय तो उन्हीं के ऐसा करने की संभावना ज़्यादा है,' हर्माइनी ने सख़्ती से कहा।

'तुमसे कहा था ना,' रॉन ने अर्थपूर्ण निगाह से सिरियस को देखते हुए कहा। 'मैंने तुमसे कहा था ना, वह तो घरेलू जिन्नों के पीछे पागल है -'

लेकिन सिरियस ने रॉन को चुप करने के लिए अपना हाथ उठाया। 'जब मौत का निशान प्रकट हुआ और घरेलू जिन्न हैरी की छड़ी के साथ पकड़ी गई, तो क्राउच ने क्या किया ?'

'वे झाड़ियों की तलाशी लेने गए,' हैरी ने कहा, 'लेकिन उन्हें वहाँ पर और कोई नहीं मिला।'

'ज़ाहिर है,' सिरियस टहलते हुए बुदबुदाया, 'ज़ाहिर है, वह चाहता होगा कि उसकी घरेलू जिन्न पर इल्ज़ाम न आए और किसी दूसरे को फँसाया जा सके ... और फिर उसने उसे अपने घर से निकाल दिया?'

'हाँ,' हर्माइनी ने तल्ख़ आवाज़ में कहा, 'उन्होंने उसे निकाल दिया, सिर्फ़ इसलिए, क्योंकि वह भीड़ के पैरों तले कुचलने के लिए अपने तंबू में नहीं रुकी थी -'

रॉन ने कहा, 'हर्माइनी, क्या तुम उस घरेलू जिन्न की तरफ़दारी बंद करोगी!'

लेकिन सिरियस अपना सिर हिलाते हुए बोला, 'रॉन, तुम्हारे बजाय वह क्राउच को ज़्यादा अच्छी तरह से समझती है। अगर तुम जानना चाहते हो कि कोई इंसान कैसा है, तो यह मत देखो कि वह अपने बराबरी वाले लोगों के साथ कैसा व्यवहार करता है, बल्कि यह देखो कि वह अपने से छोटे लोगों के साथ कैसा व्यवहार करता है।'

उसने अपने दाढ़ी भरे चेहरे पर हाथ फेरा और सोचता रहा। 'बार्टी क्राउच की लगातार ग़ैर-हाज़िरी ... वह अपनी घरेलू जिन्न को क्विडिच वर्ल्ड कप में भेजकर अपने लिए सीट रुकवाता है, लेकिन वहाँ आकर मैच देखने का कष्ट नहीं करता है। वह त्रिकोणीय टूर्नामेंट को दोबारा शुरू करवाने के लिए बहुत मेहनत करता है, लेकिन फिर वहाँ आना छोड़ देता है ... यह तो क्राउच के स्वभाव में नहीं है। अगर उसने पहले कभी बीमारी के कारण एक दिन की भी छुट्टी ली हो, तो मैं बकबीक को खा जाऊँगा।'

'तो क्या तुम क्राउच को जानते हो?' हैरी ने पूछा।

सिरियस का चेहरा काला पड़ गया। वह अचानक उतना ही ख़तरनाक दिखने लगा, जितना उस रात को था, जब हैरी ने उसे पहली बार देखा था - उस रात को, जब हैरी को यक़ीन था कि सिरियस ख़ूनी है।

'हाँ, मैं क्राउच को जानता हूँ,' उसने धीरे से कहा। 'उसी ने मुझे अज़्काबान भेजने का आदेश दिया था - वह भी बिना मुकदमे के।'

'क्या?' रॉन और हर्माइनी ने एक साथ पूछा।

'तुम मज़ाक़ कर रहे हो!' हैरी ने कहा।

'नहीं, मैं मज़ाक़ नहीं कर रहा हूँ,' सिरियस ने चिकन का एक और बड़ा टुकड़ा खाते हुए कहा। 'क्राउच जादुई क़ानून पालन विभाग का प्रमुख हुआ करता था, क्या तुम्हें यह बात नहीं मालूम?'

हैरी, रॉन और हर्माइनी ने अपने सिर इंकार में हिलाए।

'लोग कहते थे कि वह अगला जादू मंत्री बनने वाला है,' सिरियस ने कहा। 'बार्टी क्राउच एक बड़ा और शक्तिशाली जादूगर है – और शक्ति का भूखा भी। नहीं, वह कभी वोल्डेमॉर्ट का समर्थक नहीं रहा,' उसने हैरी के चेहरे के भाव देखते हुए कहा। 'नहीं, बार्टी क्राउच हमेशा काले जादू के ख़िलाफ़ रहा है। लेकिन काले जादू के ख़िलाफ़ रहने वाले बहुत से लोगों की तरह ... परंतु रहने दो ... तुम लोग नहीं समझोगे ... तुम अभी बहुत छोटे हो ...'

'यही मेरे डैडी ने क्विडिच वर्ल्ड कप में कहा था,' रॉन ने थोड़ा चिढ़ते हुए कहा। 'हमें समझने का मौक़ा तो दो, हम समझ जाएँगे।'

सिरियस के दुबले-पतले चेहरे पर एक मुस्कराहट आ गई। 'ठीक है, मैं तुम्हें मौक़ा देता हूँ ...'

वह गुफा के दूसरे छोर तक जाकर लौटा और फिर बोला, 'कल्पना करो कि वोल्डेमॉर्ट अभी शक्तिशाली है। तुम नहीं जानते कि कौन उसका समर्थक है और कौन नहीं है। तुम नहीं जानते कि कौन उसके लिए काम कर रहा है और कौन नहीं कर रहा है। बहरहाल, तुम जानते हो कि वह लोगों को सम्मोहित करके उनसे भयानक काम करवा सकता है। तुम अपने लिए, अपने परिवार के लिए, अपने दोस्तों के लिए डरे हुए हो। हर सप्ताह ख़बर आती है कि कई लोग मर गए हैं, कई लोग लापता हो गए हैं, कई लोगों को यातना दी गई है ... जादू मंत्रालय अस्त-व्यस्त हालत में है। उसे समझ में नहीं आ रहा है कि वह क्या करे। वह मगलुओं से हर चीज़ को छिपाने की कोशिश कर रहा है, लेकिन इस दौरान मगलू भी मर रहे हैं। हर जगह आतंक ... दहशत ... दुविधा ... का माहौल है। ऐसा ही माहौल हुआ करता था।

'ऐसे समय में कुछ लोगों का सर्वश्रेष्ठ रूप बाहर आता है और कुछ लोगों का निकृष्टतम रूप बाहर आता है। हो सकता है कि शुरुआत में क्राउच के सिद्धांत सही रहे हों – मुझे नहीं पता। चाहे जो हो, उसने मंत्रालय में बहुत तेज़ी से तरक्की की और वोल्डेमॉर्ट के समर्थकों के ख़िलाफ़ बहुत सख़्त क़दम उठाए। आरर्स को नई शक्तियाँ दी गईं – उदाहरण के लिए, पकड़ने के बजाय मारने की शक्तियाँ। और मैं ही अकेला नहीं था, जिसे बिना मुकदमे के सीधे दमपिशाचों के हवाले कर दिया गया था। क्राउच ने हिंसा के ख़िलाफ़ लड़ते समय हिंसा का प्रयोग किया। उसने संदिग्ध व्यक्तियों के ख़िलाफ़ अक्षम्य शापों के इस्तेमाल की भी इज़ाज़त दे दी। मैं तो यह कहूँगा कि वह शैतानी जादूगरों जितना ही क्रूर और निर्मम बन गया। लेकिन ध्यान रहे, उसके बहुत सारे समर्थक थे – बहुत से लोगों को यह लग रहा था कि वह सही दिशा में जा रहा

है। बहुत से जादूगर और जादूगरनियाँ उसे जादू मंत्री बनाने की माँग कर रहे थे। जब वोल्डेमॉर्ट ग़ायब हुआ, तो ऐसा लगा कि अब क्राउच जल्दी ही जादू मंत्री बन जाएगा। लेकिन तभी एक दुर्भाग्यपूर्ण घटना घट गई ...' सिरियस गंभीरता से मुस्कराया। 'क्राउच का बेटा प्राणभक्षियों के समूह के साथ पकड़ा गया, जो अज़्काबान से छूटने में कामयाब हो गए थे। ऐसा लग रहा था कि वे वोल्डेमॉर्ट को खोजकर उसे दोबारा शक्तिशाली बनाने की कोशिश कर रहे थे।'

'क्राउच का *बेटा* पकड़ा गया?' हर्माइनी ने हैरानी से पूछा।

'हाँ,' सिरियस ने अपनी चिकन की हड्डी बकबीक की तरफ़ फेंक दी और फिर ख़ुद ज़मीन पर बैठ गया और डबलरोटी को आधा काट लिया। 'मुझे लगता है, बार्टी को ज़बर्दस्त सदमा लगा होगा। उसे अपने परिवार के साथ घर पर ज़्यादा समय रहना चाहिए था, है ना? कभी-कभार ऑफ़िस से जल्दी घर चले जाना चाहिए था ... अपने बेटे के बारे में ज़्यादा जानकारी रखनी चाहिए थी।'

वह ब्रेड के बड़े-बड़े टुकड़े निगलने लगा।

हैरी ने पूछा, 'क्या उसका बेटा प्राणभक्षी *था?*'

'पता नहीं,' सिरियस ने कहा और ब्रेड के टुकड़े को निगल लिया। 'जब वह अज़्काबान आया, तो मैं ख़ुद वहीं था। ज़्यादातर बातें तो मुझे वहाँ से बाहर निकलने के बाद पता चलीं। लड़का निश्चित रूप से ऐसे लोगों के साथ पकड़ा गया था, जो मेरे हिसाब से प्राणभक्षी थे – लेकिन हो सकता है कि घरेलू जिन्न की तरह वह भी ग़लत समय पर ग़लत जगह पर हो।'

'क्या क्राउच ने अपने बेटे को छुड़वाने की कोशिश की?' हर्माइनी ने फुसफुसाकर पूछा।

सिरियस के मुँह से ऐसी हँसी निकली, जो भौंकने जैसी लग रही थी। 'क्राउच अपने बेटे को छुड़वाएगा? मुझे लगा था कि तुम उसे समझ चुकी हो, हर्माइनी? वह हर उस चीज़ को दूर हटा देता है, जो उसकी प्रतिष्ठा को धूमिल कर सकती हो। उसने जादू मंत्री बनने के लिए अपना पूरा जीवन समर्पित कर दिया था। तुमने देखा कि उसने अपनी निष्ठावान घरेलू जिन्न को सिर्फ़ इसलिए निकाल दिया, क्योंकि उसके कारण दूसरी बार मौत के निशान से उसका संबंध जुड़ रहा था – क्या इससे तुम्हें यह पता नहीं चला कि वह कैसा है? क्राउच का पिता का प्रेम बस इतना ही था कि उसने अपने बेटे को सुनवाई का मौक़ा दिया। वैसे यह भी सिर्फ़ एक बहाना था, क्योंकि क्राउच ने इस दौरान सबके सामने यह स्पष्ट कर दिया कि वह अपने बेटे से कितनी नफ़रत करता था ... फिर उसने अपने बेटे को सीधे अज़्काबान भेज दिया।'

'उसने अपने ही बेटे को दमपिशाचों के हवाले कर दिया?' हैरी ने धीरे

से पूछा।

'हाँ,' सिरियस ने कहा और अब उसके चेहरे पर मुस्कान की झलक भी नहीं थी। 'जब दमपिशाच उसे वहाँ लाए, तो मैंने उसे देखा था। मैंने अपनी कोठरी की सलाखों के बीच से उसे देखा था। वह उन्नीस साल से ज़्यादा का नहीं होगा। उन्होंने उसे मेरे पास वाली कोठरी में बंद कर दिया। रात भर वह अपनी मम्मी को चीख़-चीख़कर पुकारता रहा। कुछ दिनों के बाद वह शांत हो गया ... बाद में सब शांत हो जाते हैं ... सिर्फ़ नींद में चीख़ते रहते हैं ...'

एक पल के लिए सिरियस की आँखों का मुर्दा भाव पहले से ज़्यादा स्पष्ट हो गया, जैसे उनके पीछे शटर गिर गए हों।

हैरी ने पूछा, 'तो क्या वह अब भी अज़्काबान में है?'

'नहीं,' सिरियस ने धीरे से कहा। 'नहीं, वह अब वहाँ नहीं है। वह तो वहाँ आने के एक साल बाद ही मर गया था।'

'वह *मर गया?'*

'सिर्फ़ वही नहीं मरा,' सिरियस ने कटुता से कहा। 'ज़्यादातर लोग वहाँ पागल हो जाते हैं और बहुत से लोग कुछ समय बाद खाना-पीना छोड़ देते हैं, क्योंकि उनकी जीने की इच्छा ख़त्म हो जाती है। यह आसानी से पता चल जाता था कि कौन मरने वाला है, क्योंकि दमपिशाच मौत को भाँप लेते थे और रोमांचित हो जाते थे। वह लड़का जब आया था, तभी बीमार दिख रहा था। चूँकि क्राउच मंत्रालय का एक महत्वपूर्ण सदस्य था, इसलिए उसे और उसकी पत्नी को अपने बेटे से मिलने की इज़ाज़त दी गई। तब मैंने आख़िरी बार बार्टी क्राउच को देखा था। वह अपनी पत्नी को मेरी कोठरी के पास से ले जा रहा था। ज़ाहिर है, उसकी पत्नी भी कुछ समय बाद मर गई : दुख के कारण। लड़के की तरह ही उसका भी अंत बुरा हुआ। क्राउच अपने बेटे की लाश लेने के लिए भी नहीं आया। दमपिशाचों ने उसे ज़मीन में दफ़न कर दिया। मैंने उन्हें ऐसा करते देखा था।'

सिरियस ने उस ब्रेड को एक तरफ़ रख दिया, जिसे उसने अभी-अभी अपने मुँह तक उठाया था। इसके बजाय उसने कद्दू के जूस की बोतल उठाई और ख़ाली कर दी।

'तो सफलता के आख़िरी पायदान पर पहुँचकर क्राउच ने सब कुछ गँवा दिया,' सिरियस ने अपनी हथेली के पिछले हिस्से से अपना मुँह पोंछते हुए कहा। 'एक पल तो वह हीरो था और जादू मंत्री बनने वाला था ... अगले ही पल उसका बेटा मर गया, उसकी पत्नी मर गई, परिवार के नाम पर कलंक लग गया और भागने के बाद मैंने सुना कि उसकी लोकप्रियता में भी भारी

गिरावट आई। लड़के की मौत के बाद लोग लड़के के प्रति ज़्यादा सहानुभूति रखने लगे और यह पूछने लगे कि इतने अच्छे परिवार का अच्छा-ख़ासा लड़का इतना बिगड़ कैसे गया। इसलिए कॉर्नेलियस फ़ज को मंत्री बना दिया गया और क्राउच को दरकिनार करके अंतर्राष्ट्रीय जादुई सौहार्द्र विभाग का प्रमुख बना दिया गया।'

एक लंबी ख़ामोशी छा गई। हैरी याद कर रहा था कि क्विडिच वर्ल्ड कप के दौरान जंगल में अपनी अवज्ञाकारी घरेलू जिन्न की तरफ़ देखते समय क्राउच की आँखें किस तरह बाहर निकली पड़ रही थीं। तो क्राउच ने विंकी के मौत के निशान के नीचे मिलने पर इस वजह से अति-प्रतिक्रिया की थी। इससे उनके बेटे की यादें ताज़ा हो गई होंगी – और पुराने स्कैंडल की भी और मंत्रालय में उनके पतन की भी।

'मूडी कहते हैं कि क्राउच शैतानी जादूगरों को पकड़ने के पीछे पागल हैं,' हैरी ने सिरियस से कहा।

'हाँ, मैंने सुना है कि अब वह सचमुच शैतानी जादूगरों को पकड़ने के पीछे पागल हो चुका है,' सिरियस ने सिर हिलाते हुए कहा। 'मुझे लगता है, वह अब यह सोच रहा होगा कि अगर वह एक और प्राणभक्षी को पकड़ ले, तो पहले की तरह ही लोकप्रिय बन सकता है।'

'और वे चोरी से हॉगवर्ट्स में स्नेप के ऑफ़िस की तलाशी लेने आए थे!' रॉन ने विजयी भाव से हर्माइनी की तरफ़ देखते हुए कहा।

'हाँ, लेकिन इससे कुछ समझ में नहीं आता है,' सिरियस ने कहा।

'हाँ, आता है!' रॉन ने रोमांचित होकर कहा।

लेकिन सिरियस ने अपना सिर हिलाया। 'सुनो, अगर क्राउच स्नेप की जाँच-पड़ताल ही करना चाहता था, तो उसने टूर्नामेंट में निर्णायक के तौर पर आना क्यों बंद किया? यह तो हॉगवर्ट्स में नियमित रूप से आने और उस पर नज़र रखने का आदर्श बहाना होता।'

'तो तुम्हें लगता है कि स्नेप कुछ कर सकते हैं?' हैरी ने पूछा, लेकिन हर्माइनी बीच में बोल पड़ी।

'देखो, मुझे परवाह नहीं है कि तुम क्या कहते हो, डम्बलडोर को स्नेप पर भरोसा है –'

'ओह, छोड़ो भी हर्माइनी,' रॉन ने अधीरता से कहा। 'मैं जानता हूँ कि डम्बलडोर बहुत ही बेहतरीन जादूगर हैं, लेकिन इसका यह मतलब नहीं है कि कोई चालाक शैतानी जादूगर उन्हें मूर्ख नहीं बना सकता –'

'तो फिर फ़र्स्ट ईयर में स्नेप ने हैरी की जान क्यों बचाई ? उन्होंने उसे मर क्यों नहीं जाने दिया ?'

'मैं नहीं जानता – शायद उन्होंने यह सोचा हो कि डम्बलडोर उन्हें लात मारकर बाहर निकाल देंगे –'

'तुम क्या सोचते हो, सिरियस ?' हैरी ने ज़ोर से कहा। रॉन और हर्माइनी अपनी बहस छोड़कर सिरियस की बात सुनने लगे।

सिरियस ने ध्यान से रॉन और हर्माइनी की तरफ़ देखते हुए कहा, 'मुझे लगता है कि ये दोनों ही अपनी-अपनी जगह पर ठीक हैं। जब से मुझे पता चला है कि स्नेप हॉगवर्ट्स में पढ़ा रहा है, तभी से मैं यह सोच रहा हूँ कि डम्बलडोर ने उसे यह मौक़ा क्यों दिया। स्नेप की शुरू से ही गुप्त कलाओं में गहरी रुचि रही है। वह स्कूल में इसके लिए मशहूर था। वह चिपचिपा, तेल से सना, चीकट बालों वाला लड़का था,' सिरियस ने कहा और हैरी और रॉन एक-दूसरे की तरफ़ देखकर मुस्करा दिए। 'स्नेप जब स्कूल आया था, तभी वह इतने शाप जानता था, जितने कि सेवन्थ ईयर में पढ़ने वाले आधे विद्यार्थी नहीं जानते होंगे। इसके अलावा वह नागशक्ति के विद्यार्थियों के ऐसे गैंग में रहता था, जो सभी बाद में प्राणभक्षी बने थे।'

सिरियस ने अपनी उँगलियाँ उठाईं और उन पर नाम गिनने लगा। 'रोज़ियर और विल्कीज़ – उन दोनों को वोल्डेमॉर्ट के पतन से एक साल पहले ऑररर्स ने मार डाला था। लेस्ट्रांज दंपति – उन दोनों ने शादी कर ली थी – और इस समय वे अज़्काबान में हैं। एवरी – जहाँ तक मैंने सुना है, उसने ख़ुद को यह कहकर मुश्किल से बचा लिया कि वह सम्मोहन शाप के कारण काम कर रहा था – वह अब भी आज़ाद है। लेकिन जहाँ तक मैं जानता हूँ, स्नेप पर कभी प्राणभक्षी होने का आरोप नहीं लगा। वैसे इससे ज़्यादा फ़र्क़ नहीं पड़ता है। बहुत से प्राणभक्षी कभी पकड़े नहीं गए। इसके अलावा स्नेप इतना चतुर और चालाक है कि वह ख़ुद को मुश्किल से बचाकर रखेगा।'

रॉन बोला, 'स्नेप कारकारोफ़ को अच्छी तरह से जानते हैं, लेकिन वे अपने संबंध को गोपनीय रखना चाहते हैं।'

'हाँ, जब कल कारकारोफ़ काढ़े की क्लास में घुस आए थे, तो तुम्हें स्नेप का चेहरा देखना चाहिए था!' हैरी ने जल्दी से कहा। 'कारकारोफ़ स्नेप से बातचीत करना चाहते थे। वे कह रहे थे कि स्नेप उनसे मिलने से कतरा रहे हैं। कारकारोफ़ सचमुच चिंतित दिख रहे थे। उन्होंने स्नेप को अपनी बाँह पर कुछ दिखाया भी था, लेकिन मैं यह नहीं देख पाया कि वे क्या दिखा रहे थे।'

'उसने स्नेप को अपनी बाँह पर कुछ दिखाया था ?' सिरियस ने स्पष्ट

रूप से चकराते हुए पूछा। उसने अपनी उँगलियाँ अपने गंदे बालों में फेरीं और फिर कंधे उचका दिए। 'मुझे ज़रा भी पता नहीं है कि यह क्या हो सकता है ... लेकिन अगर कारकारोफ़ सचमुच चिंतित है और वह जवाब के लिए स्नेप के पास जा रहा है ...'

सिरियस ने गुफा की दीवार को घूरा और फिर उसके चेहरे पर कुंठा का भाव आ गया। 'हमें यह बात नहीं भूलनी चाहिए कि डम्बलडोर को स्नेप पर भरोसा है। मैं जानता हूँ कि डम्बलडोर ऐसे व्यक्तियों पर भी भरोसा कर लेते हैं, जिन पर ज़्यादातर लोग कभी भरोसा नहीं करेंगे, लेकिन अगर स्नेप ने वोल्डेमॉर्ट के लिए काम किया होता, तो शायद वे उसे हॉगवर्ट्स में नहीं पढ़ाने देते।'

रॉन ने अड़ियल स्वर में पूछा, 'तो फिर मूडी और क्राउच स्नेप के ऑफ़िस की तलाशी लेने के लिए इतने उत्सुक क्यों हैं?'

'देखो,' सिरियस ने धीमे से कहा, 'मुझे लगता है कि हॉगवर्ट्स में आने के बाद बावरे-नैन मूडी ने तो हर टीचर के ऑफ़िस की तलाशी ली होगी। वे गुप्त कलाओं से रक्षा के अपने काम को बहुत गंभीरता से लेते हैं। मुझे लगता है कि वे किसी पर भी भरोसा नहीं करते हैं। उन्होंने ज़िंदगी में जितना कुछ देखा है, उसके बाद इसमें हैरानी की कोई बात नहीं है। हालाँकि मैं मूडी के लिए यह ज़रूर कहूँगा कि उन्होंने शैतानी जादूगरों को तभी मारा, जब और कोई रास्ता नहीं बचा था। जब भी संभव हुआ, वे उन्हें ज़िंदा पकड़कर लाए। वे कठोर थे, लेकिन वे कभी प्राणभक्षियों के स्तर तक नहीं गिरे। क्राउच ... का मामला अलग है ... क्या वह सचमुच बीमार है? अगर वह है, तो फिर उसने स्नेप के ऑफ़िस में आने की तकलीफ़ क्यों की? और अगर वह बीमार नहीं है ... तो फिर उसके इरादे क्या हैं? वर्ल्ड कप में वह ऐसा कौन सा महत्वपूर्ण काम कर रहा था, जो टॉप बॉक्स में मैच देखने नहीं आ पाया? वह ऐसा क्या कर रहा था, जो टूर्नामेंट में निर्णायक की भूमिका निभाने नहीं आ पाया?'

सिरियस ख़ामोश हो गया। वह अब भी गुफा की दीवार को घूरे जा रहा था। बकबीक चट्टानी फ़र्श पर हड्डियों की तलाश कर रहा था।

आख़िर सिरियस ने नज़रें उठाकर रॉन को देखा। 'तुमने मुझे बताया था कि तुम्हारा भाई क्राउच का असिस्टेंट है? तुम उससे यह क्यों नहीं पूछते कि क्या उसने क्राउच को हाल ही में देखा है?'

'मैं कोशिश करके देखता हूँ,' रॉन ने संदेह से कहा। 'ऐसा नहीं लगना चाहिए कि मुझे क्राउच पर किसी ग़लत काम का शक है। पर्सी क्राउच से प्रेम करता है।'

'और तुम यह भी पता लगाने की कोशिश कर सकते हो कि क्या उन्हें

बर्था जोरकिन्स के बारे में कोई सुराग़ मिला है,' सिरियस ने *दैनिक जादूगर* के दूसरे अख़बार की तरफ़ इशारा करते हुए कहा।

'बैगमैन ने मुझे बताया था कि उन्हें कोई सुराग़ नहीं मिला है,' हैरी ने कहा।

'हाँ, उस ख़बर में भी बैगमैन की टिप्पणी है,' सिरियस ने अख़बार को देखते हुए कहा। 'उसने कहा है कि बर्था की याददाश्त बहुत ख़राब है। हो सकता है कि वह बाद में बदल गई हो, लेकिन जब मैं उसे जानता था, तब उसकी याददाश्त ख़राब नहीं थी – मामला इसका उल्टा था। वह थोड़ी मंदबुद्धि थी, लेकिन गपशप की बातें उसे ख़ूब याद रहती थीं। इसके कारण वह बहुत मुश्किल में भी फँस जाती थी, क्योंकि उसे यह पता ही नहीं रहता था कि उसे अपना मुँह कब बंद रखना चाहिए। मैं समझ सकता हूँ कि जादू मंत्रालय पर वह बोझ होगी ... शायद इसी कारण बैगमैन ने उसे इतने समय तक ढूँढ़ने का कष्ट नहीं किया ...'

सिरियस ने एक ज़ोरदार आह भरी और अपनी छायादार आँखें मलीं। 'कितना समय हो गया?'

हैरी ने अपनी घड़ी देखी, लेकिन तभी उसे याद आया कि झील में एक घंटा बिताने के बाद से ही यह बंद थी।

'साढ़े तीन बज गए हैं,' हर्माइनी बोली।

'अब अच्छा यही रहेगा कि तुम लोग स्कूल लौट जाओ,' सिरियस ने खड़े होते हुए कहा। 'अब सुनो ...' उसने ख़ासकर हैरी को सख़्ती से देखते हुए कहा – 'मैं नहीं चाहता कि तुम मुझे देखने के लिए स्कूल से भागकर चोरी से आओ, ठीक है? बस मुझे यहाँ चिट्ठियाँ भेजते रहना। मैं हर अजीब घटना के बारे में जानना चाहता हूँ। लेकिन तुम बिना इज़ाज़त के हॉगवर्ट्स से बाहर नहीं निकलोगे ... यह एक आदर्श अवसर होगा, जब कोई तुम पर हमला कर सकता है।'

हैरी ने कहा, 'एक ड्रैगन और कुछ जलराक्षसों के अलावा किसी ने भी अब तक मुझ पर हमला करने की कोशिश नहीं की है।'

लेकिन सिरियस की त्योरियाँ चढ़ गईं। 'मुझे परवाह नहीं है ... मुझे तब तक चैन नहीं मिलेगा, जब तक यह टूर्नामेंट ख़त्म नहीं हो जाएगा और ऐसा जून में ही होगा। और याद रखना, तुम लोग आपस में मेरे बारे में बातचीत करते समय मुझे स्नफ़ल्स नाम से बुलाना, **ठीक है?'**

उसने हैरी को ख़ाली नैपकिन और बोतल दे दी। फिर वे लोग बकबीक को थपथपाकर अलविदा कहने गए। सिरियस बोला, 'मैं हॉग्समीड गाँव के किनारे तक तुम लोगों के साथ चलता हूँ। देखता हूँ, शायद कहीं से एकाध

अख़बार और मिल जाए।'

उनके गुफा से बाहर निकलने से पहले ही वह बड़े काले कुत्ते में बदल गया। फिर वे उसके साथ पहाड़ से नीचे उतरे और पथरीली ज़मीन पर चलते हुए सीढ़ियों तक लौट आए। यहाँ सिरियस ने उन सभी को अपना सिर थपथपाने दिया और फिर गाँव की बाहरी सीमाओं की तरफ़ मुड़कर दौड़ने लगा।

हैरी, रॉन और हर्माइनी हॉग्समीड में घुसे और हॉगवर्ट्स की तरफ़ चल दिए।

'क्या पता, पर्सी को क्राउच के बारे में यह सब मालूम है या नहीं ?' रॉन ने कहा, जब वे महल के पास आ गए। 'लेकिन शायद उसे परवाह नहीं होगी ... शायद इस वजह से वह क्राउच को और ज़्यादा पसंद करने लगेगा। हाँ, पर्सी को नियमों से प्रेम है। वह तो यही कहेगा कि क्राउच ने अपने बेटे के लिए भी नियम नहीं तोड़े।'

हर्माइनी ने गंभीरता से कहा, 'पर्सी कभी अपने परिवार को दमपिशाचों के हवाले नहीं करेगा।'

'क्या पता,' रॉन ने कहा। 'अगर उसे कभी लगा कि हम उसके कैरियर की राह में बाधा बन गए हैं ... देखो, वह बहुत महत्वाकांक्षी है ...'

वे पत्थर की सीढ़ियाँ चढ़कर प्रवेश हॉल में पहुँचे, जहाँ डिनर की ज़ायक़ेदार ख़ुशबू बड़े हॉल से तैरती हुई उनकी तरफ़ आ रही थी।

'बेचारा स्नफ़ल्स,' रॉन ने तेज़-तेज़ साँसें लेते हुए कहा। 'हैरी, वह तुमसे सचमुच बहुत प्यार करता है ... ज़रा सोचो तो सही, वह चूहे खाकर अपना पेट भर रहा है।'

अध्याय अट्ठाईस

मिस्टर क्राउच का पागलपन

रविवार को नाश्ते के बाद हैरी, रॉन और हर्माइनी उल्लूघर गए। वे सिरियस के सुझाव के अनुसार पर्सी को चिट्ठी भेजकर यह पूछना चाहते थे कि क्या उसने मिस्टर क्राउच को हाल ही में देखा है। उन्होंने हेडविग का इस्तेमाल किया, क्योंकि उन्होंने उसे काफ़ी समय से कोई काम नहीं दिया था। जब वह उल्लूघर की खिड़की से उड़कर ओझल हो गई, तो इसके बाद वे डॉबी को उसके नए मोज़े देने के लिए नीचे किचन में गए।

घरेलू जिन्नों ने बहुत ख़ुश होकर उनका स्वागत किया। उन्होंने सिर झुकाकर उन्हें सलाम किया और चाय बनाने के लिए भागने लगे। डॉबी हैरी के दिए तोहफ़े को देखकर बहुत ख़ुश हुआ।

'हैरी पॉटर ने डॉबी पर कितना उपकार किया है!' वह चीख़ा और अपनी बड़ी-बड़ी आँखों से निकलते मोटे-मोटे आँसू पोंछने लगा।

हैरी बोला, 'तुमने गिलवर्धक पौधे से मेरी जान बचाई है, डॉबी।'

'क्या ये चॉकलेट एक्लेयर्स मिल सकती हैं ?' रॉन ने मुस्कराते और सिर झुकाते हुए घरेलू जिन्नों की तरफ़ देखते हुए कहा।

'तुमने अभी-अभी नाश्ता किया है!' हर्माइनी ने चिढ़कर कहा, लेकिन चार घरेलू जिन्न चॉकलेट एक्लेयर्स से भरी बड़ी सफ़ेद प्लेट उठाकर तत्काल आ गए।

'हमें स्नफ़ल्स को भेजने के लिए कुछ सामान चाहिए,' हैरी बुदबुदाया।

'अच्छा विचार है,' रॉन ने कहा। 'पिग को करने के लिए कोई काम दे दो। तुम लोग हमें खाने-पीने का थोड़ा अतिरिक्त सामान भी दे सकते हो क्या ?' उसने आस-पास खड़े जिन्नों से कहा। उन्होंने ख़ुशी से सिर झुकाया और खाने-पीने का सामान लेने के लिए चले गए।

हर्माइनी ने चारों तरफ़ देखते हुए कहा, 'डॉबी, विंकी कहाँ है ?'

'विंकी वहाँ अँगीठी के पास है, मिस!' डॉबी ने धीरे से कहा और उसके कान थोड़े लटक गए।

'हे भगवान,' हर्माइनी ने विंकी को देखकर कहा।

हैरी ने भी अँगीठी की तरफ़ देखा। विंकी उसी स्टूल पर बैठी थी, जिस पर वह पिछली बार बैठी थी, लेकिन उसके कपड़े इतने गंदे हो चुके थे कि वह अपने पीछे की धुएँ से काली हो गई ईंटों के बीच आसानी से दिखाई नहीं दे रही थी। उसके कपड़े फटे और बग़ैर धुले हुए थे। उसके हाथ में बटरबियर की बोतल थी और वह अपने स्टूल पर हिलती हुई आग को एकटक देख रही थी। उन्हें देखते ही उसने बहुत तेज़ी से हिचकी ली।

डॉबी ने हैरी से फुसफुसाकर कहा, 'विंकी आजकल एक दिन में छह बोतलें पी रही है।'

'लेकिन बटरबियर में तो ज़्यादा नशा नहीं होता है,' हैरी ने कहा।

डॉबी अपना सिर हिलाकर बोला, 'सर, घरेलू जिन्नों के लिए होता है।'

विंकी ने एक बार फिर हिचकी ली। जो घरेलू जिन्न चॉकलेट एक्लेयर्स लेकर आए थे, उन्होंने उसे चिढ़कर देखा और अपना काम करने चले गए।

'विंकी मिस्टर क्राउच की याद में छटपटा रही है, हैरी पॉटर,' डॉबी ने दुख भरी आवाज़ में फुसफुसाकर कहा। 'विंकी घर जाना चाहती है। विंकी अब भी मिस्टर क्राउच को ही अपना मालिक मानती है सर, और वह डॉबी की यह बात मानने को तैयार ही नहीं है कि अब प्रोफ़ेसर डम्बलडोर उसके मालिक हैं।'

'सुनो विंकी,' हैरी ने कहा। उसके मन में अचानक एक बात आई थी और वह विंकी से बात करने के लिए आगे झुक गया, 'सुनो, तुम्हें पता है, मिस्टर क्राउच क्या कर रहे हैं ? उन्होंने त्रिकोणीय टूर्नामेंट में आना छोड़ दिया है।'

विंकी की आँखें झपकीं। उसकी बड़ी-बड़ी पुतलियाँ हैरी पर टिक गईं। फिर वह थोड़ी लहराई और बोली, 'मा - मालिक ने आना - *हिक* - छोड़ दिया है ?'

'हाँ,' हैरी बोला। 'हमने उन्हें टूर्नामेंट के पहले काम के बाद से नहीं देखा है। *दैनिक जादूगर* में यह ख़बर छपी है कि वे बीमार हैं।'

विंकी फिर से थोड़ी लहराई और हैरी को घूरने लगी। 'मालिक - *हिक* - बीमार हैं ?'

उसका निचला होंठ काँपने लगा।

'लेकिन हमें इस बात पर यक़ीन नहीं है,' हर्माइनी ने जल्दी से कहा।

'मालिक को अपनी – *हिक* – विंकी की ज़रूरत है!' विंकी सिसक कर बोली। 'मालिक – *हिक* – अकेले सब कुछ – *हिक* – नहीं सँभाल सकते ...'

हर्माइनी ने गंभीरता से कहा, 'बाक़ी लोग भी तो अपने घर का काम करते हैं, विंकी।'

'विंकी – *हिक* – मिस्टर क्राउच के लिए सिर्फ़ घर का काम ही नहीं करती थी!' विंकी ग़ुस्से से बोली। वह अब पहले से भी ज़्यादा हिलने लगी थी, जिस वजह से उसके दाग़दार ब्लाउज़ पर बटरबियर छलक गई। 'मालिक – *हिक* – विंकी पर अपने सबसे महत्वपूर्ण – *हिक* – सबसे गोपनीय राज़ के लिए भरोसा करते थे –'

'क्या ?' हैरी ने कहा।

लेकिन विंकी ने बहुत तेज़ी से अपना सिर हिलाया, जिससे उस पर और बटरबियर छलक गई।

'विंकी अपने मालिक के राज़ – *हिक* – छिपाकर रखती है,' उसने विद्रोही स्वर में कहा। वह अब बहुत बुरी तरह लहरा रही थी और अपनी आँखें चढ़ाकर हैरी को घूर रही थी। 'आप – *हिक* – जासूसी कर रहे हैं।'

'विंकी को हैरी पॉटर के बारे में इस तरह नहीं बोलना चाहिए!' डॉबी ने ग़ुस्से से कहा। 'हैरी पॉटर बहादुर हैं, नेक हैं और हैरी पॉटर जासूस नहीं हैं!'

'वे जासूसी कर रहे हैं – *हिक* – मेरे मालिक के निजी और गोपनीय राज़ जानना चाहते हैं – *हिक* – विंकी एक अच्छी घरेलू जिन्न है – *हिक* – विंकी अपनी ज़बान बंद रख सकती है – *हिक* – लोग उनके राज़ जानना चाहते हैं – *हिक* –' विंकी की पलकें बंद हो गईं और फिर अचानक बिना किसी चेतावनी के वह अपने स्टूल से नीचे लुढ़क गई और ज़ोर-ज़ोर से खर्राटे लेने लगी। बटरबियर की ख़ाली बोतल पत्थर के फ़र्श पर लुढ़क गई।

आधा दर्जन घरेलू जिन्न जल्दी से वहाँ आ गए और विंकी को हिक़ारत भरी नज़रों से देखने लगे। उनमें से एक ने बोतल उठा ली और बाक़ी जिन्नों ने विंकी को चौकड़ी की डिज़ाइन वाले एक बड़े टेबलक्लॉथ से ढँक दिया और इसके सिरों को नीचे फँसा दिया, ताकि वह पूरी तरह से छिप जाए।

'सर और मिस, आपने जो सब देखा, उसके लिए हमें अफ़सोस है,' पास खड़े एक जिन्न ने अपना सिर हिलाते हुए और बहुत शर्मिंदा दिखते हुए कहा। 'हमें उम्मीद है कि आप विंकी के आधार पर हम सबका मूल्यांकन नहीं करेंगे!'

'वह दुखी है!' हर्माइनी ने चिढ़कर कहा। 'तुम लोग उसे ढँकने के बजाय उसे ख़ुश करने की कोशिश क्यों नहीं करते ?'

'माफ़ कीजिए, मिस,' घरेलू जिन्न ने एक बार फिर अपना सिर झुकाते हुए कहा, 'लेकिन जब काम पड़ा हो और मालिकों की सेवा करनी हो, तो घरेलू जिन्नों को दुखी होने का कोई हक़ नहीं है।'

'ओह, भगवान के लिए!' हर्माइनी ने ग़ुस्से से कहा। 'तुम सभी मेरी बात सुनो! तुम्हें भी दुखी होने का उतना ही हक़ है, जितना कि जादूगरों को है! तुम्हें तनख़्वाह, छुट्टियों और अच्छे कपड़े पहनने का हक़ है। तुम्हें हर समय दूसरों की ग़ुलामी में नहीं लगे रहना चाहिए – डॉबी की तरफ़ देखो!'

'मिस, आप मेहरबानी करके डॉबी को बीच में न घसीटें,' डॉबी ने कहा और अचानक भयभीत दिखने लगा। किचन के सभी घरेलू जिन्नों के चेहरों से ख़ुशी भरी मुस्कानें ग़ायब हो गईं। वे अचानक हर्माइनी की तरफ़ ऐसे देखने लगे, जैसे वह पागल और ख़तरनाक हो।

'हम आपका खाने-पीने का सामान ले आए हैं!' हैरी की कोहनी के पास खड़े एक घरेलू जिन्न ने कहा और हैरी की बाँह में एक बड़ा हैम, एक दर्जन केक और कुछ फल रख दिए। 'अलविदा!'

घरेलू जिन्न हैरी, रॉन और हर्माइनी को घेरकर खड़े हो गए और अपने छोटे-छोटे हाथों से उन्हें किचन के बाहर धकेलने लगे।

डॉबी ने अँगीठी के पास से दयनीय भाव से चिल्लाकर कहा, जहाँ वह विंकी पर ढँके टेबलक्लॉथ के पास खड़ा था, 'मोज़ों के लिए धन्यवाद, हैरी पॉटर!'

'तुमने अपना मुँह बंद क्यों नहीं रखा, हर्माइनी ?' रॉन ने ग़ुस्से से कहा, जब उनके पीछे किचन का दरवाज़ा धड़ाम से बंद हो गया। 'वे अब हमें किचन में नहीं घुसने देंगे! हम विंकी से क्राउच के बारे में और जानकारी उगलवा सकते थे!'

'ओह, जैसे तुम्हें उसकी परवाह थी!' हर्माइनी ने ताना मारते हुए हुए कहा। 'तुम तो वहाँ सिर्फ़ खाने-पीने का सामान लेने के लिए जाते हो!'

उसके बाद पूरे दिन माहौल चिड़चिड़ा रहा। रॉन और हर्माइनी हॉल में अपना होमवर्क करते समय एक-दूसरे पर इतने ताने कस रहे थे कि हैरी को कोफ़्त होने लगी। उस शाम को वह अकेला ही सिरियस का खाने-पीने का सामान लेकर उल्लूघर गया।

पिगविजियन इतना छोटा था कि वह एक पूरे हैम को अकेला ही पहाड़ तक नहीं ले जा सकता था, इसलिए हैरी को स्कूल के दो घुघ्घुओं की मदद भी लेनी पड़ी। शाम के धुँधलके में उड़ते समय वे बहुत अजीब दिख रहे थे, क्योंकि उन तीनों ने मिलकर एक बड़ा पैकेट उठा रखा था। हैरी खिड़की की चौखट पर झुक गया। उसने बाहर मैदान की तरफ़ देखा। फिर उसने अँधेरे जंगल में हिलती पेड़ों की फुनगियों और डर्मस्ट्रैंग जहाज़ के हिलते पाल देखे। हैग्रिड के

घर की चिमनी से उड़ते धुएँ के बीच से एक बाज उल्लू बाहर उड़ा। वह उड़कर महल की तरफ़ आया और उल्लूघर के चारों तरफ़ चक्कर लगाने के बाद ओझल हो गया। नीचे हैरी ने देखा कि हैग्रिड अपने केबिन के सामने ज़ोर-शोर से खुदाई कर रहा था। हैरी ने सोचा कि वह जाने क्या कर रहा होगा। ऐसा लग रहा था, जैसे वह सब्ज़ियों का नया बग़ीचा बना रहा हो। उसके देखते ही देखते मैडम मैक्सिम बाबैटन्स की घोड़ागाड़ी से बाहर निकलीं और हैग्रिड के पास गईं। ऐसा लग रहा था कि वे उससे बातचीत करने की कोशिश कर रही थीं। हैग्रिड अपने फावड़े पर झुका-झुका उनकी बात सुनता रहा, लेकिन ऐसा लगा कि उसने बातचीत करने में कोई दिलचस्पी नहीं ली, इसलिए मैडम मैक्सिम जल्दी ही अपनी घोड़ागाड़ी की तरफ़ लौट गईं।

हैरी गरुड़द्वार हॉल में जाकर रॉन और हर्माइनी की झिक-झिक नहीं सुनना चाहता था, इसलिए वह हैग्रिड को खुदाई करते देखता रहा, जब तक कि अँधेरा इतना ज़्यादा नहीं हो गया कि हैग्रिड का दिखना बंद हो गया और हैरी के आस-पास के उल्लू जागकर रात के अँधेरे में उड़कर बाहर जाने लगे।

*

अगले दिन नाश्ते के वक़्त तक रॉन और हर्माइनी का बुरा मूड सुधर गया था। हैरी को यह देखकर राहत मिली कि रॉन की बुरी भविष्यवाणी सही साबित नहीं हुई थी। रॉन ने कहा था कि हर्माइनी ने घरेलू जिन्नों का अपमान किया था, इसलिए वे गरुड़द्वार की टेबल पर ख़राब खाना भेजेंगे। बहरहाल, बेकन, अंडे और मछली हमेशा जितने ही अच्छे थे।

जब उल्लू डाक लेकर आए, तो हर्माइनी ने उत्सुकता से ऊपर देखा। ऐसा लग रहा था, जैसे उसे किसी चीज़ के आने की उम्मीद हो।

'पर्सी का जवाब इतनी जल्दी कैसे आ सकता है,' रॉन ने कहा। 'हमने हेडविग को कल ही तो भेजा है।'

'नहीं, वह बात नहीं है,' हर्माइनी बोली। 'मैंने *दैनिक जादूगर* की सदस्यता ले ली है। मुझे यह अच्छा नहीं लग रहा था कि हमें हर जानकारी नागशक्ति वालों से मिले।'

'बढ़िया सोचा!' हैरी ने भी ऊपर उड़ते उल्लुओं की तरफ़ देखते हुए कहा, 'सुनो हर्माइनी, मुझे लगता है कि तुम्हारी क़िस्मत अच्छी है -'

एक भूरा उल्लू हर्माइनी की तरफ़ उड़कर आ रहा था।

हर्माइनी ने निराशा से कहा, 'वह अख़बार लेकर नहीं आ रहा है।'

लेकिन उसे हैरानी हुई, जब भूरा उल्लू उसी की प्लेट के सामने उतरा। उसके ठीक पीछे चार करैल उल्लू, एक भूरा उल्लू और एक पिंगल उल्लू भी

हर्माइनी के सामने उतरने लगे।

'तुमने कितने अख़बार लगवाए हैं?' हैरी ने हर्माइनी के प्याले को पकड़ते हुए कहा, जो उल्लुओं के जमघट के कारण गिरने वाला था। सभी उल्लू हर्माइनी के पास पहुँचकर अपनी चिट्ठी पहले देने की कोशिश कर रहे थे और आपस में धक्का-मुक्की कर रहे थे।

'आख़िर मामला क्या है – ?' हर्माइनी ने भूरे उल्लू की चिट्ठी खोलकर उसे पढ़ते हुए कहा। 'ओह!' वह बुदबुदाई और उसका चेहरा लाल पड़ गया।

'क्या हुआ ?' रॉन ने कहा।

'यह तो – ओह, यह तो बहुत मूर्खतापूर्ण है –' उसने चिट्ठी हैरी की तरफ़ बढ़ाते हुए कहा। हैरी ने देखा कि इस चिट्ठी को हाथ से नहीं लिखा गया था, बल्कि *दैनिक जादूगर* के अक्षर काटकर चिपकाए गए थे।

> ***तुम*** *बुरी लड़की हो।* ***हैरी पॉटर*** *को तुमसे अच्छी* ***लड़की*** *मिलनी चाहिए।* ***मगलू,*** *तुम जहाँ से आई हो, वहीं चली जाओ।*

'सारी चिट्ठियाँ ऐसी ही हैं!' हर्माइनी ने हताशा में एक के बाद एक चिट्ठियाँ खोलते हुए कहा। 'हैरी पॉटर को तुमसे अच्छी लड़की मिलनी चाहिए ...' 'तुम्हें तो मेंढक के अंडों में उबालना चाहिए, तुम इसी क़ाबिल हो ...' *'आउच!'*

उसने जैसे ही आख़िरी लिफ़ाफ़ा खोला, पेट्रोल जैसी बदबू वाला पीला-हरा द्रव उसके हाथों पर गिर गया, जिससे बड़े-बड़े लाल फोड़े उभर आए।

'अम्लकंद का शुद्ध रस!' रॉन ने लिफ़ाफ़े को सावधानी से उठाकर सूँघा।

'ओह!' हर्माइनी ने कहा। उसकी आँखों में आँसू आ गए और उसने नैपकिन से अपने हाथ पोंछने की कोशिश की। लेकिन अब तक उसकी उँगलियों पर बहुत बड़े-बड़े फोड़े हो चुके थे। ऐसा लग रहा था, जैसे उसने मोटे दस्ताने पहन रखे हों।

'बेहतर होगा कि तुम अस्पताल चली जाओ,' हैरी ने कहा, जब हर्माइनी के चारों तरफ़ के उल्लू उड़ गए, 'हम प्रोफ़ेसर स्प्राउट को बता देंगे कि तुम अस्पताल गई हो ...'

'मैंने उसे चेतावनी दे दी थी!' रॉन ने कहा, जब हर्माइनी अपने हाथों को छिपाते हुए बड़े हॉल से बाहर गई। 'मैंने उसे चेतावनी दे दी थी कि वह रीटा स्कीटर से पंगा न ले! इसकी तरफ़ देखो ...' उसने उन चिट्ठियों में से एक को पढ़ा, जिन्हें हर्माइनी पीछे छोड़ गई थी, ' *"मैंने* साप्ताहिक जादूगरनी *में पढ़ा है कि तुम किस तरह हैरी पॉटर को धोखा दे रही हो। उस लड़के ने पहले ही बहुत*

मुश्किलें झेली हैं। जैसे ही मुझे पर्याप्त बड़ा लिफ़ाफ़ा मिलेगा, मैं तुम्हें अगली डाक से एक बड़ा शाप भी भेज दूँगी!" ओह, अब उसे बचकर रहना पड़ेगा।'

हर्माइनी जड़ी-बूटी विज्ञान की क्लास में नहीं आई। जब हैरी और रॉन ग्रीनहाउस से निकलकर जादुई प्राणियों की देखभाल की क्लास में जाने लगे, तो उन्होंने देखा कि मैल्फ़ॉय, क्रैब और गॉइल महल की पत्थर की सीढ़ियाँ उतर रहे थे। पैन्सी पार्किन्सन नागशक्ति की लड़कियों के गैंग के साथ उनके पीछे-पीछे खुसुर-पुसुर कर रही थी और खिलखिला रही थी। हैरी को देखते ही पैन्सी चिल्लाई, 'पॉटर, क्या तुम्हारी गर्लफ्रेंड से तुम्हारा झगड़ा हो गया ? वह नाश्ते के वक़्त इतनी परेशान क्यों थी ?'

हैरी ने उसकी बात अनसुनी कर दी। वह उसे यह जानने की संतुष्टि नहीं देना चाहता था कि *साप्ताहिक जादूगरनी* के लेख ने कितनी मुश्किलें खड़ी की थीं।

हैग्रिड ने उन्हें पिछली क्लास में बताया था कि अब यूनिकॉर्न का सबक़ ख़त्म हो चुका है। वह अपने केबिन के बाहर उनका इंतज़ार कर रहा था। उसके पैरों के पास नए संदूक खुले रखे थे। संदूक देखकर हैरी का दिल डूब गया - निश्चित रूप से फिर से तो अग्निडंकों को नहीं पालना पड़ेगा - लेकिन जब वह इतनी पास पहुँच गया कि अंदर देख सके, तो उसने देखा कि उसमें लंबे थूथन वाले रोएँदार प्राणी थे, जिनका रंग काला था। उनके अगले पंजे फावड़े की तरह समतल थे। वे विद्यार्थियों की तरफ़ पलकें झपकाकर देख रहे थे और इतने सारे लोगों को देखकर थोड़े हैरान लग रहे थे।

जब विद्यार्थी चारों तरफ़ आ गए, तो हैग्रिड बोला, 'ये स्वर्ण-खोजी हैं। ये प्रायः खदानों में मिलते हैं। उन्हें चमकदार चीज़ें पसंद हैं ... देखो।'

एक स्वर्ण-खोजी अचानक उछला और उसने पैन्सी पार्किन्सन की कलाई घड़ी को पकड़ने की कोशिश की। वह चीख़ती हुई पीछे हट गई।

'ये ख़ज़ाना खोजने में बहुत मदद करते हैं,' हैग्रिड ने ख़ुशी से कहा। 'हमने सोचा कि हम तुम्हें आज इनके साथ मौज-मस्ती करने देते हैं। वहाँ देखो ?' उसने हाल ही में खोदी गई ज़मीन के बड़े हिस्से की तरफ़ इशारा किया, जिसे हैरी ने उल्लूघर की खिड़की से उसे खोदते हुए देखा था। 'हमने वहाँ सोने के कुछ सिक्के गाड़ दिए हैं। जिसका स्वर्ण-खोजी सबसे ज़्यादा सिक्के खोदकर लाएगा, हम उसे इनाम देंगे। बस अपना सारा क़ीमती सामान उतारकर दूर रख दो और एक स्वर्ण-खोजी चुनकर उसे छोड़ दो।'

हैरी ने अपनी घड़ी उतार ली, जो वह सिर्फ़ आदत के कारण ही पहन रहा था, क्योंकि यह काफ़ी समय से बंद पड़ी थी। उसने घड़ी अपनी जेब में रख

ली, फिर एक स्वर्ण-खोजी उठाया। स्वर्ण-खोजी ने अपनी लंबी थूथन हैरी के कान से सटा ली और उत्साह से सूँघने लगा। उसका शरीर सचमुच बहुत मुलायम था।

'रुको,' हैग्रिड ने संदूक की तरफ़ देखते हुए कहा, 'यहाँ तो एक स्वर्ण-खोजी बचा है ... कौन नहीं आया? हर्माइनी कहाँ है?'

'वह अस्पताल गई है,' रॉन ने कहा।

हैरी बुदबुदाकर बोला, 'हम पूरी बात बाद में बताएँगे।' पैन्सी पार्किन्सन सुन रही थी।

जादुई प्राणियों की देखभाल की क्लास में उन्हें पहले कभी इतना मज़ा नहीं आया था। स्वर्ण-खोजी ज़मीन की मिट्टी में इतनी आसानी से ऊपर-नीचे हो रहे थे, जैसे यह मिट्टी नहीं, पानी हो। हर स्वर्ण-खोजी लौटकर उसी विद्यार्थी के पास आ जाता था, जिसने उसे छोड़ा था और उसके हाथ में सोने के सिक्के डाल देता था। रॉन का स्वर्ण-खोजी ख़ास तौर पर कुशल था। उसने जल्दी ही रॉन की गोद सिक्कों से भर दी।

'क्या इन्हें पाला जा सकता है, हैग्रिड?' रॉन ने रोमांच से पूछा, जब उसके स्वर्ण-खोजी ने एक बार फिर ज़मीन के अंदर गोता लगाया, जिससे मिट्टी उड़कर उसके दुशाले पर आ गिरी।

'तुम्हारी मम्मी ख़ुश नहीं होंगी, रॉन?' हैग्रिड ने मुस्कराते हुए कहा, 'स्वर्ण-खोजी घर को बर्बाद कर देते हैं। हमें लगता है कि उन्होंने अब तक सारे सिक्के निकाल लिए होंगे।' उसने स्वर्ण-खोजियों को गोता लगाते देखकर कहा, 'हमने सिर्फ़ सौ सिक्के गाड़े थे। ओह, लो हर्माइनी भी आ गई!'

हर्माइनी घास पार करके उनकी तरफ़ आ रही थी। उसके हाथों पर मोटी-मोटी पट्टियाँ बँधी थीं और वह बहुत दुखी नज़र आ रही थी। पैन्सी पार्किन्सन उसे उत्सुकता से देख रही थी।

'चलो, अब हम यह देखते हैं कि तुम लोगों ने कैसा प्रदर्शन किया!' हैग्रिड ने कहा। 'अपने-अपने सिक्के गिनो! और सिक्के चुराने से कोई फ़ायदा नहीं होगा, गॉइल,' उसकी बीटल जैसी काली आँखें सिकुड़ गई थीं। 'यह माया-स्वर्ण है। यह कुछ घंटे बाद ग़ायब हो जाता है।'

गॉइल ने अपनी जेबें ख़ाली कर दीं और बहुत चिड़चिड़ा दिखने लगा। गिनती करने पर पता चला कि रॉन का स्वर्ण-खोजी सबसे सफल हुआ था, इसलिए हैग्रिड ने उसे पुरस्कार में हनीड्यूक्स की बहुत बड़ी चॉकलेट दी। मैदान के पार लंच की घंटी बजी। क्लास के बाक़ी विद्यार्थी महल की तरफ़ चले गए, लेकिन हैरी, रॉन और हर्माइनी पीछे रुककर स्वर्ण-खोजियों को संदूकों में रखने

में हैग्रिड की मदद करने लगे। हैरी का ध्यान इस तरफ़ भी गया कि मैडम मैक्सिम अपनी घोड़ागाड़ी की खिड़की से उन्हें देख रही थीं।

हैग्रिड ने चिंता से पूछा, 'तुम्हारे हाथों को क्या हो गया, हर्माइनी ?'

हर्माइनी ने हैग्रिड को बताया कि उसे सुबह ढेर सारी नफ़रत भरी चिट्ठियाँ मिली थीं। उसने उसे अम्लकंद के रस के बारे में भी बताया।

'आआआह, चिंता मत करो,' हैग्रिड ने धीरे से कहा और उसकी तरफ़ देखा। 'जब रीटा स्कीटर ने हमारी मम्मी के बारे में लिखा था, तो हमें भी ऐसी ही चिट्ठियाँ मिली थीं। "तुम एक दानव हो और तुम्हें तो मौत के घाट उतार देना चाहिए।" "तुम्हारी माँ ने मासूम लोगों को मारा है और अगर तुममें ज़रा सी भी शर्म होती, तो तुम नदी में कूदकर अपनी जान दे देते।" इसी तरह की बातें!'

'नहीं!' हर्माइनी ने सदमे में आते हुए कहा।

'हाँ,' हैग्रिड बोला और उसने स्वर्ण-खोजियों के संदूकों को अपने केबिन की दीवार पर रख दिया। 'लोग ऐसी ही बकवास लिखते हैं, हर्माइनी। अब अगर ऐसी चिट्ठियाँ आएँ, तो उन्हें खोलना ही मत। सीधे आग में डाल देना।'

'तुमसे आज सचमुच बहुत अच्छी क्लास छूट गई,' हैरी ने हर्माइनी से कहा, जब वे महल की तरफ़ वापस लौटे। 'स्वर्ण-खोजी अच्छे होते हैं, है ना रॉन ?'

बहरहाल, रॉन हैग्रिड की दी हुई चॉकलेट को घूर रहा था। वह किसी कारण परेशान लग रहा था।

'क्या हुआ ?' हैरी ने कहा। 'इसका स्वाद गड़बड़ है ?'

'नहीं,' रॉन बोला। 'तुमने मुझे सोने के सिक्कों के बारे में पहले क्यों नहीं बताया ?'

'कौन से सिक्के ?' हैरी ने कहा।

'वे सिक्के, जो मैंने तुम्हें क्विडिच वर्ल्ड कप में दिए थे,' रॉन बोला। 'अपनी सर्वदर्शक दूरबीन के बदले में मैंने तुम्हें टॉप बॉक्स में स्वर्ण-नर्तकों द्वारा गिराए सोने के सिक्के दिए थे। तुमने मुझे उनके बारे में क्यों नहीं बताया ? तुमने मुझे क्यों नहीं बताया कि वे ग़ायब हो गए ?'

हैरी को एक पल सोचना पड़ा, तब जाकर उसे याद आया कि रॉन किस बारे में बात कर रहा था।

'ओह ...' उसने कहा और उसे आख़िर वह घटना याद आ गई। 'मुझे पता ही नहीं चला कि वे सिक्के ग़ायब हो गए। मैं अपनी छड़ी गुमने के कारण इतना ज़्यादा परेशान था कि सिक्कों के बारे में भूल ही गया।'

वे सीढ़ियाँ चढ़कर प्रवेश हॉल में पहुँचे और लंच करने के लिए बड़े हॉल

में चले गए।

'कितनी बढ़िया बात है,' रॉन अचानक बोला, जब वे बैठ गए और उन्होंने अपनी प्लेट में रोस्ट चिकन व यॉर्कशायर पुडिंग को परोस लिया। 'इतना पैसा पास में होना कितनी बढ़िया बात है कि मुट्ठी भर सोने के सिक्के ग़ायब होने का पता ही न चले!'

'सुनो, मेरे दिमाग़ में उस रात को बहुत सी परेशान करने वाली दूसरी बातें थीं!' हैरी ने अधीरता से कहा। 'हम सब परेशान थे, याद है?'

'मैं नहीं जानता था कि स्वर्ण-नर्तकों के सोने के सिक्के ग़ायब हो जाते हैं,' रॉन बुदबुदाया। 'मुझे लगा था कि मैंने तुम्हारा हिसाब चुकता कर दिया है। तुम्हें क्रिसमस पर मुझे चडली कैनन हैट नहीं देना चाहिए था।'

हैरी ने कहा, 'उस बात को भूल जाओ, ठीक है?'

रॉन ने भुने आलू को अपने काँटे से भेदा और उसकी तरफ़ ग़ुस्से से घूरने लगा। फिर वह बोला, 'मुझे ग़रीबी से सख़्त नफ़रत है।'

हैरी और हर्माइनी ने एक-दूसरे की तरफ़ देखा। दोनों को ही समझ में नहीं आ रहा था कि क्या कहें।

'यह बकवास है,' रॉन ने कहा, जो अब भी आलू को ग़ुस्से से घूर रहा था। 'मैं फ्रेड और जॉर्ज को ग़लत नहीं मानता हूँ कि वे पैसे कमाने की कोशिश कर रहे हैं। काश मैं भी कमा पाता! काश मेरे पास स्वर्ण-खोजी होता!'

'अच्छा, अब हमें पता चल गया है कि तुम्हें अगले क्रिसमस पर क्या तोहफ़ा देना चाहिए,' हर्माइनी ने उत्साह से कहा। लेकिन जब इसके बाद भी रॉन की उदासी दूर नहीं हुई, तो वह आगे बोली, 'छोड़ो भी रॉन, तुम्हारी हालत और ख़राब हो सकती थी! कम से कम तुम्हारी उँगलियों पर अम्लकंद का रस तो नहीं गिरा है।' हर्माइनी को अपने छुरी-काँटे के इस्तेमाल में बहुत तकलीफ़ हो रही थी। उसकी उँगलियाँ बहुत सूज चुकी थीं और दर्द कर रही थीं। 'मैं उस स्कीटर औरत से *नफ़रत* करती हूँ!' वह ख़ूँखार आवाज़ में बोली। 'मैं उससे बदला लेकर ही रहूँगी, भले ही यह मेरी ज़िंदगी का आख़िरी काम हो!'

*

अगले सप्ताह भी हर्माइनी के लिए नफ़रत भरी चिट्ठियाँ आती रहीं। हालाँकि उसने हैग्रिड की सलाह मानते हुए उन्हें नहीं खोला, लेकिन उसके कई अशुभचिंतकों ने उसे भोंपू भी भेजे। भोंपू गरुड़द्वार की टेबल पर आकर फट जाते थे और उस पर अपमानजनक शब्दों की बौछार कर देते थे, जिन्हें पूरे हॉल में बैठे लोग सुनते थे। जो लोग *साप्ताहिक जादूगर* नहीं पढ़ते थे, अब तक उन्हें भी पता चल गया था कि हैरी-क्रम-हर्माइनी का प्रेम-त्रिकोण क्या था। हैरी लोगों को यह

बताते-बताते थक गया था कि हर्माइनी उसकी गर्लफ्रेंड नहीं है।

'अगर हम नज़रअंदाज़ कर देंगे, तो यह ख़बर अपने आप ठंडी पड़ जाएगी,' उसने हर्माइनी से कहा। 'तुमने देखा था, पिछली बार उसने मेरे बारे में जो लिखा था, उससे लोग जल्दी ही बोर हो गए थे -'

हर्माइनी ग़ुस्से से बोली, 'मैं तो यह जानना चाहती हूँ कि उसने हमारी गोपनीय बातचीत कैसे सुनी थी, जबकि उसे मैदान में आने की मनाही है!'

हर्माइनी गुप्त कलाओं से रक्षा की अगली क्लास के बाद थोड़ी देर अंदर ही रुकी रही। वह प्रोफ़ेसर मूडी से कुछ पूछना चाहती थी। बाक़ी के विद्यार्थी बाहर निकलने के लिए बहुत उत्सुक थे। मूडी ने आक्रामक मंत्रों से बचाव का कठोर अभ्यास करवाया था, जिससे कई लोग अपनी छुटपुट चोटें सहलाने में लगे थे। हैरी को कान ऐंठने का इतना बुरा दौरा पड़ा था कि क्लास से बाहर निकलते समय वह कान पर हाथ रखे हुए था।

'देखो, रीटा निश्चित रूप से अदृश्य चोगा नहीं पहने थी!' हर्माइनी पाँच मिनट बाद हाँफती हुई आई और हैरी तथा रॉन से प्रवेश हॉल में मिली। उसने हैरी का हाथ उसके ऐंठते कान से दूर हटाया, ताकि वह उसकी बात सुन सके। 'मूडी का कहना है कि उन्होंने उसे दूसरे काम के दौरान निर्णायकों की टेबल या झील के आस-पास नहीं देखा था!'

रॉन ने कहा, 'हर्माइनी, इस मामले को छोड़ भी दो।'

'कभी नहीं!' हर्माइनी ज़िद करते हुए बोली। 'मैं यह जानना चाहती हूँ कि उसने मेरी और विक्टर की बातें कैसे सुनीं! और उसे हैग्रिड की मम्मी के बारे में कैसे पता चला!'

'शायद उसने माइक्रोफ़ोन का इस्तेमाल किया हो,' हैरी ने कहा।

'माइक्रोफ़ोन ?' रॉन को यह बात समझ में नहीं आई। 'क्या ... यह क्या होता है ?'

हैरी उसे छिपे हुए माइक्रोफ़ोनों और रिकॉर्डिंग यंत्रों के बारे में बताने लगा।

रॉन मंत्रमुग्ध होकर सुनता रहा, लेकिन हर्माइनी ने उनकी बात काट दी। 'क्या तुम दोनों *हॉगवर्ट्स : एक इतिहास* कभी नहीं पढ़ोगे ?'

'उससे क्या फ़ायदा होगा ?' रॉन ने कहा। 'तुमने तो पूरी किताब घोंट रखी है, हम तुमसे पूछ लेंगे।'

'मगलू लोग जादू के जिन तमाम विकल्पों का इस्तेमाल करते हैं - बिजली, कम्प्यूटर, राडार और ऐसी ही चीज़ें - वे सब हॉगवर्ट्स के आस-पास ख़राब हो जाती हैं। यहाँ की हवा में बहुत ज़्यादा जादू है। नहीं, रीटा छिपकर

बातें सुनने के लिए ज़रूर जादू का इस्तेमाल कर रही होगी, वह ऐसा ही कर रही होगी ... काश मैं पता लगा सकूँ कि वह क्या कर रही थी ... ओह, अगर यह ग़ैर-क़ानूनी हुआ, तो मैं उसे मज़ा चखा दूँगी ...'

'हमारे पास चिंता करने के लिए पहले ही बहुत सारी बातें हैं,' रॉन हर्माइनी से बोला। 'हम रीटा स्कीटर के ख़िलाफ़ प्रतिशोध का अभियान क्यों छेड़ें?'

'मैं तुमसे मदद नहीं माँग रही हूँ!' हर्माइनी ने तमककर कहा। 'मैं यह काम अकेले ही करूँगी!'

वह पलटकर देखे बिना धड़धड़ाती हुई संगमरमर की सीढ़ियाँ चढ़ गई। हैरी को पूरा यक़ीन था कि वह लाइब्रेरी जा रही होगी।

रॉन ने कहा, 'अब कहीं वह *मुझे रीटा स्कीटर से नफ़रत है* के बैजों का बक्सा लेकर न आ जाए।'

बहरहाल, रीटा स्कीटर से प्रतिशोध लेने में हर्माइनी ने हैरी और रॉन से मदद नहीं माँगी। इसके लिए वे दोनों ही उसके आभारी थे, क्योंकि ईस्टर की छुट्टियों से पहले होमवर्क का बोझ बहुत बढ़ता जा रहा था। हैरी इस बात पर बहुत हैरान था कि हर्माइनी अपने होमवर्क के साथ-साथ छिपकर सुनने के जादुई तरीक़ों पर शोध कैसे कर रही थी। हैरी तो दिन-रात अपने होमवर्क को पूरा करने में ही जुटा रहता था, हालाँकि वह नियमित रूप से सिरियस के लिए पहाड़ की गुफा तक खाने-पीने का सामान भी भेज रहा था। पिछली गर्मियों के बाद वह अच्छी तरह जान चुका था कि लगातार भूखा रहना कैसा होता है। उसने सिरियस को खाने-पीने के सामान के साथ चिट्ठियाँ भी भेजीं। इन चिट्ठियों में उसने उसे बताया कि सब कुछ सामान्य था और पर्सी का जवाब अभी तक नहीं आया था।

हेडविग ईस्टर की छुट्टियाँ ख़त्म होने पर ही लौटी। पर्सी की चिट्ठी मिसेज़ वीज़्ली के भेजे ईस्टर अंडों के पैकेट के साथ आई। हैरी और रॉन के अंडे ड्रैगन के अंडों जितने बड़े थे और उनमें घर पर बनी टॉफ़ी भरी थी। बहरहाल, हर्माइनी का अंडा मुर्गी के अंडे से भी छोटा था। उसे देखते ही हर्माइनी का चेहरा उतर गया।

उसने धीरे से पूछा, 'रॉन, कहीं तुम्हारी मम्मी *साप्ताहिक जादूगरनी* तो नहीं पढ़ती हैं?'

'हाँ,' रॉन ने कहा, जिसके मुँह में टॉफ़ी भरी थी। 'उन्होंने व्यंजन विधियों के लिए उसे लगा रखा है।'

हर्माइनी ने अपने छोटे अंडे की तरफ़ दुख से देखा।

हैरी ने उससे जल्दी से पूछा, 'क्या तुम यह नहीं जानना चाहतीं कि पर्सी ने क्या लिखा है ?'

पर्सी की चिट्ठी छोटी और चिढ़ से भरी थी।

जैसा कि मैं दैनिक जादूगर को लगातार बता रहा हूँ, मिस्टर क्राउच अभी छुट्टी मना रहे हैं, जिसका उन्हें पूरा हक़ है। वे उल्लुओं के माध्यम से लगातार निर्देश भेज रहे हैं। नहीं, मैंने उन्हें देखा तो नहीं है, लेकिन मुझे लगता है कि मैं अपने बॉस की हैंडराइटिंग पहचान सकता हूँ। मेरे पास इन मूर्खतापूर्ण अफ़वाहों का खंडन करने के अलावा भी बहुत से काम हैं। जब तक कोई बहुत ज़रूरी बात न हो, तब तक मेहरबानी करके मुझे दोबारा परेशान मत करना। हैप्पी ईस्टर।

*

गर्मी का टर्म शुरू होने का आम तौर पर यह मतलब होता कि हैरी उस मौसम के आख़िरी क्विडिच मैच की जमकर प्रैक्टिस कर रहा होता। बहरहाल, इस साल उसे त्रिकोणीय टूर्नामेंट के तीसरे और आख़िरी काम की तैयारी करनी थी, लेकिन उसे अब तक यह मालूम नहीं था कि उसे क्या करना होगा। बहरहाल, मई के आख़िरी सप्ताह में प्रोफ़ेसर मैक्गॉनेगल ने उसे रूप-परिवर्तन की क्लास के बाद रोक लिया।

उन्होंने उससे कहा, 'तुम्हें आज रात को नौ बजे क्विडिच पिच पर जाना है, पॉटर। मिस्टर बैगमैन वहाँ पर चैंपियनों को तीसरे काम के बारे में बताएँगे।'

इसलिए उस रात को साढ़े आठ बजे हैरी ने गरुड़द्वार के हॉल में रॉन और हर्माइनी से विदा ली और सीढ़ियाँ उतर गया। जब वह प्रवेश हॉल को पार कर रहा था, तो सेडरिक मेहनतकश के हॉल से आ गया।

'तुम्हें क्या लगता है, तीसरा काम क्या होगा ?' उसने हैरी से पूछा, जब वे साथ-साथ पत्थर की सीढ़ियाँ उतरकर बादलों से भरी रात में बाहर निकले। 'फ़्लर भूमिगत सुरंगों के बारे में बात कर रही है। उसे लगता है कि हमें ख़ज़ाना खोजना होगा।'

'यह तो बहुत ज़्यादा बुरा नहीं होगा,' हैरी ने कहा और सोचा कि यह काम करने के लिए वह हैग्रिड से एक स्वर्ण-खोजी उधार माँग लेगा।

वे अँधेरे लॉन से होते हुए क्विडिच स्टेडियम की तरफ़ बढ़ने लगे। दर्शकदीर्घा के बीच की जगह से निकलकर वे पिच तक पहुँच गए।

'उन्होंने इसका क्या हाल कर दिया है?' सेडरिक ने ग़ुस्से से कहा और एकदम रुक गया।

क्विडिच पिच अब समतल और सपाट नहीं थी। ऐसा लग रहा था, जैसे किसी ने पूरी पिच पर लंबी, नीची दीवारें बना दी थीं, जो हर दिशा में घूम रही थीं और एक-दूसरे को काटती जा रही थीं।

'ये तो बागड़ की दीवारें हैं!' हैरी ने सबसे क़रीब की दीवार को ग़ौर से देखते हुए कहा।

'हैलो!' एक ख़ुशनुमा आवाज़ सुनाई दी।

लूडो बैगमैन पिच के बीच में क्रम और फ़्लर के साथ खड़े थे। हैरी और सेडरिक बागड़ की दीवारों को लाँघते हुए उनकी तरफ़ गए। जब हैरी पास पहुँचा, तो फ़्लर ने उसे मुस्कराकर देखा। जब से हैरी ने उसकी बहन को झील से बाहर निकाला था, तब से उसके प्रति फ़्लर का व्यवहार बिलकुल बदल गया था।

'तो, तुम्हें क्या लगता है?' बैगमैन ने कहा, जब हैरी और सेडरिक ने आख़िरी बागड़ की दीवार लाँघी। 'पौधों की दीवारें अच्छी तरह बड़ी हो रही हैं, है ना? एक महीने बाद देखना, तब तक हैग्रिड उन्हें बीस फ़ुट ऊँची कर देगा।' फिर उनकी नज़र हैरी और सेडरिक के उदास चेहरों पर पड़ी और वे मुस्कराते हुए बोले, 'चिंता मत करो। जब काम पूरा हो जाएगा, तो तुम्हारी क्विडिच पिच बिलकुल सामान्य हो जाएगी! मुझे लगता है, तुम लोगों ने अंदाज़ा लगा लिया होगा कि हम यहाँ क्या बना रहे हैं?'

कोई भी एक पल तक कुछ नहीं बोला। फिर –

क्रम बुदबुदाया, 'भूलभुलैया।'

'सही कहा!' बैगमैन बोले। 'भूलभुलैया। तीसरा काम दरअसल बिलकुल सीधा-सादा है। त्रिकोणीय टूर्नामेंट का कप भूलभूलैया के बीचोबीच रखा रहेगा। जो चैंपियन इसे सबसे पहले छुएगा, उसे पूरे नंबर मिलेंगे।'

'हमें सिर्फ़ भूलभुलैया को पार करना होगा?' फ़्लर ने पूछा।

'नहीं, उसमें बाधाएँ भी होंगी,' बैगमैन ने ख़ुशी से उछलते हुए कहा। 'हैग्रिड कई जानवर रखने वाला है ... इसके अलावा बहुत से मंत्र भी होंगे, जिन्हें तोड़ना होगा ... इसी तरह की कई चीज़ें होंगी। जो चैंपियन अब तक सबसे आगे हैं, उन्हें भूलभुलैया में सबसे पहले जाने का मौक़ा मिलेगा,' बैगमैन ने हैरी और सेडरिक की तरफ़ मुस्कराते हुए कहा। 'फिर मिस्टर क्रम जाएँगे ... फिर

मिस डेलाकोर। लेकिन तुम सबके पास जीतने का मौक़ा रहेगा। सब कुछ इस बात पर निर्भर करेगा कि तुम लोग बाधाओं से कितनी अच्छी तरह निबटते हो। इसमें मज़ा आएगा, है ना?'

हैरी अच्छी तरह जानता था कि हैग्रिड इस तरह की घटना के लिए कैसे जानवर रखेगा। उसे क़तई उम्मीद नहीं थी कि इसमें ज़रा भी मज़ा आएगा। बहरहाल, उसने भी बाक़ी चैंपियनों की तरह अपना सिर हिला दिया।

'बहुत बढ़िया ... अब अगर तुममें से किसी को कोई सवाल नहीं पूछना हो, तो हम महल की तरफ़ लौट चलते हैं, ठीक है। बाहर थोड़ी ठंड है ...'

जब सभी चैंपियन भूलभुलैया की दीवारों से बाहर जाने लगे, तो बैगमैन जल्दी से हैरी के साथ चल दिए। हैरी को लग रहा था कि बैगमैन एक बार फिर उसकी मदद करने का प्रस्ताव रखने वाले हैं, लेकिन तभी क्रम ने हैरी के कंधे पर हाथ रख दिया।

'क्या हम बात कर सकते हैं?'

'हाँ, हाँ, क्यों नहीं,' हैरी ने थोड़ी हैरानी से कहा।

'क्या तुम मेरे साथ पैदल चलोगे?'

'ठीक है,' हैरी ने उत्सुकता से कहा।

बैगमैन थोड़े परेशान होकर बोले, 'हैरी, मैं तुम्हारा इंतज़ार करता हूँ, ठीक है?'

'नहीं, कोई दिक्क़त नहीं है, मिस्टर बैगमैन,' हैरी ने अपनी मुस्कान रोकते हुए कहा। 'मुझे महल का रास्ता मालूम है। मैं अपने आप वहाँ पहुँच सकता हूँ, धन्यवाद।'

हैरी और क्रम एक साथ स्टेडियम से बाहर निकले, लेकिन क्रम उसे डर्मस्ट्रैंग के जहाज़ की दिशा में नहीं ले गया। इसके बजाय, वह जंगल की तरफ़ चलने लगा।

हैग्रिड के केबिन और बाबैटन्स की घोड़ागाड़ी के पास से गुज़रते समय हैरी ने पूछा, 'हम इस तरफ़ क्यों जा रहे हैं?'

'मैं नहीं चाहता कि कोई हमारी बात सुन ले,' क्रम ने जवाब दिया।

जब आख़िरकार वे बाबैटन्स के घोड़ों के अहाते से थोड़ी दूरी पर खुली जगह में पहुँच गए, तो क्रम पेड़ों की छाया में रुक गया और हैरी की तरफ़ मुड़ा।

उसने ग़ुस्से से कहा, 'मैं यह जानना चाहता हूँ कि तुम्हारे और हर-माइ-निनी के बीच में क्या है।'

हैरी को क्रम के गोपनीय अंदाज़ से ऐसा लग रहा था कि मामला इससे ज़्यादा गंभीर होगा। उसने क्रम की तरफ़ हैरानी से घूरा।

'कुछ नहीं,' उसने कहा। लेकिन क्रम अब भी उसकी तरफ़ ग़ुस्से से घूर रहा था। हैरी को अचानक एक बार फिर यह एहसास हुआ कि क्रम कितना लंबा और बड़ा है, इसलिए उसने अपनी बात को विस्तार से कहा, 'हम लोग दोस्त हैं। वह मेरी गर्लफ्रेंड नहीं है और कभी थी भी नहीं। उस स्कीटर औरत ने तो मनगढ़ंत बातें लिखी हैं।'

'हर-माइ-निनी तुम्हारे बारे में अक्सर बातें करती है,' क्रम ने हैरी को शक से देखते हुए कहा।

'हाँ,' हैरी बोला, 'क्योंकि हम *दोस्त* हैं।'

उसे बिलकुल यक़ीन नहीं हो रहा था कि वह विक्टर क्रम के साथ यह बातचीत कर रहा था, जो मशहूर अंतर्राष्ट्रीय क्विडिच खिलाड़ी था। ऐसा लग रहा था, जैसे अठारह साल का क्रम उसे अपनी बराबरी का, वास्तविक प्रतिद्वंद्वी मान रहा हो –

'तुमने उसे कभी ... तुमने उसे कभी ...'

'नहीं,' हैरी ने बहुत सख़्ती से कहा।

क्रम थोड़ा ख़ुश दिखने लगा। उसने हैरी को कुछ पल तक घूरा, फिर बोला, 'तुम जादुई झाड़ू पर अच्छा उड़ लेते हो। मैंने तुम्हारा पहला काम देखा था।'

'धन्यवाद,' हैरी ने खुलकर मुस्कराते हुए कहा और अचानक ख़ुद को ज़्यादा लंबा महसूस करने लगा। 'मैंने भी तुम्हें क्विडिच वर्ल्ड कप में देखा था। छद्म छलावा, तुम ग़ज़ब के –'

लेकिन तभी क्रम के पीछे पेड़ों में कोई चीज़ हिली। हैरी को जंगल में मँडराने वाली चीज़ों का अनुभव था, इसलिए उसने तत्काल क्रम की बाँह पकड़ी और उसे अपनी तरफ़ खींच लिया।

'क्या हुआ ?'

हैरी ने अपना सिर हिलाया और उस तरफ़ देखा, जहाँ उसने हलचल देखी थी। उसने अपना हाथ अपने दुशाले के भीतर डालकर अपनी छड़ी निकाल ली।

अगले ही पल बलूत के ऊँचे पेड़ के पीछे से एक आदमी लड़खड़ाता हुआ बाहर निकला। एक पल के लिए तो हैरी उसे नहीं पहचान पाया ... फिर उसे एहसास हुआ कि ये तो मिस्टर क्राउच थे।

ऐसा लग रहा था, जैसे मिस्टर क्राउच कई दिनों से यात्रा कर रहे थे।

उनके दुशाले के घुटने फटे और ख़ून से सने हुए थे। उनके चेहरे पर खरोंचें थीं। उनकी दाढ़ी बढ़ी हुई और भूरी थी। उनके बालों और मूँछों दोनों को ही धोने और तराशने की ज़रूरत थी। बहरहाल, उनकी हरकतें उनके हुलिए से ज़्यादा अजीब थीं। बुदबुदाते और इशारा करते हुए मिस्टर क्राउच किसी ऐसे आदमी से बातें करते लग रहे थे, जो सिर्फ़ उन्हें ही दिखाई दे रहा था। उन्हें देखकर हैरी को उस आवारा बूढ़े की याद आई, जिसे उसने एक बार डर्स्ली परिवार के साथ शॉपिंग करते वक़्त देखा था। वह आदमी भी हवा से बातें कर रहा था और उससे बचने के लिए पेटूनिया आंटी ने डडली का हाथ पकड़कर सड़क पार कर ली थी। उसके बाद वरनॉन अंकल ने पूरे परिवार को एक लंबा भाषण दिया था कि वे भिखारियों और आवाराओं के साथ क्या करना चाहेंगे।

'वे तो शायद निर्णायक हैं, है ना?' क्रम ने मिस्टर क्राउच को घूरते हुए कहा। 'वे तो शायद तुम्हारे मंत्रालय में हैं?'

हैरी ने सिर हिलाया, एक पल झिझका और फिर धीरे-धीरे मिस्टर क्राउच की तरफ़ बढ़ा। वे हैरी को नहीं देख पाए और पास वाले पेड़ से बातें करने में लगे रहे : '... वेदरबी, और जब तुम यह काम कर लो, तो डम्बलडोर को एक उल्लू भेजकर यह बता देना कि डर्मस्ट्रैंग के कितने विद्यार्थी टूर्नामेंट में भाग लेंगे। कारकारोफ़ ने हाल ही में ख़बर भिजवाई है कि वे बारह विद्यार्थियों को लेकर आ रहे हैं ...'

'मिस्टर क्राउच?' हैरी ने सावधानी से कहा।

'... और फिर मैडम मैक्सिम को भी एक उल्लू भेज देना। जब उन्हें यह पता चलेगा कि कारकारोफ़ बारह विद्यार्थियों को लेकर आ रहा है, तो शायद वे भी अपने विद्यार्थियों की संख्या बढ़ाना चाहेंगी ... यह काम कर दो, वेदरबी, ठीक है? ठीक है? ...' मिस्टर क्राउच की आँखें बाहर निकली पड़ रही थीं। वे पेड़ को घूरकर देखते रहे और बड़बड़ाते रहे। फिर वे लड़खड़ाए और घुटनों के बल बैठ गए।

'मिस्टर क्राउच?' हैरी ने ज़ोर से कहा। 'आप ठीक तो हैं?'

क्राउच की आँखें ऊपर चढ़ी हुई थीं। हैरी ने पलटकर क्रम की तरफ़ देखा, जो उसके पीछे पेड़ों तक आ गया था और ज़मीन पर बैठे क्राउच को दहशत से देख रहा था।

'उनके साथ क्या गड़बड़ हो गई?'

'क्या पता,' हैरी बुदबुदाया। 'सुनो, तुम जाकर किसी को बुला लाओ –'

'डम्बलडोर!' मिस्टर क्राउच ने साँस खींचते हुए कहा। उन्होंने हाथ बढ़ाकर हैरी का दुशाला पकड़कर उसे पास खींचा, हालाँकि उनकी आँखें हैरी

को नहीं, बल्कि उसके सिर के ऊपर से दूसरी तरफ़ देख रही थीं। 'मुझे ज़रूरत है ... मिलना है ... डम्बलडोर से ...'

'ठीक है,' हैरी बोला, 'उठिए तो सही, मिस्टर क्राउच, हम सीधे डम्बलडोर के पास –'

'मैंने ... मूर्खतापूर्ण ... काम किया है ...' मिस्टर क्राउच साँस खींचते हुए बोले। वे सचमुच पागल दिख रहे थे। उनकी आँखें गोल-गोल घूम रही थीं और बाहर निकली पड़ रही थीं। उनकी लार उनकी ठुड्डी पर बहने लगी थी। ऐसा लग रहा था कि हर शब्द बोलने के लिए उन्हें भयंकर कोशिश करनी पड़ रही थी। 'डम्बलडोर ... को ... बताना ही होगा ...'

'उठिए, मिस्टर क्राउच,' हैरी ने ज़्यादा ज़ोर से और स्पष्टता से कहा। 'उठिए, मैं आपको डम्बलडोर के पास ले चलता हूँ!'

मिस्टर क्राउच की आँखें हैरी पर पड़ीं।

'तुम ... कौन ?' उन्होंने फुसफुसाकर कहा।

'मैं स्कूल का विद्यार्थी हूँ,' हैरी ने कहा और क्रम की तरफ़ मदद के लिए देखा, लेकिन बुरी तरह घबराया हुआ क्रम पीछे ही रुका रहा।

'तुम ... *उसके आदमी* तो नहीं हो ?' क्राउच फुसफुसाए और उनका चेहरा लटक गया।

'नहीं,' हैरी ने कहा, हालाँकि उसे ज़रा भी पता नहीं था कि क्राउच की बात का क्या मतलब था।

'डम्बलडोर के हो ?'

'हाँ,' हैरी ने कहा।

क्राउच ने उसे अपने और क़रीब खींच लिया। हैरी ने अपने दुशाले पर क्राउच की पकड़ छुड़ाने की कोशिश की, लेकिन उन्होंने बहुत कसकर पकड़ रखा था।

'डम्बलडोर ... को चेतावनी दे दो ...'

'मैं डम्बलडोर को बुलाकर लाता हूँ, लेकिन आप मुझे छोड़ें तो सही,' हैरी ने कहा। 'मुझे छोड़ दें, मिस्टर क्राउच, मैं उन्हें बुलाकर लाता हूँ ...'

'धन्यवाद वेदरबी, और जब तुम यह काम कर लो, तो मैं एक कप चाय पीना चाहूँगा। मेरी पत्नी और बेटा कुछ ही समय में आने वाले हैं। हमें आज रात को मिस्टर और मिसेज़ फ़ज के साथ एक संगीत समारोह में जाना है।' क्राउच एक पेड़ से दोबारा धाराप्रवाह बोलने लगे थे और इस बात से अनभिज्ञ थे कि हैरी वहाँ था। यह देखकर हैरी को इतनी हैरानी हुई कि उसे पता ही नहीं चला

कि क्राउच उसे छोड़ चुके थे। 'हाँ, मेरे बेटे को हाल ही में बारह ओ.डब्ल्यू.एल. मिले हैं, बहुत संतोषजनक है, हाँ, हाँ, धन्यवाद, मुझे बहुत गर्व है। अब अगर तुम जादू मंत्री एन्डोरन का मेमो ले आओ, मैं उसका जवाब लिखवा देता हूँ ...'

'तुम यहीं पर उनके साथ रुको!' हैरी ने क्रम से कहा। 'मैं डम्बलडोर को बुलाकर लाता हूँ। मेरे जाने से काम जल्दी हो जाएगा, मैं जानता हूँ कि उनका ऑफ़िस कहाँ है –'

'वे तो पागल हो गए हैं,' क्रम ने संदेह से क्राउच की तरफ़ घूरते हुए कहा, जो अब भी पेड़ से बातें करने में लगे थे और यह मान रहे थे कि वहाँ पेड़ नहीं, बल्कि पर्सी खड़ा है।

'बस उनके साथ रहो,' हैरी ने उठते हुए कहा, लेकिन उसके हिलने से मिस्टर क्राउच भी हरकत में आ गए। उन्होंने हैरी के घुटनों को पकड़ लिया और उसे दोबारा ज़मीन पर खींच लिया।

'मुझे ... छोड़कर ... मत ... जाओ!' वे फुसफुसाए और उनकी आँखें एक बार फिर बाहर निकलने लगीं। 'मैं ... बचकर ... भागा हूँ ... चेतावनी देनी होगी ... बताना ही होगा ... डम्बलडोर से मिलना होगा ... मेरी ग़लती ... सब मेरी ग़लती ... बर्था ... मर गई ... मेरी ग़लती ... मेरा बेटा ... मेरी ग़लती ... डम्बलडोर को बताना होगा ... हैरी पॉटर ... शैतानी शहंशाह ... पहले से ज़्यादा ताक़तवर ... मेरी ग़लती ... हैरी पॉटर ...'

'मिस्टर क्राउच, आप मुझे छोड़ें तो सही, मैं डम्बलडोर को बुलाकर लाता हूँ!' हैरी बोला। उसने क्रम की तरफ़ पलटकर देखा और ग़ुस्से से बोला, 'मेरी मदद तो करो!'

बहुत डरते-डरते क्रम आगे बढ़ा और मिस्टर क्राउच के पास बैठ गया।

'उन्हें यहीं पर रोककर रखना,' हैरी ने मिस्टर क्राउच की पकड़ से छूटते हुए कहा। 'मैं डम्बलडोर को लेकर आता हूँ।'

'जल्दी करना,' क्रम ने पीछे से कहा, जब हैरी जंगल से दूर भागकर अँधेरे मैदान की तरफ़ जा रहा था। मैदान ख़ाली था। बैगमैन, सेडरिक और फ़्लर ग़ायब हो चुके थे। हैरी पत्थर की सीढ़ियों पर धड़धड़ाता हुआ चढ़ा, दरवाज़े से अंदर घुसा, संगमरमर की सीढ़ियाँ चढ़ा और दूसरी मंज़िल पर पहुँच गया।

पाँच मिनट बाद वह एक भयंकर जानवर की मूर्ति की तरफ़ भाग रहा था, जो एक ख़ाली गलियारे में आधी दूरी पर बनी हुई थी।

उसने हाँफते हुए कहा, 'शर्बत लेमन!'

यह डम्बलडोर के ऑफ़िस तक जाने वाली छिपी हुई सीढ़ियों का पासवर्ड

था – या कम से कम, यह दो साल पहले तो था। बहरहाल, ऐसा लगता था कि पासवर्ड बदल गया था, क्योंकि भयंकर जानवर की मूर्ति एक तरफ़ नहीं हटी, बल्कि उसी तरह खड़ी रही और हैरी को बुरी नज़रों से घूरती रही।

'हिलो!' हैरी चिल्लाया। 'चलो!'

लेकिन हॉगवर्ट्स में कोई चीज़ कभी सिर्फ़ चिल्लाने से नहीं हिलती थी। वह जानता था कि इससे कोई फ़ायदा नहीं होना था। उसने अँधेरे गलियारे में दोनों तरफ़ देखा। शायद डम्बलडोर स्टाफ़ रूम में हों ? वह पूरी तेज़ी से सीढ़ियों की तरफ़ भागने लगा –

'पॉटर!'

हैरी लगभग फिसलते हुए रुक गया और चारों तरफ़ देखने लगा।

स्नेप अभी-अभी भयानक जानवर की पत्थर की मूर्ति के पीछे छिपी हुई सीढ़ियों से बाहर निकले थे। जब उन्होंने हैरी को इशारा करके अपनी तरफ़ बुलाया, तो दीवार बंद हो ही रही थी। उन्होंने पूछा, 'तुम यहाँ क्या कर रहे हो, पॉटर ?'

'मुझे प्रोफ़ेसर डम्बलडोर से मिलना है!' हैरी ने गलियारे में दोबारा पलटकर भागते हुए और स्नेप के सामने रुकते हुए कहा। 'मुझे मिस्टर क्राउच के बारे में बताना है ... वे अभी-अभी आए हैं ... वे जंगल में हैं ... वे डम्बलडोर से मिलना चाहते हैं –'

'यह क्या बकवास है ?' स्नेप ने कहा और उनकी काली आँखें चमकने लगीं। 'तुम यह क्या बोल रहे हो ?'

'मिस्टर क्राउच!' हैरी चिल्लाया। 'मंत्रालय के! वे बीमार हैं – वे जंगल में हैं और डम्बलडोर से मिलना चाहते हैं। आप मुझे बस पासवर्ड बता दें –'

'हेडमास्टर व्यस्त हैं, पॉटर,' स्नेप ने कहा। उनके पतले मुँह पर अब एक अप्रिय मुस्कान आ गई थी।

'मुझे डम्बलडोर को बताना ही होगा!' हैरी चिल्लाया।

'क्या तुम्हें मेरी बात सुनाई नहीं दी, पॉटर ?'

हैरी को मालूम था कि स्नेप को बहुत मज़ा आ रहा होगा, क्योंकि वे हैरी को कोई ऐसी चीज़ नहीं दे रहे थे, जिसे पाने के लिए वह इतना बेताब था।

'देखिए,' हैरी ने ग़ुस्से से कहा। 'क्राउच ठीक नहीं हैं – उनका – उनका दिमाग़ घूम गया है – वे कहते हैं कि उन्हें डम्बलडोर को चेतावनी देनी है –'

स्नेप के पीछे वाली पत्थर की दीवार अचानक खुल गई। वहाँ डम्बलडोर लंबे हरे दुशाले में अपने चेहरे पर एक अजीब सा भाव लेकर खड़े हुए थे।

'क्या कोई समस्या है?' उन्होंने हैरी और स्नेप की तरफ़ देखते हुए कहा।

'प्रोफ़ेसर!' हैरी ने स्नेप के कुछ बोलने से पहले ही कह दिया। 'मिस्टर क्राउच यहाँ आ गए हैं - वे जंगल में हैं। वे आपसे बात करना चाहते हैं!'

हैरी को उम्मीद थी कि डम्बलडोर इस बारे में सवाल पूछेंगे, लेकिन उसे बहुत राहत मिली, जब डम्बलडोर ने ऐसा कुछ नहीं किया। उन्होंने तत्काल कहा, 'रास्ता दिखाओ,' और इसके बाद वे गलियारे में हैरी के पीछे-पीछे चल दिए। स्नेप भयंकर जानवर की मूर्ति की बग़ल में ही खड़े रहे और उससे दुगुने बदसूरत दिखते रहे।

'हैरी, मिस्टर क्राउच क्या कह रहे थे?' डम्बलडोर ने तेज़ी से संगमरमर की सीढ़ियाँ उतरते समय पूछा।

'उन्होंने कहा था कि वे आपको चेतावनी देना चाहते हैं ... कहा था कि उन्होंने कोई भयंकर ग़लती कर दी है ... उन्होंने अपने बेटे का ... और बर्था जोरकिन्स का ... और - और वोल्डेमॉर्ट का ज़िक्र किया था ... यह भी कहा था कि वोल्डेमॉर्ट ज़्यादा ताक़तवर बन रहा है ...'

'अच्छा,' डम्बलडोर ने कहा और अँधेरे में पहुँचने के बाद अपनी रफ़्तार बढ़ा दी।

'उनका व्यवहार सामान्य नहीं है,' हैरी ने तेज़ी से डम्बलडोर के साथ चलते हुए कहा। 'उन्हें यह पता ही नहीं है कि वे कहाँ हैं। वे कभी तो इस तरह बातें करते हैं, जैसे पर्सी वीज़्ली वहीं खड़ा हो, फिर वे अचानक कहने लगते हैं कि उन्हें आपसे मिलना है ... मैं उन्हें विक्टर क्रम के पास छोड़कर आया हूँ।'

'अच्छा?' डम्बलडोर ने तीखी आवाज़ में कहा और ज़्यादा तेज़ी से चलने लगे, जिससे हैरी को उनकी बराबरी करने के लिए दौड़ना पड़ा। 'किसी और ने मिस्टर क्राउच को देखा है?'

'नहीं,' हैरी ने कहा। 'मिस्टर बैगमैन ने हमें तीसरे काम के बारे में बताया। इसके बाद क्रम और मैं रुककर बातें करने लगे। फिर हमने मिस्टर क्राउच को जंगल में से बाहर निकलते देखा -'

जब अँधेरे में बाबैटन्स की घोड़ागाड़ी दिखी, तो डम्बलडोर ने पूछा, 'वे कहाँ हैं?'

'यहाँ पर,' हैरी ने डम्बलडोर के सामने आते हुए और पेड़ों के बीच से रास्ता दिखाते हुए कहा। उन्हें क्राउच की आवाज़ सुनाई नहीं दे रही थी, लेकिन हैरी को पूरा यक़ीन था। वह जगह बाबैटन्स की घोड़ागाड़ी से ज़्यादा दूर नहीं थी ... यहीं कहीं होगी ...

'विक्टर ?' हैरी चिल्लाया।

किसी ने जवाब नहीं दिया।

'वे यहीं थे,' हैरी ने डम्बलडोर से कहा। 'निश्चित रूप से आस-पास ही होंगे ...'

'प्रकाशित भव,' डम्बलडोर ने कहा और अपनी छड़ी जलाकर ऊपर उठा ली।

इसकी सँकरी रोशनी काले पेड़ों के तनों पर पड़ी और ज़मीन को रोशन करने लगी। और फिर यह दो पैरों पर पड़ी।

हैरी और डम्बलडोर जल्दी से आगे बढ़े। क्रम जंगल की ज़मीन पर पसरा हुआ था। वह बेहोश लग रहा था। मिस्टर क्राउच का नामोनिशान नहीं दिख रहा था। डम्बलडोर क्रम के ऊपर झुके और धीरे से उसकी एक पलक खोली।

'उसे स्तब्ध कर दिया गया है,' उन्होंने धीरे से कहा। उनकी छड़ी की रोशनी में उनका आधे चाँद के आकार का चश्मा चमक रहा था। उन्होंने आस-पास के पेड़ों की तरफ़ देखा।

'क्या मैं जाकर किसी और को बुला लाऊँ?' हैरी ने कहा। 'मैडम पॉमफ्री को ?'

'नहीं,' डम्बलडोर ने जल्दी से कहा। 'यहीं रुको।'

उन्होंने अपनी छड़ी हवा में उठाई और उसकी नोक हैग्रिड के केबिन की तरफ़ कर दी। हैरी ने देखा कि उसमें से कोई सफ़ेद चीज़ बाहर निकली और भुतहा पक्षी की तरह पेड़ों के बीच से उड़कर जाने लगी। फिर डम्बलडोर दोबारा क्रम के ऊपर झुके, अपनी छड़ी उसकी तरफ़ की और बुदबुदाए, *'सजीवो।'*

क्रम ने अपनी आँखें खोलीं। वह भौंचक्का दिख रहा था। डम्बलडोर को देखते ही उसने उठकर बैठने की कोशिश की, लेकिन डम्बलडोर ने उसके कंधे पर अपना एक हाथ रखकर उसे लिटाए रखा।

'उन्होंने मुझ पर हमला कर दिया!' क्रम बुदबुदाया और उसने अपना एक हाथ अपने सिर पर रख लिया। 'उस पागल आदमी ने मुझ पर हमला कर दिया! मैं जब पलटकर यह देखने लगा कि पॉटर कहाँ चला गया है, तो उन्होंने पीछे से हमला कर दिया!'

'एक पल के लिए ख़ामोश लेटे रहो,' डम्बलडोर ने कहा।

उन्हें तेज़-तेज़ क़दमों की आवाज़ सुनाई दे रही थी। हैग्रिड हाँफता हुआ आ रहा था। फ़ैंग उसके पीछे-पीछे था। हैग्रिड अपना बड़ा धनुष साथ लाया था।

'प्रोफ़ेसर डम्बलडोर!' उसने आँखें फैलाकर कहा। 'हैरी - क्या - ?'

'हैग्रिड, मैं चाहता हूँ कि तुम जाकर प्रोफ़ेसर कारकारोफ़ को बुला लाओ,' डम्बलडोर ने कहा। 'उनके विद्यार्थी पर हमला हुआ है। इसके बाद मेहरबानी करके प्रोफ़ेसर मूडी को भी ख़बर कर दो –'

'उसकी कोई ज़रूरत नहीं है, डम्बलडोर,' एक गुर्राहट भरी आवाज़ आई, 'मैं आ गया हूँ।' मूडी उनकी तरफ़ लँगड़ाते हुए आ रहे थे, उनकी जादुई छड़ी प्रकाशित थी और वे अपनी छड़ी पर टिके हुए थे।

'कमबख़्त टाँग,' उन्होंने ग़ुस्से से कहा। 'वरना यहाँ जल्दी पहुँच गया होता ... क्या हुआ ? स्नेप ने क्राउच के बारे में बताया था –'

'क्राउच ?' हैग्रिड ने सूनेपन से कहा।

'कारकारोफ़ को बुला कर लाओ, हैग्रिड!' डम्बलडोर ने तीखी आवाज़ में कहा।

'ओह, हाँ ... बिलकुल, प्रोफ़ेसर ...' हैग्रिड ने कहा। वह मुड़ा और अँधेरे पेड़ों में ग़ायब हो गया। फ़ैंग उसके पीछे-पीछे गया।

'मैं नहीं जानता कि बार्टी क्राउच कहाँ है,' डम्बलडोर ने मूडी से कहा, 'लेकिन हमें उन्हें ढूँढ़ना ही है।'

'मैं यह काम कर देता हूँ,' मूडी गुर्राए। उन्होंने अपनी छड़ी बाहर निकाली और लँगड़ाते हुए जंगल में चले गए।

डम्बलडोर और हैरी तब तक कुछ नहीं बोले, जब तक कि उन्हें हैग्रिड और फ़ैंग के लौटने की आवाज़ें सुनाई नहीं दीं। कारकारोफ़ उनके पीछे जल्दी-जल्दी आ रहे थे। उन्होंने चिकने सफ़ेद फ़र का दुशाला पहन रखा था और उनका चेहरा पीला और परेशान दिख रहा था।

'यह क्या है ?' वे चिल्लाए, जब उन्होंने क्रम को ज़मीन पर पड़े देखा और डम्बलडोर तथा हैरी को उसके पास खड़े देखा। 'क्या हो रहा है ?'

क्रम ने अब बैठकर अपना सिर मलते हुए कहा, 'किसी ने मुझ पर हमला किया था! मिस्टर क्राउच या जो भी उनका नाम था ?'

'क्राउच ने तुम पर हमला किया ? *क्राउच* ने तुम पर हमला किया ? त्रिकोणीय टूर्नामेंट के निर्णायक ने ?'

'कारकारोफ़,' डम्बलडोर ने बोलना शुरू किया, लेकिन कारकारोफ़ ने खड़े होकर अपने दुशाले को कसकर पकड़ लिया और आगबबूला दिखने लगे।

'धोखा!' वे गरजे और डम्बलडोर की तरफ़ इशारा किया। 'यह एक साज़िश है! तुम और तुम्हारे जादू मंत्रालय ने मुझसे झूठे वादे करके यहाँ आने का प्रलोभन दिया था, डम्बलडोर! यह बराबरी की प्रतियोगिता नहीं है! पहले तो

तुमने धोखे से नाबालिग़ पॉटर को टूर्नामेंट में शामिल करवाया! अब मंत्रालय के तुम्हारे दोस्त ने मेरे चैंपियन को घायल करके टूर्नामेंट से बाहर करने की कोशिश की! मुझे इस पूरे मामले में धोखाधड़ी और भ्रष्टाचार की बू आ रही है। और डम्बलडोर, तुम अंतर्राष्ट्रीय जादूगरी सौहार्द्र की बात कर रहे थे, आपसी संबंधों को मज़बूत करने की बात कर रहे थे, पुराने मतभेदों को भुलाने की बात कर रहे थे - देखो, मैं *तुम्हारे* बारे में यह सोचता हूँ!'

कारकारोफ़ ने डम्बलडोर के पैरों के पास ज़मीन पर थूक दिया। एक तेज़ क़दम बढ़ाकर हैग्रिड ने कारकारोफ़ के दुशाले का सामने वाला हिस्सा पकड़कर उन्हें हवा में उठा दिया और पास वाले पेड़ से टिका दिया।

'माफ़ी माँगो!' हैग्रिड गुर्राया, जब कारकारोफ़ ने अपनी साँस ठीक करने की कोशिश की। हैग्रिड की बड़ी मुट्ठी उनके गले पर थी और उनके पैर हवा में लटक रहे थे।

'हैग्रिड, *नहीं!'* डम्बलडोर चिल्लाए। उनकी आँखें जल रही थीं।

हैग्रिड ने अपना वह हाथ हटा लिया, जिससे वह कारकारोफ़ को पेड़ से टिकाए था। कारकारोफ़ तने पर खिसकते हुए पेड़ की जड़ों पर गिर गए। उनके सिर पर कुछ टहनियों और पत्तियों की बारिश हो गई।

'हैग्रिड, मेहरबानी करके हैरी को महल तक ले जाओ,' डम्बलडोर ने सख़्त आवाज़ में कहा।

तेज़ी से साँस लेते हुए हैग्रिड ने कारकारोफ़ की तरफ़ ग़ुस्से से देखा। 'शायद बेहतर यही होगा कि मैं यहीं रुक जाऊँ, हेडमास्टर ...'

'तुम हैरी को स्कूल ले जाओ, हैग्रिड,' डम्बलडोर ने सख़्ती से दोहराया। 'सीधे उसे गरुड़द्वार के हॉल तक छोड़कर आओ। और हैरी - मैं चाहता हूँ कि तुम वहीं रुको। तुम जो भी काम करना चाहते हो - तुम जो भी उल्लू भेजना चाहते हो - वह सुबह तक इंतज़ार कर सकता है। तुम मेरी बात समझ गए ?'

'अर - हाँ,' हैरी ने उन्हें घूरते हुए कहा। डम्बलडोर ने यह कैसे जान लिया कि उस पल वह यही सोच रहा था कि पिगविजियन को सिरियस के पास भेजकर उसे सारी बात बता देगा ?

'हम फ़ैंग को यहीं आपके पास छोड़े जाते हैं, हेडमास्टर,' हैग्रिड ने कहा और ख़तरनाक अंदाज़ में कारकारोफ़ को घूरा, जो पेड़ के नीचे अपने दुशाले और जड़ों में उलझे हुए थे। 'फ़ैंग, यहीं रुकना। चलो, हैरी।'

वे ख़ामोशी में बाबेटन्स की घोड़ागाड़ी के पास से होते हुए महल की तरफ़ चल दिए।

'उसकी हिम्मत कैसे हुई,' हैग्रिड गुर्राया, जब वे झील के पास से गुज़रे। 'उसकी हिम्मत कैसे हुई कि वह डम्बलडोर पर आरोप लगाए? जैसे डम्बलडोर ऐसा काम कर सकते हैं! जैसे डम्बलडोर चाहते थे कि तुम टूर्नामेंट में हिस्सा लो! वे बहुत चिंतित थे! हमने उन्हें पहले कभी इतना चिंतित नहीं देखा। और तुम!' हैग्रिड अचानक ग़ुस्से में हैरी से बोला, जो इस बात से हैरान रह गया। 'तुम उस बेहूदा क्रम के साथ जंगल के पास क्या कर रहे थे? वह डर्मस्ट्रैंग का है, हैरी! वह तुम्हें मंत्र पढ़कर नुक़सान पहुँचा सकता था। क्या मूडी से तुमने कुछ नहीं सीखा? ज़रा सोचो तो सही, वह तुम्हें बरगलाकर अपने साथ अकेला ले गया –'

'क्रम अच्छा है!' हैरी ने कहा, जब वे प्रवेश हॉल की सीढ़ियाँ चढ़े। 'वह मुझ पर मंत्र पढ़कर हमला नहीं करना चाहता था, वह तो सिर्फ़ हर्माइनी के बारे में बात करना चाहता था –'

'हम हर्माइनी से भी बात करेंगे,' हैग्रिड ने गंभीरता से सीढ़ियों पर पैर पटकते हुए कहा। 'तुम लोग इन विदेशियों के साथ जितना कम संपर्क रखो, उतने ही ज़्यादा ख़ुश रहोगे। कोई भी विदेशी भरोसे के क़ाबिल नहीं है।'

'तुम्हारी तो मैडम मैक्सिम के साथ अच्छी पटरी बैठती है,' हैरी ने चिढ़कर कहा।

'तुम हमसे उसके बारे में बात मत करो,' हैग्रिड बोला और एक पल के लिए तो वह डरावना दिखने लगा। 'अब हम उसकी हक़ीक़त जान चुके हैं। दोबारा हमारा दिल जीतने की कोशिश कर रही थी। यह चाहती थी कि हम उसे बता दें कि तीसरे काम में क्या-क्या बाधाएँ आने वाली हैं। हा! इनमें से किसी भी विदेशी पर भरोसा नहीं किया जा सकता!'

हैग्रिड इतने बुरे मूड में था कि हैरी को मोटी औरत की तस्वीर के सामने उससे विदा लेकर ख़ुशी हुई। वह तस्वीर के छेद में से निकलकर हॉल में घुस गया और जल्दी से उस कोने की तरफ़ बढ़ने लगा, जहाँ रॉन और हर्माइनी बैठे हुए थे। वह उन्हें सारी घटनाओं की जानकारी देने के लिए बेताब था।

अध्याय उनतीस

सपना

'देखो, दो बातें हो सकती हैं,' हर्माइनी ने अपना सिर मलते हुए कहा। 'विक्टर की नज़र हटते ही या तो मिस्टर क्राउच ने उस पर हमला किया होगा या फिर किसी और ने उन दोनों पर हमला किया होगा।'

'यह मिस्टर क्राउच का ही काम होगा,' रॉन ने तत्काल कहा। 'इसीलिए तो हैरी और डम्बलडोर के वहाँ पहुँचने से पहले ही वे चले गए। वे बड़ी तेज़ी से भागे होंगे।'

'मुझे ऐसा नहीं लगता,' हैरी ने अपना सिर हिलाते हुए कहा। 'वे बहुत कमज़ोर लग रहे थे - मुझे नहीं लगता कि वे अंतर्ध्यान हो सकते होंगे या ऐसा ही कोई काम कर सकते होंगे।'

हर्माइनी बोली, 'मैंने तुम्हें कितनी बार बताया है कि हॉगवर्ट्स में कोई अंतर्ध्यान *नहीं* हो सकता।'

'ठीक है ... तो फिर यह विचार कैसा है,' रॉन ने रोमांच से कहा, 'क्रम ने क्राउच पर हमला किया - नहीं, ज़रा ठहरो - और फिर उसने ख़ुद को स्तब्ध कर लिया!'

'और मिस्टर क्राउच ग़ायब हो गए, है ना?' हर्माइनी ने चिढ़कर कहा।

'ओह, हाँ ...'

हैरी, रॉन और हर्माइनी बड़े सबेरे ही अपने कमरों से निकल आए थे और सिरियस को चिट्ठी भेजने के लिए एक साथ उल्लूघर तक गए थे । अब वे खड़े-खड़े ओस में भीगे मैदान की तरफ़ देख रहे थे। तीनों की ही आँखें सूजी थीं और चेहरे पीले थे, क्योंकि वे देर रात तक मिस्टर क्राउच के बारे में बातें करते रहे थे।

'दोबारा पूरी घटना बताओ, हैरी,' हर्माइनी ने कहा। 'मिस्टर क्राउच ने

वास्तव में क्या कहा ?'

'मैंने तुम्हें बताया तो था, वे अनाप-शनाप बोले जा रहे थे,' हैरी ने कहा। 'वे कह रहे थे कि वे डम्बलडोर को किसी चीज़ के बारे में चेतावनी देना चाहते हैं। उन्होंने निश्चित रूप से बर्था जोरकिन्स का ज़िक्र किया था और उनके हिसाब से वह मर चुकी है। उन्होंने कहा कि यह उनकी ग़लती थी ... उन्होंने अपने बेटे का भी ज़िक्र किया था।'

'हाँ, वह तो उनकी ग़लती *थी,'* हर्माइनी ने चिढ़कर कहा।

'वे होश में नहीं थे,' हैरी ने कहा। 'आधे समय तो वे यही सोच रहे थे कि उनकी पत्नी और बेटा दोनों अब भी ज़िंदा हैं। वे पर्सी से ऑफ़िस की बातें कर रहे थे और निर्देश दे रहे थे।'

रॉन ने पूछा, 'और ... मुझे बताओ कि उन्होंने तुम-जानते-हो-कौन के बारे में क्या कहा ?'

'मैंने तुम्हें बताया तो था,' हैरी ने धीरे से एक बार फिर कहा। 'उन्होंने कहा कि वह पहले से ज़्यादा ताक़तवर बन चुका है।'

एक पल ख़ामोशी छाई रही।

फिर रॉन ने नक़ली विश्वास भरी आवाज़ में कहा, 'लेकिन जैसा तुमने कहा, वे होश में नहीं थे, इसलिए उनकी आधी बातें तो शायद बेसिरपैर की होंगी ...'

'जब वे वोल्डेमॉर्ट के बारे में बातें करने की कोशिश कर रहे थे, तब सबसे समझदारी भरी बातें कर रहे थे,' हैरी ने कहा और रॉन की त्योरी को नज़रअंदाज़ कर दिया। 'उस समय उन्हें बोलने में मुश्किल आ रही थी, लेकिन तब वे अच्छी तरह जानते थे कि वे कहाँ थे और क्या करना चाहते थे। वे बार-बार कह रहे थे कि उन्हें डम्बलडोर से मिलना है।'

हैरी खिड़की से मुड़ा और पटियों को घूरने लगा। उल्लुओं के बैठने के आधे से ज़्यादा स्थान ख़ाली थे। कभी-कभार एकाध उल्लू खिड़की से होता हुआ अंदर उड़ आता था और रात के शिकार में पकड़े चूहे को अपनी चोंच में दबा लाता था।

'अगर स्नेप ने मुझे नहीं रोका होता,' हैरी ने कटुता से कहा, 'तो हम समय पर पहुँच सकते थे। "हेडमास्टर व्यस्त हैं, पॉटर ... यह क्या बकवास है, पॉटर ?" वे मेरे रास्ते से हट क्यों नहीं गए ?'

'शायद वे नहीं चाहते होंगे कि तुम डम्बलडोर से मिलो!' रॉन ने जल्दी से कहा। 'शायद – ज़रा ठहरो – तुम्हें क्या लगता है कि वे कितनी जल्दी जंगल

पहुँच सकते थे ? क्या तुम्हें लगता है कि वे तुमसे और डम्बलडोर से पहले वहाँ पहुँच सकते थे ?'

हैरी ने कहा, 'नहीं, जब तक कि वे ख़ुद को किसी चमगादड़ या पक्षी में न बदल सकते हों।'

'वे यह काम भी कर सकते हैं,' रॉन बुदबुदाया।

'हमें प्रोफ़ेसर मूडी से मिलना चाहिए,' हर्माइनी ने कहा। 'हमें यह पता लगाना चाहिए कि क्या उन्हें मिस्टर क्राउच मिले या दिखे थे।'

हैरी ने कहा, 'अगर उनके पास वह नक़्शा होता, तो यह काम आसान होता।'

'जब तक कि क्राउच पहले ही हॉगवर्ट्स के बाहर न पहुँच गए हों,' रॉन बोला, 'क्योंकि नक़्शा सिर्फ़ हॉगवर्ट्स की सीमा तक के लोगों को ही दिखाता है, है ना –'

'श्श्श!' हर्माइनी ने अचानक कहा।

कोई सीढ़ियाँ चढ़कर उल्लूघर की तरफ़ आ रहा था। हैरी को दो लोगों के बहस करने की आवाज़ें सुनाई दीं, जो लगातार पास आती जा रही थीं।

'– यह तो ब्लैकमेल है। ऐसा करने पर तो हम बहुत मुश्किल में फँस सकते हैं –'

'– हमने विनम्रता से बहुत कोशिशें करके देख ली हैं। अब उन्हीं की तरह गंदा खेल खेलने का वक़्त आ चुका है। वे यह पसंद नहीं करेंगे कि जादू मंत्रालय को उनकी करतूतों का पता चल जाए –'

'मैं तुम्हें बता रहा हूँ, लिख देने पर यह बात ब्लैकमेल की श्रेणी में आ जाएगी!'

'हाँ, पर अगर इससे तुम्हें काफ़ी पैसे मिल गए, तो तुम कोई शिकायत नहीं करोगे, है ना ?'

उल्लूघर का दरवाज़ा धड़ाक से खुल गया। फ्रेड और जॉर्ज चौखट तक आए, लेकिन हैरी, रॉन और हर्माइनी को देखते ही रुक गए।

'तुम लोग यहाँ क्या कर रहे हो ?' रॉन और फ्रेड ने एक साथ पूछा।

'चिट्ठी भेज रहे हैं,' हैरी और जॉर्ज ने एक साथ जवाब दिया।

'क्या, इस समय ?' हर्माइनी और फ्रेड ने कहा।

फ्रेड मुस्कराया। 'ठीक है – अगर तुम हमसे यह न पूछो कि हम क्या कर रहे हैं, तो हम भी तुमसे यह सवाल नहीं पूछेंगे।'

वह अपने हाथों में एक बंद लिफ़ाफ़ा पकड़े हुए था। हैरी ने उसकी तरफ़

देखा, लेकिन फ़्रेड ने संयोग से या जान-बूझकर अपना हाथ इस तरह खिसका लिया कि उस पर लिखा नाम ढँक गया।

'ठीक है, अब हम तुम्हें रोकना नहीं चाहते,' फ़्रेड ने कहा और झुककर नक़ली अभिवादन करते हुए दरवाज़े की तरफ़ इशारा किया।

रॉन हिला तक नहीं। उसने पूछा, 'तुम लोग किसे ब्लैकमेल कर रहे हो?'

फ़्रेड के चेहरे की मुस्कान ग़ायब हो गई। हैरी ने देखा कि जॉर्ज ने फ़्रेड की तरफ़ कनखियों से देखा और फिर रॉन की तरफ़ देखकर मुस्करा दिया।

उसने आराम से कहा, 'बेवक़ूफ़ी की बातें मत करो। मैं तो सिर्फ़ मज़ाक़ कर रहा था।'

'मज़ाक़ जैसा लग तो नहीं रहा था,' रॉन बोला।

फ़्रेड और जॉर्ज ने एक-दूसरे की तरफ़ देखा।

फिर फ़्रेड ने अचानक कहा, 'मैंने तुम्हें पहले भी बताया है, रॉन, अगर तुम अपनी नाक के हुलिए को पसंद करते हो, तो इसे दूसरों के मामलों से दूर रखो। समझ में नहीं आता, तुम हर मामले में अपनी नाक क्यों घुसेड़ते हो, लेकिन –'

'अगर तुम लोग किसी को ब्लैकमेल करते हो, तो इससे मुझे फ़र्क़ पड़ता है,' रॉन बोला। 'जॉर्ज ने सही कहा था, तुम गंभीर मुश्किल में फँस सकते हो।'

'मैंने तुमसे कहा ना, मैं मज़ाक़ कर रहा था,' जॉर्ज ने कहा। वह फ़्रेड के पास तक गया, उसके हाथ से चिट्ठी ली और उसे सबसे पास वाले करैल उल्लू के पैर से बाँधने लगा। 'तुम तो अब हमारे प्यारे बड़े भाई जैसी बातें कर रहे हो, रॉन। इसी दिशा में चलते रहे, तो तुम भी जल्दी ही प्रिफ़ेक्ट बन जाओगे।'

'नहीं, मैं नहीं बनूँगा!' रॉन ने गर्मजोशी से कहा।

जॉर्ज करैल उल्लू को लेकर खिड़की तक गया और उसे बाहर उड़ा दिया।

वह घूमा और रॉन को मुस्कराकर देखा। 'तो फिर लोगों को यह बताना छोड़ दो कि उन्हें क्या करना चाहिए। बाद में मिलते हैं।'

वह और फ़्रेड उल्लूघर से चले गए। हैरी, रॉन और हर्माइनी एक-दूसरे को घूरकर देखने लगे।

'तुम्हें यह तो नहीं लगता कि उन लोगों को इस मामले के बारे में कुछ मालूम है?' हर्माइनी ने फुसफुसाकर पूछा। 'क्राउच वाले मामले में?'

'नहीं,' हैरी बोला। 'अगर मामला इतना गंभीर होता, तो वे किसी को बता देते। वे डम्बलडोर को बता देते।'

बहरहाल, रॉन परेशान दिख रहा था।

हर्माइनी ने उससे पूछा, 'क्या हुआ?'

'देखो ...' रॉन ने धीरे से कहा, 'मुझे नहीं लगता कि वे बताते। उन लोगों ... उन लोगों के सिर पर तो इन दिनों पैसे कमाने की धुन सवार है। यह मुझे तब समझ में आया था, जब मैं उनके साथ काफ़ी समय रहता था - जब - हम -'

'जब हम लोगों की बातें बंद थीं,' हैरी ने उसका अधूरा वाक्य पूरा किया। 'हाँ, लेकिन ब्लैकमेल ...'

'उनके दिमाग़ में जोक-शॉप खोलने का विचार है,' रॉन बोला। 'मुझे लगा था कि वे सिर्फ़ मम्मी को चिढ़ाने के लिए ऐसा कहते होंगे, लेकिन वे इस मामले में सचमुच गंभीर हैं। वे जोक-शॉप खोलना चाहते हैं। हॉगवर्ट्स में अब उनका बस एक साल बचा है। वे लगातार कहते रहते हैं कि अब उन्हें अपने भविष्य के बारे में सोचना चाहिए। चूँकि डैडी मदद नहीं कर सकते, इसलिए उन्हें अपने दम पर यह काम करने के लिए पैसों की ज़रूरत है।'

हर्माइनी अब परेशान दिखने लगी थी, 'हाँ, लेकिन ... पैसे कमाने के लिए वे कोई ऐसा काम तो नहीं करेंगे, जो क़ानून के ख़िलाफ़ हो, है ना?'

'क्या पता?' रॉन ने संदेह से कहा। 'मैं नहीं जानता ... वे नियम तोड़ने की परवाह नहीं करते हैं।'

'हाँ, लेकिन यह *क़ानून* है,' हर्माइनी ने थोड़ा डरते हुए कहा। 'यह स्कूल का कोई मूर्खतापूर्ण नियम नहीं है ... ब्लैकमेल के लिए उन्हें सख़्त सज़ा मिलेगी! रॉन ... शायद तुम्हें यह बात पर्सी को बता देनी चाहिए ...'

'क्या तुम पागल हो गई हो?' रॉन ने कहा। 'पर्सी को बता दूँ? वह शायद क्राउच की तरह उन्हें दमपिशाचों के हवाले कर देगा।' उसने उस खिड़की से बाहर देखा, जिससे फ्रेड और जॉर्ज का उल्लू बाहर गया था। फिर वह बोला, 'चलो, चलकर थोड़ा नाश्ता कर लेते हैं।'

'क्या तुम्हें लगता है कि हमें सुबह इतनी जल्दी चलकर प्रोफ़ेसर मूडी से बात करनी चाहिए?' हर्माइनी ने घुमावदार सीढ़ियों से उतरते समय पूछा।

'नहीं,' हैरी ने कहा। 'अगर हम इतनी सुबह उनका दरवाज़ा खटखटाएँगे, तो वे शायद दरवाज़े के पार से हमें उड़ा देंगे। वे सोचेंगे कि हम सोते समय उन पर हमला करने की कोशिश कर रहे हैं। हम छुट्टी में उनसे पूछ लेंगे।'

जादू का इतिहास विषय की क्लास पहले कभी इतनी धीमी रफ़्तार से नहीं चली थी। हैरी बार-बार रॉन की घड़ी देखता रहा। उसने अब अपनी घड़ी पहननी छोड़ दी थी, लेकिन रॉन की घड़ी भी इतनी धीमी रफ़्तार से चल रही थी कि उसे पूरा यक़ीन था कि यह भी बंद हो गई है। वे तीनों इतने थक चुके थे कि

अपना सिर डेस्क पर रखकर सो सकते थे। यहाँ तक कि हर्माइनी भी आम दिनों की तरह अपने नोट्स नहीं लिख रही थी, बल्कि अपना सिर अपने हाथ पर रखकर प्रोफ़ेसर बिन्स को घूर रही थी, हालाँकि उसकी आँखें कहीं और देख रही थीं।

जब आख़िरकार घंटी बजी, तो वे जल्दी से गुप्त कलाओं से रक्षा के क्लासरूम वाले गलियारे में जाने लगे। प्रोफ़ेसर मूडी उसमें से बाहर निकल ही रहे थे। वे उन्हीं लोगों जितने थके दिख रहे थे। उनकी सामान्य आँख की पलक झुकी हुई थी, जिससे उनका चेहरा और विकृत लग रहा था।

'प्रोफ़ेसर मूडी ?' हैरी ने कहा, जब वे विद्यार्थियों की भीड़ में से उनके पास जाने का रास्ता बनाने लगे।

'हैलो पॉटर,' मूडी गुर्राए। उनकी जादुई आँख फ़र्स्ट ईयर के दो गुज़रते हुए विद्यार्थियों पर पड़ी, जो घबराकर तेज़ी से चल दिए। फिर उनकी जादुई आँख उनके सिर का पीछा करती रही और उन्होंने फ़र्स्ट ईयर के विद्यार्थियों को मोड़ पर मुड़ते देखा। इसके बाद वे बोले। 'अंदर आ जाओ।'

वे खड़े रहे और उन लोगों को अपने ख़ाली क्लासरूम में अंदर जाने दिया। फिर वे लँगड़ाते हुए उनके पीछे अंदर आए और दरवाज़ा बंद कर लिया।

'क्या वे आपको मिले ?' हैरी ने बिना भूमिका बनाए सीधे ही पूछ लिया। 'मिस्टर क्राउच ?'

'नहीं,' मूडी ने कहा। वे अपनी डेस्क तक गए और उस पर बैठ गए। फिर उन्होंने हल्की सी कराह के साथ अपनी लकड़ी की टाँग फैलाई और अपना थर्मस बाहर निकाल लिया।

'क्या आपने नक़्शे का इस्तेमाल किया था ?' हैरी ने पूछा।

'ज़ाहिर है,' मूडी ने अपने थर्मस में भरे रस का एक घूँट लेते हुए कहा। 'पॉटर, मैंने तुम्हारा ही अनुसरण किया था। मैंने आह्वान मंत्र का प्रयोग करके नक़्शे को अपने ऑफ़िस से जंगल में बुलवा लिया था। वे कहीं भी नहीं दिख रहे थे।'

रॉन ने कहा, 'तो *क्या* वे अंतर्ध्यान हो गए होंगे ?'

'हॉगवर्ट्स में कोई भी अंतर्ध्यान नहीं हो सकता, रॉन!' हर्माइनी बोली। 'वे दूसरे तरीक़ों से भी ग़ायब हो सकते होंगे, है ना, प्रोफ़ेसर ?'

मूडी की जादुई आँख हिली और हर्माइनी पर टिक गई।

'तुम भी ऑरर के रूप में कैरियर बनाने के बारे में सोच सकती हो,' उन्होंने उससे कहा। 'तुम्हारा दिमाग़ सही तरीक़े से काम करता है, ग्रेंजर।'

हर्माइनी का चेहरा ख़ुशी से गुलाबी हो गया।

'वे अदृश्य नहीं थे,' हैरी ने कहा, 'नक़्शा अदृश्य लोगों को दिखा देता है। इसका मतलब यह है कि वे मैदान से चले गए होंगे।'

'लेकिन अपने दम पर?' हर्माइनी ने उत्साह से कहा। 'या फिर कोई और उन्हें ले गया होगा?'

'हाँ, कोई और भी ले जा सकता था - शायद झाड़ू पर खींचकर बैठाया हो और अपने साथ उड़ाकर ले गया हो?' रॉन ने जल्दी से कहा और मूडी की तरफ़ आशा भरी नज़रों से देखा। वह भी यह सुनना चाहता था कि वह भी ऑरर बन सकता है।

'हम अपहरण को भी नज़रअंदाज़ नहीं कर सकते,' मूडी गुर्राकर बोले।

'तो,' रॉन बोला, 'आपको क्या लगता है, वे हॉग्समीड में कहीं पर होंगे?'

'कहीं भी हो सकते हैं,' मूडी ने अपना सिर हिलाते हुए कहा। 'हम तो यक़ीन के साथ सिर्फ़ इतना ही कह सकते हैं कि वे यहाँ नहीं हैं।'

उन्होंने इतनी ज़ोरदार जम्हाई ली कि उनके घावों के निशान फैल गए और उनके मुँह के अंदर के कई दाँत ग़ायब दिखे।

फिर वे बोले, 'डम्बलडोर ने मुझे बताया है कि तुम तीनों ख़ुद को जासूस मानते हो, लेकिन तुम क्राउच के मामले में कुछ नहीं कर सकते। अब मंत्रालय उनकी खोज करेगा; डम्बलडोर ने उन्हें ख़बर भिजवा दी है। पॉटर, तुम अपना ध्यान तीसरे काम पर केंद्रित करो।'

'क्या?' हैरी ने कहा। 'अरे हाँ ...'

वह जब से पिछली रात को क्रम के साथ भूलभुलैया से वापस आया था, तब से उसने एक बार भी इस बारे में नहीं सोचा था।

'इस बार तो मामला तुम्हारा जाना-पहचाना है,' मूडी ने हैरी की तरफ़ देखते हुए और अपनी निशान भरी खूँटीदार ठुड्डी को खुजाते हुए कहा। 'जैसा डम्बलडोर ने मुझे बताया है, तुम इस तरह के काम कई बार कर चुके हो। तुमने अपने फ़र्स्ट ईयर में पारस पत्थर की रक्षा करने वाली बहुत सी बाधाओं को पार किया था?'

'हमने भी मदद की थी,' रॉन जल्दी से बोला। 'मैंने और हर्माइनी ने मदद की थी।'

मूडी मुस्कराकर बोले, 'तो फिर इस बार भी प्रैक्टिस करने में उसकी मदद करो। इसके बाद भी अगर वह नहीं जीत पाया, तो मुझे बहुत हैरानी होगी। इस बीच... पॉटर, पूर्ण सावधानी। पूर्ण सावधानी।' उन्होंने अपने थर्मस से एक और लंबा घूँट पिया और उनकी जादुई आँख खिड़की पर मँडराने लगी।

खिड़की से डर्मस्ट्रैंग के जहाज़ का सबसे ऊपर का पाल दिख रहा था।

'तुम दोनों' – उनकी सामान्य आँख रॉन और हर्माइनी पर थी – 'तुम दोनों पॉटर के क़रीब ही रहना, ठीक है? मैं सभी चीज़ों पर नज़र रख रहा हूँ, लेकिन फिर भी ... जितनी ज़्यादा आँखें हों, उतना ही अच्छा है।'

*

सिरियस ने अगली सुबह ही उनके उल्लू को वापस भेज दिया। वह उसी पल हैरी के पास पंख फड़फड़ाता हुआ नीचे उतरा, जिस पल एक पिंगल उल्लू *दैनिक जादूगर* की प्रति लेकर हर्माइनी के पास आया। उसने अख़बार लिया, पहले कुछ पेज देखे और बोली, 'हा! उसे क्राउच की हवा तक नहीं लगी है!', फिर वह रॉन और हैरी के साथ सिरियस की चिट्ठी पढ़ने लगी, ताकि यह जान सके कि रात को हुई रहस्यमयी घटनाओं के बारे में सिरियस क्या कहता है।

हैरी – तुम कर क्या रहे थे, विक्टर क्रम के साथ जंगल के पास क्यों घूम रहे थे? मैं चाहता हूँ कि लौटते उल्लू से चिट्ठी भेजकर तुम यह क़सम खाओ कि रात को किसी के भी साथ बाहर नहीं घूमोगे। हॉगवर्ट्स में कोई बहुत ख़तरनाक व्यक्ति है। मुझे साफ़ दिख रहा है कि वह क्राउच को डम्बलडोर तक नहीं पहुँचने देना चाहता था और तुम अँधेरे में शायद उससे कुछ ही दूरी पर रहे होगे। तुम्हारी जान भी जा सकती थी।

तुम्हारा नाम आग के प्याले से संयोग से नहीं निकला था। अगर कोई तुम पर हमला करने की कोशिश कर रहा है, तो यह उसका आख़िरी मौक़ा है। रॉन और हर्माइनी के साथ ही रहना। शाम के बाद ग्रिफ़िंडर के हॉल से बाहर मत निकलना और तीसरे काम की तैयारी करना। स्तब्धीकरण और निरस्त्रीकरण मंत्रों का अभ्यास करो। कुछ आक्रामक मंत्रों से भी मदद मिलेगी। क्राउच के बारे में तुम कुछ नहीं कर सकते। अपना दिमाग़ स्थिर रखो और अपना ध्यान रखो। मैं तुम्हारी चिट्ठी का इंतज़ार कर रहा हूँ,

जिसमें तुम यह वादा करोगे कि तुम दोबारा कभी रात को बाहर नहीं निकलोगे।

सिरियस

'रात को बाहर निकलने के बारे में मुझे भाषण देने वाला वह कौन होता है?' हैरी ने थोड़ा चिढ़कर कहा, जब उसने सिरियस की चिट्ठी मोड़कर अपने दुशाले के भीतर रख ली। 'वह भी तो स्कूल में रात को घूमता रहता था!'

'वह तुम्हारे बारे में चिंतित है!' हर्माइनी ने तीखी आवाज़ में कहा। 'मूडी और हैग्रिड की तरह ही! इसलिए उसकी बात मान लो!'

'किसी ने भी पूरे साल मुझ पर हमला करने की कोशिश नहीं की है,' हैरी ने कहा। 'किसी ने भी मेरे साथ अब तक कुछ नहीं किया है –'

'सिर्फ़ तुम्हारा नाम आग के प्याले में डाला है,' हर्माइनी बोली। 'और हैरी, जिसने भी यह काम किया है, उसने ऐसा किसी कारण से किया होगा। स्नफ़ल्स सही कहता है। शायद वह व्यक्ति सही मौक़े का इंतज़ार कर रहा होगा। शायद वह इस काम के दौरान तुम पर हमला कर देगा।'

'देखो,' हैरी ने अधीरता से कहा, 'चलो मान लेते हैं, स्नफ़ल्स सही कह रहा है और किसी ने क्रम को स्तब्ध करके क्राउच का अपहरण कर लिया। इसका मतलब यह है कि वह हमारे पास के ही पेड़ों में छिपा होगा। लेकिन उसने तब तक इंतज़ार किया, जब तक कि मैं वहाँ से नहीं चला गया। इसके बाद ही उसने यह काम किया, है ना? तो इसका मतलब यही हो सकता है कि मैं उसका निशाना नहीं था, है ना?'

'अगर जंगल में तुम्हारी हत्या हो जाती, तो यह दुर्घटना नहीं लगती!' हर्माइनी ने कहा। 'लेकिन अगर तुम किसी काम को करने के दौरान मर जाते हो –'

'जिसने भी यह किया होगा, उसने क्रम पर हमला करते समय तो ऐसा नहीं सोचा, है ना?' हैरी ने कहा। 'उसने उसी समय मुझे भी क्यों नहीं निबटा दिया? अगर वह ऐसा कर देता, तो यही लगता कि क्रम और मुझमें द्वंद्वयुद्ध या लड़ाई हुई होगी।'

'हैरी, मुझे यह मामला ज़रा भी समझ में नहीं आ रहा है,' हर्माइनी हताशा में बोली। 'मैं तो बस इतना जानती हूँ कि बहुत सी अजीब चीज़ें हो रही हैं, जो मुझे अच्छी नहीं लग रही हैं ... मूडी सही कह रहे हैं – स्नफ़ल्स सही कह रहा है – तुम्हें तीसरे काम की तैयारी करनी चाहिए, फ़ौरन। लेकिन पहले तुम स्नफ़ल्स को लिखकर यह वादा करो कि तुम दोबारा चोरी-छुपे अकेले नहीं घूमोगे।

*

हॉगवर्ट्स का मैदान कभी इतना आकर्षक नहीं लगा था, जितना कि अब लग रहा था, जब हैरी को अंदर रुकना पड़ रहा था। अगले कुछ दिनों तक उसने अपना सारा ख़ाली समय हर्माइनी और रॉन के साथ लाइब्रेरी में आक्रामक मंत्रों की तलाश में बिताया या फिर ख़ाली क्लासरूमों में चोरी से प्रैक्टिस करने में। हैरी स्तब्धीकरण मंत्र सीख रहा था, जिसका उसने पहले कभी इस्तेमाल नहीं किया था। समस्या यह थी कि इसकी प्रैक्टिस के लिए रॉन और हर्माइनी को काफ़ी त्याग करना पड़ता था।

'क्या हम मिसेज़ नॉरिस का अपहरण कर सकते हैं?' रॉन ने सोमवार को लंच के समय सुझाव दिया, जब वह सम्मोहन के क्लासरूम में अपनी पीठ के बल लेटा था, क्योंकि हैरी ने पाँचवीं बार उसे स्तब्ध और पुनर्जीवित किया था। 'हम उसे स्तब्ध करने की प्रैक्टिस कर सकते हैं। या फिर हम डॉबी का इस्तेमाल कर सकते हैं, हैरी। मैं शर्त लगाता हूँ कि वह तुम्हारी मदद करने के लिए कुछ भी कर सकता है। मैं शिकायत नहीं कर रहा हूँ' – उसने अपनी पीठ सहलाते हुए और धीरे-धीरे खड़े होते हुए कहा – 'पर मेरा पूरा शरीर दुख रहा है ...'

'तुम कुशन पर ठीक से नहीं गिर रहे हो, है ना!' हर्माइनी ने अधीरता से कहा, जब वह उन कुशनों के ढेर को दोबारा जमाने लगी, जिनका इस्तेमाल उन्होंने सम्मोहन की क्लास में तिलांजलि मंत्र सीखते समय किया था और जिन्हें फ़्लिटविक ने बाद में एक अलमारी में रख दिया था। 'कुशनों पर गिरने की कोशिश करो!'

'स्तब्ध होने के बाद निशाना ज़्यादा अच्छा नहीं होता है, हर्माइनी!' रॉन ने ग़ुस्से से कहा। 'तुम ख़ुद यह कोशिश करके क्यों नहीं देख लेतीं?'

'मुझे लगता है कि हैरी को यह मंत्र तो अब अच्छी तरह से आ चुका है,' हर्माइनी ने जल्दी से कहा। 'और हमें निरस्त्रीकरण मंत्र के बारे में चिंता करने की कोई ज़रूरत नहीं है, क्योंकि वह काफ़ी पहले से यह काम कर लेता है ... मुझे लगता है कि हमें आज शाम को इनमें से कुछ आक्रामक मंत्रों पर काम करना चाहिए।'

उसने आक्रामक मंत्रों की उस सूची की तरफ़ देखा, जो उन्होंने लाइब्रेरी में बैठकर बनाई थी।

'मुझे यह वाला पसंद आ रहा है,' उसने कहा, 'बाधा मंत्र। हैरी, जो भी तुम पर हमला करने की कोशिश करेगा, यह उसकी गति को धीमा कर देगा। हम इसी से शुरू करते हैं।'

घंटी बजी। उन्होंने जल्दी से कुशनों को फ़्लिटविक की अलमारी में रख

दिया और क्लासरूम से बाहर निकल गए।

'डिनर पर मिलते हैं!' हर्माइनी ने अंकों का जादुई महत्व के क्लासरूम की तरफ़ जाते हुए कहा। हैरी और रॉन उत्तरी मीनार में ज्योतिष के क्लासरूम की तरफ़ जाने लगे। ऊँची खिड़कियों से गलियारे में तेज़ धूप आ रही थी। बाहर आसमान इतना नीला था कि ऐसा लग रहा था, जैसे इस पर रंग-रोगन किया गया हो।

'ट्रिलोनी का कमरा तो आज उबल रहा होगा। वे कभी उस आग को बुझाती ही नहीं हैं,' रॉन ने कहा, जब वे सफ़ेद सीढ़ी और चोर-दरवाज़े की तरफ़ जाने वाली सीढ़ियों पर चढ़ने लगे।

उसने बिलकुल ठीक कहा था। धुँधली रोशनी से भरा कमरा वाक़ई बहुत गर्म था। आग का सुगंधित धुआँ आज हमेशा की अपेक्षा ज़्यादा भारी था। हैरी का दिमाग़ घूम गया। वह एक पर्दे वाली खिड़की के पास जाकर बैठने लगा। जब प्रोफ़ेसर ट्रिलोनी दूसरी तरफ़ देख रही थीं और अपने फँसे हुए शॉल को एक लैंप से निकाल रही थीं, तो उसने खिड़की को एक इंच खोल दिया और अपनी कुर्सी पर टिककर बैठ गया, ताकि हल्की-हल्की हवा उसके चेहरे पर पड़ती रहे। यह बहुत ही आरामदेह था।

'प्यारे बच्चो,' प्रोफ़ेसर ट्रिलोनी ने विद्यार्थियों के सामने अपनी पंखदार कुर्सी पर बैठते हुए और अपनी बड़ी-बड़ी आँखों से उन्हें देखते हुए कहा, 'हमने ग्रहों के आधार पर भविष्यवाणी करने का काम लगभग पूरा कर लिया है। बहरहाल, आज मंगल के प्रभावों की जाँच करने का बहुत अच्छा मौक़ा है, जिसकी स्थिति इस समय बड़ी ही दिलचस्प है। तुम सभी लोग इस तरफ़ देखो, मैं रोशनी को थोड़ा धीमा कर देती हूँ ...'

उन्होंने अपनी छड़ी लहराकर लैंप बुझा दिए। अब सिर्फ़ आग की ही रोशनी आ रही थी। प्रोफ़ेसर ट्रिलोनी झुकीं और उन्होंने अपनी कुर्सी के नीचे से सौर परिवार का एक छोटा मॉडल निकाला, जो एक काँच के गुंबद में बंद था। यह बहुत सुंदर था। नौ ग्रहों के चारों तरफ़ उनके चंद्रमा घूम रहे थे। सूर्य और सभी ग्रह काँच के नीचे हवा में झूल रहे थे। हैरी ने अलसाए अंदाज़ में देखा, जब प्रोफ़ेसर ट्रिलोनी यह बताने लगीं कि मंगल नेपच्यून के साथ कितना बढ़िया कोण बना रहा था। भारी ख़ुशबूदार धुआँ उसकी तरफ़ आ रहा था और खिड़की से आती हवा उसके चेहरे पर पड़ रही थी। पर्दे के पीछे उसे कहीं पर किसी बीटल की भिन-भिन की आवाज़ सुनाई दे रही थी। उसकी पलकें झुकने लगीं ...

वह एक बाज उल्लू की पीठ पर सवार था और साफ़ नीले आसमान में उड़ता हुआ एक पहाड़ी पर बने एक पुराने मकान की तरफ़ जा रहा था, जो

आइवी की बेल से ढँका हुआ था। हैरी के चेहरे पर हवा के सुखद झोंके पड़ रहे थे। फिर वे नीचे उतरने लगे, जब तक कि वे उस मकान की ऊपरी मंज़िल की अँधेरी और टूटी हुई खिड़की तक नहीं पहुँच गए और उसमें से अंदर नहीं चले गए। अब वे एक अँधेरे गलियारे से उड़ते हुए बिलकुल आख़िरी छोर पर बने कमरे की तरफ़ जा रहे थे ... वे दरवाज़े से घुसकर एक अँधेरे कमरे में गए, जिसकी खिड़कियाँ बंद थीं ...

हैरी उल्लू की पीठ से उतर गया ... अब उल्लू कमरे में पंख फड़फड़ाते हुए उड़ रहा था ... हैरी की निगाह एक कुर्सी पर जमी थी, जिसकी पीठ उसकी तरफ़ थी ... कुर्सी के पास फ़र्श पर दो काली आकृतियाँ थीं ... दोनों ही हिल रही थीं ...

एक बड़ी नागिन थी ... दूसरा एक आदमी था ... एक नाटा, गंजा होता आदमी, जिसकी आँखें पानीदार और नाक नुकीली थी ... वह अँगीठी के पास वाली दरी पर सुबक रहा था ...

'तुम्हारी क़िस्मत अच्छी है, वर्मटेल,' एक ठंडी और तीखी आवाज़ उस कुर्सी की गहराई से आई, जिस पर उल्लू उतरा था। 'तुम सचमुच बहुत ख़ुशक़िस्मत हो। तुम्हारी ग़लती से सब कुछ बर्बाद नहीं हुआ। वह मर चुका है।'

'मेरे मालिक!' फ़र्श पर पड़े आदमी ने आह भरते हुए कहा। 'मेरे मालिक, मैं ... मैं बहुत ख़ुश हूँ ... और बहुत दुखी भी ...'

'नागिनी,' ठंडी आवाज़ आई, 'तुम्हारी क़िस्मत ख़राब है। मैं अब वर्मटेल को तुम्हें नहीं खिलाऊँगा ... लेकिन चिंता मत करो, चिंता मत करो ... अभी हैरी पॉटर तो है ...'

नागिनी फुँफकारने लगी। हैरी को उसकी हिलती हुई जीभ दिखाई दी।

'वर्मटेल,' ठंडी आवाज़ आई, 'अब मैं तुम्हें एक और चेतावनी देता हूँ कि मैं तुम्हारी एक भी ग़लती बर्दाश्त नहीं करूँगा ...'

'मेरे मालिक ... नहीं ... मैं आपके हाथ जोड़ता हूँ ...'

कुर्सी की गहराइयों से एक छड़ी की नोक उभरी। यह वर्मटेल की तरफ़ तनी हुई थी। ठंडी आवाज़ ने कहा, *'पीड़ितो।'*

वर्मटेल चीख़ने लगा। वह इस तरह चीख़ रहा था, जैसे उसका पूरा शरीर आग में झुलस रहा हो। वह चीख़ हैरी के कानों में भर गई और उसके माथे का निशान दर्द से जलने लगा। वह भी चीख़ने लगा ... वोल्डेमॉर्ट उसकी आवाज़ सुन लेगा, वह जान जाएगा कि हैरी भी वहीं पर था ...

'हैरी! *हैरी!'*

हैरी ने अपनी आँखें खोलीं। वह प्रोफ़ेसर ट्रिलोनी के कमरे के फ़र्श पर लेटा हुआ था और उसके हाथ उसके माथे पर थे। उसका निशान अब भी इतनी बुरी तरह जल रहा था कि उसकी आँखों में पानी आ चुका था। दर्द बहुत ज़्यादा और वास्तविक था। सभी विद्यार्थी उसके चारों तरफ़ खड़े थे। रॉन उसके पास घुटनों के बल बैठा हुआ था और दहशत में दिख रहा था।

'तुम ठीक तो हो?' उसने पूछा।

'नहीं, निश्चित रूप से वह ठीक नहीं है!' प्रोफ़ेसर ट्रिलोनी ने बहुत रोमांचित दिखते हुए कहा। उनकी बड़ी-बड़ी आँखें हैरी को निहारती रहीं, 'क्या हुआ, पॉटर? कोई पूर्व-चेतावनी? भविष्य की झलक? तुमने क्या देखा?'

'कुछ नहीं,' हैरी ने झूठ बोल दिया। वह उठकर बैठ गया। उसे महसूस हुआ कि वह काँप रहा था। वह अपने पीछे की छायाओं में देखे बिना नहीं रह सका; वोल्डेमॉर्ट की आवाज़ इतनी क़रीब से आई थी ...

'तुम अपने निशान को पकड़े थे!' प्रोफ़ेसर ट्रिलोनी ने कहा। 'तुम फ़र्श पर छटपटा रहे थे और अपने निशान पर हाथ रखे थे! चलो, पॉटर, मुझे इन मामलों का अनुभव है!'

हैरी ने उनकी तरफ़ देखा।

'मुझे लगता है कि मुझे अस्पताल जाना चाहिए,' उसने कहा। 'सिर में बहुत दर्द हो रहा है।'

'मेरे प्यारे बच्चे, निश्चित रूप से मेरे कमरे की असाधारण भविष्यदर्शी तरंगों ने तुम्हें प्रेरित किया होगा!' प्रोफ़ेसर ट्रिलोनी बोलीं। 'अगर तुम इस समय यहाँ से जाओगे, तो तुम भविष्य में और आगे देखने का अवसर गँवा दोगे -'

हैरी ने जवाब दिया, 'मैं सिर दर्द के इलाज के अलावा भविष्य में और कुछ देखना भी नहीं चाहता।'

वह उठकर खड़ा हो गया। बाक़ी विद्यार्थी पीछे हट गए। वे डरे हुए थे।

'बाद में मिलते हैं,' हैरी ने रॉन से बुदबुदाकर कहा। फिर उसने अपना बैग उठाया और चोर-दरवाज़े की तरफ़ चल दिया। उसने प्रोफ़ेसर ट्रिलोनी को नज़रअंदाज़ कर दिया, जो बहुत कुंठित दिख रही थीं, जैसे उन्हें किसी बहुत बड़े आनंद से वंचित कर दिया गया हो।

जब हैरी सीढ़ी के नीचे पहुँचा, तो वह अस्पताल की तरफ़ नहीं गया। उसका वहाँ जाने का कोई इरादा नहीं था। सिरियस ने उससे कहा था कि अगर निशान दोबारा दुखे, तो उसे क्या करना चाहिए। हैरी उसकी सलाह के अनुसार वही काम करने जा रहा था : वह सीधे डम्बलडोर के ऑफ़िस की तरफ़ जा रहा

था। वह गलियारों में गया और यह सोचने लगा कि उसने सपने में क्या देखा था ... यह सपना भी उतना ही वास्तविक लग रहा था, जितना कि वह सपना, जिसने उसे प्रिविट ड्राइव में जगा दिया था ... उसने अपने दिमाग़ में सारी बातें याद कीं और उन्हें याद रखने की कोशिश करने लगा ... उसने सुना था कि वोल्डेमॉर्ट वर्मटेल पर कोई ग़लती करने का आरोप लगा रहा था ... लेकिन उल्लू अच्छी ख़बर लाया था ... इसलिए वर्मटेल को नागिनी को नहीं खिलाया जाएगा ... इसके बजाय हैरी को खिलाया जाएगा ...

हैरी बेध्यानी में भयंकर जानवर की मूर्ति के पार चला गया, जो डम्बलडोर के ऑफ़िस के प्रवेशद्वार पर पहरा दे रही थी। उसने पलकें झपकाकर चारों तरफ़ देखा और तब जाकर उसे एहसास हुआ कि वह आगे निकल गया था। वह मुड़ा और पत्थर की मूर्ति के सामने आकर रुक गया। फिर उसे याद आया कि उसे पासवर्ड तो मालूम नहीं है।

'शर्बत लेमन ?' उसने कहा।

मूर्ति नहीं हिली।

'ठीक है,' हैरी ने उसे घूरते हुए कहा। 'पियर ड्रॉप। अर - लिकोरिस की छड़ी। फ़िज़िंग व्हिज़बी। ड्रूबल्स बेस्ट ब्लोइंग गम। बर्टी बॉट की हर स्वाद की टॉफ़ियाँ ... ओह नहीं, वे तो उन्हें पसंद नहीं हैं ... ओह, सिर्फ़ खुल जाओ,' उसने ग़ुस्से से कहा। 'मुझे सचमुच उनसे मिलना है, बहुत ज़रूरी काम है!'

मूर्ति फिर भी नहीं हिली।

हैरी ने मूर्ति को लात मारी। लेकिन इससे उसके बड़े अँगूठे में दर्द के सिवाय और कुछ नहीं हुआ।

'चॉकलेट मेंढक!' वह ग़ुस्से से एक पैर पर खड़े-खड़े चिल्लाया। 'शकर-क़लम! कॉकरोच क्लस्टर!'

मूर्ति हिली और एक तरफ़ को हट गई। हैरी ने अपनी पलकें झपकाईं।

'कॉकरोच क्लस्टर ?' उसने हैरानी से कहा। 'मैं तो सिर्फ़ मज़ाक़ कर रहा था ...'

वह जल्दी से दीवारों के बीच की दरार से गया और पत्थर की घुमावदार सीढ़ियों पर खड़ा हो गया, जो धीरे-धीरे ऊपर की तरफ़ जा रही थीं। पीछे दरवाज़ा बंद हो गया। सीढ़ियाँ उसे बलूत की लकड़ी से बने दरवाज़े तक ले गईं, जिस पर पीतल की कुंडी लगी हुई थी।

उसे ऑफ़िस के भीतर से कुछ आवाज़ें सुनाई दीं। वह चलती हुई सीढ़ी से उतरा और झिझकते हुए सुनने लगा।

'डम्बलडोर, मुझे तो कोई संबंध नहीं दिख रहा है, बिलकुल भी नहीं!' यह जादू मंत्री कॉर्नेलियस फ़ज की आवाज़ थी। 'लूडो का कहना है कि बर्था ख़ुद ग़ायब होने में पूरी तरह सक्षम है। मैं मानता हूँ कि हमें अब तक उसका पता लग जाना चाहिए था, लेकिन हमारे पास गड़बड़ी का कोई सबूत नहीं है, डम्बलडोर, एक भी सबूत नहीं है। उसके ग़ायब होने का बार्टी क्राउच के ग़ायब होने से कोई संबंध नहीं है!'

मूडी की गुर्राती आवाज़ आई, 'मंत्रीजी, आपको क्या लगता है, बार्टी क्राउच के साथ क्या हुआ होगा?'

'मुझे दो संभावनाएँ नज़र आती हैं, अलैस्टर,' फ़ज ने कहा। 'या तो क्राउच पागल हो गया है – जिसकी काफ़ी संभावना है। मेरे ख़्याल से उसके व्यक्तिगत इतिहास को देखते हुए आप सभी इस बात से सहमत होंगे। उसका दिमाग़ घूम गया होगा और वह कहीं भटक रहा होगा –'

डम्बलडोर ने जल्दी से कहा, 'अगर ऐसी बात है, तो वे यहाँ से बहुत जल्दी चले गए, कॉर्नेलियस।'

'या फिर – देखो ...' फ़ज थोड़े परेशान दिखने लगे। 'देखो, मैं जब तक वह जगह न देख लूँ, जहाँ उन्हें पाया गया था, तब तक मैं कुछ नहीं कह सकता। लेकिन तुम लोगों का कहना है कि वह जगह बाबैटन्स की घोड़ागाड़ी के पास ही थी? डम्बलडोर, तुम जानते हो वह औरत कौन है?'

डम्बलडोर ने धीरे से कहा, 'मैं उन्हें बहुत ही योग्य हेडमिस्ट्रेस मानता हूँ – और बहुत अच्छी नर्तकी भी।'

'छोड़ो भी, डम्बलडोर!' फ़ज ने ग़ुस्से से कहा। 'क्या तुम्हें नहीं लगता कि तुम हैग्रिड की वजह से पूर्वाग्रह के चलते उनका पक्ष ले रहे हो? वे सब हानिरहित नहीं होते हैं – ऐसी माँ के होने के बाद तुम हैग्रिड को हानिरहित कैसें मान सकते हो –'

'मुझे मैडम मैक्सिम पर भी हैग्रिड जितना ही भरोसा है,' डम्बलडोर ने उतनी ही शांति से कहा। 'कॉर्नेलियस, मुझे लगता है कि शायद आप ही पूर्वाग्रह के कारण यह बात कह रहे हैं।'

तभी मूडी गरजते हुए बीच में बोले, 'क्या हम इस बातचीत को जल्दी से ख़त्म कर सकते हैं?'

'हाँ, हाँ, चलो मैदान में चलते हैं,' कॉर्नेलियस ने बेसब्री से कहा।

'नहीं, यह बात नहीं है,' मूडी ने कहा, 'बात यह है कि पॉटर आपसे मिलना चाहता है, डम्बलडोर। वह दरवाज़े के बाहर खड़ा हुआ है।'

अध्याय तीस

स्मृति पात्र

ऑफ़िस का दरवाज़ा खुल गया।

'हैलो, पॉटर,' मूडी ने कहा। 'अंदर आ जाओ।'

हैरी अंदर चला गया। वह एक बार पहले भी डम्बलडोर के ऑफ़िस में आ चुका था। यह बहुत सुंदर गोलाकार कमरा था। इसमें हॉगवर्ट्स के पिछले हेडमास्टरों और हेडमिस्ट्रेसों की तस्वीरें लगी थीं, जो सभी गहरी नींद में सो रहे थे। उनके सीने धीरे-धीरे ऊपर-नीचे हो रहे थे।

कॉर्नेलियस फ़ज डम्बलडोर की डेस्क के पास खड़े थे। वे हमेशा की तरह अपना धारीदार चोगा पहने थे और अपने नींबू जैसे हरे हैट को थामे थे।

'हैरी!' फ़ज ने ख़ुशी से उसकी तरफ़ बढ़ते हुए कहा। 'तुम कैसे हो?'

'बढ़िया,' हैरी ने झूठ बोल दिया।

'हम अभी उस रात के बारे में बातें कर रहे थे, जब मिस्टर क्राउच मैदान में दिखाई दिए थे,' फ़ज ने कहा। 'वे तुम्हीं को तो मिले थे, है ना?'

'हाँ,' हैरी ने कहा। फिर उसे लगा कि यह नाटक करना बेकार है कि उसने उनकी बातें नहीं सुनी थीं, इसलिए उसने आगे जोड़ दिया, 'लेकिन मुझे मैडम मैक्सिम आस-पास कहीं दिखाई नहीं दीं और उन्हें छिपने में बहुत मुश्किल आती, है ना?'

फ़ज की पीठ के पीछे से डम्बलडोर हैरी की तरफ़ देखकर मुस्कराए और उनकी आँखें चमकने लगीं।

'हाँ, यह बात तो है,' फ़ज ने थोड़ी शर्मिंदगी के साथ कहा। 'हैरी, अगर तुम बुरा न मानो तो हम मैदान में घूमने जा रहे हैं ... शायद तुम अपनी क्लास में लौटना चाहो –'

'मैं आपसे बात करना चाहता हूँ, प्रोफ़ेसर,' हैरी ने जल्दी से डम्बलडोर की तरफ़ देखते हुए कहा, जिन्होंने उस पर पैनी निगाह डाली।

'मेरा यहीं इंतज़ार करो, हैरी,' उन्होंने कहा। 'मैदान की जाँच करने में हमें ज़्यादा वक़्त नहीं लगेगा।'

वे ख़ामोशी से हैरी के पास से निकल गए और दरवाज़ा बंद कर गए। एकाध मिनट बाद हैरी ने सुना कि नीचे के गलियारे में मूडी के लकड़ी के पैर की *ठक-ठक* की आवाज़ धीमी होती जा रही है। उसने चारों तरफ़ देखा।

'हैलो, ज्वाला,' उसने कहा।

ज्वाला प्रोफ़ेसर डम्बलडोर का फ़ीनिक्स था। वह दरवाज़े के पास अपने सुनहरे अड्डे पर बैठा हुआ था। वह हंस के आकार का था और उसके लाल-सुनहरे पंख बहुत सुंदर थे। उसने अपनी लंबी पूँछ हिलाई और हैरी की तरफ़ देखकर पलकें झपकाईं।

हैरी डम्बलडोर की डेस्क के सामने रखी एक कुर्सी पर बैठ गया। वह कई मिनट तक उन पुराने हेडमास्टरों और हेडमिस्ट्रेसों को देखता रहा, जो अपनी तस्वीरों में सो रहे थे। वह अभी-अभी सुनी बातों के बारे में सोचता रहा और अपने निशान पर उँगलियाँ फेरता रहा। अब उसमें दर्द नहीं हो रहा था।

डम्बलडोर के ऑफ़िस में आने के बाद वह काफ़ी शांति महसूस कर रहा था। वह जानता था कि कुछ ही समय बाद वह उन्हें सपने के बारे में बता देगा। हैरी ने डेस्क के पीछे की दीवारों की तरफ़ देखा। एक शेल्फ़ पर फटी-पुरानी बोलती टोपी रखी थी। उसके पास वाले काँच के केस में चाँदी की एक शानदार तलवार थी, जिसकी मूठ में बड़े-बड़े माणिक जड़े थे। हैरी ने पहचान लिया कि उसने अपने सेकंड ईयर में इसी तलवार को बोलती टोपी में से खींचकर बाहर निकाला था। यह तलवार हैरी के हाउस के संस्थापक गौरव गरुड़द्वार की थी। हैरी तलवार की तरफ़ निहारता रहा और याद करता रहा कि इसने उसकी मदद तब की थी, जब उसने मदद की सारी उम्मीदें छोड़ दी थीं। उसने देखा कि काँच के उस केस पर सफ़ेद रोशनी थिरक और चमक रही थी। उसने चारों तरफ़ नज़र दौड़ाई कि यह रोशनी कहाँ से आ रही है। उसे जल्दी ही पता चल गया कि यह चाँदी सी चमकती सफ़ेद रोशनी उसके पीछे वाली काली अलमारी के भीतर से आ रही थी, जिसका दरवाज़ा ठीक से बंद नहीं था। हैरी झिझका और उसने ज्वाला पर निगाह डाली। फिर वह उठकर ऑफ़िस के पार गया और अलमारी का दरवाज़ा खोल दिया।

वहाँ एक पत्थर का उथला पात्र रखा था। उसके किनारे पर अजीब सी आकृतियाँ बनी थीं। उस पर ऐसी लिपियाँ और प्रतीक बने थे, जो हैरी को

समझ में नहीं आए। सफ़ेद रोशनी इसी पात्र के भीतर से आ रही थी। हैरी ने आज से पहले ऐसी कोई चीज़ नहीं देखी थी। उसे पता नहीं था कि उस पात्र में द्रव भरा था या गैस। यह तो चाँदी जैसे रंग की एक सफ़ेद चीज़ थी, जो लगातार घूम रही थी। इसकी सतह हवा में डोलते पानी जैसी हिल रही थी और फिर बादलों की तरह अलग होकर साफ़ हो रही थी। ऐसा लग रहा था, जैसे रोशनी द्रव हो गई हो - या हवा ठोस हो गई हो। हैरी यह तय नहीं कर पा रहा था कि इन दोनों में से क्या हुआ था।

वह इसे छूना चाहता था, वह पता लगाना चाहता था कि यह कैसा लगता है, लेकिन जादुई दुनिया में चार सालों के अनुभव ने उसे सिखा दिया था कि अनजान वस्तु से भरे पात्र में अपना हाथ डालना बहुत ही मूर्खतापूर्ण काम होगा। इसलिए उसने अपने दुशाले के भीतर से छड़ी बाहर निकाली और घबराकर ऑफ़िस में चारों तरफ़ देखा। उसने पात्र के अंदर रखी वस्तु की तरफ़ देखा और उसे अपनी छड़ी से हिलाया। पात्र के भीतर की सफ़ेद वस्तु की सतह बहुत तेज़ी से घूमने लगी।

हैरी झुककर और क़रीब पहुँचा। अब उसका सिर अलमारी के अंदर पहुँच गया था। सफ़ेद वस्तु पारदर्शी हो गई थी और काँच जैसी दिख रही थी। उसने इसमें नीचे देखा। उसे उम्मीद थी कि उसे पात्र की पत्थर की तलहटी दिखेगी। लेकिन इसके बजाय उसे रहस्यमयी वस्तु की सतह के नीचे एक बड़ा कमरा दिखाई दिया। एक ऐसा कमरा, जिसमें वह छत की गोलाकार खिड़की से देख रहा था।

कमरे में हल्की सी रोशनी थी, लेकिन उसमें कोई खिड़की नहीं थी। हैरी ने सोचा, शायद यह कमरा भूमिगत होगा। वहाँ वैसी ही मशालें जल रही थीं, जैसी हॉगवर्ट्स की दीवारों पर जला करती थीं। हैरी ने अपने चेहरे को इतना झुका लिया कि उसकी नाक काँच जैसी वस्तु से सिर्फ़ एक इंच दूर रह गई। हैरी ने देखा कि जादूगरों और जादूगरनियों की क़तारें हर दीवार के चारों तरफ़ बनी बेंचों पर बैठी हुई थीं। एक ख़ाली कुर्सी कमरे के बीचोबीच रखी थी। उस कुर्सी में ऐसा कुछ था कि हैरी को डरावना एहसास हुआ। कुर्सी में जंज़ीरें भी थीं, जैसे इसमें बैठने वाले को आम तौर पर उनसे बाँधा जाता हो।

यह कौन सी जगह थी ? निश्चित रूप से यह हॉगवर्ट्स तो नहीं था। उसने महल में कभी ऐसा कोई कमरा नहीं देखा था। इसके अलावा, पात्र के नीचे वाले इस रहस्यमय कमरे में बहुत से वयस्क जादूगर और जादूगरनियाँ बैठे थे। हैरी जानता था कि हॉगवर्ट्स में इतने टीचर्स नहीं थे। हालाँकि उसे उनके नुकीले हैट्स के सिर्फ़ ऊपरी हिस्से ही दिखाई दे रहे थे, लेकिन उसे लगा कि वे लोग किसी चीज़ का इंतज़ार कर रहे थे। वे सब एक ही दिशा में देख रहे थे और कोई

भी किसी से बात नहीं कर रहा था।

पात्र गोलाकार था और वह जिस कमरे को देख रहा था, वह आयताकार था, इसलिए हैरी को यह नहीं दिख रहा था कि इसके कोनों में क्या हो रहा था। वह और क़रीब झुका, उसने अपना सिर नीचे झुकाया और देखने की कोशिश करने लगा ...

उसकी नाक की नोक उस अजीब वस्तु से छू गई, जिसमें से वह देख रहा था।

डम्बलडोर के ऑफ़िस को एक ज़ोरदार झटका लगा – हैरी आगे की तरफ़ फिंका गया और वह सिर के बल पात्र के अंदर की वस्तु में गिर गया –

लेकिन उसका सिर पत्थर की तलहटी से नहीं टकराया। वह तो बर्फ़ जैसी ठंडी और अँधेरी चीज़ से होकर गिरने लगा। उसे ऐसा लग रहा था, जैसे कोई अँधेरा भँवर उसे निगल रहा हो –

और अचानक उसने पाया कि वह पात्र के अंदर वाले कमरे में एक बेंच पर बैठा था। यह बेंच बाक़ी सभी बेंचों से ऊपर थी। उसने पत्थर की ऊँची छत को देखा और उस गोलाकार खिड़की को देखने की कोशिश की, जिसमें से वह नीचे देख रहा था। लेकिन वहाँ पर काले, ठोस पत्थर के सिवाय कुछ भी नहीं था।

हैरी ने तेज़-तेज़ साँसें लेते हुए अपने चारों तरफ़ देखा। हालाँकि कमरे में कम से कम दो सौ लोग होंगे, लेकिन किसी भी जादूगर या जादूगरनी की निगाह उसकी तरफ़ नहीं गई थी। उनमें से किसी का भी ध्यान इस तरफ़ नहीं गया था कि एक चौदह साल का लड़का अभी-अभी छत से टपककर उनके बीच आ गया था। हैरी बेंच पर अपने पास बैठे जादूगर की तरफ़ मुड़ा। उसके मुँह से हैरानी की ज़ोरदार चीख़ निकल गई, जो ख़ामोश कमरे में गूँजने लगी।

वह एल्बस डम्बलडोर के ठीक पास बैठा हुआ था।

'प्रोफ़ेसर!' हैरी ने दबी हुई आवाज़ में कहा। 'मुझे अफ़सोस है – मैं ऐसा नहीं करना चाहता था – मैं तो सिर्फ़ आपकी अलमारी में रखे पात्र में देख रहा था – मैं – हम कहाँ हैं ?'

लेकिन डम्बलडोर न तो हिले, न ही कुछ बोले। उन्होंने हैरी को पूरी तरह नज़रअंदाज़ कर दिया। बेंचों पर बैठे बाक़ी सभी जादूगरों और जादूगरनियों की तरह ही वे भी कमरे के दूर वाले कोने की तरफ़ घूरकर देख रहे थे, जहाँ एक दरवाज़ा था।

हैरी ने परेशान होकर डम्बलडोर को देखा, फिर ख़ामोशी से देखती भीड़ को देखा, फिर डम्बलडोर की तरफ़ देखा। और फिर उसे समझ में आ गया ...

एक बार पहले भी हैरी ऐसी जगह पर पहुँच गया था, जहाँ कोई भी उसे देख या सुन नहीं सकता था। उस बार वह एक जादुई डायरी के पन्ने से किसी की याद में पहुँच गया था ... और अगर वह समझने में ग़लती नहीं कर रहा था, तो उसी तरह की घटना दोबारा हो गई थी ...

हैरी ने अपना दाहिना हाथ उठाया, झिझका और फिर उसे तेज़ी से डम्बलडोर के चेहरे के सामने हिलाने लगा। डम्बलडोर ने न तो पलकें झपकाईं, न ही हैरी की तरफ़ देखा। वे हिले तक नहीं। और हैरी की राय में इससे मामला साफ़ हो गया। डम्बलडोर उसे इस तरह कभी नज़रअंदाज़ नहीं करेंगे। वह एक याद के भीतर था और यह वर्तमान डम्बलडोर नहीं थे। लेकिन यह बहुत पहले की बात नहीं हो सकती ... उसकी बग़ल में बैठे डम्बलडोर के बाल भी सफ़ेद थे, जैसे वर्तमान डम्बलडोर के थे। लेकिन यह जगह कौन सी थी? ये जादूगर किसका इंतज़ार कर रहे थे?

हैरी ने सावधानी से चारों तरफ़ देखा। जैसा उसे ऊपर से देखते समय लगा था, कमरा निश्चित रूप से भूमिगत था - उसने सोचा कि यह कमरा कम, तहख़ाना ज़्यादा लग रहा था। माहौल डरावना था। दीवारों पर तस्वीरें या सजावटी वस्तुएँ नहीं थीं। सिर्फ़ बेंचें क़तारों में लगी थीं। वे सभी इस तरह लगाई गई थीं, ताकि सभी को जंज़ीरों वाली कुर्सी साफ़ दिखाई दे सके।

इससे पहले कि हैरी इस बारे में किसी नतीजे पर पहुँच सके कि वे किस जगह पर थे, उसे क़दमों की आहट सुनाई दी। तहख़ाने के कोने वाला दरवाज़ा खुला और तीन लोग दाख़िल हुए - या ज़्यादा सही बात तो यह थी कि एक आदमी दाख़िल हुआ, जिसके दोनों तरफ़ एक-एक दमपिशाच था।

हैरी के सीने में ठंड का एहसास होने लगा। लंबे दमपिशाच नक़ाब पहने हुए थे, जिससे उनके चेहरे छिपे हुए थे। वे धीरे-धीरे कमरे के बीच में रखी कुर्सी की तरफ़ आ रहे थे। दोनों ने ही अपने मुर्दा और सड़े दिख रहे हाथों से उस आदमी का एक-एक हाथ पकड़ रखा था। ऐसा लग रहा था कि उनके बीच का आदमी बेहोश होने वाला था। हैरी उसे दोष नहीं दे सकता था ... वह जानता था कि याद के भीतर होने के कारण उस पर दमपिशाचों का कोई असर नहीं हो सकता, लेकिन वह दमपिशाचों की शक्ति को अच्छी तरह से जानता था। दर्शक धीरे से पीछे हटे, जब दमपिशाच उस आदमी को जंज़ीरों वाली कुर्सी पर बैठाकर कमरे से बाहर चले गए। उनके बाहर जाते ही दरवाज़ा बंद हो गया।

हैरी ने उस आदमी की तरफ़ देखा, जो अब कुर्सी पर बैठा था - वे कारकारोफ़ थे।

डम्बलडोर के विपरीत कारकारोफ़ ज़्यादा युवा दिख रहे थे। उनके बाल

और बकरा-दाढ़ी दोनों ही काले थे। वे चिकने फ़र के दुशाले नहीं पहने थे, बल्कि पतले और फटे-पुराने कपड़े पहने थे। वे काँप रहे थे। हैरी के देखते ही देखते कुर्सी पर लगी जंज़ीरें अचानक सुनहरी हुईं और कारकारोफ़ के हाथों पर साँपों की तरह लिपटते हुए उन्हें बाँध दिया।

'ईगोर कारकारोफ़,' हैरी की बाईं तरफ़ से एक रूखी आवाज़ आई। हैरी ने चारों तरफ़ नज़र दौड़ाई और देखा कि मिस्टर क्राउच उसके पास वाली बेंच के बीचोबीच खड़े हुए थे। उनके बाल काले थे और उनके चेहरे पर वर्तमान की अपेक्षा कम झुर्रियाँ थीं। वे चुस्त और स्वस्थ लग रहे थे। 'तुम्हें यहाँ अज़्काबान से जादू मंत्रालय के सामने गवाही देने के लिए लाया गया है। तुमने हमें यह बताया है कि तुम हमें महत्वपूर्ण जानकारी दे सकते हो।'

कारकारोफ़ यथासंभव सीधे बैठ गए, हालाँकि जंज़ीरों ने उन्हें कुर्सी से कसकर बाँध रखा था।

'मेरे पास सचमुच महत्वपूर्ण जानकारी है, सर,' उन्होंने कहा और हालाँकि उनकी आवाज़ काफ़ी घबराई हुई थी, लेकिन इसके बावजूद हैरी को उसमें चिकना-चुपड़ा अंदाज़ सुनाई दे गया। 'मैं मंत्रालय के काम आना चाहता हूँ। मैं मदद करना चाहता हूँ। मैं - मैं जानता हूँ कि मंत्रालय शैतानी जादूगर के बचे-खुचे समर्थकों को पकड़ने की कोशिश कर रहा है। मैं इस काम में अपनी तरफ़ से पूरी मदद करने के लिए उत्सुक हूँ ...'

बेंचों से बुदबुदाहट की आवाज़ें सुनाई दीं। कुछ जादूगर और जादूगरनियाँ कारकारोफ़ को दिलचस्पी से देख रहे थे, बाक़ी उन्हें अविश्वास भरी नज़रों से देख रहे थे। फिर हैरी को डम्बलडोर की दूसरी तरफ़ से एक जानी-पहचानी, गुर्राती हुई आवाज़ सुनाई दी, 'बकवास।'

हैरी आगे झुका, ताकि वह डम्बलडोर के पार देख सके। वहाँ पर बावरे-नैन मूडी बैठे हुए थे - हालाँकि उनका हुलिया बहुत अलग दिख रहा था। उनकी जादुई आँख नहीं थी, बल्कि दो सामान्य आँखें थीं। दोनों ही कारकारोफ़ पर टिकी हुई थीं और गहरी नफ़रत से भरी थीं।

'क्राउच उसे छोड़ने वाला है,' मूडी ने धीरे से डम्बलडोर से कहा। 'उसने उसके साथ सौदा कर लिया है। मुझे उसे पकड़ने में छह महीने लग गए और क्राउच उसे सिर्फ़ इसलिए छोड़ रहा है क्योंकि वह कुछ नए नाम बताने वाला है। मैं तो कहता हूँ कि उससे नाम जान लो और फिर उसे दमपिशाचों के हवाले कर दो।'

डम्बलडोर ने अपनी लंबी, मुड़ी हुई नाक से असहमति का हल्का सा स्वर निकाला।

'आह, मैं तो भूल ही गया था ... तुम्हें दमपिशाच पसंद नहीं हैं, है ना,

एल्बस ?' मूडी ने व्यंग्य से मुस्कराते हुए कहा।

'नहीं,' डम्बलडोर ने शांति से कहा। 'मुझे वे बिलकुल पसंद नहीं हैं। मुझे काफ़ी समय से लग रहा है कि मंत्रालय को इस तरह के प्राणियों के साथ संबंध रखने की ग़लती नहीं करनी चाहिए।'

'लेकिन इस जैसे घटिया आदमी के लिए ...' मूडी ने धीरे से कहा।

'कारकारोफ़, तुम्हारा कहना है कि तुम हमें कुछ नाग बता सकते हो,' मिस्टर क्राउच ने कहा। 'हमें नाम बताओ।'

'आप यह समझ लें,' कारकारोफ़ ने जल्दी से कहा, 'कि तुम-जानते-हो-कौन हमेशा बहुत गोपनीय तरीक़े से काम करता था ... वह यह पसंद करता था कि हम - मेरा मतलब है, उसके समर्थक - और अब मुझे बहुत अफ़सोस है कि मैं कभी उसका समर्थक था -'

'आगे कहो,' मूडी धीरे से गुर्राए।

'- हम अपने हर साथी का नाम नहीं जानते थे - सिर्फ़ वही जानता था कि हम लोग कौन हैं -'

'उसने बहुत समझदारी का काम किया, है ना, क्योंकि इससे तुम जैसे आदमी को उन सभी को पकड़वाने का मौक़ा नहीं मिल पाएगा,' मूडी बुदबुदाए।

मिस्टर क्राउच ने कहा, 'फिर भी तुम कहते हो कि तुम हमें कुछ नाम बता सकते हो ?'

'हाँ, मैं बता सकता हूँ,' कारकारोफ़ ने हाँफते हुए कहा। 'और इस बात पर ध्यान दें कि ये उसके महत्वपूर्ण समर्थक थे। मैंने उन्हें अपनी आँखों से उसके आदेशों का पालन करते देखा है। मैं यह जानकारी देकर यह साबित कर रहा हूँ कि मैं पूरी तरह से उसे त्याग रहा हूँ और मुझे सचमुच बहुत गहरा पश्चाताप हो रहा है -'

'नाम बताओ ?' मिस्टर क्राउच ने तीखी आवाज़ में कहा।

कारकारोफ़ ने गहरी साँस ली।

'एक तो था एंटोनिन डोलोहोव,' उन्होंने कहा। 'मैंने - मैंने उसे अनगिनत मगलुओं और उन जादूगरों को यातना देते देखा था, जो शैतानी शहंशाह के समर्थक नहीं थे।'

मूडी बुदबुदाए, 'इस काम में तुमने भी उसकी मदद की होगी।'

'हम पहले ही डोलोहोव को पकड़ चुके हैं,' क्राउच ने कहा। 'वह तुम्हारे पकड़े जाने के कुछ ही समय बाद पकड़ा गया था।'

'सचमुच ?' कारकारोफ़ ने कहा और उसकी आँखें फैल गईं। 'मुझे – मुझे यह सुनकर ख़ुशी हुई!'

लेकिन वे ख़ुश नहीं दिख रहे थे। हैरी को साफ़ नज़र आ रहा था कि यह ख़बर सुनकर उन्हें सचमुच आघात लगा था, क्योंकि उनका बताया एक नाम बेकार चला गया था।

'कोई और नाम ?' क्राउच ने ठंडेपन से कहा।

'क्यों नहीं ... हाँ ... रोज़ियर था,' कारकारोफ़ ने जल्दी से कहा। 'इवान रोज़ियर।'

'रोज़ियर मर चुका है,' क्राउच ने कहा। 'वह भी तुम्हारे पकड़े जाने के कुछ समय बाद ही पकड़ा गया था। उसने चुपचाप हमारे साथ आने के बजाय लड़ने का फ़ैसला किया और मुठभेड़ में मारा गया।'

मूडी फुसफुसाए, 'वह अपने साथ मेरी नाक का टुकड़ा भी ले गया।' हैरी ने एक बार फिर चारों तरफ़ देखा। उसने देखा कि मूडी डम्बलडोर को अपनी नाक का ग़ायब हिस्सा दिखा रहे थे।

'रोज़ियर इसी क़ाबिल था!' कारकारोफ़ ने कहा। अब उनकी आवाज़ में सचमुच दहशत का भाव था। हैरी को समझ में आ रहा था कि अब उन्हें इस बात की चिंता होने लगी थी कि अगर उनकी दी गई कोई भी जानकारी मंत्रालय के उपयोग की नहीं होगी, तो क्या होगा। कारकारोफ़ की नज़रें कोने के दरवाज़े की तरफ़ गईं, जिसके पीछे दमपिशाच निस्संदेह उनका इंतज़ार कर रहे होंगे।

'कोई और ?' क्राउच ने पूछा।

'हाँ!' कारकारोफ़ बोला। 'ट्रैवर्स था – उसने मैकिनॉन्स को मारने में मदद की थी! मल्सिबर था – वह सम्मोहन मंत्र का विशेषज्ञ था। उसने अनगिनत लोगों को भयंकर काम करने के लिए मजबूर किया था! रुकवुड था, जिसने जासूसी करके मंत्रालय के भीतर की उपयोगी जानकारी तुम-जानते-हो-कौन तक पहुँचाई थी!'

हैरी बता सकता था कि इस बार कारकारोफ़ की चाँदी हो गई थी। दर्शक अब बुदबुदाने लगे।

'रुकवुड ?' मिस्टर क्राउच ने कहा और अपने सामने बैठी जादूगरनी की तरफ़ इशारा किया, जो अपने चर्मपत्र पर लिखने लगी। 'रहस्य विभाग का ऑगस्टस रुकवुड ?'

'हाँ, वही,' कारकारोफ़ ने उत्साह भरे स्वर में कहा। 'मुझे यक़ीन है कि

उसने जानकारी इकट्ठी करने के लिए मंत्रालय के भीतर और बाहर जादूगरों का अच्छा नेटवर्क बना लिया था –'

'लेकिन हम ट्रैवर्स और मल्सिबर को पकड़ चुके हैं,' मिस्टर क्राउच ने कहा। 'बहुत अच्छा, कारकारोफ़, अगर तुम्हारे पास इतनी ही जानकारी है, तो हमारे निर्णय लेने तक तुम्हें अज़्काबान लौटना पड़ेगा –'

'अभी नहीं!' कारकारोफ़ दहशत में चिल्लाए। 'रुकिए, मेरे पास और नाम हैं!'

मशालों की रोशनी में हैरी देख सकता था कि कारकारोफ़ के पसीना निकल रहा था और उनका सफ़ेद चेहरा उनके काले बालों और दाढ़ी के बीच में अजीब दिख रहा था।

'स्नेप!' कारकारोफ़ ने चिल्लाकर कहा। 'सीवियरस स्नेप!'

'यह सभा स्नेप को दोषमुक्त कर चुकी है,' क्राउच ने ठंडेपन से कहा। 'उनकी सच्चाई की ज़िम्मेदारी एल्बस डम्बलडोर ने ली है।'

'नहीं!' कारकारोफ़ ने चिल्लाकर कहा और उन जंज़ीरों पर ज़ोर डाला, जिनसे वे कुर्सी में बँधे थे। 'मैं आपको विश्वास दिलाता हूँ! सीवियरस स्नेप प्राणभक्षी है!'

डम्बलडोर उठकर खड़े हो गए। उन्होंने शांति से कहा, 'मैं इस मामले में पहले ही गवाही दे चुका हूँ। सीवियरस स्नेप सचमुच एक प्राणभक्षी थे। बहरहाल, लॉर्ड वोल्डेमॉर्ट के पतन से पहले ही वे हमारी तरफ़ आ गए थे और अपनी जान जोखिम में डालकर हमारे जासूस बन गए थे। वे अब उसी तरह प्राणभक्षी नहीं हैं, जिस तरह मैं नहीं हूँ।'

हैरी बावरे-नैन मूडी को देखने के लिए मुड़ा। डम्बलडोर की पीठ के पीछे उनके चेहरे पर गहरे संदेह का भाव था।

'ठीक है, कारकारोफ़,' क्राउच ने ठंडे लहज़े में कहा। 'तुमने मदद की है। मैं तुम्हारे मामले में कुछ करूँगा। इस दौरान तुम अज़्काबान में रहोगे ...'

मिस्टर क्राउच की आवाज़ धुँधली हो गई। हैरी ने चारों तरफ़ देखा। तहख़ाना इस तरह ग़ायब हो गया, जैसे यह धुएँ का बना हो। हर चीज़ धुँधली हो रही थी। वह सिर्फ़ अपने शरीर को देख सकता था। बाक़ी सब कुछ अँधेरे में घूम रहा था ...

और फिर तहख़ाना दोबारा लौट आया। हैरी अब एक अलग जगह पर बैठा हुआ था। वह अब भी सबसे ऊँची बेंच पर बैठा था, लेकिन इस बार वह मिस्टर क्राउच की बाईं तरफ़ बैठा था। माहौल भी बहुत अलग था : आरामदेह,

यहाँ तक कि ख़ुशनुमा भी। दीवारों के चारों तरफ़ जादूगर और जादूगरनियाँ इस तरह बातें कर रहे थे, जैसे वे कोई मैच देखने आए हों। तभी हैरी की निगाह बेंचों की क़तारों में आधी दूरी पर बैठी एक जादूगरनी पर पड़ी। उसके बाल छोटे और सुनहरे थे, वह लाल दुशाला पहने थी और हरी क़लम को चूस रही थी। यह पहचानने में ग़लती नहीं हो सकती थी कि यह रीटा स्कीटर थी, जो काफ़ी युवा दिख रही थी। हैरी ने चारों तरफ़ देखा। डम्बलडोर दोबारा उसके पास बैठे हुए थे, हालाँकि इस बार उनके दुशाले अलग थे। मिस्टर क्राउच पहले से ज़्यादा थके और खूँखार दिख रहे थे ... हैरी समझ गया। यह एक अलग याद थी, एक अलग दिन ... एक अलग मुकदमा।

कोने का दरवाज़ा खुला और लूडो बैगमैन अंदर आए।

बहरहाल, उस समय उनकी तोंद नहीं निकली थी। उस समय तो वे क्विडिच की बेहतरीन फ़िटनेस में दिख रहे थे। उनकी नाक टूटी हुई नहीं थी। वे लंबे, दुबले, लेकिन शक्तिशाली लग रहे थे। जंज़ीरों वाली कुर्सी पर बैठते समय बैगमैन घबराए हुए दिख रहे थे। बहरहाल उन्हें कारकारोफ़ की तरह जंजीरों से नहीं बाँधा गया। शायद इससे बैगमैन को तसल्ली मिली और उन्होंने दर्शकों की तरफ़ देखा। फिर बैगमैन ने दो-चार दर्शकों की तरफ़ हाथ हिलाया और धीरे से मुस्कराए भी।

'लूडो बैगमैन, तुम्हें जादुई कानून सभा के सामने इसलिए लाया गया है, ताकि तुम प्राणभक्षियों की गतिविधियों से संबंधित आरोपों का जवाब दे सको,' मिस्टर क्राउच ने कहा। 'हमने तुम्हारे ख़िलाफ़ लगे आरोपों की सुनवाई कर ली है और हम अपने नतीजे पर पहुँचने वाले हैं। हमारे निर्णय सुनाने से पहले तुम्हें अपने बचाव में और कुछ कहना है?'

हैरी को अपने कानों पर यक़ीन नहीं हुआ। *लूडो बैगमैन और प्राणभक्षी?*

बैगमैन ने थोड़े अजीब ढंग से मुस्कराते हुए कहा, 'मुझे सिर्फ़ इतना ही कहना है कि मैं थोड़ा बेवक़ूफ़ था -'

पास बैठे एक-दो जादूगर और जादूगरनियाँ हल्के से मुस्कराए, लेकिन मिस्टर क्राउच की भावनाएँ उनके जैसी नहीं थीं। वे लूडो बैगमैन को बहुत गंभीरता और नापसंदगी के भाव से घूर रहे थे।

'तुमने बिलकुल सच बोला, लड़के,' हैरी के पीछे से किसी ने कहा। उसने घूरकर देखा। वहाँ पर मूडी बैठे हुए थे। 'अगर मैं यह नहीं जानता कि वह हमेशा से मंदबुद्धि था, तो मैं यही कहता कि पहलवानों ने टकरा-टकराकर उसके दिमाग़ को कमज़ोर कर दिया है ...'

'लूडोविक बैगमैन, तुम लॉर्ड वोल्डेमॉर्ट के समर्थकों को जानकारी देते हुए

पकड़े गए थे,' मिस्टर क्राउच ने कहा। 'इसके लिए मैं अज़्काबान में क़ैद की सज़ा सुनाने का सुझाव देता हूँ, जो कम से कम –'

लेकिन तत्काल पास की बेंचों से ग़ुस्से भरी आवाज़ें सुनाई देने लगीं। कई जादूगर और जादूगरनियाँ खड़े होकर अपने सिर हिलाने लगे, यहाँ तक कि मिस्टर क्राउच की तरफ़ मुट्ठियाँ भी तानने लगे।

'लेकिन मैं आपको बता तो चुका हूँ, मुझे बिलकुल भी पता नहीं था!' बैगमैन ने भीड़ के शोर के ऊपर से गंभीरता से कहा। उनकी गोल नीली आँखें फैल चुकी थीं। 'मुझे ज़रा भी पता नहीं था! रुकवुड मेरे डैडी का दोस्त था ... मैंने सोचा भी नहीं था कि वह तुम-जानते-हो-कौन का आदमी हो सकता है! मुझे लगा कि मैं अपने पक्ष के लिए जानकारी इकट्ठी कर रहा हूँ! और रुकवुड बार-बार कह रहा था कि क्विडिच का कैरियर ख़त्म होने के बाद वह मुझे मंत्रालय में नौकरी दिलवा देगा ... मेरा मतलब है कि मैं ज़िंदगी भर तो पहलवानों की चोट नहीं खा सकता, है ना?'

भीड़ खी-खी करके हँसने लगी।

'इस पर वोटिंग करवा लेते हैं,' मिस्टर क्राउच ने ठंडे स्वर में कहा और तहख़ाने की दाहिनी तरफ़ मुड़े। 'जूरी के जो सदस्य सज़ा के पक्ष में हों ... वे मेहरबानी करके अपने हाथ उठा दें ...'

हैरी ने तहख़ाने की दाहिनी तरफ़ देखा। किसी ने भी अपना हाथ नहीं उठाया। दर्शकदीर्घा में बैठे कई जादूगर और जादूगरनियाँ तालियाँ बजाने लगे। जूरी में बैठी एक जादूगरनी उठकर खड़ी हुई।

'कहिए?' क्राउच गरजकर बोले।

जादूगरनी ने उत्साह से कहा, 'हम मिस्टर बैगमैन को बधाई देना चाहते हैं, क्योंकि उन्होंने पिछले शनिवार को तुर्की के ख़िलाफ़ हुए क्विडिच मैच में इंग्लैंड की तरफ़ से बहुत शानदार प्रदर्शन किया था।'

मिस्टर क्राउच आगबबूला दिखने लगे। तहख़ाना तालियों के शोर से गूँजने लगा। बैगमैन उठकर खड़े हुए और उन्होंने सिर झुकाकर व मुस्कराकर सबका अभिवादन किया।

जब बैगमैन तहख़ाने से बाहर निकलने लगे, तो मिस्टर क्राउच बैठते हुए डम्बलडोर से बोले, 'मूर्ख आदमी! रुकवुड उसे नौकरी दिलवाएगा ... जिस दिन लूडो बैगमैन मंत्रालय में नौकरी करेगा, वह मंत्रालय के लिए बहुत दुर्भाग्यपूर्ण दिन होगा ...'

तहख़ाना एक बार फिर धुंधला होने लगा। जब यह दोबारा साफ़ हुआ,

तो हैरी ने चारों तरफ़ देखा। वह और डम्बलडोर अब भी मिस्टर क्राउच के पास ही बैठे हुए थे, लेकिन माहौल बिलकुल अलग था। वहाँ पूरी तरह ख़ामोशी छाई हुई थी, जो सिर्फ़ मिस्टर क्राउच की बग़ल में बैठी एक दुबली-पतली जादूगरनी के सुबकने की आवाज़ों से टूट रही थी। उसने काँपते हाथों से अपने मुँह पर रूमाल लगा रखा था। हैरी ने क्राउच की तरफ़ देखा। वे अब पहले से ज़्यादा कमज़ोर और सफ़ेद दिख रहे थे। उनकी कनपटी पर एक नस फड़क रही थी।

'उन्हें अंदर लाओ,' क्राउच ने कहा और उनकी आवाज़ ख़ामोश तहख़ाने में गूँजने लगी।

कोने वाला दरवाज़ा एक बार फिर खुल गया। इस बार छह दमपिशाच चार लोगों को घेरकर ला रहे थे। हैरी ने देखा कि भीड़ में बैठे लोग बार-बार मुड़-मुड़कर मिस्टर क्राउच की तरफ़ देख रहे थे। उनमें से कुछ फुसफुसाकर एक-दूसरे से कुछ बोल भी रहे थे।

दमपिशाचों ने चारों लोगों को एक-एक करके जंज़ीर वाली चार कुर्सियों पर बिठा दिया, जो तहख़ाने के बीचोंबीच रखी हुई थीं। उन चार लोगों में एक गठीला आदमी था, जो क्राउच की तरफ़ सूनेपन से घूर रहा था। एक दुबला और थोड़ा परेशान आदमी था, जिसकी आँखें भीड़ पर मँडरा रही थीं। चमकदार काले बालों और भारी पलकों वाली एक औरत थी, जो अपनी जंज़ीर वाली कुर्सी पर इस तरह बैठी थी, जैसे सिंहासन पर बैठी हो। और एक अठारह-उन्नीस साल का नवयुवक भी था, जो बहुत दहशत में दिख रहा था। वह काँप रहा था और उसके हल्के पीले रंग के बाल उसके चेहरे पर गिर रहे थे। उसकी चकत्तेदार चमड़ी दूध की तरह सफ़ेद थी। क्राउच के पास बैठी दुबली और नाटी जादूगरनी अपनी सीट पर आगे-पीछे हिलने लगी और रूमाल में चेहरा छिपाकर रोने लगी।

क्राउच उठकर खड़े हुए। उन्होंने अपने सामने बैठे चारों लोगों को गहरी नफ़रत से देखा।

उन्होंने स्पष्ट आवाज़ में कहा, 'तुम लोगों को यहाँ जादुई क़ानून सभा के सामने इसलिए लाया गया है, ताकि हम तुम लोगों के बेहद घिनौने अपराध का फ़ैसला कर सकें –'

'डैडी,' हल्के पीले रंग के बालों वाले लड़के ने कहा। 'डैडी ... प्लीज़ ...'

'– हमने इस अदालत में आज तक इससे ज़्यादा घिनौने अपराध का ज़िक्र नहीं सुना है,' क्राउच ने और ज़्यादा ऊँची आवाज़ में कहा, ताकि उनके बेटे की आवाज़ दब जाए। 'हमने तुम लोगों के ख़िलाफ़ अभियोजन पक्ष की गवाही

सुन ली है। तुम लोगों पर आरोप यह है कि तुम चारों ने एक ऑरर - फ्रैंक लॉंगबॉटम - को पकड़ा और उस पर पीड़ीकृत शाप का इस्तेमाल किया, क्योंकि तुम्हें यह लग रहा था कि उसे तुम्हारे निर्वासित मालिक तुम-जानते-हो-कौन का वर्तमान पता-ठिकाना मालूम होगा -'

'डैडी, मैंने ऐसा नहीं किया!' नीचे जंज़ीरों में बँधा लड़का चिल्लाया। 'मैंने ऐसा नहीं किया। मैं क़सम खाता हूँ, डैडी, मुझे दमपिशाचों के पास वापस मत भेजो -'

'तुम पर यह भी आरोप है,' मिस्टर क्राउच गरजते हुए बोले, 'कि जब फ्रैंक लॉंगबॉटम से तुम्हें कोई जानकारी नहीं मिली, तो तुमने उनकी पत्नी पर भी पीड़ीकृत शाप का इस्तेमाल किया। तुम लोग तुम-जानते-हो-कौन को दोबारा शक्तिसंपन्न बनाने की योजना बना रहे थे, ताकि तुम अपनी ख़ून-ख़राबे वाली पुरानी ज़िंदगी जी सको, जो उसके शक्तिशाली रहने के समय जीते थे। अब मैं जूरी से आग्रह करता हूँ -'

'मम्मी!' लड़का चीख़ा। उसकी चीख़ सुनकर क्राउच के पास बैठी दुबली, नाटी जादूगरनी सुबकने लगी और आगे-पीछे हिलने लगी। 'मम्मी, उन्हें रोकिए, मम्मी, मैंने ऐसा नहीं किया, मैंने ऐसा नहीं किया!'

'अब मैं जूरी से आग्रह करता हूँ,' मिस्टर क्राउच चिल्लाए, 'कि अगर उन्हें यह लगता है कि इस ज़ुर्म के लिए अज़्काबान में उम्रक़ैद की सज़ा दी जानी चाहिए, तो वे अपना हाथ उठा दें।'

तहख़ाने की दाहिनी तरफ़ बैठे सभी जादूगरों और जादूगरनियों ने एक साथ अपने हाथ उठा दिए। दीवारों के पास बैठी भीड़ उसी तरह तालियाँ बजाने लगी, जैसी बैगमैन के मुकदमे में बजा रही थी और सभी के चेहरे पर जंगली विजय का भाव था। लड़का चीख़ने लगा।

'नहीं! मम्मी, नहीं! मैंने यह काम नहीं किया, मैंने यह काम नहीं किया, मैं नहीं जानता था! मुझे वहाँ मत भेजो, मुझे वहाँ जाने से बचा लो!'

दमपिशाच दोबारा कमरे में आ गए। लड़के के तीनों साथी चुपचाप अपनी कुर्सियों से उठ गए। भारी पलकों वाली औरत ने क्राउच की तरफ़ देखा और बोली, 'क्राउच, शैतानी शहंशाह दोबारा शक्तिशाली बन जाएँगे! तुम भले ही हमें अज़्काबान भेज दो, लेकिन हम इंतज़ार करेंगे! वे दोबारा शक्तिशाली बनेंगे और हमें बचाने आएँगे। वे हमें अपने बाक़ी समर्थकों से ज़्यादा पुरस्कार देंगे! सिर्फ़ हम ही वफ़ादार थे! सिर्फ़ हमने ही उन्हें खोजने की कोशिश की थी!'

दूसरी तरफ़ वह लड़का दमपिशाचों से जूझने की कोशिश कर रहा था, हालाँकि हैरी को दिख रहा था कि दमपिशाचों की ठंडी और शक्ति हरने वाली

ताक़त उस पर असर डालने लगी थी। भीड़ ताने मार रही थी। उनमें से कुछ दर्शक उठने लगे, जब वह अपराधी औरत तहख़ाने से बाहर निकल गई और लड़का लगातार छटपटाते हुए संघर्ष करता रहा।

'मैं आपका बेटा हूँ!' उसने चीख़कर क्राउच से कहा। 'मैं आपका बेटा हूँ!'

'तुम मेरे बेटे नहीं हो!' मिस्टर क्राउच चिल्लाए और उनकी आँखें अचानक बाहर को निकल आईं। 'मेरा कोई बेटा नहीं है!'

उनके पास बैठी दुबली जादूगरनी ने ज़ोर से आह भरी और अपनी जगह पर लुढ़क गई। वह बेहोश हो गई थी, लेकिन क्राउच का ध्यान उसकी तरफ़ नहीं गया।

वे दमपिशाचों की तरफ़ इतनी ज़ोर से गरजे कि उनके मुँह से थूक उड़ने लगा, 'उन्हें ले जाओ! उन्हें ले जाओ और वहीं सड़ने दो!'

'डैडी! डैडी, मैं शामिल नहीं था! नहीं! नहीं! डैडी, प्लीज़!'

'मुझे लगता है हैरी कि अब मेरे ऑफ़िस में लौटने का समय हो चुका है,' हैरी के कानों में एक धीमी आवाज़ आई।

हैरी चौंक गया। उसने चारों तरफ़ देखा। फिर उसने अपनी दूसरी तरफ़ देखा।

वहाँ पर एक एल्बस डम्बलडोर उसकी दाहिनी तरफ़ बैठकर क्राउच के बेटे को दमपिशाचों के चंगुल में जाते देख रहे थे - और उसकी बाईं तरफ़ दूसरे डम्बलडोर थे, जो सीधे हैरी की तरफ़ देख रहे थे।

'चलो,' बाईं तरफ़ वाले डम्बलडोर ने कहा और उन्होंने हैरी की कोहनी के नीचे अपना हाथ रख दिया। हैरी को महसूस हुआ कि वह हवा में ऊपर उठ रहा है और उसके चारों तरफ़ का तहख़ाना हवा में घुल रहा है। एक पल के लिए तो हर तरफ़ अँधेरा दिखा और फिर उसे ऐसा महसूस हुआ, जैसे उसने धीरे-धीरे गुलाँटी खाई हो। अचानक वह अपने पैरों पर सीधा खड़ा हो गया। वह डम्बलडोर के कमरे में आ गया था, जहाँ धूप की चौंधियाती रोशनी भरी थी। पत्थर का पात्र उसके सामने वाली अलमारी में चमक रहा था और एल्बस डम्बलडोर उसके पास खड़े थे।

'प्रोफ़ेसर,' हैरी ने थूक गटकते हुए कहा, 'मैं जानता हूँ कि मुझे यह नहीं करना चाहिए था - मैं करना भी नहीं चाहता था - लेकिन अलमारी का दरवाज़ा थोड़ा खुला था और -'

'मैं समझ सकता हूँ,' डम्बलडोर ने कहा। उन्होंने पात्र को उठाकर अपनी डेस्क पर रखा और उसके पास वाली कुर्सी पर बैठ गए। उन्होंने हैरी को अपने

सामने वाली कुर्सी पर बैठने का इशारा किया।

हैरी बैठ गया और पत्थर के पात्र को घूरता रहा। इसके अंदर का पदार्थ एक बार फिर पहले जैसा सफ़ेद हो चुका था और घुमड़ने लगा था।

'यह क्या है?' हैरी ने झिझकते हुए पूछा।

'यह? इसे स्मृति पात्र कहते हैं,' डम्बलडोर ने कहा। 'मुझे कई बार लगता है और मुझे यक़ीन है कि तुम्हें भी ऐसा लगता होगा कि दिमाग़ में बहुत ज़्यादा विचार और यादें जमा हो गई हैं।'

'अर,' हैरी को कभी ऐसा नहीं लगा था, लेकिन उसने यह बात नहीं बताई।

डम्बलडोर ने पत्थर के पात्र की तरफ़ इशारा करते हुए कहा, 'ऐसे समय मैं स्मृति पात्र का इस्तेमाल करता हूँ। मैं अपने दिमाग़ से अतिरिक्त विचार बाहर निकालकर इस पात्र में डाल देता हूँ और आराम से उनकी जाँच करता हूँ। जब वे इस रूप में होते हैं, तो उनके आपसी संबंध की जाँच करना ज़्यादा आसान होता है।'

'आपका मतलब है ... ये सब आपके *विचार* हैं?' हैरी ने पात्र में घुमड़ते सफ़ेद पदार्थ को घूरते हुए कहा।

'यक़ीनन,' डम्बलडोर ने कहा। 'आओ, मैं तुम्हें दिखाता हूँ।'

डम्बलडोर ने अपने दुशाले के भीतर से छड़ी बाहर निकाली और उसकी नोक अपनी कनपटी के पास चाँदी से चमकते सफ़ेद बालों पर रखी। जब उन्होंने छड़ी हटाई, तो ऐसा लग रहा था कि छड़ी में बाल चिपक गए थे – लेकिन फिर हैरी ने देखा कि यह तो उसी सफ़ेद पदार्थ का एक चमकता हुआ धागा है, जो स्मृति पात्र में भरा हुआ था। डम्बलडोर ने इस नए विचार को पात्र में डाला और हैरी यह देखकर हैरान रह गया कि पात्र की सतह पर उसका चेहरा चारों तरफ़ तैरने लगा था।

डम्बलडोर ने अपने लंबे हाथ स्मृति पात्र के दोनों तरफ़ रखकर उसे इस तरह हिलाया, जैसे सोना खोजने वाला सोने के टुकड़ों को खोजने के लिए हिलाता है ... और हैरी ने देखा कि उसका चेहरा स्नेप के चेहरे में बदल गया था, जिन्होंने अपना मुँह खोला और छत की तरफ़ मुँह करके बोलने लगे, 'यह निशान दोबारा गहरा हो रहा है ... कारकारोफ़ का भी ... पहले से ज़्यादा साफ़ और गहरा ...'

'मैं बिना किसी सहयोग के भी यह संबंध देख सकता था,' डम्बलडोर ने आह भरी, 'लेकिन कोई बात नहीं।' उन्होंने अपने आधे चाँद के आकार के चश्मे के ऊपर से हैरी को देखा, जो पात्र में घुमड़ते स्नेप के चेहरे को मुँह फाड़कर घूरे

जा रहा था। 'जब मिस्टर फ़ज मुझसे मिलने आए, तो मैं स्मृति पात्र का इस्तेमाल कर रहा था और मैंने इसे ज़रा जल्दी में रख दिया था। इसमें कोई शक नहीं कि मैंने अलमारी का दरवाज़ा ठीक से बंद नहीं किया था। ज़ाहिर है, इससे तुम्हारा ध्यान आकर्षित हो गया होगा।'

'मुझे अफ़सोस है,' हैरी बुदबुदाया।

डम्बलडोर ने अपना सिर हिलाया।

उन्होंने कहा, 'जिज्ञासा होना कोई ग़लत बात नहीं है, लेकिन हमें अपनी जिज्ञासा का सावधानी से इस्तेमाल करना चाहिए ... हाँ, सचमुच ...'

उन्होंने हल्की सी त्योरियाँ चढ़ाते हुए अपनी छड़ी की नोक से पात्र के भीतर तैरते विचारों को हिलाया। उसमें से तत्काल एक आकृति उभरी। लगभग सोलह साल की एक मोटी लड़की धीरे-धीरे घूमने लगी, जिसके पैर अब भी पात्र में थे। उसने हैरी या प्रोफ़ेसर डम्बलडोर की तरफ़ क़तई ध्यान नहीं दिया। जब वह बोली, तो उसकी आवाज़ भी प्रोफ़ेसर स्नेप की आवाज़ की तरह गूँजी, जैसे यह पत्थर के पात्र की गहराइयों में से आ रही हो : 'प्रोफ़ेसर डम्बलडोर, उसने मुझ पर आक्रामक मंत्र से हमला कर दिया। मैं तो उसे सिर्फ़ चिढ़ा रही थी, सर। मैंने तो सिर्फ़ यह कहा था कि पिछले गुरुवार को मैंने ग्रीनहाउस के पीछे उसे फ़्लोरेंस को चूमते देखा था ...'

'लेकिन क्यों बर्था,' डम्बलडोर ने अब ख़ामोश हो चुकी लड़की को अफ़सोस के साथ देखते हुए कहा, 'तुम उसके पीछे गई ही क्यों थीं ?'

'बर्था ?' हैरी ने उस लड़की की तरफ़ देखते हुए फुसफुसाकर कहा। 'क्या यही – क्या यही बर्था जोरकिन्स थी ?'

'हाँ,' डम्बलडोर ने कहा और एक बार फिर पात्र के विचारों को हिलाने लगे। बर्था उनमें खो गई और वे एक बार फिर सफ़ेद तथा अस्पष्ट हो गए। 'यह बर्था के स्कूल के दिनों की याद थी।'

स्मृति पात्र की सफ़ेद रोशनी डम्बलडोर के चेहरे पर पड़ी और अचानक हैरी ने देखा कि वे कितने ज़्यादा बूढ़े दिख रहे हैं। ज़ाहिर है, वह जानता था कि डम्बलडोर की उम्र काफ़ी है, लेकिन न जाने क्यों उसने कभी डम्बलडोर को बूढ़ा नहीं माना था।

'तो हैरी,' डम्बलडोर ने जल्दी से कहा। 'मेरे विचारों में खोने से पहले तुम मुझे कुछ बताना चाहते थे।'

'हाँ,' हैरी ने कहा। 'प्रोफ़ेसर – कुछ समय पहले मैं ज्योतिष की क्लास में बैठा था और – अर – मेरी नींद लग गई।'

वह यहाँ थोड़ा झिझका और सोचने लगा कि शायद इस बात पर डम्बलडोर उसे डाँटेंगे, लेकिन डम्बलडोर ने सिर्फ़ इतना ही कहा, 'समझ में आता है। आगे कहो।'

'मैंने एक सपना देखा,' हैरी ने कहा। 'लॉर्ड वोल्डेमॉर्ट के बारे में। सपने में वह वर्मटेल को यातना दे रहा था ... आप जानते हैं ना, वर्मटेल कौन है –'

'मैं जानता हूँ,' डम्बलडोर ने तत्काल कहा। 'आगे कहो।'

'वोल्डेमॉर्ट के पास एक उल्लू किसी की चिट्ठी लेकर गया। उसे पढ़ने के बाद वोल्डेमॉर्ट ने कहा कि वर्मटेल की ग़लती सुधर गई है। उसने कहा कि कोई मर गया है। फिर उसने कहा कि वर्मटेल को नागिन को नहीं खिलाया जाएगा। उसकी कुर्सी के पास एक नागिन थी। उसने कहा – उसने कहा कि वर्मटेल की जगह पर अब वह मुझे नागिन को खिलाएगा। फिर उसने वर्मटेल पर पीड़ीकृत शाप का इस्तेमाल किया – और मेरा निशान दर्द करने लगा,' हैरी ने कहा। 'इससे मैं जाग गया, क्योंकि निशान बहुत बुरी तरह दुख रहा था।'

डम्बलडोर ने उसकी तरफ़ देखा।

'अर – बस इतनी ही बात है,' हैरी ने कहा।

'अच्छा,' डम्बलडोर ने धीरे से कहा। 'अच्छा। अब मुझे यह बताओ कि क्या गर्मियों के बाद तुम्हारे निशान में इससे पहले कभी दर्द हुआ है?'

'नहीं – लेकिन आपको कैसे मालूम कि गर्मियों में मेरे निशान में दर्द हुआ था?' हैरी ने हैरानी से पूछा।

'सिरियस से सिर्फ़ तुम्हारा ही पत्र-व्यवहार नहीं होता है,' डम्बलडोर ने कहा। 'जब से वह पिछले साल हॉगवर्ट्स से गया है, तब से मैं भी उसके संपर्क में हूँ। मैंने ही उसे पहाड़ वाली गुफा का सुझाव दिया था और बताया था कि वह उसके छिपने के लिए सबसे सुरक्षित जगह रहेगी।'

डम्बलडोर उठकर खड़े हो गए और अपनी डेस्क के पीछे इधर से उधर चलने लगे। कभी-कभार वे अपनी छड़ी अपने माथे पर रखते थे और एक चमकता हुआ सफ़ेद विचार निकालकर स्मृति पात्र में डाल देते थे। पात्र के अंदर के विचार इतनी तेज़ी से घुमड़ने लगे कि हैरी को कुछ भी साफ़ दिखाई नहीं दे रहा था। वहाँ सिर्फ़ रंगों की झलक दिख रही थी।

'प्रोफ़ेसर?' उसने दो मिनट बाद धीरे से कहा।

डम्बलडोर ने चलना छोड़ दिया और हैरी की तरफ़ देखने लगे।

'माफ़ी चाहता हूँ,' उन्होंने धीरे से कहा। वे दोबारा अपनी डेस्क पर बैठ गए।

'क्या आप – क्या आप जानते हैं कि मेरे निशान में दर्द क्यों होता है ?'

डम्बलडोर ने हैरी की तरफ़ एक पल के लिए ग़ौर से देखा और फिर बोले, 'मेरा अनुमान है और यह अनुमान से ज़्यादा कुछ नहीं है ... मेरा मानना है कि तुम्हारे निशान में दर्द तब होता है, जब या तो लॉर्ड वोल्डेमॉर्ट तुम्हारे आस-पास होता है या फिर वह नफ़रत के आवेश से भरा होता है।'

'लेकिन ... क्यों ?'

'क्योंकि तुम और वह उस शाप से जुड़े हुए हैं, जो नाकामयाब हो गया था,' डम्बलडोर बोले। 'यह कोई साधारण निशान नहीं है।'

'तो आपको लगता है ... वह सपना ... क्या ये बातें सचमुच हुई होंगी ?'

'यह संभव है,' डम्बलडोर ने कहा। 'मैं तो कहूँगा कि शायद यही हुआ होगा। हैरी – क्या तुमने सपने में वोल्डेमॉर्ट को देखा था ?'

'नहीं,' हैरी ने कहा। 'मैंने उसकी कुर्सी की पीठ भर देखी थी। लेकिन – वहाँ पर देखने के लिए ज़्यादा कुछ नहीं होता, है ना ? मेरा मतलब है, उसके पास शरीर तो है नहीं। लेकिन ... लेकिन फिर वह छड़ी कैसे उठा सकता था ?' हैरी ने धीरे से कहा।

'हाँ, कैसे उठा सकता था ?' डम्बलडोर बुदबुदाए। 'हाँ, कैसे ?'

कुछ समय तक डम्बलडोर और हैरी दोनों ही चुप रहे। डम्बलडोर कमरे के पार निहारते रहे। कभी-कभार बीच में वे अपनी छड़ी को माथे पर रखते थे और एक चमकदार सफ़ेद विचार निकालकर उसे स्मृति पात्र में घुमड़ने वाले विचारों में डाल देते थे।

'प्रोफ़ेसर,' हैरी ने आख़िरकार कहा, 'आपको क्या लगता है, वह ताक़तवर बन रहा है ?'

'वोल्डेमॉर्ट ?' डम्बलडोर ने स्मृति पात्र के ऊपर से हैरी को देखते हुए कहा। डम्बलडोर उसे उसी पैनी नज़र से देख रहे थे, जिससे वे उसे पहले भी कई बार देख चुके थे। इससे हैरी को हमेशा महसूस होता था कि डम्बलडोर उसके भीतर की बातें देख सकते हैं, जो मूडी की जादुई आँख भी नहीं देख सकती। 'एक बार फिर, हैरी, मैं तुम्हें सिर्फ़ अपना अनुमान ही बता सकता हूँ।'

डम्बलडोर ने दोबारा आह भरी। वे पहले से ज़्यादा बूढ़े और थके हुए दिख रहे थे।

उन्होंने कहा, 'इससे पहले जब वोल्डेमॉर्ट शक्तिशाली बन रहा था, तो उस दौर में लापता होने वाले लोगों की संख्या बढ़ गई थी। और अब बर्था जोरकिन्स उसी जगह पर ग़ायब हुई है, जहाँ वोल्डेमॉर्ट कुछ समय पहले छिपा

हुआ था। मिस्टर क्राउच भी ग़ायब हो गए हैं ... इसी मैदान के भीतर। और एक तीसरा व्यक्ति भी ग़ायब हुआ है, हालाँकि मुझे यह कहते हुए अफ़सोस हो रहा है कि मंत्रालय उसके लापता होने को महत्वपूर्ण नहीं मानता है, क्योंकि वह व्यक्ति मगलू है। उसका नाम फ्रैंक ब्राइस है, जो उसी गाँव में रहता था, जहाँ वोल्डेमॉर्ट के पिता बड़े हुए थे। फ्रैंक ब्राइस पिछले अगस्त से आज तक नज़र नहीं आया है। देखो, मैं मगलुओं के अख़बार पढ़ता हूँ, हालाँकि मेरे मंत्रालय के दोस्त ऐसा नहीं करते हैं।'

डम्बलडोर ने हैरी की तरफ़ बहुत गंभीरता से देखा। 'इन सभी लोगों के लापता होने में मुझे एक कड़ी दिखती है। मंत्रालय इस बात से सहमत नहीं है – जैसा तुमने मेरे ऑफ़िस के बाहर खड़े हो इंतज़ार करते समय सुना होगा।'

हैरी ने सिर हिलाया। दोनों के बीच फिर ख़ामोशी छा गई। डम्बलडोर बीच-बीच में अपने विचार निकालकर स्मृति पात्र में डालते जा रहे थे। हैरी ने महसूस किया कि अब उसे जाना चाहिए, लेकिन उत्सुकता की वजह से वह अपनी कुर्सी पर बैठा रहा।

'प्रोफ़ेसर ?' उसने फिर कहा।

'हाँ, हैरी ?' डम्बलडोर ने कहा।

'अर ... क्या मैं आपसे ... उस अदालत के बारे में पूछ सकता हूँ ... जो स्मृति पात्र में दिखाई दी थी ?'

'हाँ,' डम्बलडोर ने भारी आवाज़ में कहा। 'मैं कई बार अदालत में जा चुका हूँ, लेकिन कई मुकदमे मुझे ज़्यादा स्पष्टता से याद आते हैं ... ख़ास तौर पर अब ...'

'आप – आप मुझे जिस मुकदमे से बाहर लाए थे, वह मुकदमा। जिसमें क्राउच का बेटा था ... क्या वे नेविल के मम्मी-डैडी के बारे में बातें कर रहे थे ?'

डम्बलडोर ने हैरी पर बहुत पैनी निगाह डाली।

उन्होंने पूछा, 'क्या नेविल ने तुम्हें यह कभी नहीं बताया कि उसे उसकी दादी क्यों पाल रही हैं ?'

हैरी ने अपना सिर हिलाया और सोचा कि पिछले चार सालों में उसने आज तक नेविल से यह सवाल क्यों नहीं पूछा।

'हाँ, वे नेविल के मम्मी-डैडी के बारे में ही बातें कर रहे थे,' डम्बलडोर ने कहा। 'उसके पिता फ्रैंक एक ऑरर थे – प्रोफ़ेसर मूडी की ही तरह। जब वोल्डेमॉर्ट की शक्तियाँ चली गईं, तो उसके समर्थकों ने वोल्डेमॉर्ट का पता-ठिकाना मालूम करने के लिए उन्हें और उनकी पत्नी को यातना दी, जैसा कि तुमने सुना

ही था।'

'तो वे मर चुके हैं?' हैरी ने धीरे से कहा।

'नहीं,' डम्बलडोर बोले। उनकी आवाज़ में कड़वाहट भरी थी। हैरी ने उनकी आवाज़ में इतनी कड़वाहट पहले कभी नहीं सुनी थी, 'वे पागल हो गए हैं। दोनों ही सेंट मंगोज़ जादुई रोग एवं दुर्घटना अस्पताल में भर्ती हैं। मुझे यक़ीन है कि नेविल अपनी दादी के साथ छुट्टियों में उनसे मिलने जाता है, लेकिन वे उसे पहचान नहीं पाते हैं।'

हैरी सदमे में आकर बैठ गया। उसे कभी पता ही नहीं चला था ... चार साल में उसने कभी भी पता लगाने का कष्ट ही नहीं किया था ...

'लाँगबॉटम दंपति बहुत लोकप्रिय थे,' डम्बलडोर ने कहा। 'उन पर हमला वोल्डेमॉर्ट के पतन के ठीक बाद हुआ था, जब सभी सोच रहे थे कि अब वे सुरक्षित हैं। इस हमले से आक्रोश की एक ऐसी लहर उठी, जैसी मैंने आज तक नहीं देखी। मंत्रालय पर अपराधियों को पकड़ने का भारी दबाव था। दुर्भाग्य से, लाँगबॉटम की हालत के कारण उसकी गवाही बहुत विश्वसनीय नहीं थी।'

हैरी ने धीरे से कहा, 'तब तो फिर हो सकता है कि क्राउच का बेटा इसमें शामिल ही न हो?'

डम्बलडोर ने अपना सिर हिलाया। 'इसके बारे में मुझे कुछ भी पता नहीं है।'

हैरी एक बार फिर ख़ामोशी से बैठकर स्मृति पात्र में घुमड़ते विचारों को देखता रहा। उसके मन में दो और सवाल थे, जिन्हें पूछने के लिए वह बेताब था ... लेकिन वे जीवित लोगों के बारे में थे ...

'अर,' उसने कहा, 'मिस्टर बैगमैन ...'

'... उन पर उसके बाद कभी किसी शैतानी गतिविधि में शामिल होने का आरोप नहीं लगा,' डम्बलडोर ने शांति से कहा।

'ठीक है,' हैरी ने जल्दी से कहा और स्मृति पात्र के विचारों की तरफ़ दोबारा देखा, जो अब धीरे-धीरे घुमड़ रहे थे, क्योंकि डम्बलडोर अब स्मृति पात्र में नए विचार नहीं डाल रहे थे। 'और ... अर ...'

लेकिन स्मृति पात्र ने उसकी तरफ़ से सवाल पूछ लिया। स्नेप का चेहरा दोबारा सतह पर तैरने लगा। डम्बलडोर ने उसे देखने के बाद हैरी की तरफ़ देखा।

'न ही स्नेप पर,' उन्होंने कहा।

हैरी ने डम्बलडोर की हल्की नीली आँखों में देखा और जो वह सचमुच

जानना चाहता था, वह अचानक उसके मुँह से निकल ही गया, 'प्रोफ़ेसर, आप यह बात कैसे जानते हैं कि उन्होंने वोल्डेमॉर्ट का समर्थन करना छोड़ दिया है?'

डम्बलडोर कुछ पल तक हैरी की आँखों में आँखें डालकर देखते रहे और फिर बोले, 'हैरी, यह प्रोफ़ेसर स्नेप और मेरे बीच का मामला है।'

हैरी जानता था कि अब मुलाक़ात ख़त्म हो चुकी है। डम्बलडोर ग़ुस्सा नहीं दिख रहे थे, लेकिन उनके स्वर में इस तरह का पुट था, जिससे हैरी समझ गया कि अब चलने का समय हो चुका है। वह उठकर खड़ा हुआ और उसी के साथ ही डम्बलडोर भी खड़े हो गए।

जब हैरी दरवाज़े तक पहुँचा, तो डम्बलडोर बोले, 'हैरी, नेविल के मम्मी-डैडी के बारे में किसी को मत बताना। उसे यह हक़ है कि वह यह बात लोगों को ख़ुद बताए, जब भी वह इसके लिए तैयार हो।'

'हाँ, प्रोफ़ेसर,' हैरी ने वापस जाने के लिए मुड़ते हुए कहा।

'और -'

हैरी ने पलटकर देखा।

डम्बलडोर स्मृति पात्र के ऊपर झुके खड़े थे। उनका चेहरा नीचे से आती रोशनी से चमक रहा था और वे पहले से ज़्यादा बूढ़े नज़र आ रहे थे। उन्होंने हैरी को एक पल के लिए घूरा और फिर कहा, 'तीसरे काम के लिए शुभकामनाएँ।'

अध्याय इकतीस

तीसरा काम

'डम्बलडोर को भी लगता है कि तुम-जानते-हो-कौन अब ज़्यादा ताक़तवर हो रहा है?' रॉन ने फुसफुसाकर पूछा।

हैरी ने स्मृति पात्र में जो कुछ भी देखा था, वह सब उसने रॉन और हर्माइनी को बता दिया था। उसने उन्हें डम्बलडोर की कही ज़्यादातर बातें भी बता दी थीं। ज़ाहिर है, सिरियस को भी बता दी थीं। जैसे ही हैरी डम्बलडोर के ऑफ़िस से निकला था, वैसे ही उसने सिरियस को उल्लू भेजकर सब कुछ बता दिया था। हैरी, रॉन और हर्माइनी उस दिन एक बार फिर देर रात तक हॉल में बैठे रहे और सारी बातों पर विचार करते रहे, जब तक कि हैरी का दिमाग़ चकराने नहीं लगा। तब जाकर उसे डम्बलडोर की इस बात का मतलब समझ में आया कि कई बार दिमाग़ में इतने सारे विचार भर जाते हैं कि उनमें से कुछ को बाहर निकाल देने से राहत मिलती है।

रॉन ने हॉल में जल रही आग को घूरकर देखा। हैरी को लगा कि इतनी गर्मी के बावजूद रॉन थोड़ा काँप रहा था।

'और वे स्नेप पर भरोसा करते हैं?' रॉन ने कहा। 'वे सचमुच स्नेप पर भरोसा करते हैं, हालाँकि उन्हें मालूम है कि स्नेप पहले प्राणभक्षी थे?'

'हाँ,' हैरी ने कहा।

हर्माइनी दस मिनट से कुछ नहीं बोली थी। वह अपने सिर पर हाथ रखकर अपने घुटनों को घूर रही थी। हैरी ने सोचा कि स्मृति पात्र का इस्तेमाल करने से उसे भी अच्छा महसूस होगा।

'रीटा स्कीटर,' वह अंततः बुदबुदाई।

रॉन ने हैरानी से पूछा, 'इस समय तुम उसकी चिंता कैसे कर सकती हो?'

'मैं उसके बारे में चिंता नहीं कर रही हूँ,' हर्माइनी ने कहा। 'मैं तो बस

सोच रही हूँ ... याद है ना उसने मुझसे थ्री ब्रूमस्टिक्स में क्या कहा था? "मैं लूडो बैगमैन के बारे में ऐसी बातें जानती हूँ, जिन्हें सुनकर तुम्हारे सिर के बाल खड़े हो जाएँगे।" उसका यही मतलब था, है ना? उसने उस मुकदमे की रिपोर्टिंग की थी, इसलिए वह जानती थी कि बैगमैन ने प्राणभक्षियों को जानकारी दी थी। और विंकी भी, याद है ... "मिस्टर बैगमैन बुरे जादूगर हैं।" बैगमैन के छूटने पर मिस्टर क्राउच बहुत ग़ुस्सा हुए होंगे और उन्होंने घर पर इसके बारे में बात की होगी।'

'हाँ, लेकिन बैगमेन ने जानकारी जान-बूझकर तो नहीं दी थी, है ना।'

हर्माइनी ने कंधे उचकाए।

रॉन ने हैरी की तरफ़ मुड़ते हुए कहा, 'और फ़ज यह मानते हैं कि *मैडम मैक्सिम* ने क्राउच पर हमला किया था?'

'हाँ,' हैरी ने कहा, 'लेकिन वे ऐसा सिर्फ़ इसलिए कह रहे हैं, क्योंकि क्राउच बाबैटन्स की घोड़ागाड़ी के पास ग़ायब हुए थे।'

'हमने मैडम मैक्सिम के बारे में तो सोचा ही नहीं, है ना?' रॉन ने धीरे से कहा। 'देखो, निश्चित रूप से उनमें दानव ख़ून है और वे इसे स्वीकार नहीं करना चाहती हैं -'

'अगर वे स्वीकार नहीं करना चाहती हैं, तो इसमें ग़लत क्या है?' हर्माइनी ने तीखी आवाज़ में नज़रें उठाते हुए कहा। 'तुमने देखा था, जब रीटा को हैग्रिड की दानवी माँ के बारे में पता चला, तो हैग्रिड के साथ क्या हुआ था। फ़ज को ही देख लो। वे मैडम मैक्सिम पर सिर्फ़ इसलिए शक कर रहे हैं, क्योंकि वे अर्ध-दानवी हैं। अपने प्रति इस तरह का पूर्वाग्रह भला कौन चाहेगा? अगर मुझे मालूम हो कि सच बताने पर मुझे कितनी बातें झेलनी पड़ेंगी, तो शायद मैं भी यही कहूँगी कि मेरी हड्डियाँ बड़ी हैं।'

हर्माइनी ने अपनी घड़ी की तरफ़ देखा।

उसने अचानक दहशत में आते हुए कहा, 'हमने आज मंत्रों की प्रैक्टिस तो की ही नहीं! हमें आज बाधा मंत्र की प्रैक्टिस करनी थी! हमें यह काम कल ज़रूर करना होगा! चलो हैरी, तुम्हें थोड़ी नींद की ज़रूरत है।'

हैरी और रॉन धीरे-धीरे अपने कमरे में गए। अपना पायजामा पहनते समय हैरी ने नेविल के पलंग की तरफ़ देखा। डम्बलडोर से किए गए वादे के अनुसार उसने रॉन और हर्माइनी को नेविल के मम्मी-डैडी के बारे में कुछ नहीं बताया था। जब हैरी अपना चश्मा उतारकर मसहरीदार पलंग पर चढ़ा, तो उसने कल्पना की कि जिस व्यक्ति के मम्मी-डैडी ज़िंदा तो हों, लेकिन उसे पहचान नहीं पा रहे हों, उसे कैसा लगता होगा। अनाथ होने के कारण हैरी को अक्सर अजनबियों से भी सहानुभूति मिल जाती थी, लेकिन नेविल के खर्राटे

सुनते समय उसने सोचा कि दरअसल नेविल सहानुभूति का उससे ज़्यादा हक़दार था। अँधेरे में लेटे-लेटे हैरी के मन में उन लोगों के लिए ग़ुस्से और नफ़रत का सैलाब भर गया, जिन्होंने मिस्टर और मिसेज़ लॉंगबॉटम को यातना दी थी ... उसे याद आया कि जब दमपिशाच क्राउच के बेटे और उसके साथियों को अदालत से ले जा रहे थे, तो दर्शकों ने उन्हें किस तरह ताने मारे थे ... वह समझ गया कि उन लोगों को कैसा महसूस हो रहा होगा ... फिर उसे चीख़ते हुए लड़के का दूध जैसा सफ़ेद चेहरा याद आया और एक झटके के साथ यह भी याद आया कि वह अज़्काबान जाने के एक साल बाद मर गया था ...

हैरी ने अँधेरे में छत की तरफ़ देखते हुए सोचा, इस सबका ज़िम्मेदार वोल्डेमॉर्ट है। हर तबाही प्रत्यक्ष या अप्रत्यक्ष रूप से वोल्डेमॉर्ट के कारण ही हुई है ... उसी ने इन परिवारों को अलग किया है, उसी ने इनकी ज़िंदगियाँ तबाह की हैं ...

*

रॉन और हर्माइनी को अपनी परीक्षाओं के लिए रिवीज़न करना था, जो ठीक तीसरे काम के दिन ख़त्म होने वाली थीं। बहरहाल, वे दोनों हैरी की मदद करने में अपना काफ़ी समय लगा रहे थे।

जब हैरी ने उन्हें यह बात याद दिलाई और कहा कि वह कुछ समय अकेले भी प्रैक्टिस कर सकता है, तो हर्माइनी तुरंत बोली, 'इसके बारे में चिंता मत करो। कम से कम हमें गुप्त कलाओं से रक्षा विषय में तो पूरे नंबर मिलेंगे। क्लास में बैठकर हम कभी इन मंत्रों के बारे में नहीं जान पाते।'

'जब हम सब ऑरर बनेंगे, तब के लिए यह अच्छा प्रशिक्षण है,' रॉन ने रोमांच के साथ कहा और कमरे में भन-भन कर रही एक बर्र पर बाधा मंत्र का इस्तेमाल किया। बर्र बीच हवा में एकदम स्थिर हो गई।

जब जून का महीना आया, तो महल का माहौल एक बार फिर रोमांच और तनाव से भर गया। सभी लोग उत्सुकता से तीसरे काम की राह देख रहे थे, जो टर्म ख़त्म होने से एक सप्ताह पहले होने वाला था। हैरी हर पल, हर मौक़े पर आक्रामक मंत्रों की प्रैक्टिस में जुटा रहता था। उसे पिछले दो कामों के बजाय इस काम के बारे में ज़्यादा आत्मविश्वास महसूस हो रहा था। हालाँकि यह काम बेशक मुश्किल और ख़तरनाक होगा, लेकिन मूडी ने सही कहा था : हैरी पहले भी भयंकर प्राणियों और जादुई बाधाओं को सफलतापूर्वक पार कर चुका था और इस बार तो उसे पहले से पता था, इसलिए वह बाधाओं से निबटने की पूरी तैयारी कर सकता था।

जब वे प्रोफ़ेसर मैक्गॉनेगल से पूरे स्कूल में बार-बार टकराए, तो उन्होंने

तंग आकर हैरी को लंच के दौरान रूप-परिवर्तन के ख़ाली क्लासरूम का इस्तेमाल करने की इज़ाज़त दे दी। उसने जल्दी ही बाधा मंत्र में महारत हासिल कर ली। बाधा मंत्र हमलावर को धीमा कर देता था और उसके रास्ते में बाधा खड़ी कर देता था। उसने लघुकारक शाप भी सीख लिया था, जो विस्फोट करके ठोस वस्तुओं के छोटे-छोटे टुकड़े कर देता था और उन्हें रास्ते से हटा देता था। और दिशासूचक मंत्र भी, जो हर्माइनी की उपयोगी खोज थी। यह दिशासूचक मंत्र छड़ी की नोक को उत्तर दिशा में कर देता था, जिससे हैरी यह जाँच कर सकता था कि वह भूलभुलैया में सही दिशा में जा रहा है या नहीं। उसे अब भी कवच सम्मोहन के प्रयोग में दिक्क़त आ रही थी। इस सम्मोहन से चारों तरफ़ एक अस्थायी अदृश्य दीवार बन जाती थी, जिससे टकराकर छोटे-मोटे शाप छिटक जाते थे। बहरहाल, हर्माइनी ने एक पगबंधन शाप से हैरी के कवच सम्मोहन की अदृश्य दीवार तोड़ दी। हैरी दस मिनट तक कमरे में दोनों पैर उछाल-उछाल कर चलता रहा, क्योंकि इस दौरान हर्माइनी उस शाप का तोड़ ढूँढ़ रही थी।

'तुम काफ़ी कुछ सीख चुके हो,' हर्माइनी ने उत्साह से अपनी सूची की तरफ़ देखते हुए कहा और उन मंत्रों को काट दिया, जिन्हें वे सीख चुके थे। 'इनमें से कुछ तुम्हारे काम आएँगे।'

'यहाँ आकर मैदान की तरफ़ तो देखो,' रॉन ने कहा, जो खिड़की के पास खड़ा-खड़ा नीचे देख रहा था। 'देखो तो सही, मैल्फ़ॉय क्या कर रहा है?'

हैरी और हर्माइनी भी उसके पास जाकर नीचे देखने लगे। मैल्फ़ॉय, क्रैब और गॉइल नीचे एक पेड़ की छाया में खड़े थे। ऐसा लगता था कि क्रैब और गॉइल चौकीदारी कर रहे थे। दोनों की बत्तीसी साफ़ दिख रही थी। मैल्फ़ॉय अपना हाथ अपने मुँह के पास रखे हुए था और उसकी आड़ में कुछ बोल रहा था।

'ऐसा लगता है, जैसे वह वॉकी-टॉकी का इस्तेमाल कर रहा हो,' हैरी ने उत्साहपूर्वक कहा।

'वह ऐसा नहीं कर सकता,' हर्माइनी ने कहा, 'मैंने तुम्हें कितनी बार बताया है, हॉगवर्ट्स में इस तरह की चीज़ें काम नहीं करती हैं। चलो हैरी,' उसने तेज़ी से खिड़की के पास से हटते हुए और कमरे के बीच में आते हुए कहा, 'हम कवच सम्मोहन को दोबारा करके देखते हैं।'

*

सिरियस अब हर दिन उल्लू भेज रहा था। हर्माइनी की तरह ही वह भी यही चाहता था कि हैरी किसी और चीज़ पर ध्यान न दे, बल्कि आख़िरी काम पर अपना ध्यान केंद्रित करे। हर चिट्ठी में वह हैरी को याद दिलाता था कि

हॉगवर्ट्स की दीवारों के बाहर जो भी हो रहा था, वह हैरी की ज़िम्मेदारी नहीं थी, न ही वह उस मामले में कुछ कर सकता था। उसने लिखा था :

अगर वोल्डेमॉर्ट सचमुच दोबारा ताक़तवर बन रहा है, तो मेरी पहली चिंता यह है कि तुम सुरक्षित रहो। जब तक तुम डम्बलडोर के संरक्षण में हो, तब तक वह तुम पर हाथ डालने की कोशिश तक नहीं कर सकता, लेकिन फिर भी कोई जोखिम मत लेना। उस भूलभुलैया से सुरक्षित गुज़रने पर ध्यान केंद्रित करना। इसके बाद हम बाक़ी मामलों के बारे में सोच सकते हैं।

जैसे-जैसे चौबीस जून का दिन क़रीब आता गया, हैरी की घबराहट बढ़ने लगी, लेकिन यह घबराहट पिछले कामों से पहले होने वाली घबराहट जितनी बुरी नहीं थी। एक बात तो यह थी कि इस बार उसने इस काम की भरसक तैयारी की थी। दूसरी बात यह थी कि यह आख़िरी बाधा थी और चाहे वह इसमें अच्छा प्रदर्शन करे या बुरा, टूर्नामेंट तो ख़त्म हो ही जाएगा और इससे उसे बहुत राहत मिलेगी।

*

तीसरा काम जिस दिन होने वाला था, उस दिन सुबह गरुड़द्वार की टेबल पर नाश्ते के समय काफ़ी शोर हो रहा था। तभी उल्लू डाक लेकर आ गए। हैरी को सिरियस ने गुड-लक कार्ड भेजा था। यह चर्मपत्र का मुड़ा हुआ टुकड़ा था और उसके सामने की तरफ़ कीचड़ भरे पंजे का निशान था, लेकिन फिर भी हैरी उसे पाकर ख़ुश हुआ। एक घुघ्घू हमेशा की तरह हर्माइनी का *दैनिक जादूगर* अख़बार लेकर उसके पास आया। हर्माइनी ने अख़बार खोला, पहले पन्ने पर नज़र डाली और उसके मुँह में भरा कद्दू के जूस का घूँट अख़बार पर छलक गया।

'क्या हुआ ?' हैरी और रॉन ने एक साथ उसे घूरते हुए कहा।

'कुछ नहीं,' हर्माइनी ने जल्दी से कहा और अख़बार को छिपाने की कोशिश की, लेकिन रॉन ने उसके हाथ से अख़बार छीन लिया।

उसने हेडलाइन को घूरकर देखा और फिर बोला, 'आज नहीं। भैंस कहीं की।'

'क्या हुआ ?' हैरी ने पूछा। 'रीटा स्कीटर ने फिर से कुछ लिख दिया ?'

'नहीं,' रॉन ने कहा और हर्माइनी की तरह ही उसने भी अख़बार को छिपाने की कोशिश की।

हैरी बोला, 'मेरे बारे में कोई ख़बर है, है ना?'

'नहीं,' रॉन ने ऐसी आवाज़ में कहा, जिस पर पूरी तरह विश्वास नहीं किया जा सकता था।

इससे पहले कि हैरी अख़बार देखने की ज़िद करता, ड्रेको मैल्फ़ॉय नागशक्ति की टेबल से तेज़ी से बोला।

'सुनो, पॉटर! *पॉटर!* तुम्हारा सिर दर्द कैसा है? तुम ठीक तो हो? तुम अपना पागलपन हम पर मत निकालना!'

मैल्फ़ॉय भी *दैनिक जादूगर* अख़बार पकड़े हुए था। टेबल पर बैठे नागशक्ति के सभी विद्यार्थी अपनी बत्तीसी दिखा रहे थे और हैरी की प्रतिक्रिया को देखने के लिए बार-बार मुड़-मुड़कर देख रहे थे।

'मुझे भी तो पढ़ने दो,' हैरी ने रॉन से कहा। 'लाओ, अख़बार मुझे दो।'

बहुत अनिच्छा से रॉन ने अख़बार उसे दे दिया। हैरी ने उसे खोला और देखा कि उसमें एक हेडलाइन के नीचे उसकी तस्वीर दी हुई है।

'दुविधाग्रस्त और ख़तरनाक' हैरी पॉटर

विशेष संवाददाता रीटा स्कीटर के अनुसार जिस लड़के ने तुम-जानते-हो-कौन को हराया था, वह दुविधाग्रस्त और संभवतः ख़तरनाक है। हाल ही में हैरी पॉटर के अजीबोग़रीब व्यवहार के बारे में एक भयानक सबूत सामने आया है, जिससे यह शक पैदा होता है कि वह त्रिकोणीय टूर्नामेंट जैसी चुनौतीपूर्ण प्रतियोगिता में भाग लेने या हॉगवर्ट्स स्कूल में पढ़ने के क़ाबिल है भी या नहीं।

दैनिक जादूगर *का यह दावा है कि पॉटर स्कूल में बार-बार बीमार पड़ता रहता है और अक्सर अपने माथे पर बने निशान में दर्द की शिकायत करता है (यह निशान उस शाप की निशानी है, जिससे तुम-जानते-हो-कौन ने उसे मारने की कोशिश की थी।)। पिछले सोमवार को ज्योतिष की क्लास में* दैनिक जादूगर *की आपकी इस संवाददाता ने देखा कि पॉटर अपनी क्लास से बाहर निकल रहा था और यह दावा कर रहा था कि उसका निशान इतनी बुरी तरह दर्द कर रहा है कि वह पढ़ नहीं सकता।*

सेंट मंगोज़ जादुई रोग एवं दुर्घटना अस्पताल के शीर्ष

विशेषज्ञ कहते हैं, 'यह संभव है कि तुम-जानते-हो-कौन के हमले से पॉटर के दिमाग़ पर असर हो गया हो और निशान का दर्द उसकी गहरी दुविधा की अभिव्यक्ति हो।'

'हो सकता है वह नाटक कर रहा हो,' एक विशेषज्ञ का कहना है, 'यह लोगों का ध्यान आकर्षित करने की चाल भी हो सकती है।'

बहरहाल, दैनिक जादूगर ने हैरी पॉटर के बारे में ऐसे चिंताजनक तथ्य खोज निकाले हैं, जिन्हें हॉगवर्ट्स के हेडमास्टर एल्बस डम्बलडोर ने जादूगर समुदाय से छिपा रखा था।

हॉगवर्ट्स में फ़ोर्थ ईयर में पढ़ने वाले ड्रेको मैल्फ़ॉय ने दैनिक जादूगर को बताया, 'पॉटर सर्पभाषा बोल सकता है। दो साल पहले विद्यार्थियों पर बहुत से हमले हुए थे। द्वंद्वयुद्ध क्लब में पॉटर ने अपना नियंत्रण खो दिया और एक लड़के पर साँप छोड़ दिया। यह देखने के बाद ज़्यादातर विद्यार्थियों ने यह मान लिया कि उन हमलों के पीछे पॉटर का ही हाथ था। हालाँकि उस मामले को जैसे-तैसे रफ़ा-दफ़ा कर दिया गया है, लेकिन उसकी नरभेड़ियों और दानवों से भी दोस्ती है। हम सोचते हैं कि वह ज़रा सी शक्ति पाने के लिए कुछ भी कर सकता है।'

सर्पभाषा यानी साँपों के साथ बातचीत करने की क्षमता काफ़ी लंबे समय से काले जादू की निशानी मानी जाती रही है। दरअसल हमारे युग का सबसे मशहूर सर्पभाषी और कोई नहीं, बल्कि तुम-जानते-हो-कौन है। शैतानी जादू प्रतिरक्षण संघ के एक सदस्य ने अपना नाम गोपनीय रखने की शर्त पर बताया कि वह हर उस जादूगर को जाँच के क़ाबिल मानेगा, जो सर्पभाषा बोल सकता हो। 'व्यक्तिगत रूप से मैं किसी भी ऐसे व्यक्ति के प्रति बेहद शंकालु रहूँगा, जो साँपों के साथ बातचीत कर सकता है, क्योंकि साँपों का इस्तेमाल अक्सर काले जादू के बहुत बुरे रूपों में होता है और इतिहास गवाह है कि साँपों का इस्तेमाल बुरे लोग ही करते आए हैं।' इसके अलावा, 'जो भी नरभेड़ियों और दानवों जैसे दुष्ट प्राणियों से दोस्ती करता है, उसकी हिंसा में रुचि होना तय है।'

एल्बस डम्बलडोर को निश्चित रूप से यह विचार करना चाहिए कि इस तरह के लड़के को त्रिकोणीय टूर्नामेंट में हिस्सा

लेने की अनुमति देनी चाहिए या नहीं। कुछ लोगों को इस बात का डर है कि टूर्नामेंट जीतने के लिए बेताब पॉटर काले जादू का सहारा भी ले सकता है, जिसका तीसरा काम आज शाम को होने वाला है।

'मुझसे थोड़ा उखड़ गई है, है ना?' हैरी ने अख़बार मोड़ते हुए हल्केपन से कहा।

नागशक्ति की टेबल पर मैल्फ़ॉय, क्रैब और गॉइल उसे देख-देखकर हँस रहे थे और उँगलियों से अपने सिर पर जैसे तबला बजा रहे थे। वे पागलों की तरह बुरे-बुरे चेहरे बना रहे थे और साँपों की तरह जीभ निकालकर हिला रहे थे।

रॉन ने पूछा, 'उसे कैसे पता चला कि ज्योतिष की क्लास में तुम्हारे निशान में दर्द हुआ था? वह किसी भी तरह वहाँ पर नहीं हो सकती थी। वह वहाँ की कोई बात सुन भी नहीं सकती थी –'

'खिड़की खुली थी,' हैरी ने कहा। 'मैंने उसे साँस लेने के लिए खोला था।'

'तुम उत्तरी मीनार के ऊपर वाले कमरे में थे!' हर्माइनी बोली। 'तुम्हारी आवाज़ ज़मीन तक पहुँच ही नहीं सकती थी!'

'तुम्हीं बताओ, क्योंकि तुम ही तो जासूसी के जादुई तरीक़ों पर शोध कर रही हो!' हैरी ने कहा। 'रीटा स्कीटर पूरे साल बीटल की तरह ख़बरों के लिए भनभन करती हुई घूम रही थी। तुम्हीं बताओ कि उसने यह काम कैसे किया होगा!'

'मैं कोशिश कर रही हूँ!' हर्माइनी बोली। 'लेकिन मैं ... लेकिन ...'

अचानक हर्माइनी के चेहरे पर एक अजीब सा सपनीला भाव आ गया। उसने अपना एक हाथ धीरे से उठाया और अपने बालों में उँगलियाँ फेरीं।

'तुम ठीक तो हो?' रॉन ने उसकी तरफ़ त्योरियाँ चढ़ाते हुए कहा।

'हाँ,' हर्माइनी ने तेज़-तेज़ साँस लेते हुए कहा। उसने एक बार फिर अपनी उँगलियाँ अपने बालों में फेरीं और इसके बाद अपना हाथ उठाकर अपने मुँह के पास रख लिया, जैसे वह किसी अदृश्य वॉकी-टॉकी से बात कर रही हो। हैरी और रॉन ने एक-दूसरे की तरफ़ देखा।

'मेरे मन में एक विचार आया है,' हर्माइनी ने हवा में घूरते हुए कहा। 'मुझे लगता है कि मुझे पता चल गया है ... क्योंकि तब कोई भी नहीं देख पाएगा ... मूडी भी नहीं ... और तब वह खिड़की की मुँडेर पर बैठ सकती थी ... लेकिन उसे तो हॉगवर्ट्स में आने की इज़ाज़त नहीं है ... उसे निश्चित रूप

से इज़ाज़त नहीं है ... मुझे लगता है कि अब वह मेरी मुट्ठी में है! बस मुझे दो सेकंड का समय दो, मैं लाइब्रेरी से होकर आती हूँ – सिर्फ़ इसलिए ताकि पूरा यक़ीन हो जाए!'

इतना कहकर हर्माइनी ने अपना स्कूलबैग उठाया और भागकर बड़े हॉल से बाहर चली गई।

'ओए!' रॉन ने पीछे से कहा। 'जादू का इतिहास की हमारी परीक्षा दस मिनट में शुरू होने वाली है!' उसने हैरी की तरफ़ मुड़ते हुए कहा, 'वह उस स्कीटर औरत से बहुत नफ़रत करती होगी, तभी तो वह परीक्षा में देर से आने का जोखिम ले रही है। तुम बिन्स की क्लास में क्या करोगे – दोबारा पढ़ोगे?'

त्रिकोणीय टूर्नामेंट का चैंपियन होने के कारण हैरी को वार्षिक परीक्षा न देने की छूट मिली हुई थी। अब तक वह हर विषय की परीक्षा में सबसे पीछे बैठ जाता था और तीसरे काम के लिए नए आक्रामक मंत्रों की तलाश करता रहता था।

'ऐसा ही लगता है,' हैरी ने रॉन से कहा, लेकिन तभी प्रोफ़ेसर मैक्गॉनेगल गरुड़द्वार की टेबल पर उसके पास आ गईं।

उन्होंने कहा, 'पॉटर, नाश्ते के बाद सभी चैंपियनों को हॉल के पास वाले कमरे में जाना है।'

'लेकिन तीसरा काम तो आज रात को है!' हैरी ने कहा। उसके हाथ से अंडा छूट गया। वह दहशत में आ गया कि शायद उसने ग़लत सुन लिया था कि तीसरा काम रात को होने वाला है।

'मैं जानती हूँ, पॉटर,' प्रोफ़ेसर मैक्गॉनेगल ने कहा। 'आख़िरी काम को देखने के लिए चैंपियनों के परिवारों को भी बुलाया गया है। यह तो बस अपने परिवार वालों से मिलने का मौक़ा है।'

वे चली गईं, लेकिन इसके बाद भी हैरी उनकी तरफ़ मुँह फाड़कर देखता रहा।

उसने रॉन से सूनेपन से कहा, 'उन्हें यह उम्मीद तो नहीं है कि डर्स्ली दंपति यहाँ आएँगे?'

'क्या पता,' रॉन ने कहा। 'हैरी, अब मुझे फटाफट जाना होगा, वरना बिन्स की परीक्षा में देर हो जाएगी। बाद में मिलते हैं।'

हैरी ने ख़ाली होते हुए बड़े हॉल में अपना नाश्ता ख़त्म किया। उसने देखा कि फ़्लर डेलाकोर चीलघात की टेबल से उठी और सेडरिक के साथ चल दी। वे दोनों बग़ल वाले कमरे के अंदर चले गए। थोड़ी देर बाद क्रम भी लँगड़ाता हुआ वहीं चला गया। हैरी जहाँ था, वहीं रुका रहा। दरअसल उस कमरे में जाने की उसकी बिलकुल इच्छा नहीं थी। उसका कोई परिवार नहीं था

– कम से कम कोई ऐसा परिवार तो नहीं था, जो उसे जान जोखिम में डालते देखने के लिए आना चाहे। लेकिन जब वह उठकर खड़ा हो रहा था और यह सोच रहा था कि उसे लाइब्रेरी जाकर आक्रामक मंत्रों को एक बार फिर दोहरा लेना चाहिए, तभी बग़ल वाले कमरे का दरवाज़ा खुला और सेडरिक ने अपना सिर बाहर निकाला।

'हैरी, अंदर आओ, वे लोग तुम्हारा इंतज़ार कर रहे हैं!'

हैरी बुरी तरह हैरान रह गया। वह उठकर खड़ा हुआ। डर्स्ली दंपति तो यहाँ नहीं आ सकते। वह हॉल के पार गया और उसने कमरे का दरवाज़ा खोला।

सेडरिक और उसके मम्मी-डैडी दरवाज़े के पास ही खड़े थे। विक्टर क्रम एक कोने में अपनी काले बालों वाली मम्मी और डैडी से बल्गारियन भाषा में बात कर रहा था। उसे मुड़ी हुई नाक अपने पिता से विरासत में मिली थी। कमरे की दूसरी तरफ़ फ़्लर अपनी मम्मी से फ़्रांसीसी भाषा में फ़र्राटे से बातें कर रही थी। फ़्लर की छोटी बहन गैब्रील अपनी मम्मी का हाथ पकड़े थी। उसने हैरी की तरफ़ देखकर हाथ हिलाया और हैरी ने भी हाथ हिलाकर उसे जवाब दिया। फिर उसने मिसेज़ वीज़्ली और बिल को अँगीठी के सामने खड़े देखा, जो उसकी तरफ़ देखकर मुस्करा रहे थे।

'हमें देखकर हैरान हो गए ना!' मिसेज़ वीज़्ली ने रोमांचित होकर कहा, जब हैरी खुलकर मुस्कराते हुए उनके पास पहुँचा। 'सोचा कि हम आकर तुम्हें देख लें, हैरी!' वे झुकीं और उन्होंने उसका गाल चूम लिया।

'तुम ठीक तो हो?' बिल ने मुस्कराकर हैरी से हाथ मिलाते हुए कहा। 'चार्ली भी आना चाहता था, लेकिन उसे छुट्टी नहीं मिल पाई। उसने बताया था कि हॉर्नटेल के ख़िलाफ़ तुम्हारा प्रदर्शन ज़बर्दस्त था।'

हैरी ने देखा कि फ़्लर डेलाकोर अपनी मम्मी के कंधों के ऊपर से बिल को बहुत दिलचस्पी से देख रही थी। यह साफ़ दिख रहा था कि उसे उसके लंबे बालों या ज़हरीले दाँत वाली बाली से कोई दिक़्क़त नहीं थी।

'आपने यह बहुत अच्छा किया,' हैरी मिसेज़ वीज़्ली से बुदबुदाकर बोला। 'मुझे एक पल के लिए तो लगा कि डर्स्ली दंपति –'

'हुँह,' मिसेज़ वीज़्ली ने अपने होंठ सिकोड़ते हुए कहा। वे हैरी के सामने डर्स्ली दंपति की कभी आलोचना तो नहीं करती थीं, लेकिन जब भी उनका ज़िक्र होता था, उनकी आँखें दहकने लगती थीं।

'यहाँ वापस आना बहुत अच्छा लग रहा है,' बिल ने कमरे में चारों तरफ़ देखते हुए कहा (मोटी औरत की सहेली वायलेट ने अपने फ़्रेम से उसकी तरफ़ आँख मारी)। 'इस जगह को पाँच साल बाद देख रहा हूँ। क्या उस पागल योद्धा

यानी सर केडोगन की तस्वीर अब भी लगी है?'

'ओह, हाँ,' हैरी ने कहा, जो पिछले साल सर केडोगन से मिल चुका था।

'और मोटी औरत?' बिल ने पूछा।

'वह मेरे समय में भी थी,' मिसेज़ वीज़्ली ने कहा। 'उसने मुझे एक रात को जमकर फटकारा था, जब मैं चार बजे सुबह बाहर से लौटी थी –'

'आप चार बजे सुबह तक बाहर क्या कर रही थीं?' बिल ने मिसेज़ वीज़्ली को हैरानी से देखते हुए पूछा।

मिसेज़ वीज़्ली मुस्कराईं और उनकी आँखों में चमक आ गई।

'तुम्हारे डैडी और मैं रात को बाहर टहल रहे थे,' उन्होंने कहा। 'उन्हें भी एपोलिऑन प्रिंगल ने पकड़ लिया था – उस ज़माने में वही चौकीदार हुआ करता था – तुम्हारे डैडी के शरीर पर उसकी सज़ा के निशान अब तक हैं।'

बिल ने कहा, 'हमें घुमाओगे, हैरी?'

'हाँ, हाँ, *क्यों नहीं,'* हैरी ने कहा और वे सभी बड़े हॉल से बाहर निकलने के लिए दरवाज़े की तरफ़ बढ़ने लगे।

जब वे एमॉस डिगोरी के पास से निकले, तो उन्होंने मुड़कर देखा। उन्होंने हैरी को ऊपर से नीचे तक देखते हुए कहा, 'लो तुम भी आ गए। यक़ीन है कि अब तुम पहले जितने नहीं इतरा रहे होगे, क्योंकि सेडरिक भी तुम्हारी बराबरी पर आ गया है, है ना?'

'क्या?' हैरी ने आश्चर्य से कहा।

'उनकी बात पर ध्यान मत दो,' सेडरिक ने हैरी से धीमी आवाज़ में कहा और अपने डैडी की तरफ़ त्योरियाँ चढ़ा लीं। 'वे तब से ग़ुस्सा हैं, जब से उन्होंने त्रिकोणीय टूर्नामेंट के बारे में रीटा स्कीटर का लेख पढ़ा है – उसके लेख से तो ऐसा लग रहा था, जैसे तुम ही हॉगवर्ट्स के अकेले चैंपियन हो।'

'लेकिन इसने उसकी ग़लती को सुधारने की कोशिश भी नहीं की, है ना?' एमॉस डिगोरी ने इतनी ज़ोर से कहा कि हैरी उनकी बात सुन ले, जब वह मिसेज़ वीज़्ली और बिल के साथ दरवाज़े से बाहर निकल रहा था। 'फिर भी ... तुम उसे दिखा देना, सेड। तुम उसे एक बार पहले भी हरा चुके हो, है ना?'

'रीटा स्कीटर हमेशा मुश्किलें खड़ी करती रहती है, एमॉस!' मिसेज़ वीज़्ली ने ग़ुस्से से कहा। 'मुझे लगता था कि मंत्रालय में नौकरी करने के कारण तुम यह बात अच्छी तरह से समझते होगे!'

ऐसा लगा कि मिस्टर डिगोरी ग़ुस्से में कुछ बोलने वाले थे, लेकिन तभी उनकी पत्नी ने उनके हाथ पर हाथ रख दिया, इसलिए उन्होंने सिर्फ़ अपने कंधे

उचकाए और मुड़ गए।

हैरी की सुबह बहुत मज़ेदार गुज़री। वह बिल और मिसेज़ वीज़्ली के साथ धूप से नहाए मैदान में घूमता रहा। उसने उन्हें बाबैटन्स की घोड़ागाड़ी और डर्मस्ट्रैंग का जहाज़ दिखाया। मिसेज़ वीज़्ली लड़ाकू पेड़ को देखकर हैरान हुईं, जो उनके स्कूल से जाने के बाद लगाया गया था। वे हैग्रिड से पहले वाले गेमकीपर ऑग को भी याद करती रहीं।

ग्रीनहाउसों के पास हैरी ने पूछा, 'पर्सी कैसा है ?'

'अच्छा नहीं है,' बिल ने कहा।

'वह बहुत परेशान है,' मिसेज़ वीज़्ली ने अपनी आवाज़ नीची करते हुए और चारों तरफ़ देखते हुए कहा। 'मंत्रालय मिस्टर क्राउच के लापता होने की ख़बर दबा रहा है। बहरहाल, पर्सी को मिस्टर क्राउच द्वारा भेजे गए निर्देशों के बारे में पूछताछ करने के लिए बुलाया गया है। मंत्रालय को लगता है कि शायद वे निर्देश मिस्टर क्राउच ने नहीं लिखे होंगे। पर्सी काफ़ी तनाव में है। इसीलिए आज रात को मिस्टर क्राउच की जगह पर उसे पाँचवाँ निर्णायक नहीं बनाया गया है। आज यह काम कॉर्नेलियस फ़ज करेंगे।'

वे लंच करने के लिए महल लौटे।

'मम्मी – बिल!' रॉन ने स्तब्ध होकर कहा, जब वह गरुड़द्वार की टेबल पर आया। 'आप लोग यहाँ क्या कर रहे हैं ?'

'हैरी को आख़िरी काम करते देखने आए हैं!' मिसेज़ वीज़्ली ने उत्साह से कहा। 'मैं तो कहूँगी कि यह बहुत अच्छा हुआ, क्योंकि मुझे आज खाना नहीं बनाना पड़ेगा। तुम्हारी परीक्षा कैसी हुई ?'

'ओह ... **ठीक** ही हुई,' रॉन ने कहा। 'पिशाच विद्रोहियों के नाम मुझे याद नहीं थे, इसलिए मैंने कुछ नाम मन से लिख दिए। सब चलता है,' उसने अपनी प्लेट में कॉर्निश पेस्टी रखते हुए कहा। उसने इस बात पर ध्यान नहीं दिया कि मिसेज़ वीज़्ली उसे सख़्ती से घूर रही थीं, 'उनके नाम हमेशा बोडरॉड दढ़ियल और अर्ग मटमैले जैसे ही तो होते हैं, इसलिए नए नाम बनाने में ज़रा भी मुश्किल नहीं आई।'

फ्रेड, जॉर्ज और जिनी भी आकर उनके पास बैठ गए। हैरी का समय इतना अच्छा गुज़रा कि उसे ऐसा लगा, जैसे वह इस वक़्त रॉन के घर पर ही रह रहा हो। वह शाम के काम के बारे में चिंता करना भूल गया था। आधा लंच कर लेने के बाद जब हर्माइनी दिखी, तब जाकर हैरी को याद आया कि हर्माइनी को रीटा स्कीटर के बारे में कोई विचार सूझा था।

'अब बताओ कि तुम्हें क्या – ?'

हर्माइनी ने मिसेज़ वीज़्ली की तरफ़ इशारा करके चेतावनी में अपना सिर हिलाया।

'हैलो हर्माइनी,' मिसेज़ वीज़्ली ने हमेशा की अपेक्षा थोड़े रूखेपन से कहा।

'हैलो,' हर्माइनी ने कहा। उसकी मुस्कान मिसेज़ वीज़्ली के चेहरे के ठंडे भाव को देखकर अधूरी ही रह गई।

हैरी ने यह देखकर कहा, 'मिसेज़ वीज़्ली, कहीं आप भी तो उस बकवास को सच नहीं मान रही हैं, जो रीटा स्कीटर ने *साप्ताहिक जादूगरनी* में लिखी थी? क्योंकि हर्माइनी मेरी गर्लफ्रेंड नहीं है।'

'ओह!' मिसेज़ वीज़्ली ने कहा। 'नहीं – बिलकुल नहीं!'

लेकिन यह सुनने के बाद हर्माइनी के प्रति उनका व्यवहार ज़्यादा अच्छा हो गया।

हैरी, बिल और मिसेज़ वीज़्ली दोपहर को महल में अच्छी तरह घूमे और फिर शाम के जश्न के लिए बड़े हॉल में लौटे। लूडो बैगमैन और कॉर्नेलियस फ़ज अब स्टाफ़ टेबल पर आ चुके थे। बैगमैन काफ़ी ख़ुश लग रहे थे, लेकिन मैडम मैक्सिम के पास बैठे कॉर्नेलियस फ़ज कठोर मुद्रा में दिख रहे थे और बातें नहीं कर रहे थे। मैडम मैक्सिम अपनी प्लेट पर आँखें गड़ाए थीं और हैरी को लगा कि उनकी आँखें लाल थीं। हैग्रिड भी उन्हीं की तरफ़ देख रहा था।

आज खाने-पीने की डिशें पिछले दिनों से ज़्यादा थीं, लेकिन हैरी को अब इतनी घबराहट होने लगी थी कि उससे ज़्यादा कुछ नहीं खाया गया। जब ऊपर की जादुई छत नीली से बैंगनी होने लगी, तो डम्बलडोर स्टाफ़ की टेबल पर उठकर खड़े हुए और हॉल में ख़ामोशी छा गई।

'देवियो और सज्जनो, पाँच मिनट के बाद मैं आपसे आग्रह करूँगा कि आप जादूगरी के त्रिकोणीय टूर्नामेंट के आख़िरी काम को देखने के लिए क्विडिच पिच की तरफ़ जाएँ। इस समय मैं सभी चैंपियनों से अनुरोध करता हूँ कि वे मिस्टर बैगमैन के साथ स्टेडियम जाएँ।'

हैरी उठकर खड़ा हो गया। टेबल पर बैठे गरुड़द्वार के विद्यार्थियों ने तालियाँ बजाकर उसका हौसला बढ़ाया। वीज़्ली परिवार और हर्माइनी ने भी हैरी को गुड लक कहा और वह बड़े हॉल से बाहर निकलकर सेडरिक, फ़्लर और क्रम के साथ चल दिया।

जब वे बाहर की पत्थर की सीढ़ियाँ उतरकर मैदान की तरफ़ जा रहे थे, तब बैगमैन ने पूछा, 'ठीक तो हो, हैरी? ख़ुद पर भरोसा है?'

'हाँ **ठीक हूँ**,' हैरी ने कहा। यह काफ़ी हद तक सच भी था। वह घबराया हुआ तो था, लेकिन वह चलते समय भी आक्रामक मंत्रों, शापों और तोड़ों को दोहराता जा रहा था। उसे यह जानकर बहुत अच्छा लग रहा था कि उसे सारे मंत्र अब तक याद थे।

वे क्विडिच पिच तक पहुँचे, जो अब बिलकुल भी पहचान में नहीं आ रही थी। पिच के किनारे पर हर तरफ़ बीस फ़ुट ऊँची दीवार जैसी बागड़ लगी हुई थी। उनके ठीक सामने एक रास्ता था। यह विशाल भूलभुलैया का प्रवेश द्वार था। उसके आगे का गलियारा अँधेरा और डरावना दिख रहा था।

पाँच मिनट बाद दर्शकदीर्घा में लोग आने लगे। जब सैकड़ों विद्यार्थी अपनी-अपनी जगह पर बैठने लगे, तो रोमांच भरी आवाज़ों और क़दमों का शोर सुनाई देने लगा। आसमान अब गहरा नीला और साफ़ था। सितारे चमकने लगे थे। हैग्रिड, प्रोफ़ेसर मूडी, प्रोफ़ेसर मैक्गॉनेगल और प्रोफ़ेसर फ़्लिटविक स्टेडियम में आए और बैगमैन तथा चैंपियनों की तरफ़ बढ़ने लगे। बाक़ी सभी ने अपने-अपने हैट पर बड़े-बड़े लाल चमकदार सितारे लगा रखे थे, लेकिन हैग्रिड ने सितारा अपने छछूँदर की खाल वाले ओवरकोट की पीठ पर लगाया था।

'हम भूलभुलैया के बाहर पहरा देंगे,' प्रोफ़ेसर मैक्गॉनेगल ने चैंपियनों से कहा। 'अगर तुम किसी मुश्किल में पड़ जाओ और यह चाहो कि हम तुम्हें आकर बाहर निकाल लें, तो हवा में लाल चिंगारियाँ छोड़ देना। हममें से कोई भी आकर तुम्हें निकाल लेगा। तुम लोग समझ गए ?'

चैंपियनों ने सिर हिला दिया।

'तो फिर आप लोग जाएँ!' बैगमैन ने चारों पहरेदारों से उत्साहपूर्वक कहा।

'गुड लक, हैरी,' हैग्रिड ने फुसफुसाकर कहा। चारों पहरेदार भूलभुलैया पर पहरा देने के लिए अलग-अलग दिशाओं में चले गए। बैगमैन ने अपनी छड़ी गले की तरफ़ की और बुदबुदाए, *'तीव्र-ध्वनि।'* जादू से तत्काल उनकी आवाज़ कई गुना तेज़ हो गई और दर्शकदीर्घा में गूँजने लगी।

'देवियो और सज्जनो, जादूगरी के त्रिकोणीय टूर्नामेंट का तीसरा और आख़िरी काम अब शुरू होने वाला है! मैं आपको अब तक के स्कोर बता देता हूँ! पहले स्थान पर दो चैंपियन हैं – मिस्टर सेडरिक डिगोरी और मिस्टर हैरी पॉटर, जो दोनों ही हॉगवर्ट्स स्कूल के हैं। दोनों के ही ८५ अंक हैं!' इतना ज़ोरदार शोर हुआ और तालियाँ बजीं कि अँधेरे जंगल के पक्षी उड़कर आसमान में पहुँच गए। 'दूसरे स्थान पर ८० पॉइंट के साथ हैं डर्मस्ट्रैंग इंस्टीट्यूट के मिस्टर विक्टर क्रम!' तालियाँ एक बार फिर बजने लगीं। 'और तीसरे स्थान पर हैं – बाबैटन्स

अकादमी की मिस फ़्लर डेलाकोर!'

हैरी को दूर से भी दिख गया कि मिसेज़ वीज़्ली, बिल, रॉन और हर्माइनी दर्शकदीर्घा में बैठकर फ़्लर के लिए तालियाँ बजा रहे थे। हैरी ने उनकी तरफ़ देखकर हाथ हिलाया और उन्होंने भी मुस्कराते हुए उसकी तरफ़ हाथ हिलाया।

'तो ... हैरी और सेडरिक, मेरी सीटी बजते ही तुम दोनों अंदर चले जाना!' बैगमैन ने कहा। 'तीन - दो - एक -'

उन्होंने सीटी बजाई। हैरी और सेडरिक तेज़ी से भूलभुलैया में घुस गए।

बड़ी-बड़ी दीवारें रास्ते पर काली छाया डाल रही थीं। या तो वे बहुत ऊँची और मोटी थीं या फिर उन पर जादू कर दिया गया था, कारण चाहे जो हो, जैसे ही वे भूलभुलैया में घुसे, भीड़ का शोर सुनाई देना बंद हो गया। हैरी को महसूस हुआ, जैसे वह एक बार फिर पानी के नीचे पहुँच गया हो। उसने अपनी छड़ी बाहर निकाली और बुदबुदाया, *'प्रकाशित भव।'* उसे आवाज़ आई कि सेडरिक भी उसके ठीक पीछे यही कर रहा था।

पचास गज़ दूर जाने के बाद वे एक दोराहे पर पहुँच गए। उन्होंने एक-दूसरे की तरफ़ देखा।

'मिलते हैं,' हैरी ने बाएँ रास्ते को चुनते हुए कहा, जबकि सेडरिक दाएँ रास्ते पर चला गया।

हैरी ने दूसरी बार बैगमैन की सीटी की आवाज़ सुनी। इसका मतलब यह था कि अब क्रम भूलभुलैया में दाख़िल हो रहा था। हैरी ने अपनी रफ़्तार बढ़ा ली। उसका चुना हुआ रास्ता बिलकुल ख़ाली नज़र आ रहा था। वह दाईं तरफ़ मुड़ा और जल्दी-जल्दी आगे जाने लगा। उसने अपनी छड़ी अपने सिर के ऊपर उठा रखी थी और वह आगे ज़्यादा से ज़्यादा दूर तक देखने की कोशिश कर रहा था। लेकिन अब भी उसे कुछ दिखाई नहीं दे रहा था।

दूरी पर उसे बैगमैन की सीटी के तीसरी बार बजने की आवाज़ सुनाई दी। अब सभी चैंपियन भूलभुलैया के अंदर आ चुके थे।

हैरी बार-बार मुड़कर अपने पीछे देखता रहा। उसे ऐसा एहसास हो रहा था जैसे कोई उसे देख रहा हो। भूलभुलैया हर पल ज़्यादा अँधेरी होती जा रही थी, क्योंकि ऊपर आसमान काला होता जा रहा था। वह एक बार फिर दोराहे पर पहुँच गया।

'दिशा संकेतम्,' उसने अपनी छड़ी से कहा और उसे अपनी हथेली पर लिटा लिया।

छड़ी तत्काल घूम गई और उसकी दाहिनी तरफ़ की ठोस दीवार की

तरफ़ संकेत करने लगी। इसका मतलब यह था कि उत्तर दिशा उस तरफ़ थी। हैरी जानता था कि भूलभुलैया के केंद्र तक पहुँचने के लिए उसे उत्तर-पश्चिम दिशा में जाना होगा। सबसे अच्छा तरीक़ा यह था कि वह बाएँ वाला रास्ता चुन ले और फिर जितनी जल्दी संभव हो, दाहिनी तरफ़ मुड़ जाए।

आगे का रास्ता भी ख़ाली था। हैरी जब दाहिने मोड़ पर पहुँचकर आगे बढ़ा, तो एक बार फिर उसे सामने कोई बाधा नहीं मिली। बाधाओं के न होने से हैरी उलझन में पड़ गया। निश्चित रूप से अब तक तो उसके सामने कोई न कोई बाधा आनी चाहिए थी? ऐसा लग रहा था, जैसे भूलभुलैया उसे सुरक्षा का झूठा एहसास दिलाकर बरगलाना चाहती हो। तभी उसे अपने ठीक पीछे हलचल सुनाई दी। उसने अपनी छड़ी उठाकर हमले के लिए तैयार कर ली, लेकिन इसकी रोशनी सेडरिक पर पड़ी, जो अभी-अभी दाईं तरफ़ वाले रास्ते से बाहर निकला था। सेडरिक काफ़ी दहशत में दिख रहा था। उसके दुशाले की आस्तीन से धुआँ निकल रहा था।

'हैग्रिड के विस्फोटक अग्निडंक!' उसने कहा। 'वे अब बहुत बड़े हो गए हैं – मैं मुश्किल से बचकर भागा हूँ!'

उसने अपना सिर हिलाया और दूसरे रास्ते पर जाकर ओझल हो गया। अपने और विस्फोटक अग्निडंकों के बीच के फ़ासले को अधिकतम रखने के लिए उत्सुक हैरी तेज़ी से चलने लगा। फिर जब वह एक मोड़ पर गुड़ा, तो उसने देखा –

एक दमपिशाच उसकी तरफ़ चला आ रहा था। वह बारह फ़ुट लंबा था। उसका चेहरा नक़ाब में छिपा हुआ था। उसके सड़े-गले और पपड़ीदार हाथ आगे की तरफ़ फैले थे और वह आँखों के बिना सिर्फ़ भावनाओं के एहसास से उसकी तरफ़ बढ़ रहा था। हैरी को उसके साँस लेने की खर-खर आवाज़ सुनाई दी। उसे अपने भीतर ठंडक का एहसास होने लगा, लेकिन वह जानता था कि उसे क्या करना था ...

उसने अपना सबसे सुखद विचार सोचा – उसने भूलभुलैया से बाहर निकलकर रॉन और हर्माइनी के साथ जश्न मनाने पर अपनी पूरी ताक़त से ध्यान केंद्रित किया और अपनी छड़ी उठाकर चिल्लाया, *'पितृदेव संरक्षणम्!'*

हैरी की छड़ी के सिरे से एक सफ़ेद मृग बाहर निकला और दमपिशाच की तरफ़ कुलाँचें भरने लगा। दमपिशाच लड़खड़ाया और अपने दुशाले के किनारे में उलझ गया ... हैरी ने पहले कभी किसी दमपिशाच को लड़खड़ाते नहीं देखा था।

'ज़रा ठहरो!' वह चिल्लाया और अपने सफ़ेद पितृदेव की रोशनी में

आगे बढ़ा, 'तुम तो बहुरूपिए हो! *हास्यांतरण!*'

एक ज़ोरदार कड़ाक की आवाज़ हुई और विस्फोट के साथ बहुरूपिया धुएँ की लहर में बदलकर ग़ायब हो गया। सफ़ेद मृग ओझल हो गया। हैरी सोच रहा था कि काश अगर मृग रुक जाता, तो कम से कम कोई तो उसके साथ होता ... हैरी जल्दी-जल्दी चलता गया। वह सुनने की कोशिश कर रहा था और उसने अपनी छड़ी तान रखी थी।

बाएँ ... दाएँ ... एक बार फिर बाएँ ... दो बार उसे सामने बंद दीवार मिली। उसने एक बार फिर दिशासूचक मंत्र का इस्तेमाल किया और पाया कि वह पूर्व दिशा की तरफ़ थोड़ा ज़्यादा चला गया था। दाईं तरफ़ मुड़ने पर उसने देखा कि उसके सामने एक अजीब सी सुनहरी धुँध तैर रही थी।

हैरी उसकी तरफ़ सावधानी से बढ़ा और अपनी छड़ी की नोक उसकी तरफ़ मोड़ी। यह धुँध छलावा लग रही थी। उसने सोचा कि शायद वह इसमें विस्फोट करके इसे रास्ते से हटा सकता है।

वह चिल्लाया, '*लघुतो!*'

शाप धुँध के बीच से निकल गया और धुँध को कुछ नहीं हुआ। हैरी ने सोचा कि उसे यह बात पता होनी चाहिए थी कि लघुकारक शाप का असर सिर्फ़ ठोस चीज़ों पर होता है। फिर उसने सोचा कि अगर वह धुँध में से आगे निकलने की कोशिश करेगा, तो क्या होगा? क्या यह जोखिम लेना चाहिए या फिर उसे पीछे मुड़कर दूसरे रास्ते से जाना चाहिए?

वह अभी झिझक ही रहा था कि तभी एक चीख़ ने ख़ामोशी को तोड़ दिया।

'फ़्लर?' हैरी चिल्लाया।

ख़ामोशी दोबारा छा गई थी। उसने चारों तरफ़ घूरा। फ़्लर को क्या हो गया? फ़्लर की चीख़ आगे की तरफ़ से आई थी। उसने एक गहरी साँस ली और जादुई धुँध में दौड़ लगा दी।

दुनिया नीचे की ऊपर हो गई। हैरी ज़मीन से लटक रहा था, उसके बाल खड़े हुए थे और उसका चश्मा उसकी नाक से लटक रहा था। उसे लग रहा था कि वह अंतहीन आकाश में गिरने वाला है। उसने अपनी नाक के सिरे पर चश्मे को जकड़ा और दहशत में आ गया। ऐसा लग रहा था, जैसे उसके पैर घास से चिपक गए हों, जो अब छत बन गई थी। उसके नीचे सितारों से जड़ा काला आकाश अनंत दूरी तक फैला हुआ था। उसे लगा कि अगर उसने अपने पैर हिलाने की कोशिश की, तो वह गिर जाएगा।

जब उसका सारा ख़ून उसके दिमाग़ की तरफ़ आने लगा, तो उसने ख़ुद

से कहा, *सोचो, सोचो ...*

लेकिन उसने जितने भी मंत्र सीखे थे, उनमें से किसी में भी यह नहीं बताया गया था कि ज़मीन और आसमान के उलटने पर क्या किया जाए। क्या उसे अपना पैर हिलाने का जोखिम लेना चाहिए? उसे अपने कानों में ख़ून के थपेड़ों की आवाज़ सुनाई दे रही थी। उसके पास दो विकल्प थे - या तो हिलने की कोशिश करे, या फिर लाल चिंगारियाँ छोड़ दे, जिससे वह बच तो जाएगा, लेकिन टूर्नामेंट से बाहर हो जाएगा।

उसने अपनी आँखें बंद कीं, ताकि उसे अपने नीचे का अंतहीन आसमान नज़र न आए। फिर उसने घास की छत से अपने दाएँ पैर को पूरी ताक़त से खींचा।

तत्काल दुनिया अपने आप सीधी हो गई। हैरी सामने की ठोस ज़मीन पर घुटनों के बल गिर गया और सदमे के कारण कुछ समय के लिए शिथिल हो गया। उसने एक गहरी साँस खींची, उठकर खड़ा हुआ और तेज़ी से आगे बढ़ने लगा। उसने पीछे मुड़कर उस सुनहरी धुँध को देखा, जो चाँद की रोशनी में मासूमियत से चमक रही थी।

वह एक दोराहे पर रुक गया और फ़्लर की तलाश में चारों तरफ़ देखने लगा। उसे यक़ीन था कि वह चीख़ फ़्लर की ही थी। उसके सामने ऐसी कौन सी बाधा आ गई थी? क्या वह ठीक थी? लाल चिंगारियों का कोई निशान नहीं दिख रहा था - क्या इसका मतलब यह था कि उसने अपनी बाधा पार कर ली थी, या फिर वह इतनी मुश्किल में थी कि अपनी छड़ी का इस्तेमाल नहीं कर सकती थी? हैरी ने उलझन भरी मानसिकता के साथ दाएँ रास्ते को चुना ... लेकिन साथ ही वह यह सोचे बिना नहीं रह सका, *एक चैंपियन तो कम हुआ ...*

कप पास में ही कहीं पर था और ऐसा लग रहा था, जैसे फ़्लर अब कप की तरफ़ नहीं बढ़ रही थी। वह यहाँ तक तो आ गया था, है ना? अगर वह सचमुच इस टूर्नामेंट को जीत जाए, तो क्या होगा? जब से वह चैंपियन बना था, तब से पहली बार उसने पल भर के लिए यह तस्वीर देखी कि वह पूरे स्कूल के सामने त्रिकोणीय कप उठाए खड़ा था ...

दस मिनट तक उसे अपने सामने बंद रास्तों के सिवाय किसी दूसरी मुश्किल का सामना नहीं करना पड़ा। दो बार वह एक ही ग़लत मोड़ पर मुड़ गया। आख़िर उसे एक नया रास्ता मिल गया और वह उस पर चलने लगा। उसकी छड़ी की रोशनी हिल रही थी, जिससे उसकी परछाईं दीवारों पर विकृत होकर पड़ रही थी। फिर वह जैसे ही एक मोड़ पर मुड़ा, उसने देखा कि सामने एक विस्फोटक अग्निडंक खड़ा था।

सेडरिक ने सही कहा था – यह बहुत बड़ा *था*। यह दस फ़ुट लंबा हो चुका था। यह विशालकाय बिच्छू जैसा दिख रहा था और इसका लंबा डंक इसकी कमर पर मुड़ा हुआ था। इसकी मोटी चमड़ी हैरी की छड़ी की रोशनी में चमक रही थी। हैरी ने छड़ी उसकी तरफ़ करके मंत्र पढ़ा।

'स्तब्धो!'

मंत्र अग्निडंक की मोटी चमड़ी से टकराकर पलट गया। हैरी सही समय पर झुक गया, लेकिन फिर भी उसे अपने बाल जलने की बदबू आई। मंत्र पलटकर उसके सिर के ठीक ऊपर से निकला था। अग्निडंक ने अपने सिरे से आग का एक विस्फोट किया और उसकी तरफ़ छलाँग लगा दी।

'बाधितो!' हैरी चिल्लाया। मंत्र अग्निडंक की चमड़ी पर पड़कर एक बार फिर छिटक गया। हैरी कुछ क़दम पीछे हटा और गिर गया। ***'बाधितो!'***

अग्निडंक उससे कुछ इंच दूर रुक गया – हैरी का मंत्र उसके पेट के मांस पर पड़ा था, जहाँ उसकी चमड़ी मोटी नहीं थी। हैरी हाँफते हुए अग्निडंक से दूर हटा और तेज़ी से दूसरी दिशा में भागने लगा। वह जानता था कि बाधा मंत्र का असर लंबे समय तक नहीं रहता था। अग्निडंक किसी भी पल होश में आकर उसका पीछा कर सकता था।

उसने बायाँ रास्ता चुना, लेकिन वहाँ उसे बंद दीवार मिली। फिर वह दाएँ रास्ते पर गया, लेकिन वहाँ भी उसे बंद दीवार मिली। बिना रुके, धड़कते दिल से उसने एक बार फिर दिशासूचक मंत्र का इस्तेमाल किया, पीछे गया और उत्तर-पश्चिम दिशा में जाने वाला रास्ता चुना।

वह कुछ मिनट तक इस नए रास्ते पर चलता रहा। तभी उसे अपने पास वाले रास्ते से किसी की आवाज़ सुनाई दी, जिसे सुनकर वह रुक गया।

सेडरिक की आवाज़ आई, 'तुम क्या कर रहे हो ? तुम यह क्या कर रहे हो ?'

और फिर हैरी को क्रम की आवाज़ सुनाई दी।

'पीड़ितो!'

हवा अचानक सेडरिक की चीख़ों से भर गई। दहशत में हैरी अपने रास्ते पर तेज़ी से चलने लगा, ताकि वह सेडरिक तक पहुँचने का रास्ता खोज सके। जब उस तरफ़ जाने का कोई रास्ता नहीं दिखा, तो उसने दोबारा लघुकारक शाप का इस्तेमाल किया। इसका बहुत ज़्यादा असर नहीं हुआ, लेकिन इससे बागड़ की दीवार में एक छोटा छेद ज़रूर हो गया। हैरी ने उसमें अपना पैर डालकर मोटी शाखाओं पर तब तक लात मारी, जब तक कि वे टूट नहीं गईं

और छेद बड़ा नहीं हो गया। वह इसमें से घुस गया, हालाँकि इस कोशिश में उसके दुशाले फट गए। उसने अपनी दाहिनी तरफ़ देखा। सेडरिक ज़मीन पर छटपटा रहा था और तड़प रहा था। क्रम उसके ऊपर झुका खड़ा था।

हैरी सीधा खड़ा हुआ और जब क्रम ने उसकी तरफ़ देखा, तो उसने अपनी छड़ी क्रम की तरफ़ तान दी। क्रम मुड़कर भागने लगा।

'स्तब्धो!' हैरी चिल्लाया।

मंत्र क्रम की पीठ में लगा। वह रास्ते में ही रुक गया। वह आगे की तरफ़ गिरा और उसका शरीर बिना किसी हरकत के स्थिर पड़ा रहा। उसका चेहरा घास में छिपा हुआ था। हैरी भागकर सेडरिक के पास पहुँचा, जिसने छटपटाना तो बंद कर दिया था, लेकिन वह अब भी बुरी तरह हाँफ रहा था। उसके हाथ उसके चेहरे पर थे।

'तुम ठीक तो हो ?' हैरी ने सेडरिक का हाथ पकड़ते हुए पूछा।

'हाँ,' सेडरिक ने हाँफते हुए कहा। 'हाँ ... मुझे इस बात पर यक़ीन ही नहीं हो रहा है ... वह मेरे पीछे से चुपचाप आया ... उसकी आहट सुनकर जब मैं मुड़ा, तो मैंने देखा कि उसकी छड़ी मेरी तरफ़ तनी हुई थी ...'

सेडरिक उठकर खड़ा हो गया। वह अब भी काँप रहा था। उसने और हैरी ने क्रम की तरफ़ देखा।

'मुझे यक़ीन ही नहीं हो रहा है ... मुझे लगता था कि वह बिलकुल ठीक है,' हैरी ने क्रम की तरफ़ घूरते हुए कहा।

'मुझे भी यही लगता था,' सेडरिक ने कहा।

'क्या इससे पहले तुम्हें फ़्लर की चीख़ सुनाई दी थी ?' हैरी ने पूछा।

'हाँ,' सेडरिक ने कहा। 'तुम्हें यह तो नहीं लगता कि क्रम ने उसे भी शाप दे दिया होगा ?'

'क्या पता,' हैरी धीरे से बोला।

'क्या हम उसे यहीं छोड़ दें ?' सेडरिक बुदबुदाया।

'नहीं,' हैरी ने कहा। 'मुझे लगता है कि हमें लाल चिंगारियाँ छोड़ देनी चाहिए। कोई आकर उसे बचा ले जाएगा ... वरना शायद अग्निडंक उसे खा जाएगा।'

'वह इसी क़ाबिल है,' सेडरिक बुदबुदाया, लेकिन उसने अपनी छड़ी ऊपर उठाई और हवा में लाल चिंगारियाँ छोड़ दीं। चिंगारियाँ क्रम के ठीक ऊपर आसमान में मँडराती रहीं और वह जगह बताती रहीं, जहाँ वह लेटा हुआ था।

हैरी और सेडरिक अँधेरे में चारों तरफ़ देखते हुए एक पल के लिए खड़े रहे। फिर सेडरिक बोला, 'अच्छा ... तो मुझे लगता है कि अब हमें आगे बढ़ना चाहिए ...'

'क्या ?' हैरी ने कहा। 'ओह ... हाँ ... ठीक है ...'

यह एक अजीब क्षण था। वह और सेडरिक क्रम के ख़िलाफ़ कुछ समय के लिए एक हो गए थे, लेकिन अब अचानक उन्हें यह बात समझ में आ गई थी कि वे तो प्रतिद्वंद्वी थे। वे बिना बोले अँधेरे रास्ते पर चलते गए, फिर हैरी बाईं तरफ़ मुड़ गया और सेडरिक दाईं। जल्दी ही सेडरिक के क़दमों की आवाज़ सुनाई देना बंद हो गई।

हैरी आगे बढ़ता रहा और दिशासूचक मंत्र का इस्तेमाल करके यह सुनिश्चित करता रहा कि वह सही दिशा में जा रहा है। अब मुक़ाबला सिर्फ़ उसके और सेडरिक के बीच था। कप तक सबसे पहले पहुँचने की इच्छा अब उसके मन में बहुत ज़ोर से धधक रही थी, लेकिन अभी-अभी उसने क्रम को जो करते देखा था, उस पर उसे यक़ीन नहीं हो रहा था। मूडी ने उन्हें बताया था कि किसी पर अक्षम्य शाप के प्रयोग का मतलब अज़्काबान में उम्रक़ैद की सज़ा थी। निश्चित रूप से क्रम त्रिकोणीय कप को इतनी बुरी तरह तो नहीं जीतना चाहता होगा ... हैरी ने अपनी गति बढ़ा दी।

अक्सर उसे सामने बंद दीवारें मिलती थीं, लेकिन अँधेरा बढ़ने के कारण उसे यह विश्वास होने लगा कि वह भूलभुलैया के केंद्र के क़रीब पहुँच रहा है। फिर जब वह एक लंबे सीधे रास्ते पर चलने लगा, तो उसे सामने हलचल दिखी। छड़ी की रोशनी में उसे एक असाधारण प्राणी दिखा, जिसकी उसने आज तक सिर्फ़ *भयानक जानवरों की भयानक किताब* में तस्वीर ही देखी थी।

वह एक स्फ़िंक्स थी। उसका शरीर किसी बड़ी शेरनी जैसा था। उसके बड़े-बड़े पंजे थे और उसकी लंबी पीली पूँछ भूरे गुच्छे में ख़त्म हो रही थी। बहरहाल, उसका सिर औरत जैसा था। वह मुड़कर अपनी लंबी, बादामी आँखों से हैरी को पास आते हुए देख रही थी। हैरी ने झिझकते हुए अपनी छड़ी उठा ली। ऐसा नहीं लग रहा था कि स्फ़िंक्स उस पर हमला करना चाहती थी। वह तो सामने वाले रास्ते पर इधर से उधर टहलकर सिर्फ़ उसका रास्ता रोक रही थी।

फिर वह भारी और भर्राई आवाज़ में बोली, 'तुम अपनी मंज़िल के बहुत क़रीब हो। सबसे जल्दी पहुँचाने वाला रास्ता यही है।'

'तो ... तो क्या आप हटेंगी ?' हैरी ने कहा। वह जानता था कि उसे क्या जवाब मिलेगा।

'नहीं,' स्फ़िंक्स ने टहलते हुए कहा। 'जब तक कि तुम मेरी पहेली का

जवाब न दे दो। अगर तुमने पहली बार में सही अंदाज़ा लगा लिया, तो मैं तुम्हें रास्ता दे दूँगी। अगर तुमने ग़लत जवाब दिया, तो मैं तुम पर हमला कर दूँगी। अगर तुम ख़ामोश रहे, तो मैं तुम्हें बिना हमला किए अपने से दूर जाने दूँगी।'

हैरी के पेट में भयंकर खलबली मच गई। इस तरह के काम में वह नहीं, बल्कि हर्माइनी निपुण थी। उसने अपनी संभावनाओं को तौला। अगर पहेली ज़्यादा मुश्किल हुई, तो वह ख़ामोश रह सकता है और बिना किसी दिक्क़त के स्फ़िंक्स से दूर जा सकता है। इसके बाद वह केंद्र तक पहुँचने का दूसरा रास्ता खोज सकता है।

'ठीक है,' उसने कहा। 'पहेली बताइए!'

स्फ़िंक्स रास्ते के ठीक बीच में अपने पिछले पैरों पर बैठ गई और बोलने लगी :

'सबसे पहले उस व्यक्ति के बारे में सोचो, जो छिपकर रहता है,
गोपनीय काम करता है और झूठ बोलता है।
फिर, मुझे बताओ कि सुधार (mend) की सबसे आख़िरी चीज़ क्या है,
मध्य (middle) का मध्य और अंत (end) का अंत क्या है?
और आख़िर में वह आवाज़ बताओ, जो अक्सर सुनी जाती है,
जब शब्द खोजने में मुश्किल आती है।
अब इन सभी को जोड़ दो और इस बात का जवाब दो,
किस प्राणी को तुम कभी नहीं चूमना चाहोगे?

हैरी ने मुँह फाड़कर उसे घूरा।

उसने कहा, 'क्या मैं एक बार फिर पहेली सुन सकता हूँ ... थोड़ी धीरे?'

स्फ़िंक्स ने हैरी की तरफ़ देखकर पलकें झपकाईं, मुस्कराई और अपनी बात दोहराई।

हैरी ने पूछा, 'ये सभी सुराग़ उस प्राणी के बारे में हैं, जिसे मैं कभी नहीं चूमना चाहूँगा?'

स्फ़िंक्स एक बार फिर रहस्यमय अंदाज़ में मुस्कराई। हैरी ने इसे 'हाँ' मान लिया। हैरी ने अपना दिमाग़ दौड़ाया। ऐसे बहुत से जानवर थे, जिन्हें वह

नहीं चूमना चाहता था। सबसे पहले तो उसके दिमाग़ में विस्फोटक अग्निडंक का ख़्याल आया, लेकिन वह समझ गया कि यह सही जवाब नहीं हो सकता। इसके लिए उसे सुराग़ों को हल करना होगा ...

'जो छिपकर रहता है,' हैरी बुदबुदाया और उसकी तरफ़ घूरने लगा, 'जो झूठ बोलता है ... यह तो धोखेबाज़ होगा। नहीं, यह मेरा अंदाज़ा नहीं है! स्पाई (जासूस) ? मैं इस पर बाद में सोचूँगा ... क्या आप मुझे अगला सुराग़ बताएँगी ?'

स्फ़िंक्स ने कविता की अगली पंक्तियाँ दोहरा दीं।

'सुधार (mend) की सबसे आख़िरी चीज़,' हैरी ने दोहराया। 'अर ... क्या पता ... मध्य (middle) का मध्य ... क्या मैं आख़िरी लाइनें फिर सुन सकता हूँ ?'

उसने आख़िरी चारों लाइनें सुना दीं।

'ऐसी आवाज़, जो अक्सर शब्द खोजने में मुश्किल आते समय आती है,' हैरी ने कहा। 'अर ... यह तो ... अर ... ज़रा ठहरो - "अर" भी तो एक आवाज़ है!'

स्फ़िंक्स उसकी तरफ़ मुस्कराई।

'स्पाई ... अर ... स्पाई ... अर ...' हैरी ने आगे-पीछे टहलते हुए कहा। 'वह प्राणी, जिसे मैं कभी नहीं चूमना चाहूँगा ... *स्पाइडर* (मकड़ी)!'

स्फ़िंक्स खुलकर मुस्कराई। वह उठी और अपने अगले पैर फैलाकर एक तरफ़ को हट गई, ताकि हैरी उसके पास से निकलकर आगे जा सके।

'धन्यवाद!' हैरी ने कहा और अपनी बुद्धि पर हैरान होते हुए आगे भागने लगा।

अब वह क़रीब ही होगा, बहुत ही क़रीब ... उसकी छड़ी उसे बता रही थी कि वह ठीक दिशा में जा रहा है। जब तक कि रास्ते में उसे कोई बहुत भयंकर चीज़ न मिले, तब तक उसके पास मौक़ा है ...

आगे दो रास्ते थे। 'दिशा संकेतम्!' उसने अपनी छड़ी से फुसफुसाकर कहा। छड़ी ने घूमकर दाहिनी तरफ़ इशारा कर दिया। वह उसी तरफ़ भागा और फिर उसे सामने रोशनी दिखाई दी।

त्रिकोणीय कप सौ गज़ दूर एक टेबल पर चमक रहा था। हैरी उसकी तरफ़ दौड़ने लगा, लेकिन तभी उसे अपने सामने वाले रास्ते पर एक काली आकृति धड़धड़ाती हुई नज़र आई।

सेडरिक वहाँ पहले पहुँच जाएगा। सेडरिक पूरी तेज़ी से कप की तरफ़ भाग रहा था। हैरी जानता था कि वह उसकी बराबरी नहीं कर पाएगा।

सेडरिक उससे ज़्यादा लंबा था, उसके क़दम ज़्यादा बड़े थे -

फिर हैरी ने देखा कि कोई बहुत बड़ी चीज़ बाईं तरफ़ की दीवार से तेज़ी से सेडरिक की तरफ़ बढ़ रही थी। सेडरिक उससे टकराने वाला था, लेकिन आँखें कप पर टिकी होने के कारण सेडरिक उस चीज़ को नहीं देख पाया था -

'सेडरिक!' हैरी गरजा। 'बाईं तरफ़ देखो!'

सेडरिक ने समय रहते देख लिया और उस चीज़ से टकराते-टकराते बचा, लेकिन जल्दी में वह गिर गया। हैरी ने देखा कि सेडरिक के हाथ से छड़ी छूट गई। एक दैत्याकार मकड़ी रास्ते पर आ गई और सेडरिक की तरफ़ दौड़ने लगी।

स्तब्धो!' हैरी दोबारा चीख़ा। मंत्र मकड़ी के दैत्याकार, बालों से भरे काले शरीर पर पड़ा, लेकिन इससे तो अच्छा यह रहता कि वह उसे पत्थर मार देता, क्योंकि मंत्र का कोई ख़ास असर नहीं हुआ था। मकड़ी हिली, घूमी और हैरी की तरफ़ दौड़ने लगी।

'स्तब्धो! बाधितो! स्तब्धो!'

लेकिन इससे कोई फ़ायदा नहीं हुआ - मकड़ी या तो इतनी ज़्यादा बड़ी थी या फिर इतनी जादुई थी कि मंत्रों से उसे कुछ हुआ तो नहीं, बल्कि ग़ुस्सा ज़रूर आ गया। हैरी को उसकी आठ चमकती काली आँखों की एक भयंकर झलक दिखी और ब्लेड की तरह नुकीली चिमटियों की भी। और फिर वह मकड़ी हैरी के ऊपर आ गई।

मकड़ी ने उसे अपने अगले पैरों से पकड़कर हवा में उठा लिया। वह बुरी तरह छटपटा रहा था और लात मारने की कोशिश कर रहा था। उसका पैर चिमटियों से टकराया, जिससे उसे बहुत तेज़ दर्द हुआ। उसे सेडरिक के *'स्तब्धो'* कहने की आवाज़ आई, लेकिन उसके मंत्र का भी हैरी के मंत्र से ज़्यादा असर नहीं हुआ। जब मकड़ी ने अपनी चिमटियाँ एक बार फिर खोलीं, तो हैरी छड़ी उठाकर चिल्लाया, *'निरस्त्र भव!'*

इससे काम बन गया - निरस्त्रीकरण मंत्र के प्रभाव से मकड़ी ने उसे छोड़ दिया। हैरी बारह फ़ुट ऊपर से अपने पहले से घायल पैर पर गिरा, जो मुड़ गया। बिना सोचे-समझे उसने मकड़ी के पेट पर निशाना साधा, जैसा उसने अग्निडंक के साथ किया था और चिल्लाया *'स्तब्धो!'* उसी समय सेडरिक ने भी ऐसा ही किया।

दो मंत्रों ने एक साथ वह काम कर दिया, जो एक मंत्र से नहीं हो पा रहा था - मकड़ी एक तरफ़ गिर गई और पास की बागड़ पर पड़ी रही। उसके बालों भरे पैर रास्ते में पड़े थे।

'हैरी!' सेडरिक चिल्लाया। 'तुम ठीक तो हो? क्या मकड़ी तुम्हारे ऊपर गिरी थी?'

'नहीं,' हैरी ने हाँफते हुए जवाब दिया। उसने अपने पैर की तरफ़ देखा। उसमें से बहुत ख़ून निकल रहा था। उसे अपने फटे दुशाले पर मकड़ी की चिमटियों का गाढ़ा, चिपचिपा रस भी दिख रहा था। हैरी ने उठने की कोशिश की, लेकिन उसका पैर इतनी बुरी तरह काँप रहा था कि वह उसका वज़न नहीं सँभाल सकता था। वह दीवार से टिककर खड़ा हुआ, लंबी साँस खींची और चारों तरफ़ देखने लगा।

सेडरिक त्रिकोणीय कप से कुछ फ़ुट दूर खड़ा था, जो उसके पीछे चमचमा रहा था।

'उसे उठा लो,' हैरी ने सेडरिक से कहा। 'जाओ, उसे उठा लो। तुम सबसे पहले पहुँचे हो।'

लेकिन सेडरिक हिला तक नहीं। वह वहीं खड़ा-खड़ा हैरी को देखता रहा। फिर वह कप की तरफ़ देखने के लिए मुड़ा। हैरी ने सुनहरी रोशनी में उसके चेहरे पर हसरत का भाव देखा। सेडरिक ने दोबारा हैरी को देखा, जो अब सहारे के लिए बागड़ को पकड़े था।

सेडरिक ने एक गहरी साँस ली। 'तुम उसे उठा लो। जीतना तो तुम्हें चाहिए। आज तुमने दो बार मेरी जान बचाई है।'

'ऐसा नहीं होता है,' हैरी ने कहा। उसे बहुत ग़ुस्सा आ रहा था। उसके पैर में बहुत तेज़ दर्द हो रहा था और मकड़ी की पकड़ से छूटकर गिरने के कारण उसका पूरा शरीर दुख रहा था। लेकिन उसकी सारी कोशिशों के बाद भी सेडरिक ने उसे हरा दिया था, जिस तरह उसने चो को डांस पार्टी में ले जाने के मामले में हैरी को हरा दिया था। 'जो भी कप तक पहले पहुँचेगा, उसे पूरे नंबर मिलेंगे। तुम पहले पहुँचे हो। देखो, इस पैर की हालत ऐसी है कि मैं इसके दम पर कोई दौड़ नहीं जीत सकता।'

सेडरिक कप से कुछ क़दम दूर चलकर स्तब्ध मकड़ी के पास पहुँचा और अपना सिर हिलाने लगा।

'नहीं,' वह बोला।

'उदारता मत दिखाओ,' हैरी ने चिढ़कर कहा। 'बस कप उठा लो, ताकि हम यहाँ से बाहर निकल सकें।'

सेडरिक ने देखा कि हैरी ने सीधे खड़े होने के लिए बागड़ को कसकर पकड़ रखा था।

'तुमने मुझे ड्रैगन के बारे में बताया था,' सेडरिक ने कहा। 'अगर तुम मुझे नहीं बताते, तो मैं तो पहले ही काम में हार जाता।'

'उस मामले में किसी ने मेरी मदद की थी,' हैरी ने जल्दी से कहा और अपने दुशाले से अपने पैर का ख़ून साफ़ करने की कोशिश की। 'तुमने अंडे के सुराग़ के मामले में मेरी मदद की - हमारा हिसाब बराबर हो गया।'

'मेरी भी तो उस अंडे के मामले में किसी ने मदद की थी,' सेडरिक बोला।

'लेकिन हिसाब तो फिर भी बराबर हो गया,' हैरी ने कहा और अपने पैर पर हल्के से वज़न डालकर उसकी जाँच की। पैर बुरी तरह काँपने लगा। जब मकड़ी ने उसे गिराया था, तो उसकी टखने की नस खिंच गई थी।

'तुम्हें दूसरे काम में ज़्यादा नंबर मिलने चाहिए थे,' सेडरिक ने अड़ते हुए कहा। 'तुम सभी बंधकों को बचाने के लिए रुके रहे। यह काम मुझे करना चाहिए था।'

'मैं अकेला ही मूर्ख था, जिसने उस गीत को गंभीरता से ले लिया था!' हैरी ने कड़वाहट से कहा। 'अब तो कप को उठा लो!'

'नहीं,' सेडरिक बोला।

वह मकड़ी के उलझे हुए पैरों के ऊपर से होता हुआ हैरी के पास आया, जो उसे एकटक देख रहा था। सेडरिक गंभीर था। वह ऐसी शानदार शोहरत से दूर जा रहा था, जो मेहनतकश हाउस को सदियों से नसीब नहीं हुई थी।

'चलो,' सेडरिक ने कहा। ऐसा लग रहा था, जैसे इस काम के लिए उसे अपने पूरे दृढ़ निश्चय की ज़रूरत पड़ रही थी, लेकिन उसका चेहरा दृढ़ था, उसकी बाँहें बँधी हुई थीं और ऐसा लग रहा था कि वह फ़ैसला कर चुका था।

हैरी ने कभी सेडरिक को, तो कभी कप को देखा। एक पल के लिए तो उसने यह काल्पनिक तस्वीर देखी कि वह भूलभुलैया से कप थामे बाहर निकल रहा है। उसने देखा कि उसने त्रिकोणीय कप उठा रखा है, भीड़ शोर मचा रही है, चो का चेहरा प्रशंसा से दमक रहा है ... लेकिन फिर वह तस्वीर ग़ायब हो गई। उसने देखा कि वह सेडरिक के दृढ़ चेहरे को एकटक देख रहा था।

'हम दोनों ही यह काम करते हैं,' हैरी ने कहा।

'क्या ?'

'हम इसे एक साथ पकड़ते हैं। जीत तो हॉगवर्ट्स की ही होगी। हम इसमें बराबरी के हिस्सेदार होंगे।'

सेडरिक ने हैरी को घूरकर देखा। उसने अपनी बाँहें खोल लीं। 'तुम - तुम सचमुच ऐसा चाहते हो ?'

'हाँ,' हैरी ने कहा। 'हाँ ... हमने एक-दूसरे की मदद की है, है ना? हम दोनों ही यहाँ तक पहुँचे हैं। अब हम दोनों ही इसे एक साथ पकड़ लेते हैं।'

एक पल के लिए तो ऐसा लगा, जैसे सेडरिक को अपने कानों पर यक़ीन नहीं हो रहा हो, फिर उसके चेहरे पर मुस्कान आ गई।

'ठीक है,' उसने कहा। 'चलो।'

उसने हैरी की बाँह कंधे के नीचे से पकड़ ली और लँगड़ा रहे हैरी को सहारा देकर उस टेबल की तरफ़ ले गया, जहाँ कप रखा था। जब वे उसके पास पहुँचे, तो दोनों ने कप के चमकते हैंडल की तरफ़ अपना हाथ बढ़ाया।

'तीन की गिनती पर, ठीक है?' हैरी ने कहा। 'एक - दो - तीन -'

हैरी और सेडरिक ने हैंडल पकड़ लिया।

तत्काल हैरी को नाभि के पीछे एक झटका लगा। उसके पैर ज़मीन से ऊपर उठ गए। वह अब त्रिकोणीय कप के हैंडल को नहीं छोड़ सकता था। कप का हैंडल उसे आगे की तरफ़ खींच रहा था और हवा के शोर तथा रंगों के घुमड़ते सैलाब में उड़ाता हुआ ले जा रहा था। सेडरिक भी उसकी बग़ल में ही उड़ रहा था।

अध्याय बत्तीस

मांस, रक्त और हड्डी

हैरी के पैर ज़मीन पर पड़े। उसका घायल पैर मुड़ गया और वह आगे की तरफ़ गिर गया। आख़िरकार त्रिकोणीय कप से उसका हाथ छूट गया। उसने अपना सिर उठाया।

उसने पूछा, 'हम कहाँ हैं ?'

सेडरिक ने अपना सिर हिलाया। वह उठकर खड़ा हुआ, हैरी को उसके पैरों पर खड़ा किया और फिर वे दोनों चारों तरफ़ देखने लगे।

वे हॉगवर्ट्स के मैदान से बहुत दूर आ चुके थे। यह स्पष्ट था कि वे मीलों दूर आ गए थे - शायद सैकड़ों मील दूर, क्योंकि महल के चारों तरफ़ के पहाड़ भी नहीं दिख रहे थे। इसके बजाय वे एक अँधेरे और पेड़-पौधों से भरे क़ब्रिस्तान में खड़े हुए थे। उनकी दाहिनी तरफ़ एक बड़ा सदाबहार पेड़ था, जिसके पार एक छोटे चर्च की काली आकृति दिख रही थी। उनकी बाईं तरफ़ एक पहाड़ी थी, जिस पर हैरी को एक पुराने मकान की आकृति दिखी।

सेडरिक ने पहले त्रिकोणीय कप की तरफ़ और फिर हैरी की तरफ़ देखा।

उसने पूछा, 'क्या किसी ने *तुम्हें* बताया था कि यह कप आवागमन-कुंजी है ?'

'नहीं,' हैरी बोला। वह क़ब्रिस्तान में चारों तरफ़ देख रहा था। वहाँ सन्नाटा था और माहौल थोड़ा डरावना था। 'क्या यह भी काम का ही हिस्सा है ?'

'पता नहीं,' सेडरिक बोला। वह थोड़ा घबराया हुआ लग रहा था। 'तुम्हें क्या लगता है, छड़ियाँ बाहर निकाल लें ?'

'हाँ,' हैरी ने कहा। उसे ख़ुशी हुई कि यह सुझाव उसने नहीं, बल्कि सेडरिक ने दिया था।

उन्होंने अपनी छड़ियाँ बाहर निकाल लीं। हैरी अपने चारों तरफ़ देखने लगा। एक बार फिर उसे ऐसा अजीब एहसास हुआ, जैसे कोई उन्हें देख रहा हो।

'कोई आ रहा है,' उसने अचानक कहा।

तनाव से अँधेरे में देखने पर उन्हें एक आकृति क़रीब आती दिखी। वह आकृति क़ब्रों के बीच से होती हुई धीरे-धीरे उनकी तरफ़ आ रही थी। हैरी उसका चेहरा तो नहीं देख पाया, लेकिन जिस तरह से वह आकृति चल रही थी और अपने हाथ ऊपर रखे थी, उससे उसे समझ में आ गया कि उसने कोई चीज़ उठा रखी थी। वह व्यक्ति चाहे जो हो, नाटा था और उसने अपने चेहरे को छिपाने के लिए नक़ाब वाला चोगा पहन रखा था, जो उसके सिर के ऊपर तक डला था। उसके ज़्यादा पास आने पर हैरी ने देखा कि उस व्यक्ति के हाथों में एक गठरी थी, जो किसी बच्चे जैसी दिख रही थी ... या फिर उसके हाथों में सिर्फ़ दुशालों का ढेर था ?

हैरी ने अपनी छड़ी थोड़ी झुका ली और कनखियों से सेडरिक की तरफ़ देखा। सेडरिक ने उसकी तरफ़ हैरानी से देखा। वे दोनों आने वाली आकृति को देखने के लिए पीछे मुड़े।

आकृति संगमरमर के एक बड़े शिलालेख के पास रुक गई, जो उनसे सिर्फ़ छह फ़ुट की दूरी पर था। एक पल के लिए तो हैरी, सेडरिक और वह नाटी आकृति एक-दूसरे की तरफ़ देखते रहे।

और फिर, बिना किसी चेतावनी के हैरी के निशान में दर्द का विस्फोट होने लगा। उसे ज़िंदगी में इतना तेज़ दर्द कभी नहीं हुआ था। जब उसने अपने हाथ अपने निशान पर रखे, तो छड़ी उसके हाथ से छूट गई। उसके घुटने मुड़ गए और वह ज़मीन पर गिर गया। उसे कुछ दिखाई नहीं दे रहा था और उसका सिर फटने वाला था।

उसके सिर के ऊपर से बहुत दूर से उसे एक तीखी, ठंडी आवाज़ सुनाई दी, *'दूसरे को मार डालो।'*

छड़ी लहराने की आवाज़ आई और एक दूसरी आवाज़ रात के अँधेरे में चीख़ी : *'मृत्युदंशम्!'*

बंद पलकों के पीछे से भी हैरी को हरी रोशनी का धमाका दिखाई दे गया और उसे किसी भारी चीज़ के ज़मीन पर अपने पास गिरने की आवाज़ सुनाई दी। उसके निशान का दर्द बहुत तेज़ हो चुका था, लेकिन फिर यह कम हो गया। वह जानता था कि उसे क्या देखने को मिलेगा, इसलिए उसने दहशत में अपनी दुखती आँखें खोलीं।

सेडरिक उसके पास ज़मीन पर पसरा हुआ था। वह मर चुका था।

एक पल के लिए तो (जो हैरी को अनंत काल की तरह लंबा लगा) हैरी सेडरिक के चेहरे को घूरता रहा। वह उसकी खुली भूरी आँखों को देखता रहा,

जो वीरान मकान की खिड़कियों की तरह ही सूनी और भावहीन थीं। वह उसके अधखुले मुँह को घूरता रहा, जिस पर थोड़ी हैरानी का भाव था। और फिर, इससे पहले कि हैरी का मस्तिष्क वह स्वीकार कर पाता जो वह देख रहा था, इससे पहले कि वह सुन्न अविश्वास के अलावा कुछ और महसूस कर पाता, उसे एहसास हुआ कि कोई उसे खींचकर खड़ा कर रहा है।

चोगे वाले नाटे आदमी ने अपनी गठरी नीचे रख दी थी, अपनी छड़ी से रोशनी कर ली थी और अब वह हैरी को खींचकर क़ब्र पर लगे संगमरमर के शिलालेख की तरफ़ ले जा रहा था। उसने हैरी को शिलालेख से टिकाकर खड़ा कर दिया, लेकिन इससे पहले हैरी ने छड़ी की रोशनी में उस पर लिखा नाम पढ़ लिया था :

टॉम रिडल

चोगे वाला आदमी अब हैरी को रस्सियों से कसकर बाँध रहा था। उसने हैरी को गर्दन से लेकर टखनों तक शिलालेख से बाँध दिया। हैरी को नक़ाब के पीछे से उसके तेज़-तेज़ साँस लेने की आवाज़ें सुनाई दे रही थीं। जब वह छूटने के लिए छटपटाया, तो उस नक़ाबपोश ने उसे अपना हाथ उठाकर मारा, जिसकी एक उँगली ग़ायब थी। और तब जाकर हैरी को एहसास हुआ कि नक़ाब के पीछे कौन था। वह वर्मटेल था।

'तुम!' हैरी ने ग़ुस्से से कहा।

लेकिन तब तक वर्मटेल उसे रस्सियों से बाँध चुका था और उसने कोई जवाब नहीं दिया। वह तो रस्सियों की मज़बूती की जाँच करने में व्यस्त था। उसकी उँगलियाँ काँप रही थीं और गठानों की जाँच कर रही थीं। जब वर्मटेल को यह यक़ीन हो गया कि हैरी शिलालेख से इतनी मज़बूती से बँध चुका था कि एक इंच भी नहीं हिल सकता है, तब वर्मटेल ने अपने चोगे के भीतर से एक काली चीज़ निकाली और उसे हैरी के मुँह में ठूँस दिया। फिर वह बिना कुछ बोले मुड़ा और हैरी से दूर चल दिया। हैरी न तो कुछ बोल सकता था, न ही वह देख सकता था कि वर्मटेल कहाँ गया है। वह शिलालेख की दूसरी तरफ़ देखने के लिए अपना सिर भी नहीं घुमा सकता था। वह तो सिर्फ़ अपने सामने की चीज़ें ही देख सकता था।

सेडरिक का शरीर लगभग बीस फ़ुट दूर पड़ा था, जिससे कुछ दूरी पर त्रिकोणीय कप पड़ा था, जो तारों की रोशनी में चमक रहा था। हैरी की छड़ी ज़मीन पर सेडरिक के पैरों के पास पड़ी हुई थी। दुशालों की वह गठरी, जिसे हैरी ने बच्चा समझा था, क़ब्र के पास ही पड़ी थी और थोड़ी हिल-डुल रही थी।

हैरी ने जैसे ही उसे देखा, वैसे ही एक बार फिर उसके निशान में दर्द होने लगा ... और उसे अचानक पता चल गया कि वह यह नहीं देखना चाहता कि इन दुशालों के भीतर क्या है ... वह नहीं चाहता था कि वह गठरी खुले ...

उसे अपने पैरों के पास अजीब सी आवाज़ सुनाई दे रही थी। उसने जब नीचे देखा, तो पाया कि एक बड़ी नागिन घास पर रेंग रही थी। वह नागिन उस शिलालेख के चक्कर लगा रही थी, जिससे हैरी बँधा था। वर्मटेल की घरघराती साँसें दोबारा तेज़ हो गईं। ऐसा लग रहा था, जैसे वह किसी भारी चीज़ को ज़मीन पर धका रहा हो। फिर वह हैरी की दृष्टि के दायरे के भीतर आ गया। हैरी ने देखा कि वर्मटेल पत्थर की एक कड़ाही को क़ब्र के नीचे की तरफ़ ले जा रहा था। उसमें पानी जैसी कोई चीज़ भरी थी - हैरी को उसके हिलोरें मारने की आवाज़ सुनाई दे रही थी। हैरी ने इतनी बड़ी कड़ाही का इस्तेमाल पहले कभी नहीं किया था। पत्थर की यह कड़ाही इतनी बड़ी थी कि उसमें एक बड़ा आदमी आराम से बैठ सकता था।

ज़मीन पर रखे दुशालों की गठरी के भीतर की चीज़ ज़्यादा तेज़ी से हिलने-डुलने लगी। ऐसा लग रहा था कि वह बाहर निकलने की कोशिश कर रही थी। वर्मटेल कड़ाही के नीचे छड़ी घुमाने लगा। अचानक कड़ाही के नीचे तेज़ लपटें उठने लगीं। बड़ी नागिन अँधेरे में दूर चली गई।

कड़ाही का द्रव बहुत जल्दी गर्म हो गया। उसकी सतह पर न सिर्फ़ बुलबुले दिखने लगे, बल्कि आग की चिंगारियाँ भी उठने लगीं, जैसे उसमें आग लग गई हो। धुआँ घना हो रहा था और आग को तेज़ करते वर्मटेल की आकृति धुंधली हो रही थी। गठरी के नीचे की हलचल ज़्यादा तेज़ हो गई। और हैरी ने दोबारा तीखी, ठंडी आवाज़ सुनी।

'जल्दी करो!'

सतह का पूरा पानी अब चिंगारियों से जल रहा था। ऐसा लग रहा था, जैसे उसमें हीरे जड़े हों।

'यह तैयार है, मालिक।'

'फ़ौरन ...' ठंडी आवाज़ ने कहा।

वर्मटेल ने ज़मीन पर पड़े दुशालों को खोला और उनके अंदर की चीज़ को सामने किया। हैरी के मुँह से तेज़ चीख़ निकली, लेकिन उसके मुँह में ठुंसे हुए कपड़े के कारण बाहर नहीं निकल पाई।

ऐसा लग रहा था, जैसे वर्मटेल ने एक पत्थर उछालकर किसी बदसूरत, चिपचिपी और बिना आँखों वाली चीज़ को प्रकट कर दिया हो - लेकिन यह चीज़ तो उससे भी सौ गुना बुरी थी। वर्मटेल जिस चीज़ को उठाए था, वह

किसी सिकुड़े हुए इंसानी बच्चे जैसी लग रही थी। यह बात और थी कि हैरी ने आज तक ऐसा बच्चा नहीं देखा था। उसके बाल नहीं थे, वह पपड़ीदार दिख रहा था और उसका रंग लाल-काला था। उसके हाथ-पैर दुबले-पतले और कमज़ोर थे। किसी भी ज़िंदा बच्चे का ऐसा चेहरा नहीं हो सकता था, क्योंकि उसका चेहरा समतल और साँप जैसा था। उसकी लाल आँखें चमक रही थीं।

वह चीज़ असहाय सी दिख रही थी। उसने अपनी पतली बाँहें उठाकर वर्मटेल की गर्दन में डाल दीं और वर्मटेल ने उसे उठा लिया। ऐसा करते ही उसका नक़ाब पीछे को सरक गया। हैरी ने आग की रोशनी में वर्मटेल के कमज़ोर पीले चेहरे पर नफ़रत का भाव देखा, जब वह उस प्राणी को कड़ाही के पास ले गया। काढ़े की सतह पर नाचती चिंगारियों में एक पल के लिए तो हैरी ने उस बुरे, समतल चेहरे को चमकते देखा। और फिर वर्मटेल ने उस प्राणी को कड़ाही में डाल दिया। एक हिस्स की आवाज़ के साथ वह प्राणी सतह के नीचे ग़ायब हो गया। हैरी ने उसके कमज़ोर शरीर के तली से टकराने की आवाज़ सुनी।

उसे डूब जाने दो, हैरी ने सोचा। उसका निशान अब इतनी बुरी तरह जल रहा था कि उससे बर्दाश्त नहीं हो रहा था। भगवान करे ... वह डूब जाए ...

वर्मटेल काँपती आवाज़ में बोल रहा था और बुरी तरह डरा हुआ दिख रहा था। उसने अपनी छड़ी उठाई, आँखें बंद कीं और अँधेरे में बोला, *'अनजाने में दी गई पिता की हड्डी, तुम अपने बेटे को पुनर्जीवित करो!'*

हैरी के पास की क़ब्र की सतह टूट गई। हैरी ने दहशत से देखा कि वर्मटेल के आदेश पर हवा में धूल की बौछार उड़ी और धीरे से कड़ाही में गिरी। पानी की हीरे जैसी सतह टूट गई और हिस्स की आवाज़ आई। हर दिशा में चिंगारी निकलने लगी और फिर पानी नीला हो गया।

अब वर्मटेल सुबकने लगा था। उसने अपने दुशाले के भीतर से चाँदी का एक लंबा, पतला और चमचमाता खंजर निकाला। उसकी आवाज़ दहशत भरी सुबकियों के कारण टूट रही थी। *'इच्छा से दिए गए सेवक के मांस - तुम अपने मालिक को पुनर्जीवित करो।'*

उसने अपने दाहिने हाथ को अपने सामने फैला लिया - वह हाथ जिसकी एक उँगली ग़ायब थी। उसने अपने बाएँ हाथ में खंजर को कसकर पकड़ा और उसे ऊपर की तरफ़ उठाया।

हैरी को उस घटना के होने के एक पल पहले ही यह एहसास हो गया कि वर्मटेल क्या करने वाला है - उसने अपनी आँखें कसकर बंद कर लीं, लेकिन वह उस चीख़ को सुनने से नहीं बच सकता था, जो रात के अँधेरे में गूँजी। उस चीख़ को सुनकर हैरी को ऐसा लगा, जैसे किसी ने उसे भी खंजर मार दिया हो। उसने

किसी चीज़ के ज़मीन पर गिरने की आवाज़ सुनी। फिर उसे वर्मटेल के हाँफने की दर्द भरी आवाज़ सुनाई दी और फिर एक छपाक की आवाज़ आई, जैसे कड़ाही में कुछ डाला गया हो। हैरी की आँखें बंद थीं। वह देखने की हिम्मत नहीं जुटा पा रहा था ... लेकिन काढ़ा दहकते लाल रंग का हो गया, जिसकी रोशनी इतनी तेज़ थी कि वह हैरी की बंद पलकों के अंदर भी घुस गई ...

वर्मटेल दर्द के कारण बुरी तरह कराह रहा था और तेज़-तेज़ साँसें ले रहा था। जब तक हैरी को वर्मटेल की साँस अपने चेहरे पर महसूस नहीं हुई, तब तक उसे यह एहसास ही नहीं हुआ कि वर्मटेल उसके ठीक सामने आ चुका था।

'ज़बर्दस्ती लिए गए शत्रु के रक्त ... तुम अपने दुश्मन को पुनर्जीवित करो।'

हैरी इसे रोकने के लिए कुछ भी नहीं कर सकता था। वह बहुत कसकर बँधा हुआ था ... और अपने को बाँधने वाली रस्सियों से निराशाजनक संघर्ष कर रहा था। नीचे घूरते समय उसने वर्मटेल के सही-सलामत हाथ में चमचमाते सफ़ेद खंजर को हिलते देखा। हैरी ने देखा कि खंजर की नोक उसकी दाहिनी बाँह में घुसी और उसके फटे दुशाले की आस्तीन से ख़ून बहने लगा। वर्मटेल अब भी दर्द से कराह रहा था। उसने अपनी जेब से एक काँच की शीशी निकालकर हैरी के घाव से लगा दी, ताकि बहता हुआ ख़ून उसमें भर जाए।

वह हैरी का ख़ून लेकर कड़ाही की तरफ़ लड़खड़ाता हुआ गया। उसने ख़ून कड़ाही में डाल दिया। काढ़ा तत्काल सफ़ेद हो गया। वर्मटेल का काम अब पूरा हो गया था। वह कड़ाही के पास घुटनों के बल बैठा, तिरछा हुआ और ज़मीन पर लुढ़क गया। वह अब भी अपने कटे हुए हाथ के ठूँठ को पकड़े था और सुबक रहा था।

कड़ाही का द्रव उबल रहा था और उसमें से हीरे जैसी चिंगारियाँ निकल रही थीं। यह इतनी चौंधिया रही थी कि बाक़ी सब कुछ मख़मली काला लग रहा था। कुछ नहीं हुआ ...

उसे डूब जाने दो, हैरी ने सोचा, सारी विधि ग़लत हो जाने दो ...

और तभी अचानक कड़ाही से चिंगारियों का निकलना बंद हो गया। इसके बजाय कड़ाही से सफ़ेद धुआँ निकलने लगा, जिससे हैरी के सामने की हर चीज़ धुँधली हो गई। अब वह वर्मटेल या सेडरिक या किसी को भी नहीं देख सकता था। अब उसे सिर्फ़ हवा में तैरता धुआँ ही दिख रहा था ... उसने सोचा, काश सब कुछ गड़बड़ हो गया हो ... वह डूब गया हो ... प्लीज़ ... प्लीज़ उसे मर जाने दो ...

लेकिन तभी धुंध के बीच से उसने दहशत की लहर के साथ देखा : लंबे और कंकाल की तरह दुबले आदमी की स्याह आकृति कड़ाही के भीतर से

धीरे-धीरे निकल रही थी।

धुएँ के पीछे से एक तीखी, ठंडी आवाज़ ने कहा, 'मुझे दुशाला पहनाओ।' वर्मटेल सुबक और कराह रहा था और अब भी अपने कटे हुए हाथ को जकड़े था। वह काले दुशाले को उठाने के लिए सरका, खड़ा हुआ और फिर एक हाथ से अपने मालिक के सिर पर दुशाला डाल दिया।

दुबला आदमी कड़ाही से बाहर निकला और हैरी को घूरने लगा ... हैरी भी पलटकर उस चेहरे को घूरने लगा, जो तीन साल से उसके सपनों में उसे सता रहा था। वह कंकाल से भी ज़्यादा सफ़ेद था। उसकी लाल आँखें चौड़ी और ग़ुस्से से भरी हुई थीं। उसकी नाक साँप जैसी समतल थी और उसके नथुनों की जगह पर छेद थे ...

लॉर्ड वोल्डेमॉर्ट दोबारा जीवित हो गया था।

अध्याय तैंतीस

प्राणभक्षी

वोल्डेमॉर्ट ने हैरी पर से नज़रें हटाईं और अपने शरीर की जाँच करने लगा। उसके हाथ बड़ी-बड़ी पीली मकड़ियों जैसे थे। उसकी लंबी सफ़ेद उँगलियाँ अपने सीने, हाथों और चेहरे को टटोल रही थीं। उसकी आँखें बिल्ली जैसी थीं और पुतलियाँ छेदों जैसी। वे अँधेरे में काफ़ी ज़्यादा चमक रही थीं। उसने अपने हाथ उठाए और अपनी उँगलियाँ मोड़ीं। ऐसा करते समय उसके चेहरे पर आनंद तथा विजय का भाव आ गया। उसने वर्मटेल की तरफ़ ज़रा भी ध्यान नहीं दिया, जो छटपटाता और ख़ून बहाता हुआ ज़मीन पर पड़ा था। न ही उसने उस लंबी नागिन पर ध्यान दिया, जो फुफकारती हुई हैरी के चक्कर लगा रही थी। वोल्डेमॉर्ट ने अपनी अस्वाभाविक रूप से लंबी उँगलियों वाले एक हाथ को जेब में डाला और जादुई छड़ी बाहर निकाली। उसने छड़ी को प्यार से सहलाया और फिर उसे वर्मटेल की तरफ़ करके एक झटका दिया। वर्मटेल ज़मीन से उठकर उस शिलालेख के पास गिर गया, जहाँ हैरी बँधा था। वह इसके पैताने पर गिरा और वहीं पड़ा-पड़ा रोता रहा। वोल्डेमॉर्ट ने अपनी लाल आँखें हैरी की तरफ़ घुमाईं और तीखी, ठंडी, आनंदविहीन हँसी हँसने लगा।

वर्मटेल के दुशालों पर अब ख़ून चमक रहा था। उसने उनमें अपनी बाँह का ठूँठ लपेट रखा था। 'मेरे मालिक ...' उसने रुँधे गले से कहा, 'मेरे मालिक ... आपने वादा किया था ... आपने वादा किया था ...'

'अपना हाथ आगे करो,' वोल्डेमॉर्ट ने अलसाये अंदाज़ में कहा।

'ओह, मालिक ... धन्यवाद, मालिक ...'

उसने अपने ख़ून से सने ठूँठ को आगे किया, लेकिन वोल्डेमॉर्ट दोबारा हँसा। 'दूसरा हाथ आगे करो, वर्मटेल।'

'मालिक, प्लीज़ ... *प्लीज़* ...'

वोल्डेमॉर्ट झुका और उसने वर्मटेल का बायाँ हाथ बाहर निकाला। उसने वर्मटेल के दुशाले की आस्तीन को उसकी कोहनी के ऊपर खींचा। हैरी ने देखा कि वहाँ उसकी चमड़ी पर लाल टैटू जैसा कुछ बना था - एक खोपड़ी, जिसके मुँह से एक साँप लटक रहा था - मौत के निशान की वही तस्वीर, जो क्विडिच वर्ल्ड कप के दौरान आसमान में नज़र आई थी। वोल्डेमॉर्ट ने उसे ध्यान से देखा और वर्मटेल के बेतहाशा विलाप पर ज़रा भी ध्यान नहीं दिया।

'निशान अब साफ़ हो गया है,' उसने धीरे से कहा, 'वे लोग समझ जाएँगे ... अब हम देखेंगे ... अब हमें पता चल जाएगा ...'

उसने अपनी लंबी सफ़ेद उँगली वर्मटेल के हाथ पर बने निशान पर रखकर दबा दी।

वर्मटेल के मुँह से ज़ोरदार कराह निकली और हैरी के माथे के निशान में तेज़ दर्द होने लगा। वोल्डेमॉर्ट ने वर्मटेल के निशान से उँगली हटा ली। हैरी ने देखा कि निशान अब काला पड़ गया था।

वोल्डेमॉर्ट के चेहरे पर क्रूर संतोष का भाव आ गया। वह सीधा खड़ा हुआ और अपना सिर पीछे की तरफ़ झटकते हुए अँधेरे क़ब्रिस्तान में चारों तरफ़ देखने लगा।

'यह पता चलने के बाद कितने लोग बहादुरी से लौटेंगे?' उसने फुसफुसाकर कहा और उसकी चमकती लाल आँखें सितारों पर जमी हुई थीं। 'और कितने मूर्खतावश नहीं लौटेंगे?'

वह हैरी और वर्मटेल के सामने इधर से उधर टहलने लगा और उसकी आँखें पूरे समय क़ब्रिस्तान में घूमती रहीं। एकाध मिनट के बाद उसने हैरी की तरफ़ देखा और उसके साँप जैसे चेहरे पर एक क्रूर मुस्कान थिरकने लगी।

'हैरी पॉटर, तुम मेरे स्वर्गीय पिता की क़ब्र पर खड़े हुए हो,' उसने धीरे से फुफकारते हुए कहा। 'मगलू और मूर्ख ... बहुत हद तक तुम्हारी प्यारी माँ की तरह। लेकिन वे दोनों बड़े ही काम के थे, है ना? तुम्हारी माँ ने तुम्हें बचाने के लिए अपनी जान दी ... और मैंने अपने पिता को मार डाला, लेकिन इसके बावजूद मरने के बाद वे मेरे कितने काम आए ...'

वोल्डेमॉर्ट दोबारा हँसा। वह इधर-उधर टहलने लगा और नागिन घास पर चक्कर लगाती रही।

'तुम्हें पहाड़ी पर बना वह मकान दिख रहा है, पॉटर? मेरे पिता वहीं रहते थे। मेरी माँ एक जादूगरनी थीं और वे भी इसी गाँव में रहती थीं। वे मेरे पिता से प्रेम करने लगीं, लेकिन जैसे ही उन्होंने मेरे पिता को अपने जादूगरनी होने के बारे में बताया, मेरे पिता ने उन्हें छोड़ दिया ... मेरे पिता जादू से नफ़रत

करते थे ...

'उन्होंने मेरी माँ को छोड़ दिया और अपने मगलू माता-पिता के साथ रहने लगे। तब मैं पैदा भी नहीं हुआ था, पॉटर। मेरी माँ मुझे जन्म देने के कुछ समय बाद ही मर गईं। वे मुझे एक मगलू अनाथालय में परवरिश के लिए छोड़ गईं ... लेकिन मैंने क़सम खा ली थी कि मैं अपने पिता को खोजूँगा ... उनसे बदला लूँगा, उस मूर्ख से जिसने मुझे अपना नाम दिया था ... *टॉम रिडल* ...'

वोल्डेमॉर्ट अब भी टहल रहा था और उसकी लाल आँखें एक क़ब्र से दूसरी क़ब्र तक घूम रही थीं।

'देखो तो सही, मैं तुम्हें अपने परिवार का इतिहास बताने लगा ...' उसने धीरे से कहा। 'अरे, मैं तो भावुक हो रहा हूँ ... लेकिन देखो, हैरी! मेरा *वास्तविक* परिवार आ रहा है ...'

हवा में अचानक चोगों की सरसराहट की आवाज़ भर गई। क़ब्रों के बीच, सदाबहार पेड़ के पीछे, हर छायादार जगह पर जादूगर प्रकट हो रहे थे। उन सभी ने नक़ाब पहन रखे थे। एक-एक करके वे आगे बढ़े ... धीरे-धीरे, सावधानी से, जैसे उन्हें अपनी आँखों पर यक़ीन ही नहीं हो रहा हो। वोल्डेमॉर्ट ख़ामोशी में खड़ा-खड़ा उनका इंतज़ार करता रहा। फिर एक प्राणभक्षी अपने घुटनों के बल बैठकर वोल्डेमॉर्ट की तरफ़ रेंगा और उसके काले दुशाले का सिरा चूम लिया।

'मालिक ... मालिक ...' वह बुदबुदाया।

उसके पीछे खड़े प्राणभक्षियों ने भी ऐसा ही किया। सभी अपने घुटने टेककर वोल्डेमॉर्ट के पास आए, उसका दुशाला चूमा और फिर पीछे हटकर खड़े हो गए। उन्होंने उस क़ब्र के चारों तरफ़ एक गोल घेरा बना लिया, जिस पर हैरी, वोल्डेमॉर्ट और सुबकता व तड़पता हुआ वर्मटेल थे। बहरहाल, उन्होंने गोल घेरे में कुछ जगह ख़ाली छोड़ दी थी। ऐसा लग रहा था, जैसे उन्हें कुछ और लोगों का इंतज़ार हो। लेकिन वोल्डेमॉर्ट को और किसी के आने की उम्मीद नहीं थी। उसने चारों तरफ़ के नक़ाबपोश चेहरों को देखा, और हालाँकि हवा नहीं चल रही थी, लेकिन गोल घेरे में से एक ऐसी आवाज़ आने लगी, जैसे सभी लोग सिहर रहे हों।

'स्वागत है, प्राणभक्षियों,' वोल्डेमॉर्ट ने धीरे से कहा। 'तेरह साल ... तेरह साल बाद हम मिल रहे हैं। लेकिन तुम मेरे बुलाने पर ऐसे आ गए, जैसे यह कल ही की बात हो ... मौत के निशान के कारण हमारी एकता आज भी बरक़रार है! *लेकिन क्या सचमुच ?*'

उसने अपना भयंकर चेहरा उठाकर सूँघने का अभिनय किया और

उसके छेद जैसे नथुने चौड़े हो गए।

'मुझे अपराधबोध की गंध आ रही है,' उसने कहा। 'हवा में अपराधबोध की बहुत बुरी बदबू भरी हुई है।'

गोल घेरे में खड़े लोगों में एक बार फिर सिहरन दौड़ गई, जैसे हर सदस्य वोल्डेमॉर्ट से दूर तो हटना चाहता था, लेकिन एक क़दम भी पीछे हटने की ज़ुर्रत नहीं कर सकता था।

'मैं देख रहा हूँ कि तुम सभी पूरी तरह स्वस्थ हो और तुम्हारी शक्तियाँ बरक़रार हैं – तुम लोग मेरे बुलाने पर यहाँ कितनी जल्दी आ गए! – लेकिन मैं ख़ुद से पूछता हूँ ... जादूगरों का यह समूह अपने मालिक की मदद के लिए क्यों नहीं आया, जिसके प्रति उन्होंने आजीवन वफ़ादारी की क़सम खाई थी?'

कोई कुछ नहीं बोला। कोई ज़रा सा भी नहीं हिला, सिवाय वर्मटेल के, जो ज़मीन पर पड़ा-पड़ा अब भी अपने ख़ून से सने हाथ को पकड़कर रो रहा था।

'और मैं ख़ुद से कहता हूँ,' वोल्डेमॉर्ट ने फुसफुसाकर कहा, 'उन्हें ज़रूर यह यक़ीन हो गया होगा कि मैं मिट गया हूँ। उन्हें लगा होगा कि मैं ख़त्म हो गया हूँ। वे जाकर मेरे दुश्मनों से मिल गए होंगे और उन्होंने ख़ुद को मासूम, अज्ञानी या सम्मोहन शाप के अधीन बताकर माफ़ी माँग ली होगी ...

'और फिर मैं ख़ुद से पूछता हूँ, लेकिन उन लोगों ने यह कैसे मान लिया कि मैं दोबारा जीवित नहीं होऊँगा? उन लोगों ने, जो अच्छी तरह जानते थे कि मैंने बहुत पहले ख़ुद को मृत्यु से बचाने के लिए कई क़दम उठा लिए थे? उन लोगों ने, जिन्होंने मेरी प्रबल शक्ति के पुख़्ता सबूत देखे थे, जब मैं दुनिया का सबसे शक्तिशाली जादूगर हुआ करता था?

'और मैं ख़ुद को जवाब देता हूँ, शायद वे यह मानते होंगे कि किसी के पास मुझसे भी ज़्यादा शक्ति हो सकती है – ऐसी शक्ति, जो लॉर्ड वोल्डेमॉर्ट को भी पछाड़ सकती है ... शायद अब वे किसी दूसरे स्वामी के सेवक बन गए हैं ... शायद सामान्य लोगों, बदज़ातों और मगलुओं के हिमायती एल्बस डम्बलडोर के?'

डम्बलडोर का नाम सुनकर गोल घेरे में खड़े सदस्य हिले और कुछ ने बुदबुदाकर अपने सिर हिलाए।

वोल्डेमॉर्ट ने उनकी इस हरकत को नज़रअंदाज़ करते हुए आगे कहा, 'इससे मुझे बहुत निराशा हुई ... बड़े अफ़सोस के साथ मुझे यह कहना पड़ रहा है कि इससे मुझे बहुत निराशा हुई ...'

एक आदमी अचानक गोल घेरा तोड़कर आगे आ गया। सिर से पैर तक काँपता हुआ वह वोल्डेमॉर्ट के क़दमों पर लेट गया।

'मालिक!' वह चीख़ा। 'मालिक, मुझे माफ़ कर दें! हम सभी को माफ़ कर दें!'

वोल्डेमॉर्ट हँसने लगा। उसने अपनी छड़ी उठाई। *'पीड़ितो!'*

ज़मीन पर पड़ा प्राणभक्षी दर्द के मारे छटपटाने लगा और चीख़ने लगा। हैरी को पूरा भरोसा था कि उसकी चीख़ें आस-पास के घरों तक जा रही होंगी ... उसने हताशा में सोचा, शायद उन्हें सुनकर कोई पुलिस में ख़बर कर दे ... शायद कोई आ जाए ... कोई भी ... कुछ भी।

वोल्डेमॉर्ट ने अपनी छड़ी हटा ली। पीड़ित प्राणभक्षी हाँफता हुआ ज़मीन पर पड़ा रहा।

'उठो एवरी,' वोल्डेमॉर्ट ने धीरे से कहा। 'उठकर खड़े हो जाओ। तुम माफ़ी माँग रहे हो? लेकिन मैं माफ़ नहीं करता। मैं भूलता भी नहीं हूँ। तेरह लंबे साल ... मैं तुम्हें माफ़ करने से पहले अपने तेरह सालों का मुआवज़ा चाहता हूँ। वर्मटेल ने अपना कुछ कर्ज़ पहले ही चुका दिया है, है ना वर्मटेल?'

उसने वर्मटेल की तरफ़ देखा, जो लगातार सुबकता रहा।

'वर्मटेल, तुम वफ़ादारी के कारण नहीं, बल्कि अपने पुराने दोस्तों के डर के कारण मेरे पास लौटे थे। तुम इस दर्द भरी सज़ा के हक़दार थे, वर्मटेल। तुम यह बात जानते थे, है ना?'

'हाँ, मालिक,' वर्मटेल कराहते हुए बोला। 'प्लीज़ मालिक ... प्लीज़ ...'

'लेकिन तुमने मेरे शरीर को पाने में मदद की,' वोल्डेमॉर्ट ने वर्मटेल को ज़मीन पर सुबकते देखकर भावहीन अंदाज़ में कहा। 'हालाँकि तुम बेकार और धोखेबाज़ हो, लेकिन तुमने मेरी मदद की ... और लॉर्ड वोल्डेमॉर्ट अपनी मदद करने वालों को इनाम देता है ...'

वोल्डेमॉर्ट ने अपनी छड़ी दोबारा उठाई और हवा में घुमाई। छड़ी की रोशनी में पिघली हुई चाँदी जैसी चीज़ चमकने लगी। कुछ पल तक यह निराकार रही, फिर यह हिली और इंसान के हाथ जैसी बन गई, जो चाँदी की तरह सफ़ेद था। वह हाथ नीचे आया और वर्मटेल की ख़ून से सनी कलाई पर लग गया।

वर्मटेल का रोना अचानक बंद हो गया, हालाँकि उसकी साँस अब भी तेज़-तेज़ चल रही थी। उसने अपना हाथ उठाया और हैरानी से चाँदी से चमकते सफ़ेद हाथ की तरफ़ देखा, जो अब उसकी बाँह के साथ अच्छी तरह से जुड़ चुका था। ऐसा लग रहा था, जैसे उसने चमकदार दस्ताना पहन रखा हो। उसने अपनी चमकती उँगलियाँ मोड़ीं, फिर काँपते हुए ज़मीन से एक छोटी

टहनी उठाई और उसका चूरा बना दिया।

'मेरे मालिक,' उसने फुसफुसाकर कहा। 'मालिक ... यह सुंदर है ... धन्यवाद ... *धन्यवाद* ...'

वह घुटनों के बल बैठ गया और उसने वोल्डेमॉर्ट के दुशाले का सिरा चूम लिया।

वोल्डेमॉर्ट बोला, 'वर्मटेल, अब तुम्हारी वफ़ादारी कभी नहीं डगमगानी चाहिए।'

'नहीं मालिक ... कभी नहीं मालिक ...'

वर्मटेल उठकर खड़ा हुआ और गोल घेरे में अपनी जगह पर पहुँच गया। वह अब भी अपने शक्तिशाली नए हाथ को घूरे जा रहा था और उसका चेहरा अब भी आँसुओं में चमक रहा था। वोल्डेमॉर्ट अब वर्मटेल की दाहिनी तरफ़ खड़े जादूगर के पास गया।

उसने उसके सामने रुकते हुए फुसफुसाकर कहा, 'लूसियस, मेरे दग़ाबाज़ दोस्त। मुझे पता चला है कि तुमने अपने पुराने रंग-ढंग नहीं छोड़े हैं, हालाँकि दुनिया के सामने तुम अपने चेहरे पर भलमनसाहत का मुखौटा लगाए रहते हो। मुझे लगता है, तुम अब भी मगलुओं को सताने के काम में सबसे आगे रहते हो! लेकिन लूसियस, तुमने मुझे कभी खोजने की कोशिश नहीं की ... क्विडिच वर्ल्ड कप के दौरान तुम्हारी हरकतें मज़ेदार रही होंगी ... लेकिन क्या यह अच्छा नहीं होता कि तुम्हारी शक्तियाँ अपने मालिक को खोजने और उसकी मदद करने में लगतीं ?'

'मालिक, मैं पूरे समय सतर्क था,' नक़ाब के नीचे से लूसियस मैल्फ़ॉय की आवाज़ तेज़ी से आई, 'अगर आपका एक भी आदेश मिलता, अगर आपके ठिकाने की ज़रा भी भनक मिलती, तो मैं तत्काल आपके पास पहुँच जाता। मुझे कोई भी चीज़ नहीं रोक सकती थी –'

'लेकिन फिर भी तुम मेरे निशान को देखकर भाग गए, जब मेरे एक वफ़ादार प्राणभक्षी ने इस बार गर्मियों में इसे आसमान में उत्पन्न किया ?' वोल्डेमॉर्ट ने धीरे से कहा और मिस्टर मैल्फ़ॉय ने तत्काल बोलना बंद कर दिया। 'हाँ, लूसियस, मुझे सब कुछ पता चल चुका है ... तुमने मुझे निराश किया है ... भविष्य में मैं तुमसे ज़्यादा वफ़ादारी भरी सेवा की उम्मीद करूँगा।'

'हाँ, मालिक, हाँ ... आप दयावान हैं, धन्यवाद ...'

वोल्डेमॉर्ट आगे बढ़ा और ख़ाली जगह को घूरते हुए रुक गया। मैल्फ़ॉय और अगले आदमी के बीच में इतना फ़ासला था कि वहाँ दो लोग खड़े हो

सकते थे।

'यहाँ लास्ट्रेंज दंपति को खड़े होना चाहिए था,' वोल्डेमॉर्ट ने धीरे से कहा। 'लेकिन वे अज़्काबान में क़ैद हैं। उन्होंने अपनी वफ़ादारी का सबूत दिया है। मुझे त्यागने के बजाय वे अज़्काबान चले गए ... जब अज़्काबान की क़ैद को तोड़ा जाएगा, तो लास्ट्रेंज दंपति को उनके सपनों से ज़्यादा सम्मान मिलेगा। दमपिशाच हमारे साथ मिल जाएँगे ... वे हमारे स्वाभाविक सहयोगी हैं ... हम निर्वासित दानवों को भी वापस बुला लेंगे ... मैं अपने सभी निष्ठावान सेवकों को बुला लूँगा और एक ऐसी सेना बनाऊँगा, जिससे सब थर्राने लगेंगे ...'

वह आगे बढ़ा। कुछ प्राणभक्षियों के पास से वह ख़ामोशी से गुज़र गया, लेकिन कुछ के सामने वह रुका और उनसे कुछ बोलने लगा।

'मैकनेअर ... वर्मटेल ने बताया था कि अब तुम जादू मंत्रालय में ख़तरनाक प्राणियों को मार रहे हो। मैकनेअर, जल्दी ही तुम्हें इससे ज़्यादा अच्छे शिकार मिलेंगे। लॉर्ड वोल्डेमॉर्ट इस बात का इंतज़ाम कर देंगे ...'

'धन्यवाद, मालिक ... धन्यवाद,' मैकनेअर बुदबुदाया।

वोल्डेमॉर्ट दो सबसे लंबी नक़ाबपोश आकृतियों की तरफ़ बढ़ा, 'क्रैब ... तुम इस बार ज़्यादा वफ़ादार रहोगे, है ना क्रैब? और तुम भी, गॉइल?'

वे दोनों ही बुदबुदाते हुए फूहड़पन से सिर झुकाने लगे।

'हाँ, मालिक ...'

'हम ऐसा ही करेंगे, मालिक ...'

'यही तुम्हारे लिए भी सही है, नॉट,' वोल्डेमॉर्ट ने धीरे से कहा, जब वह मिस्टर गॉइल की छाया में झुकी एक आकृति के पास से गुज़रा।

'मालिक, मैं आपके सामने दंडवत करता हूँ, मैं आपका सबसे वफ़ादार –'

'ये बातें रहने दो,' वोल्डेमॉर्ट ने कहा।

वह अब सबसे बड़ी ख़ाली जगह पर पहुँच गया था और उसे अपनी लाल आँखों से इस तरह देख रहा था, जैसे उसे वहाँ खड़े लोग दिखाई दे रहे हों।

'यहाँ के छह प्राणभक्षी ग़ायब हैं ... तीन मेरी सेवा करते हुए मर गए। एक इतना डरपोक है कि वह लौटेगा नहीं ... उसे इसकी क़ीमत चुकानी पड़ेगी। और मुझे यक़ीन है कि एक मुझे हमेशा के लिए छोड़कर चला गया है ... ज़ाहिर है, उसे मौत के घाट उतार दिया जाएगा ... और बाक़ी बचा एक, जो मेरा सबसे वफ़ादार सेवक है और पहले ही मेरी सेवा में लौट चुका है।'

प्राणभक्षी हिले। हैरी ने उन्हें नक़ाब के नीचे से एक-दूसरे को कनखियों से देखते हुए देखा।

'मेरा वह वफ़ादार सेवक इस समय हॉगवर्ट्स में है और उसी की कोशिशों की बदौलत हमारा यह किशोर दोस्त आज रात को यहाँ आया है ...

'हाँ,' वोल्डेमॉर्ट ने कहा। जब सभी प्राणभक्षियों की निगाह हैरी की दिशा में गई, तो वोल्डेमॉर्ट के होंठविहीन मुँह पर एक मुस्कान थिरकने लगी। 'हैरी पॉटर आज मेरे पुनर्जन्म के जश्न में शामिल है। हम उसे अपना प्रमुख मेहमान भी कह सकते हैं।'

कुछ पल तक ख़ामोशी छाई रही। फिर वर्मटेल की दाहिनी तरफ़ खड़ा प्राणभक्षी आगे बढ़ा और नक़ाब के नीचे से लूसियस मैल्फ़ॉय की आवाज़ सुनाई दी।

'मालिक, हम यह जानने के लिए बेताब हैं ... हम आपसे अनुरोध करते हैं कि आप हमें बताएँ ... कि आपने यह ... यह चमत्कार कैसे किया ... आप पुनर्जीवित होकर हमारे बीच कैसे लौट आए ...'

'आह, यह एक लंबी कहानी है, लूसियस,' वोल्डेमॉर्ट ने कहा। 'और यह मेरे किशोर दोस्त से शुरू – और ख़त्म – होती है।'

वोल्डेमॉर्ट सुस्त अंदाज़ में हैरी की बग़ल में खड़ा हो गया, ताकि गोल घेरे में खड़े सभी नक़ाबपोशों की निगाहें उन दोनों पर रहें। नागिन उनके चारों तरफ़ घूमती रही।

'ज़ाहिर है, तुम लोगों को पता है कि इस लड़के को मेरे पतन का कारण कहा जाता है!' वोल्डेमॉर्ट ने धीरे से कहा, जिसकी लाल आँखें हैरी पर टिकी हुई थीं। हैरी का निशान अब इतनी तेज़ी से दुखने लगा कि वह दर्द के मारे चिल्लाना चाहता था। 'तुम सब जानते हो कि जिस रात मैंने उसे मारने की कोशिश की थी, उसी रात को मेरी सारी शक्तियाँ और शरीर चला गया था। उसकी माँ ने उसे बचाने की कोशिश में अपनी जान दे दी थी – और अनजाने में ही उसे एक ऐसी सुरक्षा प्रदान कर दी थी, जिसकी मुझे क़तई उम्मीद नहीं थी ... मैं उस लड़के को छू नहीं सकता था।'

वोल्डेमॉर्ट ने अपनी एक लंबी सफ़ेद उँगली उठाई और उसे हैरी के गाल के बिलकुल पास रख दिया। 'उसकी माँ ने उसके शरीर पर अपने बलिदान के चिन्ह छोड़ दिए थे ... यह पुराना जादू है, मुझे यह याद रहना चाहिए था, लेकिन मूर्खतावश मैंने इस बात को नज़रअंदाज़ कर दिया ... लेकिन कोई बात नहीं। अब मैं उसे छू सकता हूँ।'

हैरी ने महसूस किया कि वोल्डेमॉर्ट की लंबी सफ़ेद उँगली उसके चेहरे को छू रही है। उसका सिर दर्द के मारे फटा जा रहा था।

वोल्डेमॉर्ट धीरे से उसके कान में हँसा और फिर अपनी उँगली हटाकर

प्राणभक्षियों से बोलने लगा। 'मेरे दोस्तो, मैं यह मानता हूँ कि मैंने ग़लत अनुमान लगा लिया था। उस औरत के मूर्ख बलिदान के कारण मेरा शाप पलटकर मुझ पर ही आ गया। आह ... मेरे दोस्तो, मेरे दर्द की कोई सीमा नहीं थी। मैं इसके लिए तैयार नहीं था। मेरा शरीर चला गया था। मेरी आत्मा भी कमज़ोर हो गई थी। मैं सबसे कमज़ोर भूत से भी कहीं ज़्यादा कमज़ोर था ... लेकिन फिर भी मैं ज़िंदा था। मैं क्या था, यह तो मैं भी नहीं जानता ... मैं, जो अमरता की तरफ़ जाने वाले रास्ते पर बाक़ी सबसे आगे पहुँच गया था। तुम्हें पता ही है कि मेरा लक्ष्य मृत्यु पर विजय पाना था। और यह मेरा इम्तहान था। उस घड़ी मुझे ऐसा लगा, जैसे मेरे प्रयोग सफल हो गए थे ... क्योंकि मैं मरा नहीं था, हालाँकि उस शाप से मुझे मर जाना चाहिए था। बहरहाल, मैं इतना कमज़ोर था कि कमज़ोर से कमज़ोर प्राणी भी मुझसे ज़्यादा ताक़तवर था। मैं अपनी मदद ख़ुद नहीं कर सकता था ... क्योंकि मेरे पास शरीर नहीं था और जो मंत्र मेरी मदद कर सकता था, उसे पढ़ने के लिए छड़ी के इस्तेमाल की ज़रूरत थी ...

'मुझे याद है कि मैं बिना नींद के, बिना अंत के, हर पल ख़ुद को जीने के लिए विवश करता रहा ... मैं दूर जाकर एक जंगल में रहने लगा और इंतज़ार करने लगा ... निश्चित रूप से मेरा कोई वफ़ादार प्राणभक्षी तो आकर मुझे खोजने की कोशिश करेगा ... उनमें से कोई तो आएगा और वह जादू कर देगा, जो मैं नहीं कर सकता और मुझे मेरा शरीर वापस दिला देगा ... लेकिन मैंने बेकार ही इंतज़ार किया, क्योंकि कोई नहीं आया ...'

एक बार फिर प्राणभक्षियों के गोल घेरे में चारों तरफ़ सिहरन दौड़ गई। वोल्डेमॉर्ट ने ख़ामोशी को डरावनी हद तक बढ़ने दिया और फिर आगे कहा। 'मेरे पास सिर्फ़ एक ही शक्ति बची थी। मैं दूसरों के शरीर पर क़ब्ज़ा कर सकता था। लेकिन मैं जादूगरों के बीच रहने की हिम्मत नहीं कर सकता था, क्योंकि मैं जानता था कि ऑरर्स अब भी मेरी तलाश कर रहे हैं। मैं कई बार जानवरों में घुस जाता था – ज़ाहिर है कि साँप मेरी पहली पसंद थे – लेकिन उनके भीतर मेरी हालत ज़्यादा अच्छी नहीं रहती थी, क्योंकि उनके शरीर जादू करने लायक नहीं थे ... और जब मैं उनके भीतर रहता था, तो वे समय से पहले ही मर जाते थे। उनमें से कोई भी ज़्यादा समय तक ज़िंदा नहीं रह पाया ...

'फिर ... चार साल पहले ... मेरे लौटने का साधन आ गया। एक युवा, नादान और भरोसा करने वाला जादूगर जंगल में मेरे रास्ते में आ गया। ओह, यही तो वह मौक़ा था, जिसका मैं सपना देख रहा था ... वह डम्बलडोर के स्कूल में टीचर था ... उसे वश में करना आसान था ... वह मुझे इस देश में वापस लाया और कुछ समय बाद मैंने उसके शरीर पर क़ब्ज़ा कर लिया, ताकि मैं क़रीब से उसकी निगरानी कर सकूँ और वह मेरे आदेशों का ठीक तरह से

पालन कर सके, लेकिन मेरी योजना कामयाब नहीं हो पाई। मैं पारस पत्थर नहीं चुरा पाया। मैं अमर नहीं हो पाया। एक बार फिर हैरी पॉटर ने मेरी योजना चौपट कर दी ...'

फिर से ख़ामोशी छा गई। कोई भी नहीं हिला, सदाबहार पेड़ की पत्तियाँ भी नहीं। प्राणभक्षी बिलकुल स्थिर खड़े थे और उन सभी की चमकती आँखें वोल्डेमॉर्ट और हैरी पर जमी हुई थीं।

'जब मैंने अपने उस सेवक का शरीर छोड़ा, तो वह मर गया और मैं पहले जितना ही कमज़ोर हो गया,' वोल्डेमॉर्ट ने आगे कहा। 'मैं लौटकर अपनी छिपने की पुरानी जगह पर पहुँच गया। मैं तुम लोगों से नहीं छिपाऊँगा कि मुझे अब यह डर लगने लगा था कि मैं दोबारा कभी अपनी शक्तियाँ हासिल नहीं कर पाऊँगा ... हाँ, यह शायद मेरा सबसे निराशाजनक समय था ... मैं तो यह आशा भी नहीं कर सकता था कि मुझे एक और जादूगर मिलेगा, जिस पर मैं क़ब्ज़ा जमा लूँगा ... और मैंने यह आशा भी छोड़ दी थी कि मेरा कोई प्राणभक्षी मेरी चिंता कर रहा होगा ...'

गोल घेरे में खड़े एक-दो नक़ाबपोश जादूगर असहज होकर हिले, लेकिन वोल्डेमॉर्ट ने उन पर ध्यान नहीं दिया।

'और फिर, एक साल से भी कम समय पहले, जब मैंने उम्मीद छोड़ दी थी, तो यह हो गया ... एक सेवक मेरे पास लौट आया। वर्मटेल ने क़ानून से बचने के लिए अपनी मौत का नाटक किया था। अब वह अपने पुराने दोस्तों से बचने के लिए छिपना चाहता था, इसलिए उसने अपने मालिक के पास लौटने का फ़ैसला किया। उसने मुझे उस देश में खोजा, जहाँ मेरे छिपे रहने की अफ़वाह काफ़ी लंबे समय से फैली थी ... ज़ाहिर है, रास्ते में मिलने वाले चूहों ने इस काम में उसकी मदद की। वर्मटेल की चूहों के साथ अजीब दोस्ती है, है ना वर्मटेल? उसके छोटे दोस्तों ने उसे बताया कि अल्बानिया के जंगल में एक ऐसी जगह है, जहाँ जाने से वे कतराते हैं, क्योंकि वहाँ पर उनकी तरह के छोटे जानवर एक काली छाया से मर जाते हैं, जो उन पर क़ाबू कर लेती है ...

'लेकिन मुझ तक आने की उसकी यात्रा आसान नहीं थी, है ना वर्मटेल? क्योंकि जिस जंगल में मेरे होने की अफ़वाह थी, एक दिन उस जंगल के किनारे पर वर्मटेल को भूख लगी। मूर्खतावश वह एक सराय में खाना खाने चला गया ... और जानते हो उसे वहाँ कौन मिली? जादू मंत्रालय की जादूगरनी बर्था जोरकिन्स।

'लेकिन देखो, क़िस्मत लॉर्ड वोल्डेमॉर्ट पर कितनी मेहरबान थी! यह वर्मटेल और पुनर्जन्म की मेरी आख़िरी उम्मीद का भी अंत हो सकता था,

लेकिन वर्मटेल ने ऐसी होशियारी दिखाई, जिसकी मुझे उससे क़तई उम्मीद नहीं थी। उसने बर्था जोरकिन्स को अपने साथ चलने के लिए राज़ी कर लिया। उसने उसे अपने वश में कर लिया ... वह उसे मेरे पास ले आया। और बर्था जोरकिन्स, जो सब कुछ चौपट कर सकती थी, एक ऐसा नायाब तोहफ़ा साबित हुई, जो मेरी उम्मीदों से भी ज़्यादा बड़ा था ... क्योंकि - थोड़े समझाने-बुझाने के बाद - बर्था जानकारी का अनमोल ख़ज़ाना साबित हुई।

'उसने मुझे बताया कि हॉगवर्ट्स में इस साल जादूगरी का त्रिकोणीय टूर्नामेंट होने वाला है। उसने मुझे बताया कि वह मेरे एक वफ़ादार प्राणभक्षी को जानती है, जिससे अगर मैं संपर्क कर लूँ, तो वह मेरी ख़ुशी-ख़ुशी मदद करेगा। उसने मुझे बहुत सारी बातें बताईं ... लेकिन मैंने उसके दिमाग़ पर हुए स्मृति सम्मोहन को तोड़ने के लिए बहुत शक्तिशाली साधनों का इस्तेमाल किया था। नतीजा यह हुआ कि उससे सारी उपयोगी जानकारी उगलवाने के बाद उसका दिमाग़ और शरीर दोनों ही इतने बेहाल हो चुके थे कि दोबारा ठीक नहीं हो सकते थे। उसका काम पूरा हो चुका था। मैं उसे ज़िंदा नहीं रख सकता था। मैंने उसे मार डाला।'

वोल्डेमॉर्ट के चेहरे पर एक भयंकर मुस्कान आ गई। उसकी लाल आँखें बहुत बेरहम दिख रही थीं।

'ज़ाहिर है, वर्मटेल के शरीर पर कब्ज़ा करने से मुझे कोई फ़ायदा नहीं होना था, क्योंकि सब लोग उसे मरा हुआ मानते थे और उसके नज़र आने पर बहुत सारे सवाल उठने लगते। बहरहाल, मुझे एक स्वस्थ शरीर वाले सेवक की ज़रूरत थी। हालाँकि वर्मटेल जादूगर के रूप में बेकार है, लेकिन उसने मेरे निर्देशों का पालन किया, ताकि मैं अपने ख़ुद के कमज़ोर शरीर में पहुँच सकूँ और वास्तविक पुनर्जन्म के लिए अनिवार्य तत्वों का इंतज़ार कर सकूँ ... मेरे खोजे एक-दो मंत्र ... मेरी प्यारी नागिनी की थोड़ी सी मदद' - वोल्डेमॉर्ट की लाल आँखें लगातार घूमती नागिन पर पड़ीं - 'और एक काढ़ा, जिसे यूनिकॉर्न के ख़ून और नागिन के दिए ज़हर से बनाया गया था ... मैं जल्दी ही लगभग इंसानी रूप में आ गया और इतना ताक़तवर बन गया कि यात्रा कर सकूँ।

'अब पारस पत्थर को चुराने की कोई उम्मीद नहीं थी, क्योंकि मैं जानता था कि डम्बलडोर ने अब तक उसे नष्ट करवा दिया होगा। बहरहाल, दोबारा अमरता का पीछा करने से पहले मैं इंसान बनना चाहता था। मैंने अपने लक्ष्यों को छोटा कर लिया ... मैं अपने पुराने शरीर और पुरानी शक्ति से ही काम चलाने के लिए तैयार था।

'जिस काढ़े ने आज मुझे पुनर्जीवित किया है, वह पुराना शैतानी जादू

है। मैं जानता था कि इसके लिए मुझे तीन सशक्त चीज़ों की ज़रूरत है। उनमें से एक तो मेरे पास पहले से ही थी - है ना वर्मटेल ? किसी सेवक का मांस ...

'इसके बाद मुझे मेरे पिता की हड्डी की ज़रूरत थी। ज़ाहिर है, इसका मतलब यह था कि हमें यहाँ आना होगा, जहाँ उनकी लाश दफ़न थी। इसके अलावा, हमें शत्रु का रक्त भी चाहिए था ... वर्मटेल तो कह रहा था कि मैं किसी भी जादूगर का इस्तेमाल कर लूँ, है ना वर्मटेल ? कोई भी जादूगर, जो मुझसे नफ़रत करता हो ... जैसा बहुत से जादूगर अब भी करते हैं। लेकिन मैं जानता था कि अगर मुझे पहले से ज़्यादा शक्तिशाली बनना है, तो मुझे किसका इस्तेमाल करना होगा। मैं हैरी पॉटर का रक्त चाहता था। मैं उस लड़के का रक्त चाहता था, जिसने तेरह साल पहले मेरी सारी शक्ति मुझसे छीन ली थी। मैं ऐसा इसलिए करना चाहता था, ताकि उसकी माँ ने उसे जो सुरक्षा प्रदान की थी, वह मेरे रक्त में भी आ जाए ...

'लेकिन हैरी पॉटर को कैसे लाया जाए ? वह कड़ी सुरक्षा में रह रहा था। मुझे लगता है, उसे ख़ुद नहीं मालूम होगा कि उसकी सुरक्षा का इंतज़ाम कितना तगड़ा था। डम्बलडोर ने काफ़ी पहले ही हैरी की सुरक्षा का पुख़्ता इंतज़ाम कर लिया था, जब उन पर उसके भविष्य की देखरेख की ज़िम्मेदारी आई थी। डम्बलडोर ने एक पुराने जादू का इस्तेमाल किया : जब तक वह अपने रिश्तेदारों की देखरेख में रहेगा, तब तक उसका बाल भी बाँका नहीं होगा। वहाँ पर मैं भी उसे नहीं छू सकता था ... फिर ज़ाहिर है, क्विडिच वर्ल्ड कप का आयोजन हुआ ... मुझे लगा कि वहाँ उसकी सुरक्षा थोड़ी कमज़ोर होगी, क्योंकि वह अपने रिश्तेदारों और डम्बलडोर से दूर रहेगा, लेकिन मैं उस समय तक इतना ताक़तवर नहीं हुआ था कि मंत्रालय के जादूगरों के दस्ते के बीच से उसके अपहरण की कोशिश करूँ। और फिर वह लड़का हॉगवर्ट्स लौट जाएगा, जहाँ वह उस मगलूप्रेमी मूर्ख की मुड़ी हुई नाक के नीचे सुबह से रात तक रहेगा। मैं उसे कैसे ला सकता था ?

'ज़ाहिर है ... बर्था जोरकिन्स की जानकारी का इस्तेमाल करके। मैंने अपने उस वफ़ादार प्राणभक्षी का इस्तेमाल किया, जो इस वक़्त भी हॉगवर्ट्स में ही है। मैंने उससे कहकर इस लड़के का नाम आग के प्याले में डलवाया। अपने प्राणभक्षी का इस्तेमाल करके मैंने यह सुनिश्चित करवाया कि यह लड़का टूर्नामेंट जीत जाए। मैंने यह इंतज़ाम भी करवाया कि हैरी पॉटर ही सबसे पहले उस त्रिकोणीय कप को छुए, जिसे मेरे प्राणभक्षी ने आवागमन-कुंजी में बदल दिया था। इस तरह से मैंने यह सुनिश्चित करवाया कि वह डम्बलडोर की मदद और सुरक्षा से दूर मेरी इंतज़ार करती बाँहों में यहाँ तक आ जाए। और वह यहाँ आ गया है ... वह लड़का, जिसे मेरे पतन का कारण माना जाता है ...'

वोल्डेमॉर्ट धीरे से आगे बढ़ा और हैरी की तरफ़ घूमा। उसने अपनी छड़ी उठाई। *'पीड़ितो!'*

हैरी को ऐसा दर्द पहले कभी महसूस नहीं हुआ था। उसकी हड्डियाँ जैसे आग में जलने लगी थीं। उसका सिर निश्चित रूप से फट जाएगा। उसकी आँखें बुरी तरह घूम रही थीं। वह चाहने लगा कि दर्द जल्दी से ख़त्म हो जाए ... वह बेहोश हो जाए ... मर जाए ...

और फिर दर्द ग़ायब हो गया। वह उन रस्सियों पर झूल गया, जिन्होंने उसे वोल्डेमॉर्ट के पिता की क़ब्र के शिलालेख से बाँध रखा था। उसने नज़रें उठाकर धुँध में चमकती उन लाल आँखों में देखा। रात के अँधेरे में प्राणभक्षियों की हँसी की आवाज़ गूँजने लगी।

'तुमने देखा, यह मानना कितना मूर्खतापूर्ण था कि यह लड़का कभी मुझसे ज़्यादा ताक़तवर बन सकता है,' वोल्डेमॉर्ट ने कहा। 'लेकिन मैं चाहता हूँ कि किसी के भी मन में कोई ग़लतफ़हमी न रहे। हैरी पॉटर की क़िस्मत अच्छी थी, जो वह मुझसे बच गया था। और अब मैं यहाँ पर, तुम सबके सामने उसे मारकर अपनी शक्ति को साबित करूँगा, जब उसकी मदद करने के लिए डम्बलडोर नहीं हैं, जब उसकी ख़ातिर अपनी जान देने वाली उसकी माँ भी नहीं है। मैं उसे पूरा मौक़ा दूँगा। उसे लड़ने की इज़ाज़त दी जाएगी, ताकि तुम्हें इस बारे में कोई शक न रहे कि हम दोनों में कौन ज़्यादा ताक़तवर है। थोड़ी देर और इंतज़ार करो, नागिनी,' उसने फुसफुसाकर कहा और नागिन एक बार फिर घास पर फिसलकर उस तरफ़ चली गई, जहाँ प्राणभक्षी खड़े हुए थे।

'वर्मटेल, लड़के को खोल दो और उसे उसकी छड़ी वापस दे दो।'

अध्याय चौंतीस

पूर्वमंत्र

वर्मटेल हैरी के पास पहुँचा, जो अपने पैर हिलाने-डुलाने की कोशिश कर रहा था, ताकि रस्सियाँ खुलने से पहले वह उनके सहारे अपना वज़न सँभाल सके। वर्मटेल ने अपना नया सफ़ेद हाथ बढ़ाकर हैरी के मुँह में भरा कपड़ा बाहर निकाल दिया। फिर एक झटके से उसने उन रस्सियों को काट दिया, जिनसे हैरी क़ब्र के शिलालेख से बँधा था।

एक पल के लिए तो हैरी के मन में यह विचार आया कि वह बचकर भागने की कोशिश करे, लेकिन क़ब्र पर खड़े-खड़े उसका घायल पैर काँप रहा था। फिर प्राणभक्षियों ने उसके और वोल्डेमॉर्ट के चारों तरफ़ बने गोल घेरे को कस लिया। जो प्राणभक्षी नहीं आए थे, उनकी ख़ाली जगह भी अब भर चुकी थी। वर्मटेल घेरे के पार निकलकर सेडरिक की लाश के पास गया और वहाँ से हैरी की छड़ी उठा लाया। फिर उसने हैरी की तरफ़ देखे बिना छड़ी उसके हाथ में पकड़ा दी और इसके बाद प्राणभक्षियों के घेरे में अपनी जगह पर पहुँच गया।

वोल्डेमॉर्ट ने धीरे से कहा, 'हैरी पॉटर, तुमने द्वंद्वयुद्ध करना सीखा है ?' उसकी लाल आँखें अँधेरे में चमक रही थीं।

इन शब्दों को सुनकर हैरी को हॉगवर्ट्स का वह द्वंद्वयुद्ध क्लब याद आया, जिसमें उसने दो साल पहले कुछ समय प्रशिक्षण लिया था ... उसने वहाँ पर सिर्फ़ निरस्त्रीकरण मंत्र सीखा था, *'निरस्त्र भव'* ... लेकिन उसका यहाँ पर क्या फ़ायदा हो सकता था, क्योंकि अगर वह उसका इस्तेमाल करके वोल्डेमॉर्ट की छड़ी गिरा भी दे, तो भी वहाँ पर तीस प्राणभक्षी उसे घेरे खड़े थे। उसने कभी कोई चीज़ नहीं सीखी थी, जो इस स्थिति में उसके काम आ सके। हैरी जानता था कि वह उस चीज़ का सामना कर रहा था, जिसके बारे में मूडी ने हमेशा चेतावनी दी थी ... न रोका जा सकने वाला मृत्युदंशम् शाप - और वोल्डेमॉर्ट ने सही कहा था - आज उसकी माँ उसकी ख़ातिर अपनी जान देने के

लिए वहाँ पर नहीं थीं ... उसकी रक्षा करने वाला कोई नहीं था ...

'हम एक-दूसरे के सामने सिर झुकाते हैं, हैरी,' वोल्डेमॉर्ट ने थोड़ा झुकते हुए कहा, हालाँकि उसका साँप जैसा चेहरा हैरी की तरफ़ ही था। 'चलो, शिष्टाचार तो निभाना चाहिए ... डम्बलडोर चाहेंगे कि तुम थोड़ा शिष्टाचार दिखाओ ... मौत के सामने सिर झुकाओ, हैरी ...'

प्राणभक्षी फिर हँसने लगे थे। वोल्डेमॉर्ट का होंठविहीन मुँह अब मुस्करा रहा था। हैरी ने सिर नहीं झुकाया। वह यह नहीं चाहता था कि वोल्डेमॉर्ट उसे मारने से पहले उसके साथ खेले ... वह उसे यह संतुष्टि नहीं देना चाहता था ...

'मैंने कहा, *सिर झुकाओ,'* वोल्डेमॉर्ट ने अपनी छड़ी उठाते हुए कहा - और हैरी ने महसूस किया, जैसे कोई बड़ा अदृश्य हाथ उसकी कमर को आगे की तरफ़ बेरहमी से झुका रहा था। प्राणभक्षी पहले से भी ज़्यादा तेज़ी से हँसने लगे।

'बहुत बढ़िया,' वोल्डेमॉर्ट ने धीरे से कहा। उसने दोबारा अपनी छड़ी ऊपर उठाई। हैरी पर भी दबाव पड़ा कि वह भी अपनी छड़ी उठा ले। 'और अब तुम मर्द की तरह मेरा सामना करो ... तनकर और गर्व से, जैसा तुम्हारे पिता ने मरने से पहले किया था ...

'अब - हम द्वंद्वयुद्ध करते हैं।'

वोल्डेमॉर्ट ने अपनी छड़ी उठाई और इससे पहले कि हैरी अपने बचाव के लिए कुछ कर पाता, इससे पहले कि वह हिल भी पाता, वोल्डेमॉर्ट ने एक बार फिर पीड़ीकृत शाप से उस पर हमला कर दिया। दर्द इतना ज़्यादा था कि वह यह भी भूल गया कि वह कहाँ था ... सफ़ेद गर्म चाकू उसकी चमड़ी के पोर-पोर को भेद रहे थे, उसका सिर निश्चित रूप से दर्द के कारण फट जाएगा, वह अब इतनी ज़ोर से चीख़ रहा था, जितनी ज़ोर से ज़िंदगी में पहले कभी नहीं चीख़ा था -

और फिर दर्द ग़ायब हो गया। हैरी लुढ़क गया, लेकिन जल्दी ही दोबारा अपने पैरों पर खड़ा हो गया। वह उतनी ही बुरी तरह काँप रहा था, जिस तरह हाथ काटते समय वर्मटेल काँप रहा था। वह लड़खड़ाकर प्राणभक्षियों की दीवार से टकरा गया, जिन्होंने उसे दोबारा वोल्डेमॉर्ट की तरफ़ धकेल दिया।

'थोड़ी देर आराम कर लो,' वोल्डेमॉर्ट ने कहा और उसके छेद जैसे नथुने रोमांच से फूलने लगे, 'थोड़ी देर आराम कर लो ... क्या इससे दर्द हुआ, हैरी? तुम यह तो नहीं चाहते कि मैं तुम्हारे साथ दोबारा यह करूँ?'

हैरी ने कोई जवाब नहीं दिया। बेरहम लाल आँखें उसे बता रही थीं कि वह भी सेडरिक की तरह ही मरने वाला था ... वह मरने वाला था और वह इससे किसी तरह नहीं बच सकता था ... लेकिन वह इस खेल को नहीं खेलना

चाहता था। वह वोल्डेमॉर्ट का आदेश नहीं मानेगा ... वह दया की भीख नहीं माँगेगा ...

'मैंने तुमसे पूछा था, क्या तुम यह चाहते हो कि मैं तुम्हारे साथ यह दोबारा करूँ?' वोल्डेमॉर्ट ने धीरे से कहा। 'मेरी बात का जवाब दो! *सम्मोहितो!*'

और हैरी ने अपनी ज़िंदगी में तीसरी बार यह महसूस किया कि उसके दिमाग़ से सारे विचार हट गए हैं ... आह, मन में कोई विचार न होना कितना आनंददायक है। ऐसा लग रहा था, जैसे वह तैर रहा हो, सपना देख रहा हो ... सिर्फ़ *'नहीं'* में जवाब दो ... *'नहीं' कहो ... बस 'नहीं' कहो ...*

मैं 'नहीं' नहीं कहूँगा, उसके दिमाग़ में पीछे से एक अधिक सशक्त आवाज़ आई, मैं जवाब नहीं दूँगा ...

सिर्फ़ 'नहीं' कहो ...

मैं ऐसा नहीं करूँगा, मैं यह बात नहीं कहूँगा ...

सिर्फ़ 'नहीं' कहो ...

'क्यों कहूँ?'

जैसे ही हैरी के मुँह से ये शब्द निकले, वे पूरे क़ब्रिस्तान में गूँजने लगे और उसकी स्वप्न जैसी स्थिति इस तरह अचानक ग़ायब हो गई, जैसे किसी ने उस पर ठंडा पानी डाल दिया हो। वह दर्द लौट आया, जो पीड़ीकृत शाप के कारण उसके पूरे शरीर में हो रहा था। यह एहसास लौट आया कि वह कहाँ है और किस चीज़ का सामना कर रहा है ...

'तुम ऐसा नहीं करोगे?' वोल्डेमॉर्ट ने धीरे से कहा; अब प्राणभक्षियों ने हँसना बंद कर दिया था। 'तुम "नहीं" नहीं कहोगे? हैरी, आज्ञापालन एक ऐसा गुण है, जो मैं तुम्हें मारने से पहले सिखाना चाहता हूँ ... शायद थोड़े और दर्द की ख़ुराक देनी पड़ेगी?'

वोल्डेमॉर्ट ने अपनी छड़ी उठाई, लेकिन इस बार हैरी तैयार था। क्विडिच के प्रशिक्षण से सीखी चपलता का इस्तेमाल करते हुए उसने ज़मीन पर छलाँग लगा दी और लुढ़कते हुए वोल्डेमॉर्ट के पिता के संगमरमर के शिलालेख के पीछे छिप गया। शाप हैरी के बजाय शिलालेख को लगा और यह तड़क गया।

'हम लुकाछिपी का खेल नहीं खेल रहे हैं, हैरी,' वोल्डेमॉर्ट की धीमी, ठंडी आवाज़ ने कहा, जो क़रीब आने लगी और इसी के साथ प्राणभक्षी दोबारा हँसने लगे। 'तुम मुझसे नहीं छिप सकते। क्या इसका मतलब यह है कि तुम अब हमारे द्वंद्वयुद्ध से थक चुके हो? क्या तुम यह चाहते हो कि मैं इस खेल को एक ही झटके में ख़त्म कर दूँ, हैरी? बाहर निकलो, हैरी ... बाहर निकलो और

खेलो ... तुम्हारी मौत जल्दी होगी ... तुम्हारी मौत दर्दरहित होगी ... लेकिन मुझे इसके बारे में ठीक से पता नहीं है ... मैं कभी मरा ही नहीं हूँ ...'

हैरी शिलालेख के पीछे झुका रहा। वह जानता था कि उसका अंत आ चुका था। कोई उम्मीद नहीं थी ... कहीं से कोई मदद नहीं मिल सकती थी। और जब उसने वोल्डेमॉर्ट के क़रीब आने की आवाज़ें सुनीं, तो वह सिर्फ़ एक चीज़ जानता था। डर या तर्क से परे वह जानता था कि वह यहाँ पर लुकाछिपी खेलने वाले बच्चे की तरह छिपकर नहीं मरेगा, वह वोल्डेमॉर्ट के क़दमों पर झुककर नहीं मरेगा ... वह अपने पिता की तरह तनकर मरेगा और हालाँकि वह ख़ुद को नहीं बचा सकता था, लेकिन वह अपने आपको बचाने की कोशिश करते हुए मरेगा ...

इससे पहले कि वोल्डेमॉर्ट अपने साँप जैसे चेहरे को शिलालेख के पीछे ला पाता, हैरी उठकर खड़ा हो गया ... उसने अपने हाथ में छड़ी कसकर पकड़ ली और वोल्डेमॉर्ट के सामने कूदकर आ गया।

वोल्डेमॉर्ट तैयार था। जैसे ही हैरी चिल्लाया, *'निरस्त्र भव!'*, वोल्डेमॉर्ट चीख़ा, *'मृत्युदंशम्!'*

वोल्डेमॉर्ट की छड़ी से हरी और हैरी की छड़ी से लाल रोशनी निकली - दोनों रोशनियाँ बीच हवा में टकराईं - और अचानक हैरी की छड़ी इस तरह हिलने लगी, जैसे उसमें बिजली दौड़ रही हो। उसका हाथ छड़ी पर जकड़ गया। अगर वह चाहता भी, तो भी अपनी छड़ी को नहीं छोड़ सकता था। दोनों छड़ियाँ रोशनी की एक किरण से जुड़ गई थीं। रोशनी की यह किरण लाल या हरी नहीं, बल्कि सुनहरी थी - और हैरी ने हैरानी से देखा कि वोल्डेमॉर्ट की लंबी सफ़ेद उँगलियाँ भी उसकी छड़ी पर जकड़ गई थीं, जो हिल रही थी और थरथरा रही थी।

और फिर - हैरी को इस बात के लिए किसी चीज़ ने तैयार नहीं किया था - उसके पैर ज़मीन से उठ गए। वह और वोल्डेमॉर्ट दोनों ही हवा में उठ गए। उनकी छड़ियाँ अब भी चमकती सुनहरी रोशनी की किरण से जुड़ी हुई थीं। वे वोल्डेमॉर्ट के पिता की क़ब्र के शिलालेख से दूर जा रहे थे और फिर वे ज़मीन के एक ऐसे टुकड़े के ऊपर आ गए, जहाँ क़ब्रें नहीं थीं ... प्राणभक्षी चिल्ला-चिल्लाकर वोल्डेमॉर्ट से निर्देश माँग रहे थे। वे क़रीब आ रहे थे और दोबारा हैरी और वोल्डेमॉर्ट के नीचे चारों तरफ़ गोल घेरा बना रहे थे। नागिन प्राणभक्षियों के पैरों के पास चल रही थी। कुछ प्राणभक्षियों ने छड़ियाँ निकाल ली थीं -

हैरी और वोल्डेमॉर्ट को जोड़ने वाली सुनहरी किरण के हज़ारों टुकड़े हो गए। उनकी छड़ियाँ जुड़ी रहीं, लेकिन अब हज़ारों सुनहरी किरणों ने हैरी और

वोल्डेमॉर्ट के चारों तरफ़ एक जाल सा बना दिया। अब वे रोशनी के इस पिंजरे या सुनहरे जाल में बंद थे, जिसे प्राणभक्षी सियारों की तरह घेरे हुए थे। उनकी चीख़ें अब बहुत दबी हुई सुनाई दे रही थीं ...

'कुछ मत करना!' वोल्डेमॉर्ट ने प्राणभक्षियों से चिल्लाकर कहा। हैरी ने देखा कि इस मंज़र को देखकर वोल्डेमॉर्ट की लाल आँखें आश्चर्य से फैल गई थीं। हैरी ने देखा कि वोल्डेमॉर्ट रोशनी की किरण को तोड़ने की कोशिश कर रहा था, जो उसकी छड़ी को हैरी की छड़ी से जोड़े हुए थी। हैरी ने अपनी छड़ी को दोनों हाथों से कसकर पकड़ लिया। सुनहरी किरण सही-सलामत रही। वोल्डेमॉर्ट ने प्राणभक्षियों से चिल्लाकर कहा, 'जब तक मैं आदेश न दूँ, तब तक कुछ मत करना!'

और फिर हवा में एक मधुर आवाज़ तैरने लगी ... यह आवाज़ हैरी और वोल्डेमॉर्ट के आस-पास के जाल की हर किरण में से आ रही थी। यह एक ऐसी आवाज़ थी, जिसे हैरी फ़ौरन पहचान गया, हालाँकि उसने यह आवाज़ ज़िंदगी में सिर्फ़ एक बार ही सुनी थी ... यह ज्वाला के गाने की आवाज़ थी ...

हैरी के लिए यह आशा भरी आवाज़ थी ... यह वह सबसे प्यारी और स्वागत योग्य आवाज़ थी, जो उसने अपनी ज़िंदगी में कभी सुनी थी ... उसे ऐसा महसूस हुआ, जैसे गीत उसके चारों तरफ़ नहीं, बल्कि उसके भीतर था ... यह आवाज़ डम्बलडोर के साथ जुड़ी आवाज़ थी और उसे ऐसा लगा जैसे कोई दोस्त उसके कान में कह रहा हो ...

इस किरण के धागे को मत तोड़ना।

मैं जानता हूँ, हैरी ने सोचा, मैं जानता हूँ, मुझे इसे नहीं तोड़ना चाहिए। लेकिन जैसे ही उसने यह सोचा, उस किरण के धागे को जोड़े रखना मुश्किल हो गया। उसकी छड़ी अब तेज़ी से थरथराने लगी ... और अब उसके और वोल्डेमॉर्ट के बीच की किरण की रोशनी भी बदल गई ... ऐसा लग रहा था, जैसे रोशनी के बड़े-बड़े मनके छड़ियों को जोड़ने वाली धागे जैसी किरण पर ऊपर-नीचे फिसल रहे थे - हैरी ने महसूस किया कि रोशनी के मनके धीरे-धीरे उसकी तरफ़ आ रहे थे, जिससे उसकी छड़ी ज़्यादा थरथराने लगी थी। अब मनकों के चलने की दिशा वोल्डेमॉर्ट के बजाय उसकी तरफ़ हो गई थी और उसने महसूस किया कि उसकी छड़ी ग़ुस्से से काँप रही थी ...

जब रोशनी का सबसे क़रीबी मनका हैरी की छड़ी की नोक के पास आया, तो छड़ी इतनी गर्म हो गई कि हैरी को डर लगने लगा कि कहीं उसमें आग न लग जाए। वह मनका जितना क़रीब आया, हैरी की छड़ी उतनी ही ज़्यादा थरथराने लगी। उसे लग रहा था कि इस मुठभेड़ में उसकी छड़ी नहीं

बचेगी। ऐसा लग रहा था कि यह उसकी उँगलियों के नीचे टूटने ही वाली थी -

उसने अपना पूरा ध्यान केंद्रित किया, ताकि मनके को वोल्डेमॉर्ट की तरफ़ वापस भेज सके। उसे अपने कानों में ज्वाला का गीत सुनाई दे रहा था और उसकी आँखें आवेश में जमी हुई थीं ... और धीरे-धीरे, बहुत धीरे-धीरे मनके हिलते हुए रुक गए और फिर, उतनी ही धीरे-धीरे दूसरी दिशा में जाने लगे ... अब वोल्डेमॉर्ट की छड़ी ज़्यादा तेज़ी से हिलने लगी थी ... वोल्डेमॉर्ट हैरान दिख रहा था और थोड़ा भयभीत भी ...

रोशनी का एक मनका वोल्डेमॉर्ट की छड़ी की नोक से कुछ इंच दूर हिल रहा था। हैरी यह नहीं समझ पाया कि वह ऐसा क्यों कर रहा है; उसे नहीं मालूम था कि वह क्या करना चाहता है ... लेकिन अब वह अपनी पूरी ताक़त से उस रोशनी के मनके को वोल्डेमॉर्ट की छड़ी के भीतर घुसाने की कोशिश कर रहा था .... और धीरे-धीरे ... बहुत धीरे-धीरे ... वह मनका सुनहरी किरण के धागे में हिला ... एक पल के लिए काँपा ... और फिर वोल्डेमॉर्ट की छड़ी के भीतर चला गया ...

तत्काल वोल्डेमॉर्ट की छड़ी से दर्द भरी चीख़ें निकलने लगीं ... फिर - वोल्डेमॉर्ट की लाल आँखें सदमे से फैल गईं - एक धुएँदार हाथ उसकी छड़ी की नोक से बाहर निकला और ग़ायब हो गया ... यह उस हाथ की परछाईं थी, जो उसने वर्मटेल के लिए जादू से उत्पन्न किया था ... दर्द भरी चीख़ें दोबारा सुनाई दीं ... और फिर वोल्डेमॉर्ट की छड़ी की नोक से एक ज़्यादा बड़ी चीज़ निकली। यह चीज़ ठोस धुएँ से बनी थी ... एक सिर ... सीना और बाँह ... सेडरिक का धड़।

अगर सदमे के कारण हैरी की छड़ी छूटनी होती, तो इसी समय छूट जाती, लेकिन सहज अनुभूति के कारण उसने अपनी छड़ी कसकर पकड़े रखी, ताकि सुनहरी रोशनी का धागा न टूट पाए। सेडरिक डिगोरी का भूरा भूत (क्या यह भूत था? यह तो ठोस दिख रहा था।) वोल्डेमॉर्ट की छड़ी में से पूरा बाहर आ गया, जैसे यह किसी बहुत सँकरी सुरंग में से बाहर निकल रहा हो ... फिर सेडरिक की इस छाया ने सुनहरी रोशनी की किरण को देखा और बोली।

'हैरी, पकड़े रहो।'

यह आवाज़ कहीं दूर से आती हुई लग रही थी और गूँज रही थी। हैरी ने वोल्डेमॉर्ट की तरफ़ देखा ... उसकी चौड़ी, लाल आँखें अब भी सदमे में फैली हुई थीं ... हैरी की ही तरह उसे भी ऐसा होने की क़तई उम्मीद नहीं थी ... और बहुत धीमे-धीमे, हैरी ने सुनहरे गुंबद के किनारों पर मँडराते प्राणभक्षियों की दहशत भरी चीख़ें सुनीं ...

छड़ी से दर्द भरी और चीख़ें सुनाई दीं ... और फिर एक और चीज़ बाहर

निकली ... दूसरे सिर की घनी छाया, जिसके तत्काल बाद हाथ और धड़ बाहर आ गए ... एक बूढ़ा आदमी, जिसे हैरी ने एक बार सपने में देखा था, अब सेडरिक की ही तरह छड़ी की नोक से बाहर निकल रहा था ... उस आदमी का भूत, छाया या चाहे यह जो भी हो, सेडरिक के पास गिर गई और उसने हैरी, वोल्डेमॉर्ट, सुनहरे जाल और जुड़ी हुई छड़ियों को हैरानी से देखा और अपनी चलने वाली छड़ी से टिकते हुए कहा ...

'इसका मतलब है, वह सचमुच का जादूगर है?' बूढ़े आदमी ने वोल्डेमॉर्ट को देखते हुए कहा। 'उसने मुझे मार डाला ... लड़के, तुम उससे लड़ते रहो ...'

लेकिन तभी एक और सिर उभरने लगा था ... यह एक औरत का भूरा सिर था, जो किसी धुएँदार मूर्ति जैसा लग रहा था ... हैरी के दोनों हाथ हिलने लगे, लेकिन वह अपनी छड़ी को स्थिर रखने की कोशिश कर रहा था। उसने देखा कि वह औरत भी ज़मीन पर गिर गई और बाक़ी लोगों की तरह सीधी खड़ी होकर घूरने लगी ...

बर्था जोरकिन्स की छाया ने आँखें फाड़कर अपने सामने हो रहे संघर्ष को देखा।

'अभी मत छोड़ना!' वह चिल्लाई और उसकी आवाज़ भी सेडरिक की तरह ही गूँजी, जैसे बहुत दूर से आ रही हो। 'उसे अपने तक मत पहुँचने देना, हैरी – मत छोड़ना!'

वह और बाक़ी दोनों छायादार आकृतियाँ सुनहरे जाल की अंदरूनी दीवारों पर चलने लगीं, जबकि प्राणभक्षी इसके बाहर मँडरा रहे थे ... उन दोनों के चारों तरफ़ घूमते समय वोल्डेमॉर्ट के मृत शिकार फुसफुसा रहे थे। वे हैरी का हौसला बढ़ा रहे थे और वे वोल्डेमॉर्ट से ग़ुस्से में क्या कह रहे थे, यह हैरी सुन नहीं पाया।

वोल्डेमॉर्ट की छड़ी की नोक से एक और सिर बाहर निकल रहा था ... और उसे देखते ही हैरी फ़ौरन समझ गया कि यह किसका हो सकता है ... वह जानता था, जैसे उसे उसी पल से इसकी उम्मीद हो, जब से उसने सेडरिक को छड़ी में से बाहर निकलते देखा था ... वह जानता था, क्योंकि निकलने वाली औरत वह थी, जिसकी आज रात को उसे सबसे ज़्यादा याद आई थी ...

लंबे वालों वाली एक युवा औरत की धुएँदार छाया ज़मीन पर उसी तरह गिरी, जिस तरह बर्था की छाया गिरी थी। वह सीधी खड़ी हुई और उसकी तरफ़ देखने लगी ... और हैरी, जिसके हाथ अब बुरी तरह काँपने लगे थे, अपनी माँ के भुतहा चेहरे की तरफ़ देखने लगा।

उन्होंने धीरे से कहा, 'तुम्हारे डैडी आ रहे हैं ... वे तुम्हें देखना चाहते हैं

... सब कुछ ठीक हो जाएगा ... पकड़े रहना ...'

और डैडी बाहर आए ... पहले उनका सिर, फिर उनका शरीर ... लंबे और हैरी की तरह बिखरे बालों वाले जेम्स पॉटर की धुएँदार तथा परछाईं जैसी आकृति वोल्डेमॉर्ट की छड़ी के सिरे से बाहर निकली, ज़मीन पर गिरी और फिर अपनी पत्नी की ही तरह सीधी खड़ी हो गई। वे हैरी के क़रीब आए, उसे देखा और बाक़ी लोगों की तरह ही गूँज जैसी आवाज़ में बोले। बहरहाल वे बहुत धीरे बोल रहे थे, ताकि वोल्डेमॉर्ट – जिसका चेहरा अपने चारों तरफ़ मँडराते शिकारों के कारण अब डर के मारे लाल पड़ गया था – उनकी बात न सुन पाए ...

'छड़ियों का संबंध टूटने के बाद हम सिर्फ़ कुछ पल ही रुकेंगे ... लेकिन हम तुम्हें समय देंगे ... तुम्हें आवागमन-कुंजी तक पहुँचना होगा। वह तुम्हें वापस हॉगवर्ट्स ले जाएगी ... समझ गए, हैरी?'

'हाँ,' हैरी ने कहा, जो अब अपनी छड़ी को पकड़े रखने के लिए बुरी तरह जूझ रहा था, क्योंकि यह उसकी उँगलियों से फिसलने लगी थी।

'हैरी ...' सेडरिक की आकृति ने फुसफुसाकर कहा, 'मेरी लाश भी ले जाना, ठीक है? मेरी लाश मेरे मम्मी-डैडी तक पहुँचा देना ...'

'ठीक है,' हैरी ने कहा और उसका चेहरा छड़ी पकड़ने की कोशिश के मारे भिंच गया।

'संबंध इसी समय तोड़ दो,' उसके डैडी की आवाज़ ने फुसफुसाकर कहा। 'भागने के लिए तैयार हो जाओ ... इसी समय तोड़ दो ... अभी ...'

'यह लो!' हैरी चिल्लाया। वैसे भी उसे लग रहा था कि वह अब छड़ी को पकड़े नहीं रख सकता था – उसने पूरी ताक़त से अपनी छड़ी ऊपर खींची और सुनहरी किरण का धागा टूट गया। रोशनी का पिंजरा ओझल हो गया, ज्वाला का गीत सुनाई देना बंद हो गया – लेकिन वोल्डेमॉर्ट के शिकारों की छायादार आकृतियाँ ग़ायब नहीं हुईं – वे वोल्डेमॉर्ट के चारों तरफ़ घेरा बनाने लगीं, ताकि वह हैरी को न देख पाए –

और हैरी इस तरह भागा, जिस तरह वह ज़िंदगी में पहले कभी नहीं भागा था। पास से गुज़रते समय उसने दो स्तब्ध प्राणभक्षियों को धक्का देकर गिरा दिया। वह क़ब्र के पत्थरों के पीछे से आड़ा-तिरछा भागा, क्योंकि उसे यह एहसास था कि प्राणभक्षियों के शाप उसका पीछा कर रहे थे। उसे उन शापों के क़ब्र के पत्थरों से टकराने की आवाज़ें आ रही थीं – वह शापों और क़ब्रों से बचता हुआ सेडरिक की लाश की तरफ़ भाग रहा था। उसे अपने पैर के दर्द का अब एहसास तक नहीं था। उसका पूरा ध्यान तो उस काम पर केंद्रित था, जो

उसे करना ही था –

'उसे स्तब्ध कर दो!' उसे वोल्डेमॉर्ट की चीख़ सुनाई दी।

सेडरिक की लाश से दस फ़ुट दूर हैरी ने संगमरमर के देवदूत की मूर्ति के पीछे छलाँग लगा दी, ताकि वह लाल रोशनी की चिंगारियों से बच सके। उसने देखा कि मंत्रों के टकराने से उस देवदूत का पंख टूट गया। उसने अपनी छड़ी को कसकर पकड़ लिया और भागकर देवदूत के पीछे से बाहर निकला –

'बाधितो!' वह गरजा और उसने अपनी छड़ी पीछे की तरफ़ कर दी, जहाँ प्राणभक्षी उसकी तरफ़ आ रहे थे।

दबी हुई चीख़ से वह समझ गया कि उसने कम से कम एक प्राणभक्षी को तो रोक दिया था, लेकिन अब पलटकर पीछे देखने का समय नहीं था। वह कप के ऊपर से कूदा और अपने पीछे से छड़ी के धमाकों की आवाज़ सुनकर आगे की तरफ़ छलाँग लगा दी। उसके गिरते ही उसके सिर के ऊपर से रोशनी की कई चिंगारियाँ उड़कर चली गईं। उसने सेडरिक का हाथ पकड़ने के लिए अपना हाथ फैलाया –

तभी उसे वोल्डेमॉर्ट के चिल्लाने की आवाज़ सुनाई दी, 'तुम लोग दूर खड़े रहो! उसे मैं मारूँगा! वह मेरा शिकार है!'

हैरी ने सेडरिक की कलाई को पकड़ लिया था। उसके और वोल्डेमॉर्ट के बीच में बस क़ब्र का एक पत्थर था, लेकिन सेडरिक बहुत भारी था और कप दूर था –

वोल्डेमॉर्ट की लाल आँखें अँधेरे में चमकने लगीं। हैरी ने देखा कि वोल्डेमॉर्ट के चेहरे पर तिरछी मुस्कान थिरक रही थी और वह अपनी छड़ी तान रहा था।

हैरी अपनी छड़ी त्रिकोणीय कप की तरफ़ करते हुए चिल्लाया, *'आगमनो।'*

कप हवा में उड़कर उसके पास आ गया – हैरी ने उसका हैंडल पकड़ लिया।

हैरी को वोल्डेमॉर्ट की हताश चीख़ सुनाई दी। उसी पल हैरी को अपनी नाभि के नीचे एक झटका महसूस हुआ, जिसका मतलब यह था कि आवागमन-कुंजी ने काम कर दिया था – यह अब उसे हवा और रंग के भँवर में दूर ले जा रही थी। सेडरिक भी उसके साथ था ... वे दोनों वापस लौट रहे थे ...

अध्याय पैंतीस

सत्यद्रव

हैरी धड़ाम से ज़मीन पर गिरा। उसका चेहरा घास पर टिक गया, जिसकी ख़ुशबू उसके नथुनों में भर गई। जब आवागमन-कुंजी उसे ला रही थी, तो उसने अपनी आँखें बंद कर ली थीं और गिरने के बाद भी नहीं खोलीं। वह हिला तक नहीं। उसे ऐसा लग रहा था, जैसे उसकी सारी शक्ति ख़त्म हो चुकी हो। उसका सिर इतनी बुरी तरह घूम रहा था, जैसे उसके नीचे की ज़मीन किसी जहाज़ के डेक की तरह हिल रही हो। ख़ुद को सँभाले रखने के लिए उसने उन दोनों चीज़ों को और कसकर पकड़ लिया, जिन्हें वह अब भी पकड़े हुए था - त्रिकोणीय टूर्नामेंट के कप का ठंडा हैंडल और सेडरिक का शरीर। उसे महसूस हुआ कि अगर उसने दोनों में से किसी को भी छोड़ा, तो वह अपने दिमाग़ में तैरते अँधेरे में खो जाएगा। सदमे और थकान के कारण वह घास की ख़ुशबू सूँघते हुए ज़मीन पर ही पड़ा रहा। वह इंतज़ार करने लगा ... इंतज़ार करने लगा कि कोई कुछ करेगा ... कुछ होगा ... और इस दौरान पूरे समय उसके माथे का निशान टीस करता रहा ...

शोर-शराबे से उसके कान के पर्दे फटे जा रहे थे और वह परेशानी महसूस कर रहा था। हर तरफ़ आवाज़ें, क़दमों की आहटें और चीख़ें सुनाई दे रही थीं ... वह जहाँ था, वहीं पड़ा रहा। उसने शोर को सुनकर अपना चेहरा तान लिया, जैसे यह भी कोई बुरा सपना हो, जो गुज़र जाएगा ...

फिर दो हाथों ने उसे पकड़ा और पलट दिया।

'हैरी! *हैरी!*'

उसने अपनी आँखें खोलीं।

वह सितारों से भरे आसमान की तरफ़ देख रहा था और एल्बस डम्बलडोर उसके ऊपर झुके हुए थे। लोगों की भीड़ की काली छायाएँ चारों तरफ़ से उसके क़रीब आ रही थीं। हैरी ने महसूस किया कि लोगों के तेज़-तेज़

क़दमों के कारण उसके सिर के नीचे की ज़मीन काँप रही थी।

वह बागड़ वाली भूलभुलैया के किनारे पर लौट आया था। उसे दर्शक दीर्घा दिख रही थी और वहाँ पर सितारों के नीचे लोगों की आकृतियाँ हिलती हुई दिख रही थीं।

हैरी ने कप को छोड़ दिया, लेकिन उसने सेडरिक को और कसकर पकड़ लिया। उसने अपना ख़ाली हाथ उठाया और डम्बलडोर की कलाई पकड़ ली, जबकि डम्बलडोर का चेहरा कभी दिखता, कभी ग़ायब होता रहा।

'वह लौट आया है,' हैरी फुसफुसाकर बोला। 'वोल्डेमॉर्ट लौट आया है।'

'क्या हो रहा है ? क्या हुआ ?'

हैरी के सामने कॉर्नेलियस फ़ज का चेहरा आया। यह सफ़ेद और दहशत से भरा हुआ दिख रहा था।

'हे भगवान - डिगोरी!' उसने फुसफुसाकर कहा। 'डम्बलडोर - वह तो मर गया है!'

उनकी तरफ़ आती छायादार आकृतियों ने यह बात अपने आस-पास के लोगों से फुसफुसाकर कही ... और फिर बाक़ी लोग भी रात के अँधेरे में चिल्लाए - 'वह मर गया है!' 'वह *मर गया* है!' 'सेडरिक डिगोरी *मर गया* है!'

'हैरी, उसे छोड़ दो,' उसे फ़ज की आवाज़ सुनाई दी और उसे एहसास हुआ कि कुछ उँगलियाँ सेडरिक के बेजान शरीर को उससे छुड़ाने की कोशिश कर रही हैं, लेकिन हैरी ने उसे नहीं छोड़ा।

फिर डम्बलडोर का चेहरा, जो अब भी धुँधला था, ज़्यादा क़रीब आया। 'हैरी, अब तुम उसकी मदद नहीं कर सकते। अब सब कुछ ख़त्म हो गया है। उसे छोड़ दो।'

'वह चाहता था कि मैं उसे वापस ले आऊँ,' हैरी बुदबुदाया - उसे लग रहा था कि यह बताना महत्वपूर्ण है। 'वह चाहता था कि मैं उसे उसके माता-पिता के पास ले आऊँ ...'

'यह ठीक है, हैरी ... अब बस छोड़ दो ...'

डम्बलडोर नीचे झुके। इतने बूढ़े और दुबले-पतले व्यक्ति में इतनी ज़्यादा ताक़त की कल्पना करना मुश्किल था, लेकिन उन्होंने एक ही झटके में हैरी को ज़मीन से उठाकर उसके पैरों पर खड़ा कर दिया। हैरी लहराने लगा। उसका सिर घूम रहा था। उसका घायल पैर अब उसका वज़न नहीं सँभाल सकता था। उनके चारों तरफ़ की भीड़ क़रीब आने के लिए धक्का-मुक्की कर रही थी और उसकी तरफ़ देख रही थी - 'क्या हुआ ?' 'उसके साथ क्या गड़बड़

हुई?' *'डिगोरी मर गया है!'*

'उसे अस्पताल ले जाना चाहिए!' फ़ज ज़ोर से कह रहे थे। 'वह बीमार है, वह घायल है – डम्बलडोर, डिगोरी के माता-पिता यहीं हैं, वे दर्शकदीर्घा में हैं ...'

'मैं हैरी को ले जाता हूँ, डम्बलडोर, मैं उसे ले जाता हूँ –'

'नहीं, मैं चाहूँगा कि वह यहीं रहे –'

'डम्बलडोर, एमॉस डिगोरी इधर ही आ रहा है ... वह यहीं आ रहा है ... आपको नहीं लगता कि उसे यह बात आपको ख़ुद बतानी चाहिए – इससे पहले कि वह अपने बेटे की लाश देखे – ?'

'हैरी, यहीं रुकना –'

लड़कियाँ चीख़ रही थीं और बुरी तरह सिसक रही थीं ... हैरी की आँखों के सामने का दृश्य अजीब तरीक़े से हिल रहा था ...

'ठीक है, बेटे। मैंने तुम्हें सँभाल लिया है ... चलो ... अस्पताल ...'

'डम्बलडोर ने रुकने को कहा था,' हैरी ने भारी आवाज़ में कहा। निशान के दर्द के कारण उसे ऐसा लग रहा था, जैसे उसे उल्टी होने वाली हो। उसकी देखने की शक्ति पहले से भी ज़्यादा धुँधली हो गई थी।

'तुम्हें आराम की ज़रूरत है ... चलो भी ...'

हैरी से बड़ा और ज़्यादा ताक़तवर कोई व्यक्ति उसे भयभीत भीड़ के बीच से आधा खींच रहा था और आधा उठा रहा था। हैरी ने लोगों की आहें और चीख़ें सुनीं, जब उसे सहारा देने वाला आदमी उनके बीच से रास्ता बनाते हुए उसे महल की तरफ़ ले जाने लगा। झील और डर्मस्ट्रैंग जहाज़ के पास से होते हुए वे घास भरे मैदान के पार जाने लगे। हैरी को कुछ सुनाई नहीं दे रहा था। उसे सिर्फ़ अपने पास चल रहे आदमी की साँस लेने की भारी आवाज़ें सुनाई दे रही थीं।

'क्या हुआ, हैरी?' उस आदमी ने आख़िर कहा, जब उसने हैरी को पत्थर की सीढ़ियों के ऊपर उठाया। *ठक। ठक। ठक।* वे बावरे-नैन मूडी थे।

'कप आवागमन-कुंजी था,' हैरी ने कहा, जब वे प्रवेश हॉल पार कर रहे थे। 'वह मुझे और सेडरिक को एक क़ब्रिस्तान में ले गया ... और वहाँ पर वोल्डेमॉर्ट था ... लॉर्ड वोल्डेमॉर्ट ...'

ठक। ठक। ठक। वे संगमरमर की सीढ़ियों के ऊपर चढ़ रहे थे...

'शैतानी शहंशाह वहाँ थे? फिर क्या हुआ?'

'उसने सेडरिक को मार डाला ... उसने सेडरिक को मार डाला ...'

'और फिर?'

ठक। ठक। ठक। अब वे गलियारे में चल रहे थे ...

'एक काढ़ा तैयार हुआ ... और उसे शरीर मिल गया ...'

'शैतानी शहंशाह को उनका शरीर मिल गया? वे पुनर्जीवित हो गए?'

'और फिर प्राणभक्षी आए ... और फिर हममें द्वंद्वयुद्ध हुआ ...'

'तुमने शैतानी शहंशाह के साथ द्वंद्वयुद्ध किया?'

'मैं बचकर भाग आया ... मेरी छड़ी ने एक अजीब कमाल दिखाया ... मैंने अपने मम्मी-डैडी को देखा ... वे उसकी छड़ी में से बाहर निकले थे ...'

'अंदर चलो, हैरी ... अंदर चलो और बैठ जाओ ... तुम पल भर में ठीक हो जाओगे ... इसे पी लो ...'

हैरी को ताले में चाबी लगने की आवाज़ सुनाई दी और फिर उसने महसूस किया कि उसके हाथों में एक कप आ गया है।

'इसे पी लो ... तुम्हें अच्छा लगेगा ... चलो हैरी, मैं पूरी बात जानना चाहता हूँ कि क्या-क्या हुआ था ...'

मूडी ने कप में भरे काढ़े को हैरी के मुँह में डाल दिया। उसके गले में पिपरमेंट की जलन हुई और वह खाँसने लगा। लेकिन काढ़ा पीने के बाद मूडी का ऑफ़िस साफ़ दिखाई देने लगा और ख़ुद मूडी भी ... उनका चेहरा भी फ़ज के चेहरे की तरह ही सफ़ेद दिख रहा था और उनकी दोनों आँखें बिना झपके हैरी के चेहरे पर टिकी हुई थीं।

'वोल्डेमॉर्ट लौट आए, हैरी? तुम्हें यक़ीन है कि वे लौट आए? उन्होंने यह काम कैसे किया?'

'उसने अपने पिता की क़ब्र, वर्मटेल के हाथ और मेरी बाँह से कुछ चीज़ें लीं,' हैरी ने कहा। उसके सिर का चकराना अब बंद हो चुका था। उसके निशान में अब पहले जितना दर्द नहीं हो रहा था। हालाँकि ऑफ़िस में अँधेरा था, लेकिन उसे मूडी का चेहरा साफ़ दिखाई दे रहा था। उसे अब भी दूर की क्विडिच पिच से लोगों के चीख़ने-चिल्लाने की आवाज़ें सुनाई दे रही थीं।

मूडी ने पूछा, 'शैतानी शहंशाह ने तुमसे क्या लिया?'

'ख़ून,' हैरी ने अपना हाथ उठाते हुए कहा। उसकी आस्तीन वहाँ पर फटी हुई थी, जहाँ वर्मटेल का खंजर अंदर गया था।

मूडी ने लंबी साँस छोड़ते हुए पूछा, 'और प्राणभक्षी? वे लौट आए?'

'हाँ,' हैरी ने कहा। 'बहुत सारे ...'

'शैतानी शहंशाह ने उन लोगों के साथ कैसा व्यवहार किया?' मूडी ने धीरे से पूछा। 'क्या उन्होंने उन लोगों को माफ़ कर दिया?'

लेकिन हैरी को अचानक याद आ गया। उसे डम्बलडोर को बता देना चाहिए था। उसे यह बात तत्काल बता देनी चाहिए थी - 'हॉगवर्ट्स में एक प्राणभक्षी है! यहाँ पर एक प्राणभक्षी है - उसी ने मेरा नाम आग के प्याले में डाला था, उसी ने यह इंतज़ाम किया था कि मैं यह टूर्नामेंट जीत जाऊँ -'

हैरी ने उठने की कोशिश की, लेकिन मूडी ने उसे धक्का देकर वापस बैठा दिया।

उन्होंने धीरे से कहा, 'मैं जानता हूँ कि वह प्राणभक्षी कौन है!'

'कारकारोफ़?' हैरी ने बेताबी से पूछा। 'वे कहाँ हैं? क्या आपने उन्हें पकड़ लिया है? क्या आपने उन्हें क़ैद कर लिया है?'

'कारकारोफ़?' मूडी अजीब तरीक़े से हँसते हुए बोले। 'कारकारोफ़ आज रात को भाग गया, जब उसे अपने हाथ पर बने मौत के निशान में जलन महसूस हुई। उसने शैतानी शहंशाह के बहुत से वफ़ादार समर्थकों को पकड़वाया था, इसलिए वह उनके सामने नहीं जाना चाहता था ... लेकिन मुझे नहीं लगता कि वह ज़्यादा दूर तक जा पाएगा। शैतानी शहंशाह के पास अपने दुश्मनों तक पहुँचने के बहुत सारे तरीक़े हैं।'

'कारकारोफ़ *चले गए?* वे भाग गए? लेकिन इसका मतलब तो यह है कि उन्होंने मेरा नाम कप में नहीं डाला था?'

'नहीं,' मूडी ने धीरे से कहा। 'नहीं, उसने तुम्हारा नाम कप में नहीं डाला था। यह काम तो मैंने किया था।'

हैरी ने यह बात सुन तो ली, लेकिन उसे इस पर यक़ीन नहीं हुआ।

'नहीं, आपने नहीं डाला,' उसने कहा। 'आपने यह काम नहीं किया ... आप यह काम कर ही नहीं सकते थे ...'

'मैं तुम्हें यक़ीन दिलाता हूँ कि यह काम मैंने ही किया था,' मूडी ने कहा। उनकी जादुई आँख चारों तरफ़ घूमी और दरवाज़े पर टिक गई। हैरी जानता था कि वे यह जाँच कर रहे होंगे कि कहीं कोई दरवाज़े के बाहर तो नहीं खड़ा है। मूडी ने अपनी छड़ी बाहर निकाली और हैरी की तरफ़ तान दी।

'तो वोल्डेमॉर्ट ने उन्हें माफ़ कर दिया?' उन्होंने कहा। 'उन प्राणभक्षियों को, जो आज़ाद थे? जो अज़्काबान जाने से बच गए थे?'

'क्या?' हैरी ने कहा।

वह उस छड़ी की तरफ़ देख रहा था, जो मूडी ने उसकी तरफ़ तान रखी

थी। यह एक बेहूदा मज़ाक़ होगा। यह और क्या हो सकता है?

मूडी धीरे से बोले, 'मैंने तुमसे पूछा कि क्या वोल्डेमॉर्ट ने उन घटिया लोगों को माफ़ कर दिया, जो कभी उनकी तलाश करने नहीं गए। वे गद्दार कायर, जो उनके लिए अज़्काबान भी नहीं गए। आस्थाविहीन, नाकारा लोग, जिनमें क्विडिच वर्ल्ड कप में नक़ाब पहनकर रंगरेलियाँ मनाने की हिम्मत तो थी, लेकिन जब मैंने आसमान में मौत का निशान प्रकट किया, तो उसे देखकर वे दुम दबाकर भाग गए।'

'मौत का निशान *आपने* प्रकट किया था ... आप यह क्या कह रहे हैं ...?'

'मैंने तुमसे कहा था ना, हैरी ... मैंने तुमसे पहले भी कहा था। मुझे सबसे ज़्यादा नफ़रत आज़ाद घूमने वाले प्राणभक्षियों से है। जब उनके मालिक को उनकी सबसे ज़्यादा ज़रूरत थी, तब उन्होंने अपने मालिक की तरफ़ पीठ फेर ली। मैं उम्मीद कर रहा था कि मालिक उन्हें सज़ा देंगे। मैं उम्मीद कर रहा था कि वे उन्हें यातना देंगे। मुझे बताओ कि मालिक ने उन्हें यातना दी थी, हैरी ...' मूडी के चेहरे पर अचानक एक पागलपन भरी मुस्कान आ गई। 'मुझे बताओ कि उन्होंने प्राणभक्षियों से यह कहा था कि सिर्फ़ मैं ही उनका वफ़ादार हूँ ... मैंने हर तरह का जोखिम लिया, ताकि मैं उन तक वह चीज़ पहुँचा दूँ, जिसकी उन्हें सबसे ज़्यादा ज़रूरत थी ... *तुम।*'

'आप नहीं ... यह – यह आप नहीं कर सकते ...'

'तो फिर चौथे स्कूल की तरफ़ से आग के प्याले में तुम्हारा नाम किसने डाला? मैंने डाला। किसने हर उस व्यक्ति को डराया, जो मेरे हिसाब से तुम्हें चोट पहुँचा सकते थे या तुम्हें टूर्नामेंट जीतने से रोक सकते थे? मैंने किया। किसने हैग्रिड को उकसाया कि वह तुम्हें ड्रैगन दिखा दे? मैंने किया। किसने तुम्हें यह बताया कि ड्रैगन को हराने का एकमात्र तरीक़ा क्या था? *मैंने किया।*'

मूडी की जादुई आँख अब दरवाज़े के बजाय हैरी पर टिक गई थी। उनका खुला मुँह अब पहले से भी ज़्यादा बुरा दिख रहा था। 'हैरी, बिना शक पैदा किए इन कामों में तुम्हारी मदद करना आसान नहीं था। मुझे अपनी पूरी चालाकी का इस्तेमाल करना पड़ा, ताकि किसी को तुम्हारी सफलता में मेरा हाथ नज़र न आए। अगर तुम हर काम में आसानी से सफल हो जाते, तो डम्बलडोर को शक हो जाता। मैं चाहता था कि तुम भूलभुलैया में पहुँच जाओ – बाक़ी प्रतियोगियों से थोड़ा आगे। मैं जानता था कि उस स्थिति में मैं बाक़ी चैंपियनों को रास्ते से हटाकर तुम्हारा रास्ता साफ़ कर दूँगा। लेकिन मुझे तुम्हारी मूर्खता से भी निबटना था। दूसरा काम ... उस काम में मुझे यह डर लगा था कि मैं कामयाब नहीं हो पाऊँगा। मैं तुम पर नज़र रख रहा था, पॉटर। मैं

जानता था कि तुम अंडे के सुराग़ को नहीं समझ पाए हो, इसलिए मुझे तुम्हें दूसरा इशारा भी करना पड़ा –'

हैरी ने भारी गले से कहा, 'आपने नहीं, सेडरिक ने मुझे इशारा किया था –'

'और सेडरिक को किसने बताया था कि उसे अपने अंडे को पानी के नीचे खोलना है? मैंने बताया था। मुझे यक़ीन था कि वह तुम्हें भी यह बात बता देगा। शरीफ़ लोगों को धोखा देना कितना आसान होता है, पॉटर! मुझे यक़ीन था कि चूँकि तुमने उसे ड्रैगन के बारे में बताया था, इसलिए वह तुम्हारा एहसान उतारने के लिए तुम्हें अंडे के सुराग़ को समझने का तरीक़ा बता देगा और उसने ऐसा ही किया। लेकिन फिर भी, पॉटर, फिर भी तुम्हारे हारने की संभावना दिख रही थी। मैं हर समय देख रहा था ... लाइब्रेरी में घंटों की पढ़ाई। क्या तुम्हें यह एहसास नहीं था कि जिस पुस्तक की तुम्हें ज़रूरत थी, वह पहले से ही तुम्हारे कमरे में मौजूद थी? मैंने उसे वहाँ बहुत पहले ही पहुँचा दिया था। मैंने वह पुस्तक लॉंगबॉटम नाम के लड़के को दे दी थी, क्या तुम्हें याद नहीं है? *जादुई भूमध्यसागरीय जल-पौधे और उनके गुण।* वह पुस्तक तुम्हें गिलवर्धक पौधे के बारे में सब कुछ बता देती। मुझे उम्मीद थी कि तुम सबसे मदद माँगोगे। लॉंगबॉटम तुम्हें एक पल में बता देता। लेकिन तुमने ऐसा नहीं किया ... तुमने ऐसा नहीं किया ... तुम्हारा घमंड और तुम्हारी आत्मनिर्भरता मिलकर मेरा सारा खेल चौपट कर सकते थे।

'तो अब मैं क्या कर सकता था? मुझे किसी और मासूम स्रोत से तुम तक जानकारी पहुँचानी थी। तुमने मुझे यूल डांस में बताया था कि डॉबी नाम के घरेलू जिन्न ने तुम्हें क्रिसमस का तोहफ़ा दिया था। मैंने अपने दुशाले धोने के लिए देने के बहाने से उस घरेलू जिन्न को स्टाफ़ रूम में बुलवाया। उसके सामने मैंने प्रोफ़ेसर मैक्गॉनेगल के साथ उन बंधकों की बात छेड़ी, जिन्हें ले जाया गया था। मैंने उसके सामने प्रोफ़ेसर मैक्गॉनेगल से जान-बूझकर पूछा कि क्या पॉटर के मन में गिलवर्धक पौधे का इस्तेमाल करने का विचार आएगा। और तुम्हारा जिन्न दोस्त सीधे स्नेप की अलमारी तक गया और वहाँ से गिलवर्धक पौधे को चुराकर तुम्हारे पास पहुँच गया ...'

मूडी की छड़ी अब भी हैरी के सीने की तरफ़ तनी हुई थी। उनके पीछे दीवार पर लगे शत्रु-दर्पण में धुँधली आकृतियाँ मँडरा रही थीं। 'पॉटर, तुम झील में इतनी देर तक रहे कि मुझे लगा कि तुम डूब गए हो। लेकिन क़िस्मत से डम्बलडोर ने तुम्हारी मूर्खता को तुम्हारी महानता मान लिया और तुम्हें उसके लिए अच्छे नंबर दिए। तब जाकर मैंने खुलकर साँस ली।'

'ज़ाहिर है, आज रात को भूलभुलैया में तुम्हारे सामने कम बाधाएँ आई

थीं,' मूडी ने कहा। 'ऐसा इसलिए था क्योंकि मैं उसके चारों तरफ़ पहरा दे रहा था। मैं अपनी जादुई आँख से बागड़ की दीवार के पार देख सकता था और तुम्हारे रास्ते की बाधाओं को शाप से हटा सकता था। जब फ़्लर डेलाकोर पास से गुज़री, तो मैंने उसे स्तब्ध कर दिया। मैंने क्रम को सम्मोहन शाप दे दिया, ताकि वह डिगोरी को ख़त्म कर दे और कप तक पहुँचने का तुम्हारा रास्ता साफ़ हो जाए।'

हैरी मूडी को घूरने लगा। उसे समझ में नहीं आ रहा था कि यह कैसे हो सकता है ... डम्बलडोर के दोस्त, मशहूर ऑरर ... जिन्होंने इतने सारे प्राणभक्षियों को पकड़ा था ... यह समझ में नहीं आ रहा था ... बिलकुल भी समझ में नहीं आ रहा था ...

शत्रु-दर्पण की धुँधली आकृतियाँ अब साफ़ होती जा रही थीं। हैरी को मूडी के पीछे तीन लोगों की आकृतियाँ क़रीब आती दिख रही थीं। लेकिन मूडी उन्हें नहीं देख रहे थे। उनकी जादुई आँख तो हैरी पर टिकी हुई थी।

'पॉटर, शैतानी शहंशाह तुम्हें नहीं मार पाए, जबकि ऐसा करने की उनकी बहुत प्रबल इच्छा थी,' मूडी ने फुसफुसाकर कहा। 'ज़रा सोचो तो सही, जब उन्हें यह पता चलेगा कि मैंने उनका यह काम कर दिया है, तो वे मुझे कितना बड़ा इनाम देंगे। मैंने तुम्हें उन तक पहुँचाया था – जब उन्हें पुनर्जीवित होने के लिए तुम्हारी सबसे ज़्यादा ज़रूरत थी – और फिर मैंने तुम्हें मार भी डाला। मुझे बाक़ी सभी प्राणभक्षियों से ज़्यादा सम्मान मिलेगा। मैं उनका सबसे प्रिय और क़रीबी समर्थक बन जाऊँगा ... वे मुझे बेटे से भी ज़्यादा क़रीब जगह देंगे ...'

मूडी की सामान्य आँख बाहर निकली पड़ रही थी और उनकी जादुई आँख हैरी पर टिकी हुई थी। दरवाज़ा बंद था और हैरी जानता था कि वह समय रहते अपनी छड़ी तक कभी नहीं पहुँच पाएगा ...

'शैतानी शहंशाह और मैं,' मूडी ने कहा, जो अब पूरी तरह से पागल दिख रहे थे और हैरी को घूरे जा रहे थे, 'हम दोनों में काफ़ी समानताएँ हैं। उदाहरण के लिए, हम दोनों के ही पिता बहुत निराशाजनक थे ... निश्चित रूप से बहुत ही निराशाजनक। हम दोनों को ही अपने पिताओं के नाम का बोझ उठाकर अपमानित होना पड़ा। और हम दोनों को ही अपने पिताओं को मारने का सुख मिला ... बहुत बड़ा सुख मिला, क्योंकि शैतानी जादूगरों के कुनबे की प्रगति के लिए यह काम ज़रूरी था!'

'तुम पागल हो,' हैरी ने कहा – वह ख़ुद को नहीं रोक पाया – 'तुम पागल हो!'

'पागल और मैं ?' मूडी ने कहा और उनकी आवाज़ बहुत ऊँची हो गई।

'हम देखते हैं! हम देखते हैं कि कौन पागल है! अब शैतानी शहंशाह लौट आए हैं और मैं उनके साथ हूँ! वे लौट आए हैं, हैरी पॉटर, तुम उन्हें नहीं हरा पाए – और अब – मैं तुम्हें हराता हूँ!'

मूडी ने अपनी छड़ी उठाई और अपना मुँह खोला। हैरी ने अपना हाथ अपने दुशाले में डाला –

'स्तब्धो!' चौंधियाती लाल रोशनी हुई और मूडी के ऑफ़िस का दरवाज़ा धमाके के साथ टूटकर गिर गया –

मूडी ऑफ़िस के फ़र्श पर पीछे की तरफ़ गिर पड़े। हैरी अब भी उसी जगह देख रहा था, जहाँ मूडी का चेहरा था। उसने देखा कि शत्रु-दर्पण में से एल्बस डम्बलडोर, प्रोफ़ेसर स्नेप और प्रोफ़ेसर मैक्गॉनेगल उसे देख रहे हैं। उसने चारों तरफ़ देखा। वे तीनों दरवाज़े पर खड़े थे। डम्बलडोर सबसे आगे थे और उनकी छड़ी तनी हुई थी।

उस पल हैरी को पहली बार समझ में आया कि लोग यह क्यों कहते थे कि डम्बलडोर ही इकलौते जादूगर हैं, जिनसे वोल्डेमॉर्ट डरता था। बावरे-नैन मूडी के बेहोश शरीर को देखते समय डम्बलडोर के चेहरे पर एक ऐसा भयंकर भाव था, जिसकी हैरी कभी कल्पना भी नहीं कर सकता था। डम्बलडोर के चेहरे पर कोई ममतामयी मुस्कान नहीं थी; चश्मे के पीछे दिखती उनकी आँखों में कोई चमक नहीं थी। इसके बजाय उनके बूढ़े चेहरे की हर लकीर में आवेश की झलक थी। डम्बलडोर के शरीर से शक्ति इस तरह प्रवाहित हो रही थी, जैसे गर्मी निकल रही हो।

डम्बलडोर ऑफ़िस के अंदर आए। उन्होंने मूडी के बेहोश शरीर के नीचे अपना एक पैर रखा और उन्हें पलट दिया, ताकि उनका चेहरा दिख सके। स्नेप उनके पीछे आए और शत्रु-दर्पण में देखने लगे, जहाँ उनका ग़ुस्से से भरा चेहरा अब भी दिख रहा था।

प्रोफ़ेसर मैक्गॉनेगल सीधे हैरी के पास गईं।

'चलो पॉटर,' वे फुसफुसाईं। उनके मुँह की पतली रेखा हिल रही थी, जैसे वे रोने ही वाली हों। 'चलो ... अस्पताल चलो ...'

'नहीं,' डम्बलडोर ने तीखी आवाज़ में कहा।

'डम्बलडोर, उसे अस्पताल जाना चाहिए – उसकी हालत तो देखिए – आज रात उसने काफ़ी मुसीबत झेली है –'

'मिनर्वा, वह यहीं रुकेगा, क्योंकि उसे यह सब समझने की ज़रूरत है,' डम्बलडोर ने कहा। 'समझना स्वीकार करने की दिशा में पहला क़दम है और

सिर्फ़ स्वीकार करने के बाद ही कोई चीज़ सुधर सकती है। उसे यह जानने की ज़रूरत है कि आज रात को उसने जो कुछ सहन किया है, वह किसके कारण और क्यों किया है।'

'मूडी,' हैरी ने कहा। उसे अब भी भरोसा नहीं हो रहा था। 'ये मूडी कैसे हो सकते हैं?'

'यह अलैस्टर मूडी नहीं है,' डम्बलडोर ने धीरे से कहा। 'तुम अलैस्टर मूडी को नहीं जानते। असली मूडी आज रात की घटना के बाद तुम्हें कभी मेरे सामने से नहीं हटाता। जिस पल वह तुम्हें ले गया, मैं समझ गया – और पीछे आ गया।'

डम्बलडोर मूडी के बेहोश शरीर पर झुके और उसके दुशाले में हाथ डाला। उन्होंने मूडी का थर्मस बाहर निकाला और एक छल्ले में लगी चाबियाँ भी। फिर वे प्रोफ़ेसर मैक्गॉनेगल और स्नेप की तरफ़ मुड़े।

'सीवियरस, तुम अपने पास रखा सबसे सशक्त सत्यद्रव लेकर आओ। इसके बाद तुम किचन में जाकर विंकी नाम की घरेलू जिन्न को बुला लाओ। मिनर्वा, तुम हैग्रिड के घर जाओ। वहाँ तुम्हें कद्दू के बग़ीचे में एक बड़ा काला कुत्ता बैठा मिलेगा। उस कुत्ते को मेरे ऑफ़िस में पहुँचा देना और उसे बता देना कि मैं कुछ समय बाद आकर उससे वहीं पर मिलूँगा। इसके बाद तुम यहाँ लौट आना।'

अगर स्नेप या मैक्गॉनेगल को इन निर्देशों में कोई बात अजीब लगी भी हो, तो भी उन्होंने अपनी उलझन को प्रकट नहीं किया। दोनों ही तत्काल मुड़े और ऑफ़िस से चले गए। डम्बलडोर सात तालों वाले संदूक की तरफ़ बढ़े। उन्होंने पहले ताले में पहली चाबी लगाकर उसे खोला। संदूक में मंत्रों की पुस्तकों का ढेर रखा दिखा। डम्बलडोर ने संदूक बंद कर दिया और फिर दूसरे ताले में दूसरी चाबी लगाकर संदूक दोबारा खोला। अब मंत्रों की पुस्तकें ग़ायब हो चुकी थीं। पुस्तकों के बजाय अब उसमें बहुत सी चीज़ें पड़ी थीं : टूटे हुए मुख़बिर यंत्र, चर्मपत्र, क़लमें और एक सफ़ेद अदृश्य चोगा। हैरी ने हैरानी से देखा, जब डम्बलडोर ने तालों में चौथी, पाँचवीं और छठी चाबियाँ लगाईं। हर बार संदूक में नया सामान दिखाई दिया। फिर जैसे ही उन्होंने ताले में सातवीं चाबी लगाकर ढक्कन खोला, हैरानी के मारे हैरी की चीख़ निकल गई।

वहाँ पर एक तरह का गड्ढा था। यह एक भूमिगत कमरे जैसा था और उसमें दस फ़ुट नीचे फ़र्श पर कोई लेटा हुआ था। वह गहरी नींद में सो रहा था और काफ़ी दुबला-पतला दिख रहा था। वह और कोई नहीं, बल्कि असली बावरे-नैन मूडी थे। उनका लकड़ी वाला पैर ग़ायब था, उनकी जादुई आँख का कोटर पलकों के नीचे ख़ाली था और उनके उलझे हुए बालों के कई गुच्छे भी

ग़ायब थे। हैरी ने कभी संदूक में सोते मूडी को हैरानी से देखा, तो कभी ऑफ़िस के फ़र्श पर पड़े अचेत मूडी को सदमे से घूरा।

डम्बलडोर संदूक में उतरकर सो रहे मूडी के पास पहुँच गए। वे उनकी जाँच करने के लिए झुके।

'उसे स्तब्ध किया गया है – उसे सम्मोहन शाप से नियंत्रित किया जा रहा है – वह बहुत कमज़ोर है,' उन्होंने कहा। 'ज़ाहिर है, उसे ज़िंदा रखना ज़रूरी था। हैरी, नक़ली मूडी का चोगा उतार दो, अलैस्टर को ठंड लग रही होगी। मैडम पॉमफ़्री को उसकी देखभाल करनी होगी, लेकिन उसे तत्काल कोई ख़तरा नहीं है।'

हैरी ने उनके आदेश का पालन किया। डम्बलडोर ने मूडी पर चोगा डाल दिया और दोबारा संदूक के बाहर आ गए। फिर उन्होंने डेस्क पर रखे थर्मस को उठाया और उसका ढक्कन खोलकर उसे उल्टा कर दिया। ऑफ़िस के फ़र्श पर एक गाढ़ा द्रव गिर गया।

'हैरी, भेसबदल काढ़ा,' डम्बलडोर ने कहा। 'तुमने देखा कि यह कितना आसान और बेहतरीन तरीक़ा था। क्योंकि मूडी कभी अपने थर्मस के अलावा किसी चीज़ से नहीं *पीता* था ... सभी लोग उसकी इस आदत के बारे में जानते थे। ज़ाहिर है, काढ़ा बनाने के लिए उस बहुरूपिए को असली मूडी को आस-पास रखने की ज़रूरत थी। तुमने उसके बाल देखे ...' डम्बलडोर ने संदूक वाले मूडी की तरफ़ देखा। 'बहुरूपिए उन्हें पूरे साल काटता रहा है, देखा वे कहाँ से कटे हुए हैं? लेकिन मुझे लगता है कि आज रात के रोमांच में नक़ली मूडी शायद भेसबदल काढ़े को उतनी बार पीना भूल गया होगा, जितनी बार उसे पीना चाहिए था ... हर घंटे ... हम देखेंगे।'

डम्बलडोर ने डेस्क की कुर्सी खींची और उस पर बैठ गए। उनकी आँखें फ़र्श पर पड़े बेहोश मूडी पर टिकी हुई थीं। हैरी भी मूडी को घूरता रहा। कुछ मिनट तक ख़ामोशी छाई रही।

फिर हैरी की आँखों के सामने फ़र्श पर पड़े आदमी का चेहरा बदलने लगा। निशान ग़ायब होने लगे। चमड़ी एक बार फिर चिकनी होने लगी। टूटी-फूटी नाक साबुत होने लगी और सिकुड़ने लगी। उलझे हुए लंबे सफ़ेद बाल अब खोपड़ी के भीतर जा रहे थे और हल्के पीले रंग के बालों में बदल रहे थे। अचानक, एक ज़ोरदार *खट्ट* की आवाज़ के साथ लकड़ी का पैर नीचे गिर गया और उसकी जगह पर एक सामान्य पैर आ गया। अगले ही पल उस आदमी के चेहरे से जादुई आँख निकलकर बाहर गिर गई और उसकी जगह पर एक असली आँख आ गई। जादुई आँख फ़र्श पर घूमने लगी और हर दिशा

में देखने लगी।

हैरी ने देखा कि उसके सामने एक पीले और थोड़े चकत्तेदार चेहरे वाला आदमी पड़ा हुआ था, जिसके बाल सुंदर थे। हैरी जानता था कि वह कौन है। उसने उसे डम्बलडोर के स्मृति पात्र में देखा था। उसने देखा था कि दमपिशाच उसे अदालत से ले जा रहे थे। उसने देखा था कि वह मिस्टर क्राउच को यह यक़ीन दिलाने की कोशिश कर रहा था कि वह बेक़सूर है ... लेकिन अब उसकी आँखों के चारों तरफ़ झुर्रियाँ थीं और उसकी उम्र ज़्यादा लग रही थी ...

बाहर गलियारे में तेज़-तेज़ क़दमों की आवाज़ सुनाई दी। स्नेप विंकी को लेकर लौट आए थे। प्रोफ़ेसर मैक्गॉनेगल उनके ठीक पीछे थीं।

'क्राउच!' स्नेप ने कहा और दरवाज़े पर ही ठिठक गए। 'बार्टी क्राउच!'

'हे भगवान,' प्रोफ़ेसर मैक्गॉनेगल ने कहा। वे भी रुककर फ़र्श पर पड़े आदमी को घूरती रहीं।

गंदे और अस्त-व्यस्त हुलिए वाली विंकी स्नेप के पैरों के पास से देखने लगी। उसका मुँह खुला रह गया और वह ज़ोर से चीख़ी, 'मास्टर बार्टी, मास्टर बार्टी, आप यहाँ क्या कर रहे हैं?'

वह छलाँग लगाकर उस युवक के सीने पर गिर पड़ी। 'आपने उसे मार डाला! आपने उसे मार डाला! आपने मेरे मालिक के बेटे को मार डाला!'

'हमने उसे बस स्तब्ध किया है, विंकी,' डम्बलडोर ने कहा। 'दूर हट जाओ। सीवियरस, तुम काढ़ा ले आए?'

स्नेप ने डम्बलडोर को पारदर्शी द्रव की एक छोटी सी शीशी दी। यह वही सत्य-द्रव था, जिसके इस्तेमाल की धमकी उन्होंने हैरी को क्लास में दी थी। डम्बलडोर उठकर खड़े हुए, फ़र्श पर पड़े आदमी के ऊपर झुके और उसे शत्रु-दर्पण के नीचे वाली दीवार से टिकाकर बैठा दिया। शत्रु-दर्पण में अब भी डम्बलडोर, स्नेप और मैक्गॉनेगल के प्रतिबिंब उन सभी को ग़ुस्से से घूर रहे थे। विंकी अपने घुटनों के बल बैठी-बैठी काँपती रही और उसने अपने हाथ चेहरे पर रख लिए। डम्बलडोर ने उस आदमी का मुँह खोला और उसमें सत्य-द्रव की तीन बूँदें टपका दीं। फिर उन्होंने अपनी छड़ी उसके सीने की तरफ़ करते हुए कहा, *'सजीवो।'*

क्राउच के बेटे ने अपनी आँखें खोल लीं। उसका चेहरा सुस्त था और आँखें शून्य में ताक रही थीं। डम्बलडोर उसके सामने घुटनों के बल झुक गए, ताकि उनके चेहरे समान ऊँचाई पर रहें।

डम्बलडोर ने धीरे से पूछा, 'क्या तुम्हें मेरी आवाज़ सुनाई दे रही है?'

उस आदमी ने पलकें झपकाईं और बुदबुदाकर कहा, 'हाँ।'

डम्बलडोर धीरे से बोले, 'अब तुम हमें यह बताओ कि तुम यहाँ कैसे पहुँचे? तुम अज़्काबान से कैसे भागे?'

क्राउच ने एक गहरी, काँपती हुई साँस ली और फिर भावहीन आवाज़ में बोलने लगा, 'मेरी माँ ने मुझे बचाया था। वे जानती थीं कि वे मरने वाली हैं। उन्होंने मेरे पिता को राज़ी कर लिया कि वे उनकी आख़िरी इच्छा पूरी कर दें और मुझे बचा लें। मेरे पिता उनसे बहुत प्यार करते थे, जो उन्होंने मुझसे कभी नहीं किया। वे इसके लिए तैयार हो गए। वे दोनों मुझसे मिलने आए। उन्होंने मुझे भेसबदल काढ़ा पिलाया, जिसमें मेरी माँ का एक बाल था। मेरी माँ ने भी भेसबदल काढ़ा पिया, जिसमें मेरा एक बाल था। हम दोनों ने एक-दूसरे का रूप ले लिया।'

विंकी अपना सिर हिला रही थी और काँप रही थी। 'आगे कुछ मत बोलना, मास्टर बार्टी, आगे कुछ मत बोलना। तुम अपने पिता को मुसीबत में फँसा रहे हो!'

लेकिन क्राउच ने एक और गहरी साँस खींची तथा उसी सपाट आवाज़ में आगे बोलता गया। 'दमपिशाच अंधे होते हैं। उन्होंने एक स्वस्थ और एक मर रहे व्यक्ति को अज़्काबान में आते हुए महसूस किया। उन्होंने एक स्वस्थ और एक मर रहे व्यक्ति को वहाँ से जाते हुए महसूस किया। मेरे पिता ने मुझे चोरी-छिपे बाहर निकाल लिया। मैं अपनी माँ के वेष में था, ताकि अगर कोई क़ैदी सलाखों के पीछे से देख रहा हो, तो उसे शक न हो।

'मेरी माँ कुछ ही समय बाद अज़्काबान में मर गईं। वे आख़िर तक सावधानीपूर्वक भेसबदल काढ़ा पीती रहीं। उन्हें मेरे नाम और हुलिए में दफ़नाया गया। सबको यही यक़ीन था कि मैं ही मर गया था।'

उस आदमी की पलकें झपकीं।

डम्बलडोर ने धीरे से पूछा, 'और घर पर लाने के बाद तुम्हारे पिता ने तुम्हारे साथ क्या किया?'

'मेरी माँ की मौत का नाटक किया। एक शांत, गोपनीय अंत्येष्टि। सच तो यह है कि मेरी माँ की क़ब्र ख़ाली है। घरेलू जिन्न विंकी ने मेरी देखभाल करके मुझे स्वस्थ किया। फिर मुझे छिपाना था। मुझे नियंत्रित किया जाना था। मुझे क़ाबू में करने के लिए मेरे पिता को बहुत से मंत्रों का इस्तेमाल करना पड़ा। जब मुझमें ताक़त आ गई, तो मैं सिर्फ़ अपने मालिक को खोजने ... उनकी सेवा में लौटने के बारे में सोचने लगा।'

डम्बलडोर ने पूछा, 'तुम्हारे पिता ने तुम पर क़ाबू कैसे किया?'

'सम्मोहन शाप से,' क्राउच ने कहा। 'मैं अपने पिता के पूरे नियंत्रण में था। मुझे दिन-रात अदृश्य चोगा पहनने के लिए मजबूर किया जाता था, ताकि कोई मुझे देख न ले। मैं हमेशा घरेलू जिन्न विंकी के साथ रहता था। वह मेरी पहरेदार और सेवक थी। उसे मुझ पर तरस आता था। उसी ने मेरे पिता को तैयार किया कि वे मेरे अच्छे व्यवहार के लिए कभी-कभार मुझे इनाम दिया करें।'

'मास्टर बार्टी, मास्टर बार्टी,' विंकी ने अपने हाथों के बीच से सुबकते हुए कहा। 'तुम्हें इन लोगों को यह सब नहीं बताना चाहिए। हम लोग मुश्किल में पड़ जाएँगे ...'

डम्बलडोर ने धीरे से कहा, 'क्या किसी को कभी पता चला कि तुम अब भी ज़िंदा हो? मेरा मतलब है, क्या तुम्हारे पिता और घरेलू जिन्न के अलावा किसी को पता चला?'

'हाँ,' क्राउच ने कहा और उसकी पलकें एक बार फिर झपकीं। 'मेरे पिता के ऑफ़िस की जादूगरनी बर्था जोरकिन्स यह बात जान गई थी। एक दिन वह कुछ काग़ज़ों पर मेरे पिता के दस्तख़त करवाने के लिए घर आई थी। वे घर पर नहीं थे। विंकी उसे अंदर बैठाकर किचन में मेरे पास आ गई। लेकिन बर्था जोरकिन्स ने विंकी को मुझसे बातें करते हुए सुन लिया। वह तहक़ीक़ात करने आई। उसने जो बातें सुनी थीं, उनसे उसने अंदाज़ा लगा लिया कि अदृश्य चोगे के नीचे कौन छिपा था। मेरे पिता जब घर लौटे, तो बर्था ने उनसे इस बारे में पूछताछ की। उन्होंने उसके दिमाग़ से यह बात भुलाने के लिए उस पर बहुत सशक्त स्मृति सम्मोहन कर दिया। बहुत ही सशक्त। उनका कहना था कि इससे उसकी याददाश्त हमेशा के लिए बिगड़ जाएगी।'

'वह मेरे मालिक के निजी मामले में दख़ल देने क्यों आई थी?' विंकी ने सुबकते हुए कहा। 'उसने हमें अकेला क्यों नहीं छोड़ा?'

डम्बलडोर ने कहा, 'मुझे क्विडिच वर्ल्ड कप के बारे में बताओ।'

क्राउच ने अपनी भावहीन आवाज़ में कहा, 'विंकी ने मेरे पिता से इस बारे में मिन्नतें कीं। उसने उन्हें महीनों तक मनाने की कोशिश की। मैं बरसों से घर के बाहर नहीं निकला था। मुझे क्विडिच से प्रेम था। उसने कहा, लड़के को बाहर निकलने दो। वह अपना अदृश्य चोगा पहनकर मैच देख लेगा। उसे एक बार तो खुली हवा में साँस लेने दो। उसने कहा कि अगर मेरी माँ ज़िंदा होतीं, तो वे भी यही चाहतीं। उसने मेरे पिता से कहा कि मेरी माँ मुझे आज़ादी दिलाने के लिए मरी थीं। उन्होंने मेरी ज़िंदगी इसलिए नहीं बचाई थी कि मैं हमेशा घर में ही क़ैद रहूँ। आख़िरकार वे मान गए।

'आगे की योजना बहुत सावधानी से बनाई गई। मेरे पिता मुझे और

विंकी को उस दिन काफ़ी पहले ही टॉप बॉक्स में बैठा आए थे। विंकी को सभी से यह कहना था कि उसने मेरे पिता के लिए जगह रोक रखी है। मुझे वहाँ पर अदृश्य चोगा पहनकर बैठना था। सभी लोगों के बॉक्स में से बाहर निकलने के बाद हमें बाहर निकलना था। लोगों को सिर्फ़ विंकी ही नज़र आती। किसी को भी मेरे होने का पता नहीं चलता।

'लेकिन विंकी यह बात नहीं जानती थी कि मेरी ताक़त बढ़ने लगी थी। मैं अपने पिता के सम्मोहन शाप से लड़ने लगा था। ऐसे कई दौर आते थे, जब मैं उनके शाप से पूरी तरह मुक्त हो जाता था, जब मैं उनके नियंत्रण के बाहर हो जाता था। टॉप बॉक्स में भी यही हुआ। यह गहरी नींद से जागने जैसा एहसास था। मैंने ख़ुद को दर्शकों के, मैच के बीच में पाया। मुझे अपने सामने बैठे लड़के की जेब से एक छड़ी बाहर निकलती दिखी। अज़्काबान से लौटने के बाद से मुझे कभी छड़ी रखने की इज़ाज़त नहीं मिली थी। मैंने उसकी छड़ी चुरा ली। विंकी को पता ही नहीं चल पाया। विंकी को ऊँची जगहों से डर लगता है, इसलिए उसने अपना चेहरा छिपा रखा था।'

'मास्टर बार्टी, गंदे लड़के!' विंकी ने फुसफुसाते हुए कहा। उसकी उँगलियों के बीच से आँसू बह रहे थे।

'तो तुमने छड़ी चुरा ली,' डम्बलडोर ने कहा, 'और तुमने इससे क्या किया ?'

'हम वापस अपने तंबू में लौट आए,' क्राउच ने कहा। 'फिर हमने उन प्राणभक्षियों की आवाज़ें सुनीं, जो कभी अज़्काबान नहीं गए थे; जिन्होंने कभी मेरे मालिक के लिए कष्ट नहीं उठाए थे; जिन्होंने उनकी तरफ़ पीठ फेर ली थी। वे उस तरह क़ैद नहीं थे, जिस तरह मैं था। वे उन्हें खोजने के लिए आज़ाद थे, लेकिन उन्होंने ऐसा नहीं किया। वे मगलुओं के साथ खिलवाड़ करने में लगे थे। उनकी आवाज़ों से जैसे मैं जाग गया। मेरा दिमाग़ अब इतना स्पष्ट था, जितना कई सालों में पहली बार हुआ था। मैं नाराज़ था। मेरे पास छड़ी थी। मैं मालिक से गद्दारी करने के लिए उन पर हमला करना चाहता था। मेरे पिता तंबू से बाहर चले गए। वे मगलुओं को उनसे छुड़ाने गए थे। विंकी मुझे इतना नाराज़ देखकर घबरा गई। उसने अपनी नस्ल के जादू का इस्तेमाल करके मुझे अपने साथ बाँध लिया। वह मुझे तंबू से बाहर निकालकर जंगल में ले गई, ताकि मैं प्राणभक्षियों से दूर रह सकूँ। मैंने उसे रोकने की कोशिश की। मैं कैंपसाइट लौटना चाहता था। मैं उन प्राणभक्षियों को दिखाना चाहता था कि शैतानी शहंशाह के प्रति वफ़ादारी का क्या मतलब होता है! मैं उनकी गद्दारी के लिए उन्हें सज़ा भी देना चाहता था। चुराई हुई छड़ी का इस्तेमाल करके मैंने आसमान में मौत का निशान उत्पन्न कर दिया।

'फिर वहाँ मंत्रालय के जादूगर आ गए। उन्होंने हर तरफ़ स्तब्धीकरण मंत्रों की बौछार कर दी। एक मंत्र उन पेड़ों के बीच से होता हुआ आया, जहाँ विंकी और मैं खड़े थे। हमें जोड़ने वाला बंधन टूट गया। हम दोनों ही स्तब्ध हो गए।

'जब विंकी मिली, तो मेरे पिता जान गए कि मैं भी आस-पास ही होऊँगा। वह जहाँ मिली थी, वहीं पर उन्होंने झाड़ियों के बीच में मेरी तलाश की। मैं अदृश्य चोगा पहने था, लेकिन उन्होंने मुझे वहाँ पड़ा महसूस किया। उन्होंने तब तक इंतज़ार किया, जब तक कि मंत्रालय के दूसरे सदस्य जंगल से नहीं चले गए। इसके बाद उन्होंने दोबारा सम्मोहन शाप से मुझ पर क़ाबू किया और घर ले गए। उन्होंने विंकी को निकाल दिया। उसने अपना काम ठीक से नहीं किया था। उसने ही मुझे छड़ी हासिल करने दी थी। उसके कारण ही मुझे भागने का मौक़ा मिला था।'

विंकी ने निराशा भरी चीख़ निकाली।

'अब घर पर सिर्फ़ मैं और मेरे पिता ही बचे थे। और फिर ... और फिर ...' क्राउच का सिर उसकी गर्दन पर लुढ़क गया और उसके चेहरे पर एक पागलपन भरी मुस्कान आ गई। 'मेरे मालिक मुझसे मिलने के लिए आए।

'वे आधी रात को अपने सेवक वर्मटेल की बाँहों में हमारे घर आए। मेरे मालिक को पता चल चुका था कि मैं अब भी ज़िंदा हूँ। उन्होंने अल्बानिया में बर्था जोरकिन्स को पकड़ लिया था। उन्होंने उसे यातना दी। बर्था ने उन्हें बहुत कुछ बताया। उसने उन्हें त्रिकोणीय टूर्नामेंट के बारे में बताया। उसने उन्हें बताया कि मूडी नाम का पूर्व ऑरर हॉगवर्ट्स में पढ़ाने जाने वाला है। मालिक ने उसे तब तक यातना दी, जब तक कि उन्होंने उस स्मृति सम्मोहन को नहीं तोड़ दिया, जो मेरे पिता ने उस पर किया था। उसने मालिक को बताया कि मैं अज़्काबान से भाग आया था। उसने उन्हें बताया कि मेरे पिता मुझे क़ैद रखते हैं, ताकि मैं अपने मालिक को खोजने न जा सकूँ। यह सुनकर मेरे मालिक जान गए कि मैं अब भी उनका वफ़ादार सेवक था - शायद सबसे वफ़ादार सेवक। मेरे मालिक ने बर्था से मिली जानकारी के आधार पर एक योजना बनाई। उन्हें मेरी ज़रूरत थी। वे आधी रात को हमारे घर आए। मेरे पिता ने दरवाज़ा खोला।'

क्राउच के चेहरे की मुस्कान और चौड़ी हो गई, जैसे वह अपनी ज़िंदगी के सबसे सुखद पल को याद कर रहा हो। विंकी की दहशत भरी भूरी आँखें उसकी उँगलियों के बीच से दिख रही थीं। वह इतनी स्तब्ध थी कि बोल भी नहीं सकती थी।

'सब कुछ बहुत जल्दी हो गया। मेरे मालिक ने मेरे पिता को सम्मोहन शाप दे दिया। अब मेरी जगह मेरे पिता क़ैद हो गए थे; अब मेरी जगह वे क़ाबू

में थे। मेरे मालिक ने उन्हें सामान्य ज़िंदगी जीने का आदेश दिया, जैसे कुछ हुआ ही न हो। और मुझे मुक्त कर दिया गया। मैं दोबारा पूरे होश में आ गया। मैं ज़िंदा हो गया, जैसा बरसों बाद हुआ था।'

डम्बलडोर ने पूछा, 'और लॉर्ड वोल्डेमॉर्ट ने तुम्हें क्या करने को कहा ?'

'उन्होंने मुझसे पूछा कि क्या मैं उनके लिए अपना सब कुछ जोखिम में डालने को तैयार हूँ। मैं तैयार था। यह मेरा सपना था, मेरा सबसे बड़ा अरमान था कि मैं उनके किसी काम आ सकूँ और उनके प्रति अपनी वफ़ादारी साबित कर सकूँ। उन्होंने मुझसे कहा कि उन्हें हॉगवर्ट्स में अपना एक वफ़ादार सेवक भेजना है। एक ऐसा सेवक, जो त्रिकोणीय टूर्नामेंट में हैरी पॉटर का मार्गदर्शन करे, लेकिन किसी को उस पर शक न हो पाए। एक ऐसा सेवक, जो हैरी पॉटर पर नज़र रखे। जो यह सुनिश्चित करे कि हैरी पॉटर त्रिकोणीय टूर्नामेंट के कप तक सबसे पहले पहुँच जाए। जो उस कप को आवागमन-कुंजी में बदल दे, ताकि उसे छूने वाला पहला व्यक्ति यानी हैरी पॉटर मेरे मालिक तक पहुँच जाए। लेकिन सबसे पहले –'

'तुम्हें अलैस्टर मूडी की ज़रूरत थी,' डम्बलडोर ने कहा। उनकी नीली आँखें जल रही थीं, हालाँकि उनकी आवाज़ शांत थी।

'यह काम वर्मटेल और मैंने किया। हमने पहले से ही भेसबदल काढ़ा बना लिया था। हम उसके मकान तक गए। मूडी ने संघर्ष किया। काफ़ी शोर-शराबा हुआ। हमने उसे समय रहते क़ाबू में कर लिया। हमने उसे उसी के जादुई संदूक में बंद कर दिया। फिर हमने उसके कुछ बाल तोड़कर काढ़े में डाल दिए। मैंने काढ़ा पी लिया। मैं मूडी का हमशक्ल बन गया। मैंने उसका पैर और उसकी आँख निकाल ली। मैं आर्थर वीज़्ली का सामना करने के लिए तैयार था, जब वह उन मगलुओं की याददाश्त मिटाने के लिए आया, जिन्होंने शोर सुना था। अहाते में चारों तरफ़ कूड़ेदान मैंने ही फेंके थे। मैंने आर्थर वीज़्ली को बताया कि मैंने अपने अहाते में घुसपैठियों की आहट सुनी थी और कूड़ेदान घुसपैठियों के कारण ही गिरे थे। फिर मैंने मूडी के कपड़े तथा शैतानी जादू को खोजने वाले यंत्र उठाए और हॉगवर्ट्स आ गया। मैंने उसे सम्मोहन शाप में ज़िंदा रखा। मैं उससे सवाल पूछना चाहता था। मैं उसके अतीत के बारे में जानना चाहता था, उसकी आदतें सीखना चाहता था, ताकि मैं डम्बलडोर तक को धोखा दे सकूँ। भेसबदल काढ़ा बनाने के लिए मुझे उसके बालों की भी ज़रूरत थी। बाक़ी का सामान आसानी से मिल गया। मैंने स्नेप के ऑफ़िस से साँप की केंचुली चुरा ली। जब स्नेप ने मुझे अपने ऑफ़िस में देखा, तो मैंने उससे कह दिया कि डम्बलडोर ने मुझे तलाशी लेने का आदेश दिया था।'

डम्बलडोर ने पूछा, 'और मूडी पर हमला करने के बाद वर्मटेल का क्या हुआ ?'

'वर्मटेल मेरे पिता के घर में मेरे मालिक के पास उनकी देखभाल करने के लिए लौट गया और मेरे पिता पर नज़र रखने लगा।'

डम्बलडोर ने कहा, 'लेकिन इसके बावजूद तुम्हारे पिता भाग निकले।'

'हाँ। कुछ समय बाद वे भी सम्मोहन शाप से उसी तरह लड़ने लगे, जिस तरह मैं लड़ने लगा था। ऐसे दौर आते थे, जब वे जानते थे कि क्या हो रहा है। मेरे मालिक ने यह फ़ैसला किया कि अब उन्हें घर से निकलने देना सुरक्षित नहीं है। उन्होंने उन्हें मजबूर किया कि वे मंत्रालय जाना छोड़ दें और उल्लुओं के माध्यम से निर्देश भेजें। उन्होंने उनसे लिखवाया कि वे बीमार हैं। लेकिन वर्मटेल ने लापरवाही कर दी। उसने उन पर ठीक से नज़र नहीं रखी। मेरे पिता भाग निकले। मेरे मालिक ने अंदाज़ा लगा लिया कि वे हॉगवर्ट्स आ रहे होंगे। मेरे पिता डम्बलडोर को सब कुछ बताने आ रहे होंगे। वे उन्हें अपनी ग़लतियाँ बताना चाहते होंगे। वे यह बताने वाले होंगे कि उन्होंने मुझे अज़्काबान से चोरी से निकाला था।

'मेरे मालिक ने मुझे मेरे पिता के भागने के बारे में ख़बर कर दी। उन्होंने मुझे आदेश दिया कि उन्हें हर क़ीमत पर रोकना है। इसलिए मैं इंतज़ार करता रहा और देखता रहा। मैंने उस नक़्शे का इस्तेमाल किया, जो मैंने हैरी पॉटर से लिया था। वह नक़्शा, जिसके कारण सारा खेल बिगड़ते-बिगड़ते बचा था।'

'नक़्शा ?' डम्बलडोर ने जल्दी से पूछा। 'कौन सा नक़्शा ?'

'पॉटर का हॉगवर्ट्स का नक़्शा। पॉटर ने उस नक़्शे में एक रात को मुझे स्नेप के ऑफ़िस में देख लिया था। उस समय मैं भेसबदल काढ़े के लिए साँप की केंचुली चुरा रहा था। लेकिन चूँकि मेरा और मेरे पिता का पहला नाम एक ही है, इसलिए उसने सोचा कि यह मैं नहीं हूँ, बल्कि मेरे पिता हैं। उस रात को मैंने पॉटर से वह नक़्शा ले लिया। मैंने उसे बताया कि मेरे पिता शैतानी जादूगरों से नफ़रत करते हैं। पॉटर को यक़ीन हो गया कि मेरे पिता स्नेप के पीछे पड़े थे।

'एक हफ़्ते तक मैंने अपने पिता के हॉगवर्ट्स पहुँचने का इंतज़ार किया। आख़िरकार एक शाम को नक़्शे में मेरे पिता मैदान में दाख़िल होते हुए नज़र आए। मैंने अपना अदृश्य चोगा पहना और उनके पास गया। वे जंगल के किनारे पर घूम रहे थे। तभी पॉटर और क्रम वहाँ आ गए। मैंने इंतज़ार किया। मैं पॉटर को नुक़सान नहीं पहुँचा सकता था, क्योंकि मेरे मालिक को उसकी ज़रूरत थी। फिर पॉटर डम्बलडोर को बुलाने के लिए भागा। उन दोनों के आने से पहले मैंने क्रम को स्तब्ध कर दिया और अपने पिता को मार डाला।'

'नहींहींहीं!' विंकी चीख़ी। 'मास्टर बार्टी, मास्टर बार्टी, यह आप क्या कह रहे हैं ?'

'तुमने अपने पिता को मार डाला,' डम्बलडोर ने पहले जैसी धीमी आवाज़ में पूछा। 'तुमने उनकी लाश का क्या किया ?'

'उठाकर जंगल में ले गया। मैंने उनकी लाश को अदृश्य चोगे से ढँक दिया। मेरे पास नक़्शा था। मैंने पॉटर को महल में घुसते हुए देखा। वह स्नेप से टकराया। फिर डम्बलडोर भी वहाँ आ गए। मैंने देखा कि पॉटर डम्बलडोर को महल से बाहर ला रहा था। मैं जंगल से बाहर निकला, उनके पीछे गया और उनसे मिलने पहुँच गया। मैंने डम्बलडोर से कहा कि स्नेप ने मुझे बताया था।

'डम्बलडोर ने मुझसे जाकर अपने पिता की तलाश करने को कहा। मैं दोबारा अपने पिता की लाश के पास पहुँच गया। मैंने नक़्शा देखा। जब सभी लोग चले गए, तो मैंने अपने पिता की लाश का रूप-परिवर्तन करके उसे एक हड्डी में बदल दिया ... मैंने उसे दफ़न कर दिया। मैं अदृश्य चोगा पहनकर हैग्रिड के केबिन के सामने की ताज़ी खुदी ज़मीन में उस हड्डी को गाड़ आया।'

अब वहाँ पर पूरी ख़ामोशी छाई हुई थी। सिर्फ़ विंकी की सुबकियाँ सुनाई दे रही थीं।

फिर डम्बलडोर ने कहा, 'और आज रात ...'

बार्टी क्राउच ने फुसफुसाकर कहा, 'मैंने डिनर से पहले यह प्रस्ताव रखा कि मैं त्रिकोणीय टूर्नामेंट के कप को भूलभुलैया में रख आता हूँ। मैंने उसे आवागमन-कुंजी में बदल दिया। मेरे मालिक की योजना कामयाब हो गई। वे पुनर्जीवित हो गए। अब वे मेरा इतना सम्मान करेंगे कि जादूगरों ने सपने में भी नहीं सोचा होगा।'

उसके चेहरे पर दोबारा पागलपन भरी मुस्कान आ गई और उसका सिर उसके कंधे पर गिर गया। विंकी उसकी बग़ल में बैठकर सुबकती और रोती रही।

अध्याय छत्तीस

अलग-अलग रास्ते

डम्बलडोर उठकर खड़े हो गए। उन्होंने एक पल के लिए बार्टी क्राउच को हिक़ारत से घूरा और फिर अपनी छड़ी उठा ली। उसमें से रस्सियाँ निकलीं, जो बार्टी क्राउच के शरीर से लिपट गईं और उन्होंने उसे कसकर बाँध दिया।

वे प्रोफ़ेसर मैक्गॉनेगल की तरफ़ मुड़े। 'मिनर्वा, तुम यहीं पर पहरा देना, तब तक मैं हैरी को ऊपर की मंज़िल पर ले जाता हूँ।'

'ठीक है,' प्रोफ़ेसर मैक्गॉनेगल ने कहा। वे थोड़ी विचलित दिख रही थीं, जैसे अभी-अभी उन्होंने किसी को उलटी करते देखा हो। बहरहाल, जब उन्होंने अपनी छड़ी बाहर निकाली और बार्टी क्राउच की तरफ़ तानी, तो उनका हाथ एकदम स्थिर था।

'सीवियरस,' डम्बलडोर ने स्नेप की ओर मुड़कर कहा, 'मेहरबानी करके मैडम पॉमफ्री को यहाँ बुला दो। हमें अलैस्टर मूडी को अस्पताल पहुँचाना होगा। इसके बाद मैदान में जाकर कॉर्नेलियस फ़ज को खोजो और उन्हें यहाँ ले आओ। बेशक वे ख़ुद क्राउच से सवाल-जवाब करना चाहेंगे। उन्हें बता देना कि अगर उन्हें मेरी ज़रूरत हो, तो मैं आधे घंटे के बाद अस्पताल में मिलूँगा।'

स्नेप ने चुपचाप सिर हिलाया और कमरे से बाहर चले गए।

'हैरी?' डम्बलडोर ने धीरे से कहा।

हैरी उठकर खड़ा हुआ और एक बार फिर डगमगाया। क्राउच की बातें सुनते समय उसने अपने पैर के दर्द की तरफ़ ज़रा भी ध्यान नहीं दिया था, लेकिन अब यह पूरी तेज़ी से महसूस होने लगा था। उसे यह भी एहसास था कि वह काँप रहा था। डम्बलडोर ने उसका हाथ पकड़ा और अँधेरे गलियारे में चलने में उसकी मदद की।

'हैरी, मैं चाहता हूँ कि तुम सबसे पहले मेरे ऑफ़िस में चलो,' डम्बलडोर

ने धीरे से कहा, जब वे दोनों गलियारे में आगे बढ़ने लगे। 'सिरियस वहाँ पर हमारा इंतज़ार कर रहा है।'

हैरी ने अपना सिर हिला दिया। उसका शरीर सुन्न और दिमाग़ कुंद हो चुका था। यह सब कुछ किसी सपने जैसा लग रहा था। लेकिन उसे परवाह नहीं थी। वह तो एक तरह से ख़ुश था। त्रिकोणीय टूर्नामेंट के कप को छूने के बाद जो घटनाएँ हुई थीं, उनके बारे में वह सोचना भी नहीं चाहता था। वह उन यादों को दोहराना नहीं चाहता था, जो नई और साफ़ तस्वीरों की तरह उसके दिमाग़ में उभर रही थीं। संदूक में बंद बावरे-नैन मूडी। अपने हाथ के ठूँठ को जकड़े हुए ज़मीन पर पड़ा वर्मटेल। धुएँ भरी कड़ाही में से पुनर्जीवित होकर निकलता हुआ वोल्डेमॉर्ट। सेडरिक ... मरा हुआ सेडरिक ... अपने माता-पिता के पास अपनी लाश पहुँचाने का आग्रह करता सेडरिक ...

'प्रोफ़ेसर,' हैरी बुदबुदाया, 'मिस्टर और मिसेज़ डिगोरी कहाँ हैं ?'

'वे प्रोफ़ेसर स्प्राउट के साथ हैं,' डम्बलडोर ने कहा। उनकी आवाज़ बार्टी क्राउच से पूछताछ के दौरान तो शांत थी, लेकिन यह कहते समय उनकी आवाज़ पहली बार थोड़ी काँप रही थी। 'वे सेडरिक के हाउस की प्रमुख थीं और उसे सबसे अच्छी तरह से जानती थीं।'

वे पत्थर के भयंकर जानवर की मूर्ति के पास पहुँचे। डम्बलडोर ने पासवर्ड बोला। भयंकर जानवर की मूर्ति तत्काल एक तरफ़ सरक गई। डम्बलडोर और हैरी घुमावदार स्वचलित सीढ़ियों पर चढ़कर बलूत की लकड़ी के दरवाज़े तक पहुँचे। डम्बलडोर ने धक्का देकर दरवाज़ा खोल दिया।

वहाँ पर सिरियस खड़ा था। उसका चेहरा उतना ही सफ़ेद और दुबला था, जितना अज़्काबान से भागते समय था। एक तेज़ क़दम बढ़ाकर उसने कमरे को पार कर लिया। 'हैरी, तुम ठीक तो हो ? मैं जानता था - मैं जानता था कि इसी तरह की कोई चीज़ होने वाली होगी - क्या हुआ था ?'

जब उसने डेस्क के सामने रखी कुर्सी पर बैठने में हैरी की मदद की, तो उसके हाथ काँप रहे थे।

उसने ज़्यादा बेचैनी से दोबारा पूछा, 'क्या हुआ ?'

डम्बलडोर सिरियस को बार्टी क्राउच की कही बातें बताने लगे। हैरी सिर्फ़ आधी बातें सुन रहा था। वह बहुत थका हुआ था और उसके शरीर की एक-एक हड्डी दुख रही थी। वह सिर्फ़ यही चाहता था कि बिना किसी व्यवधान के घंटों यहीं बैठा रहे, जब तक कि उसे नींद न आ जाए, ताकि उसे कुछ सोचने या महसूस करने की ज़रूरत ही न पड़े।

तभी पंख फड़फड़ाने की हल्की सी आवाज़ आई। ज्वाला नाम का

फ़ीनिक्स अपनी जगह से उड़कर ऑफ़िस के पार आया और हैरी के घुटने पर बैठ गया।

'हैलो, ज्वाला,' हैरी ने धीरे से कहा। उसने फ़ीनिक्स के सुंदर लाल-सुनहरे पंख थपथपाए। ज्वाला ने धीरे से उसकी तरफ़ पलकें झपकाईं। उसके गर्म वज़न से हैरी को तसल्ली मिल रही थी।

डम्बलडोर ने बोलना बंद कर दिया। वे हैरी के सामने अपनी डेस्क के पीछे बैठ गए। वे हैरी की तरफ़ देख रहे थे, जो उनसे नज़रें मिलाने से कतरा रहा था। डम्बलडोर उससे सवाल पूछने वाले थे। वे हैरी की सारी यादों को ताज़ा करने वाले थे।

डम्बलडोर ने कहा, 'हैरी, मैं यह जानना चाहता हूँ कि भूलभुलैया में आवागमन-कुंजी को छूने के बाद क्या हुआ था?'

सिरियस ने रूखे स्वर में कहा, 'हम यह बात सुबह भी तो कर सकते हैं, डम्बलडोर!' उसने हैरी के कंधे पर एक हाथ रख दिया। 'अभी उसे नींद की ज़रूरत है। अभी उसे आराम की ज़रूरत है।'

इस बात के लिए हैरी ने सिरियस के प्रति बहुत कृतज्ञता महसूस की, लेकिन डम्बलडोर ने सिरियस के शब्दों पर क़तई ध्यान नहीं दिया। वे हैरी की तरफ़ झुके। बड़ी अनिच्छा से हैरी ने अपना सिर उठाया और उनकी नीली आँखों में देखा।

'अगर मुझे यह लगता कि तुम्हें गहरी नींद में सुलाने में तुम्हारी भलाई है, ताकि तुम आज रात की घटनाओं के बारे में सोचने के पल को आगे टाल सको, तो मैं यह काम कर देता,' डम्बलडोर ने धीरे से कहा। 'लेकिन मैं अच्छी तरह से जानता हूँ कि कुछ समय के लिए सुन्न कर देने से दर्द में कोई फ़ायदा नहीं होता। इसका परिणाम बुरा ही होता है। जब दर्द आख़िरकार महसूस होता है, तो यह बहुत बढ़ जाता है। तुमने ऐसी बहादुरी दिखाई है, जो मेरी उम्मीद से बढ़कर है। मैं अब तुमसे एक बार फिर बहादुरी दिखाने को कहता हूँ। मैं तुमसे कहता हूँ कि तुम हमें सारी बातें बताओ।'

फ़ीनिक्स ने एक धीमी और थरथराती हुई आवाज़ निकाली। उसकी आवाज़ हवा में काँपी और हैरी ने महसूस किया, जैसे गर्म द्रव की एक बूँद उसके गले से होती हुई उसके पेट में चली गई हो, जिससे उसके अंदर गर्मी और शक्ति आ गई।

उसने एक गहरी साँस ली और उन्हें बताने लगा। जब उसने बोलना शुरू किया, तो उस रात की सारी घटनाएँ उसकी आँखों के सामने उभरने लगीं। उसने उस काढ़े की चमकती सतह देखी, जिसने वोल्डेमॉर्ट को पुनर्जीवित

कर दिया था। उसने क़ब्रों के बीच में चारों तरफ़ प्राणभक्षियों को हवा में से प्रकट होते देखा। उसने सेडरिक की लाश देखी, जो कप के पास ज़मीन पर पड़ी हुई थी।

एक-दो बार सिरियस ने ऐसी आवाज़ निकाली, जैसे वह कुछ कहना चाहता हो। उसका हाथ अब भी हैरी के कंधे पर कसकर जमा हुआ था, लेकिन डम्बलडोर ने अपना हाथ उठाकर सिरियस को रोक दिया। इस बात से हैरी ख़ुश हुआ, क्योंकि एक बार शुरू करने के बाद आगे बोलना आसान था। इससे उसे राहत भी मिल रही थी। ऐसा लग रहा था, जैसे उसके अंदर से कोई ज़हरीली चीज़ बाहर निकल रही हो। बोलते रहने के लिए उसे बहुत संकल्प की ज़रूरत पड़ रही थी, लेकिन उसे यह एहसास था कि पूरी बात ख़त्म होने के बाद उसे ज़्यादा अच्छा लगेगा।

जब हैरी ने बताया कि वर्मटेल ने उसके हाथ में खंजर घुसा दिया था, तो सिरियस ने ज़ोर से आह भरी और डम्बलडोर इतनी तेज़ी से खड़े हुए कि हैरी चौंक गया। डम्बलडोर अपनी डेस्क के पीछे से घूमकर हैरी के पास आए और हैरी से अपना हाथ दिखाने को कहा। हैरी ने उन दोनों को वह जगह दिखाई, जहाँ उसके फटे दुशाले के नीचे खंजर का घाव था।

'उसने कहा कि किसी और के बजाय मेरे ख़ून से वह ज़्यादा ताक़तवर बन जाएगा,' हैरी ने डम्बलडोर से कहा। 'उसने कहा कि मेरी - मेरी माँ ने मेरे अंदर जो सुरक्षा भरी थी, वह उसे भी मिल जाएगी। और उसने सही कहा था - जब उसने मेरे चेहरे को छुआ, तो उसे ज़रा भी दर्द नहीं हुआ।

एक पल के लिए तो हैरी को लगा, जैसे डम्बलडोर की आँखों में विजय का भाव आ गया हो। लेकिन अगले ही पल हैरी को यक़ीन हो गया कि यह उसका वहम था, क्योंकि जब डम्बलडोर डेस्क के पीछे अपनी कुर्सी पर दोबारा बैठने गए, तो वे पहले जितने ही बूढ़े और थके हुए दिख रहे थे।

'ठीक है,' उन्होंने दोबारा नीचे बैठते हुए कहा। 'वोल्डेमॉर्ट ने उस बाधा को तो पार कर लिया। हैरी, आगे बोलो।'

हैरी आगे बोलने लगा। उसने विस्तार से बताया कि वोल्डेमॉर्ट किस तरह कड़ाही में से बाहर निकला। फिर उसने बताया कि वोल्डेमॉर्ट ने प्राणभक्षियों से क्या-क्या कहा। फिर उसने बताया कि वोल्डेमॉर्ट ने कैसे उसकी रस्सियाँ खुलवाईं, उसे उसकी छड़ी दी और द्वंद्वयुद्ध के लिए तैयार होने को कहा।

लेकिन जब वह उस हिस्से पर पहुँचा, जहाँ सुनहरी रोशनी की किरण ने उसकी और वोल्डेमॉर्ट की छड़ियों को जोड़ दिया था, तो उसका गला रुँध गया। उसने बोलने की कोशिश की, लेकिन उसके दिमाग़ में यही यादें तैर रही थीं कि

वोल्डेमॉर्ट की छड़ी से कौन-कौन लोग बाहर निकले थे। वह सेडरिक, बूढ़े आदमी, बर्था जोरकिन्स ... अपनी मम्मी ... अपने डैडी को ... बाहर निकलते देख रहा था।

जब सिरियस ने ख़ामोशी तोड़ी, तो उसे अच्छा लगा।

'छड़ियाँ जुड़ गईं?' उसने हैरी से डम्बलडोर की तरफ़ देखते हुए पूछा। 'क्यों?'

हैरी ने एक बार फिर डम्बलडोर को देखा, जिनके चेहरे पर दिलचस्पी का भाव था।

'पूर्वमंत्र,' वे बुदबुदाए।

उनकी नज़रें हैरी से मिलीं। ऐसा लग रहा था, जैसे उन दोनों के बीच समझ का एक अदृश्य धागा मौजूद हो।

सिरियस ने तेज़ी से कहा, *'विपरीत मंत्र प्रभाव?'*

'बिलकुल,' डम्बलडोर ने कहा। 'हैरी और वोल्डेमॉर्ट की छड़ियों में एक ही पक्षी के पंख हैं। दोनों में एक ही फ़ीनिक्स की पूँछ के पंख हैं। दरअसल, इस फ़ीनिक्स के,' उन्होंने उस लाल-सुनहरे पक्षी की तरफ़ इशारा करते हुए कहा, जो हैरी के घुटने पर आराम से बैठा था।

हैरी ने हैरानी से पूछा, 'मेरी छड़ी में ज्वाला का पंख है?'

'हाँ,' डम्बलडोर ने कहा। 'जब तुम चार साल पहले मिस्टर ऑलिवैन्डर की दुकान से छड़ी ख़रीदकर निकले थे, उसी पल उन्होंने मुझे यह ख़बर भिजवा दी थी कि वह छड़ी तुमने ख़रीदी है।'

सिरियस ने पूछा, 'जब एक छड़ी अपनी जुड़वाँ से मिलती है, तो क्या होता है?'

'वे एक-दूसरे के ख़िलाफ़ सही तरीक़े से काम नहीं कर पातीं,' डम्बलडोर ने कहा। 'बहरहाल, अगर छड़ियों के मालिक उन्हें आपस में लड़ने के लिए मजबूर करेंगे ... तो इसका परिणाम बहुत विचित्र होगा।

'एक छड़ी दूसरी छड़ी को उसके पिछले मंत्र दोहराने के लिए विवश करेगी - उलटे क्रम में। सबसे बाद वाला मंत्र सबसे पहले ... फिर उससे पहले वाला ...'

उन्होंने हैरी की तरफ़ सवाल भरी निगाह से देखा और हैरी ने सिर हिलाया।

डम्बलडोर ने हैरी के चेहरे पर आँखें जमाकर धीरे से कहा, 'इसका मतलब यह है कि तुम्हें सेडरिक का किसी तरह का रूप फिर से नज़र आया होगा।'

हैरी ने दोबारा हाँ में सिर हिलाया।

सिरियस ने तेज़ी से पूछा, 'डिगोरी दोबारा ज़िंदा हो गया?'

'कोई भी मंत्र मरे हुए व्यक्ति को दोबारा ज़िंदा नहीं कर सकता,' डम्बलडोर ने भारी आवाज़ में कहा। 'बस एक तरह की विपरीत गूँज हुई होगी। छड़ी से सेडरिक की छाया निकली होगी ... मैं ठीक कह रहा हूँ ना, हैरी?'

'उसने मुझसे बात भी की,' हैरी ने कहा, जो अचानक फिर से काँपने लगा था। 'सेडरिक के भूत ने या चाहे वह जो भी था, उसने मुझसे बात की।'

'गूँज,' डम्बलडोर ने कहा, 'जिसका व्यवहार सेडरिक के हुलिए और चरित्र के अनुरूप रहा होगा। मेरा अंदाज़ा है कि कुछ और लोग भी बाहर निकले होंगे, जिन्हें वोल्डेमॉर्ट की छड़ी ने सेडरिक से पहले मारा होगा ...'

'एक बूढ़ा आदमी,' हैरी बोला, जिसका गला अब भी रुँधा हुआ था। 'बर्था जोरकिन्स। और ...'

'तुम्हारे मम्मी-डैडी?' डम्बलडोर ने शांति से कहा।

हैरी बोला, 'हाँ।'

हैरी के कंधे पर सिरियस की पकड़ अब इतनी सख़्त हो चुकी थी कि हैरी को दर्द होने लगा।

'आख़िरी हत्याएँ, जो छड़ी ने की थीं,' डम्बलडोर ने सिर हिलाते हुए कहा। 'उलटे क्रम में। ज़ाहिर है, अगर तुम अपनी छड़ी नहीं हटाते और संबंध बनाए रखते, तो और लोग भी प्रकट होते। बहुत बढ़िया, हैरी, इन गूँजों या छायाओं ने क्या किया?'

हैरी ने बताया कि किस तरह छड़ी से निकली आकृतियाँ सुनहरे जाल के किनारे पर मँडराने लगी थीं, किस तरह उन्हें देखकर वोल्डेमॉर्ट दहशत में आ गया था, किस तरह हैरी के डैडी की छाया ने उसे बताया था कि क्या करना है, किस तरह सेडरिक ने उसे अपनी आख़िरी इच्छा बताई थी।

इस बिंदु पर आकर हैरी को लगा कि वह अब आगे कुछ नहीं बता सकता। उसने मुड़कर सिरियस को देखा। सिरियस ने अपना चेहरा अपने हाथों में छिपा रखा था।

हैरी को अचानक इस बात का एहसास हुआ कि ज्वाला उसके घुटने से उठ गया था। वह फ़र्श पर मँडराने लगा था। उसने अपना सुंदर सिर हैरी के घायल पैर से टिकाया और उसकी आँखों से मोटे-मोटे, मोती जैसे आँसू मकड़ी के दिए घाव पर गिरने लगे। दर्द ग़ायब हो गया। चमड़ी जुड़ गई। उसका पैर ठीक हो गया।

जब फ़ीनिक्स हवा में उड़कर दरवाज़े के पास रखे अपने अड्डे पर बैठ गया, तो डम्बलडोर ने कहा, 'हैरी, मैं यह बात दोबारा कहना चाहूँगा कि तुमने आज रात को इतनी बहादुरी दिखाई है, जो मेरी उम्मीद से बढ़कर है। तुमने तो उन लोगों जितनी बहादुरी दिखाई है, जो वोल्डेमॉर्ट से संघर्ष करते हुए मारे गए थे, जब वह अपनी शक्ति की चरम सीमा पर था। तुमने सफलतापूर्वक एक वयस्क जादूगर का बोझ उठाया है – और तुमने हमें वह सारी जानकारी दे दी है, जिसकी हमें ज़रूरत थी। तुम मेरे साथ अस्पताल चलो। मैं नहीं चाहता कि आज रात को तुम अपने कमरे में लौटो। नींद का काढ़ा और शांति ... सिरियस, तुम उसके साथ रहोगे?'

सिरियस ने सिर हिलाया और उठकर खड़ा हो गया। उसने अपना रूप बदल लिया और वह फिर से काला कुत्ता बन गया। फिर वह हैरी और डम्बलडोर के साथ ऑफ़िस से बाहर निकला और सीढ़ियाँ उतरकर अस्पताल के पास पहुँच गया।

जब डम्बलडोर ने दरवाज़ा खोला, तो हैरी ने देखा कि मिसेज़ वीज़्ली, बिल, रॉन और हर्माइनी परेशान दिख रहीं मैडम पॉमफ़्री को घेरे खड़े थे। वे उनसे यह जानना चाहते थे कि हैरी कहाँ है और उसे क्या हुआ है।

जब हैरी, डम्बलडोर और काला कुत्ता अंदर आए, तो उन सभी ने पलटकर देखा। मिसेज़ वीज़्ली के मुँह से एक दबी हुई चीख़ निकली, 'हैरी! ओह, हैरी!'

वे जल्दी से हैरी की तरफ़ बढ़ने लगीं, लेकिन डम्बलडोर उनके रास्ते में आ गए।

'मॉली,' उन्होंने एक हाथ उठाते हुए कहा। 'मेहरबानी करके पहले मेरी बात सुन लो। हैरी आज रात को एक भयंकर संकट से गुज़रा है। उसने अभी-अभी वे सारी बातें मुझे सुनाई हैं। अब उसे नींद और शांति की ज़रूरत है। अगर वह यह चाहता है कि तुम सब लोग उसके साथ रुको,' उन्होंने रॉन, हर्माइनी और बिल की तरफ़ भी देखा, 'तो तुम लोग रुक सकते हो। लेकिन मैं नहीं चाहता कि तुम लोग उससे कोई सवाल पूछो, जब तक कि वह उनका जवाब देने को तैयार न हो और निश्चित रूप से आज रात को तो बिलकुल भी नहीं।'

मिसेज़ वीज़्ली ने सिर हिलाया। उनका चेहरा बहुत सफ़ेद पड़ गया था।

वे रॉन, हर्माइनी और बिल की तरफ़ इस तरह मुड़ीं, जैसे वे ही शोर मचा रहे हों और बोलीं, 'तुमने सुना? उसे आराम की ज़रूरत है!'

'हेडमास्टर,' मैडम पॉमफ़्री ने बड़े काले कुत्ते को घूरते हुए कहा, जो सिरियस था, 'क्या मैं पूछ सकती हूँ – ?'

'यह कुत्ता कुछ समय तक हैरी के साथ ही रहेगा,' डम्बलडोर ने सामान्य स्वर में कहा। 'मैं आपको आश्वासन देता हूँ, वह बहुत अच्छी तरह प्रशिक्षित है। हैरी – अब तुम सो लो, मैं इंतज़ार करता हूँ।'

हैरी ने डम्बलडोर के प्रति बहुत कृतज्ञता महसूस की, क्योंकि उन्होंने दूसरों को उससे पूछताछ करने के लिए मना कर दिया था। उसे उन लोगों का वहाँ रहना अच्छा लग रहा था, लेकिन वह यह बर्दाश्त नहीं कर सकता था कि वह दोबारा सारी बातें बताए, दोबारा उन सभी घटनाओं को याद करे।

'हैरी, फ़ज से मिलने के बाद मैं दोबारा तुम्हारे पास आता हूँ,' डम्बलडोर ने कहा। 'मैं चाहूँगा कि तुम तब तक यहीं रहो, जब तक कि मैं कल स्कूल के विद्यार्थियों से बात न कर लूँ।' वे चले गए।

जब मैडम पॉमफ़्री हैरी को पास वाले पलंग की तरफ़ ले गईं, तो उसने असली मूडी को कमरे के दूर वाले बिस्तर में स्थिर पड़े देखा। उनका लकड़ी का पैर और जादुई आँख दोनों ही बिस्तर के पास वाली टेबल पर रखे हुए थे।

हैरी ने पूछा, 'वे **ठीक** हैं ?'

'वे ठीक हो जाएँगे,' मैडम पॉमफ़्री ने हैरी को पायजामा देते और उसके बिस्तर के चारों तरफ़ पर्दे डालते हुए कहा। हैरी ने अपना दुशाला उतारा, पायजामा पहना और पलंग पर चढ़ गया। रॉन, हर्माइनी, बिल, मिसेज़ वीज़्ली और काला कुत्ता पर्दे के पास आए और दोनों तरफ़ रखी कुर्सियों पर बैठ गए। रॉन और हर्माइनी उसकी तरफ़ बहुत सावधानी से देख रहे थे, जैसे उससे डर रहे हों।

'मैं बिलकुल ठीक हूँ,' उसने उनसे कहा। 'सिर्फ़ थका हुआ हूँ।'

मिसेज़ वीज़्ली की आँखें आँसुओं से भर गईं, जब उन्होंने उसके बिस्तर की चादर की सलवटें ठीक करने के लिए हाथ फेरा, हालाँकि उसकी कोई ज़रूरत ही नहीं थी।

मैडम पॉमफ़्री अपने ऑफ़िस से एक गिलास और बैंगनी काढ़े की एक छोटी बोतल ले आईं।

'तुम्हें यह पूरा पीना है, हैरी,' उन्होंने कहा। 'यह स्वप्नरहित गहरी नींद का काढ़ा है।'

हैरी ने कुछ ही घूँट में पूरा काढ़ा पी लिया। वह तत्काल उनींदा हो गया। उसके चारों तरफ़ की हर चीज़ धुँधली हो गई। अस्पताल में लगे लैंप पर्दे के पार से उसकी तरफ़ दोस्ताना ढंग से आँख मारने लगे। उसे ऐसा लगा, जैसे उसका शरीर नर्म गद्दे की गर्मी में धँसता जा रहा हो। इससे पहले कि वह पूरा

काढ़ा पी पाता, इससे पहले कि वह एक शब्द भी बोल पाता, वह थकान के मारे सो चुका था।

*

हैरी जाग गया, लेकिन अब भी उसकी आँखों में नींद भरी हुई थी। उसने अपनी आँखें नहीं खोलीं। वह दोबारा सो जाना चाहता था। कमरे में अब भी धीमी रोशनी थी। उसे यक़ीन था कि अब भी रात का ही समय होगा। उसे यह एहसास था कि वह ज़्यादा देर तक नहीं सो पाया था।

फिर उसे अपने चारों तरफ़ फुसफुसाहटें सुनाई दीं।

'अगर वे चुप नहीं हुए, तो वह जाग जाएगा!'

'वे लोग इतना चिल्ला क्यों रहे हैं? अब क्या हो गया?'

हैरी ने अपनी आँखें धीरे से खोलीं। किसी ने उसका चश्मा हटा दिया था। उसे क़रीब ही मिसेज़ वीज़्ली और बिल की धुँधली आकृतियाँ दिखीं। मिसेज़ वीज़्ली उसके पैरों के पास बैठी थीं।

'यह फ़ज की आवाज़ है,' मिसेज़ वीज़्ली फुसफुसाकर बोलीं। 'और यह मिनर्वा मैक्गॉनेगल की है, है ना? लेकिन वे लोग किस बारे में बहस कर रहे हैं?'

अब हैरी को भी आवाज़ें सुनाई देने लगी थीं। ऐसा लग रहा था कि कुछ लोग चिल्लाते हुए अस्पताल की तरफ़ भागे चले आ रहे थे।

'अफ़सोस की बात है, लेकिन फिर भी, मिनर्वा –' कॉर्नेलियस फ़ज ज़ोर से कह रहे थे।

'आपको उसे महल के अंदर लाना ही नहीं चाहिए था!' प्रोफ़ेसर मैक्गॉनेगल चिल्लाईं। 'जब डम्बलडोर को पता चलेगा –'

हैरी को अस्पताल के दरवाज़े के तेज़ी से खुलने की आवाज़ आई। उसकी तरफ़ किसी का ध्यान नहीं था, क्योंकि सभी लोग दरवाज़े को घूर रहे थे और बिल ने पर्दा दोबारा लगा दिया था। हैरी उठकर बैठ गया और उसने अपना चश्मा लगा लिया।

फ़ज वार्ड में धड़धड़ाते हुए अंदर आए। प्रोफ़ेसर मैक्गॉनेगल और प्रोफ़ेसर स्नेप उनके पीछे-पीछे थे।

फ़ज ने मिसेज़ वीज़्ली से पूछा, 'डम्बलडोर कहाँ हैं?'

'वे यहाँ नहीं हैं,' मिसेज़ वीज़्ली ने ग़ुस्से से कहा। 'यह अस्पताल है, मंत्रीजी, क्या आपको यह नहीं लगता कि आपको –'

लेकिन तभी दरवाज़ा खुल गया और डम्बलडोर तेज़ी से चलकर अस्पताल में आ गए।

'क्या हुआ?' डम्बलडोर ने तीखी आवाज़ में पूछा और कभी फ़ज को, तो कभी प्रोफ़ेसर मैक्गॉनेगल को देखने लगे। 'आप लोग अस्पताल की शांति में बाधा क्यों डाल रहे हैं? मिनर्वा, मैं तुम्हें यहाँ देखकर हैरान हूँ - मैंने तुमसे बार्टी क्राउच पर पहरा देने को कहा था -'

'अब उस पर पहरा देने की कोई ज़रूरत नहीं है, डम्बलडोर!' उन्होंने चीख़कर कहा। 'मंत्रीजी ने उस ज़रूरत को ख़त्म कर दिया है!'

हैरी ने पहले कभी प्रोफ़ेसर मैक्गॉनेगल को इस तरह बेक़ाबू होते नहीं देखा था। उनके गालों पर ग़ुस्से भरे लाल दाग़ दिख रहे थे। उनके हाथों की मुट्ठियाँ बँध चुकी थीं। वे आवेश में थरथरा रही थीं।

स्नेप ने धीमी आवाज़ में कहा, 'जब हमने मिस्टर फ़ज को बताया कि हमने आज रात की घटनाओं के लिए ज़िम्मेदार प्राणभक्षी को पकड़ लिया है, तो उन्हें लगा कि उस प्राणभक्षी से उनकी जान को ख़तरा हो सकता है। वे एक दमपिशाच को लेकर महल के अंदर आए और उसे उस ऑफ़िस तक ले गए, जहाँ बार्टी क्राउच -'

'मैंने उनसे कहा था कि आप इसके लिए तैयार नहीं होंगे!' प्रोफ़ेसर मैक्गॉनेगल ग़ुस्से से झल्लाकर बोलीं। 'मैंने उन्हें बता दिया था कि आप कभी दमपिशाचों को इस महल के भीतर घुसने की इज़ाज़त नहीं देंगे, लेकिन -'

हैरी ने फ़ज को भी पहले कभी इतने ग़ुस्से में नहीं देखा था। वे बोले, 'जादू मंत्री होने के नाते मुझे पूरा अधिकार है कि मैं एक ख़तरनाक प्राणभक्षी से पूछताछ करते समय अपनी सुरक्षा के लिए जिसे चाहूँ, साथ ला सकता हूँ -'

लेकिन प्रोफ़ेसर मैक्गॉनेगल की आवाज़ ने फ़ज की आवाज़ को दबा दिया।

'जिस पल उस - उस दमपिशाच ने अंदर क़दम रखा,' उन्होंने फ़ज की तरफ़ इशारा करते हुए और काँपते हुए कहा, 'वह तेज़ी से क्राउच पर झपटा और - और -'

हैरी को पेट में ठंडा एहसास हुआ, जब प्रोफ़ेसर मैक्गॉनेगल आगे की बात बताने के लिए शब्द खोजने लगीं। हैरी इतने से ही समझ गया कि दमपिशाच ने क्या किया होगा। उसने बार्टी क्राउच का चुंबन ले लिया होगा। उसने क्राउच की आत्मा को उसके मुँह से खींचकर बाहर निकाल लिया होगा। अब क्राउच लाश से भी बदतर हालत में होगा।

'लेकिन उससे क्या नुक़सान हुआ!' फ़ज ने अकड़ते हुए कहा। 'ऐसा लगता है कि वह कई मौतों के लिए ज़िम्मेदार था!'

'लेकिन अब वह गवाही नहीं दे सकता, कॉर्नेलियस,' डम्बलडोर ने कहा।

वे फ़ज को इतनी सख़्ती से घूर रहे थे, जैसे वे उन्हें पहली बार देख रहे हों। 'वह गवाही नहीं दे सकता कि उसने उन लोगों को क्यों मारा था।'

'उसने उन्हें क्यों मारा था? इसमें क्या रहस्य है?' फ़ज ने गरजते हुए कहा। 'वह पागल हो चुका था! मिनर्वा और सिरियस की बातों से तो लगता है कि वह यह सोच रहा था कि वह तुम-जानते-हो-कौन के निर्देशों पर काम कर रहा था!'

'लॉर्ड वोल्डेमॉर्ट सचमुच उसे निर्देश दे रहा *था*, कॉर्नेलियस,' डम्बलडोर ने कहा। 'इन लोगों की मौत तो सिर्फ़ उस योजना के कारण हुई, जो वोल्डेमॉर्ट ने पूरी ताक़त हासिल करने और ख़ुद को पुनर्जीवित करने के लिए बनाई थी। उसकी योजना सफल हुई। वोल्डेमॉर्ट को उसका शरीर मिल चुका है।'

फ़ज ऐसे दिख रहे थे, जैसे किसी ने उनके चेहरे पर भारी पत्थर मार दिया हो। वे अवाक होकर पलकें झपकाते रहे और डम्बलडोर को घूरते रहे, जैसे उन्हें अपने कानों पर यक़ीन नहीं हो रहा हो।

वे डम्बलडोर की तरफ़ देखकर बड़बड़ करने लगे, 'तुम-जानते-हो-कौन ... लौट आया? क्या बकवास है? छोड़ो भी डम्बलडोर ...'

'जैसा कि मिनर्वा और सीवियरस ने आपको बताया ही होगा,' डम्बलडोर ने कहा, 'हमने बार्टी क्राउच को अपराध स्वीकार करते हुए सुना था। सत्यद्रव के प्रभाव में उसने हमें बताया कि उसे अज़्काबान से चोरी से कैसे बाहर लाया गया। उसने बताया कि वोल्डेमॉर्ट ने बर्था जोरकिन्स से उसके बारे में कैसे जाना और फिर उसे उसके पिता के चंगुल से कैसे आज़ाद कराया। उसने यह भी बताया कि वोल्डेमॉर्ट ने उसके माध्यम से हैरी को कैसे पकड़ा। फ़ज, मैं तुम्हें बता दूँ, वोल्डेमॉर्ट की योजना सफल हो चुकी है। क्राउच की मदद से वोल्डेमॉर्ट पुनर्जीवित हो चुका है।'

'देखो डम्बलडोर,' फ़ज ने कहा, और हैरी उनके चेहरे पर मुस्कान देखकर हैरान रह गया, 'कहीं तुम - सचमुच तो इस बात पर यक़ीन नहीं कर रहे हो। तुम-जानते-हो-कौन - वापस लौट आया। छोड़ो भी ... निश्चित रूप से यह क्राउच का *वहम* होगा कि वह तुम-जानते-हो-कौन के आदेश पर काम कर रहा है - लेकिन ऐसे पागल की बात पर भरोसा करना, डम्बलडोर ...'

'जब हैरी ने आज रात त्रिकोणीय कप को छुआ, तो वह सीधे वोल्डेमॉर्ट के पास पहुँच गया,' डम्बलडोर ने स्थिर स्वर में कहा। 'उसने अपनी आँखों से लॉर्ड वोल्डेमॉर्ट को पुनर्जीवित होते देखा है। अगर आप मेरे ऑफ़िस में चलें, तो मैं आपको सारी बात बता देता हूँ।'

डम्बलडोर ने हैरी की तरफ़ देखा। उन्होंने देख लिया कि वह जागा हुआ

था, लेकिन उन्होंने अपना सिर हिलाकर कहा, 'मुझे डर है कि मैं आज रात आपको हैरी से सवाल पूछने की इज़ाज़त नहीं दे सकता।'

फ़ज अब भी मुस्कराते रहे।

उन्होंने भी हैरी पर एक नज़र डाली और फिर डम्बलडोर की तरफ़ देखकर कहा, 'आप - अर - इस मामले में हैरी की बात पर यक़ीन करने को तैयार हैं, डम्बलडोर?'

एक पल ख़ामोशी छाई रही, जो सिर्फ़ सिरियस के गुर्राने की आवाज़ से ही टूट रही थी। उसकी गर्दन के बाल खड़े थे और वह फ़ज की तरफ़ दाँत दिखा रहा था।

'निश्चित रूप से मुझे हैरी की बात पर यक़ीन है,' डम्बलडोर ने कहा, जिनकी आँखें अब सुलग रही थीं। 'मैंने क्राउच की अपराध की स्वीकारोक्ति सुनी है और मैंने हैरी के मुँह से यह सुना है कि उसके त्रिकोणीय कप छूने के बाद क्या हुआ था। दोनों कहानियाँ एक ही तरफ़ संकेत करती हैं और इनसे हर वह घटना स्पष्ट हो जाती है, जो पिछली गर्मी में बर्था जोरकिन्स के ग़ायब होने के बाद से हुई है।'

फ़ज के चेहरे पर अब भी एक अजीब सी मुस्कान थी। एक बार फिर उन्होंने बोलने से पहले हैरी की तरफ़ देखा। 'आप यह मानने के लिए तैयार हैं कि लॉर्ड वोल्डेमॉर्ट लौट आया है ... सिर्फ़ एक पागल हत्यारे की बात पर और एक ऐसे लड़के की बात पर ... जो ...'

फ़ज ने हैरी को एक बार फिर देखा और हैरी अचानक समझ गया।

'आप रीटा स्कीटर के लेख पढ़ रहे हैं, मिस्टर फ़ज,' उसने धीरे से कहा।

रॉन, हर्माइनी, मिसेज़ वीज़्ली और बिल सभी उछल पड़े। उनमें से किसी को भी एहसास नहीं था कि हैरी जाग चुका था।

फ़ज का चेहरा थोड़ा लाल पड़ गया, लेकिन उनके चेहरे पर विद्रोह और ज़िद का भाव आ गया।

'अगर ऐसा है, तो क्या हुआ?' उन्होंने डम्बलडोर की तरफ़ देखकर कहा। 'अगर मुझे यह पता चल गया है कि आपने इस लड़के के बारे में कुछ बातें छिपाकर रखी हैं, तो क्या ग़लत हो गया? सर्पभाषी, है ना? और बार-बार सिर में दर्द भी होता है -'

डम्बलडोर ने ठंडेपन से कहा, 'मुझे लगता है कि आप उस दर्द का ज़िक्र कर रहे हैं, जो हैरी के निशान में होता है?'

'तो आप भी मानते हैं कि उसे बार-बार सिर दर्द होता है?' फ़ज ने

तत्काल कहा। 'सिर दर्द? बुरे सपने? शायद - काल्पनिक मतिभ्रम?'

'कॉर्नेलियस, मेरी बात सुनो,' डम्बलडोर ने फ़ज की तरफ़ एक क़दम बढ़ाते हुए कहा। एक बार फिर उनके शरीर से वैसी ही ऊर्जा निकल रही थी, जैसी युवा क्राउच को स्तब्ध करते समय निकली थी। 'हैरी का दिमाग़ आपके और मेरे दिमाग़ जितना ही ठीक है। उसके माथे के निशान के कारण उसके दिमाग़ को कुछ नहीं हुआ है। मुझे लगता है कि जब लॉर्ड वोल्डेमॉर्ट आस-पास होता है या हिंसक मनोदशा में होता है, तभी हैरी के निशान में दर्द होता है।'

फ़ज डम्बलडोर से थोड़ा पीछे हट गए, लेकिन उतने ही अड़ियल स्वर में बोले, 'मुझे माफ़ करना डम्बलडोर, लेकिन मैंने पहले कभी नहीं सुना कि शाप का निशान किसी चेतावनी की घंटी की तरह काम करता है ...'

'देखिए, मैंने वोल्डेमॉर्ट को पुनर्जीवित होते देखा है!' हैरी चिल्लाया। उसने बिस्तर से उठने की दोबारा कोशिश की, लेकिन मिसेज़ वीज़्ली ने उसे ऐसा नहीं करने दिया। 'मैंने प्राणभक्षियों को देखा है! मैं आपको उनके नाम बता सकता हूँ! लूसियस मैल्फ़ॉय -'

स्नेप अचानक हिले, लेकिन हैरी ने जब उनकी तरफ़ देखा, तो स्नेप की निगाह दोबारा फ़ज की तरफ़ चली गई।

'मैल्फ़ॉय को दोषमुक्त कर दिया गया है!' फ़ज ने स्पष्ट रूप से विचलित दिखते हुए कहा। 'बहुत पुराना परिवार है - अच्छे कामों के लिए काफ़ी चंदा देता है -'

'मैकनेअर!' हैरी ने आगे कहा।

'उसे भी दोषमुक्त कर दिया गया है! वह अब मंत्रालय के लिए काम कर रहा है!'

'एवरी - नॉट - क्रैब - गॉइल -'

'तुम सिर्फ़ उन लोगों के नाम दोहरा रहे हो, जिन्हें तेरह साल पहले प्राणभक्षी होने के आरोप से मुक्त कर दिया गया है!' फ़ज ने ग़ुस्से से कहा। 'तुमने उनके नाम पुराने मुकदमों में देख लिए होंगे! भगवान के लिए, डम्बलडोर - यह लड़का पिछले साल भी कोई अजीब कहानी सुना रहा था - उसकी कहानियाँ अब और ज़्यादा हवाई होती जा रही हैं और इसके बाद भी तुम इसकी बात पर यक़ीन कर रहे हो - यह लड़का साँपों से बात कर सकता है, डम्बलडोर, फिर भी तुम सोचते हो कि उसकी बात पर भरोसा करना चाहिए?'

'मूर्ख आदमी!' प्रोफ़ेसर मैक्गॉनेगल चिल्लाईं। 'सेडरिक डिगोरी! मिस्टर क्राउच! इनकी मौतें किसी पागल का बिना सोचा-समझा काम नहीं हैं!'

'मुझे इसके विपरीत कोई सबूत नज़र नहीं आ रहा है!' फ़ज चिल्लाए, जो अब मैक्गॉनेगल जितने ही ग़ुस्सा थे और जिनका चेहरा बैंगनी हो गया था। 'मुझे ऐसा लगता है कि आप सभी लोग न जाने क्यों दहशत फैलाने का संकल्प कर चुके हैं, जिसके कारण हर वह चीज़ बिगड़ जाएगी, जिसे बनाने के लिए हमने पिछले तेरह सालों से मेहनत की है!'

हैरी जो कुछ सुन रहा था, उस पर उसे यक़ीन ही नहीं हो रहा था। वह हमेशा फ़ज को एक दयालु व्यक्ति मानता था - थोड़े दंभी, थोड़े आडंबरप्रिय, परंतु मूलतः अच्छे स्वभाव के। लेकिन अब उसके सामने एक नाटा, ग़ुस्सैल जादूगर खड़ा था, जो अपने आरामदेह और सुनियोजित संसार में किसी भी तरह की गड़बड़ी की आशंका को मानने से साफ़ इंकार कर रहा था - वह यह मानने को तैयार ही नहीं था कि वोल्डेमॉर्ट वापस लौट सकता है।

'वोल्डेमॉर्ट लौट आया है,' डम्बलडोर ने दोहराया। 'फ़ज, अगर आप इस सच्चाई को तत्काल स्वीकार कर लेते हैं और आवश्यक क़दम उठा लेते हैं, तो हम शायद अब भी स्थिति को सँभाल सकते हैं। सबसे पहला और सबसे अनिवार्य क़दम तो यह है कि अज़्काबान से दमपिशाचों को हटा लिया जाए -'

'बकवास!' फ़ज एक बार फिर चिल्लाए। 'दमपिशाचों को हटा लें! यह सुझाव देते ही लोग मुझे मंत्री पद से हटा देंगे! हममें से आधे लोग रात को चैन की नींद सिर्फ़ इसलिए सो पाते हैं, क्योंकि हम जानते हैं कि दमपिशाच अज़्काबान पर पहरा दे रहे हैं!'

'कॉर्नेलियस, लेकिन हममें से बाक़ी लोग चैन की नींद सिर्फ़ इसलिए नहीं सो पाते हैं, क्योंकि आपने लॉर्ड वोल्डेमॉर्ट के सबसे ख़तरनाक समर्थकों को उन प्राणियों के हवाले कर रखा है, जो मौक़ा मिलते ही उसके साथ हो जाएँगे!' डम्बलडोर ने कहा। 'वे आपके प्रति वफ़ादार नहीं रहेंगे, फ़ज! वोल्डेमॉर्ट उन्हें इतने ज़्यादा अधिकार और आनंद दे सकता है, जो आप कभी नहीं दे सकते! जब दमपिशाच उसके पीछे खड़े होंगे और उसके पुराने समर्थक उसके पास लौट चुके होंगे, तो आप उसे उतना शक्तिशाली बनने से नहीं रोक सकते, जितना वह तेरह साल पहले था!'

फ़ज अब अपना मुँह खोल रहे थे और बंद कर रहे थे, जैसे उन्हें अपने ग़ुस्से को व्यक्त करने के लिए शब्द नहीं मिल रहे हों।

'आपको जो दूसरा क़दम उठाना चाहिए - और तत्काल उठाना चाहिए,' डम्बलडोर ने आगे कहा, 'वह है दानवों के पास अपने दूत भेजना।'

'दानवों के पास दूत ?' फ़ज चीख़े, क्योंकि उनकी जीभ दोबारा चलने लगी थी। 'यह क्या पागलपन है ?'

'इससे पहले कि देर हो जाए, उनकी तरफ़ दोस्ती का हाथ बढ़ा दें,' डम्बलडोर ने कहा, 'वरना वोल्डेमॉर्ट यह कहकर उन्हें मना लेगा, जैसा उसने पहले भी किया था, कि जादूगरों में सिर्फ़ वही है, जो उन्हें अधिकार और स्वतंत्रता दे सकता है!'

'आप – आप यह क्या कह रहे हैं ?' फ़ज ने अपना सिर हिलाते हुए और डम्बलडोर से थोड़ा पीछे हटते हुए कहा। 'अगर जादूगर जनता को भनक भी लग गई कि मैंने दानवों से संपर्क किया है, तो मेरा कैरियर ख़त्म हो जाएगा, डम्बलडोर – लोग उनसे नफ़रत करते हैं –'

'कॉर्नेलियस, आप मंत्री पद के मोह में अंधे हो चुके हैं,' डम्बलडोर ने कहा, जिनकी आवाज़ अब ऊँची हो गई थी। उनके चारों तरफ़ शक्ति का आभामंडल अब ज़्यादा स्पष्ट दिखने लगा था और उनकी आँखें फिर से धधकने लगी थीं। 'आप कथित शुद्ध ख़ून को बहुत ज़्यादा महत्व देते हैं और ऐसा आपने हमेशा किया है! आप यह कभी नहीं समझ पाए कि इससे कोई फ़र्क़ नहीं पड़ता कि इंसान कैसा पैदा होता है! फ़र्क़ तो इस बात से पड़ता है कि इंसान भविष्य में कैसा बनता है! आपके दमपिशाच ने अभी-अभी शुद्ध ख़ून वाले ख़ानदान के आख़िरी जीवित सदस्य को नष्ट कर दिया है – और देखिए, उसने अपने जीवन का क्या हाल कर लिया था! मैं आपसे अनुरोध करता हूँ – मेरे सुझाए क़दम उठा लीजिए। फिर चाहे आप मंत्री पद पर रहें या न रहें, आपको जादू मंत्रालय के सबसे बहादुर और महान मंत्रियों में से एक माना जाएगा। अगर आप ये क़दम नहीं उठाएँगे, तो इतिहास आपको एक ऐसे इंसान के रूप में याद रखेगा, जो अपने कर्तव्य से विमुख हो गया था और जिसने वोल्डेमॉर्ट को उस संसार को उजाड़ने का दूसरा मौक़ा दिया, जिसे दोबारा बनाने के लिए हमने बहुत मेहनत की थी!'

'पागलपन,' फ़ज पीछे हटते हुए फुसफुसाए। 'पागलपन ...'

और फिर ख़ामोशी छा गई। मैडम पॉमफ़्री हैरी के बिस्तर के पैताने पर खड़ी हुई थीं और उनका हाथ उनके मुँह पर था। मिसेज़ वीज़्ली अब भी हैरी के पास ही खड़ी थीं और उनका हाथ उसके कंधे पर था, ताकि वह उठ न पाए। बिल, रॉन और हर्माइनी फ़ज को घूरकर देख रहे थे।

डम्बलडोर ने कहा, 'कॉर्नेलियस, अगर अपनी आँखें बंद करने का आपका संकल्प आपको इस मुक़ाम तक ले आया है, तो अब हम दोराहे पर पहुँच चुके हैं और हमारे रास्ते अलग-अलग हैं। आप वही करें, जो आपको अच्छा लगता है और मैं – मैं वही करूँगा, जो मुझे सही लगता है।'

डम्बलडोर की आवाज़ में किसी तरह की धमकी का पुट नहीं था। यह

सिर्फ़ एक सामान्य बात थी, लेकिन फ़ज इस तरह ताव में आ गए, जैसे डम्बलडोर ने उनकी तरफ़ छड़ी तान दी हो।

'देखो डम्बलडोर,' उन्होंने उँगली उठाकर डम्बलडोर को धमकी देते हुए कहा। 'मैंने आपको हमेशा पूरी छूट दी है। मैं आपका काफ़ी सम्मान करता हूँ। मुझे आपके कई निर्णय अच्छे नहीं लगे, लेकिन फिर भी मैंने हमेशा अपना मुँह बंद रखा है। ऐसे लोग ज़्यादा नहीं होंगे, जो आपको नरभेड़िए को या हैग्रिड को स्टाफ़ में रखने की छूट देंगे, या यह फ़ैसला करने की छूट देंगे कि आप मंत्रालय से पूछे बिना अपने विद्यार्थियों को क्या पढ़ाएँ। लेकिन अगर आप मेरे ख़िलाफ़ काम करेंगे –'

'मैं किसी और के नहीं, सिर्फ़ लॉर्ड वोल्डेमॉर्ट के ख़िलाफ़ काम करना चाहता हूँ,' डम्बलडोर ने कहा। 'कॉर्नेलियस, अगर आप भी उसके ख़िलाफ़ हैं, तो हम साथ-साथ हैं।'

ऐसा लग रहा था कि फ़ज को इसका कोई जवाब नहीं सूझ रहा था। वे अपने छोटे पैरों पर एक पल के लिए आगे-पीछे होते रहे और अपने हैट को अपने हाथों में घुमाते रहे।

आख़िरकार, उन्होंने आग्रह भरी आवाज़ में कहा, 'वह नहीं लौट सकता, डम्बलडोर, वह नहीं लौट सकता ...'

स्नेप आगे बढ़े, डम्बलडोर से आगे निकले और अपने दुशाले की बाईं आस्तीन ऊपर कर ली। उन्होंने अपनी बाँह फ़ज को दिखाई, जो पीछे हट गए।

'देखिए,' स्नेप ने रूखेपन से कहा। 'यहाँ देखिए। यह मौत का निशान है। यह इस समय उतना साफ़ और काला नहीं है, जितना एक घंटे पहले था, लेकिन आप इसे अब भी देख सकते हैं। हर प्राणभक्षी के हाथ पर शैतानी शहंशाह ने ऐसा ही निशान गोदा है। यह हमारी पहचान है और इसी के सहारे वह हमें बुलाता है। जब वह किसी भी प्राणभक्षी के निशान को छूता है, तो हम सभी को तत्काल अंतर्ध्यान होकर उसके पास प्रकट होना पड़ता है। यह निशान एक साल से लगातार स्पष्ट होता जा रहा था। कारकारोफ़ का भी। आपको क्या लगता है, कारकारोफ़ आज रात को यहाँ से क्यों भागा? हम दोनों को ही निशान में जलन का एहसास हुआ था। हम दोनों ही जान गए थे कि वह लौट आया है। कारकारोफ़ शैतानी शहंशाह के प्रतिशोध से डरता है। उसने अपने कई प्राणभक्षी साथियों के साथ गद्‌दारी की है, अतः वह जानता है कि अब उसका स्वागत नहीं होगा। इसीलिए वह यहाँ से भागा था।'

फ़ज स्नेप से एक क़दम पीछे हट गए। वे अपना सिर हिला रहे थे। ऐसा लग ही नहीं रहा था कि उन्होंने स्नेप की कोई बात सुनी या समझी थी। वे

सपाट अंदाज़ में स्नेप के हाथ के बदसूरत निशान को घूरे जा रहे थे। फिर वे डम्बलडोर की तरफ़ मुड़कर फुसफुसाए, 'मैं नहीं जानता कि आप और आपका स्टाफ़ कौन सा खेल खेल रहे हैं, लेकिन अब मैं बहुत सुन चुका हूँ। मैं आगे कुछ नहीं सुनना चाहता। मैं आगे कुछ नहीं कहना चाहता। डम्बलडोर, मैं कल आपसे मिलूँगा और इस स्कूल को चलाने के बारे में बात करूँगा। अब मुझे मंत्रालय लौटना होगा।'

वे दरवाज़े के पास तक पहुँचकर ठिठक गए। फिर वे मुड़े और हैरी के बिस्तर के पास आए।

'तुम्हारा इनाम,' उन्होंने अपनी जेब से सोने के सिक्कों से भरी एक बड़ी थैली निकाली और हैरी के बिस्तर के पास वाली टेबल पर रख दी। 'एक हज़ार गैलियन। हालाँकि सम्मान समारोह भी होना चाहिए था, लेकिन इन परिस्थितियों में ...'

उन्होंने हैट को अपने सिर पर लगाया और कमरे से बाहर चले गए। जाते-जाते वे धड़ाम से दरवाज़ा बंद कर गए। जिस पल वे ग़ायब हुए, डम्बलडोर हैरी के बिस्तर के चारों तरफ़ खड़े लोगों की ओर मुड़े।

'बहुत काम करना है,' उन्होंने कहा। 'मॉली ... क्या मैं तुम पर और आर्थर पर भरोसा कर सकता हूँ?'

'हाँ, निश्चित रूप से,' मिसेज़ वीज़्ली ने कहा। उनके होंठ तक सफ़ेद हो गए थे, लेकिन उनके चेहरे पर संकल्प का भाव था। 'मेरे पति फ़ज की हक़ीक़त जानते हैं। आर्थर तो मगलुओं के प्रेम के कारण इतने सालों से उसी पद पर काम कर रहे हैं। फ़ज को लगता है कि उनमें जादूगरों का गर्व नहीं है।'

'तब तो मुझे आर्थर के पास संदेश भेजना होगा,' डम्बलडोर ने कहा। 'जिन लोगों को हम सच्चाई का यक़ीन दिला सकते हैं, उन सभी को तत्काल ख़बर भेजनी होगी। आर्थर ऐसी जगह पर है, जहाँ वह मंत्रालय में उन लोगों से संपर्क कर सकता है, जो कॉर्नेलियस की तरह अंधे नहीं होंगे।'

'मैं डैडी के पास जाता हूँ,' बिल ने खड़े होते हुए कहा। 'मैं अभी चला जाता हूँ।'

'बहुत बढ़िया,' डम्बलडोर ने कहा। 'उन्हें सारी बात बता देना। उन्हें बता देना कि कुछ ही समय बाद मैं उनसे सीधे संपर्क में रहूँगा। बहरहाल, उन्हें समझदारी से काम लेना होगा। अगर फ़ज को लगा कि मैं मंत्रालय में दख़ल दे रहा हूँ –'

बिल ने कहा, 'वह सब आप मुझ पर छोड़ दें।'

उसने अपना हाथ बढ़ाकर हैरी का कंधा थपथपाया, अपनी माँ का गाल चूमा, अपना चोगा ओढ़ा और तेज़ी से कमरे के बाहर चला गया।

'मिनर्वा,' डम्बलडोर ने प्रोफ़ेसर मैक्गॉनेगल की तरफ़ मुड़ते हुए कहा, 'जितनी जल्दी हो सके, मैं अपने ऑफ़िस में हैग्रिड से मिलना चाहता हूँ! साथ ही - मैडम मैक्सिम से भी - अगर वे मेहरबानी करके यहाँ आने के लिए तैयार हो जाएँ।'

प्रोफ़ेसर मैक्गॉनेगल ने सिर हिलाया और बग़ैर कुछ बोले बाहर चली गईं।

'पॉपी,' डम्बलडोर ने मैडम पॉमफ़्री से कहा, 'क्या आप प्रोफ़ेसर मूडी के ऑफ़िस में जाएँगी ? मुझे लगता है कि वहाँ आपको विंकी नाम की घरेलू जिन्न बहुत दुखी हालत में दिखेगी ? आप उसके लिए जो कर सकती हों करें और उसे किचन में ले जाएँ। मुझे लगता है कि डॉबी उसकी देखभाल कर लेगा।'

'ठीक है,' हैरान दिख रहीं मैडम पॉमफ़्री ने कहा और वे भी चली गईं।

दोबारा बोलने से पहले डम्बलडोर ने यह सुनिश्चित किया कि दरवाज़ा बंद था और मैडम पॉमफ़्री के क़दमों की आहट सुनाई देना बंद हो गई थी।

उन्होंने कहा, 'और अब समय आ गया है कि हममें से दो लोग एक-दूसरे की असलियत पहचान लें। सिरियस ... अपने असली रूप में आ जाओ।'

बड़े काले कुत्ते ने डम्बलडोर की तरफ़ देखा और फिर, एक ही पल में, आदमी में बदल गया।

मिसेज़ वीज़्ली चीख़ीं और बिस्तर से नीचे उतर गईं।

'सिरियस ब्लैक!' वे उसकी तरफ़ इशारा करते हुए चीख़ीं।

'मम्मी, चुप रहो!' रॉन चिल्लाया। 'सब कुछ ठीक है!'

स्नेप न तो चीख़े, न ही पीछे हटे, लेकिन उनके चेहरे पर क्रोध और आतंक का मिला-जुला भाव था।

'ये!' वे सिरियस को घूरकर गुर्राए, जिसके चेहरे पर भी उतनी ही नफ़रत का भाव था। 'ये यहाँ क्या कर रहा है ?'

'सिरियस मेरे बुलाने पर यहाँ आया है,' डम्बलडोर ने उन दोनों से कहा, 'जैसे कि तुम आए हो, सीवियरस। मुझे तुम दोनों पर ही भरोसा है। अब समय आ गया है कि तुम दोनों अपने पुराने मतभेदों को भूल जाओ और एक-दूसरे पर भरोसा करने लगो।'

हैरी ने सोचा कि डम्बलडोर किसी चमत्कार की उम्मीद कर रहे थे। सिरियस और स्नेप एक-दूसरे को भयंकर नफ़रत से देख रहे थे।

डम्बलडोर ने अपनी आवाज़ में थोड़ी अधीरता के पुट के साथ कहा, 'इस समय तो मैं चाहूँगा कि तुम दोनों खुली शत्रुता न दिखाओ। दोनों हाथ मिलाओ। तुम दोनों अब एक ही पाले में हो। समय कम है और हममें से जो लोग सच्चाई जानते हैं, जब तक वही एक नहीं होंगे, तब तक कोई उम्मीद नहीं है।'

बहुत धीरे-धीरे - लेकिन अब भी एक-दूसरे को ग़ुस्से से घूरते हुए जैसे वे सामने वाले का बुरा ही चाहते हों - सिरियस और स्नेप एक-दूसरे की तरफ़ बढ़े और उन्होंने हाथ मिला लिया, लेकिन बहुत जल्दी छोड़ दिया।

'शुरुआत के लिए इतना ही काफ़ी है,' डम्बलडोर ने आगे बढ़कर उन दोनों के बीच एक बार फिर आते हुए कहा। 'अब मेरे पास तुम दोनों के लिए काम है। हालाँकि फ़ज का नज़रिया अप्रत्याशित नहीं था, लेकिन इससे हर चीज़ बदल गई है। सिरियस, मुझे तुम्हें तत्काल भेजना होगा। तुम्हें रीमस ल्यूपिन, अराबेला फ़िग, मन्डन्गस फ़्लेचर - यानी पुरानी टीम को चेतावनी देनी है। कुछ समय तक ल्यूपिन के यहाँ सावधानी से छिपे रहना, मैं तुमसे वहीं संपर्क करूँगा।'

'लेकिन -' हैरी ने कहा।

वह चाहता था कि सिरियस रुके। वह उससे एक बार फिर इतनी जल्दी विदा नहीं लेना चाहता था।

'हैरी, हमारी मुलाक़ात जल्दी ही होगी,' सिरियस ने उसकी तरफ़ मुड़ते हुए कहा। 'मैं तुमसे वादा करता हूँ। लेकिन मैं जितना कर सकता हूँ, वह तो मुझे करना ही पड़ेगा। तुम यह बात समझते हो, है ना?'

'हाँ,' हैरी ने कहा। 'हाँ ... मैं यह बात समझता हूँ।'

सिरियस ने थोड़ी देर तक उसका हाथ पकड़ा और फिर डम्बलडोर की तरफ़ देखकर सिर झुकाया। वह एक बार फिर रूप परिवर्तन करके बड़े काले कुत्ते में बदल गया। फिर वह भागकर दरवाज़े तक गया, जहाँ उसने अपने पंजे से हैंडल खोल लिया। फिर वह चला गया।

'सीवियरस,' डम्बलडोर ने स्नेप की तरफ़ मुड़ते हुए कहा, 'तुम जानते हो कि मैं तुमसे क्या करने के लिए कहने वाला हूँ। अगर तुम तैयार हो ...'

'मैं तैयार हूँ,' स्नेप ने कहा।

उनका चेहरा हमेशा से थोड़ा ज़्यादा पीला दिख रहा था और उनकी ठंडी, काली आँखें अजीब तरीक़े से चमक रही थीं।

'तो फिर, गुड लक,' डम्बलडोर ने कहा और वह डर के हल्के से भाव के साथ स्नेप को बाहर जाते हुए देखते रहे।

कुछ देर बाद डम्बलडोर फिर बोले।

उन्होंने कहा, 'मुझे अब नीचे जाना होगा। मुझे डिगोरी दंपति से मिलना होगा। हैरी – अपना बाक़ी बचा हुआ काढ़ा पी लो। मैं तुम लोगों से बाद में मिलता हूँ।'

डम्बलडोर के जाते ही हैरी अपने तकियों से टिक गया। हर्माइनी, रॉन और मिसेज़ वीज़्ली उसकी तरफ़ देख रहे थे। उनमें से कोई भी काफ़ी समय तक कुछ नहीं बोला।

'तुम्हें अपना बाक़ी बचा काढ़ा पीना है, हैरी।' मिसेज़ वीज़्ली ने आख़िरकार कहा। जब उन्होंने काढ़े की बोतल और गिलास उठाने के लिए अपना हाथ बढ़ाया, तो उनका हाथ उसके बिस्तर के पास वाली टेबल पर रखी सोने की थैली पर पड़ा। 'तुम गहरी नींद में सो लो! कुछ समय किसी दूसरी चीज़ के बारे में सोचने की कोशिश करो ... यह सोचो कि तुम इस इनाम की रक़म से क्या ख़रीदोगे!'

'मुझे यह इनाम नहीं चाहिए,' हैरी ने भावहीन आवाज़ में कहा। 'इसे आप रख लें। इसे कोई भी रख ले। मुझे यह नहीं मिलना चाहिए था। यह तो सेडरिक को मिलना चाहिए था।'

जब से वह भूलभुलैया से बाहर आया था, तब से जिस चीज़ के ख़िलाफ़ वह जूझ रहा था, वह अब उस पर फिर हावी हो रही थी। उसे अपनी आँखों के अंदरूनी कोनों में जलन महसूस हो रही थी। उसने पलकें झपकाईं और छत की तरफ़ ऊपर देखा।

'यह तुम्हारी ग़लती नहीं थी, हैरी,' मिसेज़ वीज़्ली फुसफुसाईं।

हैरी ने कहा, 'मैंने ही तो उससे कहा था कि हम दोनों एक साथ कप को छूते हैं।'

अब उसके गले में भी जलन होने लगी थी। वह सोच रहा था कि काश रॉन दूसरी तरफ़ देखने लगे।

मिसेज़ वीज़्ली ने काढ़ा भरने के बाद बोतल दोबारा टेबल पर रख दी। वे नीचे झुकीं और हैरी को अपनी बाँहों में ले लिया। हैरी को याद नहीं था कि पहले कभी किसी ने उसे मातृत्व भाव से इस तरह गले लगाया हो। जब मिसेज़ वीज़्ली ने उसे गले लगाया, तो उसे रात की घटनाओं का पूरा बोझ महसूस हुआ। उसके दिमाग़ में अपनी माँ का चेहरा और सेडरिक की लाश घुमड़ने लगी। फिर यह सब बर्दाश्त के बाहर हो गया। उसने अपना चेहरा भींचकर आँसुओं को बाहर निकलने से रोका, जो निकलने के लिए छटपटा रहे थे।

भड़ाम की आवाज़ आई और मिसेज़ वीज़्ली तथा हैरी अलग-अलग हो गए। हर्माइनी खिड़की के पास खड़ी थी। उसने अपने हाथ में किसी चीज़ को

कसकर पकड़ रखा था।

'सॉरी,' उसने फुसफुसाकर कहा।

'तुम्हारा काढ़ा, हैरी,' मिसेज़ वीज़्ली ने जल्दी से कहा और अपनी आँखें पोंछने लगीं।

हैरी ने एक ही साँस में काढ़ा पी लिया। इसका तत्काल असर हुआ। गहरी नींद की भारी लहरें उस पर छा गईं, वह अपने तकिए पर गिर गया और उसके दिमाग़ में विचारों का सिलसिला थम गया।

अध्याय सैंतीस

शुरुआत

जब एक महीने बाद हैरी ने पीछे पलटकर देखा, तो उसने पाया कि उसे उस भयंकर घटना के बाद के दिनों की बहुत कम यादें थीं। ऐसा लग रहा था, जैसे वह इतना ज़्यादा झेल चुका था कि उसके बाद उसके अंदर और कुछ नहीं जा सकता था। उसके बाद की जितनी भी यादें थीं, वे बेहद दर्दनाक थीं। शायद सबसे बुरी याद तो डिगोरी दंपति से हुई मुलाक़ात की थी, जिनसे वह अगली सुबह मिला था।

उन्होंने उसे घटनाओं के लिए दोष नहीं दिया, बल्कि धन्यवाद दिया कि वह सेडरिक की लाश को उनके पास तक ले आया। मिस्टर डिगोरी बातचीत के दौरान ज़्यादातर समय सुबकते रहे। मिसेज़ डिगोरी का दुख तो आँसुओं से भी परे था।

'तब तो उसे ज़्यादा तकलीफ़ नहीं हुई,' उन्होंने कहा, जब हैरी ने उन्हें बताया कि सेडरिक की मृत्यु कैसे हुई। 'और देखो, एमॉस ... वह टूर्नामेंट जीतने के ठीक बाद मरा था। वह बहुत ख़ुश होगा।'

जब वे उठकर खड़े हुए, तो मिसेज़ डिगोरी ने हैरी की तरफ़ देखते हुए कहा, 'अब तुम अपना ख़्याल रखना।'

हैरी ने अपने बिस्तर के पास वाली टेबल से सोने के सिक्कों से भरी थैली उठाई।

उसने उनसे बुदबुदाकर कहा, 'आप इसे ले जाएँ। यह सेडरिक को मिलना चाहिए। वह कप तक पहले पहुँचा था। आप इसे ले लें –'

लेकिन वे उससे दूर हट गईं। 'ओह नहीं, बेटे, यह इनाम तो तुम्हारा है। हम नहीं ले सकते ... इसे तुम्हीं रखो।'

*

हैरी अगली शाम को गरुड़द्वार के हॉल में लौटा। हर्माइनी और रॉन ने उसे बताया कि डम्बलडोर ने सुबह नाश्ते के समय विद्यार्थियों को संबोधित किया था। उन्होंने सिर्फ़ यह आग्रह किया था कि वे हैरी को अकेला छोड़ दें। कोई भी उससे सवाल न पूछे या उसे भूलभुलैया की कहानी सुनाने के लिए तंग न करे। हैरी ने देखा कि गलियारों में ज़्यादातर विद्यार्थी उससे कतरा रहे थे और नज़र मिलाने से बच रहे थे। कुछ तो उसके पास से गुज़रते समय अपने मुँह पर हाथ रखकर फुसफुसा रहे थे। उसने अंदाज़ा लगाया कि उनमें से कई तो रीटा स्कीटर के लेख के कारण उसे दुविधाग्रस्त और ख़तरनाक मान रहे होंगे। शायद वे मन ही मन यह कल्पना कर रहे होंगे कि सेडरिक कैसे मरा था। उसने पाया कि उसे इस सबकी ज़्यादा परवाह नहीं थी। उसे तब सबसे अच्छा लगता था, जब वह रॉन और हर्माइनी के साथ दूसरी चीज़ों के बारे में बातें करता था या फिर चुपचाप बैठकर उन्हें शतरंज खेलते देखता था। उसे महसूस हुआ, जैसे उन तीनों में एक मौन समझौता हो चुका हो। तीनों ही किसी ऐसे बाहरी संकेत या ख़बर का इंतज़ार कर रहे थे, जिससे यह पता चले कि हॉगवर्ट्स के बाहर क्या हो रहा था। जब तक उन्हें पक्का पता न चल जाए कि क्या हो रहा है, तब तक इस बारे में अंदाज़ा लगाना बेकार था कि क्या होने वाला है। सिर्फ़ एक ही बार उन्होंने इस बारे में बात की थी, जब रॉन ने हैरी को बताया कि घर जाने से पहले मिसेज़ वीज़्ली की डम्बलडोर से क्या बातें हुई थीं।

'वे उनसे पूछने गई थीं कि क्या तुम इस गर्मी में सीधे हमारे यहाँ रहने आ सकते हो,' उसने कहा। 'लेकिन वे चाहते हैं कि तुम कम से कम शुरुआत में तो डर्स्ली परिवार के साथ ही रहो।'

'क्यों ?' हैरी ने कहा।

'मम्मी कहती हैं कि डम्बलडोर ने किसी कारण से ही ऐसा कहा होगा,' रॉन ने अपना सिर हिलाते हुए कहा। 'मुझे लगता है कि हमें उन पर भरोसा करना चाहिए, है ना ?'

रॉन और हर्माइनी के अलावा हैरी सिर्फ़ हैग्रिड से बात करना पसंद करता था। चूँकि गुप्त कलाओं से रक्षा का अब कोई टीचर नहीं था, इसलिए उस विषय की क्लास अब ख़ाली रहती थी। गुरुवार की दोपहर को इसी ख़ाली क्लास के समय में वे हैग्रिड के घर गए। मौसम सुहाना था और धूप चमक रही थी। जब वे पास पहुँचे, तो फ़ैंग भौंकता और अपनी पूँछ हिलाता हुआ खुले दरवाज़े से तेज़ी से बाहर निकला।

'कौन है ?' हैग्रिड ने दरवाज़े तक आते हुए कहा। '*हैरी!*'

वह उनसे मिलने के लिए आगे आया, एक हाथ से हैरी को गले लगाया,

उसके बाल बिखराए और फिर बोला, 'तुम्हें देखकर अच्छा लगा। तुम्हें देखकर अच्छा लगा।'

जब वे हैग्रिड के केबिन में दाख़िल हुए, तो उन्होंने अँगीठी के सामने लकड़ी की टेबल पर बाल्टी के आकार के दो कप-प्लेट देखे।

'उसके साथ चाय पी रहे थे,' हैग्रिड ने कहा, 'वह अभी गई है।'

'कौन ?' रॉन ने उत्सुकता से पूछा।

हैग्रिड ने कहा, 'मैडम मैक्सिम, और कौन!'

रॉन ने पूछा, 'इसका मतलब है, तुम दोनों में सुलह हो गई, है ना ?'

'क्या पता तुम किस बारे में बातें कर रहे हो,' हैग्रिड ने हवाई अंदाज़ में कहा। वह कुछ और कप ले आया। फिर उसने चाय बनाई और बिस्कुटों की प्लेट सबकी तरफ़ बढ़ाई। इसके बाद वह अपनी कुर्सी पर टिक गया और अपनी बीटल जैसी काली आँखों से हैरी को ग़ौर से देखने लगा।

उसने भारी आवाज़ में पूछा, 'तुम ठीक तो हो ?'

'हाँ,' हैरी बोला।

'नहीं, तुम नहीं हो,' हैग्रिड ने कहा। 'ज़ाहिर है, तुम ठीक नहीं हो। लेकिन सब कुछ ठीक हो जाएगा।'

हैरी कुछ नहीं बोला।

'जानते थे कि वह लौटकर आएगा,' हैग्रिड ने कहा। हैरी, रॉन और हर्माइनी ने सदमे से उसकी तरफ़ देखा। 'बरसों से जानते थे, हैरी। जानते थे कि वह छिपा हुआ है और मौक़े का इंतज़ार कर रहा है। यह तो होना ही था। अच्छा तो अब यह हो गया है और हमें इसका सामना करना है। हमें इससे जूझना है। हो सकता है कि उसके क़ब्ज़ा जमाने से पहले ही हम उसे रोक लें। डम्बलडोर की यही योजना है। डम्बलडोर महान हैं। जब तक वे हम लोगों के साथ हैं, तब तक हमें ज़्यादा चिंता नहीं है।'

हैग्रिड ने अपनी घनी भौंहें उठाकर उन लोगों के चेहरे पर हैरानी का भाव देखा।

'इस बात पर चिंतित होने से क्या फ़ायदा होगा,' उसने कहा। 'जो होना है, वह तो होकर रहेगा और जब वह होगा, तब हम उससे निबट लेंगे। डम्बलडोर ने हमें बताया कि तुमने कितना बड़ा काम किया, हैरी।'

हैरी की तरफ़ देखते समय हैग्रिड का सीना गर्व से फूल गया। वह बोला, 'तुमने अपने पिता की तरह काम किया ... और हम तुम्हारी इससे ज़्यादा तारीफ़ नहीं कर सकते।'

हैरी ने उसकी तरफ़ मुस्कराकर देखा। वह कई दिनों बाद पहली बार मुस्कराया था।

'डम्बलडोर ने तुमसे क्या करने को कहा है, हैग्रिड ?' उसने पूछा। 'उन्होंने प्रोफ़ेसर मैक्गॉनेगल को भेजकर तुम्हें और मैडम मैक्सिम को अपने पास बुलाया था ... उस रात को।'

'इस गर्मी में हमें उनका एक छोटा सा काम करना है,' हैग्रिड ने कहा। 'यह गोपनीय है। हमें इसके बारे में बातचीत नहीं करनी चाहिए, यहाँ तक कि तुम लोगों से भी नहीं। शायद मैडम मैक्सिम हमारे साथ जाएँगी। हमें लगता है कि वे हमारे साथ जाएँगी। लगता है कि हमने उन्हें तैयार कर लिया है।'

'क्या इसका संबंध वोल्डेमॉर्ट से है ?'

हैग्रिड उस नाम को सुनकर बिचक गया।

'हो सकता है,' उसने टालमटोल करते हुए कहा। 'अब ... हमारे साथ आख़िरी अग्निडंक को देखने कौन चलेगा ? डरो नहीं, हम तो मज़ाक़ कर रहे थे!' उसने उनके चेहरे के भाव देखकर जल्दी से कहा।

*

जिस दिन हैरी को प्रिविट ड्राइव लौटना था, उसके एक रात पहले उसने भारी मन से कमरे में अपना संदूक पैक किया। वह विदाई की दावत से घबरा रहा था, जिसमें आम तौर पर जश्न मनता था और इंटर-हाउस चैंपियनशिप के विजेता की घोषणा होती थी। जब से वह अस्पताल से लौटा था, तब से वह भीड़ भरे बड़े हॉल में जाने से कतराता था। अपने साथी विद्यार्थियों से बचने के लिए हैरी वहाँ खाना खाने तभी जाता था, जब हॉल लगभग ख़ाली रहता था।

जब हैरी, रॉन और हर्माइनी हॉल में आए, तो उन्होंने देखा कि वहाँ सजावट नहीं की गई थी। आम तौर पर विदाई की दावत के समय बड़े हॉल को विजेता हाउस के रंगों से सजाया जाता था। बहरहाल, आज रात को टीचर्स की टेबल के पीछे की दीवार पर काले पर्दे लगे थे। हैरी तत्काल समझ गया कि ये सेडरिक की याद में लगे हैं।

असली बावरे-नैन मूडी स्टाफ़ टेबल पर बैठे थे। उनका लकड़ी का पैर और उनकी जादुई आँख दोबारा सही जगह पर आ गई थीं। वे बहुत घबरा रहे थे और जब कोई उनसे कुछ बोलता था, तो वे बुरी तरह चौंक जाते थे। हैरी उन्हें दोष नहीं दे सकता था। अपने ही संदूक में दस महीने तक क़ैद रहने के बाद यह स्वाभाविक ही था कि उनका हमले का डर कई गुना बढ़ जाए। प्रोफ़ेसर कारकारोफ़ की कुर्सी ख़ाली थी। हैरी ने गरुड़द्वार के बाक़ी विद्यार्थियों के साथ बैठते हुए सोचा कि कारकारोफ़ कहाँ होंगे। क्या वोल्डेमॉर्ट ने उन्हें पकड़ लिया होगा ?

मैडम मैक्सिम अब भी वहाँ पर थीं। वे हैग्रिड के पास बैठी थीं। वे दोनों आपस में धीरे-धीरे बातें कर रहे थे। स्नेप प्रोफ़ेसर मैक्गॉनेगल के पास बैठे थे। जब हैरी ने उनकी तरफ़ देखा, तो उनकी आँखें हैरी पर एक पल के लिए ठहरीं। उनके भाव को समझना मुश्किल था। वे हमेशा की तरह ही चिड़चिड़े और नाराज़ दिख रहे थे। स्नेप जब दूसरी तरफ़ देखने लगे, उसके बाद भी हैरी उन्हें काफ़ी देर तक देखता रहा।

जिस रात को वोल्डेमॉर्ट लौटा था, उस रात को स्नेप ने डम्बलडोर के आदेश पर कौन सा काम किया था? और क्यों ... *क्यों* ... डम्बलडोर को यह विश्वास क्यों था कि स्नेप सचमुच उनकी तरफ़ थे? डम्बलडोर ने स्मृति पात्र में कहा था कि वे उनके जासूस थे। स्नेप 'अपनी जान जोखिम में डालकर' वोल्डेमॉर्ट के ख़िलाफ़ जासूसी कर रहे थे। वह कौन सा काम था, जो वे दोबारा करने लगे थे? शायद यह प्राणभक्षियों से संपर्क करने का काम होगा? यह नाटक करने का कि दरअसल वे डम्बलडोर की तरफ़ नहीं थे, बल्कि वोल्डेमॉर्ट की तरह ही मौक़े का इंतज़ार कर रहे थे।

हैरी की उधेड़बुन प्रोफ़ेसर डम्बलडोर ने ख़त्म की, जो स्टाफ़ की टेबल पर उठकर खड़े हो गए। पिछले विदाई जश्नों की तुलना में आज बड़े हॉल में काफ़ी शांति थी। अब सभी विद्यार्थी पूरी तरह ख़ामोश हो गए।

'अंत,' डम्बलडोर ने उन सभी की तरफ़ देखते हुए कहा, 'एक और साल का अंत हो गया।'

वे रुके और उनकी निगाह मेहनतकश की टेबल पर ठहर गई। डम्बलडोर के खड़े होने से पहले इसी टेबल पर सबसे ज़्यादा ख़ामोशी थी। हॉल में सबसे ज़्यादा दुखी और पीले चेहरे मेहनतकश के विद्यार्थियों के ही थे।

'आज रात को मैं आप सभी से बहुत कुछ कहना चाहूँगा,' डम्बलडोर ने कहा, 'लेकिन सबसे पहले मैं एक बहुत ही अच्छे इंसान के चले जाने पर अफ़सोस जताना चाहूँगा, जिसे यहाँ बैठा होना चाहिए था' - उन्होंने मेहनतकश की टेबल की तरफ़ इशारा किया - 'जिसे हमारे साथ दावत का मज़ा लेना चाहिए था। मैं चाहूँगा कि आप सभी लोग उठकर खड़े हों और सेडरिक डिगोरी के सम्मान में अपने प्याले उठा लें।'

उन सभी ने ऐसा ही किया। बेंचों के सरकने की आवाज़ हुई, जब हॉल का हर व्यक्ति उठकर खड़ा हुआ और उसने प्याला उठा लिया। फिर सभी एक साथ धीमी आवाज़ में बोले, 'सेडरिक डिगोरी के नाम।'

हैरी को भीड़ में चो की झलक दिखी। उसके चेहरे पर आँसू बह रहे थे। जब वे सभी दोबारा बैठे, तो हैरी टेबल की तरफ़ नीचे देखने लगा।

'सेडरिक एक ऐसा इंसान था, जो मेहनतकश हाउस के कई बेहतरीन गुणों का जीता-जागता प्रतीक था,' डम्बलडोर ने आगे कहा। 'वह एक अच्छा और वफ़ादार दोस्त था, मेहनती था, ईमानदार था। आप उसे अच्छे से जानते हों या न जानते हों, उसकी मृत्यु से आप सब प्रभावित हुए होंगे। इसलिए मुझे लगता है कि आपको यह जानने का हक़ है कि उसकी मौत कैसे हुई।'

हैरी ने अपना सिर उठाया और डम्बलडोर की तरफ़ घूरने लगा।

'सेडरिक डिगोरी की हत्या लॉर्ड वोल्डेमॉर्ट ने की थी।'

पूरे हॉल में दहशत भरी फुसफुसाहट फैल गई। विद्यार्थी दहशत में आकर अविश्वास से डम्बलडोर की तरफ़ घूरने लगे। विद्यार्थियों के बुदबुदाते समय डम्बलडोर पूरी तरह शांत रहे।

डम्बलडोर ने आगे कहा, 'जादू मंत्रालय नहीं चाहता कि मैं यह बात आपको बताऊँ। हो सकता है कि आपमें से कुछ लोगों के माता-पिता यह जानकर दहशत में आ जाएँ कि मैंने आपको यह बात बता दी है - या तो इसलिए क्योंकि वे यह यक़ीन नहीं करते हैं कि लॉर्ड वोल्डेमॉर्ट लौट आया है, या फिर इसलिए क्योंकि वे आपको इतना छोटा मानते हैं कि आपको यह बात मालूम नहीं होने देना चाहते। बहरहाल, मेरा मानना है कि आम तौर पर सच झूठ से बेहतर होता है। मैं मानता हूँ कि यह नाटक करना सेडरिक की याद का अपमान है कि वह किसी दुर्घटना या अपनी ग़लती के कारण मरा है।'

हॉल में बैठे हर व्यक्ति का स्तब्ध और आतंकित चेहरा अब डम्बलडोर की तरफ़ मुड़ा हुआ था ... या लगभग हर चेहरा। हैरी ने नागशक्ति की टेबल पर ड्रेको मैल्फ़ॉय को क्रैब और गॉइल से कुछ बुदबुदाते हुए देखा। हैरी को ज़ोर का ग़ुस्सा आने लगा। उसने ख़ुद को डम्बलडोर की तरफ़ देखने के लिए विवश किया।

'यहाँ कोई और भी है, जिसका ज़िक्र सेडरिक की मौत के संबंध में करना होगा,' डम्बलडोर ने आगे कहा। 'ज़ाहिर है, मैं हैरी पॉटर के बारे में बात कर रहा हूँ।'

बड़े हॉल में एक तरह की लहर दौड़ गई, जब कुछ विद्यार्थियों ने हैरी पर एक नज़र डाली और फिर डम्बलडोर की तरफ़ देखने लगे।

'हैरी पॉटर लॉर्ड वोल्डेमॉर्ट के चंगुल से भागने में कामयाब हो गया,' डम्बलडोर ने कहा। 'उसने सेडरिक के शरीर को हॉगवर्ट्स लाने के लिए अपनी जान जोखिम में डाली। उसने हर तरह से ऐसी बहादुरी दिखाई, जो लॉर्ड वोल्डेमॉर्ट का सामना करते समय बहुत कम जादूगरों ने दिखाई है और इसके लिए मैं उसका सम्मान करता हूँ।'

डम्बलडोर गंभीरता से हैरी की तरफ़ मुड़े और एक बार फिर अपना

प्याला उठा लिया। बड़े हॉल में लगभग सभी ने ऐसा ही किया। उन्होंने उसका नाम उसी तरह बुदबुदाया, जिस तरह सेडरिक का नाम बुदबुदाया था और उसके सम्मान में प्याले में से घूँट लिया। लेकिन खड़े हुए लोगों के बीच में से हैरी ने देखा कि मैल्फ़ॉय, क्रैब, गॉइल और नागशक्ति के बाक़ी कई विद्यार्थी बग़ावत करते हुए अपनी जगह पर बैठे रहे और उन्होंने अपने प्याले छुए तक नहीं। डम्बलडोर के पास जादुई आँख नहीं थी, इसलिए वे उन्हें नहीं देख पाए।

जब सभी लोग अपनी जगह पर वापस बैठ गए, तो डम्बलडोर ने आगे कहा, 'त्रिकोणीय टूर्नामेंट का मक़सद जादूगर समुदाय में आपसी समझ व सौहार्द्र को बढ़ाना है। जो हुआ है उसकी रोशनी में - यानी लॉर्ड वोल्डेमॉर्ट के आने के बाद - ऐसे संबंध पहले से ज़्यादा महत्वपूर्ण हो गए हैं।'

डम्बलडोर ने मैडम मैक्सिम और हैग्रिड को देखा, फिर फ़्लर डेलाकोर और बाबैटन्स के बाक़ी विद्यार्थियों की तरफ़ देखा तथा इसके बाद विक्टर क्रम और नागशक्ति की टेबल पर बैठे डर्मस्ट्रैंग के बाक़ी विद्यार्थियों को देखा। हैरी ने देखा कि क्रम बहुत सावधान था। वह लगभग डरा हुआ था, जैसे उसे उम्मीद हो कि डम्बलडोर कोई कठोर बात कह देंगे।

'इस हॉल में बैठा हर मेहमान जब चाहे यहाँ दोबारा आ सकता है। यहाँ पर उसका हमेशा स्वागत है,' डम्बलडोर ने कहा और उनकी निगाह डर्मस्ट्रैंग के विद्यार्थियों पर ठहर गई। 'मैं आप सभी से एक बार फिर कहता हूँ कि लॉर्ड वोल्डेमॉर्ट की वापसी के बाद हममें जितनी ज़्यादा एकता होगी, हम उतने ही ज़्यादा ताक़तवर होंगे; और हममें जितनी फूट पड़ेगी, हम उतने ही कमज़ोर होंगे।

'लॉर्ड वोल्डेमॉर्ट शत्रुता और मनमुटाव फैलाने में बहुत निपुण है। हम सिर्फ़ दोस्ती और विश्वास के उतने ही मज़बूत बंधन से उससे लड़ सकते हैं। आदतों और भाषा के अंतर कुछ भी नहीं हैं, बशर्ते हमारे लक्ष्य समान हों और दिल खुले हों।

'यह मेरा विश्वास है - और मुझे उम्मीद है कि यह ग़लत हो - कि हम सब बहुत ही मुश्किल और अँधेरे दौर का सामना करने वाले हैं। इस हॉल में बैठे कुछ लोग तो पहले ही लॉर्ड वोल्डेमॉर्ट के हाथों कष्ट उठा चुके हैं। आपमें से कई परिवारों में कई हादसे हो चुके हैं। और एक सप्ताह पहले एक विद्यार्थी हमारे बीच से चला गया।

'सेडरिक को याद रखना। अगर ऐसा समय आए, जब आपको दोराहे पर सही रास्ते और आसान रास्ते में से किसी एक को चुनना हो, तो याद रखना कि उस लड़के के साथ क्या हुआ था, जो नेक, दयालु और बहादुर था और उसका दोष सिर्फ़ इतना था कि वह लॉर्ड वोल्डेमॉर्ट के रास्ते में आ गया था।

सेडरिक डिगोरी को याद रखना।'

*

हैरी का संदूक पैक हो चुका था। हेडविग उसके ऊपर रखे अपने पिंजरे में पहुँच चुकी थी। हैरी, रॉन और हर्माइनी भीड़ भरे प्रवेश हॉल में फ़ोर्थ ईयर के बाक़ी विद्यार्थियों के साथ गाड़ियों के आने का इंतज़ार कर रहे थे, जो उन्हें हॉग्समीड स्टेशन पहुँचाने वाली थीं। यह गर्मी का एक और सुहाना दिन था। उसे लगा कि प्रिविट ड्राइव में गर्मी होगी। जब वह शाम को वहाँ पहुँचेगा, तो उसे फूलों की रंग-बिरंगी क्यारियाँ देखने को मिलेंगी। लेकिन इस विचार से उसे ज़रा भी ख़ुशी नहीं मिली।

'हैरी!'

उसने पलटकर देखा। फ़्लर डेलाकोर तेज़ी से पत्थर की सीढ़ियाँ चढ़कर महल में आ रही थी। उसके पीछे – मैदान के पार काफ़ी दूर, हैरी देख रहा था कि दो विशाल घोड़ों को घोड़ागाड़ी में बाँधा जा रहा था। हैग्रिड इस काम में मैडम मैक्सिम की मदद कर रहा था। बाबैटन्स की घोड़ागाड़ी जाने के लिए तैयार हो रही थी।

'मुझे उम्मीद है, हम फिर मिलेंगे,' फ़्लर ने कहा, जब उसने हैरी के पास पहुँचकर अपना हाथ बढ़ाया। 'मैं अपनी अँग्रेजी सुधारने के लिए यहाँ नौकरी करना चाहती हूँ।'

'तुम्हारी अँग्रेजी तो पहले ही काफ़ी अच्छी है,' रॉन ने दबी हुई आवाज़ में कहा। फ़्लर उसकी तरफ़ देखकर मुस्कराई। हर्माइनी की त्योरियाँ चढ़ गईं।

'अलविदा हैरी,' फ़्लर ने वापस जाने के लिए मुड़ते हुए कहा। 'तुमसे मिलकर अच्छा लगा!'

हैरी का मनोबल थोड़ा बढ़ा, जब उसने फ़्लर को लॉन के पार मैडम मैक्सिम की तरफ़ जाते देखा। उसके चाँदी जैसे बाल धूप में लहरा रहे थे।

'क्या पता डर्मस्ट्रैंग के विद्यार्थी वापस कैसे जाएँगे?' रॉन ने कहा। 'क्या वे कारकारोफ़ के बिना उस जहाज़ को चला पाएँगे?'

'कारकारोफ़ ने जहाज़ नहीं चलाया था,' एक रूखी आवाज़ आई। 'वे तो अपने केबिन में ही बैठे रहे थे। सारा काम तो हमने ही किया था।' क्रम हर्माइनी से विदा लेने आ गया था। 'क्या मैं तुमसे कुछ बात कर सकता हूँ?' उसने हर्माइनी से पूछा।

'ओह ... हाँ ... ठीक है,' हर्माइनी थोड़ी परेशान दिखते हुए बोली। फिर वह क्रम के पीछे गई और भीड़ में ओझल हो गई।

रॉन ने पीछे से ज़ोर से कहा, 'जल्दी आना! घोड़ागाड़ियाँ एक मिनट में यहाँ आ जाएँगी!'

बहरहाल, उसने हैरी को गाड़ियों के आने पर निगाह रखने दी, क्योंकि वह तो अगले कुछ पलों तक अपनी गर्दन मोड़कर भीड़ के ऊपर से यह देखने की कोशिश कर रहा था कि क्रम और हर्माइनी क्या कर रहे थे। वे बहुत जल्दी लौट आए। रॉन ने हर्माइनी की तरफ़ देखा, लेकिन उसका चेहरा भावहीन था।

'मुझे डिगोरी पसंद था,' क्रम ने अचानक हैरी से कहा। 'वह हमेशा मुझसे विनम्रता से बातें करता था। हमेशा। मैं डर्मस्ट्रैंग का था, कारकारोफ़ का विद्यार्थी था, इसके बावजूद,' उसने त्योरियाँ चढ़ाते हुए आगे कहा।

हैरी ने पूछा, 'क्या तुम लोगों के नए हेडमास्टर नियुक्त हो गए हैं ?'

क्रम ने कंधे उचका दिए। उसने भी फ़्लर की तरह अपना हाथ आगे बढ़ाकर हैरी से हाथ मिलाया और फिर रॉन से भी।

रॉन को देखकर ऐसा लग रहा था, जैसे उसके मन में एक दर्दनाक संघर्ष चल रहा था। जब क्रम मुड़कर जाने लगा, तब रॉन अचानक बोला, 'क्या मैं तुम्हारा ऑटोग्राफ़ ले सकता हूँ ?'

हर्माइनी उन घोड़ाविहीन गाड़ियों की तरफ़ मुड़कर मुस्कराने लगी, जो अब उनकी तरफ़ आ रही थीं। क्रम ने हैरानी लेकिन प्रसन्नता से रॉन को एक चर्मपत्र पर ऑटोग्राफ़ दे दिया।

*

किंग्स क्रॉस तक की वापसी यात्रा में मौसम बहुत अच्छा था। यह उस मौसम के विपरीत था, जो पिछले सितंबर में हॉगवर्ट्स आते समय था। आज आसमान में एक भी बादल नहीं था। हैरी, रॉन और हर्माइनी को एक ख़ाली कम्पार्टमेंट मिल गया। पिगविजियन को एक बार फिर रॉन के ड्रेस दुशालों के नीचे छिपा दिया गया, ताकि वह लगातार शोर न मचाए। हेडविग ऊँघ रही थी और उसका सिर उसके पंख के नीचे था। क्रुकशैंक्स एक ख़ाली सीट पर पसरी हुई थी और फ़र के किसी बड़े कुशन की तरह दिख रही थी। जब ट्रेन दक्षिण दिशा में तेज़ी से चल पड़ी, तो हैरी, रॉन और हर्माइनी ने खुलकर बहुत सारी बातें कीं, जैसा उन्होंने पूरे सप्ताह से नहीं किया था। हैरी को महसूस हुआ कि विदाई दावत में डम्बलडोर के भाषण ने उसके अंदर लगे ताले को खोल दिया था। अब घटनाओं पर बातचीत करना कम दर्दनाक था। वोल्डेमॉर्ट को रोकने के लिए डम्बलडोर अब क्या क़दम उठा रहे होंगे, इस बारे में चल रही उनकी बातचीत लंच की ट्रॉली आने पर ही बंद हुई।

जब हर्माइनी ट्रॉली के पास से वापस लौटी और उसने पैसे अपने

स्कूलबैग में वापस रखे, तो वह *दैनिक जादूगर* अख़बार निकाल लाई, जो उसने बैग में रखा हुआ था।

हैरी ने उसकी तरफ़ देखा। उसे नहीं लगा कि वह सचमुच यह जानना चाहता है कि इसमें क्या लिखा है, लेकिन हर्माइनी ने उसे अख़बार की तरफ़ देखते हुए पाकर शांति से कहा, 'इसमें कुछ भी नहीं है। तुम ख़ुद देख लो, इसमें कुछ भी नहीं है। मैं हर दिन ग़ौर से पूरा अख़बार पढ़ रही हूँ। तीसरे काम के बाद वाले दिन बस एक छोटी सी ख़बर छपी थी, जिसमें यह कहा गया था कि तुमने टूर्नामेंट जीत लिया है। सेडरिक का तो ज़िक्र तक नहीं था। इसके बारे में कुछ भी नहीं है। अगर तुम मुझसे पूछो, तो फ़ज उन्हें अपना मुँह बंद रखने के लिए मजबूर कर रहा है।'

'वह रीटा का मुँह कभी बंद नहीं रख पाएगा,' हैरी बोला। 'इस तरह की कहानी के लिए तो बिलकुल नहीं।'

'ओह, रीटा ने तीसरे काम के बाद से कुछ भी नहीं लिखा है,' हर्माइनी ने अजीब सी दबी आवाज़ में कहा। फिर उसने थोड़ी काँपती आवाज़ में आगे कहा, 'सच तो यह है कि रीटा स्कीटर अब कुछ समय तक कुछ भी नहीं लिखेगी। जब तक कि वह यह न चाहे कि मैं उसका भंडाफोड़ कर दूँ।'

रॉन ने कहा, 'तुम यह क्या कह रही हो?'

हर्माइनी ने तेज़ी से कहा, 'मुझे यह पता चल गया है कि हॉगवर्ट्स में आने के प्रतिबंध के बावजूद वह गोपनीय बातचीत कैसे सुनती थी!'

हैरी समझ गया कि हर्माइनी उन्हें यह बात बताने के लिए कई दिनों से बेताब होगी, लेकिन स्थिति को देखते हुए उसने ख़ुद पर संयम रखा था।

हैरी ने तत्काल पूछा, 'वह ऐसा कैसे कर रही थी?'

'तुमने कैसे पता लगाया?' रॉन ने उसे घूरते हुए कहा।

हर्माइनी बोली, 'दरअसल यह विचार तुमने दिया था, हैरी।'

'मैंने?' हैरी ने उलझन में पूछा। 'कैसे?'

'बीटल की तरह भनभन करने की बात कहकर,' हर्माइनी ने ख़ुशी से कहा। 'देखो ... रीटा स्कीटर एक इच्छाधारी नरपशु है, लेकिन उसने इसका रजिस्ट्रेशन नहीं करवाया है। वह अपना रूप-परिवर्तन करके बीटल में बदल सकती है।'

हर्माइनी ने अपने बैग में से काँच की एक छोटी सीलबंद शीशी निकाली।

'तुम मज़ाक़ कर रही हो,' रॉन ने कहा। 'तुम ऐसा ... वह नहीं है ...'

'ओह हाँ, वही है,' हर्माइनी ने ख़ुशी-ख़ुशी उनकी तरफ़ शीशी लहराते

हुए कहा।

अंदर कुछ पत्तियाँ, टहनियाँ और एक बड़ी, मोटी बीटल थी।

'यह कभी नहीं हो सकता - तुम मज़ाक़ कर रही हो -' रॉन फुसफुसाया और उसने शीशी को अपनी आँखों से सटा लिया।

'नहीं, मैं मज़ाक़ नहीं कर रही हूँ,' हर्माइनी ने मुस्कराते हुए कहा। 'मैंने उसे अस्पताल की खिड़की पर पकड़ा था। ग़ौर से देखोगे, तो तुम्हें उसके चेहरे पर उसके चश्मे के निशान दिख जाएँगे।'

हैरी ने देखा, हर्माइनी सच बोल रही थी। उसे और कुछ भी याद आया। 'जब हमने हैग्रिड को मैडम मैक्सिम को अपनी माँ के बारे में बताते सुना था, उस रात को मूर्ति पर एक बीटल बैठी हुई थी!'

'बिलकुल,' हर्माइनी ने कहा। 'और जब झील के पास विक्टर से मेरी बातचीत हुई थी, तो उसने मेरे बालों से बीटल को बाहर निकाला था। और अगर मैं ग़लत नहीं हूँ, तो जिस दिन तुम्हारे निशान में दर्द हुआ था, उस दिन रीटा ज्योतिष की क्लास में खिड़की की चौखट पर बैठी हुई होगी। वह पूरे साल कहानियों के पीछे भनभनाती फिरी थी।'

'जब हमने मैल्फ़ॉय को पेड़ के नीचे खड़े देखा था ...' रॉन ने धीरे से कहा।

'तब वह उससे बातें कर रहा था और वह उसके हाथ पर बैठी हुई थी,' हर्माइनी ने कहा। 'वह यह बात जानता था। इसी तरह रीटा स्कीटर नागशक्ति के विद्यार्थियों से इंटरव्यू ले पा रही थी। नागशक्ति वालों को इस बात की परवाह नहीं थी कि वह ग़ैर-क़ानूनी काम कर रही है, क्योंकि वे तो उसे हमारे और हैग्रिड के बारे में बुरी-बुरी बातें बताना चाहते थे।'

हर्माइनी ने रॉन से काँच की शीशी ले ली और बीटल की तरफ़ देखकर मुस्कराई, जो ग़ुस्से से शीशे से टकराई।

'मैंने उसे बता दिया है कि लंदन पहुँचने पर मैं उसे बाहर निकाल दूँगी,' हर्माइनी ने कहा। 'मैंने इस शीशी पर अटूट सम्मोहन लगा दिया है, इसलिए वह रूप-परिवर्तन नहीं कर सकती। और मैंने उसे यह हिदायत भी दी है कि वह एक साल तक कुछ न लिखे। देखते हैं, एक साल बाद वह लोगों के बारे में भयंकर झूठ लिखने की अपनी आदत छोड़ पाती है या नहीं।'

शांति से मुस्कराते हुए हर्माइनी ने बीटल को अपने स्कूलबैग के भीतर रख दिया।

कम्पार्टमेंट का दरवाज़ा खुला।

'बड़ी चतुराई का काम किया, ग्रेंजर,' ड्रेको मैल्फ़ॉय ने कहा।

क्रैब और गॉइल उसके पीछे खड़े थे। वे तीनों हमेशा से ज़्यादा ख़ुश, दंभी और ख़तरनाक दिख रहे थे।

'तो,' मैल्फ़ॉय ने धीरे-धीरे कम्पार्टमेंट में आगे आते हुए और चारों तरफ़ देखते हुए कहा। उसके होंठों पर मुस्कान थिरक रही थी। 'तुमने एक रिपोर्टर को पकड़ लिया और पॉटर फिर से डम्बलडोर का प्रिय विद्यार्थी बन गया। यह तो बहुत बड़ी बात है।'

उसकी भद्दी सी मुस्कान चौड़ी हो गई। क्रैब और गॉइल भी खी-खी करने लगे।

'उस चीज़ के बारे में सोच रहे हो या नहीं?' मैल्फ़ॉय ने उन तीनों की तरफ़ देखते हुए कहा। 'या फिर यह नाटक कर रहे हो कि ऐसा कुछ हुआ ही नहीं?'

'बाहर निकल जाओ,' हैरी ने कहा।

जब से उसने डम्बलडोर के भाषण के दौरान मैल्फ़ॉय को क्रैब और गॉइल से बुदबुदाते सुना था, तब से मैल्फ़ॉय उसके सामने नहीं पड़ा था। उसके कानों में एक तरह की घंटी बज रही थी। उसके हाथ ने दुशाले के नीचे छड़ी पकड़ ली।

'तुमने हारने वाला दल चुना है, पॉटर! मैंने तुम्हें पहले ही चेतावनी दे दी थी! मैंने तुम्हें बताया था कि तुम्हें अपने दोस्त बहुत सावधानी से चुनना चाहिए, याद है ना? जब हम पहली बार हॉगवर्ट्स आते समय ट्रेन में मिले थे? मैंने तुमसे कहा था कि इस तरह के ऊटपटाँग लोगों के साथ मत रहा करो!' उसने रॉन और हर्माइनी की तरफ़ सिर झटक कर कहा। 'अब बहुत देर हो चुकी है, पॉटर! अब शैतानी शहंशाह लौट चुके हैं। ये लोग सबसे पहले मरेंगे! बदज़ात और मगलू-प्रेमी सबसे पहले जाएँगे! मेरा मतलब है, वे दूसरे नंबर पर जाएँगे – पहले नंबर पर तो डिगोरी चला गया है –'

ऐसा लगा, जैसे किसी ने कम्पार्टमेंट में बहुत सारे पटाख़े चला दिए हों। हर तरफ़ मंत्रों की चकाचौंध नज़र आने लगी। बहुत से धमाकों की आवाज़ें सुनाई दीं। रोशनी से हैरी की आँखें चौंधिया गईं और उसने पलकें झपकाते हुए फ़र्श पर देखा।

मैल्फ़ॉय, क्रैब और गॉइल दरवाज़े के पास बेहोश पड़े थे। हैरी, रॉन और हर्माइनी उठकर खड़े हो गए थे। उन तीनों ने अलग-अलग मंत्रों का इस्तेमाल किया था। और ऐसा सिर्फ़ उन्होंने ही नहीं किया था।

'हम यह देखने आए थे कि कहीं ये तीनों कोई गड़बड़ तो नहीं कर रहे हैं,' फ्रेड ने कहा, जब वह गॉइल पर पैर रखकर कम्पार्टमेंट में आया। उसकी छड़ी बाहर निकली हुई थी और जॉर्ज की भी। जॉर्ज अंदर आते समय सावधानी से मैल्फ़ॉय पर पैर रखते हुए आया।

'रोचक प्रभाव,' जॉर्ज ने क्रैब की तरफ़ देखते हुए कहा। 'कंटक अंकुरण शाप किसने दिया था?'

'मैंने,' हैरी ने कहा।

'अजीब बात है,' जॉर्ज ने मुस्कराते हुए कहा। 'मैंने पगबंधन शाप का इस्तेमाल किया था। ऐसा लगता है कि शायद इन दोनों का प्रयोग एक साथ नहीं करना चाहिए। उसके पूरे चेहरे पर छोटे-छोटे काँटे उग आए हैं। इन लोगों को यहाँ से हटाना होगा, क्योंकि ये तो कम्पार्टमेंट की सजावट पर बदनुमा दाग़ हैं।'

रॉन, हैरी और जॉर्ज ने लात मारकर बेहोश मैल्फ़ॉय, क्रैब और गॉइल को धकाया। मंत्रों के प्रभाव से उन सभी की हालत बहुत बुरी दिख रही थी। उन्होंने उन तीनों को गलियारे में वापस पहुँचा दिया, फिर वे कम्पार्टमेंट में आए और उसका दरवाज़ा बंद कर लिया।

फ़्रेड ने ताश के पत्ते निकालते हुए कहा, 'कोई एक्सप्लोडिंग स्नैप खेलेगा?'

जब वे लोग पाँचवीं बाज़ी खेल रहे थे, तब जाकर हैरी ने उनसे पूछने का फ़ैसला किया।

उसने जॉर्ज से पूछा, 'क्या अब तुम लोग हमें यह बता सकते हो कि तुम किसे ब्लैकमेल कर रहे थे?'

'ओह,' जॉर्ज ने कहा। *'वह बात।'*

'अब इससे कोई फ़र्क़ नहीं पड़ता,' फ़्रेड ने अपना सिर अधीरता से हिलाते हुए कहा। 'कोई महत्वपूर्ण बात नहीं है। कम से कम अब तो नहीं है।'

'हमने कोशिश छोड़ दी है,' जॉर्ज ने कंधे उचकाते हुए कहा।

लेकिन जब हैरी, रॉन और हर्माइनी बार-बार पूछते रहे, तो आख़िर फ़्रेड बोला, 'ठीक है, ठीक है, अगर तुम लोग सचमुच ही जानना चाहते हो ... तो वे लूडो बैगमैन थे।'

'बैगमैन?' हैरी ने तीखी आवाज़ में कहा। 'तुम यह कह रहे हो कि उन्होंने मौत का निशान -'

'नहीं,' जॉर्ज ने उदासी से कहा। 'ऐसी कोई बात नहीं है। मूर्ख कहीं के! उनके पास तो इतना दिमाग़ ही नहीं होगा।'

'अच्छा, तो फिर क्या बात थी?' रॉन ने पूछा।

फ़्रेड झिझका और बोला, 'तुम्हें याद है क्विडिच वर्ल्ड कप में हमने उनसे शर्त लगाई थी कि आयरलैंड जीतेगा, लेकिन सुनहरी गेंद क्रम पकड़ेगा?'

'हाँ,' हैरी और रॉन ने धीरे से कहा।

'उस मूर्ख ने हमें माया-स्वर्ण पकड़ा दिया, जो आयरलैंड के शुभंकरों यानी स्वर्ण-नर्तकों ने बरसाया था।'

'तो?'

'तो क्या,' फ्रेड ने अधीरता से कहा। 'वह सोना ग़ायब हो गया। अगली सुबह तक वह ग़ायब हो चुका था!'

'लेकिन - यह संयोग भी तो हो सकता था, है ना?' हर्माइनी ने कहा।

जॉर्ज बहुत कटुता के साथ हँसा, 'हाँ, पहले तो हमें भी यही लगा था। हमने सोचा कि अगर हम उन्हें चिट्ठी लिखकर यह बता दें कि उनसे ग़लती हो गई है, तो वे हमें असली सोना दे देंगे। लेकिन ऐसा कुछ नहीं हुआ। उन्होंने हमारी चिट्ठी पर ध्यान नहीं दिया। हमने हॉगवर्ट्स में भी कई बार उनसे इस बारे में बात करने की कोशिश की, लेकिन वे हमेशा हमसे दूर जाने के बहाने खोज लेते थे।'

'अंत में वे काफ़ी नाराज़ हो गए,' फ्रेड ने कहा। 'उन्होंने हमसे कहा कि हम अभी छोटे हैं, इसलिए हमें जुआ नहीं खेलना चाहिए और वे हमें पैसे नहीं देंगे।'

जॉर्ज ने ग़ुस्से से कहा, 'इस पर हमने उनसे कहा कि कम से कम वे हमें हमारे मूल पैसे तो लौटा दें।'

'उन्होंने इस बात से तो इंकार नहीं किया होगा!' हर्माइनी ने कहा।

'साफ़ मुकर गए!' फ्रेड बोला।

रॉन ने कहा, 'लेकिन वह तो तुम्हारी सारी बचत थी!'

जॉर्ज ने कहा, 'ज़ाहिर है, अंत में हमने सब कुछ पता लगा लिया। ली जॉर्डन के डैडी को भी बैगमैन से पैसे वापस लेने में बहुत दिक्क़त हुई थी। यही नहीं, पिशाच भी बैगमैन की नाक में दम किए हैं। बैगमैन ने पिशाचों से ढेर सारा सोना उधार ले लिया था। पिशाचों ने वर्ल्ड कप के बाद उन्हें जंगल में घेर लिया और उनके पास का सारा सोना छीन लिया। फिर भी उनका पूरा कर्ज़ नहीं उतर पाया। पिशाच उन पर नज़र रखने के लिए हॉगवर्ट्स तक आए। बैगमैन जुए में सब कुछ गँवा चुके हैं। उनके पास दो गैलियन तक नहीं हैं, जिन्हें वे आपस में रगड़ सकें। और तुम जानते हो, उस मूर्ख ने पिशाचों का कर्ज़ उतारने के लिए उनके सामने क्या प्रस्ताव रखा?'

'क्या?' हैरी ने पूछा।

'बैगमैन ने तुम्हारे नाम पर दाँव लगाया,' फ्रेड ने कहा। 'तुम पर बड़ा दाँव लगाया कि टूर्नामेंट तुम ही जीतोगे। पिशाचों के ख़िलाफ़ शर्त।'

'*तभी* वे बार-बार मेरी मदद करने की कोशिश कर रहे थे!' हैरी ने

कहा। 'अच्छा – तो अब जब मैं जीत गया हूँ, तो क्या बैगमैन तुम्हें तुम्हारे पैसे लौटा सकते हैं!'

'नहीं,' जॉर्ज ने अपना सिर हिलाते हुए कहा। 'पिशाचों ने भी उन्हीं जैसा गंदा खेल खेला। वे कहते हैं कि तुम डिगोरी के साथ पहले नंबर पर आए हो, जबकि बैगमैन ने यह शर्त लगाई थी कि तुम अकेले ही जीतोगे। इसलिए बैगमैन भाग गए। वे तीसरे काम के फ़ौरन बाद भाग गए थे।'

जॉर्ज ने गहरी आह भरी और दोबारा पत्ते बाँटने लगा।

बाक़ी की यात्रा सुखद रही। हैरी सोच रहा था कि काश यह यात्रा पूरी गर्मी चले और वे कभी किंग्स क्रॉस स्टेशन न पहुँचें ... लेकिन जैसा उसने उस साल स्कूल में सीखा था, जब कोई अप्रिय चीज़ सामने होती है, तब भी समय धीमा नहीं होता है। जल्दी ही हॉगवर्ट्स एक्सप्रेस प्लेटफ़ॉर्म नंबर पौने दस पर धीमे-धीमे रुक रही थी। विद्यार्थियों के उतरते समय गलियारों में सामान्य शोर और उठापटक होने लगी। रॉन और हर्माइनी अपने संदूक लेकर मैल्फ़ॉय, क्रैब और गॉइल के पास से बाहर निकले।

बहरहाल हैरी अंदर ही रुका रहा। 'फ्रेड – जॉर्ज – एक मिनट सुनो।'

जुड़वाँ भाई पलटे। हैरी ने अपना संदूक खोला और अपने त्रिकोणीय कप की इनामी थैली निकाली।

उसने थैली जॉर्ज के हाथ में रखते हुए कहा, 'इसे ले लो।'

'क्या ?' फ्रेड ने हैरानी से कहा।

'इसे ले लो,' हैरी ने दृढ़ता से दोहराया। 'मुझे इसकी ज़रूरत नहीं है।'

'तुम पागल हो गए हो,' जॉर्ज ने हैरी को थैली वापस करने की कोशिश करते हुए कहा।

'नहीं, मैं पागल नहीं हुआ हूँ,' हैरी ने कहा। 'तुम लोग इसे ले लो और अपने आविष्कार करते रहो। यह जोक-शॉप शुरू करने के लिए है।'

फ्रेड हैरानी भरी आवाज़ में बोला, 'वह पागल हो गया है।'

'सुनो,' हैरी ने दृढ़ता से कहा। 'अगर तुम इसे नहीं लोगे, तो मैं इसे नाली में फेंक दूँगा। मैं इस पैसे को नहीं चाहता और मुझे इसकी ज़रूरत भी नहीं है। लेकिन मुझे हँसी की ज़रूरत है। हम सभी को हँसी की ज़रूरत है। मुझे यह एहसास हो रहा है कि जल्दी ही वह समय आने वाला है, जब हमारी ज़िंदगी में हँसी की ज़रूरत और ज़्यादा बढ़ जाएगी।'

'हैरी,' जॉर्ज ने कमज़ोर आवाज़ में कहा और अपने हाथों में रखी पैसे की थैली को तौला, 'इसमें तो एक हज़ार गैलियन होंगे।'

'हाँ,' हैरी ने मुस्कराते हुए कहा। 'ज़रा सोचो तो सही, इसमें कितनी सारी केनेरी क्रीम बन जाएँगी।'

जुड़वाँ भाइयों ने उसे घूरकर देखा।

'बस अपनी मम्मी को मत बताना कि तुम्हें ये पैसे कहाँ से मिले ... हालाँकि मुझे लगता है कि अब वे यह नहीं चाहती होंगी कि तुम मंत्रालय में नौकरी करो ...'

'हैरी,' फ्रेड ने कहना शुरू किया, लेकिन हैरी ने अपनी छड़ी बाहर निकाल ली।

'देखो,' उसने सपाट आवाज़ में कहा, 'इसे ले लो, वरना मैं तुम पर आक्रामक मंत्र से हमला कर दूँगा। मैं अब ऐसे बहुत से मंत्र जान गया हूँ। बस एक अहसान कर देना। रॉन को नए ड्रेस दुशाले दिलवा देना और कहना कि वे तुम्हारी तरफ़ से हैं।'

इससे पहले कि जुड़वाँ भाई और कुछ कह पाते, हैरी कम्पार्टमेंट से बाहर निकल गया। वह मैल्फ़ॉय, क्रैब और गॉइल को लाँघता हुआ निकल गया, जो अब भी फ़र्श पर पड़े हुए थे।

वरनॉन अंकल बैरियर के पार उसका इंतज़ार कर रहे थे। मिसेज़ वीज़्ली उनके पास ही खड़ी हुई थीं। हैरी को देखते ही मिसेज़ वीज़्ली ने उसे कसकर गले लगा लिया और उसके कान में फुसफुसाकर बोलीं, 'मुझे लगता है, डम्बलडोर तुम्हें गर्मियों में बाद में हमारे घर आने की इज़ाज़त दे देंगे। चिट्ठी लिखते रहना, हैरी।'

'मिलते हैं, हैरी,' रॉन ने उसकी पीठ थपथपाते हुए कहा।

'बाय, हैरी!' हर्माइनी बोली और उसने एक ऐसा काम किया, जो उसने पहले कभी नहीं किया था। उसने हैरी का गाल चूम लिया।

'हैरी – धन्यवाद,' जॉर्ज बुदबुदाया और क़रीब खड़े फ्रेड ने भी उत्साह से सिर हिला दिया।

हैरी ने उनकी तरफ़ आँख मारी, वरनॉन अंकल के पास पहुँचा और उनके पीछे-पीछे चुपचाप स्टेशन से बाहर निकल गया। डर्स्ली दंपति की कार में पीछे की सीट पर बैठते समय हैरी ने सोचा, अभी से चिंता करने से क्या फ़ायदा!

जैसा हैग्रिड ने कहा था, जो होना है, वह तो होकर रहेगा ... और जब वह होगा, तब वह उससे निबट लेगा।